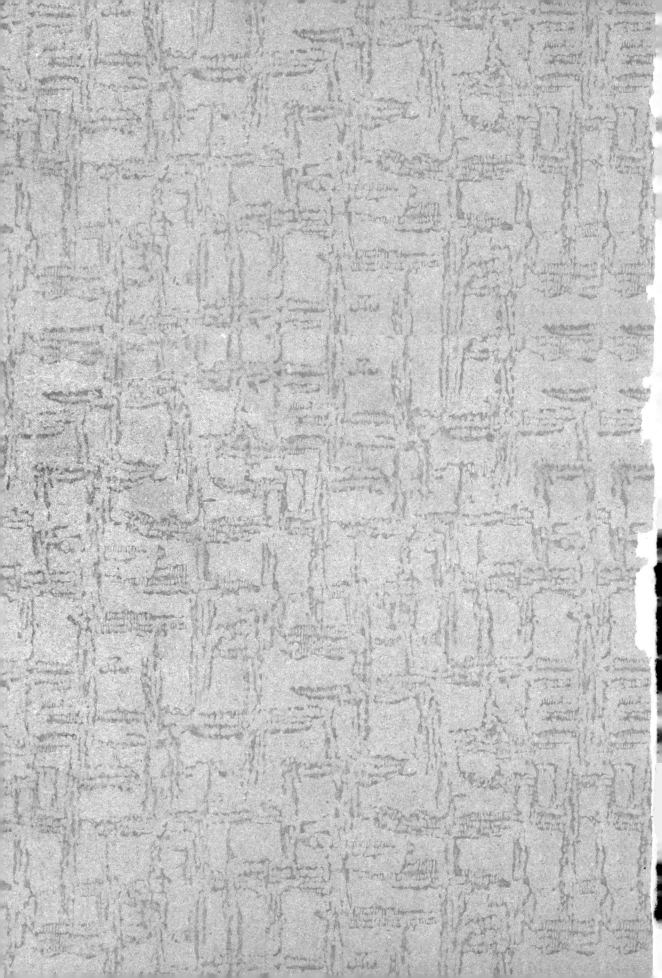

第六卷

中华经典藏书

北京出版社

道教经典（二）

本 卷 目 录

道教经典（二）

道教经典

（二）

抱朴子·内篇

〔晋〕葛洪 撰

抱朴子内篇卷之一

畅 玄

抱朴子曰："玄者，自然之始祖，而万殊之大宗也①。眇眛乎其深也，故称微焉；绵邈乎其远也，故称妙焉。其高则冠盖乎九霄，其旷则笼罩乎八隅。光乎日月，迅乎电驰。或倏烁而景逝，或飘滭而星流，或漾于渊澄，或雰霏而云浮。因兆类而为有，托潜寂而为无。沦大幽而下沈，凌辰极而上游。金石不能比其刚，湛露不能等其柔。方而不矩，圆而不规。来焉莫见，往焉莫追。乾以之高，坤以之卑，云以之行，雨以之施。胞胎元一②，范铸两仪，吐纳大始，鼓冶亿类。回旋四七③，匠成草昧，辔策灵机，吹嘘四气。幽括冲默，舒阐粲尉，抑浊扬清，斟酌河渭。增之不溢，挹之不匮，与之不荣，夺之不瘁。故玄之所在，其乐不穷。玄之所去，器弊神逝。夫五声八音，清商流徵，损聪者也。鲜华艳采，或丽炳烂，伤明者也。宴安逸豫，清醪芳醴，乱性者也。冶容媚姿，铅华素质，伐命者也。其唯玄道，可与为永。不知玄道者，虽顾眄为生杀之神器，唇吻为兴亡之关键，绮榭俯临乎云雨，藻室华绿以参差。组帐雾合，罗帱云离。西毛陈于间房④，金觞华以交驰，清弦嘈赞以齐唱，郑舞纷绿以蝼蜒，哀箫鸣以凌霞，羽兽浮于涟漪，掇芳华于兰林之囿，弄红葩于积珠之池，登峻则望远以忘百忧，临深则俯揽以遗朝饥，入宴千门之焜煌，出驱朱轮之华仪。然乐极则哀集，至盈必有亏。故曲终则叹发，燕罢则心悲也。寔理势之攸召，犹影响之相归也。彼假借而非真，故物往若有遗也。

夫玄道者，得之乎内，守之者外，用之者神，忘之者器，此思玄道之要言也。得之者贵，不待黄铖之威；体之者富，不须难得之货。高不可登，深不可测。乘流光，策飞景，凌六虚，贯涵溶。出乎无上，入乎无下。经乎汗漫之门，游乎窈眇之野。逍遥恍惚之中，倘佯仿佛之表。咽九华于云端⑤，咀六气于丹霞。徘徊茫昧，翱翔希微⑥，履略蜿虹，践跚旋玑，此得之者也。

其次则真知足，知足者则能肥遁勿用⑦，颐光山林。纡鸾龙之翼于细介之伍，养浩然之气于蓬荜之中。缊缕带索，不以贸龙章之晔晔也。负步杖笑，不以易结驷之骆驿也。藏夜光于嵩岫，不受他山之攻。沈灵甲于玄渊，以违钻灼之灾。动息知止，无往不足。弃赫奕之朝华，避偾车之险路。吟啸苍崖之闻，而万物化为尘氛。怡颜丰柯之下，而朱户变为绳枢。握耒甫田⑧，而麾节忽若执鞭。啜菽漱泉，而太牢同乎藜藿。泰尔有余欢于无为之场，忻然齐贵贱于不争之地。含醇守朴，无欲无忧，全真虚器，居平昧澹。恢恢荡荡，与浑成等其自然⑨。浩浩茫茫，与造化钧其符契。如暗如明，如浊如清，似迟而疾，似亏而盈。岂肯委尸祝之坐，释大匠之位，越樽俎以代无知之庖，舍绳墨而助伤手之工。不以臭鼠之细琐，而为庸夫之忧乐。藐然不喜流俗之誉，坦尔不惧雷同之毁。不以外物汨其至精，不以利害污其纯粹也。故穷富极贵，不足以诱之焉，其余何足以悦之乎？直刃沸镬⑩，不足以劫之焉，谤讟何足以戚之乎⑪？常无心于众烦，而示始与物杂也。

若夫操隋珠以弹雀，舐秦痔以属车，登朽缏以探巢，泳吕梁以求鱼，旦为称孤之客，夕为狐鸟之余。栋挠悚覆⑫，倾溺不振，盖世人之所为载驰企及，而达者之所为寒心而凄怆者也。故至人嘿《韶夏》而韬藻棁。奋其六羽于五城之墟，而不烦衔芦之卫。黟其鳞角乎勿用之地，而不恃曲穴之备。俯无倨鸟之呼，仰无亢极之悔，人莫之识，邈矣辽哉！"

---

①玄者句：道家认为玄为宇宙之本体，也是宇宙间的普遍规律。下文所谓得之乎内，守之者外，用之者神，忘之者器。此思玄之要言也。

②胞胎元一：即天、地、人混合于一元。元一：指元气。胞胎元一即"含元包一"之义。

③佪旋四七：四七指二十八宿，东西南北方各有七宿。

④西：指西施。春秋时越国美女。毛：指毛嫱，越王美姬。

⑤九华：道教将日月之精华称为九华。

⑥翱翔希微：翱翔：飞行。希微：指无声无形。

⑦肥遁勿用：肥：优裕。遁：隐遁。

⑧握耒甫田：耒是古代农具，握耒指耕作。甫田，大田。

⑨与浑成等其自然：浑成，喻大道，犹言自然。

⑩直刃沸镬（huò，获）：直刃，刺杀。镬：古代的一种大锅。沸镬：烹杀。

⑪谍（dú，读）：诽谤。

⑫栋挠馂（sù，素）覆：栋挠，栋梁催折。馂覆，鼎中食物倾覆而出。

抱朴子内篇卷之二

论　仙

　　或问曰："神仙不死，信可得乎？"抱朴子答曰："虽有至明，而有形者不可毕见焉；虽禀极聪，而有声者不可尽闻焉；虽有大章坚亥之足，而所常履者，未若所不履之多；虽有禹益齐谐之智，而所尝识者未若所不识之众也。万物云云，何所不有，况列仙之人，盈乎竹素矣。不死之道，曷为无之？"

　　于是问者大笑，曰："夫有始者必有卒，有存者必有亡。故三五丘旦之圣①，弃疾良平之智②，端婴随郦之辩，贲育五丁之勇，而咸死者，人理之常然，必至之大端也。徒闻有先霜而枯瘁，当夏而雕青，含穗而不秀，未实而萎零，未闻有享于万年之寿，久视不已之期者矣。故古人学不求仙，言不语怪，杜彼异端，守此自然，推龟鹤于别类，以死生为朝暮也。夫苦心约己，以行无益之事，镂冰雕朽，终无必成之功。未若撝匡世之高策，招当年之隆祉，使紫青重纡，玄牡龙跱，华毂易步趄，鼎馂代耒耜，不亦美哉？每思诗人《甫田》之刺，深惟仲尼皆死之证，无为握无形之风，捕难执之影，索不可得之物，行必不到之路，弃荣华而涉苦困，释甚易而攻至难，有似丧者之逐游女，必有两失之悔，单张之信偏见，将速内外之祸也。夫班狄不能削瓦石为芒针，欧冶③不能铸铅锡为干将。故不可为者，虽鬼神不能为也；不可成者，虽天地不能成也。世间亦发得奇方，能使当老者复少，而应死者反生哉？而吾子乃欲延蠛蚋之命，令有历纪之寿，养朝菌之荣，使累晦朔之积，不亦谬乎？愿加九思，不远迷复焉。

　　抱朴子答曰："夫聪之所去，则震雷不能使之闻，明之所弃，则三光不能使之见，岂輷④磕之音细，而丽天之景微哉？而聋夫谓之无声焉，瞽者谓之无物焉。又况管弦之和音，山龙之绮粲，安能赏克谐之雅韵，昤晔之鳞藻哉？故聋瞽在乎形器，则不信丰隆之与玄象矣。而况物有微于此者乎？暗昧滞乎心神，则不信有周孔于在昔矣。况告之以神仙之道乎？夫存亡终始，诚是大体。其异同参差，或然或否，变化万品，奇怪无方，物是事非，本钧末乖，未可一也。夫言始者必有终者多矣，混而齐之，非通理矣！谓夏必长，而荠麦枯焉。谓冬必雕，而竹柏茂焉。谓始必终，而天地无穷焉。谓生必死，而龟鹤长存焉。盛阳宜暑，而夏天未必无凉日也。极阴宜寒，而严冬未必无暂温也。百川东注，而有北流之活活。坤道至静，而或震动而崩驰。水性纯冷，而有温谷之汤泉；火体宜炽，而有萧丘之寒焰；重类应沈，而南海有浮石之山；轻物当浮，而牂柯有沈羽之流⑤。万殊之类，不可以一概断之，正如此也久矣。

有生最灵，莫过乎人。贵性之物，宜必钧一。而其贤愚邪正，好丑修短，清浊贞淫，缓急迟速，趋舍所尚，耳目所欲，其为不同，已有天壤之觉，冰炭之乖矣。何独怪仙者之异，不与凡人皆死乎？

若谓受气皆有一定：则雉之为蜃，雀之为蛤⑥，壤虫假翼⑦，川蛙翻飞，水蛎为蛉⑧，荇苓为蛆，田鼠为鴽，腐草为萤，鼋之为虎⑨，蛇之为龙，皆不然乎？

若谓人禀正性，不同凡物，皇天赋命，无有彼此：则牛哀成虎，楚妪为鼋⑩，枝离为柳，秦女为石，死而更生⑪，男女易形，老彭之寿，殇子之夭，其可故哉？苟有不同，则其异有何限乎？

若夫仙人，以药物养身，以术数延命，使内疾不生，外患不入，虽久视不死，而旧身不改，苟有其道，无以为难也。而浅识之徒，拘俗守常，咸曰世间不见仙人，便云天下必无此事。夫目之所曾见，当何足言哉？天地之间，无外之大，其中殊奇，岂遽有限，诣老戴天，而无知其上，终身履地，而莫识其下。形骸已所自有也，而莫知其心志之所以然焉。寿命在我者也，而莫知其修短之能至焉。况乎神仙之远理，道德之幽玄，仗其短浅之耳目，以断微妙之有无，岂不悲哉！

设有哲人大才，喜遁勿用。翳景掩藻，废伪去欲，执太璞于至醇之中，遗末务于流俗之外，世人犹莎能甄别，或莫造志行于无名之表，得精神于陋形之里。岂况仙人殊趣异路，以富贵为不幸，以荣华为秽汙，以厚玩为尘壤，以声誉为朝露，蹈炎飚而不灼，蹑玄波而轻步，鼓翮清尘，风驷云轩，仰凌紫极⑫，俯栖昆仑，行尸之人，安得见之？假令游戏，或经人间，匿真隐异，外同凡庸，比肩接武，孰有能觉乎？若使皆如郊闲两瞳之正方⑬，邛疏之双耳⑭，出乎头巅。马皇乘龙而行，子晋躬御白鹤⑮。或鳞身蛇躯⑯，或金车羽服，乃可得知耳。自不若斯，则非洞视者安能觑其形，非彻听者安能闻其声哉？世人既不信，又多疵毁，真人疾之，遂益潜遁。且常人之所爱，乃上士之所憎。庸俗之所贵，乃至人之所贱也。英儒伟器，养其浩然者，犹不乐见浅薄之人，风尘之徒。况彼神仙，何为汲汲使刍狗之伦，知有之何所索乎，而怪于未尝知也。目察百步，不能了了，而欲以所见为有，所不见为无，则天下之所无者，亦必多矣。所谓以指测海，指极而云水尽者也！蜉蝣校巨鳌，日及料大椿，岂所能及哉？魏文帝穷览洽闻，自呼于物无所不经，谓天下无切玉之刀，火浣之布⑰，及著《典论》，尝据言此事。其间未期，二物毕至。帝乃叹息，遽毁斯论。事无固必，殆为此也。陈思王著《释疑论》云，初谓道术，直呼愚民诈伪空言定矣。及见武皇帝试闭左慈等，令断谷近一月，而颜色不减，气力自若，常云可五十年不食，正尔，复何疑哉？又云，令甘始以药含生鱼，而煮之于沸脂中。其无药者，熟而可食，其衔药者，游戏终日，如在水中也。又以药粉桑以饲蚕，蚕乃到十月不老。又以住年药食鸡雏及新生犬子，皆止不复长。以还白药食白犬，百日毛尽黑。乃知天下之事，不可尽知，而以臆断之，不可任也。但恨不能绝声色，专心以学长生之道耳。彼二曹学则无书不览，才则一代之英，然初皆谓无，而晚年乃有穷理尽性，其叹息如此。不逮若人者，不信神仙，不足怪也。刘向博学则究微极妙，经深涉远，思理则清澄真伪，研覈有无，其所撰《列仙传》，仙人七十有余，诚无其事，妄造何为乎？邃古之事，何可亲见，皆赖记籍传闻于往耳。《列仙传》炳然，其必有矣。然书不出周公之门，事不经仲尼之手，世人终于不信。然则古史所记，一切皆无，何但一事哉？俗人贪荣好利，汲汲名利，以已之心，远忖昔人。乃复不信古者有逃帝王之禅授，薄卿相之贵任，巢许之辈[18]，老莱庄周之徒[19]，以为不然也。况于神仙，又难知于斯，亦何可求今世皆信之哉？多谓刘向非圣人，其所撰录，不可孤据，尤所以使人叹息者也。夫鲁史不能与天地合德，而仲尼因之以著经。子长不能与日月并明，而扬雄称之为实录。刘向为汉世之名儒贤人，其所记述，庸可弃哉？凡世人所以不信仙之可学，不许命之可延者，正以秦皇汉武求之不获，以少君栾太为之无验故也。然不可以黔娄原宪之贫，而谓古者无陶朱猗顿之富。不可以无盐宿瘤之丑[20]，而谓在昔无南威西施之美。进趋犹有不达者焉，稼穑犹有不收者焉，商贩或有不利者焉，用兵或有无功者焉。况乎求仙，事之难者，为之者何必皆成哉？彼二君两臣，自可求而不得，或始勤而卒怠，或不遭乎明师，又何足以定天下之无仙乎？

夫求长生，修至道，诀在于志，不在于富贵也。苟非其人，则高位厚货，乃所以为重累耳。何者？学仙之法，欲得恬愉澹泊，涤除嗜欲，内视反听，尸居无心，而帝王任天下之重责，治鞅掌之政务，思劳于万几，神驰于宇宙；一介失所，则王道为亏，百姓有过，则谓之在予。醇醨汩其和气，艳容伐其根核，所以翦精损虑削乎平粹者，不可曲尽而备论也。蚊嚾肤则坐不得安[21]，虱群攻则卧不得宁。四海之事，保祇若是。安得掩翳聪明，历藏数息，长斋久洁，躬亲炉火，夙兴夜寐，以飞八石哉[22]？汉武享国，最为寿考，已得养性之小益矣。但以升合之助，不供钟石之费，锨浍之输，不给尾闾之洩耳。

仙法欲静寂无为，忘其形骸；而人君撞千石之钟，伐雷霆之鼓，硡礚嘈啾[23]，惊魂荡心，百技万变，丧精塞耳，飞轻走迅，钓潜弋高。仙法欲令爱逮蚑蠕，不害含气；而人君有赫斯之怒，芟夷之诛，黄钺一挥，齐斧暂授[24]，则伏尸千里，流血滂沱，斩断之刑，不绝于市。仙法欲止绝臭腥，休粮清肠；而人君烹肥宰腯，屠割群生，八珍百和，方丈于前，煎熬勺药，旨嘉脔饫。仙法欲溥爱八荒，视人如已；而人君兼弱攻昧，取乱堆亡，辟地拓疆，泯人社稷，驱合生人，投之死地，孤魂绝域，暴骸腐野，五岭有血刃之师，北阙悬大宛之首，坑生煞伏，动数十万，京观封尸，仰干云霄，暴骸如莽，弥山填谷。秦皇使十室之中，思乱者九。汉武使天下嗷然，户口减半。祝其有益，诅亦有损。结草知德，则虚祭必怨。众烦攻其膏肓，人鬼齐其毒恨。彼二主徒有好仙之名，而无修道之实，所知浅事，不能悉行。要妙深秘，又不得闻。又不得有道之士，为合成仙药以与之，不得长生，无所怪也。

吾徒匹夫，加之罄困，家有长卿壁立之贫[25]，腹怀翳桑绝粮之馁，冬抱戎夷后门之寒，夏有儒仲环堵之暎[26]，欲经远而乏舟车之用。欲有营而无代劳之役，入无绮纨之娱，出无游观之欢，甘旨不经乎口，玄黄不过乎目，芬芳不历乎鼻，八音不关乎耳，百忧攻其心曲，众难萃其门庭。居世如此，可无恋也。

或得要道之诀，或值不群之师，而犹恨恨于老妻弱子，眷眷于狐兔之丘，迟迟以臻殂落。日月不觉衰老，知长生之可得而不能修，患流俗之臭鼠而不能委。何者？爱习之情卒难遣，而绝俗之志未易果也。况彼二帝，四海之主，其所耽玩者，非一条也，其所亲幸者，至不少矣。正使之为旬月之斋，数日闲居，犹将不能。况乎内弃婉娈之宠，外捐赫奕之尊，口断甘肴，心绝所欲，背荣华而独往，求神仙于幽漠，岂所堪哉？是以历览在昔，得仙道者，多贫贱之士，非势位之人。又栾太所知，实自浅薄，饥渴荣贵，冒干货贿，炫虚妄于苟且，忘祸患于无为，区区小子之奸伪，岂足以证天下之无仙哉？昔勾践式怒蛙[27]，戎卒争蹈火。楚灵爱细腰，国人多饿死[28]。齐桓嗜异味，易牙蒸其子[29]。宋君赏瘠孝，毁殁者比屋[30]。人主所欲，莫有不至。汉武招求方士，宠待过厚，致令斯辈，敢为虚诞耳！栾太若审有道者，安可得煞乎？夫有道者，视爵位如汤镬，见印绶如缞绖[31]，视金玉如土粪，睹华堂如牢狱。岂当扼腕空言，以侥悻荣华，居丹楹之室，受不訾之赐，带五利之印，尚公主之贵，耽沦势利，不知止足，实不得道，断可知矣。按董仲舒所撰《李少君家录》云，少君有不死之方，而家贫无以市其药物，故出于汉，以假途求其财，道成而去。又按《汉禁中起居注》云，少君之将去也，武帝梦与之共登嵩高山，半道有使者乘龙持节，从云中下。云太乙请少君。帝觉，以语左右曰，如我之梦，少君将舍我去矣。数日，而少君称病死。久之，帝令人发其棺，无尸，唯衣冠在焉。按《仙经》云，上士举形升虚，谓之天仙。中士游于名山，谓之地仙。下士先死后蜕，谓之尸解仙。今少君必尸解者也。近世壶公将费长房去。及道士李意期将两弟子去[32]，皆托卒死，家殡埋之。积数年，而长房来归。又相识人见李意期将两弟子皆在郫县。其家各发棺视之，三棺遂有竹杖一枚，以丹书符于杖，此皆尸解者也。

昔王莽引《典坟》以饰其邪，不可谓儒者皆为篡盗也；相如因鼓琴以窃文君，不可谓雅乐主于淫佚也；噎死者不可讥神农之播谷，烧死者不可怒燧人之钻火，覆溺者不可怨帝轩之造舟，酗訾[33]者不可非杜仪之为酒。岂可以栾太之邪伪，谓仙道之果无乎？是犹见赵高董卓，便谓古无伊周霍光[34]；见商臣冒顿[35]，而云古无伯奇孝已也[36]。又《神仙集》中有召神劾鬼之法，又有使人见鬼之术。俗人闻之，皆谓虚文。或云天下无鬼神，或云有之，亦不可劾召。或云见鬼者，在男为觋，在女为巫，当须自然，非可学而得。按《汉书》及《太史公记》皆云齐人少翁，武帝以为文成将军。武帝所幸李夫人死，少翁能令武帝见之如生人状。又令武帝见灶神，此史籍之明文也。夫方术既令鬼见其形，又令本不见鬼者见鬼，推此而言，其余亦何所不有也。鬼神数为人间作光怪变异，又经典所载，多鬼神之据，俗人尚不信天下之有神鬼，况乎仙人居高处远，清浊异流，登遐遂往，不返于世，非得道者，安能见闻。而儒墨之家知此不可以训，故终不言其有焉。俗人之不信，不亦宜乎？惟有识真者，校练众方，得其徵验，审其必有，可独知之耳，不可强也。故不见鬼神，不见仙人，不可谓世间无仙人也！人无贤愚，皆知已身之有魂魄，魂魄分去则人病，尽去则人死。故分去则术家有拘录之法，尽去则礼典有招呼之义，此之为物至近者也。然与人俱生，至乎终身，莫或有自闻见之者也。岂可遂以不闻见之，又云无之乎？若夫辅氏报施之鬼，成汤怒齐之灵，申生交言于狐子[37]，杜伯报恨于周宣[38]，彭生托形于玄豕，如意假貌于苍狗，灌夫守田蚡[39]，子义掊燕简，蓐收之降于莘，栾候之止民家，素姜之说谶纬，孝孙之著文章，神君言于上林，罗阳仕于吴朝，鬼神之事，著于竹帛，昭昭如此，不可胜数。然而蔽者犹谓无之，况长生之事，世所希闻乎！望使必信，是令蚊虻负山，与井蟆论海也。俗人未尝见龙麟鸾凤，乃谓天下无有此物，以为古人虚设瑞应，欲令人主自勉不息冀致斯珍也。况于令人之信有仙人乎！世人以刘向作金不成，便谓索隐行怪，好传虚无。所撰《列仙》，皆复妄作。悲夫！此所谓以分寸之瑕，弃盈尺之夜光，以蚁鼻之缺[40]，捐无价之淳钧[41]，非荆和之远识[42]，风胡之赏真也[43]。斯朱公所以郁悒，薛烛所以永叹矣。夫作金皆在《神仙集》中，淮南王抄出，以作《鸿宝枕中书》，虽有其文，然皆秘其要文，必须口诀，临文指解，然后可为耳。其所用药，复多改其本名，不可按之便用也。刘向父德治淮南王狱中所得此书，非为师授也。向本不解道术，偶偏见此书，便谓其意尽在纸上，是以作金不成耳。至于撰《列仙》传，自删秦大夫阮仓书中出之，或所亲见，然后记之，非妄言也。狂夫童谣，圣人所择。刍荛之言，或不可遗。采葑采菲，无以下体，岂可以百虑之一失，而谓经典之不可用，以日月曾蚀之故，而谓悬象非大明哉？外国作水精碗，实是合五种灰以作之。今交广多有得其法而铸作之者。今以此语俗人，俗人殊不肯信。乃云水精本自然之物，玉石之类。况于世间，幸有自然之金，俗人当何信其有可作之理哉？愚人乃不信黄丹及胡粉，是化铅所作。又不信骡及驼駏㉘，是驴马所生。云物各自有种，况乎难知之事哉？夫所见少，则所怪多，世之常也。信哉此言，其事虽天之明，而人处覆瓿之下，焉识至言哉？"

---

①三五丘旦之圣：三谓三皇，五谓五帝。丘，孔丘。旦，周公旦。古代儒家尊崇的圣贤。

②弃疾良平之智：后稷名弃，传说教民稼穑，是周人的祖先。樗里子名疾，秦惠王之弟，滑稽多智。良，张良，平，陈平，辅佐汉刘邦。

③欧冶子：越人，以善铸剑闻名。干将：吴人，与欧冶子同师，俱善作剑。

④岂輷（hōng，轰）磕之音细：輷，车声，磕，石声。輷磕，大声。

⑤而牂（zāng，脏）柯有沈羽之流：牂柯，同牂牁，古郡名，在今贵州省境内。沈羽之流，以弱水，不胜鸿毛。

⑥雉之为蜃：孟冬雉入大水为蜃。蜃，大蛤蟆。雀之为蛤：传说季秋雀入大水化为蛤。

⑦蝝虫：天牛，长角，体有白点，喜咬桑树作孔。

⑧水蛣为蛉：蛉，通青蛉，即蜻蜓。

⑨鼍（tuó，驼）：也叫扬子鳄。

⑩楚妪为鼋：据《后汉书》载，汉灵帝时，江夏黄氏之母，浴而化为鼋，入于深渊。

⑪死而更生：传说建安四年，武陵充县女子李娥死，埋于地下已十四天，路人听到塚中有声，通知其家人，挖出后出遂活。

⑫仰淩紫极：紫极即紫宫垣，天空中的星座名。紫宫垣共有十五颗星，西蕃七，东蕃八，在北斗星北边。

⑬郊间两瞳之正方：指仙人目瞳皆方。

⑭邛疏：《列仙传》中的仙人，能行气炼形。

⑮子晋：周灵王太子，好吹笙作凤凰鸣，成仙后乘白鹤而去。

⑯鳞身蛇躯：指伏羲鳞身，女娲蛇躯。

⑰切玉之刀火浣（huàn，换）之布：指周穆王征西戎，西戎献剑，其剑切玉如泥。火浣之布，在火中烧后，洁白如雪。

⑱巢许之辈：巢，巢父，传说尧时隐人，山居不营世利，年老以树为巢。许，许由，亦为尧时隐士，尧以天下相让而不受。

⑲老莱：老莱子，楚人。著书十五篇，言道家之用。一说即是老子。

⑳无盐、宿瘤：战国时期齐国丑女。

㉑嘈（zǎn，攒）：咬，叮。

㉒八石：即丹砂、雄黄、雌黄、石留黄、矾石、磁石、戎盐，为道家炼石之药物。

㉓砰磕：如雷之声。嘈㘑：鼓声。

㉔黄钺：金斧。齐斧：利斧；都是古代君王用以杀伐之兵器。

㉕家有长卿壁立之贫：司马相如，字长卿，西汉蜀郡成都人，家贫，徒四壁立。

㉖夏有儒仲环堵之瑛：王霸，字仲儒，隐居守志，茅居蓬户。

㉗昔勾践式怒鼃（wā，蛙）：鼃，通蛙。《韩非子》内储中说：越王勾践见怒鼃而式之。御者曰：何为式？王曰，鼃有气如此，可无为式乎。

㉘楚灵句：楚灵王好细腰，而国中多饿死之人。

㉙齐桓句：易牙：齐桓公嬖臣，善烹调五味。因齐桓公好味，易牙蒸儿子头而进之。

㉚宋君句：《韩非子》内储中说：宋崇门之巷人，服丧而毁，甚瘠。宋君以为慈爱可亲，举以为官师，其党人毁而死者半。

㉛缞绖：缞（cuī，催）：古时丧服，用粗麻布制成。绖（dié，迭）：古时丧服上麻布带子。

㉜李意期：汉文帝时人。人欲远行速至者，意期以符与之，并丹书两腋下，则千里皆不尽日而还。

㉝酗酱：指饮酒过量而死的人。

㉞伊：伊尹，商汤臣。周：周公旦。霍光：汉骠骑将军霍去病弟。此三人皆为古代贤臣。

㉟商臣：楚成王太子，杀父自立。冒顿：匈奴单于头曼的太子，亦是杀父自立为单于。

㊱伯奇：周宣王时尹吉甫之子，无罪为后母谮而逐。孝己：殷高宗之子，有贤孝之行，遭后母之难，忧苦而死。

㊲申生句：晋侯改葬共太子（即申生），大臣狐突适下国，遇太子之魂，太子使登仆，而告之曰：夷吾无礼，余得请于帝

矣，将以晋畀秦，秦将祀余。

　　㊳杜伯句：周宣王杀其臣杜伯而无辜，后宣王田於圃，见杜伯乘白马素车，执弓矢追射宣王，射之车上，伏弢而死。

　　㊴田蚡（fén，汾）：汉武帝时丞相。

　　㊵蚁鼻：喻微小。

　　㊶淳钩：良剑名，越人欧冶子所铸。

　　㊷荆和：指楚人卞和得玉璞于荆山。

　　㊸风胡：春秋时人，善识剑。

　　㊹玊𪊽：也是骡子一类牲畜。

抱朴子内篇卷之三

对　俗

　　或人难曰："人中之有老彭，犹木中之有松柏，禀之自然，何可学得乎？"抱朴子曰："夫陶冶造化，莫灵于人。故达其浅者，则能役用万物；得其深者，则能长生久视。知上药之延年，故服其药以求仙。知龟鹤之遐寿，故效其道引以增年。且夫松柏枝叶，与众木则别。龟鹤体貌，与众虫则殊。至于彭老犹是人耳，非异类而寿独长者，由于得道，非自然也。众木不能法松柏，诸虫不能学龟鹤，是以短折耳！人有明哲，能修彭老之道，则可与之同功矣。若谓世无仙人乎，然前哲所记，近将千人，皆有姓字，及有施为本末，非虚言也。若谓彼皆特禀异气，然其相传皆有师奉服食，非生知也。若道术不可学得，则变易形貌，吞刀吐火①，坐在立亡，兴云起雾②，召致虫蛇，合聚鱼鳖，三十六石立化为水，消玉为粉，溃金为浆，入渊不沾，蹴刃不伤，幻化之事，九百有余，按而行之，无不皆效，何为独不肯信仙之可得乎！仙道迟成，多所禁忌。自无超世之志，强力之才，不能守之。其或颇好心疑，中道而废，便谓仙道长生，果不可得耳。《仙经》曰，服丹守一，与天相毕，还精胎息，延寿无极。此皆至道要言也。民间君子，犹内不负心，外不愧影，上不欺天，下不食言，岂况古之真人。宁当虚造空文，以必不可得之事，诳误将来，何所索乎！苟无其命，终不肯信，亦安可强令信哉！"

　　或难曰："龟鹤长寿，盖世间之空言耳，谁与二物终始相随而得知之也？"抱朴子曰："苟得其要，则八极之外，如在指掌，百代之远，有若同时，不必在乎庭宇之左右，俟乎瞻视之所及，然后知之也。《玉策记》曰③，千岁之龟④，五色具焉，其额上两骨起似角。解人之言，浮于莲叶之上，或在众蓍之下，其上时有白云蟠蛇。千岁之鹤，随时而鸣，能登于木。其未千载者，终不集于树上也，色纯白而脑尽成丹。如此则见，便可知也。然物之老者多智，率皆深藏邃处，故人少有见之耳。按《玉策记》及《昌宇经》，不但此二物之寿也。云千岁松树，四边披越，上杪不长，望而视之，有如偃盖；其中有物，或如青牛，或如青羊，或如青犬，或如青人，皆寿万岁。又云，蛇有无穷之寿，猕猴寿八百岁变为猿，猿寿五百岁变为玃⑤。玃寿千岁。蟾蜍寿三千岁，骐骥寿二千岁。腾黄之马，吉光之兽⑥，皆寿三千岁。千岁之鸟，万岁之禽，皆人面而鸟身，寿亦如其名。虎及鹿兔，皆寿千岁，寿满五百岁者，其毛色白。熊寿五百岁者，则能变化。狐狸豺狼，皆寿八百岁。满五百岁，则善变为人形。鼠寿三百岁，满百岁则色白⑦，善凭人而卜，名曰仲，能知一年中吉凶及千里外事。如此比例，不可具载。但博识者触物能名，洽闻者理无所惑耳。何必常与龟鹤周旋，乃可知乎？苟不识物，则园中草木，田池禽兽，犹多不知，况乎巨异者哉？《史记龟策传》云：江淮间居人为儿时，以龟枝床，至后老死，家人移床，而龟故生。此亦不减五六十岁也，不饮不食，如此之久而不死，其与凡物不同亦远矣，亦复何疑于千岁哉？仙经象龟之息，岂不有以乎？故太丘长颍川陈仲弓，笃论士也，撰《异闻记》云：其郡人张广定者，遭乱常避地，有一女年四岁，不能步涉，又不可担负，计弃之固当饿死。不欲令其骸骨之露，村口有古大冢，上巅先有穿穴，乃以器盛缒之，下此女于巅中，以数月许干饭及水浆与之而舍去。候世平定，其间三年，广定乃得还乡里，欲收冢中所弃女骨，更殡埋也。广定往视，女故坐冢中，见其父母，犹识之甚喜。而父母犹初恐其鬼也，父下入就之，乃知其不死。问之从何得食，女言粮初尽时甚饥，见冢角有一物，伸颈吞气，试效之，转不复饥，日月为之，以至于今。父母去时所留衣被，自在冢中，不行往来，衣服不败，故不寒冻。广定乃索女所言物，乃是一大龟耳。女出食谷，初小腹痛呕逆，久许乃习。此又足以知龟有不死之法，及为道者效之，可与龟同年之验也。史迁与仲弓，皆非妄说者也。天下之虫鸟多矣，而古人独举斯二物者，明其独有异于众故也，睹一隅则可以悟之矣！"

或难曰："龟能土蛰，鹤能天飞，使人为须臾之蛰。有顷刻之飞，犹尚不能，其寿安可学乎？"抱朴子答曰："虫之能蛰者多矣，鸟之能飞者饶矣，而独举龟鹤有长生之寿者，其所以不死者，不由蛰与飞也。是以真人但令学其道引以延年，法其食气以绝谷，不学其土蛰与天飞也。夫得道者，上能竦身于云霄，下能潜泳于川海。是以萧史偕翔凤以凌虚⑧，琴高乘朱鲤于深渊⑨，斯其验也。何但须臾之蛰，顷刻之飞而已乎！龙蛇蛟螭，狙猱鼍鼋⑩皆能竟冬不食，不食之时，乃肥于食时也。莫得其法。且夫一致之善者，物多胜于人，不独龟鹤也。故太昊师蜘蛛而结网⑪，金天据九扈以正时⑫；帝轩俟凤鸣以调律，唐尧观蓂荚以知月，归终知往⑬，乾鹊知来。鱼伯识水旱之气，蜉蝣晓潜泉之地⑭，白狼知殷家之兴，鸑鷟见周家之盛⑮，龟鹤偏解导养，不足怪也。且仙经长生之道，有数百事，但有迟速烦要耳，不必皆法龟鹤也。上士用思遐邈，自然玄畅，难以愚俗之近情，而推神仙之远旨。"

或曰："我等不知今人长生之理，古人何独知之？""此盖愚暗之局谈，非达者之用怀也。夫占天文之玄道，步七政之盈缩，论凌犯于既往，审崇替于将来，仰望云物之徵祥。俯定卦兆之休咎，运三棋以定行军之兴亡⑯，推九符而得祸福之分野，乘除一算，以究鬼神之情状，错综之情，而处无端之善否。其根元可考也，形理可求也。而庸近粗器，犹不能开学之奥治，至于朴素，徒锐思于糟粕，不能穷测其精微也。夫凿枘之粗伎，而轮扁有不传之妙；掇蜩之薄术，而伛偻有入神之巧⑰，在乎其人，由于至精。况于神仙之道，旨意深远，求其根茎，良未易也。松乔之徒，虽得其效，未必测其所以然也，况凡人哉？其事可学，故古人记而垂之，以传识者耳。若心解意得，则可信而修之，其猜疑在胸，皆自其命。不当诘古人何以独晓此，而我何以独不知之意耶？吾今知仙之可得也，吾能休粮不食也，吾保流珠之可飞也，黄白之可求也，若责吾求其本理，则亦实复不知矣。世人若以思所能得谓之有，所不能及则谓之无，则天下之事亦鲜矣。故老子有言，以狸头之治鼠漏，以啄木之护龋齿⑱，此亦可以类求者也。若蟹之化漆⑲，麻之坏酒，此不可以理推者也。万殊纷然，何可以意极哉？设令抱危笃之疾，须良药之救，而不肯即服，须知神农岐伯所以用此草治此病本意之所由，则未免于愚也。"

或曰："生死有命，修短素定，非彼药物，所能损益。夫指既斩而连之，不可续也；血既洒而吞之，无所益也。岂况服彼异类之松柏，以延短促之年命，甚不然也。"抱朴子曰："若夫此论，必须同类，乃能为益。然则既斩之指，已洒之血，本自一体，非为殊族，何以既斩之而不可续，已洒之而不中服乎！余数见人以蛇衔膏连已斩之指㉒，桑豆易鸡鸭之足，异物之益，不可诬也。若子言不恃他物，则宜捣肉治骨，以为金疮之药，煎皮熬发，以治秃鬓之疾耶？夫水土不与百卉同体，而百卉仰之以植焉。五谷非生人之类，而生人须之以为命焉。脂非火种，水非鱼属，然脂竭则火灭，水竭则鱼死，伐木而寄生枯㉑，芟草而兔丝萎㉒。川蟹不归而蛣败㉓，桑树见断而蠹殄，触类而长之，斯可悟矣。金玉在九窍，则死人为之不朽。盐卤沾于肌髓，则脯腊为之不烂，况于以宜身益命之物，纳之于己，何怪其令人长生乎？"

或难曰："神仙方书，似是而非，将必好事者妄所造作，未必出黄老之手，经松乔之目也。"抱朴子曰："若如雅论，宜不验也。今试其小者，莫不效焉。余数见人以方诸求水于夕月㉔，阳燧引火于朝日㉕，隐形以沦于无象，易貌以成于异物。结巾投地而兔走，针缀丹带而蛇行，瓜果结实于须臾，龙鱼漼濣于盘盂㉖，皆如说焉。按汉书栾太初见武帝，试令斗棋，棋自相触。而《后汉书》又载魏尚能坐在立亡，张楷能兴云起雾，皆良史所记，信而有征，而此术事，皆在神仙之部，其非妄作可知矣。小既有验，则长生之道，何独不然乎！"

或曰："审其神仙可以学致，翻然凌霄，背俗弃世，烝尝之礼，莫之修奉，先鬼有知，其不饿乎！"抱朴子曰："盖闻身体不伤，谓之终孝。况得仙道，长生久视，天地相毕，过于受全归完，不亦远乎？果能登虚蹑景，云举霓盖，餐朝霞之沆瀣，吸玄黄之醇精，饮则玉醴金浆，食则翠芝朱英，居则瑶堂瑰室，行则逍遥太清。先鬼有知，将蒙我荣，或可以翼亮五帝，或可以监御百灵；位可以不求而自致，膳可以咀茹华璚，势可以总摄罗酆㉗，威可以叱咤梁成，诚如其道，罔识其妙，亦无饿之者。得道之高，莫过伯阳。伯阳有子名宗，仕魏为将军，有功封于段干㉘。然则今之学仙者，自可皆有子弟，以承祭祀。祭祀之事，何缘便绝！"

或曰："得道之士，呼吸之术既备，服食之要又该，掩耳而闻千里，闭目而见将来。或委华驷而辔蛟龙，或弃神州而宅蓬瀛，或迟回于流俗，逍遥于人间，不便绝迹以造玄虚，其所尚则同，其逝止或异，何也？"抱朴子答曰："闻之先师云，仙人或升天，或住地，要于俱长生，去留各从其所好耳。又服还丹金液之法，若且欲留在世间者，但服半剂而录其半。若后求升天，便尽服之。不死之事已定，无复奄忽之虑。正复且游地上，或入名山，亦何所复忧乎？彭祖言，天上多尊官大神，新仙者位卑，所奉事者非一，但更劳苦；故不足役役于登天，而止人间八百余年也。又云，古之得仙者，或身生羽翼，变化飞行，失人之本，更受异形。有似雀之为蛤，雉之为蜃，非人道也。人道当食甘旨，服轻暖，通阴阳，处官秩；耳目聪明，骨节坚强，颜色悦怿，老而不衰，延年久视，出处任意；寒温风湿不能伤，鬼神众精不能犯，五兵百毒不能中，忧喜毁誉不为累，乃为贵耳。若委弃妻子，独处山泽，邈然断绝人理，块然与木石为邻，不足多也。昔安期先生龙眉宁公修羊公阴长生㉙，皆服金液半剂者也。其止世间，或近千年，然后去耳！笃而论之，求长生者，正惜今日之所欲耳，本不汲汲于升虚，以飞腾为胜于地上也。若幸可止家而不死者，亦何必求于速登天乎？若得仙无复住理者，复一事耳。彭祖之言，为附人情者也。"

或问曰："为道者当先立功德，审然否？"抱朴子曰："有之。按《玉钤经中篇》云，立功为上，除过次之。为道者以救人危使免祸，护人疾病，令不枉死，为上功也。欲求仙者，要当以忠孝和顺仁信为本。若德行不修，而但务方术，皆不得长生也。行恶事大者，司命夺纪，小过夺算，随所犯轻重，故所夺有多少也。凡人之受命得寿，自有本数，数本多者，则纪算难尽而迟死。若所禀本少，而所犯者多，则纪算速尽而早死。又云，人欲地仙，当立三百善；欲天仙，立千二百善。若有千一百九十九善，而忽复中行一恶，则尽失前善，乃当复更起善数耳。故善不在大，恶不在小也。虽不作恶事，而口及所行之事，及责求布施之报，便复失此一事之善，但不尽失耳。又云，积善事未满虽服仙药，亦无益也。若不服仙药，并行好事，虽未便得仙，亦可无卒死之祸矣。吾更疑彭祖之辈，善功未足，故不能升天耳。"

---

①变易形貌，吞刀吐火：张衡《西京赋》：奇幻倏忽，易貌分形，吞刀吐火，云雾杳冥。指各种道教奇术。

②兴云起雾：《西京杂记》说：有东海人黄公，少时为幻，能以绛缯束发，立兴云雾。亦指道教法术。

③《玉策记》：周、秦时的书。

④千岁之龟句：《史记·龟策列传》褚少云说：有神龟在江南嘉林中，常巢于芳连之上，能活千岁，谓其长寿。

⑤玃（jué，觉）：大猴。

⑥腾黄、吉光：都是神马的名称。

⑦鼠寿三百岁句：据《搜神记》载，千岁之蛇，断而复续，百年之鼠，而能相卜。因其长寿而灵异。

⑧萧史：秦穆公时人，善吹箫。穆公以其女弄玉妻之。萧史每日教弄玉作凤鸣，数年之后，凤凰来止其屋，两人乘凤凰飞去。

⑨琴高：赵人，浮游冀州涿郡间，死后入涿水中，取龙子，与诸弟子期，期日皆洁待于水旁设祠，果乘赤鲤而出。

⑩狙：猿属。猬：毛刺。鼋（tóu，驼）：水中大甲虫。蚖：同蜊（lì，利），虫名。

⑪太昊：即庖牺氏，结绳而为纲罟，以畋以渔。

⑫金天氏：即少昊，名挚，黄帝之子。扈（hù，户）：鸟名。

⑬归终：神兽。

⑭蜉蝣：方土语，通谓之渠略，似甲虫，有角，大如指，长三四寸，甲下有翅能飞。

⑮鸑鷟（yuè zhuó，岳轴）：凤属，一种神鸟。

⑯运三棋：三棋似指《灵棋经》之类，是一种推卜之术，可以预决吉凶。

⑰掇蜩句：痀偻老人传说是春秋人，以竿承蝉，如俯拾地芥，无一遗漏。

⑱啄木：食蠹虫也。

⑲蟹之化漆：以蟹置漆中，则败坏不燥。

⑳蛇衔：药草名。

㉑寄生：寄生植物，如中草药桑寄生。

㉒兔丝：即兔丝子，中草药。

㉓蛣：长寸余，腹中有蟹子和榆荚，合体共生，俱为蛣取食，蟹死蛣败。

㉔方诸：大蛤也。

㉕阳燧：金也。取金（按即铜）杯无缘者，熟摩令热，日中时，以当日下，以艾承之，则燃得火。

㉖龙鱼句：据《后汉书》载，赵炳以盆盛水，吹气作禁，鱼龙立见。瀺灂：鱼浮沉的样子。

㉗罗酆（fēng，丰）：山名，在迷信相说中是鬼神所居。

㉘伯阳：即老子，其子名宗，为魏将，封于段干。

㉙昔安期句：传说安期先生，琅邪阜乡人，卖药于东海边，秦始皇东游，与语三日三夜。修羊公：魏人，在华阴山石室中修道，后以道见于汉景帝。宁公：在龙眉山，毛身广耳，被发鼓琴。阴长生：新野人，事马鸣生，鸣生将入青城山中，以《太清神丹经》授之，长生持归合之，丹成，服半剂在民间三百余年，然后飞升入云。

抱朴子内篇卷之四

金　丹

　　抱朴子曰：余考览养性之书，鸠集久视之方，曾所披涉篇卷，以千计矣，莫不皆以还丹金液为大要者焉！然则此二事，盖仙道之极也。服此而不仙，则古来无仙矣。往者上国丧乱①，莫不奔播四出。余周旋徐豫荆襄江广数州之间，阅见流移俗道士数百人矣。或有素闻其名，乃在云日之表者。然率相似如一，其所知见，深浅有无，不足以相倾也。虽各有数十卷书，亦未能悉解之也，为写蓄之耳。时有知行气及断谷服诸草木药法，所有方书，略为同文，无一人不有《道机经》，唯以此为至秘，乃云是尹喜所撰。余告之曰，此是魏世军督王图所撰耳②，非古人也。图了不知大药，正欲以行气入室求仙，作此道机，谓道毕于此，此复是误人之甚者也。余问诸道士以神丹金液之事，及《三皇内文》召天神地祇之法，了无一人知之者，其夸诞自誉及欺人，云已久寿。及言曾与仙人共游者将太半矣，足以与尽微者甚鲜矣！或有颇闻金方，而不谓今世复有得之者，皆言唯上古已度仙人，乃当晓之。或有得方外说，不得其真经。或得杂碎丹方，便谓丹法尽于此也。昔左元放于天柱山中精思③，而神人授之金丹仙经。会汉末乱，不遑合作，而避地来渡江东，志欲投名山以修斯道。余从祖仙公，又从元放受之。凡受《太清丹经》三卷及《九鼎丹经》一卷《金液丹经》一卷。余师郑君者④，则余从祖仙公之弟子也，又于从祖受之，而家贫无用买药，余亲事之，洒扫积久，乃于马迹山中立坛盟受之，并诸口诀诀之不书者。江东先无此书，书出于左元放，元放以授余从祖，从祖以授郑君，郑君以授余，故他道士了无知者也。然余受之已二十余年矣，资无担石，无以为之，但有长叹耳。有积金盈柜，聚钱如山者，复不知有此不死之法。就令闻之，亦万无一信，如何？夫饮玉粕则知浆荇之薄味，睹昆仑则觉丘垤之至卑。既览金丹之道，则使人不欲复视小小方书；然大药难卒得办，当须且将御小者以自支持耳；然服他药万斛，为能有小益，而终不能使人遂长生也。故老子之诀言云，子不得还丹金液，虚自苦耳。夫五谷犹能活人，人得之则生，绝之则死，又况于上品之神药，其益人岂不万倍于五谷耶？夫金丹之为物，烧之愈久，变化愈妙。黄金入火，百炼不消。埋之，毕天不朽。服此二物，炼人身体，故能令人不老不死。此盖假求于外物以自坚固，有如脂之养火而不可减，铜青扞脚。入水不腐，此是借铜之劲以扞其肉也。金丹入身中，沾洽荣卫，非但铜青之外傅矣。世间多不信至道者，则悠悠者皆是耳。然万一时偶有好事者，而复不见此法，不值明师，无由闻天下之有斯妙事也。余今略钞金丹之都较，以示后之同志好之者。其勤求之，求之不可守浅近之方，而谓之足以度世也。遂不遇之者，直当自息意于无穷之冀耳。想见其说，必自知出潢污而浮沧海，背萤烛而向日月，闻雷霆而觉布鼓之陋⑤，见巨鲸而知寸介之细也。如其喽喽⑥，无之先入，欲以弊药必规升腾者，何异策蹇驴而追迅风，棹蓝舟而济大川乎？又诸小饵丹方甚多，然作之有浅深，故力势不同，虽有优劣，转不相及。犹一殳之酒⑦，不可以方九酝之醇耳！然小丹之下者，犹自远胜草木之上者也。凡草木烧之即烬，而丹砂烧之成水银，积变又还成丹砂，其去凡草木亦远矣，故能令人长生。神仙独见此理矣，其去俗人，亦何缅邈之无限乎？世人少所识，多所怪，或不知水银出于丹砂，告之终不肯信，云丹砂本赤物，从何得成此白物。又云丹砂是石耳，今烧诸石皆成灰，而丹砂何独得尔。此近易之事，犹不可喻，其闻仙道，大而笑之，不亦宜乎？上古真人愍念将来之可教者⑧，为作方法，委曲欲使其脱死亡之祸耳，可谓至言矣。然而俗人终不肯信，谓为虚文。若是虚文者，安得九转九变，日数所成，皆如方耶？真人所以知此者，诚不可以庸近思求也。余少好方术，负步请问，不惮险远。每有异闻，则以为喜。虽见毁笑，不以为戚。焉知来者之不如今，是以著此以示识者？岂苟尚奇怪，而崇饰空言，欲令书行于世，信结流俗哉？盛阳不能荣枯朽，上智不能移下愚，书为晓者传，事为识者贵。农夫得彤弓以驱鸟⑨，南夷得衮衣以负薪⑩，夫不知者，何可强哉？世人饱食终日，复未必能勤儒墨之业，治进德之务，但共逍遥遨游，以尽年月，其所营也，非荣则利。或飞苍走黄于中原⑪，或留连杯觞以羹沸，或以美女荒沈丝竹，或耽沦绮纨，或控弦以弊筋骨，或博弈以弃功夫。闻至道之言而如醉，睹道论而昼睡。有身不修，动之死地，不肯求问养生之法，自欲割削之，煎熬之，憔悴之，漉汔之⑫。而有道者自宝秘其所知，无求于人，亦安肯强行语之乎？世人之常言，咸以长生若可得者，古人之富贵者，已当得之，而无得之者，是无此道也。而不知古之富贵者，亦如今之富贵者耳。俱不信不求之，而皆以目前之所欲者为急，亦安能得之耶！假令不能决意，信命之可延，仙之可得，亦可惜于试之。试之小效，但使得二三百岁，不犹俞于凡人之少夭乎？天下之事万端，而道术尤难明于他事者也。何可以中才之心，而断世间必无长生之道哉？若正以世人皆不信之，便谓为无，则世人之智者，又何太多乎？今若有识道竟而犹修求之者，讵必便是至愚，而皆不及世人耶？又或虑于求长生，傥其不得，恐人笑之，以为暗惑。若心所断，万有一失，而天下果自有此不死之道者，不亦当复为得之者所笑乎？日月有所不能周照，人心安足孤信哉？

抱朴子曰：按《黄帝九鼎神丹经》曰，黄帝服之，遂以升仙。又云，虽呼吸道引，及服草木之药，可得延年，不免于死也。服神丹令人寿无穷已，与天地相毕，乘云驾龙，上下太清。黄帝以传玄子⑬，戒之曰，此道至重，必以授贤，苟非其人，虽积玉如山，勿以此道告之也。受之者以金人金鱼投于东流水中以为约，歃血为盟⑭，无神仙之骨，亦不可得见此道也。合丹当于名山之中，无人之地，结伴不过三人。先斋百日，沐浴五香，致加精洁，勿近秽污，及与俗人往来，又不令不信道者知之，谤毁神药，药不成矣。成则可以举家皆仙，不但一身耳！世人不合神丹，反信草木之药。草木之药，埋之即腐，煮之即烂，烧之即焦，不能自生，何能生人乎？

九丹者，长生之要，非凡人所当见闻也，万兆蠢蠢，唯知贪富贵而已，岂非行尸者乎？合时又当祭，祭自有图法一卷也。

第一之丹名曰丹华。当先作玄黄，用雄黄水、矾石水⑮、戎盐、卤盐、矾石、牡蛎、赤石脂、滑石、胡粉各数十斤，以为六一泥，火之三十六日成，服之七日仙。又以玄膏丸此丹，置猛火上，须臾成黄金。又以二百四十铢合水银百斤火之，亦成黄金。金成者药成也，金不成，更封药而火之，日数如前，无不成也。

第二之丹名曰神丹，亦曰神符。服之百日仙也。行度水火，以此丹涂足下，步行水上。服之三刀圭⑯，三尸九虫皆即消坏，百病皆愈也。

第三之丹名曰神丹。服一刀圭，百日仙也。以与六畜吞之，亦终不死，又能辟五兵。服百日，仙人玉女，山川鬼神，皆来侍之，见如人形。

第四之丹名曰还丹。服一刀圭，百日仙也。朱鸟凤凰，翔覆其上，玉女至傍。以一刀圭合水银一斤火之，立成黄金。以此丹涂钱物用之，即日皆还。以此丹书凡人目上，百鬼走避。

第五之丹名饵丹。服之三十日，仙也。鬼神来侍，玉女至前。

第六之丹名炼丹。服之十日，仙也。又以汞合火之，亦成黄金。

第七之丹名柔丹。服一刀圭，百日仙也。以缺盆汁和服之，九十老翁，亦能有子，与金公合火之[17]，即成黄金。

第八之丹名伏丹。服之即日仙也。以此丹如枣核许持之，百鬼避之。以丹书门户上，万邪众精不敢前，又辟盗贼虎狼也。

第九之丹名寒丹。服一刀圭，百日仙也。仙童仙女来侍，飞行轻举，不用羽翼。

凡此九丹，但得一丹便仙，不在悉作之，作之在人所好者耳。凡服九丹，欲升天则去，欲且止人间亦任意，皆能出入无间，不可得之害矣。

抱朴子曰：复有太清神丹，其法出于元君。元君者，老子之师也。《太清观天经》有九篇，云其上三篇不可教授；其中三篇世无足传，常沈之三泉之下；下三篇者，正是丹经上中下，凡三卷也。元君者，大神仙之人也，能调和阴阳，役使鬼神风雨，骖驾九龙十二白虎，天下众仙皆隶焉，犹自言亦本学道服丹之所致也，非自然也，况凡人乎？其经曰：上士得道，升为天官；中士得道，栖集昆仑；下士得道，长生世间。愚民不信，谓为虚言，从朝至暮，但作求死之事，了不求生，而天岂能强生之乎？凡人唯知美食好衣，声色富贵而已。恣心尽欲，奄忽终殁之徒，填无以神丹告之，令其笑道谤真。传丹经不得其人，身必不吉。若有笃信者，可将合药成以分之，莫轻以其方传之也。知此道者，何用王侯？为神丹既成，不但长生，又可以作黄金。金成，取百斤先设大祭。祭自有别法一卷，不与九鼎祭同也。祭当别称金各检署之。

礼天二十斤，日月五斤，北斗八斤，太乙八斤，井五斤，灶五斤，河伯十二斤，社五斤，门户闾鬼神清君各五斤，凡八十八斤，于一十二斤，以好韦囊盛之，良日于都市中市盛之时，嘿声放弃之于多人处，径去无复顾。凡用百斤外，乃得自恣用之耳。不先以金祀神，必被殃咎。又曰，长生之道，不在祭祀事鬼神也，不在道引与屈伸也，升仙之要，在神丹也。知之不易，为之实难也。子能作之，可长存也！近代汉末新野阴君，合此太清丹得仙。其人本儒生，有才思，善著诗及丹经赞并序，述初学道随师本末，列己所知识之得仙者四十余人。甚分明也。作此太清丹，小为难合于九鼎，然是白日升天之上法也。合之当先作华池赤盐艮云玄白飞符三五神水，乃可起火耳。

一转之丹，服之三年得仙。二转之丹，服之二年得仙。三转之丹，服之一年得仙。四转之丹，服之半年得仙。五转之丹，服之百日得仙。六转之丹，服之四十日得仙。七转之丹，服之三十日得仙。八转之丹，服之十日得仙。九转之丹，服之三日得仙。若取九转之丹，内神鼎中，夏至之后，爆之鼎热，内朱儿一斤于盖下。伏伺之，候日精照之，须臾翕然俱起，煌煌辉辉，神光五色，即化为还丹。取而服之一刀圭，即白日升天。又九转之丹者，封涂之于土釜中，糠火，先文后武，其一转至九转，迟速各有日数多少，以此知之耳。其转数少，其药力不足，故服之用日多，得仙迟也。其转数多，药力盛[18]，故服之用日少，而得仙速也。

又有九光丹，与九转异法，大都相似耳。作之法，当以诸药合火之，以转五石。五石者，丹砂、雄黄、白礜、曾青、慈石也。一石辄五转而各成五色，五石而二十五色，色各一两，而异器盛之。欲起死人，未满三日者，取青丹一刀圭和水，以浴死人，又以一刀圭发其口内之，死人立生也。欲致行厨，取黑丹和水，以涂左手，其所求如口所道皆自至，可致天下万物也。欲隐形及先知未然方来之事，及住年不老，服黄丹一刀圭，即便长生不老矣。及坐见千里之外，吉凶皆知，如在目前也。人生宿命，盛衰寿夭，富贵贫贱，皆知之也，其法俱在《太清经》中卷耳。

抱朴子曰：其次有《五灵丹经》一卷，有五法也。用丹砂、雄黄、雌黄、石硫黄、曾青、矾石、慈石、戎盐、太乙馀粮，亦用六一泥，及神室祭醮合之，三十六日成。又用五帝符，以五色书之，亦令人不死，但不及太清及九鼎丹药耳。

又有岷山丹法，道士张盖蹋精思于岷山石室中，得此方也。其法鼓冶黄铜，以作方诸，以承取月中水，以水银覆之，致日精火其中，长服之不死。又取此丹置雄黄铜燧中，覆以汞曝之，二十日发而治之，以井华水服如小豆，百日，盲者皆能视之。百病自愈，发白还黑，齿落更生。

又务成子丹法，用巴沙汞置八寸铜盘中，以土炉盛炭，倚三隅墢以枝盘，以硫黄水灌之，常令如泥，百日服之不死。

以羡门子丹法，以酒和丹一斤，用酒三升和，曝之四十日，服之一日，则三虫百病立下；服之三年，仙道乃成。必有玉女二人来侍之，可役使致行厨，此丹可以厌百鬼，及四方死人殃注害人宅，及起土功妨人者，悬以向之，则无患矣。

又有立成丹，亦有九首，似九鼎而不及也。其要一本更云，取雌黄雄黄烧下其中铜，铸以为器，覆之三岁淳苦酒上，百日，此器皆生赤乳，长数分，或有五色琅玕，取理而服之，亦令人长生。又可以和菟丝，菟丝是初生之根，其形似菟。掘取克其血，以和此丹，服之立变化，任意所作也。又和以朱草，一服之，能乘虚而行云。朱草状似小枣，栽长三四尺，枝叶皆赤，茎如珊瑚，喜生名山岩石之下，刻之汁流如血，以玉及八石金银投其中，立便可丸如泥，久则成水；以金投之，名为金浆，以玉投之，名为玉醴，服之皆长生。

又有取伏丹法云，天下诸水，有名丹者，有南阳之丹水之属也。其中皆有丹鱼，当先夏至十日夜伺之，丹鱼必浮于水侧，赤光上照，赫然如火也，网而取之可得之，得之虽多，勿尽取也，割其血，涂足下，则可步行水上，长居渊中矣。

又赤松子丹法，取千岁蔂汁及矾桃汁淹丹[19]，著不津器中，练蜜盖其口，埋之入地三尺。百日，绞柠木赤实，取汁和而服之，令人面目鬓发皆赤，长生也。昔中黄仙人有赤须子者，岂非服此乎？

又石先生丹法，取乌轂之未生毛羽者[20]，以真丹和牛肉以吞之，至长，其毛羽皆赤，乃煞之，阴干百日，并毛羽捣服一刀圭，百日得寿五百岁。

又康风子丹法，用羊乌鹤卵雀血，合少室天雄汁，和丹内鹄卵中漆之，内云母水中，百日化为赤水，服一合，辄益寿百岁，服一升千岁也。

又崔文子丹法，纳丹鹜腹中蒸之，服令人延年，长服不死。

又刘元丹法，以丹砂内玄水液中，百日紫色，握之不污手，又和以云母水，内管中漆之投井中，百日化为赤水，服一合，得百负，久服长生也。

又乐子长丹法，以曾青铅丹合汞及丹砂，著铜筒中，干瓦白滑石封之，于白砂中蒸之，八十日，服如小豆，三年仙矣。

又李文丹法，以白素裹丹，以竹汁煮之，名红泉，乃浮汤上蒸之，合以玄水。服之一合，一年仙矣。

又尹子丹法，以云母水和丹密封，致金华池中，一年出。服一刀圭，尽一斤，得五百岁。

又太乙招魂魄丹法，所用五石，及封之以六一泥，皆似九丹也。长于起卒死三日以还者，折齿内一丸，与硫黄丸，俱以水送之，令入喉即活，皆言见使者持节召之。

又采女丹法，以兔血和丹与蜜蒸之，百日。服之如梧桐子者大一丸，日三，至百日，有神女二人来侍之，可役使。

又稷丘子丹法，以清酒麻油百华醴龙膏和[21]，封以六一泥，以糠火煴之，十日成。服如小豆一丸，尽剂，得寿五百岁。

又墨子丹法，用汞及五石液于铜器中，火熬之，以铁匕挠之，十日，还为丹。服之一刀圭，万病去身，长服不死。

又张子和丹法，用铅汞曾青水合封之，蒸之于赤黍米中，八十日成，以枣膏和丸之。服如大豆，百日，寿五百岁。

又绮里丹法，先飞取五石玉尘，合以丹砂汞，内大铜器中煮之，百日，五色，服之不死。以铅百斤，以药百刀圭，合火之成白银，以雄黄水和而火之，百日成黄金，金或太刚者，以猪膏煮之，或太柔者，以白梅煮之。

又玉柱丹法，以华池和丹，以曾青硫黄末覆之荐之，内筒中沙中，蒸之五十日。服之百日，玉女六甲六丁神女来侍之，可役使，知天下之事也。

又肘后丹法，以金华和丹干瓦封之，蒸八十日，取如小豆，置盘中，向日和之，其光上与日连。服如小豆，长生矣，以投丹阳铜中，火之成金。

又李公丹法，用真丹及五石之水各一升，和令如泥，釜中火之，三十六日出，和以石硫黄液。服之十年，与天地相毕。

又刘生丹法，用白菊花汁地楮汁樗汁和丹蒸之，三十日。研合服之，一年，得五百岁，老翁服更少不可识，少年服亦不老。

又王君丹法，巴沙及汞内鸡子中，漆合之，令鸡伏之三枚。以王相日服之，住年不老，小儿不可服，不复长矣，与新生鸡犬服之，皆不复大，鸟兽亦皆如此验。

又陈生丹法，用白蜜和丹，内铜器中封之，沈之井中，一期。服之经年，不饥，尽一斤，寿百岁。

又韩终丹法，漆蜜和丹煎之。服可延年久视，立日中无影。过此以往，尚数十法，不可具论。

抱朴子曰：金液太乙所服而仙者也，不减九丹矣，合之用古秤黄金一斤。并用玄明龙膏、太乙旬首中石、冰石、紫游女、玄水液、金化石、丹砂②，封之成水，其经云，金液入口，则其身皆金色。老子受之于元君，元君曰，此道至重，百世一出，藏之石室。合之，皆斋戒百日，不得与俗人相往来，于名山之侧，东流水上，别立精舍，百日成，服一两便仙。若未欲去世，且作地水仙之士者，但斋戒百日矣。若求升天，皆先断谷一年，乃服之也。若服半两，则长生不死，万害百毒，不能伤之，可以畜妻子，居官秩，任意所欲，无所禁也。若复欲升天者，乃可斋戒，更服一两，便飞仙矣。

以金液为威喜巨胜之法，取金液及水银一味合煮之，三十日出，以黄土瓯盛，以六一泥封，置猛火炊之，六十时，皆化为丹服如小豆大便仙，以此丹一刀圭粉，水银一斤，即成银。又取此丹一斤置火上扇之，化为赤金而流，名曰丹金。以涂刀剑，辟兵万里。以此丹金为盘碗，饮食其中，令人长生。以承日月得液，如方诸之得水也，饮之不死。以金液和黄土，内六一泥瓯中，猛火炊之，尽成黄金，中用也，复以火炊之，皆化为丹。服之如小豆，可以入名山大川为地仙。以此丹一刀圭粉水银立成银，以银一两和铅一斤，皆成银。《金液经》云，投金人八两于东流水中，饮血为誓，乃告口诀，不如本法，盗其方而作之，终不成也。凡人有至信者，可以药与之，不可轻传其书，必两受其殃，天神鉴人甚近，人不知耳。

抱朴子曰：九丹诚为仙药之上法，然合作之，所用杂药甚多，若四方清通者，市之可具。若九域分隔，则物不可得也。又当起火昼夜数十日，伺候火力，不可令失其适，勤苦至难，故不及合金液之易也。合金液唯金为难得耳。古秤金一斤于今为二斤，率不过直三十许万，其所用杂药差易具。又不起火，但以置华池中，日数足便成矣。都合可用四十万而得一剂，可足八人仙也。然其中稍少合者，其气力不足以相化成，如酿数升米酒，必无成也。

抱朴子曰：其次有饵黄金法，虽不及金液，亦远不比他药也。或以豕负革肪及酒炼之，或以樗皮治之，或以荆酒磁石消之，或有可引为巾，或立令成水服之。或有禁忌，不及金液也。或以雄黄雌黄合饵之，可引之张之如皮，皆地仙法耳。银及蚌中大珠，皆可化为水服之。然须长服不可缺，故皆不及金液也。

抱朴子曰：合此金液九丹，既当用钱，又宜入名山。绝人事，故能为之者少，且亦千万人中，时当有一人得其经者。故凡作道书者，略无说金丹者也。第一禁，勿令俗人之不信道者，谤讪评毁之，必不成也。郑君言所以尔者，合此大药皆当祭，祭则太乙元君老君玄女皆来鉴省。作药者若不绝迹幽僻之地，令俗间愚人得经过闻见之，则诸神便责作药者之不遵承经戒，致令恶人有谤毁之言，则不复佑助人，而邪气得进，药不成也。必入名山之中，斋戒百日，不食五辛生鱼，不与俗人相见，尔乃可作大药。作药须成乃解斋，不但初作时斋也。郑君云，左君告之，言诸小小山，皆不可于其中作金液神丹也。凡小山皆无正神为主，多是木石之精，千岁老物，血食之鬼。此辈皆邪魅，不念为人作福，但能作祸，善试道士，道士须当以术辟身，及将从弟子，然或能坏人药也。今之医家，每合好药好膏，皆不欲令鸡犬小儿妇人见之。若被诸物犯之，用便无验。又染彩者恶恶目者见之，皆失美色。况神仙大药乎？是以古之道士，合作神药，必入名山，不止凡山之中，正为此也。又按仙经，可以精思合作仙药者，有华山、泰山、霍山[22]、恒山、嵩山、少室山[24]、长山[25]、太白山[26]、终南山、女几山[27]、地肺山、王屋山[28]、抱犊山[29]、安丘山、潜山[30]、青城山、娥眉山[31]、绥山[32]、云台山[33]、罗浮山[34]、阳驾山、黄金山[35]、鳖祖山、大小天台山、四望山、盖竹山、括苍山[36]，此皆是正神在其山中，其中或有地仙之人。上皆生芝草，可以避大兵大难，不但于中以合药也。若有道者登之，则此山神必助之为福，药必成。若不得登此诸山者，海中大岛屿，亦可合药。若会稽之东翁洲、亶洲纡屿[37]，及徐州之莘莒洲、泰光洲、郁洲，皆其次也。今中国名山不可得至，江东名山之可得住者，有霍山在晋安；长山太白在东阳；四望山大小天台山盖竹山括苍山，并在会稽。

抱朴子曰：予忝大臣之子孙，虽才不足以经国理物，然畴类之好，进趍之业，而所知不能远余者，多挥翮云汉，耀景辰霄者矣。余所以绝庆吊于乡党，弃当世之荣华者，必欲远登名山。成所著子书，次则合神药，规长生故也。俗人莫不怪予之委桑梓，背清涂，而躬耕林数，手足胼胝，谓予有狂惑之疾也。然道与世事不并兴，若不废人间之务，何得修如此之志乎？见之诚了，执之必定者，亦何惮于毁誉，岂移于劝沮域？聊书其心，示将来之同志尚者云。后有断金之徒，所捐弃者，亦与余之不异也。

小神丹方，用真丹三斤，白蜜六斤搅合，日暴煎之，令可丸。旦服如麻子许十丸，未一年，发白者黑，齿落者生，身体润泽，长服之，老翁成少年，长生不死矣。

小丹法，丹一斤，捣筛，下淳苦酒三升，漆二升，凡三物合，令相得，微火上煎令可丸。服如麻子三丸，日再服，三十日，腹中百病愈，三尸去；服之百日，肌骨强坚；千日，司命削去死籍，与天地相毕，日月相望，改形易容，变化无常，日中无影，乃别有光也。

小饵黄金法，炼金内清酒中，约二百过，出入即沸矣，握之出指间令如泥，若不沸，及握之不出指间，即削之，内清酒中无数也。成，服之如弹丸一枚，亦可一丸，分为小丸，服之三十日，无寒温，神人玉女侍之，银亦可饵之，与金同法。服此二物，能居名山石室中者，一年即轻举矣。止人间服亦地仙，勿妄传也。

两仪子饵黄金法，猪负革脂三斤，淳苦酒一升，取黄金五两，置器中，煎之土炉，以金置脂中，百入百出，苦酒亦尔。食一斤，寿蔽天地；食半斤，寿二千岁；五两，寿千二百岁。无多少，便可饵之。当以王相日作[38]，服之神良。勿传非人，传示非人，令药不成不神。欲食去尸药，当服丹砂也。

①上国：指西晋。

②魏世军督王图：三国时人。据《三国志》载，建安十八年裴松之注引《劝进表》中有领护军将军王图。

③左慈：字元放，卢江人。明五经，兼通星气。见汉祚将衰，天下乱起，乃学道。精思于天柱山中，得《九丹金液经》。

④余师郑君：郑君，郑隐，字思远。少为书生，善律历候纬，晚师事葛玄。是葛洪的老师。

⑤闻雷霆句：雷霆之声急而大，布鼓之声滞而小，以喻大小相差甚远，不必拘泥于雷霆。

⑥如其喽喽：喽（lóu，楼）喽，比喻声音之词，犹言繁琐。

⑦酘（tóu，投）：酿酒时投入米饭。一酘之酒，这里指再酿之酒。

⑧愍（mǐn，敏）：悲伤。

⑨得彤弓以驱鸟：彤弓：米色之弓，古时皇帝以赐有功之诸侯。彤弓驱鸟，喻不识贵物。

⑩衮衣：古时王者之礼服，形容华贵。

⑪飞苍走黄：谓急速奔走。

⑫漉汔（lù qì，鹿迄）：枯竭的意思。

⑬黄帝以傅玄子：玄子即元君，道教传说中的仙人，因服九鼎神丹得道，著经九卷。

⑭嗳（shà，霎）：通歃，用嘴吸取。

⑮矾石水：矾石液即硫磺。

⑯刀圭：一种量药的器具，俗语：刀头圭角些子而已，言不多也。

⑰与金公合火之：一说金公即铅。按《淮南子》之子迎道人作金银。古代炼金术试图以铅炼金。

⑱药力盛：结合上下文，上文言九转丹转数少则药力不足，此言转数多则药力盛。

⑲蔂（léi，垒）：同藟，是一种藤，《本草纲目》有记载，有千岁蔂。

⑳殻（kòu，寇）：幼鸟生后须母哺食曰殻。

㉑百华醴：百华指百花，百华醴即蜂蜜。

㉒玄明龙膏至丹砂句：玄明龙膏即水银。太乙旬首中石即雄黄。凝水石一名冰石。戎盐一名紫女，酢一名玄水（亦即水银）。消石一名化金石。丹砂一名朱砂。

㉓霍山：名山以霍为名不止一座，这里的霍山在今福建省南安县。

㉔少室山：河南嵩山之西峰。

㉕长山：在今浙江金华。

㉖太白山：亦在今浙江境内。

㉗女儿山：在今河南省宜阳县，传说山上多玉，其下多黄金。

㉘王屋山：在今河南省济源县。三有三重，其状如屋，故名王屋山。

㉙抱犊山：在今山西省。

㉚安丘山、潜山：安丘山在今山东安丘县，潜山在今安徽潜山县。

㉛娥嵋山：即现在所说峨嵋山，在四川省。

㉜绥山：应为绥山，在峨嵋山西南。

㉝云台山：在今四川苍溪县。

㉞罗浮山：在今广东增城县东。浮山与罗山合体，故名罗浮山。相传葛洪得道术于此山。

㉟黄金山：湖北省祥县有黄金山，产铜。

㊱大小天台山、四望山、盖竹山、括苍山：都在今浙江境内。

㊲若会稽句：亶洲，在海中。传言秦始皇遣方士徐福入海求蓬莱仙药，止此洲不返还。会稽东县人海行，亦有遭台风漂流移至亶洲者。

㊳王相：古代阴阳家，以为木、火、土、金、水五行递旺于春、夏、季夏、秋、冬四季。

抱朴子内篇卷之五

至　理

　　抱朴子曰：微妙难识，疑惑者众。吾聪明岂能过人哉？适偶有所偏解，犹鹤知夜半①，燕知戈巳②，而未必达于他事也。亦有以校验，知长生之可得，仙人之无种耳。夫道之妙者，不可尽书，而其近者，又不足说。昔庚桑胼胝③，文子鼃颜④，勤苦弥久，及受大诀，谅有以也。夫圆首含气，孰不乐生而畏死哉？然荣华势利诱其意，素颜玉肤惑其目，清商流徵乱其耳，爱恶利害搅其神，功名声誉束其体。此皆不召而自来，不学而已成，自非受命应仙，穷理独见，识变通于常事之外，远清鉴于玄漠之域，寝身名之亲疏，悼过隙之电速者，岂能弃交修赊，抑遗嗜好，割目下之近欲，修难成之远功哉？夫有因无而生焉，形须神而立焉。有者，无之宫也。形者，神之宅也。故譬之于堤，堤坏则水不留矣；方之于烛，烛糜则火不居矣；身劳则神散，气竭则命终。根竭枝繁，则青青去木矣。气疲欲胜，则精灵离身矣。夫逝者无反期，既朽无生理，达道之士，良所悲矣！轻璧重阴，岂不有以哉？故山林养性之家，遗俗得意之徒，比崇高于赘疣，方万物乎蝉翼，岂苟为大言，而强薄世事哉？诚其所见者了，故弃之如忘耳。是以遐栖幽遁，韬鳞掩藻，遏欲视之目，遣损明之色，杜思音之耳，远乱听之声。涤除玄览，守雌抱一，专气致柔⑤，镇以恬素；遣欢戚之邪情，外得失之荣辱，割厚生之腊毒，谧多言于枢机，反听而后所闻彻，内视而后见无朕，养灵根于冥钧⑥，除诱慕于接物，削斥浅务，御以愉慎，为乎无为，以全天理尔。乃咽吸宝华⑦，浴神太清，外除五曜，内守九精，坚玉钥于命门⑧，结北极于黄庭⑨，引三景于明堂⑩，飞元始以炼形，采灵液于金梁，长驱白而留青，凝澄泉于丹田，引沈珠于五城。瑶鼎俯爨，藻禽仰鸣，瑰华擢颖，天鹿吐琼⑪，怀重规于绛宫，潜九光于洞冥，云苍郁而连天，长谷湛而交经。履蹑乾兑，召呼六丁⑫，坐卧紫房，咀吸金英，晔晔秋芝，朱华翠茎，晶晶珍膏⑬，溶溢霄零，治饥止渴，百痾不萌，逍遥戊巳，燕和饮平，拘魂制魄，骨填体轻，故能策风云以腾虚，并混舆而永生也⑭。然梁尘之盈尺，非可求之漏刻，山霤洞彻，非可致之于造次也。患于闻之者不信，信之者不为，为之者不终耳。夫得之者甚希而隐，不成者至多而显。世人不能知其隐者，而但见其显者，故谓天下果无仙道也。

　　抱朴子曰：防坚则水无漉弃之费⑮，脂多则火无寝曜之患。龙泉以不割常利，斤斧以日用速弊，隐雪以违暖经夏，藏冰以居深过暑，单帛以幔镜不灼，凡卉以偏覆越冬。泥壤易消者也，而陶之为瓦，则与二仪齐其久焉。柞楢速朽者也，而燔之为炭，则可亿载而不败焉。辕豚以优畜晚卒，良马以陟峻早毙，寒虫以适己倍寿，南林以处温长茂，接煞气则雕瘁于凝霜，值阳和则郁蔼而条秀。物类一也，而荣枯异功，岂有秋收之常限，冬藏之定例哉？而人之受命，死生之期，未若草木之于寒天也，而延养之理，补救之方，非徒温暖之为浅益也，久视之效，何为不然？而世人守近习隘，以仙道为虚诞，谓黄老为妄言，不亦惜哉？夫愚夫乃不肯信汤药针艾，况深于此者乎？皆曰，俞跗扁鹊和缓仓公之流⑯，必能治病，何不勿死？又曰，富贵之家，岂乏医术，而更不寿，是命有自然也。乃责如此之人，令信神仙，是使牛缘木，马逐鸟也！

抱朴子曰：召魂小丹三使之丸，及五英八石小小之药，或立消坚冰，或入水自浮，能断绝鬼神，禳却虎豹，破积聚于腑脏；追二坚于膏肓⑰，起猝死于委尸，返惊魂于既逝。夫此皆凡药也，犹能令已死者复生，则彼上药也，何为不能令生者不死乎？越人救虢太子于既殒⑱，胡医活绝气之苏武，淳于能解颅以理脑，元化能刳腹以浣胃，文挚恕期以瘳危困，仲景穿胸以纳赤饼⑲。此医家之薄技，犹能若是，岂况神仙之道，何所不为？夫人所以死者，诸欲所损也，老也⑳，百病所害也，毒恶所中也，邪气所伤也，风冷所犯也。今道引行气，还精补脑，食饮有度，兴居有节，将服药物，思神守一，柱天禁戒，带佩符印，伤生之徒，一切远之，如此则通，可以免此六害。今医家通明肾气之丸，内补五络之散，骨填苟杞之煎，黄蓍建中之汤，将服之者，皆致肥丁。漆叶青蓁㉑，凡弊之草，樊阿服之，得寿二百岁。而耳目聪明，犹能持针以治病，此近代之实事，良史所记注者也。

又云，有吴普者，从华陀受五禽之戏㉒，以代导引，犹得百余岁。此皆药术之至浅，尚能如此，况于用其妙者耶？今语俗人云，理中四顺，可以救霍乱；款冬、紫苑，可以治咳逆；萑芦、贯众之煞九虫；当归、芍药之止绞痛；秦胶、独活之除八风；菖蒲、乾姜之止痹湿；菟丝、苁蓉之补虚乏；甘遂、葶历之逐痰癖；括楼、黄连之愈消渴；荠苨、甘草之解百毒；芦如益热之护众创；麻黄、大青之主伤寒。俗人犹谓不然也，宁煞生请福，分蓍问祟，不肯信良医之攻病，反用巫史之纷若，况乎告之以金丹可以度世，芝英可以延年哉？昔留侯张良，吐出奇策，一代无有，智虑所及，非浅近人也，而犹谓不死可得者也！其聪明智用，非皆不逮世人，而曰吾将弃人间之事，以从赤松游耳，遂修道引，绝谷一年，规轻举之道，坐吕后逼蹴，从求安太子之计，良不得已，为画致四皓之策，果如其言，吕后德之，而逼令强食之，故令其道不成耳。按《孔安国秘记》云，良得黄石公不死之法，不但兵法而已。又云，良本师四皓，角里先生绮里季之徒，皆仙人也。良悉从受其神方，虽为吕后所强饮食，寻复修行仙道，密自度世，但世人不知，故云其死耳。如孔安国之言，则良为得仙也。又汉丞相张苍，偶得小术，吮妇人乳汁，得一百八十岁。此盖道之薄者，而苍为之，犹得中寿之三倍，况于备术，行诸秘妙，何为不得长生乎？此事见于《汉书》，非空言也。

抱朴子曰：服药虽为长生之本，若能兼行气者，其益甚速，若不能得药，但行气而尽其理者，亦得数百岁。然又宜知房中之术，所以尔者，不知阴阳之术，屡为劳损，则行气虽难得力也。夫人在气中，气在人中，自天地至于万物，无不须气以生者也。善行气者，内以养身，外以却恶，然百姓日用而不知焉！吴越有禁咒之法，甚有明验，多炁耳。知之者可以入大疫之中，与病人同床而己不染。又以群从行数十人，皆使无所畏，此是炁可以禳天灾也。或有邪魅山精，侵犯人家，以瓦石掷人，以火烧人屋舍。或形见往来，或但闻其声音言语，而善禁者以禁之，皆即绝。此是炁可以禁鬼神也，入山林多溪毒蝮蛇之地，凡人暂经过，无不中伤，而善禁者以炁禁之，能辟方数十里上，伴侣皆使无为害者。又能禁虎豹及蛇蜂，皆悉令伏不能起。以炁禁金疮，血即登止。又能续骨连筋。以炁禁㉓白刃，则可蹈之不伤，刺之不入。若人为蛇虺所中，以炁禁之则立愈。近世左慈赵明等，以炁禁水，水为之逆流一二丈。又于茅屋上然火，煮食食之，而茅屋不焦。又以大钉钉柱，入七八寸，以炁吹之，钉即涌射而出。又以炁禁沸汤，以百许钱投中，令一人手探撮取钱，而手不灼烂。又禁水著中庭露之，大寒不冰。又能禁一里中炊者尽不得蒸熟。又禁犬令不得吠。昔吴遣贺将军讨山贼，贼中有善禁者，每当交战，官军刀剑皆不得拔，弓弩射矢皆还向，辄致不利。贺将军长智有才思，乃曰，吾闻金有刃者可禁，虫有毒者可禁，其无刃之物，无毒之虫，则不可禁，彼能禁吾兵者，必不能禁无刃物矣。乃多作劲木白棒，选异力精卒五千人为先登，尽捉楛彼山贼，贼恃其善禁者，了不能备。于是官军以白棒击之，大破彼贼，禁者果不复行，所打煞者，乃有万计。夫炁出于形，用之其效至此，何疑不可绝谷治病，延年养性乎？仲长公理者[24]，才达之士也，著《昌言》。亦论"行炁可以不饥不病，云吾始者未之信也，至于为之者，尽乃然矣。养性之方，若此至约，而吾未之能也，岂不以心驰于世务，思锐于人事哉？他人之不能者，又必与吾同此疾也。昔有明师，知不死之道者，燕君使人学之，不捷而师死。燕君怒其使者，将加诛焉。谏者曰：夫所忧者莫过乎死，所重者莫急乎生，彼自丧其生，亦安能令吾君不死也？君乃不诛，其谏辞则此为良说矣。使彼有不死之方。若吾所闻行炁之法，则彼说师之死者，未必不知道也，直不能弃世事而为之，故虽知之而无益耳，非无不死之法者也。"又云："河南密县，有卜成者，学道经久，乃与家人辞去，其始步稍高，遂入云中不复见。此所谓举形轻飞，白日升天，仙之上者也。"陈元方韩元长[25]，皆颍川之高士也，与密相近，二君所以信天下之有仙者，盖各以其父祖及见卜成者成仙升天故耳，此则又有仙之一证也。

---

①鹤：水鸟。夜半水淹感其生气，因欢喜而鸣。

②燕知戊巳：相传燕子戊巳日不衔泥筑巢。

③庚桑：即庚桑楚，老子的弟子。

④文子：老子的弟子。釐（lí，厘）：疑当作鰲，黑中带黄的颜色。

⑤涤除玄览，守雌抱一，专气至柔：此三句见于《老子》。涤除玄览，言去欲无知；守雌，言不为人先；抱一，守一。专气致柔，言爱养精气，能使筋骨柔和。

⑥灵根：即泥丸，脑神名精根。

⑦呋（fǔ，府）：即咀嚼。

⑧命门：即脐。

⑨黄庭：古指眼睛。

⑩明堂：古代宗教祭祀的场所，喻之人体，以肺为明堂。

⑪天鹿：长寿之兽，五色光晖。

⑫六丁：神名。

⑬皛（jiǎo，绞）皛：通白光亮。

⑭混：混元，天地开辟之始，指天。舆：地舆（yú，于）。混舆：犹言天地。

⑮漉（lù，路）弃：渗漏。

⑯俞跗：黄帝时良医。扁鹊：春秋时良医。仓公：汉文帝时名医。和、缓：春秋时秦国两名医。

⑰二坚：指病魔。追：逐的意思。意谓驱逐病魔。

⑱越人：即扁鹊。虢（guó，国）：周代国名。

⑲胡医活绝气之苏武至仲景穿胸以纳赤饼句：上述几人都是良医非巫觋。通过这几句，葛洪信医排巫的立场甚明。

⑳老也：即身体的衰老。

㉑青蘘：《三国志》作青黏，一名地节，一名黄芝，主理五藏，益精气。

㉒五禽之戏：华陀摹仿五种禽兽的动作而编的气功，五禽指虎、鹿、熊、猨、鸟。

㉓炁（qì，气）：同气。

㉔仲长公理：仲长统，字公理，后汉献帝时人，著《昌言》，全书已佚失。本篇所引"论行炁可以不饥不病"至"仙之上者也"两节，即其佚文之一。

㉕陈元方，韩元长：二人皆通才，并信有仙。

抱朴子内篇卷之六

微　　旨

　　抱朴子曰："余闻归同契合者，则不言而信著；途殊别务者，虽忠告而见疑。夫寻常咫尺之近理，人间取舍之细事，沈浮过于金羽，皂白分于粉墨。而抱惑之士，犹多不辩焉，岂况说之以世道之外，示之以至微之旨，大而笑之，其来久矣，岂独今哉？夫明之所及，虽玄阴幽夜之地，豪厘芒发之物，不以为难见。苟所不逮者，虽日月丽天之昭灼，嵩岱干云之峻峭，犹不能察焉。黄老玄圣，深识独见，开秘文于名山。受仙经于神人，蹶埃尘以遣累，凌大遐以高跻，金石不能与之齐坚，龟鹤不足与之等寿。念有志于将来，愍信者之无文，垂以方法，炳然著明，小修则小得，大为则大验。然而浅见之徒，区区所守，甘于茶蓼而不识粃蜜①，酣于醨酪而不赏醇醪②。知好生而不知有养生之道，知畏死而不信有不死之法；知饮食过度之畜疾病，而不能节肥甘于其口也；知极情恣欲之致枯损，而不知割怀于所欲也；余虽言神仙之可得，安能令其信乎？"

　　或人难曰："子体无参午达理，奇毛通骨，年非安期彭祖多历之寿，目不接见神仙，耳不独闻异说，何以知长生之可获，养性之有徵哉？若觉玄妙于心得，运逸鉴于独见，所未敢许也。夫衣无蔽肤之具，资无谋夕之储，而高谈陶朱之术，自同猗顿之策，取讥论者，其理必也。抱痼疾而言精和鹊之技，屡奔北而称究孙吴之算③，人不信者，以无效也。"余答曰："夫寸鲋泛迹滥水之中，则谓天下无四海之广也。芒蝎宛转果核之内，则谓八极之界尽于兹也。虽告之以无涯之浩汗，语之以宇宙之恢阔，以为空言，必不肯信也。若令吾眼有方瞳，耳长出顶，亦将控飞龙而驾庆云，凌流电而造倒景，子又将安得而诘我。设令见我，又将呼为天神地祇异类之人，岂谓我为学之所致哉？姑聊以先觉挽引同志，岂强令吾子之徒，皆信之哉？若令家户有仙人，属目比肩，吾子虽蔽，亦将不疑。但彼人之道成，则蹈青霄而游紫极，自非通灵，莫之见闻，吾子必为无耳。世人信其臆断，仗其短见，自谓所度，事无差错，习乎所致，怪乎所希，提耳指掌，终于不悟，其来尚矣，岂独今哉！"

　　或曰："屡承嘉谈，足以不疑于有仙矣，但更自嫌于不能为耳。敢问更有要道，可得单行者否？"抱朴子曰："凡学道当阶浅以涉深，由易以及难，志诚坚果，无所不济，疑则无功，非一事也。夫根核不洞地，而求柯条干云，渊源不泓窈，而求汤流万里者，未之有也。是故非积善阴德，不足以感神明；非诚心款契，不足以结师友，非功劳不足以论大试；又未遇明师而求要道，未可得也。九丹金液，最是仙主。然事大费重，不可卒办也。宝精爱炁，最其急也，并将服小药以延年命，学近术以辟邪恶，乃可渐阶精微矣。"

　　或曰："方术繁多，诚难精备，除置金丹，其余可修，何者为善？"抱朴子曰："若未得其至要之大者，则其小者不可不广知也；盖藉众术之共成长生也。大而谕之，犹世主之治国焉，文武礼律列一不可也。小而谕之，犹工匠之为车焉，辕辋轴辖④，莫或应亏也。所为术者，内修形神，使延年愈疾，外攘邪恶，使祸害不干，比之琴瑟，不可以子弦求五音也。方之甲胄，不可以一札待锋刃也。何者，五音合用不可阙，而锋刃所集不可少也。凡养生者，欲令多闻而体要，博见而善择，偏修一事，不足必赖也。又患好事之徒，各仗其所长：知玄素之术者⑤，则曰唯房中之术，可以度世矣；明吐纳之道者，则曰唯行气可以延年矣；知屈伸之法者，则曰唯导引可以难老矣；知草木之方者，则曰唯药饵可以无穷矣；学道之不成就，由乎偏枯之若此也。浅见之家，偶知一事，便言已足。而不识真者，虽得善方，犹更求无已，以消工弃日，而所施用，意无一定，此皆两有所失者也。或本性悫钝，所知殊尚浅近，便强入名山，履冒毒螫，屡被中伤，耻复求还。或为虎狼所食，或为魍魉所杀，或饿而无绝谷之方，寒而无自温之法，死于崖谷，不亦愚哉？夫务学不如择师，师所闻素狭，又不尽情以教之。因告云，为道不在多也。夫为道不在多，自为已有金丹至要，可不用余耳。然此事知之者甚希，宁可虚待不必之大事，而不修交益之小术乎？譬犹作家，云不事用他物者，盖谓有金银珠玉，在乎掌握怀抱之中，足以供累世之费者耳。苟其无此，何可不广播百谷，多储果疏乎？是以断谷辟兵，厌劾鬼魅，禁御百毒，治救众疾，入山则使猛兽不犯，涉水则令蛟龙不害，经瘟疫则不畏，遇急难则隐形。此皆小事，而不可不知，况过此者，何可不闻乎？"

或曰："敢问欲修长生之道，何所禁忌？"抱朴子曰："禁忌之至急，在不伤不损而已。按《易内戒》及《赤松子经》及《河图记命符》皆云，天地有司过之神，随人所犯轻重，以夺其算，算减则人贫耗疾病，屡逢忧患，算尽则人死。诸应夺算者有数百事，不可具论。又言身中有三尸，三尸之为物，虽无形而实魂灵鬼神之属也。欲使人早死，此尸当得作鬼，自放纵游行，享人祭酹。是以每到庚申之日，辄上天白司命，道人所为过失。又月晦之夜，灶神亦上天白人罪状。大者夺纪，纪者，三百日也。小者夺算，算者，三日也。吾亦未能审此事之有无也。然天道邈远，鬼神难明，赵简子秦穆公皆亲受金策于上帝，有土地之明徵。山川草木，井灶洿池，犹皆有精气；人身之中，亦有魂魄，况天地为物之至大者，于理当有精神。有精神则宜赏善而罚恶，但其体大而网疏，不必机发而响应耳。然览诸道戒，无不云欲求长生者，必欲积善立功，慈心于物，恕己及人，仁逮昆虫，乐人之吉，愍人之苦，周人之急，救人之穷，手不伤生，口不劝祸。见人之得如己之得，见人之失如己之失，不自贵，不自誉，不嫉妒胜己，不佞陷阴贼。如此乃为有德，受福于天，所作必成，求仙可冀也。若乃憎善好杀，口是心非，背向异辞，反戾直正，虐害其下，欺罔其上，叛其所事，受恩不感，弄法受赂，纵曲枉直，废公为私，刑加无辜，破人之家，收人之宝，害人之身，取人之位，侵克贤者，诛戮降伏，谤讪仙圣，伤残道士，弹射飞鸟，刳胎破卵，春夏燎猎，骂詈神灵，教人为恶，蔽人之善，危人自安，佻人自功，坏人佳事，夺人所爱，离人骨肉，辱人求胜，取人长钱，还人短陌，决放水火，以术害人，迫胁尪弱，以恶易好，强取强求，掳掠致富，不公不平，淫佚倾邪，凌孤暴寡，拾遗取施，欺给诳诈，好说人私，持人短长，牵天援地，咒诅求直，假借不还，换贷不偿，求欲无已，憎拒忠信，不顺上命，不敬所师，笑人作善，败人苗稼，损人器物，以穷人用，以不清洁饮饲他人⑥，轻秤小斗，狭幅短度，以伪杂真，采取奸利，诱人取物，越井跨灶，晦歌朔哭。凡有一事，辄是一罪，随事轻重，司命夺其算纪，算尽则死。但有恶心而无恶迹者夺算，若恶事而损于人者夺纪，若算纪未尽而自死者，皆殃及子孙也！诸横夺人财物者，或计其妻子家口以当填之，以致死丧，但不即至耳。其恶行若不足以煞其家人者，久久终遭水火劫盗，及遗失器物，或遇县官疾病，自营医药，烹牲祭祀所用之费，要当令足以尽其所取之直也。故道家言枉煞人者，是以兵刃而更相杀。其取非义之财，不避怨恨，譬若以漏脯救饥⑦，鸩酒解渴，非不暂饱而死亦及之矣。其有曾行诸恶事，后自改悔者，若曾枉煞人，则当思救济应死之人以解之。皆一倍于所为，则可便受吉利，转祸为福之道也。能尽不犯之，则必延年益寿，学道速成也。夫天高而听卑，物无不鉴，行善不怠，必得吉报。羊公积德布施⑧，诣乎皓首，乃受天坠之金。蔡顺至孝⑨，感神应之。郭巨煞子为亲，而获铁券之重赐⑩。然善事难为，恶事易作，而愚人复以项托伯牛辈⑪，谓天地之不能辨臧否。而不知彼有外名者，未必有内行，有阳誉者不能解阴罪，若以荞麦之生死，而疑阴阳之大气，亦不足以致远也。盖上士所以密勿而仅免，凡庸所以不得其欲矣！"

或曰："道德未成，又未得绝迹名山，而世不同古，盗贼甚多，将何以却朝夕之患，防无妄之灾乎？""抱朴子曰："常以执日⑫，取六癸上土，以和百叶薰草，以泥门户方一尺，则盗贼不来。亦可取市南门土，及岁破土，月建土，合和为人，以著朱鸟地，亦压盗也。有急则入生地而止，无患也。天下有生地，一州有生地，一郡有生地，一县有生地，一乡有生地，一里有生地，一宅有生地，一房有生地。"

或曰："一房有生地，不亦偏乎？"抱朴子曰："经云，大急之极，隐于车轼。如此，一车之中，亦有生地，况一房乎？"

或曰："窃闻求生之道，当知二山，不审此山，为何所在，愿垂告悟，以袪其惑。"抱朴子曰："有之，非华霍也，非嵩岱也。夫太元之山，难知易求，不天不地，不沉不浮，绝险绵邈，崔嵬崎岖，和气缊缊，神意并游，玉井泓邃，灌溉匪休，百二十官，曹府相由，离坎列位，玄芝万株，绛树特生，其宝皆殊，金玉嵯峨，醴泉出隅，还年之士，挹其清流，子能修之，乔松可俦，此一山也。长谷之山，杳杳巍巍，玄气飘飘，玉液霏霏，金池紫房，在乎其隈，愚人妄往，至皆死归，有道之士，登之不衰，采服黄精，以致天飞，此二山也。皆古贤之所秘，子精思之。"

或曰："愿闻真人守身炼形之术。"抱朴子曰："深哉问也。夫始青之下月与日，两半同升合成一。出彼玉池入金室，大如弹丸黄如桔，中有嘉味甘如蜜，子能得之谨勿失。既往不追身将灭，纯白之气至微密。升于幽关三曲折，中丹煌煌独无匹。立之命门形不卒，渊乎妙矣难致诘。此先师之口诀，知之者不畏万鬼五兵也。"

或曰："闻房中之事，能尽其道者，可单行致神仙；并可以移灾解罪，转祸为福，居官高迁，商贾倍利，信乎？"抱朴子曰："此皆巫书妖妄过差之言，由于好事增加润色，至令失实。或亦奸伪造作虚妄，以欺诳世人，隐藏端绪，以求奉事，招集弟子，以规世利耳。夫阴阳之术，高可以治小疾，次可以免虚耗而已。其理自有极，安能致神仙而却祸致福乎？人不可以阴阳不交，坐致疾患。若欲纵情恣欲，不能节宣，则伐年命。善其术者，则能却走马以补脑⑬，还阴丹以朱肠⑭，采玉液于金池，引三五于华梁，令人老有美色，终其所禀之天年。而俗人闻黄帝以千二百女升天⑮，便谓黄帝单以此事致长生，而不知黄帝于荆山之下，鼎湖之上，飞九丹成，乃乘龙登天也。黄帝自可有千二百女耳，而非单行之所由也。凡服药千种，三牲之养，而不知房中之术，亦无所益也。是以古人恐人轻恣情性，故美为之说，亦不可尽信也！玄素谕之水火，水火煞人，而又生人，在于能用与不能耳。大都知其要法，御女多多益善，如不知其道而用之，一两人足以速死耳。彭祖之法，最其要者。其他经多烦劳难行，而其为益不必如其书。人少有能为之者。口诀亦有数千言耳。不知之者，虽服百药，犹不能得长生也。"

①荼（nài，奈）：苦菜。蓼（liǎo，潦）：辣草。饴蜜：糖蜜。

②醨酪：薄味酒。醇醴：厚味酒。

③孙：孙武，春秋时齐人，吴国良将。作《兵法》十三篇。吴：吴起，战国时卫人，魏文虞将，善用兵，深得士心。孙、吴二人都是著名军事家。

④辕：驾车之木，辋：车轮外匡。轴：车轴，辖：轴端之键。

⑤玄：玄女。素：素女。道家传说黄帝于玄女、素女受房中之术。

⑥以不清洁句：《论衡》曰：饮食人不洁净，天之大恶也。即将不洁饮食给他人，是一种罪恶。

⑦漏脯：腐臭干肉。

⑧羊公：晋羊祜。

⑨蔡顺：字君仲，有至孝之心。

⑩郭巨：河内温人，事母至孝。妻生子后，虑养之则妨于供养其母，欲掘地埋儿，锸入地，得黄金一釜，上有铁券，"赐孝子郭巨"。

⑪伯牛：姓冉名耕，孔丘弟子，有德行，得病早死。

⑫执日：即未日。术数家用建除法定十二辰之凶吉。寅为建，卯为除，辰为满，巳为平，主生；午为定，未为执，主陷；申为破，主衡；等等。

⑬却走马以补脑：却，止，走马，漏泄精液。

⑭阴丹：宝精之术。

⑮而俗人闻黄帝句：本篇称俗人闻黄帝以千二百女升天，以及所谓御女多多益善，皆出于封建统治者之荒淫已极，妄想以御女成仙。

抱朴子内篇卷之七

塞　难

或曰："皇穹至神①，赋命宜均。何为使乔松凡人受不死之寿②，而周孔大圣无久视之祚哉？"抱朴子曰："命之修短，实由所值，受气结胎，各有星宿。天道无为，任物自然，无亲无疏，无彼无此也。命属生星，则其人必好仙道。好仙道者，求之亦必得也。命属死星，则其人亦不信仙道。不信仙道，则亦不自修其事也。所乐善否，判于所禀，移易予夺，非天所能。譬犹金石之消于炉冶，瓦器之甄于陶灶，虽由之以成形，而铜铁之利钝，蠡之邪正，适遇所遭，非复炉灶之事也。"旧或人难曰："良工所作，皆由其手，天之神明，何所不为。而云人生各有所值，非彼昊苍所能匠成，愚甚惑焉，未之敢许也。"抱朴子答曰："浑茫剖判，清浊以陈，或升而动，或降而静，彼天地犹不知所以然也。万物感气，并亦自然，与彼天地，各为一物，但成有先后，体有巨细耳！有天地之大，故觉万物之小。有万物之小，故觉天地之大。且夫腹背虽包围五脏，而五脏非腹背之所作也。肌肤虽缠裹血气，而血气非肌肤之所造也。天地虽含囊万物，而万物非天地之所为也。譬犹草木之因山林以萌秀，而山林非有事焉。鱼鳖之托水泽以产育，而水泽非有为焉。俗人见天地之大也，以万物之小也，因白天地为万物之父母，万物为天地之子孙。夫虱生于我，岂我之所作？故虱非我不生，而我非虱之父母，虱非我之子孙。蠛蠓之育于醯醋③，芝栭之产于木石④，蛞蝓之滋污淤⑤，翠萝之秀于松枝，非彼四物所创匠也。万物盈乎天地之间，岂有异乎斯哉？天有日月寒暑，人有瞻视呼吸，况远况近，以此推彼，人不能自知其体老少痛痒之何故，则彼天亦不能自知其体盈缩灾祥之所以；人不能使耳目常聪明，荣卫不辍阂⑥，则天亦不能使日月不薄蚀，四时不失序。由兹论之，夭寿之事，果不在天地，仙与不仙，决在所值也。夫生我者父也，娠我者母也，犹不能令我形器必中适，姿容必妖丽，性理必平和，智慧必高远；多致我气力，延我年命，而或矬陋尪弱⑦，或且黑且丑，或聋盲顽嚣，或枝离劬蹇⑧；所得非所欲也，所欲非所得也，况乎天地辽阔者哉？父母犹复其远者也。我自有身，不能使之永壮而不老，常健而不疾，喜怒不失宜，谋虑无悔吝。故授气流形者父母也，受而有之者我身也，其余则莫有亲密乎此者也，莫有制御乎此者也。二者已不能有损益于我矣，天地亦安得与知之乎？必若人物皆天地所作，则宜皆好而无恶，悉成而无败，众生无不遂之类，而项杨无春雕之悲矣！子以天不能使孔孟有度世之祚，益知所禀之有自然，非天地所剖分也。圣之为德，德之至也。天若能以至德与之，而使之所知不全，功业不建，位不霸王，寿不盈百，此非天有为之验也。圣人之死，非天所杀，则圣人之生，非天所挺也。贤不必寿，愚不必夭，善无近福，恶无近祸，生无定年，死无常分，盛德哲人，秀而不实，窦公庸夫⑨，年几二百，伯牛废疾，子夏丧明⑩。盗跖穷凶而白首⑪，庄跷极恶而黄发⑫，天之无为，于此明矣。

或曰：仲尼称自古皆有死，老子曰神仙之可学。夫圣人之言，信而有徵，道家所说，诞而难用。"抱朴子曰："仲尼，儒者之圣也；老子，得道之圣也。儒教近而易见，故宗之者众焉。道意远而难识，故达之者寡焉。道者，万殊之源也；儒者，大淳之流也；三皇以往，道治也；帝王以来，儒教也。谈者咸知高世之敦朴，而薄季俗之浇散，何独重仲尼而轻老氏乎？是玩华藻于木末，而不识所生之有本也。何异乎贵明珠而贱渊潭，爱和璧而恶荆山，不知渊潭者，明珠之所自出，荆山者，和璧之所由生也。且夫养性者，道之余也；礼乐者，儒之末也。所以贵儒者，以其移风易俗，不唯揖让与盘旋也。所以尊道者，以其不言而化行，匪独养生之一事也。若儒道果有先后，则仲尼未可专信，而老氏未可孤用。仲尼既敬问伯阳，愿比老彭⑬。又自以知鱼鸟而不识龙，喻老氏于龙，盖其心服之辞，非空言也。与颜回所言，瞻之在前，忽然在后，钻之弥坚，仰之弥高，无以异也。"

或曰："仲尼亲见老氏而不从学道，何也？"抱朴子曰："以此观之，益明所禀有自在之命，所尚有不易之性也。仲尼知老氏玄妙贵异，而不能挹酌清虚。本源大宗，出乎无形之外，入乎至道之内，其所谘受，止于民间之事而已，安能请求仙法耶？忖其用心汲汲，专于教化，不存乎方术也。仲尼虽圣于世事，而非能沈静玄默，自守无为者也。故老子戒之曰："良贾深藏若虚，君子盛德若愚，去子之骄气与多欲，态色与淫志，是无益于子之身。"此足以知仲尼不免于俗情，非学仙之人也。夫栖栖遑遑⑭，务在匡时，仰悲凤鸣，俯叹匏瓜⑮，沽之恐不售，慨思执鞭⑯，亦何肯舍经世之功业，而修养生之迂阔哉？"

或曰："儒道之业，孰为难易？"抱朴子曰："儒者，易中之难也。道者，难中之易也。夫弃交游，委妻子，谢荣名，损利禄；割粲烂于其目，抑铿锵于其耳；恬愉静退，独善守己，谤来不戚，誉至不喜，睹贵不欲，居贱不耻，此道家之难也。出无庆吊之望，入无瞻视之责，不劳神于七经，不运思于律历，意不为推步之苦⑰，心不为艺文之役；众烦既损，和气自益，无为无虑，不怵不惕，此道家之易也，所谓难中之易矣。夫儒者所修，皆宪章成事，出处有则，语默随时，师则循比屋而可求，书则因解注以释疑，此儒者之易也。钩深致远，错综典坟，该河洛之籍籍⑱，博百氏之云云⑲，德行积于衡巷，忠贞尽于事君，仰驰神于垂象，俯运思于风云；一事不知，则所为不通，片言不正，则褒贬不分，举趾为世人之所则，动唇为天下之所传，此儒家之难也，所谓易中之难矣。笃论二者，儒业多难，道家约易，吾以患其难矣，将舍而从其易焉。世之讥吾者，则比肩皆是也。可与得意者，则未见其人也。若同志之人，必存乎将来，则吾亦未谓之为希矣。"

或曰："余阅见知名之高人，洽闻之硕儒，果以穷理尽性，研覈有无者多矣，未有言年之可延，仙之可得者也。先生明不能并日月，思不能出万夫，而据长生之道，未之敢信也。"抱朴子曰："吾庸夫近才，见浅闻寡，岂敢自许以拔群独识，皆胜世人乎？顾曾以显而求诸乎隐，以易而得之乎难。校其小验，则知其大效，睹其已然，则明其未试耳。且夫世之不信天地之有仙者，又未肯规也。率有经俗之才，当涂之伎，涉览篇籍助教之书，以料人理之近易，辩凡猥之所惑；

则谓众之所疑，我能独断之，机兆之未朕，我能先觉之，是我与万物之情，无不尽矣，幽翳冥昧，无不得也！我谓无仙，仙必无矣，自来如此其坚固也。吾每见俗儒碌碌，守株之不信至事者，皆病于颇有聪明，而偏枯拘系。以小黯自累，不肯为纯，在乎极暗，而了不别菽麦者也。夫以管窥之狭见，而孤塞其聪明之所不及，是何异以一寻之绠，汲百仞之深，不觉所用之短，而云井之无水也。俗有闻猛风烈火之声，而谓天之冬雷，见游云西行，而谓月之东驰。人或告之，而终不悟信，此信已之多者也。夫听声者，莫不信我之耳焉。视形者，莫不信我之目焉。而或者所闻见，言是而非，然则我之耳目，果不足信也。况乎心之所度，无形无声，其难察尤甚于视听，而以己心之所得，必固世间至远之事，谓神仙为虚言，不亦蔽哉？"

　　抱朴子曰："妍媸有定矣，而憎爱异情，故两目不相为视焉。雅郑有素矣，而好恶不同，故两耳不相为听焉。真伪有质矣，而趋舍舛忤，故两心不相为谋焉。以丑为美者有矣，以浊为清者有矣，以失为得者有矣，此三者乖殊，炳然可知。如此其易也，而彼此终不可得而一焉。又况乎神仙之事，事之妙者，而欲令人皆信之，未有可得之理也。凡人悉使之知，又何贵乎达者哉？若待俗人之息妄言，则俟河之清，未为久也。吾所以不能默者，冀夫可上可下者，可引致耳。其不移者，古人已末如之何矣。"抱朴子曰："至理之未易明，神仙之不见信，其来久矣，岂独今哉？太上自然知之，其次告而后悟，若夫闻而大笑者，则悠悠皆是矣。吾之论此也，将有多败之悔，失言之咎乎！夫物莫之与，则伤之者至焉。盖盛阳不能荣枯朽之木，神明不能变沈溺之性，子贡不能悦录马之野人[20]，古公不能释欲地之戎狄，实理有所不通，善言有所不行。章甫不售于蛮越[21]，赤舄不用于跣夷[22]，何可强哉？夫见玉而指之曰石，非玉之不真也，待和氏而后识焉。见龙而命之曰蛇，非龙之不神也，须蔡墨而后辩焉。所以贵道者，以其加之不可益，而损之不可减也。所以贵德者，以其闻毁而不惨，见誉而不悦也。彼诚以天下之必无仙，而我独以实有而与之诤。诤之弥久，而彼执之弥固，是虚长此纷纭，而无救于不解，果当从连环之义乎！"

---

　①皇穹：即皇天。

　②乔：王子乔，传说古之真人。松：赤松子，《列仙传》云神农时雨师。

　③蠛（miè，灭）蠓（měng，蒙）：即蠓虫，比蚊子小，黑褐色，能叮咬人畜，吮吸血液，传染疾病。醯（xī，西）醋：醋虫。蠛蠓即醋虫，生子醯醋之中。

　④芝栭：木耳的别名。

　⑤蛞蝓：即蜗子。

　⑥荣：通营，指动脉血。卫：静脉血。辖阂（hé，核）：阻隔不通。

　⑦矬陋尪弱：矬，短。陋，丑。尪（wāng，汪），羸弱。

　⑧枝离：枝，通支，谓支体拆裂。劬（qú，渠）蹇（jiǎn，简）：劳苦跛行。

　⑨窦公：魏文侯时乐人，年百八十岁，两目皆盲，不能导引，无所服饵。其虽平庸而长寿。

　⑩子夏丧明：卜商，字子夏，孔丘弟子。教授西河，为魏文侯师。其子死，哭之失明。

　⑪盗跖：春秋末期奴隶起义领袖，跖以寿终，故он称白首。

　⑫庄跻：亦为战国时起义人物，统治者诬为"极恶"，黄发：指年老。

　⑬老彭：老彭有二人、一人两说，此处老彭为二人，一指老子，一指彭铿。

　⑭栖栖遑遑：指人精神不安定貌。

　⑮匏（páo，袍）瓜：葫芦的一种。

　⑯沽之恐不售二句：此处言孔丘愿求有用于世，不忘情于富贵。

　⑰推步：推求天文历法，日月运行于天，犹如人之行步。所以演算天文历法称为推步。

　⑱该：兼通。籍籍：纷纷的样子。

　⑲博百氏之云云：博：博览。百氏：诸子百家之言。云云与芸芸相通，指众多的样子。

⑳录：取的意思。

㉑章甫：殷代官名。

㉒赤舄（xì，戏）：君王上等的好鞋，舄：通鞋。夷民跣足：跣（xiǎn，显）：光脚。因夷民光脚固不用赤舄。

抱朴子内篇卷之八

释　滞

或问曰："人道多端，求仙至难，非有废也，则事不兼济。艺文之业，忧乐之务，君臣之道，胡可替乎？"抱朴子答曰："要道不烦，所为鲜耳。但患志之不立，信之不笃，何忧于人理之废乎？长才者兼而修之，何难之有？内宝养生之道，外则和光于世①，治身而身长修，治国而国太平。以六经训俗士，以方术授知音，欲少留则且止而佐时，欲升腾则凌霄而轻举者，上士也。自持才力，不能并成，则弃置人间，专修道德者，亦其次也。昔黄帝荷四海之任，不妨鼎湖之举②；彭祖为大夫八百年，然后西适流沙③；伯阳为柱史，宁封为陶正④，方回为闾士⑤；吕望为太师⑥，仇生仕于殷⑦，马丹官于晋⑧；范公霸越而泛海，琴高执笏于宋康⑨，常生降志于执鞭⑩，庄公藏器于小吏。古人多得道而匡世，修之于朝隐，盖有余力故也。何必修于山林，尽废生民之事，然后乃成乎？亦有心安静默，性恶喧哗，以纵逸为欢，以荣任为戚者，带索蓝缕，茹草操耜，玩其三乐⑪，守常待终，不营苟生，不惮速死，辞千金之聘，忽卿相之贵者。无所修为，犹常如比，况又加之以知神仙之道，其亦必不肯役身于世矣，各从其志，不可一概而言也！"抱朴子曰："世之谓一言之善，贵于千金然，盖亦军国之得失，行己之臧否耳。至于告人以长生之诀，授之以不死之方，非特若彼常人之善言也，则奚徒千金而已乎？设使有困病垂死，而有能救之得愈者，莫不谓之为宏恩重施矣。今若按仙经，飞九丹，水金玉，则天下皆可令不死，其惠非但活一人之功也。黄老之德，固无量矣，而莫之克识，谓为妄诞之言，可叹者也。"

抱朴子曰："欲求神仙，唯当得其至要，至要者在于宝精行炁，服一大药便足，亦不用多也。然此三事，复有浅深，不值明师，不经勤苦，亦不可仓卒而尽知也。虽云行炁，而行炁有数法焉；虽曰房中，而房中之术，近有百余事焉；虽言服药，而服药之方，略有千条焉。初以授人，皆从浅始，有志不怠，勤劳可知，方乃告其要耳。故行炁或可以治百病：或可以入瘟疫，或可以禁蛇虎，或可以止疮血，或可以居水中，或可以行水上，或可以辟饥渴，或可以延年命。其大要者，胎息而已。得胎息者，能不以鼻口嘘吸，如在胞胎之中，则道成矣。初学行炁，鼻中引炁而闭之，阴以心数至一百二十，乃以口微吐之，及引之，皆不欲令己耳闻其炁出入之声。常令人多出少，以鸿毛著鼻口之上，吐炁而鸿毛不动为候也。渐习转增其心数，久久可以至千，至千则老者更少，日还一日矣。夫行炁当以生炁之时，勿以死炁之时也。故曰仙人服六炁，此之谓也。一日一夜有十二时，其从半夜以至日中六时为生炁，从日中至夜半六时为死炁，死炁之时，行炁无益也。善用炁者，嘘水，水为之逆流数步；嘘火，火为之灭；嘘虎狼，虎狼伏而不得动起；嘘蛇虺，蛇虺蟠而不能去。若他人为兵刃所伤，嘘之血即止；闻有为毒虫所中，虽不见其人，遥为嘘祝我之手，男嘘我左，女嘘我右，而彼人虽在百里之外，即时皆愈矣。又中恶急疾，但吞三九之炁，亦登时差也。但人性多躁，少能安静以修其道耳。又行炁大要，不欲多食，及食生菜肥鲜之物，令人炁强难闭。又禁恚怒，多恚怒则炁乱，既不得溢，或令人发咳，故劲有能为者也。予从祖仙公，每大醉及夏天盛热，辄入深渊之底，一日许乃出者，正以能闭炁胎息故耳。房中之法十余家，或以补救伤损，或以攻治众病，或以采阴益阳，或以增年延寿，其大要在于还精补脑之一事耳。此法乃真人口口相传，本不书也。虽服名药，而复不知此要，亦不得长生也。人复不可都绝阴阳，阴阳不交，则坐致壅阏之病；故幽闭怨旷，多病而不寿；任情肆意，又损年命；唯有得其节宣之和，可以不损。若不得口诀之术，万无一人为之而不以此自伤煞者也。玄素子都容成公彭祖之属，盖载其粗事，终不以至要者著于纸上者也。志求不死者，宜勤行求之。余承师郑君之言，故记以示将来之信道者，非臆断之谈也。余实复未尽其诀矣。一途之道士，或欲专守交接之术，以规神仙，而不作金丹之大药，此愚之甚矣！"

抱朴子曰："道书之出于黄老者，盖少许耳，率多后世之好事者，各以所知见而滋长，遂令篇卷至于山积。古人质朴，又多无才，其所论物理，既不周悉，其所证按，又不著明；皆阙所要而难解，解之又不深远，不足以演畅微言，开示愤悱，劝进有志，教戒始学；令知玄妙之途径，祸福之源流也。徒诵之万遍，殊无可得也。虽欲博涉，然宜详择其善者，而后留意，至于不要之道书，不足寻绎也。末学者或不别作者之浅深，其于名为道家之言，便写取累箱盈筐，尽心思索其中。是探燕巢而求凤卵，搜井底而捕膳鱼，虽加至勤，非其所有也，不得必可施用，无故消弃日月，空有疲困之劳，了无锱铢之益也。进失当世之务，退无长生之效，则莫不指点之曰。彼修道如此之勤，而不得度世，是天下果无不死之法也；而不知彼之求仙，犹临河羡鱼，而无网罟，非河中之无鱼也。又五千文虽出老子，然皆泛论较略耳。其中了不肯首尾全举其事，有可承按者也。但暗诵此经，而不得要道，直为徒劳耳，又况不及者乎？至于文子庄子关令尹喜之徒，其属文笔，虽祖述黄老，宪章玄虚，但演其大旨，永无至言。或复齐死生，谓无异以存活为徭役，以殂殁为休息，其去神仙，已千亿里矣，岂足耽玩哉？其寓言譬喻，犹有可采，以供给碎用，充御卒乏，至使末世利口之奸佞，无行之弊子，得以老庄为窟薮，不亦惜乎？"

或曰："圣明御世，唯贤是宝，而学仙之士，不肯进宦，人皆修道，谁复佐政事哉？"抱朴子曰："背圣主而山栖者，巢许所以称高也；遭有道而遁世者，庄伯所以为贵也[12]；轩辕之临天下，可谓至理也。而广成不与焉[13]；唐尧之有四海，可谓太平也，而偓佺不佐焉[14]，而德化不以之损也，才子不以之乏也。天乙革命，而务光负石以投河[15]，姬武翦商，而夷齐不食于西山[16]；齐桓之兴，而少稷高枕于陋巷；魏文之隆，而干木散发于西河[17]；四老凤戢于商洛，而不妨大汉之多士也[18]；周党麟跱于林薮，而无损光武之刑厝也。夫宠贵不能动其心，极富不能移其好：濯缨沧浪，不降不辱，以芳林为台榭，峻岫为大厦，翠兰为绸床，绿叶为帏幕；被褐代衮衣，薇藿当嘉膳，非躬耕不以充饥，非妻织不以蔽身；千载之中，时或有之。况又加之以委六亲于邦族，捐室家而不顾，背荣华如弃迹，绝可欲于胸心，凌嵩峻以独往，侣影响于名山，内视于无形之域，反听乎至寂之中，八极之内，将遽几人？而吾子乃恐君之无臣，不亦多忧乎？"

或曰："学仙之士，独洁其身而忘大伦之乱，背世主而有不臣之慢，余恐长生无成功，而罪罟将见及也。"抱朴子答曰："夫北人石户善卷子州，皆大才也，而沈遁放逸，养其浩然，升降不为之亏，大化不为之缺也。况学仙之士，未必有经国之才，立朝之用，得之不加尘露之益，弃之不觉毫厘之损者乎？方今九有同宅，而幽荒来仕，元凯委积[19]，无所用之。士有待次之滞，官无暂旷之职；勤久者有迟叙之叹，勋高者有循旷之屈；济济之盛，莫此之美，一介之徒，非所乏也。昔子晋舍视膳之役，弃储二之重，而灵王不责之以不孝；尹生委衿带之职[20]，违式遏之任，而有周不罪之以不忠。何者，彼诚亮其非轻世薄主，直以所好者异，匹夫之志，有不可移故也。

夫有道之主，含垢善恕，知人心之不可同，出处之各有性。不逼不禁，以崇光大，上无嫌恨之偏心，下有得意之至欢，故能晖声并扬于罔极，贪夫闻风而忸怩。吾闻景风起则裘炉息㉑，世道夷则奇士退。今丧乱既平，休牛放马，烽燧灭影，干戈载戢，繁弱既韬㉒，卢鹊将烹㉓。子房出玄帷而反闾巷㉔，信越释甲胄而修鱼钓㉕，况乎学仙之士，万未有一，国家咎此以何为哉？然其事在于少思寡欲，其业在于全身久寿，非争竞之丑，无伤俗之负，亦何罪乎？且华霍之极大，沧海之混漾，其高不俟翔埃之来，其深不仰行潦之注，撮壤土不足以减其峻，挹勺水不足以削其广，一世不过有数仙人，何能有损人物之鞅掌乎㉖？"

或曰："果其仙道可求得者，五经何以不载，周孔何以不言，圣人何以不度世，上智何以不长存？若周孔不知，则不可为圣。若知而不学，则是无仙道也。"抱朴子答曰："人生星宿，各有所值，既详之于别篇矣。子可谓戴盆以仰望，不睹七曜之炳粲；暂引领于大川，不知重渊之奇怪也。夫五经所不载者无限矣，周孔所不言者不少矣，特为吾子略说其万一焉。虽大笑不可止，局情难卒开，且令子闻其较略焉。夫天地为物之大者也。九圣共成《易经》㉗，足以弥纶阴阳，不可复加也。今问善《易》者，周天之度数，四海之广狭，宇宙之相去，凡为几里？上何所极，下何所据，及其转动，谁所推引？日月迟疾，九道所乘㉘，昏明修短，七星迭正㉙，五纬盈缩㉚，冠珥薄蚀㉛，四七凌犯，慧孛所出㉜，气矢之异，景老之祥㉝，辰极不动㉞，镇星独东㉟。羲和外景而热，望舒内鉴而寒㊱，天汉仰见为润下之性，涛潮往来有大小之变。五音六属，占喜怒之情，云动气起，含吉凶之候，槐、枪、尤、矢，旬始绛绎㊲，四镇五残，天狗归邪㊳，或以示成，或以正败，《明易》之生，不能论此也。以次问《春秋》四部、《诗书》、《三礼》之家，皆复无以对矣。皆曰悉正经所不载，唯有巫咸甘公石申《海中》、《郗萌》、《七曜》记之悉矣。余将问之曰，此六家之书，是为经典之教乎？彼将曰非也。余又将问曰：甘石之徒，是为圣人乎？彼亦曰非也。然则人生而戴天，诣老履地，而求之于五经之上则无之，索之于周孔之书则不得，今宁可尽以为虚妄乎？天地至大，举目所见，犹不能了，况于玄之又玄，妙之极妙者乎？"

复问俗人曰："夫乘云蜑产之国㊴，肝心不朽之民㊵，巢居穴处，独目三首，马闲狗蹄，修臂交股㊶，黄池无男㊷，穿胸旁口；廪君起石而泛土船，沙壹触木而生群龙㊳，女娲地出，杜宇天堕，鼍飞犬言，山徙社移㊴，三军之众，一朝尽化，君子为鹤，小人成沙，女丑倚枯，二负抱桎，寄居之虫，委甲步肉，二首之蛇，弦之为弓，不灰之木，不热之火，昌蜀之禽，无目之兽，无身之头，无首之体，精卫填海，交让递生，火浣之布，切玉之刀，炎昧吐烈㊺，磨泥漉水，枯灌化形，山夒前跟㊻，石修九首，毕方人面；少千之劾伯率，圣卿之役肃霜，西羌以虎景兴，鲜卑以乘鳌强，林邑以神录王，庸蜀以流尸帝；盐神婴来而虫飞，纵目世变于荆岫，五丁引蛇以倾峻㊼，肉甚振翅于三海。金简玉字，发于禹井之侧。《正机》、《平衡》，割乎文石之中。凡此奇事，盖以千计，五经所不载，周孔所不说，可皆复云无是物乎？至于南人能入柱以出耳，御寇停肘水而控弦，伯昏蹑亿仞而企踵，吕梁能行歌以凭渊，宋公克象叶以乱真，公输飞木鸢之翩跹，离朱觌毫芒于百步，贲获效膂力于万钧，越人揣针以苏死，竖亥超迹于累千，郢人奋斧于鼻垩㊽，仲都祖身于寒天㊾，此皆周孔所不能为也，复可以为无有乎？若圣人诚有所不能，则无怪于不得仙，不得仙亦无妨于为圣人，为圣人偶所不闲，何足以为攻难之主哉？圣人或可同去留，任自然，有身而不私，有生而不营，存亡任天，长短委命，故不学仙，亦何怪也。"

---

①和光于世：指不自显于世。

②不妨鼎湖之举：据《史记》载，黄帝采首山铜，铸鼎于荆山下，有龙垂胡髯，下迎黄帝上天，后世因名其处为"鼎湖"。

③彭祖至西适流沙：彭祖姓彭名铿（kēng，坑），尧时人，封于彭城，故一称老彭，传说其寿八百余岁。闻人于流沙之国西见之。

④宁封为陶正：守封子，世传为黄帝陶正。

⑤方回为闾士：方回，尧时隐人，尧聘以为闾士。

⑥吕望为太师：吕望即吕尚，周初人。本姓姜，字子牙。其先封于吕，以封为姓，故曰吕尚。年老隐于钓，遇文王，得立为师，亦号太公望。为文王重用，是西周的开国功臣。

⑦仇生仕于殷：仇生，不知何许人，殷汤时为木正。

⑧马丹官于晋：马丹，晋国人，当晋文侯时为大夫，至献公时为幕府正。

⑨琴高执笏于宋康：琴高，赵人，以鼓琴为宋康王舍人。

⑩常生：即平常生，数死复生。仕途不利，而为华阴门卒。

⑪玩其三乐句：指《列子·天瑞篇》荣启期所言三乐。为人，一乐也；为男人，二乐也；得长寿，三乐也。

⑫庄伯：即庄光，后改名，严光，字子陵与刘秀同游学。刘秀即帝位，隐身不见。

⑬广成不与：广成即广成子。黄帝为天子，令行天下，闻广成子居空同之山，故问治天下之道，不答。

⑭偓（wò，握）佺（quán，全）：古代传说中的仙人。

⑮天乙革命句：详见《南华经·让王篇》。

⑯夷齐：伯夷、叔齐，殷孤竹君之二子，武王灭商，夷齐不愿为二臣，义不食周粟，饿死于首阳山。

⑰干木散发于河西：干木：段干木，战国魏人，游西河，魏文侯欲以为相，不肯就。

⑱四老：指东园公、绮里季、夏黄公、甪里先生。皆秦时人，逃匿商洛山中，义不为汉臣。

⑲元凯委积：昔高阳氏有八才子，天下之民谓之八恺。高辛氏有八才子，谓之八元。委积，聚积。

⑳尹生委衿带句：尹生，即关令尹喜，善内学。老子西游，喜先见其气，果得老子。后与老子同游流沙。莫知其所终。衿同襟。委襟带之职，言弃形势险要关塞之职守。

㉑景风：南方之风。

㉒繁弱：良弓名。

㉓卢：良犬名。鹊亦作鹊，骏犬。卢鹊烹：即良狗烹。

㉔子房出句：张良，字子房，佐汉刘邦，封万户侯。死后葬黄石冢。

㉕信越释句：信：淮阴侯韩信。越：彭越。都是汉高帝武臣，后因叛见杀。

㉖鞅掌：为繁多之意。

㉗九圣共成易经：九圣指伏羲、神农、黄帝、尧、舜、夏禹、商汤、周文、孔丘。

㉘九道：月所行之道。

㉙七星：星宿名。

㉚五纬：金木水火土五个行星。早出为赢，晚出为缩。赢通盈。

㉛冠珥薄蚀：指日食的几种景象。凡气在日上为冠，在旁直对为珥，日月不交而食为薄，亏毁曰食。

㉜慧字所出：慧星之光长，孛星之光短。

㉝景：即景星，是一种德星。老：西宫有大星曰南极老人，传说老人见，天下治安。

㉞辰极：即北极星。

㉟镇星独东：据《史记》载：太岁在甲寅，镇星在东壁。

㊱羲和：指日，望舒：指月。

㊲欃、枪、尤、失、旬、始、绛绎：都是星名。

㊳四镇、五残、天狗：也是星名。

㊴乘云蚤产之国：据传说大人国妇女孕三十六年生子，人出生即白头，及其长大能乘云而不能走。

㊵肝心不朽之民：传说无臂之国，其民居穴食土，死埋之，其心不朽，百年还化为人。细人，其肝不朽，百年化为人。

㊶修臂交股：《淮南子》记载，有一国在南方，人皆长臂，臂长于身。

㊷黄池无男：《山海经》载：女子国，无男，有一黄池，妇人入浴，出即怀孕。

㊸沙壹触句：据《后汉书》载：有妇人沙壹，尝捕鱼水中，触沈木怀孕，生十子。后沈木化为龙，九子随龙去，留一子，以后长大，共推为王。

㊹山徙社移：传说国家将亡，宗社将改之时，皆有山崩地裂之异兆。

㊺炎昧吐烈：据传说有天竺人能续断舌吐火。

㊻山夔前跟：据《山海经》载，有兽如牛，苍身而无角，一足，出入水则必风雨，名叫夔。

㊼五丁引蛇句：秦王献美女于蜀王，蜀王遣五丁迎五女。见一大蛇入山穴中，五丁引蛇，山崩，五女化为石。

㊽郢人奋斧句：此言郢匠石运斧之妙。

㊾仲都袒身句：指王仲都能忍寒暑。

抱朴子内篇卷之九

道 意

抱朴子曰："道者涵乾括坤，其本无名。论其无，则影响犹为有焉；论其有，则万物尚为无焉。隶首不能计其多少①，离朱不能察其仿佛，吴札晋野竭聪②，不能寻其音声乎窈冥之内，猢猕狌狌猪疾走③，不能迹其兆朕乎宇宙之外。以言乎迩，则周流秋毫而有余焉；以言乎远，则弥纶太虚而不足焉。为声之声，为响之响，为形之形，为影之影。方者得之而静，员者得之而动，降者得之而俯，升者得之以仰。强名为道，已失其真，况复乃千割百判，亿分万析，使其姓号至于无垠，去道辽辽，不亦远哉？

俗人不能识其太初之本，而修其流淫之末，人能淡默恬愉，不染不移。养其心以无欲，颐其神以粹素，扫涤诱慕，收之以正，除难求之思，遣害真之累，薄喜怒之邪，灭爱恶之端，则不请福而福来，不禳祸而祸去矣。何者，命在其中，不系于外，道存乎此，无俟于彼也。患乎凡夫不能守真，无杜遏之检括，爱嗜好之摇夺。驰骋流遁，有迷无反，情感物而外起，智接事而旁溢，诱于可欲，而天理灭矣，惑乎见闻，而纯一迁矣。心受制于奢玩，情浊乱于波荡，于是有倾越之灾，有不振之祸。而徒烹宰肥腯，沃酹醪醴，撞金伐革，讴歌踊跃，拜伏稽颡，守请虚坐，求乞福愿，冀其必得，至死不悟，不亦哀哉？若乃精灵困于烦扰，荣卫消于役用，煎熬形气，刻削天和，劳逸过度。而碎首以请命，变起膏肓；而祭祷以求痊，录风卧湿；而谢罪于灵祇，饮食失节；而委祸于鬼魅，蕞尔之体，自贻兹患，天地神明，曷能济焉？其烹牲馨群，何所补焉？夫福非足恭所请也，祸非湮祀所禳也。若命可以重祷延，疾可以丰祀除，则富姓可以必长生，而贵人可以无疾病也。夫神不歆非族，鬼不享淫祀，皂隶之巷，不能纡金根之轩④，布衣之门，不能动六䡶之驾⑤，同为人类，而尊卑两绝。况于天神，缅邈清高，其伦异矣，贵亦极矣。盖非臭鼠之酒肴，庸民之曲躬，所能感降，亦已明矣。夫不忠不孝，罪之大恶，积千金之赂，太牢之馔，求令名于明主，释愆责于邦家。以人释人，犹不可得，况年寿难获于令名，笃疾难除于愆责，鬼神异伦，正直是与，冀其曲祐，未之有也。夫惭德之主，忍诟之臣，犹能赏善不须贷财，罚恶不任私情，必将修绳履墨，不偏不党，岂况鬼神，过此之远，不可以巧言动，不可以饰略求，断可识矣。

楚之灵王⑥，躬自为巫，靡爱斯牲，而不能却吴师之讨也。汉之广陵，敬奉李须，倾竭府库而不能救叛逆之诛也。孝武尤信鬼神，咸秩无文，而不能免五柞之殂。孙主贵待华响⑦，封以王爵，而不能延命尽之期。非牺牲之不博硕，非玉帛之不丰酦，信之非不款，敬之非不重，有丘山之损，无毫厘之益，岂非失之于近，而营之于远乎？第五公诛除妖道⑧，而既寿且贵；宋庐江罢绝山祭⑨，而福禄永终；文翁破水灵之庙⑩，而身吉民安；魏武禁淫祀之俗，而洪庆来假，前事不忘，将来之鉴也。明德惟馨⑪，无忧者寿，嗇宝不夭，多惨用老，自然之理，外物何为！若养之失和，伐之不解，百痾缘隙而结，荣卫竭而不悟，太牢三牲，曷能济焉？俗所谓道率皆妖伪，转相诳惑，久而弥甚，既不能修疗病之术，又不能返其大迷，不务药石之救，惟专祝祭之谬，祈祷无已，问卜不倦，巫祝小人，妄说祸祟，疾病危急，唯所不闻，闻辄修为，损费不訾，富室竭其财储，贫人假举倍息，田宅割裂以讫尽，箧柜倒装而无余。或偶有自差，便谓受神之赐，如其死亡，便谓鬼不见赦，幸而误活，财产穷罄，遂复饥寒冻饿而死，或起为劫剽，或穿窬斯滥⑫，丧身于锋镝之端，自陷于丑恶之弄，皆此之由也。或什物尽于祭祀之费耗，穀帛沦于贪浊之师巫，既没之日，无复凶器之直⑬，衣衾之周，使尸朽虫流，良可悼也。愚民之蔽，乃至于此哉！淫祀妖邪，礼律所禁。然而凡夫，终不可悟。唯宜王者更峻其法制，犯无轻重，致之大辟，购募巫祝不肯止者，刑之无赦，肆之市路，不过少时，必当绝息，所以令百姓杜冻饥之源，塞盗贼之萌，非小惠也。

曩者有张角柳根王歆李申之徒⑭，或称千岁，假托小术，坐在立亡，变形易貌，诳眩黎庶，纠合群愚，进不以延年益寿为务，退不以消灾治病为业，遂以招集奸党，称合逆乱，不纯自伏其辜，或至残灭良人，或欺诱百姓，以规财利，钱帛山积，富逾王公，纵肆奢淫，侈服玉食，妓妾盈室，管弦成列，刺客死士，为其致用，威倾邦君，势凌有司，亡命逋逃，因为窟薮。皆由官不纠治，以臻斯患，原其所由，可为叹息。吾徒匹夫，虽见此理，不在其位，末如之何！临民官长，疑其有神，虑恐禁之，或致祸祟，假令颇有其怀，而见之不了，又非在职之要务，殿最之急事，而复是其愚妻顽子之所笃信。左右小人，并云不可，阻之者众，本无至心而谏，怖者异口同声，于是疑惑，竟于莫敢，令人扼腕发愤者也！余亲见所识者数人，了不奉神明，一生不祈祭，身享遐年，名位巍巍，子孙蕃昌，且富且贵也。唯余亦无事于斯，唯四时祀先人而已。曾所游历水陆万里，道侧房庙，固以百许，而往返径游，一无所过，而车马无颠覆之变，涉水无风波之异，屡值疫疠，当得药物之力，频冒矢石，幸无伤刺之患，益知鬼神之无能为也。又诸妖道百余种，皆煞生血食，独有李家道无为为小差。然虽不屠宰，每供福食，无有限剂，市买所具，务于丰泰，精鲜之物，不得不买，或数十人厨，费亦多矣，复未纯为清省也，亦皆宜在禁绝之列。

或问李氏之道起于何时。余答曰："吴大帝时，蜀中有李阿者，穴居不食，传世见之，号为八百岁公。人往往问事，阿无所言，但占阿颜色。若颜色欣然，则事皆吉；若颜容惨戚，则事皆凶；若阿含笑者，则有大庆；若微叹者，即有深忧。如此之候，未曾一失也。后一旦忽去，不知所在。后有一人姓李名宽，到吴而蜀语，能祝水治病颇愈，于是远近翕然，谓宽为李阿，因共呼之为李八百，而实非也。自公卿以下，莫不云集其门，后转骄贵，不复得常见，宾客但拜其外门而退，其怪异如此。于是避役之吏民，依宽为弟子者恒近千人，而升堂入室高业先进者，不过得祝水及三部符导引日月行炁而已，了无治身之要、服食神药、延年驻命、不死之法也。吞气断谷，可得百日以还，亦不堪久，此是其术至浅可知也。余亲识多有及见宽者，皆云宽衰老羸悴。起止咳噫，目瞑耳聋，齿坠发白，渐又昏耗，或忘其子孙，与凡人无异也。然民复谓宽故作无异以欺人，岂其然乎？吴曾有大疫，死者过半，宽所奉道室，名之为庐，宽亦得温病，托言入庐斋戒，遂死于庐中。而事宽者犹复谓之化形尸解之仙，非为真死也。夫神仙之法，所以与俗人不同者，正以不老不死为贵耳。今宽老则老矣，死则死矣，此其不得道，居然可知矣，又何疑乎！若谓于仙法应尸解者，何不且止人间一二百岁，住年不老，然后去乎？天下非无仙道也，宽但非其人耳。余所以委曲论之者，宽弟子转相教授，布满江表，动有千许，不觉宽法之薄，不足遵承而守之，冀得度世，故欲令人觉此而悟其滞迷耳。

天下有似是而非者，实为无限，将复略说故事，以示后人之不解者。昔汝南有人于田中设绳罥以捕獐而得者[15]，其主未觉。有行人见之，因窃取獐而去，犹念取之不事。其上有鲍鱼者，乃以一头置罥中而去。本主来于罥中得鲍鱼，怪之以为神，不敢持归。于是村里闻之，因共为起屋立庙，号为鲍君。后转多奉之者，丹楹藻棁，钟鼓不绝。病或有偶愈者，则谓有神，行道经过，莫不致祀焉。积七八年，鲍鱼主后行过庙下，问其故，人具为之说。其鲍鱼主乃曰，此是我鲍鱼耳，何神之有？于是乃息。

又南顿人张助者，耕白田[16]，有一李栽，应在耕次，助惜之。欲持归，乃掘取之，未得即去，以湿土封其根，以置空桑中，遂忘取之。助后作远识不在，后其里中人，见桑中忽生李，谓之神。有病目痛者，荫息此桑下，因祝之，言李君能令我目愈者，谢以一独。其目偶愈，便杀独祭之。传者过差，便言此树能令盲者得见。远近翕然，同来请福，常车马填溢，酒内滂沱，如此数年。张助罢职来还。见之，乃曰，此是我昔所置李栽耳，何有神乎？乃斫去便止也。

又汝南彭氏墓近大道，墓口有一石人，田家老母到市买数斤饼以归，天热，过荫彭氏墓口树下，以所买之饼暂著石人头上，忽然便去，而忘取之。行路人见石人头上有饼，怪而问之。或人云，此石人有神，能治病，愈者以饼来谢之。如此转以相语，云头痛者摩石人头，腹痛者摩石人腹，亦还以自摩，无不愈者。遂千里来就石人治病，初但鸡豚，后用牛羊，为立帷帐，管弦不绝，如此数年。忽日前忘饼母闻之，乃为人说，始无复往者。

又洛西有古大墓，穿坏多水，墓中多石灰，石灰汁主治疮。夏月，行人有病疮者烦热，见此墓中水清好，因自洗浴，疮偶便愈。于是诸病者闻之，悉往自洗，转有饮之以治腹内疾者。近墓居人，便于墓所立庙舍而卖此水。而往买者又常祭庙中，酒肉不绝。而来买者转多。此水尽，于是卖水者常夜窃窃他水以益之。其远道人不能往者，皆因行便或持器遗信买之。于是卖水者大富。人或言无神，官申禁止，遂填塞之，乃绝。

又兴古太守马氏在官，有亲故人投之求恤焉，马乃令此人出外住，诈云是神人道士，治病无不手下立愈。又令辩士游行，为之虚声，云能令盲者登视，躄者即行。于是四方云集，趋之如市，而钱帛固已山积矣。又敕诸求治病者，虽不便愈，当告人言愈也，如此则必信；若告人未愈者，则后终不愈也；道法正尔，不可不信。于是后人问前来者，前来辄告之云已愈，无敢言未愈者也。旬日之间，乃致巨富焉。凡人多以小黠而大愚，闻延年长生之法，皆为虚诞，而喜信妖邪鬼怪，令人鼓舞祈祀。所谓神者，皆马氏诳人之类也，聊记其数事，以为未觉者之戒焉。”

或问曰：“世有了无知道术方伎，而平安寿考者，何也？”抱朴子曰：“诸如此者，或有阴德善行，以致福祐；或受命本长，故令难老迟死；或亦幸而偶尔不逢灾伤。譬犹田猎所经，而有遗禽脱兽；大火既过，时余不烬草木也。要于防身却害，当修守形之防禁，佩天文之符剑耳。祭褥之事无益也，当恃我之不可侵也，无恃鬼神之不侵我也。然思玄执一，含景环身，可以辟邪恶，度不祥，而不能延寿命，消体疾也。任自然无方术者，未必不有终其天年者也。然不可值暴鬼之横枉，大疫之流行，则无以却之矣。夫储甲胄，蓄蓑笠者，盖以为兵为雨也。若幸无攻战，时不沈阴，则有与无正同耳。若矢石雾合，飞锋烟交，则知裸体者之困矣。洪雨河倾，素雪弥天，则觉露立者之剧矣。不可以荞麦之细碎，疑阴阳之大气，以误晚学之散人，谓方术之无益也。”

①隶首：传说黄帝时人，始作算数者，亦不能计道生万物之多少。

②吴札：吴国季札，通晓音乐，聘于晋。晋野：晋师旷，字子野，能听歌声辨凶吉。

③猏豨狋猪：猏：疑为豜，大的意思。豨（xī，希）：猪。

④金根之轩：金根：车名，以金为饰，贵者之车。

⑤动六辔之驾：古时四马之车，动用六辔（pèi，配）。

⑥楚之灵王句：昔楚灵王信巫祝之道，起舞坛前，吴人来攻，国人告急，而灵王鼓舞自若。

⑦孙主：吴主孙权。迷信临海罗阳县妖神王表。

⑧第五公诛除妖道：会稽俗多淫祀，好卜筮。民常以牛祭神。第五伦为会稽太守，禁祀鬼神屠牛，百姓以安。

⑨宋庐江罢绝山祭句：宋：宋均，为九江太守。庐江郡：属有唐、后二山。民共祭山神，巫借机害民，宋均禁之。

⑩文翁：景帝时，文翁为蜀郡太守。江水神尝溺杀人，文翁拔剑击之，江水遂不为害。

⑪明德惟馨：言道德风行犹如香气远播。

⑫窬（yú，俞）：从院墙爬过去，多指偷窃行为。

⑬凶器：指棺材。直：价钱。

⑭柳根：似即刘根，有道术，炫惑百姓。王歆：与赤眉军同时起义的一首领。

⑮罥（juàn，绢）：挂、缠绕。

⑯白田：干旱的田。

抱朴子内篇卷之十

明　本

或问儒道之先后。抱朴子答曰："道者，儒之本也；儒者，道之末也。先以为阴阳之术，众于忌讳，使人拘畏；而儒者博而寡要，劳而少功；墨者俭而难遵，不可遍循；法者严而少恩，伤破仁义。唯道家之教，使人精神专一，动合无形，包儒墨之善，总名法之要，与时迁移，应物变化；指约而易明，事少而功多，务在全大宗之朴，守真正之源者也！而班固以史迁先黄老而后六经，谓迁为谬。夫迁之洽闻，旁综幽隐，沙汰事物之臧否，覈实古人之邪正①。其评论也，实原本于自然，其褒贬也，皆准的乎至理。不虚美，不隐恶，不雷同以偶俗。刘向命世通人，谓为实录；而班固之所论，未可据也。固诚纯儒，不究道意，玩其所习，难以折中。夫所谓道，岂唯养生之事而已乎？《易》曰：立天之道，曰阴与阳；立地之道，曰柔与刚；立人之道，曰仁与义。又曰：《易》有圣人之道四焉，苟非其人，道不虚行。又于治世隆平，则谓之有道，危国乱主，则谓之无道。又坐而论道，谓之三公，国之有道，贫贱者耻焉。凡言道者，上自二仪，下逮万物，莫不由之。但黄老执其本，儒墨治其末耳。今世之举有道者，盖博通乎古今，能仰观俯察。历变涉微，达兴亡之运，明治乱之体，心无所惑，问无不对者，何必修长生之法，慕松乔之武者哉？而管窥诸生，臆断瞽说，闻有居山林之间，宗伯阳之业者，则毁而笑之曰，彼小道耳，不足算也。嗟乎！所谓抱萤烛于环堵之内者，不见天光之焜烂②；侣鼬虾于迹水之中者③，不识四海之浩汗；重江河之深，而不知吐之者昆仑也；珍黍稷之收，而不觉秀之者丰壤也。今苟知推崇儒术，而不知成之者由道。道也者，所以陶冶百氏，范铸二仪，胞胎万类，酝酿彝伦者也。世间浅近者众，而深远者少，少不胜众，由来久矣。是以史迁虽长而不见誉，班固虽短而不见弹；然物以少者为贵，多者为贱，至于人事，岂独不然？故藜藿弥原，而芝英不世；枳棘被野，而寻木间秀；沙砾无量，而珠璧甚尠；鸿隼屯飞④，而鸾凤罕出；虺蜴盈薮⑤，而虬龙希觌⑥；班生多党，固其宜也。夫道者，内以治身，外以为国。能令七政遵度，二气告和，四时不失寒燠之节，风雨不为暴物之灾。玉烛表升平之徵⑦，澄醴彰德洽之符⑧，焚轮虹霓寝其袄⑨，穨云商羊戢其翼⑩。景耀高照，嘉禾毕遂，疫疠不流，祸乱不作，堑垒不设，干戈不用，不议而当，不约而信，不结而固，不谋而成，不赏而劝，不罚而肃，不求而得，不禁而止。处上而人不以为重，居前而人不以为患，号未发而风移，令未施而俗易，此盖道之治世也。故道之兴也，则三五垂拱而有余焉。道之衰也，则叔代驰骛而不足焉⑪。夫唯有余，故无为而化美。夫唯不足，故刑严而奸繁。黎庶怨于下，皇灵怒于上。或洪波横流，或亢阳赤地，或山谷易体，或冬雷夏雪，或流血漂橹，积尸筑京，或坑降万计，析骸易子。城愈高而冲愈巧，池愈深而梯愈妙，法令明而盗贼多，盟约数而叛乱甚，犹风波骇而鱼鳖扰于渊，纤罗密而羽禽躁于泽，豺狼众而走兽剧于林，爨火猛而小鲜糜于鼎也。君臣易位者有矣，父子推刃者有矣，然后忠义制名于危国，孝子收誉于败家。疾疫起而巫医贵矣，道德丧而儒墨重矣。由此观之，儒道之先后，可得定矣。"

或问曰："昔赤松子、王乔、琴高、老氏、彭祖、务成、郁华，皆真人，悉仕于世，不便遐遁，而中世以来，为道之士，莫不飘然绝迹幽隐，何也？"抱朴子答曰："曩古纯朴，巧伪未萌，其信道者，则勤而学之，其不信者，则嘿然而已。谤毁之言，不吐乎口，中伤之心，不存乎胸也。是以真人徐徐于民间，不促促于登遐耳。末俗偷薄，雕伪弥深，玄淡之化废，而邪俗之党繁，既不信道，好为讪毁，谓真正为妖讹，以神仙为诞妄，或曰惑众，或曰乱群，是以上士耻居其中也。昔之达人，杜渐防微，色斯而逝，夜不待旦，睹几而作，不俟终日。故赵害鸣犊，而仲尼旋轸⑫，醴酒不设，则穆生星行；彼众我寡，华元去之。况乎明哲，业尚本异，有何恋之当往其间哉？夫渊竭池漉，则蛟龙不游；巢倾卵拾，则凤凰不集；居言于室，而翔鸥不下；凡卉春蔫，而芝蕙不秀。世俗丑正，慢辱将臻，彼有道者，安得不超然振翅乎风云之表，而翻尔藏轨于玄漠之际乎？山林之中非有道也，而为道者必入山林，诚欲远彼腥膻，而即此清净也。夫入九室以精思⑬，存真一以招神者，既不喜喧哗而合污秽，而合金丹之大药，炼八石之飞精者，尤忌利口之愚人。凡俗之闻见，明灵为之不降，仙药为之不成，非小禁也，止于人中，或有浅见毁之有司，加之罪福，或有亲旧之往来，牵之以庆吊，莫若幽隐一切，免于如此之臭鼠矣。彼之邈尔独往，得意嵩岫，岂不有以乎？或云：上士得道于三军，中士得道于都市，下士得道于山林，此皆为仙药已成。未欲升天，虽在三军，而锋刃不能伤，虽在都市，而人祸不能加，而下士未及于此，故止山林耳。不谓人之在上品者，初学道当止于三军都市之中而得也，然则黄老可以至今不去也。"

或问曰："道之为源本，儒之为末流，既闻命矣，今之小异，悉何事乎？"抱朴子曰："夫升降俯仰之教，盘旋三千之仪，攻守进趣之术，轻身重义之节，欢忧礼乐之事，经世济俗之略，儒者之所务也。外物弃智，涤荡机变，忘富逸贵，杜遏劝沮，不恤乎穷，不荣乎达，不戚乎毁，不悦乎誉，道家之业也。儒者祭祀以祈福，而道者履正以禳邪；儒者所爱者势利也，道家所宝者无欲也；儒者汲汲于名利，而道家抱一以独善；儒者所讲者，相研之簿领。道家所习者，遣情之教戒也。夫道者，其为也，善自修以成务；其居也，善取人所不争；其治也，善绝祸于未起；其施也，善济物而不德；其动也，善观民以用心；其静也，善居慎而无闷。此所以为百家之君长，仁义之祖宗也，小异之理，其较如此，首尾汗隆，未之变也。"

或曰："儒者，周孔也。其籍则六经也，盖治世存正之所由，立身举动之准绳也。其用远而业贵，其事大而辞美，有国有家不易之制也。为道之士，不营礼教，不顾大伦，侣狐貉于草泽之中，偶猿猱于林麓之间，魁然流摈，与木石为邻，此亦东走之迷，忘葵之甘也。"抱朴子答曰："摛华骋艳，质直所不尚，攻蒙救惑，畴昔之所厌，诚不欲复与子较物理之善否，校得失于机吻矣。然观孺子之坠井，非仁者之意，视瞽人之触柱，非兼爱之谓耶？又陈梗概，粗抗一隅。夫体道以匠物，宝德以长生者，黄老是也。黄帝能治世致太平，而又升仙，则未可谓之后于尧舜也；老子既兼综礼教，而又久视，则未可谓之为减周孔也。故仲尼有窃比之叹[14]，未闻有疵毁之辞，而末世庸民，不得其门，修儒墨而毁道家，何异子孙而骂詈祖考哉？是不识其所自来，亦已甚矣。夫侏儒之手，不足以倾嵩华；焦侥之胫[15]，不足以测沧海。每见凡俗守株之儒，营营所习，不博达理，告顽令嚚，崇饰恶言，诬诘道家，说糟粕之滓，则若睹骏马之过隙也，涉精神之渊，则沦溺而自失也。犹斥鹦之挥短翅[16]，以凌阳候之波，犹苍蝇之力驽质，以涉昫猿之峻，非其所堪，只足速困。然而喽喽守于局隘，聪不经旷，明不彻离，而欲企踵以包三光，鼓腹以奋雷灵，不亦蔽乎？盖登旋玑之眇邈，则知井谷之至卑，睹大明之丽天[17]，乃知鷦金之可陋[18]。吾非生而知之，又非少而信之，始者蒙蒙，亦如子耳，既观奥秘之弘修，而恨离困之不早也。五经之事，注说炳露，初学之徒，犹可不解。岂况金简玉札，神仙之经，至要之言，又多不书。登坛歃血，乃传口诀，苟非其人，虽裂地连城，金璧满堂，不妄以示之。夫指深归远，虽得其书而不师受，犹仰不见首，俯不知跟，岂吾子所详悉哉？夫得仙者，或升太清，或翔紫霄，或造玄洲[19]，或栖板桐[20]。听钧天之乐[21]，享九芝之馈，出携松羡于倒景之表[22]，入宴常阳于瑶房之中，曷为当侣狐貉而偶猿狄乎？所谓不知而作也。夫道也者，肖遥虹霓，翱翔丹霄，鸿崖六虚[23]，唯意所造。魁然流摈，未为戚也。牺脯聚处，虽被藻绣，论其为乐，孰与逸麟之离群以独往，吉光坼偶而多福哉[24]？"

①覈（hé，核）：通核。

②焜（kūn，昆）烂：光明灿烂。

③鲉（yóu，由）：一种海鱼，肉味美。

④鸿隼屯飞：屯，难的意思。

⑤虺（huǐ，悔）：古书上说的一种毒蛇。

⑥觌（dí，敌）：见，相见。

⑦玉烛：古代把春夏秋冬四季和称为玉烛。

⑧澄醴：即醴泉。

⑨焚轮虹霓句：焚轮：即暴风从上而下。此句言从上而下的暴风与虹霓并不为害。

⑩熸云句：商羊：鸟名。此句言暴风不起，乱云不翻，商羊亦不飞舞。

⑪叔代：指衰世之人。驰骛：谓劳禄奔走。

⑫轸（zhěn，枕）：悲痛。

⑬九室：修道之静室。

⑭仲尼有窃比之叹：据《史记》载，孔丘适周，问礼于老子。老子说，良贾深藏若虚，君子盛德，容貌若愚。去子之骄气与多欲，态色与淫志等。孔子对弟子叹曰：我今日见老子，其犹龙耶？盖龙我不能知其乘风云而上天也。

⑮焦侥之胫：《列子·汤问》篇，从中州以东四十万里到焦侥国，人长一尺五寸。

⑯斥鹦：亦作尺鹦，小鸟。

⑰大明：指日月。

⑱知鷦金之可陋：鷦（jiāo，交）金：似指鷦明鸟羽毛上的金光。

⑲玄洲：海上十洲之一，指人迹罕绝处。

⑳板桐：山名。

㉑钧天之乐：古神话传说天上之音乐。

㉒松：赤松子。羡：羡门子高，传说都是古代仙人。

㉓六虚：上下四方。

㉔吉光：神兽。

抱朴子内篇卷之十一

仙 药

抱朴子曰：《神农四经》曰，上药令人身安命延，升为天神，遨游上下，使役万灵，体生毛羽，行厨立至①。又曰，五芝及饵丹砂、玉札、曾青、雄黄、雌黄、云母、太乙禹余粮，各可单服之，皆令人飞行长生。又曰，中药养性，下药除病。能令毒虫不加，猛兽不犯，恶气不行，众妖并辟。又《孝经援神契》曰，椒姜御湿，菖蒲益聪，巨胜延年②，威喜辟兵③。皆上圣之至言，方术之实录也。明文炳然，而世人终于不信，可叹息者也。仙药之上者丹砂，次则黄金，次则白银，次则诸芝，次则五玉，次则云母，次则明珠，次则雄黄，次则太乙禹余粮，次则石中黄子，次则石桂，次则石英，次则石脑，次则石硫黄④，次则石粘，次则曾青，次则松柏脂、茯苓、地黄、麦门冬、木巨胜、重楼、黄连、石韦、楮实、象柴，一名托芦是也。或云仙人杖，或云西王母杖，或名天精，或名却老，或名地骨，或名苟杞也。天门冬，或名地门冬，或名莚门冬，或名颠棘，或名淫羊食，或名管松，其生高地，根短而味甜，气香者善。其生水侧下地者，叶细似蕴而微黄，根长而味多苦，气臭者下，亦可服食。然喜令人下气，为益尤迟也。服之百日，皆丁壮倍驶于术及黄精也⑤，入山便可蒸，若煮啖之，取足可以断谷。若有力可饵之，亦可作散，并及绞其汁作酒，以服散尤佳。楚人呼天门冬为百部，然自有百部草，其根俱有百许，相似如一也，而其苗小异也。真百部苗似拨揳⑥，唯中以治咳及杀虱耳，不中服食，不可误也。如黄精一名白及⑦，而实非中以作糊之白及也。按本草药之与他草同名者甚多，唯精博者能分别之，不可不详也。黄精一名兔竹，一名救穷，一名垂珠。服其花胜其实，服其实胜其根，但花难多得。得其生花十斛，干之才可得五六斗耳。而服之日可三合，非大有役力者不能辨也。服黄精仅十年，乃可大得其益耳。俱以断谷不及术，术饵令人肥健，可以负重涉险。但不及黄精甘美易食，凶年可以与老小休粮，人不能别之，谓为米脯也。

五芝者，有石芝，月木芝，有草芝，有肉芝，有菌芝，各有百许种也。

石芝者，石象芝生于海隅名山，及岛屿之涯有积石者，其状如肉象有头尾四足者，良似生物也，附于大石，喜在高岫险峻之地，或却著仰缀也。赤者如珊瑚，白者如截肪，黑者如泽漆，青者如翠羽，黄者如紫金，而皆光明洞彻如坚冰也。晦夜去之三百步，便望见其光矣。大者十余斤，小者三四斤，非久斋至精，及佩老子入山灵宝五符，亦不能得见此辈也。凡见诸芝，且先以开山却害符置其上，则不得复隐蔽化去矣。徐徐择王相之日，设醮祭以酒脯，祈而取之，皆从日下禹步闭气而往也。又若得石象芝，捣之三万六千杵，服方寸匕⑧，日三。尽一斤，则得千岁；十斤，则万岁。亦可分人服也。又玉脂芝，生于有玉之山，常居悬危之处，玉膏流出，万年已上，则凝而成芝。有似鸟兽之形，色无常彩，率多似山玄水苍玉也⑨。亦鲜明如水精。得而末之，以无心草汁和之，须臾成水，服一升，得一千岁也。七明九光芝，皆石也，生临水之高山石崖之间，状如盘碗，不过径尺以还，有茎带连缀之，起三四寸，有七孔者，名七明，九孔者名九光。光皆如星，百余步内，夜皆望见其光，其光自别，可散不可合也。常以秋分伺之得之，捣服方寸匕，入口则翕然身热，五味甘美，尽一斤则得千岁，令人身有光，所居暗地如月，可以夜视也。石蜜芝，生少室石户中，户中便有深谷，不可得过，以石投谷中，半日犹闻其声也。去户外十余丈有石柱，柱上有偃盖石，高度径可一丈许。望见蜜芝从石户上堕入偃盖中，良久，辄有一滴，有似雨后屋之余漏，时时一落耳。然蜜芝堕不息，而偃盖亦终不谥也。户上刻石为科斗字，曰得服石蜜芝一斗者万岁。诸道士共思惟其处，不可得往，唯当以碗器著劲竹木端以承取之，然竟未有能为之者。按此石户上刻题如此，前世必已有得之者也。石桂芝，生名山石穴中，似桂树而实石也。高尺许，大如径尺，光明而味辛，有枝条，捣服之一斤得千岁也。石中黄子，所在有之，沁水山为尤多。其在大石中，则其石常润湿不燥，打其石有数十重，乃得之，在大石中，赤黄溶溶，如鸡子之在其壳中也。即当饮之，不饮则坚凝成石，不复中服也。法正当及未坚时饮之，既凝则应末服也。破一石中，多者有一升，少者有数合，可顿服也。虽不得多，相继服之，共计前后所服，合成三升，寿则千岁。但欲多服，唯患难得耳。石脑芝，生滑石中，亦如石中黄子状，但不皆有耳。打破大滑石千许，乃可得一枚。初破之，其在石中，五色光明而自动，服一升得千岁矣。石硫黄芝，五岳皆有，而箕山为多。其方言许由就此服之而长生，故不复以富贵累意，不受尧禅也。石硫丹者，石之赤精，盖石硫黄之类也。皆浸溢于崖岸之间，其濡湿者可丸服，其已坚者可散服，如此有百二十，皆石芝也，事大《太乙玉策》及《昌宇内记》，不可具称也。

及夫木芝者，松柏脂沦入地千岁，化为茯苓。茯苓万岁，其上生小木，状似莲花，名曰木威喜芝，夜视有光，持之甚滑，烧之不然，带之辟兵，以带鸡而杂以他鸡十二头共笼之，去之十二步，射十二箭，他鸡皆伤，带威喜芝者不伤也。从生门上采之，于六甲阴干之，百日，末服方寸匕，日三[⑩]，尽一枚，则三千岁也。千岁之栝木，其下根如坐人，长七寸，刻之有血，以其血涂足下，可以步行水上不没，以涂人鼻以入水，水为之开，可以止住渊底也；以涂身则隐形，欲见则拭之。又可以治病，病在腹内，刮服一刀圭，其肿痛在外者，随其所在刮一刀圭，即其肿痛所在以摩之，皆手下即愈，假令左足有疾，则刮涂人之左足也。又刮以杂巨胜为烛，夜遍照地下，有金玉宝藏，则光变青而下垂，以锸掘之可得也。末之，服尽十斤则千岁也。又松树枝三千岁者，其皮中有聚脂，状如龙形，名曰飞节芝，大者重十斤。末服之，尽十斤，得五百岁也。又有樊桃芝，其木如升龙，其花叶如丹罗，其实如翠鸟，高不过五尺，生于名山之阴，东流泉水之土。以立夏之候伺之，得而末服之，尽一株得五千岁也。参成芝，赤色有光，扣之枝叶，如金石之音，折而续之，即复如故。木渠芝，寄生大木上，如莲花，九茎一丛，其味甘而辛。建木芝实生于都广，其皮如缨蛇，其实如鸾鸟。此三芝得服之，白日升天也。黄卢子、寻木华、玄液华，此三芝生于泰山要乡及奉高，有得而服之，皆令人寿千岁。黄蘖檀桓芝者，千岁黄蘖木下根，有如三斛器，去本株一二丈，以细根相连状如缕。得末而服之，尽一枚则成地仙不死也。经辈复百二十种，自有图也。

草芝有独摇芝，无风自动，其茎大如手指，赤如丹，素叶似苋，其根有大魁如斗，有细者如鸡子十二枚。周绕大根之四方，如十二辰也，相去丈许，皆有细根，如白发以相连，生高山深谷之上，其所生左右无草。得其大魁末服之，尽则得千岁，服其细者一枚百岁，可以分他人也。怀其大根即隐形，欲见则左转而出之。牛角芝，生虎寿山及吴坂上，状似葱，特生如牛角，长三四尺，青色。末服方寸匕，日三，至百日，则得千岁矣。龙仙芝，状如升龙之相负也，以叶为鳞，其根则如蟠龙，服一枚则得千岁矣。麻母芝，似麻而茎赤色，花紫色。紫珠芝，其花黄，其叶赤，其实如李而紫色，二十四枝辄相连，而垂如贯珠也。白符芝，高四五尺，似梅，常以大雪而花，季冬而实。朱草芝，九曲，曲有三叶，叶有三实也。五德芝，状似楼殿，茎方，共叶五色各具而不杂，上如偃盖，中常有甘露，紫气起数尺矣。龙衔芝，常以仲春对生，三节十二枝，如坐人。凡此草芝，又有百二十种，皆阴干服之，则令人与天地相毕，或得千岁二千岁。

肉芝者，谓万岁蟾蜍，头上有角，颔下有丹书八字再重。以五月五日日中时取之，阴干百日，以其左足画地，即为流水，带其左手于身，辟五兵，若敌人射已者，弓弩矢皆反还自向也。千岁蝙蝠，色白如雪，集则倒悬，脑重故也。此二物得而阴干末服之，令人寿四万岁。千岁灵龟，五色具焉，其雄额上两骨起似角，以羊血浴之，乃剔取其甲，火炙捣服方寸匕，日三，尽一具，寿千岁。行山中，见小人乘车马，长七八寸者，肉芝也，捉取服之即仙矣。风生兽似貂，青色，大如狸，生于南海大林中。张网取之，积薪数车以烧之，薪尽而此兽在灰中不然，其毛不焦，斫刺不入，打之如皮囊，以铁锤锻其头数十下乃死。死而张其口以向风，须臾便活而起走，以石上菖蒲塞其鼻即死。取其脑以和菊花服之，尽十斤，得五百岁也。又千岁燕，其窠户北向，其色多白而尾掘，取阴干，末服一头五百岁。凡此又百二十种，此皆肉芝也。

菌芝，或生深山之中，或生大木之下，或生泉之侧，其状或如宫室。或如车马，或如龙虎，或如人形，或如飞鸟，五色无常，亦百二十种，自有图也。皆当禹步往采取之，刻以骨刀，阴干末服方寸匕，令人升仙，中者数千岁，下者千岁也。欲求芝草，入名山，必以三月九月，此山开出神药之月也，勿以山佷日[11]，必以天辅时，三奇会尤佳。出三奇吉门到山，须六阴之日，明堂之时，带灵宝符；牵白犬，抱白鸡，以白盐一斗，及开山符檄，著大石上；执吴唐草一把以入山，山神喜，必得芝也。又采芝及服芝，欲得王相专和之日，支干上下相生为佳。此诸芝名山多有之，但凡庸道士，心不专精，行秽德薄，又不晓入山之术，虽得其图，不知其状，亦终不能得也。山无大小，皆有鬼神，其鬼神不以芝与人，人则虽践之，不可见也。

又云母有五种，而人多不能分别也，法当举以向日，看其色，详占视之，乃可知耳。正尔于阴地视之，不见其杂色也。五色并具而多青者名云英，宜以春服之。五色并具而多赤者名云珠，宜以夏服之。五色并具而多白者名云液，宜以秋服之。五色并具而多黑者名云母，宜以冬服之。但有青黄二色者名云沙，宜以季夏服之。晶晶纯白名磷石，可以四时长服之也。服五云之法，或以桂葱水玉化之以为水，或以露于铁器中，以玄水熬之为水，或以硝石合于筒中埋之为水，或以露搜为酪，或以秋露渍之百日，韦囊挺以为粉[12]，或以无巅草樗血合饵之[13]。服之一年，则百病除，三年久服，老公反成童子，五年不阙，可役使鬼神。入火不烧，入水不濡，践棘而不伤肤，与仙人相见。又他物埋之即朽，著火即焦，而五云以纳猛火中，经时终不然，埋之永不腐败，故能令人长生也。又云，服之十年，云气常覆其上，服其母以致其子，理自然也。又向日看之，晻晻纯黑色起者，不中服，令人病淋发疮。虽水饵之，皆当先以茅屋霤水，若东流水露水，渍之百日，淘汰去其土石，乃可用耳。中山卫叔卿服之，积久能乘云而行，以其方封之玉匣之中，仙去之后，其子名度世，及汉使者梁伯，得而按方合服，皆得仙去。

又雄黄当得武都山所出者，纯而无杂，其赤如鸡冠，光明晔晔者，乃可用耳。其但纯黄似雄黄色，无赤光者，有任以作仙药，可以合理病药耳。饵服之法，或以蒸煮之，或以酒饵，或先以硝石化为水乃凝之，或以玄胴肠裹蒸之于赤土下，或以松脂和之，或以三物炼之，引之如布，白如冰。服之皆令人长生，百病除，三尸下，瘢痕灭，白发黑，堕齿生，千日则玉女来侍，可得役使，以致行厨。又玉女常以黄玉为志，大如黍米，在鼻上，是真玉女也，无此志者，鬼试人耳。

玉亦仙药，但难得耳。《玉经》曰：服金者寿如金，服玉者寿如玉也。又曰：服玄真者，其命不极。玄真者，玉之别名也。令人身飞轻举，不但地仙而已。然其道迟成，服一二百斤，乃可知耳。玉可以乌米酒及地榆酒化之为水，亦可以葱浆消之为粘，亦可饵以为丸，亦可烧以为粉。服之一年已上，入水不沾，入火不灼，刃之不伤，百毒不犯也。不可用已成之器，伤人无益，当得璞玉，乃可用也，得于阗国白玉尤善。其次有南阳徐善亭部界中玉及日南卢容水中玉亦佳。赤松子以玄虫血渍玉为水而服之，故能乘烟上下也。玉屑服之与水饵之，俱令人不死。所以为不及金者，令人数数发热，似寒食散状也⑭。若服玉屑者，宜十日辄一服雄黄丹砂各一刀圭，散发洗沐寒水，迎风而行，则不发热也。董君异尝以玉醴与盲人服之，目旬日而愈。有吴延稚者，志欲服玉，得玉经方不具，了不知其节度禁忌，乃招合得珪璋环璧，及校剑所用甚多，欲饵治服之，后余为说此不中用。乃叹息曰：事不可不精，不但无益，乃几作祸也。

又银但不及金玉耳，可以地仙也。服之法，以麦浆化之，亦可以朱草酒饵之，亦可以龙膏炼之，然三服，辄大如弹丸者，又非清贫道士所能得也。

又真珠经一寸以上可服，服之可以长久，酢浆渍之皆化如水银，亦可以浮石水蜂窠化，包彤蛇黄合之，可引长三四尺，丸服之，绝谷服之，则不死而长生也。淳漆不沾者，服之令人通神长生，饵之法，或以大无肠公子，或云大蟹，十枚投其中，或以云母水，或以玉水合服之，九虫悉下，恶血从鼻去，一年六甲行厨至也。

桂可以葱涕合蒸作水，可以竹沥合饵之，亦可以先知君脑，或云龟，和服之，七年，能步行水上，长生不死也。

巨胜一名胡麻，饵服之不老，耐风湿，补衰老也。桃胶以桑灰汁渍，服之百病愈，久服之身轻有光明，在晦夜之地如月出也，多服之则可以断谷。

柠木实之赤者，饵之一年，老者还少，令人彻视见鬼。昔道士染须年七十乃服之，转更少，至年百四十岁，能夜书，行及奔马，后入青龙山去。槐子以新瓮合泥封之，二十余日，其表皮皆烂，乃洗之如大豆，日服之，此物主补脑，久服之，令人发不白而长生。玄中蔓方，楚飞廉、泽泻、地黄、黄连之属，凡三百余种，皆能延年，可单服也。灵飞散、未央丸，制命丸、羊血丸，皆令人驻年却老也。

南阳郦县山中有甘谷水，谷水所以甘者，谷上左右皆生甘菊，菊花堕其中，历世弥久，故水味为变。其临此谷中居民，皆不穿井，悉食甘谷水，食者无不老寿，高者百四五十岁，下者不失八九十，无夭年人，得此菊力也。故司空王畅太尉刘宽太傅袁隗，皆为南阳太守，每到官，常使郦县月送甘谷水四十斛以为饮食。此诸公多患风痹及眩冒，皆得愈，但不能大得其益。如甘谷上居民，生小便饮食此水者耳。又菊花与薏花相似，直以甘苦别之耳，菊甘而薏苦，谚言所谓苦如薏者也。今所在有真菊，但为少耳，率多生于水侧，缑氏山与郦县最多。仙方所谓日精、更生、周盈皆一菊而根、茎、花、实异名，其说甚美，而近来服之者略无效，正由不得真菊也。夫甘谷水得菊之气味，亦何足言。其上居民，皆以延年，况将复好药，安得无益乎？

余亡祖鸿胪少卿曾为临沅令，云此县有廖氏家，世世寿考，或出百岁，或八九十，后徙去，子孙转多夭折。他人居其故宅，复如旧，后累世寿考。由此乃觉是宅之所为，而不知其何故，疑其井水殊赤。乃试掘井左右，得古人埋丹砂数十斛，去井数尺，此丹砂汁因泉渐入井，是以饮其水而得寿，况乃饵炼丹砂而服之乎！

余又闻上党有赵瞿者，病癞历年，众治之不愈，垂死。或云不如及活流弃之，后子孙转相注易，其家乃赍粮将之，送置山穴中。瞿在穴中，自怨不幸，昼夜悲叹，涕泣经月。有仙人行经过穴，见而哀之，具问讯。瞿知其异人，乃叩头自陈乞哀，于是仙人以一囊药赐之，教其服法。瞿服之百许日，疮都愈，颜色丰悦，肌肤玉泽。仙人又过视之，瞿谢受更生活之恩，乞丐其方。仙人告之曰：此是松脂耳，此山中更多此物，汝炼之服，可以长生不死。瞿乃归家，家人初谓之鬼也，甚惊愕。瞿遂长服松脂，身体转轻，气力百倍，登危越险，终日不极。年百七十岁，齿不堕，发不白。夜卧，忽见屋间有光大如镜者，以问左右，皆云不见，久而渐大，一室尽明如昼日。又夜见面上有采女二人，长二三寸，面体皆具，但为小耳，游戏其口鼻之间，如是且一年，此女渐长大，出在其侧。又常闻琴瑟之音，欣然独笑，在人间三百许年，色如小童，乃人抱犊山去，必地仙也。于时闻羆服松脂如此，于是竞服。其多役力者，乃车运驴负，积之盈室，服之远者，不过一月，未觉大有益辄止，有志者难得如是也。

又汉成帝时，猎者于终南山中，见一人无衣服，身生黑毛，猎人见之，欲逐取之，而其人逾坑越谷，有如飞腾，不可逮及。于是乃密伺候其所在，合围得之，定是妇人。问之，言我本是秦宫人也。闻关东贼至，秦王出降，宫室烧燔，惊走入山，饥无所食，垂饿死，有一老翁教我食松叶松实，当时苦涩，后稍便之。遂使不饥不渴，冬不寒，夏不热。计此女定是秦王子婴宫人，至成帝之世，二百许岁。乃将归，以谷食人，初闻谷臭呕吐，累日乃安。如是二年许，身毛乃脱落，转老而死。向使不为人所得，便成仙人矣。

南阳文氏，说其先祖，汉末大乱，逃去山中，饥困欲死。有一人教之食术，遂不能饥，数十年乃来还乡里，颜色更少，气力胜故。自说在山中时，身轻欲跳，登高履险，历日不极，行冰雪中，了不知寒。常见一高岩上，有数人对坐博戏者，有读书者，俛而视文氏，因闻其相问，言此子中呼上否。其一人答言未可也。术一名山蓟，一名山精。故《神药经》曰：必欲长生，常服山精。

昔仙人八公，各服一物，以得陆仙，各数百年，乃合神丹金液，而升太清耳。人若合八物，炼而服之，不得其力，是其药力有转相胜畏故也。韩终服菖蒲十三年，身生毛，日视书万言，皆诵之，冬袒不寒。又菖蒲生须得石上，一寸九节已上，紫花者尤善也。赵他子服桂二十年，足下生毛，日行五百里，力举千斤。移门子服五味子十六年，色如玉女，入水不沾，入火不灼也。楚文子服地黄八年，夜视有光，手上车弩也[15]。林子明服术十一年，耳长五寸，身轻如飞，能超逾渊谷二丈许。杜子微服天门冬，御八十妾，有子百三十人，日行三百里。任子季服茯苓十八年，仙人玉女往从之，能隐能彰，不复食谷，灸瘢皆灭，面体玉光。陵阳子仲服远志二十年，有子三十七人，开书所视不忘，坐在立亡。仙经曰：虽服草木之叶，已得数百岁，忽忽于神丹，终不能仙。以此论之，草木延年而已，非长生之药可知也。未得作丹，且可服之，以自檰持耳[16]。

或问：“服食药物，有前后之宜乎？”抱朴子答曰：“按《中黄子服食节度》云，服治病之药，以食前服之；养性之药，以食后服之。吾以咨郑君，何以如此。郑君言，此易知耳，欲以药攻病，既宜及未食，内虚，令药力势易行，若以食后服之，则药但攻谷而力尽矣；若欲养性，而以食前服药，则力未行，而被谷驱之下去不得止，无益也。”

或问曰：“人服药以养性，云有所宜，有诸乎？”“抱朴子答曰：“按《玉策记》及《开明经》，皆以五音六属，知人年命之所在。子午属庚，卯酉属己，寅申属戊，丑未属辛，辰戌属丙，巳亥属丁。一言得之者，宫与土也；三言得之者，徵与火也；五言得之者，羽与水也；七言得之者，商与金也；九言得之者，角与木也。若本命属土，不宜服青色药；属金，不宜服赤色药；属木，不宜服白色药；属水，不宜服黄色药；属火，不宜服黑色药。以五行之义，木克土，土克水，水克火，火克金，金克木故也。若金丹大药，不复论宜与不宜也。

一言宫。庚子庚午，辛未辛丑，丙辰丙戌，丁亥丁巳，戊寅戊申，己卯己酉。

三言徵。甲辰甲戌，乙亥乙巳，丙寅丙申，丁酉丁卯，戊午戊子，己未己丑。

五言羽。甲寅甲申，乙卯乙酉，丙寅丙午，丁未丁丑，壬辰壬戌，癸巳癸亥。

七言商。甲子甲午，乙丑乙未，庚辰庚戌，辛巳辛亥，壬申壬寅，癸犯癸酉。

九言角。戊辰戊戌，己巳己亥，庚寅庚申，辛卯辛酉，壬午壬子，癸丑癸未。

禹步法：前举左，右过左，左就右。次举右，左过右，右就左。次举右，右过左，左就右。

　　如此三步，当满二丈一尺，后有九迹。

　　小神方，用真丹三斤，白蜜一斤，合和日曝煎之，令可丸。旦服如麻子十丸，未一年，发白更黑，齿坠更生，身体润泽，长服之，老翁还成少年，常服长生不死也。

　　小饵黄金方，火销金纳清酒中，二百出，二百入，即沸矣。握之出指间，令如泥，若不沸及握之不出指间，即复销之内酒中无数也。成服如弹丸一枚，亦可汁一丸分为小丸，服三十日，无寒温，神人玉女下之。又银亦可饵，与金同法。服此二物，可居名山石室中，一年即轻举矣。人间服之，名地仙，勿妄传也。

　　两仪子饵销黄金法，猪负革肪三斤[17]，醇苦酒一斗，取黄金五两，置器中煎之。出炉，凤金置肪中，百入百出，苦酒亦尔，飧一斤金，寿弊天地，食半斤金，寿二千岁；五两，千二百岁，无多少，便可饵之。当以王相之日，作之神良，忽传人，传人，药不成不神也。欲食去尸药，当服丹砂。

　　饵丹砂法，丹砂一斤，捣筛，下醇苦酒三升，淳漆二升，凡三物合，令相得，微火上煎之，令可丸，服如麻子三丸，日再。四十日，腹中百病愈，三尸去；服之百日，肌骨坚强；服之千日，司命削死籍，与天地相保，日月相望，改形易容，变化无常，日中无影，乃别有光矣。

---

①行厨立至：前《金丹篇》说：欲致行厨，取黑丹和水，以涂左手，所求如口所道，皆自至。

②巨胜延年：巨胜又名胡麻，味甘平，补五内，益气力，久服轻身不老。

③威喜：木芝名。传说带在身上可避兵器所伤。

④石硫黄：即硫黄，能治疽痔恶血，能化金银铜铁。

⑤倍驶：驶，指马疾行，比喻成效快速。

⑥百部：即百部根，能治咳嗽及杀虫。菝揳：亦作菝葜，主治腰背寒痛风痹。

⑦黄精：又名太阳草，食之可以长生。

⑧方寸匕：古代一种计量药的器具，正方一寸。

⑨山玄、水苍：玉的名称。

⑩日三：本篇多处见此语，意谓日服三次。

⑪勿以山佷（hěn，很）日：佷字当作浪，意为三月九月山出神药，既入名山，不可流连山之风景浪费时光。

⑫挻（shān，山）：揉的意思。

⑬樗（chū，出）：同椿。

⑭寒食散：一种药名，又名王石散。

⑮手上车弩：此句指楚文子服地黄八年，其手劲大，能上车弩，盖车弩非力弱者所能上。

⑯榰（zhī，支）：柱下根，榰持即支持。

⑰猪负革肪：负革肪即负革脂，猪脖上脂肪。

抱朴子内篇卷之十二

辨　问

　　或问曰："若仙必可得，圣人已修之矣，而周孔不为之者，是无此道可知也。"

　　抱朴子答曰："夫圣人不必仙，仙人不必圣。圣人受命，不值长生之道，但自欲除残去贼，夷险平暴，制礼作乐；著法垂教，移不正之风，易流遁之俗，匡将危之主，扶亡徵之国；刊《诗书》，撰《河洛》，著经诰，和《雅颂》，训童蒙，应聘诸国，突无凝烟，席不暇暖①。其事则鞅掌罔极，穷年无已，亦焉能闭聪掩明，内视反听，呼吸导引，长斋久洁；入室炼形，登山采药，数息思神，断谷清肠哉？至于仙者，唯须笃志至信，勤而不息，能恬能静，便可得之，不待多才也。有人俗之高真，乃为道者之重累也。得合一大药，知守一养神之要，则长生久视，岂若圣人所修为者云云之无限乎？且夫俗所谓圣人者，皆治世之圣人，非得道之圣人，得道之圣人，则黄老是也。治世之圣人，则周孔是也。黄帝先治世而后登仙，此是偶有能兼之才者也。古之帝王，刻于泰山，可省读者七十二家，其余磨灭者，不可胜数，而独记黄帝仙者，其审然可知也。

　　世人以人所尤长，众所不及者，便谓之圣。故善围棋之无比者，则谓之棋圣，故严子卿马绥明于今有棋圣之名焉②。善史书之绝时者，则谓之书圣，故皇象胡昭于今有书圣之名焉。善图书之过人者，则谓之书圣，故卫协张墨于今有画圣之名焉③，善刻削之尤巧者，则谓之木圣，故张衡马钧于今有木圣之名焉④，故孟子谓伯夷，清之圣者也；柳下惠，和之圣者也；伊尹，任之圣者也。吾试演而论之，则圣非一事。夫班输狄，机械之圣也；附扁和缓，治疾之圣也；子韦甘均，占候之圣也；史苏辛廖⑤，卜筮之圣也；夏育杜回⑥，筋力之圣也；荆轲聂政⑦，勇敢之圣也；飞廉夸父⑧，轻速之圣也；子野延州，知音之圣也；孙吴韩白⑨，用兵之圣也。圣者，人事之极号也，不独于文学而已矣。庄周云：盗有圣人之道五焉。妄意而知人之藏者，明也；先入而不疑者，勇也；后出而不惧者，义也；知可否之宜者，知也；分财均同者，仁也。不得此道而成天下大盗者，未之有也。"

　　或曰："圣人之道，不得枝分叶散，必总而兼之，然后为圣。"

　　余答之曰："孔子门徒，达者七十二，而各得圣人之一体，是圣事有剖判也。又云：颜渊具体而微，是圣事有厚薄也。又易曰：有圣人之道四焉，以言者尚其辞，以动者尚其变，以制器者尚其象，以卜筮者尚其占。此则圣道可分之明证也。何为善于道德以致神仙者，独不可谓之为得道之圣？苟不有得道之圣，则周孔不得为治世之圣乎？既非一矣，何以当责使相兼乎？按仙经以为诸得仙者，皆其受命偶值神仙之气，自然所禀。故胞胎之中，已含信道之性，及其有识，则心好其事，必遭明师而得其法，不然则不信不求，求亦不得也。《玉钤经》主命原曰：人之吉凶，制在结胎受气之日，皆上得列宿之精。其值圣宿则圣，值贤宿则贤，值文宿则文，值武宿则武，值贵宿则贵，值富宿则富，值贱宿则贱，值贫宿则贫，值寿宿则寿，值仙宿则仙。又有神仙圣人之宿，有治世圣人之宿，有兼二圣之宿，有贵而不富之宿，有富而不贵之宿，有兼富贵之宿，有先富后贫之宿，有先贵后贱之宿，有兼贫贱之宿，有富贵不终之宿，有忠孝之宿，有凶恶之宿。

如此不可具载，其较略如此。为人生本有定命，张车子之说是也。苟不受神仙之命。则必无好仙之心，未有心不好之而求其事者也。未有不求而得之者也。自古至今，有高才明达，而不信有仙者，有平平许人学而得仙者，甲虽多所鉴识而或蔽于仙，乙则多所不通而偏达其理，此岂非天命之所使然乎！

夫道家宝秘仙术，弟子之中，尤尚简择，至精弥久，然后告之以要诀，况于世人，幸自不信不求，何为当强以语之邪？既不能化令信之，又将招嗤速谤。故得道之士，所以与世人异路而行，异处而止，言不欲与之交，身不欲与之杂。隔千里，犹恐不足以远烦劳之攻；绝轨迹，犹恐不足以免毁辱之丑。贵不足以诱之，富不足以移之，何肯当自炫于俗士，言我有仙法乎？此盖周孔所以无缘而知仙道也。且夫周孔，盖是高才大学之深远者耳，小小之伎，犹多不闲。使之跳丸弄剑①，蹦锋投狭，履絙登幢⑪，摘盘缘案；跟挂万仞之峻峭，游泳吕梁之不测，手扛千钧，足蹑惊飚，暴虎槛豹，揽飞捷矢；凡人为之，而周孔不能，况过于此者乎？他人之所念虑，蚤虱之所首向，隔墙之朱紫，林下之草芥，匣匮之书籍，地中之宝藏，丰林邃薮之鸟兽，重渊洪潭之鱼鳖。令周孔委曲其采色，分别其物名，经列其多少，审实其有无，未必能尽知，况于远此者乎？圣人不食则饥，不饮则渴，灼之则热，冻之则寒，挞之则育，刃之则伤，岁久则老矣，损伤则病矣，气绝则死矣。此是其所与凡人无异者甚多，而其所以不同者至少矣。所以过绝人者，唯在于才长思远，口给笔高，德全行洁，强训博闻之事耳，亦安能无事不兼邪？既已著作典谟，安上治民，复欲使之两知仙道，长生不死，以此责圣人，何其多乎？于闻至言逆俗耳，真语必违众，儒士卒览吾此书者，必谓吾非毁圣人，吾岂然哉？但欲尽物理耳，理尽事穷，则似于谤讪周孔矣。世人谓圣人从天而坠，神灵之物，无所不知，无所不能。甚于服畏其名，不敢复料之以事，谓为圣人所不能，则人无复能之者也；圣人所不知，则人无复知之者也，不可笑哉？今具以近事校之，想可以悟也。完山之鸟，卖生送死之声⑫，孔子不知之，便可复谓颜回只可偏解之乎？闻太山妇人之哭，问之，乃知虎食其家三人，又不知此妇人何以不徙去之意，须答乃悟。见罗雀者纯得黄口，不辩其意，问之乃觉。及欲葬母⑬，不知父墓所在，须人语之，既定墓崩。又不知之，弟子诰之，乃泫然流涕。又疑颜渊之盗食，乃假言欲祭先人，卜掇尘之虚伪。厩焚，又不知伤人马否。颜渊后，便谓之已死。又周流七十余国，而不能逆知人之必不用之也，而栖栖遑遑，席不暇温。又不知匡人当围之，而由其途。问老子以古礼，礼有所不解也。问郯子以鸟官，官有所不识也。行不知津，而使人问之，又不知所问之人，必讥之而不告其路，若尔可知不问也。下车逐歌凤者，而不知彼之不住也。见南子而不知其无益也。诸若此类，不可具举，但不知仙法，何足怪哉？又俗儒云：圣人所不能，则余人皆不能。则宕人水居⑭，梁母火化，伯子耐至热⑮，仲都堪酷寒⑯，左慈兵解而不死⑰，甘始休粮以经岁⑱，范轶见斫而不入，鳖令流尸而更生，少千执百鬼，长房缩地脉，仲甫假形于晨凫，张楷吹嘘起云雾⑲，未闻周孔能为斯事也！"

俗人或曰："周孔皆能为此，但不为耳。"

吾答之曰："必求之于明文，而指之以空言者，吾便可谓周孔能振翮翻飞，翱翔八极，兴云致雨，移山拔井，但不为耳。一不以记籍见事为据者，复何限哉？必若所云者，吾亦可以言周孔皆已升仙，但此法不可以训世，恐人皆知不死之可得，皆必悉委供养，废进宦而登危浮深，以修斯道。是为家无复子孙，国无复臣吏，忠孝并丧，大伦必乱，故周孔密自为之，而秘不告人，外托终亡之形，内有上仙之实。如此，则子亦将何以难吾乎？亦又未必不然也！《灵宝经》有正机平衡飞龟授袂凡三篇，皆仙术也。吴王伐石以治宫室，而于合石之中，得紫文金简之书，不能读之。使使者持以问仲尼，而欺仲尼曰："吴王闲居，有赤雀衔书以置殿上，不知其义，故远谘呈。"仲尼以视之，曰："此乃灵宝之方，长生之法，禹之所服，隐在水邦，年齐天地，朝于紫庭者也。禹将仙化，封之名山石函之中，乃今赤雀衔之，殆天授也。"以此论之，是夏禹不死也，而仲尼又知之。安知仲尼不皆密修其道乎？正复使圣人不为此事，未可谓无其效也。人所好恶，各各不同，谕之以面，岂不信哉？诚合其意，虽小必为也；不合其神，虽大不学也。好苦憎甘，既皆有矣，嗜利弃义，亦无数焉。"圣人之大宝曰位，保以聚人曰财。"又曰："富与贵，是人之所欲"。而昔已有禅之以帝王之位而不用，委之以四海之富而不愿，蔑三九之官⑳，背玉帛之聘，遂山林之高洁，甘鱼钓之陋业者，盖不可胜数耳。又曰："男妇饮食，人之大欲存焉。"是以好色不可谏，甘旨可忘忧。昔有绝谷弃美，不畜妻妾，超然独往，浩然得意，顾影含欢，漱流忘味者，又难胜记也。人情莫不爱红颜艳姿，轻体柔身，而黄帝逑笃丑之嫫母㉑，陈候怜可憎之敦洽。人鼻无不乐香，故流黄郁金㉒、芝兰苏合㉓，玄胆素胶、江离揭车㉔、春蕙秋兰，价同琼瑶，而海上之女，逐酷臭之夫，随之不止。周文嗜不美之菹，不以易太牢之滋味。魏明好椎凿之声，不以易丝竹之和音。人各有意，安可求此以同彼乎？周孔自偶，不信仙道，日月有所不照，圣人有所不知，岂可以圣人所不为，便云天下无仙！是责三光不照覆盆之内也。"

①突无凝烟句：本篇言古圣人汲汲于行道，无暇久居，以至灶突无烟，坐席不暖。

②严子卿：严武，字子卿，围棋妙手。马绥明：不祥。

③卫协：晋时人，工绘画，作道释人物，冠绝当代。张墨是其弟子，亦名画师。

④张衡：后汉南阳人，精通天文。以造浑天仪及候风地动仪著称。马钧，三国时扶风人，作指南车及翻车等。

⑤史苏：晋占卜之史。辛廖：晋国大夫。

⑥夏育：周时大力士，能举千钧。杜回：秦时力士。

⑦荆轲：战国时勇士，为燕太子丹刺秦王。聂政：战国勇士，为严遂刺杀韩相傀。

⑧飞廉：商纣臣，善走。

⑨孙吴韩白：孙，孙武。吴，吴起。韩，韩信。白，白起，都是当时杰出的军事家。

⑩跳丸弄剑：杂技名。

⑪履絙登幢：絙，大索。履絙，行绳技。类似于今人走钢丝。

⑫完山之鸟句：据《说苑》载，孔子晨立堂上，听有人哭，孔子出，颜回曰：哭者悲，非独哭死，又哭生离者，似完山之鸟。完山之鸟生四子，羽翼已成。乃离四海，哀鸣送之。孔子使人问哭者，果因父死家贫卖子以葬，将与子长别。

⑬葬母不知父墓：据《礼记》载，孔子少孤，不知父墓。母亡，问邹曼父之田，然后合葬于防，防墓又崩。这段文字主要指孔丘不知之事很多。

⑭宕人水居：传说南海外有鲛人，水居如鱼。

⑮伯子耐至热：传说幼伯子王仲都夏日重裘，四周用十火炉烤，口不称热。

⑯仲都堪酷寒：传说王仲都能忍寒暑。

⑰左慈兵解而不死：魏王曹操欲杀左慈而不死。

⑱甘始：三国时太原人，善行气，不饮食，在世百余岁。

⑲张楷：张霸，字楷，好道术，能作五里雾。

⑳三九：三宫九卿。

㉑嫫母：嫫母貌丑而有德，传说是黄帝第四妃。

㉒流黄：即流黄香。郁金：即郁金香。

㉓苏合：即苏合香。

㉔江離、揭车：都是香草。

抱朴子内篇卷之十三

极　言

或问曰："古之仙人者，皆由学以得之，将特禀异气耶？"抱朴子答曰："是何言欤？彼莫不负笈随师，积其功勤，蒙霜冒险，栉风沐雨，而躬亲洒扫。契阔劳艺始见之以信行，终被试以危困，性笃行贞，心无怨二，乃得升堂以入于室。或有怠厌而中止，或有怨恚而造退，或有诱于荣利，而还修流俗之事，或有败于邪说，而失其淡泊之志，或朝为而夕欲其成，或坐修而立望其效。若夫睹财色而心不战，闻俗言而志不沮者，万夫之中，有一人为为多矣。故为者如牛毛，获者如麟角也。夫彀劲弩者，效力于发箭；涉大川者，保人全于既济；井不达泉，则犹不掘也；一步未至，则犹不往也。修涂之累，非移晷所臻；凌霄之高，非一篑之积。然升峻者患于垂上而力不足，为道者病于方成而志不遂。千仓万箱，非一耕所得；干天之木，非旬日所长。不测之渊，起于汀滢①；陶朱之资，必积百千。若乃人退已进，阴子所以穷至道也②。敬卒若始，羡门所以致云龙也③。我志诚坚，彼何人哉？"

抱朴子曰："俗民既不能生生，而务所以煞生。夫有尽之物，不能给无已之耗，江河之流，不能盈无底之器也。凡人利入少而费用多者，犹不供也，况无锱铢之来，而有千百之往乎？人无少长，莫不有疾，但轻重言之耳。而受气各有多少，多者其尽迟，少者其竭速。其知道者补而救之，必先复故，然后方求量表之益。若令服食终日，则肉飞骨腾，导引改朔，则羽翮参差，则世间无不信道之民也。患乎升勺之利未坚，而钟石之费相寻，根柢之据未极，而冰霜之毒交攻。不知过之在己，而反云道之无益，故捐丸散而罢吐纳矣。故曰非长生难也，闻道难也；非闻道难也，行之难也，非行之难也，终之难也。良匠能与人规矩，不能使人必巧也；明师能授人方书，不能使人必为也。夫修道犹如播谷也，成之犹收积也；厥田虽沃，水泽虽美，而为之失天时，耕锄又不至，登稼被垄，不获不刈，顷亩虽多，犹无获也。凡夫不徒不知益之为益也，又不知损之为损也，夫损易知而速焉，益难知而迟焉，人尚不悟其易，安能识其难哉？夫损之者如灯火之消脂，莫之见也，而忽尽矣。益之者如苗禾之播殖，莫之觉也，而忽茂矣。故治身养性，务谨其细，不可以小益为不平而不修，不可以小损为无伤而不防。凡聚小所以就大，积一所以至亿也。若能爱之于微，成之于著，则几乎知道矣。"

或问曰："古者岂有无所施行，而偶自长生者乎？"抱朴子答曰："无也。或随明师，积功累勤，便得赐以合成之药。或受秘方，自行治作，事不接于世，言不累于俗，而记著者止存其姓名，而不能具知其所以得仙者，故阙如也。昔黄帝生而能言，役使百灵，可谓天授自然之体者也，犹复不能端坐而得道。故陟王屋而受丹经，到鼎湖而飞流珠，登崆峒而问广成④，之具茨而事大隗⑤，适东岱而奉中黄⑥，入金谷而谘涓子。论道养则资玄素二女，精推步则访山稽力牧⑦，讲占候则询风后，著体诊则受雷岐，审攻战则纳五音之策⑧，穷神奸则记白泽之辞，相地理则书青乌之说，救伤残则缀金冶之术。故能毕该秘要，穷道尽真，遂升龙以高跻，与天地乎罔极也。然按神仙经，皆云黄帝及老子奉事太乙元君以受要诀，况乎不逮彼二君者，安有自得仙度世者乎？未之闻也。"

或曰："黄帝审仙者，桥山之冢⑨，又何为乎？"抱朴子答曰："按《荆山经》及《龙首记》，皆云黄帝服神丹之后，龙来迎之，群臣追慕，靡所措思，或取其几杖，立庙而祭之；或取其衣冠，葬而守之。《列仙传》云：黄帝自择亡日，七十日去，七十日还，葬于桥山，山陵忽崩，墓空无尸，但剑舃在焉。此诸说虽异，要于为仙也。言黄帝仙者，见于道书及百家之说者甚多，而儒家不肯长奇怪，开异途，务于礼教，而神仙之事，不可以训俗，故云其死，以杜民心耳！朱邑栾巴于公⑩，有功惠于民，百姓皆生为之立庙祠。又古者盛德之人，身没之后，臣子刊其勋绩于不朽之器。而今世君长迁转，吏民思恋，而树德颂之碑者，往往有焉，此亦黄帝有庙墓之类也，岂足以证其必死哉？"

或人问曰："彭祖八百，安期三千，斯寿之过人矣，若果有不死之道，彼何不遂仙乎？岂非禀命受气，自有修短，而彼偶得其多，理不可延，故不免于雕陨域？"抱朴子答曰："按《彭祖经》云⑪，其自帝喾佐尧⑫，历夏至殷为大夫，殷王遣采女从受房中之术，行之有效。欲杀彭祖，以绝其道，彭祖觉焉而逃去。去时年七八百余，非为死也。《黄石公》记云：彭祖去后七十余年，门人于流沙之西见之，非死明矣。又彭祖之弟子，青衣乌公、黑穴公、秀眉公、白兔公子、离娄公、太足君、高丘子、不肯来七八人，皆历数百岁，在殷而各仙去，况彭祖何肯死哉！又刘向所记《列仙传》亦言彭祖是仙人也。又安期先生者，卖药于海边，瑯琊人传世见之，计已千年。秦始皇请与语，三日三夜。其言高，其旨远，博而有证，始皇异之。乃赐之金璧，可直数千万，安期受而置之于阜乡亭，以赤玉舃一量为报，留书曰，复数千载，求我于蓬莱山。如此，是为见始皇时已千岁矣，非为死也。又始皇刚暴而鸷很，最是天下之不应信神仙者，又不中以不然之言答对之者也。至于问安期以长生之事，安期答之允当，始皇惺悟，信世间之必有仙道，既厚惠遗，又甘心欲学不死之事，但自无明师也，而为卢敖徐福辈所欺弄，故不能得耳。向使安期先生言无符据，三日三夜之中，足以穷屈，则始皇必将烹煮屠戮，不免鼎俎之祸，其厚惠安可得乎？"

或问曰："世有服食药物，行气导引，不免死者，何也？"抱朴子答曰："不得金丹，但服草木之药及修小术者，可以延年迟死耳，不得仙也。或但知服草药，而不知还年之要术，则终无久生之理也。或不晓带神符，行禁戒，思身神，守真一，则止可令内疾不起，风湿不犯耳。若卒有恶鬼强邪，山精水毒害之，则便死也。或不得入山之法，令山神为之作祸，则妖鬼试之，猛兽伤之，溪毒击之，蛇蝮螫之，致多死事，非一条也。或修道晚暮，而先自损伤已深，难可补复。补复之益，未得根据，而疾随复作，所以克伐之事，亦缘得长生哉？或年老为道而得仙者，或年少为道而不成者，何哉？彼虽年老而受气本多，受气本多则伤损薄，伤损薄则易养，易养故得仙也。此虽年少而受气本少，受气本少则伤深，伤深则难救，难救故不成仙也。夫木槿杨柳，断殖之更生，倒之亦生，横之亦生。生之易者，莫过斯木也。然埋之既浅，又未得久，乍刻乍剥，或摇或拔，虽壅膏壤。浸以春泽，犹不脱于枯瘁者，以其根核不固，不暇吐其萌芽，津液不得遂结其生气也。人生之为体，易伤难养，方之二木，不及远矣。而所以攻毁之者，过于刻剥，剧乎摇拔也。济之者鲜，坏之者众，死者宜也。夫吐故纳新者，因气以长气，而气大衰者则难长也。服食药物者，因血以益血，而血垂竭者则难益也。夫奔驰而喘逆，或咳或满，用力役体，汲汲短乏者，气损之候也。面无光色，皮肤枯腊，唇焦脉白，腠理萎瘁者，血减之证也。二证既衰于外，则灵根亦雕于中矣。如此，则不得上药，不能救也。凡为道而不成，营生而得死者，其人非不有气血也。然身中之所以气为血者，根源已丧，但余其枝流也。譬犹人水之烬，火灭而烟不即息；既断之木，柯叶犹生。二者非不有烟，非不有叶，而其所以为烟为叶者，已先亡矣。世人以觉病之日，始作为疾，犹以气绝之日，为身丧之候也。唯怨风冷与暑湿，不知风冷暑湿，不能伤壮实之人也。徒患体虚气少者，不能堪之，故为所中耳。何以较之，设有数人，年纪老壮既同，服食厚薄又等，俱造沙漠之地，并冒严寒之夜，素雪坠于上，玄冰结于下。寒风摧条而宵骇，咳唾凝冱于唇吻，则其中将有独中冷者，而不必尽病也。非冷气之有偏，盖人体有不耐者耳。故俱食一物，或独以结病者，非此物之有偏毒也。钧器齐饮，而或醒或醉者，非酒势之有彼此也。同冒炎暑，而或独以暍死者，非天热之有公私也。齐服一药，而或昏瞑烦闷者，非毒烈之有爱憎也。是以冲风赴林，而枯柯先摧；洪涛凌崖，而拆隙首颓；烈火燎原，而燥卉前焚；龙碗坠地，而脆者独破。由兹以观，则人之无道，体已素病，因风寒暑湿者以发之耳。苟能令正气不衰，形神相卫，莫能伤也。凡为道者，常患于晚，不患于早也。恃年纪之少壮，体力之方刚者，自役过差，百病兼结，命危朝露，不得大药，但服草木，可以差于常人，不能延其大限也。故仙经曰：养生以不伤为本。此要言也。神农曰："百病不愈，安得长生？信哉斯言也。"

或问曰："所谓伤之者，岂非淫欲之间乎？"抱朴子曰："亦何独斯哉？然长生之要，在乎还年之道。上士知之，可以延年除病；其次不以自伐者也。若年尚少壮而知还年，服阴丹以补脑，采玉液于长谷者，不服药物，亦不失三百岁也，但不得仙耳。不得其术者，古人方之于冰虫之盛汤，羽苞之蓄火也。且又才所不逮，而困思之，伤也；力所不胜，而强举之，伤也；悲哀憔悴，伤也；喜乐过差，伤也，汲汲所欲，伤也；久谈言笑，伤也；寝息失时，伤也；挽弓引弩，伤也；沈醉呕吐，伤也；饱食即卧，伤也；跳走喘乏，伤也；欢呼哭泣，伤也；阴阳不交，伤也；积伤至尽则早亡，早亡非道也。是以养生之方，唾不及远，行不疾步，耳不极听，目不久视，坐不至久，卧不及疲，先寒而衣，先热而解，不欲极饥而食，食不过饱，不欲极渴而饮，饮不过多。凡食过则结积聚，饮过则成痰癖。不欲甚劳甚逸，不欲起晚，不欲汗流，不欲多睡；不欲奔车走马，不欲极目远望，不欲多啖生冷，不欲饮酒当风，不欲数数沐浴，不欲广志远愿，不欲规造异巧。冬不欲极温，夏不欲穷凉，不露卧星下，不眠中见肩，大寒大热，大风大雾，皆不欲冒之。五味入口，不欲偏多，故酸多伤脾，苦多伤肺，辛多伤肝，咸多则伤心，甘多则伤肾，此五行自然之理也。凡言伤者，亦不便觉也，谓久则寿损耳。是以善摄生者，卧起有四时之早晚，兴居有至和之常制；调利筋骨，有偃仰之方；杜疾闲邪，有吞吐之术，注行荣卫，有补泻之法；节宣劳逸，有与夺之要。忍怒以全阴气，抑喜以养阳气。然后先将服草木以救亏缺，后服金丹以定无穷，长生之理，尽于此矣。若有欲决意任怀，自谓达识知命，不泥异端，极情肆力，不营久生者，闻此言也，虽风之过耳，电之经目，不足谕也。虽身枯于流连之中，气绝于纨绮之间，而甘心焉，亦安可告之以养生之事哉？不惟不纳，乃谓妖讹也。而望彼信之，所谓以明镜给蒙瞽，以丝竹娱聋夫也。"

---

①汀濚：小水洼。

②阴子：后汉阴长生，新野人。跟马鸣生学道。鸣生初不教其度世之法，但日夕与之高谈。十几年后，同时共事鸣生者十二人皆归去，唯长生持礼弥肃，鸣生告之曰，子真能学道，即"人退已进，阴子所以穷至道"。

③羡门子高：为方仙道。

④登崆峒而问广成：隐士广成子居崆峒山石室之中，黄帝造访以问至道。

⑤具茨：山名，在荥阳密县东。大隗：神君名。

⑥中黄：中黄真人，道教传说中的神仙。

⑦精推步则等四句：山稽、力牧、风后都是黄帝臣。雷：雷公。岐：岐伯，系黄帝时精于医术方药者。

⑧审攻战则纳五音之策：传说黄帝与蚩尤战，玄女教帝三宫秘略五音权谋阴阳之术，黄帝于是纳五音之策，以审攻战之事，再伐蚩尤而杀之。

⑨桥山之塚：据《史记》载，黄帝死后葬于桥山。

⑩朱邑：庐江舒人，为官清廉。栾巴：成都人，能劾鬼护病。于公：即于吉，能以符水为民治病。

⑪彭祖经：彭祖去后，有黄山君，追论其言，成为《彭祖经》。

⑫帝喾（kù，库）：传说中我国古代的一个帝王。

⑬凝冱（hù，互）：冻结

抱朴子内篇卷之十四

勤　求

抱朴子曰："天地之大德曰生，生，好物者也。是以道家之所至秘而重者，莫过乎长生之方也。故血盟乃传，传非其人，戒在天罚。先师不敢以轻行授人，须人求之至勤者，犹当拣选至精者乃教之。况乎不好不求，求之不笃者，安可炫其沽以告之哉？其受命不应仙者，虽日见仙人成群在世，犹必谓彼自异种人，天下别有此物，或呼为鬼鬼之变化，或云偶值于自然，岂有肯谓修为之所得哉？苟心所不信，虽令赤松王乔言提其耳，亦当同以为妖讹。然时颇有识信者，复患于不能勤求明师。夫晓至要得真道者，诚自甚稀，非仓卒可值也。然知之者，但当少耳，亦未尝绝于世也。由求之者不广不笃，有仙命者，要自当与之相值也。然求而不得者有矣，未有不求而得者也。世间自有奸伪图钱之子，而窃道士之号者，不可胜数也。然此等复不谓挺无所知也，皆复粗开头角，或妄沽名，加之以伏邪饰伪，而好事之徒，不识其真伪者，徒多之进问，自取诳惑，而拘制之，不令得行，广寻奇士异人，而告之曰，道尽于此矣。以误于有志者之不少，可叹可恚也。或闻有晓消五云①、飞八石、转九丹②、冶黄白、水琼瑶③、化朱碧；疑霜雪于神炉，采灵芝于嵩岳者，则多而毁之曰。此法独有赤松王乔知之，今世之人而云知之者，皆虚妄耳。则浅见之家，不觉此言有诈伪而作，便息远求之意。悲夫，可为慨叹者也！凌晷飚飞，暂少忽老，迅速之甚，谕之无物，百年之寿，三万余日耳。幼弱则未有所知，衰迈则欢乐并废，童蒙昏耄，除数十年，而险隘忧病，相寻代有，居世之年，略消其半。计定得百年者，喜笑平和，则不过五六十年，咄嗟灭尽，哀忧昏耄六七千日耳，顾眄已尽矣，况于全百年者，万未有一乎？谛而念之，亦无以笑彼夏虫朝菌也④。盖不知道者之所至悲矣。里语有之：人在世间，日失一日，如牵牛羊以诣屠所，每进一步，而去死转近。此譬虽丑，而实理也。达人所以不愁死者，非不欲求，亦固不知所以免死之术，而空自焦愁，无益于事。故云乐天知命，故不忧耳，非不欲久生也：姬公请代武王，仲尼曳杖悲怀⑤，是知圣人亦不乐速死矣。俗人见庄周有大梦之喻⑥，因复竞共张齐死生之论。盖诡道强达，阳作违抑之言，皆仲尼所为破律应煞者也。今察诸有此谈者，被疾病则遽针灸，冒危险则甚畏死。然末欲通弊，不崇真信，背典诰而治子书，若不吐反理之巧辨者，则谓之朴野，非老庄之学。故无骨殖而取偶俗之徒，遂流漂于不然之说，而不能自返也。老子以长生久视为业，而庄周贵于摇尾途中⑦，不为被网之龟，被绣之牛⑧。饿而求粟于河侯⑨，以此知其不能齐死生也。晚学不能考校虚实，偏据一句，不亦谬乎？且夫深入九泉之下，长夜罔极，始为蝼蚁之粮，终与坐壤合体，令人怛然心热，不觉咄嗟。若心有求生之志，何可不弃置不急之事，以修玄妙之业哉？其不信则已矣，其信之者，复患于俗情之不荡尽，而不能专以养生为意，而营世务之余暇而为之。所以或有为之者，恒病晚而多不成也。凡人之所汲汲者，势利嗜欲也。苟我身之不全，虽高官重权，金玉成山，妍艳万计，非我有也。是以上士先营长生之事，长生定可以任意。若未升玄去世，可且地仙人间，若彭祖老子，止人中数百岁，不失人理之欢，然后徐徐登遐，亦盛事也。然决须好师，师不足奉，亦无由成也。昔汉太后从夏侯胜受《尚书》，赐胜黄金百斤，他物不可胜数。及胜死，又赐胜家钱二百万，为胜素服一百日。成帝在东宫时，从张禹受《论语》。及即尊位，赐禹爵关内候，食邑千户，拜光禄大夫，赐黄金百斤。又迁丞相，进爵安昌候。年老乞骸骨，赐安车驷马，黄金百斤，钱数万。及禹疾，天子自临省之，亲拜禹床下。章帝在东宫时，从桓荣以受《孝经》。及帝即位，以荣为太常上卿。天子幸荣第，令荣东面坐，设几杖。会百官及荣门生生徒数百人，帝亲自持业讲说，赐荣爵关内候，食邑五千户。及荣病，天子幸其家，入巷下车，抱卷而趋，如弟子之礼。及荣薨，天子为荣素服。凡此诸君，非能攻城野战，折冲拓境，悬旌效节；祈连方[10]，转元功，骋锐绝域也。徒以一经之业，宣传章句，而见尊重，巍巍如此，此但能说死人之余言耳。帝王之贵，犹自卑降以敬事之。世间或有欲试修长生之道者，而不肯谦下于堪师者，直尔蹴迮[11]，从求至要，宁可得乎？夫学者之恭逊驱走，何益于师之分寸乎？然不尔，则是彼心不尽；彼心不尽，则令人告之不力；告之不力，则秘诀何可悉得邪？不得已当以浮浅示之，岂足以成不死之功哉？亦有人皮肤好喜，百信道之诚，不根心神，有所索欲，阳为曲恭，累日之间，怠慢已出。若值明智之师，且欲详观来者变态，试以淹久，故不告之，以测其志。则若此之人，情伪行露，亦终不得而教之。教之亦不得尽言吐实，言不了则为之无益也。陈安世者，年十三岁，盖灌叔本之客子耳，先得仙道。叔本年七十皓首，朝夕拜安世曰，道尊德贵，先得道者则为师矣，吾无敢倦执弟子之礼也。由是安世告之要方，遂复仙去矣。夫人生先受精神于天地，后禀气血于父母。然不得明师，告之以度世之道，则无由免死，凿石有余焰，年命已雕颓矣。由此论之，明师之恩，诚为过于天地，重于父母多矣。可不崇之乎？可不求之乎？"

抱朴子曰："古人质正，贵行贱言，故为政者不尚文辨，修道者不崇辞说。风俗衰薄，外饰弥繁，方策既山积于儒门，而内书亦鞅掌于术家。初学之徒，即未便可授以大要，又亦人情以本末殷富者为快。故后之知道者，干吉容嵩桂帛诸家，各著千所篇[12]，然率多教诫之言，不肯善为人开显大向之指归。其至真之诀，或但口传，或不过寻尺之素，在领带之中，非随师经久，累勤历试者，不能得也。杂猥弟子，皆各随其用心之疏密，履苦之久远，察其聪明之所逮，及志力之所能辨。各有所授，千百岁中，时有尽其囊枕之中，肘腋之下，秘要之旨耳。或但将之合药，药成分之，足以使之不死而已，而终年不以其方文传之。故世间道士，知金丹之事者，万无一也！而管见之属，谓仙法当具在于纷若之书，及于祭祀拜伏之间而已矣。夫长生制在大药耳，非祠醮之所得也。昔秦汉二代，大兴祈祷，所祭太乙五神，陈宝八神之属[13]，动用牛羊谷帛，钱费亿万，了无所益。况于匹夫，德之不备，体之不养，而欲以三牲酒肴，祝愿鬼神，以索延年，惑亦甚矣。或颇有好事者，诚欲为道，而不能勤求明师，合作异药，而但昼夜诵讲不要之书，数千百卷，诣老无益，便谓天下果无仙法。或举门扣头，以向空坐，烹宰牺牲，烧香请福，而病者不愈，死丧相袭，破产竭财，一无奇异，终不悔悟，自谓未笃。若以此之勤，求积方之师，以此之费，给买药之直者，亦必得神仙长生度世也。何异诣老空耕石田，而望千仓之收，用力虽尽，不得其所也。所谓适楚而道燕，马虽良而不到，非行之不疾，然失其道也。或有性信而喜信人，其聪明不足以校练真伪，揣测深浅；所博涉素狭，不能赏物。后世顽浅，趣得一人，自誉之子，云我有秘书，便守事之。而庸人小儿，多有外托有道之名。名过其实，由于夸诳，内抱贪浊，惟利是图，有所请为，辄强暗鸣，俛仰抑扬。若所知宝秘乃深而不可得之状。其有所请，从其所求，俛仰含笑，或许以顷后，故使不觉者，欲罢而不能，自谓事之未勤，而礼币之尚轻也。于是笃信之心，尤加恭肃，赂以殊玩，为之执奴仆之役，不辞负重涉远，不避经险履危，欲以积劳自效，服苦求哀，庶有异闻。而虚引岁月，空委二亲之供养，损妻子而不恤。戴霜蹈冰，连年随之，而妨资弃力，卒无所成。彼初诚欺之，末或惭之，懵然体中，实自空罄短乏，无能法以相教，将何法以成人乎？余目见此辈不少，可以有十余人。或自号高名，久居于世，世或谓之已三四百岁，但易名字，诈称圣人，托于人间。而多有承事之者，余但不喜书其人之姓名耳。颇游俗间，凡夫不识妍蚩，为共吹扬，增长妖妄，为彼巧伪之人，虚生华誉，歙习遂广，莫能甄别。故或令高人偶不留意澄察，而但任两耳者，误于学者，常由此辈，莫不使人叹息也。每见此曹，欺诳天下，以规势利者，迟速皆受殃罚，天网虽疏，终不漏也！但误有志者可念耳。世人多逐空声，鲜能校实。闻甲乙多弟子，至以百许，必当有异，便载驰竞逐，赴为相聚守之徒，妨工夫以崇重彼愚陋之人也。而不复寻精，彼得门人之力。或以致富，辨逐之虽久，犹无成人之道，愚夫故不知此人不足可事，何能都不与悟，自可悲哉！夫搜寻仞之垄，求干天之木；漉牛迹之中，索吞舟之鳞，用日虽久，安能得乎？嗟乎！将来之学者，虽当以求师为务，亦不可以不详择为急也。陋狭之夫，行浅德薄，功微缘少，不足成人之道，亦无功课以塞人重恩也。深思其趣，勿令徒劳也。"

抱朴子曰："诸虚名之道士，既善为诳诈，以欺学者；又多护短匿愚，耻于不知，阳若以博涉已足，终不肯行求请问于胜已者。蠢尔守穷，面墙而立，又不但拱默而已，乃复憎忌于实有道者而谤毁之，恐彼声名之过已也。此等岂有意于长生之法哉？为欲以合致弟子，图其财力，以快其情欲而已耳。而不知天高听卑，其后必受斯殃也。夫贫者不可妄云我富也，贱者不可虚云我贵也，况道德之事实无，而空养门生弟子乎？凡俗之人，犹不宜怀妒善之心，况于道士，尤应以忠信快意为生者也，云何当以此之儌然函胸臆间乎⑭？人自不能闻见神明，而神明之闻见已之甚易也。此何异乎在纱幌之外，不能察轩房之内，而肆其倨慢，谓人之不见已。此亦如窃钟怅物，铿然有声，恶他人闻之，因自掩其耳者之类也。而聋瞽之存乎精神者，唯欲专擅华名，独聚徒众，外求声价，内规财力，患疾胜已，乃剧于俗人之争权势也。遂以唇吻为刃锋，以毁誉为朋党，口亲心疏，貌合行离；阳敦同志之言，阴挟蜂虿之毒，此乃天人所共恶，招祸之符檄也。夫读五经，犹宜不耻下问，以进德修业，日有缉熙。至于射御之粗伎，书数之浅功，农桑之露事，规矩之小术，尚须师授以尽其理，况营长生之法，欲以延年度世，斯与救恤死事无异也。何可务惜请受之名，而永守无知之困，至老不改，临死不悔，此亦天民之笃暗者也。令人代之惭悚，为之者独不顾形影也。为儒生尚当兀然守朴，外托质素，知而如否，有而如无，令庸儿不得尽其称，称而不问不对，对必辞让而后言。何其道士之人，强以不知为知，以无有为有，虚自炫耀，以图奸利者乎？迷而不知返者，愈以遂往，若有以行此者，想不耻改也。吾非苟为此言，诚有为而兴，所谓疾之而不能默然也。徒愍念愚人，不忍见婴儿之投井耳。若览之而悟者，亦仙药之一草也，吾何为哉！不御苦口，其危至矣，不俟脉诊而可知者也。"

抱朴子曰："设有死罪，而人能救之者，必不为之吝劳辱而惮卑辞也，必获生生之功也。今杂猥道士之辈，不得金丹大法，必不得长生可知也。虽治病有起死之效，绝谷则积年不饥，役使鬼神，坐在立亡，瞻视千里，知人盛衰。发沈崇于幽翳，知祸福于未萌，犹无益于年命也，尚羞行请求，耻事先达，是惜一日之屈，而甘冈极之痛，是不见事类者也。古人有言曰，生之于我，利亦大焉；论其贵贱，虽爵为帝王，不足以此法比焉；论其轻重，虽富有天下，不足以此术易焉；故有死王乐为生鼠之喻也。夫治国而国平，治身而身生，非自至也，皆有以致之也。惜短乏之虚名，耻师授之暂劳，虽曰不愚，吾不信也。今使人免必死而就戮刑者，犹欣然喜于去重而即轻，脱炙烂而保视息，甘其苦痛，过于更生矣。人但莫知当死之日，故不暂忧耳。若诚知之，而刖劓之事，可得延期者，必将为之。况但躬亲洒扫，执巾竭力于胜已者，可以见教之不死之道，亦何足为苦，而蔽者惮焉。假令有人，耻迅走而待野火之烧爇[15]，羞逃风而致沈溺于重渊者，世必呼之为不晓事也，而咸知笑其不避灾危，而莫怪其不畏实祸，何哉？"

抱朴子曰："昔者之著道书多矣，莫不务广浮巧之言，以崇玄虚之旨，未有究论长生之阶径，箴砭为道之病痛，如吾之勤勤者也。实欲令迷者知反，失之东隅，收之桑榆，坠井引绠，愈于遂没。但惜美疢而距恶石者[16]，不可如何耳。人谁无过，过而能改，日月之蚀，睎颜氏之子也[17]。又欲使将来之好生道者，审于所托，故竭其忠告之良谋，而不饰淫丽之言，言发则指切，笔下则辞痛，惜在于长生而折抑邪耳，何所索哉？"

抱朴子曰：深念学道艺养生者，随师不得其人，竟无所成，而使后之有志者，见彼之不得长生，因云天下之果无仙法也。凡自度生，必不能苦身约己以修玄妙者，亦徒进失干禄之业，退无难老之功，内误其身，外沮将来也。仙之可学致，如黍稷之可播种得，甚炳然耳。然未有不耕而获嘉禾，未有不勤而获长生度世也！

---

①消五云：五云，五色之云。

②九丹：九转还丹。

③水琼瑶：溶化琼瑶为玉浆。

④夏虫朝菌：喻生时之短，见庄子《逍遥游》。

⑤仲尼曳杖悲怀：指孔丘病，子贡请见。孔丘方负杖逍遥于门，叹曰：泰山坏乎，梁柱摧乎，哲人萎乎！因以涕下，后七日卒。

⑥庄周有大梦之喻：见庄子《齐物论》。

⑦庄周贵于摇尾句：见庄子《秋水》篇。

⑧被绣之牛：见庄子《列御寇》篇。

⑨饿而求粟于河侯：庄周家贫，故往贷粟于监河侯。

⑩祈连方：方，方伯。连，连帅，皆地方官职名。

⑪直尔蹟（zé，责）：蹟迮，蹙迫。

⑫干吉容嵩句：干吉即于吉：后汉道家。相传《太平经》为于吉所撰。容嵩：即宫崇。师事于吉，除从于吉受《太平经》外，又著书百卷。帛和：字仲理，三国辽东人，从董奉学行气服术法，又到西城山，事王远学神丹方。

⑬五帝：即太皞、神农、少皞、颛顼、黄帝五神。秦始皇祠八神：天、地、兵、阴、阳、月、日、四时。

⑭傲（bié，别）然：盘旋的样子。

⑮爇（ruò，若）：焚烧。

⑯疢（chèn，衬）：病。

⑰睎颜氏之子：睎，望的意思。睎颜之人，即颜回的徒弟。

抱朴子内篇卷之十五

杂　应

或曰："敢问断谷人可以长生乎？凡有几法，何者最善与？"抱朴子答曰："断谷人止可息肴粮之费，不能独令人长生也。问诸曾断谷积久者云，差少病痛，胜于食谷时。其服术及饵黄精，又禹余粮丸，日再服，三日，令人多气力，堪负担远行，身轻不极。其服诸石药，一服守中十年五年者及吞气服符饮神水辈，但为不饥耳，体力不任劳也。道书虽言欲得长生，肠中当清，欲得不死，肠中无滓。又云：食草者善走而愚，食肉者多力而悍，食谷者智而不寿，食气者神明不死。此乃行气者一家之偏说耳，不可便孤用也。若欲服金丹大药，先不食百许日为快。若不能者，正尔服之，但得仙小迟耳，无大妨也。若遭世荒，隐窜山林，知此法者，则可以不饿死。其不然也，则无急断，急既无可大益。又止人中断肉，闻肥鲜之气，皆不能不有欲于中心。若未便绝俗委家，岩栖岫处者，固不成遂休五味，无致自苦，不如莫断谷而节量饥饱。近有一百许法，或服守中石药数十丸。便辟四五十日不饥，练松柏及术，亦可以守中，但不及大药，久不过十年以还。或辟一百二百日，或须日日服之，乃不饥者。或先作美食极饱，乃服药以养所食之物，令不消化，可辟三年。欲还食谷，当以葵子猪膏下之，则所作美食皆下，不坏如故也。洛阳有道士董威辇，常止白社中，了不食。陈子叙共守事之，从学道积久，乃得其方，云以甘草、防风、苋实之属十许种捣为散。先服方寸匕，乃吞石子大如雀卵十二枚，足辟百日，辄更用散，气力颜色如故也。欲还食谷者，当服葵子汤下石子，乃可食耳。又赤龙血青龙膏作之，用丹砂曾青水，以石内其中，复须臾，石柔而可食也。若不即取，便消烂尽也。食此石以口取饱，令人丁壮。又有引石散，以方寸匕投一斗白石子中，以水合煮之，亦立熟如芋子，可食以当谷也。张太元举家及弟子数十人，隐居林虑山中[①]，以此法食石十余年，皆肥健。但为须得白石，不如赤龙血青龙膏，取得石便可用。又当煮之，有薪火之烦耳。或用符，或用水，或符水兼用。或用干枣，日九枚，酒一二升者。或食十二时气，从夜半始，从九九至八八七七六六五五而止。或春向东食岁星青气，使人肝；夏服荧惑赤气，使人心；四季之月食镇星黄气，使人脾；秋食太白白气，使人肺；冬服辰星黑气，使人肾。又中岳道士郗元节食六戊之精，亦大有效。假令甲子之旬，有戊辰之精，则竟其旬十日，常向辰地而吞气，到后申复向其旬之戊也。甘始法，召六甲六丁玉女，各有名字，因以祝水而饮之，亦可令牛马皆不饥也。或思脾中神名，名黄裳子[②]，但合口食内气，此皆有真效。余数见断谷人三年二年者多，皆身轻色好，堪风寒暑湿，大都无肥者耳。虽未见数十岁不食者，然人绝谷不过十许日皆死，而此等已积载而自若，亦何疑于不可大久乎？若令诸绝谷者转羸，极常虑之，恐不可久耳。而问诸为之者，无不初时少气力，而后稍丁健。月胜一月，岁胜一岁，正尔，可久无嫌也。夫长生得道者，莫不皆由服药吞气，而达之者而不妄也。夫服药断谷者，略无不先极也。但用符水及单服气者，皆作四十日中疲瘦，过此乃健耳。郑君云：本性饮酒不多，昔在铜山中，绝谷二年许，饮酒数斗不醉。以此推之，是为不食更令人耐毒，耐毒则是难病之候也。余因此问山中那得酒？郑君言，先酿好云液勿压漉，因以桂附子甘草五六种末合丸之，暴干，以一丸如鸡子许，投一斗水中，立成美酒。又有黄帝云液泉法，以米及七八种药合之，取一升，辄内一升水投中，如千岁苦酒之内水也。无知尽时，而味常好不变，饮之大益人。又符水断谷，虽先令人羸，然宜兼知者，倘卒遇荒年，不及合作药物，则符水为上矣。有冯生者，但单吞炁断谷已三年，观其步陟登山，担一斛许重，终日不倦。又时时引弓，而略不言语，言语又不肯大声。问之云，断谷亡精费气，最大忌也。余亦屡见浅薄道士辈，为欲虚曜奇怪。招不食之名，而实不知其道，但虚为不啖羹饭耳。至于饮酒，日中斗余，脯腊粨糈枣栗鸡子之属，不绝其口。或大食肉而咽其汁吐其滓，终日经口者数十斤，此直是更作美食矣。凡酒客但饮酒食脯而不食谷，皆自堪半岁一岁而不蹙顿矣，未名绝谷耳。吴有道士石春，每行气为人治病，辄不食，以须病者之愈，或百日，或一月乃食。吴景帝闻之曰，此但不久，必当饥死也。乃召取锁闭，令人备守之。春但求三二升水，如此一年余，春颜色更鲜悦，气力如故。景帝问之：可复堪几时？春言无限，可数十年，但恐老死耳，不忧饥也。乃罢遣之。按如春言，是为断谷不能延年可知也。今时亦有得春之法者。”

或问不寒之道。抱朴子曰：“或以立冬之日，服六丙六丁之符，或闭口行五火之炁千二百遍，则十二月中不寒也。或服太阳酒，或服紫石英朱漆散，或服雄丸一，后服雌丸二，亦可堪一日一夕不寒也。雌丸用雌黄、曾青、矾石、磁石也。雄丸用雄黄、丹砂、石胆也。然此无益于延年之事也。”

或问不热之道。抱朴子曰：“或以立夏日，服六壬六癸之符，或行六癸之炁，或服玄冰之丸，或服飞霜之散。然此用萧丘上木皮，及五月五日中时北行黑蛇血，故少有得合之者也。唯幼伯子王仲都，此二人衣以重裘，曝之于夏日之中，周以十炉之火，口不称热，身不流汗，盖用此方者也。”

或问辟五兵之道。抱朴子答曰：“吾闻吴大皇帝曾从介先生受要道云[3]，但知书北斗字及日月字，便不畏白刃。帝以试左右数十人，常为先登锋陷阵，皆终身不伤也。郑君云，但诵五兵名亦有验：刀名大房，虚星主之；弓名曲张，氐星主之；矢名彷徨，荧惑星主之；剑名失伤，角星主之；弩名远望，张星主之；戟名大将，参星主之也。临战时，常细祝之。或以五月五日作赤灵符，著心前。或丙午日日中时，作燕君龙虎三囊符；岁符岁易之，月符月易之，日符日易之。或佩西王母兵信之符，或佩荧惑朱雀之符，或佩南极铄金之符，或戴却刃之符，祝融之符。或傅玉札散，或浴禁葱汤，或取牡荆以作六阴神将符，符指敌人。或以月蚀时刻，三岁蟾蜍喉下有八字者血，以书所持之刀剑。或带武威符荧火丸[4]。或交锋刃之际，乘魁履罡，呼四方之长，亦有明效。今世之人，亦有得禁辟五兵之道，往往有之。”

或问隐沦之道。抱朴子曰：“神道有五，坐在立亡其数焉。然无益于年命之事，但在人间无故而为此，则致诡怪之声，不足妄行也。可以备兵乱危急，不得已而用之，可以免难也。郑君云，服大隐符十日，欲隐则左转，欲见则右回也。或以玉粕丸涂人身中；或以蛇足散，或怀离母之草，或折青龙之草，以伏六丁之下；若入竹田之中，而执天枢之壤；或造河龙石室，而隐云盖之阴；或伏清冷之渊，以过幽阙之径；或乘天一马以游紫房；或登天一之明堂；或入玉女之金匮；或背辅向官，立三盖之下；或投巾解履，胆煎及儿衣符。子居蒙人，青液桂梗，六甲父母，僻侧之胶，驳马泥丸，木鬼之子，金商之艾[5]，或可为小儿，或可为老翁，或可为鸟，或可为兽，或可为草，或可为木，或可为六畜，或依木成木，或依石成石，依水成水，依火成火，此所谓移形易貌，不能都隐者也。”

或问：“魏武帝曾收左元放而桎梏之，而得自然解脱，以何法乎？”抱朴子曰：“吾不能正知左君所施用之事，然历览诸方书，有月三服薏苡子，和用三五阴丹，或以偶牙阳胞，或以七月七日东行跳脱虫，或以五月五日石上龙子单衣，或以夏至日霹雳楔，或以天文二十一字符，或以自解去父血，或以玉子余粮，或合山君目，河伯余粮，浮云滓以涂之，皆自解。然左君之变化无方，未必由此也。自用六甲变化，其真形不可得执也。"

　　或问曰："为道者可以不病乎？"抱朴子曰："养生之尽理者，既将服神药，又行气不懈，朝夕导引，以宣动荣卫，使无辍阂。加之以房中之术，节量饮食，不犯风湿，不患所不能，如此可以不病。伸患居人间者，志不得专，所修无恒，又苦懈怠不动，故不得不有疹疾耳。若徒有信道之心，而无益己之业，年命在孤虚之下，体有损伤之危，则三尸因其衰月危日。入绝命病乡之时，招呼邪气，妄延鬼魅，来作殃害。其六厄并会，三刑同方者，其灾必大。其尚盛者，则生诸疾病，先有诊患者，则令发动。是故古之初为道者，莫不兼修医术，以救近祸焉。凡庸道士，不识此理，恃其所闻者，大至不关治病之方。又不能绝俗幽居，专行内事，以却病痛，病痛及己，无以攻疗，乃更不如凡人之专汤药者。所谓进不得邯郸之步，退又失寿陵之义者也⑥。余见戴霸华他所集《金匮绿囊》《崔中书黄素方》及《百家杂方》五百许卷。甘胡吕傅周始甘唐通阮南河等⑦，各撰集《暴卒备急方》，或一百十，或九十四，或八十五，或四十六，世人皆为精悉，不可加也。余究而观之，殊多不备，诸急病甚尚未尽，又浑漫杂错，无其条贯，有所寻按，不即可得。而治卒暴之候，皆用贵药，动数十种。自非富室而居京都者，不能素储，不可卒办也。又多令人以针治病，其灸法又不明处所分寸，而但说身中孔穴荣输之名⑧。自非旧医备览明堂流注偃侧图者，安能晓之哉？余所撰百卷，名曰《玉函方》，皆分别病名，以类相续，不相杂错。其救卒三卷，皆单行径易，约而易验，篱陌之间，顾眄皆药，众急之病，无不毕备，家有此方，可不用医。医多承袭世业，有名无实，但养虚声，以图财利。寒白退士，所不行使，使之者乃多误人，未若自闲其要，胜于所迎无知之医。医又不可卒得，得又不肯即为人使，使膝理之微疾，成膏盲之深祸，乃至不救。且暴急之病，而远行借问，率多枉死矣。"

　　或问："将来吉凶，安危去就，知之可全身，为有道乎？"抱朴子曰："仰观天文，俯察地理，占风气，布筹算，推三棋，步九宫，检八卦；考飞伏之所集，诊妖讹于物类，占休咎于龟筮，皆下术常伎，疲劳而难恃。若乃不出帷幕而见天下，乃为入神矣。或以三皇天文，召司命司危五岳之君，阡陌亭长六丁之灵，皆使人见之，而对问以诸事，则吉凶昭然，若存诸掌，无远近幽深，咸可先知也！咸召六阴玉女，其法六十日而成，成则长可役使。或祭致八史，八史者，八卦之精也，亦足以预识未形矣。或服葛花及秋芒麻勃刀圭方寸匕⑨，忽然如欲卧，而闻人语之所不决之事，吉凶立定也。或用明镜寸寸以上自照，有所思存，七日七夕则见神仙，或男或女，或老或少，一示之后，心中自知千里之外，方来之事也。明镜或用一，或用二，谓之日月镜。或用四，谓之四规镜。四规者，照之时，前后左右各施一也。用四规所见来神甚多。或纵目，或乘龙驾虎，冠服彩色，不与世同，皆有经图。欲修其道，当先暗诵所当致见诸神姓名位号，识其衣冠。不尔则卒至而忘其神，或能惊惧，则害人也！为之，率欲得静漠幽闲林麓之中，外形不经目，外声不入耳，其道必成也。三童九女节寿君，九首蛇躯百二十官，虽来勿得熟视也。或有问之者，或有诃怒之者，亦勿答也。或有侍从晻蔼，力士甲卒，乘龙驾虎，箫鼓嘈嘈，勿举目与言也。但谛念老君真形，老君真形见，则起再拜也。老君真形者，思之，姓李名聃，字伯阳，身长九尺，黄色，鸟喙，隆鼻，秀眉长五寸，耳长七寸，额有三理上下彻，足有八卦；以神龟为床，金楼玉堂，白银为阶，五色云为衣，重叠之冠，锋铤之剑；从黄童百二十人，左有十二青龙，右有二十六白虎，前有二十四朱雀，后有七十二玄武，前道十二穷奇，后从三十六辟邪⑩，雷电在上，晃晃昱昱，此事出于仙经中也。见老君则年命延长，心如日月，无事不知也。"

　　或问坚齿之道⑪。抱朴子曰："能养以华池，浸以醴液，清晨建齿三百过者，永不摇动。其次则含地黄煎，或含玄胆汤，及蛇脂丸、矾石丸、九棘散。则已动者更牢，有虫者即愈。又服灵飞散者，则可令既脱者更生也。"

或问聪耳之道。抱朴子曰："能龙导虎引，熊经龟咽，燕飞蛇屈鸟伸，天俛地仰，令赤黄之景，不去洞房，猿据兔惊，千二百至，则聪不损也。其既聋者，以玄龟薰之，或以棘头、羊粪、桂毛、雀桂成裹塞之；或以狼毒冶葛，或以附子葱涕，合内耳中，或以蒸鲤鱼脑灌之，皆愈也。"

或问明目之道。抱朴子曰："能引三焦之升景⑫，召大火于南离，洗之以明石，熨之以阳光，及烧丙丁洞视符，以酒和洗之，古人曾以夜书也。或以苦酒煮芜菁子令熟，曝干，末服方寸匕，日三，尽一斗，能夜视有所见矣。或以犬胆煎青羊、班鸠、石决明、充蔚百华散；或以鸡舌香、黄连、乳汁煎注之。诸有百疾之在目者皆愈，而更加精明倍常也。"

或问登峻涉险、远行不极之道。抱朴子曰："惟服食大药，则身轻力劲，劳而不疲矣。若初入山林，体未全实者，宜以云珠粉、百华醴、玄子汤洗脚。及虎胆丸、朱明酒、天雄鹤脂丸、飞廉煎、秋芒、车前、泽泻散，用之旬日，不但涉远不极，乃更令人行疾，可三倍于常也。若能乘跷者，可以周流天下，不拘山河。凡乘跷道有三法：一曰龙跷，二曰虎跷，三曰鹿卢跷。或服符精思，若欲行千里，则以一时思之。若昼夜十二时思之，则可以一日一夕行万二千里，亦不能过此，过此当更思之，如前法。或用枣心木为飞车，以牛革结环剑以引其机，或存念作五蛇六龙三牛交罡而乘之。上升四十里，名为太清。太清之中，其气甚罡，能胜人也。师言鸢飞转高，则但直舒两翅，了不复扇摇之而自进者，渐乘罡炁故也。龙初升阶云，其上行至四十里，则自行矣。此言出于仙人，而留传于世俗耳，实非凡人所知也。又乘跷须长斋，经荤菜，断血食，一年之后，乃可乘此三跷耳。虽复服符，思五龙跷行最远，其余者不过千里也。其高下去留，皆自有法，勿得任意耳。若不奉其禁，则不可妄乘跷，有倾坠之祸也。"

或曰："《老子篇中记》及《龟文经》，皆言药兵之后，金木之年，必有大疫，万人余一，敢问辟之道。"抱朴子曰："仙人入瘟疫秘禁法，思其身为五玉。五玉者，随四时之色：春色青，夏赤，四季月黄，秋白，冬黑。又思冠金巾，思心如炎火，大如斗，则无所畏也。又一法，思其发散以被身，一发端，辄有一大星缀之。又思作七星北斗，以魁覆其头，以罡指前。又思五脏之气，从两目出，周身如云雾。肝青气，肺白气，脾黄气，肾黑气，心赤气，五色纷错，则可与疫病者同床也。或禹步呼直日玉女，或闭气思力士，操千斤金锤，百二十人以自卫。或用射鬼丸、赤车使者丸、冠军丸、徐长卿散、玉函精粉、青牛道士薰身丸、崔文黄散、草玉酒、黄庭丸、皇符、老子领中符、赤须子桃花符，皆有良效者也。"

---

①林虑山：一名隆虑，此山南接太行，北接恒岳。

②或思脾中句：《黄庭内景经》说：脾部之宫属戊巳，中有明童黄裳裡。黄裳子即脾脏之神。

③吴大皇帝：指孙权。介先生：即介象。

④荧火丸：一名冠军丸，亦名威武丸。荧火丸可以避病除毒及免五兵白刃伤害。

⑤僻侧之胶：亦即桃胶。金商之艾：一名楸木耳。

⑥寿陵：燕之邑。邯郸：赵之都。赵都之人能行，故燕国少年远来学步。既未能得赵国之能，更失寿陵之故行。

⑦阮南河：南河当作河南，阮河南即阮炳。精意医术，撰药方一部。

⑧身中孔穴荣输之名：古文输、腧、俞三字通用。经脉所注为俞。俞穴：人体的经穴。

⑨葛花：主消酒。麻勃：即麻黄，主五劳七伤，利五藏。

⑩辟邪：兽名。

⑪坚齿之道：早朝建齿，三百下为良，行之数日，即便平愈。

⑫三焦：中医认为，三焦为水谷之道路。上焦：在心下下膈，在胃上口，主内而不出；中焦：在胃中脘，主腐熟水谷；下

焦：在脐下，当膀胱上口，主出不以内传。

抱朴子内篇卷之十六

黄　白

　　抱朴子曰：《神仙经》黄白之方二十五卷，千有余首。黄者，金也。白者，银也。古人秘重其道，不欲指斥，故隐之云尔。或题篇云庚辛，庚辛亦金也。然率多深微难知，其可解分明者少许尔，世人多疑此事为虚诞，与不信神仙者正同也。余昔从郑公受九丹及金银液经，因复求受《黄白中经》五卷。郑君言，曾与左君于卢江铜山中试作，皆成也。然而斋洁禁忌之勤苦，与金丹神仙药无异也。俗人多讥余好攻异端，谓予为趣欲强天下之不可通者，余亦何为然哉！余若欲以此辈事，骋辞章于来世，则余所著《外篇》及杂文二百余卷，足以寄意于后代，不复须此。且此《内篇》，皆直语耳，无藻饰也。余又知论此曹事，世人莫不呼为迂阔不急，未若论俗间切近之理，可以合众心也。然余所以不能已于斯事，知其不入世人之听，而犹论著之者，诚见其效验，又所承授之师非妄言者。而余贫苦无财力，又遭多难之运，有不已之无赖，兼以道路梗塞，药物不可得，竟不遑合作之。余今告人言，我晓作金银，而躬自饥寒，何异自不能行，而卖治躄之药①，求人信之，诚不可得。然理有不如意，亦不可以一概断也。所以勤勤缀之于翰墨者，欲令将来好奇赏真之士，见余书而具论道之意耳。夫变化之术，何所不为。盖人身本见，而有隐之之法。鬼神本隐，而有见之之方。能为之者往往多焉。水火在天，而取之以诸燧。铅性白也，而赤之以为丹；丹性赤也，而白之而为铅。云雨霜雪②，皆天地之气也，而以药作之，与真无异也。至于飞走之属，蠕动之类，禀形造化，既有定矣。及其倏忽而易旧体，改更而为异物者，千端万品，不可胜论。人之为物，贵性最灵，而男女易形，为鹤为石，为虎为猿，为沙为鼋，又不少焉。至于高山为渊，深谷为陵，此亦大物之变化。变化者，乃天地之自然，何为嫌金银之不可以异物作乎？譬诸阳燧所得之火，方诸所得之水，与常水火，岂有别哉？蛇之成龙，茅糁为膏，亦与自生者无异也。然其根源之所缘由，皆自然之感致，非穷理尽性者，不能知其指归，非原始见终者，不能得其情状也。狭观近识，栖梏巢穴，揣渊妙于不测，推神化于虚诞。以周孔不说，坟籍不载，一切谓为不然，不亦陋哉？又俗人以刘向作金不成，便云天下果无此道，是见田家或遭水旱不收，便谓五谷不可播殖得也。成都内史吴大文，博达多知，亦自说昔事道士李根，见根煎铅锡，以少许药如大豆者投鼎中，以铁匙搅之，冷即成银。大文得其秘方，但欲自作，百日斋便为之，而留连在官，竟不能得，恒叹息言人间不足处也。又桓君山言汉黄门郎程伟，好黄白术，娶妻得知方家女。伟常从驾出而无时衣，甚忧。妻曰，请致两端缣。缣即无故而至前。伟按《枕中鸿宝》，作金不成。妻乃往视伟，伟方扇炭烧筒，筒中有水银。妻曰：吾欲试相视一事。乃出其囊中药，少少投之，食顷发之，已成银。伟大惊曰，道近在汝处，而不早告我，何也？妻曰：得之须有命者。于是伟日夜说诱之，卖田宅以供美食衣服，犹不肯告伟。伟乃与伴谋挝笞伏之，妻辄知之，告伟言，道必当传其人，得其人，道路相遇辄教之。如非其人，口是而心非者，虽寸断支解，而道犹不出也。伟逼之不止，妻乃发狂，裸而走，以泥自涂，遂卒。近者前卢江太守华令思，高才达学，洽闻之士也，而事之不经者，多所不信。后有道士说黄白之方，乃试令作之，云以铁器销铅，以散药投中，即成银。又销此银，以他药投之，乃作黄金。又从此道士学彻视之方，行之未百日，夜卧即便见天文及四邻了了，不觉复有屋舍篱障。又姜名瑶华者已死，乃见形，与之言语如平生。又祭庙，闻庙神答其拜，床似动有声，令思乃叹曰，世间乃定无所不有，五经虽不载，不可便以意断也。然不闻方伎者，卒闻此，亦焉能不惊怪邪？又黄白术亦如合神丹，皆须斋洁百日已上，又当得闲解方书，意合者乃可为之，非浊秽之人，及不聪明人，希涉术数者所辨作也。其中或有须口诀者，皆宜师授。又宜入于深山之中，清洁之地，不欲令凡俗愚人知之。而刘向止宫中作之，使宫人供给其事，必非斋洁者，又不能断绝人事，使不来往也，如此安可得成哉？桓谭《新论》曰：史子心见署为丞相史，官架屋，发吏卒及官奴婢以给之，作金不成。丞相自以力不足，又白傅太后。太后不复利于金也，闻金成可以作延年药，又甘心焉，乃除之为郎，舍之此宫中，使者待遇。宁有作此神方可于宫中，而令凡人杂错共为之者哉？俗间染缯练，尚不欲使杂人见之，见之即坏，况黄白之变化乎？凡事无巨细，皆宜得要。若不得其法，妄作酒酱醋羹臛犹不成，况大事乎？余曾谘于郑君曰："老君云，不贵难得之货。而至治之世，皆投金于山，捐玉于谷，不审古人何用金银为贵而遗其方也？"郑君答余曰："老君所云，谓夫披沙剖石，倾山漉渊，不远万里，不虑压溺，以求珍玩，以妨民时，不知止足，以饰无用。及欲为道，志求长生者，复兼商贾，不敦信让，浮深越险，乾没逐利，不吝躯命，不修寡欲者耳。至于真人作金，自欲饵服之致神仙，不以致富也。故经曰，金可作也，世可度也，银亦可饵服，但不及金耳！"余难曰："何不饵世间金银而化作之，作之则非真，非真则诈伪也。"郑君答余曰："世间金银皆善，然道士率皆贫。故谚云，无有肥仙人富道士也。师徒或十人或五人，亦安得金银以供之乎？又不能远行采取，故宜作也。又化作之金，乃是诸药之精，胜于自然者也。仙经云，丹精生金。此是以丹作金之说也。故山中有丹砂，其下多有金。且夫作金成则为真物，中表如一，百炼不减。故其方曰，可以为钉。明其坚劲也。此则得夫自然之道也。故其能之，何谓诈乎？诈者谓以曾青涂铁，铁赤色如铜；以鸡子白化银，银黄如金，而皆外变而内不化也。夫芝菌者，自然而生，而仙经有以五石五木种芝，芝生，取而服之，亦与自然芝无异。俱令人长生，此亦作金之类也。雉化为蜃，雀化为蛤，与自然者正同。故仙经曰，流珠九转，父不语子，化为黄白，自然相使。又曰，朱砂为金，服之升仙者，上士也；茹芝导引，咽气长生者，中士也；餐食草木，千岁以还者，下士也。又曰，金银可自作，自然之性也，长生可学得者也。《玉牒记》云：天下悠悠，皆可长生者，患于犹豫，故不成耳。凝水银为金，可中钉也。《铜柱经》曰：丹沙可为金，河车可作银，立则可成，成则为真，子得其道，可以仙身。黄山子曰：天地有金，我能作之，二黄一赤，立成不疑。《龟甲文》曰：我命在我不在天，还丹成金亿万年。古人岂欺我哉？但患知此道者多贫，而药或至贱而生远方，非乱世所得也。若戎盐卤咸皆贱物，清平时了不直钱，今时不限价直而买之无也。羌里石胆，千万求一斤，亦不可得。徒知其方，而与不知者正同，可为长叹者也。有其法者，则或饥寒无以合之，而富贵者复不知其法也。就令知之，亦无一信者，假令颇信之，亦已自多金银，岂肯费见财以市其药物，恐有弃系逐飞之悔，故莫肯为也。又计买药之价，以成所得之物，尤有大利，而更当斋戒辛苦，故莫克为也。且夫不得明师口诀，诚不可轻作也。夫医家之药，浅露之甚，而其常用效方，便复秘之。故方有用后宫游女③，僻侧之胶，封君泥丸，木鬼子，金商芝，飞君根，伏龙肝④，白马汗⑤，浮云滓，龙子丹衣，夜光骨，百花醴⑥，冬邹斋之属，皆近物耳，而不得口诀，犹不可知，况于黄白之术乎？今能为之者，非徒以其价贵而秘之矣，此道一成，则可以长生。长生之道，道之至也，故古人重之也。凡方书所名药物，又或与常药物同而实非者，如河上姹女⑦，非妇人也；陵阳子明⑧，非男子也；禹余粮⑨，非米也；

尧浆，非水也。而俗人见方用龙胆虎掌、鸡头鸭蹠⑩、马蹄犬血⑪、鼠尾牛膝⑫，皆谓之血气之物也；见用缺盆覆盆、釜鍪大戟⑬、鬼箭天钩⑭，则谓之铁瓦之器也；见用胡王使者⑮、倚姑新妇、野丈人、守田公⑯、戴文浴⑰、徐长卿⑱，则谓人之姓名也。近易之草，或有不知，玄秘之方，孰能悉解？刘向作金不成，无可怪之也。及得其要，则复不烦圣贤大才而后作也，凡人可为耳。刘向岂顽人哉，直坐不得口诀耳。今将载其约而效之者，以贻将来之同志焉。当先取武都雄黄，丹色如鸡冠，而光明无夹石者，多少任意，不可令减五斤也。捣之如粉，以牛胆和之，煮之令燥。以赤土釜容一斗者，先以戎盐石胆末荐釜中，令厚三分，乃内雄黄末，令厚五分，复加戎盐于上。如此，相似至尽。又加碎炭火如枣核者，令厚二寸。以蚓蝼土及戎盐为泥，泥釜外，以一釜覆之，皆泥令厚三寸，勿泄。阴干一月，乃以马粪火煴之。三日三夜，寒发出，鼓下其铜，铜流如冶铜铁也。乃令铸此铜以为筒，筒成以盛丹砂水。又以马屎火煴，三十日发炉，鼓之得其金，即以为筒，又以盛丹砂水。又以为马通火煴三十日，发取捣治之。取其二分生丹砂，一分并汞，汞者，水银也，立凝成黄金矣。光明美色，可中钉也。

作丹砂水法

治丹砂一斤，内生竹筒中，加石胆消石各二两，覆荐上下，闭塞筒口，以漆骨丸封之，须干，以内醇苦酒中，埋之地中，深三尺，三十日成水，色赤味苦也。

金楼先生所从青林子受作黄金法

先锻锡，方广六寸，厚一寸二分，以赤盐和灰汁，令如泥，以涂锡上，令通厚一分，累置于赤土釜中。率锡十斤，用赤盐四斤，合封固其际，以马通火煴之，三十日，发火视之，锡中悉如灰状，中有累累如豆者，即黄金也。合治内土瓯中，以炭鼓之，十炼之并成也。率十斤锡，得金二十两。唯长沙桂阳豫章南海土釜可用耳。彼乡土之人，作土釜以炊食，自多也。

治作赤盐法

用寒盐一斤，又作寒水石一斤，又作寒羽涅一斤，又作白矾一斤，合内铁器中，以炭火火之，皆消而色赤，乃出之可用也。

角里先生从稷丘子所授化黄金法⑲

先以矾水石二分，内铁器中，加炭火令沸，乃内汞多少自在，搅令相得，六七沸，注地上成白银。乃取丹砂水曾青水各一分，雄黄水二分，于鍪中加微火上令沸⑳，数搅之，令相得，复加炭火上令沸，以此白银内其中，多少自在，可六七沸，注地上凝，则成上色紫磨金也。

治作雄黄水法

治雄黄内生竹筒中一斤，辄加消石二两，覆荐上下，封以漆骨丸，内醇大醋中，埋之深三尺，二十日即化为水也。作曾青水方，及矾石水同法，但各异筒中耳。

小儿作黄金法

作大铁筒成，中一尺二寸，高一尺二寸。作小铁筒成，中六寸，莹磨之。赤石脂一斤，消石一斤，云母一斤，代赭一斤，流黄半斤，空青四两，凝水石一斤，皆合捣细筛，以醮和，涂之小筒中，厚二分。汞一斤，丹砂半斤，良非半斤。取良非法用铅十斤内铁釜中，居炉上露灼之，铅销，内汞三两，早出者以铁匙抄取之，名曰良非也。搅令相得，以汞不见为候，置小筒中，云母覆其上，铁盖镇之。取大筒居炉上，销铅注大筒，没小筒中，去上半寸，取销铅为候，猛火炊之，三日三夜成，名曰紫粉。取铅十斤于铁器中销之，二十日上下，更内铜器中，须铅销，内紫粉七方寸匕，搅之，即成黄金也。欲作白银者，取汞置铁器中，内紫粉三寸已上，火令相得，注水中，即成银也。

务成子法

作铁筒长九寸，径五寸，捣雄黄三斤，蚓蝼壤等分，作合以为泥，涂裹使径三寸，匮口四寸，加丹砂水二合，覆马通火上，令极干，内铜筒中，塞以铜合盖坚，以黄沙筑上，覆以蚓壤重泥，上无令泄，置炉炭中，令有三寸炭，筒口赤，可寒发之，雄黄皆入著铜筒，复出入如前法。三斤雄黄精，皆下入著筒中，下提取与黄沙等分，合作以为炉，炉大小自在也。欲用之，置炉于炭火中，炉赤，内水银，银动则内铅其中，黄从傍起交中央，注之于地，即成金。凡作一千五百斤，炉力即尽矣。此金取牡荆赤黍酒渍之，百日，即柔可和也。如小豆，服一丸，日三服，尽一斤，三虫伏尸，百病皆去，盲者视，聋者闻，老者即还年如三十时，入火不灼，百邪众毒、冷风暑湿、不能侵入；尽三斤，则步行水上，山川百神，皆来侍卫，寿与天地相毕，以杼血朱草煮一丸，以拭目眦，即见鬼及地中物，能夜书；以白羊血涂一丸，投水中，鱼龙立出，可以取也；以青羊血丹鸡血涂一丸，悬都门上，一里不疫；以涂牛羊六畜额上，皆不疫病，虎豹不犯也；以虎胆蛇肪涂一丸，从月建上以掷敌人之军，军即便无故自乱，相伤杀而走矣；以牛血涂一丸以投井中，井中即沸，以投流水，流水则逆流百步；以白犬血涂一丸，投社庙舍中，其鬼神即见，可以役使；以兔血涂一丸，置六阴之地，行厨玉女立至，可供六七十人也；以鲤鱼胆涂一丸，持入水，水为之开一丈，可得气息水中以行，冒雨衣不沾也；以紫苋煮一丸，含咽其汁，可百日不饥；以兹石煮一丸，内髻中，以击贼，白刃流矢不中之，有射者，矢皆自向也；以六丁六壬上土并一丸，以蔽人中则隐形，含一丸，北向以喷火，火则灭；以庚辛日申酉时，向西地以一丸掷树，树木即日便枯；又以一丸，禹步掷虎狼蛇蝮，皆即死；研一丸以书石即入石，书金即入金，书木入木，所书皆彻其肌理，削治不可去也。卒死未经宿，以月建上水下一丸，令人咽喉，并含水喷死人面，即活。以狐血鹤血涂一丸，内爪中，以指万物，随口变化；即山行木徙，人皆见之，然而实不动也。凡作黄白，皆立太乙、玄女、老子坐醮祭，如作九丹法，常烧五香，香不绝。又金成，先以三斤投深水中，一斤投市中，然后方得恣其意用之耳。

①躄（bì，壁）：两腿瘸。

②云雨霜雪句：指人之力有可以夺天地造化，如冬起雷，夏造冰，都是纯气所为，能化万物，是道家之说。

③后宫游女：即荧火虫。

④伏龙肝：一名釜脐下墨，即灶中釜下黄土。

⑤白马汗：又名覆盆子，果实似莓而小可食。浮云滓：云母的别名。

⑥百花醴：即蜂蜜。

⑦河上姹女：即水银，一名汞。

⑧陵阳子明：水银别称。

⑨禹余粮：一名白余粮，属矿物药。

⑩鸡头鸭蹠：鸡头即鸡头米，也叫芡实。鸭蹠：草药，味苦，主治寒热瘰疬等病。

⑪马蹄：即杜衡，叶似葵，形如马蹄，故俗称马蹄香。

⑫鼠尾：草药，可治赤白痢。牛膝：草药，主治寒湿痿痹，四肢拘挛。

⑬大戟：属草药，味苦寒，主治虫毒等病。

⑭鬼箭：一名卫矛，属草药，生山谷，主治女子崩中下血。钩：通钩。

⑮胡王使者：草药白头翁，又叫野丈人。

⑯守田公：即狼尾草，又名宿田翁。

⑰戴文浴：草药名，如金钗草，治血疾。

⑱徐长卿：草药名，一名鬼都邮，一名石下长卿。

⑲角里先生：汉商山四皓之一，此处角音"禄"。

⑳钫：同锅，鼎属。

抱朴子内篇卷之十七

登　涉

　　或问登山之道。抱朴子曰："凡为道合药，及避乱隐居者，莫不入山。然不知入山法者，多遇祸害。故谚有之曰，太华之下，白骨狼藉。皆谓偏知一事，不能博备，虽有求生之志，而反强死也。山无大小，皆有神灵，山大则神大，山小即神小也。入山而无术，必有患害：或被疾病及伤刺，及惊怖不安；或见光影，或闻异声；或令大木不风而自摧折，岩石无故而自堕落，打击煞人；或令人迷惑狂走，堕落坑谷；或令人遭虎狼毒虫犯人，不可轻入山也。当以三月九月，此是山开月，又当择其月中吉日佳时。若事久不得徐徐须此月者，但可选日时耳。凡人入山，皆当先斋洁一日，不经污秽，带升山符出门，作周身三五法。又五岳有受殃之岁，如九州之地，更有衰盛，受飞符煞炁，则其地君长不可作也。按《周公城名录》，天下分野，灾之所及，可避不可禳，居宅亦然，山岳皆尔也。又大忌不可以甲乙寅卯之岁，正月二月入东岳；不以丙丁巳午之岁，四月五月入南岳；不以庚辛申酉之岁，七月八月入西岳；不以戊己之岁，四季之月入中岳；不以壬癸亥子之岁，十月十一月入北岳。不须入太华霍山桓山太山嵩高山，乃忌此岁，其岳之方面，皆同禁也。又万物之老者，其精悉能假托人形[①]，以眩惑人目而常试人，唯不能于镜中易其真形耳。是以古之入山道士，皆以明镜径九寸已上，悬于背后，则老魅不敢近人。或有来试人者，则当顾视镜中，其是仙人及山中好神者，顾镜中故如人形。若是鸟兽邪魅，则其形貌皆见镜中矣。又老魅若来，其去必却行，行可转镜对之，其后而视之。若是老魅者，必无踵也，其有踵者，则山神也。昔张盖及偶高成二人，并精思于蜀云台山石室中，忽有一人著黄练单衣葛巾，往到其前曰，劳乎道士，乃辛苦幽隐！于是二人顾视镜中，乃是鹿也！因问之曰：汝是山中老鹿，何敢诈为人形。言未绝，而来人即成鹿而走去。林虑山下有一亭。其中有鬼，每有宿者，或死或病，常夜有数十人，衣色或黄或白或黑，或男或女。后郅伯夷者过之宿，明灯烛而坐诵经，夜半有十余人来，与伯夷对坐，自共樗蒲博戏，伯夷密以镜照之，乃是群犬也。伯夷乃执烛起，伴倦误以烛烬爇其衣，乃作焦毛气。伯夷怀小刀，因捉一人而刺之，初作人叫，死而成犬，余犬悉走，于是遂绝，乃镜之力也。上士入山，持三皇内文及五岳真形图，所在召山神，及按鬼录，召州社及山卿宅尉问之，则木石之怪，山川之精，不敢来试人。其次即立七十二精镇符，以制百邪之章，及朱官印包元十二印，封所住之四方，亦百邪不敢近之也。其次执八威之节，佩老子玉策，则山神可使，岂敢为害乎？余闻郑君之言如此，实复不能具知其事也。余师常告门人曰："夫人求道，如忧家之贫，如愁位之卑者，岂有不得耶？但患志之不笃，务近忘远，闻之则悦，偃偃前席，未久，则忽然若遗，毫厘之益未固，而丘山之损不已，亦安得穷至言之微妙，成罔极之峻崇乎？"

　　抱朴子曰："入山之大忌：正月午，二月亥，三月申，四月戌，五月未，六月卯，七月甲子，八月申子，九月寅，十月辰未，十一月巳丑，十二月寅。入山良曰：甲子、甲寅、乙亥、乙巳、乙卯、丙戌、丙午、丙辰，巳上日大吉。"抱朴子曰："按《九天秘记》及《太乙遁甲》云，入山大月忌：三日、十一日、十五日、十八日、二十四日、二十六日、三十日；小月忌：一日、五日、十三日、十六日、二十六日、二十八日。以此日入山，必为山神所试。又所求不得，所作不成。不但道士，凡人以此日入山，皆凶害，与虎狼毒虫相遇也。"

抱朴子曰："天地之情状，阴阳之吉凶，茫茫乎其亦难详也，吾亦不必谓之有，又亦不敢保其无也。然黄帝太公皆所信仗，近代达者严君平司马迁皆所据用，而经传有治历明时刚柔之日。古言曰，吉日惟戊。有自来矣。王者立太史之官，封拜置立，有事宗庙，郊祀天地，皆择良辰；而近才庸夫，自许脱俗，举动所为，耻拣善日，不亦戆愚哉？每伺今人山，不得其良时日交，下有其验，不可轻入也。按《玉钤经》云，欲入名山，不可不知遁甲之秘术，而不为人委曲说其事也。而《灵宝经》云，入山当以保日及义日，若专日者大吉，以制日伐日必死[2]，又不一一道之也。余少有入山之志，由此乃行学遁甲书，乃有六十余卷，事不可卒精，故钞集其要，以为《囊中立成》，然不中以笔传。今论其较略，想好事者欲入山行，当访索知之者，亦终不乏于世也。《遁甲中经》曰，欲求道，以天内日天内时，劾鬼魅，施符书。以天禽日天禽时入名山，欲令百邪虎狼毒虫盗贼，不敢近人者？出天藏，入地户。凡六癸为天藏，六己为地户也。又曰，避乱世，绝迹于名山，令无忧患者，以上元丁卯日，名曰阴德之时；一名天心，可以隐沦，所谓白日陆沈，日月无光，人鬼不能见也。又曰，求仙道入名山者，以六癸之日六癸之时，一名天公日，必得度世也。又曰，往山林中，当以左手取青龙上草，折半置逢星下，历明堂入太阴中，禹步而行。三呪曰，诺皋，太阴将军，独开曾孙王甲，勿开外人；使人见甲者，以为束薪；不见甲者，以为非人。则折所持之草置地上，左手取土以傅鼻人中，右手持草自蔽，左手著前，禹步而行，到六癸下，闭气而住，人鬼不能见也。凡六甲为青龙，六乙为逢星，六丙为明堂，六丁为阴中也。比成既济卦，初一初二迹不任九迹数，然相因仍一步七尺。又云，一尺合二丈一尺，顾视九迹。又禹步法：正立，右足在前，左足在后，次复前右足，以左足从右足并，是一步也。次复前右足，次前左足，以右足从左足并，是二步也。次复前右足，以左足从右足并，是三步也。如此，禹步之道毕矣。凡作天下百术，皆宜知禹步，不独此事也。"

抱朴子曰："《灵宝经》曰，所谓宝日者，谓支干上生下之日也，若用甲午乙巳之日是也。甲者，木也。午者，火也。乙亦木也，巳亦火也，火生于木故也。又谓义日者，支干下生上之日也，若壬申癸酉之日是也。壬者，水也。申者，金也。癸者，水也。酉者，金也。水生于金故也。所谓制日者，支干上克下之日也。若戊子己亥之日是也。戊者，土也。子者，水也。己亦土也，亥亦水也，五行之义，土克水也。所谓伐日者，支干下克上之日，若甲申乙酉之日是也。甲者，木也。申者，金也。乙亦木也，酉亦金也，金克木故也。他皆仿此，引而长之，皆可知之也。"

抱朴子曰："入名山，以甲子开除日，以五色缯各五寸，悬大石上，所求必得。又曰，入山宜知六甲秘祝。祝曰，临兵斗者，皆阵列前行。凡九字，常当密祝之；无所不辟。要道不烦，此之谓也。"

抱朴子曰："山中山精之形，如小儿而独足，走向后，喜来犯来。人入山，若夜闻人音声大语，其名曰蚑，知而呼之，即不敢犯人也。一名热内，亦可兼呼之。又有山精，如鼓赤色，并一足，其名曰晖。又或如人，长九尺，衣裘戴笠，名曰金累。或如龙而五色赤角，名曰飞飞，见之皆以名呼之，即不敢为害也。"

抱朴子曰："山中有大树，有能语者，非树能语也，其精名曰云阳，呼之则吉。山中夜见火光者，皆久枯木所作，勿怪也。山中夜见胡人者，铜铁之精。见秦者，百岁木之精。勿怪之，并不能为害。山水之间见吏人者，名曰四徼，呼之名即吉。山中见大蛇著冠帻者，名曰升卿，呼之即吉。山中见吏，若但闻声不见形，呼人不止，以白石掷之则息矣；一法以苇为矛以刺之即吉。

山中见鬼来唤人，求食不止者，以白茅投之即死也。山中鬼常迷惑使失道径者，以苇杖投之即死也。山中寅日，有自称虞吏者，虎也。称当路君者，狼也。称令长者，老狸也。卯日称丈人者，兔也。称东王父者，麋也。称西王母者，鹿也。辰日称雨师者，龙也。称河伯者，鱼也。称无肠公子者，蟹也。巳日称寡人者，社中蛇也。称时君者，龟也。午日称三公者，马也。称仙人者，老树也。未日称主人者，羊也。称吏者，獐也。申日称人君者，猴也。称九卿者，猿也。酉日称将军者，老鸡也。称捕贼者，雉也。戌日称人姓字者，犬也。称成阳公者，狐也。亥日称神君者，猪也。称妇人者，金玉也。子日称社君者，鼠也。称神人者，伏翼也。丑日称书生者，牛也。但知其物名，则不能为害也。"

或问隐居山泽辟蛇蝮之道。抱朴子曰："昔圆丘多大蛇，又生好药，黄帝将登焉，广成子教之佩雄黄，而众蛇皆去。今带武都雄黄，色如鸡冠者五两以上，以入山林草木，则不畏蛇。蛇若中人，以少许雄黄末内疮中，亦登时愈也。蛇种虽多，唯有蝮蛇及青金蛇中人为至急，不治之，一日则煞人。人不晓治之方术者，而为此二蛇所中，即以刀割所伤疮肉以投地，其肉沸如火炙，须臾焦尽，而人得活。此蛇七八月毒盛之时，不得啮人，而其毒不泄，乃以牙啮大竹及小木，皆即焦枯。今为道士人入山，徒知大方，而不晓辟之之道，亦非小事也。未入山，当预止于家，先学作禁法。思日月及朱雀玄武青龙白虎，以卫其身，乃行到山林草木中。左取三口炁闭之，以吹山草中，意思令此炁赤色如云雾，弥满数十里中。若有从人，无多少皆令罗列，以炁吹之，虽践蛇，蛇不敢动，亦略不逢见蛇也。若或见蛇，因向日左取三炁闭之。以舌柱天，以手捻都关，又闭天门，塞地户，因以物抑蛇头而手萦之，画地作狱以盛之，亦可提弄也。虽绕头颈，不敢啮人也。自下解禁，吐炁以以吹之，亦终不得复出狱去也。若他人为蛇所中，左取三口炁以吹之，即愈不复痛。若相去十数里者，亦可遥为作炁，呼彼姓字；男祝我左手，女祝我右手，彼亦愈也。介先生法，到山中住，思作五色蛇各一头，乃闭炁以青竹及小木板屈刺之，友徊禹步，思作吴蚣数千板，以衣其身，乃去，终亦不逢蛇也。或以干姜附子带之肘后，或烧牛羊鹿角薰身，或带王方平雄黄丸，或以猪耳中垢及麝香丸著足爪甲中，皆有效也。又麝及野猪皆啖蛇，故以厌之也。又去日鸟及蠮龟，亦皆啖蛇，故南人入山，皆带蠮龟之尾，云日之喙以辟蛇。蛇中人，刮此二物以涂其疮，亦登时愈也。云日，鸩鸟之别名也。又南人入山，皆以竹管盛活蜈蚣，蜈蚣知有蛇之地，便动作于管中，如此则详视草中，必见蛇也。大蛇丈余，身出一围者，蜈蚣见之，而能以炁禁之，蛇即死矣。蛇见蜈蚣在涯岸间，大蛇走入川谷深水底逃，其蜈蚣但浮水上禁，人见有物正青，大如綖者，直下入水至蛇处，须臾蛇浮出而死。故南人因此末蜈蚣治蛇疮，皆登愈也。"

或问曰："江南山谷之间，多诸毒恶，辟之有道乎？"抱朴子答曰："中州高原，土气清和，上国名山，了无此辈。今吴楚之野，暑湿郁蒸，虽衡霍正岳，犹多毒蠚也③。又有短狐，一名蜮，一名射工，一名射影，其实水虫也。一状如鸣蜩，状似三合杯，有翼能飞，无目而利耳，口中有横物角弩，如闻人声，缘口中物如角弩，以气为矢，则因水而射人，中人身者即发疮，中影者亦病，而不即发疮，不晓治之者煞人。其病似大伤寒，不十日皆死。又有沙虱，水陆皆有。其新雨后及晨暮前，跋涉必著人，唯烈日草燥时，差稀耳。其大如毛发之端，初著人，便入其皮里，其所在如芒刺之状，小犯大痛，可以针挑取之，正赤如丹，著爪上行动也。若不挑之，虫钻至骨，便周行走入身，其与射工相似，皆煞人。人行有此虫之地，每还所住，辄当以火炙燎令遍身，则此虫堕地也。若带八物麝香丸、及度世丸、及护命丸、及玉壶丸、犀角丸、及七星丸、及荠苨，皆辟沙虱短狐也。若卒不能得此诸药者，但可带好生麝香亦佳。以雄黄大蒜等分合捣，带一丸如鸡子大者亦善。若已为所中者，可以此药涂疮亦愈，㕮咀赤苋汁，饮之涂之亦愈。五茄根及悬菖草钩藤，此三物皆可各单行，可以捣服其汁一二升。又射工虫冬天蛰于山谷间，大雪时索之，此虫所在，其雪不积留，气起如灼蒸，当掘之，不过入地一尺则得也，阴干末带之，夏天自辟射工也。若道士知一禁方，及洞百禁，常存禁及守真一者，则百毒不敢近之，不假用诸药也。"

或问："道士山居，栖岩庇岫，不必有姻缛之温，直使我不畏风湿，敢问其术也？"抱朴子曰："金饼散、三阳液、昌辛丸、堇草耐冬煎、独摇膏、茵芋玄华散、秋地黄血丸，皆不过五十日服之而止，可以十年不畏风湿。若服金丹大药，虽未升虚轻举，然体不受疾。虽当风卧湿，不能伤也。服此七药，皆谓始学道者耳。姚先生但服三阳液，便袒卧冰上，了不寒振。此皆介先生及梁有道卧石上，及秋冬当风寒，已试有验，秘法也。"

或问涉江渡海辟蛟龙之道。抱朴子曰："道士不得已而当游涉大川者，皆先当于水次，破鸡子一枚，以少许粉杂香末，合搅器水中，以自洗濯，则不畏风波蛟龙也。又佩东海小童符、及制水符、蓬莱札，皆却水中之百害也。又有六甲三金符、五木禁。又法，临川先祝曰：卷蓬卷蓬，河伯导前辟蛟龙，万灾消灭天清明。又《金简记》云，以五月丙午日日中，捣五石，下其铜。五石者，雄黄、丹砂、雌黄、矾石、曾青。皆粉之，以金华池浴之，内六一神炉中鼓下之，以桂木烧为之，铜成以刚炭炼之，令童男童女进火，取牡铜以为雄剑，取牝铜以为雌剑，各长五寸五分，取土之数，以厌水精也。带之以水行，则蛟龙巨鱼水神不敢近人也。欲知铜之牝牡，当令童男童女俱以水灌铜，灌铜当以在火中向赤时也，则铜自分为两段，有凸起者牡铜也，有凹陷者牝铜也，各刻名识之。欲入水，以雄者带左，以雌者带右。但乘船不身涉水者，其阳日带雄，阴日带雌。又天文大字，有北帝书，写帛而带之，亦辟风波蛟龙水虫也。"

或问曰："辟山川庙堂百鬼之法。"抱朴子曰："道士常带天水符、及上皇竹使符、老子左契、及守真一思三部将军者，鬼不敢近人也。其次则论百鬼录，知天下鬼之名字，及白泽图九鼎记④，则众鬼自却。其次服鹑子赤石丸、及曾青夜光散、及葱实乌眼丸、及吞白石英祇母散，皆令人见鬼，即鬼畏之矣。"抱朴子曰："有老君黄庭中胎四十九真秘符，入山林，以甲寅日丹书白素，夜置案中，向北斗祭之，以酒脯各少少，自说姓名，再拜受取，内衣领中，辟山川百鬼万精虎狼虫毒也。何必道士，乱世避难入山林，亦宜知此法也。"

入山符

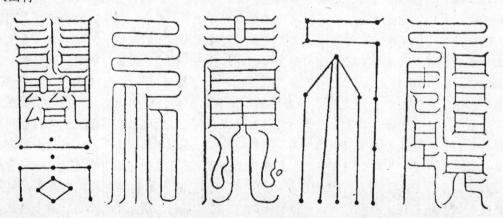

抱朴子曰："上五符，皆老君入山符也。以丹书桃板上，大书其文字，令弥满板上，以著门户上，及四方四隅，及所道侧要处。去所住处，五十步内，辟山精鬼魅。户内梁柱，皆可施安。凡人居山林及暂入山，皆可用，即众物不敢害也。三符以相连著一板上。意谓尔非葛氏。"

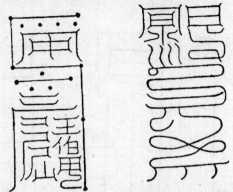

抱朴子曰："此符亦是老君入山符，户内梁柱皆可施。凡人居山林及暂入山，皆宜用之也。"

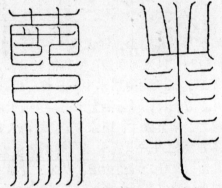

抱朴子曰："此是仙人陈安世所授入山辟虎狼符，以丹书绢二符，各异之。常带著所住之处，各四枚。移涉当拨收之以去，大神秘也。开山符以千岁藟名山之门，开宝书古文金玉，皆见秘之。右一法如此，大同小异。"

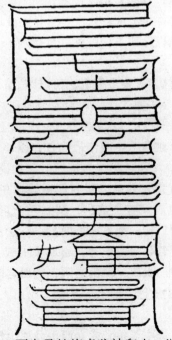

抱朴子曰："此符是老君所戴，百鬼及蛇蝮虎狼神印也。以枣心木方二寸刻之，再拜而带之，

甚有神效。仙人陈安世符矣。"

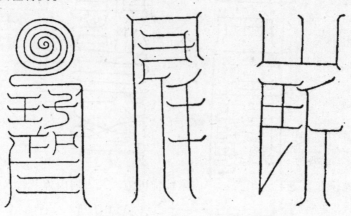

　　此三符，兼同著牛马屋左右前后及猪栏上，辟虎狼也。或问曰："昔闻谈昌，或步行水上，或久居水中，以何法乎？"抱朴子曰："以葱涕和桂，服如梧桐子大七丸，日三服，至三年，则能行水上也。郑君言但习闭气至千息，久久则能居水中一日许。得真通天犀角三寸以上，刻以为鱼，而衔之以入水，水常为人开，方三尺，可得炁息水中。又通天犀角有一赤理如綖，有自本彻末。以角盛米置群鸡中，鸡欲啄之，未至数寸，即惊却退。故南人或名通天犀为骇鸡犀。以此犀角著谷积上，百鸟不敢集。大雾重露之夜，以置中庭，终不沾濡也。此犀兽在深山中，晦冥之夕，其光正赫然如炬火也。以其角为义导，毒药为汤，以此叉导搅之，皆生白沫涌起，则了无复毒势也。以搅无毒物，则无沫起也，故以是知之者也。若行异域有虫毒之乡，每于他家饮食，则常先以犀搅之也。人有为毒箭所中欲死，以此犀叉刺疮中，其疮即沫出而愈也。通天犀所以能煞毒者，其为兽专食百草之有毒者，及众木有刺棘者，不妄食柔滑之草木也。岁一解角于山中石间，人或得之，则须刻木色理形状，令如其角以代之，犀不能觉，后年辄更解角著其处也。他犀亦辟恶解毒耳；然不能如通天者之妙也。或食六戊符千日，或以赤班蜘蛛及七重水马，以合冯夷水仙丸服之，则亦可以居水中，只以涂蹠下，则可以步行水上也。头垢犹足以使金铁浮水[⑤]，况妙于兹乎？

　　或问："为道者多在山林，山林多虎狼之害也，何以辟之？"抱朴子曰："古之人入山者，皆佩黄神越章之印[⑥]，其广四寸，其字一百二十，以封泥著所住之四方各百步，则虎狼不敢近其内也。行见新虎迹，以印顺印之，虎即去；以印逆印之，虎即还，带此印以行山林，亦不畏虎狼也。不但只辟虎狼，若有山川社庙血食恶神能作福祸者，以印封泥，断其道路，则不复能神矣。昔石头水有大鼋，常在一深潭中，人因名此潭为鼋潭。此物能作鬼魅，行病于人。吴有道士戴昞者，偶视之，以越章封泥作数百封，乘舟以此封泥遍掷潭中，良久，有大鼋径长丈余，浮出不敢动，乃格煞之，而病者并愈也。又有小鼋出，罗列死于渚上甚多。山中卒逢虎，便作三五禁，虎亦即却去。三五禁法，当须口传，笔不能委曲矣。一法，直思吾身为朱鸟，令长三丈，而立来虎头上，因即闭气，虎即去。若暮宿山中者，密取头上钗，闭炁以刺白虎上，则亦无所畏。又法，以左手持刀闭炁，画地作方。祝曰，恒山之阴，太山之阳，盗贼不起，虎狼不行，城郭不完，闭以金关，因以刀横旬日中白虎上，亦无所畏也。或用大禁，吞三百六十气，左取右以叱虎，虎亦不敢起。以此法入山，亦不畏虎。或用七星虎步，及玉神符、八威五胜符、李耳太平符、中黄华盖印文、及石流黄散，烧牛羊角，或立西岳公禁山符，皆有验也。阙此四符也。

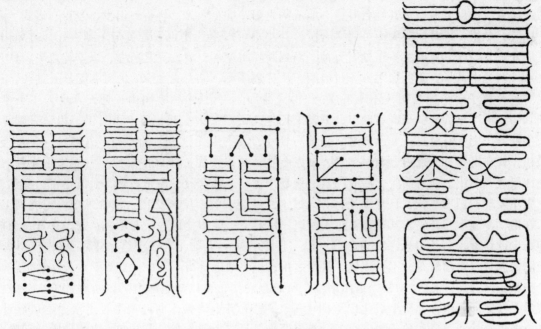

此符是老君入山符，下说如文。又可户内梁柱皆施之。凡人居山林及暂入，皆可用之。

①万物之老者，其精悉能假托人形；按《论衡》所说："物之老者，其精为人。"物志成精，可假托于人形。

②入山当以保日句：保、义、专、制、伐之说，依五行生剋定吉凶。水生木，木生火，火生土，土生金，金生水。子母生为义，母生子为保，母子相得为专，母胜子为制，子胜母为困。入山修道须选保日、义日。

③螫（shì，释）：虫毒。

④白泽图九鼎记：指黄帝得白泽神兽，能言。帝令以图写之，以示天下。又黄帝采首山之铜，铸鼎于荆山下。

⑤头垢犹足以使金铁浮水：首泽浮针。取头中垢以塗针，塞其孔，置水即浮。

⑥皆佩黄神越章之印：黄神越章为道教符箓，方术家以为黄神越章能避虎狼，亦能杀鬼。

抱朴子内篇卷之十八

地　真

抱朴子曰："余闻之师云，人能知一，万事毕①。知一者，无一之不知也。不知一者，无一之能知也！道起于一②，其贵无偶，各居一处，以象天地人，故曰三一也。天得一以清，地得一以宁。人得一以生③，神得一以灵。金沈羽浮，山峙川流，视之不见，听之不闻。存之则在，忽之则亡，向之则吉，背之则凶。保之则遐祚罔极，失之则命气穷。老君曰：忽兮恍兮，其中有象；恍兮忽兮，其中有物。一之谓也。故仙经曰：子欲长生，守一当明；思一至饥，一与之粮，思一至渴，一与之浆。一有姓字服色，男长九分，女长六分，或在脐下二寸四分下丹田中，或在心下绛宫金阙中丹田也，或在人两眉间，却行一寸为明堂，二寸为洞房，三寸为上丹田也。此乃是道家所重，世世歃血口传其姓名耳，一能成阴生阳，推步寒暑。春得一以发，夏得一以长，秋得一以收，冬得一以藏。其大不可以六合阶，其小不可以毫芒比也。昔黄帝东到青丘，过风山，见紫府先生，受《三皇内文》以劾召万神；南到圆陇阴建木，观百灵之所登，采若乾之华，饮丹峦之水；西见中黄子，受九加之方，过崆峒，从广成子受《自然之经》；北到洪堤，上具茨，见大隗君黄盖童子，受神芝图，还陟王屋④，得《神丹金诀记》。到峨嵋山，见天真皇人于玉堂，请问真一之道。皇人曰：子既君四海，欲复求长生，不亦贪乎？其相覆不可具说，粗举一隅耳，夫长生仙方，则唯有金丹，守形却恶，则独有真一，故古人尤重也。仙经曰：九转丹，金液经，守一诀，皆在昆仑五城之内，藏以玉函，刻以金札，封以紫泥，印以中章焉。吾闻之于先师曰：一在北极大渊之中，前有明堂，后有绛宫；巍巍华盖，金楼穹隆；左罡右魁，激波扬空；玄芝被崖，朱草蒙茏；白玉嵯峨，日月垂光；历火过水，经玄涉黄；城阙交错，帷帐琳琅；龙虎列卫，神人在傍，不施不与，一安其所；不迟不疾，一定其室；能暇能豫，一乃不去；守一存真，乃能通神；少欲约食，一乃留息；白刃临颈，思一得生；知一不难，难在于终；守之不失，可以无穷；陆辟恶兽，水却蛟龙；不畏魍魉，挟毒之虫；鬼不敢近，刃不敢中。此真一之大略也！"

抱朴子曰："吾闻之于师云，道术诸经，所思存念作，可以却恶防身者，乃有数千法。如含影藏形，及守形无生，九变十二化二十四生等⑤，思见身中诸神，而内视令见之法，不可胜计，亦各有效也。然或乃思作数千物以自卫，率多烦难，足以大劳人意。若知守一之道，则一切除弃此辈，故曰能知一则万事毕者也。受真一口诀，皆在明文，歃白牲之血，以王相之日受之；以白绢白银为约，克金契而分之，轻说妄传，其神不行也。人能守一，一亦守人。所以白刃无所措其锐，百害无所容其凶，居败能成，在危独安也。若在鬼庙之中，山林之下，大疫之地，冢墓之间，虎狼之薮，蛇蝮之处，守一不怠，众恶远迸。若忽偶忘守一，而为百鬼所害。或卧而魇者，即出中庭视辅星⑥，握固守一⑦，鬼即去矣。若夫阴雨者，但止室中，向北思见辅星而已。若为兵寇所围，无复生地，急入六甲阴中，伏而守一，则五兵不能犯之也。能守一者，行万里，入军旅，涉大川，不须卜日择时，起工移徙，入新屋舍，皆不复按堪舆星历，而不避太岁太阴将军、月建煞耗之神，年命之忌，终不复值殃咎也。先贤历试有验之道也。"

抱朴子曰："玄一之道，亦要法也。无所不辟，与真一同功。吾《内篇》第一名之为《畅玄者》，正以此也。守玄一复易于守真一。真一有姓字长短服色，此玄一但自见之。初求之于日中，所谓知白守黑，欲死不得者也。然先当百日洁斋，乃可候求得之耳，亦不过三四日得之，得之守之，则不复去矣。守玄一，并思其身，分为三人；三人已见，又转益之，可至数十人；皆如己身，隐之显之，皆自有口诀，此所谓分形之道。左君及蓟子训葛仙公所以能一日至数十处⑧，及有客座上，有一主人与客语，门中又有一主人迎客，而水侧又有一主人投钓，宾不能别何者为真主人也。师言守一兼修明镜⑨，其镜道成则能形为数十人，衣服面貌，皆如一也。

抱朴子曰："师言欲长生，当勤服大药，欲得通神，当金水分形。形分则自见其身中之三魂七魄，而天灵地祇，皆可接见，山川之神，皆可使役也。"

抱朴子曰："生可惜也，死可畏也。然长生养性避死者，亦未有不始于勤，而终成于久视也。道成之后，略无所为也。未成之间，无不为也。采掘草木之药，劬劳山泽之中，煎饵治作，皆用筋力，登危涉险，夙夜不怠，非有至志，不能久也。及欲金丹成而升天，然其大药物，皆用钱直，不可卒办。当复由于耕牧商贩以索资，累年积勤，然后可合。及于合作之日，当复斋洁清净，断绝人事。有诸不易，而当复加之以思神守一，却恶卫身，常如人君之治国，戎将之待敌，乃可为得长生之功也。以聪明大智，任经世济俗之器，而修此事，乃可必得耳。浅近庸人，虽有志好，不能克终矣。故一人之身，一国之象也。胸腹之位，犹宫室也。四肢之列，犹郊境也。骨节之分，犹百官也。神犹君也，血犹臣也，气犹民也。故知治身，则能治国也。夫爱其民所以安其国，养其气所以全其身。民散则国亡，气竭则身死，死者不可生也，亡者不可存也。是以至人消未起之患，治未病之疾，医之于无事之前，不追之于既逝之后。民难养而易危也，气难清而易浊也。故审威德所以保社稷，割嗜欲所以固血气。然后真一存焉，三七守焉⑩，百害却焉，年命延矣。"

抱朴子曰："师言服金丹大药，虽未去世，百邪不近也。若但服草木及小小饵八石，适可令疾除命益耳，不足以禳外来之祸也。或为鬼所冒犯，或为大山神之所轻凌，或为精魅所侵犯，唯有守真一，可以一切不畏此辈也。次则有带神符。若了不知此二事以求长生，危矣哉。四门而闭其三，盗犹得入，况尽开者邪？"

①人能知一万事毕：这里"知一"是道家知一论。道即是一，知道则知下物之根本。
②道起于一：这里讲的是"道"与"一"的关系。
③天得一以清三句：见老子《道德经》。
④还陟王屋句：王屋即王屋山，指黄帝陟王屋而受丹经。
⑤含影藏形句：这里指的是一些道术，这些道术都有成书。后面《遐览篇》著录《含景图》、《守形图》、《九变经》、《十二化经》、《二十四生经》各一卷。
⑥辅星：星名。辅星传乎开阳，所以佐斗成功，丞相之象也。
⑦握固守一：即老子所说的"骨弱筋柔而握固"。
⑧蓟子训：建安中，客在济阴，有神异之道。
⑨明镜：方术之一，后《遐览篇》著录《明镜经》一卷。
⑩三七守焉：三七即三魂七魄，存真一而魂魄守。

抱朴子内篇卷之十九

遐　　览

或曰："鄙人面墙①，拘系儒教。独知有五经三史百氏之言②，及浮华之诗赋，无益之短文，尽思守此，既有年矣。既生值多难之运，乱靡有定，干戈威扬，艺文不贵，徒消工夫，苦意极思，攻微索隐，竟不能禄在其中。免此垄亩，又有损于精思，无益于年命，二毛告暮③，素志衰颓，正欲反迷，以寻生道，仓卒罔极，无所趋向，若涉大川，不知攸济。先生既穷观坟典，又兼综奇秘，不审道书，凡有几卷，愿告篇目。"

抱朴子曰："余亦与子同斯疾者也。昔者幸遇明师郑君，但恨弟子不慧，不足以钻至坚极弥高耳④。于时虽充门人之洒扫，既才识短浅，又年尚少壮，意思不专，俗情未尽，不能大有所得，以为巨恨耳。郑君时年出八十，先发鬓班白，数年间又黑，颜色丰悦，能引强弩射百步，步行日数百里，饮酒二斗不醉。每上山，体力轻便，登危越险，年少追之，多所不及。饮食与凡人不异，不见其绝谷。余问先随之弟子黄章，言郑君尝从豫章还，于掘沟浦中，连值大风。又闻前多劫贼，同侣攀留郑君，以须后伴，人人皆以粮少，郑君推米以恤诸人，已不复食，五十日亦不饥。又不见其所施为，不知以何事也。火下细书，过少年人。性解音律，善鼓琴，闲坐，侍坐数人，口答谘问，言不辍响，而耳并料听，左右操弦者，教遣长短，无毫厘差过也。余晚充郑君门人，请见方书，告余曰：要道不过尺素，上足以度世，不用多也。然博涉之后，远胜于不见矣。既悟人意，又可得浅近之术，以防初学未成者诸患也。乃先以道家训教戒书不要者近百卷，稍稍示余。余亦多所先见，先见者颇以其中疑事谘问之。郑君言：君有甄事之才，可教也。然君所知者，虽多未精，又意在于外学，不能专一，未中以经深涉远耳，今自当以佳书相示也。又许渐得短书缣素所写者，积年之中，合集所见，当出二百许卷，终不可得也。他弟子皆亲仆使之役，采薪耕田，唯余尪羸，不堪他劳，然无以自效。常亲扫除，拂拭床几，磨墨执烛，及与郑君缮写故书而已。见待余同于先进者，语余曰：杂道书卷卷有佳事，但当校其精粗，而择所施行，不事尽谙诵，以妨日月而劳意思耳。若金丹一成，则此辈一切不用也。亦或当有所教授，宜得本末，先从浅始，以劝进学者，无所希准阶由也。郑君亦不肯先令人写其书，皆当决其意，虽久借之，然莫有敢盗写一字者也！郑君本大儒士也，晚而好道，由以《礼记》《尚书》教授不绝。其体望高亮，风格方整，接见之者皆肃然。每有谘问，常待其温颜，不敢轻锐也。书在余处者，久之一月，足以大有所写，以不敢窃写者，政以郑君聪敏，邂逅知之，失其意则更以小丧大也。然于求受之初，复所不敢，为斟酌时有所请耳。是以徒知饮河，而不得满腹⑤。然弟子五十余人，唯余见受金丹之经及《三皇内文》《枕中五行记》，其余人乃有不得一观此书之首题者矣。他书虽不具得，皆疏其名，今将为子说之，后生好书者，可以广索也。

道经有《三皇内文天地人》三卷、《无文》上中下三卷、《混成经》二卷、《玄录》二卷、《九生经》、《二十四生经》⑥、《九仙经》、《灵卜仙经》、《十二化经》、《九变经》、《老君中玉历真经》、《墨子枕中五行记》五卷⑦、《温宝经》、《息民经》、《自然经》、《阴阳经》、《养生书》一百五卷、《太平经》五十卷、《九敬经》、《甲乙经》一百七十卷、《青龙经》、《中黄经》、《太清经》、《通明经》、《按摩经》、《道引经》十卷、《元阳子经》、《玄女经》、《素女经》⑧、《彭祖经》、《陈赦经》、《子都经》⑨、《张虚经》、《天门子经》⑩、《容成经》、《入山经》、《内宝经》、《四规经》、《明镜经》、《日月临镜经》、《五言经》、《柱中经》、《灵宝皇子心经》、《龙跻经》⑪、《正机经》、《平衡经》、《飞龟振经》、《鹿庐跻经》、《蹈形记》、《守形图》、《坐亡图》、《观卧引图》、《含景图》、《观天图》、《木芝图》、《菌芝图》、《肉芝图》、《石芝图》、《大魄杂芝图》、《五岳经》五卷、《隐守记》、《东井图》、《虚元经》、《牵牛中经》、《王弥记》、《腊成记》、《六安记》、《鹤鸣记》、《平都记》、《定心记》、《龟文经》、《山阳记》、《玉策记》、《八史图》、《入室经》、《左右契》、《玉历经》、《升天仪》、《九奇经》、《更生经》、《四衿经》十卷、《食日月精经》、《食六气经》、《丹一经》、《胎息经》⑫、《行气治病经》、《胜中经十卷》、《百守摄提经》、《丹壶经》、《岷山经》、《魏伯阳内经》⑬、《日月厨食经》、《步三罡六纪经》、《入军经》、《六阴玉女经》、《四君要用经》、《金雁经》、《三十六水经》、《白虎七变经》、《道家地行仙经》、《黄白要经》、《八公黄白经》、《天师神器经》、《枕中黄白经五卷》、《白子变化经》、《移灾经》、《厌祸经》、《中黄经》、《文人经》、《涓子天地人经》、《崔文子肘后经》、《神光占方来经》、《水仙经》、《尸解经》、《中遁经》、《李君包天经》、《包元经》、《黄庭经》、《渊体经》、《太素经》、《华盖经》、《行厨经》、《微言》三卷、《内视经》、《文始先生经》、《历藏延年经》、《南阔记》、《协龙子记》七卷、《九宫》五卷、《三五中经》、《宣常经》、《节解经》⑭、《邹阳子经》、《玄洞经》十卷、《玄云经》十卷、《箕山经》十卷、《鹿台经》、《小僮经》、《河洛内记》七卷、《举形道成经》五卷、《道机经》五卷、《见鬼经》、《无极经》、《宫氏经》、《真人玉胎经》、《道根经》、《候命图》、《反胎胞经》、《枕中清记》、《幻化经》、《询化经》、

《金华山经》[16]、《凤纲经》、《召命经》、《保神记》、《鬼谷经》、《凌霄子安神记》、《去丘子黄山公记》、《王子五行要真经》、《小饵经》、《鸿宝经》、《邹生延命经》、《安魂记》、《皇道经》、《九阴经》、《杂集书录》、《银函玉匮记》、《金板经》、《黄老仙录》、《原都经》、《玄元经》、《日精经》、《浑成经》、《三尸集》、《呼身神治百病经》、《收山鬼老魅治邪精经》三卷、《入五毒中记》、《休粮经》三卷、《采神药治作秘法》三卷、《登名山渡江海敕地神法》三卷、《赵太白囊中要》五卷、《入温气疫病大禁》七卷、《收治百鬼召五岳丞太山主者记》三卷、《兴利宫宅官舍法》五卷、《断虎狼禁山林记》、《召百里虫蛇记》、《万毕高丘先生法》三卷、《玉乔养性治身经》三卷、《服食禁忌经》、《立功益筭经》、《道士夺筭律》三卷、《移门子记》、《鬼兵法》、《立亡术》、《练形记》五卷、《郗公道要》、《角里先生长生集》、《少君道意》十卷、《樊英石壁文》三卷、《思灵经》三卷、《龙首经》[16]、《荆山记》、《孔安仙渊赤斧子大览》七卷、《董君地仙却老要记》、《李先生口诀肘后》二卷。凡有不言卷数者，皆一卷也。

其次有诸符：则有《自来符》、《金光符》、《太玄符》三卷、《通天符》、《五精符》、《石室符》、《玉策符》、《枕中符》、《小童符》、《九灵符》、《六君符》、《玄都符》、《黄帝符》、《少千三十六将军符》、《延命神符》、《天水神符》、《四十九真符》、《天水符》、《青龙符》、《白虎符》、《朱雀符》、《玄武符》、《朱胎符》、《七机符》、《九天发兵符》、《九天符》、《老经符》、《七符》、《大捍厄符》、《玄子符》、《琥孝经燕君龙虎三囊辟兵符》、《包元符》、《沈羲符》、《禹跱符》、《消灾符》、《八卦符》、《监乾符》、《雷电符》、《万毕符》、《八威五胜符》、《成喜符》、《巨胜符》、《采女符》、《玄精符》、《玉历符》、《北台符》、《阴阳大镇符》、《枕中符》、《治百病符》十卷、《厌怪符》十卷、《壶公符》二十卷、《九台符》九卷、《六甲通灵符》十卷、《六阴行厨龙胎石室三金五木防终符》合五百卷、《军火召治符》、《玉斧符》十卷、此皆大符也，其余小小，不可具记。"抱朴子曰："郑君言符出于老君，皆天文也。老君能通于神明，符皆神明所授。今人用之少验者，由于出来历久，传写之多误故也。又信心不笃，施用之亦不行。又譬之于书字，则符误者，不但无益，将能有害也。书字人知之，犹尚写之多误。故谚曰，书三写，鱼成鲁，虚成虎，此之谓也。七与士，但以倨勾长短之间为异耳。然今符上字不可读，误不可觉，故莫知其不定也。世间又有受体使术，用符独效者，亦如人有使麝香便能芳者，自然不可得传也。虽尔，必得不误之符，正心用之。但当不及真体使之者速效耳，皆自有益也。凡为道士求长生，志在药中耳，符剑可以却鬼辟邪而已。诸大符乃云行用之可以得仙者，亦不可专据也。昔吴世有介象者，能读符文，知误之与否。有人试取治百病杂符及诸厌劾符，去其签题以示象，皆一一据名之。其有误者，便为人定之，自是以来，莫有能知者也。"

或问："仙药之大者，莫先于金丹，既闻命矣，敢问符书之属，不审最神乎？"抱朴子曰："余闻郑君言，道书之重者，莫过于《三皇内文》《五岳真形图》也。古者仙官至人，尊秘此道，非有仙名者，不可授也。受之四十年一传，传之歃血而盟，委质为约。诸名山五岳，皆有此书，但藏之于石室幽隐之地，应得道者，入山精诚思之，则山神自开山，令人见之。如帛仲理者，于山中得之，自立坛委绢，常画一本而去也。有此书，常置清洁之处。每有所为，必先白之，如奉君父。其经曰：家有《三皇文》，辟邪恶鬼，温疫气，横殃飞祸。若有困病垂死，其信道心至者，以此书与持之，心不死也。其乳妇难艰绝气者持之，儿即生矣。道士欲求长生，持此书入山，辟虎狼山精，五毒百邪，皆不敢近人。可以涉江海，却蛟龙，止风波。得其法，可以变化起工。不问地择日，家无殃咎。若欲立新宅及冢墓，即写《地皇文》数十通，以布著地，明日视之，有黄色所著者，便于其上起工，家必富昌。又因他人葬时，写《人皇文》，并书已姓名著纸里，窃内人家中，勿令人知之，令人无飞祸盗贼也。有谋议已者，必反自中伤。又此文先洁斋百日，乃可以召天神司命，及太岁日游五岳四渎，社庙之神，皆见形如人。可问以吉凶安危，及病者之祸祟所由也。又有十八字以著衣中，远涉江海，终无风波之虑也。又家有《五岳真形图》，能辟兵凶逆，人欲害之者，皆还反受其殃。道士时有得之者，若不能行仁义慈心，而不精不正，即祸至灭家，不可轻也。

其变化之术，大者唯有《墨子五行记》，本有五卷。昔刘君安未仙去时，钞取其要，以为一卷。其法用药用符，乃能令人飞行上下，隐沦无方，含笑即为妇人，蹙面即为老翁，踞地即为小儿，执杖即成林木，种物即生瓜果可食，画地为河，撮壤成山，坐致行厨，兴云起火，无所不作也。其次有《玉女隐微》一卷，亦化形为飞禽走兽，及金木玉石，兴云致雨方百里，雪亦如之，渡大水不用舟梁，分形为千人，因风高飞，出入无间，能吐气七色，坐见八极，及地下之物，放光万丈，冥室自明，亦大术也。然当步诸星数十，曲折难识，少能谱之。其《淮南鸿宝万毕》，皆无及此书者也。又有《白虎七变法》，取三月三日所杀白虎头皮，生驰血，虎血，紫绶，履组，流萍，以三月三日合种之。初生草似胡麻，有实。即取此实种之，一生辄一异。凡七种之，则用其实合之，亦可以移形易貌，飞沈在意，与《墨子》及《玉女隐微》略同，过此不足论也。《遐览》者，欲令好道者知异书之名目也。郑君不徒明五经、知仙道而已，兼综九宫三奇[17]，推步天文、河洛谶记，莫不精研。太安元年[18]，知季世之乱，江南将鼎沸，乃负笈持仙药之扑，将入室弟子，东投霍山，莫知所在。

---

①面墙：指面向墙而学。闭门读书之意。

②五经三史百氏之言：易、书、诗、礼、春秋为五经。史记、汉书、东观汉记为三史。百氏之言，指诸子百家之说。

③二毛告暮：二毛，白发、黑发相间。即下文中"发鬓班白"。

④不足以钻至坚极弥高耳：出自《论语·子罕篇》："仰之弥高，钻之弥坚"。是颜回赞叹其师孔丘之辞。

⑤徒知饮河而不得满腹：根据《庄子·逍遥游》：偃鼠饮河，不过满腹。此处引用，意在不敢贪求。

⑥二十四生经：明正统道藏有《二十四生图经》一卷。

⑦墨子枕中五行纪五卷：本篇下文说：其变化之术，大者唯有墨子五行记。其法用药用符，乃能令人飞行上下，隐沦无方，又能画地为河，撮土成山等等。

⑧玄女经，素女经：本书《极言》篇中说，黄帝论道养则资玄素二女。玄女经实言嫁娶选择吉日良辰法。素女经为房中术之书。

⑨子都经：巫炎，字子都，汉武帝时人，有阴道之术。

⑩天门子经：天门子，姓王名刚，明补养之道。

⑪龙跻经：明正统道藏正一部有《上清太上开天龙跻经》五卷。

⑫胎息经：前《对俗》篇中说：仙经谓还精胎息，延寿无极。明正统道藏洞神部有胎息经一卷。幻真先生注。

⑬魏伯阳内经：魏伯阳，后汉会稽人，著《周易参同契》论炼丹之意。

⑭节解经：疑即《老子·节解》。

⑮金华山经：金华山为道家炼丹之胜地，故撰经。

⑯龙首经：明正统道藏洞真部有黄帝龙首经二卷。

⑰九宫：八卦之宫及北辰所居之中央，谓之九宫。三奇：星名，即三台。三台六星，两两而居，一曰三奇。

⑱太安元年：太安，晋惠帝年号。公元302年。

抱朴子内篇卷之二十

祛　惑

抱朴子曰："凡探明珠，不于合浦之渊①，不得骊龙之夜光也②。采美玉，不于荆山之岫，不得连城之尺璧也③。承师问道，不得其人，委去则迟迟冀于有获，守之则终已竟无所成，虚费事妨功，后虽痛悔，亦不及已。世间浅近之事，犹不可坐知，况神仙之事乎？虽圣虽明，莫由自晓，非可以历思得也，非可以触类求也！诚须所师，必深必博，犹涉沧海而挹水，造长洲而伐木，独以力劣为患，岂以物少为忧哉？夫虎豹之所余，乃狸鼠之所争。陶朱之所弃，乃原颜之所无也。所从学者，不得远识渊潭之门，而值孤陋寡闻之人。彼所知素狭，源短流促，倒装与人，则靳靳不舍④，分损以授，则浅薄无奇能。其所宝宿已不精，若复料其粗者以教人，亦安能有所成乎？譬如假谷于夷齐之门，告寒于黔娄之家，所得者不过橡栗缦褐⑤，必无太牢之鳝、锦衣狐裘矣。或有守事庸师，终不觉悟。或有幸值知者，不能勤求，此失之于不觉，不可追者也。知人之浅深，实复未易。古人之难，诚有以也。白石似玉，奸佞似贤。贤者愈自隐蔽，有而如无，奸人愈自炫沽，虚而类实，非至明者，何以分之？彼之守求庸师而不去者，非知其无知而故不止也，诚以为足事故也。见达人而不能奉之者，非知其实深而不能请之也，诚以为无异也。夫能知要道者，无欲于物也，不徇世誉也，亦何肯自标显于流俗哉？而浅薄之徒，率多夸诞自称说，以厉色希声饰其虚妄，足以眩惑晚学，而敢为大言。乃云，已登名山，见仙人，仓卒闻之，不能清澄检校之者，鲜觉其伪也。余昔数见杂散道士辈，走贵人之门，专令从者作为空名，云其已四五百岁矣。人适问之年纪，佯不闻也，含笑俯仰，云八九十。须臾自言，我曾在华阴山断谷五十年，复于嵩山少室四十年，复在泰山六十年，复与某人在箕山五十年，为同人遍说所历，正尔，欲令人计合之，已数百岁人也。于是彼好之家，莫不烟起雾合，辐辏其门矣。

又术士或有偶受体自然，见鬼神，颇能内占，知人将来及已过之事，而实不能有祸福之损益也。譬如蓍龟耳。凡人见其小验，便呼为神人，谓之必无所不知。不尔者，或长于符水禁祝之法，治邪有效，而未必晓于不死之道也。或修行杂术，能见鬼怪，无益于年命。问之以金丹之道，则率皆不知也。因此细验之，多行欺诳世人，以收财利，无所不为矣。此等与彼穿窬之盗，异途而同归者也。夫托之于空言，不如著之于行事之有征也，将为晚觉后学，说其比故，可征伪物焉。

昔有古强者，服草木之方，又颇行容成玄素之法，年八十许，尚聪明不大赢老，时人便谓之为仙人，或谓之千载翁者。扬州稽使君闻而试迎之于宜都，既至，而咽鸣挛缩，似若所知实远，而未皆吐尽者。于是好事者，因以听声而响集，望形而影附，云萃雾合，竞称叹之，馈饷相属，常余金钱。虽栾李之见重于往汉⑥，不足加也。常服天门冬不废，则知其体中未尝有金丹大药也。而强曾略涉书记，颇识古事。自言已四千岁，敢为虚言，言之不怍。云已见尧舜禹汤，说之皆了了如实也。世云尧眉八采，不然也，直两眉头甚竖，似八字耳。尧为人长大美髭髯，饮酒一日中二斛余，世人因加之云千钟⑦，实不能也，我自数见其大醉也。虽是圣人，然年老治事，转不及少壮时。及见去四凶⑧，举元凯⑨，赖用舜耳。舜是孤茕小家儿耳，然有异才，隐耕历山，渔于雷泽，陶于海滨，时人未有能赏其奇者。我见之所在以德化民，其目又有重瞳子，知其大贵之相，常劝勉慰劳之。善崇高尚，莫忧不富贵，火德已终，黄精将起，诞承历数，非子而谁！然其父至顽，其弟殊恶，恒以杀舜为事。吾常谏谕曰，此儿当兴卿门宗，四海将受其赐，不但卿家，不可取次也。俄而受禅，尝忆吾言之有征也。又云，孔子母年十六七时，吾相之当生贵子，及生仲尼，真异人也。长九尺六寸，其颡似尧，其项似皋陶，其肩似子产，自腰以下不及禹三寸。虽然，贫苦孤微，然为儿童便好俎豆之事。吾知之必当成就。及其长大，高谈惊人，远近从之受学者，著录数千人。我喜听其语，数往从之，但恨我不学，不能与之覆疏耳。常劝我读《易》，云此良书也，丘窃好之，韦编三绝，铁挝三折，今乃大悟。鲁哀公十四年，西狩获麟，麟死。孔子以问吾，吾语之，言此非善祥也。孔子乃怆然而泣，后得恶梦，乃欲得见吾。时四月中盛热，不能往，寻闻之病七日而没，于今仿佛记其颜色也。又云：秦始皇将我到彭城，引出周时鼎。吾告秦始皇，言此鼎是神物也。有德则自出，无道则沦亡。君但修己，此必自来，不可以力致也。始皇当时大有怪吾之色，而牵之果不得出也。乃谢吾曰，君固是远见理人也。又说汉高祖项羽皆分明，如此事类，不可具记。时人各共识之，以为戏笑。然凡人闻之，皆信其言。又强转昏耄，废忘事几。稽使君曾以一玉卮与强，后忽语稽曰，昔安期先生以此物相遗。强后病于寿春黄整家而死。整疑其化去。一年许，试凿其棺视之，其尸宛在矣。此皆有名无实，使世间不信天下有仙，皆坐此辈以伪乱真也。

　　成都太守吴文，说五原有蔡诞者，好道而不得佳师要事，废弃家业，但昼夜诵咏《黄庭》、《太清中经》、《观天节详》之属。诸家不急之书，口不辍诵，谓之道尽于此。然竟不知所施用者，徒美其浮华之说而愚人。又教之但读千遍，自得其意，为此积久，家中患苦之，坐消衣食，而不能有异，己亦惭忿，无以自解，于是弃家，言仙道成矣。因走之异界深山中，又不晓采掘诸草木药可以辟谷者，但行卖薪以易衣食，如是三年，饥冻辛苦，人或识之，而诡不知也。久不堪而还家，黑瘦而骨立，不似人。其家问之，从何处来，竟不得仙邪？因欺家云，吾未能升天，但为地仙也。又初成位卑，应给诸仙先达者，当以渐迁耳。向者为老君牧数头龙，一班龙五色最好，是老君常所乘者，令吾守视之，不勤，但与后进诸仙共博戏，忽失此龙，龙遂不知所在。为此罪见责，送吾付昆仑山下，芸锄草三四顷，并皆生细石中，多荒秽，治之勤苦不可论，法当十年乃得原。会偓佺子王乔诸仙来按行⑩，吾守请之，并为吾作力，且自放归，当更自修理求去，于是遂老死矣。初诞还云，从昆仑来，诸亲故竞共问之，昆仑何似？答曰："天不问其高几里，要于仰视之，去天不过十数丈也。上有木禾，高四丈九尺，其穗盈车。有珠玉树沙棠琅玕碧瑰之树，玉李玉瓜玉桃，其实形如世间桃李，但为光明洞彻而坚，须以玉井水洗之，便软而可食。每风起，珠玉之树，枝条花叶，互相扣击，自成五音，清哀动心。吾见谪失志，闻此莫不怆然含悲。又见昆仑山上，一面辄有四百四十门，门广四里，内有五城十二楼。楼下有青龙白虎，绥蛇长百余里，其口中牙皆如三百斛船，大蜂一丈，其毒煞象。又有神兽，名狮子辟邪、天鹿焦羊、铜头铁额、长牙凿齿之属，三十六种，尽知其名，则天下恶鬼恶兽，不敢犯人也。其神则有无头子、倒景君、翁鹿公、中黄先生、与六门大夫。张阳字子渊，浃备玉阙，自不带《老君竹使符》《左右契》者，不得入也。五河皆出山隅，弱水绕之，鸿毛不浮，飞鸟不过，唯仙人乃得越之。其上神鸟神马，幽昌、鹔鹴、腾黄、吉光之辈，皆能人语而不死，真济济快仙府也，恨吾不得善周旋其上耳。于时闻诞此言了了，多信之者。

　　又河东蒲坂有项曼都者，与一子入山学仙，十年而归家。家人问其故，曼都曰："在山中三年精思，有仙人来迎我，共乘龙而升天。良久，低头视地，窈窈冥冥，上未有所至，而去地已绝远。龙行甚疾，头昂尾低，令人在其脊上，危怖险峨。及到天上，先过紫府，金床玉几，晃晃昱昱，真贵处也。仙人但以流霞一杯与我，饮之辄不饥渴。忽然思家，到天帝前，谒拜失仪，见斥来还，令当更自修积，乃可得更复矣。昔淮南王刘安升天见上帝，而箕坐大言，自称寡人，遂见谪守天厕三年，吾何人哉！河东因号曼都为斥仙人。世多此辈，种类非一，不可不详也。此妄语乃尔，而人犹有不觉其虚者，况其微茫欺诳，颇因事类之象似者而加益之，非至明者，仓卒安能辨哉？

乃复有假托作前世有名之道士者，如白和者，传言已八千七百岁，时出俗间，忽然自去，不知其在。其洛中有道士，已博涉众事，洽炼术数者，以诸疑难谘问和，和皆寻声为论释，皆无疑碍，故为远识。人但不知其年寿，信能近千年不啻耳。后忽去，不知所在。有一人于河北自称为白和，于是远近竞往奉事之，大得致遗至富。而白和子弟，闻和再出，大喜，故往见之，乃定非也。此人因亡走矣。

五经四部，并已陈之刍狗，既往之糟粕。所谓"迹"者，足之自出而非足也；"书"者圣人之所作而非圣也，而儒者万里负笈以寻其师。况长生之道，真人所重，可不勤求足问者哉？然不可不精简其真伪也！余恐古强、蔡诞、项曼都、白和之不绝于世间，好事者省余此书，可以少加沙汰其善否矣。又仙经云：仙人目瞳皆方。洛中见之白仲理者，为余说其瞳正方，如此果是异人也。"

----

①合浦之渊：合浦，在今广东省合浦县。古时著名的珍珠产地。

②骊龙之夜光：骊，纯黑色。骊龙之夜光，黑龙颔下之明珠。

③连城之尺璧：赵惠王得楚和氏璧，秦昭王愿以十五城与其交换。

④靳靳：吝惜的样子。

⑤橡栗：粗恶之食。缊褐：粗贱之衣。

⑥栾李之见重于往汉：栾，栾大。李，李少君。两人皆为汉武帝崇信的方术之士。

⑦尧为人至因加之云千钟：《孔严子·儒服篇》说："尧舜千钟，孔子百觚。"指世人虚增其酒量。

⑧四凶：指尧时四凶族，即浑敦、穷奇、梼杌、饕餮。尧将其遂于四裔。

⑨举元凯：元，善的意思。八元指高辛氏时八位才子，伯奋、仲堪、叔献、季仲、伯虎、仲熊、叔豹、季貌。凯：通恺，和的意思。八恺指高阳氏时八位才子，苍舒、隤敳、梼戭、大临、龙（méng，萌）降、庭坚、仲容、叔达。

⑩偓佺：槐山采药者，好吃松籽。

附录

抱朴子内篇佚文

　　余手校抱朴子，因繙检群书所引见，往往有今本所无者。随见随录，省并复重，得百四十五事。辄依本书大例，以其言神仙黄白事者，为内篇佚文。其余驳难通释，为外篇佚文。各一卷。长白继昌。（明案此录系严可均代辑，见铁桥漫稿卷六，参全晋文卷一百一十七）

　　葛仙翁为丹书符投江中，顺流而下。次投一符，逆流而上。次又投一符，不上不下，停住，而水中向二符皆还就之。

　　魏武帝以左慈为妖妄，欲杀之，使军人收。慈故欲见而不去。欲拷之，而狱中有七慈，形状如一，不知何者为真。以白武帝。帝使人尽杀之。须臾，六慈尽化为札，而一慈径出，走赴羊群。

　　魏武收左慈，慈走入市。吏传言慈一目眇，葛巾单衣。于是一市皆然也。

　　城阳郄俭少时行猎，堕空冢中饥饿。见冢中先有大龟，数数回转，所向无常，张口吞气，或俛或仰。俭亦素闻龟能导引，乃试随龟所为，遂不复饥。百余日，颇苦极。后人有偶窥冢中，见俭而出之。后竟能咽气断谷。魏王召。置土室中，闭试之，一年不食，颜色悦泽，气力自若。

　　吴世有姚光者，有火术。吴主躬临试之。积获数千束，光坐其上，又以数千束获累之。因猛风燔之，火尽，谓光当已化为烟烬。而光恬然端坐灰中，振衣而起，把一卷书，吴主取而视之，不能解也。

　　李南乘赤马行，道逢他人乘白马者，白马先鸣，赤马应之。南谓从者曰，彼白马言汝今当见一黄马左目盲者，是吾子，可令使驶，行相及也。从者不信。须臾行二里，果逢所乘黄马而左目盲。南之赤马先鸣，而盲马应之。问其子，果向白马子也。

　　王业疏荆州卒，白虎三头匍匐于轊下。

　　案使者甘宗所奏西域事云，外国方士能神祝者，临渊禹步吹气，龙即浮出，其初出乃长十数丈。于是方士更一吹之，一吹则龙辄一缩。至长数寸，方士乃掇取著壶中。壶中或有四五龙，以少水养之，以疏物塞壶口。国常患旱灾。于是方士闻余国有少雨屡旱处，辄赍龙往卖之，一龙直金数十斤。举国会敛以顾之直毕。乃发壶出一龙，著渊潭之中。因复禹步吹之，一吹一长，辄长数十丈，须臾而云雨四集矣。

　　天陵偃盖之松，大谷倒生之柏，皆为天齐其长，地等其久。

　　荠麦大蒜，仲夏而枯。

　　若士所食，必此草也。又海中有蛤蜊螺蚌之类，未加煮炙，凡人所不能啖，况君子与若士乎？

　　青云芝生于名山之阴，大青石间。青盖三重，上有云气覆之。味辛甘，以阴干食之，令人寿千岁不老，能乘云通天见鬼神。

黄龙芝生于神山之中，状如黄龙。味辛甘，以四时采，阴干治。日食一合，寿万年，令人光泽。

金兰芝生于名山之阴，金石之间。上有水盖，茎出。入秋苟求之，饮其水中，寿千岁，耳目聪明。

苍山岑石之中赤云芝，状如人竖，竖如连鼓。其色如泽，以夏采之。阴干食之，令人乘云，能上天观见八极，通见神明，延寿万年。

丹芝生于名山之阴，昆仑之山，大谷源泉，金石之中。

火芝常以夏采之，叶上赤，下茎青。赤松子服之，常在西王母前，随风上下，往来东西。

人芝生名山之阴，青盖白茎。治于食，日半合，则使人寿，入水可久也。

月精芝秋生山阳石上，茎青上赤。味辛苦，盛以铜物，十月食之，寿万岁。

黑芝生于山之阴，大谷中，白盖赤茎。味甘，秋采之，阴干。日食，令人身轻齿坚，与天地无极。

火芝生于名山阳，其色黄泽，大如车盖。

金芝生于金石之中，青盖茎。味甘辛，以秋取，阴干治食。令人身有光，寿万岁。

万年芝令人不老，延寿九千。

夜光芝出于名山之阴，大谷源泉中金石闲。上有浮云翔其上，有五色，有目如两日。

白云芝生于名山之阴，白石上，有白云覆之，白盖二重。味辛甘，小苦。以秋采之，阴干治食，日一合，不中风雷，令人色泽光也。

云母芝生于名山之阴，青盖赤茎。味甘，以季秋竹刀采之，阴干治食，使人身光，寿千岁，醮以牛脯。

叶芝生于名山之阳，及出央山大谷源泉水中。赤盖白茎，上有两叶三实。

鬼芝青盖长茎，阴干屑之，日食五合，所见神明，令人长生。

有自然之龙，有蛇蠋化成之龙。

田地既有自然之鳝。

龟蛇潜蛰则食气，夏恣口而甚瘦，冬穴蛰而大肥。

黄帝医经有虾蟆图，言月生始二日，虾蟆始生，人亦不可针灸其处。

历阳有彭祖仙室，请雨必得。

左元放言，金华山可以合神丹，免五兵洪水之害。

昆仑及蓬莱，其上鸟兽饮玉井，皆长生不死也。

上古无谥，始于周家耳。黄帝谥，盖后人追为之。谥取其法世时行迹而已，非黄帝群臣之作也。俗人通自不信仙，宁肯以仙谥黄帝乎？

吴景帝时，戍将于江陵掘冢，取板治城。后发一大冢，内有重阁石扉，皆枢转开闭，四周徼道通事，且广高可乘马。又铸铜为人数十枚，长五尺，皆大冠衣，执剑列侍。灵坐皆刻铜人，皆后石壁。言殿中将或言侍郎，似王公冢也。破其棺。棺中有人，鬓毛斑白鲜明，面体如生人。棺中有云母，厚尺许，白玉璧三十双以藉身。兵人举出死人以倚冢壁。一玉长一尺，形似冬瓜，从死人怀中出堕地。两耳及鼻孔中，皆有黄金，大如枣许。此等有假物而不朽之效也。

专心凭师，依法行道，济身度世，利在永亨，事师尽敬，得道为期，承间候色也。不尽力明师道，有罪不可除也。学道得明师事之，害乱不得发也。

道林子有五种尸解符，今太玄阴生符，及是一病解者。

薛振，字季和，燕代人。周武王时，学道于钟山北河，经七试而不过者，由淫泆鄙滞败其试耳。

郭文举，河内轵县人。入陆浑山学道，独能无情，意不生也。

范零子，少好仙道，如此积年。后遇司马季主。季主同入常山，积七年，入石室瓮。季主出行，恳戒之日，慎勿开。零子忽发视之。季主还，乃遣归。后复召至，使守一铜匮，又戒勿发。零子复发之。季主乃遣之，遂不得道。

冯良者，南阳人，少作县吏。年三十为尉佐史，迎督邮，自耻无志，乃毁车杀牛裂败衣。寻去从师，受诗传礼易，复学道术占侯。游十五年，乃还。州郡礼辟不就。诏特举贤良高第。平道委还家。年六十七，弃世东度入山，在鹿迹洞中。

安丘望之，字仲都，京兆长陵人也。修尚黄老。汉成帝从其道德，常宗师之。愈自损退。成帝诣之，若值望之章醮，则待事毕然后往。老子章句有安丘之学。望之忽病笃，弟子公沙都与于庭树下，望之晓然病有瘥。时冬月，鼻闻李香，开目则见双赤李著枯枝。望之仰手承李，自坠掌中。因食李，所苦尽除，身轻目明，遂去，莫知何在也。

家有三皇图，必先齐戒百日，乃君至天地五岳社稷之神，后圣君命清虚小有真人，撰集上仙真箓，总名为上清正法，以慑万邪。百年再授于人，须齐戒方得。

李阿者，行道逢奔车，阿两脚中车，脚即折。弟子古强见之惊怖。阿须臾取断脚相续如故也。

葛仙公每饮酒醉，常入门前陂中，竟日乃出。会从吴主到荆州，还大风，仙公船没。吴主谓其已死。须臾从水上来，衣履不湿，面有酒色，云昨为伍子胥召，设酒不能便归，以淹留也。

轸星逐鬼，张星拘魂，东井还魂也。

伍被记入公造淮南王安，初为老公，不见通。须臾皆成少年。

韩子治以地黄甘草，哺五十岁老马，以生三驹，又百三十岁乃死。

南方水牛，无冬夏常卧水中。

以鹳血涂金丹一丸，内衣中，以指物，随口变化。

胡麻好者，一夕蒸之，如炊。须曝干复蒸，细筛，白蜜和丸，如鸡子大，日二枚。一年，颜色美，身体滑；二年，白发黑；三年，齿落更生；四年，入水不濡；五年，入火不燋；六年，走及奔马。或蜜水和作饼如糖状，炙食一饼。

中经曰：钩吻狼毒，太阴之精气，主杀，故入口令人死。

养性延命录

序

　　夫禀气含灵，唯人为贵，人所贵者，盖贵为生①。生者，神之本、形声，神之具。神大用则竭，形大劳则毙②。若能游心、虚静、自虑、无为，服元气于子后时，导引于闲室，摄养无亏，兼饵良药，则百年耆寿是常分也③。如恣意以耽声色，役智而图富贵，得丧，恒切于怀，躁挠未能自遣；不拘礼度、饮食无节，如斯之流，宁免夭伤之患也④。余因止观微暇，聊复披览养生要集：其集乃钱彦、张湛、道林之徒，翟平、黄山之辈，咸是好事英奇，志在宝育⑤。或鸠集仙经、真人寿考之规，或得采彭铿、老君长龄之术，上自农黄，下及魏晋之际，但有益于养生及招损于后患诸本，先皆记录⑥。今略取要法，删弃繁芜，类聚篇题，分为上下两卷，卷有三篇，号为养性延命录。拟补助于有缘，冀凭缘以济物耳⑦。

①盖贵为生：只有生命是最宝贵的。
②神：精神。
③子后时：半夜一时之后。耆寿：长寿。常分：正常、普通。
④得：遇到。恒切：总是不忘。躁挠：烦躁而忧郁。躁挠未能自遣：指自己不能排除烦恼和忧郁。宁：难，不易。
⑤聊复披览：进行反复翻看。钱彦、张湛、道林、翟平、黄山：均历代道家学者。咸：全。宝育：以保养生命为宝。
⑥鸠集：纠集，集中。农黄：指神农、黄帝。先皆：前人都有。
⑦冀：希望、期望。济：帮助。

教诫篇第一

　　《神农经》曰：食谷者，智慧聪明；食石者，肥泽不老；食芝者，延年不死；食元气者，地不能埋，天不能杀，是故食药者与天相异，日月并列①。《混元道经》曰：谷神不死，是谓玄牝，玄牝之门是谓天地根，绵绵若存，用之不勤②。《混元道德经》曰：出生入死③。生之徒十有三，死之徒十有三，人之生也，动皆之死地十有三，夫何故以其求生之厚也④。

　　盖闻善摄生者，陆行不遇兕虎，入军不被甲兵。兕无所投其角、虎无所措其爪、兵无所容其刃，何故以其无死地⑤。

　　《庄子·养生篇》曰：吾生也有涯，而智也无涯。以有涯随无涯殆已，而为智者殆而已矣。《庄子》曰：达生之情者，不务生之所无以为；达命之情者，不务智之所无奈何⑥。

　　《列子》曰：少不勤行，壮不竞时，长而安贫，老而寡欲，闲心劳形，养生之方也。《列子》曰：一体之盈虚、消息，皆通于天地，应于万类。和之于始，和之于终，静神灭想，生之道也⑦。

　　《混元妙真经》曰：人常失道，非道失人。人常去生，非生去人。故养生者慎勿失道，为道者慎己失生，使道与生相守，生与道相保。

《黄老经》玄示曰：天道施化，与万物无穷。人道施化，形神消亡。转神施精，精竭故衰。形本生精，精生于神，不以生施，故能与天合德，故能与道同式⑧。玄示曰：以形化者，尸解之类，神与形离，二者不俱。遂象飞鸟入海为蛤，而随季秋阴阳之气。以气化者，生可冀也。以形化者，甚可畏也。严君平《老子指归》曰：游心于虚静，结志于微妙，委虑于无欲，归计于无为，故能达生延命与道为久⑨。

《大有经》曰：或疑者云：始同起于无外⑩，终受气于阴阳，载形魄于天地，资生长于食息，而有愚、有智、有强、有弱、有寿、有夭，天耶？人耶？解者曰：夫形生愚智，天也。强弱寿夭，人也。天道自然，人道自己。始而胎气充实，生而乳食有余，长而滋味不足，壮而生色有节者，强而寿。始而胎气虚耗，生而乳食不足，长而滋味有余，壮而声色自放者，弱而夭。生长全足，加之导养，年未可量⑪。《道机》曰：人生而命有长短者，非自然也，皆将身不谨。饮食过差，淫泆无度，忤逆阴阳，魂神不守，精竭命衰，百病萌生，故不终其寿。《河图·帝视萌》曰：侮天时者凶，顺天时者吉。春夏乐山高处，秋冬居卑深藏，吉利多福，寿考无穷⑫。《洛书·宝予命》曰：古人治病之方，和以醴泉，润以元气，药不辛不苦，甘甜多味。常能服之，津流五藏，系在心肺，终身无患。《孔子家语》曰：食肉者，勇敢而悍；食气者，神明而寿；食谷者，智慧而夭人也；不食者，不死而神⑬。

《传》曰：杂食者，百病妖邪所钟⑭。所食愈少，心愈开、年愈益。所食愈多，心愈塞、年益损焉。太史公司马谈曰：夫神者，生之本。形者，生之具也⑮。神大用则竭，形大劳则毙。神形早衰，欲与天地长久，非所闻也。故人之所以生者，神也；神之所托者，形也。神形离别则死，死者不可复生，离者不可复返，故乃圣人重之⑯。夫养生之道，有都领大归，未能具其令者，但思每与俗反，则暗践胜辙，获过半之功矣。有心之徒可不察欤⑰？

《小有经》曰：少思、少念、少欲、少事、少语、少笑、少愁、少乐、少喜、少怒、少好、少恶，行此十二少养生之都契也⑱。多思则神殆，多念则志散，多欲则损志，多事则形疲，多语则气争，多笑则伤藏，多愁则心慑，多乐则意溢，多喜则忘错惛乱，多怒则百脉不定，多好则专迷不治，多恶则憔煎无欢，此十二多不除，丧生之本也⑲。无多者，几乎真人。大计奢懒者寿，悭勤者夭，放散呴怪之异也⑳。田夫寿，膏粱夭，嗜欲少多之验也。处士少疾，游子多患，事务繁简之殊也，故俗人竞利，道士罕营㉑。胡昭曰：目不欲视不正之色，耳不欲听丑秽之言，鼻不欲向膻腥之气，口不欲尝毒刺之味，心不欲谋欺诈之事㉒。此辱神损寿，又居常而叹息，晨夜而吟啸，干正来邪也。夫常人不得无欲，又复不得无事，但当和心少念，静身损虑先去乱神、犯性，此则啬神之一术也㉓。

《黄庭经》曰：玉池清水灌灵根，审能修之可长存，名曰饮食自然。自然者，则是华池，华池者，口中唾也，呼吸如法咽之则不饥也。老君《尹氏内解》曰：唾者，凑为醴泉，聚为玉浆，流为华池，散为精，浮降为甘露㉔。故口为华池，中有醴泉，漱而咽之，灌藏润身，流利百脉，化养万神，支节毛发，宗之而生也㉕。《中经》曰：静者寿，躁者夭。静而不能养，减寿；躁而能养，延年。然静易御，躁难将。尽顺养之宜者，则静亦可养，躁亦可养㉖。韩融、元长曰：酒者，五谷之华，味之至也，亦能损人。然美物难将而易过，养性所宜慎之㉗。邵中湛曰：五谷充肌体而不能益寿，百药疗疾延年而不甘口。甘口充饥者，俗人所珍，苦口延年者，道士之所宝㉘。《素问》曰：黄帝问歧伯曰：余闻上古之人，春秋皆百岁而动作不衰。今时之人，年始半百，动作皆衰者。时世异耶？将人之失耶㉙？歧伯曰：上古之人其知道者，法则阴阳，和于术数。饮食有节，起居有度，不妄动作。故能与神俱尽，终其天命，寿过百岁。今时之人则不然，以酒为浆，以妄为常，醉以入房，以欲竭其精，以好散其真，不知持满，不时御神，务快其心，游于阴阳，生治起居，无节无度，故半百而衰也㉚。

老君曰：人生大期百年为限，节护诸，可至千岁。如膏之用小炷与大耳㉛。众人大言而我小语，众人多烦而我少记，众人悖暴而我不怒，不以人事累意，不修仕禄之业，淡然无为，神气自满。以为不死之药，天下莫我知也㉜。无谓幽冥，天知人情；无谓暗昧，神见人形；心言小语，鬼闻人声；犯禁满千，地收人形。人为阳善，吉人报之；人为阴恶，鬼神报之；人为阳恶，贼人治之；人为阴善，鬼神治之。故天不欺人依以影，地不欺人依以响㉝。老君曰：人修善积德而遇其凶祸者，受先人之余殃也。犯禁为恶而遇其福者，蒙先人之余殃也㉞。

《名医叙病论》曰：世人不终耆寿，咸多夭殁者，皆由不自爱惜㉟。忿争尽意，邀名射利，聚毒攻神，内伤骨髓，外贬筋肉，血气将无，经脉便拥，肉理空疎，唯招蛊疫，正气日衰，邪气日盛矣㊱。不异举沧波以注爝火，颓华岭而断涓流。语其易也，甚于兹矣㊲。彭祖曰：道不在烦，但能不思衣、不思食、不思声、不思色、不思胜、不思负、不思失、不思得、不思荣、不思辱、心不劳，形不极。常导引，纳气，胎息，尔可得千岁。欲长生无限者，当服上药㊳。仲长往曰：荡六情五性，有心而不以之思，有口而不以之言，有体而不以之安，安之而能迁，乐之而不爱，以之图之，不知日之益也，不知物之易也㊴。其彭祖、老聃庶几不然，彼何为与人者同类而与人者异寿㊵？陈纪元方曰：百病横夭，多由饮食，饮食之患，过于声色，声色可绝之逾年，饮食不可废之一日，为益也多，为患亦切㊶。张湛云：凡脱贵势者，虽不中邪，精神内伤，身必死亡。始富后贫，虽不中邪，皮焦筋出，委辟为挛。动胜寒，静胜热，能动能静，所以长生。精气清静，乃与道合㊷。

《庄子》曰：莫人其寝不梦。慎子云：昼无事者夜不梦。张道人年百数十，甚翘壮也。云：养性之道，莫久行、久坐、久卧、久视、久听。莫强食饮、莫大沉醉、莫大愁忧、莫大哀思。此所谓能中和，能中和者，必久寿也㊸。《仙经》曰：我命在我，不在天。但愚人不能知此道为生命之要，所以致百病风邪者，皆由恣意极情，不知自惜，故虚损生也。譬如枯朽之木，遇风即折，将崩之岸，值水先颓。今若不能服药，但知爱精节情，亦得一二百年寿也㊹。张湛《养生集·叙》曰：养生大要，一曰啬神、二曰爱气、三曰养形、四曰导引、五曰言语、六曰饮食、七曰房室、八曰反俗、九曰医药、十曰禁忌。过此已往，义可略焉。青牛道士言：人不欲使乐，乐人不寿。但当莫强健，为力所不任，举重引强，掘地苦作，倦而不息，以致筋骨疲竭耳㊺。然于劳苦胜于逸乐也，能从朝至暮，常有所为，使之不息乃快。但觉极当息，息复为之，此与导引无异也。夫流水不腐，户枢不朽者，以其劳动数故也。饱食不用坐与卧，欲得行步，务作以散之。不尔，使人得积聚不消之疾，及手足蹙蹙，面目黧皯，必损年寿也㊻。皇甫隆问青牛道士，其养性法则可施用。大略云：体欲常劳、食欲常少、劳无过极、少无过虚。去肥浓、节咸酸、减思虑、捐喜怒、除驰逐、慎房室、武帝行之有效㊼。

彭祖曰：人之受气，虽不知方术，但养之得理，常寿之一百二十岁。不得此者，皆伤之也。小复晓道，可得二百四十岁。复微加药物，可得四百八十岁。彭祖曰：养寿之法，但莫伤之而已。夫冬温、夏凉，不失四时之和，所以适身也㊽。彭祖曰：重衣厚褥，体不劳苦，以致风寒之疾；厚味脯腊，醉饱厌饫，以致聚结之病；美色妖姬，嫔妾盈房，以致虚损之祸；淫声哀音，怡心悦耳，以致荒耽之惑；驰骋游观，弋猎原野，以致发狂之失；谋得战胜，兼弱取敌，以致骄逸之败㊾。盖圣贤或失其理也。然养生之具，譬犹水火不可失，适反为害耳。彭祖曰：人不知道，径服药损伤，血气不足，肉理空疎，髓脑不实，内已生病，故为外物所犯，风寒、酒色以发之耳。若本充实，岂有病乎？仙人曰：罪莫大于淫，祸莫大于贪，咎莫大于谗。此三者，祸之车，小则危身，大则危家。若欲延年少病者，诚勿施精命天残、勿大温消骨髓、勿大寒伤肌肉、勿咳唾失肥液、勿卒呼惊魂魄、勿久泣神悲感、勿恚怒神不乐、勿念内志恍惚，能行此道，可以长生㊿。

①食谷者：泛指食五谷杂粮的人。食石者：指炼石祈求长生的人。食芝者：指服用灵芝的人。食元气者：指保存元气的人。埋、杀：指人死之谓。地不能埋，天不能杀：指自然界不能加害。异：形容各有位置。

②玄牝之门是谓天地根：言人的鼻口是天地元气往来经由之地。用之不勤：用气应宽舒，不应急促勤劳。

③出生：指情欲出于五内，魂定魄静，故曰出生。入死：指情欲入于胸臆，精散神惑，故曰入死。

④十有三：指十三，具体谓九窍、四关。厚：指动之死地是因其求生之厚，远离道，失纲纪所致。

⑤兕：独角犀牛。被甲兵：战场上被伤害。何故以其无死地：指没有被置于死地的理由。

⑥涯：边际，极限。务：为。

⑦和：联结，溶于。

⑧与天合德：符合自然的规律。与道同式：符合道德修为的方式。

⑨不俱：不全。委虑：将思虑交付，委托。归计：归纳的方法。

⑩无外：没有其它的原因和途径，为同起的补充语。

⑪导养：引导保养。年未可量：寿命长到不可度量。

⑫侮天时：违反自然规律。寿考：高寿。

⑬醴泉：甘泉。神明：精神。夭人：寿夭命短之人。

⑭钟：看上，喜爱。

⑮本：根原。具：实体。

⑯圣人重之：指有道之人对神和形兼而有之。重 chóng，虫：复。

⑰领：知道，领会。大归：大抵，大要。暗：不明白。暗践胜辙：把不明白的事情实践一下，走取得成功人的道路。察钦：观察到。

⑱契：依据。

⑲惛乱：思绪混乱。不治：不能醒悟。憔煎无欢：指憔悴，受煎熬，没有欢乐。

⑳悭：吝啬。劬：劳苦，勤劳。悭：同"吝"，过分爱惜。

㉑田夫：农夫。膏粱：富贵子弟。验：效果。罕营：很少进行利益上的经营。

㉒膻腥：肉与鱼发出的气味。毒刺：指有毒和不同于一般的食物。

㉓和心：使心平和。损虑：减少思虑。啬神：指保护人的精神元气。

㉔唾：唾液。凑：聚集。浮降：升沉。

㉕藏：指五藏。支节：支配、调节。宗之：以为本，指将唾液视作根本。

㉖御：驾御，控制。宜：合宜。

㉗难将：难于控制。宜：应当。

㉘所珍：珍爱之物。珍：原指用珠玉制作的耳环。所宝：宝贵之物。

㉙春秋：人的年岁。半百：五十岁。时世异耶：时代不同吗。

㉚其知道者：他们中懂得道的人。法则：效法。术数：方法，此指房中交接之法。俱：一起。散：失去。持：固守、把持。生治：疑为"生活"之误。

㉛大期：大限，即寿命。节护诸：多方面控制爱护。膏：本指油，此指油灯。小炷：小灯芯。

㉜悖暴：惊悸暴怒。天下莫我知：天下之人没有谁知道我。

㉝暗昧：愚昧。影：行踪。响：响动。

㉞余殃：遗留下的灾祸。蒙：受。殃：疑为"泽"之误。

㉟耆寿：高寿。耆：老。殁：死。

㊱拥：聚结。空踈：疑为"空疏"之误。蛊：剧毒之虫。此处作厉害讲。

㊲沧波：沧海之水。爝火：火把，指小火。颓：推倒。甚于兹：比这个还过分。

㊳导引，纳气，胎息：均为古代道家修养法。上药：上述各种方式。

㊴迁：移，改变。

㊵庶几：即庶采，连词，表希望。

㊶逾：过。切：此当重讲。

㊷委辟：委靡，委顿。挛：卷曲不能伸直。

㊸翘壮：特别强壮。中和：使事物保持平和。

㊹值：遇到。颓：坍塌。

㊺义：此当道理讲。

㊻数：本指多数，此指频繁。务：此作“当”讲。躄躄：又作“痹蹶”，麻痹而摔倒。黧皯：枯焦。黧：音 lí，黑里带黄的颜色。

㊼肥浓：令人发胖，味道浓厚。捐：弃。驰逐：快速奔跑。

㊽常：普遍。寿之：寿命达到。复：再。

㊾风寒：古中医指病因之一，六淫：风、寒、湿、暑、火、燥。

㊿夭残：减少寿命，残缺不全。恚 huì，会：怨恨、愤怒。

食诫篇第二

真人曰①：虽常服药物而不知养性之术，亦难以长生也。养性之道不欲饱食便卧及终日久坐，皆损寿也。人欲小劳，但莫至疲及强所不能堪胜耳②。人食毕当行步，踌躇有所修为为快也。故流水不腐，户枢不朽蠹，以其劳动数故也。故人不要夜食，食毕但当行中庭，如数里可佳③。饱食即卧生自病，不消成积聚也，食欲少而数，不欲顿多难消。常如饱中饥，饥中饱。故养性者，先饥乃食，先渴而饮。恐觉饥乃食，食必多；盛渴乃饮，饮必过。食毕当行，行毕使人以粉摩腹数百过，大益也。青牛道士言：食不欲过饱，故道士先饥而食也；饮不欲过多，故道士先渴而饮也，食毕行数百步，中益也④。暮食毕，行五里许乃卧，令人除病。凡食，先欲食热食，次食温暖食，次冷食。食热暖食讫，如无冷食者，即吃冷水一两，咽甚妙。若能恒记，即是养性之要法也。凡食，欲得先微吸取气，咽一两咽乃食，主无病。真人言：热食伤骨，冷食伤藏，热物灼唇，冷物痛齿，食讫踟蹰长生。饱食勿大语，大饮则血脉闭，大醉则神散。春宜食辛、夏宜食酸、秋宜食苦、冬宜食咸，此皆助五藏，益血气，辟诸病。食酸咸甜苦，即不得过分食。春不食肝、夏不食心、秋不食肺、冬不食肾，四季不食脾，如能不食此五藏，尤顺天理。燕不可食，入水为蛟蛇所吞，也不宜杀之。饱食讫即卧，成病、背疼。饮酒不欲多，多即吐，吐不佳。醉卧不可当风，亦不可用扇，皆损人⑤。白蜜勿合李子同食，伤五内。醉不可强食，令人发痈疽，生疮。醉饱交接，小者令人面皯咳嗽，不幸伤绝藏脉损命⑥。凡食欲得恒温，暖宜人易消，胜于习冷。凡食皆熟胜于生，少胜于多，饱食走马成心痴。饮水勿忽咽之，成气病及水癖。人食酪，勿食酢，变为血痰及尿血。食热食汗出，勿洗面，令人失颜色，面如虫行。食热食讫，勿以醋浆漱口，令人口臭及血齿。马汗息及马毛入食也能害人。鸡、兔、犬肉不可合食。烂茆屋上水滴浸者，脯名曰郁，脯食之损人。久饥不得饱食，饱食成癖病。饱食夜卧失覆，多霍乱死。时病新差，勿食生鱼，成痢不止⑦。食生鱼，勿食奶酪，变成虫。食兔肉，勿食干姜，成霍乱。人食肉，不用取上头最肥者，必众人先目之。食者变成结气及疰疠，食皆然⑧。空腹勿食生果；令人膈上热、骨蒸、作痈疖。铜器盖食，汗出落食中，食之发疮。肉疽触寒未解，食热食，亦作刺风⑨。饮酒热未解，勿以冷水洗面，令人面发疮。饱食勿沐发，沐发令人作头风⑩。荞麦和猪肉食不过三顿，成热风。干脯勿置秫米瓮中，食之闭气。干脯火烧不动，出火始动，擘之筋缕相交者，食之，患人或杀人⑪。羊脾中有肉如珠子者，名羊悬筋，食之患癫痫。诸湿食不见形影者，食之成疰腹胀。暴疾后不周饮酒，膈上变热。新病差，不用食生枣、羊肉、生菜，损颜色，终身不复，多致死，膈上热蒸。凡食热脂饼物，不用饮冷醋浆水，善失声。若咽生葱白合蜜食，害人。切忌干脯得水，自动杀人。曝肉作脯不肯燥，勿食。羊肝勿合椒食，伤人心。胡荽合羊肉食之，发热。多酒食肉名曰痴脂。忧狂无恒食，良药五谷充。悦者名曰中士，犹虑疾苦、食气、保精、存神，名曰上士，与天同年⑫。

①真人：道家称得道成仙或修生养性之人为真人。
②莫至：不要达到。
③中庭：指厅堂前之院落。
④中益：受益。
⑤当风：面对风。
⑥面䵍：面部颜色枯焦黝黑。
⑦癖病：积食不消之病。时病：时疫，应时传染病。　新差：刚痊愈。
⑧目之：以目视之。疠 lì，历：瘟疫，恶疮。疰 zhù，住。疧：指夏季瘟疫。
⑨刺：违戾。
⑩头风：中医学病名，指头痛经久不息，时时发作之症。
⑪擘：同"掰"，用手将肉分开。患人：使人患疮病。杀人：使人死。
⑫胡荽：即"胡荽"，草本植物，茎可供蔬食，称荽白。痴肥：指肢体臃肿难看。

杂诫忌禳害、祈善篇第三①

久视伤血、久卧伤气、久立伤骨、久行伤筋、久坐伤肉。凡远思强健伤人、忧患悲哀伤人、喜乐过差伤人、忿怒不解伤人、汲汲所愿伤人、戚戚所患伤人②、寒热失节伤人、阴阳不交伤人。凡交，须依导引诸术，若能避众伤之事，而复阴阳之术，则是不死之道③。大乐，气飞扬。大愁，气不通。用精，令人气力乏。多视，令人目盲。多睡，令人心烦。贪美食，令人泄痢。俗人但知贪于五味，不知元气可饮。圣人知五味之生病，故不贪。知元气可服，故闭口不言，精气自应也。唾不咽则海不润，海不润则津液乏。是知服元气，饮醴泉，乃延年之本也④。沐浴无常不吉，夫妇同沐浴不吉。新沐浴及醉饱、远行归还、大疲倦并不可行房室之事，生病切慎之。丈夫勿头北卧，令人六神不安。多愁记忆忘勿跂井，今古大忌。若见十步地墙，勿顺墙坐卧，被风吹，发癫痫疾。勿怒目久视日月，失目明。凡大汗忽脱衣，不慎，多患偏风，半身不遂⑤。新沐浴了不得露头当风，不幸，得大风刺。风疾触寒来，勿临面火上，成痫、起风眩。凡汗勿跂床、悬脚，久成血痹，足重腰疼。凡脚汗，勿入水，作骨痹，亦作遁疰。久忍小便，膝冷，兼成冷痹。凡食热物，汗出，勿荡风，发痓、头痛，令人目涩饶睡⑥。凡欲眠，勿歌咏，不祥。起眠讫，勿大语，损人气。凡飞鸟投人，不可食焉。若开口及毛下有疮，并不可食之。凡热泔洗头，冷水濯，成头风。凡人卧，头边勿安火炉，令人头重、目赤、鼻干。凡卧讫，头边勿安灯，令人六神不安。冬日温足冻脑，春秋脑足俱冻，此乃圣人之常法也⑦。

　　凡新哭泣便食，即成气病。夜卧勿覆头，妇人勿跂灶坐，大忌。凡若唾，不用远，远即成肺病，令人手重、背痛、咳嗽。凡人魇，勿点灯照，定魇死，暗唤之即吉。不可近前及急唤。凡人卧，勿开口，久成消渴⑧，并失血色。凡旦起，勿用冷水开目、洗面，令人目涩、失明、饶泪。凡行途中，触热逢河，勿洗面，生乌肝。人睡讫勿觉，勿饮水更卧，成水痹。凡时病新汗解，勿饮冷水，损人心，腹不平复⑨。空腹不可见闻臭尸气入鼻，令人成病。凡欲见死尸，皆须先饮酒及咬蒜，辟毒气。凡小儿不欲令指月，两耳后生疮，是断名"月蚀疮"。捣虾蟆末傅即差，并别余疮并不生⑩。凡产妇不可见狐臭人，能令产妇著肿。凡人卧，不用于窗棂下⑪，令人六神不安。凡卧，春夏欲得头向东，秋冬头向西，有所利益。凡丈夫饥，欲得坐小便，饱则立小便，令人无病。凡人睡，欲得屈膝侧卧，益人气力。凡卧，欲得数转侧、微语笑，欲令至少语，莫令声高大。春欲得瞑卧早起，春秋欲得侵夜卧早起，冬欲得早卧晏起，皆有所益⑫。虽云早起，莫在鸡鸣前，晏起，莫在日出后。冬日，天地闭，阳气藏，人不欲劳作，汗出，发泄阳气，损人。新沐浴讫，勿当风湿语，勿以湿头卧，使人患头风、眩闷、发颓、面肿、齿痛、耳聋。湿衣及汗衣皆不可久著，令发疮及患风瘙痒。

　　老君曰：正月旦，中庭向寅地再拜呪曰：××年年受大道之恩，太清玄门愿还××去岁之年。男女皆三通自呪，常行此道，延年⑬。仙经、秘要常存念心中，有气大如鸡子，内赤外黄，辟众邪，延年也⑭。欲却众邪、百鬼，常存念为炎火，如斗煌，煌光明则百邪不敢干，人可入瘟疾之中。暮卧，常存作赤气在外，白气在内以覆身，辟众邪，鬼魅。老君曰：凡人求道，勿犯五逆、六不祥。有犯者，凶。大小便向西，一逆；向北，二逆；向日，三逆；向月，四逆；仰视天及星辰，五逆。夜起裸形，一不祥；旦起嗔恚，二不祥；向灶骂詈，三不祥；以足内火，四不祥；夫妻昼合，五不祥；盗恚师父，六不祥⑮。凡人旦起，恒言善事，天与之福。勿言奈何、歌啸，名曰请祸。慎勿上床卧歌，凶；始卧伏床，凶；饮食伏床，凶；以匙、筋击盘上，凶⑯。司阴之神在人口左，人有阴祸，司阴白之于天，天则考人魂魄。司杀之神在人口右，人有恶言，司杀白之于司命，司命记之，罪满即杀。二神监口，唯向人求非，安可不慎言⑰？舌者，身之兵，善恶由之而生，故道家所忌⑱。食玉泉者令人延年，除百病，玉泉者，口中唾也。鸡鸣、平旦、日中、日晡、黄昏、夜半时，一日一夕，凡七漱玉泉，食之。每食辄满口咽之，延年⑲。发血之穷、齿骨之穷、爪筋之穷、千过梳发，发不白；朝夕啄齿，齿不龋；爪不数截，筋不替。人常数欲照镜，谓之存形，形与神相存，此其意也。若矜容颜色自爱玩，不如勿照⑳。凡人常以正月一日、二月二日、三月三日、四月八日、五月一日、六月二十七日、七月十一日、八月八日、九月二十一日、十月十四日、十一月十一日、十二月三十日，但常以此日取枸杞莱煮作汤沐浴，令人光泽不病、不老。月蚀宜救活，人除殃，活。万人与天同功。善梦可说，恶梦默之，则养性延年也。

----

①禳害：禳解祸害，指迷信之人向鬼神祈祷消除灾害。祈善：祈求善事。

②汲汲：形容心情急切，刻意追求。戚戚：忧愁，悲哀。

③失节：不合节度。交：交合。避众伤之事：避开交合伤身诸事。

④海：即醴泉。

⑤跂井：指脚不着地坐于井上。偏风：指头与身体一侧麻木疼痛。不遂：指瘫痪。

⑥血痹：指血液不通。荡风：摇动受风。饶睡：贪睡。

⑦热泔：洗米用过之水。濯：洗足。温足：保持足部温暖。冻脑：使头部清凉，保持头脑清醒。

⑧魇 yǎn，眼：梦中惊叫。消渴：中医学病名，现今指糖尿病。

⑨新汗解：刚发之汗除。

⑩指月：用手指指月亮。虾蟆：即"哈蟆"。傅：即"敷"。差：痊愈。

⑪窗樽：窗框的方柱。

⑫至少语：尽量少说话。莫令：不让。瞑：闭上眼睛。晏：晚。

⑬呪：即"咒"，古人口中念着可驱使鬼神、治病消灾的口诀。太清：玄家谓天道，亦谓天宫。玄门：玄虚之门。

⑭秘要：秘密要籍。存念：存留。

⑮斗：指斗星，即北斗。裸形：指裸露身体。詈卩，历：骂。

⑯啸：口中发出长而清脆之音声。筯：筷子。

⑰司阴之神：主掌隐密之事的神。阴祸：稳密，不使人知的祸事。白之于天：向天说明，陈述。司杀：主管杀戮。司命：主管人的寿命的神。

⑱身之兵：把舌比喻为人身的利刃、兵器。由之而生：由此处产生，此处指从舌上生出。

⑲漱玉泉：以唾液漱口。辄：总是。

⑳玩：指以不严肃的态度对待，含玩弄、轻视之意。

服气疗病篇第四

《元阳经》曰：常以鼻纳气，含而漱满舌，料唇齿咽之，一日一夜得千咽，甚佳。当少饮食，饮食多则气逆，百脉闭①。百脉闭则气不行。气不行则生病。玄示曰：志者，气之帅也；气者，体之充也。善者，遂其生；恶者，丧失形。故行气之法，少食自节。动其形，和其气血，因轻而止之，勿过失突复而还之。其状若咽、正体端形、心意专固守中外、上下俱闭、神周形骸、调畅四溢、修守元关、满而足实，因之而众邪自出。彭祖曰：常闭气纳息，从平旦至日中乃跪坐拭目，摩搦身体，舐唇咽唾，服气数十，及起行言笑②。其偶有疲倦不安，便导引闭气，以攻所患。必存其身、头、面、九窍、五藏、四肢，至于发端，皆令所在觉其气③。云行体中，起于鼻口，下达十指末，则澄和真神，不须针药灸刺。凡行气欲除百病，随所在作念之。头痛念头，足痛念足，和气往攻之，从气至时便自消矣。时气中冷，可闭气以取汗，汗出，辄周身则解矣。行气、闭气虽是治身之要，然当先达解其理，又宜空虚，不可饱满，若气有结滞，不得空流。或致发疮，譬如泉源，不可壅遏④。若食生鱼、生菜、肥肉及喜怒忧恚不除而以行气，令人发上气。凡欲学行气，皆当以渐。刘君安曰：食生吐死，可以长存。谓鼻纳气为生，口吐气为死也。凡人不能服气，从朝至暮，常习不息，徐而舒之。常令鼻纳口吐，所谓吐故纳新也。《服气经》曰：道者，气也。保气则得道，得道则长存⑤。神者，精也。保精则神明，神明则长生。精者，血脉之川流，守骨之灵神也。精去则骨枯，骨枯则死矣。是以为道务宝其精。从夜半至日中为生气，从日中后至夜半为死气。常以生气时，正僵卧瞑目握固，闭气不息，于心中数至二百，乃口吐气出之。日增息，如此身神具，五藏安。能闭气至二百五十，华盖明，耳目聪明，举身无病，邪不干人也⑥。

凡行气，以鼻纳气，以口吐气，微而引之，名曰长息。纳气有一吐气，有六吐气。纳气一者，谓吸也；吐气有六者，谓吹、呼、唏、呵、嘘、呬，皆出气也⑦。凡人之息，一呼一吸，元有此数，欲为长息吐气之法。时寒可吹，时温可呼，委曲治病，吹以去风，呼以去热，唏以去烦，呵以下气，嘘以散滞，呬以解极。凡人极者，则多嘘呬。道家行气，率不欲嘘呬⑧。嘘呬者，长息之心也，此男女俱存法。法出于《仙经》。行气者，先除鼻中毛，所谓通神之路。若天露、恶风、猛寒、大热时，勿取气。《明医论》云：疫之所起，自生五劳，五劳即用，二藏先损，心肾受邪，府藏俱病。五劳者：一曰志劳，二曰思劳，三曰心劳，四曰忧劳，五曰疲劳。五劳则生六极：一曰气极，二曰血极，三曰筋极，四曰骨极，五曰精极，六曰髓极。六极即为七伤，七伤故变为七痛。七痛为病，令人邪气多，正气少。忽忽喜，忘悲伤⑨。不乐饮食，不生肌肤，颜色无泽，发白枯槁。甚者，令人得大风，偏枯筋缩，四肢拘急挛缩，百关隔塞，羸瘦短气，腰脚疼痛⑩。此由早娶，用精过差，血气不足，极劳之所致也。凡病之来，不离于五藏，事须识根，不识者，勿为之耳。心藏病者，体有冷热，呼吹二气出之；肺藏病者，胸背胀满，嘘气出之；脾藏病者，体上游风习习⑪，身痒疼闷，唏气出之；肝藏病者，眼疼、愁忧不乐，呵气出之。已上十二种调气法，依常以鼻引气，口中吐气，当令气声逐字吹、呼、嘘、呵、唏、呬吐之。若患者依此法，皆须恭敬用心为之，无有不差愈病⑫，长生要术。

---

①纳气：接纳气息。料：撩拨。气逆：指气向上窜。气本下行，此乃反其道行之。百脉闭：指全身血脉不流通。

②搦 nuò，糯：拿着。摩搦：摩擦、握持。舐：以舌触磨。

③九窍：指人身之孔窍，两眼、两耳、两鼻、嘴、肛门、尿道，计九处。五藏：指人体内藏，心、肝、脾、肺、肾。

④雍遏：壅塞，遏止。

⑤保气：存留气息。

⑥日增息：指每日增加闭息的时间、次数。华盖：眉。

⑦引：拉长。吹：合拢嘴唇用力出气。呼：吐气。唏：本指叹息，此指吐气。呵：哈气。嘘：慢慢吐气。呬：疲劳至极而喘息吐气。

⑧率 shuài，帅：大抵，大概。

⑨七伤：中医学名词，具体指大饱伤脾，大怒逆伤肝，强力举重、久坐湿地伤肾，形寒寒饮伤肺，忧愁思虑伤心，风雨寒暑伤形，大恐惧不节伤志。忽忽：飘忽不定貌。

⑩大风：古称麻风为大风。拘：当"佝"，佝偻，向前弯曲。百关：指全身关窍。

⑪游风：指游动、游离之风。

⑫差愈：即病愈。

导引按摩篇第五

《导引经》云：清旦未起，先啄齿二七，闭目握固，漱满唾三咽，气寻闭不息，自极。极乃徐徐出气满三止。便起狼踞、鸱顾左右①，自摇亦不息，自极，复三。便起下床，握固不息，顿踵三，还②。上一手，下一手亦不息，自极三。又叉手项上，左右自了捩不息，复三。又伸两足，及叉手前却，自极，复三。皆当朝暮为之，能数尤善。平旦，以两手掌相摩令热，熨眼三过次，又以指搔目四眦，令人目明③。按经文拘魂门，制魄户，名曰握固与魂魄安门户也。此固精、明目、留年、还白之法④，若能终日握之，邪气、百毒不得入。《内解》云：一曰精、二曰唾、三曰泪、四曰涕、五曰汗、六曰溺，皆所以损人也，但为损者，有轻重耳。人能终日不涕唾，随有漱满咽之，若恒含枣核咽之，令人爱气，生津液，此大要也。常每旦啄齿三十六通，能至三百弥佳，令人齿坚不痛。次则以舌搅漱口中，津液满口咽之，三过止。次摩指少阳令热，以熨目，满二七止，令人目明。每旦初起，以两手叉两耳，极上下，热挼之，二七止，令人耳不聋⑤。次又啄齿、漱玉泉三咽。缩鼻闭气，右手从头上引左耳二七，复以左手从头上引右耳二七止，令人延年不聋。次又引两鬓发举之十七，则总取发，两手向上极势⑥，抬上十七，令人血气通，头不白。又法：摩手令热以摩面，从上至下，去邪气，令人面上有光彩。又法：摩手令热，雷摩身体，从上至下，名曰干浴，令人胜风寒，时气热，头痛，百病皆除。夜欲卧时，常以两手揩摩身体，名曰干浴，辟风邪。峻坐⑦，以左手托头，仰右手向头上尽势托以身并手，振动三。右手托头，振动亦三，除人睡闷。

平旦，日未出前，面向南峻坐，两手托胜⑧，尽势振动三，令人面有光泽。平旦起，未梳洗，前峻坐，以左手握右手，于左胜上前却，尽势挼左胜三。又以右手握左手于右胜上前却，挼右胜亦三次。又叉两手，向前尽势推三次，又两手向胸前，以两肘向前尽势三次。直引左臂，拳曲右臂，如挽一斛五斗弓势，尽力为之。右手挽弓势亦然。次以右手托地，左手抑托天，尽势。右亦如然。次拳两手，向前筑各三七次⑨，拳左手尽势向背上握指三。右手也如之。疗背膊、臂肘、劳气，数为之弥佳。平旦便转讫，以一长柱杖策腋。垂左脚于床前，徐峻尽势，掣左脚五七，右亦如之。疗脚、气疼闷、腰肾间冷、气冷痹及膝冷、脚冷，并主之。日夕三掣弥佳。勿大饱及忍小便，掣如无杖，但遣所掣脚不著地，手扶一物，亦得。晨夕以梳梳头，满一千梳，大去头风，令人发不白。梳讫，以盐花及生麻油搓头顶上，弥佳。如有神明膏搓之，甚佳。且欲梳洗时，叩齿一百六十，随有津液，便咽之。讫以水漱口，更以盐末揩齿，即含取微酢清浆半小合许熟漱。取盐汤吐洗两目⑩，讫，闭目以冷水洗面，必不得遣冷水入眼中。此法齿得坚净，目明无泪，永无蛀齿⑪。平旦洗面时，漱口讫，咽一两咽冷水，令人心明净，去胸臆中热⑫。

谯国华陀善养生，弟子广陵吴普，彭城樊阿受术于陀⑬。陀语普曰：人体欲得劳动，但不当使极耳。人身常摇动，则谷气消，血脉流通，病不生，譬犹户枢不朽是也。古之仙者及汉时有道士君倩为导引之术⑭，作熊经鸱顾，引挽腰体，动诸关节，以求难老也。吾有一术⑮，名曰五禽戏：一曰虎、二曰鹿、三曰熊、四曰猨、五曰鸟，亦以除疾，兼利手足，以常导引⑯。体中不快，因起作一禽之戏，遣微汗出即止。以粉涂身，即身体轻便，腹中思食。吴普行之，年九十余岁，耳目聪明，牙齿坚定，吃食如少壮也。虎戏者：四肢距地，前三踯，却二踯⑰，长引腰，侧脚、仰天，即返距行，前却各七过也。鹿戏者：四跂距地，引项反顾，左三右二，伸左右脚，伸缩亦三亦二也。熊戏者：正仰，以两手抱膝下，举头左擗地七⑱，右也七，蹲地以手左右托地。猨戏者，攀物自悬，伸缩身体，上下一七。以脚拘物自悬，左右七，手钩却立，按头各七。鸟戏者；双立手，翘一足，伸两臂，扬眉用力各二七。坐伸脚，手挽足趾各七，缩伸二臂各七也。夫五禽戏法，任力为之，以汗出为度，有汗以粉涂身，消谷气，益气力，除百病。能存行之者，必得延年。又有法：安坐未食前，自按摩。以两手相叉，伸臂股导引诸脉，胜如汤药。正坐仰天，呼出饮食醉饱之气立销。夏天为之，令人凉不热。

---

①握固：握执固守，其法为：屈大拇指于四小指下，把之，积习不止，眼睛也不复开。狼踞：像狼一样蹲踞。鸱：音 chī，鹰类。鸱顾：像鹰一样四顾。

②顿踵：脚跟踩地。还：回复原来状态。

③摩：磨擦。熨：本指用烙铁或熨斗烫平，此指用摩擦生热之手掌抚擦。四眦：指眼睛四角。

④固精：使精坚固。留年：留存岁月，指延长年华。还白：指精气回复雪白之色。

⑤少阳：穴位名。叉：档住，此指用手捂住。挼 ruó，揉：揉搓。

⑥极势：以达到极点的姿势。

⑦峻坐：正襟危坐。

⑧胜：胜当作“髀”，髀为大腿。

⑨拳：动词，握成拳形。筑：本为捣土之杵，此用作动词，捣，捶击。

⑩微酢：少量之醋。合：容量词，十勺约为一合。吐洗：指喷撒。

⑪匝齿：疑即为“凷”齿，残缺之牙齿。

⑫一两咽：即一两口。

⑬谯国：指谯郡，三国时魏所辖。与广陵、彭城均地名。华陀：三国时名医。吴普，樊阿：人名，均为向华陀学习医疗技术的弟子。

⑭有道士：指得道之士。君倩：人名。

⑮熊经：熊攀挂树枝的动作。经：悬挂。难老：不易衰老，即长生之道。吾：我，指华陀自称。

⑯五禽：五种动物，非专指禽，此以偏概全。五禽戏：指模仿各种动物动作的文娱、体育活动。猨：同“猿”，哺乳动物，似猴，但比猴大，无尾巴与颊囊，更象猩猩与长臂猿。

⑰距地：指用力着地。距：通“拒”，抵拒。前三踯：向前慢步行进三次。踯：踯躅，徘徊。

⑱擗地：用力使身体离开地面。擗 pǐ，匹：用力使离开原物体。

御女损益篇第六

道以精为宝，施之则生人，留之则生身①。生身则求度在仙位②，生人则功遂而身退。功遂而身退则陷欲以为剧，何况妄施而废弃？损不觉多，故疲劳而命坠。天地有阴阳，阴阳人所贵，贵之合于道，但当慎无费③。彭祖曰：上士别床，中士异被，服药千裹，不如独卧④。色使目盲，声使耳聋，味使口爽，苟能节宣其道，适抑扬其通塞者，可以增寿⑤。一日之忌：暮食无饱；一月之忌：暮饮无醉；一岁之忌：暮须远内⑥，养之不复，终身之忌。暮须护气。采女问彭祖曰：人年六十，当闭精守一，为可尔否⑦？彭祖曰：不然。男不欲无女，无女则意动，意动则神劳，神劳则损寿，若念真正无可思而大佳，然而万无一焉。有强郁闭之，难持易失，使人漏精尿浊，以致鬼交之病，又欲令气未感动，阳道垂弱欲以御女者，先摇动令其强起，但徐徐接之，令得阴气，阴气推之，须臾自强。强而用之，务令迟速⑧。精动而正，闭精缓息，瞑目偃卧，导引身体，更复可御他女。欲一动则辄易人，易人可长生。若御一女，阴气既微，为益亦少。又阳道法火，阴道法水，水能制火，阴也消阳，久用不止。阴气噏阳，阳则转损，所得不补所失⑨。但能御十二女子而复不泄者，令人老有美色，若御九十三女而不泄者，年万岁。凡精少则病，精尽则死，不可不忍，不可不慎。数交而时一泄，精气随长，不能使人虚损。若数交接则泻精，精不得长益，则行精尽矣。在家所以数数交接者，一动不泻，则赢得一泻之精。减即不能数交接，但一月辄再泻精，精气亦自然生长。但迟微不能速起，不如数交接不泻之速也。

彭祖曰：奸淫所以使人不寿者，非是鬼神所为也。直由用意俗猥，精动欲泄，务副彼心，竭力无厌，不以相生，反以相害。或惊狂消渴，或癫痴恶疮，为失精之故。但施泻辄导引以补其处，不耳，血脉髓脑日损，风湿犯之，则生疫病，由俗人不知补泻之宜故也。彭祖曰：凡男不可无女，女不可无男。若孤独而思交接者，损人寿，生百病，鬼魅因之，共交失精，而一当百⑩。

若欲求子，令子长命贤明富贵，取月宿日施精大佳。天老曰：人生俱含五常，形法复同而有尊卑贵贱者，皆由父母合八星阴阳。阴阳不得其时中也，不合宿或得其时，人中上也；不合宿不得其时，则为凡夫矣。合宿交会者，非生子富贵，亦利己身，大吉之兆⑪。月二日、三日、五日、九日、二十日，此是王相生气日，交会各五倍，血气不伤，令人无病。乃以王相日半夜后、鸡鸣前，徐徐弄玉泉、饮玉浆，戏之若合。用春甲寅、乙卯；夏丙午，丁未；秋庚申、辛酉；冬壬子、癸亥，与上件月宿日合者，尤益佳⑫。欲求子，待女人月经绝后一日，三日，五日择中王相日⑬，以气生时夜半之后乃施精。有子皆男，必有寿、贤明。其王相日，谓春甲乙，夏丙丁，秋庚辛，冬壬癸。凡养生要在于受精。若能一月再施精，一岁二十四气施精，皆得寿百二十岁。若加药饵，则可长生。所患人年少时不知道，知道亦不能信，行至老矣，乃始知道，便以晚矣。病难养也，虽晚而能自保，犹得延年益寿。若少壮而能行道者，仙可冀矣。《仙经》曰：男女俱仙之道，深内勿动，精思脐中，赤色大如鸡子，乃徐徐出入，精动便退，一旦一夕可数十为之，令人益寿。男女各息，意共存之，唯须猛念⑭。道人刘京云：春三日一施精，夏及秋一月再施精，冬常闭精勿施。

夫天道冬藏其阳，人能法之，故得长生。冬一施当春百蒯。道人言：人年六十，便当都绝房内，若能接而不施精者，可御女耳。若自度不办者⑮，都远之为上。服药百种，不如此事可得久年也。道林云：命本者，生命之根本，决在此道，虽服大药及呼噏导引⑯，备修万道而不知命之根本。根本者，如树木，但有繁枝茂叶而无根本，不得久活也。命本者，房中之事也。故圣人云：欲得长生，当由所生。房中之事能生人，能煞人⑰，譬如水火，知用之者可以养生，不能用之者，立可死矣。交接尤禁醉饱大忌，损人百倍。欲小便，忍之以交接，令人得淋病，或小便难、茎中痛、小腹强。大恚怒后交接，令人发痈疽。道机房中禁忌，日月晦朔⑱，上下弦望、日月蚀、大风、恶雨、地动、雷电、霹雳、大寒暑、春夏秋冬节变之日，送行五日不行阴阳。本命行年月日⑲，忌禁之尤重。新沐头，新行疲倦，大喜怒皆不可行房室。彭祖曰：消息之情，不可不知也。又须当避大寒、大热、大风、大雨、大雪、日月蚀、地动、雷震，此是天忌也。醉饱、喜怒、忧愁、悲哀、恐惧，此人忌也。山川、神祇、社稷、井灶之处，此为地忌也。既避此三忌，又有吉日，春甲乙，夏丙丁，秋庚辛，冬壬癸，四季之月戊已皆王相之日也。宜用嘉会，令人长生，有子必寿；其犯此忌，既致疾，生子亦凶夭短命。老子曰：还精补脑，可得不老矣。《子都经》曰：施泻之法，须当弱入强出⑳。老子曰：弱入强出，知生之术；强入弱出，良命乃卒，此之谓也。

---

①精，指男性体内之阳精。施之：指与女交合。生人：指生育子女。生身：指自身生养。

②度 duó，斗的阳平声：投入。

③命坠：指失去生命。阴阳：古代哲学的一对范畴概念，初指日光之向背，后引为气候之寒暖。古代思想家把事物的正反面归结为阴阳，并以之解释自然界两种对立和相互消长的物质力量。此指宇宙的规律为阴阳交替。合于道：指与自然规律相符合。

④别床：指另外的床，与妻子分床。异被：指与妻子不同盖一被。

⑤苟能：假如能够。宣：传播。通塞者：指通晓和不晓喻的人。

⑥暮食：晚餐。远内：指远离妻妾。

⑦采女：指男人与女人交合之事。为可尔否：是不是能这样作。

⑧鬼交：指梦中与人交合。阳道垂弱：指男性生殖器未勃起。迟速：指速度缓慢。

⑨辄：总是。易人：换人。噏：吸。

⑩副：符，符合。因：依附。

⑪五常：指金、木、水、火、土。八星：指室、参、井、鬼、柳、张、心、斗。合八星阴阳：指月宿在上述八星。

⑫弄玉泉、饮玉浆：均为男女交合之隐语。甲寅、乙卯、丙午、丁未、庚申、辛酉、壬子、癸亥：均为古代以天干、地支相配合之记日法所指的具体日子。

⑬中王相日：指王相日之中间日期。

⑭脐中：指肚脐中间。猛念：集中思念。

⑮蒯 kuǎi，快第三声：蒯草，多生于水边。自度不办：自己衡量认为办不到。

⑯呼噏：即呼吸，气功中的吐纳之法。

⑰煞人：同杀人。

⑱晦：夏历每月最后一日。　朔：夏历每月最初一天。

⑲节变：指节气变化。本命：指与自己生肖相合之年。

⑳弱入强出：指男子交合时应把握之要领。

真　诰

〔梁〕陶弘景　撰

真诰序

诰者，告也，书有汤诰、洛诰诸篇。孔安国云："诰以大义告乎天下者是也。经有纬，纬者相经纬也。其事皆足以辅翼乎经，故言纬也。"真诰之作，其纬於经者乎。其目自运象至于翼真检者凡七。盖有象乎纬，能通乎纬，必知诰矣。陶君之意，亦谓卦六十四道之元也。道德五千言，元之道也。其余赜元之奥，钩元之微。能与易老贯者，各形乎言，各见乎事。虽然，事与言非元矣。其书所载，往往出乎纬之所辅经者，予少耽黄老说。搜索道家者流几千家，殚精日月，无能深凿其键。尝接江西道士吴静，极言元事。静曰："误矣"。余惊拜曰："愿学道。"静曰："读易乎，读易足矣！"后乃以易悟所得者易也，陶君固甚知道。凡有启于后学者，其或自此始欤。太乙宫高士玉京外臣易如刚，告予以茅山栎真诰。欲叙其略，昔者沈约遗陶君书。深言先生糠秕流俗，超然独览，名书绛简，至理精微，惟欲下风，问道未知厥路，若有属于诰者矣。然陶君铭茅山曲林馆，乃云："祈生翊命，各谓知道。参差经术，跌宕辞藻，是数语者。"全为诰设，此翁一铭。犹足为山中无穷清风，况书乎？嘉定十六年十一月冬至日，朝散大夫行秘书郎高似孙叙。

真诰卷一

华阳隐居陶弘景撰

运象篇第一

萼绿华诗

神岳排霄起，飞峰郁千寻。寥笼灵谷虚，琼林蔚萧森。——此一字被墨浓黵，不复可识。正中抽一脚出下，似是羊字，其人名权。生标美秀，弱冠流清音。楼情疟慧津，超形象魏林。扬彩朱门中，内外迈俗心。我与夫子族，源胄同渊池。宏宗分上业，於今各异枝。兰金因好著，三益方觉弥。静寻欣斯会，雅综弥龄祀。谁云幽鉴难，得之方寸里。翘想笼樊外，俱为山岩士。无令腾虚翰，中随惊风起。迁化虽由人，蕃羊未易拟。所期岂朝华，岁暮於吾子。萼绿华者，自云是南山人，不知是何山也。女子，年可二十上下，青衣。颜色绝整，以升平三年十一月十日夜降。厶厶。剪缺。此两字即应是羊权字。自此往来，一月之中，辄六过来耳。云本姓厶，又剪除，此一字应是杨字。赠此此一字本是权字，后人黵作此字。诗一篇，并致火浣布手巾一枚，金玉条脱各一枚。条脱似指环而大，异常精好。神女语见，此本是草作权字，后人黵作见字而乙上之。君慎勿泄我，泄我则彼此获罪。访问此人，云是九嶷山中得道女罗郁也。宿命时曾为师母毒杀乳妇，元洲以先罪未灭，故令谪降於臭浊，以偿其过。与权此权亦草作，故似前体而不被黵耳。尸解药，今在湘东山。本悬此中一寸。此女已九百岁矣。寻此应是降羊权，权字道舆。忱之少子，后为晋节文黄门郎，即羊欣祖，故欣亦修道服食也。此乃为杨君所书者，当以其同姓亦可。杨权相问，因答其事而疏说之耳。按升平三年是己未岁，在乙丑前六年，众真并未降事。

右三条，杨君草书于纸上：

南岳夫人与弟子言，书识如左。弟子即杨君自称也，此众真似是集洞宫时，所以司命最在端，当为主人故也。夫人向杨说次第位号如此，非降杨时也。

东岳上真卿司命君。

东宫九微真人金阙上相青童大君。

蓬莱右仙公贾宝安。郑人，自此后皆是称诸真人之字，非其名也。氏族亦见世道书传中也。

清虚小有天王王子登。按青童高尊，乃可不敢称讳字，此清虚是南岳之师，尚称字。独不显茅司命字，亦为难详也。

桐柏真人右弼王领五岳司侍帝晨王子乔。

青盖真人侍帝晨郭世干卫人。

戎山真人太极右仙公范伯华幽人。

少室真人北台郎刘千寿沛人。

嶓冢真人左禁郎王道宁常山人。

大梁真人魏显仁长乐人。

岷山真人阴友宗。

陆浑真人太极监西郭幼度。

九嶷山侯张上贵楚人。

岱宗神侯领罗酆右禁司鲍元节东海人。

华山仙伯秦叔隐冯翊人

葛衍真人周季通。

阳洛真人领西归传淳于太元西域人

潜山真伯赵祖阳涿郡人

勾曲真人定录右禁郎茅季伟。

郁绝真人裴元人。

白水仙都朱交甫。

三官保命司茅思和。

太和真人山世远。

右二十三真人，坐西，起南向东行。此于礼乃是南向，以西方为上，而后女真东向。则应起南，今反北者，当是以侧近高真故也。

太和灵嫔上真左夫人。

北海六微元清夫人。

北汉七灵右夫人。

太极中华右夫人。

紫微左宫王夫人。

沧浪云林右英夫人。按右英是紫微姊，今反在后，当位业有升降耳。

上真司命南岳夫人。此即魏夫人也。自说，故不称姓。

八灵道母西岳蒋夫人。按有数号者，并以多为高。西王母称九灵。则八灵宜在七灵前。而今反在后者。亦所未详。又受读黄庭事云，北岳蒋夫人，与今不同。

上真东宫卫夫人。

方丈台昭灵李夫人。

紫清上宫九华安妃。

朱陵北绝台上嫔管妃。

北岳上真山夫人。

西汉夫人。

长陵杜夫人。

右十五女真，东向坐，北起南行。说此事时，虽不记月日，不知在何年。既是众真名位，故出以居前。按众真位号前云以为高者，犹今世之徽号也。

六月二十一日夜，定录问云：许长史欲云何寻道，登答勤修真诚之意。定录又言：昔有赵叔台、王世卿，亦言笃学，而竟不如人意，遂为北明公府，所引。此是乙丑年六月也。自此前唯有六月十五日定录授，是答长史书，论茅山中事。此前又已有一授，不记何月日。并在第四卷中，自余无有先此者。北明公府，酆都官中官属也。昔扉廓天津，采华赤邱，是时声颖灵袂。蒙尘华乔，此即应是说初降华侨事，字少倚人。发焕秀山。高说延霄，自谓元响所振。无往不豁，既濯以灵波，实望与物荣庵。既未能畅业骈罗，游岫逐逸，然后知悟言之际。应元至少，于是佛音弗。驾而旋。偃静葛台，夫元刃无亲，流鉴遁真。若以云壁一往，想齐独迈，俯自启洒。动应潜逸，始乃吾等并有欣慨耳。住见况意相知笃？末书云："伏览圣记，事迹渊妙。金策素著，青录元定。遂跨尘俗，逍遥紫阳。何萧萧之清远，眇眇之真贵哉！"若能者矣，请借来喻。又云：得道之阶，错厉精神。靖躬信宿，洗诚求矜。如斯而言，道已迩也。然黇夜之间，宜笃经营。乃后得手结天维，足浮灵网。心游太空，目击洞房，不待久日也。若五情恣波，三魂越丢，於是三真舞剑，黄阙捷关耳。可不力之，可不力之。

六月二十二日夜鸡鸣喻书，此紫阳旨也。

右二条有长史写：

清灵真人说宝神经云云。抄此修行事出在第三卷中，不复两载。

紫微夫人喻书如左云云。事亦在第三卷。

兴宁三年，岁在乙丑，六月二十三日夜喻书此。其夕先共道诸人，多有耳目不聪明者。欲启乞此法，即夜有降者，即乃见喻也。此杨君自记也。长史年出六十，耳目欲衰，故有咨请。杨不欲指斥，托云诸人。

又告云：道士有耳重者云云。事亦在第三卷。

右一条清灵真人言：

"真人告云，枋头理发，欲得过多。事亦在第三卷。"

右一条紫微夫人言：

"其夜初降者，适入户未坐"。自言今夕波声如雷，弟子请问其故，答云："向见东海中大波耳。弟子者，杨君自称也。"

右南岳夫人言：

"又告云，汝憎血否？"答曰："实憎之。"云："血在路上，若汝憎之，当那得行。"又答曰："当避之耳。"又云："避之佳，故不如目不见乃佳。"

右南岳夫人言：

"自此后诸真共语耳。"

又云："宝神经是裴清灵锦囊中书，侍者常所带者也。裴昔从紫微夫人授此书也。吾亦有，俱如此写，西宫中定本。"

问西宫所在，答云："是元圃北坛，西瑶之上台也。天真珍文，尽藏于此中。"

右南岳夫人言：

"裴真人又言，此书与隐书同辈事要，而即可得用也。"一名七元隐书。右二十三日授讫此。

南岳夫人见告云，紫微左夫人王、讳清娥，字愈意，阿母第二十女也。镇羽野元垄山主教，当得成真人者。

右一条，先此一夕所授。此一条、即是二十二日夜与紫阳所喻。同夕当复大应有事，后云声气下，亦是此夕。杨后又追忆此一事，更疏在二十二日例中，故云先此一夕也。

右从清灵来，凡十二条，有长史写。

六月二十四日夜，紫微王夫人来降。因下地请问："真灵既身降於尘浊之人，而手足犹未尝自有所书。故当是卑高迹邈，未可见乎？"敢谘于此，愿诲蒙昧，夫人因令复坐。即见授，令书此以答曰：此杨君自述事也，例多如此。夫泛景是虚元，无涂可寻。言发空中，无物可纵。流浪乘忽，化遁不滞者也。此二行皆浮沈冥沦，倏迁灼寂，是故放荡无津。遂任鼓风柂，存乎虚舟而行耳。故实中之空，空中之有，有中之无象矣。至于书迹之示，则挥形纸札，文理晷注。粗好外著，元翰挺焕，而范质用显。默藻斯坦，形传尘浊，苟骞露有骸之物。而得与世进退，上玷逸真之咏。下亏有隔之禁，亦我等所不行，灵法所不许也。今请陈为书之本始也。造文之既肇矣，乃是五色初萌，文章画定之时。秀人民之交，别阴阳之分。则有三元八会，群方飞天之书。又有八龙，云篆明光之章也。其后逮二皇之世，演八会之文，为龙凤之章。拘省云篆之迹，以为顺形。梵书分破，二道坏真，从易配别，本支乃为六十四种之书也。遂播之于三十六天，十方上下也。各各取其篇类，异而用之。音典虽均，蔚迹隔异矣。校而论之，八会之书，是书之至真，建文章之祖也。云篆明光，是其根宗所起，有书而始也。今三元八会之书，皇上太极，高真青仙之所用也。云篆明光之章，今所见神灵符书之字是也。尔乃见华季之世，生造乱真。其作巧末趣径，下书皆流尸浊文。淫僻之字，舍本效假，是嚣秽死迹耳！夫真仙之人，曷为弃本领之文迹，手画淫乱之下字耶。夫得为真人者，事事皆尽得真也。奚独于凡末之粗术，淫浮之弊作，而当守之而不改。玩之而不迁乎？夫人在世，先有能书善为事者。得真仙之日，外书之变，亦忽然随身而自反矣。真事皆迹者不复废，今已得之浊书。方又受学于上文，而后重知真书者也。鬼道亦然，但书字有小乖违耳。且以灵笔真手，初不敢下交于肉人。虽时当有得道之人，而身未超世者。亦故不敢下手陈书墨，以显示于字迹也。至乃符文神藻，所求所佩者，自复始来而作耳。所以尔者，世人固不能了其端绪，又使吾等不有隐讳耳。冥中自相参解矣。内外自相关矣。又四极明科，高上禁重，亦自不听我等复为世间常书也。我既下手，子固不解，亦将何趣，两为烦滥耶？此亦当暗其可否，殆不足嫌。想少畅豁于胸怀，尽不自书之流分矣！

上真司命南岳夫人授，令书如左。

若夫仰掷云轮，总辔太空。手维霄网，足陟玉庭。身升帝阙，披宝歃青。上论九元之逸度，下纪万椿之大生。遂竦景电肃，千霞焕明，真言元浪。高谭玉清，激朱唇之流徽，运日气之零零。爰乃吐烽却烟，弹金奏琼，鸾音茜粲，凤唱嘉声耳。若但应景下旋，回灵尘埃。参辇弊宇，敖拂朝市。来成真才，训我弟子。则玉振落响，琳钟内抑。周目五浊，契阔愁室。神劳臭腥，填鼻敛气。遂闭兰音于中华之元，退案金声之劣劣而发耳。夫神者，言微于迩，万里必接。奇韵虽触，锴鉴无滞。故真理之既分，闻遐则道高邈。璞不肆莹，而致有卑微之聪也。今子乃有心觉之至，将致嫌似之思。外观流俗之对，内有迟疑之悟乎？不运事宜，亦已迈也。望所营者道，研咏者妙耳。道妙既得，高下之音，必坦然矣。此非所谋，吾子加之至虑，散荡斯念，宜慎之耳。

右三条有杨书

六月二十四日夜，南岳夫人见授。令书此，先是二十二日夕，有在别室共论讲道。紫微、南岳、二夫人，声气语音殊下，不解其趣，今故授书此。以答所共讲者之疑心也。初来见授时，色气犹不平，授毕可尔。弟子唯觉色有不平，都无他可道。此一条亦是杨君自记论。

南岳夫人其夕语弟子，言我明日当诣王屋山清虚宫，令汝知之所至也。

其夕又言海东桐柏山西头，适崩二百许丈。紫微王夫人云："世人之思虑，何得事事真审耶，可不事有答其心也。"南岳夫人言戏之耳。欲建竖之也，莹实之也。

兴宁三年，岁在乙丑，六月二十五日夜。此是安妃降事之端。记录别为一卷，故更起年岁号首也。

紫微王夫人见降，又与一神女俱来。神女着云锦裙，上丹下青，文彩光鲜。腰中有绿绣带，带系十余小铃。铃青色黄色，更相参差，左带玉佩，佩亦如世间佩，但几小耳。衣服倏倏有光，照朗室内，如日中映视云母形也。云发鬓此应是鬓字，鬓、黑发貌也。鬓，整顿绝伦，作髻乃在顶中，又垂余发至腰许。指着金环，白珠约臂，视之年可十三四许左右。又有两侍女，其一侍女着朱衣，带青章囊。手中又持一锦囊，囊长尺一二寸许，以盛书，书当有十许卷也。以白玉检检囊口，见刻检上字云："玉清神虎内真紫元丹章。"其一侍女着青衣，捧白箱，以绛带束络之。白箱似象牙箱形也。二侍女年可堪十七八许，整饰非常。神女及侍者，颜容莹朗，鲜彻如玉。五香馥芬，如烧香婴气者也。香婴者，婴香也。出外国。初来入户，在紫微夫人后行。夫人既入户之始，仍见告曰："今日有贵客来，相诣论好也。"於是某即起立，夫人曰："可不须起，但当共坐，自相向作礼耳。"夫人坐南向，某其夕先坐承床下西向。神女因见就同床坐东向，各以左手作礼。作礼毕，紫微夫人曰："此是太虚上真元君金台李夫人之少女也。"太虚元君昔遣诣龟山学上清道，道成受太上书，署为紫清上宫九华真妃者也。于是赐姓安，名郁嫔，字灵箫。紫微夫人又问某世上曾见有此人不，某答曰："灵真高秀，无以为喻。"夫人因大笑，于尔如何。某不复答，紫清真妃坐良久，都不言。妃手中先握三枚枣，色如乾枣而形长大，内无核。亦不作枣味，有似于㮈味耳。妃先以一枚见与，次以一枚与紫微夫人，自留一枚。语令各食之，食之毕，少久许时。真妃问某年几，是何月生，某登答言三十六，庚寅岁九月生也。真妃又曰："君师南真夫人，司命秉权"，道高妙备，实良德之宗也。闻君德音甚久，不图今日得叙，因缘欢愿于冥运之会。依然有松萝之缠矣。某乃称名答曰："沈洄下俗，尘染其质。高卑云邈。无缘禀敬。猥亏灵降，欣踊罔极。唯蒙启训以祛其暗，济某兀兀，宿夜所愿也。真妃曰："君今语不得有谦饰。"谦饰之辞，殊非事宜。又良久，真妃见告曰："欲作一纸文相赠。便因君以笔运我鄙意当可尔乎？"某答奉命，即襞纸染笔，登口见授。作诗如左，诗曰：

云阙竖空上，琼台耸郁罗。紫宫乘绿景，灵观蔼嵯峨。琅轩朱房内，上德焕绛霞。俯漱云瓶津；仰掇碧㮈花。濯足玉天池，鼓枻牵牛河。遂策景云驾，落龙辔元阿。振衣尘滓际，褰裳步浊波。愿为山泽结，刚柔顺以和。相携双清内，上真道不邪。紫微会良谋，唱纳享福多。某书讫，取视之，乃曰："今以相赠，以宣丹心，勿云云也。"

若意中有不相解者，自可微访耳。

紫微夫人曰："我复因尔作一纸文以相晓者，以示善事耳。"某又襞纸染笔，夫人见授诗云：二象内外泮，元气果中分。冥会不待驾，所期贵得真。南岳铸明金，眇观倾笈爷。良德飞霞照，遂感灵霄人。乘飚侍衾寝，齐牢携绛云。悟叹天人际，数中自有缘。上道诚不邪，尘滓非所闻。同目咸恒象，高唱为尔因。书讫，紫微夫人取视。视毕曰："以此赠尔，今日于我为因缘之主，唱意之谋客矣。"紫微夫人又曰："明日南岳夫人当还，我当与妃共迎之于云陶间。明日不还者，乃复数日事。又良久，紫微夫人曰："我去矣，明日当复与真妃俱来诣尔也。"觉下床而失所在也。真妃少留在后而言曰："冥情未摅，意气未忘，想君惧咏之耳。"明日当复来，乃取某手而执之，而自下床，未出户之间，忽然不见。

六月二十六日夕，众真来，疏如左。

紫微王夫人。

紫清上宫九华真妃。

上真司命南岳夫人，某师。凡此前后云某者，皆杨君自隐名也。

紫阳真人。

茅中君。

清灵真人。

茅小君。

又有一人年甚少，整顿非常。建芙蓉冠，著朱衣，以白珠缀衣缝。带剑，都未曾见，此人来，多论金庭山中事。与众真共言，又有不可得解者。揖敬紫微、紫清、南真、三女真，余人共言平耳。云是桐柏山真人王子乔也。都不与某语，又前后初有真人来见降者，时皆自不即与某共语耳。

各坐良久，紫清真妃曰："欲复烦明君之手，笔书一事，以散意忘言可乎？"某又襞纸待授，真妃乃徐徐微言而授曰："我是元君之少女，太虚李夫人爱子也。昔初学真于龟台，受玉章于高上。荷虎录于紫皇，秉琼钺于天帝，受书于上真之妃，以游行玉清也。"常数自手扉九罗，足蹑元房，霄形灵虚，仰歠日根。入宴七阙，出辔云轮，摄三辰而俱升，散景霞以飞轩也。非不能采择上室，访搜紫童，求王宫之良俦，偶高灵而为双。接元引奇，友于帝郎矣。直是我推机任会，应度历数，俯景尘沫。参龙下迈。招冥求之雄，追得匹之党耳。自因宿命相与，乃有墨会定名。素契玉乡，齐理二庆，携雁而行。匏爵分味，醮衾结裳，顾俦中馈，内藏真方也。推此而往，已定分冥简。青书上元，是故善鄙之心，亦已齐矣。对景之好，亦已域矣。得愿而游，欢兼昔旨，岂不冥乎自然？此复是二象大宗，内外之配职耳。实非所以变无反澹，凝情虚刃，灵刀七累。遗任太素，保真启玉，单景八空之谓也。秀寂高清，郁舆流霄。使凤歌云路，龙吟虎嗥。天皇双景，远升辰楼。飞星掷光，日月映躯。口吐冥烟，眼激电光。上寝琼房，流行玉清。手掣景云，足陟金庭。若自此之时，在得道之顷，为当固尽内外。理同金石，情缠双好。齐心帏幪耳。为必抱衾均牢。有轻中之接。尘秽七神，悲魂任魄乎？盖是妾求氏族于明君耳。非有邪也。今可谓得志怀真，情已如一。方当相与结驷玉虚，偶行此元。同掇绛实于玉圃，并采丹华于阆园。分饮於紫川之水，齐濯于碧河之滨。紫华毛帔，日冕蓉冠。逍遥上清，俱朝三元八景。出落凤扉云关。仰漱金髓，咏歌玉元。浮空寝晏，高会太晨，四钧朗唱。香母奏烟，齐首偶观。携带交裙，不亦乐乎？不亦得志乎？明君其顺运随会，妾必无辞。且亦自不得背实反冥，苟任胸怀矣。授毕，复自取视而言曰："今以此书相诣，庶豁其滞疑耳。"言毕乃笔。良久，紫微夫人曰："真妃之辞尽矣。论好之缘著矣。尔亦不得复有所容也。元运冥分，使之然耳。"南岳夫人见授书曰：冥期数感，元运相适。应分来聘，新构因缘。此携真之善事也。盖示有偶对之名，定内外之职而已。不必苟循世中之弊秽，而行淫浊之下迹矣。偶灵妃以接景，聘贵真之少女。于尔亲交，亦大有进业之益得，而无伤绝之虑耳。千神于是可使试观，不得复陈矣。真旌必可克往，云辁必可俱驾也。吾往曾因紫微夫人，为汝构及此意，今遂如愿。益使我欣欣，慎勿复疑刿于心胸矣。我昨见金台李夫人于清虚中，言尔尚有疑正之心，色气小有眼眼。谓应作恨恨字。汝违此举，误人不小，真妃有神虎内真丹、青玉文。非尔所有，者辈良才求写，故当不为隐耳。今日相携，何但文章而已。将必乘景玉霄乎？若有未悟者，宜微访可否？真妃见夫人书言，乃笑而言。携手双台，娱叹良会，景辁同机，于此齐乎。

真诰卷二

运象篇第二

清虚真人授书曰："黄赤之道混气之法，是张陵受教施化，为种子之一术耳。非真人之事也。吾数见行此而绝种，未见种此而得生矣。百万之中，莫不尽被考罚者矣。千万之中，误有一人得之，得之远至于不死耳。张陵承此以教世人耳。陵之变举，亦不行此矣。尔慎言浊生之下道，坏真霄之正气也。思怀淫欲，存心色观，而以兼行上道者，适足明三官考罚耳。所谓抱玉赴火，以金棺葬狗也。色观谓之黄赤，上道谓之隐书，人之难晓。乃至于此。"

　　紫微夫人授书曰："夫黄书赤界，虽长生之秘要，实得生之下术也。非上宫天真，流轸晏景之夫，所得言也。此道在长养分生而已，非上道也。有怀於淫气，兼以行乎隐书者。适足握水官之笔，鸣三官之鼓耳。元挺亦不可得，得解谢亦不可得赖也。要而言之，贞则灵降，专则神使矣。"

　　夫真人之偶景者，所贵存乎匹偶，相爱在于二景。虽名之为夫妇，不行夫妇之迹也。是用虚名以示视听耳。苟有黄赤存于胸中，真人亦不可得见，灵人亦不可得接，徒劬劳于执事，亦有劳于三官矣。鸡鸣时，南岳夫人授书曰："鸡既鸣矣，论好之缘笃也。"

　　紫阳真人授书曰："太虚远逸，高卑同接。体贤之义，著之于冥。运耳慎心，系于黄赤之疑也。"

　　茅中君授书曰："元摽触景，俯和尘蔼。玉振慾房，清风逸迈，可不勖之也。"

　　言毕，诸真人去。真妃少留在后曰："又烦明君为一辞也。"而授书曰："忘怀兰素，晖心齐契。方当数亲虔清，宇德与流景合宜。欢会理发，领秀伏度。明君高尚灵映，纵滞忘鄙耳。"

　　言毕，持手而下床。未至户之间，忽失所在。

　　六月二十六日夜，降八真人。

　　紫微左夫人一、

　　紫清上宫九华真妃二、

　　上真司命南岳夫人三、

　　紫阳真人四、

　　清灵真人五、

　　茅中君六、

　　茅小君七、

　　又有一人甚少，整顿，建芙蓉冠，朱衣带剑，未曾见也。意疑是侗柏山真人王子乔，多论金庭山中事，言多有不可解者，恭敬紫微、上真、九华妃也。

　　皆礼揖称下官。此条重出而小异者，前所书是杨君自记。九华降事，隐之不出。从此后是更疏说长史事，以示长史，故此一片两本也。

　　上真云："昨与叔申诣清虚宫，校为仙真得失之事耳。近顿除落四十七人，都履上三人耳。并复视尔辈之名简，如今佳耳。许某乃得在伯札中，许某即长史名也。杨君疏成，故不载名耳。

　　"吾初不悟其如此益好也。其洗心勤迈，宗注理尽。心丹意竭，如履冰火。若久如此者，真人亦不得逃矣！仙道亦不得隐矣！但当杜绝其淫色之念，吾等亦即可得见，可疏示之。"此南岳夫人言。此即是前二十四日所道明日当诣王屋山事也。

　　中君曰："伯举在于下官耳。大老子将复可念，江东未见有如此而勤道者，然勿恃伯而忘道也。虚妄者德之病，华衒者身之灾，滞者失之首，耻者体之籥，遣此四难，然后始可以问道耳。于是灵轸鸣辕，日有仿佛也。有淫慾之心，勿以行上真之道也。昨见清虚宫，正落除此辈人名，而方又被考罚。以度付三官推之，可不慎乎？"

　　右南岳夫人言：

　　"许长史慎临尸吊丧年内耳。示许仙侯如此。此小君言，言毕大笑。委心既忘，得亦不同。鄙耻不除，生籍不书。许长史虽已暂除，当复曾除而复除之。此清灵言。东卿司命甚知许长史之慈肃，小有天王昨问此人今何在？修何道？"东卿答曰："是我乡里士也。乡里者，谓句容与茅山同境耳。非言本咸阳人也。"

内明真正，外混世业，乃良才也。今修上真道也。此语乃称人意，略有伯形也。此南岳夫人言。

右从六月二十四日来，凡二十四条，并有杨书。

萧邈真才，内镜外和。曾参出丹，田心同舟。素系三迁，来庇方头。此四句是离合作思元字，即长史之字也。

录名太极，金书东州。褰裳七度，耽凝洞楼。白月既消，魂魄亦柔。守之不倦，积之勿休。五难既遣，封伯作侯。七度、飞步事也。洞楼、洞房事也。

右紫微王夫人所喻，令示许长史。

右一条有长史写。

紫微夫人喻曰："披华盖之侧云云。"此事出在第三卷中。

六月二十七日夜喻书此。

右一条有杨书。

积精所感，万物尽应。妙诚未匝，则形华不尽，形华不尽。则洞房之中，难即分明也。吾昔受此法，常向西北存之耳。西北存如小为易见，可明示如此。西北为天地之爽，内照之元门也。

六月二十七日紫阳所喻。此二十七日众真复降，其事亦应甚多，并不出。

右一条有长史写。

二君各有六僮，裴君从者，持青髦之节。一僮带绣囊，周君从者，持黄髦之节。无囊。

右二条是甲手书。

六月二十九日，九华真妃授书曰：

"景应双粲，云会元落。龙秀五空，采琼阆台。长歌灵幰，焕启玉扉。眇矣遗事，与世长辞。霞轸绛波，电赴紫楼。共携清响之外，同游云秀广岩。岂不善乎？岂不乐哉？日者霞之实，霞者日之精。君唯闻服日实之法，未见知餐霞之精也。夫餐霞之经甚秘，致霞之道甚易。此谓体生玉光，霞映上清之法也。"

眼者身之镜，耳者体之牖，视多则镜昏，听众则牖闭。妾有磨镜之石，决牖之术。即能彻洞万灵，眇察绝响，可乎？面者神之庭，发者脑之华，心悲则面焦，脑减而发素。所以精元内丧，丹津损竭也。妾有童面之经，还白之法，可乎？精者体之神，明者身之宝，劳多则精散，营竟则明消。所以老随气落，毫已及之。妾有益精之道，延明之经，可乎？此四道，乃上清内书，立验之真章也。方欲献示，以补助君之明照耳。"授毕，取以见与，某口答唯唯，乞请之也。

六月二十九日夜，桐柏真人同来降，复谕授令某书曰："夫八朗四极，灵峰辽邈。奇言吐颖，琼音餐振。晨飞陵清，元气赴霄。体迈玉虚，心遗艰锋。沈滞于眇罗之外，凝和于寂波之表。若此人者，必能旋腾元汉，周洒真庭矣。三元可得而见，绛名可得而立耳。如其心并愆浪，目击色袂。动与罔罟共起，静兴争竞之分者，此乃适仙路邈，求生日阔也。子其慎之，某书毕取视，乃以见与。此前是桐柏辞也。既同一夕，安妃授竟，桐柏次授，故云复授耳。卒看如似犹是安妃，故显注之。

六月三十日夜，九华真妃、与紫微王夫人、南岳夫人、同降。真妃坐良久，乃命侍女发检囊之中，出二卷书以见付。令写之，题如左：

上清玉霞紫暎内观隐书。

上清还晨归童日晖中元经。

右二卷名目。此题本应是三元八会之书，杨君既究识真字，今作隶字显出之耳。

七月一日夜，紫微王夫人，南岳夫人、九华真妃、紫阳、桐柏、清虚三真人。

茅二君同降。良久，某乃自陈于众灵，求安身之术。欲知贵贱之分，年命之会、多少定限，于是真妃乃笑。良久见授，书此曰：

"明君夷质虚闲，秘构玉朗，兰渊高流，清响金宫。可谓能珍宝藏奇，幽真内焕。摽拂灵篇，乘数顺生，素德神园，丹录玉清。兴烟拔景，冥鼓遐声也。必三事大夫，侍晨帝躬。高佐四辅，承制圣君。理生断死，赏罚鬼神。摄命千灵，封山召云。主察阴阳之和气，而加为吴越鬼神之君也。妾将挺命凝观，凭华而生，灵飞九天。虚音飏房，因运四觉。元梯同象，紫名太上。清文八景，神映西晖。德明内隶，乃受书乘气。得为真妃之任矣，又当助君总括三霍，综御万神。对命北帝，制敕酆山。又应相与携袂灵房，乘烟七元。嘉会希林，内拊因缘也。是故君姓于杨，我得为安。妾自发元下造，君自受书于西宫，从北策景。乘骈东辕，握旄秉钺。专制东蕃，三官奉留。河山启源，天丁献武。四甲卫轮，当此之时。实明君之至贵，真仙之盛观也。三官申常有谚谣云："杨安大君，董真命神。"正我等之谓耳。盖圣皇之方驾，于今有二十八年也。复二十二年，明君将乘龙驾云，白日升天，先诣上清西宫。北朝玉皇三元，然后乃得东轸执事矣。此自是君玉朗紫微，金音虚领。为太极所旌，乃元德上挺。不复用勤学劬劳，陟足山川矣。若为精勤之者，当小神清莹鲜耳。亦不甚今日不劳之举也。世俗紫纲，贵贱之间，涉尘涂之役。在得失之津，信非真人所得经营。乃自坦乎艰泰之用，任乎遇否之顷耳。见明君之逸诚欣然也。睹明君之否诚戚颜也。此二感发于颜色之上也！复未足以致远悲，抱长戚矣。至于内冥偶景，并首元好。轻轮尘蔼，参形世室。妾岂以您累浮卑少时之滞，而亏辱于当真之定质耶. 夫阴阳有对，否泰反用。二象既罗，得失错综，此皆往来之径陌耳。今人居风尘之休盛者，乃多罪之下鬼，趣死之考质也。夫处无用于嚣涂，乃得真之挺朴。任凡庸以内观，乃灵仙之根始也。盖富贵淫丽，是破骨之斧锯，有似载罪之舟车耳。荣华矜世，争竞微时，适足以诲您要辱。为伐命之兵，非佳事也。是故古之高人，览罪咎之难豫，知富贵之不可享矣。遂肥遁长林，楼景名山。咀嚼和气，漱濯清川。并远此恶迹，自求多福。超豁矩聘，保全至素者也。君亦奚足汲汲于人间之贵贱，投身于荣辱之肆哉！且方交兵日会，三灾向臻。神风驱除，臭气参天。明金生秽于泥渎，宝玉投粪以招尘。褰衣振血，浊精亏真。元通远逸，是其时也。君若其不耐风火之烟，欲抱真形于幽林者，可且寻解剑之道，作告终之术乎？自尽出嘿之会，隐显之迹，临时分处，有任于明君矣。冥数上感，有命而交。灵书玉台，真契合景。是以言单于辞，心讫于笔，妾岂独叹于一人乎？盖示名分之判例也。"书讫，取以与某。复曰："君省此，当少愈不。"

右从六月二十九日来，凡十四条，并杨君自记书。

东卿大君，昨四更初来见降。侍从七人，入户，一人执紫旄节、一人执华幡、一名十绝灵幡、一人带绿章囊、三人捧牙箱、一人握流金铃，乃年少于二弟。二弟昨并倚立，东卿命坐乃坐耳。良久，言语委曲，先昨神女来降。意本疑是王母女，昨又来定是也。南真说云是阿母第十三女王媚兰，字申林，治沧浪山，受书为云林夫人。此两事并是七月五日夜略记。后更复委曲重数在后，如此则右英夫人。始以七月三日、四日，频夕降也。

右二条有杨自记。

乙丑岁，晋兴宁三年七月四日夜，司命东卿君来降。侍从七人，入户。其一人执紫旄之节，其一人执华幡、一名十绝灵幡、一人带绿章囊、其三人捧白牙箱，箱中似书也。其一人握流金铃，侍人并朱衣。司命君形甚少於二弟。着青锦绣裙，紫毛帔巾，芙蓉冠。二弟并同来倚立，命坐乃坐耳。言语良久，七月六日夜，司命君又降，良人喻书曰：

"若必范元秉象，清净罕时，遂拔群幽藻。戢翼高楼，感味上契。渊渟岳峙，萧寥玉篇。玩宝神生，遗放俗恋。调弹清灵，澄景虚中。五道发明，色绝化浪。欲与澹并，空同冥衢。无视无听，尔乃远齐妙真。重起元觉，明德内圆，灵摽外足矣。终能策云辇以赴霄，书司命之丹录耳。

若精散万念，为生不固。厌随尘波，心不真合。适足劳身神于林狙，谓应作岨字。实有误于来学也。其道微而易寻，其道艰而难得乎？亦令示许长史。此二条亦有长史写。

许长史欲山居。

宗道者贵无邪，栖真者安恬愉。

至寂非宏顺之主，憺然非教授之匠，故当因烦以领无耳。意云："尔不代谢，奚必四时。气如呼吸，千龄如寄。赵子可忧，不信而末疑，其心亦已醮矣。

司命君与南岳夫人言："为道者，常渊澹以独处，每栖神以游闲，安饮啄以自足。无斿谓应作祈字。

晔于笼樊，哀乐所以长去，夭阙何由而臻者乎？"

"禀志各有所宅，资性咸有其韵，岂可履逐物之邪？踪矫我之正业乎？"

何不肆天标之极纵，适求真之内娱。从幽净以熙心，绥所托以栖意。处东山以晦迹，握元筌于妙领。保随珠以含照，遣五难于胸次耶？此三条亦似是东卿言。"

七月十五日夜，紫微王夫人授书曰：

"勤精者，味元之灵标也；凝安者，拘真之寝衾矣。子勤澡丹心，竞赴高岭，可谓务道之柄，勤甚至也。然道柔真虚。守澹交物，安静任栖，神乃启焕耳。要而言之，躁疾非尽理矣。违之者亦取劳乎？"

与许玉斧。七月十五日夜，清灵真人授诗：

企望人飞，若感若成。威不内接，骄女远屏。三四纵横，以入帝庭。历纪建号，得为太龄。亦必秀映，四司元卿。翻然纵羽，遂登上清。此离合掾大名名翻字。

与许玉斧。此夕又有中君授书，与许卿答欲知洞天中之事，今载在第四卷中。

凤巢高木，素衣衫然。此八字是作长史小名穆字也。

履顺思真，凝心虚元。仍取此思字元字，即成长史字也。

五公石腴，彼体所便。急宜服之，可以少颜。三八令明，次行元真。解驾偃息，可诵洞篇。琼刃应数，此琼刃字，即是掾小名玉斧也。与外传青录义同，故云应数。精心高楼。隐嘿沈闲，正气不亏。术散除疾，是尔所宜。次服钜饭，兼谷勿违。益髓除患，肌肤充肥。然后登山，咏洞讲微。寅兽白齿，此四字即是云虎牙也。亦能见机。遂得不死，过度壬辰。偃息盛木玩执局书。此八字即是作杨字也。太极植简，金名西华。学服可否，自应灵符。理异契同，神洞相求。定录中候告。道乐事是定录言也。此并离合譬喻四人姓名，各诠所宜修行服御事。寻辞意皆相贯次，不知云何得两人共说。

寓言必可用，不用是无情。焉得驾欸迹，寻此空中灵。微音良有旨，当用慎勿轻。事事应神机，保尔见太平。

右右英吟此。

茅定录言，良箴也，可记之。仙才不用心烦曲，故能得也。保命言。

八月中，彼人必东秀暂看烧香必也。保命临去言。

右从乙丑岁来，凡十五条，并有杨书。钦想风流托心靡景，愧以愆昧。鄙衷素彰，思自策励。沐浴陶冶，济否之阶。幸垂眷逮耳。许元惶恐再拜，长史大名讳，字思元。今此直云元，其意未允。诣贾先生，此是长史闻杨宣周紫阳说，贾元道等主知试校事，故有此书。贾即以呈司命，司命后所答云贾生近以此书来者也。周君说事在第四卷中也。

右一条是长史自书本也。

太元真人以此书见与，因授令书如左：若夫能眇邈于当世，则所重唯身也。罕营外难者，则无死地矣。是以古之学者，握元筌以藏领，匿颖镜于纷务。凝神乎山岩之庭，颐真于逸谷之津。

于是散发高岫，经纬我生。晖晖景曜，采吸五灵。游蹑九道，登元濯形。投思绝空，人事无营。闭存三气，研诸妙精。故能回日薄之年，反为童婴耳！苟事累沙会，交轩塞路，但所守之不能勖也。何试校之能停耶？物物相要，触类兴患，天人之晙，岂时漏哉！所司赏於修业，所试在於不日新矣。贾生近以此书来，托向鼍鼍，可谓有情。然无逝我梁，有似逆诈耳。

七月十六日此一条又有掾书。省所谘，有心哉子，望对山岭。增怀远想，欣然禀向。常见此意，夫为道者，精则可矣。有情不勤，则无所能为也。勤而不专，亦不能有成也。要当令委心消豁，秽此后人黯作秽字，不可复识。疾开散，此亦似东卿告长史。尔何以不数看东山。郁望三秀，徘徊荜宇。目击林水，平彼人往。殆无所复益耳。凡云三秀者，皆谓三茅山之峰。山顶为秀，故呼三秀也。

右南岳夫人与弟子言："夫言者，性命之全败也。信者，得失之关键也。张良三期，可谓得道而明心矣。"

右南岳夫人与弟子言："性甚宽仁，而所闻急而应物速者，更违旨耳。火枣事未宜问也。火枣事论后。

右九华真妃言：

右从太元来，凡五条，并杨书：

晷景落沧浪，腾跃青海津。绛烟乱太阳，羽盖倾九天。云舆浮空洞，倏忽风波间。来寻冥中友，相携侍帝晨。王子协明德，齐首招玉贤。下晊八阿宫，上寝希林颠。漱此紫琼腴，方知秽涂辛。佳人将安在，勤之乃得亲。

七月十八日夕，云林右英王夫人授诗：此诗与长史，兼及掾事。高兴希林虚，退游无员方。萧条象数外，有无自冥同。鼍鼍德韵和，飘飘步太空。盘桓任波浪，振铃散风中。内映七道观，可以得兼忘。何必反覆酬，待此世文通。元心自宜悟，嘿耳必高踪。

七月二十六日夕，紫微夫人喻作，令与许长史。

绛阙扉广霄，披丹登景房。紫旗振云霞，羽晨抚八风。停盖濯碧溪，采秀月支峰。咀嚼三灵华，吐吸九神芒。椿数无绝纪，协日积童蒙。携袂明真馆，仰期无上皇。北钧唱羽人，玉元粲贤众。云何波浪宇，得失为我钟。引领嚣庭内，开心拟秽冲。习适荣辱域，罕蹑希林宫。一静安足苦，试去视沧浪。

右右英夫人所喻。

右从晷景来三篇，并有长史写。

弱丧润渚，笃灵未尽。倚伏异因，云梯未抗。虽有怀于进趣，犹未渊于至理矣。君才实天工以清澜，凝浪于高韵。志栖神乎太元，期紫庭而步空矣。有心洞于飞滞，柔翰蔚乎冥契也。动合规矩，等圆殊方。静和真味，吐纳兴音。可谓纵诞德挺，良为钦然矣。然秽思不豁，鄙丢内固。淫念不渐，灵池未澄。将未得相与论内外之期，泛二景之交耳。夫失机者，贵在能改。相释有情，今无妨矣。虽暂弭群听，故克和也。前涂——谓应作攸字。邈，此比非一。漏绪多端，当恒戢密。苟清有怼散，得随事失。悟言微矣，将何以过之，将何以遣之。

右七月二十六日夜，云林右英王夫人喻书见与，勿答。

右一条有长史写。

世珍芬馥交，道宗元霄会。振衣寻冥畴，回轩风尘际。良德映灵晖，颖根粲华蔚。密言多倘福，冲净尚真贵。咸恒当象顺，携手同衾带。何为人事间，日焉生患害。

七月二十八日夕，右英王夫人授书此诗。以与许长史。后十二月长史答书云，咸恒之喻，即是酬此诗也。咸恒义出周易。

右一篇有长史写。

清响散空，神风洒林。身超冥衢，志咏灵音。仁侯其人也。欲以裴真人本末示郄者可矣。其必克谐，不善诱之心，亦内彰也。裴亦何人哉。郄即愔也，小名方回。裴真人本末，即是清灵传也。有谢过及七经之士，故令示之。

八月七日夕，右英王夫人授书，令与许长史。

右一条杨书，又有长史写。

守真一笃者，一年使头不白，秃发更生。夫内接儿孙，以家业自羁。外综王事。朋友之交，耳目广用，声气杂役，此亦道不专也。行事亦无益矣。夫真才例多隐逸，楼身林岭之中。远人间而抱澹，则必樱颜而元鬓也。"

玉醴金浆，交梨火枣。此则腾飞之药，不比於金丹也。仁侯体未真正，秽念盈怀，恐此物辈不肯来也。苟真诚未一，道亦无私也。亦不当试问。

火枣交梨之树，已生君心中也。心中犹有荆棘相杂，是以二树不见不审。可剪荆棘，出此树，单生其实。几好也，虽云问也。其欲希之近也。当为君问主领者，三年更相问，以即日始。

丑年此二字长史后益上。八月七日夜，云林右英王夫人口授，答许长史。

凝心虚形，内观洞房，抱元念神。专守真一者，则头发不白，秃者更鬒。鬒字亦应是鬈。未有以百思缠胸，寒热破神。营此官务，当此风尘。口言吉凶之会，身扉凡作扉字者，皆是排音，非扉扇之扉也。得失之门。众忧若是，万虑若此，虽有真心。固为不笃，抱道不行。握宝不用，而自然望头不白者，亦希闻也。玉醴金浆，交生神梨。方丈火枣，元火灵芝。我当与山中许道士，不以与人间许长史也。

八月七日夜，紫微王夫人授，答许长史。

右六条有掾写。

拟驾东岑人，停景招隐静。仁德乘波来，俱会三秀岭。灵芝信可食，使尔无终永。噏真献金浆，不待百丈井。

八月十六日夕，清灵真人授。

右一篇有长史写。

虚和可守雄，萧萧可守雌。夫萧萧者，单景独往也。君绛宫中，渠谓应作讵字。能仰飞空同。上上云元之涯不，道易闻而患不真，书易得而患不行。若专如此，大天之中，尽真仙比肩也。我亦无咎於不能为者。心不定而欲书，将欲沽之哉！意不往而求真，似欲衒之也，愿告。

八月十七日夜，右英王夫人授，书此与许长史。似答心求守雌之真一也。

肇祖植德，华条翁队。即谓七世祖许肇也。队字应作坠。顿足悬车，无早晚也。但心坚注真，微密灵机，则可矣。至於高逸长岭，寝冥林泽，纵时事之难鄙。遗九亲而味神，实美举也。心苟不专，愆念填胸。虽蹑阆山以游步，造圆垄以朝冥，然亦必败也。若必空空，我自当相告，有可动之时也。今且未有议耶。

八月十七日夜，保命仙君小茅口授与许长史。

含仁守慈，发拔幽忧。单心慈诱，栖神灵境者。许长史其人也。所恨在于应物速招真急耳！夫浩挺虚映，乃可守雌。已求故当能守之，守之盖易，恐亦宜无不可耶。

八月十八日夜，紫微王夫人授示许长史。右四条有杨书。

穆奉被音告，频烦备至。仰衔恩润，光华弥焕。披览欣庆，感荷冈极。穆沈滞流俗，岂忘拔迹，辄已誓之中心。思为阶渐，考室东山。楼景林堑，此志必也。此举决也。方当凭庇灵宗，谘禀神规，若此之心，掾亦鉴之。真一之雌，其道元远，妙出秘领。穆愆秽未荡，俗累未拔。胸心滓浊，精诚肤浅。未敢预闻，南真哀矜。去春使经师授以方诸洞房步纲之道。八素九真，以渐修行。不敢恪谓应作息字。懈，九真至须幽静。人事杂错，患在未专耳。昔人学道，寻师索友。弥积年载，经历山岳。无所不至，契阔险试。备尝劳苦，然后授以要决。穆德薄罪厚，端坐愆室。横为众真所见采录。鉴戒继至，启悟非一。古人有言，非知之难。其行之难，夫人垂恩所赐，自可徐徐须此须字长史自傫。移东山，然后亲授，道之来也。不计迟速，恩之隆也。何限早晚，命使愿告，敢不上答。谨白。此长史答前右英论雌一事者，傫为书之。既被傫更写，故此本得存焉。

真诰卷三

运象篇第三

　　北元中元道君，李庆宾之女，太保王郎李灵飞之小妹，受书为东宫灵照夫人。治方丈台第十三朱馆中，夫人著紫锦衣，带神虎符，握流金铃。有两侍女，侍女年可二十许，夫人年可十三四许。

　　闻呼一侍女名隐晖，侍女皆青绫衣，捧赤玉箱二枚，青带束络之。题白玉检曰太上章，一检曰太上文。此记识检上文，亦同前九华也。

　　夫人带青玉色绶，如世人带章囊状，隐章当长五丈许，大三四尺许。

　　临去授作一纸诗毕，乃吟歌：

　　云墉带天构，七气焕神冯。琼扇启晨鸣，九音绛枢中。紫霞兴朱门，香烟生绿窗。四驾舞虎旗，青𫐐掷元空。华盖随云列，落凤控六龙。策景五岳阿，三素昒君房。适闻臊秽气，万浊污我胸。臭物薰精神，嚣尘互相冲。明玉皆摧烂，何独盛德躬。高揖苦不早，坐地自生虫。

　　八月二十二日夜，灵照夫人授作此诗。此长史书作灵照夫人，而杨君书多云照灵。

　　临去吟曰："心勿欲乱，神勿淫役。道易不顺，灾重不逆。永丧其真，遂弃我适。复生许家不。"我方当复来尔，勤之而已。

　　右从北元来八条，有长史写。

　　王子晋父周灵王，有子三十八人，子晋、太子也。是为王子乔，灵王第三女名观香，字众爱，是宋姬子。于子乔为别生妹，受子乔飞解脱纲之道。得去入猴外书作维字。氏山中，后俱与子乔入陆浑。积三十九年，观香道成，受书为紫清宫内传妃。领东宫中候真夫人此即中候王夫人也。子乔弟兄七人得道。五男二女。其眉寿是观香之同生兄，亦得道。此似别有眉寿事，今不存。而傫书中有梦见人，云我是王眉寿之小妹，疑此或当是相答也。

　　右二条有杨书。

　　驾欻敖八虚，徊宴东华房。阿母延轩观，朗啸蹑灵风。我为有待来，故乃越沧浪。

　　右英王夫人歌，

　　乘飙遡九天，息驾三秀岭。有待徘徊昒，无待故当净。沧浪奚足劳，孰若越元井。

　　右紫微夫人答英歌：

　　写我金庭馆，解驾三秀畿。夜芝披华锋谓应作峰字。咀嚼充长饥。高唱无逍遥，冬兴有待歌。空同酬灵音，无待将如何。

右桐柏山真人歌：

朝游郁绝山，夕偃高晖堂。振辔步灵锋谓应作峰字。无近于沧浪。元井三仞际，我马无津梁。倏欻九万间，八维已相望。有待非至无，灵音有所丧。

右清灵真人歌：

龙旗舞太虚，飞轮五岳阿。所在皆逍遥，有感兴冥歌。无待愈有待，相遇故得和。沧浪奚足辽，元井不为多。郁绝寻步间，俱会四海罗。岂若绝明外，三劫方一过。

右中候夫人歌：

纵酒观群惠，倏忽四落周。不觉所以然，实非有待游。相遇皆欢乐，不遇亦不忧。纵影元空中，两会自然畴。

右昭灵李夫人歌：

驾欻发西华，无待有待间。或眄五岳峰，或濯天河津。释轮寻虚舟，所在皆缠绵。芥子忽万顷，中有须弥山。小大固无殊，远近同一缘。彼作有待来，我作无待亲。

右九华安妃歌：

无待太无中，有待太有际。大小同一波，远近齐一会。鸣宏元霄颠，吟啸运八气。奚不酣灵液，眄目娱九裔。有无得元运，二待亦相盖。

右太虚南岳真人歌：

偃息东华静，扬辔运八方。俯眄邱垤间，莫觉五岳崇。灵阜齐渊泉，大小互相从。长短无少多，大椿须臾终。奚不委天顺，纵神任空同。

右方诸青童君歌：

控飙扇太虚，八景飞高清。仰浮紫晨外，俯看绝落冥。元心空同间，上下弗流停。无待两际中，有待无所营。体无则能死，体有则摄生。东宾会高唱，二待奚足争。

命驾玉锦轮，俳偟仰徘徊。朝游朱火宫，夕宴夜光池。浮景清震杪，八龙正参差。我作无待游，有待辄见随。高会佳人寝，二待互是非。有无非有定，待待各自归。

右南极紫元夫人歌：按此诸歌诗，并似初降语，而嫌众真多高唱。上清童、紫元、太虚、未尝有杂降处，恐或道失耳。有待之说，并是指右英事，非安妃也。

腾跃云景辕，浮观霞上空。霄辔纵横俳，紫盖托灵方。朱烟缠旌旄，羽帔扇香风。电嘷猛兽攫，雷吟奋元龙。钧籁昆庭响，金笙唱神锺。采芝沧浪阿，掇华八淳峰。朱颜日愈新，劫往方婴童。养形静东岑，七神自相通。风尘有忧哀，陨我白鬓翁。长冥遗迟叹，恨不早逸踪。

九月三日夕，云林王夫人喻作，令示许长史。

停驾望舒移，回轮反沧浪。未睹若人游，偶想安得康。良因俟青春，以叙中怀忘。

右右英吟此再三：

龟阙郁巍巍，墉台络月珠。列坐九灵房，叩璈吟太无。玉箫和我神，金醴释我忧。宴酣东华内，陈钧千百声，青君呼我起，折腰希林庭。羽帔扇翠晖，玉佩何铿零。俱指高晨寝，相期象中冥。

右紫微歌此二篇：

超举步绛霄，飞飙北垄庭。神华映仙台，圆曜随风倾。启晖挹丹元，扉景餐月精。交袂云林宇。浩轸谓应作皓鬓。还童婴。萧萧寄无宅，是非岂能营。阵上自扰竞，安可语养生。

右元垄紫微作：

控晨浮紫烟，八景观孤流。羽童捧琼浆，玉华饯琳腴。相期白水涯，扬我菱葳珠。沧房焕东霞，紫造浮绛辰，双德秉道宗，作镇真伯蕃。八台可眄目，北看乃飞元。清净云中视，眇眇蹑景迁。吐纳洞领秀，藏晖隐东山。久安人事上，日也无虚闲。岂若易翁质，反此孩中颜。

九月六日夕，云林喻作，与许侯。

解轮太霞上，敛辔造紫邱。手把八空炁，纵身云中浮。一眄造化刚，再视索高畴。道要既已足，可以解千忧。求真得真友，不去复何求。

九月六日夕，紫微夫人喻作，示许长史，并与同学：同学谓郗方回也。

晨阙太霞构，玉室起霄清。领略三奇观，浮景翔绝冥。丹华空中有，真金映育挺。精八风鼓锦被，碧树曜四灵。华盖荫兰晖，紫辔策绿軿。结信通神交，触类率天诚。何事外象感，须睹瑶玉琼。

九月九日，云林右英夫人喻作：

紫空朗明景，元宫带绛河。济济上清房，云台焕嵯峨。八舆造朱池，羽盖倾霄柯。震风回三辰，金铃散玉华。七辔络九垓，晏眄不必家。借问求道子，何事坐尘波。岂能栖东秀，养真收太和。

九月九日，紫微夫人喻作，因许示郗。郗犹是方回也。

二景秀郁元，霄映朗八方。丹云浮高晨，逍遥任灵风。鼓翮乘素飙，竦眄琼台中。绿盖入协晨，青軿掷空同。右揖东林帝，上朝太虚皇。玉宾剖凤脑，嗷酣飞蕊浆。云钧回曲寝，千音何琅琅。锦旌召猛兽，华幡正低昂。香母折腰唱，紫烟排栋梁。总辔高清阙，解驾佳人房。昔运挺未兆，灵化顺气翔。心眇元涯感，年随积椿崇。形甘垢臭味，动静失沧浪。我友实不尔，荣辱昨已忘。

九月十八日夜，云林右英夫人作，喻曰：吾辞讫此。

绛景浮元晨，紫轩乘烟征。仰超绿阙内，俯眄朱火城。东霞启广晖，神光焕七灵。翳映汜三烛，流任自齐冥。风缠空洞宇，香音触节生。手携炽谓应作织字。女儛，并衿匏瓜庭。左徊青羽旗，华盖随云倾。晏寝九度表，是非不我营。抱真栖太寂，金姿愈日婴。岂似愆秽中，惨惨无聊生。

九月二十五日夜，云林右英夫人授作：

三辔抗紫轩，倾云东林阿。

右英吟此道：

右从腾跃来，凡十三篇，并有杨书，又杂有掾写。

遣滞恡，赖穷行德，不亦甚佳乎？不患德之不报，所患种福之不多耳。此一行则似乎福田也，万事云云，尽可触类矣。

十二月三日，云林右英夫人告。

右一条有杨书，又有一本小异：

穆惶恐言，仁爱之至。猥惠新诗，云藻绮络。金声玉粲，诚翰林之。奇秀，华锦之盛肆也。义类渊微，仰览无射。佩之丹心，奉以周旋。功德浅陋，冥报已重。福田之喻，敢不自励。凭托徽猷，情若山海。动静启悟，望垂矜录。许穆惶恐言。

诣云林右英夫人机前。此即答遣滞恡书也。有自起草存。

青童大君常吟咏曰：欲殖灭度根，当拔生死栽。沈吟堕九泉，但坐惜形骸。

太虚真人常吟咏曰：观神载形时，亦如车从马。车败马奔亡。牵连一时假。哀世莫识此，但是惜风火。种罪天网上，受毒地狱下。

西城真人王君常吟咏曰：神为度形舟，薄岸当别去。形非神常宅，神非形常载。徘徊生死轮，但苦心犹豫。小有真人王君常吟咏曰：失道从死津，三魂迷生道。生生日已远，死死日已早。悲哉苦痛容，根华已颠倒。起就零落生，焉知反枯老。

以去月秋分日，于瑶台大会。四君各吟此言，以和元钧广韶之弦声也。十月告云去月，如似是九月。而秋分必在八月，则去月自为通呼耳。

十月十五日，右英夫人说此令疏。

右五条有掾书。

四旌曜明空，朱轩飞灵邱。玉盖荫七景，鼓翮霄上浮。九音朗紫空，玉璈洞太无。宴咏三辰宫，唱啸呼我俦。不觉春已来，岂知二景流。佳人虽兼忘，而未放百忧。长林真可静，岩中多自娱。

十月十七日，云林夫人作，与许侯。

左把玉华盖，飞景蹑七元。三辰焕紫晖，竦眄抚明真。变踊期须臾，四面皆已神。灵发无涯际，勤思上清文。何事生横涂，令尔感不专。阴乌禁反。痾乌贺反，此应作喑哑，言其速也。失去机，不觉年岁分。

十月十八日，紫微夫人作。

右二篇有杨书。

北登元真阙，携手结高罗。香烟散八景，元风鼓绛波。仰超琅园津，俯眄霄陵阿。玉箫云上唱，凤鸣洞九遐。乘气浮太空，曷为蹑山河。金节命羽灵，征兵折万魔。齐挹二晨晖，千椿方婴牙。丧真投兢室，不解可柰何。仰眄太霞宫，金阁曜紫清。华房映太素，四轩皆朱琼。掷轮空同津，总辔儛绿軿。玉华飞云盖，西妃运锦旌。翻然浊尘涯，倏忽佳人庭。宿感应期降，所招已在冥。乘风奏霄晨，共酣丹琳罂。公侯徒眇眇，安知真人灵。

右二篇，十月二十日授。亦应是右英喻长史也。

右二篇有杨书。

车马虽重为路人所略，推分任运，有以招之，不必悉也。柸子诚小，还为童史所偷，故疾而惜之。今冥鉴即擒，盖所以惧恶，而善者别矣。今虽嘿然不言，小人足知灵验。有训在其中，非直区区若此小小而不能坦也。谨白。

呈云林右英夫人。

十一月十九日此所答右英授事，事今不存。

穆惶恐言，沈染鄙俗。流浪尘昧，罪与年长。愆随日积，幸遭元运。灵启其会，披散氛雾。朗然达观，真灵清秀。并垂戒悟，猥辱文翰。华藻成林，金声玉振。规矩有章，父子凡微。无以堪荷，夙兴策励。不敢怠惰，颙颙倾注。言不自畅，穆惶恐言。此亦是答右英诗，不审的是何诗，亦似不存。

右二条长史自书本。

灵谷秀澜荣，藏身栖岩京。被褐均衮龙，带素齐玉鸣。形磐幽辽里，掷神太霞庭。霄上有陛贤，空中有真声。抑我曲晨飞，案此绿轩軿。下观八度内，俯叹风尘萦。解脱遗波浪，登此眇眇身。扰兢三津竭，奔驰割尔龄。

十二月一日夜，南岳夫人作。与许长史。

飞轮高晨台，控辔元垄隅。手携紫皇袂，倏欻八风驱。玉华翼绿帏，青裙扇翠裾。冠轩焕崔嵬，佩玲带月珠。薄入风尘中，塞鼻逃当涂。臭腥雕我气，百痾令心殂。何不飚然起，萧萧步太虚。

十二月一日夜，方丈左台昭灵李夫人作。与许玉斧。

清晨揖绛霞，总气霄上游。徊軿蹑曲波，遂睹世人忧。辞旨蔚然起，不散三秀嵎。何若巡元乡，抚璈为尔娱。君安有有际，我愿有中无。

右英作此。

驾景游贤良，促辔东圃下。

右英吟此道。

咀嚼元句，柔音蔚畅。曲夹适宣，辞喻标朗。钦钦之咏，有由然也。元宗以安，我其会矣。

十二月十四日，云林夫人作与长史。此所答长史之诗，诗今不存。

右五篇有杨书。

该清道难，通幽妙达，许侯其人也。方将曜灵方邱，腾跃晖霞，身飞九天，作则群真。师傅金阙，抚极种人，其德仁以融，其教整以和。可谓天秀标韵，为后民之圆匠也。斧子乃潜晨密焕，秀霄空上，托心元宅，神栖八领。心标寂刃，归形太初。志割姻亲于内，外寄幽会于隐观矣。虽自思入庇重岫，颍翳云晖，故叛父也。若父愚可也。交当同编云札，列名灵简，运会相遇，何以陈之？耶昔薛旅字季和，往学真道于种山北阿。经七试而不过，即长里薛公之弟也。不过者，由淫妷失位。妾鄙内滞，石性不回，致败其试耳。然其人好慈和笃，又心爱啸音凤响及元绬之弹。是故虚唱凝神，徽声感魂，神不遂落。由好啸唱，愿凤鸣之故矣。长里先生燕代人，周武王时人也。先生比乞之于太上，太上故使生系谓应作继字。肇阿之阴运。致欲其该微，释滞于染练，新晖速升虚之超，长里君之愿也。若由谓应作犹字。愆波不激，淫妾由谓应作愈字。出。虽百，过试之。故亦昔之薛旅耶！师宗相期，拂饰尽性。苟能其事，我亦罕劳。贤者之举，此复宜详，密告由来。宿命之始，想有已应作以字。悟也。燕气内果外柔，沈德乐景，故其人闻北风则心悲。睹启曜则怀泰，思骏骛以慕骋。嘉柔顺以变蔚，彼人之心，曷曾不尔乎？此则本乡之风气，首邱之内感也。苟能信之，君其谐矣。如其雍谓应作壅字。妾秉欲，丹绛不畅，灵人携手而空反。高友敛袂而回晏，神气不昕其宅，寂通不鼓其目命矣。夫固可悲耶？长里之弟本燕代人，故此称其俗气以喻长史之心也。

十二月十六日夜，右英告。

右二篇有杨书。

太元真人、

云林右英王夫人、

南岳紫虚元君、

九华真妃、

清灵真人、

紫阳真人、

桐柏真人、

昭灵李夫人、

右八人。

十二月十七日夜。

方诸宫东华上房灵妃歌曲：

紫桂植瑶园，朱华声凄凄，月宫生蕊渊，日中有琼池。左拔员灵曜，右掣丹霞晖。流金焕绛庭，八景绝烟回。绿盖浮明朗，控节命太微。凤精童华颜，琳腴充长肌。控晨揖太素，乘欻翔玉墀。吐纳六灵气，玉嫔把巾随。弹璈南云扇，香风鼓锦披。叩商百兽舞，六天摄神威。倏欻亿万椿，龄纪郁巍巍。小鲜未烹鼎，言我岩下悲。按杨君记云，东方赤气中有言曰：小鲜未烹鼎，言我岩下悲。当以此事谘启司命，故答称此诗，仍及后篇也。

太微元清左夫人北渟宫中歌曲：

郁蔼非真虚，太无为我馆。元公岂有怀，紫蒙孤所难。落凤控紫霞，矫辔登晨岸。寂寂无濠涯，晖晖空中观。隐芝秀凤邱，逡巡瑶林畔。龙胎婴尔形，八琼回素旦。琅华繁玉宫，绮葩凌岩粲。鹏扇绝亿领，抚翮扶霄翰。西庭命长歌，云璈乘虚弹。八风缠绿宇，蘽烟豁然散。灵童掷流金，太微启壁案。三元起折腰，紫皇挥袂赞。朗朗扇景曜，晔晔长庚焕。超轷竦明刃，下盼使我愧。顾哀地仙辈，何为栖林涧。

十二月十七日夜，太元真人司命君书出此诗。云是青童宫中内房曲，恒吟赞此和神。其夜众真降集，唯有此书存。余悉不显，后丁卯年论挺分事，亦是十二月十七日，恐偶同耳。此前一事，不应是卯年也。

右三条有杨书。

元元即排起注之曰：

故元元以八风为关籥，天地为堤防。四海为瓮盎，九州为秕糠。积之以万殊，蒸之以阴阳，其陶铸也。充隆炊累，刚柔清浊。象类不同，呼吸吐合。

恭伯荣注之曰：

九绝兽神禽也。在乎群猛之中，猾狡乎激奇之际。千年不足极其变，万殊不足适其内。日月不足照其眉，八泽不足游其足。清云为卑，九垓为浅，八弦为小，四极为近。变动无常，恒人之芥子之内。玉晨之玉宝，太微之威神矣。此二条是释神虎隐文中语，不知何真所告。又无日月，是两手同书。

君惶恐言，仁德流映，高荫弥纶。每贻翰音，恩逮缱绻。旨谕有咸恒之顺，宗期则元霄之会。虽钦愿荣崇，欣想灵诰，窃惧熠烁之近晖，不可参二景之远丽。嚖彼之小宿，难以厕七元之灵观，尊卑殊方，高下异位，俯仰自失，罔知所据。凡善诱者，勤其切磋。忠爱者，忧其怠惰。大易所以乾乾，仲尼所以发叹于不倦者也。自奉教以来，洗心自励，沐浴思新，其劝奖也。标明得道之妙致，其检戒也。陈宿命之本迹，淫丢所以丧基，鄙滞所以伐德。虽卢医之贡针艾，扁鹊之献药石，无以喻也。子张存圣教于绅带，西董佩韦绚以自矫。盖以外戒内，以义规心，仰衔清训，谨书之丹怀。藏之六腑，奉以周旋，弗敢失坠。庶五难解冻于炉门，七试飙静于渊谷，方将逍遥东山，考室龙林，灵构萧萧，邱园冲深。庭延云驾之奇友，堂列羽服之上真。句金锡五芝之宝。沧浪施长年之珍，期实凤夜之乃愿，信誓不敢诬于神明者也。唯少鉴之，君惶恐言。此长史答右英前七月二十八日喻诗世珍芬馥交者，并酬前书论薛旅事，犹恐是十二月中。

右此一篇长史令乙写。

真诰卷四

运象篇第四

　　仙道寂寂，寻之亦使人不劝也。况复求之于无涯耶。假令东山忽有石髓磐结，紫芝映林，夜光焕烛。燕胎曜峰，灵津肆显。众真罗吟："人人往者，皆得掇元华而揖玉腴，对天仙以散想也。将必相与把臂太虚，驾络庆云矣。未审子当力赴此二日，暂游山泽不，将故以官私自切，不获一果耶。今之所以为僻难者，盖暗推于有无之间耳。以无期我，我亦无也。空中有真，子不睹之，不可谓罕仿佛矣。所望在于不褰裳耳。二日可不，果何时能屈驾看金陵乎？"

　　十一月二十九日夜，定录君告许侯。

　　岂能割目前之近滞，慕难成之远功耶？若故栖情邱林，凭托京畿者。观金陵以偶想，将任意于吾子，勿谓我无方从，无以鉴矣。心单则试不晌，神苦则教不生，贤者之举，可不察耶。

　　保命君告。

　　右二条杨书，斯告实至言矣。

　　奉十一月二十九日告，得道者以其能排却众累。直面而进，于是百度自净。众务云散，该其优者不足为劳，披于艰者可以表心。正月中必有龟山客来东山，至时渠_{此应作讵字}可不一力赴乎？奉览高命，欣然无量。始入此月，公私艰掇。未获从心，命使_{此本是今暂字。后人改作命使}到京。往反计日，还便沐浴躬诣朝拜。不失此月，若吉日未过，愿垂告敕。又告贤者之举，复宜详之。昔未受上道之前，有欲索侧人意。有称说堪陶奖者，受隐书之后，此计都冥也。_{此下有两字被黵又齐行剪去，后似复更有语。此论贤者之举，似仍是前书上纸，而复酬十一月二十九日告。此告今不存，前十一月二十九日告语不同，又云正月龟山客来事。如此复酬后定录告，亦可是右英书中兼有此语耳。记不具存，难用显证。}

　　右二篇长史自书本。

　　令勤者勤其事，耽其元微耳。慎者亦触类而作也。学道之难，不可书矣。有耻鄙之心者，于道亦辽乎，灌秉然后可贵耳。贤者之举，自更始尔，今且当内忘。

　　右紫微夫人道此言。_{此是紫微见长史答右英道贤者之举事，故复酬此语也。长史妇亡后，更欲纳妾而修七元。家事最是所禁，故屡有及之。}

　　手笔何其落落，卢医之喻。复有韦弦之功，解冻炉门。其旨乃佳，当实心在此济矣。

　　定录告。_{此事中君见长史答右英书，复赏赞之也。}

　　心已至也，不复须诣山也。每空怀以向真，单诚以泛道者，虽欲不教，其可得乎？瞻赴山泽，乃更余事耳。要都无怀者，实使人悒然，今可停也。

　　十二月一日夜，定录告许侯。_{寻此语，复似酬到京不得来事，事相关涉不可领。}

　　正月二十七日，将不能暂诣，欲营宅处耶？龟山真人，似当其日来。未真至斋者，自可无仿佛，且欲令彼见我乎？

　　正月十四日保命告。_{案此告极似前所疑事，所以翻覆难解也。从此正月起至后，并是入丙寅年中事。}

右五条有杨书。

眘景登霄晨，游宴沧浪宫。彩云绕丹霞，灵蔼散八空。上真吟琼室，高仙歌琳房。九凤唱朱籥，虚节错羽钟。交栖金庭内，结我冥中朋。俱把玉醴津，倏欻已婴童。云何当路蹲，愆痾随日崇。

二月九日夜，云林作。

晨游太素宫，控辔观玉河。夕宴郁绝宇，朝采圆景华。弹璈北寒台，七灵晖紫霞。济济高仙举，纷纷尘中罗。盘桓嚣蔼内，愆累不当多。

二月十六日右英作。

元清眇眇观，落景出东淳。愿得绝尘友，萧萧罕世营。

吟此再三。

右三篇有杨书。

灵人隐元峰，真神韬云采。元唱非无期，妙应自有待。岂谓虚空寂，至韵故常在。携襟登羽宫，同宴广寒里。借问朋人谁，所存唯玉子。卓云虚之骏，抗翮于空同之上，斯人矣。岂不长揖南面，永谢千乘乎。

紫微诗及咏此。

驾风骋云辔，晨登太淳邱。绛津连岑振，清波鼓浚流。步空观九纬，八刚皆已游。暂宴三金秀，来观建志俦。勤懈不相淹，是以积百忧。

二月三十日夜。右英作。

褰裳济绿河，遂见扶桑公。高会太林墟，寝宴元华宫。信道苟淳笃，何不栖东峰。

紫微夫人歌此。

陵波越沧浪，忽然造金山。四顾终日游，罕我云中人。

右英吟此。

控景始晖津，飞飚登上清。云台郁峨峨，阆阖秀玉城。晨风鼓丹霞，朱烟洒金庭。绿蕊粲元峰，紫华岩下生。庆云缠丹炉，练玉飞八琼。晏晤广寒宫，万椿愈童婴。龙旂启灵电，虎旗征朱兵。高真回九曜，洞观均潜明。谁能步幽道，寻我无穷龄。

紫微夫人作：

紫阙构虚上，元馆冲绝飚。琳琅敷灵圃，华生结琼瑶。聘辔沧浪津，八风激云韶。披羽扇北幽，握节鸣金箫。凤籁和千钟，西童歌晨朝。心豁虚无外，神襟何朗寥。回儛太空岭，六气运重辽。我涂岂能寻，使尔不终彫。

右英夫人作：

翳蔼紫微馆，郁台散景飚。鸾唱华盖间，凤钩导龙辂。八狼携绛旌，素虎吹角箫。云勃写灵官，来适尘中嚣。解辔佳人寝，同呙自相招。寻宗须臾顷，万龄乃一朝。椿期会足衰，刻往岂足辽。真真乃相目，莫令心徂疗。虚力挥至空，鄙滞五神愁。

右紫微作：

朝启东晨晖，飞辔越沧渊。山波振青涯，八风扇元烟。回晤易迁房，有怀真感人。三金可游盘，东岑宜永甄。纷纷当途中，孰能步兰津。飘飖八霞岭，徘徊飞晨盖。紫辔腾太空，晒晤九虚外。玉箫激景云，灵烟绝幽蔼。高仙宴太真，清唱无涯际。去来山岳庭，何事有待迈。

四月十四日，紫微夫人作：

元波振沧涛，洪津鼓万流。驾景晤六虚，思与佳人游。妙唱不我对，清音与谁投。云中骋琼轮，何为尘中趋。

右同夕右英夫人吟歌此曲：

松柏生元岭，郁为寒林桀。繁葩盛严冰，未肯惧白雪。乱世幽重岫，巡生道常洁。飞此逸辔轮，投彼遰人辙。公侯可去来，何为不能绝。

右右英作：

神玉曜灵津，七元焕神扉。灵迁方寸里，一跃登太微。妙音乘和唱，高会亦有机。齐此天人旿，协彼晨景飞。总辔六合外，宁有倾与危。

四月二十三日夜，紫微夫人作：

元感妙象外，和声自相招。灵云郁紫晨，兰风扇绿轺。上真宴琼台，邈为地仙标。所期贵远迈，故能秀颖翘。玩彼八素翰，道成初不辽。人事胡可豫，使尔形气销。

四月二十七日夜，南岳夫人作：

右十二篇有杨书，又杂掾写。

清净愿东山，荫景栖灵穴。愔愔闲庭虚，翳荟青林密。圆曜映南轩，朱凤扇幽室。拱袂闲房内，相期启妙术。寥朗远想元，萧条神心逸。

闰月三日夜，右英作，示许长史。案晋历，丙寅年闰四月也。

右有杨书，又掾写。

纵心空同津，总辔策朱轩。佳人来何迟，道德何时成。吟此道。

有心许斧子，言当采五芝。芝草不必得，汝亦不能来。汝来当可得，芝草与汝食。此两得及来，并戏作吴音。

右英吟此。

右二篇有杨书：

八涂会无宗，乘运观嚣罗。化浮尘中际，解衿有道家。骋烟忽未倾，携真造灵阿。虚景盘琼轩，元钧作凤歌。适路无轨滞，神音傃云波。齐德秀玉京，何用世间多。

授书毕，又吟良久，而复授令书此诗。似不与书上相连也。

坦夷观天真，去累纵众情。体寂废机驷，崇有则摄生。焉得齐物子，委运任所经。

右中候夫人作：

薄宴尘飚领，代谢缘还归。奚识灵劫期，顾眄令人悲。

紫微夫人作。

右三篇有掾书：

林振须类感，云蔚待龙吟。元数自相求，触节皆有音。飞轩出西华，总辔忽来寻。八遐非无娱，同咏理自钦。悼此四罗内，百忧常在心。俱游北寒台，神风开尔襟。

六月二十三日夜，南极夫人作：

登轩发东华，扇欻傃太元。飞辔腾九万，八落亦已均。暂眄山水际，窈窕灵岳间。同风自齐气，道合理亦亲。龙芝永遰龄，内观摄天真。东岑谓应作岑字。可长净，何为物所缠。

六月二十三日夜，中候夫人作。

右二篇有杨书，又掾写：

五月十二日，中君喻书。此九字题卷外，从此后并似是丁卯年中授书。此事皆论三许挺分也。

阿映遂能绝志山林，勤心道味，净神注精。研澄虚镜，元亭独宴，子栖偶真。乃翁道远之畴匹，姜伯真之徒也。服芺挹液，卒获其益，亦至事也。昔又人在临海赤山中，赤山一名烧山。遇良友王世龙、赵道元、傅太初者，此数子始以晋建兴元年，渡江入东山中学道耳。并与相见，数人之业，皆胜于映矣！映遂师世龙，授解束之道。修反行之法。服玉液，朝脑精。二三年中，面有光华。还颜反少，极为成道，但恨其所禀不饶。不得高品之通耳。于是司命敕吾举之，使奏闻上宫。移名东方诸署为地仙，时三官都禁左郎。遣典柄侯周鲂、主非使者严白虎，来于赤山中。即欲执之以去，且诘其罪状，吾时禁牙，谓应作讶字。又乃驰启司命。司命即遣中侯李遵，握火铃而来。呵摄之，于是鲂及白虎乃走去耳。李遵未来之时，映惧怖失胆，亦丧气矣。亦赖龚幼节、李开林、助映为答对，亦几至败也。自无此二人，及其师王世龙，亦早恶矣。鲂诰谓应作诘字。之亦有实，映答对亦可可。三宫出丹简罪簿，各执一通而问映云："夫欲学道慕生，上隶真人，元心栖遐。恭诚高灵者，当得世功相及。祸恶不遭，阴德流根。仁心上逮，乃可步真索仙，度名青府耳。"云何父手杀谢弓，且乱逆三光，又许朝斩李卫之头。以代蔡扶之级，又走斩射潘綦等，支解铃下曹表等。水沈汤云之尸，火烧徐昂之骸，绞杀桓整。剐割振哙，酷害虐暴，刑揽谓应作滥字。四十有三。张皇讼冤，事在天帝。祸庆山积，善功无一。又汝本属事帛家之道，血食生民，遘愆宿责。列在三官，而越幸纲脱。奉隶真气，父子一家。各事师主，同生乖戾，不共祭酒。罪咎之大，阴考方加。有如此积罪，亦无仙者，当可得欺太上之曹。使汝得名刊不死之紫录耶。汝其无对者，有司必执也。映自强长啸，振褐抚发。尔乃整气扉口，叱咤而答曰："大道不亲，唯善是与。天地无心，随德乃矜。是以坂泉流血，无违龙髯之举。三苗丹野，逐谓应作逐字。鹿绛草，岂妨大圣灵化，高通上达耶？"吾七世父许子阿者，积仁著德。阴和鸟兽，遇凶荒之年。人民饥馑，加之疫疠。百遗一口，阿乃施散家财，拯其众庶。亲营药方，勤劳外舍。临人之丧，如失其亲。救人之患，如己之疾。已死之命，悬于阿手。穷垂之身，抚之如子。度脱凶年，赖阿而全者。四百八人，仁德不队。谓应作坠字。后当钟我等，是以功书上帝，德刊灵阁，使我祖根流宗泽，廓光后绪。故使垂条结华，生而好仙。应得度世者五人，登升者三人，录名太上。策简青宫，岂是尔辈所可豫乎？言毕，鲂等豁然而笑，遵至而去矣。

此意虽复是世龙之助，吾亦壮其辞也。于是即得度名东宫，当为仙之中者，然其身中自宿有阴罪未了处。已日就补复，解谢太上，行当受书署者也。盖尔不复受考于三官，已定名于不死之录矣。今已移在竹叶山中，或名此山为盖竹山，山之东面两陇。西上其中有石井桥，桥之北小道。直入其间，有六丛杉树。树之左右三百步，有小石深室。室前有流泉水映，与三人共止其中。此辰年当自暂出还人食诡，亦欲暂还乡里山之近处，令其家兄弟见之者也。临时自当令其弟知之所在，乃又寄谢令弟子勤之。若欲至竹叶山索映，亦即得相见。竹叶山东上石桥，桥之北小道甚径易，勿从南山上。山南道绝险，竹叶山中仙人陈仲林、许道居、尹林子、赵叔道。此四人并以汉末来入此山，叔道已得为下真人。仲林大试适过，行复去此，是竹叶山中旧仙人也。其王世龙、赵道元、傅太初、许映或名远游，适来四年耳。

右从五月十二日至此，并杨书受旨本：

纳纳长者，蔚蔚内明。拨于昔累，非复故形。变扇澡炼，得道之情。和挹神心，仰秀云灵。倾观晨景，德音兰馨。方及十载，季玮。谓应作伟字。举名。每事勖焉，勿复不精。

太和二年，岁在丁卯，十二月十七日夜，太元真人司命君告穆，到丙子年为十年矣。时当七十二也。到亥子年神化变炼，子年始余十年。

萧条斧子，和心凝静。道乐虽妙，乘之亦整。澄形丹空，擢标霄领。其神以晖，其光将颖。实侍辰谓应作晨字。之高举，谷子之罗鼎此古鼎字。可谓秀落众望，紫渟之仙才，又当勤进德修业，淡然虚眄。

十二月十七日夜，太元真人司命君告玉斧。祖司徒府辟掾不赴，隐在本县茅山五年。此十六字荣弟后所注，其公府辟似妄也。

渊奇体道，解幽达精。虚中受物，柔德顺贞。慈宽博采，闻道必行。逍遥飞步，启诚坦平。

策龙上造，浮烟三清。实真仙之领帅，友长里之先生。必当封牧种邑，守伯仙京。傅佐上德，列书绛名。

右说道许长史所得限分：尔时护军长史。此六字亦荣弟所注。

玮灼清晖，潜光翳真。二景落锋，飞霞流缠。于焉玉子，采此双辰。遂开上道，允得妙门。仪璘洞焕，玉标元金。登名五宫，悬书七元。寔迭域之并罗，为上清之卿君。是子内和感虚，托真情专之所致。亦南人云轸之必驾，三元景辇之携游也。此云迭域，即谷希子也。与前司命所答谷子之罗鼎事同。

右说道许玉斧所得之分。此前后二右字下说字，出长史书。云右清灵真人说云云。而杨君书无此四字，当是于时杨向长史口道是裴君也。

此是道成勤至，受书之时，初所举定目之名也。亦得道斋诣之分限矣。恃而替者，得来必无从矣。当共真此。

右五条有杨书、长史写、两本。

保命告云，许子遂能委形冥化，从张镇南之夜解也。所以养魂太阴，藏魄于地。四灵守精，五老保藏。复十六年，殆睹我于东华矣。既适潜畅，莫觉不真。许子即是掾也。按张系师为镇南将军，建安二十一年亡葬邺东。后四十四年，至魏甘露四年，遇水棺开。见尸如生，出著床上，因举尘尾覆面，大笑咤又亡。仍更殡葬其外，书事迹略如此。未审夜解当用何法，依如许诀，似非剑杖也。

右英告曰："自古及今，死生有津。显默异会，藏往灭智。与世同之者，皆得道之行也。若夫琼丹一御，九华三飞，云液晨酣。流黄徘徊，仰咽金浆。咀嚼玉蕤者，立便控景登空，元升太微也。自世事乖元，斯业未就，便当暂履太阴，潜生冥乡。外身弃质，养胎虚宅。陶气绝籥受精元漠。故改容于三阴之馆，童颜于九炼之户。然后知神仙为奇，死而不亡，去来之事，理之深也。"

南人告云："得道去世，或显或隐，托体遗迹，道之隐也。或有再醋琼精而叩棺，一服刀圭而尸烂。鹿皮公吞玉华而流虫出户，仇季子咽金液而臭闻白里。黄帝火九鼎于荆山，尚有桥领之墓。季主服云散以潜升，犹头足异处。墨秋咽虹丹以投水，甯生服石脑而赴火。务光剪韭以入清泠之渊，柏成纳气而赐胃三腐。诸如此比，不可胜记。微乎得道，趣舍之迹无常矣。"南人即南真人夫也。此诸仙人出诸传记，而事迹有参差不同者。

保命又云："既适潜畅，莫觉不真。如此之指，非真尸也。"

右四条有长史书：

人死，必视其形如生人，皆尸解也。视足不青，皮不皱者，亦尸解也。要目光不毁，无异生人，亦尸解也。头发尽脱而失形骨者，皆尸解也。白日尸解自是仙，非尸解之例也。

右一条甲手书写：

若其人暂死适太阴，权过三官者，肉既灰烂。血沈脉散者，而犹五藏自生。白骨如玉，七魄营侍，三魂守宅。三元权息，太神内闲。或三十年二十年，或十年三年，随意而出。当生之时，即更收血育肉。生津成液，复质成形，乃胜于昔未死之容也。真人炼形于太阴，易貌于三宫者，此之谓也。天帝曰："太阴炼身形，胜服九转丹。形容端且严，面色似灵云。上登太极阙，受书为真人。"赵子成死后五六年，后人晚山行，见此死尸在石室中。肉朽骨在，又见腹中五藏，自生如故。液血缠裹于内，紫包结络于外。

夫得道之士，暂游于太阴者，太乙守尸。三魂营骨，七魄卫肉，胎灵录气。

右三条是长史抄写九真经后服五石腴事。

其用他药得尸解，非是用灵丸之化者，皆不得反故乡，三官执之也。有死而更生者，有头断已死。乃从一旁出者、有未敛而失尸骸者、有人形犹在而无复骨者、有衣在形去者、有发脱而失形者、白日去谓之上尸解。夜半去谓之下尸解，向晓向暮之际，而谓之地下主者也。

右一条是掾抄写剑经后论尸解事。

真诰卷五

甄命授第一

道授。此有长史掾各写一本，题目如此，不知当是道家旧书。为降杨时说，其事旨悉与真经相符，疑应是裴君所授。所以尔者，按说宝神经云道日。此后云我之所师，南岳赤松子。又房中之事，惟裴君少时受行耳。真诰中有吾昔常恨此，赖解之早耳。此语亦似是清灵言故也。君曰："道者混然，是生元炁。元炁成，然后有太极。太极则天地之父母，道之奥也。故道有大归，是为素真。故非道无以成真，非真无以成道。道不成，其素安可见乎？是以为大归也。见而谓之妙，成而谓之道。用而谓之性，性与道之体。体好至道，道使之然也。"此说人体自然与道炁合，所以天命谓性，率性谓道，修道谓教，今以道教使性成真，则同于道矣。

君曰："太上者，道之子孙，审道之本，洞道之根。是以为上清真人，为老君之师。"此即谓太上高圣玉晨大道君也。为太极左真人中央黄老君之师。

君曰："老君者，太上之弟子也。年七岁而知长生之要，是以为太极真人。"

君曰："太极有四真人，老君处其左，佩神虎之符，带流金之铃，执紫毛之节，巾金精之巾，行则扶华晨盖。乘三素之云。"此二条事出九真中经，即是论中央黄老君也。黄老为太虚真人南岳赤君之师，裴既师赤君，所以崇其本始而陈其德位也。

君曰："道有八素真经，太上之隐书也。在世。"

君曰："道有九真中经，老君之秘言也。在世。"

君曰："道有太清上经，变化七十四方。"

君曰："道有除六天之文，三天正法。在世。"

君曰："道有黄气阳精，藏天隐月。"

君曰："道有三元布经，道真之图。"

君曰："道有黄素神方四十四诀。"

君曰："道有黄书赤界，长生之要。"长史书本杜家，剪除此一行。

君曰："道有赤丹金精，石景水母。"

君曰："道有青要紫书，金根众文。"

君曰："道有玉清真诀，三九素语。"

君曰："道有石精金光，藏景录形。在世。"

君曰："道有丹景道精，隐地八术。"

君曰："道有白简素箓，得道之名。"

君曰："道有紫度炎光。夜照神烛。"

君曰："此皆道之经也。黄书杜家黵，易此字为经方。世多有者，然亦是秘道之事矣。"天师取其名而布其化，事旨大略，犹同日每增广其法耳。此所云黄书赤界三一经，涓子所说黄赤内真者，非今世中天师所演也。

君曰："仙道有飞步七元，天纲之经。在世。"

君曰："仙道有七变神法，七转之经。"

君曰："仙道有大洞真经三十九篇，在世。"

君曰："仙道有大丹隐书，八禀十决。"

君曰："仙道有天关三图，七星移度。"

君曰："仙道有九丹变化，胎精中记。"

君曰："仙道有九赤班符，封山坠海。"

君曰："仙道有金液神丹，太极隐芝。"

君曰："仙道有五行秘符，呼魂召魄。"

君曰："仙道有曲素决辞，以招六天之鬼。在世。"

君曰："仙道有黄水月华，服之化而为月。"

君曰："仙道有徊水玉精，服之化而为日。"

君曰："仙道有钚刚树子，服之化而为云。"

君曰："仙道有水阳青映，服之化而为石。"

君曰："仙道有赤树白子，服之化而为玉。"

君曰："仙道有绛树青实，服之化为黄金。"

君曰："仙道有琅玕华丹，服之化为飞龙。"

右此十七条，在灵书紫文中，并琅玕丹之所变化也。

君曰："仙道有九转神丹，服之化为白鹄。"右在茅司命传中。

君曰："仙道有天皇象符，以合元炁。"亦在紫文中。

君曰："仙道有白羽紫盖，以游五岳。"

君曰："仙道有三皇内文，以召天地神灵。"右世中虽有，而非真本。

君曰："仙道有玉佩金铛，以登太极。"

君曰："仙道有神虎之符，以威六天。"

君曰："仙道有流金之铃，以摄鬼神。"

君曰："仙道有素奏丹符，以召六甲。"

君曰："仙道有金真玉光，以映天下。"

君曰："仙道有八景之舆，以游行上清。"

君曰："仙道有飞行之羽，以超虚蹑空。"

君曰："仙道有紫绣毛帔，丹青飞裙。"

君曰："仙道有白羽黑翻，以翔八方。"

君曰："仙道有翠羽华衣，金铃青带。"

君曰："仙道有曲晨飞盖，御之体自飞。"在剑经中。

君曰："仙道有三十七种色之节，以给仙人。"

君曰："仙道之妙，皆有方也。能尽此道，便为九宫真人，不但登仙而已。然道之多方各备，则可知矣。此盖能为尽一条之道，使得九宫真人，若各各备具。则为太极真人矣。

君曰："今子既至心学道，当以道授子耳。然学者皆有师。我之所师，南岳松子。松子为太虚真人左仙公，谷希子为右仙公，昔太上以德教，老子以得道。松子以道授于我，以得仙。我之得道于松子，今子欲学道，彼必试子。试而不过，是我之耻也。今既语子以得道之方，又语汝以试观之法于此。试而不过者，亦子之愚也。夫欲试之人，皆意之所不悟，情之所不及者而为之，子慎之哉。"

君曰："仙道十二试，皆过而授此经，此十二事大试也。皆太极真人临见之，可不慎哉。"

君曰："昔中山刘伟道，学仙在幡冢山。积十二年，仙人试之以石。重十万斤，一白发悬之，使伟道卧其下。伟道颜无变色，心安体悦，卧在其下。积十二年，仙人数试之，无所不至，已皆语之。遂赐其神丹而白日升天。"此应是汉时人。

君曰："昔青乌公者，身受明师之教，审仙妙之理。至于入华阴山中学道，积四百七十一岁，十二试之有三不过。后服金汋而升太极，太极道君以为试三不过，但仙人而已，不得为真人。况俗意哉！"青乌公，似是彭祖弟子也。

君曰："大洞之道，至精至妙。是无英守素，真人之经。其读之者，无不乘云驾龙。昔中央黄老君，隐秘此经，世不知之也。子若知之，秘而勿传。又昔周君兄弟三人，并少而好道。在于常山中，积九十七年，精思无所不感。忽然见老公，头首皓白，三人知是大神。乃叩头流血，涕泪交连，悲喜自搏，就之请道。公乃出素书七卷，以与诵。兄弟三人，俱精读之。奄有一白鹿在山边，二弟放书观之，周君读之不废。二弟还，周君多其弟七过。其二弟内意，或云仙人化作白鹿，呼周视之。周君不应，周君诵之万过。二弟诵得九千七百三十三过，周君翻然飞仙。二弟取书诵之，石室忽有石爆成火。烧去书，二人遂不得仙。今犹在常山中，陆行五岳也。子慎之哉。"

君曰："昔在庄伯微，汉时人也。少时好长生道，常以日入时。正西北向，闭目握固，想见昆仑。积二十一年，后服食入中山学道，犹存此法。当复十许年，后闭目乃奄见昆仑，存之不止。遂见仙人，授以金汋之方，遂以得道。犹是精感道应，使之然也。非此术之妙也。"

君曰："真人隐其道妙，而露其丑形。或衣败身悴，状如痴人。人欲学道，作此试人，卒不可识也。不识则为试不过，汝恒当慎此也。"

"昔汉初，有四五小儿，路上画地戏。一儿歌曰：著青裙，入天门，揖金母，拜木公。到复是隐言也。时人莫知之，唯张子房知之，乃往拜之。此乃东王公之玉童也。所谓金母者，西王母也。木公者，东王公也。仙人拜王公。揖王母。"

君曰："昔有傅先生者，其少好道。入焦山石室中，积七年，而太极老君诣之。与之木钻，使穿一石盘，厚五尺许。云穿此盘，便当得道。其人乃昼夜穿之，积四十七年。钻尽石穿，遂得神丹，乃升太清，为南岳真人。此有志之士也，子其识之，若有此试，慎勿言不能也。"

君曰："昔有黄观子者，亦少好道。家奉佛道，朝朝朝拜叩头，求乞长生，如此积四十九年。后遂服食入焦山，太极真人百四十事试之，皆过。遂服金丹而咏太洞真经，今补仙官，为太极左仙卿，有至志者也。非佛所能致，是其中寸定矣。"此说与傅含真奉佛事亦同。

君曰："昔毛伯道、刘道恭、谢稚坚、张兆期，皆后汉时人也。学道在王屋山中，积四十余年。共合神丹，毛伯道先服之而死，道恭服之又死。谢稚坚、张兆期，见之如此，不敢服之，并捐山而归去。后见伯道、道恭、在山上，二人悲愕。遂就请道，与之茯苓持行方，服之皆数百岁。今犹在山中，游行五岳此人知神丹之得道，而不悟试在其中，故但陆仙耳。无复登天冀也。"谢稚坚有三处出，一云与葛元相随，一云在鹿迹洞中，一即是此。未详为是一人，当同姓名耳。

君曰："晋初有真人郭声子，在洛市中作卜师。时刘、石、张、臧四姓，并欲学道，常自叹云。不遇明师，明师出而己不觉。皆为试不过，皆无所得也。常当慎此，有异不觉，便为试不过也。人有学道之心，天纲疏而不失，皆并试人。汝深思此意，慎之也。"

君曰："昔闻成子少好长生，好学道四十余年。后入荆山中，积七十余岁。为荆山山神所试，成子谓是真人。拜而求道，而为大蛇所噬。殆至于死，赖悟之速，而存太上想七星以却之。因而得免，后复为邪鬼所惑，失其左目，遂不得道而绝山中。子当慎此之试，恒存于师也，犹是成子用志不专，颇有邪心故也。"

君曰："黄子阳者，魏人也。少知长生之妙，学道在博落山中，九十余年。但食桃皮，饮石中黄水，后逢司马季主。季主以导仙八方与之，遂以度世。"此六国时魏，非汉后魏世也。

君曰："有刘奉林者，是周时人。学道在嵩高山，积四百年。三合神丹，为邪物所败。乃行徙入委羽之山，能闭炁三日不息，于今千余年矣。犹未升仙，犹是试多不过，道数未足故也。此人但服黄连，以得不死耳。不能有所役使也。"

君曰："昔高邱子，殷人也。亦好道，入六景山，积五百二十余岁。但读黄素道经，服饵术，后合鸿丹，以得陆仙。游行五岳，二百余年后，得金液以升太清也。今为中岳真人。"此说与剑经序亦略同。

君曰："为道当令三关恒调，是根精固骨之道也。三关者，口为心关，足为地关，手为人关，谓之三关。三关调则五藏安，五藏安则举身无病。昔赵叔期学道在王屋山中，时时出民间。闻有能卜者在市阛中，叔期往见之。因语叔期曰：'欲人天门调，三关存，朱衣正昆仑。'叔期知是神人，因拜叩头，就请要诀。因以一卷书与之，是胎精中记。拜受此书，入山诵之，后合神丹而升天。此皆前事之征者，汝当识此言。"三关事与黄庭同。并有说而无法。

君曰："当存五神于体，五神者，谓两手两足头是也。头想恒青。两手恒赤，两足恒白者，则去仙近矣。昔徐季道学道在鹄鸣山中，亦时时出民间。忽见一人，着皮裤练褶。拄桃枝杖。逢季道，季道不觉之，数数非一，季道乃悟而拜谢之。因语季道曰：'欲学道者，当巾天青。咏大历，戴双白。徊二赤，此五神之事也'，其语隐也，大历、三皇文是也。"此即太素五神事也。别有经法。

君曰："欲使心正，常以日出三丈，错手着两肩上。以日当心，心中闲暖，则心正矣。常能行之佳，昔有姜伯真者。学在猛山中，行道采药，奄值仙人。仙人使平倚日中，其影偏。仙人曰：'子知仙道之贵，而笃志学之，而不知心不正之为失。'因教之如此，后遂得道。"定录目许先生云姜伯真之徒，不知即此姜不。

君曰："常以夜半时，去枕平卧，握固放体，气调而微者，身神具矣。如有不具，便速起烧香，平坐闭目。握固两膝土，心存体神，使两目中有白炁如鸡子大在目前，则复故也。五日一行之。"此即二十四神中事也。

君曰："食草木之药，不知房中之法及行炁导引，服药无益也。终不得道。若至志感灵，所存必至者，亦不须草药之益也。若但知行房中导引行炁，不知神丹之法，亦不得仙也。若得金汋神丹，不须其他术也。立便仙矣，若得大洞真经者，复不须金丹之道也。读之万过毕，便仙也。房中之术，导引行炁，世自有经，不复一二说之。"此谓徒服药存修，而交接之事不绝，亦不得长生。非言都不为者，若都不为，止服药，皆能得仙。经曰：'得道者，皆隐谷虫之法。而见三尸之术，夫谷虫死则三尸枯、三尸枯，自然落矣。杀谷虫自有别方，得者秘之'。此即苏传中初神丸方也。其馀杂法，皆不及此也。

君曰："人生有骨录，必有笃志，道使之然。若如青光先生、谷希子、南岳松子、长里先生、墨羽之徒，皆为太极真人所友。或为太上天帝所念者，兴云驾龙以迎之，故不学道而仙自来也。过此以下，皆须笃志也。"案此诸人学道，皆有事迹，并经辛勤，而云不学自得。其义未了，墨羽应是墨翟，亦或是木羽也。

君曰："然则学道者有九患，皆人之大病。若审患病，则仙不远也。患人有志无时，有时无友，有友无志，有志不遇其师，遇师不觉，觉师不勤，勤不守道。或志不固，固不能久，皆人之九患也。人少而好道，守固一心，水火不能惧其心，荣华不能惑其志。修真抱素，久则遇师，不患无也。如此则不须友而成，亦不须感而动也。此学仙之广要言也，汝当思此。"

君曰："夫喜怒损志，哀戚损性，荣华惑德，阴阳竭精，皆学道之大忌。仙法之所疾也！虽还精胎息，仅而补之。内虚已彻，犹非本真。莫若知而不为，为而不散，此仙之要道，生之本业也。"

君曰："欲得延年，当洗面精心。日出二丈，正面向之，口吐死炁，鼻噏日精，须鼻得嚏便止。是为炁通，亦以补精复胎，长生之方也。"

君曰："食慎勿使多，多则生病。饱慎便卧，卧则心荡。心荡多失性，食多生病，生病则药不行。欲学道者，慎此未服食时也。"

君曰："式规之法，使人目明。久而彻视，常以甲子之旬，取东流清水，合真丹以洗目。日向清明，平旦二七过，常行之佳。"此事一出二十四神中，彼谓之拂童，而用庚午日中时也。

君曰："欲为道者，目想日月。耳响师声，口恒吐死炁。取生炁，体象五星，行恒如删。空心存思长生，慎笑节语，常思其形，要道也。"

君曰："七五之法，常当存之。五者在身，七者在经。"

君曰："世有下土恶强之鬼，多作妇女以惑试人。若有此者，便开炁思天关之中。衡辅之星，具身神、正颜色、定志意、熟视其规中。珠子浊不明者，则鬼试也。知鬼试则思七星在面前，亦可在头上以却之。若规中方明者，仙道人也。悟者便拜之，不悟为试不过，若遇邪而谓真人，亦是不过之例也。子慎之焉。"邪正相乱，此最试之难者。

君曰："饮食不可卒断，但当渐减之耳。十日令减一升，则半年便断矣。断谷自有方，世多有者，不复重说之。世人之食桃档以补身，不知桃皮之胜也，桃皮别自有方。"

君曰："断谷入山，当煮食白石。昔白石子者，以石为粮，故世号曰白石生，此至人也。今为东府左仙卿，煮白石自有方也。白石之方，白石生所造也。又善太素传所谓白石有精，是为白石生也。"此方在世。

君曰："大素传者，道书也。学此应奉太上老君上清皇人，此皓然虚映景中之道，非仙之道也。老子所谓谷神是也。"

君曰："王屋山，仙之别天，所谓阳台是也。诸始得道者，皆诣阳台，阳台是清虚之宫也。欲入山者，此山难尚也。下生鲍济之水，水中有石精，得而服之，可长生。"此山在河内泌水县，即济水所出之源也。

君曰："大洞者，神州是也。神州别有三山，三山有七宫，七宫有七变；朝化为金，日中化为银，暮化为铜，夜化为光；或化为山，或化为水，或化为石，谓之七变。七变有七经，七经有二十一玉童随此书，故曰大洞真经。读之万过便仙，此仙道之至经也。"

君曰："阆野者，阆风之府是也。昆仑上有九府，是为九宫，太极为太宫也。诸仙人俱是九宫之官辽谓应作像字。耳。至于真人，乃九宫之公卿大夫。仙官有上下，各有次秩，仙有左右府。而有左右公、左右卿、左右大夫、左右御史也。明大洞为仙卿，服金丹为大夫，服众芝为御史。若得太极隐芝服之，便为左右仙公及真人矣。"

君曰："有尸解乃过者，乃有数种，并是仙之数也。尸解之仙，不得御华盖，乘飞龙。登太极。游九宫也。"此谓自然得尸解，为地下主者之类耳。非云托化遁变之例也。

君曰："阳丹九转，世人皆有此术，不复说之。"此谓房中之事耳。阳丹或应作阴丹。

君曰："在人间学生，唯当服药子，不断谷则大洞未可得闻。断谷之法，世自有方。"

君曰："吾欲说仙之妙论，道之变化，子必秘之，慎识吾言也。"当谓后二条事。

君曰："昔有郭崇子者，殷时人也。彭真人之弟子，尝兄弟四人俱行。为恶人所击，伤其左臂，三弟大怒，欲取治之。崇子曰：'无用'。笑而各去。此人后仕宦，而崇子誉致之，数数非一。此人乃往谢之，而犹誉不止。其人曰：'我恶人也。不可以受君子之施，乃自杀。'后崇子得道，太极真人以为有杀人之过，不得为真人。"此盖为善之过，尚招其弊，况为恶乎？今时事亦多有类此者，故以为戒。

范零子，少好仙道，如此积年。后遇司马季主，季主将入常山中，积七年。入石室，东北角有石瓯。此作之叶反音，即是大瓮也。或可是石牖。季主出行，则语之曰："慎勿开此，如此数数非一"。零子忽发视，下见其家父母大小，近而不远。乃悲思。季主来还，乃遣之归，后复取之。复使守一铜柜，又使勿发，零子复发之。如前见其家，季主遣之，遂不得道。此事乃入不可思议之境，然每当依此触类慎之。

积功满千，虽有过故得仙，功满三百，而过不足相补者子仙。功满二百者孙仙。子无过，又无功德，藉先人功德，便得仙。所谓先人馀庆，其无志多过者，可得富贵。仙不可冀也。此一条功过之标格也，可不勉乎。

右道授卷，讫此。

右一卷有长史书，又搽画。

真诰卷六

甄命授第二

紫微夫人服尤叙。此有搽书两本，虽曰尤叙，其实多原大略极论，似乎不自书意也。紫微才丰情绮，动言富逸，牵引始末，恒超理外。其后所譬。深明黄赤之致矣。夫晨齐浩元，洞冥幽始，八朵靡浑，灵关未理者，则独坦观于空漠。任天适以虚崎，于是淳音微唱，和风合起，二明鉴晖，霄翳无待也。拥萌肇于未剖，塞万源于机上。含生反真，触类藏初，爰可晒万岁以为天，愿婴札而长耳。何事体造灵神之冥乡，心研殊方之假外哉！自形无得真之具，器无任真之用者，诚宜步天元之妙摄。推万精以极妙，寻九纬以挺生。睹晨景之迥照，仰观烟气，则灵云缠虚。俯眄六律，则八风扇威。太无发洞冥之啸，圆曜有映空之晖。于是紫霞霭秀，波激岳颓。浮烟笼象，清景遁飞。五行杀害，四节交掷。金土相亲，水火结隙。林卉停偃，百川开塞。洪电纵横而呴沸，雷震东西而折裂。天屯见矣，化为阳九之灾，地否阒矣。乃为百六之会，亢悔载穷于乾极。睹群龙玃示，流血乎坤野，尔乃吉凶互冲。众示灾咎，履坦道者，将幽人贞吉。居肥遁者，亦无往不利，冒崄蠘也。行必舆尸，涉于东北，则丧朋而悔至。苟大川之不利，明坎井之沉零矣。此皆人失其真，物乖我和，游竟万端。神鬼用谋，容使天地无常，以百姓为心。于是太上真人，愍万流之鼓动，开冥津以悟贤，遂尔导达百变。摄生理具，居福德者常全，处危害者彫折，御六气者定寿；服灵芝者神逸；奇方上术，演于清虚之奥。金简玉札，撰于委羽之台。窈窕神唱，真晖合离。歌其章则控晨太微，用其道则扬轮九陔。轩盖于流霞之阵，眷眄于文昌之台。或炉转丹砂之幽精粉炼金碧之紫浆，琅玕郁勃，以流华八琼，云焕而飞扬。绛液回波，龙胎隐鸣。虎沫凤脑，云琅玉霜。太极月醴，三环灵刚。若以刀圭奏矣。神羽翼张，乃披空同之上文。炜煜元始之室，琼音琅书。发乎三元之宫，宝绂纡三元之赠。蕊珮发丹林之房，上帝献紫軿之重跃，太真锡流金之火钤。神童启辕，九凤齐鸣。天籁骇虚，晨锺零铿。辣身抑旄，八景浮空，龙舆虎旗，游扇八方。上造常阳之绝杪，下寝倒景之兰堂。月妃参驷，日华照容。灵姬抱衾，香烟溢窗。顾眄而圆罗迈矣。何九万之足称哉！然后知高仙之道盖上，寻灵之涂微妙，服御之致合神，吉凶之用顿显也。自非无英公子，黄老王书。大洞真经，三十九章。豁落七元，太上隐元者，莫有群偶于此术矣。复有体神精思，宝炼明堂，朝适六灵，使五藏生华。守闭元关，内存九真。三气运液，而灌溉丹田。亦其次也。夫丹诚而蔬袥者，亦奚用东邻之太牢哉！乃可加以五云水桂，尤根黄精，南烛阳草，东石空青，松柏脂实。巨胜茯苓，并养生之具，将可以长年矣。吾又俱察草木之胜负，有速益于己者，并未及尤势之多验乎？且顷以来，杀气蔽天。恶烟弥景，邪魔横起，百疾杂臻，或风寒关结。或流肿种痾，不期而祸凑。意外而病生者，比目而来集也。夫尤气则式遏鬼津，吐烟则镇折邪节。强内摄魂，益血生脑。逐恶致真，守精卫命。餐其饵则灵柔四敷，荣输轻盈。服其丸散则百病疗除，五藏含液，所以长远视久而更明也。古人名之为山精之赤，山姜之精。太上导仙铭曰："子欲长生，当服山精。子欲轻翔，当服山姜。"此之谓也。我非谓诸物皆当减，尤为益也。且尤气之用，是今时所要。末世多疾，宜当服御耳。夫道虽内足，犹畏外事之祸。形有外充者，亦或中崩之弊，张单偏致，殆可鉴乎！

术，一可以长生永寿，二可以却万魔之枉疾。我见山林隐逸，得服此道，千年八百，比肩于五岳矣。人多书烦，不能复一二记示之耳。今撰复尤数方，以悟密尚，若必信用，庶无横暴之灾。既及太平，则四凶含融。天纬荐生，灾烟消灭。五毒匿形，二辰恒察。万物自成，于是时任子所运而御，亦无复夭倾也。今所言术，欲令有心取服，过此灾痾耳。又顷者末学互相扰竞，多用混成及黄书赤界之法。此诚有生和合，二象匹对之真要也。若以道交接，解脱网罗。推会六合，行诸节气。却灾消患，结精宝贻。上使脑神不亏，下令三田充溢。进退得度而祸除，经纬相应而常康。敌人执辔而不失，六军长驱而全反者，乃有其益，亦非仙家之盛事也。呜呼危哉！

此虽相生之术，俱度之法。然有似骑冰车而涉乎炎州，泛火舟以浪于溺津矣。自非真正，亦失者万万。或违戾天文，潜害嫉妒，灵根郁塞，否泰用隔。犯誓恣明，得罪三官。或构怨连祸，王师伤败；或坑降杀服，流血膏野；或马力以竭，而求之不已。若遂深入北塞而不御者，亦必绝命于匈奴之刀剑乎！将身死于外，而家诛于内也。可不慎哉。可不慎哉。我见诸如此等，少有获益。徒有求生之妄作，常叹息于生生矣。岂若守丹真于绛宫，朝元神于泥丸。保津液而不亏，闭幽术于命门。饵灵尤以颐生，漱华泉于清川。研元妙之秘诀，诵太上之隐篇。于是高栖于峰岫，并金石而论年耶。诸侯安得而友，帝王不得而臣也。远风尘之五浊，常清净以期真。优哉悠哉，聊乐我云。案此后应有尤方相连，而二本并无。乃别有掾书二方，似即是此法，今撰取在第三卷中。

右一条有掾书两本，一黄笺一碧笺。

方诸青童见告曰："人为道亦苦，不为道亦苦。惟人自生至老，自老至病护身至死。其苦无量，心恼积罪。生死不绝，其苦难说。况多不终其天年之老哉！为道亦苦者清净存其真，守元思其灵。寻师辗轲，履试数百。勤心不堕，用志坚审，亦苦之至也。视诸侯之位如过客，视金玉之宝如砾石。视纨绮如弊帛者，始可谓能问道耳。"

方诸青童君曰："人之为道，能拔爱欲之根者，譬如掇悬珠。一一掇之，会有尽时。稍去外恶，会有尽时。尽则得道矣。又近喻牛负重行泥中，疲极不敢左右顾，趣欲离泥以苏息。道士视情欲甚于彼泥中，直心念道，可免众苦，亦得道矣。"谨案上相都无降授事，唯有此二告及歌诗一首。恐未必是杨君亲所瞻奉受记也。

西城王君告曰："夫人离三恶道，得为人，难也；既得为人，去女为男，难也；既得为男，六情四体完具，难也；六情既具，得生中国，难也，既处中国，值有道父母国君，难也；既得值有道之君，生学道之家，有慈仁善心，难也；善心既发，信道德长生者，难也；既信道德长生，值太平壬辰之运为难也，可不勖哉！"三恶道者，生不得作人。得作鸟兽虫畜之三恶也。

太上问道人曰："人命在几日间？"或对曰'在数日之间'。太上曰：'子未能为道'。或对曰：'人命在饭食之间。'太上曰："子去矣，未谓为道。"或对曰："在呼吸之间。"太上曰："善哉，可谓为道者矣。吾昔闻此言，今以告子，子善学道。庶可免此呼吸。弟子虽去吾教谓应作校字，皆犹差悬也。千万里，心存吾戒，必得道矣。研玉经宝书，必得仙也。处吾左侧者，意在邪行，终不得道也。人之为道，读道经，行道事者，譬若食蜜。遍口皆甜，六腑皆美。而有馀味，能行如此者，得道矣。"上宰亦无降杨事，有此及服日月芒事耳。

太虚真人南岳赤君告曰："人有众恶而不自悔，顿止其心，罪来归己。如川归海，日成深广耳。有恶知非，悔过从善。罪灭善积，亦得道也。夫人遇我以祸者，当以福往，是故福德之气。恒生于此，害气重殃。还在于彼，此学道之行也"。

又告曰："恶人害贤，犹仰天而唾。唾不污天，还污己刑。凡刑字皆应作形。逆风扬尘，尘不污彼，还灌其身。道不可毁，祸必灭己！"

太虚真人曰："饭凡人百，不如饭一善人。饭善人千，不如饭一学道者。寒栖山林者，益当以为意。"赤君亦无复别授事。紫元夫人告曰："天下有五难，贫穷惠施，难也；豪富学道，难也；制命不死，难也；得见洞经，难也；生值壬辰后圣世；难也。"

我昔问太上："何缘得识宿命。"太上答曰："道德无形，知之无益。要当守志行道，譬如磨镜，垢去明存。即自见形，断六情，守空净，亦见道之真，亦知宿命矣。"又曰："念道行道，信道遂得信根，其福无量也。"

紫微夫人告曰："为道者，譬彼持火入冥室中。其冥即灭而明独存，学道存正，愚痴即灭而正常存也。财色之于己也，譬彼小儿贪刀刃之蜜，其甜不足以美口。亦即有截舌之患。"

元清夫人告曰："夫人系于妻子室宅之患，甚于牢狱桎梏。牢狱桎梏，会有原赦。而妻子情欲，虽有虎口之祸。有此一异手写本，无此十九字，恐是脱漏。已犹甘心投焉，其罪无赦，情累于人也。犹执炬火逆风行也，愚者不释炬火，必烧手。贪欲恚怒愚痴之毒。又缺此十五字，于辞有不应尔。贪、嗔、痴，所谓三毒。处人身中，不早以道除斯祸者，必有危殆。愚痴者，火烧手之谓也。为道者，犹木在水。寻流而行，亦不左触岸。亦不右触岸，不为人所取。不为鬼神所遮，又不腐败，吾保其入海矣。人为道，不为秽欲所惑。不为众邪所诳，精进不疑，吾保其得道矣。"

南极夫人曰："人从爱生忧，忧生则有畏。无爱即无忧，无忧则无畏。昔有一人，夜诵经甚悲。悲至意感，忽有怀归之哀。太上真人忽作凡人，径往问之，子尝弹琴耶。"答曰："在家时尝弹之。"真人曰："弦缓何如？"答曰："不鸣不悲。"又问弦急何如？答曰："声绝而伤悲。"又问缓急得中何如？答曰："众音和合，八音妙奏矣。"真人曰："学道亦然。执心调适，亦如弹琴，道可得矣。"爱欲之大者，莫大于色。其罪无外，其事无赦。赖其有一，若复有二。普天之民，莫能为道者也。夫学道者，行阴德莫大于施惠。解救志莫大于守身奉道，其福甚大，其生甚固矣。

有人恶我者，我不纳恶。恶自归，己将祸而归身中，犹景谓应作影字。响之随形声矣。

右众灵教戒所言。

按此三男真，二女真，并高真之尊贵者，降集甚希。恐此是诸降者叙说其事，犹如秋分日瑶台四君吟耳。非必亲受杨君也。

三见易迁，再云可待。要乃起东山屋舍，且可篱护之耳。问其故未见答，问众灵云，我或尔耶。未详此意，欲识之。此一条杨君自记，是论长史事。

数游心山泽，托景仙真者，灵气将愍子之远乐。山神将欣子之向化，是故百疾不能干，百邪不得犯。屡烧香左右者，令人魂魄正而恒闻芳风之气，久久乃觉之耳。觉之则入道，入道则得仙，得仙则成真。从前卷有待歌诗十篇，接戒来至此。凡八纸，并更手界纸书，后截半行书字，即是杨书净睹天地行。此前当并，有杨续书，后人更写别续之耳。所以前脱三十四字，杨所书，今未知何事。

静睹天地念飞仙，静睹山川念飞仙。静睹万物念覆载，慈心常执心如此，得道也。人生者，如幻化耳。寄寓天地间少许时耳。若摄气营神，苦辛注真。将得久道，道成则同与天地共寓在太无中矣。若洞虚体无，则与太无共寄寓在寂寂中矣。能洞寂者，则视之不见。听之不闻，死生之根易解。久长之年易寻，寻之可得，解之可久。

夫可久于其道者，养生也。常可与久游者，纳气也。气全则生存，然后能养至，养至则合真。然后能久登生气之二域，望养全之寂寂。视万物元黄，尽假寄耳。岂可不勤之哉！气全则辟鬼邪，养全则辟百害。入军不逢甲兵，山行不触虎兕，此之谓矣。

学道之心，常如忆朝食，未有不得之者也。惜气常如惜面目，未有不全者也。然面目亦有毁坏者，犹气亦有丧失。要人之所惜，常在于面目。虑有犯秽，次及四肢耳。若使惜气常为一身之先急，吾少见其枯悴矣。案此所云气，盖是房中精气之气，非呼吸之气。

人随俗要求华名，譬若烧香，众人皆闻其芳。然不知薰以自燔，燔尽则气灭，名立则身绝。是故高人哂而远之，遂为清净。生之为物，譬日月天地。此四象正与生生为对，失生则四象亦灭，非四象之灭，生灭之也。若使常生则四象常存，非四象之常存，我能常生故也。常生亦能生于无景，何四象之足计哉。灾进祸生，形坏气亡，起何等事耶！似由多言而不守一，多端而期苟免耳。是以元巢颓枝以坠落，百胜丧于一败矣。惜乎通仙之才，安可为竖子致弊也。竖子致弊，盖为膏肓之患不除，借取晋景公之梦，不尔，则是别有小儿事也。

南岳夫人所言：

鸿鹭对南旅，以遐扇扬翩。在于十百之野，彼鸟自谓足矣。然鷃鸠叹其耼邈，大鹏哂鸿举之指谓应作眄字。尺耳。苟安其安而是非自足，故三鸟不相与议焉，何讥之乎？

紫微言

右八条并杨书。

古之至人，独秉灵一之符，元览委顺之化。明坦途而合变，扪冥枢以齐物，故自然之表，则存之而不论。域领之内，则论之而不议矣。昔元风泯绝，埃气弥氛。宏犹沦丧，浇伪滋起。驰骤之徒，替真于崖分之外，躁竞之群。饕利于形名之肆，擅智生流荡之患。希求致矜伐之累，乖常适于所适，离至当于非当矣。名身孰亲，道家良箴。谓应作箴字。履淹者，守一之至戒，良可叹息。

六月八日夜，保命告许长史。

知以无涯伤性，心以欲恶荡真。岂若守根净冲，栖研三神，所以弥贯万物。而元同镜寂，泯然与泥丸为一，而内外均福也。可示虎牙。

南岳夫人言：

促催进散，不可令河上有事。散似是未散河上水官也。

保命言：

不修道德，及学道无成，则肇功之徒不相逮也。自顷未见有日进之人矣。学志故自少也。七世之德，本钟于学者，若不学则非复所赖。故以为戒。徒摄上道而不勤者，故下鬼耳。下鬼谓下解主者，鬼师耳。不必是酆官之鬼也。经中亦云如此。在官无事，夷真内炼，纷错不秽其聪明。争兢不交于胸心者，此道士之在官也。

秀元栖标者，虽三河崩溃而不眄。志道存真者，虽寒热饥渴犹不护。此一往之至也。精散八虚，魂游万涂，或因风以投间。或挟魍以结痾，将一切拨之而勿耳矣。昔之道非今道也。灵觉苟殊，百闚其如予何，章闻之亦足以检扑矣。

右九条并杨书

夫真者，都无情欲之感，男女之想也。若丹白存于胸中，则真感不应，灵女上尊不降矣。纵有得者，不过在于主者耳。阴气之接，永不可以修至道也。吾昔常恨此，赖改之速耳。所以真道不可对求，要言不可偶听也。有匹则不真，外併则真假，真假之迹，断可见也。

此一条应是裴君言某书：

哭者亦趣死之音，哀者乃朽骨之大患。恐吾子未悟之，相为忧耳。极哀者，则淫气相及来，子虽善于耳。尔曹当奈张者何。

定录君所戒。

右一条杨书，后被割不尽。

穆惶恐言，逢遇元运。得闻宗告，每事将顺。启悟胸心，仁荫缠绵。仰感罔极，至于始终之分。天然定理，乐生恶亡。人情常感，哭泣之哀，奔临之制，内以叙情，外以顺礼。贤庶所守，莫之亏也。穆内虽修道，外故俗徒，未能披褐山栖。带索独往，不得不叙顺情礼。允帖内外，一旦违之。既恩情未忍，亦惧伤之者至矣。

夫人之言，宛而附情。宏道长教，可谓远矣。辄当奉遵告敕，使哀不至伤，哭不过恸。栖道任适，不敢有违，谨白。此是答右英书本，今缺所授事，非谓前中君所告趣死之音者。而亦应相阙涉也。

右一条掾为书。

真诰卷七

甄命授第三

体巳此一字后人儳益。标高运，味元咀真。呼引景曜，凝静六神。焕领八明，委顺灵根。宝炼三度，养液和魂。假使冲风繁激，将不能伐我之正性也。绝飚勃蔼，焉能回已之清淳耶。尔乃空冲自吟，虚心待神，营摄百绝。栖澄至真，当使忧累靡干于元宅，哀念莫扰于绛津也。淡泊眇观，顾景共欢，于是至乐自铿零闻于两耳。云璈虚弹乎空轩也。口挹香风，眼接三云。俯仰四运，日得成真。视盼所涯，皆已合神矣。夫真人之得真，每从是而获耳。不真而强真，亦于此而颠踬也。复使愆痾填籍，忧哀塞抱，经营常累。凭惜外道，和适群听。求心俗老，忽发哀音之兮讶。此作奚胡音。犹今小儿啼不止，谓为咳呱也。长悼死没以悲逝。必精灭神离，三魂陨炁。邪运空间，魄告魍魉，乘我虚阵，造遘百祟。何可握生道以奔于死房，陶灵风而践于尸室。掷已吉象，投之凶秽乎？已闻高胜而故由豫，屡睹明科而释疑。遂罗洿上章，使臭染隐书。四极击鼓，三官寻钚。誓信云何而忘，太初于焉而游。神虎奋爪，毒龙效牙。八方诚旷，遏谓应作曷字。处而逃。身谢之后，方悟清僚之可羡，言者之不虚矣。且哀声乱真，干忏正旡。明君胡不常处福乡，于此振衣而归室乎。正月十一日夜，安妃告。此一条是寅年正月，九华告杨君相讥诮之事。故南真后复有所论也。杨书。

真人归心于一正，道旡标任于永信。心归则正神和，信顺则利贞兆。此自然之感对，初无假于两际也。夫惑生是非，嫌遘疑似。潜滞于中，抱闲心里。外握察观之旡，内有缊结之哂。遗初觉于建始，乘元梯而密猜者，有如此徒。我见其败，未见其立矣。盖有怀而惧者，岂独一人哉！二月三十日夜，南岳夫人告许长史，可以示同旡而堕惑者，此是授长史，今说喻杨君勿疑九华之事也。杨书。故望洪涛之暨天，则知其不起乎浼池之中矣。睹元翰之汪灭，则知其不出乎章句之徒也。紫微言。众藻集而龙章成，群声会而云韶谐，辛酸备则嘉味和耳。中候夫人答，此二辞乃出抱朴子外篇博喻中。后复有此例，当是众真借取以譬而用之。犹如所称周易毛诗中语耳。彼人何如梁伯鸾乎？中候言彼人，当是指长史也。梁氏德狭也。此子萧条，气远甚矣。夫垂阴万亩者，必出峻极之岭。滔天振岑者，必发板桐之源。洪哉积阴德之贤，有似邠人也。紫微答。那即幽国，以比周太王也。自萌以下至板桐之源，亦是博喻中语，唯改襄陵作振岑。彼愈北而聪明愈闭。右英言。聪者贵于理道音于千载之外，而得兴亡之迹矣。逸骥逍遥于大荒之表，故无羁络之忧。灵羽振翅于元圃之峰。以遗罗絚之患。何其识吉凶哉！保命仙人答，此复是博喻两篇。合为今语，而改机阱作羁落。灵鹊作灵羽，罩罗作罗絚耳。寻飞绝影之足，而不能骋逸于吕梁。凌波泳渊之属，而不得陟峻攀危。彼子诚可才异也，安能内摄哉！辅机者，欲仁人也。德欲茂矣。繁林蓊荟。则羽族云萃，元渊浩汗，则鳞群竞赴。若其宅心者众，将何事于近。紫微言。

右八条杨书。又有掾写。

有道者，皆当深研灵奥。栖心事外，但思味勤笃，糟粕余物，亦足自了耳桐柏真人言。

夫清净若东山，养真未若幽林。栖形景而虚上，远风尘之网缠，于是荣辱之罪，可足以羁至土耶？

右二条扬书

夫金玉山积，犹非我也。肤胁之檐往矣，犹非已也。荣冕之盛陈矣，犹非贵也。采艳之芬华矣，犹非真也。能消而荡之，则淫娄之心亡也。鄙滞之门闭矣，尚真之觉渐也。千谓应作阡字。陌之惰见矣，如其不尔，四者皆成内贼之害，外为欢兜之患不去，娄之不散，无所复营措于其间矣。亦无事趣，当尔也。戒长史也，此三字本朱书。亦应是右英夫人言也。为道者，实有勤苦，斯人也。可谓必得之矣。

右二条长史掾书：

夫学道者，当得专道注真。情无散念，拨奢侈，保冲白。寂然如密有所睹，熙然如潜有所得。专专似临深谷，战战如履于冰炭。始得道之门耳。犹未得道之室也。所谓为难者学道也。所谓为易者学道也。寂元沈味，保和天真。注神栖灵，耽研六府。惜精闭牝，无视无听。此道之易也。即是不能行此者，所以为难，许侯研之哉。斧子莹之哉！右右英所道，令疏彼君勤其事者，有获福者多也。堕谓应作隳字。之者，祸败积矣。范帅言，不知道谁。应是鬼神范疆矣。

右二条有掾书：

昔因华氏，累白书敬。灵道高邈，音响冥绝。仰瞻九霄，注心罔坠。矜逮不遗，特蒙酬告。云华斐畅，玉音粲发。诱导恂恂，启悟丹至。披览欣欣，五情悦怿。某志好有年，未获ㄥㄥ。缺失二字，别本作克遂。恭党幽晦，始睹天日。灵真厶此缺失一字，别本作微字。疑非。请，训诲交凑。克己补过。思释鄙滞。夙兴勤惕，悟寐自厉。庶几积诚，卒获微感。元运既会，奉觐有期。忽疑长此一字。良为厶厶，缺失二字，别本作延仰。生染迷俗。沈溺尘昧，不达上真。谓道尽此，决欲习性以静之，损厶缺失一字。四字朱书。以宝之，非为色欲厶缺失一字。多而患在难厶，缺失一字。至于水火之戒，冰炭之喻，朗然照豁，敬承清规，务损之又损之，厶谓应是以字。至于死灰也。叹觉悟之不早，恨知机之将晚。用火之言，其旨颇微。思之触类，良追愧悚。

昔凭赖华氏，每辄奖劝，愿其有成。得见陶冶而耽味华竞，蹈道不笃。恒欲与共清闲，使意尽言苦而已。趣向不同，密言难遇。然喟喟之怀，要欲献其丹款矣。不审故可复有冀不。此二书长史答，先因通华侨意，似酬前书。而又言用火之言，此授今阙。

右二条厶书：

茅小君去五月中失日有言云，华侨漏泄天文，妄说虚无。乃今华家父子被考于水官。华侨之失道。由华骑之佞乱，破坏其志念，华团华西姑者，三官因之以试观，试遂不过。侨于是得有死罪。故名简早削夺，寻输头皮于水官也。可密寻彼家有此人名不，是谁者。此前并是酬问华氏事，不知是子年丑年耳。

许朝者，暴杀新野郡功曹张焕之，又枉煞求龙马。此人皆看寻际会，比告诉水官，水官逼许斗，使还其邱坟。伺察家门当衰之子，欲以塞对解逼，示彼讼者耳。是斗亡月亡日，其应至矣。君自受命，当能治灭万鬼，罗制千神。且欲视君之用手耳。欲令无他者，宜以此日诣斗墓。叱摄焕等。制敕左官。使更求考代。震灭争源也。可勿宣此，当言我假威于君矣。不知君宜往试摄灭之耳。灭鬼之迹，事中暂应尔。六月十六日夜，小君授书此。此令杨君为长史家摄遏冢讼也。许朝先为南阳郡，故得杀新野人。而此三人事不出周鲂诰先生中，当是四十三条限也。斗为仙品，而犹被水官之逼者，是丧服中殃气尚相关涉故也。

纸三百，酬鬼帅王延，近报录书。以杵宗会有功。油三斗，酬鬼帅傅晃，近与功曹使者，令势威照鬼形。使不得暴。青绢三十尺，酬鬼帅范疆，近执载百恶，灭讼散祸有功。银叉三枚，酬鬼帅深卫。近防护疾者。招魂安神。使冢讼不行。有殊功。

右四条诡。以六月十三日，小茅君假作玉斧之形，以梦告于虎牙。使令夫妇明输此四种诡，以酬四帅之禽鬼者，何以不复忆此。可馀问，馀问谓令与同，勿忽忽耳。非使此四鬼帅，本亦道家之祭酒也。得下解法，受书为鬼帅。既有酬诡，后长为已用心也。所以梦假于玉斧之形者，虎牙魂魄，未得通接仙真故也。玉斧清净藻洁，久斋濯魄心，故假象以通梦也。通梦而犹不悟，可谓信之不笃。或悟而忘其诡，可谓笃而不思。

夫诡誓者，悉皆受命密交。慎不可令人知，外书云，我闻有命，不可以示人乎？毛诗扬之水篇云，我闻有命，不可以告人。当谓此也。

六月三十日夜，小君授书，密密示之。

真司科云，有用力于百鬼。骋帅御于天威者，宜须此诡。地下主者，解下道之文官。地下鬼帅，解下道之武官。文解一百四十年一进，武解二百八十年一进，武解、一解之下者也。夫心动于事欲，兼昧于清正，华目以随世。而畏死以希仙者，皆多作武解也。此武解之目，世中诸人，都有相类，宜服五饮丸，去水注之气，可急合，不但治疾而已。亦以住白而有气色也。

六月二十三日夜，南岳夫人告。长史素患淡饮，比来疾动，故有此告。五饮丸即是世中者耳。

精合五饮丸，当大得力，且可自静息乎？范安远所言。语许长史无所忧，不烦此诡，可还之。右保命君语许侯勿忧，嗣伯之诡，且还之。

右右英夫人语：

小君曰："我二人吏兵，恐宜诡谢，献以体上之密宝。不尔，小子后不肯复为尔用力也。许厚之徒也。许犯子所赖在其弟许牙所赖在其父，佳事不可忘也。恶事不可忘也。又为宝密关达机密，银亦为次宝也。其今多情弥精耳。后勿复数尔劳损其神。

右小茅君授所言：

许贱者，戴石子之女也。为仇家薛世等所杀，又世杀贱抱小儿阿宁。贱今在水官，与儿相随，骸骨流漂，亦讼在三官。求对考，今生人也。宁见杀时，头先患疮，疮流面目。检谱不见戴贱，当是妇人不显名。

七月二日夜，小君授书：

其夕长史亦得梦。此梦字也。真书多如此。

死生之机，得失之会，盖更切耳。何不远存元味，耽虚摽流乎？求之近应，应愈赊也。此亦人失之路耳。想体尚高韵，不细求之于毫末矣。

七月二十六日夜，紫微夫人授作，令与许长史：

右从小茅君来，凡十八条，杨书。

七月二十七日，禺中许主簿华侯当入静中。尔时无复所有为，防未然耳。

近不得以疾笃告者，我慎法之故。且世人知未病之困，必泄三官之禁。则累加漏身，增瘵绝疾，今何乃用忧之甚耶。名身谁亲，盖宜思之。

纵令以小代大，如父何如；大小俱来，于母何如；衰自己身，讼自家人耳。三官自有成事，忧悗亦无所解。自非齐达于内外者，将不得不惧悷。

今月六日，是赤孙绝日，先处事耳。今虽停放，无所复畏。然四帅逆已关之于都禁，至日为能遣尸杀使者看望之，虽弗复虑矣。至日父母将入静中，静中疾发，亦无苦也。我其日亦当视汝。

右三事小茅君说。

右三条厶书：

八月六日，父母将赤子入静烧香，北向陈乞于二君。尔时自当有所见，所见万无所苦也。其日中时，当有前日碧衣介华袴人。来在静前立徘徊者，小君也。可就请乞也。八月六日中，当有一人著平上帻，多髭须长长尔。著紫皮袴褶，将黄娥来，此人是鬼帅王延也。延自为人作益，为将娥见人耳。娥其日或当被缚，华书吏其日当内井上助主人耳。日中当来，须臾去也。故宜力上讽注冢讼章于却气毒之来往也。三过如此，考者匿矣。夫散翳布考，皆因人之不陈疾者惧焉，则精胎内战。是故疢痟流发，非唯一身而已。今所以令上章者，亦以遏虎牙之盈缩耳。

范中候所道如此。范中候名邈，即是撰南真传者。

许厚当谢诡南真夫人吏兵，告大章如此。

右小君：

以小代大，复请何为。当启太上停之何如。

右小君：

牙亦尔耶？勿勿勿演小子耳。许牙何豫乎？焉敢复相追尔。娥与厚有水火之书，吾近承南真命，推缚尽执也。小鬼头不制服，岂足忧。亦许长史用心之所克也。

右小君：

许厚自是其丈人所责，责亦至也。责不以家事往来之宾经意，意亦当得之也。云何每尔，此自家长之教忌，不豫我也。重谢斗，当必释耳。范帅顷者以其不诡，乃欲不复豫事。我不听之，今无为也。诡当一须疾愈送，斗恒渴而饮不可饮。食多困故而不可食，子妇不经心，亦不可不令知死，丈人之责耶。故宜以家事为勤为尔不已。或能致之于丈人宇下受教耶。

八月二十夜，小君授书此，使示斧。

右十条杨书：

许长史所使人，盗他家狗六头，于长史灶下蒸煮共食之。长史何以不检校，使臭腥之气，薰染肴饭。既食而步上道，亦已犯真人之星也。

有一白犬，俗家以许祷土地鬼神，云何令人盗烹之。土地神言许长史教之，使尔不言，小人盗自尔也。密寻之，尔在宇下而不觉，恐方有此。此亦足以为一病，宜慎。

八月六日夜，茅小君授以与许长史。

亦宜有辞诣南岳夫人，乞疾病得愈之意。又宜辞诣保命定录二君，辞旨当令如南岳夫人，疾者自当告乞于元师，不尔不差。

易迁昨来道此，别省。此二字题纸背。

右四条杨书：

男生许玉斧辞，玉斧以尸浊肉人。受圣愍济拔，每赐敕诫实，恩隆子孙。常仰衔灵泽，永赖天荫。玉斧以驽钝顽下，质性难训。虽夙夜自厉，患于愆失，此夕梦悟。寻思此意，皆玉斧罪责。惭惧屏营，无地自厝，灵道高虚，肉人未达真法。唯执心守敬，修行宝秘而已。或恐灵旨高远，诚喻几微，玉斧顽暗，不能该悟。如此之罪，日月臻积，违法犯诫，亦当千万。神母仁宥，辄复原赦。故今日忧惶深重，肝胆破碎。唯晢谓应作析字。骨思愆，无补往过。连陈启烦多，希请非所，兼以愧怖。玉斧归诚乞誓，以今日更始，当洗濯心诚。盟于天地，静守形骸，轨承训诲。乞原父穆兄虎牙大小罪考，玉斧不修，乞身自受责。原赦大小，若神母遂见哀愍。许玉斧思愆补过，举家，端笔受恩。是永睹三光，受命更生。谨辞。此与是虎牙病时，掾兴南真辞也。掾自书本。

虎牙慎不可复履淹。及见人之新淹者，三元惊丧，多喜杀人。

八月二十四日南真告：

学道者，常不能慎事，尚自致百痾，归咎于神灵。当风卧湿，反责他于失覆，皆痴人也。安可以告元妙哉。

保命告牙。

右二条有掾书。

须臾自吟曰：朝华焕晨井，九盖倾青云。前此圭璋庸，不识万流椿。解落倏歘顷，寅客何必人或云是诚，诚则能改。

右英晚而言曰："见形之子，守分业于儒墨。栖沈之客，步元辞而咏虚。彼人自可晚晓耳。"

许伯兄弟，复有心乎？恐皮耳。试复一悟，忌其微路耳。

九月二十八日茅保命告：

可成与不，极此举。

定录君说此：

违内负心，三魂失真。真既错散，魄乘其间。夫为道者，当使内外镜彻。宫商相应，灵感于中。神降于外，信不虚也。映昔亦如此。诸人陶其心，今已消也。夫须人陶而改者，故下通耳。所以勤勤，期不令在此，近亦粗具。

右小君言：

世事非所期，时运何足闻。有道自当见，中路莫不烦。吾欲因杨问便自知，乃作此。

右清灵言：

有间于邪而邪焉为之踊也。非病也。右安九华语。念不宜多，多则正散。正散而求不病，犹开门以捍猛敌。

右紫微语：

治自当差无苦。

保命君言：

何以至丧家。

保命君言：

欲服符饮水，使即愈，不欲者当与。

定录君语：

寻自差。

保命君语：

多有所道甚云云。觐当一二，第七无虑也。

此一行杨君与长史书语耳。

戏言狯耳，许长史勿笑此落廓不束，高下失常，定之勿疑。若不加意，勿单用此，慎示人，慎示人。

一句保命告长史。

右十四条厶书：

衰年体羸，多为风寒所乘。当深颐养，晏此无事。上味元元，栖守绛津。体寂至达，心研内观。屏彼万累，荡濯他念。乃始近其门户耳。若忧累多端，人事未省。虽复憩灵空洞，存心淡泊，缠绵亦弗能达也。渔阳田豫曰："人以老驰车轮者，譬犹钟鸣漏尽而夜行不休，是罪人也。"以此喻老，嗜好行来，屑屑与年少为党耳。若今能誓不复行者，则立愈矣。如其不尔，则疹与年阶，可与心共议耶！田豫字国让，渔阳雍奴人，有干略。为并州刺史，迁卫尉。年老，求逊位，与司马宣王书曰：年过七十而以居位，譬犹钟鸣漏尽而夜行不休，是罪人也。年八十二亡，引此语以动长史，令去官也。

药四丸，日服一。

行来宜详，前后已累言之矣。

右三条杨书：

梦恶者，明旦当启太上。一以正魂魄，二以折除不详。

奉道之家，当精治静舍。

右二条厶书：

礼年七十悬车。悬车者，以年薄虞渊。如日之昃。体气就损，神候方落。不可复劳形躯于风尘，役方寸于外物矣。许长史既至此时，始可隐逸耶。还亲华阳之馆，修乎黄老之业。北河之命方旌，迁擢之华亦显，岂不快哉？今此疾方愈也。不足忧也。虽尔，慎接于纷纷之务，经纬人事之寒热矣。于今乃未可动脚，动脚，人当言尔畏鬼。北河之命，即易迁所闻宝氏之言。似有所疑者也。

此年六月，忧长史不佳，非重疾也。今年许家鬼注小起，虽尔无可苦，保命及范中候，已为申陈之。右帅晨许肇亦深以为意，无所忧也。去留之会，死生之事，三官秘禁，不宜外示。今所以道此者，盖以皮谓应作彼字。人已闻至道于胸心也。且可官身，未宜去位，可去可罢，方更相示也。

右夜苟中候言此，故书以示。

人家有疾病死丧衰厄，光怪梦悟。钱财灭耗，可以禳厌。唯应分解冢讼基注为急，不能解释，祸方未已。

右保命答许长史。

真诰卷八

甄命授第四

游精罔象，诚不可信。然多劳多事，多念多端，所以损神丧真。扰竞三关，遂当以此害明德也。故令许君之徒，含景内魄。若抑四者，研虚注灵，则仙可冀。

定录告：

除治尔床席左右令洁静，理护衣被者，使有常人。常烧香，使冷然不杂也。南岳上真当数看出内，便料理起居，可使草及木瓜耳。手自先有风患，是以今风气之本至耳。多云针灸佳，益使人无忧。此易迁令告长史也。草及木瓜，当是理衣下人名耳。可迎黄民来出，民奴既欲来。又云：其月末左右，当小小疾患。迎来在此，则疾患除也。当部分护静屋以为急，并欲得一室可栖息处。今年欲取草，当为民奴留之。草今年自有本命厄，非欲取也。令其乞符自保而带之。

卧床后孤有悬风，可安北面下一彰谓应作障字。亦可以床着近北壁下，勿使虚悬。晨夕当心存拜，静心存行道也。身既有疾，不能拜起。故令心存不替。爷有霍乱疾，勿使冷食。此儿常不大宜住此，今自无他耳。

右易迁一夕再来四更中。

独来道此，先初来又与保命俱。此似在县下所授，今掾还山，使黄民归家也。易迁即掾母，七后得入易迁宫，因呼为号，前所呼亦皆是也。爷学道如穿井，井愈深而去土愈难运出。自当披其心，正其行，乃得见泉源耳。有人说中侯言如此，可令知之。李中侯名遵，即撰茅三君传者。人学道譬如万里行，比造所在。寒暑善恶，草木水土，无不经见也。亦试在其中也。顷数闻人道此，始乃悟之耳。彼君念想殊多，渠谓应作讵字。能成远志不。平昔时常多所恨，始悟人难作而善不可失云。学道者除祸责此，审尔当勤。

右易迁夫人所道：

山岳气扰，则强禽号于林。川渎结滞，则龙虬惨于泽。此自然象也。故豪盛微觉，将类兽告其骇浪。元数纤兆，而号咷微乎治乱矣。斯盖山川之盈缩，非人事之吉凶。若坟附邱山，诚与汧岫等波，苟趣舍理乖，则吹万之用不同也。非静顺无以要谦，非虚栖无以冥会，是故死生之几。吉人不复豫，苟思之无邪。不为祸害。

五月十四日，右英夫人答孔辞。后人臕作谢安字，孔氏孔默也。云似是孔严兄弟，长史父先为严从兄坦前锋都督。是讨沈充时既有因缘，故得此也。

虎顷大号墓下事：

自未得和神静形，府颐幽精者，疾源或与年而积耶。若未能用交赊之途者，将奚促促于药。

定录仙人答孔求乞药方：

想早葬兄，今注烟速消，虽不办。妨于生者，要欲得枢物，时宁三泉，使凶气泯静也。

小儿疾方行当示。

五月十七日夜，保命仙君所言，答厶一字被剪除，疑犹是孔字。所问疾患者。

右从礼年来，凡十九条，并有掾书。

遵勤心香火，有情向药。故有言消磨之愈疾，谓其将闻斯而请命耶。仙真并呼药为消磨，故称消磨经也。诵之亦能消疾也。应南趋而北骋，既心口违矣。夫捐荑以茹荼，哂九成而悦北鄙者，捐荑至此，亦是抱朴博喻中语。我知其无识和音之听鉴也。当永为吉人，爰及母奴。然所起是学而不思，浚井不渫，盖肉人之小疵耳。无乃此也，今事结水禁，犹有可申。若许长史能于静中若救之者，则一门全矣。亦是师主祭酒之宜请而为德惠乎。

五月二十日夜，右英作与长史。刘遵祖善谭说，殷浩向庾亮称之。后一会谭论殊不合，遂名之为羊叔子鹤，于是失名。

刘遵心故为修耳。何不令其母服大远志丸。

七月七日夜，紫微夫人告：

即启可得疏方不，良久答言。世间自有可寻索密用，保命君问紫微曰：此方用牛黄银屑者非，若是者，小为难合。此即今大镇心丸也。先以水银摩银屑使消，故为难合。

紫微答但领头。

右三条杨书：

陆纳兄弟，清真淳一。有姜伯子之风，知欲有远志欣然。其祖父有阴德，当庆流七世。知陆荀子自誓，乞苦斋一年。欲授经卿自此二字后人儳，非真。更量之，刘遵乃有好心，早自知。

保命答许长史。陆纳兄名始，并有德行。祖名英，仕吴丹阳郡太守，荀子当是人小名，不详是谁。纳为尚书令，太元二十年亡。

虞昭为其兄子此二字后人黯易作先人字，本犹可识。事，文书牵连，身被摄系方未已。殆欲无理，赖其在世粗有功德。且其家福德强，章闻累叠，皆被上御事已散。寻蒙追遣之，其病虽笃，无所忧。许侯为之甚至，密相示。

保命答许长史：

庾道季身处阳官贵势，不能顺天用法。愤愤慢信，心形不同。自少及长，善功无一，积恶不改，其罪目已定。今临命方欲修德以自济免，徒费千金之用，不亦晚乎！

保命答许长史：庾和字道季，亮第二子也。幼有才辞文义，升平中为丹阳尹，表除诸侯六十余事。太和初为领军，如此行迹，不似为恶。恐是闻戒修善，故得申遂。

郗回父，无辜戮人数百口。取其财宝，殃考深重。愀谓应作怨字。主恒讼诉天曹，早已申对。回法应灭门，但其修德既重。一身免脱，子孙岂得全耶？回当保其天年，但仙道之事，去之远矣。

太元真人答许长史：郗回父鉴，清俭有忘行，不应杀掠如此。或是初过江时摆并所致，不尔则在凉时杀贼有滥也。鉴年七十余乃终，即得为酆宫职。

右从陆纳来四条，有甲手书：

平凝夷质，渊通妙灵。神造重绝，栖真摄生。太元植简，太素刊名。金庭内曜，玉华外莹。朱轩四驾，啸命众精。骋龙元州，飞云浮冥。必能上友逸台之公，下监御于太清矣。

八月十七日夜，紫微王夫人授，令因许长史示郗：

希遐远曜，冥响凝元。萧浪上韵，耽梦遁真。仰飞霄雾，俯散灵根。飞步四觉，内观七缘者，则必有丹书秀简，帝房之录。元声八振，栖身五岳。于是灌胎朝元，吐纳六液。从容三道，诲此景福。上可以策轩空洞，下可以反华变黑矣。若形羁荣罗，鼓轮华园。乘波适物，鸣簪风尘。外有谋道之名，内有百忧来臻者，适足劳天年以骋思，终归骸于三官耳。斋之不专，徒悟而无益，可谓意不尽言乎。

盖行真炁，当吐三纳四。乘七吞九，今吸之不足。蹑之失序，神漏泝源。精亡胎扰，虽休粮日挹，而莫知道与年丧矣。欲阶此渡也。其未接乎！夫索长生者多津，寻灵涂者千百。何必用冰炉以盛火，趣偿责于三官耶！

右中君言，因许长史示郗：

紫微夫人云，郗若得道，乃当为太清监也。若能闻要道而勤者，当至此格。若不专笃而守迷行，外舍道法者，则都失也。紫微前语与太元殊乖，而如此所云，当是迷不能勤乎要道。司命显其终迹故也。

情不余念者，道乃来耳。郗回犹未足以论至道也。小君。郗综妇丁淑英者，有救穷之阴德。又遇赵皁之厄而不言，内慈自中，元感皇人。故今福逮于回，使好仙也。综墓在东平，淑英今为朱陵嫔，数游三上，司命亦今听政焉。此二人当是回之曾祖也，外书不显。郗瞿与薛春华，至垂心于门宗。初不以生人为事，然讼者多，但不能咸制之耳。每见谏考诉者，甚勤至也。时节宜祠之耶。此二人郗家之福鬼，外书亦无此二人，不知是何亲。郗雄与阎屈女不相当，负石之役，于今未了。喜击犯门宗，心常杀绝。此二人是郗家之祸鬼。郗厶黵除此名不可识。与殷武姬，被考以烧杀朱奢李贱以致灾也。其无后，亦求代逮。又与高丰相扇，甚助马头之讼。石公未便可得佳。恐不止耳。亦何趣欺其妇耶，省来勤勤。试为掩正之，亦无此诸人。

右保命答许长史：

小君说言：郗鉴今在三官。三为刘季姜所讼争三德事，周马头在水官讼其婿，引理甚苦。郗朗伊香之二人，今为牙女子奇求此。

范帅昨受江罗辞：

郗相今为大曹吏所逮，其妇邢婴桃，受事未了，方索代人于此家。

此自是旁听小君之言语耳。不令书之，为自疏识以示耳。此二十二字是杨君自记，与长史。高龄反化晚而祭酒弱，道气不交，灵助无主。是以群邪缠元，急行其祸，奚不宗生生乎？于我助之有缘，其妇言亦急家事，当须了之。非他得豫。

今六天之横纵，而太平之微薄。灵不足以助顺，适足以招群奸。所以神光披越，而邪乘正任矣。高龄之无德久矣。鬼讼之纷错积矣。许长史黄氏黵作掾字。将欲理之耶！若翻然奉张讳道者，我当与其一符使服之。如此，必愈而㿉此㿉字也。矣。不然，往诣水官，所谓呜呼哀哉。张讳即天师名也。杨不欲显疏也。

邪气入体，鬼填胸次，其将回惑于邪正，必不能奉正一于平气耶。如此，吾治疾之方始不可得。正一平气，即天师祭酒之化也。彼往，其子亦去，何一身之永逝乎！

八月十九日夜，保命君密语许长史。

冢讼尤甚，恐亦未已。龄曾凿败古人碑铭之文，以自显焉。阴贼于鬼神，弊谓应作蔽字。善以自标。诉者诚多事，以此为首先。

八月二十四日夜，保命告：

欲取谢奉补期门郎，而今已有兼人，北帝故权停之耳。近差王允之兼行得代，奉若服术酒，可未便恭命也。高者亦可服术，其家冢讼。亦为纷纷，术遏鬼炁，故必无他耳。

范中侯言此。谢奉字宏道，会稽人，仕至吴郡丹阳尹、吏部尚书。王允之，敦同堂弟，王舒子。有智干，为河南中郎将江州。迁卫将军会稽，封番禺侯。年四十七亡、谥中侯，高者即谓龄也。期门郎、鄞都中官，而记中不见此职，惟有修门耳。

从平凝来，凡十四条，有掾写：

夫观物适任，内顺明灵。托性命于高真，委形气于神摄者。亦克疆以永遐，回秋龄以保真。

今德匠既凝神仗信，澄心密静，圆顺广敬。固天祐焉，然允嗣不多。或时彫落，将犹灵关失纬，潜机未镇耳。当今五气滋曜，常朗文昌之房。三星结华，每焕璇衡之内，是以元润胎萌。遂其流根矣。我按九合内志文曰："竹者为北机上精，受气于元轩之宿也。所以圆虚内鲜，重阴含素。亦皆植根敷实。结繁众多矣。公试可种竹于内。北宇之外，使美者游其下焉。"尔乃天感机神，大致继嗣。孕既保全。诞亦寿考。微著之兴，常守利贞。此元人之秘规，行之者甚验。

六月二十三日，中侯夫人告公。孝武壬戌生，此应是辛酉年，而后又云上相座动，后以临登极，乃是后午未年，此为大悬。

灵草荫元方，仰感旋曜精。洗洗似草作言边，应说诜字，即毛诗螽斯羽。诜诜兮，宜尔子孙之义也。繁茂萌，重德必克昌。

紫微夫人作：

福和者，当有二子，盛德命世。福和似是李夫人贱时小名也。今晋书名俊容，二子即孝武并弟道子也。

同夜中侯告。

右三条杨书，又掾写：

德匠既凝，元范自天。安危之事，未宜问也。公倾注甚至，所以未相酬者，豫事难论耳。顷天气激逸，阴景屡变。太白解体于二辰之中，愆勃于紫房之下。王者恶焉，天子有忧。上相座动，今聊作谶。密以相示。右此及谶。有掾写，在掾自记修事后共纸，寻真综回文，令难解耳。今拘连相取，又别疏出之。其授之时，维当道其辞，杨君后自更错义。皆是说晋代之事，并有明徵也。

相欺岂妙道要吾知之天秘能
有术金之万寻师疾逆除恶子
自之制萲遂平世天命乘驱宝
奇龙者墓可悲真间世复思宜
神熙逆历有数在兹基无不无
兵隆谁定帝耘室来之皇慎地
先卒儿必亏金粉异五乱德天
火数失期座当变见远凶匠制
规三由匠足不虑忧危拨保封
寸莫其测源刘知向有明施者
三五瑞天之代隆换迭相运推
精气神妙二参仪慎凡传人贤

精气神妙参二仪，慎传凡人贤者施，封天制地无不宜子能宝秘天知之。吾道要妙岂相期，自有奇神先兵规，火寸三五天瑞之。隆代迭换运象推，明匠保德慎无思。驱恶除逆疾寻思，万金之术龙之熙。隆数卒三失由儿，莫测其源刘向知。有凶拨乱皇复基，乘天命世遂平夷，制逆者谁必定期。匠不足虑忧远危，五世之间真可悲。墓历有数帝座亏，当见变异纷纷来。金室在兹，枕麝香一具于颈间。辟水注之，来绝恶梦矣。常存三关佳也。

右英告公。凡云公者，皆简文帝为相王时也。

右一条杨书。五字朱书。

太元真人告许长史，此后非真说。我尝见南阳乐子长。淳朴之人，不师不受。顺天任命，亦不知修生之方。行不犯恶，德合自然。虽不得延年度世，登福堂，练神受气，名宾帝录。遂得补修门郎，位亚仙次。缘天资有分，亦由先世积德，流庆所陶。若使其粗知有摄生之理，兼得太上一言之诀。如此求道，无往不举矣。

夫人所以不尽年寿，中多夭遇。涉世者或遭刀兵之难，致荣禄不终。祚允不长，志道之人。虽有一生之心，钻求匪懈，徒复遭遇真文。耽元精微，慕尚者众。得升腾者稀，经非不妙。灵岂无感，愚愚相随。安知修真之本，营神养性，镇守之法。世人积小以来，形中伤犯者多。帝一不治，百神惊散。考试万端，所谓荒城之内，荆棘生焉。无妙术以自导，修道以求仙。贪荣慕贵，多垂成而败。皆由丧真犯气，愚瞽冈昧，岂识此机耶。致夺年灭筭，万事不成。以此求生，去生远矣。虚自苦耳。太上有元机之道，焕落七神，枕中之要，此道微乎妙哉。初不传于下挺愚俗之人，有此道者，帝一治于元宫。万神守备，与天同心，按诀谨而修之。登山越海，万试不干。修仙升度，所欲从心，斯岂虚言耶。卿父子元机邈世，理妙接真，故可萦淳之仙才。而为众真所称举，故当与卿同编仙录。无复理外之嫌，亦已谘启卿，故令知乃心。

受用金龙玉鱼，此不可缺。所以尔者，诣太上前昭灵，亦当粗具。近所写神虎符，意嫌不精，可更书为善。卿前所道相王事，顷面郗回，亦知有好心。但所得少耳，自当保其天年也。

见谢所作传未易功，乃能序述圣迹。赏解作奇，此是天发其心。昨亦已见司命君，大以为佳，冥中自当报之有缘。其子孙若知醮灵岳，祈天真，降应必也。岂虚言哉。谢家一门，唐承之世，繁林蔚然，甚可欣也。安石先对，所钟如何。具如近面，不足宣。

真人西城王君答许侯。

右四条别一手书。陆修静后于东阳所得，不与诸迹同醉。事伪陋不类真旨，疑是后人所作。乐子长非受五符者，唐承即列纪所云四十六丁亥之期。

真诰卷九

协昌期第一

经曰：行事时，北向执隐书而为之者，谓始学真妙。未涉微远，不解星位之首向，不识元斗之指建，故当北向执书，以渐求之耳。若既解书意，识星转之随时。自宜随斗所指，按而存步，如此则无有常向，不为皆向北也。夫一切北向，自为始学者耳。恐此将可以意通触类，不足复问邪。此答长史谘飞步经中北向执书意也。

太上真人步五星之道。以致五星降室，闭气上纲，当先呼五星星夫人名字毕，乃越纲蹈星，谓始上纲。便顿住呼名字，呼名字毕，乃越纲蹈星耳。若每至星上，得复重心呼所至星处之名字，益其佳也。若其烦重难常，但可按旧而行耳。昔郁沙公、北里子、长陵老人，皆按此法而得升天，不以烦难为辞也。所谓治生者矣。商贩之汲汲，岂惮险难哉。所期唯钱货而已耳。若使求道者常如贾贩之用心，亦有何不得仙耶。但惜初学者皆言专心尽，勤至而后渐懈。纵有亦似车之将，故而百节缓落，又似负重之牛，造远足蹇，夫学者之所患。而为得者之所笑，皆如此辈事耳。苟能心研内镜者，是为感发乎神。将有灵人发子之蒙，携辰景之舆矣。此答谘步五星法也。经图唯言随纲往还，又有一法，云越纲蹈星。今即是诀此事也。奖戒之言，宝为切至。五星图布常向南也。以太白位在西，岁星位在东。按而施之，所以尔者。五星隐伏，纵横无常，不如北斗列象恒在。故一以定位于五方，不得随星之所在也。此答谘施安五星图也，经中无旨诀。所以宜问。三八景、二十四神，以次念之亦可；一时顿存三八亦可；平旦存上景，日中存中景，夜半存下景，在人意为之也。若外身幽岩，屏绝人事。内念神关，摄真纳气。将可平旦顿存三八景，二时又各重存一景，益当佳也。但人间多事，此烦难常行耳。事不得常为，益自薄。西城王君、桐柏上真，皆按此道也。按苞元玉箓白简青经云，不存二十四神，不知三八景名字者，不得为太平民，亦不得为后圣之臣。此答谘谘二十四神经中修存之意，亦是秘诀。右此四诀事，今有长史所写本，不知此因杨谘何真。若非东卿，则紫微南真也。

太上真人撰所施行秘要。长史写本有题如此。此犹是众真授说经中，所可修用，还童反白诸要事，令长史施行之耳。非成事一卷经也。

太素丹景经曰：一面之上，常欲得两手摩拭之使热。高下随形，皆使极匝，令人面有光泽，皱斑不生。行之五年，色如少女。所谓山川通气，常盈不没。

先当摩切两掌令热，然后以拭两目。毕，又顺手摩发，而谓应作如字。理栉之状。两臂亦更互以手摩之，使发不白，脉不浮外。

右一条出丹景经中卷。此经未出世，是下真品目。

大洞真经精景按摩篇曰：卧起，当平亢正坐。先叉两手，乃度以掩项后。因仰面视上举项，使项与两手争，为之三四止。使人精和血通，风气不入。能久行之，不死不病。毕。又屈动身体，申手四极。反张侧制，宜摇百关。为之各三，此当口诀。此运动应有次第法用，故须口诀。盖亦熊经鸟伸之术也。卧起，先以手巾若厚帛，拭项中四面及耳后，使圆匝热温温然也。顺发摩项，若理栉之无数也。良久，摩两手以治面目。久行之，使人目明而邪气不干，形体不垢㿔此应作腻字。生秽也。都毕。乃咽液二十过，以导内液。

右一条出大洞精景经上卷。亦未出世，非三品目。

消魔上灵经曰：若体中不宁，当反舌塞喉，漱漏咽液，亦无数。须臾，不宁之痾，自即除也。当时亦当觉体中宽软也。

右一条出消魔上灵叙中。亦未出世，非三品目，应是智慧七卷中事。

右前三条，不显谁之所授。

消魔经上篇曰：耳欲得数按，抑其左右，亦令无数，令人聪彻。所谓营治城郭，名书皇藉。又曰：鼻亦欲得按其左右，唯令数，令人亢平。所谓灌溉中岳，名书帝箓。

右此二条法，方丈台昭灵李夫人出用。此云消魔上篇，亦应同是前限。

太上箓渟发华经上，按摩法。常以生气时，咽液二七过。毕，按体所痛处，向王而祝曰：左元右元，三神合真。左黄右黄，六华相当。风气恶疫，伏匿四方。玉液流泽，上下宣通。内遣水火，外辟不祥。长生飞仙，身常体强。毕。又咽液二七过，常如此则无疾。双当急按所痛处二十一过。

右一条沧浪云林宫右英王夫人所出。箓渟经亦未出世，非三品目

丹字紫书三五顺行经曰：坐常欲闭目内视，存见五藏肠胃。久行之，自得分明了了也。此经中真品目。

石景赤字经曰：常能以手掩口鼻临目微亢，久许时，手中生液。追以摩面目，常行之，使人体香。此经非三品目。

紫度炎光内视中方曰：常欲闭目而卧，安身微亢，使如卧状，令旁人不觉也。乃内视远听四方，令我耳目注万里之外。久行之，亦自见万里之外事，精心为之。乃见百万里之外事也。又耳中亦恒闻金玉之音，丝竹之声，此妙法也。四方者，总其言耳。当先起一方而内注视听，初为

之，实无仿佛，久久诚自入妙。此经下真品目。太上天关三经曰：常欲以手按目近鼻之两眦，闭炁为之。炁通辄止，吐而复始。恒行之，眼能洞观。此经下真品目云天关三图，疑缺图字。

右四条元师所敕用。元师即南真夫人，此四经并未出世。

清灵真人说宝神经：长史写本，亦题如此。此指是前一事之目耳。其后并众真杂说，标题有前后之异，犹是真诰之例。今人皆别呼宝神经，宝神经岂得下教耶。此唯是一片钞耳。

夫注心道真，元想灵人，冥冥者亦具监其意也。若外难未披，假咏兼存，实复未能回西榆之年。还发元童矣。苟耽元笃也。志之勤也。纵金牙凋面皱，顶生素华者，我道能变之为婴，在须臾之间耳！但问志之何如尔？老少之学，无所在也。吾往即其人也。说此诸事，皆是今告长史也。

求道要先令目清耳聪，为事主也。且耳目是寻真之梯级，综灵之门户。得失系之而立，存亡须之而办也。今钞径示，可施用也。此谓宝神经中要径之事，故云钞径。

道曰：常以手按两眉后小穴中三九过，又以手心及指摩两目权上。以手旋耳。行三十过，摩唯令数，无时节也。毕。辄以手逆乘额上三九过，从眉中始上行入发际中。口傍咽液，多少无数也。如此常行，目自清明。一年，可夜书。亦可于人中密为之，勿语其状。

眉后小穴中，为上元六合之府。主化生眼晖，和莹精光。长珠彻童，保练目神。是真人坐起之上道，一名曰真人常居。内经真谚曰：子欲夜书，当修常居矣。真人所以能旁观四达，使八霞照朗者，实常居之数明也。目下权上，是决明保室，归婴至道。以手旋耳行者，采明映之术也。旋于是理开血散，皱兆不生，目华元照，和精神盈矣。夫人之将老，鲜不先始于耳目也。又老形之兆，亦发始于目际之左右也。以手乘额上，内存赤子。日月双明，上元欢喜。三九始眉数毕乃止。此谓手朝三元，固脑坚发之道也。头四面以两手乘之，顺发就结，唯令多也。于是头血流散，风湿不凝。

都毕，以手按目四眦二九过，觉令见光分明，是检眼神之道。久为之，得见百灵。凡修行此道及卷中诸杂事，并甚有节度。悉以别撰在登真隐诀中，今不可备皆注释。

勤而行之，使手不离面乃佳，已成真人，犹不废也。欲行此道，皆盟金为誓。金之多少，在人尽诚而设耳。不徒尔，苟行而已。真官曰：欲闻起居，金为盟书，谓非其人而不传授也。此道出太上宝神经中，此经初不下传于世也。当来为真人者，时有得者，反白之要事尽于此。盟信既定无科，谓受此宜用金珠二双。

紫微夫人喻书如左紫微是承裴君说宝神经毕，仍复更接论宝神事，如此则裴所说亦同此夕。

夜卧觉，常更叩齿九通。咽液九过毕，以手按鼻之边，左右上下数十过。微咒曰：太上四明，九门发精。耳目元彻，通真达灵。天中元台，流炁调平。骄女云仪，眼童英明。华聪晃朗，百度眇清。保和上元，徘徊九城。五藏植根，耳目自生。天台郁素，柱梁不倾。七魄澡练，三魂安宁。赤子携景，辄与我并。有敢掩我耳目，太上当摧以流铃。万凶消灭，所愿必成。日月守门，心藏五星。真皇所祝，群响敬听。卧觉辄按祝如此，勿失一卧也。真道虽成如我辈，故常行之也。但不复卧，自坐为之耳。此太上宝神经中祝辞上道也。令人耳目聪明，强识豁朗。鼻中调平，不垂津渍，四响八彻。面有童颜，制魂录魄，却辟千魔。七孔分流，色如素华。真人起居之妙道也。所以名起居者，常行之故也。毕。又咽液九过，摩拭面目。令少热以为常，每欲数也。兴宁三年岁在乙丑六月二十三日夜。喻书此。其夕先共道诸人，多有耳目不聪明者。欲启乞此法，即夜有降者，即仍见喻也。此杨君自记也。长史年出六十，耳目欲损。故特谘请，杨不欲指斥，托云诸人耳。又告云：道士耳重者，行黄赤炁失节度也。不可不慎。此盖指戒长史也。

右一条清灵言：

栉头理发，欲得多过。通流血气，散风湿也。数易栉，更番用之也。亦可不须解发也。

右一条紫微夫人言：

太极录经曰："理发欲向王地，既栉发之始而微祝曰。"

泥丸元华，保精长存。左为隐月，右为日根。六合清练，百神受恩。祝毕。咽液三过，能常行之。发不落而日生，常数易栉。栉之取多而不使痛，亦可令侍者栉取多也。于是血液不滞，发根常坚。

右一条安九华所告，令施用。此二条皆驻白止落之事，亦是令答示长史也。

紫微夫人喻曰：披华盖之侧，延和天真。入山涧之谷，填天山之源。则虚灵可见，万鬼灭身。所谓仰和天真，俯按山源也。华盖一名华庭也。

天真是两眉之间，眉之角也。山源是鼻下人中之本，侧在鼻下，小入谷中也。华庭在两眉之下，是彻视之津梁，天真是引灵之上房。且中暮，恒咽液三九过，急以手三九阴按之以为常。令致灵彻视，杜遏万邪之道也。一日三过行耳。紫微夫人言，人有卒病垂死者，世中凡医，唯知针人中。不知针山源谷中，此太谬也。本注从此注起，是杨接长史书也。按而祝曰："开通天庭，使我长生。彻视万里，魂魄返婴。灭鬼却魔，来致千灵。上升太上，与日合并。待补真人，列象元名。楚庄公时。此即春秋时楚庄王也。"市长宋来子，恒洒扫一市。久时有一乞食公入市。经日乞，恒歌曰，天庭发双华，山源彰阴邪。清晨按天马，来诣太真家。真人无那隐，又以灭百魔，恒歌此乞食。一市人无解歌者，独来子忽悟疑是仙人。然故未解其歌耳，乃遂师此乞食公。弃官追逐，积十三年，此公遂授以中仙之道。来子今在中岳，乞食公者，西岳真人冯延寿也。周宣王时史官也，手为天马。鼻下为山源。

六月二十七日夜，喻书此。杨接书讫此。

云林王夫人曰：仙真之道，以耳目为主。淫色则目暗，广忧则耳闭。此二病从中来而外奔也。非复有他矣。今令人聪明益易耳，但不为之者行之难。欲得上通彻映，旁观鬼神。当洗心绝念，放气流淫。所谓严其始矣。夜卧，先急闭目东向，以手大指后掌各左右按，拭目就耳门。使两掌俱交会于项中，三九过，存目中当有紫青绛三色气出前。此是内按三素云，以灌合童子也。阴祝曰："眼童三云，两目真君。英明注精，开通清神。太元云仪，灵骄翩翩。保利双阙，启彻九门。百节应响，朝液泥丸。身升玉宫，列为上真。"凡四十八字，祝毕，咽液五十过毕。乃开目以为常，坐起可行之，不必夜也。要以生炁时，一年许，耳目便精明。久为之，彻视千里，罗映神灵，听于绝响者也。此亦真仙之高道，不但明目开耳而已。

夫欲学道者，皆当不欲令人知见所闻。每事尽尔，太上宫中歌曰："手把八云气，英明守二童。太真握明镜，鉴合日月锋。云仪拂高阙，开括泥丸宫。万响入百关，骄女坐元房。愈行愈鲜盛，英灵自尔通。"此歌正言耳目之经也。我沧浪方丈仙人，常宝而为也。此道出太上四明玉经中，传行以青金为誓，然后乃施行耳。右此并是右英夫人受令告长史也。又用盟信，兼有青帛，令亦宜依准立格，乃得受传耳。谓青可二十尺，金钚二双。此四明王经三品元目也。闭炁拜静，百鬼畏惮。功曹可见与语，谓久行之耳。

七月二日南岳夫人喻：

烧香时，勿反顾忤真炁，致邪应也。

入静户先前，使人通达上闻。

临食上勿道死事，洗澡时常存六丁，令人所向如愿。理发欲向王地，既栉发之初而微咒曰：泥丸元华，保精长存。右为隐月，左为日根。六合清练，百神受恩。祝毕，咽液三过。此一条犹是安妃所说无异，但不可知何者前后耳。按以日月推，此则是后也。

右四条南岳夫人喻：

正一平经曰：闭气拜静，使百鬼畏惮。功曹使者龙虎君，可见与语。谓能精心久行之耳。泰清家有正一平炁，今此悉载拜静众事。必应是泰清经，恐脱炁字也。

又曰：烧香时勿反顾，反顾则怍真炁，使致邪应也。

又曰：入静户先前，右足著前，后进左足，令与右足齐毕，乃趋行如故，使人陈启通达上闻。

又曰：临食上勿道死事，勿露食物，来众邪炁。

又曰：数澡洗，每至甲子当沐。不尔，当以几月旦，使人通灵。浴不患数，患人不能耳。荡练尸臭而真炁来入。

右元师所敕使施用。右六条与前所说大同小异者，是受旨。是略记，今更详记写此。并益后二条，以示长史也。

右十条并长史写：

服仙药，常向本命服毕。勿道死丧凶事，犯胎伤神，徒服无益。

东卿司命君。此一条本在受明堂元真法后。

右一条杨书。

太上九变十化易新经曰：若履淹秽及诸不静处，当洗澡浴，与解形以除之。

其法用竹叶十两，桃皮削取白四两，以清水一斛三斗，于釜中煮之。令一沸，出适寒温以浴形，即万淹消除也。既以除淹，又辟湿痹疮痒之疾。且竹虚素而内白，桃即却邪而折秽。故用此二物，以消形中之滓浊也。天人下游既反，未曾不用此水以自荡也。至于世间符水祝漱，外舍之近术，皆莫比于此方也。若浴者益佳，但不用此水以沐耳。练尸之素浆，正宜以浴耳。真奇秘也。下真品目有九化十变，疑此目是例言也。

紫微王夫人所敕用。

右一条长史写：

受洞诀，施行太丹隐书。存三元洞房者，常月月朝太素三元君。以正月九日、二月八日、三月七日、四月六日、五月五日、六月四日、七月三日、八月二日、九月一日、十月十日、十一月十一日、十二月十二日夜、于寝静之室。北向六再拜讫，稽首跪曰："谨启太上大道高虚玉晨、太素紫宫八灵三元、君中央黄老无英白元太帝、五老高真上仙太极皇精三皇君，大洞三景弟子某，谨以吉日之夜，天关九开之间。上闻太上玉皇真君，乞得长生世上。"寿无亿年，时乘黄晨，缘盖龙辕。上诣紫庭，役使万神，时卫四明，毕，勿令人知也。

右四朝太素三元君法，以吉日夜半时。

此一条掾写：

太上大道玉晨君，常以正月四日、二月八日、三月十五日、四月八日、五月九日、六月六日、七月七日、八月八日、九月九日、十月五日、十一月三日、十二月十二日，登玉霄琳房。四眄天下有志节远游之心者，子至其日平旦日出时。北向再拜，亦可于静中也。自陈本怀所愿毕，因咽液三十六过。长史写。

东海青童君，常以丁卯日登方诸东华台四望。子以此日，常可向日再拜，日出行之。可因此以服日精。又掾写。

右紫虚元君所出。右此三事，并上学隐朝之法。其经并不显世，故南真出之，亦是令长史遵用也。

右三条有长史掾共书，同在一纸上：

常以二月二日、三月三日、八月八日、九月九日、十月十日夜，于寝室存思中诀事，而独处不眠者吉也。其夕卫经玉童玉女，将太极典禁真人，来于空中而察子也。是其夜常烧香精苦，有如所待者也。坐卧存思。或读书念真，在意为之。唯不可以其夕施他事，非求道之方耳。若兼慎于其日，益善，匪唯守夜矣。受洞诀之始，常当修此，好以为意也。

数遇恶梦者，一曰魄妖，二曰心试，三曰尸贼，厌消之方也。若梦觉，以左手蹑人中二七过，琢齿二七遍。微祝曰："大洞真元，张练三魄。第一魄速守七魄，第二魂速守泥丸，第三魂受心节度，速启太上三元君，向遇不祥之梦。是七魄游尸，来协万邪之源。急召桃康护命，上告帝君，五老九真，皆守体门。黄阁神师，紫户将军；把铖摇铃，消灭恶津。反凶成吉，生死无缘毕。"若又卧，必护吉应。而造为恶梦之气，则受闭于三关之下也。三年之后，唯神感旨应，乃有梦也。梦皆如见将来之明审也。略无复恶占不祥之想矣。长史作恶字，皆酉下心，其义与西下心亦同。但谓西方金宄之心刚恶也。

若夜遇善梦，吉应好梦。而心中自以为佳，则吉感也。卧觉当摩目二七，叩齿二七遍。而微咒曰："太上高精，三帝丹灵，绛宫明彻，吉感告情。三元柔魄，天皇授经。所向谐合，飞仙上清。"常与玉真俱会紫庭毕，此大洞秘诀，以传于始涉津流者矣。右此三事，亦是洞房太丹家事真经。亦未显世，今世中经。乃粗有其事，皆增损不同。

右三条有长史写。

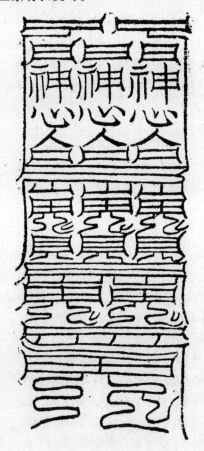 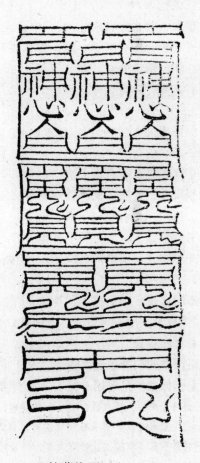

此符摹长史画。　　　　　　　　　　此符摹搽画。

已上符本朱画。

明堂内经开心辟妄符，王君撰，用开日，旦向王朱书，再拜服之。祝曰："五神开心，彻听绝音。三魂摄精，尽守丹心。使我勿妄，五藏远寻。"拜毕祝，祝毕乃服，服毕咽液五过。叩齿五通，勿令人见。两妄字谓皆应作忘。若不用开日，以月旦、月十五日、二十七日。一月三服，一年便验，秘术也。

右符及此三条，有长史掾写两本，掾朱书。

东卿司命曰："先师王君，昔见授太上明堂元真上经。清斋休粮，存日月在口中。昼存日，夜存月，令大如环。日赤色，有紫光九芒。月黄色，有白光十芒。存咽服光芒之液，常密行之无数。若不修存之时，令日月还住面明堂中。日居左，月居右，令二景与目童合炁相通也。此道以摄运生精，理和魂神。六丁奉侍，天兵卫护，此上真道也。太上元真经，先盟而后行，行之然后可闻玉佩金当之道耳。季伟昔长斋三年，始诚竭单思，乃能得之。于是神光映身，然后受书耳。此元真之道，要而不烦。吾常宝秘，藏之囊肘，故以相示，有慎密者也。明堂元真自有经，经亦少耳。大都口诀，正如此而行之。伟昔亦不得经，但按此而行，始乃得经耳。尔欲得，可就伟取玉佩隐书，非伟所见耳。"

夜行及冥卧心中恐者，存日月还入明堂中。须臾百邪自灭，山居恒尔此为佳。右此是说元真经存之，其大经在茅传中。

右三条杨书。

大虚真人南岳赤君内法曰："以月五日夜半时，存日象在心中，日从口入也。使照一心之内，与日共光相合会毕，当觉心暖，霞晖映验。"良久乃祝曰："大明育精，内练丹心。光晖合映，神真来寻。毕，咽液九过。到十五日、二十五日、二十九日，复作如上。使人开明聪察，百关鲜彻。面有玉光，体有金泽。行之十五年，太一遣宝车来迎。上登太霄，行之务欲数，不必此数日作也。"

右一条出太上消魔经中。此经亦未出世。

右一条长史写。

东华真人服日月之象上法

男服日象，女服月象，日一不废。使人聪明朗彻。五藏生华，魂魄制练，六府安和，长生不死之道。曰曰。此两字是摹真本朱书。

右书日月象法，亦可圆书日也。

右此二法，不审是何真所受。

右一条杨书。

汉孝明皇帝，梦见神人：身长丈六，项生圆光。飞在殿前，欣然悦之。遍问朝廷通人，傅毅对曰："臣闻天竺国有得道者，号曰佛。传闻能飞行，身有白光，殆其神乎？"帝乃悟，即遣使者张骞、羽林郎秦景、博士王遵等、十四人之大月氏国，采写佛经四十二章，秘兰台石室第十四，即时起洛阳城西门外道北立佛寺。又于南宫清凉台作佛形像及鬼子母图，帝感非常。先造寿陵，亦于殿上作佛象。是时国丰民安，远夷慕化，愿为臣妾。佛像来中国，始自明帝时耳。此说粗与外书同，而长安中似久已有佛。裴君即是其事，且佛法乃与天竺罚宝，而月氏无有，与此为异。今既欲说小方，诸奉佛，故先宜叙此也。按张骞非前汉者，或姓名同耳。传毅字仲武，见汉书。秦景、王遵等、不显。此寺名白马寺，明帝乃葬显节陵，此云寿陵者，汉诸帝在位时，皆预造寿陵。犹今世人作寿塚，非陵名也。外书记亦云遣侍中张堪，或云朗中张愔，并往天竺。写致经象，并沙门来至，又恐今此说未必是真受，犹可杨君疏曰诰耳。但真经诰中自函有论及佛事也。方诸正四方，故谓之方诸。一面长一千三百里，四面合五千二百里，上高九千丈。有长明太山，夜月高邱，各周回四百里。小小山川，如此间耳。但草木多茂蔚，而华实多蒨粲。饶不死草，甘泉水所在有之。饮食者不死，青君宫在东华山上，方二百里中，尽天仙上真宫室也。金玉琼瑶，杂为栋宇。又有元寒山，山上别为外宫。宫室周二百里中，方诸东西面又各有小方诸。去大方诸三千里，小方诸亦方面各三百里，周回一千二百里，亦各别有青君宫室。又特多中仙人及灵鸟灵兽辈，大方诸对会稽之东南，小看去会稽岸七万里。东北看则有汤谷建木乡，又去方诸六万里。方诸是乙地，汤谷是甲地。则自寅至辰十万里，方五隅七言之邪角十四万里。故去会稽七万里也。大方诸之西小方诸上，多有奉佛道者。有浮图，以金玉镂之。或有高百丈者，数十曾谓应作层字。楼也。其上人尽孝顺而不死，是食不死草所致也。皆服五星精，读夏归藏经，用之以飞行。按夏日连山，殷日归藏。与此不同，依如三弟子虽奉佛道，不作比邱形服。世人谓在家真菩萨耳。大方诸之东小方诸上，多奇灵宝物。有白玉酒金浆，泝青君畜积天宝之器物，尽在于此。亦多有仙人，食不死草，饮此酒浆，身作金玉色泽。常多吹九灵箫以自娱乐，能吹箫者闻四十里。箫有三十孔，竹长二三尺，九箫同唱，百兽抃儛，凤凰数十来至和箫声。

　　大方诸宫，青君常治处也。其上人皆天真高仙，太极公卿，诸司命所在也。有服日月芒法，虽已得道为真，犹故服之。霍山赤城，亦为司命之府。唯太元真人、南岳夫人、在焉。李仲甫在西方，韩众在南方，除三十一命，皆在东孽。青童为太司命，总统故也。杨君亦云东籥执事，不知当在第几位耳。直存心中有象大如钱。在心中赤色，又存日有九芒。从心中上出喉，至齿间而芒此字儓，非真。徊还胃中。如此良久，临目存此字儓作真。见心胃中分明，乃吐气漱液三十九过止，一日三为之。行之一年，疾病除；五年，身有光彩；七八年，必得道。行日中无影，辟百鬼千恶灾气，恒存日在心。月在泥丸中，夜服月华如服日法，存月十芒白色。从脑中下入喉，芒亦不出齿间而回入胃。

　　右此方诸真人法，出大智慧经上中篇。常能用之，保见太平。此即应是消魔智慧七篇之限也。

　　右南极夫人所告。

　　行此日在心，月在泥丸之道。谓省易可得旨行，无中废绝者也。除身三尸，百疾千恶，练魂制魄之道也。日月常形中，则鬼无藏形，青君今故行之，吾则其人也。今以告子，子脱可密示有心者耳。行此道亦不妨行宝书所服日月法也。兼行益善善也。仙人一日一夕行千事，初不觉劳叨，勤道之至，生不可失矣。宝书日月，即谓紫文所用者。

　　右西城王君告。此并告杨君，令以示诸许也。

　　为道当如射箭，箭直作不顾，乃能得造埘的。操志入山，唯往勿疑，乃获至真。

　　元清告。按南极、西城、元清、三高真，未当有余降受，唯戒及诗各一条耳。不审此当是何时所喻。

　　右八条并杨书。

　　行此四道，按玉元上法一年，便惊视听。自可勤之举之无凝。中君此事失前纸，不知是何法也。

　　太极真人云："读道德经五千文万遍，则云驾来迎，万遍毕未去者，一月二读之耳。须云驾至而去。"

　　右二条某书。

　　山世远受孟先生法，暮卧先读黄庭内景经一过，乃眠。使人魂魄自制练，恒行此二十一年，亦仙矣。是为合万过，夕得三四过乃佳。北岳蒋夫人云，读此经亦使人无病，是不死之道也。此二十一年夕一过，不得万遍。一恐应为七，或为八字，不尔，夕则二三过耳。

　　存五星，当谨按八素。以王星为始存以生气时，若不王星先出者，故宜不先存王也。至于视星入室，任意耳唯以勤感为上耳。亦不必须都见星，然后速通也，视之亦审耳。

　　清灵君告。

　　存思要法，当觉目睹五星于方面。并乘芒而下行，我然后依王星下而存王星，但吞咽一芒。毕，又当镇星下，又存镇星。良久，总五星各一芒，使俱入口而咽之。如镇星星过数也。此一事，异法经中无此说。

　　若顿存五星，自当依常法，不心存对尾下也。依此言则后是单修法也。

六月一日夜，青灵真人言。右四条杨书，青当为清也。

日中五帝字曰："日魂珠景，昭韬绿映。回霞赤童，元炎飙象。"凡十六字，此是金阙圣君采服飞根之道。昔受之于太微天帝君，一名赤丹金精石景水母玉胞之经。

右英云："珠圆会晖韬绿凝日霞焕明，赤童秉灵。元炎散光，飙象郁清。此日之势也，神之威也。"此说按紫文曰日魂事，义旨不正可领。

右二条某书。

扶晨始晖生，紫云映元阿。焕洞圆光蔚，晃朗濯耀罗。眇眇灵景元，森洒空清华。九天馆玉宾，金房烟霄歌。

右大同真经中篇，今钞数行。今洞经亦有此四句。

外国呼日为濯耀罗，方诸真人呼日为圆罗曜。梦见此濯耀罗者，日之应也。紫云中人者，胎宫神也。元真之道矣。日德荫泽，长生之象。紫云冈晨，魂魄安也。身康神宁，从此始矣。

辞四通已呈，意气安和。此杨君自与长史书语耳。

右英疏大洞真经言，以释梦濯耀罗之义如别。此亦自语也。长史梦事不显。

右四条杨书。

真诰卷十

协昌期第二

微诚因理感，积精洞幽真。斐斐乘云彩，灵像凭紫烟。眇眇濯圆罗，佛佛驾飞轮。元翰启蒙昧，顾景恩自新。长史既开启告，赋诗一篇。本注之，此即酬释梦之旨也。长史自书，凡真书及古书作仿佛字。皆作仿佛字，此则是仿佛也。此字巳下至也字，并朱书。范幼冲、辽西人也。受胎化易形，今来在此。恒服三气，三气之法，存青炁、白气、赤气、各如綖。从东方日下来，直入口中，挹之九十过，自饱便止。为之十年，身中自有三色气。遂得神仙，此高元君太素内景法，旦旦为之。临目施行，视日益佳，其法鲜而其事甚验，许侯可为之矣。范即是华阳中监也。事在第四卷。

右一条杨书：

东海东华玉妃淳文期授含真台女张微子服雾之法，常以平旦，于寝静之中。坐卧任己，先闭目内视，仿佛使如见五藏毕。因口呼出气二十四过，临目为之。使目见五色之气，相缠绕在面上郁然，因入口内此五色气五十过毕。咽液六十过毕。乃微咒曰："太霞发晖，灵雾四迁。结气蜿屈，五色洞天。神烟含启，金石华真，蔼郁紫空，炼形保全。出景藏幽，五灵化分。合明扇虚，时乘六云。和摄我身，上升九天。"毕，又叩齿七通，咽液七过，乃开目事讫。此道神妙，又神州元都。多有得此术者，久行之。常乘云雾而游也。

右一条杨书，又掾写。

守元曰之道，常旦日，坐卧任意。存泥丸中有黑气，存心中有白气，存脐中有黄气。三气俱生，如云气覆身。因变成火，火又绕身，身通洞彻，内外如一。旦行至向中又止。于是服炁一百二十都毕，道正如此使人长生不死。辟却万害，尤禁六畜肉五辛之味。当别寝处静思，尤忌房室，房室即死。

初存出气如小豆，渐大冲天。三炁缠烟绕身，共同成一混。忽生火在三烟之内，又合景以炼一身，一身之袭。五藏照彻，此亦要道也。

右二条有掾写，并右三事，在论华阳第四卷中。今又重钞可修事出此耳。其本文犹在彼卷。

太极真人敕酆台北帝，使告三此三字被后人黵，不可复识。官。制神灭鬼灵符，盛以重紫之囊，系之头上人秽淹脱也。此九字又被青黵，乃不可都识，而非今所书字。卫符有三天直使者二人，凶鬼万邪有千，佩符者即死。此下复有十字，亦被黵不可复识。男女各佩一，已别题之。

小君今书此符，相与佩之。在玉马经上，一名北帝书。七元符中有一符无题，相传言是此符。而玉马经世未尝见，不敢为定。

一雄黄　　　　　　　　二雌黄　　　　　　　　三铅黄

右三黄华，先投朱砂一，熟研之于器中。次投雄黄熟研之，次投雌黄熟研之，次投铅黄合研之，良久成也。以胶清合研之。言一者，以意为之，一分之品量多少也。此是谕作三黄色以画符法，真符多用此。

右三条杨书：

合药当令精，不精者不自咎，反责方之不验。若是人可谓咎乎，可使钞方合耳。可用昌蒲五两，所以用十两末知道门户之人耳。可用朱萸根皮二两，紫云芝英三两。

此用君口诀。此是论合初神丸事，其方在苏传中，即周紫阳所撰。故受此诀，是告长史也。

右一条厶书：

成治尢一斛，清水洁洗令盛讫，乃细捣为屑。以清水二斛，合煮令烂，以绢囊盛。绞取汁，置铜器中，汤上蒸之。内白蜜一卧，大乾枣去核熟细捣，令皮肉和会。取一卧，又内尢蜜之中，绞令相得，如馎状。日食如弹丸三四枚，一时百病除，二时万害不伤，三时面有光泽，四时耳目聪明，三年颜如女子，神仙不死。

又法：成尢一斛，水盛洗，洗乃乾，乾乃细捣为屑。大枣四卧，去核，乃捣令和合。清酒五卧，会于铜器中，煎搅使成饵状。日服如李子三丸，百病不能伤而面如童子，而耐寒冻。

又法：尢散五斤，伏苓煮三沸，捣取散五斤。右二物，合和更捣三千杵，盛以密器，旦服五合。百灾、百毒、百疫、不能犯。面童而壮健，久服能飞越峰谷，耳聪目明矣。此三方有掾写，似是紫微夫人所授继尢叙后者。炼麻腜法：清水三斛，麻腜一斛薤白二斤，合三物会煎之。以木盖盖上，勿令腜烟散出。取一斛，止内酒中服之，亦可单服。此一方有长史写，乃别出四药丹方中。而世之方本，又加葱白二斤。

极太真人遗带散白粉，服一刀圭，当暴心痛如刺。三日欲饮，饮既足一斛，气乃绝，绝即是死也。既欲，失尸所在，但余衣在耳。是为白日解带之，仙若知药名者，不复心痛，但饮足一斛仍绝也，既绝，已自觉所遗尸者在地也。临时自有玉女玉童，以青軿舆共来载之也。欲停者，当心痛三日，节与饮耳。其方亦可举家用，云霞衣九两是其首。此一条不知出何处事，即应是白医散也。世未见方。

右一条厶书：

斋者不宜杂不斋者而相混，并未体正道，后宜改之。

上道之高，神虎经是也。自非传授者，皆不得令其见所写之纸也。此又一未体矣。

南真云："写神虎文不精，则万物不为己用，心将徒劳耳。得纸更留心谨写，烧香先者写上书。当恒烧香，文之左右，亦初不能令专使烟清恒也。精诚务在匪懈，求道唯取于不倦耳，此又近于替乎？"

夫得道者常恨于不早闻受，失道者常恨于不精勤，何谓精耶？专笃其事也。何谓勤耶？恭缮其业也。既加之以检慎，守之以取感者，则去真近矣。尔其营之，勿忘也。此前五条，并似止告杨君。

受书则师乃耻之耶。真心既有不尽，获考者非一人。子往师苏林守一，当先斋受戒，能得此度世，几未可量也。九华真妃言守五卧内一，是真一之上也。皆地真人法也。

上党王真、京兆孟君、司马季主，皆先按于此道而始矣。鲁女生、邯郸张君。今皆在中岳及华山，正守此一。亦可得渐阶上道，而进复为不难也。五斗内一涓子内法，昔所授于峨嵋台中，本其外守一元一之属。莫有逮其踪者也。

小君言。五卧真一，即今苏传中分至日所存用者是也。

中君曰："良勤不休，吾当与其流珠真，此亦中真之上道也。"流珠亦九宫家事，其经未出世。此前五条，并似令告牙也。

又云："性躁暴者，一身之贼病，求道之坚梯也。遂之者真去，改之者道来。每事触类，皆当柔迟而尽精洁之理。如此，几乎道者也。"此语似令告掾。

小茅君云："丹砂、雄黄、雌黄，家家皆有之，至于无一人合药者也。皆如传国玺印，父传子，子传孙耳。好道而不专，疲志而不固。华名钟于胸心，荣味交于外视，万万皆是也。适足疲我三官之司矣。"此语似令告牙。

可令许斧数沐浴，濯其水疾之气也。消其积考之瘕也，亦致真之阶。

右紫阳真人言：

沐浴不数，魄之性也。违魄返真，是练其浊秽自亡矣。

右紫微夫人言：

上道法：衣巾不假人，不同器皿者，车服床寝，不共之也。所以遏秽垢之津路，防其邪风之往来耳。此甚易行而更以为难，所为信道不笃，欲飞反沈者也。心进何必言哉，其自当知所为。此三条似令告长史。

右南岳夫人语。

右十六条。并杨书，又杂掾写：

人卧床当令高，高则地气不及。鬼吹不干，鬼炁之侵人，常依地而逆上耳。高谓三尺已上也。

人卧室宇，当令洁盛。盛则受灵气，不盛则受故气，故气之乱人室宇者，所为不成。所作不立，一身亦尔，当数洗沐澡洁，不尔无冀。盛字是净义，中国本无净字，故作盛也。诸经中通如此。

勿道学道，道学道；鬼犯人，亦不立，使人病；是体未真故。青童亦云，一言一事。泄减一算，如此可不慎之。此三条本在鄘宫记中，杨书，又掾书。

大洞真经高上内章遏邪大祝上法曰："每当经危险之路，鬼庙之间，意中诸有疑难之处。心将有微忌敕所经覆者，乃当先反舌内向，咽液三过。毕，以左手第二第三指，蹑两鼻孔下人中之本，鼻中隔孔之内际也。三十六过，即手急按，勿举指计数也。鼻中隔之际，名曰山源。山源者，一名鬼井，一名神池，一名邪根，一名魂台也。蹑毕，因叩齿七通。毕，又进手心以掩鼻，于是临目。"

乃微祝曰："朱鸟凌天，神威内张。山源四镇，鬼井逃亡。神池吐气，邪根伏藏。魂台四明，琼房零琅。玉真巍峨，坐镇明堂。手晖紫霞，头建神光。执咏洞经三十九章，中有辟邪龙虎，截岳斩塱。猛兽奔牛，衔刀吞镶。揭山攫天，神雀毒龙。六领吐火，唵鬼之王。电猪雷父，擎星流横。枭礦骄灼，逆风横行。天禽罗陈，皆在我傍。吐火万丈，以除不祥。群精启道，封落山乡。千神百灵，并手叩颡。泽尉捧灯，为我烧香。所在所经，万神奉迎。"毕，又叩齿三通，乃开目除去左手。

手按山源则鬼神闭门，手薄神池则邪根散分。手临魂台则玉真守关，于是感激灵根。天兽来卫，千精震伏。莫干我气，此自然之理。使忽尔而然也。

鼻下山源，是一身之武津。真邪之通府，不真者所以生邪气。为真者所以遏万邪，在我运摄之耳。故吉凶兆焉！明堂中亦一身之文池，死生之形宅。存其神，可以眇乎内观；废其道，所以致乎朽烂；故由我御顺其术，而死生悔吝定焉。

右一条出大洞真经高上首章。此一条不审谁授，有长史写。此经亦未出世也。

夜行常当琢齿，亦无正限数也。煞鬼邪鬼，常畏琢齿声，是故不得犯人也。若兼以漱液祝说，益善。

世人有知酆都六天宫门名，则百鬼不敢为害。欲卧时，常先向北祝之三过，微其音也。祝曰："吾是太上弟子，下统六天，六天之宫，是吾所部。不但所部，乃太上之所主。吾知六天门名，是故长生，敢有犯者，太上斩汝形。第一宫名纣绝阴天宫，以次东行；第二宫名泰煞谅事宗天宫；第三宫名明晨耐犯武城天宫；第四宫名恬照罪气天宫；第五宫名宗灵七非天宫；第六宫名敢司连宛屡天宫。"止。乃琢齿六下。乃卧，辟诸鬼邪之气。如此凡三过也，此二法出酆都记，今钞相随。

北帝煞鬼之法：先叩齿三十六下。乃祝曰："天蓬天蓬，九元煞童。五丁都司，高刁北公。七政八灵，太上浩凶。长颅巨兽，手把帝钟。素枭三晨，严驾夔龙。威剑神王，斩邪灭踪。紫气乘天，丹霞赫冲。吞魔食鬼，横身饮风。苍舌绿齿，四目老翁。天丁力士，威南御凶。天驺激戾，威北衔锋。三十万兵，卫我九重。辟尸千里，去却不祥。敢有小鬼，欲来见状。攫天大斧，斩鬼五形。炎帝裂血，北斗燃骨。四明破骸，天狩灭类。神刀一下，万鬼自溃。"毕，四言辄一琢齿，以为节也。若冥夜白日得祝为恒祝也。鬼有三被此祝者，眼精目烂而身即死矣。此上神祝，皆斩鬼之司名。北帝秘其道，若世人得此法，恒能行之。便不死之道也。男女大小，皆可行之。

此所谓北帝之神祝，煞鬼之良法：鬼三被此法，皆自死矣。常亦畏闻此言矣。因病行此立愈，叩齿当临目存见五藏。厶此中一字，杨本穿坏不可识。掾亦仍缺无。

具五神，自然存也。酆都中秘此祝法，今密及之耳。不可泄非有道者，共秘之乎！

右五条杨书，又掾写。杨书北帝祝，是口授时书，极多傀儡改易。

风病之所生，生于丘坟阴湿，三泉壅滞。是故地官以水气相激。多作风痹，风痹之重者，举体不授。轻者半身成失手足也。若常梦在东北及西北，经接故居，或见灵床处所者，正欲与冢相接耳。墓之东北为征绝。西北为九厄，此皆冢讼之凶地，若见亡者于其间，益其验也。

若每遇此梦者，卧觉。当正向上三琢齿而祝之曰："太元上元，九都紫天。理魂护命，高素真人。我佩上法，受教太元。长生久视，神飞体仙。冢墓永安，鬼讼塞奸。魂魄和悦，恶气不烟。游魅罔象，敢干我神。北帝呵制，收气入渊。得策上皇，谨奏玉晨。"如此者再祝，祝又三叩齿，则不复梦冢墓及家死鬼也。此北帝秘祝也。有心好事者，皆可行之。若经常得恶梦不祥者，皆可按此法，于是鬼气灭也。邪鬼散形也。此应令以授长史也。但许姓羽音，今云东北征绝命。是为不同，又九厄之名，墓书无法。

手臂不授者，沈风毒气在脉中。结附痹骨，使之然耳。宜针灸，针灸则愈，又宜按北帝曲折之祝。若行之百过，疾亦消除也。先以一手徐徐按摩臂，良久毕，乃临目内视。咽液三过，叩齿三通。正心微祝曰："太上四元，五华六庭。三魂七魄，天关地精。神符荣卫，天胎上明。四肢百神，九节万灵。受录玉晨，刊书玉城。玉女侍身，玉童护命。永齐二景，飞仙上清。长与日月，年俱后倾。超腾升仙，得整太平。流风结痾，注鬼五飞。魍魉冢气，阴气相徊。陵我四肢，干我盛衰。太上天丁，龙虎曜威。斩鬼不祥，风邪即摧。考注匿讼，百毒隐非。使我复常，日月同晖。考注见犯，北辰收摧。如有干试，干明上威。”毕，此亦以告长史也。长史极多恶梦，恒有冢注气，又患饮癖及两手不理。故每授诸法，并针灸在后。若弟子有心者，按摩疾处，皆用此法。但不复令临目内视，咽液琢齿耳。

昔唐览者，居林虑山中。为鬼所击，举身不授，似如绵囊。有道人教按摩此法，皆即除也。此北帝曲折之法，诸疾有曲折者，用此法皆佳，不但风痹不授而已也。唐览无别所出，不知何世人也。酆都北帝有此数法，亦参于高仙家用也。又有曲折经，藏著西明公处，周文王为酆都西明公也。郑子真则康成之孙也。今在阳濯山，昔初学时，正患两脚不授。积年其晚用针灸，兼行曲折祝法，百日都除。郑元唯有一儿，为贼所害，有遗腹子名小同耳。既不入山，又复不病脚。此子真又非谷口者，进退乖异，莫辩质据。唐览今在华阳，得虹丹法合服，得不死。前来至此，并应是保命告。

十三过针，三过灸，无不愈。左手胜右手也。少阳左肘手脉内缠，故宜十三过针，乃得理内脉入少阳也。灸气得温浮上，臂血得风痹，故宜三过灸。乃得补定流津，使筋属不滞也。灸手幽关及风弦，并五津，凡三处，急要也。当待佳日，我自别相示也。保不使尔失此手也。

右中侯夫人言。手幽关、风弦、五津、凡三处，偃侧图及诸灸经，并无此穴名。

夫风考之行也。皆因衰气之间隙耳。体有亏缩，故病来侵之也。若今差愈，诚能省周旋之役者，必风炤除也。今当为摄制冢注之气尔。既小佳，亦可上冢讼章，我当为关奏之也。于是注气绝矣。

昔邓云山停当得道，顿两手不授，吾使人语之。令灸风徊、曲津、两处耳。六七日间，便得作五禽按摩也。若针力讫，当语所灸处。又心存行道，亦与身行之无异也。昔赵公成两脚曳不能起，旦夕常心存拜太上。如此三十年，太上真人赐公成流明檀桓散，一剂即能起行，后遂得道。今在鹄鸣山下，夫存拜及心行道之时，皆烧香左右，如欲行事状也。此谓内研太元，心行灵业。栖息三宫，偃逸神府者矣。

右保命言。风徊、曲津、两处，灸经亦无此穴，冢讼章不见有真本。邓云山、赵公成。并无别显出也。

夜卧觉，存日象在疾手中握之。使日光赤芒，从臂中逆至肘腋间。良久，日芒忽变成火烧臂，使臂内外通匝洞彻。良久毕，乃阴祝曰："四明上元，日月气分。流光焕曜，灌液凝魂。神光散景，荡秽炼烟。洞彻风气，百邪燔然。使得长生，四肢完全。汪害考鬼，收付北辰。"毕，存思良久，放身自忘。

右保命说此，云案消魔上秘祝法。此经未出世、若犹是智慧七卷限者，未审小君亦安得见之。

右八条并掾书写：

昨具以墓事请问荀侯，荀侯云："极阴积沍，久经坟茔，遂使地官激注。冢灵沈滞，风邪之兴，恒继此而作。然冲气欲散，作考渐歇。镇塞之宜，未为急也。不如通妇墓之井，以润乎易迁之涂。救渴惠乎路人，阴惠流于四衢。植棠棣于龙川，散松杨以固标。此其所利耶。"荀侯即应是荀中侯也。此即长史妇亡后所告。范幼冲，汉时尚书郎。厶缺失一字。解地理，乃以冢宅为意。魏末得来在此，童初中其言云："我今墓有青龙秉气，上元辟非。元武延躯，虎啸八垂。殆神仙之邱窟，链形之所归，乃上吉冢也。"其言如此。此犹是前所服三气之范监也。四灵虽同墓法，而形相莫辩，又以朱鸟为上元，亦所未详也。积善憩德，慈心在物。兼修长存之方，洞守形中之宝者，虽有此墓。为以示始终之观耳。至于神全得会，熙镜元开，亦何时永为朽物，不复生出耶？此墓之人，斯可谓应运矣。此并论长史妇所葬墓事。

辛元子所言。辛元子事在第五卷中。

右三条杨书：

夫欲建吉冢之法：去块后，正取九步九尺，名曰上元辟非华盖宫王气神赵子都冢墓。百忌害气【青龙秉气】之神，尽来属之。能制五土之精，转祸为福。侯王之冢，招摇欲隐起九尺。以石方圆三尺，题其文，埋之土三尺也。世间愚人，徒复千条万章，谁【上元辟非】能明吉凶四相哉！辟非之下，冢墓由此而成，亦由此而败。非神非圣，难可明也。必能审此术，子孙无复冢墓之患。能知坟墓之法，千禁万忌，一【元武延躯】皆厌之。必反凶为吉，能得此法，永为吉冢，不足宣也。此一纸异手书青纸，依如此法，亦为可解。其九步九尺而不云十步三尺者，是九尺入冢里，正取中心为数也。但辟非应是朱鸟，而云冢后若征家甲向。朱鸟在西南，羽冢庚向。【虎啸八垂】朱鸟在东北，所不论耳。员三尺，题其文曰："天帝告土下冢中王气，五方诸神，赵公明等，某国公侯，甲乙年如干岁。生值清真之气，死归神宫。翳身冥乡，潜宁冲虚。辟斥诸禁忌，不得妄为害气。当令子孙昌炽，文咏九功，武备七德，世世贵王。与天地无穷，一如土下九天律令。员三尺，犹是方员。方员之法，六边皆等，如印形也。赵公明、今千二百官仪，乃以为温鬼之名，九功七德事出左传。

夫施用此法，慎不可令人知。若云冢墓王相刑害诸不足者，一以填文厌之。无不厌伏，反凶为吉。𠘨行下被割，余一字如此。当是此字，后行又被靳，语则未尽也。从员三尺来，别一纸，复是异人迹。不与前同，而俱书青纸，色理亦小殊，疑此并写非真。前范监既有此言，恐后人因以造法耳。

上清真人冯延寿口诀。前云是楚市乞人西岳真人冯延寿，西岳之号，自不妨上清之目也。此后凡十四事，虽未见真书，类其事旨。不乖真法，故别撰录，附于卷末。

夫学生之道，当先治病，不使体有虚邪。及血少脑减，津液秽滞也。不先治病，虽服食行炁，无益于身。昔有道士王仲甫者，少乃有意，好事神仙。恒吸引二景餐霞之法，四十余年，都不觉益。其子亦服之，足一十八年，白日升天。后南岳真人忽降仲甫而教之云："子所以不得升度者，以子身有大病，脑宫亏减，筋液不注。灵津未溢，虽复接景餐霞，故未为身益。仲甫遂因服药治病，兼修其事。又一十八年，亦白日升天。今在元州，受书为中岳真人。领九元之司，于今在也。此说殊切事要，仲甫父子，无余别显也。"

夫学生之夫，必夷心养神。服食治病，使脑宫填满，元精不倾。然后可以存神服霞，呼吸二景耳。若数行交接，漏泄施写者，则气秽神亡。精灵枯竭，虽复元挺玉策。金书太极者，将亦不可解于非生乎？"在昔先师，常诫于斯事云："学生之人，一接则倾一年之药势；二接则倾二年之药势；过三以往，则所倾之药，都亡于身矣。是以真仙之士，常慎于此，以为生生之大忌。此事弥会众经之旨。

夫学道，唯欲嘿然养神，闭气使极，吐气使微。又不得言语大呼唤，令人神气劳损。如此以学，皆非养生也。"凡存神光行真仙之事者，又不得以衣服借人，亦不服非己之物，诸是巾褐履屐之具。皆使鲜盛，三魂七魄，或栖其中。亦为五神之厌忌洿沾故也。

又八节之日，皆当斋盛。谋诸善事，以营于道之方也。慎不可以其日忿争喜怒，及行威刑，皆天人大忌。为重罪也。

右三条亦与经事相符：

凡研味至道，及读诵神经者，十言二十言中。辄当一二过舐唇咽液，百言五十言中。辄两三过叩齿，以会神灵，充和血气，使灵液凝满。帝一欣宅，所谓冲气不劳，启血不泄也。此别一法，经中未见其事也。

学生之法，不可泣泪及多唾泄。此皆为损液漏津，使喉脑大竭。是以真人道士，常吐纳咽味，以和六液。凡甲寅庚申之日，是尸鬼竞乱，精神躁秽之日也。不可与夫妻同席，及言语面会，当清斋不寝。警备其日，遣诸可欲。

凡五卯之日，常当斋入室。东向心拜，存神念气，期感神明，亦适意所陈。恒如此者，玉女降侍。此三条与经语亦互相同者也。

常以本命之日，向其方面，叩齿三通。心存再拜而微咒曰："太一镇生，三气合真。室胎上景，母系父元。生我五藏，摄我精神。下灌玉液，上朝泥丸。夕炼七魄。朝和三魂。右命玉华，左啸金晨。命我神仙，役灵使神，常保利津，飞行十天。"祝毕，又心拜四方。叩齿三通，咽液三过，此名为太上祝生隐朝胎元之道。常能行之，令魂魄保守，长生神仙。未见此经法。

凡入室烧香，皆当对席心拜。叩齿阴祝，随意所陈；唯使精专，必获灵感。此亦朝静之例也。

凡人常存思识己之形，极使仿佛。对在我前，使面上恒有日月之光。洞照一形，使日在左，月在右，去面前令九寸。存毕，乃琢齿三通。微祝曰："元胎上真，双景二元。右抱七魄，左拘三魂。令我神明，与形常存。"祝毕，又叩齿三七过，咽液七过，此名为帝君炼形拘魂制魄之道。使人精明神仙，长生不死。若不得祝者，亦可单存之耳。道授乃有识形，而未见此祝法。

又学道之士，当先检制魂魄，消灭尸鬼。常以月晦朔之日，庚申甲寅之日，当清斋入室，沐浴尘埃。正席而坐，得不眠者。益善，以真朱笔点左目眦下，以雄黄笔点右鼻下，令小半入谷里也。点毕，先叩齿三通，微祝曰："上景飞缠，朱黄散烟。气摄虚邪，尸秽沈泯。和魂炼魄，合体大神。令我不死，万寿永全。聪明彻视，长享利津。"祝毕，又琢齿三通，咽液三过。并右手第二指蹑右鼻孔下，左手第二指蹑左目下，各七过。当尽阴案之，勿举手也。于是都毕，按此二处，是七魄游尸之门户，钺精贼邪之津梁矣。故受朱黄之精，塞尸鬼之路。引二景之薰，遏淫乱之气也。此太极上法，常能行之。则魂魄和柔，尸秽散绝。长生神仙，通气彻视，行之三年，色念都泯矣。此颇似太灵真人法，可兼修用之。

凡上清叩齿咽液法，皆各有方。先后有次，不得乱杂，使真灵混错也。

夫叩齿以命神，咽气以和真。纳和因六液，以运入制神，须鸣鼓而行列矣。

凡存修上法，礼祝之时，皆先叩齿。上下相叩，勿左右也。一呼一吸，令得三叩为善。须礼祝毕。更又叩齿。乃得咽诸炁液耳。此名为呼神和真，以求升仙者也。吾屡见伪俗之人，或误定经文。先后杂乱，无有次绪，用以为益，良可悲也。此亦同五神经中意旨。

右本卷讫此。

养性禁忌口诀。复有此诸条，亦未见真书。而似是二许抄事，皆仙人条用小诀，有助于施行。故并撰录。

黄仙君口诀：服食药物，不欲食蒜及石榴子。猪肝犬头肉，至忌都绝。为上道士，自不可食猪犬肉。而交房中，令药力不行。又计食一斤，损算百日，子其慎之。此彭祖弟子撰传者。

青牛道士口诀：暮卧，存日在额上，月在脐上，辟千鬼万邪。致玉女来降，万祸伏走。秘验。即封君达也。出神仙传五岳序。

沈义口诀：服神药。勿向北方，大忌亥子日，不可唾。亡精失气，减损年命，药势如土。沈出神仙传。

吕恭口诀：：入山之日，未至山百步。先却行百步，反足乃登山，山精不犯人。众邪伏走，百毒藏匿。吕出神仙传。

栾巴口诀：行经山及诸灵庙祠间，存口中有真人字赤灵丈人。侍以玉女二人，一女名华正，一女名摄精，丈人著赤罗袍。玉女二人，上下黄衣。所存毕，乃叱咤曰："庙中鬼神速来，使百邪诣赤灵丈人受斩死。"众精却十里，此是三天前驱使者捕鬼之法。即栾豫章也。出剑经神仙传、虎豹符、及后汉书。

东海小童口诀：道士求仙，勿与女子交。一交而倾一年之药力，若无所服而行房内，减算三十年。此上相青童君之别号也。

东陵圣母口诀：学道慎勿言，有多为山神百精所试。夜卧闭目，存眼童子在泥丸中。令内视身神，长生升天，刘京亦用此术。出神仙传，今为海神之宗。刘京、渝汉末人，出飞步经后。

女仙程伟妻口诀：服食勿食血物。食血物，使不得去三尸，乾肉可耳。程伟为汉期门郎，其妇知房事。见葛洪内篇也。

凤纲口诀：道士有疾，闭目内视心，使生火以烧身，身尽存之。使精如仿佛，疾病即愈，是痛处存其火，秘验。出神仙传，能酿百草花以起死者。

陈安世口诀：道士结头理发及饮食，施履屐枕褥，勿令非道士者见其理发。于其饮食，动其履屐，用其枕褥，彼俗尸魄形中之鬼，来侵我神也。所以道士栖山林而幽身者，皆欲远兹嚣秽。绝放人间之业，是恐外物凡百，犯其性命也。秘之。陈出神仙传。

李少君口诀：道士求仙。不欲见死人尸，损神坏气之极。人君师父，亲爱不得已而临之耳。所以道士去世，不事王侯，是无君也。块然独存，是无友也。唯父母师主，不得不临丧，致感极之哀，不妾性命之伤耳。苟以此故而伤。是以无伤之也。吾其秘之，故口传焉。汉武臣，出神仙传。

女仙人刘纲妻口诀：求仙者勿与女子。三月九日、六月二日、九月六日、十二月三日，是其日当入室不可见女子。六尸乱则藏血扰溃飞越，三魂失守，神雕气逝。积以致死。所以忌此日者，非但塞遏淫泆而已。将以安女宫，女宫在申，男宫在寅，寅申相刑，刑杀相加。是日男女三尸，出于目珠瞳之中。女尸招男，男尸招女，祸害往来，丧神亏正。虽人不自觉，而形露已损。由三尸战于眼中，流血于泥丸也。子至其日，虽至宠之女子，亲爱之令妇，固不可相对，我先师但修此道而仙矣。复不及至亲无心者矣。子其慎之矣。纲妻出神仙传。又虎豹符中，凡此杂事，皆与真经相符。并可按而施用也。

真诰卷十一

稽神枢第一

金陵者，洞虚之膏腴，句曲之地肺也。履之者万万，知之者无一。保命君嗳作此言。按嗳此应在乙丑年六月，己前甲子岁中事，始论此山受福之端也。其地肥良，故曰膏腴。永至则浮，故曰地肺。历世游践，莫有知其处者。句曲山源，曲而有所容，故号为句容里。过江一百五十里，访索即得。凡此后紫书大字者，并茅三君传所记也。传既以宝秘，见之者稀。今谨抄取说山事，共相证显，按山形宛曲，东西遭迥，故曰句曲。从山岭分界，西及北属句容。东及南属延陵，句容既立为县。故其里不复存，昔时应在述墟左右耳。今山去石头江水步道一百五六十里。江水之东，金陵之左右间小泽，泽东有句曲之山是也。此盖呼秣陵之金陵，非地肺之金陵矣。小泽即谓今赤山湖也。从江水直对望山，东西左右，正自如此也。此山洞虚内观，内有灵府。洞庭四开，穴岫长连。古人谓为金坛之虚台。天后之便阙，清虚之东窗。林屋之隔沓，众洞相通。阴路所适，七涂九源。四方交达，真洞仙馆也。此论洞天中诸所通达，天后者，林屋洞中之真君。位在太湖苞山下，龙威丈人所入，得灵宝五符处也。清虚是王屋洞天，名言华阳，与比并相贯通也。山形似已，故以句曲为名焉。今登中茅元岭，前后望诸峰垄，盘纡曲转。以大茅为首，东行北转，又折西行北转。又折东北行至大横，反覆南北，状如左书已字之形。金陵者，兵水不能加，灾疠所不犯。河图中要元篇第四十四卷云："句金之坛，其间有陵。兵病不往，洪波不登。正此之福地也。尔心悟焉。是汝之幸，复识此悟。从谁所感发耶？此河图者，舜禹所受及洛书之属。今犹有四十余卷存，此语亦是示长史，言相感悟。乃从杨君宣说吾之所启发矣。"句曲山，其间有金陵之地。地方三十七八顷，是金陵之地肺也。土良而井水甜美，居其地，必得度世见太平。河图内元经曰："乃地肺土良水清，句曲之山。金坛之陵，可以度世，上升曲城。"又河书中篇曰："句金之山，其间有陵。兵病不往，洪波不登，此之谓也。"后所称河图，即是前要元篇语。虽山坛字异，其理犹同，此盖指论金陵地肺，一片地能如此耳。其余处未必有所免辟耳。金陵古名之为伏龙之地，河图逆察，故书记运会之时，方来之定名耳。至于金陵之号，已二百余年矣。寻金陵之号，起自楚时。至秦皇过江厌气，乃改为秣陵。汉来县旧治小丹阳，今犹呼为故治也。晋太康三年，割淮水之南属之。义熙九年，移治阙场。元熙元年，徙还今处，此是江东之金陵耳。传所言二百余年者，是吴孙权使人采金屯居伏龙山。因名金陵，自然响会，所以叹河图之逆兆也。句曲山秦时名为句金之坛，以洞天内有金坛百丈，因以致名也。外又有积金山，亦因积金为坛号矣。周时名其源泽为曲水之穴，按山形曲折，后人合为句曲之山。汉有三茅君来治其上，时父老又转名茅君之山。三君往曾各乘一白鹄，各集山之三处，时人互有见者。是以发于歌谣，乃复因鹄集之处，分句曲之山为大茅君、中茅君、小茅君、三山焉。总而言之，尽是句曲之一山耳。无异名也。三茅山隐嵯相属，皆句曲山一名耳。时人因事而谕，今故有枝条数十作别名，旧不尔也。今以在南最高者为大茅山，中央有三峰，连岑鼎立。以近后最高者为中茅山，近北一岑孤峰，上有聚石者为小茅山，大茅中茅间名长阿。东出通延陵、句曲，阿西出通句容湖，就以为连石。积金山、马岭。相带状如堞形。其中茅小茅间名小阿，东西出亦如此。有一小马岭相连，自小茅山后去，便有雷平、燕口、方隅、大横、良常、诸山。靡迤相属，垂至破罡渎。自大茅南，复有韭山、竹吴山、方山，从此叠障，达于吴兴诸山。至于罗浮，穷于南海。山生黄金，汉灵帝时，诏敕郡县采句曲之金，以充武库。逮孙权时，又遣宿卫人采金。常输官，兵帅百家，遂屯居伏龙之地，因改为金陵之墟名也。河图已得之于昔，可谓绝妙。今大茅山南，犹有数深坑大坎，相传呼之为金井，当是孙权时所凿掘也。今此山近东诸处碎石，往往皆有金沙。云兵帅仍屯居伏龙，今则无复有。唯小近西有述墟，昔乃名术墟，今是良民。述墟前十数里大茅有吴墟，村以号而言，乃欲相似而复不关。金陵长史宅西北，近长隐小冈下，乃时有故破瓦甂焦赤土甚多，疑是人居处。既经耕垦，基域不复存而了无井，亦恐如长史井埋没耳。又小茅大横，不见采金处，大茅金井，若是复不应顿如此远居二三，疑昧。金陵之土，似并邙及北谷关。土坚实而宜禾谷，掘其间作井。正似长安凤门外井水味，是清源幽澜，洞泉远沽耳。水色白，都不学道，居其土，饮其水，亦令人寿考也。是金津润液之所溉耶！子其秘之，吾有传纪。具载其事，行当相示，定录君受作，密令尔许侯，北邙山在洛阳北数里，北谷关即孟津关也。土色黄黑而肥腴，凤门即长安北门也。今所拟金陵地，并无土种植，及住止凿井者，乃是无知察。亦为真灵爱护，不使轻得居焉。吾有传纪者，即是三茅传也。按长史甲子年书云未见传纪，则嗳此书时，或在癸亥年中也。传中亦称良土甘美，居之度世，故因此而显言也。地处少少耳。隐略十余顷许，高而平者，六七顷也。既知其要，睹其形势，便朗朗也。故不曲示耳。保命君告，按传中云。金陵之地，方三十七八顷，恐是其大垠所至。至于实录，正当十余顷耳。高平者，是可住处也。会登其地，依说观望，自可领略。粗知其处，若为仙真度世及种民者，无患不自然得至。苟其非分，徒携手筑室，必当诸方不立，趣使移去耳。悠悠凡猥，勿承此强欲居之也。金陵之左右，汧谷溪源，陵之左有山也。右有源汧名柳谷，陵之西，有源汧名阳谷。名山内经福地志曰："伏龙之地，在柳谷之西，金坛之右。可以高栖，正金陵之福地也。"按今呼为柳谷汧者，其源出小茅后田公泉。而西南流至述墟首，入大汧，阳谷汧者，今无复其名。而长隐山冈后有小汧，西流南折，亦会述墟首，又父老云。阳谷汧源，乃出中茅前大茅后，数川注合为一汧。出山直西行北转，亦会大汧，论两汧相交之内，即是此地。大略东西不得极正，故兼以左右为言，但今之所云二谷，不知即是昔号不，虽有耆老相承，传译渐失。兼汧源迥异，不必可指的为据也。上古名此山为岗山，孔子福地记云："岗山之间，有伏龙之乡。可以避水，辟病长生，本所以名为岗者，亦金坛之质也。是以百代百易，非复本名，良可叹也。"按今小茅东北一长大山名大横山，云本名郁岗山。山即在今所谓伏龙之东，世又呼伏龙地为死蛇岗。亦粗有仿佛，又见其长而高，益呼为长隐。隐、音于观切，其言可隐障也。此岗山虽多细石，亦可居耳。近东南取长史宅至雷平间，甚有可住处。义兴蒋员众等，今并立田舍于岗下，近去长史宅四五里。越桐柏之金庭，吴句曲之金陵，养真之福境，成神之灵墟也。五倍尧水，东海倾，人尽病死，武安兵其如予何？由我带近洞台之幽门，恃此而彷徉耳。石弼王王夫人嗳。令密示许侯，此即桐柏帝晨所说，言吴越之境，唯此两金最为福地者也。武安者，秦将白起，击赵于长平。一日坑杀四十万人，古来兵伤，莫复酷此。故别引之为喻，斯盖所谓兵病不往，洪波不登矣。既带近洞天，神真限卫，故能令三灾不干。

右前来至此五条，杨书。

大天之内，有地中之洞天三十六所，其第八是句曲山之洞。周回一百五十里，名曰金坛华阳之天。传中所载至第十天，并及酆都五岳。八海神仙，远方夷狄之洞，既非此限。并不获疏出。洞墟四郭上下，皆石也。上平处在土下，正当十三四里而出上地耳。此当是至太山顶为言也。东西四十五里，南北三十五里，正方平。其内虚空之处，一百七十丈，下处一百丈，下墌犹有原阜垅偃，上盖正平也。向云高处一百七十丈，下处一百丈，则是中央高，四边渐下，今云上盖正平。是言其质平无凹凸处耳。非直去如板也。亦可是登陇阜之上，则于天为下耳。其内有阴晖夜光，日精之根。照此空内，明并日月矣。阴晖主夜，日精主昼。形如日月之圆，飞在元空之中。按诸洞天日月，皆各有此名。亦小小不同，盖犹是大天日月分精照之。既云昼夜，便有出没，亦当与今日月同其明晦。今大天崖畔，了不得穷。此小天边际，殆可扪睹，日月出入则应有限。当是忽然起灭，不由孔穴，但未知其形若大小耳。句曲之洞宫有五门，南两便门，东西便门，北大便门，凡合五便门也。今山南大洞，即是南面之西便门。东门似在柏枝陇中，北良常洞，即是北大便门。而东西并不显，中君告云：东便门在中茅东小茅阿口，从此入，至洞天最近。而外口甚小，又以石塞之，事具在后。则西便门亦当如此，正应在今所呼作石坟处也。柏枝乃有两三洞口，恐真门外亦不开此三门。精斋寻之，自可见尔。今南便门外虽大开，而内已被塞，当缘秽气多故也。北大洞犹有鬼神去来，而真仙人出入，都不由王门。皆欻尔无间，设此门者，为示是山洞体制，或外人应入故耳。虚空之内，皆有石阶，曲出以承门口，令得往来上下也。人卒行出入者。都不觉是洞天之中。故自谓是外之道路也。日月之光。既自不异。草木水泽。又与外无别。飞鸟交横，风云蓊郁。亦不知所以疑之矣。所谓洞天神宫，灵妙无方，不可得而议，不可得而罔也。世人采药，往往误入诸洞中，皆如此，不便疑异之。而未闻得入华阳中，如左元放之徒，是所不论。然得入者，虽出亦恐不肯复说之耳。句曲洞天，东通林屋。北通岱宗，西通峨嵋。南通罗浮，皆大道也。其间有小径杂路，阡陌抄会，非一处也。汉建安之中，左元放闻传者云："江东有此神山，故度江寻之。遂斋戒三月，乃登山，乃得其门入洞虚。造阴宫，三君亦授以神芝三种。"元放周旋洞宫之内经年，宫室结构，方圆整肃，甚恍惧也。不图天下复有如此之异乎？神灵往来，相推校生死，如地上之官家矣。今按地域方面，则林屋在东南，罗浮在西南，惟岱宗峨嵋得正耳。直道亦当五六千里，此路至颖川间，便应径通王屋清虚天也。元放当是为魏武所逼，后仍来。后真嗳乃云清斋五年，然后乃得深进内外官耳。三种芝恐是下品者也。良常北垂洞宫口，直山领。南行二百步，有秦始皇埋藏白璧两双。入地七尺，上有小磐石在岭上，以覆陷处，李斯刻书璧。其文曰："始皇圣德，平章山河。巡狩苍川，勒铭素璧。若掘即可得，始皇所履山川。皆祀以玉璧，不但句曲而已。从此墨书，皆定录真君嗳。以告长史，掾写本前纸所失。恐非起端语，寻埋璧时在三茅得道之前，而后乃具见如此。明真人无所隔蔽矣。按传所称，即是登山时。但云一双为异，或应二字。双璧之书，亦如禹山所刻，作篆迹也。今寻检其处，亦可见石，盖亦殊自不小也。茅山北垂洞口一山，名良常山，本亦句曲相连，都一名耳。始皇三十七年十月癸丑，始皇出游。十一月，行至云梦，祠虞舜于九疑。浮江下观，藉柯度梅渚。过丹阳，至钱塘，临浙江，水波恶。乃至西百二十里，从峡中度上会稽。祭夏禹，望于南海，而立石刻颂秦德于会稽山。李斯请书而还，过诸山川，遂登句曲北垂山，埋白璧一双。于是会群官，飨从驾。始皇叹曰："巡狩之乐，莫过于山海。自今已往，良为常也。"尔乃群臣并称寿唤曰：良为常矣。又鸣大鼓，击大钟，万声齐唱。洞骇山泽，赞乐吉兆。大小咸善，乃改句曲北垂曰良常之山也。良常之意，从此而名。检外书，始皇三十七年正月，出游云梦、丹阳、浙江。上会稽，祭夏禹，望南海，刻石纪功。还，过吴渡江来，并北海，至琅琊，至平原得病。七月丙寅，崩于沙邱。九月葬骊山。如此之时，皆朱有渎。即是从延陵步道上取句容江来路，仍过停飨设耳。非必故诣句曲，所以止住山北边下处，遂不进前岭。且于时亦未验此山之灵奇，祀璧之意者，为通是望山设。所以中君云：所履山川，皆祀以玉璧也。夫号从主人，名由地表，小君以汉成帝时嗳紫书。云治于良常北洞，盖内因此成称也。又检始皇崩，不发丧，令车载鲍鱼以乱气。此应夏月中，如外书所说相似。今依传言，乃是三十六年十月建亥之月，为秦正月，为出游，是至云梦耳。不尔，则是三十八年秋崩也。未作秦历，不能得定癸丑是何月中，比别更详正之。王莽地皇三年七月戊申，此七月二十四日也。遣使者章邕，赍黄金百镒，铜钟五枚，赠之于句曲三仙君。王莽制金为货，名镒。形如钱无孔，重一两，直钱一千，百镒则百两也。光武建武七年三月丁巳，此三月二十四日也。遣使者吴伦，赍金五十斤，献之于三君。今并埋在小茅山上独高处，陷上有聚石，入地三四尺也。此则今小茅山积石上最高处是也。此二事不显真嗳中。汉明帝永平二年，诏敕郡县，修守丹阳句曲真人之庙。按三君初得道，乘白鹤在山头时，诸陷邑人互见。兼祈祷灵验，因共立庙于山东，号曰白鹤庙。每飨祀之时，或闻言语，或见白鹤在帐中，或闻伎乐声，于是竞各供侍。此庙今犹在山东平阿村，中有女子姓尹为祝，逮山西诸村。各各造庙，大茅西为吴墟庙，中茅后山上为述墟庙。并岁时鼓舞，同乎血祀。盖已为西明所司，非复真仙僚属矣。中茅山元岭独高处，司命君埋西胡玉门丹砂六千斤于此山。深二丈许，陷上四面，有小盘石镇其上。其山左右，当泉水下流，水皆小赤色。饮之益人，此山下左右，亦有小平处。可堪静舍，左元放时就司命乞丹砂，得十二斤耳。今此岭前后甚多大石，而山上左右无正流水。东南近下有一长洞，西南近下亦有小水。度岭南，隐居住处近山上有涌泉。冬夏无穷，而水色不甚觉赤耳。平处可住，东西唯当近洞左右为好，左氏乞丹砂，当是入洞时所请，以合炉火九华丹。

右杨书。

大茅山中茅山相连长阿中有连石，古时名为积金山。此山中甚多金物，其处宜人住，可索有水处。为屋室静舍，乃佳，此数处亦任意耳。快可合丹以修上道，中茅之前，大茅之后，下麓长洞，东西亦出山外对馆。此即隐居今所住东面一横垄也。此垄纯绝石，石形甚环奇。多穿穴侧傍，盘纡下深，乃有无底处。屡投脆物在中间，玲玲之响久之，此云多金物，亦当是久来真仙所投也。西南有大石壁，耸而拆开，内有洞，入数丈，渐狭小不复容人。乃飙飙有风，外数步便有一涌泉。冬夏清流，即下解府资。近外洞口，又有一涌泉，水势乃骏上者。冬温而夏冷，今正对逻前小近下，复有一穴。涌泉特奇，大水大旱，未尝增减。色小白而甘美柔弱，灌注无穷。但恨在山西，自不得东流耳。亦别开决作东流用之。又度此岭，东南有一石穴，水东流极好。其处隐障，甚可合丹，即后所云菌山之前也。此患去径路近，车声入响，殆欲闲闻。今若断此路，不复听车声人行，便是第一，处方当思为其宜。茅山住止，惟有隐居今所住，及南洞口长史宅处。乃极好，所恨迥旷，且此一山。通无虺蝮毒螫，时有青蛇，都不犯物。虎亦甚少，自古来。未闻害人。山居不问道俗，皆少温病。山德宽容，不到险阻，但恨无青林。冬夏常如东间诸山耳。自隐居往来，燸养成秀，于形望大好。山出好术并杂药，绝宜松柏而本无人植，不容自生。今亦分布岁种之耳。茅山天市坛，四面皆有宝金白玉，各八九千斤。去坛左右二丈许，入地九尺耳。昔东海青童君，曾乘独飙飞轮之车，通按行有洞天之山，曾来于此山上矣。其山左右有泉水，皆金玉之津气，可索其有小安处为静舍。乃佳，若饮此水，甚便益人精，可合丹。天市之坛石，正当洞天之中央，元窗之上也。此石是安息国天市山石也。所以名之为天市盘石也。元帝时，召四海神，使运此盘石于洞天之上耳。非但句曲而已。仙人市坛之下，洞宫之中央窗上也。句曲山腹内虚空，谓之洞台仙府也。元帝时，召四海神，使运安息国天市山宝玉璞石。以填洞天之中央，元窗之上也。东海青童君，曾乘独飙飞轮之车，通按行有洞台之山，皆埋宝金白玉，各八九千斤于市石左右四面。以镇阴宫之岭，诸有洞天皆尔，不但句曲而已。邑人呼天市盘石为仙人市坛，是其欲少有仿佛而不了了也。青童飙轮之迹，今故分明。句曲之山，诸记说今悉分明。唯天市坛石，未知的何所在。以论迹而言隐量，正应大茅左右，而践行不见其异处，或恐为土木芜没所不论耳。按保命赵承，每登坛长啸，风云立至。此则不应在小处，长见云气出入。恒先起大茅北阴，此或当高而阴故也。夫真人常御九龙，左骖名飙，右服名欱，既履山顶。故指乘其右骖，今大茅岭上，向东行有路，傍山平治，状如人功。足通轨辙，相传皆呼此为飙轮迹，乃无埋没。石坛既未显，金宝亦难测所埋。又疑洞天中央，元窗之上，不应乃近南门。复恐在中茅间，邑人耆老，亦不复知仙人市坛处。自隐居来此山七八年，尚未得穷历践行。而况悠悠之徒，令其究竟之耶？所以来得遍履者，患于无良侣，可同登陟之艰。独行又觉踽踽，是以遂尔淹稽，常所耻恨。比日方负杖孤游，庶当委曲所闻所见耳。中茅山东有小穴，穴口才如狗窦，劣容人人耳。愈入愈阔，外以盘石掩塞，穴口余小穿如杯大，使山灵守卫之。此盘石亦时开发耳。谓之阴宫之阿门，子勤斋戒寻之。得从此入，易于良常洞口。其中多沙路曲僻，经水处不大便易，又道路远，不如小阿穴口。直下三四里，便径至阴宫东元披门，入此穴口二百步，便朗然如昼日。此即洞天东门也。隐量乃可知处，自未敢轻索入耳。前传云洞宫出土上计十三四里许，今此云三四里便至披门者，是近山下已薄，而门势又未平。计入门复应向下数里，乃得至宫耳。入口便明者，此为内光出照，不必关外日也。大茅山亦有小穴在南面，相似如一，谓之南便门。亦以石填穴口，但精斋向心于司命。又常以二日登山，延迎请祝，自然得见吾也。诚之至矣。阴宫何足不观乎，左慈复何人耶？此即南面之东便门，应在柏枝碙石穴中。此碙小穴甚多，难卒分别，必须精感得开。乃可议入，云二日者，谓十二月二日。依传说年有两日，恐三月十八日。喧哗杂闹，非专请之宜故也。左慈以成仙人质，见易于俗，所以三月清斋，便得入洞。长史虽挺分高邈。而形识犹昧，岂可相比。此语是欲相奖励耳。长史后答，亦作此意仰酬之也。三月十八日、十二月二日，东卿司命君，是其日上要总真王君、太虚真人、东海青童，合会于句曲之山。游看洞室，好道者欲求神仙，宜预斋戒。待此日登山请乞，笃志心诚者，三君自即见之。抽引令前，授以要道，以入洞门，辟兵水之灾。见太平圣君，按中君书云，常以二日登山延迎请祝。即请十二月二日，不见道三月十八日者，屡有正月中耳。今腊月二日多寒雪，远近略无来者。唯三月十八日，辄公私云集，车有数百，乘人将四五千。道俗男女，状如都市之众看人。唯共登山作灵宝唱赞，事讫便散。岂复有深诚密契，愿睹神真者乎？纵时有至诚一两人，复患此喧秽，终不能得专心自达。如此，抽引乞恩，无因得果矣。唯隐居所住中岩，禁断清年，得无游杂。既去洞隔岭，人自不知至于此也。良常山西南垂有可住处，是司命往时别宅处也。亦可合丹。司命初过江，立宅于此。以自荡涤，质对神鬼，今按垂之为言。如是边际，此正应在长史宅后大横之西，今父老相传言如是边际，此正应在长史宅后大横之西。今父老相传，乃言大茅之西北平地，棠梨树间名下薄处。言是司命君故宅，耕垦至肥良，多见砖瓦故物。似经住止处，亦验烈不可秽犯，君此审是。则宜言中茅之西，不应远举良常，大都真人语自不正的，遇所引处便言耳。昔时山下远近诸处，长林榛芳，遮天蔽日，无处不可隐密。即今斫伐耕稼，四通九达。山中亦皆显露，时移事异，不复可准，乃言未久。如此正复五六十年来渐剧耳。良常东南，又有可住处，其间当有累石如灶形，灶间或有寄生树，树如曲盖形，此处至好。但恨浅耳，虽尔自足。此处今亦存，但无复有寄生曲树耳。亦带北洞流水，其左右并近大路，所以言浅，即今泂逈无复可往也。洞口西北有一地，地小危不安，要自足立外静舍也。今此中去多荒芜，渐近村埭，并不足复居。昔时言去县小近，往来为易，又近洞口，所以屡及之耳。外静舍，当以俟游宾从憩止。非自往修行之所，益知是欲相近之意。顾居士所撰本，此中向近所标精舍地一篇。今视掾书者，不以相次，乃别出在长史所营宅前耳。此后长史答书，道西北地危，仍次菌山。不酬金乡至室语，明知本别噯之也。句曲之山，有名菌山。此山至佳，亦有金。乃可往采，入土不过一二尺耳。吾昔临去时，曾埋金于此。欲服金者，可住取，但当不中以营私累耳。今人不复识呼菌山者，寻此山形，当如菌孤立。亦或是囷仓之囷，形如囷也。按大茅后长阿积金东凹地，有一山子独秀如博山炉，且又近积金山，恐此或当是。即今多石及树木，但金之所在，指一两处，亦难可寻索。唯启乞垂赐，所不论耳。意欲营转炼之事，亦指此山前临长洞东流水，至幽隐有形势。若基构有期，当更宜述耳。大茅山有元帝时铜鼎，古鼎字。鼎可容四五斛。许偓刻，甚精好。在山独高处，入土八尺许，上有盘古掩鼎上。元帝时，命东海神使埋藏于此。此亦当是移安息石时所埋也。今最高处乃多石，每吉日，远近道士，咸登上烧香礼拜。无复草木，累石为小坛。昔经有小瓦屋，为风所倒，寻古来帝王并重鼎器者，以其两铉法日月。三足法三才，能烹饪熟成万物，兼自能轻重神变隐显故也。中君后答云：铸羽山之铜，以作之诸有洞天之山，皆尔。大茅山下亦有泉水，其下可立静舍，近水口处乃佳，当小危不安耳。今近南大洞口，有好流水而多石，小出下便平，比世有来居之者，唯宋初有女道士徐漂女，为广州刺史陆徽所供养。在洞口前住，积年亡。女弟子姓为，为人高洁，物莫能干。年老而亡，仍葬山南。宋女弟子姓潘，又袭住，于今尚在。元徽中，有数男人复来其前而居。至齐初，乃敕句容人王文清，仍此立馆，号为崇元。开置堂宇厢廊，殊为方副。常有七八道士，皆资俸力。自二十许年，远近男女，互来依约。周流数里，廨舍十余坊，而学上道者甚寡。不过修灵宝斋及章符而已。近有一女人来洞口住，勤于洒扫，自称洞吏，颇作巫师占卜，多杂浮假，此例亦处处有之。大茅东西亦有洞水，有晋末得道者任敦，住处合药灶撼犹存。今有薛彪数人居之，又有朱法永近小山上，快瞩眺而乏水。良常山对穴口，东视小山之岭，其上有埋铜数千斤，以磐石填其上。汉时，其山下有屈氏家，大富。财有巨亿，埋铜器于此，于今在也。亦有钱，钱在西北小山上向也。今此山具存，无知其钱铜处。纵有仿佛，亦不识。寻视此山明地，高下激涧，不似经墟村住处。恐岁代久远，势迹乖异故也。曾得往年三月一日、八月八日、二书。此乙丑所受，则长史往年书是甲子年中。按答云直置书于述墟朱家静中，则非因华侨杨君送之也。三月一日书云：今当垦赤石田，日为往来之阶，亦竟不就事也。复云：岂可遐弃，坐观存没哉。此道自决，求真之精诚也。心不在我，不可责人使必成之也。赤石田，今中茅四十许里，有大塘食洞水。久废不修，隐居今更筑治为田十余顷，长史昔意欲澼形迹，因作田之阶，得数处望灵山，而遇旱塘壤，竟不果，所以此书讯之耳。都不斋而有书云斋戒也。此亦有答明，辞奏不可轻妄，动静必皆闻彻矣。八月八日书云：谨操身诣大茅之端，乞特见采录。使目接温颜，耳聆玉音，此语为求道之甚急也。得近书具至心，可勤道奖志也。司命君自在东宫，又书不应总合，德有轻重之故也。司命常住大霍之赤城，此间唯有府曹耳。具位有高卑故不宜共作辞启。二君虽同居华阳，而官府各异，不得同纸。凡书奏不如口启，于此可具鉴其仪格耳。吾等已自相知之厚薄，书疏亦甚为班班，欲停之如何？此是长史轻脱，置书于他家静中而去。恐方将人到，又致漏泄。真灵慎密，故有此语。欲戒试其心事耳。长史后答此言，亦殆为巧便。此书疏慎示俗人，脱有见者，掘壤灵山，尔之罪大也。恐俗人贪狯之徒，知此金宝处，堪能掘凿。则事由宣泄，此罪真为不轻。非但尔时教戒，亦传贻无穷。将来诸子，咸共秘之。

　　右定录中君答长史，前书说句曲山事讫此。长史前书无本出，今唯有后答，亦随条奉酬，次第如左。

　　右从前良常来，凡二十一条，并有掾写。

　　昔年十余岁时，述虚此乃应是墟字，而由来皆作墟字，即今之山西村名也。闲耆宿。有见语茅山上故昔有仙人，乃有市处，早已徙去。后见包公问动静，此君见答。今故在此山，非为徙去。此山洞庭之西门，通太湖苞山中，所以仙人在中住也。唯说中仙君一人字，不言有兄弟三人。不分别长少，不道司命君尊远，别治东宫，未见传记。乃知高卑有差降，班次有等级耳。辄敬承诲命，于此而改。此长史又更答书：云今有所起草存，故得撰录。而前纸断失，亦非起端语也。包公是鲍靓，句容人悉呼作包也。答书时已是蒙示传记，是乙丑年初矣。告小阿口直下三四里，便径至阴宫东元掖门。入此穴口二百步，便朗然如昼日。不审此洞天之别光，为引太阳之光，以映穴中耶。此洞天中官府旷大，云宫室数百间，屋官属正二仙君兄弟，复有地仙官。男女凡有几许人为，直是石室亦有金堂玉房耶。宫室与洞庭苞山相连不，包公及妹朱氏，昔在世。曾得入此宫不，二人为未得登举作地下主者耶。治在何处，愚昧冒启，惧有干忤。包公及妹事，前中君书无有，当复是别暇。今更重问并洞中事，定录又答有后也。市山之盘石，市名之存，由于此也。今之孜孜志慕于道，无心金玉，尊灵所置，唯助令弥密耳。岂有掘犯理耶？此故为未之照察也。山左有泉水，金玉津液。其地亦可立静舍合丹，辄当以为意。此上答天市泉水可住事，而竟无所立也。不审元帝是何世耶？后生蒙蒙，多所不及，愿告：颛顼水王，故号元帝。外书亦尔，长史脱致疑问耳。此条复有答在后。告中茅山东有小穴，阴宫之阿门。入道差易，后当以渐斋修而寻求之。灵宗垂念，便以为造金门而登玉房也。但存迟速之间，不敢悒迟。有如此教示，而不求迷游辟，一何可恨。所以众灵每勤勤引劝。告大茅山亦有小穴在南面，相似如一，谓之南便门。欣见启悟，喜禀德音。精诚注向，沐浴自新。既闻言日，至时密造。区区之诚，灵实鉴照。此道南面之东门，与小阿东门相似者。告左慈复何人也。此见奖勖之言，恩念下逮，益令欣慕。传上亦载此事。告良常西南垂有可住处，是司命君往时别宅，亦可合丹。穆自见传记，鄙心窃志。欲寻司命君往昔之旧宇，高栖之所托，患未能审知耳。今辄当隐量求处，临时告悟。传上亦载此事，基陛湮没。难可必审，故更乞告示也。告良常东南又有可住处，累石如灶，寄生树如曲。盖为志，往当寻其所告，洞口西北有一地。地小危不安，可立外静舍。愚意本自欲立内外静舍，辄当畴量在宜。亦不闻立此外静事，而今有一累石坛历然，相传乃言掾于此坛化遁也。每往拜视，辄感叹缠心。告菌山至佳，司命临去，埋金于此。欲服金者可取，且窃有合金液意。今未敢议此，若山居积年，修学日进后而事可得密者，临时启质。中君书云，吾昔临去埋金不道司命，长史此答误耳。告大茅山有元帝时铜鼎，在山独高处，入土八尺许，此帝王之所。

器疏示后生，益增禀厉承。下亦可以立静舍，感备告悟。告昔屈氏埋铜及钱，此通非所拟向也。闻此远事，世代变易，能不悲叹。昔初拜八月八日书，已操身至述虚此犹是前村徐泛家，寻家信见报云。得应言，未可登山，便承此而归，直致此书于朱家静中耳。愚心鄙近，亦以肉人秽浊，精诚不恳，无能上达。不悟已畅高听，得蒙省察，辞与事违，悚息而已。长史元挺，动静闻彻，屑辞所向，便已关奏蒙报。或是得杨君所传者，徐泛家今犹存。后所云徐偶，即应是。况后所以知井宅处，亦云其祖曾为长史门生也。昔占赤石田，利近山下为往来之阶，此乃丹诚。寻遇天旱，佃不收塘坏，穆寻见用出，此事力未展，非为息怀。今方居山下，故当修恳。以此去洞口远，故不欲安耳。此田既在大茅中茅之西，去大山近，瞻仰礼拜为佳。而言去洞口远，当是道去北洞口远耳。此田虽食洞水，旱时微少，塘又难立，不知后当遂垦之不。今塘尚决，补筑当用数百夫。则可溉田十许顷，隐居馆中门人，亦于此随水播植。常愿修复此塘，以追远迹，兼为百姓之惠也。告书疏班班，欲停之如何？凡书疏之兴，所以运达意旨。既蒙眷逮，亲奉观对。司命君二仙灵颜，则天启其愿，沐浴圣恩，岂复烦书疏耶？所谓得鱼而忘筌也。此盖不欲停之辞，故引回见，于理极好。不审左公今何在，又有葛孝先。亦言得道，今在何处，肉人喟喟，为欲知之。葛既乡人，所以及问，此条亦右答在后。

右长史答书讫此，并是自起本。多癜，治用白笺，次第如此。岁乙丑此一行，本题纸背。

真诰卷十二

稽神枢第二

昔累得书见意，深照旨趣。先书以年行西旲，衰颓待老，中夜慨叹。莫与酬谘，夫诚感有在，亦得之无晚也。次书告有年之志，畴昔之好，恒愿真人禀受要诀。仰接容景，亲奉徽音。夫勤未上彻，精未广厘。真要之骋，未可豫及也。后汉书云：吾发自元授，金阙素名。跨迈世迹，超登清虚。何元标之渺邈，奇洞之渊远哉！欲克己洗心，沐浴芳流。若能斯者，今其时矣。末书云：厕闻要旨，当修五灵。自谓西造阆圃，东游元洲。不为邈绝，求矜而诱之。引而致之，是为言贯于心，良可启矣。恭佼五灵，亦复至耳。然道浮外迹，未关内真，是以云车灵辕。相适犹遏，昔曾轸华侨，依此而言，则知华侨先亦蒙真降矣。盖应会敖世，事有出嘿。涂不必静，苟有分无志，申公所病。遇至不为，覆水始惋。是以古喑有云：逢时不迈，山客抃粲者矣。夫学道者，固不宜恃其质分，必当保任于清全矣。于焉骋逸松期，回轮紫清，灵观四响。元音合唱，玉振云奏。不谋而和，可谓秘道藏珍，真晖之上挺也。子建志有年，今因以反子昔旨耳。此一书似是裴君言，且杨书，此亦不与后元帝相连。恐非中君答也。又长史此四书本，今并不存矣。

元帝者，昔轩辕子昌意。娶蜀山之女，生高阳，德号颛顼。颛顼父居弱水之乡，顼身陶七河之津，是为元帝也。仗万灵以信顺，监众神以导物。役御百气，召致雷电，于是乘结元之辇。北巡幽陵，南至交趾，西济流沙，东至蟠木。动静之类，小大之神。日月所照，莫不属焉。四行天下，周旋八外。诸有洞台之山，阴宫之邱，皆移安息之石，封而填之。铸羽山之铜为宝鼎，各献以一于洞山神峰，不独句曲一山而已。此所谓元帝也。此后并中君答前所谘问四条事，复以阙上纸也。说颛顼，与五符语正同，五符唯无埋鼎一事耳。鲍靓，靓及妹。并是其七世祖李湛、张虑，本杜陵北乡人也，在渭桥为客舍，积行阴德，好道希生。故今福逮于靓等，使易世变练，改氏更生，合为兄弟耳。根胄虽异，德荫者同，故当同生氏族也。今并作地下主者，在洞宫中。靓所受学，本自薄浅。质又挠滞，故不得多也。欲知之，其事如此。亦如子七世祖父许肇字子阿者，有赈死之仁，拯饥之德。故令云荫流后，阴功垂泽。是以今得有好尚仙真之心者，亦有由而然也。物皆有因会，非徒尔而得之者矣。此书时先生诚事未授，所以论及子阿功荫也。鲍亦通神，而敦尚房中之事，故云挠滞。后用阴君太元阴生符，为太清尸解之法，当是主者之最高品矣。缘运事乃如此相关，今人之善恶，岂曰徒然。问葛元，元善于变幻而拙于用身，今正得不死而已。非仙人也。初在长山，近入盖竹。亦能乘虎使鬼，无所不至，但几于未得受职耳。亦恒与谢稚坚、黄子阳、郭声子、相随，葛元字孝先，是抱朴从祖，即郑思远之师也。少入山得仙，时人咸莫测所在，传言东海中仙人。寄书呼为仙公，故抱朴亦同然也。长史所以有问，今答如此，便是地仙耳。灵宝所云太极左仙公，于斯妄乎！左慈今在小括山，常行来，数在此下，寻更受职也。慈颜色甚少，正得炉火九华之益。左慈字元放，李仲甫弟子，即葛元之师也。魏武父子，招集诸方士，慈亦同在中。建安末，渡江寻山，仍得入洞。又乞丹砂合九华丹，九华丹是太清中经法，小括即小括苍山。在永嘉桥溪之北，凡此诸人，术解甚多。而仙弟犹下者，并是不闻三品高业故也。许先生所以兴叹。句曲有五门，有心立志。清斋三月，登寻此门。皆可即得，得可入，但人自不能斋寻之耳。来问欲知宫室所作阔狭，多少男女，主领人数。当更相示，来疏亦复泰尽邪。勤自当见，亦何事尔，亦何事尔，又当先呈启司命。司命令答道宫室之委曲者，吾乃敢言之耳。此自是司命之别宫，吾人亦不得为洞台之正主也。按后所论诸官像人物，当是已为启司命，乃具得受说之耳。右定录后书，答长史所问，讫此。后元帝来凡五条，并杨书。

东卿司命，监太山之众真。总括吴越之万神，可谓道渊德高，折冲群灵者也。贾元道、李叔升、言城生、傅道流，往并受东卿君之要也。元道、河东人，周威王之末年生；叔升、涿郡人，汉元帝时生；道流、北地人，汉灵帝殿中将军也。城生、吴人，后汉刘圣公时，为武当郡尉也。受学至勤，并得真道，今在太山支子小阳山中。此所谓地真者也。诸来作试者，非一津而往矣。或亦因人犯者，此最难了也。于斯之际，可不慎乎！此四人隶司命，主察试学道者，所以长史有书与贾。贾即呈司命，司命亦答之。并以在上卷，此诸人名位小，不显外书。周威王即应是六国时威烈王也。于时虽未立河东郡，而即地已有其名矣。汉官无正殿中将军，或应中郎将也。此紫阳真人六月二十日受。

右一条有掾写：

七月十五日夜，茅中君受书与许卿。即长史也，后当为上清左卿。元感凝会，精期远范。标神映挺，双理自分。必能鹏飞辰阿，云扇灵元，高振玉宇。携瞥秀真，可谓邈乎其奇。落绝之视也。于是洞阴之宫，内台下观。风无羽琅之鼓，草无琼金之流向。虽渟光正明，动回五象。固乞屈之夹观，小天之浮景耳。何足缀卿司之至念。纡兰真以盼汜邪。然鉴无不应，圆想必通。所以兴咏事外，迹亦并匦。苟诚之所企，吾无隐也。想善建重离之明，以期于必诣之会。皓清明朗贤，亦俱学而得耳。不令我等有蹙颐下风矣，宏之而已。此是受前书后一月日复受此，犹论答欲见洞官事，所以有后说也。善建重离之明，如似指魏傅青录文，而长史名字不相应。既已称俯元仰白在琼刃前，则此别当有义况也。

右一条杨书：

定录官寮有左右理中监，准今长史司马职。又有北河司命，主水官考，此职常领九宫禁保侯。禁保侯职主领应为种民者，今洞官自二君以下，便次此三职为大矣。左理中监，准大府长史，昔用韩崇以居之。崇字长季，吴郡毗陵人也。少好道，林屋仙人王玮元，曾授之以流珠丹一法。崇奉而修之，大有验。玮元语之，子行此道，亦可以出身仕宦，无妨仙举也。崇遂仕，稍至宛陵令，行仁以为政。用道以抚民，虎狼深避，蝗不集界。迁汝南太守，拔书佐袁安。安后位至司徒，时人通以崇有识物之鉴。阴皇后葬，京师近郡二千石妻，当会园陵，而崇独居清素，妻忿崇哭泣，诏问其故。太常冯奚答曰：“汝南太守韩崇，清苦远尚，味道忘形。身享重官，而妻自纺绩。政化仁简，视民如伤。深达奇博，有君子之鉴。斯则昏夕之夜光，陛下之子产也”。妻不通寒俭之节，哭怨无衣，将足以显崇明德耳。上奇之，加崇傣录，秩中二千石。后孝明皇帝巡狩汝南，上治崇府，崇使妻出住孤独老妪家。上闻叹曰：“韩崇所谓百链不销也”。赐缣五十四，崇在郡积十四年，政化洽著，举天下最，年七十四。玮元乃授以隐解法，得去入大霍山，受玮元遁化泥丸紫户术以度世。今在洞中，为左理中监。汉书所载事迹亦略同，而置辞小异耳。袁安字邵平，初为县功曹，被举历仕。遂至三公，和帝时卒，即袁绍高祖也。晋世又有冯奚，亦为太常，名位同耳。韩既隐解，必是记尸，今晋陵上有韩冢。崔巍高大，从来相呼为韩冢，疑如桃君。或即是此虚圹，而世呼为孙策将韩当冢也。云王玮元是楚庄王时侍郎，受术于玉君。若是春秋时楚庄王者，疑侍郎之官不似古职。而汉楚王又无庄谥。右理中监，准职如司马，今有刘翊字子翔者居之。翊本颍川人，少好道德。而家世大富，常周穷困为事，好行阴德密惠。陈留张季札，当吊师丧。车败牛困，翊于汝南界逢之。与语：不示名字，即推车牛与乘。恤死救穷，非一人矣。后都长安，翊举计掾。到都，帝嘉其心，拜郎中。迁陈留太守，出长安五百里中，敛死恤穷。损己分人，行达阳平。遂遇马皇先生，告翊曰：子仁感天地，阴德神鬼，太上将嘉子之用情矣。使我来携汝以长生之道，吾仙官也。尔乃能随我去不，翊于是叩头，自搏少好长生。幸遇神仙，乞愿侍给，马皇先生因将翊入桐柏山中。授以隐地八术，服五星之华法，今度名东华。来在洞中，为定录右理中监。汉书云，翊字子相，颍阴人，家世丰富。常能周施而不以为惠，曾行于汝南界中，有陈留张季札，远赴师丧。遇寒冰车败，顿滞道路。翊见而谓曰：君慎终赴义，行宜速达，即下车与之。不告姓名，策马而去。季札意其子相也。后故到颍阴，还所假乘，翊闭门辞行，不与相见。常守志卧疾，不屈聘命，河南种稧临郡，引为功曹。后黄巾贼起，翊救给乏绝。资其食者数百人，乡族死亡，则为殡敛。鳏寡则助其妻娶，献帝迁都西京，举上计掾。尔时道路寇阻，翊夜行昼伏，乃到长安。上嘉其忠勤，拜议郎，迁陈留太守。翊又散珍宝，唯余车马，自载东归。出关数百里，见士大夫病亡道次，仍又以马易棺，脱衣敛之。又逢故知饥困于路，不忍委去，因杀所驾牛以救其乏，众人止之。翊曰：视没不救，非志士也。遂俱饿死，此说大同小异，故备载之。论翊字子翔，于字例相得。而翊义亦是相，相作息亮切音，二者未详孰正。马皇出列仙传，皇帝时马师也。定录府有典柄执法郎，是淳于斟，字叔显，主试有道者。斟、会稽上虞人，汉桓帝时，作徐州县令。灵帝时，大将军辟掾。少好道明术，数服食胡麻黄精饵。后入吴乌目山中隐居，遇仙人慧车子，授以虹景丹经，修行得道。今在洞中，为典柄执法郎。易参同契云，桓帝时，上虞淳于叔通，受术于青州徐从事。仰观乾象，以处灾异，数有效验。以知术，故郡举方正，迁洛阳市长。如此亦为小异，吴无乌目山。娄及吴兴，并有天目山，或即是也。慧车子无别显出。十二月一日夜，定录君所道。此即同是丑年所受。云北河司命，顷阙无人，昔以桃俊兼之耳。俊似钱唐人，少为郡干佐，未负芨到太学受业。明经术灾异，晚为交趾太守。汉末，弃世入增城山中学道，遇东郭幼平。幼平、秦时人，久隐增城，得道者也。幼平教俊服九精链气，辅星在心之术，俊修之道成。今在洞中，兼北河司命，主水官之考罚。此位虽隶定录，其实受事于东华宫中节度桃俊字翁仲者也。汉书无此事，今冢在钱唐临平。坟坛历然，苗裔犹存，乡近时闻鼙角之响。故人不敢侵毁之，皆知呼为桃司命冢。钱唐杜征士事京产，先与隐居共有诗咏，以赞述斯德。别在集中，幼平亦无所显出。张激子当为太极仙侯，激子者，河内张奉者也。字公先，少时名激子耳。此人亦少发名士，太傅袁隗艰其高操。妻以女，女服饰奢丽，奉不顾眄。无异路人，妇改服，乃后成室家也。后弃世入剡山，遇山图公子。山图公子、周哀王时大夫仙人者也。授激子九云水强梁链桂法，激子修此得道，今在东华宫行为太极所署也。或领九宫尚书，与北河侯对职治水考，北河司命或为禁保侯，亦并共业故也。北河司命亦治在洞天之中，与张激子对局。魏书云，张范字公仪，河内修武人。祖歆，汉司徒，父延，太尉，袁隗欲以女妻范。范辞不受，性恬静乐道。征命不就，后为议郎。参丞相魏武军事，甚见敬重，好赈救穷乏。家无余财，以建安十七年卒。弟承字公先，亦知名，以方正拜议郎、谏议大夫、赵郡太守。后随魏武西征，至长安病亡。此说名字，翻覆大异，承与奉乃相类而非。袁婿若是范，又其字不同，详按事迹，恐多是兄也。魏书王修传又云，修往来南阳，多止张奉舍。奉举家病，修辄拯之。按张范兄弟，乃尝避地往扬州，投衰术。又非刘表，不应在南阳，二三为疑也。山图公子出列仙传。中候夫人所道，寻洞中事，皆二君所说，如此两条，独是中候夫人者。当本是东华中职寮故也。我闻易迁中人窦氏言云：北河司命禁保侯，似有所拟，想当审尔。窦氏即琼英也，似有所拟者，当是长史。故中君受云北河司命方验也。恐受业高后定不复为此职，然主领种民事亦相符。保命府多女官。司三官，官属有七人，四女三男。明晨侍郎七人，如今世上御史中丞之职。并隶东华方诸宫，保命君总关之耳。明晨侍郎周爱支者，汉河南尹周畅伯持之女也。畅、汝南安成人，好行阴德，功在不觉。曾作河南尹，遭大旱，收葬洛阳城旁客死骸骨万余人。为立义冢祭祀之，应时大雨丰收。所行多是此辈，太上处以畅有阴行。令爱支从南宫受化得仙，今在洞中。爱支亦少好道，服伏苓，三十年后，遇石长生。教之以化遁，化遁、上尸解也。畅即周嘉从弟也。性仁慈和笃，某帝时为河南尹，永初二年夏早，久祷无应。因收葬万余人，应时大雨，位至光录勋。明晨侍郎张桃枝者，汉司隶校尉朱寓季陵母也。沛人，寓往与陈蕃俱诛，寓母行阴德久。闻在易迁，始得为侍郎耳。朱寓沛人，桓灵时八俊。后同党人之例，李膺、杜密、俱下狱死，非陈蕃同时。明晨侍郎夏馥，字子治，陈留人也。少好道，服术饵和云母，后入吴山，从赤须先生受链魂法。又遇桐柏真人，授之以黄水云奖法，得道。今在洞中。馥少时，被公府辟召。悬辟书著桑树，乃去。其用怀高迈如此。后汉及高士传，并云陈留圉人，少为书生。桓帝时，举直言不就，性质直，不同时党，为阉人所疾。陷于党锢之限，避难。乃翦须发变形，逃林虑山中，为人治作。后还家，杜门不出，不与人相见。党禁未解而亡。赤须子出列仙传，桐柏即古弼王。余数人不能一二道之，例皆取平贞正直，体隐神清。即侍郎之才，不限男女也。前云有七人，今唯说二女一男。右保命君所道。此当是接中候告后乃言之。童初府上帅用刘文饶。文饶者，宏农刘宽也。少好道，曾举汉方正，稍迁南阳太守。视民如子，怒不形颜，口无疾言。行阴德，拯寒困，万民悦而附之如父母焉。后为司徒太尉，上赐酒伏地睡，诏问故。乃答曰："臣任重责大，恒忧心如醉。且使奴至市买菜，奴盗用钱饮酒，晏乃还。卧于阁内，又不得菜。既醒，乃骂之为死狗。骂毕，即束带来人，恐奴从后自杀，所以虑之，不觉忽然睡耳。愿见哀恕宽，用心仁爱，触类如此矣。年七十三，一旦遇青谷先生，降之于寝室。授其杖解法，将去入太华山，行九息服气。及授以垆火丹方，修之道成。今在洞中，作童初府帅上侯，主始学道者。后汉书云，刘宽字文饶，宏农华阴人。父崎，顺帝时为司徒，宽为人谨厚。常行有人失牛，乃就宽车中认之。宽无言，解驾牛与之。步归，顷有志者，得牛而送还。惭惧，宽乃谢遣之。桓帝延熹八年，为南阳太守。恒用蒲鞭，灵帝嘉平五年，为太尉。尝于御坐被酒睡伏，帝问太尉醉邪。宽仰答：臣不敢醉，但任重责大，忧心如醉耳。尝有客来诣宽，宽遣奴市酒，迂久大醉而还。客骂为畜产，宽须臾遣人视奴，疑恐自杀。语左右曰：此是人而骂为畜产，为辱孰甚，故吾惧其死耳。后封逯乡侯，六百户，中平二年亡，年六十六。赠车骑将军，特进谥曰昭讨侯。子松嗣，按此说复为同异，故详载之。青谷先生无别显出，凡此诸引教仙人，恐皆是下教限。不尔，则不应得辄然。华阳中事，当更示尔。正月二十三日，东宫上人来看洞中，时或有龟山宾共集高会。真仙之日，宁可暂登伏龙之乡，以礼拜于灵岫邪。可示许侯，令知之。此亦应是中君，仍前十二月一日言也。东宫上人即青童君，龟山宾即西王母，上卷亦有此告。令登伏龙以望山礼拜，便异乎陟岭。非必以近易为言，恐当宜然也。昔有一人，好道而不知求道之方。唯朝夕拜跪向一枯树，辄云乞长生。如此二十八年不倦，枯木一旦忽然生华，华又有汁，甜如蜜。有人教令食之，遂取此华及汁并食之，食讫即仙矣。如是用心精诚之至也。枯木尚能生紫华，濯甘津。况三秀之灵阿，五芝所播植，而不能数恭山岫。洗拔泽秽者，良可悲也。世人所以儌，此一字非真。每不得如意者，亦如子所不得如意耳。岂异邪？昔有刘少翁，曾数入太华山中，拜礼向山。如此二十年，遂忽一旦得见西岳丈人，授其仙道。禁山符有西岳君、西岳公，不知是此丈人邪？昔有一人，数旦旦诣河边拜河水，如此十年。河侯河伯，遂与相见，与其白璧十双，教授水行不溺法。此人见在中岳得道。河侯河伯，故当是两神邪。左慈初来，亦勤心数拜礼灵山。五年许，乃得深进内外东西宫耳。前云三月便得进，与此太殊，恐以深进为异也。学道当如山世远，去人事如清虚真人。步深幽当如周紫阳，何有不得道邪。世远传未出，其舍家寻学事在谶书。即尹公度弟子，已得为太和山真人。清虚王君、紫阳周君、各自有传。建志当令勤，研神令虚，所为所作当令密。青童戒南真，亦云学道唯须勤密，勤即昼夜而勿急。密则非我而不知，今中君复说此。实为至谕，可谓一言以蔽之。右定录君所道，使疏。此一条又有杨书。夫望林者，岂不想易迁之若人，羡彼子之濯景邪。可谓瞻之在前，忽焉在后。长史妻既已在易迁，为长史今跳望林岭，岂无羡想之怀。惜自谓胜之，今翻在后，盖以劝激长史之辞也。

右南岳夫人言：

张姜子、西州人张济妹也。济、后汉末西凉州人，为董卓将，后攻穰城被射死。即张绣从叔也。其妹不显外书，不知出适未。李惠姑、齐人夏侯元妇也。元、魏末人，与李丰俱为晋文王所诛。不知妇亡在元之前后，李丰乃是冯翊人。非齐人，不知此是李谁之女。施淑女、山阳人施绩女也。施绩、吴兴人，孙皓时为骠骑将军。守西陵，今云山阳。恐女或出适，取夫家郡。不尔则乖。郑天生、邓芝母也。邓芝字伯苗，南阳新野人，在蜀为刘禅车骑将军。后行见猿抱子行，引弓射杀，因感念而亡。母不知郑谁之女。此数女子，昔世有仁行令问。并得在洞中，洞中有易迁馆、舍真台，皆宫名也。计今在易迁馆东厢中，此馆中都有八十三人，又有协辰夫人者，九宫之女也。太上往遣来教此等法，皆以保命授书，协辰夫人主教领之也。夫人汉司空黄琼女黄景华也。韩终授其岷山丹，服得仙。黄琼、江夏人，字世英，汉顺帝时司空司徒太尉，年七十九亡。父名香章，和帝时为尚书令，救活千余人。琼琬，司徒太尉，为李催所杀，夫人亦不知出适未。今此诸人，或称女，或称妇，或称母，盖各取名达者而言之。非必因附其功福所及也。含真台是女人已得道者，隶太元东宫，中近有二百人。前云八十三人，止是易迁耳。含真既为贵胜，当须迁转，乃得进入也。此二宫尽女子之宫也。又有童初、萧闲堂、二宫，以处男子之学也。其男女名氏又出后，并是略称标胜者也。计与数人共止。最于邓伯苗母相亲爱，余亦厚耳。伯寺母即郑夫人也。设床待灵，诚孝子之长想也。计亦已为其儿作惠益也。计前与尔杯布，殆相与为赠，当往洞室之际耳。仙官有禁，不得道实，故假以他惠也。此亦意之至也。其亦欲设床寝，令精气之往有所栖者也。可密诸，其儿道如此。此令告掾也。其事皆有指趣，不容显注之。

从定录官寮来，凡三十一条，并有掾写注之一卷相随。

真诰卷十三

稽神枢第三

地下主者，复有三等；鬼帅之号，复有三等；并是世有功德，积行所钟。或身求长生，步道所及。或子弟善行，庸播祖祢。或讽明洞元，化流昆祖。洞元即大洞元经，读之万遍，七祖已下，并得链质南宫。受化胎仙，非今世所称洞元灵宝经也。夫求之者非一，而获之者多途矣。要由世积阴行，然后皆此广生矣。鬼帅武解，主者文解，俱仙之始也。度名东华，简刊上帝，不隶酆宫，不受制三官之府也。又别云：心勤于事欲，兼味于清正，华目以随世。畏死而希仙者，亦多作文武解主者。其一等地下主者，散在外舍，闲停无业。不受九宫教制，不闻练化之业，虽俱在洞天，而是主者之下者。此自按四明法，一百四十年依格得一进耳。一进始得步仙阶，给仙人之使令也。依剑经，主者大有品秩，迁转年限。赊促悬殊，此等数之目。异于品名，反以多为贵，如此阶秩矣。其二等地下主者，便径得行仙阶级仙人，百四十年进补管禁位。管禁之位，如世间散吏者也。此格即地下主者之中条也。李东等今在第一等中。李东、曲阿人，乃领户为祭酒，今犹有其章本。亦参用鲍南海法，东才乃凡劣而心行清直，故得为最下主者，使是许家常所使。永昌元年，先生年二十三，就其受六甲阴阳行厨符。既相关悉，聊复及之耳。其第三等地下主者之高者，便得出入仙人之堂寝，游行神州之乡。出馆易迁、童初、二府，入晏东华上台，受学化形，濯景易气。十二年气摄神魂，十五年神束藏魄，三十年棺中骨还附神气，四十年平复如生人，还游人间，五十年位补仙官，六十年得游广寒，百年得入昆盈之宫。此即主者之上者，仙人之从容矣。张姜子等，先在第二等中，亦始得入易迁耳。鬼帅之位次，亦如此矣。主者之位，亦不限男女。按此年限，得棺中之骨，便得出生世中，亦往往有此改变隐适。难以意量，殆入不可思议之境耳。易迁、童初、二宫，是男女之堂馆也。其中间静，东海青童君一年再游校此诸宫，观见群辈也。一年再游，似依传中曰：而前书云正月二十三日，东官上人来，便是不必复有定期也。赵素台在易迁宫中，已四百年，不肯徙，自谓天下无复乐于此处也。赵素台是赵熙女，汉时为幽州刺史。有济穷人于河中救王惠等于族诛，行阴德数十事，故其身得诣朱陵，儿子今并得在洞天中也。熙恒出入在定录府，素台数微服游行道巷，盼山泽以自足矣。赵熙汉书不显，微服游行，盖谓在洞天中耳。不应乃出世中也。易迁中有高业而萧条者，有窦琼英、韩太华、刘春龙、王进贤、李奚子、郭叔香，此数人并天姿郁秀，澄上眇邈。才及拟胜，仪观骇众。此则主者之高者，仙官之可才。其次及得张善子辈，邓伯苗母有善行，故后来人多宗苊之。窦琼英者，窦武妹也。其七世祖有名峙者，以藏枯骨为业，以活死为事，故祚及于英身矣。窦武字游平，窦融元孙，峙则应是融祖也。武亦恒以财物散施天下贫乏，灵帝时为大将军，与陈蕃俱被诛。其母产武时，并产一蛇。蛇出，即走上南山，至母死，无何而来。哀泣良久又去，亦所以为异，但未解乃承七世之庆。兄戮而妹当仙。非道家之北斗也。鬼宫别有北斗君，以司生杀尔。按孙皓败将张悌，军人柳荣病死已三日，且忽起大呼云，至北斗门下。见人缚悌来，因是惊误。尔日晚，悌战死，如此即应是第四宫也。今第五第六宫不显所主者，恐是考责之府也。

鬼官之太帝者，北帝君也。治第一天宫中，总主诸六天宫，余四天宫。其四明公各在其中治。虽云各治一宫，又不显各在何宫。宫既并列，复不得依位，作四方言之，寻其公次第高下。则第二宫名为西明公治，第三宫东明公治，第四宫北斗君治及次南次北也。

二天宫立一官，六天凡立为三官。三官如今刑名之职，主诸考谪，常以真仙，司命兼以总御之也。并统仙府，共司生死之任也。大断制皆由仙官。道家常呼三官者是此也。而消魔经云，岱宗又有左火官、右水官、及女官，亦名三官，并主考罚。今三茅君迳尝之大君为都统，保命为司察矣。所以隶仙官者，以为天下人，不尽皆死。其中应得真仙，则非北帝所诠。或有虽死而神化反质者，如此皆在真仙家简录，故司命之职，应而统之也。鬼官北斗君，乃是道家七辰北斗之考官。此鬼一官，又隶九星之精，上属北晨玉君府耳。天上北斗有所司察，故鬼官亦置此职。以精象相应，统领既关璇机，是以仰隶太上之曹也。未必尽径来也。别更一二，密可示尔同气，令知斗处幽闲之泰也。道业可不勖哉！此三人外书并不显，后汉有李云，亦为白马令。以直言忤旨死，令示同气者，谓以告长史掾也。七月二十四日夜，保命君告。按前受长史司马诸人，虽定录所告，两应是初说滴中事，是丑年十一月，今此说杂人，乃宜继后，反为七月，复不应是寅年。进退拯难详，从地下主者来，凡十四条，并有掾写，共一卷也。含真台，洞天中皆有，非独此也。此一台偏属太元府，隶司命耳。其中有女真二人总之，其一女真是张微子，汉昭帝时，将作大匠张庆女也。微子好道，因得尸解法而来入此。亦先在易迁中，微子常服雾气。自云："雾气是山泽水火之华精，金石之盈气也。久服之，则能散形入空，与云气合体"。微子自言受此法于东海东华玉妃淳文期，文期、青童之妹也。微子曾精思于寝静，诚心感灵，故文期降之。授以服雾之道也。服雾之道授微子，微子亦时以教诸学在含真、易迁中者。我昔尝得此方，乃佳可施用者也。

服雾法，常以平旦于寝静之中，坐卧任已，先闭目内视，仿佛见五脏毕。因口呼出气二十四过，临目为之，使目见五色之气，相绕缠在面上郁然。因又口内此五色气五十过毕，咽唾六十过毕，乃微咒曰："太霞发晖，灵务四迁。结气宛屈，五色洞天。神烟合启，金石华真。蔼郁紫空，链形保全。出景藏幽，五灵化分。合明扇虚，时乘六云。和摄我身，上升九天。"毕，又叩齿七通，咽液七过，乃开目事讫。此道神妙，又神州元都，多有得此术者，尔可行此法邪。久行之，常乘云雾而游。此服雾法，已别抄用事在第三篇中，今犹疑存此与本文相随也。其一女真是传礼和，礼和是汉桓帝外甥侍中傅建女也。北地人，其家奉佛精进，女常旦夕洒扫佛前，勤勤祝誓。心愿仙化，神灵监其此心。亦得来此，久处易迁，今始得为含真台主也。常服五星气以得道，礼和善歌，歌则鸟兽飞聚而听声焉。

右定录君言。张傅二人，外书不显，或应各在家谱中。

右一条有杨书，又掾写：

王衍为晋武帝尚书令，其女字进贤，为愍怀太子妃。洛阳乱，刘曜、石勒、略进贤，渡孟津河，于河中欲妻之。进贤骂曰："我皇太子妇，司徒公之女，而胡羌小子，敢欲干我乎！"言毕，即投河中。其侍婢名六出，复言曰："大既有之，小亦宜然。"复投河中，时遇嵩高女真韩西华出游而愍之。抚接二人，遂获内救，外示死形，体实密济，便将入嵩高山。今在华阳宫洞内易迁之中，六出时年二十二三许，体貌亦整，善有心节。本姓田，渔阳人，魏故浚仪令田讽之孙。讽曾有阴德之行，以及于六出耳。晋书云，王衍长女名景风，貌美，贾后为弟谧娶之。少女名惠风，以配愍怀太子，恨之，如此则不甚美也。永嘉五年六月，王弥、刘曜、石勒、破洛，贼欲逼妃，妃拔刀曰：我太尉公之女，皇太子之妃，有死而已，终不为逆所辱。遂见害，家人收葬于城西南洛水之北，追谥曰贞定妃，与此说小异。范幼冲、辽西人也。受胎化易形，今来在此，恒服三气。三气之法，存青气、白气、赤气、各如縆，从东方日下来。直入口中，挹之九十过，自饱便止。为之十年，身中自有三色之气，遂得神仙。此高元君太素内景法，旦旦为之，临目施行。视日亦佳，其法虽鲜，其事甚验，许侯可为之。此法亦以重抄，书在第三篇修有事中。范监者，即其人也。昔得为童初监，今在华阳中。又别云，曾为汉尚书郎，善解地理。以冢宅为意，此亦在第三篇，右三条并杨书。河内李整，昔受守一法并洞房得道，初在洛阳山。近来入华阳中，又主诸考崇民间之事，整往为常道乡公傅。受道入山时，已年六十。不知李作何位，亦应是监职，常道乡公，魏元帝本封也。罜山东北有穴，通大句曲南之方山之南穴。姜伯真数在此山上取石脑，石脑在方山北穴下，繁阳子昔亦取服。此罜山犹是大横山，故后云掾恒与方山五人往来，但不知有路通洞天中不尔。繁阳子即鹿迹洞中何苗也。此北竮山中亦有此物，未详伫山在何处，今句曲北，鹿迹山西。有名靖角山，似当是其处也。石脑故如石，但小，斑色而软耳。所在有之，服此时时，使人发热，又使人不渴。李整昔未入山时，得风痹疾，久久乃愈耳。此人先多房内事，殆不同今者疾之轻薄也。石脑今大茅东亦有，形状圆小如曾青。而质色似丽乳，床下乃皎白。时有黑斑而虚软，服之乃热，为治亦似钟乳也。罗江大霍有洞台，中有五色隐芝。此则南真及司命所住之处也。华阳洞亦有五种夜光芝，此则司命所请以植句曲内外看也。良常山有荧火芝，此物在地如荧火状，其实似草而非也，大如豆形、紫华，夜视有光，得食一枚。心中一孔明，食七枚七孔明，可夜书，计得食四十七枚，寿万年。从来未闻有见之者，当是无至心寻求耳。包山中有白芝，又有隐泉之水，正紫色。此即林屋山也，在吴太湖中耳。华阳雷平山有田公泉水，饮之除腹中三虫，与隐泉水同味，云是玉砂之流津也。用以浣衣，不用灰，以此为异矣。此水今从山涌出，状如沸水，味异美。取浣垢衣，便自得净。即所呼为柳谷汧者，在长史宅东南一里许也。昔高辛时，有仙人展上公者，于伏龙地植李。弥满其地，展先生今为九宫内右司保，其常向人说。昔在华阳下食白李，味异美，忆之未久，而忽已三千年矣。诸历检课，谓尧元年戊戌，至齐之己卯岁。二千八百三年，高辛即尧父，说此语时，又应在晋世，而已云三千年。即是尧至今不啻二千八百年，外历容或不定，如此丁亥之数，不将已过乎，汲冢纪年正二千六百四十三年，弥复大悬也。后有郭四朝，又于其处种五果。又此地可种奈，所谓福乡之奈，以除灾厉。秦时有道士周太宾，及巴陵候姜叔茂者，来往句曲山下，又种五果并五辛菜。叔茂以秦孝王时封侯，今名此地为姜巴者是矣。以其因叔茂而名地焉。地号今亦存，有大路从小茅后通延陵，即呼为姜巴路也。但秦孝公时未并楚置郡，巴陵县始晋初，不知那有巴陵之封，恐是巴蜀之巴故也。此二人并已得仙，今在蓬莱为左卿。今南郑诸姜，则叔茂之后，茂曾作书与太极官僚云：昔学道于鬼谷，道成于少室；养翮于华阳，待举于逸域；时乘飙轮，宴我句曲。悟言永叹，代谢之速。物存人亡，我劳如何！太宾亦有才艺，善鼓琴，昔教糜长生孙广田，广田即孙登也。独弦能弹而成八音，真奇事也。孙登即嵇康所谓长啸者，亦云见弹一弦之琴，斯言非虚矣。叔茂种五辛菜，常卖以市丹砂而用之。今山间犹有韭薤，即其遗种邪。今呼为韭山，在大茅西，甚多大韭，又余处亦有蒜薤耳。非出姜巴一处也。今舍前有塘，乃郭四朝所造也。高其墙岸，盖水得深，但历代久远，塘墙颓下耳。今舍语似是论长史宅，宅前今乃有塘，近西为堤墙。即是遏柳汧水，而去郭千甚远，郭千在北洞西北。今有大陂塘，四朝先应住此，未解舍前之意。恐长史于彼复立田业，又有说在后。四朝常乘小船，游戏其中，每叩船而歌曰："清池带灵岫，长林郁青葱。元鸟藏幽野，悟言出从容。鼓楫乘神波，稽首希晨风。未获解脱期，逍遥邱林中。晨风谓上清玉晨之风，非毛诗所谓𪃿彼晨风之鸟也。浪神九垓外，研道遂金真。戢此灵凤羽，藏我华龙鳞。高举方寸物，万吹皆垢尘。顾哀朝生惠，孰尽汝车轮。女宠不弊席，男爱不尽轮。朝生、蜉蝣也。以喻人之在世，易致消歇耳。游空落飞飙，灵步无形方。圆景焕明霞，九凤唱朝阳。晖翻扇天津，庵蔼庆云翔。遂造太微宇，挹此金梨浆。逍遥元垓表，不存亦不亡。元垓九垓，皆八极之外，九霞之顶名也。飞登木星，亦名元朗东北之垓。故若士语卢敖云：吾与汗漫期于九垓之上矣。驾欻舞神霄，披霞带九日。高皇齐龙轮，遂造北华室。神虎洞琼林，风云合成一。开阖幽冥户，灵变元迹灭。四朝为玉台执盖郎，故云高皇齐龙轮。"定录言。

　　右十二条掾写，共一篇：

　　四朝、燕国人也。兄弟四人并得道，四朝是长兄也。真法其司三官者六百年，无违坐超迁之。四朝职满，上补九宫左仙公，领玉台执盖郎，中间久阙无人，后以思和代四朝也。山下居民，今犹呼一平泽地为郭千者，是四朝之姓，尚存于民口也。四朝往曾使人种植于此地也。年年四朝每行，皆过诣此山，以造思和，游看原阜。此是茅传中言也。按如此说，郭千止是种植处，非居止也。住处则长史宅果应是矣。今塘墙既颓，决水不复甚停，人皆以为田耳。然其地汗阔小壅，犹自城池，可得泛舟而歌。但无人能追踏远世，可叹如何，后云此四朝年年行过游看，是上补去后，犹复忆羡旧居。所以数宴良常，眷盼朝好。张元宾者，定襄人也。魏武帝时，曾举茂才，归乡里，事师西河蓟公。服术饵。兼行洞房白元之事，后遇真人樊子明于少室，授以遁变隐景之道。昔在天柱山中，今来华阳内，为理禁伯。理禁伯主诸水雨官。此人善能论空无，乃谈士，常执本无理云。无者大有之宅，小有所以生焉，积小有以养小无。见大有以本大无，有有亦无无焉。无无亦有有焉，所以我目都不见物，物亦不见无。寄有以成无，寄无以得无，于是无则无宅也。太空亦宅无矣。我未生时，天下皆无无也。其所论端据如此，桐柏诸灵，亦不能折也。自云："昔曾诣蓬莱宋晨生，晨生者，蓬莱左公也。与其论无，粗得人意，过此已去，尚未能本有，安能本无邪！"与余人论空无，天下中皆无人焉。其高气秉理如此，东卿君、紫微、元清，亦莫得而干也。理禁伯官，亦保命之监国也。此论空无之理，乃殊得无宗，而元元固难可曲核矣。真人之才义，亦是甚有优劣，东卿、桐柏、紫微、元清，盖相推并言谈之英辩者，故举此为标也。按左传称君之世子，从曰抚军，守曰监国。监国之任，则是副贰，疑此监国或因作监司也。赵威伯者，东郡人也。少学邯郸张先生，先生得道之人耳。晚在中岳，授玉佩金铛经于范邱林，邱林乃是汉楼船将军卫行道妇也。学道得仙，遂授行把日月之道，又服九灵明镜华，遂得仙。昔亦来在华阳内，为保命丞。河图云："吴楚得有得见太平者。"其常语人云："此语不虚，此验不及。如此，诸学者何可不弥如勤励也。其存明镜，非世间常法也。"受范邱林口诀云："善啸，啸如百鸟杂鸣，或如风激众林，或如伐鼓之音，时在天市坛上。奋然北向，长啸呼风。须臾，云翔其上，冲气动林。或冥雾飙合，或零雨其濛矣。"保命有四丞，此一人主为暴雨水，及领五芝金玉草，若欲致洪雨者，将可辞诣之。又理禁伯亦主雨水，若请雨，宜并为辞也。其一丞是咸阳乐长治，东卿司命君乡里人也。为小君所举用，汉桓帝中书郎，晚从中岳李先生受道。行七元法得仙，相去二百余年，犹蒙卿邦之泽也。一人是孟君入室弟子，郑雄正者，孟君所属用。孟君京兆人，或呼为孟先生。不知何名位。其一人是西山唐房，此则神仙传所载是蜀人，奉事李八百者也。乐长治主灾害，郑雄正主考注，唐公房主生死。赵威伯主仙籍，并记学道者，并暴雨水灵芝草。洞宫官寮司，察吴越非民，在任不过此四丞也。其下则有四师，事在第三篇中。

定录道此。

右此有掾写，依纸墨亦言前篇。而中间有此失缺，此行后又割，恐别复有事，并遗落，深可恨惜耳：

杜契者，字广平，京兆杜陵人。建安之初，来渡江东，依孙策，入会稽，尝从之。后为孙权作立信校尉，黄武二年，渐学道。遇介琰先生，授之以元白术，隐居大茅山之东面也。守元白者能隐形，亦数见身出此市里，契与徐宗度、晏贤生、合三人。俱在茅山之中，时得入洞耳。或自采伐，货易衣粮于虚曲，而人自不知之耳。犹琰者，即白羊公弟子也。今在建安方山中也。琰即禁山符云为孙权所杀，化形而去。往建安方山寻白羊公，杜必当于此时受道也。契音薛，即与舜同，契字四画。契三画，分毫有异也。徐宗度、晋陵人，作孙皓左典军吕悌司马，受风谷先生气禁道，故得契俱。晏贤生是步陟外甥，即宗度之弟子也。

契弟子二人，一人孙赉孙女寒华也。少时密与契通情，后学道受介琰法，又以法受寒华。寒华初去时，先叛入建安，依邵武长张毅，毅即契通亲。故得免脱，事平乃归茅山耳。寒华行元白法而有少容，今尝俱处也。元白道忌房室，自契受道，不得行此。吴豫章太守孙赉之子也。山阴王孙臭之子寒华也。寻此二人，乃因奔淫齐应，入道而用志，能自抑断如此，此宜其阶也。赉是权同堂兄，有子匹人，各名邻、安、熙、疏、而无臭。或是小名，又无臭为王者也。其一弟子是陈世京，世京、孙休时侍郎。少好道，数入佛寺中，与契乡里，故晚又授法。契初将寒华入建安之时，时亦同举，实赖世京济其密计焉。此数子今处茅山之外，非常在洞中之客也。亦时得入耳。亦数至长史舍屋间游戏，然多在大茅之间。建安初至孙休即位，六十二年，杜初从孙策。不减年二十左右，则逃时已年八十许矣。不容此尔。世京今服术、泽泻，寒华无所服，茅山通无石室，则必应起庐舍，既有服饵。使须药具，兼犹资衣粮，不容都为隐兽。但于时林荍幽阻，无人寻迹耳。守元白之道，常旦旦坐卧任意。存泥丸中有黑气，存心中有白气，脐中有黄气。三气俱仙如云，以覆身上，因变成火。火又绕身，身通洞彻内外，如此旦行之，至日向中乃止。于是服气百二十过，都毕道止。如此，使人长生不死，辟却万害，所谓知白守黑。求死不得，知黑守白，万邪消却。忌食六畜肉及五辛之菜，当别寝静思，尤忌房室，房室即死。

　　此道与守一相似，但如为径要以灭之耳。忌房室甚于守一，守一之忌，在于节之耳。初存气出如小豆，渐大冲天，三气缠烟绕身，共同成一混沌。忽生火在三烟之内，又合景以链一身。一身之里，五脏照彻，此亦要道也。此数人并已三百余年，正元白之力也。并是不死之学者，未及于仙道。元白事已重抄，出在第三篇修用中，计杜于建安初可年二十许。至晋兴宁三年，始一百九十岁，诸人又晚学，而此云并三百余年。恐长三字亦强可是二耳。若欲守元白者，当与其经，经亦少许耳。自可兼行，以除万邪，却千害。行之三十年，匿身隐形，日行五百里。一名此道为胎精中景元白法也。八月十四日夜，保命仙君告，此告必应是告牙，亦可是试以戏长史尔。牙守一，竟未起别寝邪。此一诰是论元白守一事，忽然忆寅兽，寅兽当是未免房中，因而及此也。渟景嶜广林，暖暖东霞升。晨风舞六烟，敕郁八道腾。五岳何必秀，名山亦足凌。矫手摄洞阜，栖心潜中兴。吐纳胎精氖，元白谁能胜。右杜广平恒喜歌吟此，今疏相示。

　　右定录君道此。此亦应同十四夜告。

　　从杜来九条，并有掾写，共一篇。

　　峨峨岑山，幽岩岭芳。卓卓先生，乘和来翔。散发颓颖，躬耕陵塈。三餐自足，不期裹粮。玉迹东映，风响西彰。公侯招之，凌风振裳。处不矜嘿，出不希扬。被褐容与，杖策颉颃。此一篇有异手书，乃接前诗后，而后又仍接以萧寂毕门事，既真书止说前一篇。已自右毕，则此诗非复是杜所作，而不知其义是谁。近所摽静舍地，此金乡之至室，若非许长史父子，岂得居之。后世当有赤子贤者，乃得居此乡，尔子孙事秘之，不可轻泄。按此所摽，即应是后云长史所营屋宅处也。金陵之地乃广，则此为最胜之地，非真仙不得居。故唯长史掾可居耳。赤子贤者，莫测为谁。或是姓赤，或是大人，或将来英贤应运者，乃当复得居之。既方是后世子孙事时，则非今所宜预言，兼以此地福重。不欲宣广，使人滥住，致有犯秽故也。许长史今所营屋宅，对东面有小山，名雷平山。周时有雷氏养龙，来在此山，后有姜叔茂、田翁、亦居焉。其山北有柳汧水，或名曰田公泉，以其人曾居此山，取此水故也。雷平山在小茅北，基址相连。田公泉今具存左，右甚多水柳树，故名柳汧。此泉即前所云浣衣不用灰者，长史宅自湮毁之后，无人的知处。至宋初长沙景王檀太妃，供养道士姓陈，为立道士廨于雷平西北，即是今北廨也。后又有句容山其王文清后为此廨，主见传记，知许昔于此立宅，因博访耆宿。至大明七年，有术虚老公徐偶云：其先祖伏事许长史，相传识此宅，只在今廨前乌柏树处应是。似犹有斋堂前井存，于时草莱芜没，王即芟除寻觅，果得砖井。土已欲满，仍掘治。更加甃累，今有好水，水色小白，或是所云似凤门外水味也。于是审知是故宅。从来空废，无敢居者，既云金乡之室。便为伏龙之膏腴矣。其西北即有长冈连亘，呼为长隐者也。雷平山之東北有山，俗人呼为大横山，其实名郁冈山也。名山记云，所谓冈山者也。下有泉水，昔李明于此下合神丹而升元洲，水边今犹有处所。此山正东面，有古时越嶲王冢。本墓字，后人赚作冢，此山今连延甚长。后云古人合丹，犹应是此，李明但言在方隅。则疑其小近南，水边不复见有基迹，或渐芜没故也。越嶲王是句践四世孙，初不肯立，逃入菁山穴。越人薰出之，后于吴徙还会稽，以周宣王十一年。为孙诸咎所杀，越人又杀诸咎，不知那得远来葬此，或当有神异处故也。今寻视未见指的坟冢，而如有兆域处者。

　　右定录君言。

右三条有掾写：

华阳中玉碣文，在童初府西向，一云四面。其文曰：解带被褐，寻生理活。养存三亦，洞我玉文。领理八老，二十四真。不眠内视，微气绵绵。把录太素，元之又元。神道在今，子来乃臻。

易迁云：邓夫人语之，解此则得仙，此仙之要言。

易迁不解此，许侯可解注之。易迁则长史妻也。邓夫人即邓芝母也。此碣文乃粗可领解，皆上道中事，但下挺者无由究知之。故令长史解释，亦或试以戏之耳。

右一条有某书：

隐居今所安经昭灵台前，欲立小石碣子，刻书华阳颂十五篇。皆赞述此山洞内外事，庶以标诚灵府，永垂远世。而未办作石，今且载其文于此曰：

河篇征往册，孔记昭昔名。三宿丽天序，两金标地英。

右枢域

宅无乃生有，在有则还空。灵构不待匠，虚形自成功。

右质象

总神列三府，分途交五便。阴晖迎夜晢，晨精望晓悬。

右形位

南峰秀元鼎，北岭横秦璧。表里玉沙津，周回隐轮迹。

右标贯

左带柳汧水，右浚阳谷川。土怀北邙色，井洌凤门泉。

右区别

郭千峙流岸，姜巴亘远踪。庙貌或时飨，别宅乃恒恭。

右迹号

吴居非知地，越家讵隐迁。树盖徒低荫，石灶未尝烟。

右类附

果林郁余橤，蔬圃蔓遗辛。荧芝可烛夜，田泉常汗尘。

右物轨

降辔龟山客，解驾青华童。寝宴含真馆，高会萧闲宫。

右游集

清歌翔羽集，长啸归云翻。子弦有逸调，空谈无与论。

右才英

标舍雷平下，立静连石阴。上道已冲念，飞华当轸心。

右学禀

方崛游琼刃，华阳栖隐居。重离傥或似，七元乃扶胥。

右挺契

号期行当满，亥数未终丁。迨乃承唐世，将宾来圣庭。

右机萌

济神既有在，去留从所宜。灵迹何显晦，冥途自相知。

右业运

刊石元窗上，显诚曲阶门。动静顾矜录，不负保举恩。

右诚期

右此十五首下各两字，是其一篇中意。篇中字字皆有义旨，后之人自以篇中事求之。

真诰卷十四

稽神枢第四

大茅山之西南，有四平山，俗中所谓方山者也。其下有洞室，名曰方台。洞有两口，见于山外也。与华阳通，号为别宇幽馆矣。得道者处焉。此山去大茅山可二十许里，西南六七里有一洞。口见外，近时有人入，见一青蛇在洞中。因与呼为青龙洞，山近上及北面西面，亦并有洞冗。同不知何者是此两口耳。山上又有泉水，冬夏不竭。山 （原缺） 平所以号为四平及方山也。甚多南烛，今积金山东 （原缺） 此树皆能高大，馆中诸道士所资为药也。其中先止者，有张祖常、刘平阿、吕子华、蔡天生、龙百高，并处于方台矣。

张祖常者，彭城人也。吴时从北来，得入此室，祖常托形堕车而死。故隐身幽馆，而修守一之业，师事上党鲍察者，汉司徒鲍宣五世孙也。察受道于王君。鲍宣、汉司隶校尉，为王莽所害。宣子永，永子昱，昱某。

刘平阿者，无名姓，名姓不示人也。汉末为九江平阿长，故以为号，行医术，有功德。救人疾病，如己之病。行遇仙人周正时，授以隐存之道。托形履帽，而来居此室。常服日月晨炁，颜色如玉，似年三十许人。二君何容不知其本名，既示不欲复说之耳。戴孟之本族，乃亦己陈之在后矣。

吕子华者，山阳人也。阴君弟子，已服虹丹之液，而未读内经。来从东卿受太霄隐书而诵之，常以幽隐方台为乐，不愿造于仙位也。

蔡天生者，上谷人也。小为啸父，卖杂香于野外，以自业赡。情性仁笃，口不言恶道。逢河伯少女，从天生市香，天生知是异人，再拜上一檐香。少女感之，乃教其朝天帝玉皇之法，遂以获仙。托形焉杖，隐存方台。少女今犹往来之也，天生师之。

龙伯高者，后汉时人，汉伏波将军马援戒其兄子。称此人之佳可法，即其人也。伯高后从仙人刁道林，受服胎炁之法，又常服青饮方，托形醉亡。隐处方台，师定录君也。伯高名述，京兆人，汉达武中为山都长，擢至零陵太守。马援征南日，遗兄子严书曰：龙伯高教厚周慎，口无择言。谦约节俭，廉公有威。吾爱之重之，愿汝曹效之。效伯高不得，犹为谨敕之士，谓刻鹄不成，尚类鹜者也。

雷平山之东北，良常山之东南，其间有燕口山，三小山相隔故也。一名曰方隅山，下古人曾合九鼎丹于此间也。幽人在此时，心乐居焉，今常游此方隅山。下亦有洞室，名曰方源馆。亦有二口，常见外也。常有此五人为旅。其山即是大横西南，别有二墩垅相聚。今人不复有呼其名者，前云李明合丹，即是此矣。幽人者，掾志世后，不欲显名，故号为幽人。此是未受事，且停洞馆修业也。山今亦有两小口，五人为旅，即向之四平山者，既去来相通，故时共游处也。所以杨君梦掾云：向从四平山来也，右六条是手新写，应是保命君所告也。

鹿迹山中有绝洞，绝洞者，才有一二亩空地。无所通达，故为绝洞。洞室四面皆有青白石，亦以自然光明，如絷旧作微字如此。张形。下正平，自有石床石塌，曲夹长短，障隔分别。有如刻成，亦整盛也。东北有小口，才劣容人入，入二三百步，乃得洞室。初入口甚急，愈入愈宽大也。口外南面有三积石，积石下有汧索，即可得也。亦或以一小石掩穴口，穴口大小，候如华阳三便门，便门亦用小石塞其口。自非清斋久洁索不可得，鹿迹洞子亦尔，不受秽气故也。此山今属南徐州界，正对茅山，北望见之。亦有道士住，鹿迹在石上，故仍以为名，洞口处处可知。而甚严洁，亦无人敢触冒者，此云如华阳三便门。则南洞北洞本天开，余东西及东尔，皆是塞矣。鹿迹华山中及洞主有谢稚坚、王伯辽，繁阳子、号名耳。是汉越骑校尉何苗叔达也。进之同母弟，少好道，曾居河东繁山之南服食，故自号为繁阳子。中君答长史问葛元云，在盖竹山，恒与谢稚坚相随。今稚坚乃在此，不知为去来往还，为当两人同姓名也。后汉书云，何苗是何进异母弟，为车骑将军。党附阉势，进被害时，苗于朱雀阙下，与进将吴匡战死被斩。董卓又破棺出尸支解之，既非故为兵解去，不知那遂来居此。其母亦被刑，苗既非进同生，官位复异，且苗而字达。于义不类，恐别是一弟，不必是名苗战死者耳。又有冯良、冯良、南阳冠军军人，少作县吏，年三十为尉。从佐迎督邮，自耻无志。因毁车煞牛，裂败衣帻，遂去从师。受诗传礼易，复学道术占候，家中谓已死，十五年乃还。整修志节，抗操严恪，州郡礼辟不就，诏特征贤良高第。半道，委之还家，时三公争让位于良。遂不降就，年六十七，乃弃世东渡入山。今在鹿迹洞中，后汉安帝时人也，汉书所载事亦略同。又有郎宗者，字仲绥，北海安邱人。少仕宦，为吴县令，学精道术，占候风氛。后一旦又暴风经窗间，占知京师大火，烧大夏门，遣人往参。果尔，诸公闻之，以博士征宗。宗耻以占事就，夜解印绶，负笈遁去。居华山下，服胡麻丸得道，今在洞中。后汉书载郎宗事云：理京房易，善心算风角，六日七分，能望气占候吉凶。常卖卜自奉，安帝征对策，为诸儒表候拜吴令。时卒有暴风，宗占知京师当有大火，记识日月，遣人参候。果如其言，诸公间而表上，以博士征之。宗耻以占验见知，征书到，夜悬印绶于县庭而遁去。遂终身不仕，子觊字稚元，传父业。研精，学徒常数百人，顺帝阳嘉二年，征诣阙，上书十一事。拜郎中，还家后，为同县孙礼所害。其余共王叔明、鲍元治、尹盖妇、之徒，复二十余人，并在北山，不能复一二记之也。此数人是绝洞诸山之主耳。此绝洞仙人，亦思得学道者，欲与之共处于洞室，困时无其人耳。此洞既无所通达，正是地仙栖处，必非三十六天之限也。道丧由簪，良可哀矣。寓家辱人哉！簪者，谓人贪仕宦衣冠。坐此不得务道，家室本寄寓耳。此洞中乃是永宅，为恋恋不去，实足辱败人矣。此亦讽诱于长史耳。

右保命君告。

右三条杨书：

范帅云："三官有狱官，不名廷尉，名大理。李丰今为大理，都余一守缺，以拟王附子，不以与许虎也。守职如今狱之三官也。"李丰字安国，改字宣国。冯翊人，李义子，本寒微有才志，遂事魏为尚书仆射尉。与夏侯元谋废晋景王，事泄召来，令人以刀镮撞腰煞之。大理当为大理，即古之狱官。前汉泊魏时，廷尉亦名大理，此职是仙官也。王附子是王厶之小名，许虎即虎牙也。

鲍靓因吾属长史，鼠子辈既尔。可语郡守，令得反。映亦属吾，其家比衰，欲非可奈何可写存之耶。鼠子恐是鲍靓小名，鲍为南海郡，仍解化。儿辈未得归都，所以属之，鲍即许先生之师也。

右二条有杨书：

武当山道士戴孟者，乃姓燕名济，字仲微，汉明帝末时人也。夫为养生者，皆隐其名字，藏其所生之时，故易姓为戴。托官于武帝耳。而此人少好道德，不仕于世矣。少孤养母，母丧，行服葬服阕，遂入华阳山。服术食大黄及黄精，种云母、雄黄、丹砂、芝草。受法于清灵真人，即裴冀州之弟子也。得不死之道，裴真人授其玉佩金铛经，并石精金光符，遂能轻身健行。周旋名山，日行七百里，多所经涉，犹未得成仙人也。戴乃授行玉佩金铛而止不死而已。未得神仙，于理为小难详，后又云元真亦其钞要。行之者神仙不死，又与本经不同，及石精金光符，既不为剑用，则止是解化一符单服者。此符主隐遁，不云健行也。种五品芝，世亦有法。

仙人郭子华、张季连、赵叔达，晚又有山世远者，此诸人往来与之游焉。昔居武当，今来大霍，欲从司命君受书，故未许焉。山已得为太和真人，则应居在南阳太和山矣。余三人不见别显出也。

戴公拍腹有十数卷书，是太微黄书耳。此人即谢允之师也。按经相传太微黄书第八篇有目录，云凡有八卷，唯此一卷出世。今戴公乃有十许篇，亦为不同，拍复之义，谓恒以系腰也，其外传事亦同此。谢允字道通，历阳人，小时为人所略。卖往东阳，后告官，被诬在乌伤狱。事将欲入死，夜有老公授其符，又有黄衣童子去来，于是得免。咸康中至襄阳，入武当山见戴孟，孟即先来狱中者，因是受道。又出仕，作历阳、新丰、西道、三县，所在多神验。年七十余犹不老，后乃告终也。黄衣童子者，即玉佩金珰之官耳。云坐上常有一人共坐胇者，应是胇，胇不明伏也。即太极真人时往来也。按说如此，似答问黄衣童意，亦可是午时既及谢。因此面访其事。

受行玉佩金珰经，自然致太极真人。谚云："服九灵日月华，得降我太极之家，此之谓也。元真之法，亦其钞要也。行之者神仙不死。"

裴真人有弟子三十四人，其十八人学佛道，余者学仙道虚。应作牖字，弟子刘显林、辛仲甫、赵子常。

周真人有十五人，弟子四人解佛法。入室弟子王玮达、李建道、泉法坚。

桐柏有二十五人，弟子八人学佛。入室弟子于宏智、竺法灵、郑文成、陈元子，此当略举标胜者耳。辛、泉、于、竺，皆似胡姓也，当是学佛弟子也。

右八条有掾写，共一篇，相连。

霍山中有学道者邓伯元、王元甫，受服青精石饭，吞日丹景之法。用思洞房，已来积三十四年，乃内见五藏。冥中夜书，以今年正月五日，太常遣羽车见迎。伯元元甫以其日遂乘云驾龙，白日登天，今在北元圃台，受书位为中岳真人。伯元吴人，元甫沛人。

华阴山中有学道者尹虔子、张石生、李方回，并晋武帝时人，授仙人管成子蒸丹饵术法。俱服得延年健行，又受苏门周寿陵服丹霞之道。行已五十年，精心内视，不复饮食。体骨轻健，色如童子。以今年二月十二日，太一遣迎，以其日乘云升天。今在元州，受书为高仙真人，张石生为东源伯。

衡山中有学道者张礼正、冶明期、二人，礼正以汉末在山中服黄精。颜色丁壮，常如年四十时。明期以魏末入山，服泽泻柏实丸，乃共同止岩中。后俱授西城王君虹景丹方，从来服此丹已四十三年，中患丹砂之难。得俱出广州为沙门，是滕含为刺史时也。遂得内外洞彻，眼明身轻，一日行五百里。又兼守一。守一亦已三十年。以三月一日，东华遣迎，以其日乘云升天。今在方诸飚室，具为上仙。滕含以永和十年甲寅年为广州刺史，此得仙乙丑岁十二年。是为前服丹已三十二年，犹更出查也。

庐江潜山中有学道者郑景世、张重华，并以晋初受仙人孟德然口诀以入山，行守五藏含日法。兼服胡麻，又服元丹，久久不复饮食。而身体轻强，反易故形。以今年四月十九日，北元老太一迎以云辇，白日升天，今在元州。

括苍山有学道者平仲节，河中人，以大胡乱中国时，来渡江入括苍山。受师宋君存心镜之道，具百神行洞房事，如此积四十五年中精思。身形更少，体有真炁。今年五月一日，中央黄老遣迎，即日乘云驾龙。白日升天，今在沧浪云台。大胡乱者，是刘渊刘聪时也。石勒为小胡。

剡小白山中有学道者赵广信，阳城人。魏末，来渡江入此山，受李法成服炁法。又受师左君守元中之道，内见五藏彻视法。如此七八十年，周旋郡国，或卖药出入人间，人莫知也。多来都下市丹砂作九华丹，丹成一服，太一道君以今年六月十七日遣迎。停三日，与山中同志别去，遂乘云驾龙，白日登天。今在东华，海中有狼五山，中有学道者虞翁生，会稽人也。昔受仙人介君食日精法，以吴时来隐此山，兼行云炁回形之道。精思积久，形体更少如童子。今年七月二十三日，东太帝遣迎，即日乘云升在，今在阳谷山中。狼五山在海中，对白章岸，今直呼为狼山。

赤水山中学道者朱孺子，吴末入山，服菊花及术饵。后遇西归子，从乞度世，西归子授以要言。入室存泥丸法，二十年，遂能致云雨于洞房中。今年八月五日，西王母遣迎，即日乘五色云车登天。今在积石台。赤水山云在鄞县南十里，从楠溪口入三百里，山正赤，周回五十里，高千余丈。如此则应是临海永嘉东北名赤岩者也。许先生所住赤山，一名烧山，即此。

名山五岳中学道者数百万人，今年有得道而升天者，人名如别。年年月月，皆有去者。如此不可悉纪。今为疏一年之得道人耳。有不乐上升仙而长在五岳名山者，乃亦不可称数。或为仙官，使掌名山者，亦复有数千。

九月二十日夜，清灵疏出。清灵犹是裴清灵也。此九月即应是乙丑岁，即疏其年中得道者。

右八条有掾写，共一卷，相随：

吴睦者，长安人也。少为县吏掌局，枉尅民人。民人讼之，法应入死。睦登委叛，远遁山林。饿经日，行至石室，遇见孙先生在室中隐学，左右种黍及胡麻。室中恒盈食，睦至乞食，经月不去。孙先生知是叛人，初不问之。与食料理，及诵经讲道，说及祸福，睦闻之。于是心开意悟，因叩头自搏，列其事源，立身所行。自首事实，求得改往。遂留石室，为先生扫除驱使。经四十年，后先生受其道，俱采药服食胡麻。精修经教，得三百二十年，服丹，白日升天。

朱犹者，陈留人也。为人无道，专作劫盗，后人发觉收掩。犹得逸出远他境，至汝南少室山中，见冯先生隐学云，后三年，乃受其真仙。留山服食修道，三十八年后，入东阮山中。寿百四十七岁，仙人降，将入大有山洞中成真人。

郭静者，颍川人也。少孤，无父母兄弟。穷苦，依栖无所，年十六，县召为吏。后得罪，仍逃伏。经二月日不出，遇见郑先生救度一切。以法劝化之，静遂随郑负檐驱使。经七年，不敢懈怠，遂受其导引之要。饵服山术茯苓，得寿三百岁，复于天维山赤松子降，受其二人真道，今在大有洞中为真人。

范伯慈者，桂阳人也。家本事俗，而忽得狂邪，因成邪劳病，顿卧床席。经年，迎师解事费用，家资渐尽，病故不愈。闻大道清约无所用，于是意变，闻沈敬作道士精进。理病多验，乃弃俗事之。得五十日，病疾都愈云云。后诣陆玩之，受真内道，玩之不能入山，伯慈不乐于世。遂辞去，入天目山，服食胡麻。精思十七年，大洞真仙司命君下降，受三十六篇经。后服还丹，白日升天。今为元一真人。所注云云处，是抄事人不能拼取，非本阙也。有四条，有人于东间钞得，云是真书，而不知谁迹。亦无所受者，而辞旨有用，故纪续之。又此四人，各有所明，一则酷吏，二则凶劫，三则孤茕，四是事俗，并世间薄运。遂能得道，足知心之所造，非关善恶者也。

司马季主，后人委羽山石室大有宫中。受石精金光藏景化形法于西灵子都，西灵子都者，太元仙女也。其同时今在大有室中者，广宁鲍叔阳、太原王养伯、颍川刘玮惠、岱郡段季正，俱受师西灵子都之道也。季主临去之际，托形枕席，为代己之像。墓在蜀郡成都升盘山之南，诸葛武侯昔建碑铭德于季主墓前，碑末赞曰：元漠太寂，混合阴阳。天地交泮，万品滋彰。先生理著，分别柔刚。鬼神以观，六度显明。真诰云，季主咽虹液而头足异处。剑经注云，吞刀圭而虫流，今东卿说云托形枕席，为代己之像。似当是作录形灵九兵解去也。汉史既不显其终，无以别测其事也。

广宁鲍叔阳者，汉高帝时，赵王张耳张敖之大夫也。少好养生，服桂屑而卒。死于厕溷间，今墓在辽东蓟城之北山。汉高置燕郡，以蓟属燕，当是未分时也。

太原王养伯者，汉高吕后摄政时，中常侍中琅琊王探也。少服泽泻，与留侯张良，俱采药于终南山。而养伯不反，遂师事季主。前汉中常侍不用阉人，中郎非侍郎之官，或是后别为此位耳。

颍川刘玮惠，汉景帝时公车司马刘讽也。后事季主，晚服日月氛，为入室弟子。道成，晚归乡里，托形杖履。身死桑树之下，今墓在汝南安城县西山。

岱郡段季正，本隐士也，不闻有所服御，晚乃从季主学道。行度秦州溺水。拘得尸而葬川边，今南郑秦川是也。此人亦季主入室弟子。寻此四人并是用灵丸杂解之道。

季主一男一女俱得道，男名法育也。女名济华，今皆在季羽山中，济华今日正读三十九章，犹未过竟。此理亦欲难详。季主读玉经，服明丹之华，挹扶晨之晖。今颜色如二十女子，须长三尺，黑如墨也。昨日东卿君道此，如所疏，真奇事也。不知果云何耳。此六行杨君自记，与长史不知之辞，或云别有以。季主托形隐景，潜迹委羽，紫阳传具载其事也。昨夜东卿至，聊试请问季主本末，东卿见答。令疏如别，为以上呈，愿不怪之。省讫付火，此杨君舆长史书，今有华撰周君传，记季主事，殊略。未见别真手书传，依此语则为非也。此前似有按语，今阙失一行。是后圣李君纪也。大都与前者略同，然东卿复兼有注解，注解近万余言，大奇作也。昨来多论神化之事，聊及季主耳。去月又见授神虎经注解，注解非世间所闻，亦自不掌其旨也。若更闻如季主，比者自当密白。此亦杨君与长史书也。既是论季主事，故仍以相次，不复出置下卷，长史撰真仙传。欲以季主最在前，所以杨君为请问本末也。司命所注二经，并未出世也。

右十条有杨书：

范安远适云，湛子不事齐，齐师伐之。春秋传曰："湛无礼也。"此则左传上事，谌字作谭字。音谭，国名也。庄王十三年，为齐桓所灭，不知何故述此，似有所指也。庄子师长桑公子，授其微言，谓之庄子也。隐于抱犊山，服北胄火丹，白日升天。上补太极闱编郎。长桑即是扁鹊师，事见魏传及史记，世人苟知庄生如此者，其书弥足可重也。

施存者，齐人也。自号婉盆子，得遁变化景之道，今在中岳或少室。往有壶公，正此人也。然未受太上书，犹未成真焉。其行玉斧军火符，是其所受之枝条也。施存是孔子弟子三千之数。三千之限有此人，而不预七十二者，明夫子不以仙为教矣。壶公即费长房之师，军火符，世犹有文存。

右三条有杨书：

九疑真人韩伟远昔，受于中岳宋德元。德元者，周宣时人，服此灵飞六甲得道。能一日行三千里，数变形为鸟兽，得元灵之道。今在嵩高，伟远久随之，乃得受法行之。道成，今处九疑山，其女子有郭芍药、赵爱儿、王鲁连等，并受此方法而得道者，复数十人。或游元州，或处东华方诸台，今见居也。南岳夫人言此云："郭芍药、汉度辽将军东平郭骞女也，少好道笃诚。真人因授其六甲，赵爱儿者，幽州刺史刘虞别驾渔阳赵该姊也。"好道得月解，后又受此符，王鲁连者，魏明帝城门校尉范阳王伯网女也。亦学道。一旦，忽委聟李子期，入陆浑山中。真人授此法，子期者，司州魏人清河王傅也。其常言此妇狂走云，一旦失所在。此事乃出灵飞六甲经中，长史抄出之。汉大将军霍光，有典衣奴子名还车。伺见二星，得年六百岁，今犹在焉。此事出方诸洞房经，后长史抄出，按魏书云：青龙元年，并州刺史毕轨，送汉度辽将军范明友鲜卑奴。年三百五十岁，言语饮食如常人。奴云：霍显者，光禄小妻，胡友妻是光禄前妻，如依此妻，便非虚矣。

吞琅玕之华而方营邱墓者，衍门子、高邱子、洪涯先生、是也。衍门子墓在渔阳潞县。幽州渔阳有潞县，上党亦有潞县，衍门即羡门也。高邱子墓在中山闻喜县，中山有安喜县，闻喜乃属河东。洪涯先生墓在武威姑臧县，凉州记作姑臧县。此三郡县人。并云上古死人之空冢矣。而不知高丘子时以尸解入六景山，后服金液之末，又受服琅玕华于中山，方复托死。乃入元州，受书为中岳真人，于今在也。衍门子今在蒙山大洞黄金之庭，受书为中元仙卿，洪涯先生今为青城真人。

潄龙胎而死诀，饮琼精而叩棺者，先师王西城及赵伯元、刘子先、是也。王君昔用剑解，非龙胎诸丹，恐琼精即是曲晨耳。服金丹而告终者，臧延甫、张子房、墨狄子、是也。挹九转而尸毙，吞刀圭而虫流，司马季主、宁仲君、燕昭王、王子晋、是也。桐柏亦用剑解，当是此。吞刀圭者，非九转也。司马季主亦以灵丸作兵解，故右英云，头足异处，燕昭学仙而不见别迹。景纯云无灵朶，则为未究其事矣。周穆王北造昆仑之阿，亲饮绛山石髓，食玉树之实。而方墓乎汲郡，此则穆天子传所载见西王母时也。夏禹诣钟山，啖紫荼，醉金酒，服灵宝，行九真，而犹葬于会稽。此事亦出五符，中茅传又云，受行元真之法。北戎长胡大王，献帝舜以白琅之霜，十转紫华。服之，使人长生飞仙，与天地相倾。舜即服之而方死，葬苍梧之野，此诸君并已龙奏灵阿，凤鼓云池矣。而犹尸解托死者，欲断以生死之情，示民有终始之限耳。岂同腐骸太阴，以肉饲蝼蚁者哉！直欲遏违世之夫，塞俗人之愿望也。古来英圣之土，唯未见显尧及汤得道，及鬼官之迹耳。至于青精先生、彭铿、凤网、南山四皓、淮南八公，并以服上药不至一剂自欲出处嘿语肥遁山林，以游仙为乐。以升虚为戚，非不能登天也。弗为之耳。此诸君自展转五岳，改名易貌，不复作尸解之绝也。铿则彭祖名也。青精亦出彭传，及王君传饥饭方中，凤网并诸仙人，各有别显。轩辕自采首山之铜以铸鼎，虎豹百禽，为之视火参炉。鼎成而轩辕疾，崩葬乔山，五百年后山崩空室无尸，唯宝剑赤舄在耳。一旦又失所在也。列仙传云，御龙攀髯，及子晋驭鹄。并为不同，亦可是化后更出而为之也。玉子者，帝倍也。会诣钟山，获九化十变经，以隐遁日月，游行星辰。后一旦疾崩，营冢在渤海山，夏中衰时。有发玉子墓者，室中无所有，唯见一剑在北寝上。自作龙鸣虎啸之声，人遂无敢近者，后亦失所在也。帝倍则尧父，外书作誉字。王子乔墓在京陵，战国时复有发其墓者，唯见一剑在室。人适欲取视，忽飞入天中也。栾巴昔作兵解，去入林虑山中，积十三年而后还家。今在鹄鸣赤石山中。汉书云，巴为桂阳豫章太守，后下狱死，当仍是用灵丸解去也。亦出仙传中。

　　右此三条，皆出掾写剑经中，经非可轻见。既是说诣仙人事迹，隐居谨抄出以相辅类耳。至人焉在，朖曜南辰。含灵万世，乘景上旋。化成三道；日月为邻。实元实师，号曰元人。变成三老，友帝之先。安知至人不有来游。观化兆间，混俗为侪。释羽沈铃，安此南堋。岂将好兆，染俗久留。七圣元纪中云，赤君下教。变迹作沙门，与六弟子俱皆显姓名也。为世染俗，不适生期。赤怪潜骇，三柱为灾。贤者南游，三岳是之。元君来行，人其谁知。赤怪则荧惑星也。三柱者，五车星中三柱也。陟屡反。

　　在元炁为元君，在元宫为元师，在南辰为南极老人。在太虚为太虚真人，在南岳为赤松子，此乃天帝四真人之师，太一之友。此四条是长史抄出，不审本是何经书中事，并是说南岳赤君下教之者。师友之目，小异诸经。

　　桐柏山高万八千丈，其山八重。周回八百余里，四面视之如一。在会稽东海际，一头在亚海中，金庭有不死之乡。在桐柏之中，方圆四十里，上有黄云覆之。树则苏玕琳碧，泉则石髓金精，其山尽五色金也。经丹水而南行，有洞交会。从中过行三千余里则得。此山今在剡及临海数县之境，亚海中者，今呼括苍。在宁海北鄞县南，金庭则前右弼所称者，此地在山外，犹如金灵。而灵奇遇之，今人无正知此处，闻采藤人时有遇入之者，陠陜甚多。自可寻求，然既得己居吴，安能复觅越。所以息心，桐柏真人之官，自是洞天内耳。

　　紫微夫人言。

　　右一条某书

　　八淳山高五千里，周帀七千里。与沧浪方山相连比，其下有碧水之海，山上有乘林真人郁池元宫，东王公所镇处也。此山是琳琅众玉，青华绛实，飞间之金，所生出矣。在沧浪山之东北，蓬莱山之东南，此即扶桑太帝所居也。方山即方丈山也。海中山名，多载在五岳序中耳。方丈之西北有阴成大山。沧浪西南有阴长大山，山周回各一千四百里，高七百里，其山多真仙之人所居处焉。此二山是阳九百六，历数之标揭也。百六之运将至，则阳长水竭，阳成水架矣。阳九之运将至，则阴成水竭，阳长水架矣。顷者是阴成，山水际已高九千丈矣。百六之来，无复久时。阴成，水际出山高，则是高乃应云阳九。而言百六，似是误言。亦可是水起际，如此，高非先水退际尔。但水性平，又非湍濑，二山相去不远，未解那得顿孤悬如此。

　　右二条有长史写：

　　未至庙第一高山西头龙尾北汧，洪水一所，发地长六丈余。广五丈，入土六尺，水流势挞地二百余步。去路三里对庙后第二高山西头汧，洪水一所，发地长四丈余。广三尺余，入土四尺，水势挞地三百余步。去路二里。近庙后汧胁一所，洪水发地长五丈余，广四丈余，入地二尺余。水势流入汧中。去庙一百五十步。

右蒋山北凡三处发洪水，流势西北行。此三条是异迹，既不梵真手，未审是非。又不知此发洪，当是何时事，山南乃经有发处。以积石塞之，世呼为蒋侯饮马汧，而山后不见有此。或当是将来期运之时乎。

真诰卷十五

阐幽微第一

罗酆山在北方癸地，此癸地未必以六合为言，当是于中国指向也。则当正对幽州辽东之北，北海之中，不知去岸几万里耳。山高二千六百里，周回三万里。其山下有洞天，在山之□，周回一万五千里。其上其下，并有鬼神宫室，山上有六宫，洞中有六宫，辄周回千里，是为六天鬼神之宫也。周回一万五千五百，为宫周回一千里者三百二十五所。今此六宫，止得六所尔，其余空尚三百一十九所，计不容顿耳。恐所宫或有舛漏处也。山上为外宫，洞中为内宫，制度等耳。此山既非人迹所及，故山上可以得立容，不知山复有几洞门也。

第一宫名为纣绝阴天宫，以次东行。以周回论之，洞中直东西有三千七百五十里，今一宫周回二里。是径二百五十里，六宫若并列合居，千五百里耳。其两边各余二十余里，南北有殊远悉悉当为藩屏故也。不尔，莫测所以也。

第二宫名为泰煞谅事宗天宫。

第三宫名为明晨耐犯武城天宫。

第四宫名为恬昭罪气天宫。

第五宫名为宗灵七非天宫。

第六宫名为敢司连宛屡天宫。凡此六天官，亦皆应有义旨。乃粗可领解，自不容轻说。

凡六天宫，是为鬼神六天之治也。洞中六天宫亦同名，相像如一也。此即应是北酆鬼王决断罪人住处，其神即应是经呼为阎罗王所住处也。其王即经北大帝也。但不知五道大神当是何者尔。凡生生之类，其死莫不隶之，至于地狱所在，尽有不尽一处。泰山河海，亦各有焉。此山外宫，当是曹局职司，主领文簿。洞中内宫，是住止及考谪之处也。今书家说，有人死而复生者，并云：初北向行，诣官府考署，或如城阙检课文书，恐此皆是至山上外宫中尔。如胡母班往泰山府君处，亦不觉入洞中，恐鬼神恍惚，不使知见实事耳。世人有知酆都六天宫门名，则百鬼不敢为害。欲卧时，常北向祝之三遍，微其音也。前云官名，今云门名，是为门亦因官为名。宫直是虚号，门则有榜题白：鬼皆见而人今亦知之，故所以畏伏也。祝曰："吾是太上弟子，下统六天，六天之宫，是吾所部。不但所部，乃太上之所主。吾知六天之宫名，故得长生，敢有犯者，太上当斩汝形。此云下统六天者，不为六天所统也。不但吾自所部领，乃太上令吾主之，故复以为威。犹如郡县官爵有台除，非白版之例也。"第一宫名纣绝阴天宫，以次东行，第二宫名。此二字杨君书际纸下如此，掾写不熟。详乃作七字，今世中诸本，皆作第七。此误尔，官唯有六，岂容是有七耶。此呪复说以次东行四字者，是欲令鬼辈讶吾知其次第位例也。从此以次讫六宫止，乃啄齿六下。乃卧，辟诸鬼邪之气。此一遍呪讫，六啄齿毕。又呪：如此三过，乃卧耳。此法已重抄在第三篇修事中耳。人初死，皆先诣纣绝阴天宫中受事。或有先诣名山及泰山江河者，不必便径先诣第一天。要受事之日，罪考吉凶之日，当来诣此第一天宫耳。此宫是北帝所治，故后悉应关由，犹如今州县之狱。初虽各有执隶，终应送台定其刑书。泰煞谅事宗天宫诸煞鬼，是第二天也。卒死暴亡，又经于此。此宫当得专主收煞也。其卒死暴亡，恐文书未正，或姓名相同者，所以先来检问之也。贤人圣人去世，先经明晨第三天宫受事。后云四明公各治一宫，不知此泰煞、明晨、两宫，当是何公所居。暴亡及贤圣，虽先暂经，亦犹应诣纣绝为正也。祸福吉凶，续命罪害，由恬昭第四天宫鬼官北斗君治，此中鬼官之北斗。是复籍先身之功罪乎。然武以至忠亡，必复入仙品矣。韩太华者，韩安国之妹也。汉贰师将军李广利之妇也。利宿世有功德，利今亦在南宫受化。广利为汉武名将，伐大宛时，所杀戮殊不少。以先世功德，遂能消之。韩氏字安国，家福逮，不应关李相扶。夫妻既同条，恐人脱致疑，是以复标别言之，亦或由因结致此也。刘春龙者，汉宗正刘奉先之女。奉先、汉某帝时为宗正。李奚子者，李忠之祖母也。忠、晋初东平太守，忠祖父田舍人耳。而多行阴德，常大雪寒冻而不覆积稻。常露谷于园庭，恒恐鸟雀饥死，其用心如此。李忠不显晋书，如此说则妻复似是缘夫之功。而夫身反不见有所果，亦难可详言。王进贤、王衍女也。事详在后。郭叔香者，王修母。王修字叔治，北海人，为魏武郎中令。年七岁丧母，母以社日亡，不知是郭谁女也。其童初府有王少道、范叔胜、李伯山，皆童初府之标者，少道、汉时人王遁儿也。汉时山阳太守范叔胜、北地人也。魏文帝黄门郎李伯山、李冲父也。冲汉时为白马令，行阴德，或积世有道。中行所钟，此二府仙人，皆一进再进。得入此项，梁城作酆宫诵曰：

纣绝摽帝晨，谅事构重阿。炎如霄中烟，勃若景曜华。武阳带神锋，恬昭吞青河。阊阖临丹井，云门郁嵯峨。七非通奇盖，连宛亦敷魔。六天横北道，此是鬼神家。

诵有二万言，今略道六天之宫名，抄出之耳。夜中亦可微读之，亦云辟鬼邪。前第三宫名武城，今云武阳，或当是有两名也。苏韶传云，鬼之圣者有项梁城。贤者有吴季子，但不知项是何世人也。或恐是项羽之叔项梁，而不应圣于季子也。

酆都稻名重思，其米如石榴子，粒异大，色味如菱，亦以上献仙官。后又有叙重思事，既是异日所说。两出自非嫌，石榴子即世之安石榴也。炎庆甲者，古之炎帝也。今为北太帝君，天下鬼神之主也。炎帝神农氏造耕稼，尝百药，其圣功不减轩辕。颛顼、无应为鬼帝，又黄帝所伐大庭氏称炎帝，恐当是此，非神农也。又外书云：神农牛首，今佛家作地狱中主煞者，亦牛首，复致疑焉。四明公升摆既有年限，太帝位秩，亦应加崇极。此虽已三千余年，或恐如世中帝王不转，而公辅屡迁也。

武王发今为鬼官北斗君。文王之子周武王也。姓姬名发，伐殷纣而为天子，即位二年崩。礼云，年九十三。竹书云：年四十五。按后云，四明公并得升仙阶而不道，北斗君既仰隶玉晨，亦应预同迁品耳。

夏启为东明公，领斗君师。禹之子也。姓姒。竹书云：即位三十九年，亡年七十八，自崩灭后至今己卯岁。允二千四百二十五年，按司命说格在位二千四百年，得上补九宫，如此则宋元徽四年去矣。

文王为西明公，领北帝师。文王名昌，礼云：年九十七亡。此父子并得称圣德，而不免官鬼，虽为煞戮之过，亦当是不学仙道故也。

邵公奭为南明公。邵公名奭，文王庶子，食采于邵，封于燕国。按周公、邵公、大公，俱佐命尅纣，功在不殊。而周公有圣德，仙鬼之中，并无显出。太公执旄秉钺，威罚最深，乃载出列仙。邵公恩流甘棠，翻为鬼职，亦复难了，皆当各缘其根本业分故也。酆都唯有六宫，而周文王父子顿处其三，明周德之崇深矣。

吴季札为北明公。吴王寿梦之少子，阖闾之叔父，太伯之后也。亦姬姓，让国，居乎延陵，今季子庙是也。虽有仁贤之德，乃亚乎先圣，亦有殊例。寻此诸公，前后参差，当是道时代谢用人也。白夏启以来，二千余年，方得迁改。乃十倍于地下主者之数，明仙家品例，故为贵妙。

四明公复有宾友四人，然此四公后并当升仙阶也。四明主领四方鬼。宾友四人，其事在后，又按后定录告云：邵奭为东明公，行上补九宫右保，此乃仙阶之证，而与前不同。且启尚未去，邵理不得仙，恐脱耳。误云邵耳。既云东明公，则应犹是启也。其疑事别在后也。

西明郎十六人，主天下房庙鬼之血食。此郎亦应是隶西明公，房庙血食，是受命居职者，非谓精邪假附也。

周顗为鬼官司命帅，今以邓岳、程遐、二人代，以其多事故也。周顗字伯仁，汝南安城人，仕晋。过江位至尚书仆射，元帝永昌元年，王敦南下，遣收于石头南门，被害。年五十四。追赠光禄开府，谥康侯。邓岳字伯山，陈郡人。讨郭默有功，咸宁初为平南将军广州刺史，于州病亡。辛元子后云：邓岳为谢幼舆司马，此当是已迁也。程遐代郡人，为石勒谋臣，妹为勒妻，官至右仆身开府，代郡公勒死。为石虎所煞也。

西明都禁郎贾谊，昔为治马融事不当，被黜守泰山，泰山君近请为司马。已被可。贾谊，前汉文帝时，为梁孝王傅，忧愤呕血而死。后云：荀顗为泰山君，用曹洪为司马，今当代曹也。马融字季长，扶风人也。博学有才理，郑元之师也。仕后汉为南郡太守，未尝按剑杀人。忤梁冀，被徙朔方，于路自刺不死，后赦还，拜议郎。延寿九年病亡，年八十九，融别传传小异此耳。

南门亭长，今用周抚代郗鉴。一门有二亭长，辄有四修门郎，一天门凡八修门郎也。门郎为天门亭长下官，此是北帝门也。后汉云，主南北门篇，则一官有二天门也。苏韶传云，修门郎有八人，乃言颜渊卜商。今见居职，恐此不然，周抚字道和，浔阳柴桑人，周鲂子也。先为王敦将，东下伐都，事败，与邓岳俱走西阳蛮中，敦被杀赫出，又为将讨苏峻。后伐蜀平李势，封建成公，为镇西将军益州刺史，乃三十许年，兴宁三年病亡。赠征西将军，谥襄公。郗鉴字道微，高平人，即愔父也。永昌元年，率诸流民来渡江东，后讨平王敦。封高平公，又为车骑大将军兖州刺史，镇广陵，复镇徐州。苏峻平，拜司空，改封南昌公。犹镇京兆城，咸康五年病亡，年七十一。赠太宰，谥文成公也。

北斗君天门亭长，今是臧洪，臧洪代隗嚣。又一人是王波，新补。此亦正是南门尔，其余四明公四官门，亦应大有，并不显出，臧洪字子源，广陵射阳人，慷慨有节义。汉末，洪举义兵诛董卓，后为清州及东郡太守。背袁绍，绍攻围，食尽被擒，乃害之。隗嚣字季孟，天水人，有才德，为物所附。前汉末，据陇西，自称王。建武元年，光武伐之，愤逼得病，兼饿遂亡，王波，渤海人也。晋尚书金史，有才能，投石虎，为中书监，被杀。

纪瞻本为抚河将军司马，今为北天修门郎。代田录，瞻与虞潭，更直一日守天门。北天犹应是北帝门也。纪瞻字思远，丹阳句容人，初仕吴为中郎将，吴平还洛。举秀才，稍迁为会稽太守，迁侍中。尚书仆射、骠骑将军，泰思三年病亡，年七十二。赠开府，谥穆侯，田录。魏武帝时为程昱参军，后为河间太守，反叛。为阎柔所破尔，虞潭字异奥，会稽余姚人，即虞翻孙也。位至卫将军、右光禄开府、武昌侯，咸阳八年病亡，年七十。赠光禄，谥孝烈侯也。

魏钊领庐山侯。钊字君思，会稽人，仕晋成穆公世司徒左长史、丹阳尹。至左民尚书平寿侯，永和七年病亡矣。

顾和从辽东戍还，有事已散，北帝当用为执盖郎，盖郎范明，迁补典柄侯。顾和字君孝，吴郡人。少孤，有志操。仕晋为吏部侍郎、御史中丞，吏部尚书、领军尚书仆射、尚书令，永和七年病亡，年六十四。赠侍中司徒，谥穆公，外书不显。范明唯前汉有范明友，恐非是此人，又谱试许先生者，称典柄侯周鲂。主非吏者严白虎，寻典柄侯犹应是典柄，呼之脱倒尔。周鲂字子鱼，吴郡阳羡人，周处父也。仕吴为鄱阳太守，甚有威惠。严白虎者，吴郡人也。以孙策时入山聚众，策讨之。乃散奔余杭死，弟名舆，亦勇健，策伪与会，乃戟刺杀之尔。

殷浩侍帝晨，与何晏对。此有八人，事在后，殷浩字渊源，陈留长平人。康帝建元初，为扬州刺史，永和六年，进中军将军，都督五州。北伐姚襄，败还。为桓温所废，徙东阳，永和十二年，以忧亡。善能谭论，故与何晏对也。晏字平叔，何进孙，善言元理，位至侍中尚书。党曹爽，为司马宣王所诛。

温太真为监海开国伯，治东海，近取杜预为长史，位比大将军长史。温峤字太真，太原祁人。仕晋江左平南将军江州刺史，下平苏峻，位至骠骑将军开封，封始安公。咸和四年病亡，年四十二，赠太将军。谥忠武公，杜预字元凯，京兆杜陵人。博识多智，注春秋，仕晋，起家尚书郎。位至都督荆州，镇襄阳，伐吴有功，封当阳侯。太康五年还洛，于邓县病亡，年六十三，葬洛阳，赠征南大将军，谥成侯。

何次道始从北帝内禁御史，得还朱火宫受化，以其多施惠之功故也。后辛元子亦云如此，次道名充，庐江潜人。位至尚书令、骠骑将军，除扬州刺史，录尚书。辅正世业，奉佛，多施惠，立功德，每为善事。以永和二年正月戊寅病亡，年五十五，赠司空。谥文穆公，按如此旨，鬼职杂位，非四明公而犹得受化朱官。升居仙品者，此当是深功厚德之所致也。

魏武帝为北君太傅。北君则北斗君周武王也。四明各有宾友，恐北斗君不置此职，当以太傅准之。魏武帝曹操，沛国谯人。英雄拨乱，匡定天下，封魏王，加九锡。献帝建安二十五年正月病亡，年六十六，此年十月，魏文乃受禅，追赠太祖武皇帝也。

其余多不能复一二，盖鬼神之事，不足示于世也。荀公言也。荀公即是荀中侯，既隶司命，统诸鬼官，故究知之。但论事参差，前后递互，如似随问随答，非自然叙述事也。世人多不信幽冥鬼神，故戒勿宣示，若致疑谤，益漏失尔。右此前一段所说，不记何年月，以后王逸少事检之，则犹应是乙丑年也。

人卧床当令高，高则地气不及。鬼吹不干，鬼气之侵人，常依地而逆上。鬼者阴物，多因藉以宣其气，或附人畜，或依器物，或托饮食，然后得肆其凶毒耳。昔有人病在地卧，于病中乃见鬼于壁穿下，以手为管而吹之，此即是鬼吹之事也。

人卧室宇，当令洁盛。洁盛则受灵炁，不盛则受故炁。故炁之乱人室宇者，所为不成。所作不立，一身亦耳。当洗沐澡洁，不尔无冀矣。故炁皆谓鬼神尘浊不正之炁。此等皆承人为恶，既灵助无主道，岂可议也。

勿道学道，道学道。鬼犯人，事亦不立，使人病，是体未真故也。真诰亟多此戒，云一言一事，泄乃灭算，岂但疾病而已。所谓仙者，心实学何，趣说之耶？群魔伺察，有如影响也。

山世远受孟先生法：暮卧，先读黄庭内景经一过，乃瞑，使人魂魄自制练。但行此道二十一年，亦仙矣。是为合万过也。得三四过乃佳，北岳蒋夫人云："读此经亦使人无病。是不死之道也。此四条并是可承用事，已别抄在第三篇中。孟先生即应是京兆孟君，及属用郑承者，前篇有西岳蒋夫人。今又云北岳，未审有两人，为是误也。"

夜行常琢齿，琢齿亦无正限数也。煞鬼邪鬼，常畏琢齿声，是故不得犯人也。若兼之以漱液祝说亦善，叩齿即神存，故鬼邪不得干。今修上道者，日夜既恒有此事，所以并得长生尔。昔鲍助者，济北人也。助既卑微外书不显。都不学道，亦不知法术。年四十余，忽得面风气，口目不正，炁入口而两齿上下恒相切。拍甚有声响，如此昼夜不止，得寿年百二十七岁。后乃遇寒过大冰，堕长寿河中死耳。北帝中间，亦比遣煞鬼及日游地祅使取之。而此数煞鬼，终不敢近助，鬼官问其故。天煞答云："此人乃多方术，以制于我。常行叩齿，鸣打天鼓，以警身中诸神。神不敢散，鬼气不得入，是以无有缘趣得煞之耳。"以此论之，若助不行冰渡河，亦可出千岁寿不啻也。当是遇大寒冻，步行冰上，口噤不能复叩齿，是故鬼因溺著河中耳。患风病而齿自叩动者，犹尚辟死，却煞鬼矣。何况道士真叩齿，鸣天鼓，具身神耶。仙方云，常吞液叩齿，使人反少。以此而言，人命使无定限，一切皆是夭遏耳。若修道精勤，如鲍助琢齿，何容不得永年。正患有时懈替，则为鬼所袭，同于溺河之毙也。凡诸鬼亦是不能灵智，乃以风病为多术，岂胜谬邪。

酆都山上树木水泽如世间，但稻米粒几大，味如菱。其余四谷不尔，但名稻为重思耳。杜琼作重思赋曰：霏霏春茂，翠矣重思。灵炁交被，嘉谷应时。四节既享，祝人以祀。神禾郁乎，浩京巨穗。横我元台，爰有明祥。帝者以熙，此之谓矣。此更说酆都中事，仍复及重思耳。说祝人有祠者，不容有蒸尝之义，当即是前所云献奉仙官故也。又鬼年限足，应受余生，亦复死，便有祠事矣。杜琼字伯瑜，蜀人也。博学有才思，注韩诗。兼明数术，逆计魏当代汉，仕刘禅时为鸿胪太常，延熙十三年亡，年八十余耳。

侍帝晨有八人，徐庶、庞德、爰愉、李广、王嘉、何宴、解结、殷浩，并如世之侍中。李广、汉武骁骑将军，征匈奴时，被吏谴，愤慨自刎而死。王嘉、蜀郡人，平帝时为郎中。至王莽乃弃官还乡，不肯臣公孙述，伏剑而死。徐庶字元直，颍川人。荐诸葛亮于刘备，后魏武虏其母，乃归魏，仕至中丞，明帝大和中病亡。庞德字令明，南安人，随张镇南降魏武。拜立义将军，屯樊城，为关羽所害，谥杜侯，迎丧葬邺，身首如生。爰愉字世都，濮阳人。有才辨，多术艺，事晋武，辟司徒魏舒府。位至侍中、中书令监。解结字稚连，济南人，系弟也。亦仕晋黄门侍郎、中丞、荆豫州刺史、尚书，赵王伦时，为孙秀所害也。何殷二人，已注在前。前所说唯道二人，今当是更请问，乃悉具显之。

四明公及北斗君，并有侍帝晨五人，其向者八人，是北大帝官隶耳。选用亦同。侍帝晨之号，仙官亦有，俱是侍中位也。此言选用并同，不知止取名位，当品才识，兼论功德耶。此诸人才位永不相类，恐幽途所诠，别当有以耳。

又有中郎直事四人，如世之尚书也。戴渊、公孙度、刘封、郭嘉，今见在职封者，是元德之养子。此职应是太帝领像，如今散曹尚书耳。戴渊字若愚，广陵人也。仕晋，历位至护军尚书仆射、骠骑将军，与周顗俱为王敦所害。赠光禄，谥简侯，公孙度字叔济，辽东人也，渊之祖也。初为辽东太守，建安中遂僭号称王，建天子羽仪。传国子康，至孙渊，被司马宣王所煞。刘封本罗侯寇氏子，刘备未有儿。养为息，性刚猛，有气力武艺，后建节度赐死，此异族之嗣。亦是仍得袭姓也。郭嘉者，字奉孝，颍川阳翟人。魏武谋臣，为军谋祭酒。病亡，年三十八，谥真侯也。

元德今为北河侯，与韩遂对统。今属仙官。仙官又有北河司命禁保侯，亦司三官中事，乃隶东华官保命君领之。此则是北河侯，必是相续属矣。刘备字元德，涿郡人，初起义兵，后遂据蜀。称尊号，三年病亡，年六十三。谥昭烈皇帝，寻于时同为三国之主。魏武孙策，今位任皆高，刘此职虽小而隶仙官，其优劣或可得相匹也。韩遂字文约，某某人，汉末阻兵，构乱西土。建安二十五年，魏武伐之，奔金城之内，为其将赵演等所害。遂乃骁雄而未免寇难，乃得与刘备对仕，殊为不类，兼隶仙官，益复超显也。

又有大禁晨二人，如今尚书令，汉光武及孙文台二人居之。光武刘秀，字文叔，高祖八代孙。起兵讨王莽赤眉，平定天下，即位三十三年病亡，年六十三。孙坚字文台，吴郡人，策父也。袁术表为破虏将军豫州刺史，讨董卓，后伐刘表。初平二年，为表将军黄祖部下人所射，亡年三十七。坚虽忠烈而位微，今与天子同职，亦似韩遂之匹元德也。

又有中禁晨，如今之中书令监。有二人，颜怀、杨彪、二人居之，怀字思季，彪字文先者。颜怀字思季，未详此人，杨彪字文先，宏农人，汉司空杨修父也。值董卓悖乱，扶济献帝，东西危苦。备经三司，至魏文黄初六年乃亡，年八十四。

许长史父今为弹方侯，弹方侯有二人，各司南北。许长史为南弹方侯，刘赞为司马，鲍勋为北弹方侯，韦遵为司马，亦各主南北门钥，许领威南兵千人。鲍勋领威北兵千人，大都备门主收执而已。如今世有羽林监，威南威北兵，如道家天丁力士甲卒之例也。二禁晨及南北弹方侯，亦应并是北帝官属也。受此语时，未必不呼许名，恐是杨自不疏之耳。北帝呪所谓威南威北，即谓此兵，当是骁勇者也。许氏事具在别篇，刘赞字正明，会稽长山人，少为郡吏，好读兵书。慷慨有大志，击黄巾贼伤足，一脚屈，遂自割筋得伸。后为左护军，与孙峻征淮南，未至病困。为魏将蒋班所逼，被害，年七十三。鲍勋字叔业，鲍宣九世孙，即鲍信子也。清白有高节，汉建安中为中庶子，黄门郎，魏文帝御史中丞。数谏诤忤旨，左迁治书执法，后被诛。韦遵字公艺，吴人，即韦昭之孙也。博学有文才，善书，仕晋成穆之世。为尚书左民郎、中书、黄门侍郎，代王逸少为临川郡守，以母忧亡，年六十四也。

孙策为东明公宾友。孙坚长子，字伯符，汉末，嗣父领众，先制江东，乃欲定中国。拜讨逆将军，封吴侯，临过江轻猎，为仇客所射，疮发而亡，年二十六。弟权代任，后追谥长沙桓王，策初从东出，煞道士于吉，后照镜见之。惊忿叫，故疮溃而死。寻项羽之英杰，逾于孙远矣。俱是不得王而独不显出，乃历世相传。云为吴异卜山王，常居郡庭上，故太守不敢上。上者辄死，亦别为立庙，呼为霸王也。

真诰卷十六

阐幽微第二

汉高祖为南明公宾友。刘邦字季，沛郡丰人。起自布衣，伐秦平项，创汉之基。即位十二年病亡，年六十二。

晋宣帝为西明公宾友。司马懿字仲达，河内人也。魏世为大将军太傅，嘉平三年病亡，年七十二。赠相国，谥宣文侯。晋武受禅，追谥高祖宣皇帝。

荀彧为北明公宾友。荀彧字文若，颍川人，汉末为尚书令，有风仪识鉴，初为魏武谋臣，欲以安汉社稷。被疑，惧，服药自尽，年五十，谥敬侯。追赠太尉，荀之列在宾友。亦如延陵之匹四明，位虽非亚而德望贤矣。

其中宿运先世有阴德惠救者，乃时有径补仙官。或入南宫受化，不拘职位也。在世之罪福多少，乃为称量处分耳。大都行阴德，多恤穷厄，例皆速诣南宫为仙。在世行阴功密德，好道信仙者，既有浅深轻重，故其受报亦不得皆同。有即身地仙不死者，有托形尸解去者，有既终得入洞宫受学者，有先诣朱火宫炼形者，有先为地下主者乃进品者，有先经鬼官乃迁化者，有身不得去，功及子孙。令学道乃拔度者，诸如此例，高下数十品，不可以一概求之。

庾元规为北太帝中卫大将军，取郭长翔为长史，以华歆为司马，此所谓军公者也。领鬼兵数千人。辛元子所说，与此大异，恐是受有前后，或能几被回换故耳。庾亮字元规，颍川人，咸和中为征西将军江荆豫三州刺史。镇武昌，咸康六年，于镇病亡，年五十二。赠太尉，谥文康公，未病时，乃独见陶侃乘舆来让，于此得病而亡。郭翻字长翔，武昌人，少有高志，庾欲引为上佐。不肯，就亡后，与其儿灵语云：庾公作抚东大将军，治在东海之东，统十万兵。取吾为司马，间者本欲取谢仁祖选官，以为资望未足。蒋大侯先取为都尉，是以拘逼王长豫为长史，委以军事，甚有高称。又云：王丞相为尚书令，大用事，决万机，按如此语。即元子所说，如复似应在前，今以郭为长史。当是后更转任，但谢仁祖在世为仆射、镇西将军。乃言资望未足，殊为难辨，王丞相即王导，长豫是导之元子，早亡。华歆字子鱼，平原人，为豫章太守，同孙策。策亡从魏武帝，历显位，为司徒太尉。封博平侯，太和五年亡，年七十五，谥敬侯。

孔文举为后中卫大将军，以张绣为司马，唐固为长史。孔融字文举，鲁人，孔子二十代孙。汉末名士，为北海太守，后为曹公所害。张绣、武威人，济从子也。汉末，因乱起兵，后降魏武为破羌将军。从征乌丸，未至柳城亡，谥定侯。唐固字子正，丹阳句容人。修身谨行，博学儒术，注国语公羊谷梁传。孙权黄武四年为尚书仆射，年七十余病亡耳。

陶侃为西河侯，亦领兵数千，近求滕含自代。犹未许，侃以徐宁为长史。宁坐收北阙叛将，不擒免官，当以蔡谟代宁。陶侃字士衡，先自丹阳人迁居鄱阳，后徙庐江而属溥阳柴桑。晋世累经征讨，大有功，位至侍中、太尉、都督八州、荆江二州刺史、长沙公。咸和四年还长沙，亡于樊溪，年七十六，赠大司马，谥桓公，庾亮代之。而郭长翔灵语云：陶公正有罪谪，未得叙用。又别记云：陶公亡后少时，遣先奋死传教与其儿。相传云：公谢郎连与庾公相言语天上事始判，故令郎知，于时庾犹存。后三四年而亡，滕含子并南阳西鄂人，永和中为平南将军广州刺史，于州病亡。谥戴侯，陶以其自代。资位复是奇悬，徐宁字安期，东海郯人，羡之祖也。初桓彝举与庾亮为护军功曹，称为海岱清士，后仕至正员吏部郎、冠军江州。顺阳简侯羡之。年少时尝来形见。自称我是汝祖。戒其祸福。后并如言。蔡谟字道明。陈留考城人。充子也。位至扬州刺史。

又授司徒。不受。永和十二年病亡。年七十六。赠司空。缢文穆公。寻此不擒叛将。亦是鬼。鬼不能相制。由如人也。人皆非自然威摄。仙真犹尚握节持铃以勒此辈。而况其同类乎。

四镇皆领鬼兵万人，中官领兵不过数千。四镇有泰山君、卢龙公、东越大将军、南巴侯、四官，各领万人。四镇非正是四方，今此处并在中国，回还不过数千里耳。他方复应大有，所以后言数百处也。

何曾为南巴侯。何曾字颍考，陈郡阳复人，何夔子也。性豪侈而博学孝悌，初仕魏世，稍迁尚书、征北将军、司徒。封朗陵侯，晋太尉、太保、太宰、朗陵公，太始四年卒，年八十余，谥曰元公。

曹仁为卢龙公。曹仁字子孝，魏武从弟。雄勇冠世，善弓马、数从征伐有功。位至车骑将军，都督荆扬益州，诸军事大将军。封陈侯，黄初四年病亡，年五十六，谥曰忠侯也。

刘陶为东越大将军。汉魏晋凡有三刘陶，后汉者字子奇，颍川人也。灵帝侍中尚书令，后系狱闭厄而死。魏世者字季冶，淮南人，刘晔之子也。才辨而无行，曹爽用为选部郎，后出平源太守，景王诛之。晋初者字正奥，沛国人，永嘉中为扬州刺史。此三人不知何者是东越大将军，以意言之，多是正奥耳。

荀颉为太山君。荀颉字景倩，或第四子也。傅学有词理，佐命晋世，起家为黄门郎、迁尚书仆射、司空太尉、太傅太始十年亡，年七十，谥曰康公。苏诏传云：刘孔才为太山公，欲反，北帝已诛灭之。孔才即刘劭也。又梅颐为豫章太守，梦被召作太山府君，克日便亡，不知此二位与君复各是异职否耳。又云有太山令。

领一万兵镇处亦有数百处也。领数千兵镇处亦有数百处，更相统隶耳，皆有长史司马。王文度镇广陵、忽见卒来召作平北将军徐兖二州刺史。王云：我今已作此官。卒云：此是天上职耳。须臾去，寻迎至而亡失。天地间事理，乃不可限以胸臆而寻之，此幽显中都是有三部，皆相关类也。上则仙，中则人，下则鬼，人善者得为仙。仙之谪者更为人，人恶者更为鬼，鬼福者复为人。鬼法人，人法仙，循环往来，触类相同，正是隐显小小之隔耳。达者监之，便无复所关。

荀颉取顾众为太山将军，用曹洪为司马，桓范为长史。顾众字长始，吴郡人，顾恺孙，顾秘子也。仕晋丹阳尹，领军尚书仆射、永和二年亡，年七十三，追赠特进，谥靖伯。曹洪字子廉，魏武从弟，家大富而俭悋。数征伐，为骠骑将军，封乐成侯。太和六年病亡。桓范字元则，沛国人，有才学筹策。仕魏世，位至太司农，党曹爽被诛也。

王逸少有事系禁中，已五年云，事已散。即王右军也。受时不欲呼杨君名，所以道其字耳。逸少即王廙兄旷之子，有风气，善书。后为会稽太守，永和十一年去郡。告灵不复仕，先与许先生周旋，颇亦慕道。至升平五年辛酉岁亡，年五十九。今乙丑年，说云五年，则亡后被系。被系之事，检迹未见其咎，恐以怼憾告灵为谪耳。

蒋济为南山伯，领二千兵。蒋济字子通，楚国平阿人，仕汉魏，历位至太尉，从宣王诛曹爽，其年亡，谥景侯。为领军时，有其妇梦亡儿为太山五伯，来迎太庙西孙阿为太山令。求嘱阿乞转在好处，济即为仍之，阿亦即亡。后又梦云：已蒙转录事，凡如此例，鬼官职位，虽略因生时贵贱而大有舛驳，皆由德业之优劣，功过之轻重。更品其阶叙，不复得全依其本基耳。

王廙为部鬼将军。廙字世将，琅琊人，修龄父也。多才艺，攻书，善属文，解音声。位至平南将军荆州刺史，年四十七病亡，赠骠骑，谥康侯也。

此有职位者，粗相识耳。其无位者，不可一二尽知之，如此散者，无限数也。此皆后段所说，似犹是荀中候，所以止道或不称姓，而颉复云姓。恐以分别周颉也。所说人多是近世，当由代谢参差，兼易臆议者矣。三代乃远，而两汉魏晋，实有一段才名人如刘向、董仲舒、扬雄、张衡、蔡邕、郑元、王弼、阮嵇之俦，并不应空散。数术有如管郭，亦无标迹。故当多不隶三官，颇得预于仙家驱任矣。前论帝王中亦不均，魏文晋武，受命之主而不显。反言魏武晋宣。孙权应与刘备同，亦不载道策。此并当启国之基，功高乐推故也。其继体守文之君，都无所出矣。

右以前后两过受事，皆是杨君受旨书。多儳治，又掾更写两本，悉无异，并各成一卷相随，始末讫此耳。

许肇今为东明公右帅晨，帅晨之任，如世间中书监。许肇字子阿。即长史七代祖司徒敬也。虽有赈救之功。而非阴德。故未蒙受化。既福流后叶。方使上拔。然后为九宫之仙耳。此帅晨之官。四明亦并应有之。

邵奭为东明公云，行上补九宫右保公。前云邵为南明公。今乃是东。若非名号之误。则东南之羌既寻当迁擢。则必应是启中君脱尔云邵耳。亦可是有甘棠之德。故不限其年月耳。

右七月十六日夜，定录君所告。

此二条别受，不关酆记部：

辛元子自叙并诗：此下蓦除半行去，不知当是何字也。元子字延期，陇定谷人，汉明帝时谏议大夫。上洛、云中、赵国、三郡太守，辛隐之子。辛隐字某某，检外书未得此位业，按诸辛旧关陇豪族，前汉有辛庆忌。后汉有辛缮，并高直之士。辛毗是其七世孙，则隐是毗之八世祖，但一百四五十年中而已，八世嫌其太促耳。元子少好道，遵奉法戒，至心苦行。日中菜食，炼形守精，不进外物，州府辟聘。一无降就，游山林，弃世风尘。志愿凭子晋于缑岑，侣陵阳于步元，故改名为元子。而自字延期矣。不图先世之多愆，殃流子孙，结眚刊于帝简。运沈速于后昆，享年不永。遂没命于长梁之津，西王母见我苦行。酆都北帝愍我道心，告敕司命。传檄三官。摄取形骸，还魂复真。使我颐胎位为灵神，于今二百余年矣。溺水致命事，同王衍之女。恐即此形骸，皆不复更生，并是反质胎神耳。虽有道心而无道业，故不得便居仙品也。近得度名南宫，定策朱陵。藏精待时，方列为仙，而大帝今且见差领东海。候，代庾生，又见选补禁元中郎将，为吴越鬼神之司。王事靡监，斯亦劳矣。若夫冠晨佩青，萧条羽袂，鸣录仙阶，转辖琼室者，虽实素心而卒日也。恨未便得与元真并罗，同宴琨塘。察钧韶之遗音，掇灵芝乎幽峰，振翠衣于九霄，俦元翻于十方耳。方当摄御群鬼，领理是非，处众秽之中间，声交于邪魔之纷纭。事与道德为阔，眼与昐真为疏，孰比熙寂于元境，逍遥于太初哉，夫同声偕合，物亦类分，相闻邈矣。系景委积，是以名书上清，丹录元殖。有道之气，与灵合德。托体高辉，故来相从。今赠诗三篇，以叙推情之至也。其辞曰：杨君既为吴越司命，董统鬼神，元子职隶，方应相关，故先造以陈情也。寻鬼书既异，不应是自运笔，亦当口受疏之耳。

畴昔入冥乡，顺驾应灵招。神随空无散，气与庆云消。形非明玉质，元匠安能雕。蹀足吟幽唱，仰首瓢鸣条。林室有逸欢，绝此轩外交。遗景附圆曜，嘉音何寥寥。此篇叙事迹之本志也。

寂通寄兴感，元飙摄动音。高轮虽参差，万仞故来寻。萧萧研道子，合神契灵衿。委顺浪世化，心标窈窕林。同期理外游。相与静东岑。此篇申情寄之来缘也。

命驾广酆阿，逸迹超冥乡。空中自有物，有中亦无常。悟言有无际，相与会濠梁。目击元解了，鬼神理自忘。此篇谕人鬼之幽致也。

元子云：魏时辛毗字佐治，是七世之孙也。汉建武一年，从陇西徙居颍川阳翟县，毗仕魏世。使持节大将军司马宣王军帅卫尉，封侯，毗子名敞。为河内太守、太常卿。所说并与魏书同也。

元子云："庾生者，晋庾太尉也。北帝往用为抚东将军，后又转为东海侯。今又用为酆台侍帝晨右禁监，近取冯怀为司马，侍帝晨如今世侍中，右禁监如世右卫将军而甚重。如说与前大异，当是后迁侍中领卫，便是胜中怀将军也。帝晨无司马，此是右禁之职耳。冯怀字祖思，长乐人，晋成帝时为太常散骑常侍。卒，追赠金紫光禄阶也。"

左禁监是谢幼舆，以邓岳为司马。此则准左卫将军也。幼舆名鲲，即谢安伯，谢尚之父也。为王敦长史，豫章郡太守，年五十三病亡，赠太常，谥康侯。邓岳已在前，而元代周顗为司马帅耳。

郄南昌公先为北帝南朱阳大门灵关侯，后又转为高明司直，昔坐与刘庆孙争免官，今始当复职也。高明司直如世尚书仆射。前云郄为南门亭长，亭长恐即灵关之职，既以周抚代，故得转司直。而郭长翔灵语亦云：郄公甚屈为天门亭长，旧选常用州征二千石，未有三公作也。如此，所以得速迁，刘庆孙名舆，中山人，刘越石之兄也。才识辩赡，为东海王越长史，永嘉中病指疽而亡。年四十七，赠骠骑将军，谥真侯也。

何次道今在南宫承华台中，已得受书，行至南岳中。此人在世施惠之功甚多，故早得返形。前荀公说何始得还朱火，今言已受书，则元子所受后成在后耳。

周伯仁近见用为西明公中都护，中都护如世太傅之官也。坐选邓攸不平，左降为中护，中护准少傅。周本司命帅，当得程退代而迁此官也。邓攸字伯道，平阳襄陵人。仕晋为太子洗马、吏部郎、河东太守，为石勒所没，后得还江东。为吴郡太守、吏部尚书，自咸和元年病亡，赠光禄。攸从胡叛还时，乃弃葵己儿，自携亡弟之子来渡江，遂自无儿，绝后嗣。谢安叹曰：天道无知，令邓伯道无儿。

右辛元子所言说冥中事亦多矣，今粗书其巇者耳。不复一二具说。此记虽元子所受，而杂有杨君之辞也。杨书不存，今有掾写本耳。此纸后又被蠹缺，恐事亦未必书。

夫至忠至孝之人，既终。皆受书为地下主者，一百四十年，乃得受下仙之教，授以大道。从此渐进，得补仙官，一百四十年听一试进也。此地下主者，亦即是洞中所记李更等者，非别鬼官复为主者也。一百四十年一进，便入第二等，给仙人使，乃得稍受道教耳。至孝者，能感激鬼神，使百鸟山兽，巡其坟垄也。至忠者，能公犯直心，精贯白日。或剖藏煞身，以激其君者也。比干今在戎山，李善今在少室。有得此变炼者甚多，举此二人为标耳。比干剖心，可为至忠，至于孝子感灵者，亦复不少，而今止举李善，殊似不类。当李善之地，乃可涉忠而非孝迹也。恐以其能存李元元肩，使获继嗣，因此以成其孝功所乃论耳。若程婴齐公孙杵曰：亦应在孝品矣。李善字次逊，本南阳育阳李元家奴。汉建武中，元家人之死尽而巨富，唯存一孤儿名续祖。尚在孩抱，诸奴复共欲煞之而分其财，善乃密负续祖逃瑕邱山中，哺养乳乃为生计，至十岁余。出告县令钟离意，意于是表荐，悉收其群奴煞之。而立续祖为家，光武拜善为太子舍人。后迁日南九江太守，其事迹正是如此，而钟离传所说，少复有异耳。

夫有上圣之德既终，皆受三官书为地下主者，一千年乃转补三官之五帝。或为东西南北明公，以治鬼神，复一千四百年。乃得游行太清，为九宫之中仙也。以年限言之，是圣德更不及忠孝也。计此终后凡二千四百年，乃得入仙阶，益知前应是夏启，非召公明矣。季子亡后，至晋兴宁始八百八十，计未满千岁，不知那已为明公耶。鄞郓中所记，都无顿说五帝者，恐此如北帝之例，复有五耶，所以后言英雄者为五帝上相，而北帝有秦皇矣。又苏韶传云：扬雄张衡等为五帝，杨张既非上圣，爵位亦卑。不应得与炎帝为俦，复当或有小五帝不论耳。扬张之事，亦或不然也。

夫有萧邈之才，有绝众之望。养其浩然，不营荣贵者，既终。受三官书为善爽之鬼，四百年乃得为地下主者，从此以进，以三百年为一阶。此事是高士逸民之品也。从主者以去，是入仙阶，不复为鬼官耳。

夫有至贞至廉之才者，既终。受书为三官清鬼，二百八十年乃得为地下主者，从此以渐得进补仙官。以二百八十年为一阶耳。此格复此小胜高士，而年数倍于忠孝。故知忠孝贞廉，为行之冣耳。

夫至廉者，不食非己之食，不衣非己之布帛，王阳有似也。此目应以夷齐为标，高士中亦多此例。而今乃举王杨、当年淳德，自然非故为皎洁者也。王阳、先汉人也。

夫至贞者，纷华不能散其正气，万乘不能激其名操也。男言之，务光之行有似矣。女言之，宋金标女是也。贞者非止不淫于色，亦是淡乎荣利也。务光辞汤让而负石投河，宋女恐是子胥所逢浣沙于漂水之阳，后既投金以报。故谓之金漂，漂字或作漂字耳。

先世有功在三官，流逮后嗣，或易世炼化。改氏更生者，此七世阴德，根叶相及也。既终，当遗脚一骨，以归三官，余骨随身而迁也。男留左，女留右，皆受书为地下主者，二百八十年，乃得进受地仙之道矣。临终之日，视其形如生人之肉脱，死之时尸不虽直，足指不青，手足不皱者，谓之先有德行。自然得尸解者也。此是先世有阴功德，不拘于迹者，既非己身所办，故以一骨酬副三官。此骨恐是质形之骨，非人行之骨，既被遗落，当复重生之耳。火都论仙鬼中诸人，在世有刳腹刎颈，支体分裂死者，永自不关后形。其神先已离出，故今形可得而毙，伤残初不断神矣。而世或有见鬼身不全者，盖是尸魄托骸者耳。非其大神本经之主也。尸解之说，复有多条，已抄记在第三篇中耳。

右此五条，皆积行获仙，不学而得。但为阶级之难，造道用年岁耳。要自得度名方诸，不复承受三官之号令矣。此虽五条，而有七事，事中复有轻重。非至志者，亦不办得此例也。今预在学道之品，微微小业，便可与之比肩，况乃真妙者乎，由是言之，可不自督耳。

诸有英雄之才，弥罗四海。诛暴整乱，拓平九州，建号帝王，臣妾四海者。既终，受书于三官四辅或为五帝上相，或为四明分宾友，以助治百鬼。综理死生者，此等自奉属于三官，永无进仙之冀。坐煞伐积酷害生死多故也。鄷宫中诸人职皆是矣。疑荀或一人，清秀整洁，非跋扈虚害，唯以谋谟智策佐魏武耳。乃得为宾友，与汉高等比位，恐当别有旨趣。凡在世有才识艺解，为一时所称者，既没。并即随才受其职位，不必执其在生之小罪，先充诸考谪也。若过为非理，是所不论，若悠悠冗散。不辩异人者，罪无大小，悉当安之。

秦始皇今为北帝上相，刘季今为南明公宾友。有其人甚多，略示其标的耳。此是举建号帝王者之宗耳。北帝之有上相，亦当如四明之有宾友也。

齐桓公今为三官都禁郎，主生死之简录。晋文公今为水官司命，其楚严公、赵简子之徒数百人今犹散息于三官府，未见任也。此等名位，自是三官之寮耳。无豫真仙家事矣。五霸亦一时之雄，齐桓晋文，处职并要，楚严公即庄王也。简子虽非霸限，亦擅命专制，所梦天帝使射熊之事，必是北帝之府矣。剑经序称燕昭亦得仙，燕昭、六国时英主，遂不堕于三官，乃知炼丹独往。亦为殊拔也。从论忠孝已来至此，并出掾写剑经中。东卿司命所说，即是鬼神事，谨抄出继此，以相证发。自三代已来，贤圣及英雄者为仙鬼中，不见殷汤、周公、孔子、阊闾、勾践、春秋时诸卿相大夫；及伍子胥、孙武、白起、王翦。下至韩信、项羽辈，或入仙品而仙家不显之，如桀、纣、王莽、董卓等。凶虐过甚，恐不得补职僚也。而异域有冒顿、蹋顿、石块、石勒、诸骁杰，亦都不预及言之耳。

真诰卷十七

握真辅第一

萧寂荜门，研神保形。和魂夷气，守养神关者，岂可以与夫坐华屋，击钟鼓，响五鼎，艳绮纨者，同日而论之哉！大罗之与笼樊，俱一物耳。是以古之高人，皆去彼而取此矣。老氏宁闷闷不察察，而况我之鄙夫。未知此一篇是何书中语，既有道之辞。故聊以抄出，是两手书耳。

元元即排起注之曰："故元元以八风为橐籥，天地为堤防。四海为甕罂，九州为稗穄，积之以万殊，蒸之以阴阳。其陶铸也。充隆吹累，刚柔清浊。象类不同，呼吸含吐。"恭柏荣注之曰："九绝兽、神禽也。罔起此在乎群丽罤撋乎激奇之际，终年不足以极其变；万殊不足以适其内；日月不足以曜其目；八泽不足以游其足。青云为卑，九垓为浅。八纮为小，四极为近。以此变动无常，恒入芥子之内，玉晨之玉宝，太微之威神矣。"元元即排起调弹恭柏荣，并是神虎隐文挥神诗中句，如今再注之。乃取扬雄元为论中语，更小增损易夺之，故当是理符，义会可得然也。

夫心与冶游乎太和，唯唐虞能克其任矣。神与化荡乎无境，唯伏羲能承其统。故二十五弦之具。非牙旷不能以为神，弓矢质的之具。非羿逢蒙不能以为妙耶。此一篇亦是元为论中语，不知此复以何所明喻耳。犹如引抱朴外篇傅喻中语也。凡有异处，皆以朱书为别如此也。

若夫奇神倏诡，恢谲无方。阴阳之所焕育，川泽之所函藏。则羲和浴日于甘渊，鸟飞司景于扶桑。江妜登湄而解珮，二女御风于潇湘。潜蛟龙战于元泉，蕃邱丧马于淮阳。灵洲海运于南极，东山遥集于帝乡。骅骝抗辔于巨龟，江使感梦于宋王。是以洞庭虽广济之不容刀，卢龙虽峻越之不崇朝。岷山悬领，绝阔千仞，束马绵竹，则安乐归晋。辽海泱瀁横带天渠，公孙不竞，则其亡忽诸。

若夫飞壶白马，即墨天山。三江之浸，九河之源，尚曷足语哉，吾子飞轩结驷，驾昈林薄，徒闻山河之宝。魏国所以未究，夫吴起一言而武侯心怍也。此二条是庾阐杨都赋中语也。凡四条，并异手书之。小度青纸，乃古而拙，此既与真书相连，故并存录相随载之也。杨君。

秦始皇作长安渭水横桥，广六丈，南北三百八十步，六十八间，汉时桥北置都水令丞，领徒千五百人，署属京兆。董卓坏之，魏武帝更作，广三丈，今桥是也。夫钟、瑞物也，当金氏之世有六钟，将必见乎晋朝。五霸诸侯，厌德过之，故六钟嘉瑞耳。非复耳，事误子孙也。预告宁无喞喞乎，此注下四十八字，黄民手所妄益，是载羲熙十二年霍山崩出六钟。故欲附会宋祖，辄立此辞，而不知事类大乖，追可怼笑。

秦为阿房殿，在长安西南二十里。殿东西千步，南北三百步，上坐万人，庭中可受十万人。二世为赵高所杀于宜春宫，宫在城南三里，二世葬其傍。司马相如所云，墓芜秽而不修者是也。

秦敛天下兵器，铸以为铜人十二。置此十四字共一行，行前鱼烂，余十在，今足令成字如此。之诸宫，汉时皆在长安。董卓坏以为钱，余二人，徙在青门里东宫前。魏明帝欲徙诣洛，载至霸城，重不能致。今在霸城大道南，胸前有铭曰："皇帝二十六年，初兼天下。诸侯以为郡县，正法律，均度量。大人来见临洮，身长五丈，足迹六尺，秦丞相蒙恬、李斯、所书也。缺失秦字。庙中钟簴四枚，皆在汉高祖庙中。魏明帝徙二枚诣洛，故尚方南铜弭巷中是也。

汉昭帝平陵、宣帝杜陵、二铜钟在长安，夏侯征西，欲徙诣洛，重不能致之。在青门里道南，其西者是平陵钟，东者杜陵钟也。此后少始皇陵一事。鸿门在始皇陵北十余里，汉书云，张良解厄于鸿门者也。

秦王应是楚王，秦王误耳。项藉以沛公为汉王，都汉中，而分关中为三秦。章邯为雍王，都大邱，今槐里是也。司马欣为塞王，都栎阳，今万年县是也。董翳为翟王，都高奴，高奴县在咸阳西北今省。

高祖自汉中北出袭三面，皆平之，汉书云："乘衅而运，席卷三秦者也。"此三县今皆有都邑故处也。此后少十五六条事，当是零失也。

杜陵、宣帝陵也。宣帝少依许氏在社县，葬于南原。立庙于曲池之北，号曰乐游庙，因苑为名也。徙关东名族四十五姓以陪杜陵，司马相如吊二世云："临曲江之隥州，谓曲池也。"此一条增损，语小异，不解那得始此。

右此前十条，并杨君所写。录潘安仁关中记语也。用白笺纸，行书极好，当是聊尔抄其中事。

东方有赤气之内有咏言曰："小鲜未烹鼎，言我岩下悲。"此是东华官中歌诗之辞。

整控启素乡，河灵已前驱。此两句是挥神诗中之辞。

风伯不摇条，神虎所挟扶。十一月二十四日，倏忽之间，闻洞房中云：在丹幙帐中，有如人声读书如此。此是存洞房三真事，井前条，并杨所自记所感闻之事也。

得书，知洗心谢过，甚叙虚心。相行复来，张生顿首。

觉题云许君：

近知来有北行事，恨不面，今致黄长命缕一枚。后复，果不，张生顿首。

觉题云杨君

梦见一人似女子，着乌毛衣。赍此二短折封书来。发读，觉见忆昔有此语。而犹多有所忘，又梦后烧香，当进前室。此并记梦见张天师书信，云张生者，即应是讳。今疏示长史，故不欲显之，又见系师注老子内解，皆称臣生稽首，恐此亦可是系师书耳。

兴宁三年四月二十七日，杨君梦见一人著朱衣笼冠，手持二版。怀中又有二版，召许玉斧，出版皆青为字，云召作侍中，须臾玉斧出。杨仍指此是郎，玉斧自说我应十三年，今便见召。未解仪体向人，答：若尔，可作刺，玉斧作属道未解仪典。方习历之言，须十三年，向玉斧揖而去。此掾书半纸，是口受写杨君所梦。故犹内杨事中，侍中之位，所谓侍帝晨者也。版青为字，即青篆白简也。

四月二十九日夜半时，梦与许玉斧俱座，不知是何处也。良久，见南岳夫人与紫阳真人周君俱来，坐一床。因见玉斧与真人周君语曰："昔闻先生有守一法，愿乞以见授。"周君曰："寡人先师苏君，往曾见向言曰以真问仙，不亦迂乎！仆请举此言以相与矣。"玉斧曰：情浅区区，贪慕道德，故欲乞守一法尔。言未绝，周君又言曰："昔所不以道相受者，直以吴伧之交而有限隔耳。周是汝阴人，汉太尉勃七世孙，故云伧人也。君乃真人也。"且已大有所禀，将用守一何为耶。言讫，豁然而觉，竟不知在何处。此梦甚分明，故记之。

四月九日戊寅夜鼓四，梦北行登高山，迷沦不窹。至明日日出四五丈乃觉，觉忆登山半日许。至顶上，大有宫室数千间，郁郁不可名。山四面皆有大水，而不知是何处。某因仰天，天中见一白龙，身长数十丈，东向飞行空中，光彩耀天。因又见东面有白衣好女子，亦于空中行，西向就白龙，径入龙口中。须臾复出，三入三出乃止。又还某右边，向某，而又觉某左边有一老翁。著绣衣裳，芙蓉冠，挂赤九节杖而立。俱视其白龙，某问公：何等女子，径入龙口耶？公对曰："此太素玉女萧子夫，取龙气以炼形也。此人似方相隶为官也。"某又问翁何人，来登此宇。公答曰："我蓬莱仙公洛广休，此蓬莱山。吾治此上府，君故来，乃得相见我耳。"某又问公曰："此龙可乘否？"公答曰："此龙当以待真人张诱世、石庆安、许玉斧、丁玮宁也。"某又问一龙而四人共乘耶。公曰："此侍晨帝官龙也。譬如世辂车朱鸟，更一日乘以上直也。"须臾间，公呼此四贤未来之间，某与公及此女，以敷席共坐山上。俱北向望海水及白龙，并有设酒食。酒中如石榴子，合食之，桦亦亦世间桦，桦中鲑也。觉久久许，四人并东来，共乘一新犊车。青牛青油重车，上来到，并揖此公及某，并共语。语毕，公见语曰："向所道四人，此则是也。觉张诱世年可五十，石庆安甚童蒙，年可十三四。许玉斧年如今日所见，丁玮宁年可三十四五。"许并著好单衣，垂帻履版，惟庆安著空顶帻。公又曰："玉斧、府君师友也。"某曰："不然。"公又曰："张诱世、常山人，公第子也。石庆安、汲郡人，钩翼夫人弟子也。才均德敌，并人士也。"公因语四人，言君并可各作一篇诗，以见府君老子亦愿闻文笔之美言也。于是公各付一青纸，及笔各一，以与四人。四人即取曰："但恐仓卒耳。"于是石庆安先作诗，其文曰：

灵山造太霞，竖岩绝霄峰。紫烟散神州，乘飙驾白龙。相携四宾人，东朝桑林公。广休年虽前，所气何蒙蒙。实未下路让，惟年以相崇。

次张诱世作诗，其文曰：

北游太漠外，来登蓬莱阙。紫云进灵宫，香烟何郁郁。美哉乐广休，久在论道位。罗骈真人坐，齐观白龙迈。离式四人用，何时共解带。有怀披襟友，欣欣高晨会。

次许玉斧作诗，其文曰：

游观奇山峙，漱濯沧流清。遥观蓬莱间，嶭嶭冲霄冥。紫芝被绛岩，四阶植琳瑶。纷纷灵华散，晃晃焕神庭。从容七觉外，任我摄天生。自足方寸裹，何用白龙荣。

丁玮宁作诗，其文曰：

元山构沧浪，金房映灵轩。洛公挺奇尚，从容有无间。形沈北寒宇，三神栖九天。同寮相率往，推我高胜年。弱冠石庆安，未肯崇尊贤。嘲笑蓬莱公，呼此广休前。明公将何以，却此少年翰。

四人作诗毕，并以呈公。公读毕而笑："此诗各表其才性也。石生有逸才而轻迈，张生体和而难解，许生广慎而多疑，丁生率隐而发迟。夫轻迈则真气薄，难解则道不悟，多疑则思无神，发迟则得灵稽。所谓殊途者也。若能各返其迷悟，其所悟不当速也。府君弟子所谓管辂请论有疑。疑则无神者矣。"

言诗毕，各起立共下山。下山之顷，又见此女子乘白龙而北去，某与诸人步行南下，至山下而各各别去。公曰："复二十年，当共会于七业宫，游此地也。"于是豁然乃悟，汗流终日，不能饮食。初下半山，见许主簿来上，相逢于夹石之间，公语主簿曰："汝何来迟，吾为汝置四升酒在山上坐处，可往饮之而还逐我。"主簿即去上山，须臾见还。行甚疾，未至山下相及。公曰："美酒不？"答云："犹恨酸。"公曰："此太平家酒，治人肠也。"彦曰："欲得长生饮，太平何酸之有耶？故是野家儿也。"守一慎勿失，后当用汝辅翼君，于是共至山下，各别。某末将主簿及玉斧东去，公还上山。其三人西去五十步，公又遣一信见告云："许牙累府君，某答云在意。"

到十日夜，某先具疏此梦。上白诸真道，得此异梦，分明如不眠。不审是何等，愿告之意，唯紫微夫人见答云，"尔真气内感。灵求万方，神表八元。形与魂翔，此实著、至之象。事显幽冥，非虚构也。如洛公语也。可密示斧子等，勿广宣露灵中旨也。非小事哉！深慎。"众真并笑。清灵曰："以冥通冥也。心感洞照，南岳君之力也。"又此一梦事后东间写得，既不自见本，不知谁书。所称某处，是杨君，又当书此以呈长史，故云某耳。又此四月，或即是乙丑年，亦可是寅年耳。

十月二十三日夜，梦在一大山上，有人见告：此是蒙山大洞室中也。室四面坐相向，皆柏床龙须席，四壁多文字而不可了。许长史着葛帔，单衣白袷，坐东面西向。复有三人，皆锦衣平上帻，其一人自称曰："我赵叔台父，昔见汝于吴下矣。"定录告云：昔赵叔台、王世卿，亦言笃学，竟不知人意。为北明公府所引，则是似此人之子，而不知是何时人耳。吾坐北面南向，许长史伏坐上，因引笔作书，乃沈吟思惟。良久书毕，即见示曰："此书可通否耶？"书曰："日月之道，虔晟再拜，今奉佳画酒杯盘一具于南方。来年六月，可以入郭遣送之。事好而又好，水火之期，求我于大木之日矣。"晟犹是成音，汉时亦有人名此。

有学之而不得者，未有不学而得之者也。信哉斯言，右长史写青纸上，因以见示。意中云，作此书，欲以刻名也。

登难之曰："郭是何义？"长史答曰："是洞中似郭，非冢墓之郭也。"又难曰："何以为虔？"又答曰："虔者敬之始。下有文字，敬之文耳。"又难曰："何以为晟？"答曰："晟者日下成，待日成而月得耳。"三锦衣人同赞曰："幸哉幸哉，学不可欺往来至道之时。"此一条杨自记所梦事，不知是何年。云六月入郭，未测斯征也。此上半行被剪除，正应是称姓名耳。

许先生前潜景逸世，隐光九霄，冥神洞观。颐光灵府，幸甚幸甚。平昔周旋，缠绵盟誓。超群先觉，独造方外。先生年乃大杨君三十岁，先生初入东山时，杨始年十六。绝迹时年十九。如此，明杨小便好道也。

自隔晖尘行，已今日东昞云汉。涕先言陨，伏想元宫融和。所莅休宜，时乘八风。平荡滓嶷，六天摄威。消灭魔气，愿使真正之信。流行三元，元无之感，变无穷矣。君前临发频烦，想梦所见，赠惠手迹为信。既感冥通，铭得之后。倏忽未顷，如觉千载。适能得之奇而难解，所谓微乎妙哉？微乎妙哉！近即疏记所梦密呈。此先生被试后，杨君因书与之也。一书麻纸极好，此是写本，所以得存耳。

羲顿首顿首，阴寒。奉告：承尊体安和以慰，未得观倾企。谨白不具，杨羲顿首顿首。

义白，公第三女昨来委察，旦来小可，犹未出外解，群情反侧，动静驰白。

顷疫疠可畏而犹未歇，益以深忧。

给事许府君侯。此六字折纸背题。

义白，二吏事近即因谢主簿属郑西曹。郑西曹亦以即处听，但事未尽过耳。事过便列上也。自己以为意此叚陈胄王戎之徒，实破的也。谨白。此书失上纸。

羲顿首顿首，奉告：承尊体安和以慰，刘家昨夜去使人，恻恻似中后定也。义明日早与主簿至墓上省之也。晚或复观，杨羲顿首顿首。

先昨亦得车问，想当不审，且以惋怛之。自非研元宝精，有凌霜之干者，亦自然之常也。长史许府君侯。此六字题折纸背上也。

羲白，奉赐绢，使以充老母夏衣。诚感西伯养老之惠，然羲受遇过泰，荣流分外。徒衔职恩眷，无以仰酬。至于绢帛之锡，非复所当。小小供养，犹足以自供耳。谨付还，愿深见亮，羲白。

羲白，此间故为清净。既无尘埃，且小掾住处亦佳，但羲寻还，不得久共同耳。寻更白，羲曰。此二条共纸书，又似失上纸。

羲顿首顿首，宿昔更冷。奉告：承尊体安和以慰，此观返命不具，杨羲顿首顿首。

羲白，得主簿书云野中异事，郄书别答："奉观乙二，谨白。"此背无题，恐失下纸。

羲顿首顿首，旦白反，不散风燥。奉告：承安和，行奉勤白书。不具，杨羲顿首顿首。

羲白，云芝法，不得付此信往。羲别当自赍，谨白长史许府君侯。侍者白此九字，题折纸青，寻杨与长史书。上纸重顿首，下纸及单疏，并名白。又自称名云尊体于仪式不正可解。既非接隶意，又乖师资法，正当是作贵贱推敬长少谦抑意尔。侍者之号，即其是也。都不见长史与杨书，既是经师，亦不应致轻。此并应时制宜，不可必以为准。

羲顿首顿首，吉日攸庆，未观廷情。奉告：承尊体安和以慰，羲烧香始讫。正尔当暂还家静中，晚乃亲展，谨白不具，杨羲顿首顿首。

羲白，野中未复近问，然华新妇已当佳也。惟犹悬心奉观乙二。羲白，承今日获稻，昨已遣陈伋。经纪食饮，守视之，谨白。

长史许府君侯。此六字题折纸背，应在山廨中答书，十月五日也。

羲白，符书讫有答教事，脱忘送。适欲遣承，会得告，今封付，别当抄写正本以呈也。不审竟得服制虫丸未，若脱未就事者，当以入年为始耶。羲前所得分者即服，日日为常，不正闻有他异。唯觉初时作六七日，闻头脑中热，腹中校沸耳。其余无他，想或渐有理，谨白。

羲白，主簿孝廉，在此奉集。惟小慰释，小掾独处彼方，甚当悒悒。羲比日追怀，眷想不可言，上下顷粗可。承行垂念，谨白。

羲白，昨及今比有答教事，甚忽忽。姑小阕尔，顷在东山所得手笔，及所闻本末。往当以呈，比展乃宣，羲白。羲白，奉告具诸。一二动静，每垂诲示，劳损反侧，羲白。

羲白，五色纸故在小郎处，不令失也，谨白。

羲白，明日当东山，主簿云："当同行，复有解厨事，小郎又无马，"羲即日答公："教明日当先思共相并载致理耳。不审尊马可得送以来否，此间草易于都下。彼幸不用，方欲周旋三秀数日事也。"谨白。右此前五书，并是在县答长史书。或是单疏，或失上纸也。

羲白，许东兴昨中后见顾。主人犹小设，亦不觉久垂当去，张泓续至，其时日犹可也。奉告云："扶关入门，甚为异事。由羲不能节适酒食，量宜遣宾。伏用悚息，愿复察恕。"谨白。此事在都答书长史，当在护军府中时。

羲白，承撰集得五十许人。又作叙真，当可视乃益。味元之徒，有以奖劝。伏以慨然，羲闻似当多此比类。暮当倒茇寻料，得者遣送。谨白，已具纸笔。须成，当自手写一通也。愿以写白石耳，愿勿以见人。此当是煮石方，或是五公腴法。杨书自此后，并是掾去世后事，不知谁领录。得存当事，黄民就其伯间得也。

羲白，汉书载季主事，不乃季曲。嵇公撰高士传，如为清约。辄写嵇所撰季主事状赞如别，谨呈。洞房先进经，已写当奉，可令王旷来取。一作已白，恐忘之，谨又白。今所有红笺纸书者，即是此也。

羲白，承昨雨，不得诣公。想明必得委曲耳。明晴暂观乃宣，羲白。此三书似失上纸，并是在都时答。

羲顿首顿首，晴犹冷。奉告：承尊体安和以慰，比复亲展反命。不备，杨羲顿首顿首，长史许府君侯。侍者白此九字，题折纸背。

羲白，季主学业幽元，且道迹至胜。乃当在卷之上首耶。东卿君大欢季主之为人，又羡委羽之高冲矣。承撰集粗毕，极当可视，未睹华翰，预已欣叹。奉观一二，谨白。所书东卿论季主事，本别书青纸，与此不相随，今在第四篇中。

所撰要当令得七十二人，不审已得几人。若人少者，亦当思启冥中，求其类例也。然造一叚作，且当徐徐，未可便出也。亦欲自缮写一通呈明公，明公常所存栖，乃希心于此者也。羲白。

羲白，孔安国撰孔子弟子亦七十二人，刘向撰列仙亦七十二人。皇甫士安撰高士宗亦七十二人，陈长文撰耆旧亦七十二人。此陈留耆旧也。此一书首尾具而不见题，当是函封也。

羲白，别纸事觉忆有此，乃至佳，可上著传中也。辄待保降，当咨呈求姓字，亦又当见东卿。此月内都当令成毕也，动静以白。此又失上纸，书语是初送神仙传答也。保降者，须保命君来也。又注此井书，并似在县下时，非京都也。

仙传犹未得治益，要当代东卿至，乃委曲耳。昨日更委曲再三读之，故为名作，益以慨然，符待腊当画之。

别白。

羲白，传未得书上王生，所以尔者，欲以见东卿。东卿近来仓卒不得启，此须后至乃呈，尊处已别有一本，不审可留此处本否。羲又欲更有所上，所上者毕，乃顿以奉还也。谨白。长史此仙传遂不显，世不解那得如此。恐杨以呈司命，不许真事宣行，因隐绝之也。

不审方隅山中幽人，为已设坐于易迁户中未，聊白。方隅幽人，即谓掾也。令设虚坐于其母户中耳。

信还须牛，明日食竟遣送。右此书失上纸，亦应是函封在县下时。

羲顿首，奉反告：承服散三旦。宣通心中，此是得力。深慰驰情，愿善将和，无复感动，羲顷公私匆匆。是故替观小闲奉展，杨羲顿首顿首。

承二纪有患悬情，近得师子书。都不道病，此必轻微耳。小晴遣信参之，谨白。

承石生往可念，羲乃识之。顷者甚多暴卒。亦无题，此似都下书。

羲顿首顿首，奉告：见所疏梦，并上章本末。寻省反覆，梦既是注，章亦苦到，甚以慨然。想此魃魃，寻散灭耳。

比行奉觐，杨羲顿首顿首。

别疏愿不以示人，诸所屈曲。奉觐一二。

尊所疏梦，当可解尔，然大要是注气之作也。羲白。

羲近连亦梦小掾。有所道，小云云，大都无他耳。亦欲不复信梦悟。故不上白耳。尊疹患未和，多当是注气小动，所以尔耳。上章根具，亦当足灭之，谨白。

羲白，昔得小掾细白布青纸香珠之属。然此逼左道虚妄之说，是故不复稍说耳。自当以此物期之甲申也。诸所曲屈，笔不能尽，谨白。自掾去后。杨多有诸感通事。长史既恒念忆。故杨每及之也。世中多不惬信幽显。所以不欲备说。尔来已经太元九年元嘉二十一年两甲申矣。不知此所期谓在何时。谓丁亥数周之甲申乎？

羲顿首顿首，奉告，承尊体不和，余疹连动。悬情灼灼，想常偶尔行损。承欲章书自陈，亦足以断注鬼之害也。梦悟亦不可专信。惟当以心镇之耳。寻复平承，杨羲顿首顿首。

承纪谒者还，欣之。尊已相见，问其委曲邪，谨白。

自小掾去世后，咯无月不作，十数梦见之。又于睡卧之际，亦形见委曲也。所言所行，如平存尔，然不信既著。远近所嗤，不敢复言之也。见告今具道梦，聊复以白，愿不怪忤，若尊意为此为罔罔者。愿见还，当即以付火。此书无题，亦是函封，掾恒面来共记。托以睡梦耳，于时诸游贵，或闻杨降神，信者多所请问，不信者则兴诮毁，故有此言以厉之。

真诰卷十八

握真辅第二

三月十九日夜，梦小掾来在此，静中坐良久。自说小茅山三会水处，极可看戏。向从四平山中来，路上见叔父持火炬满手，欲以作变，先生可向阿郎道。如此鬼火，使人口噤不得语。此物乃化为风，先生知之不。小掾又曰："方山大有侯叔草，异佳。叶乃大，昨乃大取，近乃失去布複袄，欲就先生乞此衣。"掾两庶生叔并早亡，不知此当是谁者，方山即四平山，所谓游处方源，常与龙伯高等为旅也。既采南烛，又乞複袄，则在洞中者，犹须衣食。故云：杜广平亦伐薪贸粮，而况今洞上之士乎？斯真岂复不知断谷，特是不应为之耳。

小掾又曰："今葬处不吉，断墓脉多所云云。"右十九日夕所梦，此则前书所云以白者如此。则掾亦还葬旧墓，虽曰虚冢，犹须吉地。

右与长史书，今所见真手者讫此：

ΔΔ前少一行，又阙失上两字。情兼，无以喻怀，寻省来告，粗承同之。仆寻往，相见近矣。比者翘注，良不可言，给事安和。即长史也。以十九日南州，二十二日当还。功曹已入，昨相见慰怀。功曹、掾庶长兄，小名揆者也。方尔悠悠，未卒归也。将琴弦之阴德乎。聊当一笑。琴弦事出彭素经，房中之术也。此即日无他，公明日当复南州，与大司马别，太司马剋二十六发也。第七似不从征。公是简文为司徒也。大司马是桓温也。镇在姑熟，应北伐慕容，第七似是掾叔，小名嗣伯青，为尚书郎。于时是太和四年己巳岁三月中书也。

乃远送米，将供洞斋之备耶。若君远研元镜，澄声上音，在深林之中，遐人事之迹。使此物之来，卒无缘也。于今逢耳，诚理尽备矣。洞斋即大洞斋法，今有真书小诀，如此则掾是备行上品七卷耳。

想所写已了，校当令熟，秋冬之间，其经当复示也。不知是何经，明年掾便遁化也。

故服饥不，春草生，此物易寻，想数诣元水之处逍遥也。仆此月必往，叙其不久。南烛冬乃不雕，春时色味尔好，既呼为饥，则是掾合服石和者。所以定录云：次服饥饭兼谷无违，但一剂千杞，其事不同耳。即不知元水在何处也。

亦不烦属李，李疾病未摄事，承田已为劳。意敕语陈晖，如此必有秋望也。此诚小小，不暂劳君意者，则事去矣。给事云：南州还当并急，四月半间，欲至东山，想无差错矣。比更告茶一簿。直注行下云：茶一簿，未正可解，当为寄与掾也。茶则是荈，掾患淡饮所须，兼亦以少瘵也。

一日不见君，常恐鄙恡之心已生矣。君未复能屑屑中出于风尘之间耶？右八条杨书，并是在都送还山与掾。失上纸，此书师与弟子，灼然作君仆用体也。

承给事体气如故，且甚延悚。念侍省惶惧辞正尔烧香入静，且启夜当根陈情事，使尽丹苦之理。动静别白，寻更承问。此少上纸，似在县下答虎牙道长史病事。

糊连给事前后书，上启神母，因书小掾，并呈前后答神母云：小掾截留给事书，唯余此见还。此亦是虎牙，是掾去后事也。神母应是南真夫人，右杨君在此所写外书及自记梦事，并与答长史两掾诸书疏，及有存录者记此。又别有纪事酬答真人书，已在前篇中。

长史书，暮卧，先存斗星在所卧席上。

暮卧存星之时，皆先阴呪星名，然后存耳。祝毕，乃存星安卧其中也。然后密叩齿，祝九星之精。右二条长史抄修洞房事。

见斧云：酉年学，戌年当归。戌年道气当行天下，云从戌年当受法。此一条是掾去后所记，掾记是庚午年，去此戌年。即应癸酉甲戌年，受者者，是就其真人受经二奔之道。十一年成真，故定录云：复十六年，乃睹我于东华者也。

经云：主诸关镜聪明始。此黄庭经中语。九月十七日已一百九十过。

二十一日合二百过

二十六日

十月一日

八日

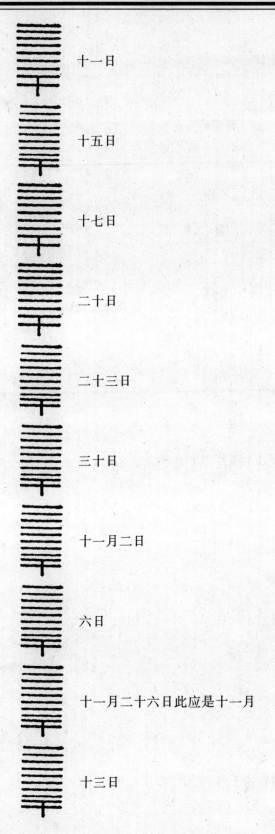

十一日

十五日

十七日

二十日

二十三日

三十日

十一月二日

六日

十一月二十六日此应是十一月

十三日

二十日

十四日

四百过十二月二十五日

正月十三日

正月二十六日

二月己四百二日三十过

己四百四十过

已上并是朱画朱书。

九月二十六日夜始。此前后间中细字注者，皆真手也。自别复一纸，既有两九月，便是一年中事，其间亦恐多有零落不存。

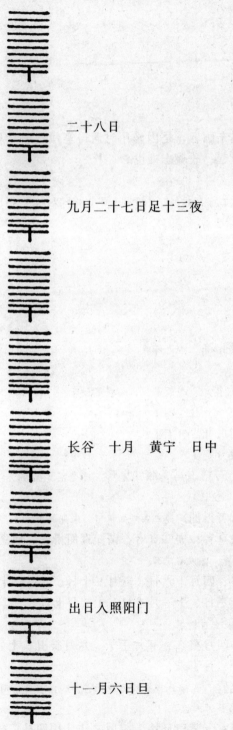

二十八日

九月二十七日足十三夜

长谷　十月　黄宁　日中

出日入照阳门

十一月六日旦

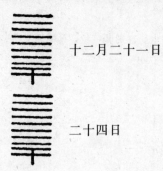

十二月二十一日

二十四日

已上并是朱画朱书。

右此是长史自读黄庭遍数也。朱墨杂画者，是因修用时遇得笔便题记之耳。云长谷出日等，亦是经中语。当是读至此句，忽有事应起，故疏志处也。

大洞真元，张炼三魂。出恶梦祝。

太上高精，三帝丹灵。出善梦祝，此二条事本经。并应出大丹中，今以抄出，别已在篇五篇中。

太都天录，显于元宫。出紫文仙相。

左目童子。出五神经。

仙者心学。出二十四神经也。

先闭气二十四息。出紫文元阙事。

行之十八年。亦是元阙事。

大帝元书。元阙符事。

徒行事而不知神名，还精而不知服此符。亦元阙事。

魄唯得饮佪水月精。出紫文拘魂祝云。

吾是天目，出飞步经祝。三啄齿太元上元。梦冢墓祝，今在第三篇。

魄唯听饮，月黄日丹。紫文制魄祝。

沐浴祝太上高真，出九真经传祝。制虫丸。出苏君传。

季道思和。似是记忆二茅君字，疑作道字是误耳。

玉简青录，高阁刻石。出空常祝语。石精玉马，照知鬼形。亦是空常祝语。

苞山下有石室银户，方圆百里。

昆仑山下有黄水，名曰日月水，饮者得仙。此二条未知何出，朱见其事。

告王君使传知真者，告青童使传成真者，夫知真者，谓知真而得真。成真者，谓勤求而获真者耳。出消魔经序，凡此者，当皆是略记其旨，自以备忘耳。

正月四日、三月八日、三月十一日、四月十六日、五月二十日、六月二十四日、七月二十八日、八月十九日、九月十六日、十月十三日、十一月十日、十二月七日。

右老子拔白日。此是太清外术事，似长史自抄用。

正月庚申、二月辛酉、三月庚戌、四月癸亥、五月壬子、六月癸丑、七月甲寅、八月乙卯、九月甲辰、十月丁巳、十一月丙午、十二月丁未。

右上帝煞害日，不可请乞，百事无宜。此诸日皆是随月支干，冲破凶日也。可以类求之，亦恐非真受，虽百事无宜。而常所修行，或值诸吉，恐不可阙也。

所谓静室者，一曰茅屋、二曰方溜室、三曰环堵。制屋之法，用四柱三桁二梁，取同种材，屋东西首长一丈九尺，成中一丈二尺，二头各余三尺，后溜余三尺五寸，前南溜余三尺，栋去地九尺六寸，二边桁去地七尺二寸。东南开户，高六尺五寸，广二尺四寸。用材为户扇，务令茂密，无使有隙。南面开牖，名曰通光，长一尺七寸，高一尺五寸，在室中坐，令平眉中有板床高一尺二寸，长九尺六寸，广六尺五寸。荐席随时寒暑，又随月建周旋转首。壁墙泥令一尺厚，好摩治之。此法在名山大泽无人之野，不宜人间。入室，春秋四时皆有法，然此盖本道相承，道家之一事耳。不足为异也。粗要知，是以及。道机作静室法，与此异，恐是别有告受者。而不知审的，今存想入室，亦可依之。或云：应有经也。

以正月十五日，尚书省中直。乞梦非常，皆灵仙真像，多所道其子孙庆。以闰月二日夕，又梦仙灵皆会，请乞佳应，又见有厶缺失一字。非常好，以月半中。忽见九老先生，乘轺引从诣吾，相见欣然。云连在宣城四十日，始还问吾消息云：今至芜湖，二十三日当还，还当省吾，得见之欣然。此是作余姚还为尚书郎时也。

以闰月四日夕，梦彩物如幡形，皆舒著席上。或如画，或如锦绣，文字焕炳，如言可解而不可解。愈舒愈更奇异，云是杨舍人物时，亦不见杨君也。意言当写取云须能画入整顿；所未常见，当有十许幡。太和八年闰十月而杨君年二十三。简文始为司徒，恐未为舍人，亦恐是后年诸闰耳。

十一月十八日，梦棺器露有水。十二月十八日左右，梦以铁钗刺元武。此元武恐是所言墓之元武也。非所存龟蛇者也。

十二月十八日左右，梦以铁钗刺元武。此元武恐是所言墓之元武也。非所存龟蛇者也。

二十一日，梦见天子，天子当年十六七许。在殿土，此应康帝时，不知是何年。重复梦见在一处。悬崟自放落下歧危，遥见刘升远与语，从此当回还，回还道难。得一纽，以手巾穿之，见吾城扶助，吾遂得回旋。右六条并长史自记梦事。

十月九日，诡上厨五人旨南山治。此长史自记事，旨应作指，谓指誓雷平宅净金也。牙诣夫人，诡当用双金环。汝无，吾当具交以谢恩也。

厚若有金贯，便以奉夫人，云以谢吏兵。华功曹至，意密语新妇。脱妇字。令知，密之密之。若无，便可以二双金环奉诡。勿丢勿丢，若欲得体上所宝玩者为好。华功曹似是华侨，而后又云杨意旨。恐是非也。厚似是虎牙妇也。

吾近日疏与汝说二君应有诡，其夕即有诰云：吾二人吏兵，若无功诡。后小子不复为人使，杨意旨中谓可用钗。小君即言钗所以导达开通，自可用也。新妇有金钗，即可用，可停贯也。先诣夫人，次诣二灵，汝畴量之。汝索钚如一日疏。新妇银钗亦可用。良无，便当用钚，吾停汝辞须诡，当诡辞继其下也。不复别作。此书即涉前事也。

得佳清闲，云敕汝修内经，是保命。汝不答漠漠，不当尔。然此非常意，皆发自冥妙，当作本末。答当奉行此意。口又无言，为不可也。内经或应是黄庭，不尔，即应是洞房中法尔。

陶休以二百纸与汝，吾留百枚。检陶谱，长史妇亲属，不见名休者。

斧白米已当向尽，汝饷之。此是供染为青纤者。

迁告云：汝当小不佳，防之。迁是易迁夫人也，右此七条，并长史与虎牙书。

右许长史在世抄记纪中事目及梦，并与儿书有存录者讫此。其与真灵书，已别在前卷中。

先生自寄神气，投景东林，沐浴间邱，乖我同心。每东瞻沧海，叹逝之迅，西眄云涯，哀兴内发。仿佛故乡，郁何垒垒。将欲身返归涂，但矫足自抑耳。于是静心一思，逸凭灵虚。登岩崎岖，引领仰元。冥志扉上，游灵竦真。始觉形非我质，遂亡躯遂神矣。浪心飙外，世路永绝。足乐幽林，外难一塞。建志不倦，精诚无废。遂遇明师，见受奇术，清讲新妙，玉音洞密。吐纳平颜，炼魂保骨，冲气夷泯，无复内外也。此则王世龙等所受服玉液诸法也。

但恨吾遭良师之太晚也。反滞性之不早矣。吾得道之状，艰辛情事，定录真君已当说之矣。崇赖成覆救济之功，天地不能渝也。谓应作逾字，此则是定录所说被试事也。

闻弟还造上法，上清诸道也。偶真重幽，云林降也。心观灵元。谢过法也。气陶太素，五神事也。登七阙之巍峨。飞天罫也。味三辰以积迁，日月五星。虚落霄表，精朗九元，此道高邈，非是吾徒所得闻也。亦由下挺禀浅，末由望也。然高行者常戒在危殆，得趣者常险乎将失。祸福之明，于斯而用矣。道杂于勤，神归精感，丹心待真，招之须臾。若念虑百端，狭以营道，虽骋百年，亦无冀也。三官急难，吾昔闻之在前。重论排遣诸试难事，得为尔前通也。七考之福，既以播之于后。子何功业，当复延及长史父子也。因运乘易，不亦速耶。几成而败，自已而作，试校千端，因邪而生耳。想善加苦心劳形，勤诸功德万物云云。亦何益哉。斧子萧萧，其可羡也。各不自悟，当造此事，斧独何人，享其高乎？叹独绝超邈也。师友之结，得失所宗，托景希真，在于此举也。吾方栖神岫室，荫形深林，采沍谷之幽芝。掇丹草以成真矣。成真之辞，小为夸激。昔约道成当还诡，信虽未都通彻，粗有仿佛。亦欲暂偃洞野，看望坟茔，不期而往。冀暂见弟，因缘简略，临书增怀。映谢。从曾祖本名映，改名远游，此十字荣弟注。右一条先生被试后，因事长史。于时应已在盖竹山，定录云：辰年当暂出还人食诡，则此应是丙寅丁卯年中书也。

掾泰和元年八月服六甲符。此灵飞六甲法，别有经。

泰和二年，太岁在于卯正月行回元道。此是谢过法，别有经。

泰和二年二月中行空常。此飞步别法。

泰和二年四月服青牙。此青牙始生法，世未见经。

泰和二年七月行日月在心泥丸之道。右五条共一片纸记。

存日月在泥丸法，泰和二年六月行。前云七月而此云六月，字当有舛误者，此即服日月芒法。

泰和三年五月行奔二景道。此则仪璘之法，虽已有抄事。未见大经，又二条又别一片纸，朱书。不与前事相连也。

二月三日夜，厶厶脱失两字，应似是名。梦郑白夫人道之交有内密而外疏者，郑之区区，今即是也。当与僧姑俱来。郑者，邓芝母也。与易迁夫人同旋，故梦于掾以结芝冥津。僧姑未测是谁，交梦亦应是二三年二月中也。

四月二十七日夜半，梦见一女子，著上下青绫衣，与吾相见。自称云："我是王眉寿之小妹也。"相见时似如在山林之间，云明日可暂出西门外，有犊车白牛皮，巾裹仆御头者，是我车也。后别相诣于贵解，因口喻作诗，始别。乘气涉渌津，采药中山巅。披心焕灵想，萧荡无悟言。愿与盛德游，骖驷骋因缘。荣尘何足寻，疾激君清元。苟能摄妙观，吐纳可长年。王眉寿之小妹，即中侯夫人也。掾既未接真，故假梦以通旨。而有荣尘之句，又恐非掾矣。

泰和元年六月五日夕梦，忽闻天上有金石钟鼓之音。仍仰看见彩云如虹，气状爽爽，弥漫天上，从东直西趣。意中谓是女灵行，或呼为元君。忽复如从路上行，飘然已过，玉斧又将主簿追望，唯见辇舆后从朱衣人。皆回还见礼，路还有一人，白衣似卜师，因见语云：君体羸不堪事，可专修所行，勿杂他事。若不专，君当得病，君不见信者，自当得梦，此人自称姓滕。主簿即兄虎牙也。

七月向末，玉斧梦身体飞扬。豁然入一屋下，累床南向坐，自谓是合日扬光，颠回五辰之道。此语出消魔经，太上之辞焉。

见一人在东面立，手舒卷书。看见如画图像山岳状，下辄有书说，亦与执书人语良久。

八月三日夕梦，忽有一人弊衣长形容，从一小儿来。如徇箫，箫作嘨，旨谓如今徇箫，卖物人也。坐与玉斧语，乃说上道事。斧仍惊愕，更危坐。须臾，将进内户，大论上道。顾小儿，莫令人见我外鼓，斧问乐耶。谓钧天广乐，上清之曲也。云不，来欲得可取之尔。君自当得钧乐，因问钧乐几人。答曰：十人一钧，大法乃至于万，不知道至十万，仍觉复眠。又梦见卷书，见玉斧书先舒，惟见后是王君事，似四辅传，尽共在上。多论王君学道时见语学道历年事，自可须二三年间邪。意甚敬，此人未得拜。便觉，末见主簿亦在坐。

泰和元年八月三十日夕，梦得一帙。有四小卷书，云是神母书，或云是传，皆以青细布为帙。帙两头红色书，皆是素，时先生亦在间。又为玉斧书此传上篇于户外壁辟方素上，其字似符，或如兽像。帙布亦不正似布，谨记。先生即杨君也。

泰和三年三月二十五日夕，玉斧梦行见天上：白云弥满缠合，甚下而不高。仰望云间，时有空处。状如山穴，东行数步，觉东北有大道。便顺道行，得一深室。或如石室。白气从室中出，又似水郁勃，来冠玉斧身，时急坐，亦不恐。向气忽散，见室里有床席器物，殊整洁。意中自谓是灵人所住止处，仍向室拜叩头讫，请乞。室内有一穴，玉斧复从此前进，穴内甚急小。不得前，意复更欲进。忽见一人在室外，语玉斧未可进，寻当得前。乃向此人再拜揖而退，又见送至道上，说玉斧应受书之言。极殷勤委曲，当勤存南真夫人，使三人送玉斧。令通板桥，初出，又见犊车中有二露头年少。与向人言笑，未至所住便觉。欣愿灵悟，如梦之告，谨以记之。右七条并掾自疏记梦事，于时区区之心，亦与隐居今日何异。

三月八日拜疏，主斧言，郑恨还。奉敕，尊犹患饮痛不除。违远，竦息阴臑，愿今餐食无恙。即日此蒙恩牙近至此，便西愿早至。谨及启疏，玉斧再拜。

玉斧言：尊欲得六甲符，似在句容牙处。斧都不以书来山中，愿就牙器中料。谨启。此六甲符非灵飞也，当是在右元录也。

玉斧言：承近三日会流杯，尊亦作诗，后信愿寄还。谨启。盐茗即至，愿赐槟榔，斧常须食。谨启。恒须茗及槟榔，亦是多痰饮意，故云可数沐浴，濯水疾之瘕也。此书体重小异，今世呼父为尊，于理乃好，昔时仪多如此也。

四月十七日拜疏，玉斧言：渐热，不审尊体动静何如，愿饮渐觉除，违远燋竦。急假愿行出，即日此蒙恩，谨及启疏。玉斧再拜。

玉斧言：有槟榔，愿赐，今暂倩徐沈出至便反。谨启。

四月十八日拜疏，玉斧言：昨徐沈启愿即至。渐热，不审尊体康和，饮渐觉除，违远恋竦。牙如常，揆时得出。斧粗蒙恩，谨及冯令史启疏，玉斧再拜。揆是庶长兄也。

四月二十一日拜疏，玉斧言：阴热，不审尊体动静何如。饮觉蒙恩，陈辉来，尊今日当至斧近斋，唯尊来。余人难相见，愿道路安稳。小史在户内，使不欲经远。或淹，谨及陈辉启疏。玉斧再拜。此亦明真斋惟在断外人避淹而已。小史当是其名，而犹进小儿于室内，使者贵胜人，自不能躬亲猥碎也。

玉斧言：揆牙亦得暂还此，安稳。谨启。

四月二十三日拜疏，玉斧言：奉敕昨夜至，慰驰竦热，愿尊体餐食无恙。未得侍见，恋慕旦陈，滕启疏愿已至，谨及启疏。玉斧再拜。

玉斧言：杨舍人弟病委顿，为悬耿，想行当佳。谨启。前杨书云老母，今此云弟，唯两事显耳。其余亲族，皆莫之闻。

四月二十八日拜疏，玉斧言：昨奉敕，慰竦息阴气，愿尊体无恙。饮觉除，违燋竦，谨及启疏。玉斧再拜。

玉斧言：钱即与田主此间，都无复密付二升余。华新妇欲得少许，愿分之。亦长在中。谨启。山家贫俭，亦殊为契阔，华新妇即牙妻也。

五月四日拜疏，玉斧言：节至增感，思湿热，不审尊体动静何如。饮犹未除，违远竦灼，服散微得饮水，犹是得益。愿彼大小无恙，尊五日当下，愿必果。谨遣扶南启疏。玉斧再拜。

玉斧言：陈鹿至，尊赐脯及蒸葱，即至帝都。已还束，甚得ムムムム。失四字。谨启。从二十

三日来，凡三书，长史并似在县下家中时也。

玉斧言：承舍人下，恐过句容，未进此湛家，谷犹未熟。今遣朱生出参，愿尊即令生反得谷，愿为都作米。比无可舂者。若至，便当就合，恐药草燥，得米下船，乃可采草。谨启。

玉斧言：此间釜小，可正一斛。不与甑相宜，又上稻应得釜用。都有大釜容二斛已上者，愿与诸药俱致，无见可否。足借斧当于悬下。少一行，十许字。谨启。此求米及大釜，皆是作饥饭所须也。云谷未熟，当在九月中，此一书长史在都下。

右八条，掾在山与答父书，于时长史在都及县下也。

右此并掾在世间所记事，及书有存录者，讫此。又有与真灵辞，具在前篇。

真诰卷十九

翼真检第一

真诰叙录

真诰运题象第一。此卷并立辞表意，发咏畅旨，论冥数感对，自相俦会，分为四卷。真诰甄命授第二。此卷并诠导行学，诫厉怨息，兼晓谕分挺，炳发祸福，分为四卷。真诰协昌期第三。此卷并修行条领，服御节度以会用为宜，随事显法。真诰稽神枢第四。此卷并区贯山水，宣叙洞宅，测真仙位业，领理所缺，分为四卷。真诰阐幽微第五。此卷并鬼神官府，官司氏族，明形识不灭，善恶无遗，分为二卷。真诰握真辅第六。此卷是三君在世自所记录，及书疏往来。非真诰之例，分为二卷。真诰翼真检第七。此卷是标明真绪，证质元原，悉隐居所述。非真诰之例，分为二卷。

右真诰一蕴。其十六卷是真人所诰，四卷是在世纪述。

仰寻道经，上清上品，事极高真之业。佛经妙法，莲华理会，一乘之致仙书。庄子内篇，义穷元任之境，此三道足以包括万象，体具幽明。而并各二十卷者，当是璇玑七政，以齐八方故也。隐居所制登真隐诀，亦为七贯，今述此真诰。复成七日，五七之数，物理备矣。

夫真人之旨，不同世目，谨仰范纬候。取其义类，以三言为题，所以庄篇亦如此者，盖长桑公子之微言故也。俗儒观之，未解所以。

真诰者，真人口咳之诰也。犹如佛经皆言佛说，而顾元平谓为真迹，当言真人之手书迹也。亦可言真人之所行事迹也。若以手书为言，真人不得为隶字。若以事迹为目，则此迹不在真人尔。且书此之时，未得称真，既于义无旨，故不宜为号。

南岳夫人传载青箓文云，岁在甲子，朔日辛亥。先农飨旦，甲寅羽水。起安启年，经乃始传。得道之子，当修玉文。谨推按晋历，哀帝兴宁二年，太岁甲子，正月一日辛亥朔。历忌可祀先农。四日甲寅羽水，正月中气羽即雨也。起者兴也，安者宁也。故迁隐其称耳。如此则兴宁二年正月，南真已降授杨君诸经也。今检真授中有年月最先者，惟三年乙丑岁六月二十一日定录所问，从此月日相次，稍有降事。又按中侯夫人告云：令种竹比宇，以致继嗣。又云：福和者，当有二子，盛德命世。寻此是简文为相王时，以无儿所请，于是李夫人生孝武及会稽王。福和应是李夫人私名也。于时犹在卑贱。孝武崩时，年三十五，则是壬戌年生，又在甲子前二岁。如此，众真降杨已久矣。

又定录以乙丑年六月，喻书与长史云：曾得往年三月八日书，此亦应是癸亥甲子年中也。

又按萼绿华以升平三年降，即是乙未岁。又在甲子前五年，此降虽非杨君，杨君已知见而记之也。又按乙丑岁安妃谓杨君曰："复二十二年，明君将乘云驾龙，北朝上清。则应以太元十一年丙戌去世，如此二十许载，辞事不少。"今之所存，略有数年，寻检首尾，百不遗一。又按众真未降杨之前，已令华侨通传音意于长史，华既漏妄被黜，故复使杨令授。而华时文迹都不出世，又按二许虽元挺高秀，而质挠世迹，故未得接真。今所授之事，多是为许立辞，悉杨授旨。疏以示许尔，唯安妃数条，是杨自所记录。今人见题目云某日某月某君哈许长史及掾某，皆谓是二许亲承音旨，殊不然也。今有二许书者，并是别写杨所示者耳。

又按掾自记云：泰和三年行某道，二录是二年受，自三年后，无复有疏。长史正书既不工，所缮写盖少，今一事乃有两三本，皆是二许重写。悉无异同，然杨诸书妃，都无重本明知。唯在掾间者，于今颇存，而杨间自有杳然莫测。自杨云后六七年中，长史间迹，亦悉不显。

又按今所诠综年月，唯乙丑岁事最多。其丙寅丁卯，各数条而已。且第一卷犹可领略次第，其余卷日月，前后参差，不尽得序。

又按凡所注日月某受，多不书年。今正率其先后，以为次第，事有断绝，亦不必皆得。又本无年月及不注某受者，并不可知，依先缺之。

又按真授说余人好恶者，皆是长史因杨请问。故各有所答，并密在许间，于时其人未必悉知。

又按并矜接景阳安，亦灼然显说。凡所兴有待无待诸诗，及辞喻讽旨，皆是云林应降嫔仟侯。事义并亦表著，而南真自是训授之师。紫微则下教之匠，并不关俦结之例。但中侯昭灵，亦似别有所在，既事未一时，故不正的耳。其余男真，或陪从所引，或职司所任，至如二君，最为领据之主。今人读此辞事，若不悟斯理者，永不领其旨。故略标大意，宜共密之。

又按二许应修经业，既未得接真，无由见经。故南真先以授杨，然后使传，传则成师。所以长史与右英书云。南真哀矜，去春使经师见授洞房云云。而二许以世典为隔，未崇礼敬，杨亦不敢自处。既违真科，故告云。受经则师乃耻之耶。然则南真是元中之师，故杨及长史皆谓为元师。又云：疾者当启告于元师，不尔不差，而长史与右英及众真书。亦称惶恐言者，此同于师仪尔，实非师也。

又按杨书中有草行多儦黪者，皆是受旨时，书既忽遽贵略。后更追忆前语，随复增损之也。有谨正好书者，是更复重起，以示长史耳。

又按三君手书，今既不摹，则混写无由分别，故各注条下。若有未见真手，不知是何君书者，注云某书。又有四五异手书，未辨为同时使写，为后人更写。既无姓名，不证真伪，今并撰录注其条下。以甲乙丙丁各甄别之。

又按书字中有异手增损儦改，多是许丞及丞子所为。或招引名称，或取会当时，并多浮妄，而顾皆不能辨从而取之。今既非摹书，恐渐致乱，或并随字注铭。若是真手自治，不复显别。

又按三君手迹，杨君书最工，不今不古。能大能细，大较虽祖效郗法，笔力规矩。并于二王，而名不显者，当以地微，兼为二王所抑故也。掾书乃是学杨而字体劲利，偏善写经画符，与杨相似。郁勃锋势，追非人功所逮。长史章草乃能，而正书古拙，符又不巧，故不写经也。隐居昔见张道恩善别法书，叹其神识，今睹三君迹。一字一画，便望影悬了，自思非智艺所及，特天假此监，令有以显悟尔。

又按三君手书作字有异今世者，有鼋龙虚华显服写辞缺关之例。三君同尔，其杨飞、掾飞。杨我，掾我。杨灵、长史灵，掾灵。杨真、长史真。杨师、掾师。杨恶，长史恶。此其自相为异者，又鬼魔字皆作摩。净洁皆作盛洁，盛贮皆作请贮。凡大略如此，亦不可备记。恐后人以世手传写。必随世改动，故标示其例。令相承谨按尔此诸同异，悉已具载在登真隐诀中。

又按三君书字有不得体者，于理乃应治易。要宜全共本迹，不可从实，暗改则浇流散乱，不复固真。今并各朱郭疑字而注其下。

又按三君多书荆州白笺，岁月积久，或首尾零落，或鱼烂缺失，前人糊擒，不能悉相连补。并先抄取书字，因毁除碎败，所缺之处，非复真手。虽他人充题，事由先言，今并从实缀录。不复分析，又按三君书有全卷者，唯道授二许写。酆都宫记是杨及掾书，并有首尾完具，事亦相类。其余或五纸三纸，一纸一片，悉后人糊连相随，非本家次比。今并挑拔，取其年月事类相贯，不复依如先卷。又按众真辞旨，皆以义趣，或诗或戒，互相酬配，而顾所撰真迹。枝分类别，各为部卷，致语用乖越，不复可领。今并还依本事，并日月纸墨相承贯者，以为诠次。

又按起居宝神及明堂梦祝述叙法十有余条，乃多是抄经，而无正首尾。犹如日芒日象，元白服雾之属，而顾独不撰用。致令遗逸，今并诠录，各从其例。

又按有未见真本，复不测有无流传。所记舛驳不类者，未敢便顿省除，皆且注所疑之意各于条下。

又按所载洞宫及诸山仙人氏族，并欲以外书详注出其根宗，恐大致显泄，仰忤冥轨。唯有异同疑昧者，略标言之，其酆宫鬼官，乃可随宜显说。

又按此书所起，以真降为先，然后众事继述。真降之显，在乎九华，而顾撰最致末卷。

又先生事迹，未近真阶，尚不宜预在此部。而顾遂载王右军父子书传，并于事为非。今以安记第一，省除许传，别充外书神仙之例。唯先生成仙之后，与弟书一篇，留在下卷。

又长史书即是问华阳事，华阳事仍是答长史书。强分为两部，于事相失，今依旨还为贯次。又顾所记二许年月，殊自违僻，今谨依真唉检求。又以许家谱参校，注名异同在此卷后。

又按三君书迹，有非疏真唉。或写世闲典籍，兼自记梦事，及相闻尺牍，皆不宜杂在真诰品中。既宝重笔墨，今并撰录，共为第六一卷。顾所遗者，复有数条，亦依例载上。

又真诰中凡有紫书大字者，皆隐居别抄取三君手书经中杂事，各相配类，共为证明，诸经既非聊尔可见。便于例致隔，今同出在此，则易得寻究。又此六篇中有朱书细字者，悉隐居所注以为志别，其墨书细字，犹是本文真经始末。

伏寻上清真经出世之源，始于晋哀帝兴宁二年，太岁甲子。紫虚元君、上真司命、南岳魏夫人、下降，授弟子琅琊王司徒公府舍人杨某。使作隶字写出，以传护军长史句容许某，并弟三息上计掾某某。二许又更起写修行得道，凡三君手书，今见在世者，经传大小十余篇。多掾写，真唉四十余卷，多杨书。琅琊王即简文帝在东府为相王时也。长史掾立宅在小茅后雷平山西北，掾于宅治写修用，以泰和五年隐化。长史以泰元元年又去，掾子黄民，时年十七，乃收集所写经符秘篆历岁。于时亦有数卷散出在诸亲通间，今句容所得者是也。元兴三年，京畿纷乱。黄民乃奉经入剡。长史父昔为剡县令，甚有德惠，长史大兄亦又在剡居，是故投想焉。为东阐马朗家所供养。朗一名温公。朗同堂弟名罕，共相周给，时人咸知许先生得道。又祖父亦有名称，多加宗敬。钱塘杜道鞠，即居士京产之父，道业富盛，数相招致，于时诸人。并未知寻阅经法，止禀奉而已。至义熙中，鲁国孔默崇信道教，为晋安太守，罢职。还至钱塘，闻有许郎先人得道，经书具存，乃往诣许。许不与相见，孔膝行稽颡，积有旬月，兼献奉殷勤。用情甚至，许不获已。始乃传之，孔令令晋安郡吏王兴缮写。兴善有心尚，又能尽画，故以委之。孔还都，唯宝录而已。竟未修用，元嘉中，复为广州刺史。及亡后，其子熙先休先，才学敏赡。窃取看览，见大洞真经说云，诵之万遍，则能得仙。大致讥诮，殊谓不然，以为仙道必须丹药练形，乃可超举。岂有空积声咏，以致羽服，兼有诸道人助毁其法，或谓不宜蓄此。因一时焚荡，无复孑遗。此当是冥意不欲使流传于外世故也。后熙先等复与范晔同谋被诛也。王兴先为孔写，辄复私缮一通，后将还东修学。始济浙江，便遇风沦漂，唯有黄庭一篇得存。兴乃自加切责，仍住剡山，稍就读诵。山灵即火烧其屋，又于露坛研咏。俄顷骤雨，纸墨沾坏，遍数遂不得毕。兴深知罪谴，杜绝人伦，唯书历日。贸粮以续㱏，命其子道泰为晋安船官督。资产丰富，数来拜献，兼以二奴奉给。兴一无留纳而终乎剡山，于是孔王所写真经二本，前后皆灭，遂不行世。此当是兴先不师受，妄窃写用所致如此也。

　　复有王灵期者，才思绮拔，志规敷道。见葛巢甫造构灵宝，风教大行，深所忿嫉。于是诣许丞，求受上经，丞不相允。王冻露霜雪，几至性命，许感其诚到，遂复授之。王得经，欣跃退还，寻究知至法不可宣行。要言难以显泄，乃窃加损益。盛其藻丽，依王魏诸传题目，张开造制，以备其录。并增重诡信，崇遗其道，凡五十余篇。趋竞之徒，闻其丰博，互来宗禀。传写既广，枝叶繁杂，新旧浑淆，未易甄别。自非已见真经，实难证辨。其点缀手本，颇有漏出，即今犹存。又朱先生僧标学增，楮公伯玉语云：天下才情人，故自绝群。吾与王灵期同船发都，至顿破岗隶竟，便已作得两卷上经，实自可讶。自灵期已前，上经已往往舛杂，宏农杨洗隆。安和四年庚子岁，于海陵再遇隐盟上经二十余篇，有数卷非真。其云寻经已来一十二年，此则杨君去后，便以动作，故灵宝经中得取以相猱，非都是灵期造制，但所造制者自多耳。今世中相传，流布京师及江东数郡，略无人不有，但江外尚未多尔。此当是道法应宣，而真妙不可广布，故令王造行此意也。王既独擅新奇，举世崇奉，遂托云真授。非复先本许见，卷表华广，诡信丰厚，门徒殷盛。金帛充积，亦复莫测其然。乃鄙闭自有之书，而更就王求写。于是合迹俱宣，同声相赞。故致许王齐誉，真伪比纵，承流向风，千里而至。后又有菜买者，亦从许受得此十数卷，颇兼真本。分张传受，其迹不复具存。菜买善行下道之教，于上经不甚流传也。马朗既见许所传王经卷目增多，复欲更受。营理诡值，克日当度。忽梦见有一玉碗，从天来下，坠地破碎。觉而发疑云：此经当在天为宝，下地不复堪用，于是便停。论马朗虽不修学，而宝奉精至。梦既不凡，解之又善，亦应是得道人。元嘉六年，许丞欲移归钱塘，乃封其先真经一厨子，且付马朗净室之中。语朗云：此经并是先灵之迹，唯须我自来取。纵有书信，慎勿与之，乃分持经传及杂书十数卷自随。来至杜家，停数月疾患，虑恐不差。遣人取经。朗既惜书，兼执先旨，近亲受教敕，岂敢轻付。遂不与信。俄而许便过世。所赍者因留杜间，即今世上诸经书悉是也。许丞长子荣弟，迎丧还乡，服阕后上剡。就马求经，马善抖理，不与其经。许既惭戢，不复苦索，仍停剡住。因又以灵期之经，教授唱言，并写真本。又皆注经后云：某年某月某真人授许远游。于时世人多知先生服食入山得道，而不究长史父子事迹故也。人亦初无疑悟者，经涉数年，中唯就马得两三卷真经，颇亦宣泄。今王惠朗诸人所得者是也。元嘉十二年，仍于剡亡。因葬白山。荣弟在剡，大纵淫侈，都不以经学为意。所以何公在马家快得寻写。马朗马罕，敬事经宝。有过君父，恒使有心奴子二人。一名白首，一名平头。常侍直香火，洒扫拂拭，每有神光灵气，见于室宇，朗妻颇能通见。云数有青衣玉女，空中去来，状如飞鸟。马家遂致富盛，资产巨万，年老命终。朗子洪、洪弟真、罕子智等，犹共遵向，未年事佛，乃弛废之尔。此当是经运应出所致也。

　　山阴何道敬，志同专素，颇工书画。少游剡山，为马家所供侍，经书法事，皆以委之。见此符迹炳焕，异于世文。以元嘉十一年，稍就摹写。马罕既在别宅，兼令何为起数篇。所以二录合本，仍留罕间，何后多换取真书。出远剡东墅青坛山住，乃记说真经之事，可有两三纸。但何性鄙滞，不能精修高业，后多致散失。犹余数卷，今在其女弟子始丰后堂山张玉景间。何常以彭素为事，质又野朴，顾居士闻其得经，故往诣。寻诣，正遇见荷锄外还，顾谓是奴仆，因问何公在否。何答不知，于是还裹，永不相见，顾留停累日，请苦备至遂不接之。时人咸以何鄙耻不除，而失知人之会也。何既分将经去，又泄说其意，马朗忿恨。乃洋铜灌厨篇，约敕家人，不得复开。大明七年，三吴饥馑，剡县得熟楼居士惠明者，先以在剡。乃复携女师盐官钟义山眷属数人，就食此境，楼既善于章符。五行宿命，亦皆开解。马洪又复宗事，出入堂静，备睹经厨，先已见何所记。意甚贪乐，而有鐍严固。观览无方，景和元年，乃出都，令嘉兴戋季真启敕封取，景和既猖狂，楼谓上经不可出世，乃料简取真经真传。及杂嗳十余篇，乃留置钟间。唯以豁落符及真嗳二十许小篇，并何公所摹二录等将至都，戋即以呈。景和于华林暂开，仍以付后堂道士秦始初，戋乃启将出私解。

陆修静南下立崇虚馆，又取在馆。陆亡，随还庐山徐叔标，后将下都。及徐亡，仍在陆兄子环文间此中有三君所书真受，后人糊连装攑，分为二十四篇。建元三年，敕董仲民往卢山营功德，董欲求神异、徐因分杨书一篇为两篇。与董还上高帝，高帝以付五经典书戴庆。戴庆出外，仍将自随，徐因亡后，弟子李果之。又取一篇及豁以去，所余惟二十一篇，悉以还封昭台也。

楼从都还，仍住剡，就钟求先所留真经。钟不以还之，乃就起写，久久方得数篇。既与马洪为恨，移归东阳长山。马后遂来潜取而误得他经，楼中时似复有所零落，今犹应一两篇在。其二卷已还封昭台。

真诰卷二十

翼真检第二

孔璪贼时。杜居士京产，将诸经书往剡南墅大墟住。始与顾欢、戚景元、朱僧标等数人，共相料视，顾先已写在楼间经。粗识真书，于是分别选出，凡有经传四五卷，真嗳七八篇，今犹在杜家。其经二真并真嗳，已还封昭台。宋大明末，有戴法兴兄延兴作剡县，亦好道。及吴兴天目山诸元秀，并颇得写杜经，楼从弟道济及法真。钟兴女传光，并得写楼钟间经，亦互相通涉，虽各摹符。而殊多麁略，唯加意润色，滑泽取好，了无复规矩锋势。写经又多浮谬，至庚午岁，隐居入东阳道。诸晚学者，渐效为精，山阴潘文盛、钱塘杜高士、义兴蒋去素、句容许灵真、并是能者。时人今知摹二王法书，而永不悟摹真经，经正起隐居手尔，亦不必皆须郭填。但一笔就画势力，殆不异真。至于符无大小，故宜皆应郭填也。泰始四年，终于剡，移还始宁岷山，马智晚为众僧所说。改事佛法，悉以道经数十卷送与钟。皆是何公先为其父写者，亦有王灵期杂经，唯四五篇并真嗳六七篇是真手，不关楼所得者。其经二卷此真嗳等，悉已还封昭台。钟亡后，所余亡应在兄女及戚景元处。

昔有陈雷者，东阳人，是许长史门附。谨敬有心，长史常使典看经书，颇加训授，其亦换有所写，兼得长史自步七元星图。长史去后，因还东阳。义熙十三年，与东阳太守任城魏欣之兄子二人，共合丹。丹成，三人前后服，服皆有神异，托迹暂死，化遁而去。雷有孙名某，号为长乐，今居永康横江桥北。菁山道士樊仙，亦颇就得所写经书，但步图犹在其处。今所服用，即是其本。自此前凡诸经书在处者，其篇数并别有目录，若止零牒一两篇者，今复显题卷目如后。杨书灵宝五符一卷，本在句容葛粲间，泰始某年，葛以示陆先生。陆既敷述真文赤书，人鸟五符等教授，施行已广，不欲复显出奇迹，因以绢物与葛请取，甚加隐闭。顾公闻而苦求一看，遂不令见，唯以传东阳孙游岳及女弟子梅令文。陆亡，亦随还庐山徐叔标，后将出。徐亡，乃在陆环文间。已还封昭台。

杨书王君传一卷，本在句容葛永真间。中又在王文清家，后属茅山道士葛景仙。已还封昭台。

掾书飞步经一卷，在句容严虬家。大明七年，饥荒少粮，其里王文清以钱食与严求得之，因在王家。已还封昭台。

掾曹西岳公禁山符，杨书中黄制虎豹符，凡二短卷，本上虞吴昙拔所得许丞一瓠瓤杂道书。吴以此二卷与褚先生伯玉，伯玉居南霍，游行诸山，恒带自随。褚亡，留在弟子朱僧标间。后褚第五弟之孙名仲俨，又就朱取之。已还封昭台。吴昙拔者，上虞且靡人，颇有才致。初为道士，许丞以一瓠瓤书，皆三君小小要用杂诀以与之。其后事佛出家，悉分散乞人都尽，后又罢佛还俗，遂留宕而终。诸书诀并未测所在。

掾书太素五神二十四神，并回元隐道经一卷，及八素阴阳歌一卷，并东阳章灵民先出都遇得之。章于时未识真书，唯言是道家常经而已。归东阳，以示顾，顾不即向道，仍留之。分回元为二卷，章后既知方。就求得，今在章间。其二景歌一卷，章已与孙公。已还封昭台。章云：于时又有曲素金真金华等数卷，鱼烂穿坏。既未悟其真手，不知撝录，惟写取文字而已。经本悉埋藏之地。

掾书所佩列纪黄素书一短卷，本许丞以与弟子苏道会。道会以授上虞何法仁，法仁以传朱僧标，僧标以奉钟法师。楼居士见而求取，今犹应在楼间。

掾抄魏传中黄庭经，并复真授数纸，先在剡山王惠朗间。王亡后，今应是其女弟子及同学章灵民处。

永兴有一姓解家者，昔亦经供养许郎，又得小小杂书。后菁山女道士樊妙罗，因缘得其杨书鄮宫事一卷。樊亡，在其女弟子沈偶间，沈又以与四明山孔总。已还封昭台。解家所余今绝踪迹。又闻山阴及钱塘数家，皆有古经，恐脱杂真书，从来遂未获寻检。想好学挺分之子，可殷勤求之。脱有所得见，使一睹则琼砾辨矣。又魏夫人小息退为会稽时，携夫人巾箱法衣，并有经书自随。供养后仍留山阴，于今尚在，未获，寻求之。

真冑世谱此是今日仰述，故可称真冑。

谨按许长史六世祖名光，字少张，即司徒许敬之第五子也。灵帝时，兄训及训子相，并党附阉人贵盛，光惧患及。以中平二年乙丑岁，来度江，居丹阳之句容县都乡吉杨里。后值吴初，事为光禄勋，今许光禄墓是也。则肇时犹居汝南平舆。顾云句容子阿，谬矣。

真诰云：长史七世祖肇，字子阿，有振惠之功。今检谱七世祖名敬，字鸿卿，后汉安帝时为光禄。顺帝永建元年拜司徒，名字与真诰不同，未详所以舛异。安帝永初二年三年大饥，斗米二千，文人相食，若所救活四百八人，必应在此时也。应劭汉官仪载崔瑗表云："许敬年且百岁，犹居相位。"如此，非唯阴德远流后嗣。交自杨功著世，所以年永身安，位至台鼎。子训孙相，并为三公，光来过江，奕世不承。遂至神仙，蜀司徒许靖字文休，是长史六世族祖，汉征士许劭字子将，是五世族祖。吴丞相许晏子孝然，四世族祖，并同丞十一世祖光武时许交州，后交州子名圣卿。许姓本出炎帝时姜氏，至周武王封许叔于许，今豫州许昌也。至周敬王十五年，为郑所灭，徙居山阳昌邑。因国为姓，至交州乃移于汝南平舆也。

敬父名勇，公府掾。

敬第五子名光，字少张，尚书郎、钜鹿太守。少府卿，过江，值吴初，为光禄勋。妻载氏，同葬今句容安城里，墓为卿造之始。县人传呼云许光禄墓，今坟碑显然，并甲向。

光第二子名阙，字秀优。有才学，吴尚书郎、长水校尉。妻戴氏，同葬墓次。

阙第三子名休，字文烈。优游道素，高尚其气，州辟别驾，不就。前妻晋陵华氏、后妻同县葛氏，侍中葛相女、同葬墓次。

休长子名尚，字元甫，有才学令闻。吴凤凰三年，为中书郎，年五十亡。妻同郡陶氏，即荆州刺史陶濬女，同葬墓次。

　　尚第二子名副，字仲先，庶生即长史之父也。淳和美懿，州郡所称，为晋元帝安东参军。又征北参军，带下邳太守，后为宁朔将军。与孔坦讨沈充，封西城县侯，出为剡令，有风化。与谢奕兄弟周旋，值苏峻乱，又携亲族往剡。事平，还拜奉军都尉，年七十七亡。前妻晋陵华氏，名转，御史中丞华琦妹也。后妻应氏，名来子，竟陵太守应彦徽女。同葬县北大墓也。

　　副有八男，第一奋，一名守，字孝方。庶生，有文武才望。出继叔父朝，为何次道参军，后为所后弟夷吾所谱。康帝诛之，年三十六。妻王氏，同葬县北大墓，有曾孙荟之，位至三府。

　　第二炤，字行明，正生，承嫡袭封。通济有当世局度，亦为何次道参军、南台侍御史、淮陵太守，年七十一亡。妻游氏，别葬县东合留村。

　　第三群，字太和，正生，明爽有才干。为虞谭参军，年四十四亡。妻历阳邵氏，同葬县北大墓。

　　第四迈，即先生也。

　　第五某，即长史也。并同正生，别记在后。

　　第六茂元，庶生，早亡。母姓陈也。

　　第七瓘，字义元，小名嗣伯，庶生。母姓朱也。出后伯父捷，梗㮣有大度。好学，出为桓温扬州从事、谢安卫军参军。随谢元讨苻坚有功，封都乡侯。尚书苍部驾部郎、正员郎、通直常侍，后患风不能言，隆安二年亡，年七十。妻宣城纪氏，同葬县北大墓。

　　第八灵宝，庶生，早亡。母亦姓陈。

　　副有四女长女名姜，正生，早亡。第二女名娥皇，正生，出适同郡建康令黄演。第三女名修容，庶生，母姓张，出适安固令晋陵宏升。第四女名晖容，与瓘同生，出适同郡纪诠也。

　　副弟名朝，字杨先，勇猛，以气侠闻。历为襄阳、新野、南阳、浔阳太守，后与甘卓谋讨王敦。事觉，卓死，朝自裁，年五十三。还葬县北大墓，妻葛悌女，抱朴姊也。初养奋，后自生夷吾高子，并又亡，无后。

　　先生名迈，字叔元，小名映。清虚怀道，遐栖世外，故自改名远游。与王右军父子周旋，子猷乃修在三之敬。按手书授六甲阴阳符云：永昌元年，年二十三岁，则是永康元年庚申岁生也。而谱云永和四年秋，绝迹于临安西山，年四十八。此则永宁元年辛酉生，为少一年，今以自记为正，绝迹时年四十九矣。娶吴郡孙宏字彦达女，即骠骑秀之孙。既离好，无子归宗，先生得道事迹，在第二卷中。定录所喻被试事，已具载焉。长史名谧，字思元，一名穆，正生。少知名，儒雅清素，博学有才章。简文皇帝久垂俗表之顾，与时贤多所俦结。少仕郡主簿功曹史，王导蔡谟临川，辟从事不赴，选补太学博士。出为余姚令，入为尚书郎、郡中正、护军长史、给事中、散骑常侍。虽外混俗务，而内修真学，密授教记。遵行上道，挺分所得，乃为上清真人。爵登侯伯，位编卿司治仙佐治助圣牧民。按泰和二年丁卯岁司命所告云：丙子年当去，时年七十二，此则永兴二年乙丑生，太元元年去也。而谱云孝武宁康元年去世，年七十一，此为泰安二年癸亥生，为多二年，今以真为正。顾云宁康元年七十二，又非也。

　　妻同郡陶威女，名科斗，兴宁中亡。即入易迁宫受学。同葬县西北二里旧墓。

　　长史三男一女，长男名刣，小名揆，庶生。郡功曹，妻刘氏。少子名凤游，郡生簿。凤游子道伏，字明之。明之少子静泰，字元宝，为海平县令。久居会稽禹井山，颇遵承家法，传受经书，皆摹写而已。静泰妻同郡葛氏，唯有一子，名灵真。戊午生，今犹在会稽。亦敦尚道业，善能符书，自长史后，唯有此六世孙一人而已。

　　中男名联，字元晖，少名虎牙，正生。敦厚信向，郡主簿功曹。谢安为护军，又引为功曹。除永康令、卫尉丞、晋康太守，不之官，又为辅国司马。安帝元兴三年，于家去世，年六十八，则成帝咸康三年丁酉岁生也。顾云咸和三年生，亦大谬。妻晋陵华琦孙，名子容。同葬江乘界新安里中。子赤孙，字元真。笃实和隐，郡主簿功曹，年七十四亡。有四子及孙，并早亡，今无后也。

小男名翙，字道翔，小名玉斧，正生。幼有圭璋标挺，长史器异之，郡举上计掾主簿，并不赴。清秀莹洁，糠粃尘务，居雷平山下，修业勤精，恒愿早游洞室，不欲久停人世。遂诣北洞告终，即居方隅山洞方原馆中，常去来四平台。故真诰云：幽人在世时，心常乐居焉。又杨君与长史书亦云：不审方隅山中幽人，为己设坐于易迁户中未。亡后十六年，当度往东华，受书为上清仙公上相帝晨。谱云年三十，而不记去岁。按二录泰和二年丁卯时年二十七，则是咸宁七年辛卯生也。顾云咸和六年生，又云司徒辟掾，皆为非实。自泰和三年已后，无复踪迹。依谱年三十，即是庚午年去世。又真诰云：从张镇南之夜解，而未审张解之法。耆老传云，掾乃在北洞北石坛上烧香礼拜，因伏而不起。明旦，视形如生，此坛今犹存历。然则是故求隐化，早绝世尘也，事别在第二卷中。妻建康令黄演女，即姑娥皇之子，名敬仪，生黄民。乃遣还家，后离绝，又出适宛陵令戴耆之长史。

一女名素薰，庶生。出适越骑校尉晋陵华瑛子，名广。

掾子黄民，字元文。升平五年辛酉生，时掾年二十一，仕郡主簿。察孝廉、司农丞、南蛮参军、临沮令。宋元嘉六年亡，年六十九，妻西阳令葛万安女。万安是抱朴子第二兄孙也。

黄民长子荣第，一名预之。宋元嘉十二年亡，不知年几。有女名道育，隆安元年丁酉生，宋孝建元元年甲午岁，于剡任堁山亡。世谓之许大娘，卧尸石圹，不殡，常有芳香之气。

黄民小子名庆，宋泰始五年己酉岁，亦于剡任堁山亡，不知年岁。有女名神儿，一名琼辉，元嘉六年己巳生，齐永明四年丙寅岁亡。世谓许小娘，东关道士，多有识者。

右所承长史后如此，今唯有掾元孙灵真而已。

杨君名义，成帝咸和五年庚寅岁九月生。本似是吴人，来居句容，真降时犹有母及弟。君为人洁白，美姿容，善言笑，工书画。少好学读书，该涉经史，性渊懿沈厚。幼有通灵之鉴，与先生长史，年并悬殊，而早结神明之交。长史荐之相王，用为公府舍人。自随简文登极后，不复见有迹出。顾云是简文师，或云博士。杨乃小简文十岁，皆恐非实也。按真诰云：应以太元十一年丙戌去。又云：苦不奈风火，可修剑解之道，作告终之术。如此，恐以早逝，不必丙戌也。得真职任，略如九华所言，当辅佐东华，为司命之任。董司吴越神灵人鬼，一皆关摄之。杨先以永和五年己酉岁，受中黄制虎豹符，六年庚戌。又就魏夫人长子刘璞受灵宝五符，时年二十一，兴宁三年乙丑岁。众真降唉，年三十六，真降之所。无正定处，或在京都，或在家舍，或在山馆、山馆犹是雷平山许长史廨，杨恒数来就掾非自山居也。

右杨君事大略如此，须传出更记：

按真诰中有云凤巢高木，素衣衫然者，配况长史名也。曾参出田云云者，离合长史字也。许仙侯许卿者，得真位也，给事常侍者，在世官也。

有云许朝者，即长史叔南阳也。

有云寅兽白齿者，是虎牙也。亦真云寅兽者，亦云寅客，亦云许虎许牙也。许主簿者，牙位也。华新妇者，牙妻也。似云名厚，即所谓许厚，华侯华书吏者，牙妇弟也。

有云琼刃者，譬训掾小名也。即青录所载若锋者矣。企望人飞云云者，即离合掾官名也。有云许犴子，似是掾小名也。

有云易迁夫人及斗者，即掾母陶科也。

有云勿忧嗣伯之诡者，即长史弟小名也。

有云来子虽善于尔者，即长史后母也。

有云当奈张者何者，即长史父妾也。

有云黄娥者，即长史娥，掾妇母也。出适黄家，故曰黄娥，本名娥皇。

有云演小子耳者，即娥皇婿黄演也。

有云赤孙者，即虎牙儿也。

登升者三人。先生长史掾也。

度世者五人。虎牙、黄民、荣弟、大娘、小娘、寻虎牙云，遂得不死，过度壬辰，必是度世之限。其余无迹显出，黄民传奉经业道，育亡有异征。恐或预例其二人，亦可更在后世子孙，若必以七世为限。则灵真之子，实钟斯庆。

长史妇陶威女，虽入易迁，恐此自承陶家福耳。不必关许氏五人之数也。

有云李东者，许家常所使祭酒，先生亦师之。家在曲阿东，受天师吉阳治左领神祭酒。

华侨者，晋陵冠族。世事俗祷，侨初颇通神鬼，常梦共同飨醊。每尔，辄静寐不觉。醒则醉吐狼籍，俗神恒使其举才用人。前后十数，若有稽违，便坐之为谴。侨忿患，遂入道于鬼，事得息。渐渐真仙来游，始亦止是梦。积年，乃夜半形见，裴清灵周紫阳至，皆使通传旨意于长史。而侨性轻躁，多漏说冥旨。被责，仍以杨君代之。侨后为江城县令，家因居焉。今江乘诸华，皆其苗裔也。华与许氏有婚亲，故长史书与裴君，殷勤相请也。若如前篇中有保命所告，则侨被罪也。今世中周紫阳传，即是侨所造，故与真诰为相连也。

太上感应篇

上　卷

太上曰：祸福无门①，惟人自召。善恶之报，如影随形②。是以天地有司过之神，依人所犯轻重以夺人算，算减则贫耗③，多逢忧患。人皆恶之，刑祸随之，吉庆避之④，恶星灾之，算尽则死⑤。

又有三台、北头神君在人头上⑥，录人罪恶，夺其纪算。

又有三尸神在人身中，每到庚申日，辄上诣天曹⑦，言人罪过。月晦之日，灶神亦然⑧。凡人有过，大则夺纪，小则夺算⑨。其过大小有数百事⑩，欲求长生者先须避之。

是道则进，非道则退。不履邪经，不欺暗室⑪，积德累功，慈心于物，忠孝友悌⑫，正己化人，矜孤恤寡，敬老怀幼。

昆虫草木犹不可伤，宜悯人之凶，乐人之善，济人之急，救人之危。见人之得，如己之得；见人之失，如己之失。不彰人短⑬，不衒己长⑭。遏恶扬善。推多取少，受辱不怨，受宠若惊。施恩不求报，与人不追悔。

所谓善人，人皆敬之，天道佑之，福禄随之，众邪远之，所作必成，神仙可冀。

欲求天仙者当立一千三百善⑮，欲求地仙者当立三百善⑯。苟或非义而动，背理而行，以恶为能，忍作残害。阴贼良善，暗侮君亲。慢其先生，叛其所事。诳诸无识，谤诸同学，虚诬诈伪，攻讦宗亲⑰。刚强不仁，很戾自用⑱。是非不当，向背乖宜。虐下取功⑲，谄上希旨，受恩不感，念怨不休。轻蔑天民，扰乱国政。赏及非义，刑及无辜。杀人取财，倾人取位。诛降戮服，贬正排贤，陵孤逼寡。弃法受赂。以直为曲，以曲为直。入轻为重，见杀加怒。知过不改，知善不为。自罪引他，壅塞方术。讪谤圣贤。侵陵道德⑳，射飞逐走，发蛰惊栖，填穴覆巢，伤胎破卵。愿人有失，毁人成功。危人自安㉑，减人自益。以恶易好，以私废公。窃人之能，蔽人之善。形人之丑，讦人之私。耗人货财，离人骨肉。侵人所爱，助人为非㉒，逞志作威。辱人求胜，败人苗稼。破人婚姻。苟富而骄，苟免无耻㉓。认恩推过㉔。嫁祸卖恶。沽买虚誉，包贮险心。挫人所长，护己所短。乘威迫胁，纵暴杀伤。

---

①祸福无门：按古代道家学者认为祸为鬼、为坤，福为神、为乾，均以类相从。无门，指同出一门。

②如影随形：比喻感应之理。指作善，降之百祥；作不善降之百殃。

③算减则贫耗：年寿减除就导致贫穷疾病。

④吉庆：道家以阳为吉、为庆，为君子之喻，而以阴喻小人积恶之徒，故此趋避之。

⑤算尽：指纪算速尽。死，早亡。

⑥三台：一名天柱，按《周礼疏》云："上台司命，中台司中，下台司禄"是谓三台。北斗神君：按古人认为天上北斗、鬼官北斗君，均司生杀之权。

⑦庚申日：古人认为庚申之日是尸鬼竟乱，精神躁秽之日，戒夫妻同度、言语、面会、当清斋不寝。天曹：指天帝。

⑧灶神：名隗，又姓张名单，一名禅。

⑨纪：三百日，一云百日。算：一云三日，另云一日。

⑩数百事：指上天夺人算者有几百件事。故使求长生者躲避之。

⑪暗室：喻指在无人监督，自己独自行事之时。

⑫忠：指古代臣对君尽忠。孝：指子女对父母尽孝。友：指兄对弟友爱。悌：指弟弟对兄长友爱。

⑬彰：显露，揭示。短：短处。该句指君子有容人之量。

⑭不衒己长：该句指君子心怀宽阔，对己之长深藏不露，虚怀若谷。

⑮天仙：按道家认为人生修证，有天仙、地仙、水仙、神仙、人仙、鬼仙之分，天仙为第一位。

⑯地仙：人生求仙之第二位。一说到水仙之后为第三位。

⑰攻讦：因一己私利而揭发别人过失或阴私并加以攻击之行为。

⑱很戾：当作"狠戾"，指凶狠暴戾。自用：指不遵师法、刚愎自用、自以为是。

⑲虐：即残暴狠毒。谄：以不善先人谓之谄，即以卑贱的态度取悦于人。

⑳侵陵：侵犯、欺凌。道德：按道家学派认为：有物混成先天地生曰道；德，即得，道生万物有得有获故名德。

㉑危人：使人濒于危难。自安：使自己安定。

㉒助人为非：此句意为君子应成人之美，不成小人之恶。

㉓无耻：即寡廉鲜耻。

㉔认恩：指恩非己出而妄认之。推过：指过实在我而强推之。

下　卷

无故剪裁①，非礼烹宰。散弃五谷，劳扰众生。破人之家，取其财宝。决水放火②，以害民居。紊乱规模，以败人功。损人器物，以穷人用。见他荣贵，愿他流贬。见他富贵，愿他破散③。见他色美，起心私之。负他货财，愿他身死。干求不遂，便生咒恨。见人失便④，便说他过。见他体相不具而笑之⑤，见他才能可称而抑之。埋蛊厌人⑥，用药杀树。恚怒师傅，抵触父兄。强取强求，好侵好夺，虏掠致富，巧诈求迁，赏罚不平逸乐过节⑦，苛虐其下。恐吓于他。怨天尤人。呵风骂雨⑧，斗合争讼。妄逐朋党，用妻妾语，违父母训⑨。得新忘故，口是心非。贪冒于财，欺罔其上。造作恶语，谗毁平人。

毁人称直，骂神称正⑩。弃顺效逆，背亲向疏⑪。

指天地以证鄙怀⑫，引神明而鉴猥事。施与后悔，假借不还。分外营求⑬，力上施设。淫欲过度。心毒貌慈，秽食餧人⑭，左道惑众。

短尺狭度、轻称小升⑮，以伪杂真，采取奸利。压良为贱，谩蓦愚人⑯。贪婪无厌。咒诅求直，嗜酒悖乱。骨肉忿争。

男不忠良，女不柔顺。不和其室，不敬其夫。每好矜夸，常行妒忌。无行于妻子⑰，失礼于舅姑。轻嫚先灵⑱，违逆上命。作为无益，怀挟外心⑲。自咒咒他，偏憎偏爱。越井越灶，跳食跳人⑳。损子堕胎，多行隐僻。晦腊歌舞，朔旦号怒。对北涕唾及溺，对灶吟咏及哭。又以灶火烧香，秽柴作食㉑。夜起裸露，八节行刑。唾流星，指虹霓，辄指三光，久视日月。春月燎猎㉒，对北恶骂。无故杀龟打蛇。

如是等罪，司命随其轻重，夺其纪算，算尽则死。死有余责，乃殃及子孙。又诸横取人财者，乃计其妻子家口以当之，渐至死丧，若不死丧，则有水火盗贼，遗亡器物，疾病口舌诸事，以当妄取之直。又枉杀人者，是易刀兵而相杀也。取非义之财者，譬如漏脯救饥㉓，鸩酒止渴，非不暂饱，死亦及之。夫心起于善㉔，善虽未为而吉神已随之。或心起于恶，恶虽未为而凶神已随之。其有曾行恶事后自改悔，诸恶莫作，众善奉行，久久必获吉庆，所谓转祸为福也。故吉人语善、视善、行善，一日有三善，三年天必降之福。凶人语恶、视恶、行恶，一日有三恶，天必降之祸，胡不勉而行之㉕。

---

①剪裁：即剪裁。

②决水：发掘河道，使河水冲出河道，酿成水患。

③破散：破败，散失。此两句为损人利己设虚妄之愿，幸灾乐祸。

④失便：失掉便利。

⑤体相不具：指身体残废，肢体、相貌有缺陷。

⑥埋蛊厌人：埋，埋藏。蛊，古时认为，使许多毒虫相互吞食，最后剩下不死之毒虫称蛊，用以放在食物中毒杀人。比喻指损坏之名，淫溺惑乱之所生。

⑦逸乐过节：逸乐，指逸游、淫乐。过节，超过节度。

⑧诃风骂雨：诃，诃责，过分严厉地要求。风、雨，指自然界之风雨，古人认为风伯雨师，为帝王之所祀，故人亦应尊而从之。

⑨用妻妾语，违父母训：该句指丈夫听从妻子之言，使婆媳、父子关系不和，而违背孝义之理。

⑩毁人称直，骂神称正：该句意为小人以毁人、骂神为业，并颠倒黑白，以非为是。

⑪背亲向疏：指不爱其亲人而爱他人；不敬其亲人而敬他人。

⑫指天地以证鄙怀：鄙怀，个人的心迹。鄙，谦称，指自己。该句意指有些人动辄指示天地而验证自己的心意。

⑬分外营求：此句意为，君子毕力于人伦，故思不出位，而行无越思；小人阇识义命，不能耕而思黍粟，不能织而喜采裳，亏其分内之事而营其分外之求，故为力戒之行。

⑭秽食馁人：秽食，污秽之食。馁人，即饲人，给别人吃。

⑮短尺狭度、轻称小升：短尺，指不符合长度的尺。狭度，窄小之度量。轻称小开，均指量重量与体积的量器、容器。

⑯谩蓦愚人：蓦，欺凌而居人之上。愚人，指胸无见地，生而无才之人。

⑰无行：指行为不符礼义。

⑱轻嫚先灵：嫚，轻视，侮辱。先灵，指祖先之神灵。

⑲怀挟外心：怀挟，心中怀有，挟同怀。外心，即二心，指臣对君、妻对夫。

⑳跳食跳人：跳食，古人认为跳跃而食是为不敬。跳人，指屈人于两胯之间，跳人之上也为不敬。

㉑秽柴作食：秽柴，指燃烧后发出污秽臭气之柴。古人认为以秽柴作食，然后荐于君王，是为大不敬也。

㉒春月燎猎：燎，《尔雅》云："宵田为燎"。即夜猎载铲照明之谓。春月燎猎有违天时，是为无道之举。

㉓漏脯：漏水所沾之肉，有毒，食之可致死。

㉔心起于善：心意由善兴起。

㉕胡不勉而行之：胡，为什么。勉而行之，努力并实行它。

钟吕传道集

〔唐〕钟离权　撰　吕岩　集

钟吕传道集

正阳真人　钟离权　云房述
纯阳真人　吕　岩　洞宾集
华阳真人　施肩吾　希圣传

论真仙第一

吕曰："人之生也，安而不病、壮而不老、生而不死，何道可致如此？"

钟曰："人之生，自父母交会而二气相合，即精血为胎胞，于太初之后而有太质。阴承阳生，气随胎化，三百日形圆。灵光入体，与母分离。自太素之后已有升降，而长黄芽①。五千日气足，其数自满八十一丈。方当十五，乃曰童男。是时阴中阳半，可比东日之光。过此以往，走失元阳，耗散真气，气弱则病、老、死、绝矣。平生愚昧，自损灵光，一世凶顽，时除寿数。所以来生而身有等殊，寿有长短。既生复灭，既灭复生。转转不悟而世世堕落，则失身于异类，透灵于别壳。至真之根性不复于人，傍道轮回，永无解脱。或遇真仙至人，与消其罪，除皮脱壳，再得人身。方在痴瘖愚昧之中，积行百劫，升入福地，犹不免饥寒残患。迤逦升迁，渐得完全形貌，尚居奴婢卑贱之中。苟或复作前孽，如立板走丸，再入傍道轮回。"

吕曰："生于中国，幸遇太平，衣食稍足而岁月未迟。爱者安而嫌者病，贪者生而怕者死。今日得面尊师，再拜再告，念以生死事大，敢望开陈不病不死之理，指教于贫儒者乎？"

钟曰："人生欲免轮回，不入于异类躯壳，尝使其身无病、老、死、苦，顶天立地，负阴抱阳而为人也。为人勿使为鬼，人中修取仙，仙中升取天。"

吕曰："人死为鬼，道成为仙。仙一等也，何以仙中升取天乎？"

钟曰："仙非一也。纯阴而无阳者，鬼也；纯阳而无阴者，仙也；阴阳相杂者，人也。惟人可以为鬼，可以为仙。少年不修，恣情纵意，病死而为鬼也。知之修炼，超凡入圣，脱质而为仙也。仙有五等，法有三成。修持在人，而功成随分者也。"

吕曰："法有三成而仙有五等者，何也？"

钟曰："法有三成者，小成、中成、大成之不同也。仙有五等者，鬼仙、人仙、地仙、神仙、天仙之不等，皆是仙也。鬼仙不离于鬼，人仙不离于人，地仙不离于地，神仙不离于神，天仙不离于天。"

吕曰："所谓鬼仙者，何也？"

钟曰："鬼仙者，五仙之下一也。阴中超脱，神象不明，鬼关无姓，三山无名。虽不入轮回，又难返蓬瀛。终无所归，止于投胎就舍而已。"

吕曰："是此鬼仙，行何术、用何功而致如此？"

钟曰："修持之人，始也不悟大道，而欲于速成。形如槁木，心若死灰，神识内守，一志不散。定中以出阴神，乃清灵之鬼，非纯阳之仙。以其一志阴灵不散，故曰鬼仙。虽曰仙，其实鬼也。古今崇释之徒，用功到此，乃曰得道，诚可笑也。"

吕曰："所谓人仙者，何也？"

钟曰："人仙者，五仙之下二也。修真之士，不悟大道，环中得一法，法中得一术，信心苦志，终世不移。五行之气，误集误合，形质且固，八邪之疫不能为害，多安少病，乃曰人仙。"

吕曰："是此人仙，何术、何功而致如此？"

钟曰："修持之人，始也或闻大道。孽重福薄。一切魔难可改初心，止于小成。云法有功，终身不能改移，四时不能变换。如绝五味者，岂知有六气，忘七情者，岂知有十戒。行漱咽者，咍吐纳之为错。著采补者，笑清静以为愚。好即物以夺天地之气者，不肯休粮。好存想而采日月之精者，不肯导引。孤坐闭息，安知有自然。屈体劳形，不识于无为。采阴、取妇人之气，与缩金龟者不同。养阳、食女子之乳，与炼丹者不同。以类推穷，不可胜数。然而皆是道也，不能全于大道，止于大道中一法一术，功成安乐延年而已，故曰人仙。更有一等，而悦于须臾，厌于持久，用功不谨，错时乱日，反成疾病，而不得延年者，世亦多矣。"

吕曰："所谓地仙者，何也？"

钟曰："地仙者，天地之半，神仙之才。不悟大道，止于小成之法。不可见功，唯以长生住世，而不死于人间者也。"

吕曰："地仙如何下手？"

钟曰："始也法天地升降之理，取日月生成之数。身中用年月，日中用时刻。先要识龙虎，次要配坎离[2]。辨水源清浊，分气候早晚。收真一，察二仪，列三才，分四象，别五运，定六气，聚七宝，序八卦，行九州。五行颠倒，气传子母而液行夫妇也。三田反复，烧成丹药，永镇下田。炼形住世而得长生不死，以作陆地神仙，故曰地仙。"

吕曰："所谓神仙者，何也？"

钟曰："神仙者，以地仙厌居尘世，用功不已，关节相连，抽铅添汞而金精炼顶[3]。玉液还丹，炼形成气而五气朝元，三阳聚顶。功满忘形，胎仙自化。阴尽阳纯，身外有身。脱质升仙，超凡入圣。谢绝尘俗以返三山，乃曰神仙。"

吕曰："所谓天仙者，何也？"

钟曰："地仙厌居尘世，用功不已，而得超脱，乃曰神仙。地仙厌居三岛而传道人间，道上有功，而人间有行，功行满足，受天书以返洞天，是曰天仙。既为天仙，若以厌居洞天，效职以为仙官：下曰水官，中曰地官，上曰天官。于天地有大功，于今古有大行。官官升迁，历任三十六洞天，而返八十一阳天，而返三清虚无自然之界。"

吕曰："鬼仙固不可求矣，天仙亦未敢望矣。所谓人仙、地仙、神仙之法，可得闻乎？"

钟曰："人仙不出小成法，地仙不出中成法，神仙不出大成法。是此三成之数，其实一也。用法求道，道固不难。以道求仙，仙亦甚易。"

吕曰："古今养命之士，非不求长生也，非不求升仙也，然而不得长生而升仙者，何也？"

钟曰："法不合道，以多闻强识，自生小法傍门，不免于疾病、死亡，犹称尸解，迷惑世人，互相推举，致使不闻大道。虽有信心苦志之人，行持已久，终不见功，节序而入于泉下。呜呼！"

①黄芽：喻真汞，心中阴精秉先天水气而为汞。

②坎离：八卦中的卦象，其中坎代表阴、水、肾、离代表阳、火、心。

③抽铅添汞：炼丹的一种操作方法。

论大道第二

吕曰："所谓大道者，何也？"

钟曰："大道无形、无名、无问、无应①。其大无外，其小无内。莫可得而知也，莫可得而行也！"

吕曰："古今达士，始也学道，次以有道，次以得道，次以成道，而于尘世入蓬岛②，升于洞天，升于阳天而升三清，是皆道成之士。今日师尊独言道不可得而知，不可得而行。然于道也，独得隐乎？"

钟曰："仆于道也，固无隐尔。盖举世奉道之士，止有好道之名。使闻大道，而无信心，虽有信心，而无苦志。朝为而夕改，坐作而立忘。始乎忧勤，终则懈怠。仆以是言大道难知、难行也。"

吕曰："大道难知、难行之理如何？"

钟曰："以傍门小法，易为见功，而俗流多得。互相传授，至死不悟，遂成风俗，而败怀大道。有斋戒者、有休粮者、有采气者、有漱咽者、有离妻者、有断味者、有禅定者、有不语者、有存想者、有采阴者、有服气者、有持净者、有息心者、有绝累者、有开顶者、有缩龟者、有绝迹者、有看读者、有烧炼者、有定息者、有导引者、有吐纳者、有采补者、有布施者、有供养者、有救济者、有入山者、有识性者、有不动者、有受持者，……傍门小法，不可备陈。至如采日月之华、天地之气，心思意想、望结丹砂，屈体劳形、欲求超脱，多入少出，攻病可也。认为真胎息，绝念忘言，养性可也。指作太一含真气，金枪不倒，黄河逆流，养命之下法；形如槁木，心若死灰，集神之小术。奈何古今奉道之士，苦苦留心，往往挂意。以咽津为药③，如何得造化？聚气为丹，如何得停留？指肝为龙，而肺为虎，如何得交合？认坎为铅，而离为汞，如何得抽添：四时浇灌，望长黄芽。一意才散，欲求大药。差年错月，废日乱时。不识五行根蒂，安知三才造化？寻枝摘叶，迷惑后人。致使大道日远、日疏，异端并起，而成风俗，以失先师之本意者，良由道听途说、口耳之学。而指诀于无知之徒，递相训式，节序而入于泉下，令人寒心。非不欲开陈大道，盖世人孽重福薄，不信天机，重财轻命，愿为下鬼。"

吕曰："小法旁门，既已知矣，其于大道，可得闻乎？"

钟曰："道本无问，问本无应。及乎真元一判，太朴已散。道生一，一生二，二生三。一为体，二为用，三为造化④。体用不出于阴阳，造化皆因于交媾。上、中、下列为三才；天、地、人共得一道。道生二气，气生三才，三才生五行，五行生万物。万物之中，最灵、最贵者，人也。惟人也穷万物之理，尽一己之性。穷理、尽性以至于命，全命、保生以合于道，当与天地齐其坚固，而同得长久。"

吕曰："天长地久，亘千古以无穷。人寿百岁，至七十而尚稀。何道之独在于天地而远于人乎？"

钟曰："道不远于人而人自远于道耳。所以远于道者，养命不知法。所以不知法者，下功不识时。所以不识时者，不达天地之机也。"

①无名：老子曾以无名来规定道的特性，指出道恒无名，而其名不去。

②蓬岛：即蓬莱，传说中神仙居住的地方。

③咽津：指通过吞咽津液达到养生目的。

④造化：为天地自然之道，无中生有谓之造。即有还无谓之化。

论天地第三

吕曰："所谓天地之机，可得闻乎？"

钟曰："天地之机，乃天地运用大道，而上下往来，行持不倦，以得长久坚固。未尝轻泄于人也。"

吕曰："天地之于道也，如何谓之行持之机？运用如何起首？行持如何见功？"

钟曰："大道既判而有形，因形而有数。天得乾道，以一为体，轻清而在上，所用者，阳也；地得坤道，以二为体，重浊而在下，所用者，阴也。阳升阴降，互相交合。乾坤作用，不失于道。而起首有时，见功有日。"

吕曰："天得乾道，所用者阳也。阳主升，何以交于地？地得坤道，所用者阴也。阴主降，何以交于天？天地不交，阴阳如何得合？阴阳不合，乾坤如何作用？乾坤既无作用，虽有起首之时、见功之日，大道如何可得也？"

钟曰："天道以乾为体，阳为用，积气在上；地道以坤为体，阴为用，积水在下。天以行道，以乾索于坤。一索之而为长男，长男曰震。再索之而为中男，中男曰坎。三索之而为少男，少男曰艮。是此天交于地，以乾道索坤道而生三阳。及乎地以行道，以坤索于乾。一索之而为长女，长女曰巽。再索之为中女，中女曰离。三索之为少女，少女曰兑。是此地交于天，以坤道索乾道而生三阴。三阳交合于三阴而万物生，三阴交合于三阳而万物成。天地交合，本于乾坤相索而运行于道。乾坤相索而生六气，六气交合而分五行，五行交合而生成万物。方其乾道下行，三索既终，其阳复升，阳中藏阴，上还于天；坤道上行，三索既终，其阴复降，阴中藏阳，下还于地。阳中藏阴，其阴不消，乃曰真阴。真阴到天，因阳而生，所以阴自天降，阴中能无阳乎？阴中藏阳，其阳不灭，乃曰真阳。真阳到地，因阴而发，所以阳自地升，阳中能无阴乎？阳中藏阴，其阴不消，复到于地；阴中藏阳，其阳不灭，复到于天。周而复始，运行不已。交合不失于道，所以长久坚固者如此。"

吕曰："天地之机，运行于道而得长久，乃天地作用之功也。惟人也，虽有聪明之性，留心于清净，欲以奉行大道，小则安乐延年，中则长生不死，大则脱质升仙。如何作用，运行大道，法动天机，而亦得长久坚固，浩劫常存？"

钟曰："大道无形，因彼之所得而为形。大道无名，因彼之所有而为名。天地得之，而曰乾坤之道。日月得之，而曰阴道阳道。人若得之，朝廷则曰君臣之道；闺门则曰夫妇之道；乡党则曰长幼之道；庠序则曰朋友之道①；家室则曰父子之道。是此见于外者，莫不有道也。至如父母交会，其父则阳先进而阴后行，以真气接真水，心火与肾水相交，炼而为精华。精华既出，逢母之阴先进，以水涤荡于无用之处；逢母之阳先进，以血承受于子宫之前。精血为胞胎，包含真气而入母子宫。积日累月，真气造化成人，如天地行道，乾坤相索，而生三阴三阳。真气为阳，真水为阴。阳藏水中，阴藏气中。气主于升，气中有真水。水主于降，水中有真气。真水乃真阴也，真气乃真阳也。真阳随水下行，如乾索于坤：上曰震，中曰坎，下曰艮。以人比之，以中为度，自上而下，震为肝，坎为肾，艮为膀胱。真阴随气上行，如坤索于乾：下曰巽，中曰离，上曰兑。以人比之，以中为度，自下而上，巽为胆，离为心，兑为肺。形象既备，数足离母。既生之后，元阳在肾，因元阳而生真气。真气朝心，因真气而生真液。真液还元。上下往复，若无亏损，自可延年。如知时候无差，抽添有度，自可长生。若以造作无倦，修持不已，阴尽阳纯，自可超凡入圣。此乃天机深造之理，古今不传之事。公若信心而无犹豫，以利名若枷杻，恩爱如寇仇，避疾病若怕死亡之难。防失身于别壳，虑透灵于异类。委有清净之志，当且杜其根源，无使走失元阳，耗散真气。气盛而魂中无阴，阳壮而魄中有气。一升一降，取法无出乎天地。一盛一衰，其往来亦似于日月。

---

① 庠（xiáng，翔）序：古代乡学，泛指学校。

论日月第四

吕曰："天地之理亦粗知矣，其日月之躔度交合①，于人可得比乎？愿闻其说。"

钟曰："大道无形，生育天地。大道无名，运行日月。日月者，太阴、太阳之精，默纪天地交合之度，助行生成万物之功。东西出没，以分昼夜。南北往来，以定寒暑。昼夜不息，寒暑相催。而魄中生魂，魂中生魄②。进退有时，不失乾坤之数。往来有度，无差天地之期。"

吕曰："东西出没，以分昼夜，何也？"

钟曰："混沌初分，玄黄定位。天地之状，其形象卵。六合之中，其圆如毬。日月出没，运行于一天之上、一地之下。上下东西，周行如轮。凡日之东出而西，未没为昼；西没而东，未出为夜，是此日之出没以分昼夜也。若月之出没，不同于日。载魄于西，受魂于东，光照于夜而魂藏于昼，积日累时，或出或没，自西而东。始也魄中生魂，状若弯弓，初夜而光照于西。次也魄中魂半，时应上弦，初夜而光照于南。其次魄中魂满，与日相望，初夜而光照于东。其次也魂中生魄，状如缺镜，初昼而魂藏于西。其次也魂中魄半，时应下弦，初昼而魂藏于南。其次也魂中魄满，与日相背，初昼而魂藏于东。是此月之出没，以分昼夜也。"

吕曰："南北往来，以定寒暑者，何也？"

钟曰："冬至之后，日出辰初五十分，日没申末初五十分。过此以往，出没自南而北，以夏至为期。夏至之后，日出寅末五十分，日没戌初五十分。过此以往，出没自北而南，以冬至为期。自南而北，以冬至夏，乃寒为暑也。自北而南，以夏至冬，乃暑为寒也。夏之日乃冬之夜也，冬之日乃夏之夜也。冬至之后，月出自北而南，比于夏之日也。夏至之后，月出自南而北，比于冬之日也。是此日月之往来以定寒暑者也。"

吕曰："天地之机，阴阳升降，正与人之行持无二等。若此日月之出没往来，交合躔度，于人可得比乎？"

钟曰："天地之机，在于阴阳之升降。一升一降，太极相生。相生相成，周而复始。不失于道，而得长久。修持之士，若以取法于天地，自可长生而不死。若比日月之躔度，往来交合，止于月受日魂，以阳变阴。阴尽阳纯。月华莹净。消除暗魄，如日之光辉，照耀于上下。当此时，如人之修炼，以气成神，脱质升仙，炼就纯阳之体也。"

吕曰："修真奉道之士，其于天地阴阳升降之理、日月精华交合之度下手用功，而于二者何先？"

钟曰："始也法效天机，用阴阳升降之理，使真水、真火合而为一。炼成大药，永镇丹田，浩劫不死，而寿齐天地。如厌居尘世，用功不已，当取日月之交会，以阳炼阴，使阴不生；以气养神，使神不散。五气朝元，三阳聚顶，谢绝俗流，以归三岛。"

吕曰："若此之功验，深达旨趣，所患不得时节矣。"

钟曰："天地之阴阳升降，一年一交合。日月之精华往来，一月一交合。人之气液，一昼一夜一交合矣③。"

①躔（chán，缠）：指天体运行。这里指日月交替运行与人之修炼关系。

②魄中生魂，魂中生魄：肺神为魄，肝神为魂，肺中之魄寓于肾，肝中之魂寓于心，制约魄魂使相结合，可成精华。

③人之气液：指人体中代表阳的元气下行和代表阴的玉液上行交替。

论四时第五

吕曰："天地日月之交合，年、月、日、时，可得闻乎？"

钟曰："凡时有四等。人寿百岁：一岁至三十乃少壮之时，三十至六十乃长大之时，六十至九十乃老耄之时，九十至百岁或百二十岁乃衰败之时也。是此则曰身中之时一等也。若以十二辰为一日，五日为一候，三候为一气，三气为一节，二节为一时，时有春、夏、秋、冬。时当春也，阴中阳半，其气变寒为温，乃春之时也。时当夏也，阳中有阳，其气变温为热，乃夏之时也。时当秋也，阳中阴半，其气变热为凉，乃秋之时也。时当冬也，阴中有阴，其气变凉为寒，乃冬之时也。是此则曰年中之时二等也。若以律中起吕，吕中起律，凡一月三十日，三百六十辰，三千刻，一十八万分。月旦至上弦，阴中阳半。自上弦至月望，阳中阳。自月望至下弦，阳中阴半。自下弦至晦朔，阴中阴①。是此日月中之时三等也。若以六十分为一刻，八刻二十分为一时，一时半为一卦。言其卦，定八方。论其正，分四位。自子至卯，阴中阳半，以太阴中起少阳。自卯至午，阳中有阳，纯少阳而起太阳。自午至酉，阳中阴半，以太阳中起少阴。自酉至子，阴中有阴，纯少阴而起太阴。是此则曰，日中之时四等也。难得而易失者，身中之时也；去速而来迟者，年中之月也；急如电光，速如石火者，日中之辰也。积日为月，积月为岁，岁月蹉跎，年光迅速。贪名求利而妄心未除，爱子怜孙而恩情又起。纵得回心向道，争奈年老气衰。如春雪秋花，止有时间之景；夕阳晓月，应无久远之光。奉道之士，难得者身中之时也。艳阳媚景，百卉芬芳。水榭危楼，清风快意。月夜闲谈，雪天对饮。恣纵无穷之乐，消磨有限之时。纵得回心向道，须是疾病缠身。如破舟未济，谁无求救之心？漏屋重完，忍绝再修之意？奉道之士，虚过少年中之时也。邻鸡未唱，而出户嫌迟。街鼓遍闻，而归家恨早。贪痴争肯暂休，妄想惟忧不足。满堂金玉，病来著甚抵挡？一眼儿孙，气断谁能替换？晓夜不停，世人莫悟。奉道之士，可惜者，日中时也。"

吕曰："身中之时，年中之时，月中之时，日中之时，皆是时也。尊师独于身中之时为难得，又于日中之时为可惜者，何也？"

钟曰："奉道者难得少年。少年修持，根元完固，凡事易为见功，止于千日而可大成也。奉道者又难得中年，中年修持，先补之完备，次下手进功。始也返老还童，后即入圣超凡也。奉道者少年不悟，中年不省，或因灾难而留心清静，或因疾病而志在希夷。晚年修持，先论救护，次说补益。然后自小成法积功以至中成，中成法积功至于返老还童，炼形住世。而五气不能朝元，三阳难为聚顶。脱质升仙，无缘而得成。是难得者，身中之时也。"

吕曰："身中之时固知难得矣，而日中之时可惜者，何也？"

钟曰："人之一日如日月之一月，如天地之一年。大道生育天地，天地分位，上下相去八万四千里。冬至之后，地中阳升。凡一气十五日，上进七千里，计一百八十日。阳升到天，太极生阴。夏至之后，天中阴降。凡一气十五日，下进七千里，计一百八十日。阴降到地，太极复生阳。周而复始，运行不已，而不失于道，所以长久。运行日月，日月成形，周围各得八百四十里。月旦之后，六中起九。凡一日计十二时，魄中魂进七十里，凡十五日，计一百八十日，魄中魂进八百四十里。月望之后，九中起六。凡一日计十二时，魂中魄进七十里。凡十五日，计一百八十时，魂中魄进八百四十里。周而复始，运行不已，而不失于道，所以坚固。大道长养万物，万物之中，最灵、最贵者，人也。人之心肾，上下相远八寸四分，阴阳升降；与天地无二等。气中生液，液中生气，气液相生，与日月可同途。天地以乾坤相索，而阴阳升降，一年一交合，不失于道，一年之后有一年。日月以魂魄相生而精华往来，一月一交合，不失于道，一月之后有一月。人之交合，虽在一昼一夜，不知交合之时，又无采取之法。损时又不解补，益时又不解收。阴交时不解养阳，阳交时不解炼阴②。月中不知损益，日中又无行持。过了一年无一年，过了一日无一日。当风卧湿，冒暑涉寒，不肯修持，而甘心受病，虚过时光而端坐候死。"

吕曰："奉道之人，非不知年光虚度，岁月蹉跎，而疾病缠身，死限将至。盖以修炼不知法，行持不知时，是致阴阳交合有差，时月行持无准。"

钟曰："身中用年，年中用月，月中用日，日中用时。盖以五脏之气，月上有盛衰，日上有进退，时上有交合。运行五度而气传六候。金、木、水、火、土，分列无差。东、西、南、北、中，生成有数。炼精生真气，炼气合阳神，炼神合大道。"

---

①晦朔：指阴将尽而未尽，阳将生而未生，因此称阴中阴。

②阴交时不解养阳二句：指人体炼养过程与一年四季变化，一月朔望运行相合，每当阴阳存之绪，是修丹最好时机。

论五行第六

吕曰："所谓五藏之气而曰金、木、水、火、土。所谓五行之位而曰东、南、西、北、中。若此如何得相生相成，而交合有时乎？采取有时乎？愿闻其说。"

钟曰："大道既判而生天地，天地既分而列五帝。东曰青帝，而行春令，于阴中起阳，使万物生。南曰赤帝，而行夏令，于阳中生阳，使万物生长。西曰白帝，而行秋令，于阳中起阴，使万物成。北曰黑帝，而行冬令，于阴中进阴，使万物死。四时各九十日。每时下十八日，黄帝主之。若于春时，助成青帝而发生；若于夏时，接序赤帝而长育；若于秋时，资益白帝而结立；若于冬时，制摄黑帝而严示。五帝分治，各主七十二日，合而三百六十，而为一岁，辅弼天地，以行于道。青帝生子而曰甲乙，甲乙东方木。赤帝生子而曰丙丁，丙丁南方火，黄帝生子而曰戊己，戊己中央土。白帝生子而曰庚辛，庚辛西方金。黑帝生子而曰壬癸，壬癸北方水。见于时而为象者，木为青龙，火为朱雀，土为勾陈，金为白虎，水为玄武。见于时而生物者，乙与庚合，春则有榆，青而白，不失金木之色。辛于丙合，秋则有枣，白而赤，不失金火之色。己与庚合，夏末秋初有瓜，青而黄，不失土木之色。丁与壬合，夏则有椹，赤而黑，不失水火之色。癸与戊合，冬则有桔，黑而黄，不失水土之色。以类推求，五帝相交而见于时者，生在物者，不可胜数。"

吕曰："五行在时若此，五行在人如何？"

钟曰："惟人也头圆足方，有天地之象，阴阳升降，又有天地之机①。而肾为水，心为火，肝为木，肺为金，脾为土。若以五行相生，则水生木，木生火，火生土，土生金，金生水。生者为母，受生者为子。若以五行相克，则水克火，火克金，金克木，木克土，土克水。克者为夫，受克者为妻。以子母言之，肾气生肝气②，肝气生心气，心气生脾气，脾气生肺气，肺气生肾气。以夫妻言之，肾气克心气③，心气克肺气，肺气克肝气。肝气克脾气，脾气克肾气。肾者，心之夫，肝之母，脾之妻，肺之子。肝者，脾之夫，心之母，肺之妻，肾之子。心者，肺之夫，脾之母，贤之妻，肝之子。肺者，肝之夫，肾之母，心之妻，脾之子。脾者，肾之夫，肺之母，肝之妻，心之子。心之见于内者为脉，见于外者为色，以寄舌为门户。受肾之制伏，而驱用于肺，盖以夫妇之理如此；得肝则盛，见脾则减，盖以子母之理如此。肾之见于内者为骨，见于外者为发，而两耳为门户。受脾之制伏，而驱用于心，盖以夫妇之理如此；得肺则盛，见肝则减，盖以子母之理如此。肝之见于内者为筋，见于外者为爪，以眼目为门户。受肺之制伏，而驱用于脾，盖以夫妇之理如此；见肾则盛，见心则减，盖以子母之理如此。肺之见于内者为肤，见于外者为毛，以鼻穴为门户。受心之制伏，而驱用于肝，盖以夫妇之理如此；得脾则盛，见肾则减，盖以子母之理如此。脾之见于内者为脏，均养心、肾、肝、肺。见于外者为肉，以唇口为门户。呼吸定往来，受肝之制伏，而驱用于肾，盖以夫妇之理如此；得心则盛，见肺则减，盖以子母之理如此，此是人之五行，相生相克，而为夫妇子母传气，衰旺见于此矣。”

吕曰：“心，火也，如何得火下行？肾，水也，如何得水上升？脾，土也。土在中，而承火则盛，莫不下克于水乎？肺，金也。金在上，而下接火则损，安得有生于水乎？相生者递相间隔，相克者亲近难移。是此五行自相损克，为之奈何？”

钟曰：“五行归原，一气接引。元阳升举而升真水，真水造化而生真气，真气造化而生阳神。始以五行定位，而有一夫一妇。肾，水也。水中有金。金本生水，下手时要识水中金。水本嫌土，采药后须得土归水。龙乃肝之象，虎本肺之形④。阳龙出于离宫，阴虎生于坎位。五行逆行，气传子母。自子至午，乃曰阳时生阳，五行颠倒，液行夫妇。自午至子，乃曰阴中炼阳。阳不得阴不成，到底无阴而不死。阴不得阳不生，到底绝阴而寿长。”

吕曰：“五行本于阴阳一气，所谓一气者，何也？”

钟曰：“一气者，昔父与母交，即以精血造化成形。肾生脾，脾生肝，肝生肺，肺生心，心生小肠，小肠生大肠，大肠生胆，胆生胃，胃生膀胱。是此阴以精血造化成形，其阳止在起首始生之处，一点元阳而在二肾。且肾，水也，水中有火，升之为气，因气上升以朝于心。心，阳也，以阳合阳，太极生阴，乃积气生液，液自心降，因液下降以还于肾。肝本心之母、肾之子，传导其肾气以至于心矣。肺本心之妻，肾之母，传导其心液以至于肾矣。气液升降，如天地之阴阳。肝肺传导，若日月之往复。五行，名之数也。论其交合生成，乃元阳一气为本。气中生液，液中生气。肾为气之根，心为液之源。灵根坚固，恍恍惚惚，气中自生真水。心源清净，杳杳冥冥，液中自有真火。火中识取真龙，水中认取真虎。龙虎相交而变黄芽，合就黄芽而结成大药，乃曰金丹。金丹既就，乃曰神仙。”

吕曰：“金丹就而脱质升仙，以返十州，固可知矣。如何谓之黄芽？”

钟曰：“真龙，真虎者是也。”

吕曰：“龙虎者，何也？”

钟曰：“龙非肝也，乃阳龙，阳龙出在离宫真水之中。虎非肺也，乃阴虎，阴虎出在坎位真火之中。”

①古人认为天圆地方，一年四季阴阳交替，而人体中阴阳升降，与之类似，所以说人有天地之象，又有天地之机。

②肾气生肝气：肾属水，肝属木，按五行相生原理，肾气生肝气，肝气生心气等依此类推。

③肾气克心气：肾属水，心属火，水克火，所以说肾为心之夫，以下依此类推。

④龙乃肝之象：龙即青龙，内丹家以青龙喻魂，魂藏于肝，故言之。虎本肺之形：以白虎比喻魄，魄藏于肺，故称之。

论水火第七

吕曰："人之长生者，炼就金丹。欲炼金丹，先采黄芽。欲得黄芽，须得龙虎。所谓真龙出于离宫，真虎生于坎位。离坎之中有水火。水火者，何也？"

钟曰："凡身中以水言者，四海、五湖、九江、三岛、华池、瑶池、凤池、天池、玉池、昆池、元潭、阆苑、神水、金波、琼液、玉泉、阳酥、白雪①，……若此名号，不可备陈。凡身中以火言者，君火、臣火、民火而已。三火以元阳为本，而生真气，真气聚而得安，真气弱而成病。若以耗散真气而走失元阳，元阳尽，纯阴成，元神离体，乃曰死矣。"

吕曰："人身之中，以一点元阳而兴举三火。三火起于群水众阴之中，易为耗散而难炎炽。若此阳弱阴盛，火少水多，令人速于衰败而不得长生，为之奈何也？"

钟曰："心为血海，肾为气海，脑为髓海，脾胃为水谷之海，是此四海者如此。五脏各有液，所主之位东，西，南，北，中，是此五湖者如此。小肠二丈四尺而上下九曲，乃曰九江，小肠之下元潭之说如此。顶曰上岛，心曰中岛，肾曰下岛。三岛之内，根源、阆苑之说如此。华池在黄庭之下，瑶池出丹阙之前，昆池上接玉京，天池正冲内院，凤池乃心肺之间，玉池在唇齿之内。神水生于气中，金波降于天上。赤龙住处，自有琼液玉泉；凡胎换后，方见白雪阳酥。浇灌有时，以沃炎盛，先曰玉液，次曰金液，皆可以还丹。抽添有度，以应沐浴，先曰中田，次曰下田，皆可以炼形。玉药金花变就黄白之体，醍醐甘露炼成奇异之香②。若此水之功效。及夫民火上升，助肾气以生真水；肾水上升，交心液而生真气。小则降魔除病，大则炼质烧丹。用周天则火起焚身，勒阳关则还元丹药。别九州之势以养阳神，烧三尸之累以除阴鬼。上行则一撞三关，下运则消磨七魄。炼形成气而轻举如飞，炼气成神而脱胎如蜕。若此皆火之功效也。"

吕曰："始也闻命，所患者火少水多而易衰败。次听高论，水火有如此之功验。毕竟如何造化，使少者可以胜多，弱者可以致强？"

钟曰："二八阴消，九三阳长，赫赤金丹，指日可成，七返九还而胎仙自化者也。真气在心，心是液之源。元阳在肾，肾是气之海。膀胱为民火，不止于民火，不能为用，而膀胱又为津液之府。若以不达天机，罔测玄理，奉道之士难为造化，不免于疾病死亡者矣。"

吕曰："所谓造化，使阳长阴消，金丹可成而胎仙自化者，何也？"

钟曰："人之心肾相去八寸四分，乃天地定位之比。气液太极相生，乃阴阳交合之比也。一日十二时，乃一年十二月之比也。心生液，非自生也，因肺液降而心液行。液行夫妇，自上而下，以还下田，乃曰妇还夫宫。肾生气，非自生也，因膀胱气升而肾气行。气行子母，自下而上以朝中元，乃曰夫还妇室。肝气导引肾气，自下而上以至于心。心，火也，二气相交薰蒸于肺，肺液下降，自心而来皆曰心生液，以液生于心而不耗散，故曰真火也。肺液传送心液，自上而下以至于肾。肾，水也，二水相交，浸润膀胱，膀胱气上升，自肾而起者皆曰气，以气生于肾而不消磨，故曰真火也。真火出于水中，恍恍惚惚，其中有物。视之不可见，取之不可得也。真水出于火中，杳杳冥冥，其中有精③。见之不能留，留之不能住也。"

吕曰："肾，水也，水中生气，名曰真火，火中何者为物？心，火也，火中生液，名曰真水，水中何者为精？水中之物，水中之精既无形状可求，纵求之而又难得，纵得之而又何用？”

钟曰：“前古上圣道成，不离于此二物，交媾而变黄芽，数足胎完以成大药，乃真龙、真虎者也。”

---

①华池：以铅喻身，譬之为池，得无精真汞入于气而有华色，故谓华池。白雪：与黄芽同为构成内丹之基本物质。

②醍醐：原指精制之奶酪，喻真铅。

③杳杳冥冥二句：指炼丹之始，凝神气穴，呼吸微微，以至胎息，真精产生，此时有身入杳冥，不可言状之感觉。

论龙虎第八

吕曰：“龙本肝之象，虎乃肺之形。是此心火之中而生液，液为真水①。水之中杳杳冥冥而隐真龙。龙不在肝，而出自离宫者，何也？是此肾水之中而生气，气为真火。火之中恍恍惚惚而藏真虎。虎不在肺而出自坎位者，何也。”

钟曰：“龙，阳物也。升飞在天，吟而云起，得泽而济万物。在象为青龙，在方为甲乙，在物为木，在时为春，在道为仁，在卦为震，在人身五脏之内为肝。虎，阴物也。奔走于地，啸而风生，得山而威制百兽，在象为白虎，在方为庚辛，在物为金，在时为秋，在道为义，在卦为兑，在人身五脏之内为肺。且肝，阳也，而在阴位之中。所以肾气传肝气，气行子母，以水生木。肾气足而肝气生，肝气既生以绝肾之余阴，而纯阳之气上升者也。且肺，阴也，而在阳位之中。所以心液传肺液，液行夫妇，以火克金。心液到而肺液生，肺液既生以绝心之余阳，而纯阴之液下降者也。以其肝属阳，以绝肾之余阴，是以知气过肝时即为纯阳。纯阳气中包藏真一之水，恍惚无形，名曰阳龙。以其肺属阴，以绝心之余阳，是知液到肺时即为纯阴。纯阴液中负载正阳之气，杳冥不见，名曰阴虎。气升液降，本不能相交，奈何气中真一之水见液相合，液中正阳之气见气自聚。若也传行之时以法制之，使肾气不走失，气中收取真一之水；心液不耗散，液中采取正阳之气。子母相逢，互相顾恋，日得黍米之大。百日无差，药力全。三百日圣胎坚，三百日胎仙完。形若弹丸，色同朱橘，名曰丹药，永镇下田②。留形住世，浩劫长生，所谓陆地神仙。”

吕曰：“肾水生气；气中有真一之水，名曰阴虎，虎见液相合也。心火生液，液中有正阳之气，名曰阳龙，龙见气相合也。方以类聚，物以群分，理当然也。气生时，液亦降，气中真一之水莫不随液而下传于五脏乎？液生时，气亦升。液中正阳之气莫不随气而上出于重楼乎？真水随液下行，虎不能交龙。真阳随气上升，龙不能交虎。龙虎不交，安得黄芽？黄芽既无，安得大药？”

钟曰：“肾气既生，如太阳之出海，雾露不能蔽其光。液下如疏帘，安足以胜其气？气壮则真一之水自盛矣。心液既生，如严天之杀物，呼呵不能敌其寒。气升如翠幕，安足以胜其液？液盛则正阳之气或强或弱，未可必也。”

吕曰：“气生液生各有时，时生气也，气胜则真一之水亦盛。时生液也，液盛则正阳之气亦盛，盛衰未知，何也？”

钟曰：“肾气易为耗散，难得者，真虎。心液难为积聚，易失者，真龙。丹经万卷，议论不出阴阳。阴阳两事，精粹无非龙虎。奉道之士，万中识者一二，或以多闻广记，虽知龙虎之理，不识交合之时，不知采取之法。所以古今达士，皓首修持，止于小成。累代延年，不闻超脱。盖以不能交媾于龙虎，采黄芽而成丹药。"

---

①是此心火之中二句：指心火为阳，内含真阴，即肾水。
②下田：即下丹田气海精门。

论丹药第九

吕曰："龙虎之理既已知矣，所谓金丹大药可得闻乎？"

钟曰："所谓药者，可以疗病。凡病有三等：当风卧湿、冒暑涉寒，劳逸过度，饥饱失时，非次不安，则曰患矣，患为时病。及夫不肯修持，恣情纵意，散失元阳，耗损真气，年高憔悴，则曰老矣，老为年病。及夫气尽体空，魂消神散，长吁一声，四大无主。体卧荒郊，则曰死矣，死为身病。且以时之有病，以春夏秋冬运行于寒暑温凉。阳太过而阴不足，当以凉治之也。阴太过而阳不足，当以温治之也。老者多冷而幼者多热，肥者多涎而赢者多积。男子病生于气，妇人患本于血。补其虚而取其实，保其弱而损其余。小则针灸，甚者药饵。虽有非次不安，而时之有患，委于明士良医，对病服食，悉得保愈。然而老病如何医？死病如何治？洗肠补肉，古之善医者也，面皱发白以返童颜，无人得会。换顶续肢，古之善医者也，留形住世，以得长生，无人得会。"

吕曰："非次不安，因时成病，良医名药固可治矣。虚败年老之病，气尽命终之苦，如何治之，莫有药乎？"

钟曰："凡病有三等。时病以草木之药疗之自愈。身病、年病，所治之药而有二等：一曰内丹，次曰外丹。"

吕曰："外丹者，何也。"

钟曰："昔高上元君传道于人间，指喻天地升降之理，日月往复之宜。自尔丹经满世，世人得闻大道。广成子以教黄帝①，黄帝政治之暇依法行持，久而不见功。广成子以心肾之间而有真气真水，气水之间而有真阴真阳，配合为大药，可比于金石之间，而隐至宝。乃于崆峒山中以内事为法而炼大丹。八石之中惟用朱砂，砂中取汞。五金之中惟用黑铅，铅中取银。汞比阳龙，银比阴虎。以心火如砂之红，肾水如铅之黑。年火随时，不失乾坤之策；月火抽添，自分文武之宜。卓三层之炉，各高九寸，外方内圆。取八方之气，应四时之候。金鼎之象，包藏铅汞，无异于肺液。硫磺为药，合和灵砂，可比于黄婆②。三年小成，服之可绝百病。六年中成，服之自可延年。九年大成，服之而升举自如。壮士展臂，可千里万里。虽不能返于蓬莱，亦于人世浩劫不死也。"

吕曰："历古以来，炼丹者多矣，而见功者少，何也？"

钟曰："炼丹不成者，有三也：不辨药材真伪，不知火候抽添，将至宝之物一旦消散于烟焰之中而为灰尘，废时乱日，终无所成者，一也。药材虽美，不知火候，火候虽知，而乏药材，两不契合，终无所成者，二也。药材虽美，火候合宜，年中不差月，月中不错日，加减有数，进退有时，气足丹成。而外行不备，化玄鹤而凌空，无缘而得饵，此不成者，三也。又况药材本天地秀气结实之物，火候乃神仙修持得道之术。三皇之时，黄帝炼丹，九转方成。五帝之后，混元炼丹，三年才就。迨夫战国，凶气凝空，流尸满野。物不能受天地之秀气而世乏药材，当得法之人而逃难老死岩谷。丹方仙法，或有竹帛可纪者，久而弃坏，人世不复有矣。若以尘世有药材，秦始皇不求于海岛。若以尘世有丹方，魏伯阳不参于《周易》③。或而多闻强识，迷惑后人，万万破家，并无一成，以外求之，亦为误矣。"

吕曰："外丹之理，出自广成子。以内事为法则，纵有成就，九年方毕。又况药材难求丹方难得，到底只能升腾，不见超凡入圣而返十洲者矣。敢问内药者可得闻乎。"

钟曰："外药非不可用也。奉道之人，晚年觉悟，根源不甚坚固。肾者，气之根。根不深则叶不茂矣。心者，液之源，源不清，则流不长矣。必也假其五金八石，积日累月，炼成三品。每品三等乃曰九品。龙虎大丹，助接其真气。炼形住世轻举如飞。若以修持内事，识交合之时，知采取之法。胎仙既就，指日而得超脱。彼人不悟，执在外丹，进火加日，服之欲得上升天界，诚可笑也。彼既不究外药之源，当以详陈内丹之理，内丹之药材出于心肾，是人皆有也。内丹之药材本在天地。天地常日得见也。火候取日月往复之数，修合效夫妇交接之宜。圣胎就而真气生。气中有气，如龙养珠。大药成而阳神出，身外有身，似蝉脱蜕。是此内药本于龙虎交而变黄芽，黄芽就而分铅汞。

---

①广成子：中国神话中的仙人，后为道教所尊奉，相传为轩辕时人。葛洪《神仙传》云："广成子者，古之仙人也，居崆峒之山，石室之中。"广成子以教黄帝，指黄帝向广成子问道之事。

②黄婆：黄指中土之色，婆指媒婆。全句意为硫磺有媒合灵砂成丹作用。

③魏伯阳：名翱，自号云牙子，他曾把"大易"、"黄志"、"炉火"三者融合为一，著《周易参同契》一书，是道教最早一部丹经。

论铅汞第十

吕曰："内药不出龙虎也。虎出于坎宫，气中之水是也。龙出于离宫，水中之气是也。外药取砂中之汞，比于阳龙。用铅中之银，比于阴虎。而铅汞外药也，何以龙虎交而变黄芽，黄芽就而分铅汞？所谓内药之中铅汞者，何也?"

钟曰："抱天一之质而为五金之首者，黑铅也。铅以生银，铅乃银之母。感太阳之气而为众石之首者，朱砂也。砂以生汞，汞乃砂之子。难取者铅中之银，砂中之汞。银汞若相合，锻炼自成至宝。此铅汞之理见于外者如此。若以内事言之，见于人者，古今议论，差别有殊，取其玄妙之说。本自父母交通之际，精血相合，包藏真气，寄质于母之纯阴之宫，藏神在阴阳未判之内。三百日胎完，五千日气足。以五行言之，人身本是精与血，先有水也。以五脏言之，精血为形象，先生肾也。肾水之中，伏藏受胎之初父母之真气，真气隐于人之内肾，所谓铅者，此也，肾中生气，气中真一之水名曰真虎，所谓铅中银者，此也。肾气传肝气，肝气传心气，心气太极而生液，液中有正阳之气。所谓朱砂者，心液也。汞者，心液中正阳之气。积气液为胎胞，传送在黄庭之内。进火无差，胎仙自化，乃此铅银合汞，锻炼成宝者也。"

吕曰："在五金之中，铅中取银。于八石之内，砂中出汞。置之鼎器，配之药饵，汞自为砂而银自为宝。然而在人之铅，如何取银？在人之砂，如何取汞？汞如何作砂？银如何作宝也"?

钟曰："铅本父母之真气合而为一，纯粹而不离。既成形之后而藏在肾中。二肾相对，同升于气，乃曰元阳之气。气中有水，乃曰真一之水。水随气升，气住水住，气散水散。其水与气，如子母之不相离。善视者，止见于气不见于水。若以此真一之水，合于心之正阳之气，乃曰龙虎交媾而变黄芽，以黄芽为大药，大药之材，本以真一之水为胎，内包正阳之气，如昔日父母之真气，即精血为胞胎。造化三百日，胎完气足而形备神来，与母分离。形外既合，合则形生形矣。

奉道之人，肾气交心气，气中藏真一之水负载正阳之气，以气交水为胞胎，状同黍米，温养无亏。始也即阴留阳，次以用阳炼阴。气变为精，精变为汞，汞变为砂，砂变为金丹。金丹既就，真气自生，炼气成神而得超脱。化火龙而出昏衢，骖玄鹤而入蓬岛。"

吕曰："以形交形，形合生形。以气合气，气合生气，数不出三百日。分形之后，男女形状之不同，自己丹砂色泽之何似也？"

钟曰："父母之形交，父精先进而母血后行，血包于精而为女。女者，中阳而外阴，以象母，盖以血在外也，若以母血先进而父精后行，精包于血而为男。男者，内阴而外阳，以象父，盖以精在外也。所谓血者，本生于心而无正阳之气。所谓精者，本生于肾而有正阳之气。正阳之气乃汞之本也，即真一之水和合而入黄庭之中，汞用铅汤煮，铅以汞火煎。铅不得汞，不能发举真一之水。汞不得铅，不能变化纯阳之气"。

吕曰："铅在肾中而生元阳之气，气中有真一之水，视之不可见也。铅以得汞，汞生正阳之气。以正阳之气烧炼于铅，铅生气盛，而发举于真一之水，可以上升。然而汞本正阳之气，即真一之水，而为胞胎，保送在黄庭之中，是龙虎交媾，阴阳两停，亦以铅汤煮之，莫不阴太过，耗散真阳，安得成大药而气中生气也？"

钟曰："肾气投心气，气极生液，液中有正阳之气，配合真一之水，名曰龙虎交媾。每日得之黍米之大，名曰金丹大药，保送黄庭之中。且黄庭者，脾胃之下，膀胱之上，心之北而肾之南，肝之西而肺之东，上清下浊，外应四色，量容二升，路通八水。所得之药，昼夜在其中。若以采药不进火，药必耗散而不能住。若以进火不采药，阴中阳不能住，止于发举肾气而壮暖下元而已。若以采药有时而进火有数，必先于铅中作，借气进火，使大药坚固，永镇下田，名曰采补之法。而炼汞补丹田，延年而益寿，可谓地仙。若以采药而以元铅抽之，于肘后飞金晶。既抽铅，须添汞。不添汞，徒以还精补脑，而真气如何得生？真气不生，阳神如何得就也？添汞须抽铅，不抽铅，徒以炼汞补丹田。如何变砂？砂既不变，而金丹如何得就？"

---

①鼎器：乾坤为鼎器。乾鼎为头部泥丸宫，坤器为腹部丹田。

②交媾：指阴阳在正念、真意的勾引下，上下斡施，阴阳交结。

论抽添第十一

吕曰："采药必赖气中之水，进火须借铅中之气，到底抽铅成大药。若以添汞，上可以补丹田。所谓抽添之理，何也？"

钟曰："昔者上圣传道于人间，以太古之民淳而复朴，冥然无知，不可得闻大道。天地指喻阴阳升降之宜，交换温、凉、寒、暑之气，而节候有期①。一年数定，周而复始，不失于道，天地所以长久。不虑人之不知而阇于大理，蔽在一隅。比说于日、月精华往来之理，进退在旦、望、弦、朔之时②，而出没无差。一月数足，运行不已，不失于道，日、月所以长久。奈何寒往暑来，暑往寒来，世人不悟天地升降之宜；月圆复缺，月缺复圆，世人不悟日、月往来之理。恣纵无穷之意，消磨有限之时。富贵奢华，算来装点浮生之梦。思爱愁烦，到底做下来生之债。歌声未绝而苦恼早来，名利正浓而红颜已去。贪财贪货，将谓万劫长存。爱子怜孙，显望永生同聚。贪痴不息，妄想长生，而耗散元阳，走失真气。直待恶病缠身，方是歇心之日。大限临头，才为了手之时。真仙上圣，悯其如此轮回，已而仍归堕落，深欲世人明悟大道，比于天地、日月之长久。始也备说天地、阴阳升降之理，次以比喻日月精华往来之理。彼以不达天机，罔测玄妙。以内药比外药，以无情说有情。无情者，金石。金石者，外药也。有情者，气液。气液者，内药也。大之天地，明之日月，外之金石，内之气液。既采须添，即添须抽。抽添之理，乃造化之本也。且冬至之后，阳升于地，地抽其阴。太阴抽而为厥阴，少阳添而为阳明。厥阴抽而为少阴，阳明添而为太阳。不然，无寒而变温，温而变热者也。夏至之后，阴降于天，天抽其阳。太阳抽而为阳明，少阴添而为厥阴。阳明抽而为少阳，厥阴添而太阴，不然，无热而变凉，凉而变寒也。是以天地阴阳升降而变六气，其抽添之验也。若以月受日魂，日变月魄。前十五日，月抽其魄而日添其魂，精华已满，光照上下。不然，无初生而变上弦，上弦而变月望者也。若以月还阴魄，日收阳精，后十五日，日抽其魂而月添其魄，光照已谢，阴魄已足。不然，无月望而变下弦，下弦而变晦朔者也。是此日月往复而变九六，其抽添之验也。世人不达天机，罔测玄理。真仙上圣以人心所爱者无病长生，将金石炼大丹。以人心所好者，黄金白银，将铅汞成至宝。本欲世人悟其大理。无情之金石，火候无差③，抽添有数，尚可延年益寿。若以已身有情之正阳之气，真一之水，知交合之时，明采取之法，积日累月，气中有气，炼气成神④，以得超脱，莫不为古今难得之事。人间天上少得解悟，当以志心行持而弃绝外事，效天地日月长久，诱劝迷途，留心于道，故有外药之说。今古圣贤，或而陈说，得闻于世。世人又且不悟，欺己罔人，以失先师之本意。将砂取汞，以汞点铅，即铅干汞。用汞变铜。不顾身命，狂求财货。互相推举，以好道为名，其实好利，而志在黄白之术。先圣上仙不得以而随缘设化，对物教人而有铅汞之说，比喻于内事。且铅汞自出金石，金石无情之物，尚有造化而成宝。若以有情自己所出之物，如铅汞之作用，莫不亦有造化，既有造化，莫不胜彼黄白之物也。奉道之士，当以深究之而勿执在外丹与丹灶之术。且夫人之铅也，乃天地之始，因太始而有太质，为万物之母。因太质而有太素。其体也，为水中之金；其用也，为火中之水。五行之祖而大道之本也。既以采药为添汞，添汞须抽铅，所以抽添非在外也。自下田入上田，名曰肘后飞金晶，又曰起河车而走龙虎，又曰还精补脑而长生不死。铅既后抽，汞自中降，以中田还下田。始以龙虎交媾而变黄芽，是五行颠倒，此以抽铅添汞而养胎仙，是三田返复。五行不颠倒，龙虎不交媾。三田不返复，胎仙不气足。抽铅添汞，一百日药力全，一百日圣胎坚，三百日胎仙完而真气生。真气既生，炼气成神。功满忘形而胎仙自化，乃曰神仙。"

吕曰："出于金石者：外铅、外汞，抽添可以为宝。出于已身肾中所藏父母之真气而为铅，真一、正阳所合之药变而为汞。抽添可以生神。所谓真铅，真汞亦有抽添乎"？

钟曰："始也得汞须用铅，用铅终是错，故以抽之而入上宫，元气不传，还精入脑，日得之汞，阴尽阳纯。精变为砂，而砂变为金，乃曰真铅。真铅者，自身之真气合而得之也。真铅生真气之中、气中真一之水。五气朝元而三阳聚顶。昔者金精下入丹田，升之炼形而体骨金色。此者真铅升之内府而体出白光。自下而上，自上而下，还丹炼形，皆金精往复之功也。自前而后，自后而前，焚身合气，皆真气造化之功也。若以不抽不添，止于日用，采药进火安有如此之功验？"

吕曰："凡抽之添之，如何得上下有度，前后无差？"

钟曰："可升之时不可降，可抽之时不可添，上下往来，无差毫厘，河车之力也。"

---

①节候：节气时令。五日为一候，三候为一节气，一年共二十四节气。

②进退：指阴阳之间相互转化。旦：指早晨。望：农历每月十五日，可看到圆形满月之月相。弦：每月初八，二十三日，看到半月或月芽形月相。朔：农历每月初一。

③火候：指炼功意念的作用。意紧急运称为武火，可以采药烹炼；意缓慢行叫文火，可以沐浴温养。

④炼气养神：指神可以炼气，而炼气又可以生神。炼气不只是阳交阴会，而是增加阳元真气，阳气为火，火积到一定量便增加一神，阳气增可致全神，神全便增寿。

论河车第十二

吕曰："所谓河车者，何也？"

钟曰："昔有智人，观浮云蔽日，可以取荫而作盖；观落叶浮波，可以载物而作舟；观飘蓬随风，往来运转而不已，退而作车。且车之为物，盖轸有天地之象，转毂如日月之比①。高道之士，取喻于车，且车行于地而转于陆。今于河车，亦有说矣。盖人身之中，阳少阴多，言水之处甚众。车则取意于搬运，河乃主象于多阴，故此河车，不行于地而行于水。自上而下，或前或后，驾载于八琼之内，驱驰于四海之中。升天，则上入昆仑；既济，则下奔凤阙。运载元阳，直入于离宫；搬负真气，曲归于寿府。往来九州，而无暂停；巡历三田，而无休息。龙虎既交，令黄婆驾入黄庭；铅汞才分，委金男搬入金阙。玉泉千派，运时止半刻工夫；金液一壶，搬过只片刻功迹。五行非此车搬运，难得生成一气。非此车搬运也，岂能交会？应节顺时而下功，必假此车而搬之，方能有验。养阳炼阴之事，必假此车搬之，始得无差。

乾坤未纯，或往来其阴阳，是此车之功。宇宙未周，或交通其血气，是此车之功也。自外而内，运天地纯粹之气，而接引本宫之元阳。自凡而圣，运阴阳真正之气，而补炼本身之元神，其功不可以备纪。"

吕曰："河车如此之妙用，敢问河车之理。必竟人身之中，何物而为之？既得之，而如何运用？"

钟曰："河车者，起于北方正水之中，肾藏真气，真气之所生之正气，乃曰河车。河车作用，今古罕闻，真仙秘而不说者也。如乾再索于坤而生坎，坎本水也，水乃阴之精。阳既索于阴，阳返负阴而还位，所过者艮、震、巽。以阳索阴，因阴取阴，搬运入离，承阳而生，是此河车搬阴入于阳宫。及夫坤再索于乾而生离，离本火也，火乃阳之精。阴既索于阳，阴返抱阳而还位，所过者坤、兑、乾，以阴索阳，因阴取阳，搬运入坎，承阴而生。是此河车运阳入于阴宫。及夫采药于九宫之上，得之而下入黄庭。抽铅于曲江之下，搬之而上升内院。玉液、金液本还丹，搬运可以炼形，而使水上行。君火、民火本炼形，搬运可以烧丹，而使火下进。五气朝元，搬运各有时。三花聚顶，搬运各有日。神聚多魔，搬运真火以焚身，则三尸绝迹。药就海枯，搬运霞浆而沐浴，而入水无波。此河车之作用也。"

吕曰："河车本北方之正气，运转无穷。而负载阴阳，各有成就，所用功不一也，尊师当为细说。"

钟曰："五行循环，周而复始，默契颠倒之术，以龙虎相交而变黄芽者，小河车也。肘后飞金晶，还晶入泥丸，抽铅添汞而成大药者，大河车也。以龙虎交而变黄芽，铅汞交而成大药。真气生而五气朝中元。阳神就而三神超内院。紫金丹成，常如玄鹤对飞；白玉汞就，正似火龙涌起。而金光万道，罩俗骨以光辉；琪树一株，现鲜葩而灿烂。或出或入，出入自如。或去或来，往来无碍。搬神入体，且混时流，化圣离俗，以为羽客。乃曰紫河车也。是此三车之名，而分上，中，下三成。故曰三成者，言其功之验证。非比夫释教之三乘，而曰羊车，鹿车，大牛车也。

以道言之，河车之后更有三车：凡聚火而心行意使，以攻疾病，而曰使者车，凡既济自上而下，阴阳正合，水火共处，静中闻雷霆之声，而曰雷车。若心为境役，物以情牵，感物而散于真阳之气，自外而内，不知休息，久而气弱体虚，以成衰老矣。或而入邪，五疫，返以搬入真气，元阳难为抵挡，既老且病而死者，曰破车。"

吕曰："五行颠倒而龙虎相交②，则小河车已行矣。三田返复而肘后飞金晶，则大河车将行矣。然而紫河车何日得而行焉"？

钟曰："修真之士，既闻大道，得遇明师，晓达天地升降之理，日月往来之数。始也匹配阴阳，次则聚散水火。然后采药进火，添汞抽铅，则小河车当行矣。及夫肘后飞金晶入顶，黄庭大药渐成③，一撞三关，直超内院，后起前收，上补下炼，则大河车固当行矣，及夫金液、玉液还丹，而后炼形，炼形而后炼气，炼气而后炼神，炼神合道，方曰道成。以出凡入仙，乃曰紫河车也。"

———————————

①轸（zhěn，诊）：古代车厢底部四面的横木，又借指车。毂（gǔ，骨）：车轮中心有圆孔可以插轴的部分。

②五行颠倒：一般而言，五行中火升、木浮、金沉、水降，炼内丹则颠倒其位置，使原浮者沉，原沉者浮。

③大药：在内丹术中，称过大关时为大药。

论还丹第十三

吕曰："炼形成气①，炼气成神，炼神合道②，未敢闻命。所谓还丹者，何也？"

钟曰："所谓丹者，非色也，红黄不可以致之。所谓丹者，非味也，甘和不可以合之。丹乃丹田也。丹田有三：上田神舍、中田气府、下田精区。精中生气，气在中丹。气中生神，神在上丹。真水真气合而成精，精在下丹。奉道之士莫不有三丹。然而气主于肾，未朝于中元；神藏于心，未超于上院。所谓精华不能返合，虽三丹终成无用。"

吕曰："玄中有玄③，一切之人莫不有命。命中无精，非我之气也，乃父母之元阳。无精则无气，非我之神也，乃父母之元神。所谓精、气、神乃三田之宝，如何可得而常在于上、中、下三宫也？"

钟曰："肾中生气，气中有真一之水。使水复还于下丹，则精养灵根，气自生矣。心中生液，液中有正阳之气。使气复还于中丹，则气养灵源，神自生矣。集灵为神，合神入道，以还上丹，而后超脱。"

吕曰："丹田有上、中、下，还者既往而有所归曰还丹。还丹之理，奥旨深微，敢告细说。"

钟曰："有小还丹、有大还丹、有七返还丹、有九转还丹、有金液还丹、有玉液还丹、有以下丹还上丹、有以上丹还中丹、有以中丹还下丹，有以阳还阴丹，有以阴还阳丹，……不止于名号不同，亦以时侯差别，而下手处各异也。"

吕曰："所谓小还丹者，何也？"

钟曰："小还丹者，本自下元。下元者，五脏之主，三田之本。以水生木，木生火，火生土，土生金，金生水。既相生也，不差时侯，当生而引未生，如子母之相爱也。以火克金，金克木，木克土，土克水，水克火。既相克也，不失分度，当克而补，未克如夫妇之相合也。气液转行，周而复始。自子至午，阴阳当生；自卯至酉，阴阳当停。凡一昼一夜，复还下丹，循环一次，而曰小还丹。奉道之士，于中采药，进火以成下丹，良由此矣。"

吕曰："小还丹既已知矣。所谓大还丹者，何也"？

钟曰："龙虎相交而变黄芽，抽铅添汞而成大药。玄武宫中而金晶才起，玉京山下而真气方升。走河车于岭上。灌玉液于中衢，自下田入上田，自上田复下田，后起前来，循环已满，而曰大还丹也。奉道之士，于中起龙虎而飞金晶，养胎仙而生真气④，以成中丹，良由此矣。"

吕曰："大还丹既已知矣，所谓七返还丹而九转还丹者，何也？"

钟曰："五行生成之数，五十有五，天一地二，天三地四、天五地六、天七地八、天九地十。一、三、五、七、九阳也，共二十五。二、四、六、八、十阴也，共三十。自肾为始，水一，火二、木三、金四、土五，此则五行生之数也，三阳而二阴。自肾为始，水六、火七、木八、金九、土十，此则五行成之数也，三阴而二阳。人身之中共有五行生成之道：水为肾，而肾得一与六也：火为心，而心得二与七矣；木为肝，而肝得三与八矣；金为肺，而肺得四与九矣；土为脾，而脾得五与十矣。每脏各有阴阳。阴以八极而二盛，所以，气到肝，而肾之余阴绝矣。气到心，太极而生阴，以二在心而八在肝也。阳以九尽而一盛，所以液到肺，而心之余阴绝矣。液到肾，太极而生阳，以一在肾而九在肺也。奉道之士，始也交媾龙虎，而采心之正阳之气。正阳之气乃心之七也，七返中元而入下田，养就胎仙复还于心，乃曰七返还丹者也。二八阴消，真气生而心无阴，以绝二也。大药就而肝无阴，以绝八也。既二八阴消而九三阳可长矣。肝以绝阳助于心，则三之肝气盛矣。七既还心，以绝肺液，而肺之九转。而助心，则九三之阳长，九转还丹也"。

吕曰："七返者，以其心之阳复还于心而在中丹。九转者，以其肺之阳本自心生，转而复还于心，亦在中丹。七返、九转既已知矣，所谓金液、玉液，上、中、下相交，阴与阳往复而还丹者，何也？"

钟曰："前贤往圣多以肺液入下田而曰金液还丹，心液入下田而曰玉液还丹。此论非不妙矣，然而未尽玄机。盖夫肺生肾，以金生水，金入水中，何得谓之还丹？肾克心，以水克火，水入火中，何得谓之还丹？金液乃肺液也，肺液为胎胞，含龙虎，保送在黄庭之中。大药将成，抽之肘后，飞起其肺液以入上宫，而下还中丹。自中丹而还下田，故曰金液还丹也。玉液乃肾液也，肾液随元气以上升而朝于心，积之而为金水、举之而满玉池、散而为琼花、炼而为白雪。若以纳之，自中田而入下田，有药则沐浴胎仙。若以升之，自中田而入四肢炼形，则更迁尘骨。不升不纳，周而复还，故曰玉液还丹者也。阴极阳生，阳中有真一之水，其水随阳上升，是阴还阳丹者也。阳极生阴，阴中有正阳之气，真气随阴下降，是阳还阴丹者也。补脑炼顶，以下还上。既济浇灌，以上还中。烧丹进火，以中还下。炼质焚身，以下还中。五行颠倒，三田返复，互相交换。以至炼形化气，炼气成神。自下田迁而至中田，自中田迁而至上田，自上田迁而出天门。弃下凡躯，以入圣流仙品，方为三迁功成。自下而上，不复更有还矣。"

①炼形成气：即炼形化气，指在养生炼丹中，炼气可以全神，炼气又可以固表。形是气的房舍，气是形的主人。运气炼形，形全气自然元实而真。

②炼神合道：指养生炼丹者，可以炼得形神俱妙的程度而长生不老，成为陆地神仙。

③玄中有玄：第一个玄字指，超自然神秘之物，是道的一种描述。有玄：修仙人冥思"玄道"，得之者贵，体之者富。

④养胎仙而生真气：通过炼养，脱胎神化，结成婴儿纯真之气。

论炼形第十四

吕曰："还丹既已知矣，所谓炼形之理，可得闻乎？"

钟曰："人之生也，形与神为表里。神者，形之主。形者，神之舍。形中之精以生气，气以生神。液中生气，气中生液，乃形中之子母也。水以生木，木以生火，火以生土，土以生金，金以生水。气传子母而液行夫妇，乃形中之阴阳也。水化为液，液化为血，血化为津，以阴得阳而生也。若以阴阳失宜，则涕、泪、涎、汗横出，而阴失其生矣。气化为精，精化为珠，珠化为汞，汞化为砂，以阳得阴而成也。若以阴阳失宜，则病、老、死、苦，而阳不得成矣。阴不得阳不生，阳不得阴不成。奉道之士，修阳不修阴，炼己不炼物。以己身受气之初，乃父母真气两停，而即精血为胎胞，寄质在母纯阴之宫。阴中生阴，因形造形。胎完气足，而堂堂六尺之躯皆属阴也，所有一点元阳而已。必欲长生不死，以炼形住世而劫劫长存。必欲超凡入圣，以炼形化气而身外有身"。

吕曰："形象，阴也，阴则有体。以有为无，使形化气而超凡躯，以入圣品，乃炼之上法也。因形留气，以气养形，小则安乐延年，大则留形住世。既老者，返老还童。未老者，定颜长寿①。以三百六十年为一岁，二万六千岁为一劫，三万六千劫为一浩劫。浩浩之劫，不知岁月之为几何，而与天地长久，乃炼形验证也如此。然而炼形之理、造化之机而有如此之验，可得闻乎？"

钟曰："人之成形，三百日胎完。既生之后，五千日气足。五尺五寸为本躯，以应五行生成之数。或有大小之形而不齐者，以寸定尺，长短合宜。心之上为九天，心之下为九地。肾到心，八寸四分。心到重楼第一环，八寸四分。重楼第一环到顶。八寸四分。自肾到顶，凡二尺五寸二分。而元气一日一夜盈满者，三百二十度。每度二尺五寸二分，计八十一丈元气，以应九九纯阳之数。心肾相去以合天地悬隔之宜。自肾到顶，共二尺五寸。又按五行五五纯阳之数，故元气随呼而出。既出也，荣卫皆通，天地之正气。应时顺节，或交或离，丈尺无穷。随吸而入，既入也，经络皆辟。一呼一吸，天、地、人三才之真气往来于十二楼前。一往一来，是曰一息。昼夜之间，人有一万三千五百息②。分而言之：一万三千五百呼，所呼者，自己之元气从中而出；一万三千五百吸，所吸者，天地之正气自外而入。根源牢固，无气不损，呼吸之间，可以夺天地之正气。以气炼气，散满四大，清者荣而浊者卫，悉皆流通。纵者经而横者络，尽得舒畅。寒暑不能为害，劳苦不能为虞，体轻骨健，气爽神清，永保无疆之寿，长为不老之人。苟或根源不固，精竭气弱，上则元气已泄，下则本宫无补。所吸天地之气浩浩而出，八十一丈元气九九而损。不为己之所有，反为天地所取，何能夺于天地之正气？积而阴盛阳衰，气弱而病，气尽而死，堕入轮回"。

吕曰："元气如何不走失，以炼形质可夺天地之正气、而留浩劫长存者也？"

钟曰："欲战胜者，在兵强。欲民安者，在国富。所谓兵者，元气也。其兵在内，消形质之阴；其兵在外，夺天地之气。所谓国者，本身也。其身之有象者，丰足而常有余。其身之无形者，坚固而无不足。万户常开，而无一失之虞，一马误行，而有多多之得。或前或后，乃所以炼质焚身。或上或下，乃所以养明消阴。烧乾坤自有时辰，煅气液能无日候？以玉液炼形，仗甲龙。以升飞，而白雪满于尘肌。以金液炼形，逐雷车而下降，则金光盈于卧室"。

吕曰："炼形之理，亦粗知矣。金液、玉液者，何也？"

钟曰："金液炼形，则骨体金色而体出金光，金花片片而空中自现，乃五气朝元，三阳聚顶，欲超凡体之时，而金丹大就之日。若以玉液炼形，则肌泛阳酥而，形如琪树、琼花、玉藻。更改凡体而光彩射人，乘风而飞腾自如，形将为气者也。奉道之士，虽知还丹之法，而炼形之功亦不为小矣。当玉液还丹，而沐浴胎仙，而升之上行，以河车搬于四大。始于肝也，肝受之则光盈于目，而目如点漆。次于心也，心受之则口生灵液，而液为白雪。次于脾也，脾受之则肌若凝脂，而瘢痕尽除。次于肺也，肺受之则鼻闻天香，而颜复少年。次于肾也，肾受之则丹还本府。耳中常闻弦管之音，鬓畔永绝斑白之色。此玉液之炼形也。及夫金液炼形，不得比此。始还丹而未还，与君火相见，而曰既济。既还丹而复起，与真阴相敌，而曰炼质。土本克水也，若金液在土，使黄帝回光，以合于太阴。火本克金也，若金液在火，使赤子同炉，自生于紫气。于水中起火，在阳里消阴。变金丹于黄庭之内③，炼阳神于五气之中。于肝则青气冲，于肺则白气出，于心则赤光现，于肾则黑气升、于脾则黄色起。五气朝于中元，从君火以超内院。下元阴中之阳，其阳无阴。升而聚在神宫。中元阳中之阳，其阳无生，升而聚在神宫。黄庭大药，阴尽纯阳，聚而升在神宫。五液朝于下元，五气朝于中元，三阳朝于上元。朝元既毕，功满三千，或而鹤舞顶中，或而龙飞身内。但闻嘹亮乐声，又睹仙花乱坠，紫庭盘桓，真香馥郁。三千功满，不为尘世之人；一炷香消，已作蓬瀛之客，乃曰超凡入圣而脱质升仙也。

①以上意为指通过修炼，金化而为液，又凝成金，即复而又得到了金丹。金丹进入五脏，使人产生快感，通达四肢，滋润皮肤使之有好颜色。可以还童却老，变发生牙，长生久视。

②全句是指人一日呼吸一万三千五百次左右。在呼吸当中，呼出身体中的元气，吸进采纳天地间正气。

③黄庭：黄者，中央之色。庭，指四方之中。外指事，即天中、人中、地中；内指事，脑中、心中、脾中。故曰黄庭。

论朝元第十五

吕曰："炼形之理，既已知矣。所谓朝元者，可得闻乎?"

钟曰："大药将就，玉液还丹而沐浴胎仙。真气既生，以冲玉液，上升而更改尘骨，曰玉液炼形。及夫肘后飞起金晶，河车以入内院①，自上而中，自中而下。金液还丹以炼金砂，而五气朝元②，三阳聚顶，乃炼气成神，非止于炼形住世而已。所谓朝元，古今少知。苟或知之，圣贤不说。盖以真仙大成之法，默藏天地不测之机，诚为三清隐秘之事，忘言忘象之玄旨，无问、无应之妙理。恐子之志不笃而学不专，心不宁而问不切。轻言易语，增我漏泄圣机之愆，役此各为无益"。

吕曰："始悟真仙而识大道，次知时候而达天机。辨水火真源，知龙虎不生肝肺。察抽添大理，审铅汞非是坎离。五行颠倒之数，已蒙指教，三田返复之机，又谢敷陈，熟晓还丹炼形之理，深知长生不死之术。然而超凡入圣之原，脱质升仙之道，本于炼气而朝元。所谓朝元，敢告略为指诀"。

钟曰："道本无形，太原示朴，上清下浊，含而为一。太极既分，混沌初判而为天地，天地之内，东、西、南、北而列五方。每方各有一帝，每帝各有二子：一为阳而一为阴。乃曰二气相生相成而分五行，五行相生相成而定六气，乃曰三阴三阳。以此推之，如人之受胎之初，精气为一。及精气既分，而先生二肾。一肾在左，左为玄，玄以升气而上传于肝。一肾在右，右为牝，牝以纳液而下传于膀胱。玄牝本乎无中来，以无为有。乃父母之真气，纳于纯阴之地，故曰谷神不死，是谓玄牝，玄牝之门，可比天地之根。玄牝，二肾也，自肾而生，五脏六腹全焉。其中肝为木，曰甲乙，可比于东方青帝。心为火，曰丙丁，可比于南方赤帝。肺为金，曰庚辛，可比于西方白帝。脾为土，曰戊已，可比于中央黄帝。肾为水，曰壬癸，可比于北方黑帝。人之初生，故无形象，止于一阴一阳。及共胎完，而有肠胃，乃分六气，三男三女而已。一气运五行，五行运六气。先识阴与阳，阳有阴中阳，阴有阳中阴。次识金、木、水、火、土，而有水中火，火中水，水中金、金中木，木中火，火中土。五者互相交合，所以二气分而为六气，大道散而为五行。如冬至之后，一阳生五方之地，而阳皆生也。一帝行令，而四帝助之。若以春令既行，黑帝不收其令，则寒不能变温。赤帝不备其令，则温不能变热。及夫夏至之后，一阴生五方之天，而阴皆降也。一帝行令，而四帝助之。若以秋令既行，赤帝不收其令，则热不能变凉。黑帝不备其令，则凉不能变寒。冬至阳生于地，以朝气于天也。夏至阴生于天，以朝气于地也。奉道之士，当深究此理。日月之间，一阳始生，而五脏之气朝于中元，一阴始生，而五脏之液，朝于下元。阴中之阳，阳中之阳，阴阳中之阳，三阳上朝内院，心神以返天宫，是皆朝元者也。"

吕曰："阳生之时，而五气朝于中元。阴生之时，而五液朝于下元。使阳中之阳，阴中之阳，阴阳中之阳以朝上元。若此修持，寻常之士亦有知者，如何得超脱以出尘俗？"

钟曰："若以元阳之气，以一阳始生之时，上朝中元，是人皆如此。若以积气生液，以一阴始生之时，下朝下元，是人皆如此。若此行持，故不能超脱，然而欲超凡入圣，脱质升仙，当先龙虎交媾而成大药③。大药既成而生真气。真气既生，于年中用月，月上定兴衰。月中用日，日上数直事。日中用时，时上定息数。以阳养阳，阳中不得留阴。以阳炼阴，阴中不得散阳。凡春则肝旺而脾弱，夏则心旺而肺弱，秋则肺旺而肝弱，冬则肾旺而心弱。人以肾为根本。每时一季脾旺而肾弱，独肾于四时有损。人之多疾病者，此也。凡以甲乙在肝直事，防脾气不行。丙丁在心直事，防肺气不行。戊巳在脾直事，防肾气不行。庚辛在肺直事，防肝气不行。壬癸在肾直事，防心气不行。一气盛而一气弱，一脏旺而一脏衰。人之多疾病者，此也。凡以心气萌于亥而生于寅，旺于巳而弱于申。肝气萌于申而生于亥，旺于寅而弱于巳。肺气萌于寅而生于巳，旺于申而弱于亥。肾气萌于巳而生于申，旺于亥而弱于寅。脾气春则随肝，而夏则随心，秋随肺而冬在随肾。人之不知日用，莫晓生旺强弱之时，所以多疾病者，此也。若此日、月、时三阳既聚，当炼阳而使阴不生，若此日、月、时三阴既聚，当养阳而使阳不散。又况以纯阳之气炼五脏之气不息，而出本色，一举而到天池。始以肾之无阴而九江无浪，次以肝之无阴而八关永闭，次以肺之无阴而金火同炉，次以脾之无阴而玉户不开，次以真气上升，四气聚而为一。纵有金液下降，杯水不能胜舆薪之火。水火相包而含之为一，以入神宫，定息内观。一意不散，神识俱妙。静中常闻乐声，如梦非梦，若在虚无之境。风光景物不比尘俗，繁华美丽胜过人世。楼台宫阙，碧瓦凝烟。珠翠绮罗，馨香成阵。当此之时，乃日超内院，而阳神方得聚会而还上丹，炼神成仙以合大道。一撞天门，金光影里以现法身，闹花深处而坐凡体。乘空如履平川，万里若同展臂者也。复回再入本躯，神与形合，天地齐其长久者也。厌居尘世，寄下凡胎而返十洲。于紫府太徵真君处，契勘乡原，对会名姓，较量功行之高下，得居三岛，而遨游永在于风尘之外，其名曰超尘脱凡。"

吕曰："炼形止于住世，炼气方可升仙。世人不达玄机，无药而先行胎息。强留在腹，或积冷气而成病，或发虚阳而作疾。修行本望长生，似此执迷，尚不免于疾病。殊不知胎仙就而真气生，真气生而自然胎息。胎息以炼气，炼气以成神。然而炼气，必审年中之月，月中之日，日中之时。端居静室，忘机绝迹。当此之时，心境未除者，悉以除之，或而妄想不已，智识有漏，志在升仙而心神不定，为之奈何？"

钟曰："交合各有时，行持各有法。依时行法，即法求道，指日成功，易如反掌。古今达士，闭目冥心以入希夷之域，良以内观而神识自住矣。"

---

①河车：指练功时，精气沿任督二脉运行，如车装载物，称作河车。

②五气朝元：元，指天元，指脑之泥宫丸，即上丹田。五气，五脏真气，即肝魂、肺魄、心神、肾气（精）、脾气。五气朝元，指五脏之真气皆聚于顶，混融为一，结成圣胎。

③龙虎交媾成大药：龙代表真汞，属阳，虎代表真铅，属阴。阴阳交媾之精气，而为药物。把握火候进行，修炼，即成金丹大药。

④胎息：是一种以脐呼吸的功法，其要点是以脐呼吸。须与以口吐气相配合，认为常习胎息者，可使返老还童。

论内观第十六

吕曰："所谓内观之理，可得闻乎？"

钟曰："内观①、坐忘②、存想之法，先贤后圣有取者、有不取者。虑其心猿意马，无所停留。恐因物而丧志，而无中立象。使耳不闻而目不见，心不狂而意不乱。存想事物，而内观坐忘，不可无矣。奈何少学无知之徒，不知交合之时，又不晓行持之法，但望存想而成功。意内成丹，想中取药。鼻抽口咽，望有形之日月，无为之天地，留止腹中，可谓儿戏。所以达士奇人，于坐忘存想一旦毁之，乃曰梦里得财，安能济用？画地为饼，岂可充饥？空中又空，如镜花水月，终难成事。然而有可取者。盖易动者片心，难伏者一意。好日良时，可采可取也。虽知清净之地，奈何心为事役，志以情移。时比电光，寸阴可惜，毫末有差，而天地悬隔、积年累月而不见功，其失在心乱而意狂也。善视者，志在丹青之美，而不见泰华。善听者，志在丝竹之音，而不闻雷霆。耳目之用小矣，尚以如此，况一心之纵横六合，而无不贱，得时用法之际，能不以存想、内观而致之乎？"

吕曰："所谓存想、内观，大略如何？"

钟曰："如阳升也，多想为男、为龙、为火、为天、为云、为鹤、为日、为马、为烟、为霞、为车、为驾、为花、为气。若此之类，皆内观存想，如是以应阳升之象也。如阴降也，多想为女、为虎、为水、为地、为雨、为龟、为月、为牛、为泉、为泥、为船、为叶。若此之类，皆内观存想，如是以应阴降之象也。青龙、白虎、朱雀、玄武③，既有此名，须有此象。五岳、九州、四海、三岛、金男、玉女、河车、重楼④，呼名比类，不可具述，皆以无中立象以定神识。未得鱼则筌不可失矣⑤，未获兔则蹄不可无矣。后车将动，必履前车之迹。大器已成，必为后器之模。则内观之法行持不可缺矣。亦不可执之于悠久，绝之於斯须。皆不可也。若以绝念无想，是为真念，真念是为真空。真空一境，乃朝真迁化而出昏衢⑥，超脱之渐也。开基创始，指日进功，则存想可用。况当为道日损，以入希夷之域，法自减省，全在内观者矣。"

吕曰："若以龙虎交媾而匹配阴阳，其想也何似？"

钟曰："初以交合配阴阳而定坎离，其想也，九皇真人引一朱衣小儿上升，九皇真母引一皂衣小女下降，相见于黄屋之前。有一黄衣老姬接引，如人间夫妇之礼，尽时欢悦。女子下降，儿子上升，如人间分离之事。既毕，黄姬抱一物，形若朱桔，下抛入黄屋，以金器盛留。然此者，是乾索于坤，其阳复还本位，以阳负阴而还本乡。是此女者，是坤索於乾，其阴复还本位，以阴抱阳而会本乡。是曰坎离相交，而匹配阴阳之想也。若以炎炎火中，见一黑虎而上升。滔滔浪里，见一赤龙而下降。二兽相逢，交战在楼阁之前。朱门大启，焞焞烟焰之中，有王者指顾。大火焚天，而上有万丈波涛，火起复落，烟焰满于天地。龙虎一盘一逐，而入一金器之中。下入黄屋之间，似置在笼柜之中。若此龙虎交媾而变黄芽之想也。"

吕曰："匹配阴阳、龙虎交媾、内观、存想既已知之矣、所谓进火烧炼丹药者，所想如何？"

钟曰："其想也，一器如鼎如釜，或黄或黑。形如车轮，左青龙而右白虎，前朱雀而后玄武。傍有二臣，衣紫袍，躬身执圭而立。次有仆吏之类，执薪燃火于器。次有一朱衣王者，乘赤马，驾火云，自空而来，举鞭指呼，唯恐火小焰微。炎炎亘空，撞天欲出。天关不开，烟焰复下，周围四匝。人物、器釜、王者、大臣、尽在红焰之中，互相指呼，争要进火。器中之水，无气而似凝结。水中之珠，无暗而似光彩。若此进火烧丹药之想也。"

吕曰："内观存想，止於采药进火而有耶？逐法逐事而有耶？"

钟曰："云雷下降，烟焰上起。或而天雨奇花，祥风瑞气起于殿庭之下。或而仙娥玉女，乘彩凤祥鸾自青霄而来金盘中，捧玉露霞浆，而下献于王者，若此乃金液还丹而既济之想也。若龙虎曳车于火中，上冲三关⑦，三关各有兵吏，不计几何。器仗戈甲，恐惧于人。先以龙虎撞之不开，次以大火烧之方启，以至昆仑不住，及到天池方止。或而三鹤冲三天，或而双蝶入三宫，或而五彩云中，捧朱衣小儿而过天门。或而金车玉辂，载王者而超三界。若此，肘后飞金晶，大河车之想也。及夫朱衣使者，乘车循行，自冀州入兖州，自兖州入青州，自青州入徐州，自徐州入扬州，自扬州入荆州，自荆州入梁州，自梁州入雍州，自雍州复还冀州。东、西、南、北，毕于豫州停留，而后循行。所得之物金玉，所干之事凝滞。一吏传命，而九州通和。周而复始，运行不已。或而游五岳，自恒山为始。或而泛五湖，自北沼为始。或而天符敕五帝，或而王命诏五候。若此还丹之想也。及夫珠玉散掷于地，或而雨露济泽于物，或而海潮泛满百川，或而阴生以发万汇，或而火发以遍天地，或而烟雾以充宇宙。若此炼形之想也。及夫或如鹤之辞巢，或如龙之出穴，或如五帝朝天，或如五色云起，或如跨丹凤而冲碧落，或如梦寐中而上天衢，或如天花乱坠，仙乐嘈杂，金光缭绕以入宫殿繁花入处，若此皆朝元之想也。朝元之后，不复存想，方号内观。"

吕曰："内观玄理，不比前法，可得闻乎？"

钟曰："古今修道之士不达天机，始也不解，依法行持，欲以速求超脱。多入少出而为胎息，冥心闭目以行内观。止於定中以出阴神，乃作清灵之鬼，非为纯阳之仙。真仙上圣，所以采药进火抽铅添汞，还丹炼形，朝元合气。苦语详言而深说，惟恐世人不悟，而於内观，未甚留意。殊不知内观之法，乃阴阳变换之法，仙凡改易之时。奉道之士，勿得轻示而小用之矣。且以前项之事，交会有时日，行持有法则，凡能谨节信心，依时行法，不差毫末，指日见功。若此内观，一无时日，二无法则。所居深静之室，昼夜端拱，识认阳神，赶逐阴鬼。达磨面壁九年，方超内院；世尊冥心六载，始出凡笼。故于内观，成为难事。始也自上而下，紫河车搬入天宫。天宫富贵，孰不钦羡？或往或来，繁华奢侈，人所不得见者，悉皆有之。奉道之士，平日清静而守于潇洒，寂寞既已久矣，功到数足，辄受快乐。楼台珠翠，女乐笙簧，珍羞异馔，异草奇花，景物风光，触目如昼。彼人不悟，将谓实到天宫。不知自身内院，认作真境。因循而不出入，乃曰困在昏衢，而留形住世，不得脱质以为神仙。未到天宫，方在内观。阴鬼外魔，因意生像，因像生境，以为魔军。奉道之人，因而狂荡而入于邪中，或而失身於外道，终不能成仙。或以三尸七魄，唯愿人死而自身快乐。九虫六贼，苦於人安，则存留无处"

① 内观：道家的修炼方法。要义在于"静神定心"，使"乱想不起，邪妄不侵"。认为修道即修心，修心即修道，修道修心，内观不遗，则"生道常存"。

② 坐忘：道家修养功夫的一种，旨在求得物我两忘，以达到无心无思无虑的超越境界。坐忘的观念，强调忘形、忘利以致于忘心。

③ 青龙：东方为青龙，属木。白虎：西方为白虎，属金。玄武：即龟蛇，代表肾水。朱雀：代表南方，心火。

④ 重楼：指喉咙。

⑤ 筌（quán，全）：捕鱼的竹器。

⑥　衢（qú，渠）：大路。
⑦　三关：指督脉中之尾闾、夹脊、玉枕三个穴位。

论魔难第十七

吕曰："内观以聚阳神，炼神以超内院，上涌以出天门，直超而入圣品。既出既入，而来往无差。或来或往，而远近不错。欲住世，则神与形合。欲升仙，则远游蓬岛。若此功满三千，而自内观以得超脱。不知阴鬼邪魔如何制使，奉道之人不得升仙者也。"

钟曰："奉道之士，始有信心，以恩、爱、名、利一切尘劳之事，不可变其大志。次发苦志，以勤劳、寂寞一切清虚之境不可改变其初心苦志。必欲了于大成，止于中成而已。必欲了于中成，止于小成而已。又况不识大道，难晓天机。所习小法，而多好异端。岁月磋跎，不见其功。晚年衰老，复入轮回。致使好道之士，以长生为妄说、超脱为虚言。往往闻道而不信，心纵信之而无苦志。对境生心，以物丧志，终不能出于十魔、九难之中矣。"

吕曰："所谓九难者，何与？"

钟曰："大药未成，而难当寒暑，于一年之内，四季要衣；真气未生，而尚有饥渴，于一日之内，三餐要食；奉道之士所患者，衣食逼迫，一难也。及夫宿缘孽重，流于今世填还：忙里偷闲，犹为尊长约束。制于尊亲而不忍逃离，一向清闲而难得为暇；奉道之士，所患者，尊长邀栏，二难也。及夫爱者妻儿，惜者父母，恩枷情杻，每日增添。火院愁车，无时休歇。纵有清静之心①，难敌愁烦之境。奉道之士所患者，恩爱牵缠，三难也。及夫富兼万户，贵极三公。妄心不肯暂休，贪者惟忧不足。奉道之士所患者，名利萦绊，四难也。及夫少年不肯修持。一以气弱成病，顽心绝无省悟。一以阴根成灾，现世一身受苦，而与后人为诫。奉道之士所患者，灾祸横生，五难也。及夫人以生死事大，急于求师，不择真伪。或师于辩辞利口，或师于道貌古颜。始也自谓得遇神仙，终久方知好利之辈。奉道之士所患者，盲师约束，六难也。及夫盲师狂友妄指傍门，寻枝摘叶而而无契合，小法异端而互相指诀。殊不知日月不出，出则大明，使有目者皆见，雷霆不震，震则大惊，使有耳者皆闻。彼以爝火之光，井蛙之语，荧荧唧唧，而岂有合同？奉道之士所患者，议论差别，七难也。及夫朝为而夕改，坐作而立志，悦于须臾而厌于持久，始于忧勤而终于懈怠。奉道之士所患者，志意懈怠，八难也。及夫身中失年，年中失月，月中失日，日中失时。少时名利不忘心，老而儿孙常在于意。年光有限，勿谓今年已过以待明年。人事无涯，勿谓今日已过以待明日。今日尚不保明日，老年争却得少年？奉道之士所患者，岁月蹉跎，九难也。免此九难，方可奉道。九难之中，或有一二不可行持，但以徒劳而不能成功者也。"

吕曰："九难既已知矣。所谓十魔者，可得闻乎？"

钟曰："所谓十魔者，凡有三等。一曰身外见在，二曰梦寐，三曰内观。如满目花芳，满耳笙簧。舌求甘味，鼻好异香，情思舒畅，意气洋洋。如见，不得认，是六贼魔也。如琼楼宝阁，画栋雕梁，珠帘绣幕，蕙帐兰房，珊瑚遍地，金玉满堂。如见，不得认，是富魔也。如金鞍宝马，重盖昂昂，侯封万户，使节旌幢，满门青紫，鞭笏盈床②。如见，不得认，是贵魔也。如轻烟荡漾，暖日舒长，暴风大雨，雷震电光，笙簧嘹亮，哭泣悲伤。如见，不得认，是六情魔也。如亲戚患难，眷属灾伤，儿女疾病，父母丧亡，兄弟离散，妻妾分张。如见，不得认，是恩爱魔也。如失身火镬③，堕落高冈，恶虫为害，毒药所伤。路逢凶党，犯法身亡。如见，不得认，是患难魔也。如十地当阳，三清玉皇，四神七曜，五岳八王，威仪节制，往复翱翔。如见，不得认，是圣贤魔也。如云屯士马，兵刃如霜，戈矛斗举，弓箭齐张，争来杀害，骁捷难当。如见，不得认，是刀兵魔也。如仙娥玉女，罗列成行，笙簧嘹亮，齐举霓裳，双双红袖，争献金觥。如见，不得认，是乐魔。如几多姝丽，艳质浓妆，兰台夜饮，玉体轻裳，殢人娇态，争要成双。如见，不得认，是女色魔也。是此十魔，难有不认者是也。

既认则著，既著则执，所以不成道者，良以此也。若以奉道之人，身外见在而不认不执，则心不退而志不移。梦寐之间不认不著，则神不迷而魂不散。内观之时，若见如是，当审其虚实，辨其真伪，不可随波逐浪，认贼为子。急起三昧真火以焚身，一挥而群魔自散。用紫河车搬运自己之阳神，超内院而上天宫，然后以求超脱。今古好道之流，有清静之心，对境改志，往往难逃于十魔九难。空有好道之虚名，终不见得道之实迹。或而出离尘劳，幽居绝迹而志在玄门。于九难不能尽除，在十魔或著一二。非不得道也，而于道中或得中成，或得小成。而于仙中，或为人仙，或为地仙。若以尽除魔难，序证验而节节升迁，以内观合就阳神，指日而归三岛。

---

① 清静：道家认为静是自然的本性，天地未生之时为静，人之初生亦为静。达到清静即达到了德之最高境界。

② 笏（hù，户）：古代君臣在朝廷上相见时手中所拿的狭长板子，用玉、象牙或竹制成，上面可以记事。这里喻权力之大。

③ 镬（huò，获）：古代的大锅。

论证验第十八

吕曰："嫌者病，而好道之人求无病而安长。怕者死，而好道之人欲不死而长生。举世人在世中，而好道之人欲升仙游物外。举世人在地上，而好道之人欲超凡而入洞天。所以甘于劳苦而守于贫贱，游心在清淡潇洒之中，潜迹于旷野荒僻之地。一向行持，不知功之深浅，法之交换，难测改易之早晚。所谓下功之后，而证验次序如何？"

钟曰："苦志行持，终不见功者，非道负人。盖奉道之人，不从明师，而所受非法。依法行持，终不见功者，非道负人。盖奉道之人不知时候，而所以不成。若遇明师而得法，行大法以依时，何患证验而不有也。"

吕曰："所谓法者，有数乎？所谓时者，有数乎？"

钟曰："法有十二科：匹配阴阳第一、聚散水火等二、交媾龙虎第三、烧炼丹药第四、肘后飞金晶第五、玉液还丹第六、玉液炼形第七、金液还丹第八、金液炼形第九、朝元炼气第十、内观交换第十一、超脱分形第十二。其时，则年中法天地阴阳升降之理，月中法日月往来之数。日中有四正、八卦、十干、十二支①、一百刻、六千分。依法区分，自一日之后，证验次序，以至脱质升仙，无差毫末。始也淫邪尽罢，而外行兼修，凡采药之次而金精充满，心境自除，以煞阴鬼。次心经上涌，口有甘液。次阴阳击搏，时时腹中闻风雷之声。次魂魄不定，梦寐多有恐悸之境。次六腑四肢或生微疾小病，不疗自愈。次丹田夜则自暖，形容昼则清秀。次居暗室而目有神光自现。次梦中雄勇，物不能害，而人不能欺，或如抱得婴儿归。次金关玉锁封固，以绝梦泄遗漏。次鸣雷一声，关节通连而惊汗四溢。次玉液烹漱以成凝酥。次灵液成膏，渐畏腥膻，以充口腹。次尘骨将轻而变阳神，步趋奔马，行止如飞。次对境无心，而绝嗜欲。次真气入物，可以疗人疾病。次内观明朗而不暗昧。次双目瞳仁如点漆，皱脸重舒而绀发再生②，已少者永驻童颜。次真气渐足而似常饱，所食不多而饮酒无量，终不见醉。次身体光泽神气秀媚，圣丹生味。灵液透香，真香异味，常在口鼻之间，人或知之而闻之，次以目睹百步而见秋毫。次身体之间，旧痕残羸，自然消除，涕泪涎汗亦不见有。次胎完气足以绝饮食。次内志清高，以合太虚，凡情凡爱，心境自绝。下尽九虫，上死三尸③。次魂魄不游，以绝梦寐。神彩精爽，更无昼夜。次阳精成体，神府坚固，四体不畏寒暑。次生死不能相干，而坐忘内观以游华胥。神仙之国，女乐楼台，繁华美丽，殆非人世所有也。次功满行足，阴功报应，审授三清真箓。阴阳变化，可能预知人事举止，先见灾福。次触目尘冗，以厌往还，洁身静处，胎仙可见，身外有身，是为神圣。次真气纯阳，呼呵可干外汞。次胎仙常欲腾飞，祥光生于卧室。次静中时闻乐声。次常人对面，虽彼富贵之徒，亦闻腥秽，盖凡骨俗体也。次神彩自可变移，容仪成而仙姿。可比玉树，异骨透出金色。次行止去处，常有神祇自来朝现，驱用指呼，一如己意。次静中外观，紫霞满目，顶外下现金光罩体。次身中忽化火龙飞，或而玄鹤起，便是神灵已脱凡骨而超出俗流，乃曰超脱。超脱之后，彩霞缭绕，端气纷纭，天雨奇花，玄鹤对飞。异香散而玉女下降，授天书紫诏既毕，而仙冠、仙衣之属具备，节制威仪，前后左右不可胜纪。相迎相引，以返蓬莱，而于紫府朝见太微真君。契勘乡原名姓，校量功行等殊，而于三岛安居，乃曰真人仙子。"

吕曰："今日特蒙尊师开说希夷大理、天地玄机。不止于耳目清明而精神秀媚。残躯有托终，不与粪壤同类。然而知之者未必能行，行之者未必能得。念以生死事大而时光迅速，虽知妙理，未得行持，终不成功，与不知无异，敢求指教交会之时，行持之法，如何下手，如何用功？"

钟曰："仆有《灵宝毕法》，凡十卷一十二科。中有六义：一曰金诰、二曰玉书、三曰真元、四曰比喻、五曰真诀，六曰道要。包罗大道，引喻三清。指天地阴阳之升降为范模，将日月精华之往来为法则，实五仙之旨趣，乃三成之规式，当择日授于足下"。

---

①十干、十二支：指十天干，甲、乙、丙、丁、戊、己、庚、辛、壬、癸。十二支，子、丑、寅、卯、辰、巳、午、未、申、酉、戌、亥。

②绀发再生：绀（gàn，干）稍微带红的黑色。此处指，通过修练，白发变为黑发，返老发童。

③下尽九虫，上死三尸：九虫，指九窍之邪气。三尸，又称三彭、三虫或三姑。常居脑、腹、足之中，损害人体健康。按《紫清五论》说法，"元气自聚，谷神自栖，三尸自去，九虫自灭。"

悟真篇

〔宋〕张伯端　撰

自 序

嗟夫！人身难得，光景易迁，罔测短修，安逃业报①。不自及早省悟，惟只甘分待终，若临歧一念有差，堕三途恶趣②，则动经尘劫，无有出期。当此之时，虽悔何及！故老释以性命学开方便门③，教人修种以逃生死：释氏以空寂为宗④，若顿悟圆通，则直超彼岸，如其习漏未尽，则尚徇于有生；老氏以炼养为真，若得其要枢，则立跻圣位，如其未明本性，则犹滞于幻形⑤。其次《周易》有穷理尽性至命之辞，《鲁论》有毋意必固我之说，此又仲尼极臻乎性命之奥也⑥。然其言之常略而不至于详者何也？盖欲序正人伦，施仁义礼乐之教，故于无为之道未尝显言，但以命术寓诸易象，性法混诸微言耳。至于庄子推穷物累逍遥之性⑦，孟子善养浩然之气，皆切几言之。迨夫汉魏伯阳引易道交媾之体，作《参同契》以明大丹之作用；唐忠国师于语录首叙老庄言⑧，以显至道之本末。如此，岂非教虽分之⑨，道乃归一。

奈何后世黄缁之流各自专门，互相非是，致使三家宗要迷没邪歧⑩，不能混一而同归矣！且今人以道门尚于修命，而不知修命之法理出两端：有易遇而难成者，有难遇而易成者。如炼五芽之气⑪，服七曜之光，注想按摩，纳清吐浊，念经持咒，噀水叱符⑫，叩齿集神，休妻绝粒，存神闭息运眉间之思，补脑还精习房中之术，以至服炼金石草木之类，皆易遇而难成者。以上诸法，于修身之道率多灭裂⑬，故施力虽多而求效莫验。若勤心苦志，日夕修持，止可以辟病，免遭非横⑭，一旦不行，则前功渐弃。此乃迁延岁月，事必难成，欲望一得永得，还婴返老，变化飞升，不亦难乎！深可痛伤。盖近世修行之徒，妄有执著，不悟妙法之真，却怨神仙谩语。殊不知成道者皆因炼金丹而得，恐泄天机。遂托数事为名。其中惟闭息一法，如能忘机绝虑，即与二乘坐禅相同。若勤而行之，可以入定出神。奈何精神属阴，宅舍难固，不免长用迁徙之法⑮，既未得金汞返还之道，又岂能回阳换骨，白日而升天哉！

夫炼金液还丹者，则难遇而易成。要须洞晓阴阳，深达造化，方能追二气于黄道⑯，会三性于元宫，攒簇五行，和合四象，龙吟虎啸，夫倡妇随，玉鼎汤煎⑰，金炉火炽，始得玄珠有象，太乙归真。都来片饷工夫，永保无穷逸乐。至若防危虑险，慎于运用抽添，养正持盈，要在守雌抱一。自然复阳生之气，剥阴杀之形，节气既周，脱胎神化，名题仙籍，位号真人，此乃大丈夫功成名遂之时也。

今之学者，有取铅汞为二气，指脏腑为五形，分心肾为坎离，以肝肺为龙虎，用神气为子母，执津液为铅汞，不识浮沉，宁分主客⑱？何异认他财为己物，呼别姓为亲儿；又岂知金木相克之幽微，阴阳互用之奥妙。是皆日月失道，铅汞异炉，欲望结成还丹，不亦远乎？

仆幼亲善道，涉猎三教经书⑲，以至刑法、书算、医卜、战阵、天文、地理、吉凶死生之术，靡不留心详究。唯金丹一法，阅尽群经及诸家歌诗论契，皆云日魂月魄⑳，庚虎甲龙，水银朱砂，白金黑锡，坎男离女，能成金液还丹，终不言真铅真汞是何物色；不说火候法度，温养指归；加以后世迷途瓷恣其臆说，将先圣典教妄行笺注，乖讹万状，不惟紊乱仙经，抑亦惑误后学㉑。仆以至人未遇，口诀难逢，遂至寝食不安，精神疲悴，虽询求启蒙于海岳，请益尽于贤愚，皆莫能通晓真宗，开照心腑。后至熙宁二年己酉岁，因随龙图陆公入成都，以夙志不回，初诚愈恪，遂感真人授金丹药物、火候之决，其言甚简，其要不繁，可谓指流知源，语一悟百，雾开日莹，尘尽鉴明，校之丹经，若合符契。因念世之学仙者十有八九，而达真要者未闻一二。仆既遇真诠，安敢隐默，罄所得成律诗九九八十一首，号曰《悟真篇》。内七言四韵一十六首，以表二八之数；绝句六十四首，按周易诸卦；五言一首，以象太乙之奇；续添《西江月》一十二首，以周岁律②。其如鼎器尊卑、药物斤两、火候进退、主客后先、存亡有无、吉凶悔吝，悉备其中矣。于本源真觉之性有所未尽，又作为歌颂乐府及杂言等，附之卷末，庶几达本明性之道，尽于此矣。所期同志者览之，则见末而悟本，舍妄以从真。

　　时皇宋熙宁乙卯岁旦天台张伯端平叔叙。

---

①罔测短修：不能测定它的长短。罔，没有，不能。安：怎么。业报：此系佛教倡导的因果报应说。

②不自及早省悟：不能自己趁早觉悟。甘：甘心。终：终结，指生命结束。临歧：又作"临期"，指分别之日，也即由生转死之时。堕三途恶趣：佛教认为人生前作恶多端，死后要堕入地狱、饿鬼、畜生三种恶道之中。恶趣：佛教六道轮回中"三途"又称"三恶趣"，趣，趣向，指路途。

③老释：系老子、释迦牟尼之简称。性命学：指天道与生命学。

④空寂：佛教认为宇宙万物为假相，基本体为空的，没有形相，没有始终。

⑤炼养：指修炼养生。要枢：此指要领。幻形：虚幻，没有事实根据的形象。

⑥此句意为孔子对性命之理解奥妙的认识到了顶点。

⑦推穷：彻底推究。物累：事物的牵累。

⑧唐忠国师：指唐代高僧惠忠，因其被尊为国师，故以国师称之。语录：指惠忠国师所著语录体著作。

⑨教虽分之：指分道、佛、儒三教。

⑩三家宗要：指道、佛、儒三家教派的理论宗旨要领。迷没邪岐：迷失沉没，走向邪岐之途。

⑪五芽之气：指五脏之真气。

⑫嗫水叱符：指道教徒作法事之时，进行喷水及画符以叱使鬼神之举动。

⑬率多灭裂：大多是支裂破碎，不成体系的。

⑭辟病：辟同"避"，指不生疾病。非横：指身遭横祸，死于非命。

⑮宅舍：本指住舍，此喻指身体。迁徙之法：迁移之法，指使生命肉体在时间上的延长。

⑯二气：指元精、元神。黄道：内炼者认为，人身上运行药物的道路有三条，黑道属肾，红道属心，即任督二脉，自会阴直达泥丸者为黄道。由中央意土主持。

⑰玉鼎：喻指人体头上泥丸宫。

⑱沉浮：汞轻而浮，铅沉而降，喻元精易下泄，元神易上乱。内炼时则使元神下降，受元精之擒，再元精上浮，受元神之制。主客：即主宾。

⑲涉猎：粗略的阅读。靡：没有。

⑳日魂：指心火中阴液。离日喻心火。月魂：指肾水中阳气。坎月喻肾水。

㉑乖讹：违反情理与错讹。惑误后学：迷乱，延误后学之人。

㉒岁律：十二月。因每岁十二月有如节律故称。

上 卷

七言四韵十六首

第 一

不求大道出迷途，纵负贤才岂丈夫①。百岁光阴石火烁，一生身世水泡浮②。只贪利禄求荣显，不觉形容暗瘁枯③。试问堆金等山岳④，无常买得不来无？

---

①纵负：纵然负有。

②石火烁：击石取火，火星一闪即逝。水泡浮：水泡漂浮，水泡浮于水面转眼即消。二者同喻时光的短暂。

③瘁枯：指过度劳累而枯萎。

④等山岳：指金银堆积如山岳。

第 二

人生虽有百年期，寿夭穷通莫预知①：昨日街头犹走马，今朝棺内已眠尸！妻财抛下非君有，罪业将行难自欺。大药不求争得遇②，遇之不炼是愚痴。

---

①寿夭：指长寿与夭折。

②大药：内丹术中对药有三种称法：炼精化气称外药，化气终结生内药，过大关时称大药。

第 三

学仙须是学天仙，唯有金丹最的端①。二物会时情性合，五行全处虎龙蟠。本因戊己为媒娉②，遂使夫妻镇合欢。只候功成朝玉阙③，九霞光里驾翔鸾。

---

①天仙：道家认为仙有五等，天仙、神仙、地仙、人仙、鬼仙。天仙为最高境界之仙。金丹：即大药。的端：真实的顶端。

②戊己为媒娉：离中阴爻为己土，坎中阳爻为戊土，以土气相通，有媒合之功。

③朝玉阙：在仙人的宫殿中行朝拜之礼。

第　四

此法真中妙更真①，都缘我独异于人：自知颠倒由离坎②，谁识浮沉定主宾？金鼎欲留朱里汞③，玉池先下水中银。神功运火非终旦，现出深潭日一轮。

①真中：指丹功、仙道之中。

②颠倒由离坎：逆转五行的升降沉浮之性。

③金鼎：清修派指人体泥丸宫。双修派指自己男身。

第　五

虎跃龙腾风浪粗，中央正位产玄珠。果生枝上终期熟①，子在胞中岂有殊？南北宗源翻卦象，晨昏火候合天枢。须知大隐居廛市②，何必深山守静孤？

①果生枝上：喻指采药后内炼之过程。

②大隐：隐居于社会之中。居廛（chán，缠）市：住于城市。

第　六

人人本有长生药，自是迷途枉摆抛①。甘露降时天地合。黄芽生处坎离交，井蛙应谓无龙窟，篱鹦争知有凤巢②。丹熟自然金满屋，何须寻草学烧茅。

①枉摆抛：白白地摆脱抛弃。

②篱鹦：寄居竹篱的鹦雀。

第　七

要知产药川源处，只在西南是本乡①。铅遇癸生须急采，金逢望远不堪尝。送归土釜牢封固，次入流珠厮配当。药重一斤须二八；调停火候托阴阳。

① 川源：川流的本源。西南：指坤位，"坤为腹"，并以此指女身中真铅发动之前的光景。

第　八

休炼三黄及四神，若寻众草更非真。阴阳得类方交感①，二八相当自合亲。潭底日红阴怪灭②，山头月白药苗新。时人要识真铅汞，不是凡砂及水银。

①得类：阴以阳为类，阳以阴为类。

②潭底日红：清修派喻坎水中阳爻发动，或喻丹田神气相合。

第 九

阳里阴精质不刚，独修一物转羸尫①。劳形按引皆非道，服气餐霞总是狂；举世谩求铅汞伏，何时得见虎龙降②？劝君穷取生身处，返本还源是药王③。

①阳里阴精：指离卦外阴而内阳。羸尫：瘦弱。

②铅汞伏：喻水火凝结，并伏合到一起。虎龙降：也喻水火相凝结，伏合至一起。

③源：指自己的心性。

第 十

好把真铅着意寻①，莫教容易度光阴。但将地魄擒朱汞②，自有天魂制水金。可谓道高龙虎伏，堪言德重鬼神钦；已知寿永齐天地，烦恼无由更上心。

①真铅：即药王，大药。

②地魄：真铅有七十四种异名，此为其中之一。

第 十 一

黄芽白雪不难寻①，达者须凭德行深。四象五行全藉土②，三元八卦岂离壬；炼成灵质人难识，消尽阴魔鬼莫侵，欲向人间留秘诀，未逢一个是知音。

①黄芽：真铅的别名。白雪：与黄芽同为构成内丹之基本物质。

②全藉土：木火一家，金水一家，两家会合须赖中土一家。藉：依靠，凭借。

第 十 二

草木阴阳亦两齐，若还缺一不芳菲：初开绿叶阳先倡，次发红花阴后随①。常道即斯为日用，真源反此有谁知？报言学道诸君子，不识阴阳莫乱为②。

①初开绿叶阳先倡：绿叶属阴，从枝上绽发出来需阳气的倡先作用。次发红花阴随后：红花属阳，开花结果，果实为阴，属阴随阳后之象。

②不识阴阳：指不了解坎卦阴中的阳爻，离卦阳中的阴爻；或指不了解六阳卦、六阴卦。

第 十 三

不识玄中颠倒颠，争如火里好栽莲①，牵将白虎归家养，产个明珠是月圆。谩守药炉看火候，但安神息任天然。群阴剥尽丹成熟②，跳出樊笼寿万年。

---

①颠倒颠：凡人顺五行之道，炼丹者乃与此相逆。火里好栽莲：莲生水中，火中栽莲，即上句之"颠倒颠"。

②群阴：指各种阴魔。

第 十 四

三五一都三个字①，古今明者实然稀。东三南二同成五，北一西方四共之②。戊己自居生数五，三家相见结婴儿。婴儿是一含真气，十月胎圆入圣基。

---

①三五一：三指元神、元精、真意。五，指相合成家。一，指丹母或金丹。

②东三南二同成五：按《河图》东三为木，南二为火，木生火合为五数，成为一家。北一西方四共之：据《河图》，北一为水，西四为金，金生水合为五数，成为一家。

第 十 五

不识真铅正祖宗，万般作用枉施功。休妻谩遣阴阳隔，绝粒徒教肠胃空。草木金银皆滓质①，云霞日月属朦胧。更饶吐纳并存想②，总与金丹事不同。

---

①草木：指能延年益寿之植物药。

②饶：另外添加。

第 十 六

万卷仙经语总同，金丹只此是根宗。依他坤位生成体①，种在乾家交感宫。莫怪天机俱漏泄，都缘学者自迷蒙。若人了得诗中意，立见三清太上翁②。

---

①坤位：指腹部丹田，或指对方女身。体：指真铅。乾家：指头部泥丸宫。

②三清太上翁：道家认为元始天尊所化法身有三：玉清元始天尊，上清灵宝天尊，太清道德天尊。合称为三清太上翁。

中 卷

七言绝句六十四首

第 一

先把乾坤为鼎器，次将乌兔药来烹①。既驱二物归黄道②，争得金丹不解生。

---

①乾坤为鼎器：乾鼎为头部泥丸宫，坤器指腹部土釜（丹田）。乌兔：金乌，玉兔，即古代传说太阳中三足鸟，月亮中白兔。

②黄道：黄为五行土色，地位处中。

第 二

安炉立鼎法乾坤①，煅炼精华制魄魂，聚散氤氲成变化，敢将玄妙等闲论。

---

①乾坤：指阴阳。清修派认为：积阳在上，为乾，为天，相应在人身为头部、胸部，阳神安居着。积阴在下，为坤，为地，相应在人身为腹部，阴精存置着。

第 三

休泥丹灶费工夫，炼药须寻偃月炉，自有天然真火育①，何须柴炭及吹嘘。

---

①天然真火：指元神、真意。

第 四

偃月炉中玉蕊生①，朱砂鼎内水银平。只因火力调和后，种得黄芽渐长成。

---

①偃月炉：又称阴炉。玉蕊：本指花之初开，喻一阳初动之真阴。水银：指真阴，双修派认为是阳中之阴。

第　五

咽津纳气是人行①，有药方能造化生。鼎内若无真种子②，犹将水火煮空铛。

①咽津纳气：指旧的服气法，吞咽津液，吸入气体。人行：指不能长生成仙的一般作为。
②真种子：指真铅（药）。

第　六

调和铅汞要成丹，大小无伤两国全①。若向真铅何物是，蟾光终日照西川②。

①大小：指阴、阳。两国：比喻元神、元精或长男、小女。
②蟾光：月光。西川：西方属金之方。川属水，故以此喻金水相合之阴精。

第　七

未炼还丹莫入山，山中内外尽非铅，此般至宝家家有①，自是愚人识不全。

①家家：清修派泛指个人；双修派强调夫妇家室。

第　八

竹破须将竹补宜，抱鸡当用卵为之。万般非类徒劳力①，争似真铅合圣机。

①非类：不是同类，指阴不以阳为类，阳不以阴为类。圣机：指长生的机遇。

第　九

用铅不得用凡铅①，用了真铅也弃捐，此是用铅真妙诀，用铅不用是诚言。

①凡铅：指后天所生之气血阴阳，属于滓质浊物。真铅：指先天元精，属无形之清物。弃捐：抛弃。

第　十

虚心实腹义俱深①，只为虚心要识心，不若炼铅先实腹，且教守取满堂金②。

①虚心：指心神宁静，不染烦杂之念。实腹：指肾精弃实，葆养不泄。
②满堂：指全身各处。金：金丹。

第 十 一

梦谒西华到九天，真人授我指玄篇①，其中简易无多语，只是教人炼汞铅。

①西华：泛指仙人所居之宫殿。指玄篇：有两种，一为五代末，宋初陈抟所著。一为吕洞宾著。

第 十 二

道自虚无生一气，便从一气产阴阳。阴阳再合成三体，三体重生万物昌①。

①成三体：由虚无生一气为一气，再变阴阳为二体，阴阳结合金丹为三体。

第 十 三

坎电烹轰金水方，火发昆仑阴与阳①，二物若还和合了，自然丹熟遍身香。

①坎电：指坎中阳爻。烹轰：喻肾水中真阳发动，或指铅气发旺之时。阴与阳：阴，指坎电，阳，指昆仑之火。

第 十 四

离坎若还无戊己，虽含四象不成丹①。只缘彼此怀真土，遂使金丹有返还。

①戊己：按《纳甲法》，"坎纳戊，离纳己。坎中阳爻属戊土，离中阴爻属己土。"四象：一指眼光，耳韵、鼻息、舌气；又指青龙肝木，白虎肺金，朱雀心火，玄武肾水。

第 十 五

日居离位反为女，坎配蟾宫却是男①。不会个中颠倒意，休将管见事高谈。

①日：指阳气，离卦外阳，如火。反为女：离卦外阳而内阴。坎配蟾宫却是男：指坎卦外阴而内阳。

第 十 六

取将坎位中心实，点化离宫腹内阴①。从此变成乾健体，潜藏飞跃总由心。

①中心实：指坎卦初爻、三爻为阴爻，属虚；中爻为阳爻，属实。离卦则相反。

第 十 七

震龙汞出是离乡①，兑虎铅生在坎方。二物总因儿产母②，五行全要入中央。

①震龙汞：震卦在后天八卦方位中居东方，青龙为东方之兽。

②儿产母：指金生水，木生火。然而金精、木液反胎藏于水、火之中，成坎卦中央爻。

第 十 八

月才天际半轮明，早有龙吟虎啸声①，便好用功修二八，一时辰内管丹成②。

①龙吟虎啸：比喻真铅、真汞发动之象。

②二八：指真铅、真汞相等。一时辰：喻火候调停恰当的短暂时间。

第 十 九

华岳山头雄虎啸，扶桑海底牝龙吟①，黄婆自解相媒合②，遣作夫妻共一心。

①华岳：指西岳华山。西方属金，此指五行中之金。啸、吟：都是发动的意思。

②黄婆：黄为中土之色。婆：媒婆，有从中媒合真铅、真汞为一之意。

第 二 十

西山白虎正猖狂，东海青龙不可当。两手捉来令死斗①，化成一块紫金霜。

①死斗：双修派认为此乃强调阳男、阴女身中之物结合过程，如行不得法，将危险之至。

第 二 十 一

赤龙黑虎各西东①，四象交加戊己中，复姤自兹能运用②，金丹谁道不成功。

①赤龙：喻木火为一家。黑虎：喻金水为一家。

②复姤：复卦指初生之一阳，姤卦指初生之一阴。

第 二 十 二

先且观天明五贼，次须察地以安民①，民安国富当求战②，战罢方能具圣人。

————————

①五贼：义与"五行"相近。有人认为一心具有五行之性，金主怒，木主喜，水主凉，火主炎，土主静。因五行各主一性，若互不相能，元气伤矣，故称五贼。民：喻作精气。

②国：喻为身体。

第 二 十 三

用将须分左右军①，饶他为主我为宾，劝君临阵休轻敌，恐丧吾家无价珍②。

————————

①将：喻火候。左右军：左军喻文火，右军喻武火。

②无价珍：喻丹母。

第 二 十 四

火生于木本藏锋①，不会钻研莫强攻，祸发总因斯害己，要须制伏觅金公。

————————

①火：喻为元神或一身元气。

第 二 十 五

金公本是东家子①，送在西邻寄体生。认得唤来归舍养，配将姹女作亲情②。

————————

①金公：即真铅。金公二字合为"鈆"，为铅字之异体。东家：指离卦

②姹女：喻自身中真汞。

第 二 十 六

姹女游行自有方①，前行须短后须长。归来却入黄婆舍，嫁个金公作老郎②。

————————

①游行：指循行周天或精气受激发和行进的道路。

②老郎：喻纯阳，有如乾卦。

第二十七

织识朱砂与黑铅，不知火候也如闲①，大都全藉修持力，毫发差殊不作丹。

①火候：清修派认为周天运行之时意念与呼吸的运用，一般是：气息绵绵，意念强烈者为武火。

第二十八

契论经歌讲至真①，不将火候著于文。要知口诀通玄处，须共神仙仔细论。

①契：指《周易参同契》。经：指《阴符经》、《道德经》。论、歌：泛指后代修道者论述的诗文与歌词。

第二十九

八月十五玩蟾辉，正是金精壮盛时。若到一阳来起复，便堪进火莫延迟。

第 三 十

一阳才动作丹时，铅鼎温温照幌帷①。受气之初容易得，抽添运用却防危②。

①铅鼎温温：喻丹田火热之感觉。幌帷：指人体之两目。
②抽添：指抽铅添汞。

第三十一

玄珠有象逐阳生，阳极阴消渐剥形，十月霜飞丹始熟，此时神鬼也须惊。

第三十二

前弦之后后弦前，药味平平气象全①，采得归来炉里煅，炼成温养自烹煎。

①前弦之后后弦前：月亮的明亮部分属阳魂、属金，晦暗部分属阴魄，属水。前弦之后，是指上弦月象征阴中阳半，得水中之金半斤。后弦前，是指下弦月象征阳中阴半，得金中之水半斤。平平：金丹炼成为纯阳，真铅中金水宜各居一半。

第三十三

长男乍饮西方酒，少女初开北地花①。若使青娥相见后②，一时关锁在黄家。

①长男：按《周易》的说法，震卦为长男，指自身。西方酒：喻兑卦，因兑卦在后天卦位中居西方，指少女。
②青娥：喻巽卦风象，转指内炼时的呼吸；巽卦在《周易》中为长女，属风，风属木，色青。

第三十四

兔鸡之月及其时，刑德临门药象之①。到此金砂宜沐浴②，若还加火必倾危。

---

①刑德：退阴符为刑，进阳火为德。
②宜沐浴：古代休假又称沐浴日，喻温养。

第三十五

日月三旬一遇逢，以时易日法神功。守城野战知凶吉，增得灵砂满鼎红①。

---

①守城：喻温养功夫。野战：喻采铅功夫。灵砂：指金丹或未结成金丹之前之丹母。

第三十六

否泰才交万物盈，屯蒙二卦禀生成①。此中得意休求象，若究群爻谩役情。

---

①否泰：两卦均为乾阳、坤阴各半，于时令象征二月春分，八月秋分。屯蒙：按《周易》六十四卦，乾坤为首，此下即为屯蒙。屯，为物之始，蒙为物之稚。

第三十七

卦中设象本仪形①，得象忘言意自明。后世迷人惟泥象，却行卦气望飞升。

---

①卦：指八卦——乾、坤、震、巽、坎、离、艮、兑。象：指四象——少阴、少阳、老阴、老阳。仪：两仪——阴、阳。

第三十八

天地盈虚自有时，审能消息始知机。由来庚甲申明令，杀尽三尸道可期①。

---

①庚甲：此处为命令的意思。三尸：道家称人体内害人的三种东西，分别为彭倨、彭质、彭矫，故又称三彭。

第三十九

要得谷神长不死①，须凭玄牝立根基。真金既返黄金室，一颗明珠永不离。

中华经典藏书

①谷神：阴阳不测谓之神，感而遂通若虚谷之响应，故名谷神。

第 四 十

玄牝之门世罕知①，休将口鼻妄施为。饶君吐纳经千载，争得金乌搦兔儿②。

---

①玄牝：指阴阳。
②金乌：古代传说中的三足鸟。搦：握着，拿着。兔儿：清修派喻肾中真汞，双修派喻圣母中真铅。

第 四 十 一

异名同出少人知，两者玄玄是要机①。保命全形明损益，紫金丹药最灵奇。

---

①玄玄：指阴阳两者提纯结合，回升到一气状态。

第 四 十 二

始于有作人难见，及至无为众始知①。但见无为为要妙，岂知有作是根基。

---

①有作：指筑基、产药、卦炉、搬运过程，或指采外药过程。无为：指温养得效，炼形化气。

第 四 十 三

黑中有白为丹母，雄里怀雌是圣胎①。太乙在炉宜慎守，三田聚宝应三台②。

---

①黑中有白：黑为水色，白为金色。指肾水中藏有真铅。雄里怀雌：指心火如离卦，外阴为雄，内阴为阳，心火中怀有真汞。
②太乙：指先天的真一之气。三田：指上丹田脑中泥丸，中丹田心，下丹田气海精门。三台：天上的星座。

第 四 十 四

恍惚之中寻有象，杳冥之内觅真精①。有无从此自相入，未见如何想得成。

---

①杳冥之内觅真精：指炼丹之始，凝神气穴，呼吸微微，以至胎息，真精产生，此时有身入杳冥，不可言状之感觉。

第 四 十 五

四象会时玄体就，五行全处紫金明。脱胎入口功通圣，无限龙神尽失惊。

第 四 十 六

华池宴罢月澄辉，跨个金龙访紫微①。从此众仙相见后，海田陵谷任迁移。

---

①华池：即气海，肾中之精。紫微：北极星。

第 四 十 七

要知炼养还丹法①，须向家园下种栽。不假吹嘘并著力，自然丹熟脱灵胎。

---

①炼：烹炼，系周天子午运转。养：温养。还丹：由真汞下擒真铅后产生内药，内药经炼养后，精化气，气化神。

第 四 十 八

休施巧伪为功力，认取他家不死方。壶内施添延命酒，鼎中收取返魂浆①。

---

①壶内：自身。延命酒：指真铅。返魂浆：指金液。

第 四 十 九

雪山一味好醍醐，倾入东阳造化炉①。若过昆仑西北去，张骞始得见麻姑②。

---

①雪山：雪色白，乃西方之色。醍醐：精制之奶酪，喻真铅。东阳：清修派以东方指真汞安居之地。
②张骞、麻姑：这里分别指真阳与真阴。

第 五 十

不识阳精及主宾①，知他那个是疏亲。房中空闭尾闾穴，误杀阎浮多少人②。

---

①主宾：一说为五行之沉浮，一说为左右升降。
②房中：即房中术，利用男女交合修道的一种方法。阎浮：阎浮堤，佛经中指印度。

第 五 十 一

万物芸芸各返根，返根复命即长存。知常返本人难会，妄作招凶往往闻。

第 五 十 二

欧冶亲传铸剑方，莫邪金水配柔刚。炼成便会知人意，万里诛妖一电光①。

----

①诛妖：指斩绝内炼过程中之邪欲杂念，使内炼获得成功。

第 五 十 三

敲竹唤龟吞玉芝，鼓琴招凤饮刀圭①。近来透体金光现，不与凡人话此规。

----

①敲竹：竹中心虚空，转喻以汞擒铅。龟：北方元武之象。玉芝：喻真火汞。凤：南方朱雀之象，属真火汞。

第 五 十 四

药逢气类方成象①，道在希夷合自然。一粒灵丹吞入腹，始知我命不由天。

----

①成象：《周易》认为"成象谓之乾"，在此诗中转喻结为金丹。

第 五 十 五

赫赤金丹一日成，古仙垂语实堪听①。若言九载三年者，总是推延款日程。

----

①古仙：指张果老。垂语：留语，指张果老之诗："赫赫金丹一日成，黄芽不离水银坑。"

第 五 十 六

大药修之有易难①，也知由我亦由天。若非积行施阴德，动有群魔作障缘②。

----

①大药：在内丹术中称过关时为大药。
②障缘：指发生败坏修炼之意外事件或机缘不足。

第 五 十 七

三才相盗食其时①，此是神仙道德机。万化既安诸虑息，百骸俱理证无为。

①三才：指天、地、人三者之总称。
②万化：指天地间万物变化。百骸俱理：指身体生理变化有序。

第 五 十 八

阴符宝字逾三百，道德灵文满五千。今古上仙无限数，尽从此处达真诠。

第 五 十 九

饶君聪慧过颜闵①，不遇真师莫强猜。只为丹经无口诀，教君何处结灵胎②。

①颜闵：指颜回、闵子骞。
②灵胎：指内炼之丹药。

第 六 十

了了心猿方寸机，三千功行与天齐。自然有鼎烹龙虎，争奈担家恋子妻①。

①担家：担心家庭，指为家庭牵累。

第 六 十 一

未炼还丹须速炼，炼了还须知止足。若也持盈未已心，不免一朝遭殆辱。

第 六 十 二

须将死户为生户，莫执生门号死门①。若会杀机明反覆，始知害里却生恩。

①死户：指人体在下之气海丹田，密闭于中，无孔窍出入。生门：清修派指人体在上之口鼻，呼吸之气由此出入。

第 六 十 三

祸福由来互倚伏，还如影响相随逐。若能转此生杀机，反掌之间灾变福。

第 六 十 四

修行混俗且和光①，圆即圆兮方即方。显晦逆从人莫测，教人争得见行藏②。

①和光：光，在外的优胜表现。和光指所表现的和其它事物一样没有特殊之处。
②晦：地位平常，无人知晓。行藏：指活动行踪。

下　卷

五言四韵一首

　　女子着青衣，郎君披素练①。见之不可用，用之不可见。恍惚里相逢，杳冥中有变②。一霎火焰飞，真人自出现。

---

①女子：喻离卦中阴爻。即真汞、真阴。郎君：喻坎卦中阳爻，即真铅、真阳。
②恍惚：指一阳初动，心中有恍惚之感。杳冥中有变：炼丹初时凝神气穴，呼吸微微，以至胎息，真精产生，有身入杳冥，不可言状的感觉。

西江月十二首

第　一

　　内药还同外药①，内通外亦须通。丹头和合类相同，温养两般作用。内有天然真火，炉中赫赫长红。外炉增减要勤功，妙绝无过真种。

---

①内药：指炼气化神之基质，即金液。或指自身真精。外药：指炼精化气之基质，或指女子彼身之真气。

第　二

　　此道至神至圣，忧君分薄难消，调和铅汞不终朝，早睹玄珠形兆。志士若能修炼，何妨在市居朝，工夫容易药非遥，说破人须失笑。、

第　三

　　白虎首经至宝①，华池神水真金。故知上善利源深②，不比寻常药品。若要修成九转，先须炼己持心。依时采取定浮沉，进火须防危甚③。

---

①首经：喻坎水真经，双修派认为女子月经初潮前有气无质，此气即是外药真铅。华池：即气海，肾中之经，于此生动。

②上善：借《老子》一书称赞水之性用，以赞美真铅。

③危甚：指火候太过而失败。

第　四

若要真铅留汞，亲中不离家臣，木金间隔会无因，须仗媒人勾引①。木性爱金顺义，金情恋木慈仁。相吞相啖却相亲，始觉男儿有孕。

---

①家臣：喻指真汞。媒人：喻指土，在木与金当中起媒合作用。

第　五

二八谁家姹女，九三何处郎君①。自称木液与真金②，遇土却成三性。更假丁公锻炼③，夫妻始结欢情。河车不敢暂留停④，运入昆仑峰顶。

---

①二八：阴数，喻真汞。姹女：指火中真阴。九三：阳数，喻真铅。郎君：指水中真阳。

②木液：木生火，木液指离火中真阴，又称神水。

③丁公：比喻文火及武火。

④河车：指子午任督脉运转。

第　六

七返朱砂返本①，九还金液还真。休将寅子数坤申，但要五行成准。本是水银一味，周流历遍诸辰，阴阳数足自通神，出入不离玄牝。

---

①七返：按《河图》天地五行生成数，地二生火，天七成之。返：水火上焱，仍返于上，成离卦之象。

第　七

雄里内含雌质，真阴却抱阳精①。两般和合药方成，点化魂灵魄圣。信道金丹一粒，蛇吞立变龙形，鸡餐乃亦化鸾鹏，飞入真阳清境。

---

①雄：指离火，雌：指离火中阴爻。阳精：指坎水中阳爻。

第　八

天地才经否泰①，朝昏好识屯蒙。辐来凑毂水朝宗，妙在抽添运用②。得一万般皆毕③，休分南北西东，损之又损慎前功④，命宝不宜轻弄。

---

①否泰：否泰二卦是天地相交之象。

②水朝宗：指百川之水归宗于海，用以喻指气化归于丹田。抽添：抽坎水铅中真阳，点化离火汞中真阴，以结成纯阳金丹，朝卦之象。

③得一：指得到真铅。

④损之又损：意为炼己以使无欲，不宜轻易玩忽采铅过程。

第 九

冬至一阳来复，三旬增一阳爻①。月中复卦朔晨超，望罢乾终姤兆。日又别为寒暑，阳生复起中宵，午时姤卦一阴朝，炼药须知昏晓②。

---

①冬至一阳来复：指炼药之火候，象复卦。三旬增一阳爻：冬至后白昼增长，黑夜缩短，逐月而成临卦、泰卦、大壮卦、夬卦等。

②一阴朝：指一阴初生。昏晓：指阴阳进退。

第 十

不辨五行四象，那分朱汞铅银。修丹火候未曾闻，早便称呼居隐。不肯自思己错，更将错路教人。误他永劫在迷津，似恁欺心安忍！

第 十 一

德行修逾八百，阴功积满三千①。均齐物我与亲冤②，始合神仙本愿。虎兕刀兵不害，无常火宅难牵③，宝符降后去朝天④，稳驾鸾车凤辇。

---

①阴功：指阴世间所修之功德。

②物我：指自然界万物与自己之身。

③兕：古书中称雌犀牛。火宅：佛家喻尘世是大火包围之房屋，万分危险。

④宝符：道教中驱役鬼神画写之符号，此比喻金丹。

第 十 二

牛女情缘道合，龟蛇类禀天然。蟾乌遇朔合婵娟①，二气相资运转。总是乾坤妙用，谁能达此真诠。阴阳否隔即成愆②，息得天长地远。

---

①蟾乌：即月亮中白兔，喻指肾水中真汞，或圣母中真铅。

②阴阳否隔：指阴阳二者不相交合。

西江月又一首

　　丹是色身至宝，炼成变化无穷。更能性上究真宗①，决了无生妙用。不待他身后世，现前 获道神通。自从钟吕著斯功，尔后谁能继踵②。

---

①性：心性，按佛教说法，世上的一切，都是由其所变的幻影，而只有他是本质的。
②继踵：此指继承前辈取得之成就。

七言绝句又五首

第　一

　　饶君了悟真如性，未免抛身却入身①。何似更能修大药，顿超无漏作真人②。

---

①真如：又称法身。佛教指永存的实体，自性。抛身：指人一生结束，离开肉体。入身：指人死后转身投胎进入他身。
②无漏：漏为烦恼，指生死流传之原因，能证得罗汉地位，就能无漏。

第　二

　　投胎夺舍及移居，旧住名为四果徒①。若会降龙并伏虎②，真金起屋几时枯。

---

①夺舍：舍，喻人之肉体。夺舍，即借他人之肉体而生存于世。移居：指此生结束，灵魂离开肉体后，转入他一肉体，为另一生。四果：小乘佛教修行的四种圣果，即预流果——灭三界之烦恼；一来——回生于欲界及无界一度；不还果——指不再还欲界；阿罗汉果——指修得万行圆成，永不投胎转世。
②降龙：指木火调合为一家成汞神。伏虎：指金水调合为一家为铅精。

第　三

　　鉴形闭息思神法，初学艰难后坦途①。倏忽纵能游万国，奈何屋旧却移居。

---

①鉴形：指观想内视某一形体的一种修法。闭息：专门调节呼吸的一种修法。坦途：这里指修炼之境遇平坦。

第　四

　　释氏教人修极乐，只缘极乐是金方。大都色相惟兹实，馀二非真漫度量①。

①色相：指颜色、形体。馀：除去，非真：指不是真实而是虚妄的。

第　五

俗语常言合至道，宜向其中细寻讨。能于日用颠倒求①，大地尘沙尽成宝。

---

①颠倒：指逆行。如夫妇交感，则神火上动，精气下泄，以成生育之机，此为顺行。修道者下降神火于丹田，上升精水于脑中，以成内炼之用，此为逆行。

附录：

读《周易参同契》

大丹妙用法乾坤，乾坤运兮五行分。五行顺兮常道有生有灭，五行逆兮丹体常灵常存①。一自虚无兆质，两仪因一开根。四象不离二体，八卦互为子孙。万象生乎变动，吉凶悔吝兹分②。百姓日用不知，圣人能究本源。顾易道妙尽乾坤之理，遂托象于斯文。否泰交，则阴阳或升或降③；屯蒙作，则动静在朝在昏④。坎离为男女水火，震兑乃龙虎魄魂。守中则黄裳元吉，遇亢则无位而尊。既未慎万顺之终始，复姤昭二气之奔归⑤。月盈亏应精神之衰旺，日出没合营卫之寒温。本立言以明象，既得象以忘言。犹设象以指意，悟其意则象捐。达者惟简惟易⑥，迷者愈惑愈繁。故知修真上士读《参同契》者，不在乎泥象执文。

---

①五行顺：指五行顺行。常道：指平常人之生活规律。五行逆：指五行逆行。

②吉凶：指得失。悔吝：指小疵。

③否泰交：指否卦，泰卦在阴阳之气相等时交合。阴阳或升或降：否卦为阴升阳降，泰卦为阳升阴降。

④屯蒙：指屯卦、蒙卦。动静在朝昏：指屯、蒙二卦卦象相互错综，一正一反。

⑤既未：指既济、未济二卦，系《周易》卦序之终末两卦。复姤：指复卦、姤卦。

⑥达者：指明达之人。惟简惟易：指极为简单、容易的事。

赠白龙洞刘道人歌

玉走金飞两曜忙，始闻花发又秋霜。徒夸篯铿千来岁①，亦似云中一电光。一电光，何太速，百年都是三万日，其间寒暑互煎熬，不觉童颜暗中央，纵有儿孙满眼前，却有恩爱转牵缠②，及乎精竭身枯朽，谁解教君暂驻延。暂驻延，既无计，不免将身归逝水③，但看古来圣贤人，几个解留身在世。

身在世，亦有方，只为世人没度量，竟向山中寻草木④，伏铅制汞点丹阳。点丹阳，事迥别，须向坎中求赤血，捉来离位制阴精，配合调和有时节。时节正，用媒人，金公姹女结亲姻。金公偏好骑白虎，姹女常驾赤龙身。虎来静坐秋山里，龙向碧潭奋身起⑤。两兽相逢战一场⑥，波浪奔腾如鼎沸，黄婆丁老助威灵⑦，撼动乾坤走神鬼。

须臾战罢云雨收⑧，种个元珠在泥底。以此根苗渐长成⑨，随时灌溉抱真精。十月脱胎吞入口，不觉凡身已有灵。

此个事，世间稀，不是等闲人得知。凤世若无仙骨分⑩，容易如何得遇之。得遇之，宜便炼，都缘光景急如箭。要取鱼时须结罾⑪，莫待临渊空叹羡。闻君知药已多年，何不收心炼汞铅。休教烛被风吹灭，六道轮回莫怨天⑫。

近来世上人多诈，尽著布衣称道者。问他金木是何般，噤口无言如害哑⑬，却云服气与休粮，别有门庭道路长。君不见，《破迷歌》里说，太乙含真法最良。莫怪言词多狂劣，只教时人难鉴别。唯君心与我心同，方敢倾怀向君说⑭。

---

①箓铿（jiān kēng，坚坑），彭祖之名，尧封之于彭城，亦称为老彭，年七百多岁而不见老。

②恩爱：泛指夫妻与儿女天伦之乐。驻延：指停留和延长寿命。

③归逝水：指因时间流逝而归向衰亡。

④草木：指仙草灵药。

⑤秋山：指心或泥丸。碧潭：指肾或丹田。

⑥战一场：喻精水、神火相结合。

⑦黄婆：黄指中土之色，婆指媒婆。因其中有媒合铅汞为丹的作用。丁老：十干中丙丁属火，丙喻武火，丁喻文火。

⑧云雨：指内药产生时杳冥、恍惚憾。

⑨根苗：又称黄芽、即丹头。

⑩仙骨分：指福德因缘。

⑪罾（zēng，曾）：一种用竹竿或木棍作支架的方形鱼网。

⑫六道轮回：佛教认为每一种生命，这种生命结束后，随其神识与业力，又转变为新的生命，称作轮回，生命体共计有六种形式：天道、人道、畜生道、阿修罗道、饿鬼道、地狱道、总称六道。

⑬噤口：闭嘴不吱声。害哑：指患哑疾不能言语。

⑭君：指作者诗赠之对象——刘道人。

石 桥 歌

吾家本住石桥北①，山镇水关森古木，桥下涧水彻昆仑，山下有泉香馥郁。吾归山内实堪夸，遍地均栽不谢花②。山北穴中藏猛虎③，出窟哮吼生风霞。山南潭底隐蛟龙④，腾云降雨山濛濛。二兽相逢斗一场，元珠隐伏是祯祥⑤。景堪羡，吾暗喜，自斟自酌熏熏醉⑥。醉弹一曲无弦琴，琴里声声教仔细。可煞醉后没人知，昏昏默默恰如痴。

仰观造化工夫妙，日还西出月东归⑦。天是地，地是天，反覆阴阳合自然。识得五行颠倒处⑧，指日升退归洞天。

黄金屋，白玉椽，玉女金童日侍前。南辰北斗分明布，森罗万象现无边⑨。无昼夜，要绵绵，聚散周天火候全⑩。若向金丹端的处，寻师指破水中铅。

木生火，金生水，水火须分前后队⑪。要辨浮沉识主宾⑫，铅银砂汞方交会。有刚柔，莫逸意，知足常足归本位。万神齐贺太平年，恁时国富民欢喜。

此个事，好推理⑬，同道之人知此义。后来一辈学修真，只说存养共行气。在眼前，甚容易，得服之人妙难比⑭。先且去病更延年，用火烹煎变阳体。

学道人，去思已，休问旁门小法制，只知目下哄得人，不觉自身暗憔悴。劝后学，须猛鸷⑮，莫徒抛家住他地。妙道不离自家身，岂在千山并万水。莫因循，自贪鄙，火急寻师觅元旨。在生若不学修行，未知来生甚胎里。既有心，要终始，人生大事惟生死，皇天若负道人心，令我三途为下鬼。

---

①石桥北：喻头脑中泥丸，石桥指百会穴。

②归山内：喻凝神丹田，山内，指腹中。不谢花：即丹书中所称之"黄芽"，即一阳初生，为炼丹之基质。

③山北穴中：指腹内丹田。猛虎：即白虎。

④山南潭底：指头部泥丸。隐蛟龙：即青龙。

⑤斗一场：双修派认为阳男、阴女身中之物结合过程。元珠：喻内药丹头。

⑥熏熏醉：喻真铅真汞结合后恬静愉悦陶醉状。

⑦日还西出：日喻元阳，元阳本居于上，内炼时下凝丹田。月东归，元阴本居于下，内炼时上聚泥丸。

⑧五行颠倒：按五行之性，心火浮，肝木升，肾水沉，肺金降，内炼时木火相合而下沉。金水相合而上浮。

⑨此二句为炼丹家形容得丹后的情景。

⑩此句是指炼丹时火候运行之要诀。

⑪前后队：指精水后升，神火前降。

⑫浮沉：铅重而下沉、汞轻而上浮。即元精易下泄，元神易上乱，内炼时则使元坤下沉，受元精之擒，再元精上浮，受元神之制。

⑬推理：指推求炼丹之理义。同道之人：指共同炼丹之人。

⑭得服之人：指炼成金丹即可吞服之人。

⑮猛鸷：勇敢、凶猛。

后　序

窃以人之生也，皆缘妄情而有其身①。有其身则有患；若无其身，患从何有？夫欲免无患者，莫若体夫至道②；欲体夫至道，莫若明夫本心。故心者道之体也，道者心之用也。人能察心观性，则圆明之体自现③，无为之用自有。不假施功，顿超彼岸。此非心镜朗然④，神珠廓明，则何以使诸相顿离；纤尘不染，心源自在，决定无生者哉！然其明心体道之士，身不能累其性，境不能乱其真，则刀兵乌能伤，虎兕乌能害，巨焚大浸乌足为虞。达人心若明镜，鉴而不纳，随机应物，和而不唱，故能胜物而无伤也。此所谓无上至真之妙道也。

原其道本无名，圣人强名；道本无言，圣人强言耳。然则名言若寂，则时流无以识其体而归其真。是以圣人设教立言以显其道，故道因言而后显，言因道而返忘。奈何其道至妙至微，世人根性迷钝，执其有身而恶死悦生，故卒难了悟。黄老悲其贪著，乃其修生之术顺其所致，渐次导之，以修生之要在金丹，金丹之要在乎神水、华池，故《道德》、《阴符》之教得以盛行于世矣，盖人悦其生也。然其言隐而理奥，学者虽讽诵其文⑤，皆莫晓其意，若不遇至人授之口诀，纵揣量百种，终莫能著其功而成其事。岂非学者纷如牛毛，而达者乃如麟角也。

伯端向己酉岁，于成都遇师傅授丹法。自后三传非人⑥。三遭祸患，皆不逾两旬，当年疮生于项背。近方追忆先师之所感云：异日有与汝解缰脱锁者，当宜授之，余皆不许。尔后欲解名籍，而患此道人不之信，遂撰此《悟真篇》，叙丹药本末⑦。既成而求学者凑然而来，观其意勤渠⑧，心不忍吝，乃择而授之。然而所授者皆非有巨势强力能持危拯溺、慷慨特达、能仁明道之士。初再罹祸患，心犹未知，竟至于三，乃省前过。故知大丹之法至简至易，虽愚昧小人得而行之，则立超圣地，是以天意秘惜，不许轻传于非其人也。缘伯端不遵师语，屡泄天机，以其有身，故每膺谴患，此天之深戒如此之神且速，敢不恐惧克责。自今以往，当钳口结舌，虽鼎镬居前，刀剑加项，亦无复敢言矣。此《悟真篇》中所歌咏大丹、药物、火侯细微之旨，无不备悉。好事者夙有仙骨，观之则智虑自明，可以寻文解义，岂须伯端区区之口授耶。如此，乃天之所赐，非伯端之辄传也。其如篇末歌颂，谈见性之法，即上之所谓无为妙觉之道也。然无为之道，齐物为心⑨，虽显秘要，终无过咎。奈何凡夫缘业有厚薄，性根有利钝，纵闻一音，纷成异见。故释迦、文殊所演法宝⑩，无非一乘，而听学者随量会解，自然成三乘之差。此后若有根性猛利之士见闻此篇，则知伯端得闻达摩、六祖最上一乘之妙旨⑪，可因一言而悟万法也；如其习气尚余，则归中之见，亦非伯端咎也。

时元丰改元戊午岁仲夏戊寅日张伯瑞平叔再序。

①窃以：私下以为。妄情：指男女之间的情欲。

②至道：最高深的道理。

③圆明：佛教中常用以称赞心性能契合万物为一体，圆而不偏；明达万物为所现，明而不昧。

④心镜：心如明镜，洞照一切。

⑤理奥：道理深奥。讽诵：抑扬顿挫的诵读。

⑥非人：缺乏人品修养的人。

⑦欲解名籍：将从官吏名册中解除。本书作者张伯端曾为府吏，后遭罚贬斥。而担心炼丹之道人们不相信。

⑧凑然：聚集貌。勤渠：特别勤快。

⑨齐物：平等对待万物及自我与外物。显秘要：使秘密要诀显露。

⑩释迦：释迦牟尼，佛教创始人。文殊：文殊师利菩萨，为释迦牟尼的大弟子。

⑪达摩：菩提达摩，古印度南天竺某小国的王子，在我国南北朝时泛海而来，为我国禅宗初祖。六祖：禅宗六祖为慧能，俗姓卢。

金丹四百字

〔宋〕张伯端 撰

金丹四百字序

七返九还金液大丹者①，七乃火数，九乃金数。以火炼金②，返本还元，谓之金丹。

以身心分上下两弦，以神气别冬夏二至，以形神契坎离二卦；以东魂之木，西魄之金，南神之火，北精之水，中意之土，是为攒簇五行③；以含眼光、凝耳韵、调鼻息、缄舌气，是为和合四象；以眼不视而魂在肝，耳不闻而精在肾，舌不声而神在心④，鼻不香而魄在肺，四肢不动而意在脾，故名曰五气朝元⑤；以精化为气，以气化为神，以神化为虚，故名曰三花聚顶⑥。

以魂在肝而不从眼漏，魄在肺而不从鼻漏，神在心不从口漏，精在肾而不从耳漏。意在脾而不从四肢、孔窍漏，故曰无漏。精神魂魄意相与混融，化为一气，不可见闻，亦无名状，故曰虚无。炼精者炼元精，非淫佚所感之精⑦；炼气者炼元气，非口鼻呼吸之气；炼神者炼元神，非心意念虑之神。故此神、气、精者，与天地同其根，与万物同其体，得之则生，失之则死。以阳火炼之则化成阳气，以阴符养之则化成阴精。故曰："见之不可用，用之不可见。

身者心之宅，心者身之主⑧。心之猖狂如龙，身之狞恶如虎。身中有一点真阳之气，心中有一点真阴之精，故曰二物。心属乾，身属坤，故曰乾坤鼎器。阳器属离，阴精属坎，故曰乌兔药物。抱一守中⑨，炼元养素，故曰采先天混元之气。朝屯暮蒙，昼午夜子，故曰行周天之火候。木液旺在卯，金精旺在酉，故当沐浴。震男饮西酒，兑女攀北方，巽风吹起六阳，坤土藏畜七数，故当抽添⑩。

夫采药之初，动乾坤之橐籥，取离坎之刀圭；初时如云满千山，次则如月涵万水；自然如龟蛇之交合，马牛之步骤。龙争魂，虎争魄⑪；乌战精，兔战神。恍惚之间见真铅，杳冥之内有真汞。以黄婆媒合，守在中宫。

铅见火则飞，汞见火则走⑫，遂以无为油合之，复为无名璞镇之。铅归坤宫，汞归乾位，真土混合，含光默默。火数盛则燥，水铢多则滥。火之燥、水之滥不可以不调匀，故有斤两法度。修炼至此，泥丸风生，绛宫月明，丹田火炽，谷海波澄，夹脊如车轮，四肢如山石，毛窍如浴之方起⑬，骨脉如睡之正酣，精神如夫妇之欢合，魂魄如子母之留恋，此乃真境界也，非譬喻也。以法度炼之，则聚而不散；以斤两炼之，则结而愈坚。魂藏魄灭，精结神凝，一意冲和，肌肤爽透。随日随时，渐凝渐聚，无质生质，结成圣胎⑭。夫一年十有二月，一月三十日，一日百刻，一月总计三千刻，十月总计三万刻。行住坐卧，绵绵若存。胎气既凝，婴儿显相，玄珠成象，太乙含真。三万刻之中，可以夺天上三万年之数。何也？一刻之工夫，自有一年之节候，所以三万刻可以夺三万年之数也。故一年十二月，总有三万六千之数。虽愚昧小人，行之立跻圣地。夸何百姓日用而不知⑮，元精丧也，元气竭也，元神离也。是以三万刻，刻刻要调和。如有一刻差违，则药材消耗，火候亏缺，故曰：毫发差殊不作丹。是宜刻刻用事，用之不劳，真气凝结，元神广大，内则一年炼三万刻之丹，外则一身夺三万年之数；大则一日结一万三千五百息之胎，小则十二行八万四千里之气。故曰：夺天地一点之阳，采日月二轮之气⑯，行真水于铅炉，运真火于汞鼎。以铅见汞，名曰华池；以汞入铅，名曰神水⑰。不可执于无为，不可形于有作，不可泥于存想，不可著于持守，不可枯坐灰心，不可盲修瞎炼。惟恐不识药材出处⑱，又恐不知火候法度。要须知夫身中一窍，名曰玄牝。

此窍者，非心、非肾、非口鼻、非脾胃、非谷道⑲、非膀胱、非丹田、非泥丸。能知此之一窍，则冬至在此矣，药物在此矣，火候亦在此矣，沐浴亦在此矣，结胎亦在此矣，脱体亦在此矣。夫此一窍亦无边旁⑳，更无内外，乃神气之根，虚无之谷。在身中求之，不可求于他也。此之一窍，不可以私意揣度。是必心传口授，苟或不尔，皆妄为矣。

今作此《金丹四百字》，包含造化之根基，贯穿阴阳之骨髓，使炼丹之士寻流而知源，舍妄以从真㉑，不至乎忘本逐末也。夫金丹于无中生有，养就婴儿，岂可泥象执文，而溺于旁蹊曲径。然金丹之生于无，又不可为顽空。当知此空乃是真空，无中不无，乃真虚无。今因马自然去㉒，讲此数语，汝其味之。

紫阳张伯端序

----

①七返九还：按《河图》天地五行生成数，地二生火，天七成之，木火上炎，乃返于上，是为"七返"。地四生金，天九成之，金水下沉，乃还于下，是为"九还"。

②以火炼金：火指元神，金指精气。

③东魂之木：肝属木，居左，以应东方。西魄之金：肺属金，居右，应于西方。南神之火：心属火，居上，应于南方。北精之水：肾属水，居下，应于北方。中意之土：脾属土，居中央。攒簇五行：指身体魂魄神精意五脏神相互聚合。

④眼不视而魂在肝：因肝气通于目，目不外视则魂内藏于肝。耳不闻而精在肾：因肾气通于耳，耳不杂闻则精内藏于肾。舌不声而神在心：因心气通于舌，口不出声则神内舍于心。

⑤鼻不香而魄在肺：因肺气通于鼻，鼻不嗅香臭气则魄内守于肺。四肢不动而意在脾：因脾气虚而四肢不用，故脾伤则四肢不举。五气朝元：指五脏之真气皆聚于顶，混融为一，结成圣胎。

⑥三花：精曰玉华，气曰金华，神曰九华，名曰三华，即三花。

⑦淫佚所感之精：即男女交感之精。

⑧身者心之宅：身，指阴精有形之体；心，指心神无形之物。阴精为心神之寓所，心神为阴精之主宰。

⑨抱一守中：一、中，均指身内冲和之元气。

⑩坤土：坤属地，中土。此喻丹田。七数：喻心火。抽添：指抽铅添汞，此乃铅汞合炼之手段。

⑪龙争魂：意为木火合成真汞，以制金水合成之真铅。虎争魄：意为金水合成真铅，以擒木火合成之真汞。

⑫铅见火则飞：铅指真精。火指凡火、欲念。意谓真精如受凡心欲念之诱惑，则会化作精液而遗泄。汞见火则走：汞指元神。火亦指凡火欲念。意谓受凡心欲念之诱惑，则元神散乱。

⑬夹脊如车轮：夹脊指督脉，此处当包括任脉而言。意谓运转不息，周而复始。毛窍：指周身毛孔。浴之方起：似刚出浴时之爽透。

⑭无质生质：犹言潜移默化，由量变到质变之过程。圣胎：指金丹之初成，又称丹母。以其得之不易而极易疏失，如腹中胎儿之娇贵，故名之曰圣胎。

⑮日用而不知：精气存于自身之中，乃常人平日所用，但一般并不知道用意修炼以成丹。

⑯日月二轮之气：喻心火中真铅，肾水中真汞。日、月皆圆形，象车轮，是谓"二轮"。

⑰华池：在丹田之下，肾中所化精气贮存于此，此指精擒元神之处。神水：此处指元神制元精处。

⑱药材出处：药材出自自身，在于西南坤腹，即人身之丹田。

⑲谷道：肛门。

⑳边旁：指邻近的器官组织等。

㉑舍妄：舍弃不正当的途径。

㉒马自然：即马湘，字自然。盐官人，沈汾《续仙传》有传存世，谓其随道士于天下遍游，后白日上升云。马自然为唐代之人，张伯端生于宋代，系作者之假托之词。

金丹四百字

　　真土擒真铅，真铅制真汞①，铅汞归真土，身心寂不动。虚无生白雪，寂静发黄芽②。玉炉火温温③，鼎上飞紫霞。华池莲花开，神水金波静④，夜深月正明，天地一轮镜。朱砂炼阳气，水银烹金精⑤。金精与阳气，朱砂而水银。日魂玉兔脂⑥，月魄金乌髓。掇来归鼎中，化作一泓水。药物生玄窍⑦，火候发阳炉。龙虎交会时，宝鼎产玄珠。此窍非凡窍⑧，乾坤共合成，名为神气穴⑨，内有坎离精。木汞一点红，金铅四斤黑。铅汞结成珠，耿耿紫金色。家园景物丽⑩，风雨正春探。耕锄不费力，大地皆黄金。真铅生于坎，其用在离宫。以黑而变红，一鼎云气浓。真汞产生离，其用却在坎。姹女过南园，手指玉橄榄⑪。震兑非东西，坎离不南北。斗柄运周天⑫，要人会攒簇。火候不用时，冬至不在子。及其沐浴法，卯酉时虚比。乌肝与兔髓，擒来共一处。一粒复一粒，从微而至著。浑沌包虚空，虚空括三界⑬。及寻其根源，一粒如黍大。天地交真液，日月含真精。会得坎离基，三界归一身。龙从东海来，虎向西山去。两兽战一场⑭，化作天地髓。金花开汞叶，玉蒂长铅枝。坎离不曾闲⑮，乾坤经几时。沐浴防危险，抽添自谨持。都来三万刻，差具恐毫厘。夫妇交会时⑯，洞房云雨作。一载生个儿，个个会骑鹤⑰。

---

①真土：身心中的脾土真意。

②白雪、黄芽：皆吾身药生之景象。

③玉炉：喻丹田。

④华池：在丹田之下，肾中所化精气贮存于此。神水：心中所化之液，上注于口中，称为神水，又称灵汞。

⑤朱砂：指心火。水银：指肾水。金精：指心火中阴液，朱砂、水银，指内炼之形象比喻。

⑥日魂：即日中魂，喻心火中阴液，又指生助心火之肝木。玉兔脂：玉兔为月之喻，月中脂，喻肾水中阳气，又指生助肾水之肺金。

⑦药物：指内药。丹家以炼精化气称外药，化气终结生内药，是为炼气化神之基质。

⑧凡窍：身体有形之窍，指口、鼻、眼、耳、二阴合称九窍。

⑨神气穴：神穴，指绛宫，为心神之室舍。气穴，指命门，为精气之府藏。

⑩家园：喻丹田。景物丽：喻活子时药物产生之情景。风，指呼吸。雨，指神水津液下降，以润华池。正春探：指一阳来复之时，犹如春色满园。

⑪玉橄榄：即炼丹书中所谓之"玉树"。

⑫斗柄：古人以斗柄所指之方向，分别季节。斗柄指东则为春，指南则为夏，指西则为秋，指北则为冬，一年四季更替，斗柄正好旋转一周。此谓之"周天"。

⑬三界：佛教三千大千世界之略称，泛指宇宙。又指天、地、人为三界。

⑭战：喻木液与金精结合之过程。天地髓：指金丹，其妙用与天地造化相应。

⑮坎离不曾闲：指坎月离日运行于东西方，经历于乾天坤地之间，不曾得闲。

⑯夫妇：指铅与汞一阴一阳。洞房云雨作：洞房，指丹田，铅汞交合之处所。云雨，喻铅汞在丹田交合之状。

⑰骑鹤：炼神还虚之时可从泥丸宫出阳神，犹如骑鹤云游于太空。此为炼内丹的最高境界。

还源篇

〔宋〕石泰 撰

还源篇序

　　泰素慕真宗①，遍游胜境，参悟正法，愿以济世为心，专一存三②，尤以养生为重。盖谓学仙甚易，而人自难；脱尘不难，而人未易，深可哀哉。古云：迷云锁慧月③，业风吹定海。昔日在驿中，遇先师紫阳真人，以简易之语，不过半句，其证验之效，只在片时，知仙之可学，私自生喜。及其金液交结，圣胎圆成④，泰故作还源篇八十一章五言绝句，以授晚学，早悟真诠。莫待老来铅虚汞少⑤，急须猛省，寻师访道，修炼金丹，同证仙阶⑥，变化飞升，实所愿望焉。杏林石泰得之序。

---

①泰：即还源篇作者石泰，字得之，号杏林，又号翠玄子。真宗：指黄老宗修炼养生之道。

②专一存三：专一，指专一于金丹炼养之道。存三：即存念于丹道之三性，木液、金精与意土。

③迷云：泛指迷恋尘间俗事。

④金液交结：指金精、木液在意土的勾引下交结成丹。圣胎元成：意为修炼功夫纯熟。

⑤铅虚汞少：铅喻身中元阳、元气。汞喻先天元神。铅虚汞少，喻人年老体衰。

⑥同证仙阶：共同验证登仙得道之途径。

五言绝句

第 一 章

　　铅汞成真体，阴阳结太元，但知行二八①，便可炼金丹。

---

①行二八：丹道中以神御气，以火炼药之喻。

第 二 章

　　汞是青龙髓，铅是白虎脂①，掇来扫鼎内，采取要知时。

---

①青龙髓：内丹家以青龙喻魂，魂藏于肝而位居东，所谓髓，比喻须经烹调而得。白虎脂：白虎比喻魄。魄藏于肺而位居于西。脂，比喻须经冶炼而得。

第 三 章

姹女骑铅虎，金翁跨汞龙①，甲庚明正令，炼取一炉红②。

---

①姹女：本指离之阴入坎成坤，因其能自离返坎为气，有女归宅之意，金翁：自坎返乾而化为神，有少年老成之象，故称金翁。

②明正令：要求心念清宁于平素，修炼中一旦中明，则身心全体自然从命。一炉红：专心烹炼之意。

第 四 章

蛇魄擒龙髓，龟魂制虎精①，华池神水内，一朵玉脂生②。

---

①蛇魄：蛇喻情，易感于善柔而生喜，为肺魄所为。龟魂：龟喻性，易触于震动而生怒，为肝魂所为。

②玉脂：指人体神气旺盛，有欣欣向荣之象。

第 五 章

白雪飞琼苑，黄芽发玉园，但能如偃月，何处炼红铅①。

---

①偃月：仰面倒下之月。此指鼎炉。炼红铅：精属水色黑，神属火色赤，精气凝结而成神，则黑变为红。

第 六 章

药材开混沌，火候炼鸿蒙①，十月胎仙化②，方知九转功。

---

①开混沌：精气在混沌无形之中，自然凝遇为药物。炼鸿蒙：丹胎在鸿蒙无象之际，自然混炼而成。

②胎仙化：即脱胎神化，结成婴儿之意。

第 七 章

龙正藏珠处，鸡方抱卵时①，谁知铅汞合，正可饮刀圭②。

---

①藏珠、抱卵：比喻清静宁一，神注不移。

②饮刀圭：刀圭本为量具，这里是指铅汞初生之时，静中初动，只用正念，二物已凝，正是烹炼之时。

第 八 章

沐浴资坤水，吹嘘赖巽风，婴儿无一事，独处太微宫①。

①婴儿：指阴精兼阳气凝成之神，全句意谷神真人宜在虚闲无用之处，独自静养。

第 九 章

紫府寻离女，朱陵配坎男①，黄婆媒合处，太极自涵三②。

①紫府：先天坤身。朱陵：后天心宅。
②太极自涵三：坎离交媾，由后天返先天、则身、心、意三者浑合于太极之中成谷神。

第 十 章

乾马驭金户①，坤牛入木宫，阿谁将姹女，嫁去与金翁。

①乾马：离女配坎男成乾，则具乾健之道，喻为乾马。金户：喻情。坤牛：坎男既得离女成坤，则具柔顺之德，譬之坤牛。

第 十 一 章

姹女方二八，金翁正九三，洞房生瑞气，欢合产初男。

第 十 二 章

昨夜西川岸①，蟾光照碧海，采来归玉室②，鼎内自煎熬。

①昨夜：喻元命来复，阳气复生之时。
②采来：采掇照水之蟾光，即来复之阳气。

第 十 三 章

离坎非交媾，乾坤自化生，人能明比理，一点落黄庭①。

①落黄庭：身中一点阳气，心中一点阴精交结，凝成一个正念，归藏秘处。黄庭也是身中一窍密处之谓，又称玄牝。

第十四章

丹谷生神水，黄庭有太仓①，更无饥渴想②，一直抵仙乡。

①丹谷：人生绛宫之别名，也称中谷。太仓：人生后天仓禀之本，即脾胃。
②无饥渴：神水充满周身，有取之不竭的琼浆玉露，自无饥渴之念。

第十五章

意马归神室，心猿守洞房①，精神魂魄意，化作紫金霜②。

①意马：喻意念如千里之马，善驰。心猿：心如猿猴，喜动。洞房：为心意退藏之密处。
②紫金霜：即紫金丹。金丹由水火凝结而成，水黑火赤，相混成紫。

第十六章

一孔三关窍①，三关要路头，忽然轻运动，神水自周流。

①一孔：指七窍归根之一窍。三关：舌抵上腭为上关，膻中为中关，脐下三寸为下关。

第十七章

制魄非心制，拘魂岂意拘①，惟留神与气，片响结玄珠。

①制魄：致虚静笃，养其无形。拘魂：心定而形忘，七窍并而一窍明。

第十八章

口诀无多子，修丹在片时，温温行火候，十月产婴儿①。

①行火候：烹炼之道。心静念寂气专，则精气令合，神气交感，真气周流，遍体温温。十月产婴儿：温养三百日，自然阳神灵动，如婴儿产出。

第十九章

夫妇初欢合①，年深意转沈，洞房生瑞气，无日不春风②。

①夫妇：喻心肾阳气阴精。

②不春风：精气时时交会于中，其体温和如坐春风之中。

第二十章

骤雨纸蝴蝶①，金炉玉牡丹，三更红日赫，六月素霜寒。

①骤雨纸蝴蝶：平日炼己未纯，势必念动而神驰，气散，身中冷落，如纸制蝴蝶，遇骤雨冲刷而破碎。

第二十一章

海底飞全火①，山巅动土泉，片时交媾就，正鼎起清烟②。

①海底：指尾闾，会阴部位。

②起清烟：喻真气动行，遍体温热。

第二十二章

凿破玄元窍①，冲开混沌关，但知烹水火，一任龙虎蟠。

①凿破：这里指真气穿关透窍之作用。

第二十三章

娑碣水中火，昆仑山上波①，谁能知运用②，大意要黄婆。

①娑碣水中：指海底会阴之处。昆仑山上：山巅泥丸之所。

②知运用：指沐浴温养之用。

第二十四章

药取先天炁①，火寻太乙精，能知药取火，定里见丹成②。

①炁：同气。先天气，指心、肝、脾、肺、肾五脏纯阳之气。

②定里：于清静无象之中，密以守之，自然有火炼药，合而为神。

第 二 十 五 章

元气如何服①，真精不用移，真精与元气，此是大丹基②。

①如何服：指身中元气无形，不比有形之物，可说如何吃法。
②大丹基：真精与元气，一而二，二而一，为金丹之基。

第 二 十 六 章

儒家明性理，释家打顽空①，不识神仙术，金丹倾刻功。

①打顽空：指佛教之徒禅修、打坐、中空，强调明心见性，但不探元性以元命为本源。

第 二 十 七 章

偃月炉中汞，朱砂鼎内铅，龟蛇真一气，所产在先天①。

①真一气：指身心、铅汞、性情均本于阴阳真一之气。此气来源于先天。

第 二 十 八 章

朔望寻弦晦，抽添象缺圆，不知真造化①，何物是真铅。

①真造化：自无生有为造，从有还无为化。

第 二 十 九 章

气是形中命，心为性内神①，能知神气穴，即是得仙人。

①形中命：形指身，形之有生命，赖气以生。性内神：心为天性元神之舍。

第 三 十 章

木髓烹金鼎，泉流注玉炉①，谁将三百日，慢慢著功夫②。

①木髓：喻元精。泉流：喻元气。
②全句指正本清源，和合精气，不是一蹴而就的，修炼金丹要下苦功夫。

第 三十一 章

玉鼎烹铅液，金炉养汞精①，九还为九转，温养象周星②。

①玉鼎：喻神室绛宫。金炉：喻气海丹田。
②象周星：根据周天星斗方位变化定四时晨昏。

第 三十二 章

玉液滋神室，金胎结气枢，只寻自内药，不用检丹书①。

①自内药：精气神者皆身内之物，只可向身中求之。全句意为烹炼之道在于内省自修，不必多查阅道门丹经。

第 三十三 章

火枣原无核，交梨岂有渣①，终朝行火候，神水灌金花。

①交梨：喻铅汞合一而成，一团真气，仅似梨状，而并不真有潭核之梨果。

第 三十四 章

炼气徒施力，存神枉用功，岂知丹诀妙，镇日玩真空①。

①镇日：整日。玩真空：习于其事，不加用心。真空：指神实气虚，以神入气穴。

第 三十五 章

欲炼先天气，先干活水银①，圣胎如结就，破顶见雷鸣②。

①活水银：喻心中一点阴精，未炼之前如水银活而难制。
②此二句是丹家所谓先天元命来复之景象。

第 三十六 章

气产非关肾，神居不在心①，气神难捉摸，化作一团金。

①非关肾：指身中之气（元气）由下田虚谷气穴还于中田应谷绛宫，不干于肾。不在心：阳精所化之神（元神）由应谷中田顺气周旋而返回上田天谷泥丸，也不在于心。

第 三 十 七 章

一窍名玄牝，中藏气与神，有谁知此窍，更莫外寻真①。

①此句意为人能知此窍之所以为玄牝，无须向外求索。

第 三 十 八 章

脾胃非神室，膀胱乃肾馀①，劝君休执泥，此不是丹梯②。

①脾胃：为贮运后天水谷之所。膀胱乃肾馀：膀胱仅秉承肾气泄除浊水，与人身藏精无关。
②丹梯：丹道之枢机。

第 三 十 九 章

内景诗千首①，中黄酒一尊，逍遥无物累，身外有乾坤。

①内景：指烹炼中身内呈现之景象。中黄：指身中黄庭，也是玄牝一窍。

第 四 十 章

乌兔相煎煮①，龟蛇自缠绕，化成丹一粒，温养作胎仙。

①乌兔：乌为日魂喻性，兔为月魄喻情。相煎煮：以性摄情，喻水火之既济。

第 四 十 一 章

万物生皆死①，元神死复生，以神归气穴②，丹道自然成。

①万物生皆死：天地自然界的一切有生命之物体，有生必然有死，这是客观规律。
②以神归气穴：此处点明金丹归复之真诀。

第 四 十 二 章

神气归根处，身心复命时，这般真孔窍，料得少人知。

第 四 十 三 章

身里有玄牝①，心中无垢尘，不知谁解识，一窍内涵真②。

①身里有玄牝：得诀之人心思计虑即自退藏于密，神居天谷，气返绛宫，便是身里有了玄牝。
②内涵真：七窍归根，正念内藏，自然能涵养人身天真之气。

第 四 十 四 章

离坎真龙虎，乾坤正马牛，人人皆具足，因甚不知修①。

①因甚不知修：所以不知修炼，是因为不得真诀，不知藏神于一窍中。

第 四 十 五 章

魂魄为心主①，精神以意包，如如行火候，默默运初爻。

①为心主：丹道以精神魂魄意为药材，笃信谨守，则团聚精气，魂鬼亦伏藏于正位，受心神所主。

第 四 十 六 章

心下肾上处，肝西肺左中，非肠非肺腑，一气自流通①。

①本章四句意指黄庭、玄牝为虚无密处，身中胃肠实处皆非真气归复之处。身中黄庭虚无密处犹如太极虚无之空中，真气流通，决无阻滞。

第 四 十 七 章

妙用非关意①，真机不用时，谁能知此窍，且莫任无为②。

①非关意：此处指心意，物欲。
②任无为：指在精气未合前烹炼，只当藏神于密，无为无用；当精气交结之际，有为有用，宜及时采取。

第 四 十 八 章

有物非无物，无为合有为，化权归手内，乌兔结金脂①。

①化权：指烹炼造化之权机。归手内：喻自身所主。结金脂：喻烹炼中专气致柔，其身有如金熔于炉，变得柔润如脂。

第 四 十 九 章

虎啸西山上，龙吟北海东，捉来须野战①，寄在艮坤宫。

---

①捉来：此为意想精气二物交合之景象。野战：也为精气交合，龙虎交媾之意。

第 五 十 章

复姤司明晦，屯蒙真晓昏，丹炉凝白雪①，无处觅猿心。

---

①白雪：比喻阴精得阳气交合，流布上达，则神水入华池，全体顿觉明净清彻，有白雪之景象。

第 五 十 一 章

黑汞生黄叶①，红铅绽紫花，更须行火候，鼎里结丹砂②。

---

①黑汞：汞为心中阴精，阴精与身中阳气结合化成纯阴，故喻为黑汞。
②鼎里：指心下黄庭。结丹砂：喻谷神成就，而玄珠生成。

第 五 十 二 章

木液须防兔，金精更忌鸡①，抽添当沐浴，正是月圆时。

---

①防兔：兔于地支属卯，阳旺过中。比喻修炼到此，心气旺盛，忌恶如仇，易随性生火而发于木，必反克性，故须预防。
忌鸡：鸡于地支属酉，阴长过中，比喻修炼到此，身已强壮，一遇色欲，易情动水泄而致金枯，反难制情，故应忌之。

第 五 十 三 章

万籁风初起，千山月正圆，急须行正令①，便可运周天。

---

①急须行正令：指此时此刻更应正念谨藏，严密内守，切戒杂念侵扰。

第 五 十 四 章

药材分老嫩，火候用抽添①，一粒丹光起，寒蟾照玉檐②。

①火候用抽添：指火候抽添之法必须得宜适中，待时而动。
②寒蟾：指冬至一阳来复的一点蟾光，喻阳神初结，尚未旺盛。

第五十五章

蚌腹珠曾剖，鸡窠卵易寻①，无中生有物，神气自相侵。

①蚌腹珠：即蚌含珠，意为生物通过静守专注而有所成就，鸡窠卵，意相同。

第五十六章

神气非子母，身心岂夫妇，但要合天机，谁识结丹处。

第五十七章

丹头初结处，药物已凝时，龙虎交相战，东君总不知①。

①东君：指修炼之人。

第五十八章

旁门并小法，异术及闲言①，金液还丹诀，浑无第二门。

①旁门并小法二句：道家认为服气、守顶、运气、咽液、胎息皆为金丹之真传。各种闲言及小法断不可听。

第五十九章

贵贱并高下，夫妻与兄弟，修仙如有分①，皆可看丹经。

①有分：本作缘分，此指只要安分勤业，皆是有缘分之人。

第六十章

屋破修容易，药枯生不难，但知归复法，金宝积如山。

第六十一章

魂魄成三性，精神会五行，就中分四象，攒簇结胎精①。

①攒簇：聚集。

第 六 十 二 章

定志求铅汞①，灰心觅土金，方知真一窍，谁识比幽深②。

①定志：言志向专一不移。即专志存意，七窍归集一窍，意念密藏之谓。
②谁识比幽深：意为丹道幽渊深沉，非得之真传，自体自悟，不能识之。

第 六 十 三 章

造化无根蒂①，阴阳有本源，这些真妙处，父子不相传。

①无根蒂：是说金丹归复之法，强调自然无为，与人之根蒂父母精气无关。

第 六 十 四 章

留汞居金鼎，将铅入玉池，主宾无左右①，只要识婴儿。

①主宾：烹炼之时以气为主，以神为宾。左右：指烹炼时的文火与武火。

第 六 十 五 章

黄婆双乳美，丁老片心慈，温养无他术，无中养就儿。

第 六 十 六 章

绛阙翔青风，丹田养玉蟾，壶中天不夜①，白雪落纤纤。

①壶中：喻人身。天不夜：喻周身清和明净，浑如不夜之天。

第 六 十 七 章

琴瑟合谐后，箫裘了当时①，不须行火候，又恐损婴儿。

①此句意为温养时信气周流，阳神已壮，则无情识好恶之牵缠。

第 六 十 八 章

长男才入兑，少女便归乾，巽宫并土位，关锁自周天①。

①自周天：意谓关锁神气，顺意以周流，随周天运度，养其浩然，壮其阳神。

第 六 十 九 章

弦后弦前处，月圆月缺时，抽添象刑德①，沐浴按盈亏。

①刑德：刚治与柔服的合称。

第 七 十 章

老汞三斤白，真铅一点红①，夺他天地髓，交遘片时中。

①老汞：指人身全体精气神会合成阳神。真铅：指人身内一点先天元阳真气。

第 七 十 一 章

火候通玄处，古今谁肯传，未曾知采取，且莫问周天。

第 七 十 二 章

云散海棠月，春深杨柳风①，阿谁知此意②，举目问虚空。

①云散海棠月：喻神已大净大明，而无声无臭。春深杨柳风：喻气已至和至畅，无影无迹。
②知此意：此时之火候只是忘虚合道，使神气皆付于无形无相之中。

第 七 十 三 章

人间无物累①，天上有仙阶，已解乘云了②，相将白鹤来。

①无物累：指学道之人应在尘出尘，不沾人间一丝物累。
②乘云了：阳神现形，具有乘云驾雾之能。

第 七 十 四 章

心田无草秽，性地绝尘飞，夜静月明处，一声春鸟啼①。

---

①此二句意为：静极之中有一点真机发动，悟先天元阳真气之意。

第 七 十 五 章

白金烹六卦，黑锡过三关①，半夜三更里，金乌入广寒。

---

①黑锡：指铅而软者。三关：丹道炼精化气、炼气化神，炼神还虚三个阶段层次。

第 七 十 六 章

丹熟无龙虎①，火终休汞铅，脱胎已神化，更作玉清仙。

---

①丹熟：指成真人之体。无龙虎：真人之体无心身之区别。

第 七 十 七 章

塞断黄泉路，冲开紫府东，如何海蟾子，化鹤出泥丸。

第 七 十 八 章

江海归何处，山岩属甚人①，金丹成熟后，总是屋中珍。

---

①江海、山岩：喻世间一切尘情物欲。

第 七 十 九 章

吕承钟口诀，葛授关心传①，总没闲言语，都来只汞铅。

---

①吕：指纯阳子吕岩，字洞宾。钟：指正阳子钟离权，字云房，唐及五代时人。葛：葛玄，字孝先，三国时吴丹阳人，东晋抱朴子葛洪之叔祖。郑：郑隐，字思远，师葛孝先仙翁。

第八十章

汞铅归一鼎，日月要同炉，进火须防忌①，教君结玉酥。

———————

①防忌：指烹炼、沐温、进火、退符之际要正念归藏，防忿忌欲。

第八十一章

采取并交结，进火与沐浴，及至脱胎时，九九阳数足。

还源篇后序

　　夫炼金丹之士，须知冬至不在子时，沐浴亦非卯酉，汞铅二物，皆非涕唾精津气血液也。七返者返本，九还者还源①。金精木液，遇土则交；龙虎马牛，总皆无相。先师《悟真篇》所谓"金丹之要，在乎神水华池"者，即铅汞也。人能知铅之出处，则知汞之所产；既知铅与汞，则知神水华池，既知神水华池，则可以炼金丹。金丹之功，成于片时，不可执九载三年之日程②，不可泥年月日时而运用。钟离所谓"四大一身，皆属阴也。"如是，则不可就身中而求，特而寻身中一点阳精可也。然此阳精，在乎一窍，常人不可得而测度。只此一窍，则是玄牝之门，正所谓神水华池也。知此，则可以采取，然后交结，其次烹炼，至于沐浴，以及分胎，更须温养丹成。可不辨川源、知斤两、识时日者耶！泰自得师以来，知此身不可死，知此丹必可成。今既大事入手，以此诏诸未来学仙者云。杏林石泰得之又序。

———————

①七返：七为火之成数，木生火，木火上炎，则返归自然本性，曰返本。九还：九乃金之成数，金生水，金水下沉，身中阳气自然来复，此由后天还归于先天，曰还源。

②九载三年：指丹书"百日筑基"、"十月胎圆"、"三年哺哺"、"九年面壁还虑"之说，意谓道在恒久。

紫清五论

〔宋〕白玉蟾　撰

玄关显秘论

一言半句便通玄，何用丹书千万篇，人若不为形所累，眼前便是大罗天①。若要炼形炼神须识归根复命，所以道：归根自有归根窍，复命还寻复命关。且如这个关窍，若人知得真实处，则归根复命何难也②。

故曰：虚无生自然，自然生大道，大道生一气，一气分阴阳，阴阳为天地，天地生万物，则是造化之根也③。此乃真一之气，万象之先，太虚太无，太空太玄④；杳杳冥冥，非尺寸之可量；浩浩荡荡，非崖岸之可测；其大无外，其小无内，大包天地，小入毫芒；上无复色，下无复渊；一物圆成，千古显露；不可得而名者，圣人以心契之，不获已而名之曰道⑤。

以是知心即道也，故无心则与道合，有心则与道违。惟此"无"之一字，包诸有而无余，生万物而不竭。天地虽大，能役有形，不能役无形；阴阳虽妙，能役有气，不能役无气；五行至精，能役有数，不能役无数；百念纷起，能役有识，不能役无识⑥。

今修此理者，不若先炼形，炼形之妙，在乎凝神。神凝则气聚，气聚则丹成，丹成则形固，形固则神全。故谭真人云："忘形以养气，忘气以养神，忘神以养虚。"只此"忘"之一字，则是无物也⑦。"本来无一物，何处有尘埃！"其斯之谓乎！如能味此理，就于忘之一字上做工夫，可以入大道之渊微，夺自然之妙用，立丹基于顷刻，运造化于一身也⑧。然此道视之寂寥而无所睹，听之杳冥而无所闻，惟以心视之则有象，以心听之则有声。若学道之士，冥心凝神，致虚守静，则虚室生白，信乎自然也⑨。

惟太上度人，教人修炼，以乾坤为鼎器，以乌兔为药物，以日魂之升沉，应气血之升降；以月魄之盈亏，应精神之衰旺；以四季之节候，应一日之时刻；以周天之星数，应一炉之造化⑩。是故采精神以为药，取静定以为火，以静定之火而炼精神之药，则成金液大还丹。盖真阴真阳之交会，一水一火之配合。要在先辨浮沉，次明主客，审抽添之运用，察反覆之安危。如高象先云："采有时，取有日。"刘海蟾云："开合乾坤造化权，锻炼一炉真日月。"能悟之者，效日月之运用，与天地以同功⑪。

夫岂知天养无象，地养无体，故天长地久，日光月明，真一长存，虚空不朽也。吾今则而象之，无事于心，无心于事；内观其心，心无其心；外观其形，形无其形；远观其物，物无其物；知心无心、知形无形、知物无物，超出万幻，确然一灵⑫。古经云："生我于虚，置我于无。"是宜归性根之太始，反未生之已前，藏心于心而不见，藏神于神而不出。故能三际圆通，万缘澄寂，六根清静，方寸虚明⑬。不滞于空，不滞于无，空诸所空，无诸所无，至于空无所空，无无所无，净裸裸，赤洒洒，则灵然而独存者也。道非欲虚，虚自归之；人能虚心，道自归。道本无名，近不可取，远不可舍，非方非圆，非内非外，惟圣人知之。三毒无根，六欲无种，顿悟此理，归于虚无⑭。

老君曰：天地之间，其犹橐龠乎！虚而不屈，动而愈出。若能于静定之中，抱冲和之气，守真一之精，则是封炉固济以行火候也⑮。火本南方离卦，属心，心者神也，神则火也，气则药也，以火炼药而成丹者，即是以神御气而成道也⑯。人能手持日月，心握鸿濛，自然见橐龠之开合，河车之升降，水济命宫，火溉丹台，金木交并，水土融合，姹女乘龙，金翁跨虎，逆透三关⑰。上升内院，化为玉浆，下入重楼⑱，中有一穴，名曰丹台，铅汞相投，水火相合，才若意到，即如印圈契约也。自然而然，不约而合，有动之动，出于不动，有为之为，出于无为。

当是时也，白雪漫天，黄芽满地，龙吟虎啸，夫唱妇随，玉鼎汤煎，金炉火炽，雷轰电掣，撼动乾坤，百脉耸然，三关透彻。玄珠成象，太乙归真，泥丸风生，绛宫月明，丹田烟暖⑲，谷海波澄，炼成还丹，易如反掌。七返九还，方成大药，日炼时烹，以至九转，天关地轴，在我手中⑳。经云：人能常清净，天地悉皆归。则是三花聚顶，五气朝元，可以入众妙门，玄之又玄也。更能昼运灵旗，夜孕火芝，温养圣胎，产成赤子。至于脱胎神化，回阳换骨，则是玉符保神，金液炼形，形神俱妙，与道合真者也。张平叔云："都来片饷工夫，永保无穷佚乐"。诚哉是言！盖道之基，德之本，龙虎之宗，铅汞之祖。三火所聚，八水所归，万神朝会之门，金丹妙用之源，乃归根复命之关窍也㉒。既能知此，则欲不遣而心自静，心不必澄而神自清，一念不生，万幻俱寝，身驭扶摇，神游恢漠，方知道风清月白，皆显扬铅汞之机，水绿山青，尽发露龙虎之旨㉓。

海南白玉蟾，幼从先师陈泥丸学丹法。每到日中冬至之时，则开乾闭巽，留坤塞艮，据天罡，持斗杓㉔，谒轩辕，过扶桑，入广寒，面鹑尾，举黄钟㉕，泛海槎，登昆仑，佩唐符，撼天雷，游巫山，呼黄童，召朱儿㉖，取青龙肝、白虎髓、赤凤血、黑龟精㉗，入土釜，启荧惑，命阏伯，化成丹砂。开华池㉘，吸神水，饮刀圭，从无入有，无质生质，抽铅添汞，结成圣胎，十月既满，气足形圆，身外有身，谓之胎仙。其诀曰：用志不分，乃可凝神，灰心冥冥，金丹内成。此余之所得也如此。

施吾肩之诗曰："气是添年药，心为使气神，若知行气主，便是得仙人。"惟此诗简明，通玄造妙，故佩而颂之㉙。自然到秋蟾丽天，虚空消殒之地。非枯木寒泉之士，不能知此㉚。余既得之，不敢自默。太上玄科曰㉛："遇人不传失天道，传非其人失天宝。"天涯海角，寻遍无人，不容轻传，恐受天谴。深虑夫大道无传，丹法湮泯，故作《玄关显秘论》盖将晓斯世而诏后学，以寿金丹一线之脉也。

复恐世人犹昧此理，乃复为之言曰：以眼视眼，以耳听耳，以鼻调鼻，以口缄口，潜藏飞跃，本乎一心。先当习定凝神，惩忿窒欲，则水火既济㉜，水火既济，则金木交并，金木交并，则真土归位，真土归位，则金丹自然大如黍米。日复一日，神归气复，充塞天地。孟子曰："我善养吾浩然之气"者此也。肝气全则仁，肺气全则义，心气全则礼，肾气全则智，脾气全则信。若受气不足㉝，则不仁、不义、不礼、不智、不信，岂人也哉！人能凝虚养浩，心广体胖，气母既成，结丹甚易，可不厚其所养，以保我之元软！学者思之，敬书以授留紫元云。

①玄：指"道"，道家自称玄家。丹书：指论述内丹修炼之著作。大罗天：道教认为天有三十六重，大罗天为最高一重天，即"道境极地"，此句含义是功夫已达到最高境界。

②炼形炼神：按《性命圭旨》认为，炼形之法有六门，有玉液炼形、金液炼形、太阴炼形、太阳炼形、内视炼形、真定炼形。炼神，又称调神，即对意念的调控或元神之修炼。归根复命：丹道家以静为根，又以神为根，以命为气。复命关：即不死之关窍。

③虚无：指宇宙未形成之前呈一片混沌状态。大道：老子认为道为先天地生，是万物形成之母。一气：指元气，即构成万物的基本物质。造化之根：指化育万物之根源。

④太虚：指天的辽阔无涯。太无：指虚无空寂的境界。太空：泛指天空、宇宙。太玄：指自然之始祖。

⑤其大无外：指宇宙宏大无际。其小无内：指宇宙微小而无内体。大包天地：指宇宙之大可以包容天地。小入毫芒：毫指秋天牛羊身上生出的细绒之顶端，芒指麦穗上的芒针，均比喻极其细小之物。上无复色：指天之高极，上面没有复盖之色彩。下无复渊：下面没有重复的深渊。契：相合，相通。

⑥无心：指无欲之心。役：役使，控制。无形：指无形无象，即道。无气：指太极未变化之前，两仪未分，阴中含阳之状态。五行至精：古人以金、木、水、火、土为五行，是组成一切物质的精微。至精，指极为精粹。

⑦谭真人：指谭处端（1123—1185），名玉，为北七真之一，著有《云水集》传世。养气：吸纳自然清气入丹田，荣养体内元气。养神：练功中使神不外驰，以荣养神意。养虚：练功时无思无念，思维活动处于相对静止状态，可以涵养精神。

⑧味：体味，理会。渊微：渊源细微。丹基：练功中产生内丹之基础物质。

⑨寂寥：指静极，深远而又无边无际。杳冥：极其深远。冥心：指意念不生，专心于不思虑的虚空境界。虚室生白：虚室指头脑处于虚静状态，生白指产生光明出智慧。此句意为虚静而生智慧。

⑩太上：既老子，李耳，道教徒尊称其为"太上老君"，太上为简称。乾坤为鼎器：乾坤，一般称天地或阴阳，丹道家以乾坤喻人体，乾为首为鼎，坤为腹为炉，是以人体为炼丹之鼎器。日魂：指太阳。月魄：指月亮。周天：一日一夜为一周天。

⑪金液大还丹：丹道家一般认为，是真汞与真铅相交合而化成丹。抽添：古代炼丹家调节丹炉火候，有文武火之分。抽炭为文火，添炭为武火。内丹派以调节呼吸来平稳人体阴阳，也称抽添。刘海蟾：道教全真派五祖之一。

⑫真一：指道。则：遵通、效法。象之：仿效、摹拟它。万幻：指千变万化的玄妙。确然一灵：的确灵验。

⑬性根：指头顶。太始：指形之始，又称形成天地之元气，道之本原。三际：指玉枕，夹脊、尾闾三关。六根：指眼、耳、鼻、舌、心、意六种感官对客观事物取境生识之功能。方寸：即心。

⑭三毒：道教以阴神、阴毒、阴气为三毒。六欲：即六尘，道教以色、声、香、味、触、法为六尘，六尘能生六欲。

⑮橐龠：为古代供冶炼金属鼓风用的工具，橐为鼓风机，龠为风管。在气功中指呼吸自然之气，在丹田内交换，有如橐龠之鼓风。冲和之气：即阴阳二气。封炉固济：封炉，指眼睛内视，精神内守，达到静谧状态。固济：指水火既济，养心益肾，温养元精而闭固之。

⑯离卦：位于南方，离象火，在人体内离为心，心主神意。　以神御气：指以神调节呼吸，使神气合而为一。

⑰鸿濛：原指自然元气，这里指心意处于无为状态。河车：练功时，精气沿任督二脉运行，如车装载物，称作河车。溉：缓缓流入。丹台：心。姹女：指少女，道家喻为丹汞。金翁：金公，指金属铅，道家以铅喻元精。

⑱内院：指泥宫丸。重楼：指喉咙。

⑲白雪：练功之效验，眼前出现一片光明。黄芽：练功时属中土之脾产生气化现象。玄珠：黄色之珠，此指内丹。烟暖：温热感。

⑳七返九还：指一昼夜间天地之气升降，由寅时至申时经过七个时辰，再到戌时经九个时辰。九转：返复锻炼。

㉑三花：指精、气、神。五气：指肺、心、肝、脾、肾五脏之气。灵旗：指心意。

㉒张平叔：即张伯端。道之基：指万物变化之源。德之本：即五气正常之根本。三火：指君火、臣火、民火。八水：指精、泪、唾、涕、汗、溺、血、涎体液而言。朝会：此指会合。

㉓风清月白：皆为显露铅汞之机，指练功中肾心相交之时神安意静之境界，如置身之清风明月之中。水绿山青：为发露龙虎之旨，指练功中元精元神交合，身心处在高度安祥之中，如置身于绿水青山之中。

㉔海南白玉蟾：指白玉蟾为海南琼州人。陈泥丸：为道教南四祖陈楠。开乾闭巽：以意念调控呼吸。留坤塞艮：指意念活动保持相对稳定。斗杓：又称斗柄，古代天文学家将斗柄转向作为天气预测，风雨变化之依据，丹道家则以其定炼丹之火候。

㉕轩辕：星名，位于七星之北，为主雷雨之神。扶桑：古人称日出之处为扶桑，气功文献谓之喻元神。广寒：北方仙宫名。鹑尾：星名，二十八宿之一，此处喻尾闾穴。黄钟：为古音乐十二律之一，应十二时辰或十二月之始。

㉖海槎：渡海之舟，比喻河车搬运。唐符：指符节，喻练功之时手持符节以示信念。撼天雷：指练功之时头部有轰鸣声。巫山：山名，此处喻阴阳交会。黄童：即黄庭真人。朱儿：喻心神，因心为赤色。

㉗青龙肝：喻元神。白虎髓：喻元精。赤凤血：喻舌之津液。黑龟精：喻元精，黑龟为白虎之异名。

㉘荧惑：星名，喻真汞。阏伯：星名，喻火。华池：指口或舌下。

㉙施吾肩：唐代著名气功家，世人尊称其为华阳真人，提倡习练气功须明白四时、阴阳、五行之理。添年：指增加寿命。通玄造妙：沟通丹道之真义和奥妙。

㉚枯木：指灭绝一切欲念，神敛意静，身如枯木而不动。寒泉：指清彻洁净之泉水，古代炼丹者多在幽静有水源之处修炼身心，故称枯木寒泉之士。

㉛太上玄：老子，唐高宗时追封老子为"太上玄元皇帝"。

㉜水火既济：既济为《周易》卦名，这里喻心（火）肾（水）相交，达到水火相济、平秘阴阳之境界。金木交并：此指肺、肝二气相合，并协调一致。

㉝受气不足：指某一脏气不足。留紫元：人名。

修仙辨惑论

海南白玉蟾，自幼事陈泥丸，忽已九年。偶一日，在乎岩阿松阴之下①，风清月明，夜静烟寒，因思生死事大，无常迅速，遂稽首再拜而问曰："玉蟾事师未久，自揣福薄缘浅，敢问今生有分可仙乎？"陈泥丸云；"人人皆可，况于汝乎。"玉蟾曰："不避尊严之责，辄伸僭易之问：修仙有几门？炼丹有几法？愚见如玉石之未分，愿与一言点化。"陈泥丸云："尔来，吾语汝。修仙有三等，炼丹有三成。夫天仙之道，能变化飞升也，上士可以学之②，以身为铅，以心为汞，以定为水，以慧为火③，在片饷之间，可以凝结，十月成胎，此乃上品炼丹之法。本无卦爻，亦无斤两，其法简易，故以心传之，甚易成也。夫水仙之道，能出入隐显者也，中士可以学之，以气为铅，以神为汞，以午为火，以子为水，在百日之间，可以混合，三年成象④，此乃中品炼丹之法，虽有卦爻，却无斤两，其法甚妙，故以口传之，必可成也。天地仙之道，能留形住世也，庶士可以学之，以精为铅，以血为汞，以肾为水，以心为火，在一年之间，可以融结，九年成功，此乃下品炼丹之法，既有卦爻，又有斤两，其法繁难，故以文字传之，恐难成也。上品丹法，以精神魂魄意为药材，以行住坐卧为火候，以清静自然为运用。中品丹法，以心肝脾肺肾为药材，以年月日时为火候，以抱元守一为运用。下品丹法，以精血髓气液为药材，以闭咽搐摩为火候⑤，以存思升降为运用。大抵妙处，不在乎按图索骏也，若泥象执文之士，空自傲慢，无老无成矣。"

玉蟾曰："读丹经许多年，如在荆棘之中行，今日尘净鉴明，云开月皎，总万法而归一，包万幻以归真，但未知正在于何处下手用功也⑥。"陈泥丸云；"善哉问也！夫炼丹之要，以身为坛炉鼎灶，以心为神室，以端坐习定为采取，以操持照顾为行火，以作止为进退，以断续不专为堤防，以运用为抽添，以真气熏蒸为沐浴，以息念为养火，以制伏身心为野战，以凝神聚气为守城，以忘机绝虑为生杀，以念头动处为玄牝，以打成一块为交结，以归根复命为丹成，以移神为换鼎，以身外有身为脱胎，以返本还源为真空，以打破虚空为了当，故能聚则成形，散则成气，去来无碍，逍遥自然矣⑦。"

玉蟾曰："勤而不遇，必遇至人，遇而不勤，终成下鬼⑧。若此修丹之法，有何证验？"陈泥丸云："初修丹时，神清气爽，身心和畅，宿疾普消，更无梦昧，百日不食，饮酒不醉⑨。到此地位，赤血换为白血，阴气炼成阳气，身如火热，行步如飞，口中可以干汞，吹气可以炙肉，对境无心，如如不动，役使鬼神，呼召雷雨，耳闻九天，目视万里，遍体纯阳，金筋玉骨，阳神现形，出入自然，此乃长生不死之道毕矣⑩。但恐世人，执著药物、火候之说，以为有形有为，而不能顿悟也。夫岂知混沌未分之前，焉有年月日时，父母未生之前，焉有精血气液。道本无形，喻之为龙虎，道本无名，比之为铅汞。若是学天仙之人，须是形神俱妙，与道合真可也。岂可被阴阳束缚在五行之中，要当跳出天地之外，方可名为得道之士矣。或者疑曰：'此法与禅学稍同'。殊不知终日谈演问答，乃是干慧，长年枯兀昏沉，乃是幻空⑪。然天仙之学，如水晶盘中之珠，转漉漉地、活泼泼地、自然圆陀陀、光烁烁，所谓天仙者，此乃金仙也。夫此不可言传之妙也，人谁知之，人谁行之。天下无二道，圣人无两心，何况人人具足，个个圆成。正所谓：'处处绿杨堪系马，家家门阃透长安'，但取其捷径云尔⑫。

玉蟾曰："天下学仙者纷纷，然良由学而不遇，遇而不行，行而不勤，乃至老来甘心赴死于九泉之下，岂不悲哉！今将师传口诀，锓木以传于世，惟此泄露天机甚矣，得无遣乎^⑬！"泥丸云："吾将点化天下神仙，苟获罪者，天其不天乎！经云：'我命在我不在天'。何遣之有^⑭？"玉蟾曰："师祖张平叔，三传非人，三遭祸患，何也？"泥丸曰："彼一时自无眼力，又况运心不普乎！"噫！师在天涯，弟子在海角，何况尘劳中识人甚难。今但刊此散行天下，使修仙之士，可以寻文揣义，妙理照然，是乃天授矣^⑮，何必乎笔舌以传之哉！但能凝然静定，念中无念，工夫纯粹，打成一片，终日默默，如鸡抱卵，则神归气复，自然见玄关一窍，其大无外，其小无内，则是采取先天一气，以为金丹之母，勤而行之，指日可以与钟吕并驾矣^⑯！此乃已试之效验。学仙者无所指南，谨集问答之要，名之曰《修仙辨惑论》云。

①乎岩阿：地名。

②上士：古官名，天子诸候皆有上士、中士、下士之官，又用来泛指士之贤者。

③以慧为火：丹道常以神为火，或以慧为火。

④以午为火：指三火之一的日火。成象：指成大丹之象。

⑤搐摩：即按摩。

⑥尘净鉴明：指除去镜上灰尘，分外明亮，比喻思想明确。云开月皎：指空中云雾拨开，月亮更加皎洁光明，也喻思想明朗。

⑦进退：指进阳火、退阴符。堤防：即防止，意要防止心意不专。真气：指先天元精之清者，或称正气。生杀：即生克，指五行中的相生相克，此指克服杂念。交结：指身心如一，形神相合、阴阳相交。了当：人体元神、元精、元气相融合为了当，指练习气功，全身阴阳和合，形体与精神相互作用而达到平衡状态。

⑧至人：指气功造诣极深之人。下鬼：是对炼丹不成者之卑蔑称呼。

⑨宿疾：指旧病，慢性病。梦昧：指做梦和神志不清。

⑩炙肉：将肉烤热。如如不动：指湛然不动。九天：道家称三清玄元始三气各生三气，合成九气，以成九天。

⑪干慧：求取智慧、通达事理。枯兀：一味坐着。

⑫门阃：指门限，家门前。

⑬然良由：但是大多数由于。锓木：将文字雕刻在木板上。锓：雕刻。得无遣：能不受到谴责惩罚吗？

⑭我命在我不在天：此乃出自《抱朴子》中的名言，指出生命属于自己，并非由天命所决定。

⑮刊此：指刊刻此炼丹之口诀。揣义：指忖度思量文中含义。照然：通晓，明白。

⑯钟吕：指唐、五代著名气功家钟离权和吕洞宾，二人同为传说中的八仙之一。

性命日月论

性命之在人，如日月之在天也。日与月合则长明，性与命合则长生^①。命者因形而有，性则寓乎有形之后。五脏之神为命，七情之所系也，莫不有害吾之公道。禀受于天为性，公道之所系焉，故性与天同道，命与人同欲。命合于性，则交感而成丹，丹化为神则不死^②。日者擅乾德之光以著乎外，月体坤而用乾，承乎阳尔。晦朔相合^③，日就月魄，月承日魂，阴阳交育而神明生。故老子谓出生入死，生之徒十有三，死之徒十有三。言每月月三日，出而明生，生至于十五日也。每月月十六日，入而明死，死至于二十八日也。日月于卦为坎离。坎卦外阴而内阳，乾之用九归乎中；离卦外阳而内阴，坤之用六归乎中。乾坤之二用，既归于坎离。故坎离二卦，得以代行乾坤之道。一月之内，变见六卦，垂象于天④。三日一阳生于下而震卦出，八日二阳生于下而兑卦出、十五日三阳全而乾始出，此盖乾索于坤而阳道进也。十六日一阴生于下而巽卦出、二十三日二阴生于下而艮卦出、三十日三阴全而坤始出，此盖坤索于乾而阴道进也。天地以坎离运行阴阳之道，周而复易，故魏伯阳谓："日月为易"，陆德明亦取此义，训诂"周易"之字⑤。余窃谓：在天为明，明者，日月之横合。在世为易，易者，日月之纵合。在人为丹，丹者，日月之重合。人之日月系乎心肾，心肾气交，水火升降，运转无穷。始见吾身与天地等，同司造化，而不入于造化矣。

---

①性命：性为先天之神，即意识活动。命为后天之气。

②性与天同道：指人的先天本性与自然相通。命合于性：指神气和合为一而成丹。

③晦朔：农历每月末，称作晦；每月初一，称作朔。

④六卦：指震、兑、乾、巽、艮、坤。垂象于天：象，指卦象，既以六卦之象悬垂于天，显示月之弦望盈亏和阴阳消长。

⑤周而复易：指六卦变化结束又重新开始。陆德明：古代气功家。

谷神不死论

谷者，天谷也，神者一身之元神也。天之谷，含造化，容虚空；地之谷，容万物，载山川。人与天地同所禀也，亦有谷焉，其各含藏真一，宅元神，是以头有九宫，上应九天①。中间一宫，谓之泥丸，亦曰黄庭，又名昆仑，又名天谷，其名颇多，乃元神所住之宫，其空如谷，而神居之，故谓之谷神。神存则生，神去则死。日则接于物，夜则接于梦，神不能安其居也。黄粱未熟，南柯未寤②，一生之荣辱富贵，百岁之悲忧悦乐，备尝于一梦之间，使其去而不还，游而不返，则生死路隔，幽明之途绝矣③。由是观之，人不能自生而神生之，人不能自死而神死之。若神居其谷而不死，人安得死乎！然谷神所以不死者，由玄牝也。玄者，阳也，天也；牝者，阴也，地也。然者玄牝二气各有深旨④，非遇主人授以口诀，不可得而知也。《黄帝内经》云："天谷元神，守之自真。"言人身中上有天谷泥丸，藏神之府也；中有应谷绛神，藏气之府也；下有灵谷关元，藏精之府也⑤。天谷，玄宫也，乃元神之室，灵性之所存，是神之要也。圣人则天地之要，知变化之源，神守于玄宫，气腾于牝府，神气交感，自然成真，与道为一，而入于不生不死，故曰："谷神不死，是谓玄牝"也⑥。圣人运用于玄牝之内，造化于恍惚之中，当其玄牝之气，入乎其根，闭极则失于急⑦，任之则失于荡，欲其绵绵续续，勿令间断耳。若存者，顺其自然而存之，神久自宁，息久自定，性入自然，无为妙用，未尝至于勤劳迫切，故曰："用之不勤。"既此而观，则玄牝为上下二源，气母升降之正道明矣。世人不穷其根，不究其源，便以鼻为玄，以口为牝，若以鼻口为玄牝，则玄牝之门，又将何以名之。此皆不能造其妙，非大圣人，安能究是理哉！

---

①九宫：古人认为，人脑分为九部（室），为人体神灵所居之处，具体指明堂、洞房、丹田、流珠、玉帝、天庭、极真、玄丹、太皇九宫。

②黄粱未熟：指黄粱美梦尚未睡熟。南柯未寤：南柯之梦尚未觉醒。

③幽明：指守神于身体内极幽隐之室，明朗如日月。

④深旨：深奥之意旨。

⑤应谷：指中丹田。绛神：指心之元神。关元：经穴名，位于脐下三寸，亦称"下丹田"。

⑥牝府：此处指丹田。玄牝：指精气神化气生身之处。

⑦失于急：因急迫而有失。

阴阳升降论

　　天以乾道轻清而在上，地以坤道重浊而在下①，元气则运行乎中而不息。在上者以阳为用，故冬至后一阳之气自地而生，积一百八十日而至天，阳极而阴生。在下者以阴为用，积一百八十日而至地，阴极而阳生。一升一降，往来无穷。人受冲和之气，以生于天地之间，与天地初无二体②。天地之气，一年一周；人生之气，一日一周。自子至巳，阳升之时，故以子时为日中之冬至，在《易》为复。自午至亥，阴降之时，故以午时为日中之夏至，在《易》为姤③。阴极阳生，阳极阴生。昼夜往来，亦犹天地之升降。人能效天地玄牝之用，冲虚湛寂，一气周流于百骸④，开则气出，合则气入，气出则如地气之上升，气入则如天气之下降，自可与天地齐其长久。若也奔骤于纷华之域，驰骋乎是非之场，则真气耗散，而不为吾之有矣。不若虚静守中以养也。中者，天地玄牝之气，会聚之处也。人能一意守之而不散，则真精自朝⑤、元气自聚、谷神自栖、三尸自去、九虫自灭⑥，此乃长生久视之道也。以是知真息元气，乃人身性命之根，深根固蒂，乃长生久视之道。人之有生，禀大道一元之气，在母胞胎，与母同呼吸，及乎降诞之后，剪去脐蒂，一点元阳栖于丹田之中，其息出入，通于天门⑦，与天相接，上入泥丸，长于元神，下入丹田，通于元气。庄子云：众人之息为喉，圣人之息为踵。踵也者，深根固蒂之道。人能屏去诸念，真息自定，身入无形、与道为一，在世长年。由是观之，道之在身，岂不尊乎！岂不贵乎！

　　

①乾道：指乾阳。轻清：指阳气，即"轻清者为阳"。坤道：指坤阴。重浊：指阴气，即"重浊者为阴。"

②与天地初无二体：《内经》称"天地合气谓之曰人"，故认为人与天地最初无二体，即天人一体。

③在《易》为姤：指易经中的姤卦。

④冲虚：指阴阳之冲和与虚无。百骸：全身骸骨，此指全身各处。

⑤自朝：指自然生长。

⑥三尸：又称三彭、三虫或三姑，常居脑、腹、足之中，损害人之健康。九虫：指九窍之邪气。

⑦天门：指鼻孔。

清 静 经

清 静 经

老君曰："大道无形，生育天地；大道无情，运行日月；大道无名，长养生物。吾不知其名，强名曰道。"夫道者，有清有浊，有动有静。天清地浊，天动地静。男清女浊，男动女静。降本流末，而生万物。清者浊之源，动者静之基。人能常清静，天地悉皆归。夫人神好清而心扰之，人心好静而欲牵之。常能遣其欲而心自静，澄其心而神自清，自然六欲不生，三毒消灭。所以不能者，为心未澄，欲未遣也。能遣之者，内观于心，心无其心，外观于形，形无其形；远观于物，物无其物。三者既悟，唯见于空。观空以空，空无所空；所空既无，无无亦无，无无既无，湛然常寂。寂无所寂，欲岂能生？欲既不生，即是真静。真静应物，真常得性。常应常静，常清静矣。如此清静，渐入真道[①]。既入真道，名为得道。虽名得道，实无所得。为化众生，名为得道。能悟之者，可传圣道。

老君曰："上士无争，下士好争；上德不德，下德执德。执着之者，不名道德。"众生所以不得真道者，为有妄心[②]。既有妄心，即惊其神；既惊其神，即着万物；既着万物，即生贪求；既生贪求，即是烦恼。烦恼妄想，忧苦身心，便遭浊辱。流浪生死，常沉苦海，永失真道，真常之道，悟者自得。得悟道者，常清静矣。

---

①如此清静，渐入真道：指修仙之法在于万变中求不易之常道，即清静之道。
②妄心：即没有去除杂念，达到无欲的境界，因此心不能清静。

大丹直指

〔元〕丘处机　撰

大 丹 直 指

长春真人丘处机述

仙经曰："观天之道，执天之行，尽矣。体天法象，则而行之，可也。"天地本太空一气，静极则动，变而为二：轻清向上，为阳、为天；重浊向下，为阴、为地。既分而为二，亦不能静。因天气先动，降下以合地气，至极复升。地气本不升，因天气混合，引带而上，至极复降，上下相须不已，化生万物。天化日、月、星、辰；地化河、海、山岳。次第而万物生。盖万物得阴阳升降之气方生，得日月精华炼煮方实。

日月运行，周回自有径路。不得中气于旋，不转。盖中气属北斗，所居斗柄破军（即中天大圣，非北方也。）对指天罡，逐时转移，日、月、星辰随指自运。斗经云："天罡所指，昼夜常轮"是也。天地升降，日月运行，不失其时，万物化生，无有穷已。

盖人与天地禀受一同，始因父母二气交感，混合成珠，内藏一点元阳真气，外包精血，与母命蒂相连。母受胎之后，自觉有物，一呼一吸。皆到彼处，与所受胎元之气相通。先生两肾，其余脏腑。次第相生，至十月胎圆气足。

未生之前，在母腹中，双手掩其面，九窍未通，受母气滋养，混混沌沌，纯一不杂，是为先天之气。才至气满、神具、精足，脐内不纳母之气血，与母命蒂相离。神气向上，头转向下降生。一出母腹，双手自开，其气散于九窍，呼吸从口鼻出入，是为后天也。

脐内一寸三分所存元阳真气，更曾不相亲。迷忘本来面目，逐时耗散，以致病、夭、忧、愁、思、虑、喜、怒、哀、乐。但脐 在人身之中，名曰中宫命府、混沌神室、黄庭、丹田、神气穴、归根窍、复命关、鸿濛窍、百会穴、生门、太乙神炉、本来面目，……异名甚多。此处包藏精髓，贯通百脉，滋养一身体裸裸，赤洒洒，无可把盖。常人不能亲者，被七情六欲所牵，迷忘本来去处。呼吸之气止到气海往来（气海在上膈肺府也。）既不曾得到中宫命府，与元气真气相接，金木相间隔，如何得龙虎交媾、化生纯粹？又不知运动之机（阴符云，天发杀机是也。）如何是气液流转，以炼神形。

盖心属火，中藏正阳之精，名曰汞、木、龙。肾属水，中藏元阳真气，名曰铅、金、虎。先使水火二气，上下相交，升降相接。用意勾引，脱出真精真气，混合于中宫。用神火烹炼，使气周流于一身。气满神壮，结成大丹。非特长生益寿，若功行兼修，可跻圣位，谨谨详述于后。

五行颠倒龙虎交媾诀

诀曰，龙是心液上正阳之气，制之不上出，若见肾气，自然相合。虎是肾气中真一之水，制之不下走，若见心液，自然相交。龙虎交媾，得一粒如黍米形。此一法号曰龙虎交媾。只此便见药物也。

采药之法，人多以子时肾气发生，午时心液降下之际行动。若无事牵制则可，若有事又是剉过。殊不知法乾坤之妙，举肾气则是子，降心液则是午，不以时刻皆可。

但初行之法，闭目内视中宫，绝虑、忘思，冥心。满口含津，勿吐勿咽。到此便饮刀圭之事，别有口诀，不敢开写。微微敛身，并不升举。盘膝升身正坐（跏趺不得，只如常坐。）左手兜起外肾，右手掩生门（脐也）。塞兑户（口也），开天门（鼻也，是为玄牝之门）。须要一刀割断。然后鼻中入气，（入者为吸，为息，为阴，为水。只要柔软入息，使身内无闻其声。）以意轻轻送入中宫，至尾闾（所谓冲开混沌池。擘裂鸿濛窍。）气极，乃从夹脊三关至鼻中轻轻放出。（出者为呼、为消、为阳、为火、轻轻放出。使耳内无闻其声）听气自出，意且不可离中宫。（意者性也，神也，真土也，黄婆也。）但所入气息入中宫，与元阳真气相接相合。（经云，接天地无涯之气，续父母有限之身，即天地合其德也哉）使水火二气上下往来相须。（天地升降一同也）勾引肾中真气。（铅也，虎也。）心中水液。（汞也，龙也。）交媾混合于中宫。（谓之五行俱全、和会一家）自然畅美。（经云，气入脐为息。神入气为胎，胎息相合，名曰大乙含真），此谓龙虎交媾，便是药物。一才有药，如母有胎。便觉中宫有物，（所谓圆陀陀，活泼泼。）当用火符炼煮，方得药物不散。

右件用法：始觉咽乾以觉心冲，次觉无味，如哑子吃饧，其味难说。是气交合，而曰交媾。每一日行一交，得一物，状如黍米。还于黄庭之中，自可益寿延年。若用火候炼之，三百日数足，自然凝结。形若弹丸，色同朱桔，号曰内丹，如龙有珠。龙之有珠，可以升举，人有内丹。自然长生不死矣。

口诀云：

阴有阳兮阳有阴，阴阳里面更重寻，

学人不达玄微理，虚度光阴漫用心。

五行颠倒龙虎交媾火候诀义

华阳施真人曰："肾，水也。水中生气，号曰真火，火中暗藏真一之水，而曰阴虎。心，火也。火中生液，号曰真水，水上暗附正阳之气，而曰阳龙，故龙虎非是肝肺之像，乃心肾之真阴阳也。二物混合为一，当用意，便为子时也。自然凝结，（须知冬至，不在子时）形如黍米之大，每日得一粒。僧人名为舍利，道士号曰玄珠。每日增真气一丈，延寿不可计数。三百日气结丹凝，状如弹丸，色同朱桔，自可长生不死。"

诀曰：

"五行颠倒术，龙从火里出，五行不顺行，虎向水中生。

阳龙元向离宫出，阴虎还从坎位生。

二物会时为道本，五方行尽得丹名

运火行候：

火者，心也。神也、性也、离也、日也、意也。前采药，二气升降之际，不以意守中宫。药物如何得住？如何得运转？圣人藏隐以日（太阳火也）归寸土。（中宫）

戌时、子时者，即是意。神性所谓出入无时、莫知其向是也。一才二气升降，采药便加，时在中宫行火矣。（火候图云："从外簇年、簇月、簇日、簇时"。《居中经》云："斗柄运，周天在人会攒簇。"又曰："火功若用三千日，妙用无方一个时。"便是也。）中宫即对子宫，意一指，一阳自生，（经云：月之圆，存乎口诀，时之子，妙在心传。二气如月之二弦，两个年月相合、则圆，意到中宫，便是子时也。）复卦起。行至三阳，水金两停，膀胱至脐和暖，应地天泰卦。到此只要把捉，一尘不著，（无思念也）方得龙虎交媾。渐而阳气向上，以至满身遍体和暖，应乾卦。药物透顶，亦如风雨潮浪，沸滚药熟化金液，如冷泉自降，是应姤卦，渐凉至脐，应否卦，丹田大气渐微，应剥卦。是一周天。此一法。号曰周天火候。

用时行之微微，敛身轻轻。胁腹凝息，数定铢两。默运心气，下至丹田。鼻息绵绵若存，用之不勤，但以意常在中宫。意是神子，神是气母。神驭气，其气自然从尾闾穴入夹脊三关。直上辘轳穴天关（在脑后），入昆仑，复下丹田，周流运转不绝。北方正气（肾气也）为河车，所谓河车不敢暂留停，运入昆仑峰顶。中宫是机（意也），触机，天关即应。所谓神机密运是也。

诀曰：

神入气为胎，气入脐为息。

右件依时用法，脐腹气聚自热。

若用补虚益气，春三月，下火四两。夏三月，下火六两。秋三月，下火八两。冬三月，下火二两。

若用炼龙虎交媾，第一百日、下火五两，自酉至亥。第二百日，下火十两，自申至亥。第三百日、下火十五两，自午至亥。三百日火足丹凝，纯阳气生。

凝息数念珠一百个，是为一铢，二十四铢为一两，计数珠加减随时。

口诀

胁腹运心方是火，含津引息始成丹。

学人不达玄微理，虚度时光过百年。

五行颠倒周天火候诀义

华阳施真人曰："心为五阳之主，肾为五阴之主。五阴升而为水，五阳降而为火。当用乾之时，以心气下入丹田，号曰进火。若用补虚益气，当常行用之数。一周年夺十年气，补十年虚。若行地户之时，龙虎交媾法，心肾之真阴真阳凝结成黍米大，下还黄庭，计定数而进火候，三百日足，曰阴内炼阳。火自合周天。"

右件不以龙虎交媾、上下火候，是为安乐常行之法。若用龙虎交媾相兼而行，是为炼丹。抽添之火五两，炼精成汞。十两，炼汞成砂。十五两，炼砂成丹。三百日火候不差，自然丹就，纯阳气生。内炼五藏，号曰炼气成神。外炼四肢，号曰炼形服气。若不炼五藏，不炼四肢，止是丹成，自可长生。若用炼形，而曰地仙，形神俱妙。若用炼气，而曰神仙，弃壳超凡。

真人曰："炼质不交阴鬼壮，烧丹毋使火龙飞。佳人才子正当年，花落黄昏聚会难。不避主人肠欲断。时来须索闭阳关。"（如不行火候，不内炼。系小成法。安乐延年。脊后三关通。曰三田返复。中宫五行运用。曰五行颠倒。渐入中成长生不死之道。乃曰陆地神仙。如传非人。罪及九祖，慎之慎之。）

三田返复、肘后飞金精

此一法号曰肘后飞金精

本法用子时后，午时前。是气生时，披衣正坐，握固存神。先存后升，先升后偃，凸胸偃脊，是开中关。平坐昂头，是开上关。先升后存，下腰自腹，渐渐举腰升身，而凸胁偃脊，是开下关。已后气热盛，上关之下方可举腰，升身正坐，一撞三关都过。补脑髓，自然面红、骨健、肌白、身轻。是名返老还童而长生不死之法也。年少行之不老，老者行之还童。

口诀

肘后金精节次般，存身偃仰过三关。

学人能悟玄微理，返老还童自不难。

三田返复、肘后飞金精诀义

华阳施真人曰："子时以肺之精华之气并在肾中，号曰金精。金精者，金水未分，肺肾之气合而为一。当时用法，自尾闾穴下关，般至夹脊中关，自中关般至玉京上关。节次开关已后，一撞三关，直入泥丸。不止补脑之虚、延年益寿、返老还童，而又抽肾之气，不犯黄庭。但得下火炼，方纯阳气生是也。

老人衰老，若曾前法内下功兼修，不可单行此法。可以返老还童，不百日面红骨健，气壮身轻。若以龙虎交媾，周天火候三件相兼而行，是为抽添铅汞，渐而延年益寿。

抽添之法，如采药行火之候。阴魔所挠，缘入邪念，恐把捉不得。肾气顺行，向下走泄，谓之危险。即当抽铅（出气为铅，肾中气也）添汞。（入气为汞，心中气也）如入气至中宫，留住其出气。以意引过尾闾穴，升身偃脊，抽提外肾，使气从尾闾入夹脊双关。直上天关，入昆仑。使龙不上奔，虎不下走，邪念即止。如气未觉过，再偃再抽，直使气过，谓之肘后飞金精华矣。初行费力，久则甚易。"

真人曰：

顶戴蟾宫一朵花，朝游蓬岛暮还家。

能乘乾马奔龙骑，解使坤牛驾虎车。

又：

玉京山下羊儿闲，金水河边石虎眠。

金针挑出双蝴蝶，盘旋飞到楚王宫。

大抵高以下为基，深以浅为始。若人单行龙虎交媾，止是补虚益气、活血注颜。若人单行火候，止可悦其肌肤、壮其筋骨。若行飞金精法，止可返老还童、健骨轻身。若能通行此三诀，甚为有益。

盖龙虎相交，一物如黍米，还黄庭中。若不用火候，不能炼之凝结，其周天火候止是虚气聚在丹田。不得龙虎交媾，玄珠不能留之安住。二法已是相须二用。肘后抽肾气入脑，不全阴中之阳，前犯纯阳之丹、玄中玄、妙中妙矣。

一百日口内生甘津，身有神光，骨健颜红，肌日腹暖。二百日渐厌荤腥，常闻异香，行步如飞，睡梦自然减少，三百日饮食自绝，寒暑自耐，涎汗涕泪自无，疾病灾难自除。静中时闻远乐之声，默室渐见红光之色。若见此景，勿疑，是为小验。至诚行之，神异不可备载。

三田返复、金液还丹诀

肺为华盖，咽喉为重楼，口为玉池，兑户鼻为天门、天柱。眉间为玉堂，额为天庭，顶为天宫，耳为双市门。肾气传肝气，肝气传脾气，脾气传肺气，肺气传心气，心气传脾气，脾气传肾气，是为五行循环，而曰小还丹也。上田入中田，中田入下田，三田返复，而曰大还丹也。

此法金液还丹，须要升腰、举身、正坐，双闭两耳，勿令透出，舌挂上腭，有清凉香美津液，不漱而咽矣。

右件肘后飞金精，节次开关，已至一撞三关，金精入脑，补髓益气。既而面红骨健，颜嫩身轻。当依时刻，惟要升腰、平坐，不昂不偃。自觉真气入脑，急用二掌紧闭两耳，自然肾气入脑，造化金液下降，如淋灰相似。

每日下火一两，诚恐火多火少。火气多则头痛，火少则金精不飞，须行加减。如行火太猛，遍身壮熟，不可再进火，恐火炎熏烧头目，太阳作痛，口舌烧破，必伤药物。当减息，意离中宫，听火自然，庶不相伤。

却不要外思邪想，须用沐浴。如行火至金木两停，欲飞不飞之时，欲济不济之际，最要正意守持，一念不生。若思念才生，即是尘垢。尘者，阴也。阴者，魔也。被魔所障，三关即闭不通也，须要斩除。其意一正，二气自合，以结大丹。师云，洗涤尘垢，道云，沐浴金丹。《悟真篇》云："刑德临门药相之，到此金丹宜沐浴。"

二月，三阴三阳和暖，花木正开，忽被阴寒风雨所摧，不能结子。谓之德中有刑，如行功阴魔作障也。八月，三阴三阳温凉，万物渐肃杀之时，得天气和暖，花木回芽再开。谓之刑中有德，谓守正止念，却得阳和也。所谓沐浴防危险，妙用在抽添。

口诀

河车般运入昆仑，须是牢关双市门。

击动震雷霹雳鼓，急收甘雨洒乾坤。

三田返复、金液还丹诀义

华阳子曰，前件龙虎交媾，周天火候，肘后飞金精单行，是安乐延年，三二百岁，尽不出五行颠倒，循环生成，传送之功。用功不差，收炼一气而已。

此金液还丹，不止补脑益髓，而抽铅添汞，渐有还童之功。脑实髓满，用法制之，神水自上腭而下，清凉甘美。复自肺间下入黄庭，号曰金液还丹。一如压丹之虚阳二气，以变丹砂为金而曰金丹。金丹一粒，自可长生，与天地齐久。故曰中成。人不下前功，直要金液还丹，不用法取之，神水不降，纵或致功，强令顶水下降，并无甘美之味。令人脑虚疾多，与人无益。

行功应验。

初时渐觉丹田、黄庭有物和暖，真气上升，耳闻风雨之声，渐渐顶内有筝筝金玉之音。腮门内谓之天池，有金液沸滚，如凉泉降下。或流面上，或流上脑，或如珠露之状，或从上腭入口。其味甘美，久则顶内如笙簧、琴瑟、丝竹之音，又如鹤唳、猿啼、蝉磬之声。诸般自然之韵，无所比拟。但初行时，梦中闻霹雳之声。是真气冲开顶阳骨，以通九宫神。初入室（中宫），乍超向上。须自惊恐闭目自坐之际，或时一大物惊跳起，开目却无，是阳神未壮，切勿惊惧著念。久而神壮，自无隐显莫测，变化无穷，将来自知。凡见闻皆不著相，但听其自然。若著相，即是幻也。

真人曰："琼浆酝就从天降，灵药生成任海枯。饮酒须教一百杯，东游西泛自梯媒。从来神水出高源，奔出黄庭顷刻间。"

五气朝元太阳炼形诀

此一法号曰太阳炼形。本法用冬至阳生，四时皆可行。升腰正坐不动，闭目忘思，默运心火。母气自然随气满四肢。不觉已身鼻息绵绵若存，用之不勤。

右四时有暇便行。升腰不动，丹中五气纷纭内起。正坐不偏，丹中五气纷纭四出。肾之真气炼骨，身轻如毛，可以乘风御雾。肝之真气炼筋，实如玉，可以走趁奔马。心之真气炼血，白如膏，可以永耐寒暑。肺之真气炼肌肤，莹如雪，可以换骨易形。脾之真气炼肉，硬如石，可以化气如金。始自丹成，五气朝真，气聚而不散。次用前法而般运，内传五藏，外遍四肢。五气炼形，凝而不衰。号曰形神俱妙，与天齐年。

口诀

丹就自然朝五气，气真方可现元神。

炼形换骨非凡客，自是长生物外人。

五气朝元太阳炼形诀义

真人曰："金液还丹变为金，其中纯阳气生，是为气中有气，已是陆地神仙，可与天地同其寿算。

古今上真，再举丹中纯阳之气，升入四肢。号曰太阳炼形化气。自然形神俱妙，随五气而换骨易容，自耐寒暑。昔日衰朽之姿，炼之端正；昔日枯槁之形，炼之红润。何止返老还童。而又身轻骨健，乘风而举，跨雾而行，号曰南宫飞仙、尘中羽客。虽未弃壳升仙，而已升腾自在，当为地仙之上品，神仙之下流。皆因丹田五气炼形，外遍四肢是也。炼形之功，不为小矣。"

真人曰："五马不调金水伏，一龙常驾火云飞。天下都游半日功，不消跨凤与骑龙。五气不调丹已就，一阳外遍火轻飞。"

神气交合三田既济

系中成长生不死。顶中神水下降丹田真气上升，号曰既济。

此法号曰水火既济。

本法用阳时中刻，平坐伸腰，一撞三关。闭耳，神水下降。伸腰、举腹，鼻引长息，默运心火上升。

右件震，艮之时，一撞三关，金精入脑，补之数足，面红肌白如膏。后身轻，方可一撞三关，金精入顶。紧闭两耳，使肾气不出，并入天宫，造化金精下降，如淋灰相似。自上腭间，清凉美味，神水满口。若咽之归黄庭，号曰金液还丹。当此，上腭有甘美水降、下咽，便以伸腰、举腹，默运心火，暗引丹田真气上升，而又鼻中出息，同举真气，遍满四肢，上水下火，相见于重楼之下，号曰既济。

口诀

顶中神水入中源，丹里真阳返上田。

水火合来为既济，庭中升入大罗天。

神气交合三田既济诀义

真人曰："土之既济为瓦，瓦可得千年。木之既济为炭，炭可得百载。人欲长生，无出于既济之法，是还丹炼形同用其功也。金液还丹，化丹成金，太阳炼形，形之如玉。还丹未还之际，形炼欲起之时，水上火下，相见于重楼之下，而曰既济之时。当用地天泰卦，子后是也。每次一粒如金粟形状，颗颗还于黄庭。每颗生金光一道，般运出放皮毛之际，金光满室，何止长生不死？是欲弃壳升仙之时也。"

真人曰："两曜铸成七宝殿，一渠流转入琼浆。水火都来相并间，卦后变成地天泰。阴阳升降两相兼，水火交加入下田。既济无差真气足，金丹一粒万千年。"右件金液 还丹，太阳炼形，三田既济，是为长生不死之法，故曰中成之法。须是小成法见效，相续而行。行之不差，见验自速。若人不行小成法，直要中成而求长生不死，不止见效自迟，而又徒劳心力，虚度时光。还丹而神水不下，炼形而丹火不升，既济而水火不交，反谤神仙虚语不死为妄言，殊不知行持过越是也。若人龙虎交而为精，火候足而为丹，用金精补其脑虚，使其还丹变成金丹，用丹火炼其真身，又使既济之法相兼而行，善不可加矣。

若不兼行六法，速要烧丹，纯阳之气，炼气成神。速要炼气之真灵，炼神合道。此是金液还丹，太阳炼形，三田既济。不须行矣。此三诀，古今上真往往万劫秘传。中成之法以还丹炼形既济者。盖以留形住世，非金丹不可延年，非炼形不可换骨，非既济不可不死。又以无丑陋真人，少衰弱神仙。又易形而留俗状。不既济而留凡骨，将来弃壳自离超神，亦迟矣。各还丹、炼形、既济之后，一百日静中四象周匝，内观五气纷纭。二百日目见金花，体有圆光，青气出顶，紫雾盈室。三百日神灵知前后事，真气可乾外汞，体轻可履风烟，骨坚可齐天地。若见此境，勿疑，是为小验。志诚行之，神异不可具载矣。

五气朝元炼神入顶

此法曰炼气成神。

本法用子、午、卯、酉时。甲乙日炼肝，丙丁日炼心，庚辛日炼肺，壬癸日炼肾。脾不受炼，气寄四脏，戊己日不下功。此为炼五脏日也。

甲乙日卯时下功，丙丁日午时下功，庚辛日酉时下功，壬癸日子时下功，此为炼五脏时也。

右件依前时用法。幽室静坐，上香一炷。叩齿二十四通，升身平坐，内观所炼之脏。鼻息绵绵若存，静极气生，气极神现，如梦非梦，暗中神气上升。前件日辰不可有差，盖以神随日，当真气随时运转，当审日察时炼之。百日气足神现，将欲升仙，非止长生不死。

口诀

应日随时自不差，五神会处起河车。

静中真象朝元后，犹恐阴魔作外邪。

五气朝元炼神入顶诀义

华阳真人曰："以丹中纯阳之气，随日定时。炼肝二十四日，青气现。二十日阳神自出，气当神体，神为气主是也。炼心、肾、肝、肺皆如之，其脾神、脾气随四时正气亦以共升。

静中内观，壶中别有山川。物象成形，两昧分胎，防其阴鬼、外魔、七魄、三尸相随，杂天真以乱阳神，不能得上入天宫。自有内观起火之法，推以炼气，气聚为神，不可差其时也。自然气现神出，五方真气合出本色，五气阳神各出真形，升而上入天宫内院，是为合神入道之时也。

若人三百日行火候足，不炼还丹，不炼形，不既济，直行此法，以丹中纯阳之气随日应元气所传而炼五脏，亦是捷径。号曰夺功并法。若人欲住世间，而愿为长生不死，当用金液还丹，太阳炼形，三田既济。真人曰："三岛紫烟笼凤彩，九天红日炼龙精。"《中黄经》曰："肝生东方，其色青，炼之青气出，身腾。肾水北方，其色黑，炼之应时，黑气出，身立。纯阳气满五脏中。神升本色入天宫。"

内观起火炼神合道

系大成法超凡入圣

丹中纯阳气举之入四肢，号曰焚身。入五脏，号曰炼神。出身，号曰降魔。入顶，号曰弃壳。

此诀号曰内观起火。本无时候，每日有暇，举起为念，略有行持。终日静坐，神识内守，一意不散。常常升身正坐，默观五脏，惟要分别真假，勿令阴魔乱真矣。

右件内观之法。止是静坐、升身、举起丹中纯阳之气，内炼五脏。气附神像，上入顶中。外炼四肢，气并金光，外出神体。非久，神合为道，弃壳升仙。防其阴鬼、外魔、三尸、七魄假托形象，以乱天真，混杂阳神，不能合道。所以不计昼夜，常随气转。卯时观肝，肝气现青。午时观心，心气现红。酉时观肺，肺气现白。子时观肾，肾气现黑。五色气出，壶中真境不同尘世，车马威仪腾及王者。不厌升身起火，真假自然两向也。

口诀

旌旆威仪处处同，内观形象满壶中。

再三荧起焚身火，嘹亮笙簧入上宫。

内观起火炼神合道诀义

真人曰："炼气自易，起火亦难。默运丹中纯阳之气，随日随时以炼五脏。气真自现神真，自出相照。上升并入天宫，防其阴鬼、外魔以假乱真。当此之时，气随神升，神附气起，以中田入上田。阴鬼愿人速老，外魔不喜人安。虚生队伍，妄起浮华，亦傲阳神，相杂而升。谁为真像，谁为假形，混杂难别。笙簧四围，车马并起。欲要辨别，莫若频起丹中真火。一曰、焚身，二曰、降魔，三曰、去三尸，四曰、逐七魄，五曰、集阳神。静中内观，自然明朗。惟见炎炎火中，人物交杂，少间，歌乐上起者，自己阳神，哭泣去者，身中阴鬼，须臾火息，壶中静净。功不可再，切防十魔续来。盖以阴鬼、外魔，多生巧作，缘业来乱真神，内观当可分别。"

十 魔 君

或而满耳笙簧，触目花芳，舌有甘味，鼻闻异香，情思舒畅，意气洋洋。如见，不得认，是六欲魔。一也。

或而和风荡漾，暖日舒长，迅雷大雨，霹雳电光，笙歌嘹亮，哭泣悲伤。如见，不得认，是七情魔。二也。

或而琼楼玉阁，蕙帐兰房，珠帘翠幕，峻宇雕墙，珠珍遍地，金玉满堂，如见。不得认，是为富魔。三也。

或而出将入相，威震八方，车服显赫，使节旌幢，满门青紫，靴笏盈床，如见，不得认，是为贵魔。四也。

或而儿女疾病，父母丧亡，兄弟离散，妻子分张，骨肉患难，眷族灾殃。如见，不得认，是恩爱魔。五也。

或而失身火镬，堕落高岭，临刑命丧，遇毒身亡，凶恶难避，猛兽逼伤，如见，不得认，是灾难魔。六也。

或而云屯士马，兵刃如霜，戈矛间举，弓弩齐张，争来残害，骁捷难当。如见，不得认，是刀兵魔。七也。

或而三清玉皇，十地当阳，四圣九曜，五帝三官，威仪队仗，往复翱翔。如见，不得认，是圣贤魔。八也。

或而仙娥玉女，罗列成行，笙歌鼎沸，对舞霓裳，双双红袖，争献金觞。如见，不得认，是妓乐魔，九也。

或而几多殊丽，艳质浓妆，兰台夜饮，玉体轻裳，偎人娇颤，争要成双。如见，不得认，是女色魔。十也。

大抵清虚之士，久乐寂淡，乍见繁华，往往认为真境。因循不出凡躯，是为困在昏衢，止为陆地神仙，不能超凡入圣者。

举人目前见在，不认外境，可以进道，渐得成功。学人内观，不以丹中纯阳气炼五脏。五气真神现五色，十中笙簧并奏，队仗齐升。当时阴鬼、外魔假心形像，相杂而入天宫。速速升身起火，火中山军自散，哭声四向而去。歌乐转盛，幽幽高上。须臾，火过清凉，静中山川秀丽，内观天地有朗，是为壶中真境。不可便认无事，少问。十魔续交。当此之时，如梦非梦，似醉非醉，五神真灵已入天宫，中区四大主心平正。恍惚之中。不可认贼为子，以邪为正。不止，因而不出凡躯，又而流入邪中。或而风魔，或而狂邪，及成神气，虚神慧之不足。呜呼可悲！

故魔境详言于此：升身起火，不厌数多。常常内观，不拘昼夜。以至火起天地之间，并无一物。上观惟天，下观惟地。四观都无。静中时闻乐声，忽有异香，当时有验，不比已前。肢体常似升龙，是神仙弃壳之时也。围坐前有红光，状同莲花；遍身有真气，色若金光。五行真气合而为精、气、神；三才异宝合而为自然道也。收神再入黄庭，永却长生不死。所得处，阴神来现。乘风履云，往复尘中，更无饥渴寒暑，若以升神复入天宫，调神出壳，是曰真人。弃壳山中，百日山中生玉，弃壳水中，百日水中生玉。弃壳了当，真身出外，是曰神仙。当返三岛，不在风尘之内。所谓弃壳升仙，而有五诀在左。

弃壳升仙超凡入圣诀

此一法号曰炼形合道，弃壳升仙。

本法无时，明有五法。海蟾子以鹤冲天门。静中以真性如鹤，冲天门出外，自然身外有身。

四山十二

真人王祖师曰："以花树出。静中以花树回望，不失本性。既出，自然身外分形。"黄帝以火龙出，静中化火龙上踊，自然身外有身。号曰清净法身。

钟吕二真人皆用红楼出，静中以上三级红楼，层层上毕，便跳，自然弃壳。

右件炼神合道，弃壳升仙，功到自然。此僧人入定，以来坐化。道士入静，以出阴神。皆为清虚之鬼，非为纯阳之仙。窅窅无像，终无所归。学人何其惧耶？殊不知炼精为丹，而后纯阳气生，炼气成神，而后真灵神仙，超凡入圣，弃壳升仙，而曰超脱。万万世神仙不易之法也。

口诀

功成须是出神京，内院繁华勿累身。

会取五仙超脱诀，炼成仙格出埃尘。

弃壳升仙超凡入圣诀义

真人曰："修真之士，功到炼气成形，皆不愿长生住世，速要内观而炼神合道也。

降魔魔散，炼神神聚。急忍无断，因循不弃凡壳，是为困在昏衢，止为陆地神仙。大抵有身有患，无家无累，古今共言。辛勤功到无为，争忍恋躯不出。故弃壳、升仙、出顶，炼神超凡为仙。世人不善修炼，直要弃壳便成仙道，何共误形！

幽室静坐，绝虑忘思，外境不入，内境不出矣。身如槁木，心若死灰，神识内守，一意不散，定中以出阴灵之神。冥冥无像，非为纯阳之仙。纵得出壳，何其艰难。古今上真，皆传弃壳之法，诚非难矣。

功到自然内丹成就，纯阳气生，而本灵神现。内观识认。弃壳超脱。次第相须，自然化火龙而出顶中，身外有身，并无异相。始乎一步、两步，次以三里、五里。出入不差，往来无惧，然后寄壳于山川之中，永作蓬莱之侣。

此是弃壳，全在前功证验，节序不差，自然神仙升神出顶。然而上真留此数法调出入者，盖以学人久受驱驰，昼夜用功不已。内观神聚，恐认魔境，流入邪道，徒劳心力，废堕前功，故魔不厌详言。又虑学人功到内观，魔散神集，并入天宫，繁华万倍，犹恐认为仙境，不免再陈弃壳之诀。

弃壳不难，功成方合自然。所以诀中有花树皂盖，以记本体，招神入壳。有鹤冲龙跃，以升阳神，令神出身，弃壳升仙。

古今上真有轻传而不秘者，九祖永受地狱，以修真之士功到自升，不可不行。古今学人，宜戒慎之。

金丹之秘，在于一性一命而已。性者，天也。常潜于顶。命者，地也。常潜于脐。顶者，性根也。脐者，命蒂也。一根一蒂，天地之元也、祖也。脐下，黄庭也。庭常守乎顶及脐，是谓三叠黄庭，曰琴心三叠舞胎仙是也。琴取其和，且人之生其胞胎，结于我之脐，缀接在母之心宫。自脐剪落，所谓之蒂也。蒂者，命蒂也。根者，性根也。但恐泄漏，是所千千名、万万状，多方此论。顶中之性者，铅也、虎也、水也、金也、日也、意也、坎也、坤也、戊也、姹女也、玉关也。脐中之命者，汞也、龙也、火也、根也、月也、魄也、离也、乾也、已也、婴儿也、金台也。顶为戊土，脐为已土。二土为圭宇，所以吕仙翁号刀圭也，只是性命二物。千经万论，只此是也。

用法：

但每日天明至黄昏为昼时，自昏至五更煞点时为夜时。不拘行、住、坐、卧，但昼时则行命蒂脐中之道，夜则行性根顶门之道。无早无晚、不饥不饱之时，常行之。

一百日丹结，三百日丹药成，三年胎仙就。自然阳神从顶门出入，去来无疑。此谓真丹之妙也。

行持：

日行命蒂者，只用两手相摩令热，捧定脐轮，以意专之，只守在脐轮。无思无想，只静定之。自觉神水下脐，真水奋发，从脐下丹田跳跃，直凑乎顶门。任其自然，亦无遍数，只一意守于脐轮。若欲休歇，行住就便不拘。久而丹田如火，精神畅美，神妙难述。

夜行性根者，只以舌挂上腭，渐塞定喉咙二窍，以意专之。只守在顶门，无思无想，只静定。自觉真火以下衮上，踊跃直至顶门。欲休歇，行住任便不拘。久而顶中渐如远闻仙乐之音，真香发于鼻之中，神妙难述。金丹秘诀，尽于此矣。

坐 功 诀

一吸元精便上来，二呼玄牝顶门开。

时人不识真龙虎，却向丹田里面猜。

奥旨：

年中取月，月中取日，日中取时。提防危宿为晦，起火，斗宿为朔，进火。

一阳初动，乃子时是也。此时斗柄才转真子时。

又一法，九月从子时上起例数过。子者，九月做子时，乃正子时。此时鼻窍双孔皆有气。金公姹女者，乃坎离匡廓，即九月中霜降。为十一月冬至也。

妙旨：

月月常加戌，时时见破军。

天罡加一位，活曜不传人。

玄关，乃在脐里一寸三分。父母元气，名为鼎器，二肾为鼎。足火候，举动心，做事业，便是起火。虎龙交媾，药物乃是刀圭。巽风、橐籥，鼓动华房，此是进火、抽添。防危虑险：卯时、酉时。先天乃丑时，后天乃本生时、长生时。脱胎神化，乃是用自身本命推算四时长生者。

此法一年一周天，一日一周天。一日乃昼夜，用子午时，生时，曰长生时。为防危，共七个时辰。五百六十个时辰为一候。温养沐浴，生杀野战，脱胎并在此其中。谨秘勿妄泄之。

西山十二真人曰：

凡流开口论天机，只能狂说不能知。

世上众生无鉴识，乃至逢真说道非。

长春真人
西游记

〔元〕李志常　撰

长春真人西游记序

　　长春真人，盖有道之士。中年以来，意此老人，固已飞升变化，侣云将而友鸿濛者久矣。恨其不可得而见也！己卯之冬，流闻师在海上，被安车之征。明年春，果次于燕，驻车玉虚观。始得一识其面，尸居而柴立，雷动而风行，真异人也。与之言，又知博物洽闻，于书无所不读。由是日益敬其风，而愿执弟子礼者，不可胜计。自二三遗老，且乐与之游，其余可知也！居无何，有龙阳之行。及使者再至，始启途而西。将别，道众请还期。语以三载，时辛巳夹钟之月也。迨甲申孟阪，师至自西域，果如其旨识者欢异之。自是月七日入居燕京大天长观，从疏请也。噫！今人将事行役，出门徬徨，有离别可怜之色，师之是行也。崎岖数万里之远，际版图之所不载、雨露之所弗濡。虽其所以礼遇之者，不为不厚，然劳惫亦甚矣！所至辄徜徉容与，以乐山水之胜。赋诗谈笑、视死生若寒暑。于其胸中曾不蒂芥，非有道者能如是乎？门人李志常，从行者也。掇其所历而为之记。凡山川道里之险易，水土风气之差殊，与夫衣服饮食百果草木禽虫之别，粲然靡不毕载。目之曰西游，而征序于仆。夫以四海之大、万物之广，耳目未接。虽有大智，犹不能偏知而尽识也。况四海之外者乎，所可考者，传记而已。仆谓是集之行，不特新好事者之闻见。又以知至人之出处，无可无不可，随时之义云，戊子秋后二日。西溪居士孙锡序。

长春真人西游记卷上

元　真常子李志常述

　　父师真人长春子，姓邱氏，名处机，字通密。登州栖霞人。未冠出家，师事重阳真人。而住砰溪龙门十有三年，真积力久，学道乃成。暮年，还海上。戊寅岁之前，师在登州。河南屡欲遣使征聘，事有龃龉，遂已。明年，住莱州昊天观。夏四月，河南提控边鄙使至，邀师同往。师不可，使者携所书诗颂归。继而复有使自大梁来，道闻山东为宋人所据，乃还。其年八月，江南大帅李公彭公来请，不赴。尔后，随处往往邀请。莱之主者难其事，师乃言曰："我之行止，天也！非若辈所及知，当有留不住时去也！"居无何？成吉思皇帝遣侍臣刘仲禄县虎头金牌，其文曰："如朕亲行，便宜行事，及蒙古人二十辈。"传旨敦请，师踌躇间，仲禄曰："师名重四海。"皇帝特诏仲禄，逾越山海，不限岁月，期必致之。师曰："兵革以来，此疆彼界，公冒险至此。可谓劳矣。"仲禄曰："钦奉君命，敢不竭力。"仲禄今年五月，在乃满国兀里朵得旨。六月，至白登北威宁，得羽客常真谕。七月，至德兴，以居庸路梗，燕京发士卒来迎。八月，抵京城。道众皆曰："师之有无，未可必也。"过中山，历真定，风闻师在东莱。又得益都府安抚司官吴燕、蒋元。始得其详，欲以兵五千迎师。燕等曰："京东之人，闻两朝议和，众心稍安。今忽提兵以入，必皆据险自固。亦将乘桴海上矣。诚欲事济，不必尔也。"从之，乃募自愿者，得二十骑以行。

将抵益都，使燕、元驰报其帅张林。林以甲士万郊迎，仲禄笑曰：所以过此者，为求访长春真人。君何以甲士为？林于是散其卒，相与按辔以入，所历皆以此语之。人无骇谋，林复给以驿骑。次潍州，得尹公。冬十有二月，同至东莱。传皇帝所以宣召之旨，师知不可辞。徐谓仲禄曰："此中艰食，公等且往益都？俟我上元醮，竟当遣十五骑来，十八日即行。"于是宣使与众西人益都，预选门弟子十有九人，以俟其来。如期骑至，与之俱行。由潍阳至青社，宣使已行矣。闻之张林言。

正月七日，有骑四百军于临淄，青民大骇，宣使逆而止之。今未闻所在，师寻过长山及邹平。二月初，届济阳，士庶奉香火迎拜于其邑南。羽客长迎前导，饭于养素庵。会众佥曰："先月十八日，有鹤十余自西北来。飞鸣云间，俱东南去。翌日辰巳间，又有数鹤来自西南，继而千百焉。或颉或颃，独一鹤拂庵盘桓乃去。今乃知鹤见之日，即师启行之辰也。"皆以手加额，留数日。二月上旬，宣使遣骑来报，已驻军将陵。舣舟以待，明日遂行。十三日，宣使以军来迓，师曰："来何暮，对以道路榛梗。"特往燕京会兵，东备信安，西备常山，仲禄亲提军取深州。下武邑，以辟路。构桥于滹沱，括舟于将陵，是以迟。师曰："此事非公不克办。"次日，绝滹沱而北。二十二日，至卢沟，京官士庶僧道郊迎。是日，由丽泽门入。道士具威仪长吟其前，行省石抹公馆师于玉虚观。自尔求颂乞名者日盈门。凡士马所至，奉道弟子以师与之名。往往脱欲兵之祸，师之道廓及人如此。

宣抚王巨川楫上诗，师答云：旌旗猎猎马萧萧，北望燕师渡石桥。万里欲行沙漠外，三春遽别海山遥。良朋出塞同归雁，破帽经霜更续貂。一自元元西去后，到今无似北庭招。师闻行宫渐西，春秋已高，倦冒风霜，欲待驾回朝谒。又仲禄欲以选处女偕行，师难之，曰："齐人献女乐，孔子去鲁，余虽山野。岂与处女同行哉！"仲孙乃令谒刺驰奏，师亦遣人奉表。一日，有人求跋阎立本太上过关图。题蜀郡西游日，函关东别时。群胡皆稽首，大道复开基。又以二偈示众，其一云：杂乱朝还暮，轻狂古到今。空华空寂念，若有若无心。其二云：触情常决烈，非道莫参差。忍辱调猿马，安闲度岁时。四月上旬，会众请望日醮于天长。师以行辞，众请益力，曰："今芘兵革未息，遗民有幸，得一睹真人。蒙道廓者多矣。独死者冥冥长夜，未沐荐拔，遗恨不无耳。"师许之，时方大旱。十有四日，既启醮事，雨大降，众且以行礼为忧。师于午后赴坛将事。俄而开霁，众喜而欢曰："一雨一晴，随人所欲。非道高德厚者，感应若是乎？"明日，师登宝元堂传戒。时有数鹤自西北来，人皆仰之。焚简之际，一简飞空而灭，且有五鹤翔舞其上。士大夫咸谓师之至诚动天地，南溏老人张天度子真作赋美其事。诸公皆有诗，醮竟。宣使刘公从师北行，道出居庸。夜遇群盗于其北，皆稽颡以退。且曰："无惊父师。"五月，师至德兴龙阳观度夏，以诗寄燕京士大夫云：登真何在泛灵槎，南北东西自有嘉。碧落云峰天景致，沧波海市雨生涯。神游八极空虽远，道合三清路不差。弱水纵过三十万，腾身顷刻到仙家。

时京城吾道孙周楚卿、杨彪仲文、师谓才才卿、李士谦子进、刘中用之、陈时可秀玉、吴章德明、赵中立正卿、王锐威卿、赵昉德辉、孙锡天锡，此数君子师寓玉虚日所与唱和者也。王觏逢辰、王真哉清甫亦与其游。观居禅房山之阳，其山多洞府，常有学道修真之士楼焉。师因挈众以游，初入峡门，有诗云：入峡清游分外嘉，群峰列岫戟查牙。蓬莱未到神仙境，洞府先观道士家。松塔倒县秋雨露，石楼斜照晚云霞。却思旧日终南地，梦断西山不见涯。其地爽垲，势倾东南，一望三百余里。观之东数里，平地有涌泉，清冷可爱。师往来其间，有诗云：午后迎风□日行，遥山极目乱云横。万家酷暑熏肠热，一派寒泉入骨清。北地往来时有信，东皋游戏俗无争。耕夫收竖，堤阴让坐。溪边浴罢林间坐，散发披襟旸道情。中元日，本观醮，午后传符授戒。老幼露坐热甚，悉苦之。须臾，有云覆其上，状如圆盖，移时不散，众皆喜跃赞欢。又观中井水可给百众，至是逾千人。执事者谋他汲，前后三日，井泉忽溢，用之不竭。是皆善缘天助之也！醮后题诗云：太上宏慈救万灵，众生荐福藉群经。三田保护精神气，万象钦崇日月星。自揣肉身潜有漏，难逃科教入无形。且遵北斗斋仪法，南斗北斗皆论斋醮，渐陟南宫火鍊庭。八月初，应宣德州元师移剌公请。遂居朝元观，中秋夜有贺圣朝二曲。其一云：断云归岫，长空凝翠，宝鉴初圆，大光明宏照亘流沙外直过西天。人间是处，梦魂沉醉，歌舞华筵。道家门，别是一般清，暗开悟心田。其二云：洞天深处，良朋高会，逸兴无边，上丹霄飞至广寒宫。悄掷下金钱，灵虚晃耀，睡魔奔送。玉兔婵娟，坐忘机。观透本来真，任法界周旋，是后天气清肃。静夜安闲，复作二绝云：长河耿耿夜深深，寂寞寒窗万虑沉。天下是非俱不到，安闲一片道人心。其二云：清夜沉沉月向高，山河大地绝纤毫。惟余道德浑沦性，上下三天一万遭。朝元观据州之乾隅，功德主元师移剌公因师欲北行。帡构堂殿，奉安尊像，前后云房洞室，皆一新之。十月间，方绘祖师堂壁，画史以其寒，将止之。师不许曰："邹律尚且回春，况圣贤阴有所扶持邪？"是月，果天气温和如春，绝无风沙，由是画史得毕其功。有诗云：季春边朔苦寒同，走石吹沙振大风。旅雁翅垂南去急，行人心倦北征穷。我来十月霜犹薄，人讶千山水尚通。不是小春和气暖，天教成就画堂功。寻阿里鲜至自斡辰大王帐下，使来请师。继而宣抚王公巨川亦至，曰："承大王钧旨，如师西行，请过我，师首肎之。"是月，北游望山，曷剌进表回。有诏曰："成吉思皇帝敕真人邱师。"又曰："惟师道逾三子，德重多端。"其终曰："云轩既发于蓬莱，鹤驭可游于天竺。达磨东迈，元印法以传心。老氏西行，或化胡而成道。顾川途之虽阔，瞻几杖以非遥。爰答来章，可明朕意。"

　　秋暑，师比平安好，指不多及，其见重如此。又敕刘仲禄云：无使真人饥且劳，可扶持缓缓来。师与宣使议曰："前去已寒，沙路绵远，道众所须未备。可往龙阳，乘春起发，宣使从之。"十八日，南往龙阳，道友送别多泣下。师以诗示众云：生前暂别犹然可，死后长离更不堪。天下是非心不定，轮回生死苦难甘。翌日，到龙阳观过冬。十一月十有四日，赴龙严寺斋，以诗题殿西庑云：杖藜欲访山中客，空水一作山沉沉淡无色。夜来飞雪满严阿，今日山光映天白。天高日下松风清，神游八极腾虚明。欲写山家本来面，道人活计无能名。十二月，以诗寄燕京道友云：此行真不易，此别话应长。北蹈野狐岭，西穷天马乡。阴山无海市，白草有沙场。自叹非元圣，何如历大荒！又云：京都若有饯行诗，早寄龙阳出塞时。昔有上床鞋履别，今无发轸梦魂思。复寄燕京道友云：十年兵火万民愁。千万中无一二留。去岁幸逢慈诏下，今春须合冒寒游。不辞岭北三千里，皇帝旧兀里多。仍念山东二百州。穷急漏诛残喘在，早教身命得消忧。辛巳之上元，醮于宣德州朝元观，以颂示众云：生下一团腥臭物，种成三界是非魔。连枝带叶无穷势，跨古腾今不奈何。以二月八日启行，时天气晴霁。道友饯行于西郊，遮马首以泣曰："父师去万里外，何时复获瞻礼？"师曰："但若辈道心坚固，会有日矣。"众复泣请，果何时邪？师曰："行止非人所能为也。"兼远涉异域，其道合与不合，未可必也！众曰："师岂不知，愿预告弟子等，度不获已。"乃重言曰："三载归、三载归。"十日，宿翠帡口。明日，北度野狐岭。登高南望，俯视太行诸山，晴岚可爱。北顾但寒沙衰草，中原之风。自此隔绝矣。道人之心，无适不可。宋德芳辈指战场白骨曰："我归当荐以金录，此亦余北行中因缘一端耳！"北过抚州，十五日，东北过盖里泊。尽邱垤缄卤地，始见人烟二十余家。南有盐一作咸池，迤逦东北去。自此无河。多凿沙井以汲，南北数千里，亦无大山。马行五日，出明昌界，以诗纪实云：坡陀折叠路弯环，到处监场死水湾。尽日不逢人过往，经年时有马回环。地无木植惟荒草，天产邱陵没大山。五谷不成资乳酪，皮裘毡帐亦开颜。又行六七日，忽入大沙陀。其碛有矮榆，大者合抱。东北行千里，外无沙处，绝无树木。

三月朔，出沙陀，至鱼儿泺始有人烟聚落，多以耕钓为业。时已清明，春色渺然，凝冰未泮。有诗云：北陆祁寒自古称，沙陀三月尚凝冰。更寻若士为黄鹄，要识修鲲化大鹏。苏武北迁愁欲死，李陵南望去无凭。我今返学卢敖志，六合穷观最上乘。三月五日，起之东北，四旁远有人烟。皆黑车白帐，随水草放牧。尽原湿之地，无复寸木。四望惟黄云白草，行不改途。又二十余日，方见一沙河，西北流入陆局河。水濡马腹，傍多丛柳。渡河北行，三日，入小沙陀。四月朔，至斡辰大王帐下，冰始泮，草微萌矣。时有婚嫁之会，五百里内首领，皆载马湩助之。皂车毯帐，成列数千。七日，见大王，问以延生事。师谓须斋戒而后可闻，约以望日授受。至日，雪大作，遂已。大王复曰："上遣使万里，"请师问道："我曷敢先焉？"且谕阿里鲜，见毕东还，须奉师过此。十七日，大王以牛马百数，车十乘送行。马首西北。二十二日，抵陆局河，积水成海。周数百里，风浪漂出大鱼，蒙古人各得数尾。并河南岸西行，时有野菜得食。五月朔亭午，日有食之。既，众星乃见，须臾复明，时在河南岸。蚀自西南，生自东北。其地朝凉而暮热，草多黄花。水流东北，两岸多高柳。蒙古人取之以造卢帐。行十有六日，河势绕西北山去，不得穷其源。西南泺驿路，蒙古人喜曰："前年已闻父师来，因献黍米石有五斗，师以斗枣酬之。"渠喜曰："未尝见此物，因舞谢而去。"又行十日，夏至。量日影三尺六七寸。渐见大山峭拔，从此以西，渐有山阜。人烟颇众，亦皆以黑车白帐为家。其俗牧且猎，衣以韦毳，食以肉酪。男子结发垂两耳，妇人冠以桦皮。高二尺许，往往以皂褐笼之。富者以红绡，其末如鹅鸭，名曰故故。大忌人触，出入卢帐须低回。俗无文籍，或约之以言，或刻木为契。遇食同享，难则争赴。有命则不辞，有言则不易。有上古之遗风焉。以诗叙其实云：极目山川无尽头，风烟不断水长流。如何造物开天地，到此令人放马牛。饮血茹毛同上古，峨冠结发异中州。圣贤不得垂文化，历代纵横只自由。

又四程，西北渡河，乃平野。其旁山川皆秀丽，水草且丰美，东西有故城。基趾若新，街衢巷陌可辨，制作类中州。岁月无碑刻可考，或云契丹所建。既而地中得古瓦，上有契丹字。盖辽亡，士马不降者西行所建城邑也。又言，西南至寻思干城万里外，回纥国最佳处。契丹都焉。历七帝。六月十三日，至长松岭后宿。松栝森森，千云蔽日。多生山阴涧道间，山阳极少。十四日，过山、度浅河，天极寒，虽壮者不可当。是夕，宿平地。十五日，晓起，环帐皆薄冰。十七日，宿岭西，时初伏矣。朝暮亦有冰，霜已三降。河水有澌，冷如严冬。土人云：常年五六月有雪，今岁幸晴暖。师易其名曰大寒岭。凡遇雨多雹，山路盘曲，西北且百余里。既而复西北，始见平地。有石河长五十余里，岸深十余丈。其水清冷可爱，声如鸣玉。峭壁之间，有大葱，高三四尺。涧上有松，皆十余丈。西山连延，上有乔松郁然。山行五六日，峰回路转，林峦秀茂。下有溪水注焉，平地皆松桦杂木，若有人烟状。寻登高岭，势若长虹，壁立千仞。俯视海子，渊深恐人。二十八日，泊窝里朵之东。宣使往奏禀皇后，奉旨请师渡河。其水东北流，潦漫没轴，绝流以济。入营，驻车南岸，车帐千百。日以醍醐湩酪为供。汉、夏公主皆送寒具等食。黍米斗，白金十两，满五十两可易面八十斤。盖面出阴山之后二千余里，西域贾胡以汇驼负至也。中伏帐房无蝇，窝里朵、汉语行宫也。其车舆亭帐，望之俨然。古之大单于未有若此之盛也。七月九日，同宣使西南行。五六日，屡见山上有雪，山下往往有坟墓。及升高陵，又有祀神之迹。又三二日，历一山。高峰如削，松极郁茂，而有海子。南出大峡，则一水西流，杂木丛映于水之阳。韭茂如芳草，夹道连数十里。北有故城曰曷剌肖，西南过沙场二十里许，水草极少。始见回纥决渠灌麦。又五六日，逾岭而南，至蒙古营，宿拂庐。旦行，迤逦南山，望之有雪。因以诗纪其行：当时悉达悟空晴，发轸初来燕子城。抚州是也。北至大河三月数，即陆局河也，四月尽到约二千余里。西临积雪半年程。即此地也。山常有雪，东至陆局河约五千里，七月尽到。不能隐地回风坐，道法有回风隐地攀斗藏天之术却使弥天逐日行。行到水穷山尽处，斜阳依旧向西倾。邮人告曰："此雪山北，是田镇海八剌喝孙也。"八剌喝孙、汉语为城。中有仓廪，故又呼曰仓头。七月二十五日，有汉民工匠，络绎来迎。悉皆欢呼归礼，以彩幡华盖香花前导。又有章宗二妃：曰徒单氏，曰夹谷氏，及汉公主母钦圣夫人袁氏。号泣相迎，顾谓师曰："昔日稔闻道德高风，恨不一见。不意此地有缘也！"翌日，阿不罕山北镇海来谒，师与之语曰："吾寿已高，以皇帝二诏丁宁，不免远行，数千里方临治下。沙漠中多不以耕耘为务，喜见此间秋稼已成。余欲于此过冬，以待銮舆之回。何如？"宣使曰："父师既有法旨，仲禄不敢可否。"惟镇海相公度之，公曰："近有敕诸处官员，如遇真人经过，无得稽其程，盖欲速见之也。父师若需于此，则罪在镇海矣。愿亲从行，凡师之所用，敢不备。"师曰："因缘如此？"当十日行。公曰："前有大山高峻，广泽沮陷，非车行地。宜减车从轻骑以进，用其言。"留门弟子宋道安辈九人，选地为观。人不召而至、壮者效其力、匠者效其技、富者施其财。圣堂方丈，东厨西庑，左右云房。无瓦，皆土木。不一月落成。榜曰：栖霞观，时穄黍在地。八月初霜降，居人促收麦，霜故也。大风傍北山西来，黄沙蔽天，不相物色。师以诗自叹云：某也东西南北人，从来失道走风尘。不堪白发垂垂老，又蹈黄沙远远巡。未死且令观世界，残生无分乐天真。四山五岳多游遍，八表飞腾后入神。

八日，携门人虚静先生赵九古辈十人，从以二车，蒙古驿骑二十余。傍大山西行，宣使刘公、镇海相公又百骑。李家奴、镇海从者也。因曰："前此山下精截我脑后发，我甚恐。"镇海亦云："乃满国王亦曾在此为山精所惑，食以佳馔。"师默而不答。西南约行三日，复东南过大山，经大峡，中秋日抵金山东北。少驻复南行。其山高大，深谷长坂，车不可行。三太子出军，始辟其路。乃命百骑拘绳，县辕以上，缚轮以下，约行四程。连度五岭，南出山前，临河止泊。从官连幕为营，因水草便，以待铺牛驿骑。数日乃行，有诗三绝云：八月凉风爽气清，那堪日暮碧天晴。欲吟胜概无才思，空对金山皓月明。其二云：金山南面大河流，河曲盘醒赏素秋。秋水暮天山月上，清吟独啸夜光求。其三云：金山虽大不孤高，四面长托拽脚牢。横截山天心腹树，干云蔽日竟呼号。渡河而南，前经小山，石杂五色，其旁草木不生。首尾七十里，复有二红山当路。又三十里，咸卤地中，有一小沙井。因驻程挹水为食，傍有青草，多为羊马践履。宣使与镇海议曰："此地最难行处。相公如何则可。"公曰："此地我知之久矣。"同往谘师公曰："前至白骨甸，地皆黑石。约行二百余里，达沙陀北边。颇有水草，更涉大沙陀百余里。东西广袤，不知其几千里。"及回纥城，方得水草。师曰："何谓白骨甸？"公曰："古之战场。凡疲兵至此，十无一还，死地也。顷者乃满大势，亦败于是。"遇天晴昼行，人马往往困毙。惟暮起夜度，可过其半。明日向午，得水草矣。少憩俟晡时即行，当度沙岭百余，若舟行巨浪然。又明日辰巳间，得达彼城矣。夜行良便，但恐天气黯黑，魑魅魍魉为祟，我辈当涂血马首以压之？师乃笑曰："邪精妖鬼，逢正人远避。书传所载，其孰不知。道人家何忧此事？"日暮遂行，牛乏，皆道弃之。驭以六马，自尔不复用牛矣。初在沙陀北，南望天际若银霞，问之左右皆未详。师曰："多是阴山。"翌日，过沙陀，遇樵者再问之。皆曰："然。"于是途中作诗云："高如云气白如沙，远望那知是眼花。渐见山头堆玉屑，远观日脚射银霞。横空一字长千里，照地连城及万家。从古至今常不坏，吟诗写向直南夸。八月二十七日，抵阴山后。回纥郊迎，至小城北，酋长设蒲萄酒及名果大饼浑葱，裂波斯布，人一尺。乃言曰："此阴山前三百里和州也。"其地大热，蒲萄至夥。翌日，沿川西行，历二小城，皆有居人。时禾麦初熟，皆赖泉水浇灌，得有秋，少雨故也。西即鳖思马大城，王官士庶僧道教数百，具威仪远迎。僧皆赭衣，道士衣冠与中国特异。泊于城西蒲萄园之上阁，时回纥王部族劝蒲萄酒，供以异花杂果名香。且列侏儒伎乐，皆中州人。士庶日益敬，侍坐者有僧道儒，因问风俗。乃曰："此大唐时北庭端府，景龙二年。杨公何为大都护，有德政，诸夷心服。惠及后人，于今赖之。"有龙兴西寺二石刻在，功德焕然可观。寺有佛书一藏，唐之边城，往往尚存。其东数百里，有府曰西凉。其西三百余里，有县曰轮台。师问曰："更几程得至行在？"皆曰："西南更行万余里即是。"其夜风雨作，园外有大树，复出一篇示众云：夜宿阴山下，阴山夜寂寥。长空云黯黯，大树叶萧萧。万里涂程远，三冬气候韶。全身都放下，一任断蓬飘。

九月二日，西行。四日，宿轮台之东，迭屑头目来迎。南望阴山，三峰突兀倚天。因述诗赠书生李伯祥，生相人。诗云：三峰并起插云寒，四壁横陈绕涧盘。雪岭界天人不到，冰池耀日俗难观。人云，向此冰池之间观看，则魂识昏昧。岩深可避刀兵害，其岩险固，逢乱世坚守，则得免其难。水众能滋稼穑乾。下有泉源。可以灌溉田禾，每岁秋成。名镇北方为第一，无人写向画图看。又历二城，重九日，至回纥昌八刺城。其王畏午儿与镇海有旧。率众部族及回纥僧皆远迎。既入，斋于台上。泊其夫人劝蒲萄酒，且献西瓜。其重及秤，甘瓜如枕许，其香味盖中国未有也。园蔬同中区，有僧来侍坐，使译者问看何经典。僧云：剃度受戒，礼佛为师，盖此以东昔属唐。故西去无僧道，回纥但礼西方耳。翌日，并阴山而西，约十程，又度沙场。其沙细。遇风则流，状如惊涛，乍聚乍散，寸草不萌。车陷马滞，一昼夜方出，盖白骨甸大沙分流也。南际阴山之麓，逾沙。又五日，宿阴山北，诘朝南行。长坂七八十里，抵暮乃宿。天甚寒，且无水。晨起，西南行约三十里，忽有大池，方圆几二百里。雪峰环之，倒影池中，师名之曰天池。沿池正南下，左右峰峦峭拔，松桦阴森，高逾百尺。自巅及麓，何啻万株。众流入峡，奔腾汹涌，曲折萦环，可六七十里。二太子扈从西征，始鉴石理道。刊木为四十八桥，桥可并车。薄暮，宿峡中，翌日方出。入东西大川，水草盈秀，天气似春。稍有桑枣，次及一程。九月二十七日，至阿里马城，铺速满国王暨蒙古塔剌忽只领诸部人来迎。宿于西果园，土人呼果为阿里马。盖多果实，以是名其城。其地出帛，目曰秃鹿麻。盖俗所谓种羊毛织成者，时得七束为御寒衣，其毛类中国。柳花鲜洁细软，可为线为绳，为帛为绵。农者亦决渠灌田，土人惟以瓶取水，戴而归。及见中原汲器，喜曰：桃花石诸事皆巧，桃花石谓汉人也。师自金山至此，以诗纪其行云：金山东畔阴山西，千岩万壑横深溪。溪边乱石当道卧，古今不许通轮蹄。前年军兴二太子，修道架桥彻溪水。三太子修金山。二太子修阴山。今年吾道欲西行，车马喧闹复经此。银山铁壁千万重，争头竞角夸清雄。日出下观沧海近，月明上与天河通。参天松如笔管直，森森动有百余尺。万株相倚郁苍苍，一鸟不鸣空寂寂。羊肠孟门压太行，比斯太略犹寻常。双车上下苦敦擪，百骑前后多惊惶。天池海在山头上，百里镜空含万象。县车束马西下山，四十八桥低万丈。河南海北山无穷。千变万化规模同。未若茈山太奇绝，磊落峭拔如神功。我来时当八九月，半山已上皆为雪。山前草木暖如春，山后衣衾冷如铁。连日所供胜前。

又西行四日，至答剌速没辇没辇河也。水势深阔，抵西北流从东来，截断阴山，河南复是雪山。十月二日，乘舟以济，南下至一大山。北有一小城，又西行。五日，宣使以师奉诏来，去行在渐近。先往驰奏，独镇海公从师西行。七日，度西南一山，逢东夏使回，礼师于帐前，因问来自何时。使者曰："自七月十二日辞朝，帝将兵追算端汗至印度。"明日，遇大雪，至回纥小城。雪盈尺，日出即消。十有六日，西南过板桥，渡河。晚至南山，下即大石林牙，大石学士林牙小名。其国王辽后也。自金师破辽，大石林牙领众数千走西北。移徙十余年，方至此地。其风土气候，与金山以北不同。平地颇多以农桑为务，酿蒲萄为酒，果实与中国同。惟经夏秋无雨，皆疏河灌溉，百谷用成。东北西南，左山右川，延袤万里。传国几百年，乃满失国依大石。士马复振，盗据其土，继而算端西削其地。天兵至，乃满寻灭，算端亦亡。又闻前路多阻，适坏一车，遂留之。十有八日，沿山而西。七八日，山忽南去，一石城当途。石色尽赤，有驻军古迹。西有大塚，若斗星相联。又渡石桥，并西南山行五程，至塞蓝城。有小塔，回纥王来迎入馆。十一月初，连日雨大作。四日，土人以为年，傍午相贺。是日虚静先生赵九古语尹公曰："我随师在宣德时，觉有长往之兆，颇倦行役。蒙师训道，人不以死生动心，不以苦乐介怀，所适无不可。今归期将至，公等善事父师。"数日，示疾而逝，盖十一月五日也。师命门弟子九古于郭东原上。即行，西南复三日，至一城。其三亦回纥，年已耄矣。备迎送礼，供以汤饼。明日，又历一城。复行二日，有河，是为霍阐没辇。由浮桥渡，泊于西岸，河桥官献鱼于田相公。巨口无鳞，其河源出东南二大雪山间。色浑而流急，深数丈，势倾西北，不知其几千里。河之西南，绝无水草者二百余里。即夜行，复南，望大雪山而西。山形与邪米思干之南山相首尾，复有诗云：造物峥嵘不可名，东西罗列自天成。南横玉峤连峰峻，北压金沙带野平。下枕泉源无极润，上通霄汉有余清。我行万里慵开口，到此狂吟不胜情。

又至一城，得接水草。复经一城，回纥头目远迎。饭于城南，献蒲萄酒，且使小儿为缘竿舞刀之戏。再经二城，山行半日，入南北平川。宿大桑树下，其树可荫百人。前至一城，临道一井，深逾百尺，有回纥叟驱一牛拘辘轳汲水以饮渴者，初帝之西征也。见而异之，命蠲其赋役。仲冬十有八日，过大河，至邪米思干大城之北。太师移剌国公及蒙古、回纥帅首载酒郊迎。大设帷幄，因驻车焉。宣师刘公以路梗留，坐中白师曰："顷知千里外有大河，以舟梁渡，土寇坏之。况复已及深冬，父师似宜来春朝见。"师从之。少焉，由东北门入。其城因沟岸为之。秋夏常无雨，国人疏二河入城，分绕巷陌。比屋得用，方算端氏之未败也。城中常十万余户，国破而来，存者四之一，其中大率多回纥人。田园不能自主，须附汉人及契丹河西等。其官长亦以诸色人为之。汉人工匠，杂处城中，有冈高十余丈，算端氏之新宫据焉。太师先居之，以回纥艰食。盗贼多有，恐其变，出居于水北，师乃住宫。叹曰："道人任运逍遥，以度岁月。白刃临头犹不畏惧，况盗贼未至，复预忧乎？"且善恶两途，必不相害。从者安之。太师作斋，献金段十，师辞不受。遂月奉米面盐油果菜等物，日益尊敬。公见师饮少，请以蒲萄百斤作新酿。师曰："何必酒邪？但如其数得之待宾客足矣。"其蒲萄经冬不坏，又见孔雀大象，皆东南数千里印度国物。师因暇日出诗一篇云：二月经行十月终，西临回纥大城墉。塔高不见十三级，以瓦刻镂玲珑，外无层级，内可通行山厚已过千万重。秋日在郊犹放象，夏云无雨不从龙。嘉蔬麦饭蒲萄酒，饱食安眠养素慵。

师既住冬，宣使洎相公镇海遣曷剌等同一行使臣，领甲兵数百，前路侦伺。汉人往往来归依，时有算历者在旁。师因问五月朔日食事，其人云：此中辰时食至六分止。师曰："前在陆局河时，午刻见其食，既又西南至金山，人言巳时食至七分，此三处所见各不同。按孔颖达春秋疏，月体映日则日食，以今料之。盖当其下即见其食，既在旁者，则千里渐殊耳。正如以扇翳镫，扇影所及，无复光明。其旁渐远，则镫光渐多矣。"师一日至故宫中，遂书凤栖梧词于壁，其一云：一点灵明潜启悟，天上人间，不见行藏处。四海八荒惟独步，不空不有谁能睹。瞬目扬眉全体露，混混茫茫。法界超然去。万劫轮回遭一遇，九元齐上三清路。其二云：日月循环无定止，春去秋来，多少荣枯事。五帝三皇千百祀，一兴一废长如此，死去生来生复死，轮回变化何时已。不到无心休歇地，不能清净超于彼。又诗二首，其一云：东海西秦数十年，精思道德究重元。日中一食那求饱，夜半三更强不眠。实迹未谐霄汉举，虚名空播朔方传。直教大国垂明诏，万里风沙走极边。其二云：弱冠奉真傍海涛，中年遁迹陇山高。河南一别升黄鹄，塞北重宣钓巨鳌。无极山川行不尽，有为心迹动成劳。也知六合三千界，不得神通未可逃。是年闰十二月将终，侦骑回。同宣使来白父师，言二太子发军复整舟梁，土寇已灭。曷剌等诣营谒太子，言师欲朝帝所。复承命云："上驻跸大雪山之东南，今则雪积山门百余里。深不可行，此正其路尔。为我请师来此听候良便。"来时当就彼城中遣蒙古军护送，师谓宣差曰："闻河以南千里绝无种养，吾食须米面蔬菜。可回报太子帐下，壬午之春正月。杷榄始华，类小桃，俟秋采其实食之，味如胡桃。"二月二日春分，杏花巳落。司天台判李公辈请师游郭西宣使泊诸官载蒲萄酒以从。是日，天气晴霁，花木鲜明。随处有台池楼阁，闲之蔬辅，憩则藉草，人皆乐之谈元论道。时复引觞，日昃方归，作诗云：阴山西下五千里，大石东过二十程，雨霁雪山遥惨淡，春分河府近清明。邪米思干大城大石有国，时名为河中府。园林寂寂鸟无语，花木虽茂。并无飞禽。风日迟迟花有情。同志暂来闲睥睨，高吟归去待升平。望日乃一百五旦太上真元节也。时僚属请师复游郭西，园林相接百余里，虽中原莫能过，但寂无鸟声耳。遂成二篇，以示同游。其一云：二月中分百五期，元元下降日迟迟。正当月白风清夜，更好云收雨霁时。市地园林行不尽，照天花木坐观奇。未能绝粒成嘉遁，且向无为乐有为。其二云：深蓄古迹尚横陈，大漠良朋欲偏寻。旧日亭台随处列，向年花卉逐时新。风光甚解流连客，夕照那堪断送人。窃念世间酬短景，何如天外饮长春。

三月上旬，阿里鲜至自行宫传旨云：真人来自日出之地，跋涉山川，勤劳至矣。今朕已回，叵欲闻道，无倦迎我。次谕宣使仲禄曰："尔持诏征聘，能副朕心。"他日当置汝善地，复谕镇海曰："汝护送真人来甚勤，余惟汝嘉，仍敕万户播鲁只以甲士千人卫过铁门。"师问阿里鲜以途程事，对曰："春正月十有三日自此初发。"驰三日，东南过铁门，又五日。过大河，二月初吉。东南过大雪山，积雪甚高，马上举鞭测之，犹未及其半。下所踏者复五尺许。南行三日，至行宫矣。且师至次第奏讫，上悦，留数日方回。师遂留门人尹公志平辈三人于馆，以侍行五六人同宣使辈。三月十有五日启行。四日，过碣石城，预传圣旨。令万户播鲁只领蒙古、回纥军一千护送。过铁门，东南度山。山势高大，乱石纵横，众军挽车，两日方至。前山，沿流南行，军即北入大山破贼。五日，至小河，亦船度。两岸林木茂盛。七日，舟济大河，即阿母没辇也，乃东南行，晚泊古渠上。渠边芦苇满地，不类中原所有，其大者经冬叶青而不凋。因取以为杖，夜横辕下，辕覆不折。其小者叶枯春换。少南，山中有大实心竹，士卒以为戈戟。又见蜥蜴，皆长三尺许。色青黑，时三月二十九日也。因作诗云：志道既无成，天魔深有惧。东辞海上来，西望日边去。鸡犬不闻声，马牛更递铺。千山及万水，不知是何处。

又四日，得达行在，上遣大臣喝剌播得来迎，时四月五日也。馆舍定，即入见。上劳之曰："他国征聘皆不应，今远逾万里而来，朕甚嘉焉。"对曰："山野奉诏而赴者，天也。"上悦，赐坐，食次。问真人远来，有何长生之药以资朕乎？师曰："有卫生之道，而无长生之药。"上嘉其诚实，设二帐于御幄之东以居焉。译者问曰："人呼师为腾吃利蒙古孔。译语谓天人也。自谓之邪，人称之邪。"师曰："山野非自称，人呼之耳。"译者再至曰："旧奚呼！奏以山野四人事重阳师学道，三子羽花矣。"惟山野处世，人呼以先生。上问镇海曰："真人当何号？"镇海奏曰："有人尊之曰师父者、真人者、神仙者。"上曰："自今以往，可呼神仙。"时适炎热，从车驾卢于雪山避暑。上约四月十四日问道，外使田镇海、刘仲禄、阿里鲜记之，内使近侍三人记之。将及期，有报回纥山贼指斥者，上欲亲征。因改卜十月吉，师乞还旧馆。上曰："再来不亦劳乎？"师曰："两旬可矣。"上又曰："无护送者。"师曰："有宣差杨阿狗。"又三日，命阿狗督回纥酋长以千余骑从行，由佗路回，遂历大山。山有石门，望如削蜡，自巨石横其上若桥焉。其下流甚急，骑士策其驴以涉，驴遂溺死，水边尚多横尸。此地盖关口，新为兵所破，出峡复有诗二篇。其一云：水北铁门犹自可，水南石峡太堪惊。两崖绝壁搀天耸，一涧寒波滚地倾。夹道横尸人掩鼻，溺溪长耳我伤情。十年万里干戈，动早晚回军复太平。其二云：雪岭皑皑上倚天，晨光灿灿下临川。仰观峭壁人横度，俯视危崖柏倒县。五月严风吹面冷，三焦热病当时痊。我来演道空回首，更卜良辰待下元。始师来觐，三月竟。草木繁盛，羊马皆肥，及奉诏而回，四月终矣。百草悉枯，又作诗云：外国深藩事莫穷，阴阳气候特无从。才经四月阴魔尽，春冬霖雨。四月纯阳绝无雨。却早弥天旱魃凶。浸润百川当九夏，以水溉田，摧残万草若三冬。我行往复三千里，三月去，五月回。不见行人带雨容。路逢征西人回，多获珊瑚。有从官以白金二锭易之。近五十株，高者尺余。以其得之马上，不能完也。继日乘凉宵征，五六日达邪米思干，大石名河中府。诸官迎师入馆。即重午日也。

长春真人西游记卷下

　　宣差李公东迈，以诗寄东方道众云：当时发轫海边城，海上干戈尚未平。道德欲兴千里外，风尘不惮九夷行。初从西北登高岭，即野狐岭。渐转东南指上京。陆向河东畔东南望，上京也。迤逦直西南下去，西南四千里到兀里朵，又西南二千里到阴山。阴山之外不知名。阴山西南，一重大山，一重小水，数千里到邪米思干大城。师馆于故宫。师既还馆，馆据北崖。俯清溪十余丈，溪水自雪山来，甚寒。仲夏炎热，就北轩风卧，夜则寝屋颠之台。六月，极暑，浴池中。师之在绝域，自适如此。河中壤地宜百谷，惟无荞麦大豆。四月中麦熟，土俗收之，乱堆于地，遇用即碾。六月始毕，太师府提控李公献瓜田五亩，味极甘香。中国所无，间有大如斗者。六月间，二太子回，刘仲禄乞瓜献之，十枚可重一担。果菜甚赡，所欠者芋栗耳。茄实若粗指，而色紫黑。男女皆编发，男冠则或如远山帽，饰以杂彩，刺以云物，络之以缨。自酋长以下，在位者冠之，庶人则以白么斯布属。六尺许盘于其首。酋豪之妇，缠头以罗，或皂皂或紫或绣花卉，织物象，长可六七尺。发皆垂，有袋之以绦者，或素或杂色、或以布帛为之者。不梳髻，以布帛蒙之。若比邱尼状，庶人妇女之首饰也。衣则或用白毡缝如注袋，窄上宽下，缀以袖，谓之衬衣，男女通用。车舟农器，制度颇异中原。国人皆以瑜石铜为器皿，间以磁。有若中原定磁者，酒器则纯用琉璃。兵器则以镔，市用金钱，无轮孔，两面凿回纥字。其人物多魁梧，有膂力，能负戴重物，不以担。妇人出嫁，夫贫则再嫁，远行逾三月，亦听他适。异者或有须髯，国中有称大石马者。识其国字，专掌簿籍。遇季冬，设斋一月。比暮，其长自刲羊为食，与席者同享，自夜及旦。余月则设六斋，又于危舍上跳出大木如飞笪，长阔丈余。上构虚亭，四垂缨络。每朝夕，其长登之礼西方，谓之告天。不奉佛，不奉道，大呼吟于其上。丁男女闻之，皆趋拜其下，举国皆然。不尔则弃市，衣与国人同。其首则盘以细么斯，长三丈二尺，骨以竹。师异其俗，作诗以纪其实云：回纥邱墟万里疆，河中城大最为强。满城铜器如金器，一市戎装似道装。蔜簶黄金为货赂，裁缝白毡作衣裳。灵瓜素椹非凡物，赤县何人构得尝。当暑雪山甚寒，烟云惨淡。师乃作绝句云：东山日夜气濛鸿，晚一作晓。色弥天万丈红。明月夜来飞出海，金光射透碧霄空。师在馆，宾客甚少，以经书游戏。复有绝句云：北出阴山万里余，西过大石半年居。遐荒鄙俗难论道，静室幽岩且看书。七月哉生魄，遣阿里鲜奉表诣行宫禀论道日期。八月七日，得上所批答。八日，即行，太师相送数十里。师乃曰："回纥城东新叛者二千户，夜夜火光照城，人心不安，太师可回安抚。"太师曰："在路万一有不虞，奈何？"师曰："岂关太师事，乃回。"

　　十有二日，过碣石城。十有三日，得护送步卒千人，甲骑三百。入大山中行，即铁门外别路也。涉红水涧，有峻峰高数里。谷东南行，山根有盐泉流出，见日即为白盐，因收二斗随行日用。又东南，上分水岭，西望高涧若冰，乃盐耳。山上有红盐如石，亲尝见之。东方惟下地生盐，此方山间亦出盐。回纥多饼食，且嗜盐，渴则饮水。冬寒，贫者尚负缸售之。十有四日，至铁门西南之麓，将出山。其山门险峻，左崖崩下，洞水伏流一里许。中秋抵河上，其势若黄河流。西北乘舟以济，宿其南岸。西有山寨，名团八刺，山势险固。三太子之医官郑公途中相见，以诗赠云：自古中秋月最明，凉风屈后一作候。夜弥清。一天气象沈银汉，四海鱼龙耀水精。吴、越楼台歌吹满，燕、秦部曲酒肴盈。我之帝所临河上，欲罢干戈致太平。沂河东南行三十里，乃无水。即夜行过班里，城甚大。其众新叛去，尚闻犬吠。黎明饭毕，东行数十里，有水北流。马仅能渡，东岸憩宿。二十二日，田镇海东迎，及行宫。上复遣镇海问曰：便欲见邪，且少憩邪，师曰："入见是望，且道人从来见帝无跪拜礼。"入帐，折身叉手而已。既见，赐湩酪竟，乃辞。上因问所居城内支供足乎？师对："从来蒙古、回纥太师支给，迩者食用稍难，太师独办。"翌日，又遣近侍官合住传旨曰："真人每日来就食，可乎？"师曰："山野修道之人，惟好静处，上令从便。"二十七日，车驾北回，在路屡赐蒲萄酒瓜茶食。九月朔，渡河一作航。桥而北，师奏话期将至。可召太师阿海。其月望，上设幄斋庄，退侍女，左右镫烛炜煌。惟阇利必、镇海、宣差仲禄侍于外，师与太师阿海、阿里鲜入帐坐。奏曰："仲禄万里周旋，镇海数千里远送，亦可入帐与闻道话。"于是召二人入，师有所说，即令太师阿海以蒙古语译奏，颇惬圣怀。

　　十有九日，清夜，再召师论道，上大悦。二十有三日，又宣师入幄，礼如初。上温颜以听，令左右录之。仍敕志以汉字，意示不忘。谓左右曰："神仙三说养生之道，我甚入心，使勿泄于外。"自尔扈从而东，时敷奏道化。又数日：至邪米思于大城西南三十里。十月朔，奏告先还旧居，从之，上驻跸于城之东二十里。是月六日，暨太师阿海入见，上曰："左右不去如何？"师曰："不妨。"遂令太师阿海奏曰："山野学道有年矣。常乐静处，行坐，御帐前军马杂还，精神不爽。自此或在先，或在后，任意而行，山野受赐多矣。"上从之，既出。帝使人追问曰："要秃鹿马否？"师曰："无用。"于时微雨始作，青草复生。仲冬过半，则雨雪渐多，地脉方透。目师之至斯城也。有余粮则惠饥民，又时时设粥，活者甚众。二十有六日，即行。十二月二十三日，雪寒，在路牛马多冻死者。又三日，东过霍阐没辇，大河也。至行在。闻其航桥中夜断散，盖二十八日也。帝问以震雷事。对曰："山野闻国人夏不浴于河，不浣衣、不造毡，野有菌则禁其采，畏天威也。此非奉天之道也。尝闻二千之罪，莫大于不孝者，天故以是警之。今闻国俗多不孝父母，帝乘威德，可戒其众。"上悦曰："神仙是言，正合朕心。"敕左右记以回纥字，师请遍谕国人。上从不，又集太子诸王大臣曰："汉人尊重神仙，犹汝等敬天，我今愈信。真天人也。"乃以师前后奏对语谕之，且云："天俾神仙为朕言此，汝辈各铭诸心。"师辞退，逮正旦，将帅医卜等官贺。师十有一日马首遂东，西望邪米思千千余里，驻大果园中。十有九日，父师诞日，众官炷香为寿。二十八日，太师府提控李公别去。师谓曰："再相见也无。"李公曰："三月相见。"师曰："汝不知天理，二三月决东归矣。

　　二十一日，东迁一程，至一大川东北去赛蓝约三程。水草丰茂，可饱牛马，因盘桓焉。二月上七日，师入见，奏曰："山野离海上，约三年回。今兹三年，复得归山，固所愿也。"上曰："朕已东矣，同途可乎？"对曰："得先行便，来时汉人问山野以还期。尝答云三岁。今上所谘访，敷奏讫，因复固辞。"上曰："少俟三五日，太子来，前来道话。所有未解者，朕悟即行。"八日，上猎东山下，射一大豕。马蹄失取，豕傍立不敢前，左右进马，遂罢猎还行宫。师闻之，入谏曰："天道好生，今圣寿已高，宜少出猎。坠马，天戒也！豕不敢前，天护之也！"上曰："朕已深省，神仙劝我良是。我蒙古人骑射少所习，未能遽已。虽然，神仙之言在衷焉。"上顾谓吉息利苔刺汗曰："但神仙劝我语，以后都依也。"自后两月不出猎。二十有四日，再辞朝。上曰："神仙将去，当与何物？朕将思之，更少待几日。"师知不可遽辞，徊翔以待。三月七日，又辞，上赐牛马等物。师皆不受，曰："祇得驿骑，足矣。"上问通事阿里鲜曰："汉地神仙弟子多少？"

对曰："甚众。神仙来时，德兴府龙阳观中尝见官司催督差发。"上谓曰："应于门下人悉令蠲免，仍赐圣旨文字一通，且用御宝。"因命阿里鲜河西人也为宣差，以蒙古带喝剌八海副之，护师东还。十日，辞朝行，自苔剌汗以下，皆携蒲萄酒珍果相送数十里。临别，众皆挥涕。三日，至赛蓝大城之东南，山有蛇两头，长二尺许，土人往往见之。望日，门人出郊，致奠于虚静先生赵公之墓。众议欲负其骨归，师曰："四大假躯，终为朽物。一灵真性，自在无拘。"众议乃息，师明日遂行。二十有三日，宣差阿狗追钱师于吹没辇之南岸。又十日，至阿里马城西百余里，济大河。四月五日，至阿里马城之东园。二太子之大匠张公固请曰："弟子所居营三坛四百余人，晨参暮礼，未尝懈息，且预接数日。伏愿仙慈渡河，俾坛众得以请教，幸甚。"师辞曰："南方因缘已近，不能迂路以行。"复坚请。师曰："若无佗事，即当往焉。"翌日，师所乘马突东北去，从者不能挽，于是张公等悲泣而言曰："我辈无缘，天不许其行矣！"

晚抵阴山前宿。又明日，复度四十八桥，缘溪上五十里。至天池海，东北过阴山后。行二日，方接元历金山南大河驿路，复经金山东南，北并山行。四月二十八日，大雨雪。翌日，满山皆白，又东北并山行。三日，至阿不罕山前，门人宋道安辈九人同长春、玉华会众宣差郭德全辈远迎入楼棂霞观，归依者日众。师下车时，雨再降。人相贺曰："从来此地经夏少雨，纵有雷雨，多于南北两山之间。今日沾足，皆我师道廕所致也！"居人常岁疏河灌田圃。至八日，庥麦始熟，终不及天雨。秋成则地鼠为害，鼠多白者。此地寒多，物晚结实。五月河岸土深尺余，其下坚冰亦尺许。斋后日，使人取之，南望高岭积雪，盛暑不消。多有异事，少西海子傍有风冢，其上土白垩多粉裂其上。二三月中，即风起南山，岩穴先鸣，盖先驱也。风自冢间出，初旋动如羊角者百千数。少焉，合为一风，飞沙走石，发屋拔木，势震百川，息于巽隅。又东南涧后有水磨三四，至平地则水渐微而绝。山出石灰，又东有二泉。三冬暴涨如江湖，夏潜行地中。俄而突出，鱼虾随之，或漂没居民。仲春渐消，地乃陷。西北千余里俭俭州出良铁，多青鼠，亦收庥麦，汉匠千百人居之。织绫罗锦绮，道院西南望金山，其山多雨雹。五六月间，或有大雪深丈余。北一作此。地间有沙陀，出肉苁蓉。国人呼曰唆眼，水曰兀速，草曰爱不速。深入阴山，松皆十丈许。会众白师曰：此地深蕃，太古以来，不闻正教，惟山精鬼魅惑人。自师立观，叠设醮筵，且望作会。人多以杀生为戒。若非道化，何以得然？先是壬午年，道众为不善人妒害，众不安。宋公道安书寝方丈，忽有天窗中见虚静先生赵公曰：有书至。道安问从何来？曰：天上来。受而视之。止见太清二字，忽隐去。翌日，师有书至，魔事渐消，又医者罗生，横生非毁。一日，坠马观前，折其胫。即自悔曰："我之过也，对道众服罪。"师东行，书教语一篇示众云：万里乘官马，三年别故人。干戈犹未息，道德偶然陈。论气当秋夜，对上论养生事，故云。还乡及暮春。思归无限众，不得下情伸。阿里鲜等白师曰："南路饶沙石，鲜水草，使客甚繁马甚苦，恐留滞。"师曰："分三班以进，吾徒无患矣。"五月七日，令宋道安、夏志诚、宋德方、孟志温、何志坚、潘德冲六人先行。十有四日，师挈尹志平、王志明、于志可、鞠志圆、杨志静、綦志清六人次之。饯行者夹谷妃、郭宣差、李万户等数十人，送二十里，皆下马再拜泣别。师策马亟进。十有八日，张志素、孙志坚、郑志修、张志远、李志常五人又次之，师东行十六日，过大山，山上有雪，甚寒，易骑于拂卢。十七日，师不食，但时时饮汤。东南过大沙场，有草木，其间多蚊虻。夜宿河东。又数日，师或乘车，尹志平辈谘师曰："奚疾。"师曰："余疾非医可测，圣贤琢磨故也。卒未能愈，汝辈勿虑。"众愀然不释。是夕，尹志平梦神人曰："师之疾，公辈勿忧，至汉地当自愈。"

行又经沙路三百余里，水草绝少，马夜进不息，再宿乃出。地临夏人之北陲，庐帐渐广，马易得，后行者乃及师。六月二十一日，宿渔阳关，师尚未食。明日，度关而东，五十余里。丰州元帅以下来迎，宣差俞公请泊其家，奉以汤饼。是日辄饱食，继而设斋，饮食乃如故。道众相谓曰："清和前日之梦，验不虚矣。"时已季夏，北轩凉风。入坐，俞公以玺纸求书。师书之曰：身间无俗念，鸟宿至鸡鸣。一眼不能睡，寸心何所萦。云收溪月白，炁爽谷神清。不是朝昏坐，行功扭捏成。七月朔复起。三日，至下水。元帅夹谷公出郭来迎，馆于所居，来瞻礼者无虑千人。元帅日益敬，有鸡雁三。七夕日，师游郭外，放之海子中。少焉，翔戏于风涛之间，容与自得。师赋诗曰：养尔存心欲荐庖，逢吾善念不为肴。扁舟送在鲸波里，会待三秋长六梢。又云，两两三三好弟兄，秋来羽翼未能成。放归碧海深沈处，浩荡波澜快野情。翌日乃行。是月九日，至云中，宣差总管阿不合与道众出郭，以步辇迎归于第，楼居二十余日。总管以下，晨参暮礼，云中士大夫日来请教。以诗赠之云：得旨还乡早，乘春造物多。三阳初变化，一气自冲和。驿马程程送，云山处处罗。京城一万里，重到即如何。十有三日，宣差阿里鲜欲往山东招谕，恳求与门弟子尹志平行。师曰："天意未许，虽往何益？"阿里鲜再拜曰："若国主临以大军，生灵必遭杀戮，愿父师一言垂慈。"师良久曰："虽救之不得，犹愈于坐视其死也。"乃令清和同往，即付招谕书二副。又闻宣德以南，诸方道众来参者多，恐随庵困于接待，令尹公约束。付亲笔云：长行万里，一去三年，多少道人，纵横无赖者。尹公到日，一面施行，勿使教门。有妨道化，众生福薄。容易转流，上山即难，下坡省力耳。宣德元帅移剌公遣常使持书至云中，以所乘马奉师。

八月初，东迈杨河，历白登、天城、怀安、渡浑河，凡十有二日至宣德。元帅具威仪出郭西远迎，师入居州之朝元观，道友敬奉。遂书四十字云：万里游生界，三年别故乡。回头身已老，过眼梦何长。浩浩天空阔，纷纷事杳茫。江南及塞北，从古至今常。道众且云：去冬有见虚静先生赵公牵马自门入者，众为之出迎，忽而不见。又德兴、安定亦有人见之，河朔州府王官将帅及一切士庶，争以书疏来请，若辐辏然。止回答数字而已，有云：王室未宁，道门先旸。开度有缘，恢宏无量。群方帅首，志心归向。恨不化身，分酬众望。十月朔，作醮于龙门川。望日，醮于本州朝元观。十一月望，宋德方等以向日过野狐岭见白骨所发愿心，乃同太君尹千亿醮于德兴之龙阳观，济渡孤魂。前数日稍寒，及设醮，二夜三日，有如春，醮毕。元帅贾昌至自行在，传旨，神仙自春及夏，道途匪易。所得食物驿骑好否？到宣德等处，有司在意馆谷否？招谕在下人户得来否？朕常念神仙，神仙无忘朕。十二月既望，醮于蔚州三馆。师于龙阳住冬，旦夕常往龙冈间步。下视德兴，以兵革之后，邨落萧条。作诗以写其意云：昔年林木参天合，今日邨坊遍地开。无限苍生临白刃，几多华屋变青灰。又云：豪杰痛吟千万首，古今能有几多人。研穷物外闲中趣，得脱轮回泉下尘！甲申之春二月朔，醮于缙山之秋阳观。观在大翮山之阳，山水明秀，松萝烟月，道家之地也。以诗题其概云：秋阳观后碧岩深，万顷烟霞插翠岑。一径桃花春水急，弯环流水洞天心。又云：群山一带碧嵯峨，上有群仙日夜过。洞府深沈人不到，时闻岩壁洞仙歌。燕京行省金紫石抹公、宣差便宜刘公以下诸官，遣使者持疏恳请师住大天长观。许之，既而以驿召，乃度居庸而南。燕京道友，来迎于南口神游观。明旦，四远父老士女，以香花导师入京，瞻礼者塞路。初师之西行也，众请还期。师曰："三载归、三载归，"至是果如其言。以上七日入天长观，斋者日千人。望日，会众请赴玉虚观。是月二十五日，喝剌至自行宫。传旨，神仙至汉地，以清净道化人，每日与朕诵经祝寿，甚好。教神仙好田地内爱住处住，道与阿里鲜。神仙寿高，善为护持，神仙无忘朕旧言。仲夏，行省金紫石抹公、便宜刘公再三持疏请师住持大天长观。是月二十有二日，赴其请。空中有数鹤前导，俲西北而去。自师寓玉虚，或就人家斋，常有三五鹤飞鸣其上。北方从来奉道者鲜，至是圣贤欲使人归向，以此显化耳。八会之众，皆稽首拜跪，作道家礼，时俗一变。玉虚井水旧咸苦，甲申乙酉年，西来道众甚多，水味变甘。亦善缘所致也！季夏望日，宣差相公扎八传旨，自神仙去，朕未尝一日忘神仙。神仙无忘朕，朕所有之地。爰愿处即住，门人恒为朕诵经祝寿。则嘉，自师之复来，诸方道侣云集。邪说日寝，京人翕然归慕，若户晓家谕。教门四辟，百倍往昔，乃建八会于天长。曰平等、曰长春、曰灵宝、曰长生、曰明真、曰平安、曰消灾、曰万莲，师既归天长，远方道人继来求法名者日益众。尝以四颂示之，其一云：世情无断灭，法界有消磨。好恶萦心曲，漂沦奈尔何。其二云，有物先天贵，无名不自生。人心常隐伏，法界任纵横。其三云：徇物双眸眩，劳生四大穷。世间浑是假，心上不知空。其四云：昨日念无踪，今朝事亦同。不如齐放下，度日且空空。每斋毕，出游故苑琼华之上，从者六七人。宴坐松阴，或自赋诗，相次属和。间因茶罢，令从者歌游仙曲数阕。夕阳在山，澹然忘归。由是行省及宣差扎八相公北宫园池并其近地数十顷为献，且请为道院，师辞不受。请至于再，始受之。既而又为颁文榜以禁樵采者，遂安置道侣，日益修葺。后具表以闻，上可其奏。自尔佳时胜日，师未尝不往来乎其间。寒食日作春游诗二首，其一云：十顷方池间御园，森森松柏罩清烟。亭台万事都归梦，花柳三春却属仙。岛外更无清绝地，人间惟有广寒天。深知造物安排定，乞与官民种祸田。其二云：清明时节杏花开，万户千门日往来。岛外茫茫春水阔，松间猎猎暖—作晓风回。游人共叹斜阳逼，达士犹嗟短景催。安得大丹冥换骨，化身飞上郁罗台。

　　乙酉四月，宣抚王公巨川请师致斋于其第，公关右人也。因话咸阳终南竹木之盛，请师看庭竹。师曰："此竹殊秀，兵火而后，盖不可多得也。"我昔居于磻溪，茂林修竹，真天下之奇观。思之如梦，今老矣。归期将至，当分我数十竿。植宝元之北轩，聊以遮眼。宣抚曰：天下兵革未息，民甚倒悬。主上方尊师重道，赖师真道力保护生灵，何遽出此言邪？愿垂大慈，以救世为念。师以杖叩地，笑而言曰："天命已定，由人乎哉？"众莫测其意，夏五月终，师登寿乐山颠。四顾园林，若张翠幄，行者休息其下，不知暑气之甚也。因赋五言律诗云：地土临边塞，城池压古今。虽多坏宫阙，尚有好园林。绿树攒攒密，清风阵阵深。日游仙岛上，高视八纮吟。一日，师自琼岛回，陈公秀玉来见。师出示七言律诗云：苍山突兀倚天孤，翠柏阴森绕殿扶。万顷烟霞常自有，一川风月等间无。乔松挺拔来深涧，异石嵌空出太湖。尽是长生间活计，修真荐福迈京都。九月初吉，宣抚王公以荧惑犯尾宿，主燕境灾。将请师作醮，问所费几何。师曰："一物失所，犹怀不忍，况阖境乎？比年以来，民苦征役，公私交罄。我当以观中常住物给之，但令京官斋戒以待行礼足矣。余无所用也！"於是约作醮两昼夜，师不惮其老，亲祷于元坛。醮竟之夕，宣抚喜而贺之曰："荧惑已退数舍，我辈无复忧矣。师之德感，一何速哉！"师曰："余有何德，祈祷之事，自古有之，但恐不诚耳。古人曰：至诚动天，此之谓也。"重九日，远方道众咸集，或以菊为献。师作词一阕寓声恨欢迟云：一种灵苗体性殊，待秋风冷透根株。散花开百亿，黄金嫩，照天地清虚。九日持来满座隅。坐中观眼界如如，类长生久视。无凋谢，称作伴间居。继而有奉道者，持茧纸大轴，来求亲笔，以凤棲梧词书之云：得好休来休便是，赢取逍遥，免把身心使。多少聪明英烈士，忙忙虚负平生志。造物推移无定止。昨日欢歌，今日愁烦至。今日不知明日事，区区著甚劳神思。

　　一日，或有质是非于其前者，师但漠然不应，以道义释之。复示之以颂曰：拂拂拂，拂尽心头无一物。无物心头是好人，好人便是神仙佛。其人闻之，自愧而退。丙戌正月，盘山请师黄录醮三昼夜。是日，天气晴霁，人心悦怿，寒谷生春，将事之夕。以诗示众云：诘曲乱出深，山高快客心。群峰争挺拔，巨壑太萧森。似有飞仙过，殊无宿鸟吟。黄冠三日醮，素服万家临。五月，京师大旱，农不下种，人以为忧。有司移市立坛恳祷，前后数旬无应。行省差官赍疏，请师为祈雨醮三日两夜。当设醮请圣之夕，云气四合，斯须雨降，自夜半及食时未止。行省委官奉香火来谢曰："京师久旱，四野欲然。五谷未种，民不聊生。赖我师道力，感通上真，以降甘澍。"

百姓金曰："神仙雨也。"师答曰："相公至诚所感，上圣垂慈，以活生灵，吾何与焉？"使者出，复遣使来告曰："雨则既降，奈久旱未沾足，何更得滂沱大作，此旱可解，愿我师慈悲。"师曰："无虑。人以至诚感上真，上真必以诚报人，大雨必至。"斋未竟，雨势海立。是岁有秋，名公硕儒皆以诗来贺。一日，有吴大卿德明者，以四绝句来上，师复次韵答之。其一云：燕国蟾宫即此州，超凡入圣洞宾俦。一时鹤驾归蓬岛，万劫仙乡出土邱。其二云：我本深山独自居，谁能天下众人誉。轩辕道士来相访，不解言谈世俗书。其三云：莫把闲人作等闲，闲人无欲近仙班。不于此日开心地，更待何时到宝山。其四云：混沌开基得自然，灵明翻小大椿年。出生入死常无我，跨古腾今自在仙。又题支仲元画得一、元保、元素三仙图云：得道真仙世莫穷，三师何代显灵踪。直教御府相传授，阅向人间类赤松。又奉道者求颂以七言绝句示之云：朝昏忽忽急相催，暗换浮生两鬓丝。造物戏人俱是梦，是非向日又何为。

　　师自受行省众官疏以来，悯天长之圣位殿阁，常住堂宇。皆上颓下圮，至于窗户阶砌，毁撤殆尽。乃命其徒，日益修葺。罅漏者补之，倾斜者正之，断手于丙戌，皆一新之。又创修寮舍四十余间，不假外缘，皆常住自给也。凡遇夏月，令诸斋舍不张镫。至季秋稍亲之，所以豫火备也。十月，下宝元、居方壶。每夕，召众师德以次坐。高谈清论，或通宵不寐。仲冬十有三日夜半，振衣而起，步于中庭。既还坐，以五言律诗示众云：万象弥天阔，三更坐地劳。参横西岭下，斗转北辰高。大势无由遏，长空不可韬。循环谁主宰，亿劫自坚牢。丁亥，自春及夏又旱。有司祈祷屡矣，少不获应。京师奉道会众一日谒师为祈雨醮，既而消灾等会亦请作醮。师徐谓曰："吾方留意醮事，公等亦建此议，所谓好事不约而同也。"公等两家但当殷勤，遂约以五月一日为祈雨醮。初三日为贺雨醮，三日中有雨，是名瑞应雨。过三日虽得非醮家雨也。或曰："天意未易度，师对众出是语，万一失期，能无招小人之訾邪？"师曰："非尔所知也。"及醮，竟曰："雨乃作。"翌日，盈尺，越三日，四天廓清。以终谢雨醮事。果如其言，时暑气烦燠。元帅张资允者请师游西山，再四过观，师赴之。翼日斋罢，雨后游东山庵，师与客坐于林间。日夕将还，以绝句示众云：西山爽气清，过雨白云轻。有客林中坐，无心道自成。既还元帅第，楼居数日。来听道话者，竟夕不寐，又应大谷庵请。次日，清梦庵请。其夕，大雨自北来，雷电怒合，东西震耀。师曰："此道之用也。得道之人，威光烜赫，无乎不在，雷电莫能匹也。"夜深客散，师偃息草堂。须臾，风雨骇至，怒霆一震，窗户几裂。少焉收声，人皆异之。或曰："霹雳当洊至，何一举而息邪？"有应者曰："无乃至人在兹，雷师为之霁威乎？"既还。

　　五月二十有五日，道人王志明至自秦州，传旨改北宫仙岛为万安宫，天长观为长春宫，诏天下出家善人皆隶焉。且赐以金虎牌，道家事一仰神仙处置。小暑后，大雨屡至，暑气愈炽。以七言诗示众云：溽暑熏天万里遥，洪波拍海大川潮。嘉禾已见三秋熟，旱魃仍闻五月消。百姓共忻生有望，三军不待令方调。实由道化行无外，暗赐丰年助圣朝。自琼岛为道院，樵薪捕鱼者绝迹数年。园池中禽鱼蕃育，岁时游人往来不绝。斋余，师乘马日凡一往。六月二十有一日，因疾不出，浴于宫之东溪。二十有三日，人报巳午间雷雨大作。太液池之南岸崩裂，水入东湖，声闻数十里。鼋鼍鱼鳖尽去，池遂枯涸。北口山亦摧，师闻之，初无言。良久，笑曰："山摧池枯，吾将与之俱乎？"七月四日，师谓门人曰："昔丹阳尝授记于余云，吾殁之后，教门当大兴，四方往往化为道乡，公正当其时也。"道院皆赐敕名额，又当住持大宫观，仍有使者佩符乘传。勾当教门事，此时乃公功成名遂归休之时也。丹阳之言，一一皆验。若合符契，况教门中勾当人内外悉具，吾归无遗恨矣。师既示疾于宝元。一日，数如厕中，门弟子止之。师曰："吾不欲劳人，汝等犹有分别在。且厕寝奚异哉！"七月七日，门人复请曰："每日斋会，善人甚众。愿垂大慈，还堂上，以慰瞻礼。"师曰："我九日上堂去也。"是日午后留颂云：生死朝昏事一般，幻泡出没水长间。微光见处跳乌兔，立量开时纳海山。挥斥八纮如咫尺，吹嘘万有似机关。狂辞落笔成尘垢，寄在时人妄听间。遂登葆元堂归真焉。异香满室，门人捻香拜别，众欲哭临。侍者张志素、武志摅等遽止众曰："真人适有遗语，令门人宋道安提举教门事。"尹志平副之，张志松又其次。王志明依旧勾当，宋德方、李志常等同议教门事。遂复举似遗世颂毕，提举宋道安等再拜而受。黎明，具麻服行丧礼，奔走赴丧者万计。宣差刘仲禄闻之，愕然叹曰："真人朝见以来，君臣道合。离阙之后，上意眷慕，未尝少忘。今师既升去，速当奏闻。"首七之后，四方道俗，远来赴丧。哀恸如丧考妣，于是求训法名者日益多。一日，提举宋公谓志常曰："今月上七日，公暨我同受师旨。法名等事，尔其代书，止用吾手字印，此事已行。姑沿袭之，继而清和大师尹公至自德兴，行祀事，既终七。提举宋公谓清和曰："吾老矣，不能维持教门，君可代吾领之也。"让至于再，清和受其托，远迩奉道。会中善众，不减往者。

戊子春三月朔，清和建议为师构堂于白云观。或曰："工力浩大，粮储鲜少，恐难成功。"清和曰："凡事要人前思，夫众可与乐成，不可与虑始，但事不私已。教门竭力，何为而不办，况先师遗德在人，四方孰不瞻仰，可不劳行化，自有人赞助此缘。公等勿疑，更或不然，常住之物，费用净尽，各操一瓢，乃所愿也。"宣差便宜刘公闻而喜之。力赞其事，遂举鞠志圆等董其役。自四月上丁，除地建址，历戊己庚。俄有平阳、太原、坚、代、蔚、应等群道人二百余，赍粮助力。肎构是堂，四旬告成。其间同结兹缘者，不能备纪。议者以为缔构之勤，虽由人力，亦圣贤阴有以扶持也。期以七月九日大葬仙师，六月间，霖雨不止。皆虑有妨葬事，既七月初吉。遽报晴霁，人心翕然和悦。前一日将事之初，乃炷香设席，以严其祀。及启柩，师容色俨然如生。远近王官士庶僧尼善众观者凡三日，日万人，皆以手加额叹其神异焉。继而喧播四方，倾心归向，来奉香火者，不可胜计。本宫建奉安道场三昼夜，豫告斋旬日。八日辰时，元鹤自西南来，寻有白鹤继至。人皆仰而异之。九日子时后，设灵宝清醮三百六十分位。醮礼终，藏仙蜕于堂，异香芬馥，移时不散。临午致斋，黄冠羽服与坐者数千人。奉道之众，又复万余，既宁神。翼日，大雨复降，人皆叹曰："天道人事，上下和应，了此一大事。非我师道德纯备，通于天地，达于神明，畴克如是乎？谅非人力所能致也。"权省宣抚王公巨川、咸阳巨族也。素慕元风，近岁又与父师相会于燕。雅怀昭映，道同气合，尊仰之诚。更甚畴昔，故会兹葬事。自为主盟，京城内外，屯以甲兵，备其不虞。罢散之日，略无惊扰。于是亲榜其堂曰处顺，其观曰白云焉。师为文，未始起稿，临纸肆笔而成。后复有求者，或辄自增损，故两存之。尝夜话，谓门弟子曰，"古之得道人，见于书传者，略而不传。失其传者，可胜言哉。余屡对汝众举近世得道之士，皆耳目所亲接者，其行事甚详，其谈道甚明。暇日当集全真大传，以贻后人。"师既没，虽尝口传其概，而后之学者，尚未见其成书。惜哉！

附　录

诏　书

成吉思皇帝敕真人邱师，省所奏应诏而来者，备悉。惟师道逾三子，德重多端。一作方。命臣奉厥元缥，驰传访诸沧海，时与愿适。天不人违，两朝屡诏而弗行。单使一邀而肯起，谓朕天启，所以身归。不辞暴露于风霜，自愿跋涉于沙碛。书章来上，喜慰何言。军国之事，非朕所期。道德之心，诚云可尚，朕以彼酋不逊。我伐用张，军旅试临，边陲底定。来从去背，实力率之故然。久逸暂劳，冀心服而后已。是用载扬威德，略驻车徒，重念云轩既发于蓬莱。一作岛。鹤驭可游于天竺，达磨东迈，元印法以传心。老氏西行，或化胡而成道。顾川途之虽阔，瞻凡杖以非遥，爰答来章。可明、朕意、秋暑、师比平安好，指不多及。

圣　旨

成吉思皇帝圣旨：道与诸处官员，每邱神仙应有底修行底院舍等，系逐日念诵经文告天底人。每与皇帝祝寿万万岁者，所据大小差发赋税都休教著者，据邱神仙底应系出家门人等随处院舍，都教免了差发税赋。者其外诈推出家，影占差发底人，每告到官司。治罪断案，主者奉到如此，不得违错。须至给照用者，右付神仙门下收执。

照使所据神仙应系出家门人精严住持院子底人等，并免差发税赋，准此。癸未羊儿年三月御宝日。宣差阿里鲜面奉成吉思皇帝圣旨邱神仙奏知来底公事，是也嚈好。我前时已有圣旨文字与你来，教你天下应有底出家善人都管著者。好的歹的，邱神仙你就便理合只你识者，奉到如此。癸未年九月二十四日。

宣差都元帅贾昌传奉成吉思皇帝圣旨：邱神仙，你春月行程别来至夏日，路上炎热艰难来。沿路好底铺马得骑来么？路里饮食广多不少来么？你到宣德州等处，官员好觑你来么？下头百姓得来么？我这里常思量著神仙你。我不曾忘了你，你休忘了我者。癸未年十一月十五日。

请　疏　三

燕京行尚书省石抹公谨请真人长春公住持天长观者，窃以必有至人。而后可以启个中机，必有仙阙，而后可以待方外士。天长观者，人间紫府，天一作主。上福田，若非真神仙人。谁称此道场地，仰惟长春上人。识超群品，道悟长生。舌根有花木香，胸襟无尘土气，实人天之眼目，乃世俗之津梁。向也乘青牛而西迈，不惮朝天，今焉奉紫诏而南回。正当传道，幸无多让。早赐光临，谨疏。癸未年八月　日。

宣抚使御史大夫王敦请真人师父住持燕京十方大天长观者。窃以应变神龙，非蹄涔所能止。无心野鹤，亦何天不可飞。故蒙庄出游，漆园增价，陈抟归隐。云台生光，不到若辈人，难了如此事。伏惟真人师父，气清而粹，道大而高。已书绛阙之名，暂被玉壶之谪。以千载为旦暮，以八极为门庭。振柱史之宗风，提全真之法印。昔也三朝之教主，今兹万乘之国师，几年应诏北行。本拟措安于海内，一旦回辕南迈，可能独善于山东。维太极之故宫，实大燕之宏构，国家元辰之所在。远近取则之所先，必欲立接人之基，莫如宅首善之地。敢辄伸于管见，冀少驻于霓旌。万里云披，式副人天之望，四方风动，举闻道德之香。谨疏。癸未年八月　日。

　　燕京尚书省石抹公谨请邱神仙久住天长观者，窃以时止时行。虽圣人不凝滞于物，爱居爱处，而君子有恒久之心。于此两端，存乎大致。长春真人，重阳高弟，四海重名，为帝者之尊师，亦天下之教父。昔年应聘，还自万里寻思干。今日接人，久住十方天长观，上以祝皇王之圣寿。下以荐生灵之福田，顷因讥察于细人。非敢动摇于仙仗，不图大老，遂有遐心，况京师者诸夏之本根。而远近取此乎法则，如谓舍此而就彼。是谓下乔而入幽，辄敢坚留。幸不易动，休休莫莫，无为深山穷谷之行。永永长长，而作大极琼华之主。谨疏。丙戌年八月　日。

　　侍行门人：

　　　　　虚静先生赵道坚，冲虚大师宋道安，
　　　　　清和大师尹志平，虚寂大师孙志坚，
　　　　　清贞真人夏志诚，清虚大师宋德方，
　　　　　葆光大师王志明，冲虚大师于志可，
　　　　　崇道大师张志素，通真大师鞠志圆，
　　　　　通元大师李志常，颐真大师郑志修，
　　　　　元真大师张志远，悟真大师孟志稳，
　　　　　清真大师綦志清，保真大师何志清，
　　　　　通元大师杨志静，冲和大师潘德冲。
　　　　　特旨蒙古四人从师护持。
　　　　　蒙古打，喝剌八海，
　　　　　宣差阿里鲜，
　　　　　宣差便宜使刘仲禄。

跋

　　长春真人西游记二卷，其弟子李志常所编。于西域道里风俗，多可资考证者。而世鲜传本，予始从道藏钞得之。村俗小说演唐元奘故事，亦称西游记，乃明人所作。萧山毛大可据辍耕录，以为出处机之手，真郢书燕说矣。记云：辛巳岁十月，至塞蓝城，回纥王来迎入馆。十一月四日，土人以为年，旁午相贺。考回回术，有太阳年，彼中谓之官分。有太阴年，彼中谓之月分。而其斋期则以太阴年为准。又不在第一月，而在第九月。满斋一月，至第十月一日，则相贺如正旦焉。其所谓月一日者，又不在朔，而以见新月为准。其命日又起午正，而不起子正，故有十一月四日土人旁牛相贺之语。然回回术有闰日无闰月，与中国不同，故每年相贺之期无一定也。其云斡辰大王者，皇弟斡赤斤也；太师移剌国公者，阿海也；燕京行省石抹公者，明安之子咸得不也；吉思利答剌罕者，哈剌哈孙之曾大父启昔礼也。乙卯闰二月辛亥晦，竹汀居士钱大昕书。邱长春以丁亥七月卒，而元太祖之殂亦即在是月。此事之可异者，当拈出之，竹汀居士记。

忆昔与竹汀游元妙观，阅道藏，竹汀借此钞讫，而为之跋。今转瞬已十年，竹汀于今岁十月二十归道山矣。甲子十一月十八日，砚北居士段玉裁识。

长春真人之经西域也。取道于金山，为科布多之阿里泰山。记云：金山南面有大河，渡河而南，是今额尔齐斯河。金山东北与乌鲁木齐属之古城南北相直。今自科布多赴新疆，驿路直南抵古城。近古城之鄂伦布拉克台、苏吉台、噶顺台皆沙碛，是即白骨甸也。博克达山三峰高峙，去古城北数日程即见之。故记云：涉大沙陀，南望阴山，若天际银霞。诗云：三峰并起插云寒也。云：阴山前三百里和州者，谓博克达山南吐鲁番，为古火州地。讹：火为和耳，唐北庭大都护府治在今济木萨之北，府建于长安二年。记言杨何为大都护，足补新唐书方镇表之阙。端府者，端即都护字之合音，轮台县亦长安二年置。县治约在今阜康县西五六十里，据新唐书地理志，自庭州西延城西至轮台县二百二十里。塞外沙碛，难以计程。记云：三百余里，盖约言之。元和郡县志以为轮台在州西四十二里者误，轮台东为阜康县。县治在博克达山阴，故南望阴山。九月十日，并阴山而西，约十程，度沙场。又六日，至天池海，沙场者，晶河城。东至托多克，积沙成山，浮涩难行。东距阜康县一千一百里，故云十余程。其间乱流而过，当有洛克伦河、呼图壁河、玛纳斯河、乌兰乌苏河，记不显言。塞外之水，山雪所融，夏日盛涨，过时则涸。九月正水竭之时，盖不知有河也。自托多克过晶河，山行五百五十里，至赛喇木淖尔东岸。淖尔正圆周百余里，雪山环之，所谓天池海。并淖尔南行五十里，入塔勒奇山峡，谚曰果子沟沟水南流。势甚湍急，架木桥以度车马，峡长六十里，今为四十二桥，即四十八桥遗址。

记云：出峡入东西大川，次及一程，至阿里马城。今出塔勒奇山口，南行一百七十里，至惠远城。阿里马城者，即今西阿里玛图河。在拱宸城东北，出塔勒奇山口，西南至阿里玛图河仅百里。记云：又西行四日，至苔剌速没辇。水势深阔，抵西北流，乘舟以济。原注云：没辇河也。苔剌不没辇是今伊犁河，以西行四日计之；当在今察林渡之西。渡河南下，至一大山，疑今铅厂诸山。又西行十二日，度西南一山，当是善塔斯岭。又沿山而西有驻军古迹，大冢若斗星相联，是今特默尔图淖尔南岸。地多古翁仲，记云：又西南行六日，有霍阐没辇。由浮桥渡，色浑流急，深数丈，势倾西北。霍阐没辇者，今之那林河，自渡伊犁河以南所经之程，即今伊犁戍喀什噶尔兵往来之路。出鄂尔果珠勒卡伦，傍特默尔图淖尔。东南经布鲁特游牧，以至回疆。此长春真人赴行在时所经也。其归程则渡那林河而直北。由特默尔图淖尔之西，以达吹河之南，乃转而东北。渡伊犁河，其渡处在察林渡之东，故百余里即至阿里马城。自阿里马城出塔勒奇山口，经赛喇木淖尔，与往时程同。过赛喇木淖尔，不复东折而东北行。其分路处在干珠罕卡伦地东北，山行由沁达兰至阿鲁沁达兰。入塔尔巴哈台界，以至原历之金山大河驿，其途径较直。然计自阿里马城至金山，亦不下二千里。而记言：至天池海，过阴山后，行二日，方接元历金山南大河驿。山路崎岖，必不能速进如此。且方接云者，久词也。盖二字下脱十字。真人以四月初六日自阿里马城行，凡二十日至金山，为是月二十五日。下文云：并山行，四月二十八日大雨雪，二十八日尚未出金山，则谓二十五日至金山无疑矣。适从龚定盦假读此记，西域余所素经。识其相合者如此。道光二年四月大兴徐松跋，距长春真人归抵金山之岁，凡十一壬午矣。

长春西游记二卷，为元邱长春弟子真常子李志常所述，宪宗纪。元年，以道士李真常掌道教事，即其人也。前有孙锡序，作于戊子二月，盖睿宗监国之岁也。长春以太祖辛巳二月八日发轫宣德州，赴太祖西域之召，至癸未七月，回至云中。往返二年余。真常实从，山川道里，皆其亲历。且系元初之书，译文得其本音，非如世祖以后，文人著述，则往往窒阂不能通者有之。此册为叶云素给谏所赠，龚定庵尝借钞，既而徐星伯复就钞于定庵，而为之跋。他日以示余。星伯居伊犁者数年，于时松湘浦先生帅新疆南北两路。属星伯周咨彼中舆地，驰驱几遍。今跋中疏证处，皆其得之目验。其中尤有得于余心者，谓天池海即今赛喇木淖尔。证以自晶河山行至赛喇木淖尔东岸，淖尔正圆，周百余重。并淖尔南行五十里，入塔勒奇山峡。水势南流湍急，架木桥以度车马峡长六十里，今为四十二桥，即四十八桥遗趾也。今昔情形，如合符节。此为其他书籍之所不载，非星伯身至其所，乌能得之。又谓长春回时，自天池海东北行至原历金山南大河前驿路。于二字之下脱去十字，此有里程可稽，其为传写遗误无疑。至白骨甸即今古城北之沙碛，阴山三峰即今博克达山。端府之端为都护之合音，霍阐没辇即今那林河，皆确不可易。余亟录存记尾，星伯谓余。凡记中所述，在今新疆者，既粗具矣。其金山以东，那林河以西，则俟余补足之。噫！星伯所疏证精核乃尔。余何能为役？顾余于记中地理，皆尝一一考之。惟足迹所未至，不过穿穴于故纸堆中，旁参互证，以为庶几得之耳。今具列于左，不独以塞星伯之诸责，亦将求是正于星伯也，长春之行也。二月十一日，度野狐岭，即太祖纪败金将定薛于野狐岭者也。在今张家口外。十五日，东北过盖里泊，金史抚州之丰利县有盖里泊，今在张家口北百里。三月朔，出沙陀，至鱼儿泺。鱼儿泺、元时又曰答儿脑。太祖甲戌年赐宏吉刺按陈作分地，张德辉纪行云：昌州以北，入沙陀凡六驿，而出沙陀又一驿，通鱼儿泊，与此正同。今为达儿海子，在克什克腾部落北，沙河西北流入陆局河。四月朔，至斡辰大王帐下。陆局河者，元时怯鲁连河，亦曰胪朐河，陆局、胪朐之转也。今为喀鲁伦河。斡辰大王、太祖第四弟铁木哥斡赤斤，所谓国王斡嗔那颜者也。时太祖西征，斡嗔居守。五月十六日，河势绕西北山去，不得穷其源。

喀鲁伦河发源肯特山，南流及平地，始转东流。长春由河南岸沂河西行，故不见其北来之源也。自此以下至窝里朵，数千里中，俱无地名。惟长松岭又系汉名，不知蒙古呼为何山，然以长春行程考之。自陆局河西南泝驿路，至六月二十八日。泊窝里朵之东，计行四十二日。窝里朵者，帐殿也。地理志，太祖于十五年迁都和林，于时皇后窝里朵当在和林，盖必先审和林之所在，然后可以稽其驿程之所经。和林自太祖作都，至宪宗，四朝皆都于此。然和林志前明已无其书。元一统志近亦求之不得。明一统志于和宁城惟言西有哈喇和林河而已。而于哈喇和林河所在，则又不详。明广舆图据元朱思本图为蓝本，而于北方地理，疏漏殊甚。以昔令哥为流入斡难河，则其他不足问矣。齐次风先生水道提纲于和林河亦两歧其说，盖提纲专据康熙中皇舆图。皇舆图于色勒格河之北，有小河南流入色勒格河者，曰喀喇乌伦河。其音与哈喇和林相近，不能不疑。当日都城，或在此河之东，实则不然。欧阳圭斋高昌偰氏家传，和林有三水焉：一并城南山东北流，曰斡耳汗；一经城西北流，曰和林河；一发西北东流，曰忽尔班达弥尔。三水距城北三十里，合流曰偰辇杰河。元人指述和林，未有如圭斋之明晰者，斡耳汗、今鄂尔浑河也；忽尔班达弥尔，今塔米河也；偰辇杰，今色勒格河也；然则和林在色勒格河以南明矣。其经和林城西而北流者，正今之哈瑞河也。当为元时和林河。哈瑞河入色勒格河，其合流处当在和林北三十里，非三水俱合流也。若鄂尔浑合于色勒格，盖在和林东北千余里矣。记云：泊窝里朵之东，宣使往奏禀皇后，奉旨请师渡河。其水东北流，弥漫没轴，绝流以济，此水乃今呼纳伊河及哈瑞之支流也。其所谓长松岭。盛夏有冰雪，逾岭百余里有石河，长五十里者，即今鄂尔浑河。东流将会喀拉河处，河经山峡，故曰石河。雍正中，西北距准噶尔，其时黑龙江至鄂尔坤军营者，过汗山，即西北渡土拉河。

西北行，逾喀里呀拉山，乃济鄂尔浑河。以长春行程推之，当亦经此。长松岭，或即喀里呀拉山，已在北极出地四十九度处。是以寒甚软，然则先自西南泝驿路四程西北渡河者，土拉河也。六月十四日过山渡浅河者，博罗河也。其曰西山，连延者，乃鄂尔浑河以西之山，故曰西山。长春于此渡河，可见山。行五六日，峰回路转。岭势若长虹，壁立千仞。俯视海子，渊深恐人，则已在厄勒墨河之侧矣。阿不罕山在金山东北，今阿集尔罕山也。镇海传，太祖命屯田于阿鲁欢，立镇海城，阿鲁欢者，亦即阿集尔罕山也。八月八日，自阿不罕山前傍大山西行。又西南约行三日，复东南，过大山经大峡。中秋日，抵金山东北。少驻，复南行。其山高大，深谷长坂，车不可行。乃命百骑挽绳，悬辕以上，缚轮以下。约行四程，连度五岭，南出山前，临河止泊。长春由阿集尔罕山前西行，傍大山者，即傍阿尔泰山之东大榦，今乌兰古木。中过青吉斯海子之北，乃向西南行。当取道于今科布多，再西南，乃科布多河，额尔齐斯河发源处。为阿尔泰最高之脊，所谓东南过大山，经大峡中，秋日抵金山者，当谓此。又行四程，连度五岭。南出山，临大河，以地约之。则大河应乌陇古河，刘郁西使记所谓龙骨河，与别失八里南北相直，近五百里者也。渡河行沙碛中，经北庭而西，星伯跋中详之。阴山后鳖思为大城，问侍坐者，乃曰：此唐时北庭。案：鳖思即别失。欧阳圭斋曰：北庭今别失八里也，则元时别失八里，正在于此。

　　重九日至回纥昌八剌城，地理志。西北地附录有彰八里，当即此。耶律希亮传，中统元年，阿里不哥反。希亮逾天山至北庭都护府。二年，至昌八里城。夏，逾马纳思河，则昌八里在今玛纳斯河之东也。自鳖思以西，惟昌八剌、阿里马为大城。星伯谓阿里马在今拱宸城北阿里玛图河，余案元初译作阿里马者，惟此记。及湛然集有从容庵录序，末题曰：移剌楚才晋卿序于西域阿里马城，其他见于元史者，或作阿力麻里；或作叶密立；或作叶密里；皆即此城。窃谓阿里马本回纥所称，自蒙古人称之，则音异矣。再以汉文译之，则又异矣。明时，哈密以西，付之茫昧，阿里马先为别失八里国所有，后为瓦剌所有。我朝乾隆十九年以前，为准噶尔大酋之庭，称曰伊犁，亦称其河为伊犁河。伊犁恐即叶密立之转，唐时虽有伊列河之名。有元一代，绝无称述，盖已无知之者，准人不解载籍。粗有托忒文字，但能记籍帐耳。何从远稽突厥名称邪？瓦剌即额鲁特。逐水草迁徙，无城郭。所谓阿里马城者，久已平毁。至乾隆二十九年，乃即伊犁河北建惠远城，今曰伊犁城。非依故趾，则阿里马所在，固无以知之。或即在阿里玛图河侧邪？答剌速没辇与塔剌斯音近，然距阿里马四日程，以远近约之。则星伯谓即伊犁河者为近，或伊犁河在元时有是称。若今塔剌斯河，远在吹河之西，未必四程能达也。大石林牙、辽宗姓。于辽亡后，率众西行，间关万里。建国西土，是为西辽太祖灭乃蛮。杀太阳罕，其子屈出律奔契丹。既而袭执其罕，尊为太上皇。据其位有之，仍契丹之号，亦称乃蛮。事在戊辰、己巳之间。阅十余年。太祖征西域，灭之。刘仲禄持敕召长春云，在乃蛮奉诏者，此也。赛兰城，据西使记，在塔剌寺西四日程。塔剌寺者，今塔剌斯河也。

　　明史外国传有赛兰，在塔失干之东，塔失干，今塔什干城也。在锡林河之北，南距那林河犹远。元时往西域之道，必由赛兰。盖从塔剌斯西行过赛兰，乃西南行渡霍阐河。长春自十一月五日发赛兰，阅六日渡霍阐河，又阅十一日过大河，至邪米思干。此大河应指城东之河北流入那林河者，邪米思干亦曰寻思干，寻即邪迷之合音。耶律晋卿又谓之寻笑虔，译曰：寻笑、肥也；虔、城也。今谓之赛玛尔罕，盖自北庭至此。大率西行，过此则大率南行，最为西征扼要之地。故于此宿兵，而以耶律楚材驻焉。碣石，地理志作柯伤，明史外国传作渴石。云：南有大山屹立。出峡口，有石门，色似铁，即记所谓铁门也。新唐书吐火罗有铁门山，其来旧矣。大唐西域记曰：出铁门，至睹货逻国。其地东厄葱岭，西接波剌斯，南抵大雪山，北据铁门。过雪山为滥波国，即在北印度境。于时追若弗，乂算端，南逾雪山，故谓之印度。太祖旋师后，复遣将追至忻都，穷及申河，算端死乃返，则在印度国中矣。阿里鲜所言正月十三日自邪米思干初发。三日东南过铁门，又五日过大河，二月初吉东南过大雪山。南行三日至行宫。盖阿里鲜先赴行在，正太祖追算端至印度时，故逾雪山后又三日乃达。长春于四月五日达行在，则已回至雪山避暑。故长春过铁门后，行十二日抵雪山而止。所渡之阿母河，元史见他处者，亦作暗木河；亦作阿木河；元秘史作阿梅河，即佛书之缚刍河也。其水今西北流，入腾吉斯海，大雪山，今为和罗三托山。自东而西，绵亘千里，长春之再见也。其行由铁门外别路，山根有盐泉流出，见日即为白盐，东南上分水岭，西望高涧若冰，乃盐耳。盖在铁门山之西，其西北即大盐池。郭宝玉传，太祖封大盐池为惠济王者也。西使记：二十六日，过纳商城。二十九日，山皆盐如水晶状，纳商乃渴石之转。长春亦于十二日过碣石城。十四至铁门西南之麓，正同，出山，抵河上。其势若黄河西北流者，其水即流入大盐池者也。葱岭西流之水，皆会于此，故其势汹涌。九月朔，渡河桥而北者，即此河。盖长春既见帝，遂扈从北行矣。余读元史，尝疑太祖纪。十九年甲申，帝至东印度国。角端见，班师。耶律楚材传亦云：甲申，帝至东印度，驻铁门关，有一角兽作人言。谓侍卫曰："汝主宜早还。"帝以问楚材。对曰："此名角端，能言四方语。好生恶杀，天降符以告陛下也。"帝即日班师，盖本于宋子贞所作神道碑，极以归美文正，然非实录也。唐书，东天竺际海，与扶南、林邑接。太祖西征，无由至彼，角端能言，书契所无。晋卿何自知之，读湛然集。晋卿在西域十年，惟及寻思干止耳，未尝出铁门也。今读此记，则太祖追算端。惟过大雪山数程，其地应为北印度，晋卿实未从征。无由备顾问，且颁师为壬午之春，非甲申也。元史芜漏特甚，有元载籍，有关史学者亦少矣。此记岂可因其为道家言而略之。道光壬午秋七月，桐乡程同文。

徐星伯先生出示长春真人西游记。且询记中日食事。案，元太祖辛巳。当宋嘉定之十四年，金兴定之五年，前一年庚辰。耶律楚材进西征庚午元术，以本术推之。辛巳年天正朔丙戌，以里差进一日得丁亥，至五月朔得甲申。与宋、金二史天文志所书合。日食之异在里差，记言见食在陆局河南岸，陆局即胪朐。张德辉记谓之斡陆连，今曰克鲁伦河。自发源南流，折而东北行，其曲处偏于京师西五度许。记以四月二十二日抵河南岸，行十六日，河势绕西北山去。则见食之地，距河曲六七程，偏西约二度。北极出地约四十七度，金山当今科布多之阿尔泰山。极高约四十八度，偏西约二十九度。邪米思干城即撒马儿罕，其地极高四十三度，偏西五十度，以今时宪书步交食术约略上推。是时月在正交日躔小满后八度奇，值毕十度，与宋志，所书日在毕合。陆局河南见食在正午，其食甚。实纬在北二十五分奇，日晷高六十四度余。南北差约二十五六分。则月心正当日心。且其时日近最高，月近最卑。日径三十一分奇，月径三十二分奇，日小月大，故见食既。金山偏于陆局河西约二十七度，子时当蚤七刻奇。日晷当高五十三度余，南北差约三十五六分，月心当日心南日十分，以灭并径三十二分，与日径三十一分相比，约得七分，故金山于巳刻见食七分也。邪米思干城偏于陆局河西约四十八度，于时当蚤十三刻，日晷当高四十三度余。南北差约四十分，月心当日心南约十五六分，以灭并径。与日径相比得五分强，六分弱，故邪米思干于辰刻见食六分也。虽视行随地不同，则食甚时刻及食分亦异，然所差不远。已足见其大略，里差之说。素问周髀已言之，元代疆域愈远，故其理愈显。欧逻巴人诩为独得，陋矣。记又言：自陆局河西南行，夏至日影三尺六七寸，古人揆日，皆以八尺表。是地夏至日晷约高六十六度。北极出地约四十六七度，盖当土拉河之南，喀噜哈河之东，近今喀尔喀、土谢图汗中右旗地。记又言：辛巳十一月四日，塞蓝城土人以为年，傍午相贺。钱詹事。潜研堂集云：回回斋期，以太阴年为准。第九月满斋一月，至第十，则相庆贺如正旦。其所谓月一日者，以见新月为准。其命日又起午正，故每年相贺之期无一定，詹事之说。本宣城梅氏，今校回回术，太阳宫分年百二十八年闰三十一日，太阴月分年三十年闰十一日。开皇己未春正前日入太阴年三百三十一日，以此推开皇己未至元太祖辛巳。太阳年积六百二十二，太阴年积六百四十一，辛巳白羊宫入太阴年之第一月。而中土之十一月，为彼中之第十月，贝琳七政推步例谓之答亦月。正回俗所言大节，其俗既以见新月之明日为月之一日。又以午初四刻属前日，则是年十一月四日傍午。适当彼中之正旦，詹事之说信矣。并书卷末以质之先生，道光二年六月十三日，阳湖董祐诚跋。

案：此书跋尾尚有乌程沈君子敦金山以东释一篇，至为精密。以所箸落帆楼文稿，并刻入丛书，故不复出。道光二十七年四月十五日，平定张穆记。

性命圭旨

性命圭旨序

　　余方蚤岁慕道，夫海内有性命圭旨。稔闻窃未见其书也。如何迨兹庚戌季春获与闲若济二兄见示图册。颂读之暇，乃仪尹真人之高弟手笔。不然者，从何以识其书之所自哉？故尝论道每以中和金丹二集。物色真仙，谓其玄宗书，汗牛充栋。孳乳浸多，独未见图论兼该工夫次第。精义超格，昴若日星，蔑有如是书隽永。真傺夫龙虎参同悟真诸经，同途合辙。嗟嗟，琅函秘帙学者就是着鞭何虑非一超真人。业绍人天师种，由色身而证法身。从生生而达无生，则理之相契。固如是与畴克曰：小补之哉！虽然知而修之，谓之圣人，知而不修是谓愚夫。此与闲若济二兄之用心若此，而昕斯夕斯，融通妙谛。亟商取以镂刊之。仅将尽大地人，顶踵下针。扫除傍门陋习，撤退三舍矣。

　　属余序，聊述数言，应之以此。

　　康熙上章阉茂宿月谷旦紫中李朴书于守中堂。

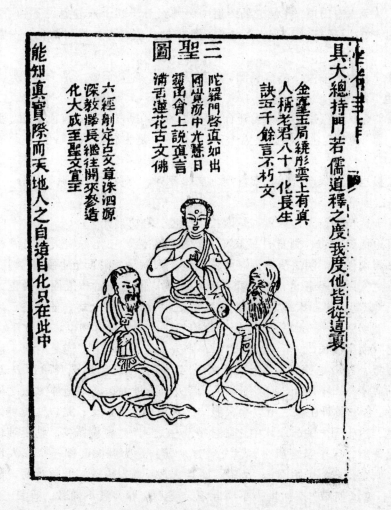

元　集

大　道　说

庖羲①上圣画八封以示人，使万世之下，知有养生之道。广成子②谓黄帝曰："至阴肃肃，至阳赫赫；赫赫发乎地，肃肃出乎天③。我为汝遂于大明之上矣。至彼至阳之原也；为汝入于窅冥之门矣，至彼至阴之原也。"轩辕再拜曰："广成子之谓天矣！"

周公繇《易》④曰："君子终日乾乾。"孔子《翼》⑤曰："终日乾乾，反复道也。"

夫道也者，位天地、育万物曰道，揭日月、生五行曰道，多于恒河沙数曰道，孤则独无一侣曰道，直入鸿濛而还归滨涬曰道⑥，善集造化而颉超圣凡曰道，目下机境未兆而突尔灵通曰道⑦，眼前生杀分明而无能逃避曰道，处卑污而大尊贵曰道，居幽暗而极高明曰道，细入刹尘曰道⑧，大包天地曰道，从无入有曰道，作佛成仙曰道……佛经五千四十八卷也说不到了处，《中庸》三十三章也说不到穷处，《道德》五千余言也说不到极处。道也者，果何谓也？一言以定之曰：气也。

原夫一气蟠集，溟溟涬涬，窅窅莫测，氤氲活动⑨，含灵至妙。是为太乙⑩，是为未始之始始也，⑪是为道也。故曰无始⑫。

夫天地之有始也，一气动荡，虚无开合，雌雄感召，黑白交凝，有无相射，混混沌沌，冲元至圣⑬，包元含灵，神明变化，恍惚立极⑭。是为太易，是为有始之始始也，是谓"道生一"也，是曰元始⑮。

夫天地之太极也，一气斯析，真宰自判，交映罗列，万灵肃护，阴阳判分。是为太极⑯，是谓一生二也，是曰虚皇。

阴阳既判，天地位焉，人乃育焉。是谓二生三也，是曰混元⑰。

阳之清者升上而焕丽也，则日月星辰布焉。故天左运，三光右旋。阳之清者腾上而会于阳也，故风云动而雷雨作焉。阴之浊者重滞而就地也，则海岳奠峙而五谷草木昌焉。故岩岫出云，山泽通气。阴阳之气闭而不通也，则雪霜结而冻冰焉。阴之浊者积亘而下凝也，穴岩幽藏而深邃，故五谷八石⑱以错杂焉。天地之中，阴阳正气之所交也，圣人焉，仙佛焉，庶民焉，贤愚寿夭，实所宰焉，胎卵湿化⑲，无有息焉，是为六合也，是谓三生万物也。

人禀絪缊之气而生而长⑳，至于二八之年，则九三之阳乃纯㉑。当是时也，岂非上德之大人乎？忽天一朝谋报，浑敦之德者至㉒，乃日凿一窍，则九三之阳蹄骤奔蹶而去之六二之中矣㉓。由是乾不能纯而破于离，坤有所含而实于坎㉔。若夫至圣神人，能知道体太极之所以判，能知死生根本之所以始，能知乾坤阴阳之所以乘，能知天玄地牝之所以交；是以法乾坤之体，效坎离之用，握阴阳之柄，过生死之关，取坎中之阳，填离中之阴㉕。离阴既实，则复纯白为乾矣！斯时补足乾元，复足浑敦，以全亲之所生，以全天之所赋，是为囫囵囵囵一个完人也。再加向上功夫，精进不息，则金丹成而圣胎圆㉖，圣胎圆而真人现。真人出现，变化无穷、隐显莫测，而与钟吕王马并驾㉗，亦又何难！奈何世人不明此道，盛不知养，衰不知救，日复一日，阳尽阴纯，死而为鬼。故紫阳真人曰："嗟夫！人身难得，光阴易迁。罔测修短，安逃业报㉗！"不自及早觉悟，惟只甘分待终；若临期一念有差，立堕三涂恶趣㉘，则动经尘劫，无有出期。当此之时，虽悔何及！故三教圣人，以性命学㉙，开方便门，教人熏修，以脱生死。

儒家之教，教人顺性命以还造化，其道公；禅宗之教㉚，教人幻性命以超大觉，其义高；老氏之教，教人修性命而得长生，其旨切。教虽三分，其道一也。

儒之圣教曰：安汝止，钦厥止㉛；艮其止，止其所㉜；缉熙敬止㉝，在止至善；黄中通理，正位居体㉞；思不出位，立不易方㉟；居天下之广居，立天下之正位，行天下之大道；浑然在中，粹然至善；诚尽处，腔子里乐处㊱；方寸神明之舍，道义之门；活泼泼地，乐在其中；肫肫其仁，渊渊其渊，浩浩其天；天不归仁㊲，退藏于密㊳；何思何虑之天，不识不知之地……难以悉纪。要而言之，无非为此性命之道也。

道之玄教曰：玄牝之门，天地之根；生身处，复命关㊴；金丹之母，玄关之窍，凝结之所，呼吸之根；甲乙坛，戊己户；心源性海，灵府灵台；蓬莱岛，朱砂鼎，偃月炉；神室气穴，土釜谷神，灵根把柄；坎离交媾之乡，千变万化之祖；生死不相关之地，鬼神觑不破之机……难以悉纪。要而言之，无非为此性命之道也。

释之禅教曰：不二法门，甚深法界㊶；虚空藏，寂灭海，真实地，总持门㊷；彼岸净土㊸，真境心地；极乐国，如来藏㊹，舍利子，菩萨地，光明藏，圆觉海，般若岸，法王城㊺；西方天堂，空中真际㊻；这个，三摩地㊼，华藏海；陀罗尼门，不动道场，波罗密地㊽……难以悉纪。要而言之，无非为此性命之道也。

儒曰"存心养性"，道曰"修心炼性"，释曰"明心见性㊾"——心性者，本体也。儒之"执中"者㊿，执此"本体"之中也；道之"守中"者○51，守此"本体"之中也；释之"空中"者○52，本体之中本洞然而空也。道之"得一"者，得此本体之"一"也；释之"归一"者，归此本体之"一"也；儒之"一贯"者，以此本体之"一"而贯之也。

余于是而知，不"执中"，不"一贯"，其能圣而孔子乎！不"守中"，不"得一"，其能玄而老子乎！不"空中"，不"归一"，其能禅而释迦乎！

唯此本体，以其虚空无朕，强名曰"中"；以其露出端倪，强名曰"一"○53。言而"中"，即"一"之藏也；"一"即"中"之用也○54。故天得此而天天，地得此而地地，人得此而人人——而天、地、人之大道，原于此也。皇得此而皇皇，帝得此而帝帝，王得此而王王——而皇、帝、王之大道，原于此也。圣得此而圣圣，玄得此而玄玄，禅得此而禅禅——而圣、玄、禅之大道，原于此也。

帝皇之得道者，若羲农黄帝焉；仕隐而得道者，若老庄关令焉；侯王而得道者，若子房淮南焉○55；山岩而得道者，若钟吕希夷焉○56……道之在天地间，成仙作佛者，历历不可以指数也。伏睹总仙之传，始知自古以来，冲举者十万余人，拔宅者八千余处——奇若子晋之骖鸾○57，琴高之控鲤○58；寿若李脱之八百○59，安期之三千○60；或住世而留影，或厌世而尸解○61……复有道成而隐，但为身谋，不肯遗名于世间者，岂胜道哉！是以深山妙窟，代不乏人，或隐或显，宁具知乎！

古之王公大人，折节下士，只为有道存尔。周子○62曰："天地间至尊者道，至贵者德，至难得者人；人而至难得者，道德有于身而已矣。"先哲云："人身难得今已得，大道难明今已明。此身不向今生度○63，更向何生度此身！"世人不明此身虚幻，是四大假合之物耳○64。速如水上之沤，瞬若石中之火。人寿虽曰百年，迨其七十固已稀矣！今以有限易摧之身，日逐无涯不测之事，一息不来，倏然长往，命未告终，真灵已投于别壳矣！当斯之时，虽荣居极品，禄享千钟，家丰无价之珠，室富倾城之美，悉皆抛下，非己有也。所有与之偕行者，平昔所作罪业而已○65！故云：

"万般将不去，惟有业随身。"《回光集》云："千年铁树花开易，一失人身再复难。"《悟真篇》云：试问堆金等山岳，无常买得不来么㊿？"吕纯阳云："万劫千生得个人㊼，须知先世种来因。速觉悟，出迷津，莫使轮回受苦辛！"张紫阳云："休教烛被风吹灭，六道轮回莫怨天㊽。"三复斯语，能不怃然失乎？

夫人欲免轮回、而不堕于世纲者㊾，莫若修炼金丹为升天之灵梯、超凡之径路也。其道至简至易，虽愚昧小人得而行之，亦立跻圣域。奈何世之修真者，志道而不专精，专精而不勤久，是以学者众而成者寡也。《尚书》曰："知之非限，行之惟难。"《道经》曰："上士闻道，勤而行之。"闻而不行，道安能成！陈泥丸曰㊿："我昔修行得真诀，昼夜功夫无断绝。一朝行满人不知，四面皆成夜光阙。"马丹阳曰㉛："师恩深重终难报，誓死环墙炼至真。"二公念生死事大，无常迅速㉒，发勇猛心，办精进力，若不立此大志，安能脱樊笼而超霄汉者哉！

吕祖有云："辛勤二三年，快乐千万劫。"盖天有时而倾，地有时而陷，山有时而摧，海有时而竭；惟道成之后，乘飞龙、驾紫雾，翱翔天外，逍遥太虚，数不得而限之，命不得而拘之，真常本体㉓，无有尽时。回顾世间之乐，何乐如之！

尝稽《道德经》曰："虽拱璧以先驷马，不如坐进此道㉔。"此予《道说》之所由作也。

---

①庖羲：又名庖牺或包牺，又作宓羲、伏戏，为古代传说中的部落酋长。相传八卦最早为庖羲所画。

②广成子：传说为黄帝时人，居崆峒山中。黄帝曾向广成子询问养生之道。

③至阴肃肃至肃肃出乎天句：是老子对孔子说的话。

④周公繇《易》：周公，名旦，周文王之子，曾辅助武王灭纣，建立周朝。繇（zhòu，宙），卜兆的占辞。《易》，即《周易》，我国古代有哲学思想的占卜书。全句指周公为《易》写作爻辞。

⑤《翼》：即《十翼》，为儒家阐发《易》学思想的著作，传为孔子所作。

⑥鸿濛：又作"鸿蒙"，指宇宙形成前的浑沌状态。溟涬：天体未形成前的混混茫茫的自然之气。整句理解为元气在宇宙形成中的作用。

⑦颉超圣凡：大大超过一切人。颉（xié，协），大。机境：事物变化的征兆、迹象。

⑧刹尘：尘土。刹，土。

⑨原夫一气蟠集：推究一下充斥于天地之间的气的本原。原，推其根源。蟠，充满。集，集聚。溟溟涬涬：同"溟涬。宜宜：犹"冥冥"，潜藏隐晦貌。氤氲：指天地阴阳二气的聚合。

⑩太乙：即太一，指形成天地万物的元气。

⑪未始之始始：指宇宙生成前最原始的状态。

⑫无始：为宇宙生成前最原始的状态起的名字，是对道的另一种叫法。

⑬有无相射：有与无互相追逐。射，逐取，追求。冲虚至圣：空虚而神圣。冲虚，冲淡虚静，无所拘系。

⑭恍惚立极：在恍恍惚惚中确立了中正的准则。

⑮太易：原始的混沌状态。有始之始始也：（天地）有了开始时的最初的"始"，指天地刚刚形成时的状态。道生一：即由无而生有，"一"就是有。这句话和后面的"一生二，二生三，三生万物"都是老子的话。元始：为天地初始时状态的名字。

⑯太极：指原始混沌之气。虚皇：道教指太虚之神。

⑰混元：天地形成之初的状态。

⑱五谷八石：五谷指稻、黍、稷、麦、豆；八石指丹砂、雄黄、雌黄、空青、硫黄、云母、戎盐、硝石。八石是幻想成仙的人用以炼丹（指外丹）的药物。

⑲胎卵湿化：佛教把众生分为四类，即胎生、卵生、湿生和化生，总称"四生"。在本书中引用了一些佛教思想，要注意与道教的区别。

⑳絪缊：与"氤氲"意思相同。

㉑九三之阳：在《易经》中，阳爻用"九"表示，阴爻用"六"表示；"九"和"六"后面的数字，则表示每一爻的位置。

㉒浑敦：愚昧，浑沌。

㉓六二："六"谓阴爻；"二"是第二爻，指卦自下而上的第二位，为阴位——阴爻阴位，代表阴柔。

㉔乾不能纯而破于离：乾卦（☰）不能成为纯阳而变成了离卦（☲），即阳中包含了阴。坤有所含而实于坎：坤卦（☷）由于得到了乾卦中的阳爻而变成了坎卦（☵），即阴中包含了阳。

㉕取坎中之阳，填离中之阴：把坎卦（☵）中的阳爻回填到离卦（☲）之中，这样，坎卦就成了坤卦，而离卦又成了乾卦，就又成了纯阴和纯阳。

㉖金丹：分外丹和内丹两种：外丹以金石炼成，迷信的人认为吃了可以长生不老；而内丹是指用人自身之气，实际就是练气功。圣胎圆：圣胎成就。圣胎，比喻入圣的基础。

㉗钟吕王马：指钟离权、吕洞宾、王重阳和马丹阳。王为金代气功家，为全真道创始人著有《重阳全真集》，据传，王曾遇吕洞宾，得修炼秘诀。马为王弟子，元代气功家，为全真道遇仙派祖师，"北七真"之一。

㉘业报：佛教称由过去的善恶业因所招致的果报。

㉙三涂恶趣：佛教指地狱、饿鬼、畜生，亦作"三恶道"。趣，归向。

㉚ 以性命学：提倡性命之学，即提倡通过修炼而求得长生或解脱。

㉛禅宗：佛教派别之一，以专修禅定为主。文中"禅宗之教"指整个佛教。觉：觉悟，指对于佛教真谛的领悟。

㉜安汝止：安于你的职分。就是说，要做你应该做的事。这是禹对舜说的话。语出《尚书·皋陶谟》。在气功学中，常常引用儒、释、道经典著作中的话来说明某种道理或指称某个窍穴。在这种情况下，原来的那些话大多被赋予了新的含义。钦厥止：这是伊尹告诫商王太甲时说的话，意思是要太甲忠于职守，恭行天子之道。

㉝艮其止，止其所：卦所说的"止"，是止于所当止的意思。

㉞缉熙敬止：不断发扬光大，没有一件事不是恭敬地对待。

㉟黄中通理，正位居体：胸怀中和之美德，通情达理，身居正当的地位而使美德具于自身。

㊱思不出位：考虑问题不可超出自己的本分。立不易方：自立立人，均不改方正的原则。

㊲诚尽处，腔子里乐处：做到至诚的时候，也就是心里快乐的时候。

㊳天不归仁：天不属于仁也不属于不仁，天道是纯的自然而存在的。

㊴退藏于密：退藏于精密的天道中。

㊵生身处：言身之所自出——或认为是丹田，或认为是肚脐。复命关：窍名。复命，指还复本性——对于人来说就是复还性命，使免于一死。

㊶不二法门：直接入教，不可言传的唯一门径。佛家语。甚深法界：极深的法界。法界，佛家语，指整个宇宙现象界。

㊷虚空藏：即"真如"，指事物的真实情况和性质。寂灭海：寂灭之海。寂灭，指超脱一切而入于不生不灭之门。在这里"海"并无实际意义，只是为了句式工整才加上去的。总持门：佛教称持善不失，持恶不生，无有漏忌为总持，"门"字无义。

㊸ 彼岸净土：佛教称超脱生死的境界为彼岸，称没有五浊（劫浊、见浊、烦恼浊、众生浊、命浊）的世界为净土，亦即极乐世界。

㊹极乐国：即极乐世界。如来藏：亦称法藏，指法性含藏无量的性德。

㊺ 光明藏：指含藏无限光明之府库。圆觉海：圆觉，指所觉悟之道平等周满。般若岸：般若，六波罗密之一，指智慧；"岸"字无义。法王城：佛教称释迦牟尼为法王，法王城与"极乐国"同义。

㊻西方天堂：佛教徒称佛祖所在之地，即法王城。空中真际：即真境心地。

㊼三摩地：又称三摩提或三昧，为"正定"的意思。华藏海：即"华藏世界"，是以毗卢舍那佛为教主的世界。

㊽陀罗尼门：即总持门。道场：指佛、道教徒颂经礼拜、成道修道之处。波罗密地：波罗密是"度"的意思，即由此岸（生死岸）度人到彼岸（涅槃、寂灭）。"地"字无义。

㊾存心养性：保存本心，培养正性。修心炼性：指进行心与性的修炼，即习练气功。明心见性：佛教禅宗之修持方法。

㊿执中：把握"中正"的原则，也就是恪守中庸之道。

(51)守中：意守身体的某个部位。语出《老子》五章："多言数穷，不如守中。"《老子》所说的"守中"，是静守心中的意思；从炼气功的角度就是用意念刻守身体的某个部位以进行修炼的方法。

(52)空中：佛教指使精神意识归于空寂明净。

(53)唯此本体句：只是这本体，因为它空虚而无形迹可寻，所以勉强起了个名字叫"中"；因为它又露出了些头绪，所以勉强起了个名字叫"一"。

(54)言而"中"句：所谓"中"，就是"一"藏身的地方；"一"就是"中"的作用。可见，"中"指的是道体，"一"指的是道的作用。

(55)淮南：即前汉淮南王刘安。曾招宾客方士撰成《淮南子》一书，此书基本上属于道家，但亦杂揉先秦各家之说。

㊏希夷：即为陈抟，唐末宋初人，字图南，自号扶摇子，世称希夷先生。亳州（今安徽亳县）人，气功家。

㊐子晋：即王子晋，又名王子乔，为周灵王太子，传说他曾乘白鹤而升天。

㊑琴高：传为战国时赵人，精于长生之道，曾乘赤鲤自水中出，后又入水而去。

㊒李脱：传说中仙人，蜀郡人，传说当地八百余年间都曾有人见到过他，号为"李八百"。

⑥安期：本先秦方士，后成为道教传说中的仙人，据说他活到了三千多岁。

㊓尸解：道家语，谓修道者道成之后留形骸于世而成仙，肉体与精神分离。

㊔周子：即周敦颐，宋道州人，有《太极图说》等传世。他的思想对宋明理学影响很大，理学家程颢、程颐皆其弟子。

㊕度：指使人离俗出家。在这里是指进行修炼以脱凡尘的意思。

㊖世人二句：世人不明了此身的虚幻，不知此身不过是地、水、火、风虚假和合所生之物罢了。佛教认为，地、水、火、风四者能够产生出一切事物和道理，故称之为"四大"。

㊗罪业：佛教称身、口、意三者犯罪的活动为罪业，即所谓"身业"（行身）、"口业"（语言）和"意业"（思想活动）。书皆以诗词形式写成。

㊘无常：鬼名。佛教宣称人将死之时有"无常鬼"来勾魂。

㊙万劫：万世、万代。佛教认为世界一成一毁为一劫。

㊚六道轮回：六道也称"六趣"，即天道、人道、阿修罗道、饿鬼道、畜生道和地狱道。按照佛教的说法，任何人都要在这六道中轮回，故称六道轮回。

㊛世纲：一般指社会的法律、礼教、风俗等对人的束缚，在此指尘世。

㊜陈泥丸：即陈楠，宋代丹家。字南木，号翠虚，以常抟土为丸为人治病，故人称陈泥丸。为南五祖第四代。

㊝马丹阳：名钰，号丹阳子，金代丹家，为全真道创始人王重阳弟子，遇仙派鼻祖，北七真之一。

㊞无常：佛教认为，世间一切皆不能久住，均处于生灭成坏之中，故称无常。

㊟数不得句：数限制不了他，命也管不了他。古人认为，事物皆有定数，数尽即亡。真常：佛家语，指法性真实常在。此取"真实常在"义。

㊠虽拱璧句：即使先进献了拱璧，又进献了驷马，也不如进献这道更为可贵。拱璧，大的玉璧。驷马，古代以四匹马所驾的车和同驾一车的四匹马都称驷马，为尊者所乘。坐，跪也。坐进即跪献。

性 命 说

夫学之大，莫大于性命。性命之说，不明于世也久矣！

何谓之性？元始真如①、一灵炯炯是也②。何谓之命？先天至精③、一气氤氲是也。然有性便有命，有命便有性，性命原不可分；但以其在天则谓之命，在人则谓之性，性命实非有两。况性无命不立，命无性不存，而性命之理，又浑然合一者哉！故《易》曰，"乾道变化，各正性命④"；《中庸》曰，"天命之谓性"，此之谓也。

乃玄门专以气为命，以修命为宗，以水府求玄立教⑤，故详言命而略言性。是不知性也，究亦不知命。禅家专以神为性，以修性为宗，以离宫修定立教⑥，故详言性而略言命。是不知命也，究亦不知性。岂知性命本不相离，道释原无二致；神气虽有二用，性命则当双修也。

唯贤人之学，存心以养性，修身以立命⑦；圣人之学，尽性而至命⑧。谓性者神之始，神本于性，而性则未始神，神所由以灵；命者气之始，气本于性，而命则未始气，气所由以生。身中之精，寂然不动，盖刚健中正纯粹精者存⑨，乃性之所寄也，为命之根矣；心中之神，感而遂通⑩，盖喜怒哀惧爱恶欲者存，乃命之所寄也，为性之枢矣。性而心也，而一神之中炯；命而身也，而一气之周流。故身心，精神之舍也；而精神，性命之根也。

性之造化系乎心，命之造化系乎身。见解知识出于心哉，思虑念想，心役性也；举动应酬出于身哉，语默视听，身累命也。命有身累，则有生死；性受心役，则有去来。有生死，不能至命也；有去来，不能尽性也。

故盈天地间，皆是生气⑪，参赞两间，化育万物，其命之流行而不息者乎！盖生之理，具于命也。盈天地间，皆是灵觉明光[12]，上下照临，日月其性之炳然而不昧者乎！盖觉之灵，本于性也。未始性而能性我之性者，性之始也；未始命而能命我之命者，命之始也。[13]

天窍圆而藏性，地窍方而藏命。禀虚灵以成性，中天地以立命[14]。性成命立，其中有神。命蒂元气，性根元神。潜神于心，聚气于身，其中有道。

性有气质之性，有天赋之性；命有分定之命，有形气之命。君子修天赋之性，克气质之性；修形气之命，付分定之命[15]。分言之则二，合言之则一，其中有理。是以神不离气，气不离神——吾身之神气合，而后吾身之性命见矣。性不离命，命不离性——吾身之性命合，而后吾身未始性之性、未始命之命[16]见矣。

夫未始性之性、未始命之命，乃是吾之真性命也。我之真性命，即天地之真性命，亦即虚空之真性命也。故圣贤持戒定慧而虚其心[17]，炼精气神而保其身。身保则命基永固，心虚则性体常明。性常明则无来无去，命永固则何死何生。况死而去者，仅仅形骸耳，而我之真性命则通昼夜、配天地、彻古今者，何尝少有泯灭也哉！

尝观之草木焉：归根复命[18]，而性在其中矣；性而神也则花，花而实也而命又在其中矣。自形中之神以[19]入神中之性[20]，此之谓归根复命。又尝譬之男女构精焉：而一点之善[21]落于子宫者，气合之而为命也，而性即存于其间。其即一阴一阳之相搏，而一点落于黄中之中以成性[22]。乃妙合而凝、不测之神乎！此之谓性命妙合。

奈妙合之道不明，修性者遗命，且并率性之窍妙不得而知之[23]，矧能炼之乎[24]！非流于狂荡，则失于空寂[25]。不知其命，末后何归！修命者遗性，且并造命之功夫不得而知之，矧能守之乎！非执于有作，则失于无为[26]。不知其性，劫运何逃！

即二氏之初，亦岂如是乎？吾闻释迦生于西方，亦得金丹之道，是性命兼修，为最上乘法，号曰"金仙"。吕祖亦曰："只知性，不知命，此是修行第一病。只修祖性不修丹[27]，万劫阴灵难入圣。"岂但如今之导引者流，而以形骸为性命焉已哉！又岂但如今炼神炼气者流，而以神气为性命焉已哉！又岂但如今修性修命者流，而以性命为性命焉已哉！是皆不惟无益于性命，而且有害于性命。不知性命之真，良可叹也。

故尝论之，人在母腹，呼吸相含[28]，是以母之性命为性命，而非自为性命[29]；至于出胞断蒂，而后自为性命，然亦非真常之性命也。必于自为性命中，而养成乾元面目，露出一点真灵[30]，形依神，形不坏，神依性，神不灭。知性而尽性，尽性而至命，乃所谓虚空本体，无有尽时[31]，天地有坏，这个不坏，而能重立性命[32]、再造乾坤者也。故道家不知此，则谓之傍门；释氏不知此，则谓之外道。又焉能合天地之德，而与太虚同体哉！

噫！至此而性命之说无余旨矣！

----

①元始真如：元始，即本原、开始。真如，佛教指永恒常在之实体、实性。元始真如，指宇宙形成时即已存在的永恒常在的实性。

②一灵炯炯：一灵，指心灵或灵魂。炯炯，光明，明亮。一灵炯炯，指明晃晃的灵光。

③先天至精：先天的极为精纯的气。

④乾道变化，各正性命：天道不断地变化，在变化中，万物不断生育，并各依其本质被赋予生命。

⑤玄门：佛教和道教都有玄门之说，此指道教。水府求玄：指习练以调节呼吸为主的命功。因肾主水，所以肾亦称为水府。玄，玄妙。

⑥离宫修定：指坐禅，此为以调节意识为主的功法。离宫，指心。定，禅定。

⑦修身以立命：修养身心以顺从天命。立，树立。命，命令，指天的意志。

⑧尽性而至命：性首先达到了极点进而使命亦极致，即终其天年的意思。

⑨精：精气，乃元气中的精微部分，为生命的根源。刚健中正、纯粹精者：刚强、健壮、适中、正当、纯粹、精华之物。语出《易·乾》："刚健中正，纯粹精也。"原意是说，刚强、健壮、适中、正当，纯粹不杂，达到了极点。

⑩感而遂通：只要有所感，就可通达一切。

⑪生气：使万物生长发育之气，即下文所说之元气。

⑫灵觉明光：灵性光明，即下文所说之元神。元神和元气的运动，构成了宇宙万物存在与变化。

⑬未始性句：不曾有性而以我所说的性为性，是性的开始；不曾有命而以我所说的命为命，是命的开始。

⑭中天地句：禀受天地中和之气而成就了命。"中"在这里用如动词。

⑮付：原义是给与，引申为克服、克制，与上文"克"同义。

⑯未始性之性、未始命之命：性命不曾开始时的性和命，即先天的合乎"理"的性和命。

⑰持戒定慧而虚其心：修持戒、定、慧三学而使心归之于空。戒、定、慧是佛教的三无漏学：戒指戒律；定指禅定；慧指排除一切欲望和苦恼，专思佛教义理而达到涅槃的境界。

⑱归根复命：万物各返回它开始时的状态，返回它的本原。见《老子》十六章。

⑲以：通"倚"，动词，有"依"、"归"的意思。

⑳自形中句："自形中之神以人神中之性"就是神依于性的意思，也就是人们常说的"神不外驰"、"精神内守"之类。作者认为，做到了这一点就是"归根复命"，可以保住命根。

㉑一点之善：此处暗指精液。

㉒黄中：此处暗指子宫。

㉓率性：按照人的本性行事，此指修炼性功而言。

㉔矧：(shěn，审)，况且。

㉕非流于狂荡句：不是流于狂荡，就是失于空寂。狂荡本为放纵无拘束意，空寂本为虚无静寂意，但在这里却是指因只知修性不知修命、而且连修性之窍妙也一无所知而出现的两种极端的倾向。

㉖非执于有作句：不是拘泥于有为，就是失之于无为。在这里，"有作"与"无为"也是指气功修炼中的两种极端的倾向，

㉗只修祖性不修丹：即只炼性功，不炼命功。是炼气功的片面性，这样就不能达到性命双修。祖性，即始性，也就是先天之性。丹，指炼丹，属命功。

㉘人在母腹，呼吸相含：人在出生之前，他的呼吸包含在母亲的呼吸之中。这个"相"实际上偏指一方，而非互相之义。

㉙ 自为性命：即独立的性命。

㉚乾元：本指天，而天为阳，故乾元指阳。真灵：灵气，机敏。"觉之灵，本于性也"，所以真灵乃是性的表现。

㉛乃所谓虚空本体，无有尽时：这就是所谓虚空本体，没有穷尽的时候。"虚空本体"本指道，在这里比喻人的性命。

㉜重立性命：犹如说返老还童。"再造乾坤"也是这个意思。

死　生　说

大众好生恶死，以莫识死生。故生从何来、死从何去？徒在生前奔驰谋作，致大亏生道①，不得逍遥。故于死后涉茫沦落。不戳破此门，竟堕轮转。所以仙佛出世，汲汲以一大事因缘②，使人知去来处，徐徐引出生死苦海。

《易·系》曰③："原始要终，故知死生之说④。"盖无始之始⑤，强名乾元，即本来妙觉⑥；无终之终，强名道岸，即无余涅槃⑦。生而生也，而其所以生者，固在于此；至死而死也，而其所以不死者，亦在于此⑧。

此而不知，则未有不随生而存，随死而亡者，沉溺恶道，出没无期。生则是第八识神阿赖耶⑨主之，死亦是第八识神阿赖耶主之。投胎则此识先来，舍身则此识后去。故曰："去后来先作主公。"

《经颂》曰："善业从下冷，恶事从上冷。二皆至于心，一处同时舍⑩。"当此之际，如生龟解壳，活蟹落汤，地水火风，各自分散。而神既离形，但看世界与泼墨相似，东西莫辨，上下不知。只见有缘之处，一点妄明——见明色发⑪，明见想成，流爱为种，纳想为胎。入母中宫⑫，

禀气受质——气则顿具四大，渐成诸根；心则顿具四蕴，渐成诸识。十月胎完，及期而育。地覆天翻，人惊胞破，如行山巅蹶仆之状，头悬足撑而出，囫囵一声，天命真元著于祖窍[13]——昼居二目而藏于泥丸，夜潜两肾而蓄于丹鼎。乳以养其五脏，气则冲乎六腑[14]。骨弱如绵，肉滑如饴，精之至也；视而不瞬，哮而不嗄，和之至也。此乃赤子混沌，纯静无知，属阴，☷坤卦[15]。自一岁至三岁，长元气六十四铢，一阳生乎☳复卦[16]。至五岁，又长元气六十四铢，二阳生乎☱临卦。至八岁，又长元气六十四铢，三阳生乎☲泰卦。至十岁，又长元气六十四铢，四阳生乎☳大壮。至十三岁，又长元气六十四铢，五阳生乎☱夬卦。至十六岁，又长元气六十四铢，六阳，是为乾☰卦。盗天地三百六十铢之正气，原父母二十四铢之祖气，共得三百八十四铢，以全周天之造化而为一斤之数也。此时纯阳既备，微阴未萌，精气充实，如得师指，修炼性命，立可成功矣！自此以后，欲情一动[17]，元气即泄；不知禁忌，贪恋无已。故由十六至二十四岁，耗元气六十四铢，应乎☴姤卦。一阴初生，品物咸章，淳浇朴散，去本虽未远，履霜之戒已见于初爻[18]。若勤修炼，可谓不远复者矣！至三十二岁，耗元气六十四铢，应乎☶遁卦。二阴浸长，阳德渐消；欲虑蜂起，真源流荡[19]。然而血气方刚，志力果敢，若勤修炼，则建立丹基，亦易为力。至四十岁，又耗元气六十四铢，应乎☷否卦。天地不交，二气各复其所[20]。阴用事于内，阳失位于外。若勤于修炼，则危者可安，亡者可保。至四十八岁，又耗元气六十四铢，应乎☴观卦。二阳在外，而阳德微重[21]；阳上行而阴气盛。若勤修炼，则可抑方盛之阴柔，扶向微之阳德。至五十六岁，又耗元气六十四铢，应乎☶剥卦。五阴并升乎上，一阳将反乎下[22]。阴气横溃，阳力仅存。若勤修炼，如积火于将穷之木，布雨于垂槁之苗。至六十四岁，卦气已周[23]，所得天地父母之元气三百八十四铢，而为一斤之数者，耗散已尽，复返于☷坤。纯阴用事，阳气未萌。若勤修炼，时时采药，时时栽接[24]，则阴极而能生阳，穷上而能反下，革柔为刚，返老为强矣！于此时不遇至人，汲汲修炼，虽得余年，皆藉谷精以培后天之精气，无复有先天之元气矣，安能长生不死哉！

此所以虚化神，神化气，气化血，血化形，形化婴，婴化童，童化少，少化壮，壮化老，老化死，死复化为虚，虚复化为神，神复化为气，气复化为物，化化不间，犹环之无穷。

夫万物非欲生，不得不生；万物非欲死，不得不死。任他尘生尘灭，万死万生，不能脱离苦海。劫劫生生，轮回不绝；无终无始，如汲井轮。三界凡夫[25]，无一不遭此沉溺。故世人莫知生从何来，盍参父母未生前死从何来！知来然后知生处。世人莫问死从何去，盍参魂游魄降后生从何去[26]！知去然后知死处。死之机，由于生；生之机，原于死。无死机不死，无生机不生。生死之机两相关，世人所以有生死；生死之机不相关，至人所以超生死。有生死者身也，无生死者心也。敦复则心生，迷复则心死[27]。故仙佛愍之，说一切众生具有本来一灵真觉，但昏惑不见，使天命之性浪化迁流[28]；转转不悟，而世世堕落，失身于异类，透灵于别壳，至真性根不复于人[29]。我当以圣道令众生永离妄想，能致自身如仙家之长生、佛氏之不死云。

①奔驰谋作：指因好生恶死而作的一切毫无意义的努力不了解生与死的真正含义，也就不能有豁达的人生。大亏生道：极大地损害了求生之道。

②一大事因缘：产生生死的原因。"一大事"指生死之事。因缘，本佛教语，指产生结果的直接原因和促成这种结果的条件。

③《易·系》：即《周易》中的《系辞传》（亦称《易·大传》）。《系辞传》是从整体上泛论《易经》的著作，传为孔子所作，因为是"系"在整部《易经》后面的文字，故称之为《系辞传》。

④原始要终，故知死生之说：探究事物的本原和归宿，就知道生与死的含义所在。

⑤无始之始：天下万物都源于道，而道是天地间故有无始无终的。那么只能是无始之始，即无始无终的"始"。下文"无

终之终"与此意同。

⑥本来妙觉：即天地形成之前充斥于天地之间的灵性。

⑦道岸：道谛的终极目的，即彼岸。"道谛"乃佛教"四谛"之一，指消灭造成痛苦的"业"和"惑"，达到最高境界（即涅槃）的途径与方法。无余涅槃：涅槃指脱离一切烦恼所达到的永恒寂静的安乐境界，而"无余涅槃"又是涅槃的最高境界（相对于"有余涅槃"而言）。

⑧生而生也句：从上面的句子可以看出，人本从虚无中来，死后又回到虚无中去，所以人之所以有生、以及所以又能死而不死，原因都在这里。

⑨第八识神阿赖耶：即阿赖耶识，为佛教法相宗的第八识。所谓八识，包括眼、耳、鼻、舌、身、意、末那和阿赖耶，前六识又称为"六根"。

⑩《经颂》句：佛教认为，六道轮回；是由业所决定；而业又有善、恶之分。"善业从下冷"，是说人死之时，善业使人从下肢开始变冷。"恶业从上冷"同此相反。"一处同时会"，指死。

⑪色：佛教称一切有形质的能使人感触到的东西为色，如五根（眼耳鼻舌身）五境（色声香味触）等。

⑫中宫：此处指子宫。

⑬祖窍：在心脐之间。此窍的详细论述见《亨集·安神祖窍翕聚先天》。

⑭冲：以水灌注曰冲，此处则指气而言。六腑：即胆、小肠、胃、大肠、膀胱和三焦。

⑮此乃句：这是初生的婴儿混混沌沌，单纯平静无知的表现，属于阴，用坤卦（☷☷）表示。

⑯一阳生乎☷☷复卦：由坤卦（☷☷）到复卦（☷☳），其初爻（最下面一爻）由阴变成了阳，所以叫"一阳生乎复卦"。

⑰欲情：即情欲，指人的各种情感，而非指色欲一种。

⑱一阴初生：卦的初爻已由阳变阴。以下各句句式相同，不注。品物咸章：各类事物都显明起来。品物，即众多的事物。咸，都。章，同彰，显明。淳浇朴散：淳朴之性变得浮薄。浇，使减薄，浮薄。履霜之戒："履霜，坚冰至"的警告。意思是行于霜上而知严寒将至，因此要防微杜渐，及早预防。

⑲真源流荡：指本性之源的流失以至荡然无存。

⑳天地不交句：否卦（☰☷）的上卦是乾，代表天，在上，下卦是坤，代表地，在下，所以说"二气各复其所"。天气清而上升，地气重而下降，所以说"天地不交"。

㉑二阳在外，而阳德微重：观卦（☴☷）两个阳爻在外；而阳刚之德已微。微重，偏义复词，偏指微。

㉒五阴句：五个阴爻一起升到上面，仅存的一个阳爻将回到下面。这就是说，由于阴气太盛，上面仅存的阳爻也有可能变成阳爻。但这并不意味着阳的消失，因为从最下方的初爻还会产生出一阳而成为复卦（☷☳）；即使不产生，成了坤卦（☷☷），也还有阴极阳生的可能。

㉓卦气已周：卦已循环了一圈，指由初生时的坤卦又回到了坤卦。周，环绕，循环。

㉔时时采药，时时栽接：即经常进行气功修炼，采药、栽接都是炼气功的术语。

㉕三界：佛教把生死流转的人世间分为高下三个层次，即欲界、色界、无色界，全称三界。

㉖魂游魄降：指人死。魂魄，指人的精灵。古人认为，魂可脱离人体而存在，而魄则始终依于形体。

㉗教复句：教，厚道；迷，痴迷。复，恢复。按照作者的观点，痴迷非人之本性，故译文"复"字不作"恢复"解。

㉘一切众生：佛教称人类和其它一切生物为一切众生。浪化迁流：指世间物质的迁移转化。

㉙转转不悟：指在六道中不断轮回而总不觉悟。堕落：佛教称陷于恶道恶事为堕落。失身于异类：丧失生命而成为禽兽恶鬼之类。失身，丧失生命。异类，指禽兽恶鬼之类。于：动词，居。

邪　正　说

　　大道生天生地，天地生人生物。天地人物，一性同体。天有阴阳，地有刚柔，物有牝牡，人有男女。有阴阳，斯有日月星辰；有刚柔，斯有山川草木；有牝牡，斯有胎卵温化；有男女，斯有配偶生育。众生因配偶有淫欲，因生育有恩爱。有淫欲恩爱，故有魔障烦恼①；有魔障烦恼，故有一切苦厄；有一切苦厄，故有生老病死②。

　　是以太上蕴好生之德，开度世之门，著经立法，教人返朴还淳：无欲观妙，有欲观窍③；致虚守静，归根复命；早复重积，深根固蒂；得一，守中④；虚心实腹，弱志强骨⑤；挫锐解纷，和光同尘⑥；专气致柔，抱一无离；知雄守雌，知白守黑；闭门塞兑，被褐怀玉。窅窅冥冥，其精日生；恍恍惚惚，其精不泄⑦。日生则日长，不泄则不竭。精能化气，气能化神，神能还虚⑧。五行不能盗，阴阳不能制。与道为体，超出天地⑨。此乃老子清静无名之道也。

到汉魏伯阳真人，祖《金碧经》而作《参同契》，始有龙虎铅汞之名。爰及唐宗，诸仙迭出，丹经灿然，横说竖说，种种异名，载于丹书，不可胜数。究竟本来，无非吐露同出异名之一物耳！

盖圣师阐教敷扬，备细详说，实欲人人领悟、个个成真。殊不知名愈众而事愈繁，书愈多而道愈晦。况多为瘦辞隐语，孔窍其门，使学者无罅缝可入，往往目眩心摇，辄兴望洋之叹。幸吾师尹真人出，欲续大道之一丝，以复无名之古教。于是剪除繁芜，撮其枢要⑩；扫诸譬喻，独露真诠；摽摘正理，按图立象⑪；不可施于笔者笔之，不可发于语者语之——直指何者是铅汞，何者是龙虎，何者是鼎炉，何者是药物，何者谓之采取，何者谓之抽添，何者谓之温养，何者谓之火候，何者是真种子，何者是真性命，何者是结胎，何者是了当……历历发明，毫发无隐。后之有志于道者，再不为丹经所惑也。况丹经子书，汗牛充栋，讲理者多，留诀者少，初无下手入门，次无采药结胎，末无极则归着。后人不识次序，如何凑泊得来⑫！不免有搀前越后之差、首颠尾倒之乱。学道一生，不得其门而入者多矣！间有入门者，而不知升阶；有升阶者，而不知登堂；有登堂者，而不知入室。是以次第工夫，乃修真之首务，岂可缺焉！予最爱藏经中四句偈曰⑬："众生无边誓愿度，烦恼无尽誓愿断，法门无量誓愿学⑭，佛道无上誓愿成。"世尊亦曰："度尽众生，然后作佛。"区区由是发一念慈悲，罄将师投秘诀彻底掀翻，满盘托出，以吁徕后之有缘，复返天界而不沉溺于苦海中者，此予之心也。其一曰"涵养本原救护命宝⑮"，其二曰"安神祖窍翕聚先天"，其三曰"蛰藏气穴众妙归根"，其四曰"天人合发采药归炉"，其五曰"乾坤交媾去矿留金"，其六曰"灵丹入鼎长养圣胎"，其七曰"婴儿现形出离苦海"，其八曰"移神内院端拱冥心"，其九曰"本体虚空超出三界"。于中更有炼形、结胎、火候等诸心法，以全九转还丹之功⑯。大道口诀，至此吐露尽矣！

今之道者，峨冠方袍，自足自满，不肯低情下意，求师指授大道次第，惟只以盲引盲，趋入傍蹊曲径。岂知道法三千六百，大丹二十四品，皆是傍门。独此金丹一道，是条修行正路。除此之外，再无别途可以成仙作佛也。故法华会上，世尊指曰："唯此一事实，余二即非真。"尹真人曰："九十六种外道，三千六百傍门。任他一切皆幻，只我这些是真。"云房真人曰："道法三千六百门，人人各执一苗根。谁知些子玄关窍，不在三千六百门。"

盖玄关大道，难遇易成而见功迟；傍门小术，易学难成而见功速。是以贪财好色之徒，往往迷而不悟。其中有好炉火者，有好彼家者，有视顶门者，有守脐蒂者，有运双睛者，有守印堂者，有摩脐轮者，有摇夹脊者，有兜外肾者，有转辘轳者，有三峰采战者，有食乳对炉者，有闭息行气者，有屈伸导引者，有三田还返者，有双提金井者，有晒背卧冰者，有饵芝服术者，有纳气咽津者，有内视存想者，有休粮辟谷者，有忍寒食秽者，有搬精运气者，有观鼻调息者，有离妻入山者，有定观鉴形者，有熊经鸟伸者，有餐霞服气者，有长坐不卧者，有打七炼魔者，有禅定不语者，有斋戒断味者，有梦游仙境者，有默朝上帝者，有密咒驱邪者，有见闻转诵者，有食已精为还元者，有捏尾闾为闭关者，有炼小便为秋石者，有采女精为红铅者，有扶阳甩胞衣而炼紫河车者，有开关用黑铅而铸雌雄剑者，有闭目冥心而行八段锦者，有吐故纳新而行六字诀者，有面壁而志在降龙伏虎者，有轻举而思以驾凤骖螭者，有吞精咽华以翕日月者，有步罡履斗以窥星辰者，有依卦爻之序而朝屯暮蒙者，有售黄白之术而烧茅弄火者，有希慕长生不死者，有驰志白日飞升者，有着相执而不化者，有着空流而不返者，有持戒、定、慧而望解脱者，有祛贪嗔痴而思清静者，有生而愿超西域者，有死而愿登天堂者……似此泯泯棼棼，难以悉举。

道释者流，执此一术一诀，便谓金丹大道止于是矣。吁！此辈如管中窥豹、井底观天，妄引百端，支离万状，卒将至道破段分门，以迷指迷，盲修瞎炼，不肯自思己错，更将错路教人。是以王良器作《破迷歌》，陈泥丸作《罗浮吟》，钟离翁作《正道歌》，历举傍门诸术之非，以救错行邪径之失也。

于中亦有数条，可以攻疾病、救老残、益算延年、住世安乐，间或亦有超脱者，不过成个蓬岛仙、罗汉果耳[17]！故傅大士云："饶经八万劫，终是落空亡[18]。"此乃小乘功夫[19]，不合大道全体。故张平叔云："学仙须是学天仙，惟有金丹最的端。"

盖金丹之道，简而不繁，以虚无为体，以清静为用，有作以成其始，无为以成其终。从首至尾，并无高远难行之事。奈何世人，道在迩而求诸远，事在易而求诸难。背明投暗，不亦惑乎！

夫金者坚之称，丹者圆之喻，是人毗庐、性海乾元[20]面目。世尊名之空不空，如来藏，老君号之玄又玄、众妙门。以此而言道，谓之无上至尊之道；以此而言法，谓之最上一乘之法。三教圣贤，皆从此出。修行正路，孰有正于此哉！

予之本怀，正欲乘此皇极昭明之世，与群生同种乾元之因，共结龙华之伴[21]。故作此说，而挽邪归正，并吾师所授诸图诀窍，明明指出，俾诸学者印证丹经、一览而无疑矣！

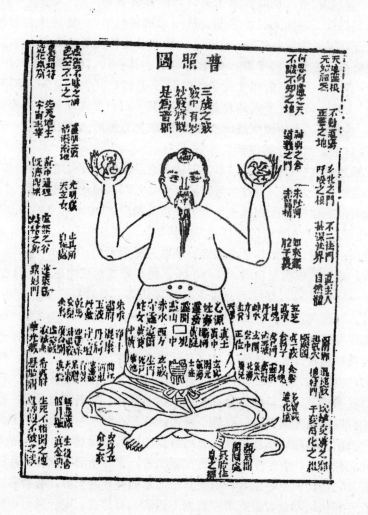

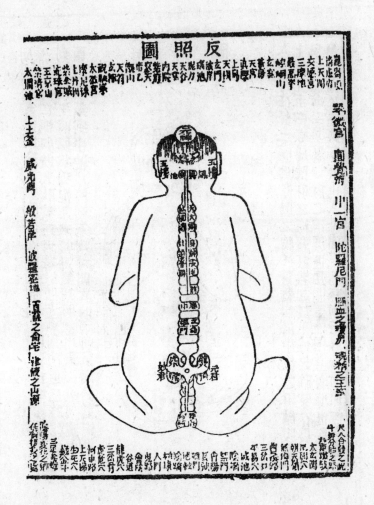

反照圖

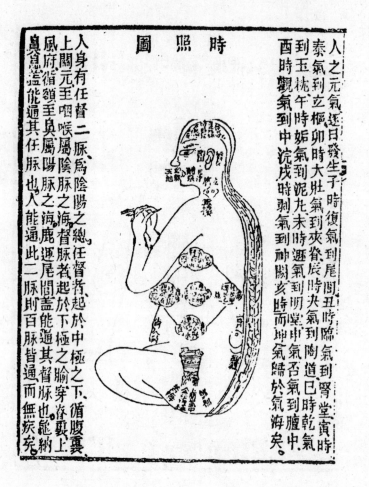

時照圖

人之元氣遲日發生子時復氣到尾閭丑時臨氣到腎堂寅時泰氣到玄樞卯時大壯氣到夾脊辰時夬氣到陶道巳時乾氣到玉枕午時姤氣到泥丸未時遯氣到明堂申時否氣到膻中西時觀氣到中洗戌時剝氣到神闕亥時而坤氣歸於氣海矣。

人身有任督二脈、為陰陽之總、任督為起於中極之下、循腹囊上關元、至咽喉屬陰脈之海、督脈者起於下極之腧、穿脊裏上風府、循領至臭鹿、逕尾閭、蓋能逼其督脈也、能納鼻臭、蓋能逼其任脈也、人能逼此二脈、則百脈皆通、而無疾矣。

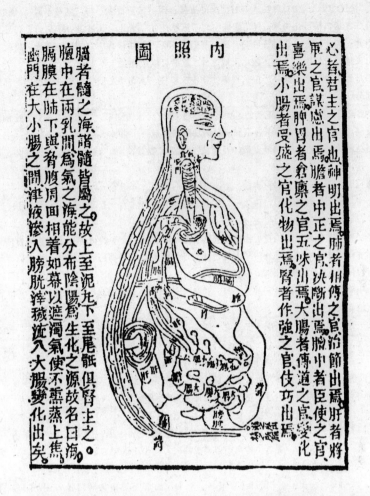

内照图

心者君主之官也，神明出焉。肺者相傳之官，治節出焉。肝者將軍之官，謀慮出焉。膽者中正之官，決斷出焉。膻中者臣使之官，喜樂出焉。脾胃者倉廩之官，五味出焉。大腸者傳道之官，變化出焉。小腸者受盛之官，化物出焉。腎者作強之官，伎巧出焉。

膈膜在肺下與脊脅周迴相著，如幕以遮濁氣，使不熏蒸上焦。腦者髓之海，諸髓皆屬之，故上至泥丸下至尾骶俱腎主之。腹中在兩乳間為氣之海，能分布陰陽為生化之源，故名曰海。臍門在大小腸之間，津液滲入膀胱，滓穢流入大腸變化出矣。

普照图之上一层者，直指心源、性海之窍；中一层者，直指黄中、正位之窍；下一层者，直指关元、气海之窍。此谓前三关也。返照图之下一层者，指出尾闾、太玄之窍；中一层者，指出夹脊、双关之窍；上一层者，指出天谷、泥丸之窍。此谓后三关也。丹阳云，"前三三，后三三，收拾起，一担担"②，是此义也。时照图者，发明阳升阴降之机、四象环中之妙。内照图者，指示五脏六腑、二十四椎、任督两脉，使内观[23]者知有下手处。若人不明窍而言修，犹人未能立而言行也。从古诸仙，皆口口相传，心心相授，不敢明将此窍示人，是惧泄天机之故耳。吾师尹公，开佛之正知见[24]，等众生知一子，绘此四图，接引后之迷者，意在普度有缘。同出生死苦海。

---

①魔障：佛家语，指魔王设置的障碍。泛指波折、挫折、干扰、意外等。

②苦厄：苦难。厄，穷困、灾难。有一切苦厄，故有生老病死，这是佛教的观点。佛教以为，人生"一切皆苦"。共有八种：生苦、老苦、病苦、死苦、爱别离苦、怨憎会苦、求不得苦和五盛阴苦。

③无欲观妙，有欲观窍：语出《老子》一章："故常无，欲以观其妙；常有，欲以观其徼。"意思是说：从永恒的无的角度观察无中生有的微妙，从永恒的有的角度观察有又还无的归宿。徼（jiào，叫），归宿。

④守中：静守心中。中，指心，也可指道。

⑤虚心实腹，弱志强骨：使心虚，使腹实，使志弱，使骨强。意思是要排除一切杂念，不为外物所诱，去追求永恒之道。

⑥和光同尘：使光柔和而与尘垢混同。意思是说有光则尘垢现，无光则可与之混同。出处同上。

⑦窅窅冥冥，其精日生；恍恍惚惚，其精不泄：在窅窅冥冥之中，人身之精一天天地产生；在恍恍惚惚之中，人身之精闭而不泄。"窅窅冥冥"与"恍恍惚惚"，是对练功入静时情况的描述；而"其精日生"与"其精不泄"，说的是练功的结果。

⑧精能化气：通过练气功，精可化为气。气功修炼中之"炼精化气"指此。通过进一步修炼，可达到"气能化神"气功修炼中之"炼气化神"指此。神能还虚：通过练气功，神可复归于虚无。气功修炼中之"炼神还虚"指此。

⑨与道为体，超出天地：与道融为一体，超出天地之外，意谓可以成仙长生不老。

⑩撮其枢要：集中丹经中最关键的部分。撮，聚集，集中。枢要，本指中心或中央政权中机要的部门或官职，此处指丹经中最重要的、关键的部分。

⑪摽（biāo，标）摘正理：揭示和选取正确的道理。摽，通"标"。按图立象：依照原有的丹经中的图重新绘图。

⑫凑泊：聚合、凝结。这里是指把练功中各不同阶段的功法攒凑成一个整体。

⑬藏经：佛教经书总称为大藏经或一切经，藏经及佛藏、释藏等皆其简称。藏（zàng，脏）。偈（jì，济），梵语偈佗的简称，指佛经中的颂词。

⑭法门：佛教称修行者入道的门径，亦称佛门。此处指佛教的义理、修行等。

⑮涵养本原救护命宝：此为九转还丹的口诀之一，其含义见本书亨集《第一节口诀》。以下各口诀，在本书中详细解释，故此处不再一一注解。

⑯心法：佛教称经经典文字以外以心传授的佛法为心法。此处指不见于文字的口传心受的修炼方法。九转还丹：经反复锻炼所成之丹。转，循环变化。按道家丹术有外丹与内丹之分，外丹一般指以矿物药物为原料，烧之以鼎炉以制成丹药（外丹有时也指气功修炼），而内丹则专指习练气功而言。此处指内丹。

⑰罗汉果：罗汉为小乘佛教修证的果地，共分九等，其第五等生"舍念清净地"，得罗汉果。凡得罗汉果者可折服现行烦恼'但不能还灭根本烦恼和所知障。

⑱空亡：古代以天干地支纪日，十天干配十二地支，所余二地支称为空亡。空亡亦称"孤虚"，为凶辰。此处空亡指未得正果，未能成仙了道。

⑲小乘：佛教语。大乘佛教流行之后，原部派佛教被贬称为小乘。

⑳性海：佛教指真如的理性，宽广如海。而真如是"真实"、"如常"的意思。文中把金丹比作真如，是因为在作者看来，只有它才是真实的，而人身则是虚幻的，不过"是四大假合之物耳"！乾元：天。文中把金丹比作天，是因为大作者看来二者有许多相似之处。

㉑乾元之因：乾元即天即金丹（见上文）；乾元之因，犹如说金丹的种子。因，因果的因，佛家语。共结龙华之伴：龙华，树名。树高、广各四十里，华枝如龙头，故名。传弥勒得道成佛时，尝坐于该树之下。共结龙华之伴，是共同结伴修行、共同得道的意思。

㉒前三三，后三三，收拾起，一担担："前三三指心源、性海（心源与性海为同窍异名。下同），黄中、正位，关元、气海、三关，共九窍（每一关有左、中、右三窍。后三关亦同）。"后三三"指尾闾、太玄，夹脊、双关，天谷、泥丸三关，亦为九窍。全句话的意思是说"前三三"与"后三三"诸窍，彼此间有非常密切的联系，是一个统一的整体。

㉓内观：返观内视。

㉔正知见：正确的见解、知识。"正知见"来自佛家的"正遍知"一语，而"正遍知"为梵语三貌三佛佗的意译。

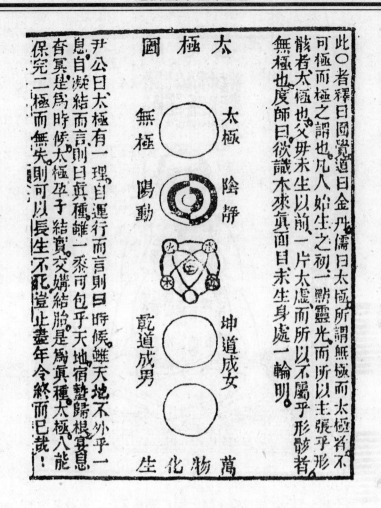

此〇者，释曰圆觉，道曰金丹，儒曰太极。所谓无极而太极者，不可极而极之谓也。凡人始生之初，一点灵光，而所以主张乎形骸者。散者太极也，父毋未生以前，一片太虚，而所以不属乎形骸、无极也。度师曰：欲识本来真面目，未生身处一轮明。

太极圆图

太极　　○

无极　　◉　　阴静
阳动

火　戊
木　　己　　土　坤道成女
乾道成男　　水

○

○

万物化生

尹公曰：太极有一理，自运行而言则曰时候，雌一黍可包乎天地宿蛰归根。实息自凝结而言则曰真种，虽一黍可包乎天地宿蛰归根。实息冥冥是为时候，太极孕子结实交媾结胎，是为真种太极八能，保完二极而无失，则可以长生不化，尽止尽年令终而已哉！

太极发挥

大哉，吾身之太极[①]！生生化化，与天地终；长生不化，超出天地。戒伤生，忌恶化，可以尽年，可以令终[②]；绝其生，断其化，可以长生，可以不死。尽年令终，与凡夫异；长生不化，与仙佛同。两者皆从太极中出，而作用不同。

人皆知太极在未有天地万物之先，而不知既有天地万物，各有太极具焉。太极有"时候"，有"真种"。未有天地，万物之太极在戌亥二会。有此二会太极，斯有一元造化。每年太极，在九月十月。有此两月太极，斯有一年造化。每月太极，在二十六至三十。有此五日太极，斯有一月造化。每日太极，在戌亥二时。有此二时太极，斯有一日造化。一时太极，在窈窈冥冥二候[③]。有此二候太极，斯有一时造化。动物太极，在宿蛰孕字。植物太极，在归根结实。人身太极，在晏息窈冥，交媾结胎。

交媾有时，调养有法，不伤太极，此尽年令终；断绝淫欲，时入窈冥，保完太极，此乃长生不化。尽年令终之道，亦有毁坏；长生不化之道，可以成仙，可以作佛，终无毁坏。岂直异于凡夫、别于草木禽兽云乎哉！

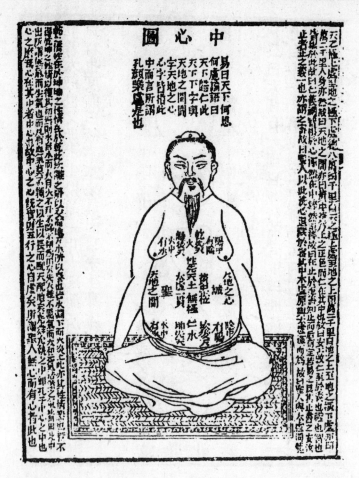

　　此图直指人心虚灵不昧一窍④，而说空上窍，元是廓然无际、神妙莫测的，元是浑然大中⑤、不偏不倚的，元是粹然至善⑥、纯一不杂的。昭昭乎，本是圆明洞彻而无碍。以为有，不睹不闻，奚所有也？以为无，至灵至神，未尝无也。本无方所，亦无始终。未有天地万物之先，这个元是如此；既有天地万物之后，这个只是如此。

　　至无至有，至有至无，乃乾坤之灵体，元化之玄枢，人人性命之本源，天下万物万事之大本。太易所谓太极四象八卦皆由此出。大舜之谓"中"，孔子之谓"一"。帝王之授受，圣贤之相传。明此，便是克明峻德；知此，便是知易；见此，便是见道；立此，便是立天下之大本；通此，性由我尽，命自我立，造化尽在我矣！

---

　　① 吾身之太极：太极，中国古代哲学术语，指原始混沌之气，为派生万物的本原。

　　② 令终：善终。即不遭祸患，尽终天年。令，善。

　　③ 窈窈冥冥：指练气功入静时所达到的某种境界。

　　④ 人心虚灵不昧一窍：指祖窍。此窍位于人身之正中，仁、义、礼、智皆根于此。

　　⑤ 浑然大中：浑浑然而尊大居中。浑然，浑然一体，分不清。大中，尊大居中，无过无不及，恰如其分。

　　⑥ 粹然至善：纯粹的善，善到了极点。

火龙水虎说

　　夫黑铅、水虎①者，是天地发生之根，乃有质而有气也；红铅、火龙者②，是天地发生之本，乃有气而无质也。有质者，真铅也，太阴月之精也，为天地万物育形之母；无质者，真汞也，太阳日之光也，为天地万物发生之父。铅汞之体，互相孳胤，循环不绝，可谓生天、生地、生万物之祖宗也。

　　古之至人，知神物隐于此，假法象而采取太阴之精③，设鼎器而诱会太阳之气，使归神室，混混相交，交合不已，孳产无穷，而木中生魂，金中生魄，④魂魄凝然，化为鄞鄂，交结百宝，名曰金液还丹。

---

　　① 黑铅、水虎：皆指"肾气中之水"，即真阴。在道教内丹说中，还有其它名称，都是一个意思，如真铅、真虎、太阴月之精、黄芽、元精、真一之精、玄天神水等。

　　② 红铅、火龙：皆指"心液中之气"，即真阳。别名有真龙、真汞、流珠、姹女、太阳日之光等。

　　③ 神物：神奇灵异之物，此处指铅汞而言。假法象：借助于自然现象。此指借用日、月、水、火等称谓。

　　④ 木中生魂，金中生魄：肝中产生出魂，肺中产生出魄。魂与魄分别为肝、肺之神。肝在五行属木，故木指肝；肺在五行属金，故金指肺。

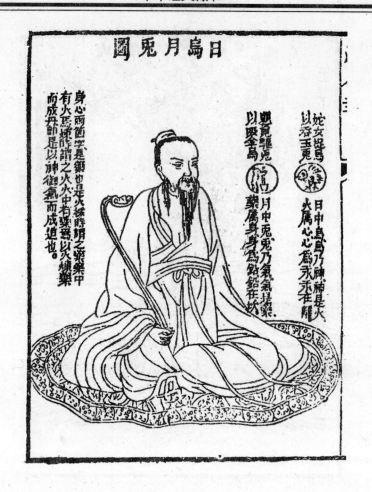

日乌月兔说

　　日者，阳也。阳内含阴，象砂中有汞也。阳无阴，则不能自耀其魂①。故名曰"雌火"，乃阳中含阴也。日中有乌②，卦属南方，谓之"离女"。故曰："日居离位反为女"。

　　月者，阴也。阴内含阳，象铅中有银也。阴无阳，则不能自荧其魄。故名曰"雄金"，乃阴中含阳也。月中有兔，卦属北方，谓之"坎男"。故曰："坎配蟾宫却是男。"

　　无漏云："铅求玉兔脑中精，汞取金乌心内血③。只驱二物结成丹，至道不繁无扭捏。"《悟真》云："先把乾坤为鼎器，次抟乌兔药来烹④。既驱二物归黄道⑤，争得金丹不解生！"二物者，一体也。

----

　　① 自耀其魂：与下面的"自荧其魄"是一个意思，即自己显示出其成为阳或成为阴的"灵魂"来。表现阴与阳相辅相成，相互依存的关系。

　　② 日中有乌：相传日中有三足乌，故言。乌（或称"金乌"）亦日也。日中有乌，象阳中有阴。

　　③ 铅求玉兔脑中精，汞取金乌心内血：这两句是隐语，铅与汞都是炼丹的药物，而铅指的是我们身体中的阴，即气；汞指的是我们身体中的阳、即神。

　　④ 次抟乌兔药来烹：再把体内的"金乌"（神）"玉兔"（气）作为药物聚合到一起进行烹炼。

　　⑤ 黄道：古人想象中的太阳绕地运行的轨道，此指人身之任督二脉而言。

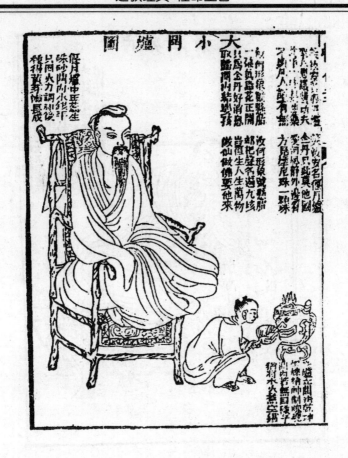

大小鼎炉说

凡修金液大丹，必先安炉立鼎。鼎之为器，匪金匪铁；炉之为具，匪玉匪石。

黄庭为鼎①，气穴为炉。黄庭正在气穴上，缕络相连，乃人身百脉交会之处。鼎卦曰"正位凝命"是也。此谓之小鼎炉也。

乾位为鼎，坤位为炉。鼎中有水银之阴，即火龙性根也②；炉内有玉蕊之阳③，即水虎命蒂也④。虎在下，为发火之枢机；龙居上，起腾云之风浪。若炉内阳升阴降无差，则鼎中天魂地魄留恋。青龙与白虎相拘，玉兔与金乌相抱，火候调停⑤，炼成至宝。故青霞子曰⑥："鼎鼎非金鼎，炉炉非玉炉。火从脐下发，水向顶中符。三姓既会合，二物自相拘。固济胎不泄，变化在须臾。"此谓之大鼎炉也。

----

① 黄庭：指体内虚空一窍。关于它的具体位置，诸家说法略有不同，这大概与各人的体会与语言的表述等有关。

② 火龙性根：火龙的本性。火龙，指真阳；详见《火龙水虎说》注。性根，即根性、本性。

③ 炉内有玉蕊之阳：即阴中有阳。在内丹修炼炉为坤位，自当属阴；玉蕊，花名，喻阳。

④ 水虎命蒂：水虎的命根。水虎，指真阴；详见《火龙水虎说》注。

⑤ 火候调停：火候，本指火力大小、缓急、时间长短的调控，此指内丹修炼中用意念（神）来调节呼吸。

⑥ 青霞子：名苏元朗，又名苏玄朗，尝居青霞谷，因以为号。原为烧炼金丹，后汉炼外丹为内丹，著有《龙虎金液还丹通远论》。

内外二药说

凡修炼者，先修外药，后修内药①。若高上之士，夙植灵根，故不炼外药便炼内药。

内药无为无不为，外药有为有以为②。内药无形无质而实有，外药有体有形而实无。外药可以治病，可以长生久视；内药可以超越，可以出有人无③。外药外阴阳往来，内药内坎离辐辏。

以外药言之，交感之精④，先要不漏；呼吸之气，更要微微；思虑之神，贵在安静。

以内药言之，炼精者，炼元精，抽坎中之元阳也。元精固，则交感之精自不泄漏。炼气者，炼元气，补离中之元阴也。元气住，则呼吸之气自不出入。炼神者，炼元神，坎离合体而复乾元。元神凝，则思虑之神自然泰定。

内外兼修，成仙必矣！

---

① 先修外药，后修内药：此言修炼金液还丹的次第。关于内药与外药，伍冲虚在《天仙正理》中有详细的论述，他认为：由于外界的刺激，人不免会产生种种的欲望、思想和行为，如视、听、言、动、淫欲，等等。这些欲望、思想和行为都是"向外发生"的，并且都是由"先天祖气"所化生或以之为载体的。"取此发生于外"的气，使之"复返于内"，是金丹修炼的重要内容。这气"虽从内生，却从外来"，所以称之为"外药"。而若与外无关，"只动于发生之地，因其不离于内"，则称为"内药"。

② 无为无不为：主观和行动上无为而客观上无所不为。有为有以为：行动上有所为，并有明确的目的。

③ 出有入无：出于有而归于虚无。

④ 元精：即先天之精，为元气之精华，生命之根本，是与生俱来的。伍冲虚说，凡从有念而来者为交媾之精，从无念而来者为先天元精。元精乃身中无形之精，隐于寂寞之中，静极而动则生。

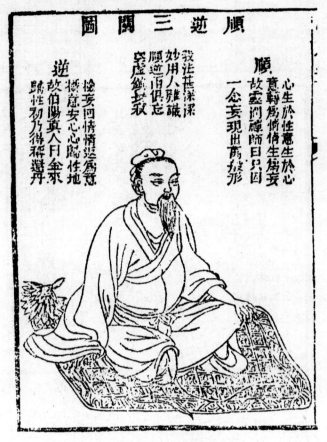

顺逆三关说

道生一，一生二，二生三，三生万物。此所谓顺去生人生物。今则形化精，精化气，气化神，神化虚。此所谓逆来成佛成仙。

初关炼精化气者，要识天癸生时①，急急采之。采时须以徘徊之意②，引火逼金。所谓"火逼金行颠倒转，自然鼎内大丹凝"③。中关炼气化神者，乘此火力炽盛，驾动河车，自太玄关逆流至天谷穴，气与神合，然后下降黄房④。所谓"乾坤交媾罢，一点落黄庭"。上关炼神还虚者，守一抱元，以神归于毗卢性海。

盖三关自有为入无为者，渐法也⑤；修上一关兼下二关者，顿法也⑥。若径做炼神还虚者，工夫到虚极静笃时，精自化气，气自化神，即关尹子忘精神而超生之旨也。

① 天癸：指肾中精气充盛到一定阶段所产生的一种促进性腺发育成熟的物质，有时也指男子精液或女子月经。在此处则指静极而动所生之元精；元精生时即所谓"一阳生"之时，又称"活子时"。

② 采时须以徘徊之意：此言采药之时要注意掌握火候（用意念来调节呼吸），要做到"绝不着意于火，亦不驰意于火"

③　火逼金行颠倒转，自然腹内大丹凝：即以神驭气，使元气沿督脉上升、任脉下降，如此腹内大丹自然凝结。这种运气与设炼功人气的走问是相反的，因此说"颠倒转"。

④　太玄关：即尾闾，在二十四椎下尽头处。此处上通丹田，前通外肾，后通尾闾。天谷穴：亦称泥丸，即脑，即上丹田。黄房：此处指黄庭。

⑤　渐法：佛教修行方法之一。主张这一方法的人认为，人心虽有佛性，但障碍甚多，必须渐次修行，方能领悟而达于涅槃。

⑥　顿法：与渐法对立的一种修行方法。主张这一方法的人认为，人心本有佛性，故可顿然破除妄念，悟得佛果。

尽性了命说

丹田喻日，心中元性喻月。日光自返照月，盖交会之后宝体乃生金也①。月受日气，故初三生一阳者②，丹既居鼎，觉一点灵光自心常照而无昼夜。一阳生于月之八日，而二阳产矣。二阳者，丹之金气少旺而元性又少现③。自二阳生之于望，而三阳纯矣④。三阳纯者，是所谓元性尽现，而如月之圆也。月既圆矣，十六而一阴生。一阴者，性归于命之始也。自一阴生至月之二十三，而二阴产矣。二阴者，乃性归于命三之二也。自二阴生，于月之三十日，而三阴全矣。三阴全，乃性尽归于命也。方其始也以命而取性；性全矣，又以性而安命⑤。此是性命双修大机括处。

①　日光自返照月，盖交会之后宝体乃生金也：全句是说龙虎交媾之后身体中所出现的变化。宝体生金，即身中产生真阳之气，此即所谓一阳生之时。

②　初三生一阳：这是用一月之中月亮的圆缺变化比喻炼丹的火侯。初三生一阳，即阴历初三月光渐明，比喻体内一阳初生，即真阳之气开始产生。

③　二阳者，丹之金气少旺而元性又少现：二阳是阳气稍旺、元性少现的意思。少，音、义都同"稍"。

④　自二阳生之于望，而三阳纯矣：从二阳生到十五日，三阳已纯。望，阴历每月十五日。之，至。十五日月满阳纯，比喻铅汞壮盛，真阳充满。

⑤方其始也，以命而取性；性全矣，又以性而安命：当修炼开始的时候，是通过修命（炼气）来修性（炼神）；性合它全（即神全）之后，又用修性（炼神）来修命。这是性命双修的关键。

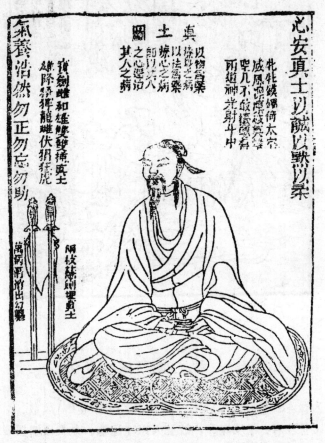

真土根心说

夫天之气之所从生者，盖蕴于天地之"土"中而无尽藏①也；人之气之所从生者，盖蕴于人身之"土"中而无尽藏也。故仁义礼智之根根于心，犹草木之根根于土。草木之根根于土，自然畅茂而修达；仁义礼智之根根于心，自然生色而晬面。《孟子》曰："居移气，养移体②。"《大学》曰："心广体胖。"心既广矣，体复胖矣，而谓病之不去体者，妄也。至若枝叶之或憔悴而枯槁也，则又如之何？亦惟直从于其根焉而培之，而溉之。培之、溉之，而生意有不复息乎！盖草木之根病，则枝叶病。若人之心，犹草木之根也。心病则身病，心不病则身不病。故身病由于心病；而"体胖"数语，乃去病之圣药也。

① 无尽藏：出自佛家语，原拂法无边，引伸用于万物，是无穷无尽的意思。
② 居移气，养移体：居处能改变人的气质，奉养能改变人的体魄。语出《孟子·尽心上》："居移气，养移体，大哉居乎！"

魂 魄 说

鬼云为魂，鬼白为魄。云者风，风者木；白者气，气者金①。风散，故轻清。轻清者，魄从魂升。金风，故重浊。重浊者，魂从魄降。故圣人以魂运魄，众人以魄摄魂②。

魂昼寓目，魄夜舍肝；寓目能见，舍肝能梦。梦多者，魄制魂；觉多者，魂胜魄。

盖因魄有精，因精有魂，因魂有神，因神有意，因意有魄③。五者运行不已，所以我之真心发动，造化几亿万岁，未有穷极。夫核芽相生，不知其几万株。天地虽大，不能芽空中之核。雌卵相生，不知其几万禽。阴阳虽妙，不能卵无雄之雌。是以圣人，万物之来，对之以性而不对之以心。性者，心未萌也。无心则无意，无意则无魄，无魄则不受生④。而轮回永息矣。

① 云者风，风者木；白者气，气者金：这是把"云"与"白"即"魂"与"魄"按照五行进行归类，前者属木而后者属金。在人的五肺中，肝亦属木而肺亦属金。故魂为肝之神，魄为肺之神。

② 圣人以魂运魄，众人以魄摄魂：圣人用魂来运转魄，众人用魄来牵制魂。以魂运魄即进行气功修炼而"成佛成仙"，而"以魄摄魂"则只能永远是凡人。

③ 因魄有精，因精有魂，因魂有神，因神有意，因意有魄：魄、精、魂、神、意分别属于五行的金、水、木、火、土，

而金生水、水生木，木生火，火生土，故言。因，借着。

④　无魄则不受生：没有魄就不会再开始新的生命。佛教认为，新的生命的开始也就是新的轮回的开始。

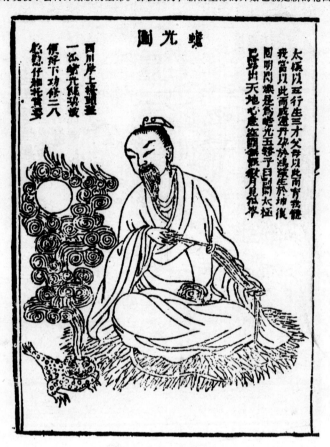

蟾　光　说

太虚寥阔，皓月粲然；雪浪翻腾，金蟾吐耀。人见月之所以明，而曰："金精盛，则月明焉。"孰知金之所以生者，自月而产也。人见金之产于月，而不知月之明本出于日也。

月者，喻元性也。水，喻坎宫也。金蟾者，喻一点真阳之窍也。元性喻月，性之用也。性之初见，圆陀陀，光烁烁，状似流星①。盖气质之性稍息而元阳真性就见，如云开则月现，雾散则旸辉。才见此物分明，便是元气产矣。速急采取，譬之见贼便捉，毋令再逸；收归于鼎器之中，则一点元气蟾光终不可得而出矣②。

①　性之初见，圆陀陀，光烁烁，状似流星："圆陀陀，光烁烁，状似流星"，这是元性初现时眼前呈现的景象。元性初现即元气产生。

②　蟾光：本指月光，而在这里则指在炼精化气阶段元气产生时眼前所出现的景象，它是元气产生的标志。

降 龙 说

离、日为汞，中有己土，强名曰龙。其形狞恶，主生人杀人之权，专成佛成仙之道。威能变化，感而遂通[①]；云行雨施，品物流形。乾之九二："见龙在田，利见大人。"子曰："龙德而正中"也[②]。

世人不悟此龙生生之功，每服其害。若人悟而畏之，调而驭之，则能降此狞恶之龙而积至精之汞。降之者，制其心中真火。火性不飞，则龙可制而有得铅之时。故曰：不积汞，何以取其铅；不降龙，无以伏其虎。且真铅真汞，未易相投；而真龙真虎，亦难降伏。学道者若能了得这个字，其他事皆末务也。

---

① 威能变化，感而遂通：威武而能变化，有了感应，就能贯通一切。感而遂通，出自《易·系辞上传》。这是作者对"龙"即心中之神的赞美。

② 龙德而正中：语出《易·乾》这里，作者借用这句话是要赞美"龙"的作用。

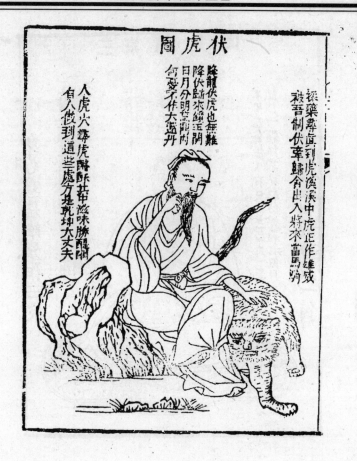

伏 虎 说

坎、月为铅，中有戊土，强名曰虎。其形猖狂，虽能伤人杀人，却蕴大乘气象①。举动风威，叩之则应②；含弘光大，品物资生③。文王重易曰："履虎尾，不咥人，亨。"又曰："履道坦坦，幽人贞吉。孔子曰："素履之往，独行愿也。"

若人悟而畏之，驯而调之，则能伏此猖狂之虎以产先天之铅。伏之者，伏身中真水。水源至清，则虎可伏而无咥人之害。故历代圣师以降龙为炼己，以伏虎为持心。是以纯阳翁云，"七返还丹在人，先须炼己待时"；紫阳翁云，"若要修成九转，先须炼己持心"，皆此义也。

---

①　大乘气象：大乘，佛教的教法之一，流行于公元二世纪之后，注重理论，自以为可普渡众生，故自名为大乘，而称早期佛教中注重修持的一派为小乘。气象，景象。

②　举动风威，叩之则应：虎行动起来威风凛凛，敲打一下马上就能响应。

③　含弘光大，品物资生：含弘光大，意为包容广阔，光明远大的意思。品物资生，是说各种各类的物，都能顺利生长。

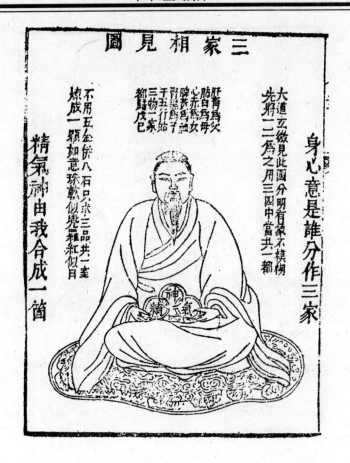

三家相见说

　　身心意谓之三家；三家相见者，胎圆①也。精气神谓之三元；三元合一者，丹成也。

　　摄三归一②，在乎虚静：虚其心，则神与性合③；静其身，则精与情寂④；意大定⑤，则三元混一。情合性，谓之金木并；精合神，谓之水火交；意大定，谓之五行全。然而精化气者，由身之不动也；气化神者，由心之不动也⑥；神化虚者，由意之不动也⑦。心若不动，则东三南二同成五也；身若不动，则北一西方四共之也；意若不动，则戊己还从生数五也⑧。身心意合，则三家相见、结婴儿也⑨。

---

　　① 胎圆：指经过一定时间的修炼所达到的某种境界。

　　② 摄三归一：分别把身心意、精气神拘到一起，使之合而为一。摄，拉、拽，拘。

　　③ 神与性：《脉望》说："先天一点灵明，是曰性；从虚无生灵，是曰神。"性是先天的；而神是性的表现，神来源于性，而性是神的本始。

　　④ 精与情：这里精有两个含义：一是禀受于父母、与生俱来的。二是指生殖之精，有了它，才有人体，才能繁育后代。而情则指人的感情、情绪。

　　⑤ 意大定，谓之五行全：五行，指金木水火土。性为木，情为金，精为水，神为火，这就是所谓"四象"；意大定时，四象会于中宫，中宫为脾为意，属土。故曰："意大定，谓之五行全。"

　　⑥ 心若不动，则东三南二同成五也：这句话与"虚其心，则神与性合"意思相近，是用五行来说明"虚其心"的结果：

"东三"为木（木即性），"南二"为火（火即神）；木生火，木乃火之母，两性一家，故曰："同成五"。

⑦　身若不动，则北一西方四共之也：这句话同"静其身，则精与情寂"意思相近，也是用五行来说明"静其身"的结果："北一"为水（水即精），"西方四"为金（金即情）；金生水，金为水母，两性一家，故曰"共之"。

⑧　意若不动，则戊己还从生数五也：这句话和"意大定，则三元混一"意思相近，也是用"河图"来说明"意大定"的结果："戊己"即土，为意，无偶自成一家，其数为五。

⑨　身心意合，则三家相见，结婴儿也：这一句是全文的总结，身心意合，叫做"三家相见"就能使三元五行混而为一而成就大丹。

和合四象说

四象者，青龙、白虎、朱雀、玄武也；五行者，金、木、水、火、土也。龙木生火，同属乎心。心者，象帝之先灵妙，本有中之真无也。心若不动，则龙吟风起、朱雀敛翼①，而元气聚矣。虎金生水，同系乎身②。身者，历劫以来清净，自无中之妙有也②。身若不动，则虎啸风生、玄龟潜伏③，而元精凝矣。精凝气聚，则金木水火混融于真土之中，而精神魂魄攒簇于真意之内。

真意者，乾元也。乃天地之母，阴阳之根，水火之本，日月之宗，三才之源，五行之祖。万物赖之以生成，千灵承之以舒惨。意若不动，则二物交，三宝结，四象和合，五行攒簇，俱会入于中宫而大丹成矣。故紫阳云，"五行全要入中央"，盖谓此也。

---

①　龙吟风起、朱雀敛翼：比喻元气产生，心神平静。

②　虎金生水，同系乎身：虎本属金，而生于水，此用"五行不顺行，虎向水中生"之意。虎、金、水三者皆指肾中之气，同来自人的自身。

③　身者，历劫以来清净，自无中之妙有也：肾是天地形成以来的"清净"之物，是"无"中神妙的"有"。劫，佛教称天地从形成到毁灭为一劫。

④　虎啸风生，玄龟潜伏：比喻元精产生，精不外泄。

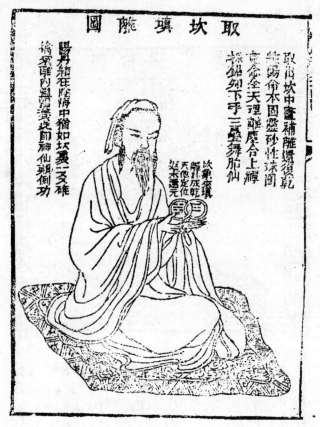

取坎填离说

铅汞者①，太极初分，先天之气也。先天气者，龙虎初弦之气也。虎居北方坎水之中，而坎中阳爻原属于乾。劫运未交之先，乾因颠蹶驰骤②，误陷于坤。乾之中爻损而成离，离本汞居。故曰坎内黄男名汞祖也。龙居南方离火之内，而离中阴爻原属于坤。混沌撇落之后，坤因含受孳育，得配于乾。坤之中爻实而为坎，坎本铅舍。故曰离中玄女是铅家也。似此男女异室，铅汞异炉，阴阳不交，则天地否矣。圣人以意为黄婆，引坎内黄男，配离中玄女。夫妻一媾，即变纯乾，谓之"取坎填离，复我先天本体"。故《悟真篇》云："取将坎内中心实，点化离宫腹内阴。"正此义也。

①铅汞：此处指元精与元气，为炼丹的药物。

②颠蹶驰骤：颠、蹶都是跌倒、倒下的意思，驰是车马疾行，骤是奔驰。颠蹶驰骤形容天地未分之前阳气与阴气动荡不定、氤氲活动的情况。

观音密咒说

此咒是观音菩萨微妙心印[①]。若人书写六字大明咒者，即同书写三藏法宝[②]；若人得念六字大明咒者，即同讽诵七轴灵文[③]。又能开智慧门，能救百难苦；三世业冤，悉皆清净；一切罪障，尽得消除；解脱生死，安乐法身。

然而念咒，亦有密诀。故第一声中而"唵"之，乃以呼吾身毗卢遮那佛也；第二声东而"嘛"之，乃以呼吾身不动尊佛也；第三声南而"呢"之，乃以呼吾身宝生佛也；第四声西而"叭"之，乃以呼吾身无量寿佛也；第五声北而"咪"之[④]，乃以呼吾身不空成就佛也。第六声复上返于喉，而作"吽"音者，乃以呼吾身大势至金刚也。久则五气归元，即成就不思议功德而证圆通也[⑤]。

①心印：佛家语。禅宗主张不用语言文字，而直接以心相印证而觉悟成佛，称为心印。

②六字大明咒：即"观音密咒图"上的六个字：唵、嘛、呢、叭、吽、咪。咪，图上作"㘛"，二字同音。三藏法宝：即三藏，乃佛家经典总集，包括经、律、论三个部分。法宝，指佛教徒所用之钵盂锡杖、纸绢竹帛等。

③七轴灵文：书画以轴卷起来，一卷称为一轴，七轴即七卷。灵文，指佛教经文。

④第五声北而"咪"之：这一声是"自下面上至于喉内"，"北"就是下。

⑤圆通：佛家语。为不偏不倚，无阻碍的意思。

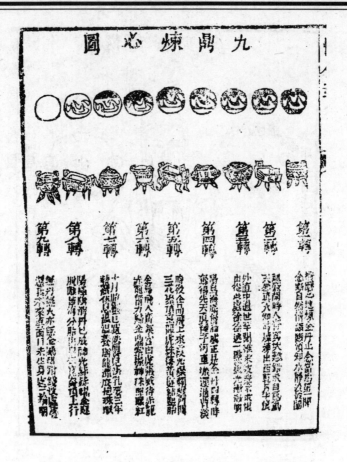

九鼎炼心说

日也者，天之丹也；黑而荡之，则日不丹。心也者，人之丹也；物而霾之，则心不丹。故炼丹也者，炼去阴霾之物，以复其心之本体，天命之性、之自然也。

天命之性，吾之真金也，人人之所必有者；气质之性，金之浊滓也，上智之所不无者。若以人伦日用之火而日炼之[1]，则气质之性日除；气质之性日除，则天命之性自见矣。

故五帝三王，君也，而以君道，而日炼其心；伊傅周召[2]，相也，而以相道，而日炼其心；孔曾思孟，师也，而以以师道，而日炼其心。无时而不心在于道，无时而不以道而炼其心，此乃古先大圣大贤为学之要法，百炼炼心炼性之明训也。

---

①人伦日用之火：人类每日所用之火。比喻人所固有的善良。

②伊傅周召：伊，指伊尹，商汤臣，以功被尊为阿衡（宰相）。傅，指傅说（yuè，月），殷武丁相，曾佐殷中兴。

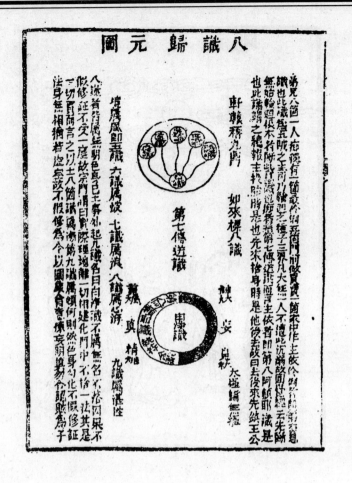

八识归元说

释氏谓，人之受生，必从父精母血与前生之识神①，三相合而后成胎。精、气受之父母，神识不受之父母也。盖从无始劫②流来，亦谓之"生灭性"。故曰：生灭与不生灭和合而成八识也。

盖造化间有个万古不移之真宰，又有个与时推移之气运。真宰与气运合，是谓天命之性。天命之性者，元神也；气质之性者，识神也。故儒家有变化气质之言，禅宗有返识为智之法。今人妄认方寸中有个昭昭灵灵之物，浑然与物同体，便认为元神在是。殊不知此即死死生生之本，非不生不灭之元神也。噫！识识易，去识难。若不以天命元神而战退无明业识，终在生灭场中③，未见有出头日也。

---

① 识神：佛家语。与元神皆指人的意识，但二者却有根本的不同，前者来自太虚，后者来自无始劫；前者为天命之性，后者为气质之性；前者无生死，后者有生死。

② 无始劫：佛教称天地的从形成到毁灭为一劫，无始劫指天地最早形成的那一劫。

③ 业识：佛家语。佛教认为，人之所以在六道中轮回，是由"业"决定的。业包括行为、语言和思想意识三个方面。思想意识这一方面的业称为"意业"；意业即业识。终在生灭场中：即始终在六道中轮回，而不得长生。

五气朝元说

一气初判，而列二仪；二仪定位，而分五常，五常异地，而各守一方；五方异气，而各守一子[1]。

青帝之子名龙烟，受甲乙木德之三气[2]；赤帝之子名丹元，受丙丁火德之二气；白帝之子名皓华，受庚辛金德之四气；黑帝之子名玄冥，受任癸水德之一气；黄帝之子名常存，受戊己土德之五气。故金得土则生，木得土则旺，水得土则止，火得土则息。

惟圣人知回机之道，得还元之理。于是攒五、簇四、会三、合二而归一也。盖身不动则精固，而水朝元；心不动则气固，而火朝元；真性寂则魂藏，而木朝元；妄情忘则魄伏，而金朝元；四大安和则意定，而土朝元。此谓五气朝元，皆聚于顶也。

---

①五方异气，而各守一子：东南西北中五方之"气"不同，于是金木水火土五行各自守护着自己的受不同的气而生的子。这里的"气"，是指五方所代表的事物的本质和特征；而"子"，不过是为了叙述方便而强加的名称。

②青帝之子名龙烟，受甲乙木德之三气：这一句和以下几句，分别讲五行每一行的"德"，即上文所说的"气"，亦即其所代表事物的本质和特征。这些说法，皆源于《河图》。

亨　集

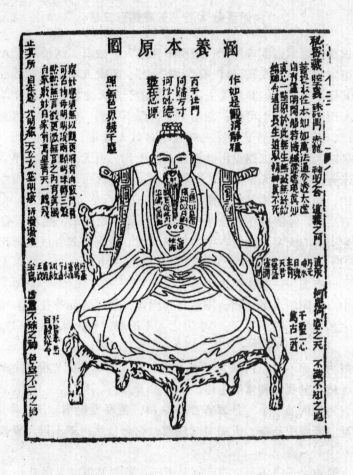

性命双修万神圭旨第一节口诀

涵养本原救护命宝

内附退藏沐浴　玉液炼形二法

欲修长生，须识所生之本；欲求不死，当明不死之人。故曰，认得不死人，方才人不死。

那不死的人，道家呼为"铁汉"，释氏唤作"金刚"，即世人本来妙觉真心是也[①]。此心灵灵不昧，了了常知；其体不生不灭；其相无去无来。究之于先天地之先，莫知其始；穷之于后天地之后，莫知其终。高而无上，广不可极；渊而无下，深不可测。乾坤依此而覆载，日月依此而照临，虚空依此而宽广，万灵依此而变通。三教大圣，教人修道，是修这个；成仙作佛，也是这个；戴角披毛，也是这个。圣凡二路，由此而分。出生死，再无别途；登涅槃[②]，唯此一法。

然世间万汇，未有一物不被无常所吞；独有这个，无生灭可缚，无色相可窥，端端正正、停停当当、分分晓晓的，而人自不悟其所本来也。

不悟者何？为有妄心。何谓妄心？盖为一切众生，从无始已来，迷却真心，不自觉知，故受轮转，枉八诸趣。原夫真心无妄，性智本明，妙湛元精。由妄瞥起，俄然晦昧，则失彼元精，粘湛发知，故转智为识[③]。形中妄心，名之曰识。心本无知，由识故知；性本无生，由识故生。生身种子，萌蘖于兹，开有漏华、结生死果。

今人妄认方寸中有个昭昭灵灵之物，浑然与物同体，便以为元神在是。殊不知此即生生死死之识神，劫劫轮回之种子耳。故景岑云："学道之人不悟真，只为从前认识神。无量劫来生死本，痴人唤作本来人。"

嗟夫！世人以奴为主而不知，认贼为子而不觉。是以世尊教人先断无始轮回根本者，此也。此根既断，则诸识无依，复我元初常明本体。

然而大道茫茫，当从何处下手？是以齐襟必举领，整网要提纲。昔尹师指出修行正路一条，教人打从源头上做起。若源头洁净，天理时时现前，识念自然污染不得。譬如杲日当空，魍魉灭迹。

此一心地法门，是古今千圣不易之道。故老子曰：若夫修道，先观其心。观心之法，妙在灵关一窍[④]。人自受生感气之初，禀天地一点元阳，化生此窍，以藏元神。其中空空洞洞，至虚至明，乃吾人生生主宰。真所谓有之则生，无之则死。生死盛衰，皆由这个。儒曰"灵台"，道曰"灵关"，释曰"灵山"。三教同一法门，总不外此灵明一窍。释教曰："佛在灵山莫远求，灵山只在汝心头。人人有个灵山塔，好向灵山塔下修。"论其所也。玄教曰："大道根茎识者稀[⑤]，常人日用孰能知！为君指出神仙窟，一窍弯弯似月眉。"论其形也。盖此窍乃神灵之台，秘密之府，真净明妙，虚彻灵通，卓然而独存者也。众生之本原，故曰"心地"；诸佛之所得，故曰"菩提"；交彻融摄，故曰"法界"[⑥]；寂净常乐，故曰"涅槃"；不浊不漏，故曰"清净"[⑦]；不妄不变，故曰"真如"；离过绝非，故曰"佛性"；护善遮恶，故曰"总持"；隐覆含摄，故曰"如来藏"；超越玄秘，故曰"密严国"；统众德而大备，烁群昏而独照，故曰"圆觉"。其实皆一窍也。

背之则凡，顺之则圣；迷之则生死始，悟之则轮回息。

欲息轮回，莫若体乎至道；欲体至道，莫若观照本心，欲照本心，应须音眼虚鉴，常教朗月辉明⑧。每向定中慧照，时时保得此七情未发之中，时时全得此八识未染之体，外息诸缘，内绝诸妄，含眼光，凝耳韵，调鼻息，缄舌气，四肢不动，使眼耳鼻舌身之五识各返其根，则精神魂魄意之五灵各安其位。二六时中，眼常要内观此窍，耳常要逆听此窍，至于舌准常要对着此窍。运用施为，念念不离此窍；行住坐卧，心心常在此窍。不可刹那忘照，率尔相违。神光一出便收来，造次弗离常在此。即子思所谓"不可须臾离"者是也。先存之以虚其心，次忘之以廓其量，随处随时，无碍自在，正合《龙虎经》云，"至妙之要，先存后忘。"此又口诀中之口诀也。

然要进除六识，尤在知所先后。意虽为六识之主帅，眼实为五贼之先锋。故古德云："心是枢机，目为盗贼。欲伏其心，先摄其目。"盖弩之发动在机，心之缘引在目；机不动则弩住，目不动则心住。《阴符经》曰："机在目。"《道德经》曰："不见可欲"，而心不乱。《鲁论》曰⑨："非礼勿视。"朱子曰⑩："制于外，所以养其中也。"《金笥宝录》曰："眼乃神游玄牝门⑪，抑之于眼使归心。"眼守此窍不离，即如来正法眼⑫，合涅槃妙心之秘旨。故《楞严经》云："作是观者，名为正观；若他观者，名为邪观。"又《观经·观心品》云："三界之中，以心为主。能观心者，究竟解脱；不能观者，毕竟沉沦。"《道德》首章云"常有欲以观其窍"者，观此窍也；"常无欲以观其妙"者，观此窍中之妙也。昔黄帝三月内观者，观此也。太上亦曰：吾从无量劫来，观心得道，乃至虚无。

观心非易，止念尤难。是以念头起处，系人生死之根。古仙云："大道教人先止念，念头不住亦徒然。"《圆觉经》云："居一切时，不起妄念；于诸妄心，亦不息灭。住妄想境，不加了知；于无了知，不辨真实。"《起信论》云："心若驰散，即便摄来，令住正念。念起即觉，觉之即无。修行妙门，唯在于此。"虚靖天师云："不怕念起，只怕觉迟。念起是病，不续是药。"当知妄念起于识根，斗境成妄，非实有体。在众生时，智劣识强，但名为识；当佛地时，智强识劣，但名为智。只转其名，不转其体。初一心源，廓然妙湛。由知见立知，妄尘生起，故有妄念，若知见无见，则智性真净，复还妙湛。洞彻精了，而意念销。意念既销，自六识而下，莫不皆销。即文殊所谓"一根既返元，六根成解脱。"既无六根，则无六尘；既无六尘，则无六识；既无六识，则无轮回种子；既无轮回种子，则我一点真心独立无依⑬，空空荡荡，光光净净，而万劫常存、永不生灭矣！

此法直指人心，一了百当，何等直截，何等简易！但能培养本原，观照本窍，久则油然心新，浩然气畅，凝然不动，寂然无思，豁然知空，了然悟性。此所谓"皮肤剥落尽，一真将次见"矣⑭！工夫至此，自然精神朗发，智慧日生，心性灵通，隐显自在，自然有一段清宁阖辟之机⑮，自然有一段飞跃活动之趣，自然有一点元阳真气从中而出，降黄庭，入土釜，贯尾闾，穿夹脊，上冲天谷，下达曲江⑯，流通百脉，溉灌三田，驱逐一身百窍之阴邪，涤荡五脏六腑之浊秽。如服善见王之药⑰，众病咸消；若奏狮子筋之弦，群音顿绝。所以云："一心疗万病，不假药方多。"

是知一切诸圣，皆从此心方便门入，得成祖佛，为人天之师。凡夫不能证者，由不识自心故。故曰："海枯终见底，人死不知心。"六道群蒙，皆此门出，历千劫而不返，一何痛哉！所以诸佛惊入火宅，祖师特地西来，乃至千圣悲嗟，皆为不达唯心出要道耳⑱！

如《宝藏论》云："夫天地之内、宇宙之间，中有一宝，秘在形山。识物灵照，内外空然；寂寞难见，其为玄玄。巧出于紫微之表，用在于虚无之间。端化不动，独而无双。声出妙响，色吐华容。穷睹无所，寄号空空。唯留其声，不见其形；唯留其功，不见其容。幽明朗照，物理虚通；森罗宝印，万象真宗^⑲。其为也形，其寂也冥。本净非莹，法尔圆成^⑳。光超日月，德越太清。万物无作，一切无名。转变天地，自在纵横^㉑。恒沙妙用，混沌而成^㉒。谁闻不喜，谁闻不惊！如何以无价之宝，隐于阴入之坑^㉓！哀哉，哀哉，其为自轻！悲哉，悲哉，晦何由明！其宝也，焕焕煌煌，朗照十方；阒寂无物，应用堂堂；应声应色，应阴应阳。奇物无根，妙用常存。瞬目不见，侧耳不闻。其本也冥，其化也形。其为也圣，其用也灵，可谓大道之真精。其精甚灵，万有之因。凝然常住，与道同伦。”

天下最亲，莫过心也。百姓日用而不知心，如鱼在海而不知水。故佛经云："一切众生，从旷劫来，迷倒本心，不自觉悟。妄认四大为身，缘虑为心，譬如百千大海不认，但认一小浮沤。以此迷中复迷，妄中起妄，随境流转，寓目生情，取舍万端，无时暂暇，致使起惑造业，循环六道，密网自围，不能得出。究竟冥初^㉔，皆一妄迷真之咎耳。故灵润曰："妄情牵引何时了，辜负灵台一点光。"

夫"灵台一点光"者，即真如、灵知、心也。最玄最妙，通圣通灵，极高明，极广大。化万法之王，为群有之体。竖彻三界，横亘十方。自混沌未辟之前，而已曾有；虽天地既坏之后，而未尝无。一切境界，皆是心光。若人识得心，大地无寸土^㉕。故曰："三界唯心。"迷人心外求法，至人见境是心。境是即心之境，心是即境之心。对境不迷，逢缘不动。能所互成，一体无异。若能达境唯心，便是悟心成道。觉尽无始妄念，摄境归心，出缠真如^㉖，离垢解脱，永合清净本然，则不更生山河大地，诸有为相。如金出矿，终不更染尘泥；似木成灰，岂有再生枝叶！一得永得，尽未来际^㉗，永脱樊笼，长居圣域矣！

虽然此最上一乘大道，若根器利者^㉘，一超直入如来地；若根器钝者，将如之何？必由下学而上达的工夫，渐次引入法门可也。使之行一步，自有一步效验；升一级，自有一级规模。亦是行远自迩，登高自卑之意。若不知入门下手工夫，安能遽到了手极则地位？若未能尽心，而安能知性^㉙？未能明心，而安能见性^㉚？夫明心、尽心之要者，时以善法扶助自心，时以赤水润泽自心^㉛，时以境界净治自心，时以精进坚固自心，时以忍辱坦荡自心，时以觉照洁白自心，时以智慧明利自心，时以佛知见开发自心，时以佛平等广大自心。故知明心是生死海中之智楫，尽心是烦恼病中之良医。若昧此心，则永劫轮回而遗失真性；若明此心，则顿超生死而圆证涅槃。始终不出此心、离此心，别无玄妙矣！后面虽有次第工夫，不过是成就这个而已。嘻！莫看易了，至人难遇，口诀难闻。故张平叔云："只为丹经无口诀，教君何处结灵胎？"殊不知经中口诀自载，大都秘母言子，不肯分开说破，使人凑泊不来。况多为譬辞隐语，使学者眩目惑心，以致中途退步。余甚悯之。今将丹经梵典中之口诀一一拈出，留与后人，为破昏黑的照路灯，辨真伪的试金石。

太玄真人云："父母生前一点灵，不灵只为结成形。成形罩却光明种，放下依然彻底清^㉜。"

空照禅师云："这个分明个个同，能包天地运虚空。我今直指真心地，空寂灵知是本宗。"

自然居士云："心如明镜连天净，性似寒潭止水同。十二时中常觉照，休教昧了主人翁。"

智觉禅师云："菩萨从来不离真，自家昧了不相亲。若能静坐回光照，便见生前旧主人。"

三茅真君云："灵台湛湛似冰壶，只许元神在里居。若向此中留一物，岂能证道合清虚！"

天然禅师云："心本绝尘何用洗，身中无病岂求医。欲知是佛非身处，明鉴高悬未照时。"

主敬道人云："未发之前心是性，已发之后性是心。心性源头参不透，空从往迹费搜寻。"

无心真人云："妄念才兴神即迁，神迁六贼乱心田。心田既乱身无主，六道轮回在目前。"

高僧妙虚云："惺惺一个主人翁，寂然不动在灵宫。但得此中无挂碍，天然本体自虚空。"

太乙真人云："一点圆明等太虚，只因念起结成躯。若能放下回光照，依旧清虚一物无。"

《华严经·颂》云："有数无数一切劫，菩萨了知即一念。于此善入菩提行，常勤修习不退转。"

海月禅师云："六个门头一个关㉝，五门不必更遮拦。从他事事纷纷乱，堂上家尊镇日安。"

水庵禅师云："不起一念须弥山㉞，特立当头着眼看。拈一缕丝轻绊倒，家家门底透长安㉟。"

《大沩智颂》云："真佛无为在我身，三呼三应太惺惺。若人不悟元由者，尘劫茫茫认识神。"

无垢子偈云："五蕴山头一段空㊱，同门出入不相逢。无量劫来赁屋住，到头不识主人翁。"

帷宽禅师云："劝君学道莫贪求，万事无心道合头。无心始体无心道，体得无心道也休。"

志公和尚云："顿悟心原开宝藏，隐显灵踪现真相。独行独坐常巍巍，百亿化身无数量㊲。"

呆堂禅师云："应无所住生其心，廓彻圆明处处真。直下顶门开正眼，大千沙界现全身。"

《指玄篇》云："若得心空苦便无，有何生死有何拘。一朝脱下胎州袄㊳，作个逍遥大丈夫。"

段真人云："心内观心觅本心，心心俱绝见真心。真心明彻通三界，外道天魔不敢侵。"

张远霄云："不生不灭本来真，无价夜光人不识。凡夫虚度几千生，杂在矿中不能出。"

薛道光云："妙诀五千称道德，真诠三百颂阴符。但得心中无一字，不参禅亦是工夫。"

无垢子云："学道先须识自心，自心深处最难寻。若还寻到无寻处，方悟凡心即佛心。"

逍遥翁云："扫除六贼净心基，荣辱悲欢事勿追。专气致柔窥内景㊴，自然神室产摩尼。"

《弄丸集》云："天机奥妙难轻吐，颜氏如愚曾氏鲁。问渠何处用工夫？只在不闻与不睹。"

张三丰云："真心浩浩无穷极，无限神仙从里出。世人耽着小形骸，一颗玄珠迷不识。"

《解迷歌》云："若要真精无漏泄，须净灵台如朗月。灵台不净神不清，昼夜工夫休断绝。"

《北塔祚》云："切忌随他不会他，大随此语播天涯。真净性中才一念，早是千差与万差。"

横川珙云："洞水无缘会逆流，见他苦切故相酬。西来祖意实无意，妄想狂心歇便休。"

草堂禅师云："断臂觅心心不得，觅心无得始安心。心安后夜雪庭际，满目瑶花无处寻㊵。"

佛国禅师云："心心即佛佛心心，佛佛心心即佛心。心佛悟来无一物，将军止渴望梅林。"

《华严经》偈云："若人欲识佛境界，当净其意如虚空。远离妄想及诸取，令心所向皆无碍。"

《宝积经》颂云："诸佛从心得解脱，心者清净名无垢。五道鲜洁不受染㊶，有解此者成大道。"

圆悟禅师云："佛佛道同同至道，心心真契契真心。廓然透出威音外，地久天长海更深。"

世奇首座云："诸法空故我心空，我心空故诸法同。诸法我心无别体，只在而今一念中。"

张拙秀才云："光明寂照遍河沙，凡圣元来共一家。一念不生全体现，六根才动被云遮。"

中峰禅师云："从来至道与心亲，学到无心道即真。心道有无俱泯绝，大千世界一闲身。"

张无梦："心在灵关身有主，气归元海寿无穷。"

白沙先生云："千休千处得，一念一生持。"

彭鹤林云："神室即是此灵台，中有长生不死胎。"

永明延寿云："有念即生死，无念即泥洹。"

胡敬斋云："无事时不教心空，有事时不教心乱。"

道玄居士云："一出便收来，既归须放下。"

罗念庵云："毋以妄念戕其心，毋以客气伤元气㊷。"

莎衣道人云："心要在腔子里，念不出总持门㊸。"

白乐天："自从苦学空门法，消尽平生种种心。"

净业禅师云："动不忘于观照，静不忘于止息。"

《韬光集》云："心在是念亦在是，动如斯静亦如斯。"

冲妙云："身不动而心自安，心不动而神自守。"

徐无极云："性从偏处克将去，心自放时收拾来。'

佛印云："一念动时皆是火，万缘寂处即生春。"

陶宏景云："修心要作长生客，炼性当如活死人。"

无着禅师云："明即明心空寂，见即见性无生。"

《华严经》云："若能谛观心不二，方见毗卢清净身。"

《华严颂》云："始从一念终成劫，悉依众生心想生。"

马丹阳云："若能常守弯弯窍，神自灵明气自充。"

丘长春云："当时一句师边得，默默垂帘仔细看。"

慧日禅师云："一念照了，一念之菩提也；一念宴息，一念之涅槃也㊹。"

已上数语皆成仙作圣之要，入道入德之门也。昔阿难多闻总持积岁不登圣果㊺，息缘返照，暂时即证无生。盖凡夫之心终日趣外，逾远逾背；惟返照者检情摄念，摄念安心，安心养神，养神归性。即魏伯阳所谓"金来归性初，乃得称还丹"是也。咦！炼矿成金得宝珍，炼情归性合天真。相逢此理交谈者，千万人中无一人。

---

①真心：佛教中有一种观点认为，众生之心，原本是清净而无妄念的，是有其实体的，故称"真心"。"真心"与"妄心"相对，前者相当于"元神"，后者相当于"识神"。

②涅槃：佛家语。意谓脱离一切烦恼而进入自由无碍的境界，也就是思想得到了升华。

③粘湛发知：不再有元精般的清湛而产生了各种各样的杂念。粘，粘连、粘住。知，本指知觉，知识等，此指各种杂念。转智为识：先天的智变为后天的识。此处的"智"，指先天的湛然不动的真心；"识"指后天的有了杂念的"妄心"。

④灵关一窍：指心中元神所在之处。

⑤大道根荃：大道的根本。"根荃"用来比喻事物的根与基础。

⑥交彻融摄，故曰"法界"：佛教称整个宇宙现象界为"法界"，界（是分界、种类的意思）与界之间相互流通往来，和谐共处。交，贯通，往来；彻，穿，透；融，流通，和谐；摄，收拢，集聚。

⑦清净：佛教称远离罪恶与烦恼为清净。

⑧音眼虚鉴：即音虚、眼鉴，耳不闻于声，目不视于色，含眼光、凝耳韵，返观内视。鉴，照，内观。朗月辉明：月光明亮。月光比喻元气，朗月辉明比喻元气充盛。详见《蟾光说》。

⑨鲁论：汉代《论语》有《齐论》、《鲁论》、《古论》三种。《鲁论》共二十一篇，为鲁人所传。

⑩朱子：北宋理学家朱熹。

⑪眼乃神游玄牝门：眼是心神出游的神妙莫测，惹是生非的门径。

⑫正法眼：佛家语。全称是"正法眼藏"，指至高无外的真谛妙论。"正法"，指全体佛法；"眼"，谓其能朗照宇宙；"藏"，谓其能包含万物。

⑬一点真心独立无依：指精神可不依形体而存在。这自然只能是一种幻想。

⑭一真：即前面所说的"妙觉真心"，与"妄心"相对而言。详见前注。

⑮清宁阖辟之机：洁净、安宁、开合变化的迹象。阖辟，开合，亦即变化。机，征兆。

⑯降黄庭、入土釜、贯尾闾，穿夹脊，上冲天谷，下达曲江：这里指心中正气运行的路线：由心源下降黄庭、再下降到土釜、贯在尾闾；然后沿督脉上行，穿过夹脊，上冲天谷；然后再沿任脉下行，通过三田下达曲江。曲江即尾闾。关于以上各窍的异名、位置，请参看《普照图》和《反照图》。

⑰善见王：指释迦。《优婆塞戒经》说，"三十三天有一大城，名善见"，乃帝释都城。

⑱要道：重要的道理，此指养生修真的道理。

⑲森罗宝印，万象真宗：此言心是万事万物的主宰。森罗，森然罗列，指万物。万象，自然界的一切事物、景象。宗，尊奉。

⑳本净非莹，法尔圆成：它的本体洁净不是后天琢磨的结果而是原来就完美无缺。莹，琢磨玉石。法，本原，佛家语。

尔，如此。圆，圆满。成，成就。

㉑转变天地，自在纵横：此须联系以上几句方可理解：一切归之于道、归之于无为，就可以转变天地，自己掌握自己命运，自由自在地纵横驰骋。

㉒恒沙妙用，混沌而成：此言心的数不清的奇妙作用，是在"混沌"之时即已具备。恒沙，"恒河沙数"的省称，极言数目之大。混沌，天地未开之前元气的状态；于人而言，则指生命初形成之时。

㉓阴人之坑：佛家语。指五蕴十二处十八界，为欲破凡夫实我之执而设。此为比喻。

㉔究竟冥初：说到底。究竟，穷极，说到底。冥初，最初。冥，暗昧，不明事理。

㉕若人识得心，大地无寸土：这就是佛教所说的"三界唯心"，"心外无物"。

㉖觉尽无始妄念：即对所有的原始的妄念都能觉悟。妄念，虚妄的念头、想法。出缠真如：即解脱自己求得真如。缠，缠绕。真如，佛教指永恒存在的实体、实性，详见前注。

㉗未来际：未来，佛家语，指以后或来世。际，边际。

㉘根器：佛教语，指人性格特征。

㉙若未能尽心，而安能知性：意思是说，如果没有能够充分发挥心的作用，怎么能了解人的善良的本性。

㉚未能明心，而安能见性：意思是说，未能使心明，怎能使性见。明心见性，是佛教修持方法。

㉛赤水：指心血。见本书"普照图"。

㉜放下依然彻底清：指摆脱形体的束缚，心便可以由"不灵"转变为"灵"，重放光明。这是佛教的思想。

㉝六个门头一个关：此诗与"八识归元图"同看，更易理解。

㉞须弥山：佛教传说中的神山，此处指先天妙觉真心。

㉟拈一缕丝轻绊倒，家家门底透长安：比喻心中不可生杂念，一有杂念则元神尽去；若知道了这一点便可得长安。

㊱五蕴山头一段空："五蕴山头"，指人身。佛教认为，人身是由色、受、想、行、识"五蕴"结合而成的，故称。这一句是说，人身就是空，就是无，是虚幻的。下面几句是说人的"妙觉真心"才是人的"主人翁"，而身不过是"屋"而已；人的"真心"与身"同门出入"于人世间，但人们始终不认识它。

㊲化身：佛家语。佛、菩萨的真身为法身，但为了现身说法，普度众生，则"随众生现种种形，或人或天，或龙或鬼。如是一切，同世色像，不为佛形，名为化身。"（隋·慧远《大乘义章》）

㊳胎州袄：比喻人的肉身。

㊴专气致柔窥内景：抟气使之柔和，即气功中的胎息之类。窥内景，指返观内视。专，通"抟"，集聚、收敛的意思。内景，即内象，指人身体内部的血肉、筋骨、脏腑之象。

㊵心安后夜雪庭际，满目瑶花无处寻：这与气功学术语"雪里花开"是一个意思。所谓"雪里花开"即阴极阳生之意，乃以雪喻阴，以花喻阳。李时珍《奇经八脉考》说："尻脉周流一身，贯通上下，和气自然上朝，阳长阴消，水中火发，雪里花开。所谓'天根月窟闲来往，三十六宫都是春'。"

㊶五道：佛家语，指天、人、畜牲、地狱、恶鬼，倘再加上阿修罗道即为六道。

㊷客气：指外来之邪气。

㊸念不出总持门：此言意念不能驰散。总持门即灵关、即心。

㊹一念照了，一念之菩提也；一念宴息，一念之涅槃也：意为一念了结，就是一念的菩提、涅槃。照了，了结。宴息：安息。菩提、涅槃参照前面的注解。

㊺圣果：亦称"正果"，指佛教修行所达到的最佳境界。

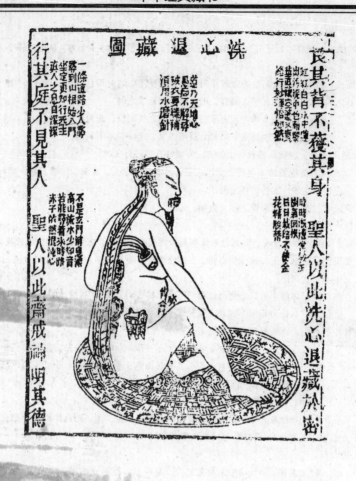

退藏沐浴工夫

《易》之"洗心退藏于密"这句话头，唐宋神仙谓之"沐浴"，近代诸人标为"艮背"①，总只是这个道理，这个窍妙。原夫心属乎火，而藏之以背之水者②，"洗之"之义也；心居乎前，而藏之以背之后者，"退之"之义也。故初机之士，降伏其心，束之太紧，未免有烦躁火炎之患。是以暂将心火之南③，而藏背火之北，水火互相交养，自然念虑不生。即白玉蟾所谓"洗心涤虑为沐浴"是也。

然"沐浴"虽为洗心之法，"艮背"虽有止念之功，二理是则是矣，皆未到实际之地。此向上一着，千圣秘而不传，后世学徒，所以罕闻罕遇。人若明得此窍，真可以夺神功、改天命。古仙有言曰："夹脊双关透顶门，修行径路此为尊。"以其上通天谷，下达尾闾，中通心肾，召摄灵阳，救护命宝。此非修行径路而何？吾人未有此身，先有此息；此身未灭，此息先灭。此又非修行正路而何？

原人受生之初，在胞胎内随母呼吸，受气而成④，此缕与母联属，渐吹渐开，中空如管，通气往来。前通于脐，后通于肾，上通夹脊、泥丸，至山根而生双窍，由双窍下至准头而成鼻之两孔，是以名曰"鼻祖"。斯时我之气通母之气，母之气通天地之气，天地之气通太虚之气，窍窍相通，无有隔阂。及乎气数满足，裂胞而出，剪断脐蒂，呱的一声，一点元阳落于立命之处。自此后天用事，虽有呼吸往来，不得与元始祖气相通。人生自幼至老，未有一息驻于其中。三界凡夫，尘生尘灭，万死万生，只为寻不着来时旧路耳！

太上立法，教人修炼而长生者，由其能夺天地之正气。人之所以能夺天地之正气者，由其有两孔之呼吸也。所呼者，自己之元气从中而出；所吸者，天地之正气从外而入。人若根源牢固，呼吸之间亦可以夺天地之正气，而寿绵长；人若根源不固，精竭气弱，所吸天地之正气随呼而出，身中元气不为己之所有，反为天地所夺。何也？盖为呼吸不得其门而入耳。

一切常人呼吸，皆从咽喉因而下，至中脘⑤而回，不能与祖气相连，如鱼饮水而口进腮出。即庄子所谓"众人之息以喉"是也。若是至人呼吸，直贯明堂而上至夹脊，而流入命门，得与祖气相连，如磁吸铁而同类相亲。即庄子所谓"真人之息以踵"是也⑥。踵者，其息深深之义。既得深深，则我命在我而不为大冶陶铸矣⑦。

今之人有调息、数息、抑息、闭息，皆是隔靴搔痒，不得到于玄窍。此窍初凝，就生两肾，次生其心。其肾如藕，其心如莲。其梗中通外直，挂地撑天。心肾相去八寸四分，中余一寸二分，谓之"腔子里"是也。乃心肾往来之路，水火既济之乡。欲通此窍，先要存想山根，则呼吸元气渐次通夹脊、透混元而直达于命府，方才子母会合，破镜重圆。渐渐扩充，则根本完固，救住命宝，始可言其修炼。

按：了真子曰："欲点常明灯，当用添油法。"尹师曰："涵养本原为先，救护命宝为急。"又曰："一息尚存，皆可复命。"人若知添油之法，续尽灯而复光明，即如得返魂之香，点枯荄而重茂盛。所以云：油干灯灭，气绝身亡。然非此窍，则不能添油；非添油，则不能接命；命不接，则留性不住；性不住，忽一旦无常到来，则憻憻然而去矣。故昌公曰："啬精宜及早⑧，接命莫教迟。"果然是接之则长生，不接则夭死⑨。

盖人禀天地气数有限，不知保养，自暴自弃。如刘海蟾云⑩："朝伤暮损迷不知，丧乱精神无所据。细细销磨渐渐衰。耗竭元和神乃去⑪。"阖辟之机一停，呼吸之气立断。呜呼，生死机关。其速如此。世人何事而不肯回心向道耶？

况此着工夫，最是简易，不拘行住坐卧，常操此心退藏夹脊之窍，则天地之正气可采而进，与已混元真精凝结丹田，以为超生之本。盖以天地无涯之元气，而续我有限之形躯，不亦易乎！学者只要认定此窍，守而不离，久久纯熟，则里面皎皎明明，如月在水相似，自然散去邪火，销其杂虑，降其动心，止其妄念。妄念既止，真息自现。真念无念，真息无息。息无则命根永固，念无则性体恒存。性存命固，息念俱销，此性命双修之第一步也。嗟乎！人生如无根之树。全凭气息以为根株。一息不来，命非己有。故欲修长生者，必固其气。气固则身中之元气不随呼而出；天地之真气，恒随吸而入。久之，胎息定，鄞鄂成，而长生有路矣！

_____

①沐浴：本为洗濯头身之意，在此指去除杂念，清净心神。艮背：语出《易·艮》："艮其背，不获其身，行其庭，不见其人，无咎。"艮是"停止"的意思。内心清净，以至达到忘我的境界，即使走进有人的庭院，也会视而不见。"艮其背"即背部不动，背部不动，则身亦不能动。在气功中，"艮背"比喻内心清净。

②背之水：心既属火，而背在心之后，自然就属水了。这是比喻。

③心火之南：心属火在前，而背属水在后。"心火之南"是与后面的"背水之北"相对而言的。这也是比喻。

④受气乃成：此气乃"随母呼吸"而得，故指呼吸之气而言，不过不是通过自己的呼吸器官得到的。

⑤中脘：经穴名。该穴属任脉，在脐直上4寸处。

⑥真人之息以踵：这句话照字面翻译只能是"真人的呼吸用的是脚跟"。但实际上说的是真人呼吸的深长而已。

⑦大冶：本指技术高超的冶炼工人，此处指造物主而言，犹如说"造化"，陶铸：本意是烧制陶器，铸造金属器物，在这里是"摆布"的意思。

⑧啬精：即固精使不外泄。啬，节省。精，指精液。啬精是古人养生的一个重要方面。

⑨夭死：夭亡，短命，夭有早的意思。

⑩刘海蟾：即刘操，字宗成，号海蟾子，宋辽时气功家，传说曾受钟离权点化。

⑪元和：道家语，指人的体液，此处主要是指精液而言。

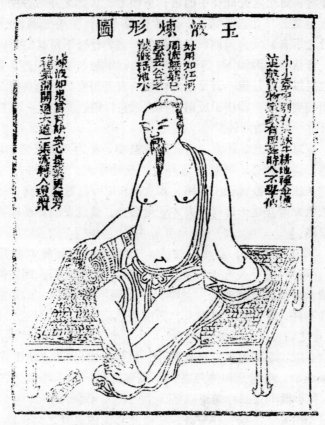

玉液炼形法则

初学之人，平素劳碌；乍入圜中，一旦安逸。逸则四肢不运动，安则百节不流通，以致脉络壅塞、气血凝滞，此通关荡秽之法不能无也。

此法先用行气主宰，照在玄膺一窍。此窍可通气管，即《黄庭经》所谓"玄膺气管受精符"是也。少顷则津液满口，如井水然。微漱数遍，徐徐以意引下重楼，渐达膻中、尻尾①、中脘、神阙，至气海而止②；就从气海分开两路，至左右大腿，从膝至三里③，下脚背及大拇趾；又转入涌泉④，由脚跟脚弯循大腿而上至尾闾，合做一处；过肾堂、夹脊双关，分送两肩、两膀、两臂至手背；由中指转手掌，一齐旋回，过手腕，由胸傍历腮后，从脑灌顶，复下明堂、上腭，以舌迎之，至玄膺而止。此为一转。毕，稍停。又照前行功，则壅滞之处渐次疏通；不惟贯穿诸经，亦能通达诸窍。即《心印经》所谓"七窍相通，窍窍光明"是也。盖吾人灵明一窍，六合而内、六合而外，本无不周，本无不照；其不能然者，为形所碍耳。直要炼到形神俱妙，方才与道合真。

夫行气用眼者何也？故施肩吾曰⑤："气是添年药，心为使气神。若知行气主，便是得仙人。"昔人谓："目之所至，心亦至焉；心之所至，气亦至焉。"斯言近之矣！炼形用液者何也？道家谓之"荡秽"。玉液是津，玉池是口。《黄庭内景》云："口为玉池太和宫，漱咽灵液灾不干。体生光华气香兰，却灭百邪玉炼颜。审能修之登广寒。"盖液中有气，气中有液，液气相生，日充月盛，为金液之基，作润身之宝；况能穿关透节，无处不到。古歌曰："华池神水频吞咽，紫府元君直上奔。常使气通关节透，自然精满谷神存。"夫玄膺一窍，乃是津液之海，生化之源；溉灌一身，皆本于此。故太上云："舌下玄膺生死岸，子若遇上升天汉。"《法华经·颂》云："白玉齿边流舍利，红莲舌上放毫光⑥。喉中日露涓涓润，心内醍醐滴滴凉。"此乃小玉液炼形法也。

人之孔窍，所以通乎其虚、达乎其气而周流于一身之内焉。一或有所蔽塞，则为淤痰、为壅血；而一身脉络不能相通，便生疾病。今以此法，日行三五次，但得气血流通、百脉和畅，病既去矣，止而勿行。此与"退藏救护"。是为表里二段，并行而不相悖。夫涵养本原，虽是去情识⑦，实除生灭心，心无生灭，身无生灭，定矣。欲除生灭心，必自无念始。无念之积习纯熟，足可致无梦；无念之静定纯熟，足可致无生。无梦，乃现在之大事也；无念，乃末后之大事也。天生则不造，无梦则不化。不造不化，即不生不灭也。

夫学道之士，不患不成，惟患不勤。苟能专精而勤，未有学而不得也。设使立志不坚，信道不笃，朝为而夕改，始勤而中辍，悦于须臾，厌于持久，欲望与天齐寿，不亦难乎！《内观经》云："知道易，信道难；信道易，行道难；行道易，得道难；得道易，守道难。"若使不难，则满市皆神仙矣，安足为异耶！盖修道者如农夫之去草一般，务拔其根，则吾心天真种子自然发生矣。况此一字法门，彻首彻尾，甚易行，甚有验。小而试之，可以却病延气；大而用之，可以超凡入圣，在学者用功深浅何如耳！

---

①膻（dàn，旦）中：中医指人体胸腹间的横隔膜，在胸中两乳间，为气之海。又为经穴名，属任脉，亦在两乳之间。尻（kāo，靠阴平声）尾：穴名，在膻中下。

②神阙：即脐。气海：经穴名，属任脉，在脐下1.5寸。

③三里：指足三里，经穴名，属足阳明胃经，在外膝眼直下3寸。

④涌泉：经穴名，属足少阴肾经，在足底（不包括脚趾）前1/3与后2/3的交界处。

⑤施肩吾：唐代气功家，生卒年不详。字希圣，号东斋。睦州（今浙江桐庐西北）人。提倡习练气功应明四时、阴阳、五行。撰有《西山群仙会真记》等著作多种。

⑥白玉齿边流舍利，红莲舌上放毫光：舍利本指佛骨，为佛家之宝，此处指津液。毫光指四射如毫毛的光。白玉齿、红莲舌即牙齿和舌头。这两句是说人口中之津液乃人身之宝。

⑦情识：情和识在这里泛指各种杂念。

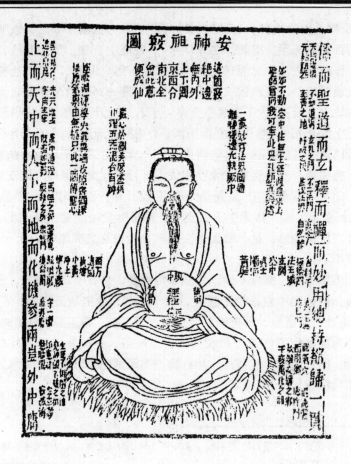

性命双修万神圭旨第二节口诀

安神祖窍翕聚先天

内附法轮自转　龙虎交媾二法

　　祖窍真际，举世罕知。不得师传，俨似暗中射垛。盖祖窍者，乃老子所谓"玄牝之门"也。《悟真篇》云："要得谷神长不死，须凭玄牝立根基。"所以紫阳言修炼金丹，全在玄牝，于《四百字序》云："玄牝一窍，而采取在此，交媾在此，烹炼在此，沐浴在此，温养在此，结胎在此，至于脱胎神化，无不在此。"修炼之士，诚能知此一窍，则金丹之道尽矣。所谓"得一而万事毕"者是也。

　　然而丹经大都喻言，使学者无所归着。前辈指为"先天主人"、"万象主宰"、"太极之蒂"、"混沌之根"、"至善之地"、"凝结之所"、"虚无之谷"、"造化之源"、"不二法门"、"甚深法界"、"归根窍"、"复命关"、"中黄宫"、"希夷府"、"总持门"、"极乐国"、"虚空藏"、"西南乡"、"戊己门"、"真一处"、"黄婆舍"、"守一坛"、"净土"、"西方"、"黄中"、"正位"、"这个"、"神室"、"真土"、"黄庭"……种种异名，难以悉举。

　　然此一窍，在身中求之，非口，非鼻，非心，非肾，非肝肺，非脾胃，非脐轮，非尾闾，非膀胱，非谷道，非两肾中间一穴，非脐下一寸三分，非明堂、泥丸，非关元、气海。然则果何处耶？纯阳祖师云："玄牝玄牝真玄牝，不在心兮不在肾。穷取生身受气初①，莫怪天机都泄尽。"

　　且以生身之理言之：父母一念将媾之际，而圆陀陀，光烁烁先天一点灵光，撞于母胞，如此○而已。儒谓之"仁"，亦曰"无极"；释谓之"珠"，亦曰"圆明"；道谓之"丹"，亦曰"灵光"。皆指此先天一气，混元至精而言。实生身之源，受气之初，性命之基，万化之祖也。及父母交罢，精血包罗于外，如此而已，即吾儒所谓"太极"是也。由是而五脏，由是而六腑，由是而四肢百骸；由是而能视、能听、能持、能行，由是而能仁、能义、能礼、能智，由是而能圣、能神、能文、能武。究竟生身本原，皆从太极中那一些儿发出来耳。

　　《参同契》曰："人所禀躯，体本一无。元精云布，因气托初。"气一凝定，玄牝立焉。上结灵关②，下结气海。灵关藏觉、灵、性，气海藏生、气、命③。性命虽分龙虎二弦④，而性命之根则总持于祖窍之内。故老子曰："玄牝之门，是谓天地根。"

　　何以谓之"玄牝之门"、而曰"天地根"也？岂非吾身之"天地"、吾身之"玄牝"耶？吾身"天地之根"、吾身"玄牝之根"耶？吾身"玄牝之门"、吾身"天地之门"耶？而"天地之门"之所从出者，独不有所谓先天地生、而为"天地之根"乎？故"天地之根"，及天地之所由以分天、而分地也。而"玄牝之门"之所从出者，独不有所谓先玄牝生、而为"玄牝之根"乎？故"玄牝之根"，乃玄牝之所由以分玄而分牝也⑤。何以谓之"玄"也？岂非从"有名之母"中发出来也⑥？何以谓之"玄之又玄"？岂非从"无名之始"中发出来也？

　　无名之始，释氏指为"不二法门"。子思曰："其为物不二，则其生物不测。"庄子曰："昭昭生于冥冥，有伦生于无形⑦。"而欲悟性以见性者⑧，其将求之昭昭而有伦乎，抑亦求之冥冥而无形乎？冥冥无形，莫窥其联，吾儒所谓无声无臭、释氏所谓"威音王已前"是也⑨。然则何以谓之"王"？而其所以主张威音者，太极也，故谓之王。余于是而知学仙学佛者，但觅其王之所在而尊之尔⑩。既尊王矣，而又且并其王而无有之，是溯太极而还于无极也。无极者，真"中"也。故曰：圣圣相传在此"中"。

　　此"中"就是尧舜"允执"之"中"，孔子"时中"之"中"，子思"未发"之"中"，《易》之"黄中通理"之"中"，《度人经》之"中"，"理五气"之"中"，释迦之"空中"之"中"，老子"守中"之"中"。然"中"字有二义：若曰"中"有定在者，在此中也；若曰"中"无定在者，乾坤合处乃真中也。以其可得而"允执"也，故曰有定在。然岂特在此一身之内为然也！是虽一身之外而遍满天地，亦皆吾心之中也。又岂特此天地之内为然也！是虽天地之外而遍满虚空，亦皆吾心之中也。《易》曰："周流六虚。"然周流于六虚之外而非不足，退藏于一身之窍而非有余。故曰一窍能纳太虚空中。

　　道经云："天之极上处距地之极下处，相去八万四千里；而天地之中，适当四万二千里之中处也。若人身，一小天地也，而心脐相去亦有八寸四分；而中心之中，适当四寸二分之中处也。此窍正在乾之下、坤之上、震之西、兑之东⑪；八脉九窍，经络联辏；虚闲二穴，空悬黍珠——是人一身天地之正中，乃藏元始祖炁之窍也。

　　若知窍而不知妙，犹知"中"而不知"一"⑫。昔人有言曰："心是地而性是王，窍是中而妙是一。"一有数种：有"道"之"一"，有"神"之"一"，有"气"之"一"，有"水"之"一"，有"数"之"一"，有"一贯"之"一"，有"协一"之"一"，有"精一"之"一"，有"惟一"

之"一"，有"守一"之"一"，有"归一"之"一"⑬。"归一"者，以其"一"而归乎其"中"也。"守一"者，以其"一"而守乎其"中"也。有"中"则有"一"，"一"而非"中"，则非圣人之所谓"一"也；有"一"便有"中"，"中"而非"一"，则非圣人之所谓"中"也。故孔子之"一"，以其"中"之"一"而贯之也。尧舜之"中"，以其"一"之"中"而执之也。伏羲氏之河图而虚其"中"者，先天也，乃吾身祖窍之"中"也。孔子曰："先天而天弗违。"老子曰："无名天地之始。"即释氏所谓"茫乎无朕，一片太虚"是也。神禹氏之洛书而实其中者⑭，后天也，乃吾身祖窍之"一"也。孔子曰："后天而奉天时。"老子曰："有名万物之母。"即道家所谓"露出端倪，一点灵光"是也。然而河图"中"矣，"中"而未始不"一"；洛书"一"矣，"一"而未始不"中"。"中"包乎"一"，"一"主乎"中"，岂非精微之妙理，无为之神机耶？

《道德经》曰："多言数穷，不如守中。"《洞玄经》曰⑮："丹书万卷，不如守一。""一"者，生生不息之仁也。《中庸》曰："修道以仁⑯。"《论语》曰："在下归仁。"《礼记》曰："中心安仁⑰。"《周易》曰："安土敦仁。"予当譬之果实之仁：中有一点者，太极也；而抱元两者⑱，一阴一阳也。《易》曰："易有太极，是生两仪。"故易也者，两而化也；太极也者，一而神也。以此一点之神而含养于祖窍之中，不得勤、不得怠，谓之"安神祖窍"。非所以复吾身之乾元乎！以此一点之"仁"而敦养于坤土之中，而勿忘、而勿助，谓之"安土敦仁"。非所以立吾身之太极乎！又若莲子之属，中有一条而抱之两片者，非所谓"一以贯之"邪？一而二，二而三，三生万物。故张紫阳云："道是虚无生一气，便从一气生阴阳。阴阳再合成三体，三体重生万物昌。"昔文始先生问于老子曰："修身至妙至要，载于何章？"老子曰："在于深根固蒂，守中抱一而已。"何谓"守中"？曰："勤守中，莫放逸；外不入，内不出⑲；还本源，万事毕。"故老子所谓"守中"者，守此本体之"中"也；儒之"执中"者，执此本体之"中"；释之"空中"者，本体之"中"本洞然而空也。老子所谓"抱一"者，抱此本体之"一"也；释之"归一"者，归此本体之"一"也；儒之"一贯"者，以此本体之"一"而贯之也。"惟精惟一"者，《易》之所谓"精义入神"者是也。"允执厥中"者，《记》之所谓"王中心，无为以守至正⑳"者是也。夫曰"王中心"者，盖以一点之仁，主此"中心"之"中"，而命之曰"王"，所谓"天君"者是也。夫何为哉？以守"至正"而已矣。命由此立，性由此存。此两者同出异名，原是窍中旧物，如今复返窍中；则蒙庄所谓南海之倏、北海之忽相遇于混沌之地矣。

修丹之士，不明祖窍，则真息不住而神化无基，药物不全而大丹不结。盖此窍，是"总持之门"、"万法之都"㉑；亦无边傍，更无内外；不可以有心守，不可以无心求。以有心守之则着相，以无心求之则落空㉒。若何可也？受师诀曰："空洞无涯是玄窍，知而不守是功夫㉓。"常将真我安止其中，如如不动，寂寂惺惺，内外两忘，浑然无事，则神恋气而凝，命恋性而住，不归一而一自归，不守中而中自守。中心之心既实，五行之心自虚㉔。此老子"抱一守中"、"虚心实腹"之本旨也。

张紫阳云："虚心实腹义俱深，只为虚心要识心。"

刘海蟾云㉕："中央神室本虚闲，自有先天真气到。"

吕纯阳云："守中绝学方知奥，抱一无言始见佳。"

徐佐卿云："倏然遨游归混沌，虎龙蟠踞入中黄㉖。"

正阳翁云："要识金丹端的处，未生身处下工夫。"

如如居士云："坤之上，乾之下，中间一宝难酬价。"

李清庵《中和集》云㉗："两仪肇判分三极，乾以直专坤辟翕。天地中间玄牝门，其动愈出静愈入。"

　　王玉阳《云光集》云㉒："谷神从此立天根，上圣强名玄牝门。点破世人生死穴，真仙于此定乾坤。"

　　谭处端《水云集》云㉔："阴居于上阳居下，阳气先升阴气随。配合龙虎交媾处，此时如过小桥时。"

　　河上公《过明集云》㉚："杳杳冥冥开众妙，恍恍惚惚葆真窍。敛之潜藏一粒中，放之弥漫六合表。"

　　张紫阳《悟真篇》云："震龙汞自出离乡，兑虎金生在坎方。二物总因儿产母，五行全要入中央㉛。"

　　张景和《枕中记》云："混元一窍是先天㉜，内面虚无理自然。若向未生前见得，明知必是大罗仙。"

　　葛仙翁《玄玄歌》云㉝："乾坤合处乃真中，中在虚无甚空阔。簇将龙虎窍中藏，造化枢机归掌握。"

　　罗公远《弄丸集》云："一窍虚无天地中，缠绵秘密不通风㉞。恍惚杳冥无色象，真人现在宝珠中。"

　　天来子《白虎歌》云："玄牝之门镇日开，中间一窍混灵台。无关无锁无人守，日月东西自往来。"

　　张鸿濛《还元篇》云："天地之根始玄牝，呼日汲月持把柄。隐显俱空空不空，寻之不见呼之应㉟。"

　　高象先《金丹歌》云："真一之道何所云，莫若先敲戊己门。戊己门中有真水，真水便是黄芽根。"

　　丁理鹤《逍遥游》云："三教一元这个圈，生在无为象帝先㊱。悟得此中真妙理，始知大道祖根源。"

　　肖紫虚《大丹诀》云："学人若要觅黄芽，两处根源共一家。七返九还须识主，工夫毫发不容差。"

　　李灵阳《祖窍歌》云："个个无生无尽藏，人人本体本虚空。莫道瞿昙名极乐㊲，孔颜乐亦在其中。"

　　陈致虚《转语偈》云㊳："一者名为不二门，得门入去便安身。当年曾子一声唯，误了阎浮多少人。"

　　薛紫贤《虚中诗》云："天地之间犹橐籥，橐籥须知鼓者谁。动静根宗由此得，君看放手有风无。"

　　吕祖《纯阳文集》云："阴阳二物隐中微，只为愚徒自不知。实实认为男女是，真真说做坎离非。"

　　李道纯《无一歌》云："道本虚无生太极，太极变而先有一。一分为二二生三，四象五行从此出。"

　　《寿涯禅师语录》云："陀罗门启妙难穷，佛佛相传只此中。不识西来真实义，空穿铁屦走西东。"

　　马丹阳《醉中吟》云："老子金丹释氏珠㊴，圆明无欠亦无余。死户生门宗此窍，此窍犹能纳太虚。"

　　曹文逸《大道歌》云："借问真人何处来？从前元只在灵台。昔年云雾深遮蔽，今日相逢道眼开。"

刘长生《仙乐集》云④：“一窍虚空玄牝门，调停节候要常温。仙人鼎内无他药，杂矿销成百炼金。”

李道纯《中和集》云：“乾坤阖辟无休息，离坎升沉有合离㊶。我为诸君明指出，念头复出立丹基。”

刘海蟾《见道歌》云：“函谷关当天地中，往来日月自西东。试将寸管窥玄窍，虎踞龙蟠气象雄。”

无心昌老《秘诀》云：“自晓谷神通此道，谁能理性欲修真。明明说向中黄路，霹雳声中自得神。”

玉蟾白真人云㊷：“性之根、命之蒂，同出异名分两类。合归一处结成丹，还为元始先天气。”

缘督赵真人云：“虚无一窍正当中，无生无灭自无穷。昭昭灵灵相非相，杳杳冥冥空不空。”

紫阳张真人《金丹序》云：“此窍非凡窍，乾坤共合成。名为神气穴，内有坎离精。”

莹蟾李真人《道德颂》云㊸：“阖辟应乾坤，斯为玄牝门。自从无出入，三界独称尊。”

司马子微云㊹：“虚无一窍号玄关，正在人身天地间。八万四千分上下，九三六五列循环。大包法界浑无迹，细入尘埃不见颜。这个名为祖气穴，黍珠一粒正中悬。”

已上口诀，皆发明祖窍之妙。《老子》曰：“天地之间，其犹橐仑乎？”《庄子》曰：“枢得其环中，以应无穷。”坤曰“正位居体”，鼎曰“正位凝命”，艮曰“君子思不出其位”，而孟子亦曰“立天下之正位”。惟此“正位”也，以言乎其大，则足以包罗乎天地而无外，故谓之“广居”，而大道从此出矣。《毛诗》曰：“秉心塞渊。”《太玄经》曰：“藏心于渊，美厥灵根。”《参同契》。曰：“真人潜深渊，浮游守规中。”曰塞、曰藏，潜而守之之义也。然而“浮游”二字，不可不知也。浮游者，优游也，即孟子之所谓“勿忘勿助”也。释氏所谓“应如是住，如是降伏其心”，亦此义也。

---

①生身受气初：指生命刚刚形成时的情况。受气，指禀受父母先天之气。

②灵关：心中藏元神之处。详见本书《涵养本原救护命宝》一文。

③灵关藏觉灵性，气海藏生气命：“觉”、“灵”即性，“生”、“气”即命。所以这两句话的意思是灵关藏性，气海藏命。性即神，命即气。

④性命虽分龙虎二弦：“龙虎”即性命，即神气；性藏于灵关在上，命藏于气海在下。故曰分为二弦。弦，本义是弓弦，此处分指灵关、气海二窍。

⑤故“玄牝之根”，乃玄牝之所由以分玄而分牝也：这句话是说，“玄牝之根”是玄牝分为玄、分为牝的起始点。这句话和上文所说的天地分为天、分为地，性命分为龙虎二弦是一个意思：性（神）藏于灵关，命（气）藏于气海，二者皆由祖窍分出。玄在上，牝在下。

⑥有名之母：这一说法和下面的“无名之始”都出自《老子》一章：“无，名万物之始；有，名万物之母。”意思是说，无是万物的开始，有是万物的母体。

⑦昭昭生于冥冥，有伦生于无形：明亮生于昏暗，有形生于无形。伦，本是条理、次序的意思；但文中“有伦”与“无形”对言，故“有伦”是“有形”之意。作者引用这句话，意在说明五脏六腑、四肢百骸等“昭昭”而“有伦”之物，都是从“冥冥”而“无形”的玄窍产生出来的。

⑧悟性以见性：即通过参悟佛性来使自心本性显现出来，这是佛教禅宗的修持方法。见，通“现”，使显现。

⑨威音王：佛名，又称“威音王佛”，佛教认为这是最早形成的佛。

⑩但觅其王之所在而尊之：只是寻找那“王”（即太极）所在的地方而尊奉它。这句话强调了那些“学仙学佛”的人对于太极的重视。

⑪此窍正在乾之下、坤之上、震之西、兑之东：这句话是用八卦术语来说明祖窍正在人身之正中。在先天八卦中，乾在上

而坤在下；在后天八卦中，震在东而兑在西。

⑫若知窍而不知妙，犹如"中"而不知"一"：如果只知道这一窍的位置而不知它的作用，就如同只知道什么是"中"而不知道什么是"一"一样。窍，指位置；妙，指奥妙、作用。

⑬归一：佛教认为，世间万法（指一切事物和道理）皆归于一心，故"归一"之"一"指心。归一，即意识活动集中于一，归藏本体之中而不外散。

⑭神禹氏之洛书：神禹氏即大禹。相传大禹治水时有大龟出于洛水，龟背上有图，是即洛书。禹曾据此图而作《九畴》。

⑮洞玄经：或即《洞玄金玉集》之简称。《洞玄金玉集》乃金代马丹阳所著之气功书。

⑯修道以仁：原文为："故为政在人，取人以身，修身以道，修道以仁。仁道，人也；亲亲为大。""修道以仁"的意思是说，修道要立足于仁；而"仁"就是"爱人"的意思，这是儒家的思想。

⑰中心安仁：心存仁爱之心。中心，心中。

⑱抱元两者：即抱持果仁中心部分的两瓣。元，本是头、首的意思，此处指果仁中能够发育成芽的部分。

⑲外不入，内不出：即不受外界的干扰（外不入），使神不外驰（内不出）。这讲的是练功时排除杂念的方法。

⑳精义入神：指精研事物之微义而达到神妙的境地。语出《易·系辞》下："精义入神，以致用也。"

㉑总持之门、万法之都：佛教称持善不失、持恶不生为总持，这是佛教徒修行的总的门径。"总持之门"和"万法之都"都是祖窍的比喻；这个比喻，突出了祖窍在修炼中的重要地位和作用。都，都会。

㉒以有心守之则着相，以无心求之则落空：此言意守时意念不能过重，也不能毫无意念。着相，执着于有形之物。相，形质。落空，落于顽空，即什么都不想。

㉓空洞无涯是玄窍，知而不守是功夫：此两句中第一句讲玄窍（指祖窍）的特点，第二句讲对此窍应"知而不守"。这"知而不守"四字，便是避免"着相"与"落空"的秘诀。

㉔中心之心既实，五行之心自虚：中心之心指祖窍，五行之心即人们平常所说的那个心。神气归于祖窍则中心之心实；排除了一切杂念至于"内外两忘"，则五行之心虚矣。

㉕刘海蟾：全真派北五祖之一，名操，字宗成，五代时燕山（沿所在今北京西南芦沟桥镇）人。或云名哲，字元（铉）英，后梁广陵（今河南息县）人。

㉖虎龙蟠踞入中黄：此言神气聚于中黄之窍。中黄，即祖窍。

㉗李清庵：又名道纯，字元素，号莹蟾子，元代气功家。著有《中和集》、《莹蟾子语录》、《全真集玄秘要》等著作多种，其中以《中和集》影响为最大。

㉘王玉阳：即王处一，金代气功家，王重阳弟子，全真道嵛山派创始人。

㉙谭处端：名玉，字伯玉，金元时气功家，王重阳弟子，道教全真南元派创始人。

㉚河上公：晋代葛洪《神仙传》里的人物。《神仙传》说他为汉武帝时人，"因结草为庵于河之滨"而被称为河上公。

㉛五行全要入中央：五行全入中央即"五气朝元。""中央"指祖窍。这也是说祖窍的重要。

㉜混元一窍是先天：天地生成前的原始状态为混元。此言祖窍是先天而成的。

㉝葛仙翁：汉魏时人，气功家，为葛洪之三代从祖。

㉞缠绵秘密不通风：此言祖窍周围，脏腑经络相连，而使祖窍十分隐蔽。

㉟隐显俱空空不空，寻之不见呼之应：此言祖窍看不见、摸不着，似乎并不存在，但我们确实又可以感受到它的存在。

㊱三教一元这个圈，生在无为象帝先：三教，指儒、释、道。一元，指事物的开始。这个圈即〇（儒曰太极，道曰金丹，释曰圆觉），象帝先，即象是帝尧前的样子。这两句是说，三教都把天地万物的开始说成是这个圈；它生在遥远的古代，是在无为中产生的，很象是帝尧以前的情况。诗中所说的这个〇，也是人的太极，即祖窍。

㊲瞿昙：如来（释迦牟尼）的俗姓。如来本迦毗罗卫城净饭王子，姓瞿昙，字悉达多。

㊳陈致虚：元代气功家，字观吾，号上阳子。江右庐陵（今江西吉安县）人。著有《金丹大要》等著作多种，对后世影响很大。

㊴老子金丹释氏珠：二者皆指祖窍而言。释氏珠即摩尼珠，及佛门之宝。

㊵刘长生：即刘处玄，字通妙（一说字道妙），号长生子，为王重阳弟子，全真随山派创始人，"北七真"之一。

㊶乾坤阖辟无休息，离坎升沉有合离："乾坤阖辟"指的是呼吸：呼则接天根，叫做辟；吸则接地根，叫做阖。但这种呼吸，指的不是口鼻的呼吸，而是"真息"。"无休息"是说任何时候真息不能停止。"离坎升沉有合离"是指龙虎交媾而言。

㊷玉蟾白真人：即白玉蟾，又名葛长庚，字如晦，又字白叟，号海琼子、夷散人等，南宋时琼州（今海南岛琼山）人，道教养生家。

㊸莹蟾李真人：即李道纯，他的号是莹蟾子。详见前注。

㊹司马子微：唐代气道家著名人物，名承祯，字子微，号天台白云子，河内温（今属河南）人。写有《坐忘论》、《修真秘旨》等著作多种。

法轮自转图

法轮自转工夫

三教法门，同途异辙；迹虽分三，理则一也。如此着工夫，释家谓之"法轮"，道家谓之"周天"，儒家谓之"行庭"。

《易》曰："艮其背，不获其身；行其庭，不见其人。无咎。"行庭者，天行健之之行也。天之行也，日一周天，何其健与！若吾身亦一小天地者，周天之行健也。《易》曰："天行健，君子以自强不息。"然吾身中之黄庭①，太极立焉，而天则旋乎其外，而往来之不穷矣。艮曰，"时止则止"，太极立焉；"时行则行"，周天行焉。又不观之《系辞》乎？《系辞》曰："日月相推，而明生焉。"又曰："寒暑相推，而岁成焉。"又曰："屈伸相感，而利生焉。"此行庭之心法也。

何为立极？即前所谓心中之"仁"安于中心之中而为土中者以敦养之——自有消息真机而心身性命相为混合矣②。一屈一伸，一往一来，真有若日月之代明、寒暑之错行。其殆天运之自然，是亦吾身之一天地也。始而有意，终于无意。起初用意引气旋转，由中而达外，由小而至大。口中默念十二字诀曰："白虎隐于东方，青龙潜于西位。"一句一圈，数至三十六遍而止。及至收回，从外而旋内，从大而至小。亦念诀曰："青龙潜于西位，白虎隐于东方。"亦数三十六遍，复归太极而止。是为一周天也。久则不必用意，自然璇玑不停，法轮自转，真个有歇手不得处。

全阳子云③："与日月而周回，同天河而轮转。轮转无穷，寿命无极。"《鸣道集》云："安闲自得长生道，昼夜无声转法轮。"韩道遥云："法轮要转常顺转，只在身中人不见。驾动之时似日轮，日轮向我身中转。"又云："法轮转得莫停留，念念不离轮自转。"当其转也瀚然如云雾之四塞，飒然如风雨之暴至，恍然如昼梦之初觉，涣然如沉疴之脱体。精神冥合，如夫妇之交接；骨肉融合，如澡浴之方起。《易》曰："黄中通理，正位居体。美在其中，而畅于四肢"。斯言信矣！

①黄庭：祖窍异名，见安神祖窍图。
②消息真机：机关上的枢纽。
③全阳子：即金代气功家王处一，全阳子是他的号。

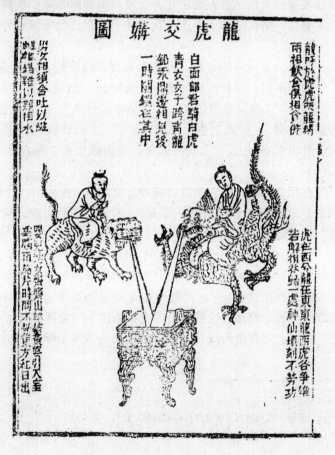

龙虎交媾法则

夫人也，坎离交则生①，分则死。此理之必然，无一人不如此者。

盖离三为阳而居南，外阳而内阴也，谓之真汞；坎三为阴而居北，外阴而内阳也，谓之真铅。故紫阳真人云："日居离位反为女，坎配蟾宫却是男。"此言坎之男、离之女犹父之精、母之血也，日之乌、月之兔也，砂之汞、铅之银也，天之玄、地之黄也。此数者，皆指示龙虎二气也。《参同契》曰："离己日光，坎戊月精。"故离之己，象龙之弦气也；坎之戊，象虎之弦气也。

夫戊与己，是黄庭真土之体，因太极一判，分居龙虎二体之中。修丹之士，若欲返其本、复其初，使龙虎归于鼎中，情性合于窍内，当用"龙从火里出，虎向水中生"之二诀——则炎烈火中，出飞龙之矫矫；泓澄水底，跃走虎以眈眈。始得龙虎相交，向鸿蒙而潜归混沌；继则夫妻合体，从恍惚而竟入虚无。共至黄房，互相吞啖，两情留恋，二气交加，有如天地之媾精，日月之交光；盘旋于祖窍之间，自然复此先天未判之气而成混元真一之精，为大药之根元、作还丹之基本也②。

原夫龙之情性，常在于戊；虎之情性，常在于己③。只缘彼此各有土气，二土合并，而成刀圭。是以坎离交而天地泰，龙虎交而戊己合也。戊己合为一体，则四象会合而产大药也。《易》曰："天地氤氲，万物化醇。男女媾精，万物化生。"天地以阴阳交媾而生物，丹法以阴阳交媾而生药。盖未有不交媾而可以成造化者也。《玉芝书》云："玄黄若也无交媾，争得阳从坎下飞。"是乃作丹之大端，修仙之第一义也。若天地之气不氤氲，则甘露不降；坎离之气不交并，则黄芽不生；龙虎二弦之气不会合，则真一种子不产。真一种子不产，则将何者为把柄而凝成金液大丹耶？

然交媾之理有二，有内交者，有外交者。坎离龙虎交，内交也，产药也；乾坤子午交④，外交也，结丹也。此二法天渊不同，学者宜细辨之。张紫阳云，"既驱二物归黄道⑤，争得金丹不解生"，是此义也。吕纯阳云，"二物会时为道本，五行全处得丹名"，是此义也。陈抱一云，"戊己乍交情性合，坎离也媾虎龙降"，是此义也。张用成云，"虎跃龙腾风浪粗，中央正位产玄珠"，是此义也。张平叔《金丹四百字》云，"龙从东海来，虎向西山起。两兽战一场，化作一泓水"，亦此义也。

夫龙虎交媾者，乃三元合一之法也。所以会乾坤、交坎离、簇阴阳、合性命，使二者复变而为一；以至九宫、八卦、七政、六位、五行、四象、三才之生于二者，莫不皆归于"一"矣。"一"者，"有物混成，先天地生"是也。大哉一乎！以其流行谓之"气"，以其凝聚谓之"精"，以其妙用谓之"神"。始因太极一判，分居二体之中，日远日疏，卒至危殆。是以圣人则天地之要，知变化之源，取精于水府，召神于灵关，使归玄牝窍中，得与祖气聚会，三家相见，合为一体。先则凝于混沌，次则"寂照含虚空⑥"，"抱一无离"，是为返本还原之妙道也。

《书》曰："人心惟危，道心惟微。惟精惟一，允执厥中。"盖言心与精而为一，而会归于黄中之中；而"允执之"者，此尧舜之所以开道统之传，而为万古圣学之宗也。

------

①坎离：即心中之神与肾中之气。

②大药之根元：炼成大药的基础。大药，指龙虎交媾所得之阳精。还丹：即大药。

③龙之情性，常在于戊；虎之情性，常在于己：龙、己（己土）指神，虎、戊（戊土）指气。神与气，一阴一阳，二者异性相吸，故言。

④乾坤子午交：亦称"乾坤交媾"，是在龙虎交媾的基础上进行的。前者作用是在"产药"，而后者作用则是在"结丹"。

⑤既驱二物归黄道：黄道是古人想象中的太阳绕地而行的轨道，此处指由会阴（尾闾）直达泥丸，而后又归于腹中的这条道路，即乾坤子午交所经之路。二物，真铅、真汞。

⑥寂照含虚空：语出《楞严经》六："净极光通达，寂照含虚空。"意思是心境安静清明，有如虚空。从气功角度理解指大药入中宫后之温养沐浴而言。

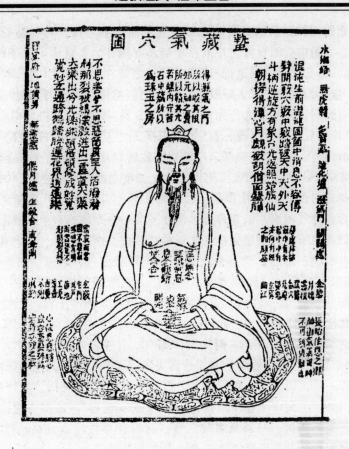

性命双修万神圭旨第三节口诀

蛰藏气穴众妙归根

内附行住　坐卧四法

　　前节言翕聚，乃守中抱一之工夫；此节言蛰藏，则深根固蒂之口诀。翕聚蛰藏，相为表里。非翕聚，则不能发散；非蛰藏，则不能发生。是此二节一贯而下，两不相离者也。

　　此节无它，只是将祖窍中凝聚那点阳神，下藏于气穴之内，谓之"送归土釜牢封固"，又谓之"凝神入气穴"。

　　此穴有内外两窍，外窍喻桃杏之核，内窍譬核中之仁。古仙有曰："混沌生前混沌圆①，个中消息不容传。劈开窍内窍中窍，踏破天中天外天②。"此窍中之窍，释尊标为"空不空"、"如来藏"，老君名之"玄又玄"、"众妙门"。海蟾亦曰："无底曰'囊'，有孔曰'籥'。中间一窍，无人摸着。"此指窍中之窍而言也。是窍也，为阴阳之源，神气之宅，胎息之根，呼吸之祖。胎者，藏神之府；息者，化胎之源。胎因息生，息因胎住。而窍中之窍，乃神仙长胎、住息之真去处也。然天地虽大，亦一胎也；而日月之往来，斗柄之旋转者，真息也。又不观三氏之书乎？《易经》曰："成性存存，道义之门。"《道德经》曰："玄之又玄，众妙之门。"《遗教经》曰："制之一处，无事不辨。"皆直指我之"真人呼吸处"而言。然则"真人呼吸处"果何处耶？吾昔闻之师曰，藏元精之窜冥府，结胎息之丹元宫。上赤、下黑、左青、右白、中央黄晕之间乃"真人呼吸之处"。正当脐轮之后、肾堂之前，黄庭之下、关元之上③。即《黄庭经》所谓"上有黄庭下关元，后有幽阙前命门④"是也；廖蟾晖云"前对脐轮后对肾，中间有个真金鼎"是也。

　　既识此处，即将向来所凝之神而安于窍中之窍，如龟之藏，如蛇之蛰，如蚌之含光，如蟾之纳息。绵绵续续，勿忘勿助，若存而非存，若无而非无。引而收之于无何乡，运而藏之于阖辟处。少焉，呼吸相含，神气相抱，结为丹母，镇在下田——外则感召于地灵阳之正气，内则擒制一身铅汞之英华，如北辰所居，众星皆拱；久则神气归根，性命合一，而大药孕于其中也。

　　然凝神调息皆有口诀；不然，恐思虑之神妄交于呼吸之气，结成"幻丹"，而反害药物矣。所以仙翁云："调息要调真息息，炼神须炼不神神。"《黄帝阴符经》曰："人知其神之神，不知'不神'之所以神。""不神"者，性也。盖性者，神之根。神本于性，而性则未始神。神中炯炯而不昧者，乃是真性也。仙姑《大道歌》曰："我为诸君说端的，命蒂从来在真息"。真息者，命也。盖命者，气之蒂也。气本于命，而命则未始气。气中氤氲而不息者，乃是真命也。这个"不神"之神，与那个真息之息，他两个方才是真夫妻、真阴阳、真龙虎、真性命。纽结做一团，混合为一处，打成作一片，锻炼在一炉，或名之曰"牛女相逢"，又曰"牝牡相从"，又曰"乌兔同穴"，又曰"日月同宫"，又曰"魂魄相投"，又曰"金火混融"。究而言之，不过凝神合气之法耳！是以神不离气，气不离神——吾身之神气合，而后吾身之性命见矣；性不离命，命不离性——吾身之性命合，而后吾身未始性之性、未始命之命见矣。

　　崔公《入药镜》曰⑤："是性命，非神气。权而言之则二，实而言之则一。神气固非二物，性命则当双修。"然而双修之旨，久失其传，以致玄禅二门互争高下。刘海蟾云："真个佛法便是道，一个孩儿两个抱。"清和翁曰："性命双修教外传，其中玄妙妙而玄。簇将元始归无始，逆转先天作后天⑥。"此端奥妙，非师罔通；口诀玄微，详载于后。今姑就诸仙所证者而言之，便于初机，而易得悟入也。

　　按白玉蟾云："昔日遇师亲口诀，只要凝神入气穴。"气穴者，内窍也。蛰神于中，藏气于内，以如来空空之心，合真人深深之息，则心息相依，息调心净。盖蕴一点真心于气中，便是凝神入气穴之法。

　　神既凝定气穴，常要回光内照。照顾不离，则自然旋转，真息一降一升，而水火木金相为进退矣。仙谚曰："欲得长生，先须久视。"久视于上丹田，则神长生；久视于中丹田，则气长生；久视于下丹田，则形长生。夫日月之照于天地间，螺蚌吸之则生珠，顽石蓄之则产玉。何况人身自有日月，岂不能回光内照，结自己之珍珠，产自己之美玉哉！然而神即火也，气即水也；水多则火灭，火多则水干。中年之人，大抵水不胜火者多矣，所以命宜早接，油要早添。添油之法，已载前"救护命宝"之下；今复详言，则天人一气之旨尽露矣。

　　夫天人之际，惟一气之相为阖辟，相为联属已尔，而非有二也。故我而呼也，则天地之气于焉而发、而散；我而吸也，则天地之气于焉而翕、而聚。此天人相与之微，一气之感通者然也。故天地所以能长且久者，以其呼吸于其内也。人能效天地呼吸于其内，亦可与天地同其长久。曹仙姑云："元和内运既成真，呼吸外施终未了。"以口鼻之气往来者，外呼吸也；乾坤之气阖辟者，内呼吸也。肖了真云："老子明开众妙门，一开一阖应乾坤。果于罔象无形处，有个长生不死根。"此指内呼吸也。张平叔云："玄牝之门世罕知，休将口鼻妄施为。饶君吐纳经千载，争得金乌搦兔儿！"此斥外呼吸也。外呼吸乃色身上事，接济后天以养形体；内呼吸乃法身上事，栽培先天以养谷神。盖内呼吸之息，原从天命中来，非同类之物，不能相亲。是以圣人用伏炁⑦之法，夺先天地之冲和，逆上双关⑧，前返乎后，以达本根，使母之气，伏子之气。子母眷恋于其间，则息息归根，而为金丹之母矣。前辈云："伏炁不服气，服气须伏炁。服气不长生，长生须伏炁。"炁之积于下者，无地可透，自然升之而上，至髓海；气之积于上者，无处可奔，自然降之而下，至气海。二气相接，循环无端。古先达人得济长生者，良由有此逆用之法也。此时自始至终，丢他不得。起手时，有救护补益之功⑨；第二节，有流戊就己之功；第三节，有添油接命之功；第四节，有助火载金之功；第五节，火炽而有既济之功；第六节，胎成而有沐浴之功；第七节，温养而有乳哺之功，婴儿救出于苦海。此进到岸不须船，这着功夫方才无用矣。

　　且人始生也。一剪肚脐，而几希性命，即落在我之"真人呼吸处"矣。既之而在于"天地之间"，又既之而在于肉团之心，又既之而散于耳目口鼻、四肢百骸。日复一日，神驰气散，乃死之徒也。故神仙以归伏法度人，必先教之返本。返本者何？以其散之于耳目口鼻、四肢百骸者，而复返之于肉团之心，谓之"涵养本原"；又将以肉团心之所涵养者，而复返之于"天地之间"，谓之"安神祖窍"；又将以"天地间"之所翕聚者，而复返之于"真人呼吸处"，谓之"蛰藏气穴"。日复一日，神凝气聚，乃生之徒也。古仙曰："屋破修容易，药枯生不难。但知归伏法，金宝积如山。"

　　此时补完乾体，接续气数，以全亲之所生、以全天之所赋。真汞才有八两，真铅始足半斤；气若婴儿，心同赤子；阴阳吻合，混沌不分；出息微微，入息绵绵；渐渐入而渐渐柔，渐渐和而渐渐定⑩。久则窍中动息，兀然自在，内气不出，外气反进⑪。此是胎息还元之初，众妙归根之始也。吕知常曰："一息暂停，方可夺天地造化。"程伊川曰："若非窍造化之机，安能长生！"翁葆光曰："一刻之功夫，可夺天地一年之气数。"此三老者，岂虚语哉？盖胎息妙凝之时，入无积聚，出无分散，体相虚空，泯然入定；定久，内外合一，动静俱无，璇玑停轮，日月合璧，"万里阴沉春气合，九霄清彻露华凝"。妙矣哉，其阴阳交感之真景象欤！斯时也，元精吐华，而乾金出矿矣⑫！此系重开混沌、再入胞胎，开无漏花、结菩提果。非夙有仙骨者，不能知此道之妙也。

　　"后有密户前生门⑬，出日入月呼吸存。"此老氏《黄庭外景经》之口诀也。
　　"只就真人呼吸处，放教姹女往来飞。"此李长源《混元宝章》之口诀也。
　　"内交真炁存呼吸，自然造化返童颜。"此许旌阳《醉思仙歌》之口诀也⑭。
　　"西方金母最坚刚，走入壬家水里藏⑮。"此石杏林《还元篇》中之口诀也。
　　"要知大道希夷理，太阳移在月明中⑯。"此薛紫贤《复命篇》中之口诀也。
　　"先贤明露丹台旨⑰，几度灵乌宿桂柯。"此刘海蟾《还金篇》中之口诀也。
　　"两般灵物天然合，些子神机这里求。"此陈默默《崇正篇》中之口诀也。
　　"古佛之音超动静，真人之息自游丝。"此释鉴源《青莲经》中之口诀也。
　　"一息渐随无念窅，半醒微觉有身浮。"此罗念庵《胎息篇》中之口诀也⑱。
　　"出息不随万缘，入息不居蕴界。"此般若尊者《答东印度国王》口诀也。
　　"水银实满葫芦里，封固其口置深水⑲。"此萼绿华《气穴图》中之口诀也。
　　"万物生皆死，元神死复生。以神归气穴，丹道自然成。"此石杏林之口诀也。
　　"归根自有归根窍，复命宁无复命关？踏破两重消息子，超凡入圣譬如闲。"此李清庵之口诀也。

"心思妙，意思玄，脐间元气结成丹。谷神不死因胎息，长生门户要绵绵。"此《群仙珠玉》口诀也。

"专气致柔神久留，往来真息自悠悠。绵绵迤逦归元命，不汲灵泉常自流⑳。"此海蟾翁口诀也。

"一身上下定中央，肾前脐后号黄房。流戊作媒将就己，金来归性贺新郎㉑。"此上阳子口诀也㉒。

"一条直路少人寻，风虎云龙自啸吟。坐定更知行气主，真人之息又深深。"此陈致虚口诀也。

"圆不圆来方不方，森罗天地暗包藏。如今内外两层白，体在中央一点黄。"此《大成集》口诀也。

"息调心静守黄庭，一部浑全《圆觉经》㉓。悟却此身犹是幻，蒲团坐上要惺惺。"此《抱朴子》口诀也。

"经营鄞鄂体虚无，便把元神里面居。息往息来无间断，圣胎成就合元初。"此陈虚白口诀也。

"谛观三教圣人书，息之一字最简直。若于息上做工夫，为佛为仙不劳力。息缘达本禅之机，息心明理儒之极，息气凝神道之玄，三息相须无不克。"此李道纯《中和集》中之口诀也。

---

①混沌生前混沌圆：这是隐语，意思是说此窍在出生之前即已具备，其形状是浑圆的。

②劈开窍内窍中窍，踏破天中天外天：这两句是说，如果搞清了这窍中之窍，就会别有洞天。

③关元：从"普照图"看，关元与气穴实为一穴，这里关元是指脐下三寸之关元穴而言。

④后有幽阙前命门：幽阙即肾，命门即脐。

⑤崔公《入药镜》：唐崔希范著，为气功名著。元代王道渊曾为此书作过注。

⑥逆转先天作后天：这大概是就习练丹道的目的和作用而言的：炼丹的药物元神、元气都是先天之物，而所炼之丹却可以强身健体、延长人的寿命；这样，先天之物岂不成了后天的了吗？

⑦伏炁："炁"是"气"的异体字，二者在音、义上本无不同，故本书中，凡用"炁"的地方一般都改成了"气"。但本文中的"炁"与"气"是相对而言的，前者指"先天地"之气，而后者指出入口鼻之气。伏炁，即使炁伏而不出，也就是本文所说的"内呼吸"，实际就是胎息。

⑧逆上双关：指沿夹脊双关自下而上。修炼气功者，就是通过使体内气倒向流动，互相衔接达到长生目的。

⑨起手时，有救护补益之功：此句和以下各句，分别讲此功法在各节口诀中的作用，可与各节口诀参照来看。

⑩定：全称是"入定"，指精神思维活动专注于一境而不乱。

⑪内气不出，外气反进：内气，指身中之元气；外气，指天地之正气。这是说，通过入静状态下的均匀、细缓、深长的呼吸，不仅可保存自己体内的元气，还可采天地之正气。参见本书《退藏沐浴工夫》一文。

⑫元精吐华，而乾金出矿："元精"吐出了花蕊，"乾金"从矿石中炼出。元精、乾金皆指肾中真气而言。"元精吐华"、"乾金出矿"，即所谓"阳生药产"、"一阳生"。华，花。

⑬后有密户前生门：本书"洗心退藏图"以脐为生门，以肾为密户，可以参考。

⑭许旌阳：即晋代气功养生家许逊。逊，字敬之，汝南（今河南汝南）人。曾任旌阳令，故世称许旌阳，又称许真君。

⑮西方金母最坚刚，走入壬家水里藏："西方金母"指元阳真气，居于肾中，而肾即坎宫、即"壬家"，属水。"西方金""走入壬家"就成了"水中金"（又称"水中银"、"朱里汞"等），用符号表示就是☵：中间阳爻表示的就是"金母"，而上下两阴爻表示的就是水。按五行之中，金生水，故金为水母；而水的干支是"壬癸"，故称水为"壬家"。"水中金"即肾中之气，是炼丹的药物。

⑯太阳移在月明中："太阳"即☲，"月"☵。"太阳移在月明中"，即取坎填离之意。

⑰丹台旨：修炼的秘旨。丹台，指心，见"普照图"。

⑱罗念庵：即罗洪先，念庵是他的号，是嘉靖时人，曾授翰林院修撰，于气功颇有研究。

⑲水银实满葫芦里，封固其口置深水："水银"指肾中元阳真气，"葫芦"指肾。这两句是说，待肾中元阳气满，要防其外泄，把它放在深水中。

⑳绵绵迤逦归元命，不汲灵泉常自流：迤逦，曲折连绵。元命，本为"天命"之意，此处当指气穴而言。灵泉，指口中津液。汲，从下往上提水。这两句是说练功效验。

㉑流戊作媒将就己，金来归性贺新郎：戊己，分别指戊土和己土。戊土即肾中之气，己土即心中之神，二者皆有土气。土者，真意也。在真意的作用下，行取坎填离之功，则水火交而金木并，四象和合而成丹。

㉒上阳子：即元代气功家陈致虚，字观吾，江右庐陵（今江西吉安县）人，上阳子是他的号。

㉓圆觉经：佛经名，全名为《大方广圆觉修多罗了义经》，以释迦与文殊、普贤等之间问答的形式写成。

胎息诀——历代诸真胎息诀要

袁天纲胎息诀

夫元气者，大道之根，天地之母；一阴一阳，生育万物。在人为呼吸之气，在天为寒暑之气。能改移四时之气者，戊己也①。春在巽，能发生万物②；夏在坤，能生养万物；秋在乾，能成熟万物；冬在艮，能含养万物。故学道者当取四时正气纳入胎中，是为真种。积久，自得心定、神定、息定，龙亲虎会，结就圣胎，谓之真人胎息。

---

①能改移四时之气者，戊己也：能够改变四时之气的是阴阳的变化。戊己，在这是指阴阳。

②春在巽，能发生万物：古人曾把八卦与立春、春分、立夏、夏至、立秋、秋分、立冬、冬至八个节气相配，用以说明一年四季的运转过程和每个季节的特点，并据此绘制了"后天八卦图"。在"后天八卦图"中，立春属辰，春分属震，而立夏才是巽。这里说"春在巽"，实际说的是春末夏初之交在巽。巽，卦名。以下同。发生，萌发、滋长。

太始氏胎息诀

夫道，太虚而已矣！天地日月，皆从太虚中来。故天地者，太虚之真胎也；日月者，太虚之真息也。人能与太虚同体，则天地即我之胎，日月即我之息，太虚之包罗即我之包罗。岂非所谓超出天地、日月之外，而为混虚氏其人欤！

达摩祖师胎息经①

胎从伏气中结，气从有胎中息。气入身中为之生，神去离形为之死。知神气可以长生，固守虚无以养神气。神行则气行，神住则气住。若欲长生，神气相注。心不动念。无来无去。不出不入，自然常住。勤而行之，是真道路。

---

①达摩：也作"达磨"，本名菩提多罗，南天竺僧人，为天竺禅宗第二十八祖。梁普遍元年入华，先至金陵，后止于嵩山

少林寺，面壁九年而化，被称为中华禅宗初祖。

张景和胎息诀

真玄真牝，自呼自吸。似春沼鱼，如百虫蛰。灏气融融，灵风习习。不浊不清，非口非鼻。无去无来，无出无入。返本还原，是真胎息。

王子乔胎息诀

奉道之士，须审子午卯酉四时，乃是阴阳出入之门户①。定心不动，谓之曰"禅"；神通万变，谓之曰"灵"；智周万事，谓之曰"慧"；道元合炁②，谓之曰"修"；真气归元，谓之曰"炼"；龙虎相交，谓之曰"丹"；三丹同契，谓之曰"了"。有志于道者，知此根源、依法修行，自可入于长生大道矣。

---

①子午卯酉四时，乃是阴阳出入之门户：子午卯酉是四个时辰名。子时（23时至1时）为肾中阳气发动之时，此时应举心念以应之行水火既济之功；午时（11时至13时）为阳极阴生之时，此时心中一阴之气下降，应举情以合之，行坎离交媾之道；卯（5时至7时）酉（17至19时）二时，阴阳平衡，乃心肾二气交分之际，此时应澄心静坐，行沐浴之功。

②道元合炁：道、元二者都是气，前者指天地的冲和之气，后者指身内之元气。练功就是使二者结合而产丹。

许栖岩胎息诀

凡修道者，常行内观；遣去三尸，驱除六贼①；纳气于丹田，定心于觉海。心定则神宁，神宁则气住，气住则胎长矣。胎之长者，由于息之住也。无息不胎，无胎不息；住息长胎，圣母神孩。故曰，胎息定而金木交，心意宁而龙虎会也。

---

①遣去三尸，驱除六贼：意思是排除各种杂念。三尸，指人体内的三个神：上尸青姑，中尸白姑，下尸血姑。每逢庚申的日子，三尸便向上帝诉说人的过恶。六贼，即六尘，指色、声、香、味、触、法。六尘与六根相接，可使人产生种种嗜欲，并因此而产生烦恼。

王方平胎息诀

凡所修行，先定心炁：心炁定则神凝，神凝则心安，心安则气升，气升则境忘①，境忘则清静，清静则无物，无物则命全，命全则道生，道生则绝相，绝相则觉明，觉明则神通。经曰："心通万法皆通，心静万法皆灭。"此我佛如来真定法门者也。学者果能定心气、凝胎息，则还丹不远，金液非遥。

---

①境：佛家语。指六识所辨别的各种对象，亦即人身以外的一切。

赤肚子胎息诀

气穴之间，昔人名之曰"生门死户"，又谓之"天地之根"。凝神于此，久之元气日充，元神日旺。神旺则气畅，气畅则血融，血融则骨强，骨强则髓满，髓满则腹盈，腹盈则下实，下实则步轻健、动作不疲、四肢康健、颜色如桃，去仙不远矣！

性空子胎息诀

我之本体，本自圆明，圆明者，是我身中天地之真胎也；我之本体，本自空寂，空寂者，是我身中日月之息也。惟我身之天地有真胎矣，而后天地之胎与我之胎相为混合，而胎我之胎；惟吾身之日月有真息矣，而后日月之息与我之息相为混合，而息我之息；惟吾身之本体既虚空矣，而后虚空之虚空与我之虚空相为混合，而虚空我之虚空。

幻真先生胎息铭

三十六咽，一咽为先。吐唯细细，纳唯绵绵。坐卧亦尔，行立坦然。戒于喧杂，忌以腥膻。假名"胎息"，实曰"内丹"。非只治病，决定延年。久久行之，名列上仙。

已上口诀，举其大略，余者载于丹经，不可得而尽述。此蛰藏工夫，其用大矣！谓人之元神藏于气穴，犹万物藏于坤土。神入地中，犹天气降至于地；气与神合，犹地道之承于天。《参同契》曰："恒顺地理，承天布宣。"《易》曰："至哉坤元，万物资生。"盖亥月纯坤用事之时，时当草木归根、蛰虫入户，闭塞成冬。冬虽主藏，然次年发育成功，实胚胎于此。盖一阳不生于复而生于坤①。坤虽至阴，然阴里含阳。大药之生，实根柢于此。药将产时，就与孕妇怀胎相似，保完真种，不敢放肆。慎起居，节饮食，忌酒色，戒恼怒；外不役其形骸，内不劳其心志。至于行住坐卧，各各有方：行则措足于坦途，住则凝神于太虚，坐则调丹田之息，卧则抱脐下之珠②。故曰："行住坐卧，不离这个。"

———————

①一阳不生于复而生于坤：古人用六十四卦来表示阴阳二气的变化，而复（☳）与坤（☷）皆其中之卦名。坤卦为纯阴，从时间上说，代表冬至和子时；此时阴气已尽，阳气开始上升。紧接其后的复卦，下面已有一阳生出，叫做"一阳初动"或"一阳来复"。但这"一阳"不是从复而是从坤生出来的。所以下文说坤虽是"至阴"（阴气发展到极点叫至阴），但阴里包含着阳。

②抱脐下之珠：即养护已然生成的大药。

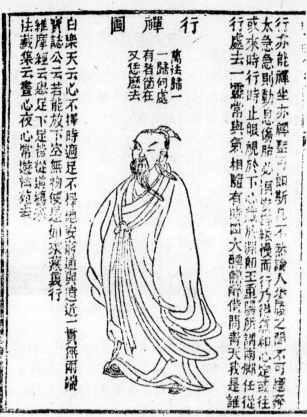

行禪圖

萬法歸一　一歸何處
有者徧在　又徒處去

行亦能禪坐亦禪譬如斯人先須之器不可驟奔
太急則動息傷肺必須徐徐而行乃得氣和心定或往
或來時行時止眼視於下念藏於淵即王重陽所謂兩懶任從
行處處去一靈常與氣相隨有時田大體鬆所借問青天我是誰

隨時隨處逍遙於莊子無何有之鄉
不識不知遊戲於如來大寂滅之海
若天朗氣清之時當用立禪納氣法而接命其呼目腳跟著地
鼻遂天兩手相懸在穴邊一氣引從天上降呑時泗泗到丹田

白樂天云心不擇時適足不擇地處安婦通則達近一貫無兩端
寶誌公云若能放下無物便是如來藏義行
維摩經云惡足下足皆從道場來
法藏集云晝心夜心常遊慞經去

立禪圖

心無所住　湛然見性
體用如如　廓然無聖

或往或立冥目瞑心檢憶念息業義神已往事勿追思未來
事勿逆想現在事勿留念欲得保身道訣莫若靜介閑蔥蕘
出世禪功無如照收凝飈昔賢成子告黃帝曰目無所見耳無
所聞心無所知神將守形形乃長生其意大同尤為深切

　　坐不必趺跏①，当如常坐。夫坐虽与常人同,,而能持孔门心法，则与常人异矣。所谓孔门心法者，只要存心在"真去处"是也②。盖耳目之窍，吾身之"门"也；方寸之地，吾身之"堂"也；立命之窍，吾身之"室"也。故众人心处于方寸之地，犹人之处于堂也，则声色得以从"门"而摇其中；至人心藏于立命之窍，犹人之处于室也，则声色无所从人而窥其际。故善事心者，潜"室"以颐晦，而耳目为虚矣；御堂以听政，而耳目为用矣。若坐时不持孔门心法，便是坐驰，便是放心③。《坛经》曰："心念不起名为'坐'，自性不动名为'禅'。"坐禅妙义，端不外此。

---

①趺跏：又叫"趺坐"、"跏趺坐"，俗叫"双盘"，指双足交叠而坐。

②真去处：即下文所言之"立命之窍"，即气穴。（见"普照图"）

③坐驰：身坐而心驰。指打坐时杂念频生，元神耗散。放心：本指放纵之心，此处是"使心放纵"的意思。

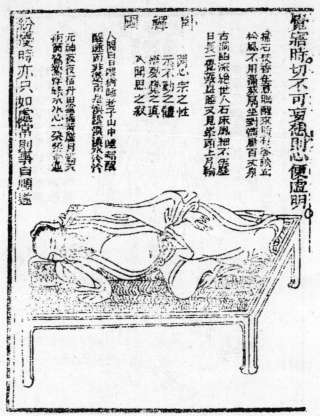

古人有言，修道易，炼魔难①。诚哉，是言也！然色魔、食魔易于制伏，独有睡魔难炼。是以禅家有长坐不卧之法。盖人之真元常在夜间走失，苟睡眠不谨，则精自下漏，气从上泄，元神无依，亦弃躯而出。三宝各自驰散，人身安得而久存哉？

至人睡时，收神下藏丹窟，与气合交，水火互相拘钤，则神不外驰、而气自安定矣。今以常人言之：神则寄之于目矣，而夜寐既熟则藏之于肾；至夙兴之时，而目之神有不爽然清乎？藉其不夜，而肾神岂能清？今又以天道言之：日则丽之于天矣，而夜沦地中则藏之于海；至启明之候，而天之气有不爽然清乎？藉其不夜，而海气岂能清？此则崔公《入药镜》所谓"水火交，永不老"是也。

今之人憨然而睡、忽然而醒，是何物主之而使之觉也？夫魂与神并则觉，魄与尸合则昏。昏者死之根，觉者生之兆。魂属阳而喜清虚，魄属阴而好驰聘。魄者，鬼也；魂者，神也。神则日接之于物，夜形之于梦。黄粱未熟、南柯未窹，一生之荣辱富贵、百岁之悲忧悦乐备尝于一梦之间。使其去而不还、游而不返，则生死路隔，幽冥之途绝矣！由是观之，人不能自生，而其所以生者，梦中之人为之也；人不能自死，而其所以死者，梦中之人为之也。

然不知所以梦，则亦不知所以死；不知所以觉，则亦不知所以生。梦中之有觉者，以梦之中而自有真觉者在焉②；死中之有生者，以死之中而自有长生者在焉。是故因觉知生，因梦知死。知斯二者，可以入道矣！

夫人之觉也，耳其有不能听乎？目其有不能视乎？手其有不能持乎？足其有不能行乎？心其有不能喜、不能怒乎？而人之睡也，耳固在也，何其不能听乎？目固在也，何其不能视乎？手固在也，何其不能持乎？足固在也，何其不能行乎？心固在也，何其不能喜、不能怒乎？由此观之，则其死也，似为无知而无觉矣。而人之睡而梦也，而梦之时亦有耳能听矣，而其听也，何其不属于人之耳乎？亦有目能视矣，而其视也，何其不属于人之目乎？亦有手能持矣，而其持也，何其不属于人之手乎？亦有足能行矣，而其行也，何其不属于人之足乎？亦有心能喜、能怒矣，而其喜也、怒也，何其不属于人之心乎？由此观之，则其死也，似为有知而有觉矣。然死生通乎昼夜之道、梦觉之常者乎！

　　古之真人，其觉也无忧，其寐也无梦。故无梦地位，非道成之后不能到也。然初机之士，炼心未纯③，昏多觉少，才一合眼，元神离腔，睡魔入舍，以致魂梦纷飞，无所不至。不惟神出气移，恐有漏炉迸鼎之患④。若欲敌此睡魔，须用"五龙盘体"之法。诀曰："东首而寝，侧身而卧。如龙之蟠，如犬之曲。一手曲肱枕头，一手直摩脐腹。一只脚伸，一只脚缩。未睡心，先睡目。致虚极，守静笃。神气自然归根，呼吸自然含育；不调息而息自调，不伏气而气自伏。依此修行，七祖有福。陈希夷已留形于华山⑤，蒋青霞曾脱壳于王屋。"此乃卧禅的旨，与那导引之法不同⑥。工夫到时，自然"寝寐神相抱，觉悟候存亡"。亦能远离颠倒梦想，即漆园公所谓"古之真人，其觉也无忧，其寝也无梦"是已⑦。然虽睡熟，常要惺惺；及至醒来，慢慢展转。此时心地湛然，良知自在，如佛境界。正白乐天所云："前后际断处，一念未生时。"此际若放大静一场，效验真有不可形容者。昔尹师静室中有一联云："觉寤时，切不可妄想，则心便虚明；纷扰中，亦只如处常，则事自须遂。"李真人《满江红》词云："好睡家风，别有个、睡眠三昧⑧。但睡里心诚，睡中澄意。睡法既能知旨趣，便于睡里调神气。这睡功消息，睡安禅，少人会。"又《敌魔诗》云："坐中昏睡怎禁它，鬼面神头见他么？昏散皆因由气浊，念缘未断属阴多。潮来水面侵堤岸，风定江心绝浪波。性寂情空心不动，坐无昏散睡无魔。"

　　上古之人，有息无睡，故曰"向晦入宴息"。若一觉睡熟，阳光尽为阴浊所陷⑨，就如死人一般。若知宴息之法，当向晦时耳无闻，目无见，口无言，心无累，鼻息无喘，四肢无动。那一点元神真气，相依相恋，如炉中种火相似。久久纯熟，自然神满不思睡，气满不思食，精满不思欲。元气自聚，真精自凝，胎婴自栖，三尸自灭，九虫自出，所谓"睡魔"不知从何而去矣！其身自觉安而轻，其心自觉虚而灵，其气自觉和而清，其神自觉圆而明。若此便入长生路，休问道之成不成。

---

①炼魔：即战胜修炼过程中出现的各种干扰。

②真觉者：可理解为"使人清醒的因素"。下句"长生者"为"使人长生的因素。"

③炼心未纯：意思是思想上的修养还没有达到一定的火候。炼心，去除心中的各种杂念。纯，纯净。

④漏炉迸鼎：指精自下漏，即遗精。

⑤留形：指"成仙"后，身体留在人间。下面的"脱壳"也是这个意思。

⑥导引：古代的健身体操，包括肢体的活动和"行气"二者在内，是现代气功的重要组成部分。

⑦漆园公：即庄子。庄子曾做过漆园吏，故称。

⑧三昧：佛家语，本为"定"、"正定"的意思，即排除一切杂念，使心神平静。此处作"奥妙"、"诀窍"解。

⑨阳光尽为阴浊所陷：阳光被阴气包围，比喻体内阴气超过阳气而魄主事。

紫中道人答问

客问："坐弹一事如何①?"

予答曰："咽津纳气是人行，有药方能坐化生。鼎内若无真种子，犹将热火煮空铛。"释氏云："此是守尸鬼，磨砖作镜的功夫②。"其言相是，而不相非。粤自晋之伯阳、宋之紫阳绝唱斯道，厥后缵其绪者③，即海琼、紫琼、黄房、缘督、上阳诸真，叠继则金丹之革，一丝之脉，至今不断，代不乏人，以接绍三教一源之道统。若言守静兀坐，乃最下小乘之法，外道惑人之邪径耳④。

客复问："然则毕竟如何?"

予曰："子肯大施法财⑤，告天盟愿，即当为汝言。"

客踞而请曰："弟子历劫难遇，今生遭逢⑥。愿师慈悲，恩莫大焉。"

予曰："子来，吾语汝。子今心誓旦旦，予将妄言之，子勿妄听之；予以实言之，子勿妄信之。当告汝言：夫精气神三宝，则撑持宇宙、总括阴阳，天地得之而函盖乾坤，人心得之则修仙作佛。惟有内有外，知之者可以兼而修之，不知者独修一物。独修者乃顽冥之汉也，兼修者能证仙佛之果也。缘其乱统，则说到此地，未有不望洋而退舍者矣乎！果无疑，当以告子。凡言内外兼修者，其精在杳冥恍惚之中。此精姓金唤九三郎，讳元晶，号曰金华商夫君，居玉池之西，出入跨虎，乳名婴儿，晚则唤为金公。凡到邻家，便称主人⑦。其情嗜交梨⑧，此乃先天地之精，却为人之至宝。其炁乃虚无中来。此炁姓白、唤太乙郎，名元炁，号曰宇宙主宰、素练郎君，寄居西川，出入骑白虎，乳名唤真种子，晚则呼白头老子，到邻家便称父母⑨，好食乌龟而多情。此为先天地之真炁，即是人之至宝。上阳子曰："既自虚无中来，却非天之所降、地之所出，又非我身所有，亦非精，亦非血，非草木，非金石。"是皆非也，谁得而知之乎？然以先天之神而言其神，号"无位真人"，佛云纥利陀耶佛。若认得此神，却有妙用。此神专主杀人，专主生人。修仙作佛者，必要此神主之方得。而《内经》故曰：人身中殆有两精者，一魂一魄是也；夫随精往来者，神即是也。白祖云："唯人头有九宫，中一宫名曰谷神，神常居其谷。日则接于物，夜则接于梦，神不能安其居也。南柯未断、黄粱未熟，一生之荣辱富贵、百岁之忧悲悦乐备尝于一梦之间。使之游而不返、去而不还，则幽冥之途隔、死生之路绝矣！由是观之，人不能自生，而神生之；人不能自死，而神死之。若神长居其谷，人焉得而死乎！紫阳曰"炼神须炼不神神"，盖谓此耳。天颖子曰：'虽久学定，身心无五时七候者，促龄、秒质、色谢、归空⑩。自云慧觉⑪，复称道成，实所失然，可谓谬矣！'若言坐禅一事，予所厌闻。故上品圣仙之贵，当于人类之修之。如或未然，乞勿开口，未尝醒悟。

---

①坐禅：亦称"禅定"，是佛教的修持方法之一。在坐禅中，要排除一切杂念。禅的梵语音译是"禅那"，义译为"思维修"是"安静而止息杂虑"的意思。因为禅定取盘坐的姿势，故又称之为"坐禅"。

②磨砖作镜：把砖磨成镜子，比喻不可能达到的事。

③厥后缵其绪者：其后继承这一功业的。厥，其。缵（zuǎn，钻第三声）继续、继承。绪，前人未竟的功业。

④外道：本为佛教徒对其它宗教和思想的称谓，此处指正宗丹道以外的教派。

⑤大施法财：古人认为，要进行长期的修炼，必须具备相当的钱财，这是获得成功的重要条件之一。所以紫中道人问弟子是否可"大施法财"。

⑥历劫难遇，今生遭逢：经历了很长时间而难于碰上真师，今天碰上了，有踏破铁鞋无觅处，得来全不费功夫的意思。

⑦凡到邻家，便称主人："邻家"指离（三）。坎中阳爻入于"邻家"便取代了离中的阴爻而居于中位（"主人"指此），这便是"取坎填离"。

⑧嗜交梨："交梨"乃道教所说之"腾飞之药"，此药是通过练功而得来的，本书"普照图"亦有"交梨"一名，乃心源异名。以上二解虽稍有异，但都与心有关，而心即离（三）也。所谓"嗜交梨"，表面上说是喜食交梨，实际是"喜欢交于离（三）"也。

⑨到邻家便称父母："邻家"指离（三）。这一句和前面说的"凡到邻家，便称主人"是一个意思。但前者说的是元精，这里说的则是元气。

⑩促龄、秽质、色谢、归空：使短命、本体污浊、气色衰减、归于徒劳。

⑪慧觉：佛家语，意谓佛的智慧不仅可使自己觉悟，且可使他人的觉悟。这里是说不仅自己懂得了丹道，还可以教给别人。

利　集

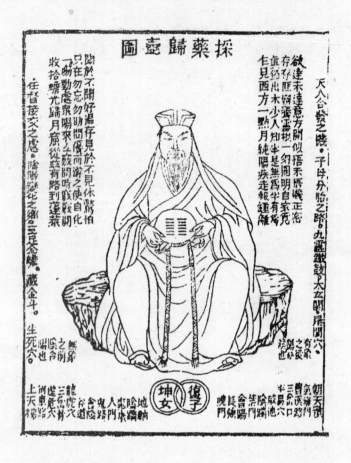

采药归壶图

性命双修万神圭旨第四节口诀

天人合发采药归壶

内附闭任开督　聚火载金二诀

　　闻之师曰：人受天地中气以生[①]，原有真种可以生生无穷，可以不生不灭，但人不能保守，日日消耗，卒至于亡。间知保守，又不知锻炼火法，终不坚固，易为造化所夺。苟能保守无亏，又能以火锻炼，至于凝结成丹，如金如玉，可以长生，可以不化。

　　盖欲炼此丹，须以药物为主；欲采药物，当在根本用功。何为根本？吾身中太极是也。天地以混混沌沌为太极，吾身以窈窈冥冥为太极。天地以此阴阳交媾而生万物，吾身以此阴阳交媾而生大药。大药之生于身，与天地生物不异，总只是阴阳二气一施一化而玄黄相交，一禀一受而上下相接、混而为一②。故曰"混沌"。混沌乃天地之郛郭，窈冥亦是大药之胞胎也。

　　《南华经》云："至道之精，窈窈冥冥。"《道德经》云："窈兮冥兮，其中有精，其精甚真。"惟此真精，乃吾身中之真种子也。以其入于混沌，故名"太极"；以其为一身造化之始，故名"先天"；以其阴阳未分，故名"一气"。又名"黄芽"，又名"玄珠"，又名"真铅"，又名"阳精"。此精若凝结于天地之间，或为金，或为石，历千百年而不朽。人能反身而求之于自己阳精，凝结成宝，则与天地相为无穷，金石奚足比哉？

　　然此阳精不容易得。盖人之一身，彻上彻下，凡属有形者，无非阴邪滓浊之物。故云房真人曰："四大一身皆属阴，不知何物是阳精。"缘督子曰："一点阳精秘在形山，不在心肾，而在乎玄关一窍。"赵中一曰："一身内外尽皆阴，莫把阳精里面寻。"丘长春曰③："阳精虽是房中得之，而非御女之术④。内非父母所生之躯，外非山林所产之宝。但着在形体上摸索皆不是，亦不可离形体而向外寻求。"若此等语，何异水中捞月、镜里攀花！真正智过颜闵⑤，实难强猜。是以祖师罕言之，而世人罕知之。不独今之为然，古人亦有难知之语。如玉鼎真人云："五行四象坎和离，诗决分明说与伊。药生下手功夫处，几人会得几人知？"紫阳真人云："此人事，世间稀，岂是等闲人得知。"杏林真人云："神气归根处，身心复命时。这些真孔窍，料得少人知。"

　　伯阳真人云："一者以掩蔽，世人莫知之。""一"者，何物也？就是那"未发"之"中"，"不二"之"一"，即前所谓"先天一气"是也。《翠虚篇》云："大药须凭神气精，采来一处结交成。丹头只是先天气，炼作黄芽发玉英⑥。"《复命篇》云："采二仪未判之气，夺龙虎始媾之精，闪入黄房，锻成至宝。"《崇正篇》云："寒渊万丈睡骊龙，颌下藏珠炯炯红⑦。谨密不惊方采得，更依时日法神功⑧。"盖采者，以不采而采之；取者，以不取而取之。在于静定中，有非动作可为也。昔黄帝遗其玄珠，使"知"索，使"离朱"索，使"吃诟"索；索之，皆不得。乃使"罔象"，罔象得之。"罔象"者，"忘形"之谓也。必忘形罔象，然后先天一气可得。《击壤集·先天吟》云："一片先天号太虚，当其无事见真腴⑨。"又云："若问先天一字无，后天方要着工夫。"何谓"先天"？寂然不动，窈窈冥冥，太极未判之时是也。何谓"后天"？感而遂通，恍恍惚惚，太极已判之时是也。《混元宝章》云："寂然不动感而通，窥见阴阳造化功。"信乎！寂然不动，则心与天通，而造化可夺也。《翠虚篇》云⑩："莫向肾中求造化，却须心里觅先天。"当其喜怒未发之时，睹闻不及之地，河海静默，山岳藏烟，日月停景，璇玑不行，八脉归源，呼吸俱泯。既深入于窈冥之中，竟不知天之为盖、地之为舆，亦不知世之有人、己之有躯。少焉，三宫气满，机动籁鸣⑪，则"一剑凿开混沌，两手擘裂鸿蒙⑫"，是谓"无中生有"。宁玄子诗云："不在尘劳不在山，直须求到窈冥端。"何谓"窈冥端"？虚极静笃之时也。心中无物为虚，念头不动为静。致虚而至于极，守静而至于笃，阴阳自然交媾。阴阳一交，而阳精产矣。

　　故陈图南曰："留得阳精，神仙现成。"盖阳精日日发生，但世人不知翕聚，以致散而为周身之气。至人以法追摄，聚而结一黍之珠。释氏呼为"菩提"，仙家名曰"真种"。修性者，若不识这个菩提子，即《圆觉经》所谓"种性"、"外道"是也；修命者若不识这个真种子，即《玉华经》所谓"枯坐"、"傍门"是也。

　　张紫阳曰："大道修之有易难，也知由我也由天"。人若不知药生，不知采取，不知烹炼，但见其难，不见其易。诚知药生时候，采取口诀，烹炼功夫，但见其易，不见其难。此两者，在人遇师与不遇师耳。故曰，月之圆，存乎口诀；时之子，妙在心传。

　　然时之子，却有两说。有个"活子时"，有个"正子时"。昔闻尹师曰："欲求大药为丹本，须认身中活子时"。又偈曰[13]："因读《金丹序》，方知玄牝窍。因读《入药镜》，又知'意所到'[14]。大道有阴阳，阴阳随动静。静则入窈冥，动则恍惚应[15]。真土分戊己，戊己不同时。己到但自然，戊到有作为。烹炼坎中铅，配合离中汞。铅汞结丹砂，身心方入定。"曰"动静"，曰"窈冥"，曰"真土"，皆是发明活子时之口诀也。

　　云何谓之"动静"？曰：寂然不动，返本复静，坤之时也；吾则静以待之。静极而动，阳气潜萌，复之时也[16]；吾则动以应之。当动而或杂之以静，当静而或间之以动，或助长于其先，或忘失于其后，则皆非动静之常矣。夫古之至人，其动也天行，其静也渊默。当动则动，当静则静，自有常法。今之学者，不知丹法之动静有常，或专主乎动，或专主乎静。其所谓"动"者，乃行气之动；其所谓"静"者，乃禅定之静[17]。二者胥失之矣！《指玄篇》不云乎："人人气血本通流，荣卫阴阳百刻周[18]。"岂在闭门学行气，正如头上又安头！曷尝以行气为动哉！《翠虚篇》不云乎："唯此乾坤真运用，不必兀兀徒无言。无心无念神已昏，安得凝聚成胎仙！"岂以禅定为静哉！凡人动极而静，自然入于窈冥。窈冥即是寐时[19]虽入于无天、无地、无人、无人境界，却不涉于梦境。若一涉梦境，即有喜怒、惊恐、烦恼、悲欢、爱欲种种情况，与昼间无异；且与窈冥时无天、无地、无我、无我景象绝不相似。窈窈冥冥，惟昼间动极思静，有此景象。若夜间睡熟，必生梦境，安得有此？昼间每有窈冥时候，人多以纷华念虑害之；而求其时入窈冥者，盖亦鲜矣！崔公《入药境》云："一日内，十二时，意所到，皆可为。"一日之内，意到不止一次，则采药亦不止一次。张平叔所谓"一粒复一粒，从微而至著"是也。大抵药物当以真意求之，故曰"好把真铅着意寻"，又曰"但向华池着意寻"。盖人身真意，是为真土。真土之生有时，不同感触自然发生，虽舆中、马上、一切喧闹之地，不能禁止。故曰"真土"。真土有二，戊己是也。土既有二，则意亦有二必矣。所谓"二"者，一阳一阴是也；谓之"真"者，无一毫强伪。若有一毫强与伪，即用心揆度谋虑，便属虚假，非真意也。有此真意，真铅方生。何为有此真意，真铅方生？盖动极而静，真意一到，则入窈冥。此意属阴，是为己土。阴阳交媾，正当一阳爻动之时，自觉心花发现，暖气冲融。阴阳乍交，真精自生。真精即是真铅，所谓"水乡铅，只一味"是也。阴阳交罢，将判未判，恍恍惚惚，乃是静极而动。此意属阳，是为戊土。此时真铅微露，药苗新嫩。此乃有物有象之时，与平旦几希一般[20]。拔动关捩，急忙用功采取，则窈冥所生真精方无走失。所谓采取功夫，即达摩祖师"形解诀"，海蟾祖师"初乘诀"。二块大略相同，不外乎吸、舐、撮、闭四字。纯阳祖师云，"窈窈冥冥生恍惚，恍恍惚惚结成团"，正是此诀。虽则是有为之法，然非真土一生，何以施功？是以采铅由于真土生也，故曰"真土擒真铅"。铅升与汞配合[21]，汞得铅自不飞走，故曰"真铅制真汞"。铅汞既归真土，则身心自尔寂然不动，而金丹大药结矣。是以一时之内，自有一阳来复之机。是机也，不在冬至，不在朔旦，亦不在子时，非深达天地阴阳、洞晓身中造化者，莫知活子时，如是其秘也。

　　既曰一日十二时，凡相媾处皆可为，而古仙必用半夜子阳初动之时者，何也？其时太阳正在北方，而人身气到尾闾关。盖与天地相应乃可以盗天地之机、夺阴阳之妙、炼魂魄而为一，合性命而双修。惟此时，乃坤复之间[22]。天地开辟于此时，日月合壁于此时，草木萌蘗于此时，人身之阴阳交会于此时。神仙于此时而采药，则内真外应、若合符节，乃天人合发之机，至妙至妙者也！

　　陈泥丸云："每当天地交合时，盗取阴阳造化机。"《阴符经》曰："食其时，百骸理；盗其机，万化安。"何者谓之"机"？天根理极微，今年初尽处，明日起头时。此际易得意，其间难下词。人能知此意，何事不能知？"此际正是造化真机妙处。尽真机之妙者，《周易》也；尽《周易》之妙者，复卦也；尽复卦之妙者，初爻也。故曰："复，其见天地之心乎！"盖此时，天地一阳来复，而吾身之天地亦然，内以采取吾身之阳，外以盗取天地之阳，则天地之阳有不悉归于我之身中而为我之药物乎！

然而天地虽大，造化虽妙，亦不能越此发机之外矣。此感彼应，理之自然。人若知此天人合发之机，遂于中夜静坐，凝神聚气，收视返听㉓，闭塞其兑，筑固灵株㉔，一念不生，万缘顿息。浑浑沦沦，如太极之未分；溟溟滓滓，如两仪之未兆。湛兮独存，如清渊之印月；寂然不动，如止水之无波。内不觉其一身，外不知其宇宙。逮夫亥之末、子之初，天地之阳气至则急采之；未至，则虚以待之，不敢为之先也。屈原《远游篇》云："道可受兮，不可传㉕；其小无内兮，其大无垠；毋滑而魂兮，彼将自然。一气孔神兮，于中夜存；虚以待之兮，无为之先！"许旌阳《三药歌》云："存心绝虑候晶凝。"《指玄篇》云："塞兑垂帘默默窥。"皆是藏器待时之谓也。鸣呼！时辰若至不劳心，内自相交自结凝。入室按时须等着，一轮羲驭自腾升㉖。岂可为之先也哉！

夫金丹大药孕于先天、产于后天，其妙在乎太极将判未判之间，静已极而未至于动，阳将复而未离乎阴。斯时也，冥冥兮如烟岚之罩山，濛濛兮如雾气之笼水，霏霏兮如冬雪之渐凝渐聚，沉沉兮如浆水之渐碇渐清㉗。俄顷，痒生毫窍，肢体如绵，心觉恍惚，而阳物勃然举矣。此时阳气通，天信至，则琼钟一扣，玉洞双开㉘；时至气化，药产神知。地雷震动巽门开，龙向东潭踊跃来㉙。此是玄关透露，而精金出矿之时㉚矣。邵康节云："恍惚阴阳初变化，氤氲天地乍回旋。中间些子好光景，安得功夫入语言！"白玉蟾云："因看斗柄运周天，顿悟神仙妙诀。一点真阳生坎位，补却离宫之缺。自古乾坤这些，离坎日日无休歇。今年冬至，梅花依旧凝雪。先圣此日闭关，不通来往，皆为群生设。物物总含生育意，正在子初亥末。造物无声，水中火起，妙在虚危穴。如今识破，金乌飞入蟾窟。"

所谓虚危穴者，即地户、禁门是也。其穴在于任督二脉中间，上通天谷㉛、下达涌泉。故先圣有言："天门常开，地户永闭"。盖精气聚散，常在此处；水火发端，也在此处；阴阳变化，也在此处；有无交入，也在此处；子母分胎，也在此处。《翠虚篇》云："有一子母分胎路，妙在尾箕斗牛女。"此穴干涉最大，系人生死岸头，故仙家名为"生死窟"。《参同契》云"筑固灵株"者此也，"拘束禁门"者此也。《黄庭经》云"闭塞命门保玉都"者此也，"闭子精路可长活"者此也。盖真阳初生之时，形如烈火，状似炎风，斩关透路而出，必由此穴经过。因闭塞紧密，攻击不开，只得驱回尾闾，连空焰赶入天衢㉜；望上奔，一撞三关，直透顶门，得与真汞配合，结成丹砂。非"拘束禁门"之功而谁欤！

"无中出有还丹象，阴里生阳大道基。"此吕祖《纯阳文集》中之口诀也。

"极致冲虚守静笃，静中一动阳来复。"此李清庵《火候歌》中之口诀也。

"一点最初真种子，入得丹田万古春。"此钟离权《破迷正道歌》口诀也。

"一阳才动大丹成，片饷功夫造化灵。"此白玉蟾《万法归一歌》口诀也。

"虚极又虚元气凝，静之又静阳来复。"此莹蟾子《炼虚歌》中之口诀也。

"渺邈但捞水里月㉝，分明只采镜中花。"此刘海蟾《还金篇》中之口诀也。

"恍惚杳冥二气精，能生万象合乾坤。"此许旌阳《石函记》中之口诀也。

"恍惚之中寻有象，窈冥之内觅真精。"此张紫阳《悟真篇》中之口诀也。

"日精若与月华合，自有真铅出世来。"此还阳子《见性篇》中之口诀也。

"若问真铅何物是，蟾光终日照西川㉞。"此张用成《悟真篇》中之口诀也。

"真铅不产五金内，生在窈冥天地先。"此《诸真玄奥广集》中之口诀也。

"坎水中间一点真，急须取向离中辏。"此李道纯《原道歌》中之口诀也。

"三物混融三性合⑤，一阳来复一阴消。"此李清庵《中和集》中之口诀也。

"此儿欲问天根处，亥子中间得最真。"此刘奉真《白龙洞》中之口诀也。

"阴跻泥丸，一气循环。下穿地户，上拨天关。"此梅志仙《采药歌》口诀也。

"万籁风初起，千山月乍圆。急须行政令，便可运周天。"此石杏林口诀也。

"可道非常道，行功是外功㊱。些儿真造化，恍惚窈冥中。"此莹蟾子口诀也。

"药取先天气，火寻太阳精。能知药取火，定里见丹成。"此石得之口诀也。

"要觅长生路，除非认本元。都来一味药，刚道数千般。"此吕纯阳口诀也。

"元君始炼汞，神室含洞虚。玄白生金公，巍巍建始初㊲。"此《金碧经》㊳口诀也。

"得诀归来试炼看，龙争虎战片时间。九华天上人知得，一夜风雷撼万山。"此彭鹤林口诀也。

"虎之为物最难言，寻得归来玄又玄。一阳初动癸生处，此际因名大易先。"此上阳子口诀也。

"半斤真汞半斤铅，隐在灵源太极先。须趁子时当采取，炼成金液入丹田。"此陈泥丸口诀也。

"提得金精固命基，日魂东畔月华西。于中炼就长生药，服了还同天地齐。"此吕纯阳口诀也。

"灿灿金华日月精，溶溶玉液乾坤髓。夜深天宇迥无尘，惟有蟾光照神水。"此徐神翁口诀也。

"兑金万宝正西成㊴，桂魄中秋倍样明。便好用功施采取，虚中以待一阳生。"此陈默默口诀也。

"一泓神水满华池，夜夜池边白雪飞。雪里有人擒玉兔，赶教明月上寒枝。"此《玄奥集》口诀也。

"窈冥才露一端倪，恍惚未曾分彼此。中间主宰这些儿，便是世人真种子。"此陈图南口诀也。

"只取一味水中金，收拾虚无造化窟㊵。促将百脉尽归根，脉住气停丹始结。"此陈翠虚口诀也。

"先天一气号'真铅'，莫信迷徒妄指传。万化滋张缘朕兆，一灵飞走赖拘钤㊶。"此龙眉子口诀也。

"塞兑垂帘寂默窥，满空白雪乱参差㊷。殷勤收拾无令失，贮看孤轮月上时。"此钟离权口诀也。

"无不为之有以为，坎中有白要归离。水源初到极清处，一点灵光人不知。"此薛道光口诀也。

"莫怪瑶池消息稀，只缘人事隔天机㊸。若人寻得水中火，有一黄童上太微。"此吕洞宾口诀也。

"玄关欲透做工夫，妙在一阳来复。天癸才生忙下手，采处切须虔笃。"此莹蟾子李翁口诀也。

"忽然夜半一声雷，万户千门次第开。若识无中含有象，许君亲见伏羲来。"此邵康节口诀也。

"元来一味坎中金，未得师传枉用心。忽尔打开多宝藏，木非土也不成林㊹。"此上阳子口诀也。

"父精母血结胎成，尚自他形似我形。身内认吾真父母，方才促得五行精。"此陈翠虚口诀也。

"西南路上月华明，大医还从此处生。记得古人诗一句，曲江之上鹊桥横⑮。"此陈泥丸口诀也。

"炼丹仔细辨功夫，昼夜殷勤守药炉。若遇一阳才起复，嫩时须采老时枯。"此《玄奥集》中口诀也。

"佛印指出虚而觉⑯，丹阳诀破无中有。捉住元初那点息，万古千秋身不朽。"此张三丰口诀也。

"水乡铅，只一味，不是精神不是气。元来即是生命根，隐在先天心坎内⑰。"此《珠玉集》中口诀也。

"恰恰相当绝妙奇，中秋天上月圆时。阳生急采无令缓，进火功夫要虑危⑱。"此上阳子口诀也。

"离坎名为水火精，本是乾坤二卦成。但取坎精点离穴，纯乾便可摄飞琼。"此陈泥丸口诀也。

"恍惚之中有至精，龙吟虚啸最堪听。玄珠飞珍昆仑去，昼夜河车不暂停。"此《玄奥集》口诀也。

"轧轧相从响发时，不从他得豁然知⑲。桔槔说尽无生曲，井底泥蛇舞柘枝⑳！"此薛紫贤口诀也。

"返本还元已到乾，能升能降号飞仙。一阳生是兴功日，九转周为得道年。"此许宜平口诀也。

"日乌月兔两轮圆，根在先天采取难。月夜望中能采取，天魂地魄结灵丹。"此陈翠虚口诀也。

"一气团成五物真，五物团成一物灵。夺得乾坤真种子，子生孙兮又生孙。"此《金丹撮要》口诀也。

"精神气血归三要，南北东西共一家。天地变通飞白雪，阴阳和合产金华。"此回谷子口诀也。

"精气神，药最亲，以此修丹尚未真。修丹只要乾坤髓，乾坤髓即坎离仁。"此王果斋之口诀也。

"铅汞相传世所稀，朱砂为质雪为衣。朦胧只在君家舍，日日君看君不知。"此陈泥丸口诀也。

"先天至理妙难穷，铅产西方汞产东。水火二途分上下，玄关一窍在当中。"此李清庵口诀也。

"闲观物态皆生意，静悟天机入窈冥。道在险夷随地乐，心忘鱼鸟自流行㉑。"此王阳明口诀也。

"天心复处是无心，心到无时无处寻。若谓无心便无事，水中何故却生金。"此邵康节口诀也。

"炼汞烹铅本没时，学人当向定中推。客尘欲染心无着㉒，天癸才生神自知。性寂金来归性本，精凝坎去补南离。两般灵物交并后，阴尽阳纯道可期。"此李清庵《中和集》中之口诀也。

"火符容易药非遥，天癸生如大海潮。两种汞铅知采取，一齐物欲尽捐消。掀翻万有三元合，炼尽诸阴五气朝。十月脱胎丹道毕，婴儿形兆谒神霄。"此李道纯《中种集》中之口诀也。

"夺取天机妙，夜半看辰杓㉝。一些珠露，阿谁运到稻花头？便向此中采取，宛如碧莲含蕊，滴破玉池秋。万籁风初起，明月一沙鸥。"此陈楠口诀硬。

已上皆诸真得药口义，各引数言，以便印证者。

---

①天地中气：指天地间的中和之气。

②一禀一受而上下相接、混而为一：意思是说体内的阴阳二气（即神与气，二者一在上居于离宫，一在下居于坎宫）上下交合而生大药。一禀一受与"一施一化"意思相同。禀，（bǐng，丙）承受。

③丘长春：即丘处机，金元时山东登州栖霞县人。十岁出家，后师事王重阳，为道教龙门派始祖。著有《长春真人西游记》。

④御女之术：即房中术之类。

⑤智过颜闵：聪明得超过颜回和闵损（子骞）。颜、闵皆孔子弟子，以德行称。

⑥炼作黄芽发玉英：真铅真汞和合为一即黄芽，即丹。玉英与黄芽为一物，二者皆为比喻。英，花。

⑦寒渊万丈睡骊龙，颔下藏珠炯炯红：这两句说的是肾中元精，即大药。元精居于坎水之中而为阳，这就是"颔下藏珠"的"骊龙"，句中"寒渊"即坎水，如用象来表示，则"寒渊"即坎（☵）上下之阴爻，"颔下藏珠"的"骊龙"即坎中的阳爻。

⑧谨密不惊方采得，更依时法神功：这就说炼功采药时应小心谨慎，采取后还要按照一定的时日行温养沐浴之功等。

⑨当其无事见天腴：只有在无事之时才能见到"真腴"。腴，肥肉，引申为美好的事物；此处指先天一气（即元精）。

⑩翠虚篇：为宋代气功家陈楠所撰，共一卷，简略地叙述了内丹大旨。

⑪机动籁鸣：机关发动，声音鸣响。这是元精产生时的感觉。

⑫一剑凿开混沌，两手擘裂鸿蒙：比喻太极判而分阴阳，精产生。擘（bò，剖第四声）剖开。

⑬偈：（jì，济）本是佛经中的颂词，此处作动词，意思与"赞"、"颂"相近。

⑭因读《入药镜》，又知"意所到"：因为读了《入药镜》，又知道"意所到"是什么意思。《入药镜》是唐代气功家崔希范的著作，阐述道教内丹术的道理和丹成之后体内的感受。"意所到"见下文。

⑮静则入窈冥，动则恍惚应：入静既久，就会进入窈窈冥冥的状态；而静极复动，大药产生之后，就要在恍惚之中与之呼应，以意领气，逼金上行，使之穿尾闾、过三关而达于泥丸。

⑯静极而动，阳气潜萌，复之时也：静到极点时就转化为动，阳气暗暗滋长，这是复卦所表示的那个时候。复（☷☳）下已有一阳产生，与坤之纯阴不同。一阳生，喻大药开始生成。

⑰禅定之静：这里说的"禅定之静"，指的是一味地静，而不知有动，是即所谓"枯坐"，是"专主乎静"的表现。当动时不动，则失于采取。

⑱荣卫阴阳百刻周：荣卫阴阳之气什么时候都是周流的。荣，荣气，亦称"营气"，有营养和化生血液的作用，行于脉中，属阴。卫，卫气，有防御外邪入侵、温养脏腑、肌肉等作用，行于脉外，属阳。

⑲寐时："寐时"本是睡觉的时候，这里指练功之时，即下文所谓"窈冥时"。

⑳此乃有物有象之时，与平旦几希一般：药初产时，已有形象可见，这与天刚亮果可隐约看到物的形象差不多。物、象，形象。平旦，清晨。几希，很少，差不多。

㉑铅升与汞配合：此言铅（即元精，或曰元气）沿督脉上升至泥丸，与汞（元神）行乾坤交媾。

㉒坤复之间：即由坤（☷）卦变为复（☷☳）卦，也就是一阳产生的时候。

㉓收视返听：指练功时神不外驰，对外界事物要做到视而不见，听而不闻。

㉔固筑灵株：指神不外驰。灵株，此处指脑神。

㉕道可受兮，不可传：道可以意会而不可言传。这句话和后面的话，都是仙人王子乔对屈原说的。

㉖入室按时须等者，一轮羲驭自腾升：要按时入室静待时机，时机一到，阳气自然产生。羲驭，太阳；太阳以羲和（神名）为御者，故称。此处指大药。

㉗碇（tìng，停四声）：本是停船时用来固定船身的石墩，此处作动词，是澄清的意思。

㉘天信：天然的消息，指上文所说的阳气产生时的种种感受。琼钟一扣，玉洞双开：这两句都是比喻。"琼钟一扣"指静极而动，"玉洞双开"指两肾元精产生。

㉙地雷震动巽门开，龙向东潭踊跃来：这是用六十四卦中的震（☳）、巽（☴两卦来说明体内阴阳交合的情景。震是雷的

象征，巽是风的象征，巽在天，雷在地，二者一上一下互相鼓动、互相激励，促使阴阳二气的交合。同时，震还象征着体内一阳的产生。“龙向东潭踊跃来”，比喻在雷与风的鼓动激励下，阴阳二气互相交合。

㉚此是玄关透露，而精金出矿之时：“精金”即纯金，即大药；大药之生，有如金出于矿。此时玄关刚刚显露，方知玄关为何物。

㉛任督二脉：即任脉和督脉，二者皆起于胞中，下出会阴，任脉行于体前正中，督脉行于体后正中。

㉜天衢：通天之路，指体内的黄道，即由会阴直达泥丸之道。衢，（qú，渠）大道。

㉝水里月：喻肾中元气，下面的“镜中花”同此，

㉞蟾光终日照西川：“蟾光”为肾中元精（元气）产生时眼前出现的慧光，“蟾光终日照西川”，这就是真铅产生的标志。“西川”，肾中元精异名，此处指产生元精的肾水。

㉟三物混融三性合：三物，指元精、元气、元神；而“三性”，则指神气二物交会丹田而成丹。

㊱可道非常道，行功是外功：道如果可以用语言来表达，就不是永恒的道，详见老子《道德经》；练功如果要人为地去行功，就是外行之功。

㊲玄白生金公，巍巍建始初：玄白，即玄（黑）中生白，指元精从肾水中产生。金公，指铅亦指元精。元精产生之后将与元神相合而成丹，而为万物之母，阴阳之始，这自然是了起的。巍巍，言其尊高。这四句口诀，前二句说刚开始练功时的情况，后两句说元精产生。

㊳金碧经：书名，全名是《金碧古文龙虎上经》，为丹经之祖，传为轩辕黄帝撰，实出后人伪托。南宋王道曾据自己练功体会并参照《参同契》一书写了《龙虎上经注疏》。

㊴兑金万宝正西成：即元精正在产生。竞金即白虎，即元精。“白虎”本星宿名，位于西方；今以此称元精。

㊵只取一味水中金，收拾虚无造化窟：只取水中金（肾中真气）这一味药物，把它收聚在丹田之中。“虚无造化窟”指丹田。

㊶万化滋张缘朕兆，一灵飞走赖拘钤：万物变化发展皆从最初的征兆开始，真气的上升靠的是拘管。这就是说，使真气沿督脉上升，靠的是有为之法。钤（qián，前）管束。

㊷塞兑垂帘寂默窥，满空白雪乱参差：第一句讲反观内视，第二句讲真铅不断产生

㊸莫怪瑶池消息稀，只缘人事隔天机：不要怪瑶池少有消息，只是人事与天机是相互隔绝的。“瑶池”，指肾；“消息”指一阳生。

㊹木非土也不成林：树没有土就不会长成树林，比喻元精元神相互依存，交媾而成丹。

㊺曲江之上鹊桥横：曲江，指肾水。上横鹊桥，比喻此处有一阳产生方可行交媾之事。

㊻佛印指出虚而觉：佛印指出，练功时心中要做到虚无，但又要做到一灵独炯，惺惺不昧，不可陷入昏沉。佛印，宋僧，名了元。

㊼隐在先天心坎内：元精本自肾中出，这里却说“隐在先天心坎内”，是强调元神的作用，因为元精是在虚极静笃的情况下才产生的。

㊽ 进火功夫要虑危：采药时必须进火，如不进火，则药必耗散而不能住。而“虑危”即所谓“防危虑险”，即防止各种不利情况的发生，如“火候之差失”、“梦寐之皆迷”（元肃廷芝语）等，因为这些情况可导致采取不得其时而前功尽弃。

㊾ 轧轧相从响发时，不从他得豁然知：此言真气产生时会听到连续的响声，这响声非来自于外，只练功者自知。这就是所谓“时至神知”。

㊿桔槔说尽无生曲，井底泥蛇舞柘枝：桔槔，井上的一种汲水工具。以桔槔不停地汲水，则井中之水就会不断地减少乃至枯竭。这如同向人们说明了一个道理：人若不知啬精，也终无生理。柘枝，为古代舞名——而今，井中之水已干，而“泥蛇”仍舞，不知死之将至。它的比喻意义是十分明显的。

(51)心忘鱼鸟自流行：指心无杂念，任气自然流行。

(52)客尘欲染心无着：外界的事物想要沾染心，却因为心中空空而无所着落。

(53)辰杓：北斗星。

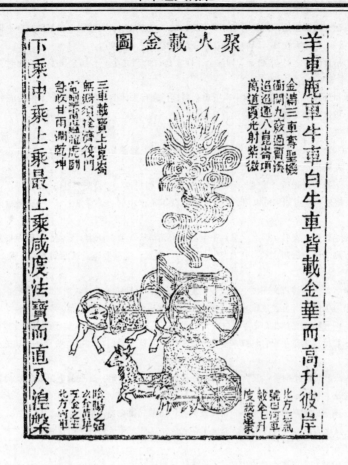

聚火载金诀法

　　起先运南方离宫之火以炼北方水中之金，是为"以红投黑"则凝神入坤脐而生药[①]；如今运北方水中之金以制南方火中之木，是为"以黑见红"则凝神入乾顶而成丹。故紫阳《悟真篇》云："依他坤位生成体，种在乾家交感宫[②]。"崔公《入药镜》云："产在坤，种在乾。"乾居上为鼎，坤居下为炉。非猛烹极锻，则药不能出炉[③]；非倒行逆旋，则药不能升鼎[④]。铅者，其性沉重之物也，若不得火，何由而飞？汞者，其性飞扬之物也，若不得铅，何由而结？是以聚火之法，最为紧要也。

　　何谓聚火之法？此法即达摩、海蟾二祖师吸、舐、撮、闭四字诀是也。吸者，"鼻中吸气以接先天"也；舐者，"舌拄上腭以迎甘露"也[⑤]；撮者，"紧撮合道内中提，明月辉辉顶上飞"也[⑥]；闭者，"塞兑垂帘兼逆听，久而神水落黄庭"也[⑦]。故翠湖云："下不闭，则火不聚而金不升；上不闭，则药不凝而丹不结。是以聚火之法，乃采取烹炼之先务也。

　　其恍恍惚惚，是采取时候；猛烹极炼，是采取功夫；吸、舐、撮、闭，又是烹炼之的旨也。夫采取之法，贵乎知时。不可太早，太早则药嫩易升；亦不可太迟，太迟则药老成质。必伺乎铅华吐白，玄珠成象，方是采取时节。张紫阳云："铅遇癸生须急采，金逢望远不堪尝。"张三丰云："电光烁处寻真种，风信来时觅本宗[⑧]。""电光烁处"，则窈冥之后、恍惚之间，一阳爻动之时，珠落华池之际[⑨]。此时即用《参同契》拘束禁门诀，紧塞太玄，闭任开督，即忙鼓之以橐籥，吹之以巽风，锻之以猛火。火炽则水沸，水沸则驾动河车，载金上升泥丸，与真汞配合汞得铅降，亦不飞走。如此渐渐抽添，渐渐凝结，自然铅日减、汞日添。久之，铅尽汞自干，阴尽阳自纯。至此，则金丹大药成矣。炼此大药，别无他术，只是采取先天一点祖炁以为金丹之母耳！受之师曰："炼大梵之祖炁。飞肘后之金晶⑩。存帝一之妙相，返三素于黄庭⑪。"此是口诀中之口诀也。

　　学者徒知以铅汞交结为丹，而不知采取抽添、烹炼火候各有次序法度。盖采取以作其始，抽添以成其终，于中调停全仗火候。所以紫阳云："纵识朱砂及黑铅，不知火候也如闲。"朱晦翁云："神仙不作《参同契》，火候工夫那得知？"薛道光云："圣；人传药不传火，从来火候少人知。莫将大道为儿戏，须共神仙仔细推。"

　　火候之法，有文，有武，不可一律齐也。"静中阳动金离矿，地下雷轰火逼金。"此第四节之火候也。"谩守药炉看火候⑫，但安神息任天然。"此第六节之火候也。"阳文阴武无令失，进退抽添有驭持。"此第五节之火候也。"成性存存"者⑬，儒家之火候也。"绵绵若存"者，道家之火候也。"不得勤不得息"者，释家之火候也。"三月不违"者，颜子之火候也。"吾日三省"者，曾子之火候也。"日知其所亡，月无忘其所能"者，子夏之火候也。"戒慎乎其所不睹，恐惧乎其所不闻"子思之火候也。"必有事焉而勿正，心勿忘，勿助长"者⑭，孟子之火候也。"发愤忘食"，孔子之武火也。"乐以忘忧"，孔子之文火也。"不知老之将至云尔"者，"至诚无息"而火候纯也⑮。火候纯，大丹成，而作圣之功毕矣。

---

①以红投黑：将元神投之于肾水。元神属火，火色赤；肾水则色黑。

②依他坤位生成体，种在乾家交感宫：意为在坤脐产生大药，而后把它"种"在泥丸这个交感之宫。交感，交相感应。

③非猛烹极锻，则药不能出炉：意思是说，大药产生之后，需要运用武火方能使药出炉循督脉上升乾顶。

④非倒行逆旋，则药不能升鼎：药出炉后，如果不运用意念，药就不能沿督脉而上，以至于泥丸。以上两点都是指气功修炼的要点。

⑤舌拄上腭以迎甘露：即舌抵上腭来迎接"甘露"。甘露是乾坤交媾后的产物，其味甘甜，非同于一般口水，故称。

⑥紧撮谷道内中提，明月辉辉顶上飞：意谓紧收肛门往上提气，使元气沿督脉上行。谷道，肛门。明月，元精。

⑦塞兑垂帘兼逆听，久而神水落黄庭：塞兑即闭口不语，垂帘即双目微闭，逆听即听而不闻。气功文献中常有"返观内视、逆听"等语，并非是要真地观或听体内的什么，而是对界事物听而不闻，视而不见的意思。神水即上文所言之"甘露"，黄庭即脐中。

⑧风信：本指应时而至的风，此处与上句中的"电光"同指一阳产生时体内的感受。本宗：这里指元精。元精本与生俱来者，故此处称之为本宗。

⑨一阳爻动之时，珠落华池之际：即大药产生之时。"一阳爻动"指由坤（☷）变复（☳），一阳产生。"珠落华池"，指肾中元精产生。"珠"即元精，又名"外丹"（不同于金石所炼之"外丹"）。华池，指肾，亦指气穴。

⑩大梵之祖炁：即无边而清净的祖炁。梵，梵语梵摩、婆罗贺摩等的略音，意思是寂静、清静，没有杂念。飞肘后之金晶："金晶"即元精所化之气。由于金晶的飞升，全在肘后之夹脊中进行，故称"肘后飞金晶"。

⑪存帝一之妙相：存想天谷泥丸。"帝一"即"帝乙"，为天谷泥丸异名。妙相，庄严形象。此节在"肘后飞金晶"之后。返三素于黄庭：将"三素"返于黄庭。三素，亦称"三素云"，本指肺、肝、脾之气，此处代指五脏之气。

⑫谩守药炉看火候：意为对于药炉要似守非守，以此来观察火候。谩，怠慢。

⑬成性存存：语出《易．系辞上传》意思是说，人的天性不泯，是进入道义的门户。

⑭必有事焉而勿正，心勿忘，勿助长：意思是说，一定要在"集义"上去努力，但不要抱有特定的目的，心里不能忘掉它，也不能人为地去助长它。"集义"即把"义"聚集起来。孟子的这些话，被后世丹家奉为气功修炼的重要原则。

⑮至诚无息：语出《中庸》，意思是至诚而不间断。至诚，极真实无妄。

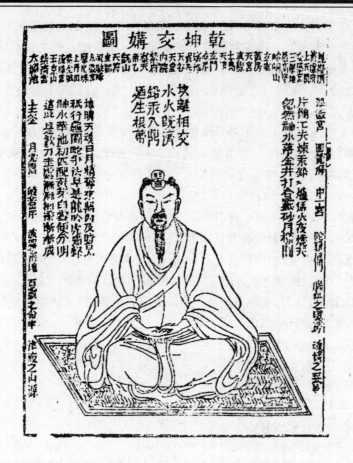

性命双修万神圭旨第五节口诀

乾坤交媾去矿留金

内附卯酉　周天口诀

予前以性命之统乎其"中"者而言之，乃上乘法也；予今以性命之归乎其"根"者而言之，乃最上乘法也。夫以性命之统乎其"中"者，此道寥寥，自钟吕而下，世鲜知之矣；况乎性命之归乎其"根"者耶，而世之知之者为尤鲜矣！似此窍妙之奥，性命之微，若不复语重言，则学者难于悟入。

原人自父母未生以前，本体太虚而已矣。其予之所谓"无极"者乎！既而父母媾精之后，一点灵光而已矣。其予之所谓"太极"者乎！而一点灵光，元从太虚中来者，我之元神也。由是而气，由是而形①。人惟知有此形气已尔！美食美衣以奉养此身也；功名富贵以尊崇此身也。如此而生，如此而死，自以为得矣。而子思之所谓"天命之性"者，非惟不能知，亦且不愿知也。而其所以不愿知者，岂非孟子所谓"不可以已，而失其本心"者乎②？若能知所以，反而求之，以复还我太虚一气之本初，一点灵光之旧物者，非此金丹大道不可也。

然而金丹大道之秘。秘在"性命"两字。性者，天也，常潜于顶。故顶者，性之根也。命者，海也，常潜于脐。故脐者，命之蒂也。经云"性在天边，命沉海底"是也。盖天中之窍③，圆而藏性，能通于地中之窍。故其贯也，则自上而下，直养而无害。地中之窍，方而藏命，能通于天中之窍。故其贯也，则自下而上，直养而无害。孔子曰："智者动"，天圆之象也；"仁者静"，地方之象也。"天圆"者何？"圆陀"之义也，乃性之所寄，为命之根矣；"地方"者何？"方寸"之义也，乃命之所系，为性之枢矣。性命混成④，实非有两。潜天而天，潜地而地，优优洋洋，无体无方。在眼曰"见"，在耳曰"闻"，在鼻辨香，在口谈论，在手执捉，在足运奔。悟者知是佛性，迷者唤作精魂。盖佛性者，本性也。而所谓本性者，岂非是我本来之所自有之真性欤！真性者，天命之性也。以其不落边际，故谓之"中"；以其一真无妄，故谓之"诚"；以其与物同体，故谓之"仁"；以其至尊无对，故谓之"独"。混沦一个⑤，无欠无余。及乎太极一判，两仪始分，则轻清者腾而在上，重浊者沉而在下。于是坎宫有铅，离宫有汞，而向之所谓一物者，至此分而为二矣。

故薛紫贤《复命篇》云："一物分为二，能知二者名。"这二者之名，丹经不敢漏泄，巧喻多端，万字千名，不可胜计。如论顶中之性者。喻之曰"汞"也，"龙"也，"火"也，"根"也，"日"也，"魂"也，"离"也，"乾"也，"己"也，"天"也，"君"也，"虚"也，"兔"也，"无"也，"主"也，"浮"也，"朱砂"也，"扶桑"也，"姹女"也，"昆仑"也。如论脐中之命者，喻之曰"铅"也，"虎"也，"水"也，"蒂"也，"月"也，"魄"也，"坎"也，"坤"也，"戊"也，"地"也，"臣"也，"实"也，"乌"也，"有"也，"宾"也，"沉"也，"水银"也，"华岳"也，"婴儿"也，"曲江"也。至于"阴中含阳"，"阳中藏阴"，千言万论，不过引喻二者之名耳。故《元皇诀》曰："铅汞鼎中居，炼成无价珠。都来两个字，了尽万家书。"钟离翁曰："除却汞铅两味药，其他都是诳愚迷。"高象先曰："梦谒西华到九天，真人授我《指玄篇》。其中简易无多子，只要教人炼汞铅。"马丹阳曰："铅汞是水火，水火是龙虎，龙虎是神气，神气是性命。总来只是这两个字，两个字元只是一个理。"

故盲修者，歧而二之⑥，若真修者，合而一之。合一者，炼炁而凝神，尽性而至命⑦，烹铅而干汞，取坎而填离。盖离中灵物号曰"流珠"，寓神则营营而乱思，寓精则持盈而难保⑧。所以葛仙翁作《流珠歌》，叹其难驭而易失也。岂不观魏伯阳云乎？"太阳流珠，常欲去人。卒得金华，转而相因。"又曰："河上姹女，灵而最神……将欲制之，黄芽为根⑨。"曰"金华"，曰"黄芽"，皆指真铅而言。真铅者，乃太阴之精也。曰"流珠"，曰"姹女"，皆指灵汞而言。灵汞者，乃太阳之气也。然此灵汞，其性猛烈，见火则飞走无踪。不得真铅，何以制伏？故紫阳曰："要须制伏觅金公。""金公"者，"铅"字也。盖铅自曲江而来，穿夹脊，彻玉京，斡旋溯流直上泥丸。虽名"抽铅添汞"，实是"还精补脑"⑩。

丹经云："欲得不老，还精补脑。"《翠虚篇》云："天有七星地七宝，人有七窍权归脑⑪。"《太古集》云："金丹运至泥丸穴，名姓先将记玉都。《法宝遗珠》云："识得本来真面目，始知生死在泥丸。"《黄庭经》云："泥丸百节皆有神⑫。"又云："脑神精根字泥丸。"又云："一面之神宗泥丸⑬。泥丸九真皆有房，方圆一寸处此中……但思一部寿无穷。"

所谓"方圆一寸"者，即释迦摩顶授记之处也⑭。此处乃玄中之玄，天中之天，郁罗萧台，玉山上京，脑血之琼房，魂精之玉室，百灵之命宅⑮，津液之山源。此正在两耳交通之穴，前明堂、后玉枕、上华盖、下绛宫。北极太渊之中，乃真一元神所居之室也。昔黄帝往峨嵋山见天真皇人于玉堂，请问真一之道。皇人曰："此道家之至重真经，上帝秘在昆仑五城之内，藏以玉函，刻以金札，封以紫泥，印以中章⑯。吾闻之经云：'一在北极太渊之中，前有明堂，后有玉枕，上有华盖，下有绛宫。巍巍华盖，金楼穹窿。左罡右魁，激波扬空。紫芝被崖，朱草蒙胧⑰。白玉嵯峨，日月垂光。历火过水，经玄涉黄⑱。城阙交错，帷帐琳琅。龙虎列卫，神人在旁。不施不与，一安其所。不迟不疾，一安其室。能暇能预。一乃不去。守一存真，一乃通神。少欲约食，一乃留息。白刃临头，思一得生。知一不难，难在于终。守之不失，可以无穷。'此真一秘旨之略也。"

故《道德经》曰："天得一以清，地得一以宁，神得一以灵，谷得一以盈，万物得一以生，王侯得一以为天下正。"所谓神以知来，知以藏往也⑲。所谓大而化之之谓圣，圣而不可知之之谓神也⑳。分之为二，阴阳之根底也；分之为五，五行之枢纽也；又分之为八，八八六十四，而为河图之数也；又分之为九，九九八十一，而为洛书之数也；又散之为万，生生化化，万物之纲维也。羲文得其一，而《周易》兴焉㉑；禹箕得其一，而《洪范》畴焉㉒；周茂叔得其一，而《太极图》焉㉓；邵尧夫得其一，而《经世》作焉㉔；老子得其一，而万事毕焉㉕；释迦得其一，而万法归焉㉖。"归根"者，归此也；"复命"者，复此也。

《西升经》曰："人能守一，一能守人。思一至饥，一与之粮，思一至渴，一与之浆。"《灵枢经》曰："天谷元神，守之自真。"又曰："子欲长生，抱一当明。"又曰："抱一守真，神自通灵。"人能握神守一于本宫，则真气自升，真息自定，真精自朝，灵苗自长㉗，天门自开，元神自现。顶窍开，而窍窍齐开，不神居，而神神听命。神既居其窍而不散，则人安得而死乎！即《黄庭经》所谓"子欲不死修昆仑"是也。故丘处机云："久视昆仑守真一，守得摩尼圆又赤。清虚浩旷陀罗门，万佛千仙从此出。"《还元篇》云："悟道显然明廓落，闲闲端坐运天关。"此是根本功夫，头脑学问，拨天关之手段，脱死籍之灵章。此道上苍所秘，古今仙佛皆不敢明言。真所谓："千人万人中，一人两人知"者也！玄哉，玄哉，更有言不尽底口诀。

再一叮咛：当其真铅入鼎之时，须要驱除杂念，奋速精神，目视顶门，用志不分。霎时，龙虎交战，造化争驰，雷轰电掣，撼动乾坤；百脉悚然，九宫透彻；金晶灌顶，银浪冲天。紫阳所谓："以黑而变红㉘，一鼎云气浓。"少顷，玉鼎汤温，金炉火散㉙；黄芽遍地，白雪漫天；夫唱妇随，龙吟虎啸；阴恋阳魂，阳抱阴魄；铅精汞髓，凝结如珠㉚。玉蟾所谓："夫妇老相逢，恩情自留恋。"此际玄珠成象，矿去金存，而一点金液，复落于黄庭旧处矣。斯时也，溶溶然㉛，如山云之腾太虚；霏霏然，似膏雨之遍原野；淫淫然，若春雨之满泽；液液然，象河水之将释；百脉冲和而畅乎四体㉜，真个是"拍拍满怀都是春"也！见此效验，急行卯酉周天，进阳火，退阴符，使东西会合，南北混融，则四象五行攒簇一鼎，混百灵于天谷，理五气于泥丸也。

高象先云："玄珠飞到昆仑上，子若求之凭罔象。"

《河车歌》云："两物擒来共一炉，一泓神水结真酥㉝。"

《指玄篇》云："必知会合东西路，切在冲和上下田㉞。"

陈泥丸云："白虎自兹相见后，流珠那肯不相从㉟。"

段真人云："四象五行攒簇处，乾坤日月自然归。"

《渐悟集》云："因烧丹药火炎下，故使黄河水逆流㊱。"

《纯粹吟》云："子午炉前分进退，乾坤鼎内列浮沉。"

《玄奥集》云："金情木性相交合，黑汞红铅自感通。"

云房真人云："驱回斗柄玄关理，斡转天关万象通㊲。片饷虎龙频斗罢，二物相交顷刻中。"

《指玄篇》云："奔归气海名朱骥㊳，飞入泥丸是白鸦。昨夜虎龙争战罢，雪中微见月钩斜③。"

《醒眼诗》云："金木间隔各西东，云起龙吟虎啸风。二物寥寥天地回，幸因戊已会雌雄。"

陈泥丸云："子时气对尾闾关，夹脊河车透甑山。一颗水晶入炉内，赤龙含汞上泥丸。"

《翠虚篇》云："醉倒酣眠梦熟时，满船载宝过曹溪⑩。一才识破丹基后，放去收来总是伊⑪。"

《古仙歌》云："水银一味是仙药，从上传流伏火难⑫。若遇河车成紫粉，粉霜一吐化金丹⑬。"

《玄奥集》云："移将北斗过南辰，两手双擎日月轮。飞趁昆仑山上出，须臾化作一天云。"

阴长生云："夜深龙吟虎啸时，急驾河车无暂歇。飞精运上昆仑顶，进火玉炉烹似雪。"

张元化云："溯流一直上蓬莱，散在甘泉润九垓。从此丹田沾润泽，黄芽遍地一齐开。"

《原道歌》云："妙运丹田须上下⑭，须知一体合西东。几回笑指昆山上，夹脊分明有路通。"

《玄奥集》云："独步昆仑望窈冥⑮，龙吟虎啸甚分明。玉池常滴阴阳髓，金鼎时烹日月精。"

《群仙珠玉》云："一点丹阳事迥别，须向坎中求赤血。捉来离位制阴精⑯，配合调和有时节。"

《金丹集》云："河车搬运上昆山，不动纤毫到玉关⑰。妙在八门牢闭锁，阴阳一气自循环。"

《无一歌》云："到此得一复忘一，可与元化同出没。设若执一不能忘，大似痴猫守空窟。"

白玉蟾云："汞心炼神赤龙性，铅身凝气白虎命。内外浑无一点阴，万象光中玉清镜⑱。"

《纯阳文集》云："盗得乾坤祖，阴阳是本宗。天魂生白虎，地魄产青龙。运宝泥丸住，搬精入上宫。有人明此法，万载貌如童。"

抱一子《显道图》云："造道元来本不难⑲，工夫只在定中间。阴阳上下常升降，金水周流自返还。⑳紫虎青龙交白虎，玄宫地轴合天关。云收雨散神胎就，男子生儿不等闲。"

《玄奥集》云："要识玄关端的处，儿女笑指最高峰。最高峰，秀且奇，彼岸蒙蒙生紫芝。只此便是长生药，无限修行人不知。"

许宣平《玄珠歌》云："天上日头地下转，海底婵娟天上飞。乾坤日月本不运，皆因斗柄转其机。人心若与天心合，颠倒阴阳止片时。虎龙战罢三田静，拾取玄珠种在泥。"

《群仙珠玉歌》云："铅思汞，汞思铅，夺得乾坤造化权。'性命'都来两个字，隐在丹经千万篇。"

---

①由是而气，由是而形：由此而产生了气，由此而产生了形体。是，同此，指"一点灵光"，即元神。

②不可以已，而失其本心：语出《孟子·告子上》。孟子在谈到"舍生而取义"的问题时说，有的人由于丧失了本性，于是"万钟则不辨礼义而受之……是亦不可以已乎？此之谓失其本心。"意思是说，不辨是否合乎礼义而接受万钟俸禄，这难道是不可以停止的吗？这就叫做丧失了本性啊！本心，本性，犹如后世所说的"良心"。

③天中之窍：指头。下面的"地中之窍"指脐。

④性命混成：即性（神）与命（气）混而为一，不可分割。

⑤混沦一个：浑然一物。混沦，水流转时浑然不可分的样子。

⑥盲修者，歧而二之：盲修瞎炼的人，把性命分裂开来，片面地单修一项，或单修性，或单修命。下句中"合而一之"，是把二者合而为一，既修命，又修性，这才是真修炼的人。

⑦尽性而至命：使性与命达到极致。"尽性至命"与"尽性了命"同。

⑧寓神则营营而乱思：神寄托在那里就不停地胡思乱想。营营，往来盘旋的样子。寓精则持盈而难保：精寄托在那里就难于保守。持盈，又叫"持满"，是保守成业的意思。

⑨河上姹女，灵而最神：意思是说汞伶俐而最神奇。将欲制之，黄芽为根：想要制伏它（指汞），应以黄芽为根本。黄芽，

此处指坎中之阳，即真铅。

⑩还精补脑：即所谓"炼气化神"，而此前之意在产药的阶段称为："炼精化气"。

⑪天有七星地七宝，人有七窍权归脑：七星，本指南方朱鸟七宿第四宿中的七颗星或北斗七星，此处是泛指。七宝，指金轮宝、白象宝、马宝、女宝、珠宝、主兵臣宝、主藏臣宝七种宝物，

⑫泥丸百节皆有神：指泥丸宫中各部皆有神主之。百节，指脑中各部。

⑬一面之神宗泥丸：指面部诸神皆为泥丸所主。宗，尊奉。

⑭释迦摩顶授记之处：授记，佛教语，为佛对弟子授予将来成果作佛的预记，又叫"记别"。据《莲华经》载，释迦牟尼以大法付嘱摩诃萨时，曾"从法座起，现大神力，以右手摩无量菩萨摩诃萨顶……"摩，抚摩。

⑮命宅：古代帝王赐给臣下的房子。因是帝王所赐，所以前面常加一"命"字。宅，房子。

⑯ 秘在昆仑五城之内：这句话和后面的几句，都是带有双关性质的隐语，意思是说真一之道即在头脑之中。昆仑，山名，亦为头脑之别名。刻以金札：此言这部"至重真经"是用金札刻成的。札，古代写字用的小木片。封以紫泥，印以中章：古人书信用泥封，然后于泥上盖印；皇帝所用者为紫泥。中章，印章之一种。

⑰紫芝被崖，朱草蒙胧：紫芝、朱草覆盖着山崖。被，覆盖。胧，当作"茏"；蒙茏，草木覆盖的样子。紫芝，菌名，可入药。朱草，红色的草。

⑱历火过水，经玄涉黄：意思是说天地水火之气（即神气）都经过这里。上句中的日月之光亦指神气。玄黄，指天地。

⑲神以知来，知以藏往：神奇而能预知未来，聪明而能包含以往。这两句话是说道。知，音义都同"智"。

⑳大而化之之谓圣，圣而不可知之之谓神：这两句也是说的道；把它推而广之并加以灵活的运用就叫做"圣"，"圣"而达到不可知的程度就叫做"神"。圣，无所不通。神，神奇、玄妙。

㉑羲文得其一，而《周易》兴焉：伏羲、文王得了道，《周易》就产生了。兴，兴起，建立。"一"即是道，下同。

㉒禹箕得其一，而《洪范》畴焉：箕子得了道，《洪范》就产生了。《洪范》，《尚书》中篇名，传为箕子作（近人或认为系战国时人的伪托）。箕子，商纣王诸父。畴，通"筹"，这里是"写"、"作"之类的意思。

㉓周茂叔得其一，而《太极图》焉：周茂叔得了道，《太极图》就产生了。周茂叔即宋代的周敦颐，茂叔是他的字。太极图中有一种是周敦颐画的，本书中所用之太极图即周氏太极图。

㉔邵尧夫得其一，而《经世》作焉：邵尧夫得了道，《皇极经世》就产生了。邵尧夫即邵雍，北宋时人，好易学，《皇极经世》是他的著作。

㉕老子得其一，而万事毕焉：老子得了道，万事都可以了结了。

㉖释迦得其一，而万法归焉：释迦牟尼得了道，一切道理都归之于他。万法，佛家语，指一切事物和道理。

㉗真精自朝：真精自然上朝于顶。指元气沿督脉上升泥丸。灵苗：当与"灵根"义同，指元神。

㉘以黑而变红：与前之所言"以黑见红"同义。即使元气入于鼎中，与元神相会而成丹。

㉙玉鼎汤温，金炉火散：这两句及以下各句，通过各种比喻描写乾坤交媾之后，体内阴阳和合所出现的种种效验。

㉚凝结如珠：此珠即金液还丹，亦称内丹，乃真铅真汞交合而成。

㉛溶溶然：云气很盛的样子。自此以下写乾坤交媾后的感受。

㉜百脉冲和而畅乎四体：血脉和调，周身畅快。百脉，指周身血脉。

㉝一泓神水结真酥：指元神元气交合化为"一泓神水"，是即金液还丹。

㉞必知会合东西路，切在冲和上下田："会合东西路"，指性与情合，实际也包括神与气合在内。实现这些的关键在于上下丹田冲虚和谐。切，要，关键。

㉟流珠：指"心中灵物"，即元神。

㊱因烧丹药火炎下，故使黄河水逆流："烧丹药"即炼精化气而产药，这一过程要靠神火的作用。当丹药（元气）产生之后，要有意使之沿督脉而上升泥丸，称之"黄河水逆流"。

㊲驱回斗柄玄关理，斡转天关万象通：这两句诗说的是练气功时"颠倒"的重要性："驱回斗柄"、"斡转天关"，都是指"颠倒"而言；"玄关理"、"万象通"则是说其作用。在气功中，"颠倒"的道理用得极多，如前所言之"龙从火里出"、"虎向水中生"是"颠倒"，《纯粹吟》中所言之沉者升而浮者降也是"颠倒"。斡转，扭转。斡，（wò，握）旋转。

㊳奔归气海是朱骥：此言神凝气穴而产药。气海，下丹田。朱骥，红色的马，比喻元神。下句"白鸦"指肾中之气，即元精。

㊴雪中微见月钩斜：比喻肾中一阳生，即元精产生。雪、月皆指肾中之气。

㊵醉倒酣眠梦熟时，满船载宝过曹溪：此言夜半子时，乃是阳生采取之时。"满船"所载之宝即肾中元所，曹溪即尾闾。

㊶一才识破丹基后，放去收来总是伊：一旦懂得什么是丹基之后，是放是收都由你。意思是说懂得了什么是丹基就懂得

了应该怎样去修炼。丹基，炼丹的基础。

㊷水银一味是仙药，从上传流伏火难："水银"即肾中真气。""从上传流"而下的是神，神就是汞，就是火，本性是向上的，要制伏它使之向下不是容易事。

㊸若遇河车成紫粉，粉霜一吐化金丹："紫粉"、"粉霜"又叫"紫金霜"，就是神气相交所产的金丹大药。此物经河车搬运至乾顶，与元神相交即可结丹。

㊹妙运丹田须上下：指炼精化气的目的就是使心火下降，肾水上升，这样才能水火相交。

㊺独步昆化望窈冥：表面意思是独自登上昆仑山，远远望去，一派窈冥；实际意思是要想让元气登上昆仑（泥丸）全仗窈冥，即进入窈冥境界，而后才能静极生动，产生一阳真气。下面几句，也是这种写法。

㊻捉来离位制阴精：即将元气运至泥丸与元神交合，阴精，指心中之阴。

㊼不动纤毫到玉关：身虽不动而到玉关。玉关，玉枕关。

㊽内外浑无一点阴，万象光中玉清镜：此言炼尽体内阴滓，变成纯阳之体，在万物光中便如一面玉镜一般清净。浑，全。万象，万物和各种景象。

㊾造道元来本不难：成就金丹大道原来本非难事。造，成就。元，通"原"。

㊿阴阳上下常升降，金水周流自返还："阴阳上下常升降"指龙虎交媾；"金水周流自返还"指肾中真气上升泥丸，经乾坤交媾后化为金丹又落于黄庭之中。

卯酉周天口诀

　　前段乾坤交媾，收外药也；此段卯酉周天，收内药也。外交媾者，后上前下，一升一降也；内交媾者，左旋右转，一起一伏也。两者循环，状似璇玑。故魏伯阳云："循据璇玑，升降上下。周流六爻，难以察睹。"世人只知有乾坤交媾，而不知卯酉周天，是犹有车而无轮，有舟而无舵，欲望远载其可得乎！故《还元篇》云："轮回玉兔与金鸡，道在人身人自迷。满目尽知调水火，到头几个识东西！"东者，木性也；西者，金情也。一物分二，间隔东西。今得斗柄之机斡旋，则木性爱金，金情恋木，两相交结，而金木交并矣。金木交并，方成水火全功①。丹经谓之"和合四象"者，此也。故张全一《铅火秘诀》云："大药之生有时节，亥末子初正半夜。精神相媾合光华，恍恍惚惚生明月。媾罢流下喷泡然②，一阳来复休轻泄。急须闭住太玄关，火逼药过尾闾穴。采时用目守泥丸，垂下左上且凝歇，谓之'瞻理脑升玄'③。右边放下复起折，六六数毕药升乾，阳极阴生往右迁。须开关门以退火，目光下瞩守坤田。右上左下方凝住，三八数了一周天。此是天然真火候，自然升降自抽添。也无弦望与晦朔，也无"沐浴"共长篇。异名剪除譬喻扫，只斯两句是真诠。"

其法在乾坤交媾后行之，则所结金丹不致耗散也。先以法器顶住太玄关口，次以行气主宰，下照坤脐。良久，徐徐从左上照乾顶；少停，从右降下坤脐。是为一度。又从坤脐而升上乾顶，又从乾顶而降下坤脐。如此三十六转，是为"进阳火"。三十六度毕，开关以退火，亦用下照坤脐，从右上至乾顶，左边放下坤脐。是为一度。如此二十四转，是为"退阴符"。二十四度毕。

故张紫阳云："斗极建四时，八节无不顺。斗极实兀然，魁杓自移动④。只要两眼皎，上下交相送。须向静中行，莫向忙里送。"所以用"两眼皎"者，何也？盖眼者，阳窍也。人之一身皆属阴，惟有这点阳耳。我以这一点之阳，从下至上，从左至右，转而又转，战退群阴，则阳道日长，阴道日消。故《易》曰："龙战于野，其血玄黄。"又能使真气上下循环，如天河之流转。其眼之功，可谓大矣！

盖人初结胎时，"天一生水"，先生黑睛而有瞳人，属肾；"地二生火"，而有两眦，属心；"天三生木"，而有黑珠，属肝；"地四生金"，而有白珠，属肺；"天五生土"，而有上下胞胎⑤，属脾。由此观之，则五脏精华，皆发于目也。因师指窍之后，见妇人小产、牛马落胎，并抱鸡之蛋，俱先生双目，而脏腑皆未成形。予始知目乃先天之灵，元神所游之宅也。《皇极经世书》云："天之神，栖于日；人之神，发于目。"大矣哉，人之神发于目也！生身处，此物先天地生；没身处，此物先天地没。水、火、木、金、土之五行，攒簇于此；肝、心、脾、肺、肾之五脏，钟灵于此；唾、涕、精、津、气、血、液之七物，结秀于此。其大也，天地可容；其小也，纤毫不纳。兹非吾一身中之大宝也欤！

《内指通玄诀》云："含光便是长生药，变骨成金上品仙。"

上阳子云："玄微妙诀无多言，只在眼前人不顾。"

《崇正篇》云："搬运有功连昼夜，斡旋至妙体璇玑。"

《火候歌》云："欲透玄玄须谨独，谨独工夫机在目。"

陈泥丸云："真阴真阳是真道，只在眼前何远讨。"

薛道光云："分明只在眼睛前，自是时人不见天。"

刘海蟾云："下降上升循毂轴，左旋右覆合枢机。"

王子真云："昨宵姹女启灵扉⑥，窥见神仙会紫微。北斗南辰前后布，两轮日月往来飞。"

肖紫虚云："如龙养珠常自顾，如鸡伏卵常自抱。金液还丹在眼前，迷者多而悟者少。"

陈翠虚云："不是灯光日月星，药灵自有异常明⑦。垂帘久视光明处，一颗堂堂现本真。"

《翠虚篇》云："莫谓金丹事等闲，切须勤苦力钻研。殷勤好与师资论，不在他途目前。"

《玄奥集》云："青牛人去几多年⑧，此道分明在目前。欲识目前真的处，一堂风冷月婵娟。"

陈泥丸云："大道分明在眼前，时人不会误归泉。黄芽本是乾坤气，神水根基与汞连。"

《玄学统宗》云："几回抖搜上昆仑，运动璇玑造化分。昼夜周而还复始，婴儿从此命长存。"

观吾《判惑歌》云："这骨董，大奥妙，妙在常有观其窍。此窍分明在目前，下士闻之即大笑。"

《金丹赋》云："龙呼虎吸，魂吞魄吐。南北交媾于水火，卯酉轮还于子午⑨。总括乾坤之策⑩，优游变化之主。母子包罗于匡廓⑪，养育因依于鼎釜。"

《群仙珠玉》云："觉中觉了悟中悟，一点灵光无遮护。放开烈焰照婆婆⑫，法界纵横独显露。这些消息至幽微，木人遥指白云归。此个玄关口难说，目前见得便忘机。"

南谷子云："至道不远兮恒在目前，窃天地之机兮修成胎仙。"

纯阳子云："有人问我修行法，遥指天边日月轮。"

已上诸仙雅言，皆发明行气主宰之义也。

盖此节工夫，与第四节共是一理，承上接下，端如贯珠。采取药物于曲江之下，聚火载之而上升于乾；乾坤交媾于九宫之上，周天运之而凝结于鼎。紫阳云："都来片饷工夫，永保无穷逸乐。"轻清者，凝于泥丸，重浊者，流归气穴。逐日如此抽添，如此交媾，汞渐多，铅渐少。久则铅将尽，汞亦干，结成一颗摩尼。是为金液还丹也。故马宜甫云："收得水中金，采得菩提子⑬。运得昆仑风⑭，长寿无生死。"盖坎中之铅，原是父子之真精；离中之汞，原是母之真血。始因乾体一破，二物遂分两弦。是以常人日离日分，分尽而死。所以至人法乾坤之体，效坎离之用，夺神功，改天命，求坎中之铅，制离中之汞，取坎中之阳，填离中之阴，阴尽阳纯，复成乾元本体。故张紫阳云："取将坎位中心实，点化离宫腹内阴。自此变成乾健体，潜藏飞跃尽由心。"

---

①金木并，方成水火全功：水火全功不仅包括神与气合，还要包括情与性合，故言。

②媾罢流下喷泡然：这一句是写精神交媾后体内一阳产生时的感受：体内像有液体从上向下，又像有气泡从下向上喷出。

③瞻理脑升玄："瞻"就是"用目守泥丸"；"理"就是调理气机，使"垂下左上"；"脑升玄"是指气要上升至脑部泥丸。

④斗极实兀然，魁杓自移动：这两句是互文，意思是说斗极实际上是昏昏沉沉地在自己移动，而不是外力使然。兀然，昏沉貌。魁杓，北斗，在文中是说，它们自己是在不自觉地运动。

⑤上下胞胎：指上下眼睑。

⑥昨宵姹女启灵扉：比喻元神出现。下一句写乾坤交媾，三、四句写卯酉周天。

⑦异常明：这是慧光出现的结果。此光初现时，不过是个小白点，经后渐渐扩大而成为一个光圈。这是体内结丹的外在表现。

⑧青牛：指道士。汉方士封君达因常乘青牛周游，故号为"青牛道士"。后"青牛"遂成为道士的通名。

⑨南北交媾于水火，卯酉轮还于子午：第一句说的是乾坤交媾，第二句说的是卯酉周天。水火、子午皆指神气二者而言。

⑩总括乾坤之策：囊括子整个天地万物之理的典册。这一句和下面一句，都是就乾坤交媾和卯酉周天而言的。括，包括。策，同"册"，原指编串好的竹简。

⑪母子包罗于匡廓：母子指神气或元始祖气与后天呼吸之气。

⑫婆婆：即堪忍之义、为三千大千世界之总名、谓之娑婆世界。因此界众生安忍于苦恼而不出离，故名为忍。

⑬收得水中金，采得菩提子：能够"收得水中金"，就是"采得菩提子"。菩提子，菩提树的果实，可作数珠。

⑭运得昆仑风：指能行乾坤交媾和卯酉周天。运，运转。昆仑，指头。

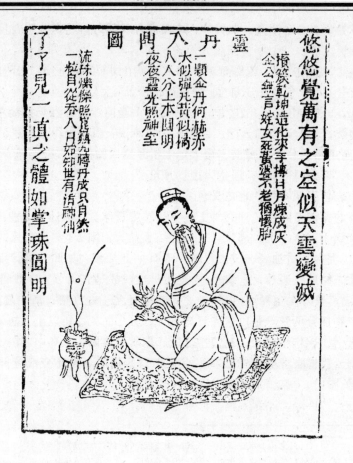

悠悠覺萬有之空似天雲變滅

撥然乾坤造化求手搏月月煉成灰

企公鉗口姹女死黃婆宗老狷懷胎

靈丹圖

一顆金丹何赫赤

大似彈丸黃似橘

八八分上本圓明

夜夜靈光照神室

了了圖

流珠爍爍照崑崙九轉丹成只自然

一粒自從吞入口如知世有諸神仙

了了見一真之體如掌珠圓明

性命双修万神圭旨第六节口诀

灵丹入鼎长养圣胎

内附火候

原初那点精金，浑然在矿，因火所逼，遂上乾宫。渐采渐积，以烹以熔，损之又损，炼之又炼，直至烟消火灭、矿尽金纯，方才成此一粒龙虎金丹。圆陀陀，活泼泼；如露如电，非雾非烟；辉煌闪烁，光耀昆仑；放则进开天地窍，归兮隐入翠微宫。此时药也不生，轮也不转，液也不降，火也不炎，五气俱朝于上阳，三华皆聚于乾顶[①]，阳纯阴剥，丹熟珠灵。紫阳翁曰："群阴剥尽丹成熟，跳出樊笼寿万年。"

是以唐宋尸解诸仙，多于此处分路，随意生身，出没自由，不肯于百尺竿头而再进一步。故有"七趣"之讥、"落空"之诮[②]。盖为不知重立我之性命，再造我之乾坤，变种性为佛性[③]，化识神为元神，自造自化之妙也。若命宗人[④]，不知所以自为造化，就是"枯坐旁门"，而道非其道也；若性宗人，不知所以自为造化，就是"顽空外道"，而释非其释也。

　　此法乃仙真佛祖之所深秘，概自从金元以来，而学道之人少有知之者。独吾师尹公曰："鼎中有宝非真宝，重结灵胎是圣胎。"然而珠在昆仑，何由得下而结圣胎？必假神庐⑤，窃灵台真气以催之，太阳真火以逼之。催逼既久，则灵丹应时脱落，吞入口中，化为金液，而直射于丹扃之内；霎时云腾雨施，电掣雷轰，鏖战片饷之间，销尽一身阴滓，则百灵如辐之辏毂，七宝若水之朝宗，皆聚于此矣。昔无上元君谓老子曰："神丹入口，寿无穷也。"故老子修之，是为道祖。许宣平曰："神居窍而千智生，丹入鼎而万种化。"阵虚白曰："我初凝结圣胎时，百脉俱停气不驰⑥。"施肩吾曰："天人同一气，彼此感而通。阳自空中来，抱我主人翁。"然我既得灵丹入鼎矣，而内外交修，炼之而复炼之，而必至于天地合德；则太虚中自然有一点真相，以与我之灵丹合而为一。盖吾身之灵感天地之灵，则内真外应，浑然混合。《金碧经》云，"磁石吸铁，隔碍潜通"，大同此意。

　　这段功夫全以至静为主。老子云："人能常清静，天地悉皆归。"当其两阳乍合、圣胎初凝，必须常常觉照、谨谨护持，如小龙之乍养珠，似幼女之初怀孕，牢关神室、不可使之渗漏。故太白真人曰："固济胎不泄，变化在须臾。"更于一切时中，四威仪内，时时照顾、念念在兹，混混沌沌，如在母胞，终日如愚而不违，不可须臾间断也。

　　葛仙翁云："息息归中无间断，天真胎里自凝坚。"张用成云："一粒灵丹吞入腹，始知我命不由天。"石得之云："将来掌上霞光灿，吞入腹中宫殿新。"赵缘督云："神丹飞落黄金室，婴儿降生极乐国。"吕纯阳云："刀圭饵了丹书降，跳出尘笼上九天。"朱文公云："刀圭一入口，白日生羽翰。"李清庵云："一颗宝珠吞入腹，作个全真仙眷属⑦。"陈希夷云："邈无踪迹归丹扃，潜有机关结圣胎。"薛紫贤云："四象包含归戊己，辛勤十月产婴孩。"《悟真篇》云："果生枝上终期熟，子在胞中岂有殊。"《醉中吟》云："宝珠笑舞辞天谷，才脱胞胎又入胎。"张紫阳云："婴儿是一含真炁，十月胎圆入圣基。"吕纯阳云："天生一物变三才⑧，交感阴阳结圣胎。"白玉蟾云："鸡能抱卵心常听，蝉到成形壳始分。"俞石涧云："虎啸一声龙出窟，鸾飞凤舞入金城。"《群仙珠玉》云："一粒餐兮天地寿，死生生死不相干。"张紫阳云："相吞相啖却相亲⑨，始觉男儿有孕。"钟离翁云："胎内婴儿就，勤加温养功。时时照丹扃，刻刻守黄中。"陈泥丸云："男儿怀孕是胎仙，只为蟾光夜夜圆。夺得天机真造化，身中自有玉清天。"陈抱一云："大道无私感即来，神仙此语岂虚哉！苟非着急求铅汞，争悟天机结圣胎。"《玄奥集》云："阆苑蟠桃自熟时，摘来服饵莫教迟。几回下手潜偷处，无限神仙总不知。"龙眉子："形如雀卵团团大，间似骊珠颗颗圆⑩。龙子脱胎吞入口，此身已证陆行仙。"紫虚真人云："初炼还丹须入室，妇人怀孕更无殊。圣胎凝结圆成后，出入行藏岂有拘。"白紫清云："只将戊己作丹炉，炼得红丸化玉酥。慢守火符三百日⑪，产成一颗夜明珠。"张真人《赠白龙洞主歌》云："从此根苗渐长成，随时灌溉抱真精。十月脱胎吞入口，不觉凡身已有灵。"白玉蟾云："怪事教人笑几回，男儿今也会怀胎。自家精血自交媾，身里夫妻是妙哉。"黄元吉云："鼎内金丹灿烂光，无由摘尔到黄房。忽然夜半天风便，吹送灵儿归故乡⑫。"陈翠虚云："道要无中养就儿，个中别有真端的。都缘简易妙天机，散在丹书不肯泄。"王重阳云："闲中偶尔到天台，忽见霞光五色开。想是金丹初变化，取归鼎内结婴孩。"上阳子云："玉皇若也问丹材，偃月炉中取下来。驰骋英雄吞一粒，男儿怀了一年胎。"陈致虚云："饥餐渴饮困来眠，大道分明体自然。十月圣胎完就了，一声霹雳出丹田。"

　　至于释教教人，亦不外此。如《楞严经》曰⑬："行与佛同，受佛气分；如中阴身，自求父母⑭，阴信冥通，入如来种⑮，名'生贵住'。既游道胎，亲奉觉胤，如胎已成，人相不缺⑯，名'方便具足住'。容貌如佛，心相亦同，名'正心住'。身心合成，日益增长，名'不退住'。十身灵相，一时具足⑰，名'童真住'。形成出胎，亲为佛子，名'法王子住'。表以成人，如国大王以诸国事分委太子彼刹利王，世子长成，陈列灌顶，名'灌顶住'。"夫"入如来种"者，以种性而为如来之种子，以自造化如来也。故曰"道胎"，又曰"觉胤"。其与妇人之胤儿、玄门之胎仙亦何以异？及至形成出胎，亲为佛子，岂不是"真人出现大神通，从此天仙可相贺"耶？

　　盖丹书梵典，皆有次序口诀，但人不知而莽直看过去了。正是珠在路傍人不拾，惜哉！予今略摘此数条表而出之，以引古之是而证今之非也。

---

①三华皆聚于乾上阳：这一句与"五气俱上朝于上阳"意思相近，也是对丹成之后体内各种感受的比喻和解释。丹家所言之"三花聚顶"、"三阳聚顶"即指此。

②七趣之讥，落空之诮：七趣"和"落空"之讥讽。七趣，佛家语，指地狱、恶鬼、畜生、人、神仙、天、阿修罗等皆为众生之所趋，故称七趣。"落空"，指吕洞宾参黄龙山晦机道禅师，言有"常生不死药"。黄龙禅师说："饶经八万劫，终是落空亡。"后吕祖受黄龙点化而大悟，便作诗以明之。此诗见《吕祖全书》卷四。

③变种性为佛性：即把人的性变为佛的性。种性，种属的特性。佛性，指觉悟之性。

④命宗：指道教，以修炼命（气）为主。下文"性宗"指佛教，以修持性（神）为主。

⑤神庐：心，心神。古人以为心是思维器官。在这里，"神庐"实际上是指意念而言。下面的"灵台真气"、"太阳真火"亦皆指此。

⑥百脉皆停气不驰：百脉皆停，呼吸停止。这就是前面所说的"五气俱上朝于上阳"时出现的效应。

⑦全真：道教一派，为金王重阳创。文中"作个全真仙眷属"是说要做个全真派的神仙。

⑧天生一物变三才：此言精气神三者皆源于先天一气。

⑨相吞相啖却相亲：此言来自太虚中的那一点灵阳与我身中的灵丹互相混合为一，好象互相吞食而又相亲相爱。啖，吃。

⑩骊珠：宝珠名，传说出自骊龙颔下，故名。

⑪慢守火符：指圣胎结成之后行温养之功。因时间较长，故曰"慢"。

⑫吹送灵儿到故乡："灵儿"指阴阳交媾形成的丹药，"故乡"指腹。真气生于腹，经乾坤交媾后化为灵丹又回到腹中，故曰"到故乡"。

⑬楞严经：佛教经典。全称为《大佛顶如来密因修证了义诸菩萨万行首楞严经》。经中阐述心性本体，属大乘秘密部，其中关于神仙长生的内容很多。

⑭如中阴身，自求父母：如同佛的气质着落于"阴身"，自己可以选择投胎到什么地方。自求父母，句意是佛的气质安寻求"父母"作为载体，投股而生。

⑮阴信冥通，人如来种：暗中有信息与佛相通，可入于"如来种"，即可有成佛之希望。阴，冥都是隐而不显的意思。

⑯既游道胎，亲奉觉胤，如胎已成，人相不缺：已经入了"如来种"，进了佛门，得以亲自承受佛的道统，如同胎已成就，人的形象已经具备。道胎，成道的胚胎，即孕育佛的地方，指佛门。游，入。奉，接受。觉胤，佛的道统。相，形貌。

⑰十身灵相，一时具足：指一下子具备了佛的各种形象。一般认为，佛有三身，即法身、报身、应身，或法身、应身、化身等；而大乘《华严经》、《心地观经》则认为佛有六身，乃至十身。

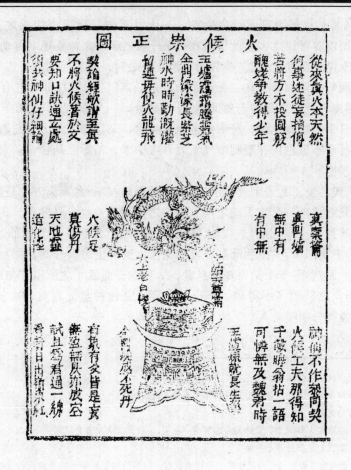

行火候法

　　火候最秘，圣人不传，今则露之：药非火不产，药熟则火化矣；火非药不生，火到则药成矣。且火候之奥，非可一概而论。故未得丹时，须借武火以凝之；既得丹时，须借文火以养之。文火者，结实之火也。其养之之法，节其寒温消息是也。故《参同契》曰："候视加谨慎，审察辨寒温。"审其火之未燃也，须借巽风①以吹之；察其火之既燃也，须资神水以沃之②；若太过则损之，若不及则益之。俾得中和，而无火燥、火寒之病矣。

　　盖火之寒、燥，全在意念上发端。陈虚白曰："念不可起，念起则火燥；意不可散，意散则火冷。"惟只要一念不起，一意不散，含光默默，真息绵绵，圆明觉照，常自惺惺。此长养圣胎之真火候也。故白玉蟾曰："采药物于不动之中，行火候于无为之内。"张三丰曰："以默以柔存火性，勿忘勿助养灵胎。"刘海蟾曰："兀兀无为融至宝，微微文火养潜龙③。"张紫阳曰："自有天然真火候，不须柴炭及吹嘘。"又曰："谩守药炉看火候，但安神息任天然。"此四翁乃列仙中之铮铮者，皆以天然真火、自然妙用而成无上至真之道，又何尝用卦爻、斤两、年月日时者哉！

　　今时之人，错会仙师本意，泥象执文，认指为月，而必欲推算卦体之策数、求合卦画之阴阳。吾恐终身役役，而不见其成功；倏然疲毙，而不知其归处。岂不见张平叔云："此中得意须忘象，若究群爻谩役情④。"高象先云："昼夜屯蒙法自然，焉用孜孜看火候。"陈冲素云："火虽有候不须时，些子机关我自知。"彭真一云："从来真火无形象，不得师传也大难。"肖紫虚云：

"药物调和，悟者甚易；火候消息，行之恐难。一十月工夫，存杳杳绵绵之息；三万年气数⑤，在来来往往之间。所以养丹田之宝，此宝长在；夺丹鼎之珠，此珠复还。驾动河车，离尘世尾闾之海；移居天谷，上昆仑蓬岛之山。"前数句，谓作丹之时，脱胎而入口；末二句，谓功成之后，脱胎而出壳；中间两句，谓温养子珠，长养圣胎。张三丰曰："年月日时空有着，卦爻斤两亦支离⑥。若存会得'绵绵'意，正是勿忘勿助时。"白紫清曰："流俗浅识、末学凡夫，岂知元始天尊与天仙、地仙日日采药物而不停，药物愈采而无穷也；又岂知山河大地与蠢动含灵时时行火候而无暂住，火候愈行而不歇也！神凝则精气聚而百宝结者，结胎之药物也；真息往来而未尝少有间断者，温养之火候也。"

陈虚白曰："火候之要，尤当于真息求之。"丘长春曰："一念不离方寸是真空。"此养胎之真火也。夫真火者，我之神也，而与天地之神、虚空之神同其神也；真候者，我之息也，而与天地之息、虚空之息同其息也。左元放曰："火候无为合自然，自然真火养胎仙。但存神息居丹扃，调燮先天接后天。"王重阳曰："圣胎既凝，养以文火。安神定息，任其自如。此以神感，彼以神应。天机妙用，自然而然。"予于是而知神息者，火候也；而孟子之所谓"勿忘勿助"，老氏之所谓"绵绵若存"，释氏之所谓"不得勤、不得怠"者，是皆神息之自然、火候之微旨也。故曰：神仙不肯分明说，说得分明笑杀人。

---

①巽风：即呼吸之气。风于八卦属巽。

②资神水以沃之：靠神水来浇灌它，意思是靠神的作用不使火过大。资，凭借。神水，心液，即神的作用。沃，浇灌。这句话意思是用呼吸控制炼功火候。

③兀兀无为融至宝，微微文火养潜龙：安静无为以流通"至宝"，微微文火来养育"潜龙"。兀兀，静止貌。融，流通。第一句是指炼精化气而言，第二句是指长养圣胎而言。

④此中得意须忘象，若究群爻谩役情：丹道中要想取得成就就必须不拘泥于卦象，如果穷究各爻的含义就是白白地役使感情。谩（màn，慢），广泛。

⑤三万年气数：这是夸张的说法，意思是说习练气功可以长生。

⑥年月日时空有着，卦爻斤两亦支离："年月日时"、"卦爻斤两"是丹经子书中常见的术语，如果执著于这些，便只能得到一些支离破碎的东西，而不能得到本质。着，着落。

贞　集

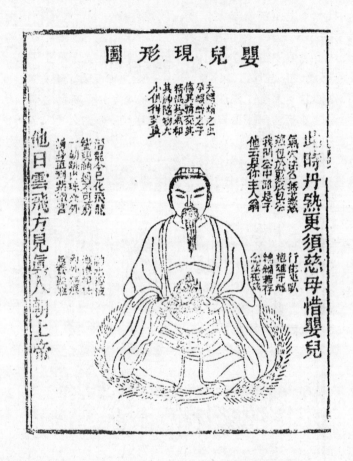

性命双修万神圭旨第七节口诀

婴儿现形出离苦海

内附真空　炼形法则

前面火候已足、圣胎已圆，若果之必熟、儿之必生，弥历十月，脱出其胞。释氏以此谓之"法身"，又曰"实相"；玄门以此谓之"赤子"又曰"婴儿"。婴儿当移胎换鼎之时①，跃然而出，潜居气穴之间，又重开一混沌也。

　　盖此穴，原是神仙长胎住息之乡，赤子安身立命之处。因是熟境，顺路而归。婴儿既宴坐静室，安处道场，须藏以玄玄，守以默默。始则借坤母黄芽以育之，继则聚天地生意以哺之②。此感彼应，发迩见远③，其中自呼自吸，自阖自开，自动自静，自由自在，若神仙逍遥于无何乡④，似如来禅定于寂灭海。既到此大安乐处，仍须密守关元，无令外缘六尘魔贼所侵，内结烦恼奸臣所乱。若坐若卧，常施莹净之功；时止时行，广运修持之力。遂得六门不漏，一道常通，真体如如，永固丹基者矣。日夕如此卫护，如此保顾，如龙养珠，如母育子，不可顷刻暂忘、刹那失照。钟离翁曰："孩子幼小未成人，须借坤娘养育恩。"又曰："已证无为自在心，更须温养保全真。"李清庵曰："丹从不炼炼中炼，道向无为为处为⑤。息念息缘调祖气，忘闻忘见养婴儿。"吕纯阳曰："腹内婴儿养已成，且居廛市暂娱情⑥。无端措大刚饶舌，却入白云深处行。"

　　盖温养育婴，乃作仙之一大事，若养育失调，婴儿就有弃壳离巢之变。此时着实提防，不可轻纵，出去则一出而迷途，遂失舍而无归。故白玉蟾有"重整钓鱼竿，再斫秋筠节"之叹。上阳子云："既达返还九与七，此即木金三五一。气全神壮换胎时，照护婴儿休远出。"

　　防护之诀，密固"三要"为紧。《参同契》曰："耳目口三宝，闭塞勿发通。真人潜深渊，浮游守规中。"其法只是以眼观眼，以耳听耳，以鼻调鼻，以口缄口。潜藏飞跃，在正一心，则外无声、色、臭、味之牵，内无意、必、固、我之累，自然方寸虚明、万缘澄寂⑦，而我本来赤子，怡怡然安处其中矣。

　　虽然外固"三要"，尤要内遣"三害"。"三害"者，邪念、烦恼、瞋恚是也。故道觉禅师曰："修此戒、定、慧⑧，断彼念、瞋、痴。"盖贪、痴易于制伏，惟有瞋毒难降。《圣胎诀》云："瞋恚之火一燃，胎真去如奔马。直待水灭烟消，方才归于庐舍。"宋儒亦曰："忿火不惩，必有燎原之患；欲水不窒，岂无溃川之灾？"《圆觉道场修证仪》云："一念瞋起，具有八万障门。"今欲去瞋之法，惟宗《老子》之"日损"，《周易》之"惩忿"，世尊之"觉照"。

　　高僧妙普曰："瞋火正燃时，我以觉照之。犹如汤消冰，了了无分别。"缘此瞋火，非实有体，皆从无明而来⑨。犹《宝积经》偈云："如钻木出火，要假众缘力。若缘不和合，火终不得生。是不悦意声⑩，毕竟无所有。知声性空故，瞋亦不复生。瞋不在于声，亦不身中住。因缘和合起，离缘缘不生。如因乳等缘，和合生酥酪。瞋自性无起，因于粗恶事。愚者不能了，烦恼自烧燃。应当如是知，究竟无所有。瞋性本寂静，但有于假名⑪。瞋恚即实际，以依真如起。了知如法界，是名'瞋三昧'⑫。"《宝积经》又云："求自然智，破无明壳，则无明变成慧炬，而瞋火化作心灯。瞋之一毒即销，八万四千烦恼亦灭。"佛经云："诸魔平等，烦恼为先。"又云："现住菩萨境，烦恼无所有。"又云："智者于苦乐，不动如虚空。善观察烦恼，我我所俱离。"又云："无障大悲。观诸众生，所有烦恼皆从虚假妄想而生，知诸烦恼，体性自离，如是随觉，即是菩提。烦恼之性，即菩提性。"又云："烦恼境是佛境界，观烦恼性空是正修行⑬。"又云："欲除烦恼，当行正念。"四祖亦云："一切烦恼业障，本来空寂。细观佛祖经旨，大概谓烦恼性空，勿为窒碍，观如梦幻，不用介怀。设使触景情动，如响应声，既应即止。若此，则烦恼尘劳，不待断而自灭；胎真赤子，弗假修而自灵。"又有经云："以智慧剑，破烦恼贼；以智慧刀，裂烦恼网；以智慧火，烧烦恼薪。"僧圆照云："对治烦恼魔，清静常欢喜。"庞居士云："谛观四大本空⑭，烦恼何处安脚？"晁文元云："身同梦幻非真有，事比风云不久留。既能洞达须刚断，烦恼魔空过即休"。张紫阳云："可谓道高龙虎伏，堪言德重鬼神钦。已知寿永齐天地，烦恼无由更上心。"《六祖坛经》云："凡夫即佛，烦恼即菩提；前念迷即凡夫，后念悟即佛；前念着境即烦恼⑮，后念离境即菩提。"故《璎珞经》云："佛言：我从本来，不得一法。究竟定意，始知所谓'无念'。若得无念者，观一切法悉皆无形，因此得成无上正直之道。"又云："世人不能成道而脱生死者，良由妄念为轮回种子耳！"盖妄念起处，即是生灭；妄念息处，即是真元。故玄门以止念为本，释教以无念为宗。

无念者，为无邪念，非无正念。念有念无，即名邪念；不念有无，即名正念。念善念恶，即名邪念；不念善恶，即名正念。乃至苦乐、生灭、取舍、冤亲、憎爱，并名邪念；不念苦乐等，是名正念。但事来不受，一切处无心，即是无念也。无念之念，谓之正念。佛经云："善男子！我等住于无念法中，得如是金色三十二相⑯，放大光明，照无余世界。"高峰禅师云："慈氏受一生成佛之功⑰，不出一念，无生性海⑱。"智常禅师云："真如无念，非念法能阶；实相无生，岂生心能至！无念念者，即念真如；无生生者，生乎实相。"李之才云："念之天理，则明月之当空；念之人欲，则浮云之蔽日。"寒山子云："旋乾倒岳镇常静，一念万年永不移。"《天隐子》云："不睹不闻存觉性，无思无念养胎仙。"《宝积经》中所说菩萨安住无所住之念，非忆非忘；所安住念，即名"法界"⑲。是知从上若佛、若祖、若圣、若仙，皆因冥心息念，而得妙道。故《尚书》曰："惟狂克念作圣⑳"。

然克念之功，须要躬行实践方有进步，不然一片太虚，途路甚远。少一步定是到不得，昔人所谓"工夫不到不方圆"。工夫若做到极则处，自然入于无念；既得无念真常，则玄窍婴儿寂寂然而无挠扰之患矣。刘虚谷云："大功欲就三千日，妙用无亏十二时。"陈朝元云："含养胞胎须十月，育婴乳哺要千朝。"泥丸翁云："片饷工夫修便现，老成须是过三年。"三年功夫已完，温养事毕，即《悟真》所谓"一霎火焰飞，真人自出现"。真人既现，必由太玄而升天谷；再加冥心灭尽之功，则有通灵变化之妙。刘海蟾曰："卦行火候周天毕，孕个婴儿镇下田。霹雳一声从地起，乾户擘开光万里。翻身撞出太玄关，这回方是真仙子。"

---

①移胎换鼎："婴儿"之胎本在黄庭，今则移居气穴，故称。移胎换鼎又叫"迁法"。婴儿是假名，实质为一含真气。

②始则借坤母黄芽以育之，继则聚天地生意以哺之：开始时要借助于腹内的元气来养育它，接着要聚天地之气来哺育它。坤母，指腹。黄芽即肾中真气。生意，生机，指天地之气。

③此感彼应，发迩见远：此处有感而彼处响应，发于近而见于远。这里的"此"、"迩"指人，"彼"、"远"指天。感应，感动响应。迩，近。

④无何乡：与下句"寂灭海"皆指超脱一切达到不生不灭的境界。

⑤丹从不炼炼中炼，道向无为为处为：丹要在不炼之炼中去炼，道要在无为之为中去修。这里体现的道家的思想宗旨，什么事都不要刻意而为之。

⑥且居廛市暂娱情：暂且居于尘世之中娱悦情怀。廛市，商店集中的地方，犹言"闹市"，这里指人世。娱情，使心神欢乐。这一句和下面两句，是说修到此种地步已去仙不远。

⑦万缘：佛家语。指一切因缘，即产生结果的直接原因和促成这种结果的条件。

⑧戒、定、慧：佛家语。防非止恶叫戒，息虑静缘叫定，破惑证真叫慧。《楞严经》说："所谓摄心为戒，因戒生定，因定发慧，是则名为三无漏学。"

⑨无明：佛家语。为愚暗不明之意，即通常之所谓"痴"。《大乘义章》说："言无明者，痴暗之心，体无慧明，故曰无明。"怒火来自无明，故人们又称怒火为无明。

⑩是不悦意声：使人不悦的事情有如声音，也并非是有什么实体存在。

⑪嗔性本寂静，但有于假名：嗔怒之性原本是寂静的，只不过有个虚假的恼怒之名罢了。意思是说，人的本性是寂静的，之所以会愤怒，是由外部因素引起的。

⑫了知如法界，是名"嗔三昧"：对嗔怒产生的原因了解得如同法界一样清楚，这就叫做"嗔三昧"。法界，佛教指整个宇宙现象界和现象界的本质。三昧，梵语音译，是"定"、"正定"的意思，即排除一切杂念而使心神归于平静。"嗔三昧"，即去除恼怒，使心神平静之法。

⑬观烦恼性空是正修行：体验烦恼性空是真正的修行。观，观察，引申为体验。性空，佛家语。佛家认为，世间万物皆有

其因和缘，但没有实在的本体，故名"性空"。

⑭四大：佛家语。本指地、水、火、风而言，认为一切事物和道理皆由此产生，故称之为"四大"。此处则指人身而言，因为人身也是由此"四大"假合而成的。

⑮着境：着落于具体的事物。境，即境界，佛家语，指六识所辨别的各类事物。

⑯得如是金色三十二相：置身于无念之法中，就能得到这样的金色的三十二种容貌，意思是可以成佛。佛教宣称，佛陀生来容貌与众不同，其显著者有三十二个，称"三十二种相"。

⑰慈氏：指弥勒菩萨。弥勒受记为未来佛。

⑱不出一念，无生性海：不生任何念头，使性海无波。性海，指心。

⑲菩萨安住无所住之念，非忆非忘；所安住念，即名"法界"：菩萨止而无所止的念头，不是忆念也不是忘记；念头所止之处，就叫"法界"。"法界"与"真如"意同，此处也是"无念"的

⑳惟狂克念作圣：意思是说愚昧无知的人若能把上天的意志放在心上，就会成为圣明的人。

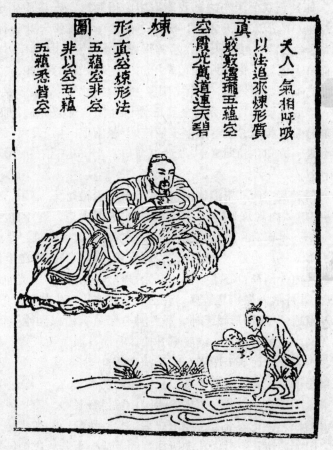

真空炼形图

天人一气捎呼吸
以法追求炼形质
最上一乘含蓄远
好从玄窍觅天宽

真空体量光万道连天碧

形真空炼形法
五蕴空非空
非以空五蕴
五蕴悉皆空

炼 形 说

普照佛心曰："鼻端有白我其观①，却叹人从瓮里盘②。最上一乘含蓄远，好从玄窍觅天宽。"盖真空炼形之法，譬与运瓮相似，若处瓮内，焉能运之？必也处于瓮外。身处瓮外者，即释氏所谓"外其身而虚空之"是也。故老子曰："外其身而身存"，忘其形而形存。薛道光曰："若人空此幻化身，亲授圣师真轨则③。"张全一曰："太虚是我，先空其身。其身既空，天地亦空。天地既空，太空亦空。空无所空，乃是真空。"《清静经》曰："内观其心，心无其心；外观其形，形无其形。""形无其形"者，身空也；"心无其心"者，心空也。心空无碍，则神愈炼而愈灵；身

空无碍，则形愈炼而愈清。直炼到形与神而相涵，身与心而为一，方才是形神俱妙，与道合真者也。

古仙曰："形以道全，命以术延。"此术是窍无涯之元气，续有限之形躯。无涯之元气，是天地阴阳长生真精，灵父圣母之气也；有限之形躯，是阴阳短促浊乱，凡父凡母之气也。故以真父母之气变化凡父母之身，为纯阳真精之形，则与天地同寿也。按孙陀罗尊者云："世尊教我观鼻端白，我初谛观，经三七日，见鼻中气出入如烟，身心内明，圆洞世界遍成虚净，犹如琉璃；烟相渐消，鼻息成白，心开漏尽，诸出入息化为光明，照十方界，得阿罗汉。"朱元晦云："鼻端有白，我其观之。"黄认真云："平生姿韵爱风流，几笑时人向外求。万别千差无觅处，得来元在鼻尖头。"夫人未生之先，一呼一吸，气通于母；人之既生之后，一呼一吸，气通于天。天人一气，联属流通；相吞相吐，如扯锯焉。天与之，我能取之，得其气，气盛而生也；天与之，天复取之；失其气，气绝而死也。故圣人观天之道，执天之行，每于羲驭未升旸谷之时④，凝神静坐，虚以待之。内舍意念，外舍万缘，顿忘天地，粉碎形骸⑤。自然太虚中有一点如露如电之阳，勃勃然入玄门，透长谷而直上泥丸，化为甘霖而降于五内。我即鼓动巽风以应之，使其驱逐三关九窍之邪，扫荡五脏六腑之垢，焚身炼质，锻淬销霾，抽尽秽浊之躯，变换纯阳之体。累积长久，化形而仙。陈翠虚曰："透体金光骨髓香，金筋玉骨尽纯阳。炼教赤血流为白，阴气销磨身自康。"丘长春曰："但能息息常相顾，换尽形骸玉液流。"张紫琼曰："天人一气本来同，为有形骸碍不通。炼到形神冥合处，方知色相即真空。"薛复命曰："不知将谓气，得后自然真。"董汉醇曰："金用矿销，形由气炼。"

炼形之法，总有六门。其一曰"玉液炼形"，其二曰"金液炼形"，其三曰"太阴炼形"，其四曰"太阳炼形"，其五曰"内观炼形"。若此者，总非虚无大道，终不能与太虚同体。惟此一诀，乃曰"真空炼形"——虽曰有作，其实无为；虽曰炼形，其实炼神。是修外而兼修内也。依法炼之百日，则七魄亡形，三尸绝迹，六贼潜藏，而十魔远遁矣⑥；炼之千日，则四大一身，俨如水晶塔子，表里玲珑，内外洞彻，心华灿然，灵光显现。灵光者，慧光也。故曰："慧光生处觉花开。"盖慧觉花开，非炼形入微、与道冥一者不能有此。故《生神经》曰："身神并一，则为真身。身与神合，形随道通。"隐则形固于神，显则神合于气，所以蹈水火而无碍，对日月而无影，存亡在己，出入无间。或留形住世，或脱质升仙。有白日而飞肉尸者，黄帝之谓也；有留形而住世者，彭祖之谓也；有受命而居天职者，张天师之谓也⑦；有拔宅而上升者，许旌阳之谓也；有示疾而终者，王重阳之谓也；有入仕而臣者，东方朔之谓也⑧。至于老子为柱史，辛铒为大夫，尹喜为关令，伯矩为卿士，唐典隐毗陵，子休治漆园，留侯帝者师，四皓辅汉惠，仇生仕殷，辅光仕汉，马丹仕晋，海蟾仕燕，正阳弃官，纯阳应举，常有执鞭，琴高执笏……若此者，多不可以枚数。噫！彼神仙之隐显去留，岂世之凡夫所能测度者哉！更若凭虚御风之列子，折芦过江之达磨⑨，若非淘质炼形之功，又安能如此轻举之身乎！此神形俱妙之道，非坐脱立亡者之所能知，所以不免有抛身入身之失尔⑩！

故学仙佛之流，若独以炼神为妙，不知炼形为要者，所谓清灵善变之鬼，何可与高仙为比哉！大抵温养炼形，无分彼此。虽在两处发明，其实是一个道理。内外兼修，不相违背。若千日工夫无间，乃悬崖撒手时也。自然言语道断，心思路绝，能所两亡⑪，色空俱泯，无滞无碍，不染不着。身似翔鸿不可笼，心如莲花不着水。光光净净，潇潇洒洒，腾腾任运，任运腾腾，做一个无事无为、自在逍遥之散汉也。此际婴儿渐露其形，与人无异。愈要含华隐耀，镇静心田；若起欢欣，就着魔境。如陈泥丸云："我昔工夫行一年，六脉已息气归根⑫。有个婴儿在丹田，与我形貌亦如然。"婴儿既长，穴不能居，自然裂窍而出，贯顶而升。此之谓"出离苦海而超彼岸"

也。永明寿禅师云："身在苦海中，赖此铁罗汉。苦海既脱离，舍筏登彼岸。"观吾陈真人云："此岸波涛已脱离，到彼方知寿可跻⑬。一得归来宜永得⑭，渡河筏子上天梯。"

①鼻端有白我其观：这里说的是佛家的一种修心养性的方法。练功时正身安坐，以两目谛观鼻端。

②人从瓮里盘：指练功时心内不净有如人处瓮中而企图使瓮运转。盘，运转。

③亲授圣师真轨则：此句按照意思应是"圣师亲授真轨则"。轨则，准则。

④羲驭未升旸谷之时：天还不亮的时候。在中国古代神话中，羲和为太阳的御者，故"羲驭"指太阳。"驭"与"御"通。旸谷，太阳出来的地方。

⑤外舍万缘，顿忘天地，粉碎形骸：此句指练功要达到外面舍弃一切因缘，忘记了天地，也忘了自身。即不知有天地万物和自身的存在。缘，因缘，详见前注。"粉碎"，这里也是"忘记"的意思。

⑥十魔：指无惭、无愧、嫉、悭、悔、睡眠、掉举、昏沉、瞋忿、覆等十种不利于修行的表现。

⑦张天师：汉张道陵后裔的封号，此处指张道陵，他是天师道的鼻祖。

⑧东方朔：汉代人，武帝时曾待诏金马门，官至太中大夫。

⑨折芦过江之达磨：传说达磨曾只踏一根芦苇而渡过长江。

⑩坐脱立亡者：指修炼不得其法而终不免一死的人。脱，死。抛身入身：刚刚离开身体而又回到身体中，不能升天。

⑪能所两亡：本体与客体都消失了。即在人静时不知有自己，也不知有其它事物的存在，也就是前文所讲"忘记"。能，能知，指认识的主体；所，所知，指认识的客体。

⑫六脉已息气归根：脉搏跳动微弱，气息归于丹田。六脉，左右手寸口脉搏各分寸、关、尺三部，合为六部。息，停止。

⑬寿可跻：即可得长寿。跻，登。此谓可登上长寿之境地。

⑭一得归来宜永得：此言炼形功成将受益无穷。

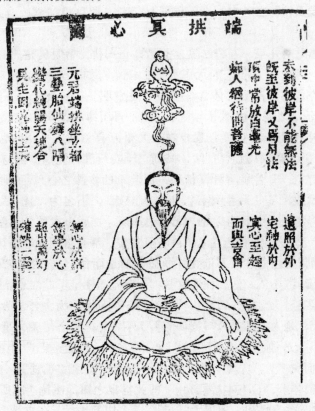

性命双修万神圭旨第八节口诀

移神内院端拱冥心

始则有作有为者，采药结丹以了命也；终则无作无为者，抱一冥心以了性也。《悟真篇》云："始于有作人争觉，及至无为众始知。但见无为为道妙，不知有作是根基。"《证道歌》云："到无为处不无为，方知吾道是希夷①。"

今之在家凡夫、出家外道，止知有这边道理，不知有那边境界；止知有此间之妙，不知有彼岸之玄；止知无事，而不知希有之事；止知无为，而不知有为之法。此乃知其一，不知其二；修其性，不修其命者也。故丹道未成之先，若不知下学之有为，而着于"空"焉，则谓之"落空汉"；丹道已成之后，若不知上达之无为，而着于"相"焉②，则谓之"守尸鬼"。石杏林曰："有物非无物，无为合有为。"陈泥丸曰："我闻前代诸圣师，无为之中无不为。"阴长生曰："无位真人居上界，空寂更无尘可碍。有为功就又无为，无为也有工夫在。"所谓"真人居上界"者，即"婴儿出离苦海，移居天谷"之时也；"空寂冥心"者，即吕祖"何晦宴息③，冥心合道"之法也。

施肩吾曰："达磨面壁九年，方超内院；世尊冥心六载，始脱樊笼。"夫"冥心"者，深居静室，端拱默然；一尘不染，万虑俱忘；无思无为，任运自如；无视无听，抱神以静；无内无外，无将无迎④；离相离空，离迷离妄；体含虚寂，常觉常明。但冥此心，万法归一⑤，则婴儿安居于清灵之境，栖止于不动之场，色不得而碍之，空不得而缚之，体若虚空，安然自在矣。故达观禅师云："色不缚兮空不碍，宴息冥心观自在。大千万有总归无⑥，世界坏时渠不坏"。谭长真云⑦："婴儿移在上丹田，端拱冥心合自然。修到三千功行满，凭他作佛与升仙。"

此处是纯一不杂的工夫，岂能容纤毫情想？但起希仙作佛之心，便堕生死窍中不能得出。所以关尹子云："若有厌生死心、超生死心，止名为'妖'，不名为'道'。"盖清净体中，空空荡荡、晃晃朗朗，一无所有，一切无住。故《心要诀》云："冥心本乎'无住⑧'，无住心体，圆融不测。"如《金刚经》云："不应住色生心⑨，不应住声、香、味、触、法生心，应生无所住心。"金刚齐菩萨云："我不依有住而住，不依无住而住，如是而住。"僧肇云："圣人之心，住无所住其住⑩。"《坐忘论》云："不依一法，而心常住。"《了心经》云："心无所住，住无所心；了无执着，无住转真。"《净名经》云："一切法以无住为本。"安住无为，名之为"住"；住无方所，故名"无住"。无住心者，是为"真心"。《禅源集》云："夫言'心'者，是心之名；言'知'者，是心之体。"荷泽云："心体能知，知即是心。心本空寂，至虚至灵。"由空寂虚灵而知者，"先知"也；由空寂虚灵而觉者，"先觉"也。不虑而觉者，谓之"正觉"；不思而知者，谓之"真知"。故祖师云："空寂体上，自有本智能知。"即此空寂之知，便是达磨所传清净心也。心常寂，是自性体；'心'常知，是自性用。所以六祖云⑪："一切万法，不离自性。自性自知，自性自见，自性自悟，自性自度。"悟性还易，了心甚难。故"了心"也者，了此心也。了心则心无其心矣。无心之心，是谓"真心"。真心是性，真性是心。太上云："了心真性，了性真心。空无空处，无处了真。"此谓真空不空，空无所空，即是了见本心也。庞居士云："十方同聚会，个个学无为。此是选佛场，心空及第归。"与夫空觉极圆，空所空灭⑫即是了见本性。《华严经》云："法性本空寂，无取亦无见。性空即是佛，不可得思量。"原夫性体本空，心体本定。无空无无空，即名"毕竟空"⑬；无定无无定，即名"真如定"。虽修空，不以"空"为证，不作"空"想，即是真空也。虽得定，不以"定"为证，不作"定"想，即名真定也⑭。

空定衡极⑮，通达无碍。一旦天机透露，慧性灵通，乍似莲花开，恍如睡梦觉，忽然现出乾元境界，充满于上天下地，而无尽藏也。此是心性常明，焰炯不昧；晃朗宇宙，照彻古今；变化无方，神妙莫测。虽具肉眼而开慧眼之光明，匪易凡心便同佛心之知见，乃是见性见到彻处，修行修到密处⑯，故得一性圆明，六通顿足。

何谓"六通"？按玉阳太师曰：坐到静时，陡然心光发现，内则洞见肺腑，外则自见须眉，智神踊跃，日赋万言，说妙谈玄，无穷无极，此是"心境通"也。不出庐舍预知未来事情，身处室中又能隔墙见物，此是"神境通"也。正坐之间，霎时迷闷，混沌不分，少顷心窍豁然大开，地理山河，犹如掌上观纹，此是"天眼通"也。能闻十方之音如耳旁音，能忆生前之事如眼前事，此是"天耳通"也。或昼或夜，入于大定，上见天堂，下见地狱，观透无数劫来，宿命所更，此是"宿命通"也。神通变化，出入自如，洞鉴十方众生，知他心内隐微之事——他虽意念未起，了了先知；他虽意念未萌，了了先觉，此是"他心通"也。

子思曰："心之精神之谓圣。"故心定而能慧，心寂而能感，心静而能知，心空而能灵，心诚而能明，心虚而能觉。四祖道信曰："一切神通作用，皆是自心感现。"《璎珞经》曰："神名'天心'，通名'慧性'。天然之慧，彻照无碍，故名'神通'。"

神通具足，愈加韬耀韬光⑰，慧而不用。若露圭角⑱，恐染邪魔。古云："道高一尺，魔高一丈。"正定之时，或闻种种善恶之声，或现种种违顺之境，总是魔障，不可着他。又须反观，一身四大，俱是假合，如梦如幻，全体非真。但正此心，魔自消灭。古语云："见怪不怪，怪自亡；见魔非魔，魔自灭。"或脑中有霹雳之声，或眼内有金星灿耀，或顶下红霞缭绕，或眉间涌出圆光。此皆幻景，心莫受他，但行工夫，休证效验。所以古仙云："项下有光犹是幻，云生足下 未为仙。"又于静中忽见楼台珠翠、女乐笙簧、异草奇花，触目如昼。彼人不悟，将谓实到天宫，不知自身内院，认作真境，因循而不出入。此际须用"虚空观"⑲，而扩充之，则我天谷之神，升入太虚，合而为一也。其"虚空观"者，应观自心⑳。心本不生，自性成就。本来空寂；光明遍照，犹如虚空。莹彻清净，廓然周遍。圆明皎洁，成大月轮。量等虚空，浩然无际。复应观察自身，则心之虚空而通于身之虚空，身之虚空而通于天地之虚空，天地之虚空而通于太虚之虚空。虚虚相通，共成一片，岂不与太虚混之而为一耶！始而虚其心也，既而虚其身，又既而虚天地。虚而无虚，无虚而虚，虚也不知，无虚也不知，则我阳神冲虚出入而无障碍矣。然后方可与天地合德、太虚同体，而为"混虚氏"之人欤㉑！

此处只言到太虚之阶梯，未曾造到太虚之实际。谓之"炼神"则可，谓之"出神"则未也。欲要高奔帝境，须当炼演谷神。常以"灵知寂照"为心，"虚空不住"为观㉒，抱本还元，复归太极㉓。由此进进不已，及至无上可上、玄之又玄，无象可象、不然而然，则一灵之妙有，遍法界而圆通，贯云汉以高跻，与穹昊而俱合。此天谷元神炼到至极至妙之处也。故章思廉曰："得太极全体，见本来面目。先天一点真，后天却是屋。"莹蟾子曰："炼阳神了出阳神，自色界超无色界。"

既然证成妙道，须要混俗和光。虽处尘凡，而不同流俗；虽居浊世，而莫测行藏。日唯销隐慝㉔，积阴功，开诚心，施法乳㉕，汲引后学，普度众生，上报佛恩，下资群品。《金刚经》曰：

"所有一切众生之类，若卵生、若胎生、若湿生、若化生，若有色、若无色，若有想、若无想，若非有想、非无想，我皆令入无余涅槃而灭度之㉕。"如是灭度无量、无数、无边众生，实无众生得灭度者。故世尊成道之旦，发普度众生之悲，乃曰先度众生，然后作佛。肇法师曰："性本无生，故亦无灭，此实千圣同然之真心；众生度尽，方入涅槃，此亦千圣同归之实际。"王方平曰："鸾鹤来时乘紫雾，玉皇有敕登仙路。九玄七祖尽升天，度了群生方自度。"噫！试观古佛高仙，何等运心之普！如今人有一法、一诀者，秘密珍藏，犹恐漏泄，较之古人可不愧死！

予之无念也久矣，但未得自度，先要度人。一念存心，不能顿释。今之此作，尽泄天机，惟末后一着尚未发明，今再言之。

道书曰："阴神能见人，阳神使人见。"盖独修一物者，所出乃阴神也。阴神则有影无形，世所谓"鬼仙"是也。若双修性命者，所出乃阳神也。阳神则有影有形，世所谓"天仙"是也。故曰：道本无相，仙贵有形。

然而出神太早，丹经之所深诃。既得其母，当返其始㉗，常留神于天谷，复归如婴儿，不识不知，唯深唯寂。阳光无漏，则愈扩愈大，弥远弥光，自然变化生神。生之再生，则生生而无尽；化之又化，则化化而无穷。子又生孙，百千万亿。张紫阳曰："一载生个儿，个个会骑鹤。"陈泥丸曰："一载胎生一个儿，子又孙兮孙又枝。"白玉蟾曰："一体遍多㉘，犹朗月而影分千水；多身入一，若明镜而光寓万形。"仙家谓之"分身"；佛氏谓之"化身"。如世尊之不离菩提树下，而遍升天宫说法。又如善财之不出莎罗林，历一百十城而遍参诸友。东华帝君曰："法身刚大通天地，真性圆明贯古今。若未顶门开真眼，休教散影与分形。"分形散影，非不妙也；奈何还滞幻躯中，尚未超脱，而欲千变万化，岂不反伤于本体耶？直到九载功完，纯亦不已，忽然跳出五行之外，返于无极之初，证实相妙之更妙，得真功全之又全，成金刚不坏之体，作万年不死之人，自觉觉他，绍隆佛种，三千功满而白鹤来迎，八百行圆而丹书宣诏，飞升金阙，返佩帝乡，即钟离翁云："九载功成人事尽，纵横天地不由亲。"肖紫虚云："功成须是出神京，内院繁华勿累身。会取古仙超脱法，飘然跨鹤觐三清。"

诸仙弃壳㉙，各有不同。有从宝塔出者，有从红楼出者，有看月而出者，有对镜而出者，有冲顶门而出者。所以《玄奥集》云："塞断黄泉路，冲开紫府门。如何海蟾子，化鹤出泥丸？"《中和集》云："成就顶门开一窍，个中别是一乾坤。"盖顶门一窍，岂易开哉？先发三昧火透之，不通；次聚太阳火冲之，略启；二火腾腾，攻击不已，霎时红光遍界，紫焰弥天，霹雳一声，顶门开也。故吕纯阳曰："九年火候直经过，忽尔天门顶中破。真人出现大神通，从此天仙可相贺。"

真人出现，乘云气，御飞龙，升玉京，游帝阙，飘摇云际，翱翔太空。凤篆金书㉚，朝赴九阳之殿；蟠桃玉液，位登万圣之筵。适意则鸾舆前引，登云则龙驾前迎。紫府鳌宫欲去，而顶中鹤舞；丹台琼苑拟游，而足下云生。劫火洞烧，我则优游于真如之境；桑田变海，我则逍遥于极乐之天。聚则成形，散则成气；隐显莫测，变化无穷。入水火而不溺不焚，步日月而无形无影。刀兵不能害，虎兕不能伤；阴阳不能变迁，五行不能陶铸；阎罗不能制其死，帝释不能宰其生。纵横自在，出入自由，信乎！紫阳云："一粒灵丹吞入腹，始知我命不由天。"此大丈夫得意之秋，功成名遂之日也。人生到此，宁不快哉！上阳子云："总皆凡世播英雄㉛，做尽功名到底空。唯有金丹最灵妙，大罗天上显神通。"

①到无为处不无为，方知吾道是希夷：《老子》说："视之不见名曰夷，听之不闻名曰希。"所以"希夷"是"无声无色"的

意思，可引申为“虚寂微妙”。“到无为处不无为”，是指开始时的有作有为而言。

②相：佛教指一切事物呈现出的形象状态。

③向晦宴息：傍晚时冥心静养。向，近。晦，晚上。宴，闲适，安逸。

④无内无外，无将无迎：不出不入，不送不迎。即不受外界事物的干扰，也不去想外界的事情；对于已经受到的干扰和产生的杂念，则不去想它，任其自消自灭。将，送。

⑤万法归一：一切事物和道理皆归于一心。万法，佛教对一切事物和道理的通称。

⑥大千万有总归无：世界万物最后都归于虚无。大千，即大千世界，三千大千世界，指广大无边的世界。万有，万物。

⑦谭长真：即金元道士谭处端，是“南无派”创始人。名玉，字伯玉，号长真子。山东人，王重阳弟子，北七真之一。

⑧冥心本乎无住：冥心之法来源于佛教的“无住”。无住，为情无所寄之意。住，停留，系念。

⑨住色生心：心系于有形质之物而生感触。色，佛教指一切有形质之物。

⑩住无所住其住：止于无所止其止，即系念于无可系念之处，亦即排除一切念想。前两个“住”是动词，后一个“住”是名词，作“念”讲。

⑪六祖：指佛教禅宗五祖弘忍的弟子慧能，慧能之教行于南方。五祖另一个弟子神秀，教行于北方，神秀的弟子称神秀为六祖。

⑫与夫空觉极圆：等到对于“空”的体验达到了极致。与、夫，语气词，无义。觉，觉悟，体会。圆，圆满。空所空灭：使“空”的对象达到了“无”的程度而归于涅槃。所空，指“空”的对象。灭，涅槃。

⑬无空无无空，即名“毕竟空”：“无”是空，空到连“有空”也没有更是空，这二者叫做“毕竟空”。从气功角度说，所谓“无”，就是心中无杂念；而“无无”是连“无”这个概念也没有。下句“无定无无定，即名‘真如定’”与此相同。

⑭虽修空，不以“空”为证，不作“空”想：虽然修的是空，却不用“空”来加以证实，不去想是否已做到了“空”。下面一句与此大意相同。

⑮空定衠极：空寂与静定纯粹到了极点。衠（zhūn，准阴平声），纯粹。

⑯见性见到彻处，修行修到密处：悟性悟到透彻的程度，修行修到静极的程度。密，静寂。

⑰默耀韬光：犹如说“韬光养晦”，使才能隐而不露。默，使昏黑。韬，遮掩，隐藏。

⑱圭角：圭的棱角。圭，古代帝王、诸侯所用的玉制礼器。在这里圭角是指很小一点的意思。

⑲虚空观：佛教的一种修持方法，即通过“细思”来认识、体验世界的“虚空”的本质。

⑳自心：按照佛教的说法，“自心”就是真如、佛性、真心，是人人具有的，但由于“妄念浮云盖覆”，自心不能显现。人如能悟得自心，便可成佛。这就是所谓“见性成佛”、“顿悟成佛”。

㉑“混虚氏”之人：混杂于虚空的人。“混虚氏”是作者为这种人起的名字。

㉒常以灵知寂照为心，虚空不住为观：经常以“灵知寂照”和“虚空不住”为念。心、观都是“念”的意思。灵知，先天的智慧。寂照，于静定之中察看、观察。虚空不住，即心中空无一物，情无所寄。

㉓抱本远元，复归太极：佛教中有一种观点认为，人的“真心”本是“无妄”的，是天地万物之本原，因此修为应在“真心”上下功夫而不待外求。“复归太极”，即返回到生命之初无思无虑的状态。

㉔日唯销隐慝：每天只是不停地消灭那些隐而不现的恶迹。慝（tè，特）：过失、邪恶。

㉕施法乳：佛家语。即以佛法哺育弟子之法身。这是比喻的说法。

㉖无余涅槃：佛教的涅槃，一般分为两种，即“有余涅槃”和“无余涅槃”：前者虽断除了贪欲与烦恼，但肉身还在，思虑还有；而后者则连肉身也不存在了，思虑也没有了，而且不再受生，超出轮回之外。

㉗既得其母，当返其始：此指“婴儿出离苦海，移居天谷”之后，应当返回到婴儿状态，无事无为，以冥心合道。“母”指天谷泥丸，因为“圣胎”是在泥丸里“温养”的。

㉘一体遍多：即下文所说之“分身”，，由一个身体而产生出许多身体。遍，普遍，这里用如动词。下文的“多身入一”与此相反，即许多化身归于一体。

㉙弃壳：即所谓抛下肉身而成仙。

㉚凤篆金书：夸张地写“神仙”所用的请柬的精美华贵。“凤篆”言文字形体之美，“金书”言书写材料之贵。

㉛播：本义是“散播”，联系上下文，这里是“张逞英雄”之意。

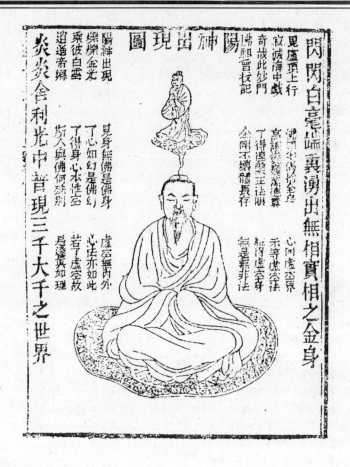

性命双修万神圭旨第九节口诀

本体虚空超出三界

　　按《梓橦化书》云："予之在朝也，以闻方外之言①，辞荣而归，道逢隐者，指予以心印②、授予以正诀，曰："此西方大圣人归寂法也③。子能念而习之，可度生死，死而不亡，终成正觉；若中道而废，则犹能择地而处，亦可为神仙。"予于是历观汉、唐诸仙，多在此处超脱而去者，岂非《化书》所谓"中道而废"耶！又览《龙牙颂》云："学道如钻火，逢烟未可休。"予又历观宋、元诸仙，多在此处尸解而去者，岂非《龙牙》所谓"逢烟而休"耶！虽则仙去，然缺却末后一段工夫，毕竟有些欠稳处。犹傅大士云："饶经八万劫，终是落空亡。"亦不知寿命有限而不及修耶，抑亦不知、不得此法而不能修也。

　　命宗人只知炼精化气、炼气化神、炼神还虚而止，竟遗了炼虚合道一段。是以无上师曰："养得金丹圆似月，未免有圆还有缺。何如炼个太阳红，三界十方俱洞彻。"盖圣修诣极，自是少此一段不得。缘丹经子书，皆不曾言及末后一着，唯李清庵曾说到这里。如门人问："脱胎后还有造化么？"清庵曰："有造化在。圣人云：'身外有身，未为奇特，虚空粉碎，方露全真。'所以脱胎之后，正要脚踏实地，直待与虚空同体，方为了当。"又云："更有炼虚一着，当于言外求之。"其见趣，可谓度越诸仙矣，但不肯说个实际出来。云何"炼虚"？作何"归着"？竟自朦朦胧胧虚应过去。亦不知是不会祖师意而不能说耶，抑亦不知是怕泄漏天机而不敢说也。故水丘子叹曰："打破虚空消亿劫，既登彼岸舍舟楫。阅尽丹经万万篇，末后一句无人说。"

　　盖此秘藏、心印，皆佛佛授手，祖祖相承。迄至六祖，衣钵止而不传，诸佛秘藏，于兹塞矣。自此而下，鲜有知者。故曰："七祖如今未有人。"直到吾师尹公者出，以其凤植灵根④，更得教外别传之旨，忽一旦禅关参透，豁然贯通，而千佛秘藏，又复开于今日矣。故悟道偈曰⑤："把个疑团打破时，千佛心华今在兹。百尺竿头重进步，虚空真宰天人师。"我今又承师指而得此法，如获无价宝珠。即剑南和尚云："自从识得此明珠，释梵轮王俱不要⑥。"

　　然佛之地步甚高，而必至于虚空本体、本体虚空，方成无上正等正觉而入涅槃。故邵康节曰："圣人与太虚同体⑦，与天地同用。"今人求其义而不得，乃亿之曰："体太虚之体以为体，用天地之用以为用⑧。"此言大似隔窗窥日，不过见其光影而已。若言体太虚之体以为体，便是有个太虚在，而着于体矣，何以能太虚？若言用天地之用以为用，便是有个天地在，而着于用矣，何以能天地？然而太虚其知有体乎，其不知有体乎？天地其知有用乎，其不知有用乎？太虚不知有体，而天地之用在于太虚之体；天地不知有用，而太虚之体在于天地之用。体其所体者，体其所用也；用其所用者，用其所体也。乃至于粉碎虚空，方为了当。何以故？盖本体本虚空也，若着虚空相，便非本体⑨；虚空本粉碎也，若有粉碎心，便不虚空。故不知有虚空，然后方可以言太虚天地之本体；不知有粉碎，然后方可以言太虚天地之虚空。

　　究竟到此，已曾窥破虚空之本体，但未得安本体于虚空中。即《华严经》云："法性如虚空，诸佛于中住。"到这里自知道虚空是本体，本体是虚空，必须再加功而上上胜进，进进不已，直到水穷山尽，转身百尺竿头。至必至于不生不灭之根源，终必终于不生不灭之觉岸，于中方是极则处。此处无他，不过是返我于虚，复我于无而已。返、复者，回机也。故曰："一念回机，便同本得⑩。"

　　究竟人之本初，原自虚无中来。虚化之为神，神化之为气，气化之为形——顺则生人也。今则形复返之为气，气复返之为神，神复返之为虚——逆则成仙也。

　　古德云："何物高于天？生天者是。何物大于虚空？运虚空者是。"盖大道乃虚空之父母，虚空乃天地之父母，天地乃人、物之父母。天地广大，故能生万物；虚空无际，故能生天地；空中不空⑪，故能生虚空——而曰"生天地"、"生万物"，是皆空中不空者之有以主之也⑫。以其空中不空，故能深入万物之性，以主张万物而方便之。汝毋谓空中不空能深入万物之性，以主张万物而方便之也；抑亦能深入天地之性，以主张天地而方便之也。汝毋谓空中不空能深入天地之性，以主张天地而方便之也；抑亦能深入虚空之性，以主张虚空而方便之也。夫空中不空者，真空也。真空者，大道也。

　　今之炼神还虚者，尤落在第二义，未到老氏无上至真之道也。炼虚合道者，此圣帝第一义，即是释氏最上一乘之法也。《华严经》云："虽尽未来际⑬，遍游诸佛刹，不求此妙法，终不成菩提。"

　　此法只是复炼阳神，以归还我毗卢性海耳。所以将前面分形散影之神摄归本体，又将本体之神销归天谷，又将天谷之神退藏于祖窍之中，如龙养颌下之珠，若鹤抱巢中之卵，谨谨护持，毋容再出，并前所修所证者，一齐贬向无生国里，依灭尽定⑭而寂灭之。似释迦掩室于摩竭⑮，如净名杜口于毗耶⑯。此其所以自然造化，而复性命之、而复虚空之之不可以已也。

　　而复性命，而复虚空，至此已五变化矣。变不尽变，化不尽化，非通灵变化之至神也。故神百炼而愈灵，金百炼而愈精。炼之而复炼之，则一炉火焰炼虚空，化作微尘万顷。冰壶照世界，大如黍米⑰。少焉，神光满穴，旸焰腾空，自内窍达于外窍。外，大窍九，而九窍之中窍窍皆有神光也；小窍八万四千，而八万四千窍之中，窍窍皆有神光也。彻内彻外，透顶透底，在在皆有神光也。如百千灯照耀一室，灯灯互照，光光相涉，而人也、物也，莫不照耀于神光之中矣。是则是已，尤非其至也。然不能塞乎天地之间，则未满东鲁圣人乾元统天之分量也。又敛神韬光，销归祖窍之中，一切不染，依灭尽定而寂灭之。寂灭既久，则神光如云发电，从中窍而贯于上窍，大窍、小窍，窍窍皆有神光也。光明洞耀，照彻十方。上彻天界，下彻地界，中彻人界。三界之内，处处神光，若秦镜之互照⑱，犹帝珠之相含。重重交光，历历齐现，而神也、鬼也，莫不照耀于神光之中矣。妙则妙已，尤非其至也。然不能遍入尘沙法界，则未满西竺圣人毗卢遮那之分量也。再又敛神韬光，销归祖窍之中，一切不染，依灭尽定而寂灭之。寂灭既久，而"六龙"之变化全⑲，则神光化为舍利光矣。如赫赫日轮，从祖窍之内一涌而出，化为万万道毫光，直贯于九天之上。若百千杲日，放大光明，普照于三千大千世界，而圣也、贤也，及森罗万象，莫不齐现于舍利光之中矣。故大觉禅师云："一颗舍利光烨烨，照尽亿万无穷劫。大千世界总皈依，三十三天咸统摄⑳。"而舍利光既遍满于三千大千界内，尤未尽其分量。又自三千大千界中，复放无量宝光，直充塞于极乐世界。既而又升于袈裟幢界，又升于音声轮界，复直冲于胜莲华世界，得与贤胜如来相会也。自从"无始"分离，今日方才会面。彼此舍利交光，吻合一体，如如自然，广无边际。

　　所以经颂云："诸佛似一大圆镜，我身犹若摩尼珠。诸佛法身入我体，我身常入诸佛躯。"五祖弘忍云："一佛二佛千万佛，总是自心无别物。昔年亲种善根来，今日依然得渠力。"荷泽禅师云："本来面目是真如，舍利光中认得渠。万劫迷头今始悟，方知自性自文殊。"自性清静便是无垢佛，自性如如便是自在佛，自性不昧便是光明佛，自性坚固便是不坏佛。各各诸佛，自身俱有，说亦不尽，惟一性尔。性既是心，心既是佛。新佛旧成，曾无二体㉑。以报身就法身，如出模之像㉒：像本旧成，一体无异；新成旧佛，亦无二形。以法身就报身，如金成像：昔未成像金，故金成像竟。诸佛如已成像之金仙，众生如未成像之金矿。成与未成，似分前后，则金体始终更无差别。故《圆觉经》曰："既已成金，不重为矿。经无穷时，金性不坏。"原此金性人人本有，个个不无。至于十方众生，皆我金刚佛性㉓；而天地万物，咸囿我如来之法身矣。

　　到此地位，方知天地与我同根，万物与我一体，遍法界是个如来藏，尽大地是个法王身。实际无差，与三世佛而一时成道㉔；真空平等，共十类生而同日涅槃㉕。法身，其大也，虚空且难笼其体；真心，其妙也，神鬼亦莫测其机。穷未来际为一昼夜，尽微尘海为一刹那㉖。前乎古而后乎今，无不是这个总持；上乎天而下乎地，无不是这个充塞。二祖慧可曰："囵囵囵囵成这个，世世生生不变迁。"太上所以云："天地有坏，这个不坏。"这个才是真我，这个才是真如，这个才是真性命，这个才是真本体，这个才是真虚空，这个才是真实相㉗，这个才是菩提道场，这个才是涅槃实地，这个才是不垢不净，这个才是非色非空；这个才是自觉圣智，这个才是无上法轮，这个才是本性虚无、虚无实体，这个才是常住真心、随心自在，这个才是佛之妙用、快乐无量，这个才是烦恼业净、本来空寂，这个才是一切因果皆如梦幻，这个才是生灭灭已寂灭为乐，这个才是金刚不变不坏之真体，这个才是无始不生不灭之元神，这个才是不可量、不可称、不可思议无边功德，这个才是清净法身、圆满报身、千百亿化身、毗卢遮那佛。

　　故说偈曰："天上天下无如佛，十方世界亦无比。世界所有我尽见，一切无有如佛者。"

①方外之言：世俗以外关于养生修炼之类的话。方外，世俗之处。

②心印：佛教禅宗语。谓不以语言文字，而直接以心相印证，使顿悟成佛，与"心法"义同。

③西方大圣人归寂法：西方大圣人指释迦牟尼，归寂法，即归寂灭之法。

④夙植灵根：平素注意涵养道德。夙，平素。植，载种。灵根，灵木之根，比喻道德。

⑤悟道偈：偈本为佛经中的颂词，这里指悟道有所得而写下的诗句。

⑥释梵轮王都不要：就是给我个佛祖、大梵天王、轮转王我也不要。此言"明珠"之贵。释、梵、轮王皆佛教中神明。

⑦体：本体。下面的"用"指作用。体和用是中国哲学中的一对范畴。

⑧体太虚之体以为体，用天地之用以为用：拿太虚的本体作为本体，拿天地的作用作为作用。在这里，"太虚"实际就是"无"，而"天地"是"无"的作用，也就是"无"的表现。

⑨若着虚空相，便非本体：如果着落到虚空的形象状态上，就不是本体。

⑩一念回机，便同本得：一想到回机（即返于虚、复于无），就如同回到生命之初的状态。这是强调回转枢机的作用。本得，本来之所得，指生命之初的状态。

⑪空中不空：指大道。空中不空，是说大道的本体是虚空的，而其作用不空。

⑫是皆空中不空者之有以主之也：这些都是空中不空的大道有一种力量在主宰着。

⑬未来际：指以后或来世。未来，佛家语。就现在而言，指以后；就今生而言，指来世。际，中间，里也。

⑭灭尽定：佛教修持方法之一，又称"灭受想定"，是克制思想使之停止活动的禅定。

⑮释迦掩室于摩竭：语出《昭明文选·头陀寺碑》："是以掩室摩竭，用启息言之津；杜口毗邪，以通得意之路。"摩竭，古印度国名，释迦曾于此闭门修行。

⑯净名杜口于毗耶：净名，即毗摩罗诘佛之又名。毗耶，古印度大城名（或说是国名），净名曾于此修行。杜口，闭口不语。

⑰冰壶照世界，大如黍米：这些炉火反复炼之的"微尘"有如装冰的玉壶，洁白晶莹，照耀整个世界；其大小，有如黍米一般。

⑱秦镜：传说秦朝宫中有方镜，可照见人之五脏六腑及病之所在，人有邪心，照之则见，胆张心动。

⑲六龙之变化全：指自身已成纯阳，应乾（☰）卦。六龙，指乾卦之六爻。《易·乾》："时乘六龙以御天。"

⑳皈依：佛家语，指身心归向佛、法、僧。三十三天：为欲界之第六天，在须弥山顶。须弥山中央为释天帝所居，四方有四峰，各有八天，合为三十三天。

㉑新佛旧成，曾无二体：经过反复修炼而成之"新佛"与本来的"自心"之佛，没有什么两样。"旧成"，即原来所具有的，即自心，而自心即是佛。曾（zēng，增），语气词。体，实体。

㉒以报身就法身，如出模之像：拿报身去同法身相比，如同从模子里脱出来的泥像。大乘佛教有一种观点认为，释迦牟尼成佛后有三身，即法身、报身和应身。法身是法空真如、我空真如所显示的法性，报身是佛陀的智慧、悲愿和福德庄严所成之身，应身是应物显化之身。在本文中，法身指本来的清静心，即上文所言之"旧成"；报身指经反复修炼后所成之"新佛"。就，靠近，这里是"比较"的意思。

㉓十方众生，皆我金刚佛性：十方众生，都是我金刚佛之性，意谓人都有佛性，个个可以成佛。"金刚佛"和下句的"如来之法身"，都指佛身而言。

㉔实际：佛家语，指最高的真如、法性的境界。三世佛：有两种说法，一是药师佛、释迦牟尼佛、阿弥陀佛，另一是迦叶诸佛、释迦牟尼佛、弥勒佛。

㉕十类生：佛教把佛与众生分为十类，其中四类是"圣"，六类是"凡"，总称"十类生"。

㉖穷未来际为一尽夜，尽微尘海为一刹那：这两句紧承前句，写真心之妙：上句是从时间上说，下句是从空间上说。"穷"和"尽"都是动词。"穷尽"的意思。"未来际"即未来。"微尘海"，指人世，佛教称人世为"尘"。

㉗实相：佛家语，指宇宙间一切事物的真相即无相。

道教与养生

（选录）

陈撄宁　撰

论《四库提要》不识道家学术之全体

读马端临《文献通考》，见其于《道藏》书目条下，作一按语曰："道家之术，杂而多端，先儒论之备矣。"云云，后人遂执此言以为道家病。凡《道藏》所收各种书籍，除对于道教有直接关系者而外，皆认为不应列入《道藏》中。《四库全书提要》批评白云霁之《道藏目录》云："所列诸书，多掇拾以足卷帙。"意谓诸书多与道家无关，因编者欲轶满卷数，故尔随便拾取几种，以壮观道教门庭而已。其由《道藏目录》中剔出各书名如左：

《易数钩隐图》《遗论九事》《易象图说内外篇》《易筮通变》《易图通变》《易外别传》（《四库提要》谓旧皆入易类）

《方素问》《灵枢经》《八十一难经》《千金方》《肘后备急方》《急救仙》

《仙传外科秘书》《本草衍义》（《四库提要》谓旧皆入医家类）《经黄帝宅经》《龙首经》《金匮玉衡经》《玄女经》《通占大象历》《星经》《灵棋经》（《四库提要》谓旧皆入术数家类）

《鹖子》《鹖冠子》《淮南子》《子华子》《刘子》《意林》（《四库提要》谓旧皆入杂家类）

《华阳隐居集》《击壤集》《宗玄集》（《四库提要》谓旧皆入别集类）

《太玄经》《皇极经世书》（《四库提要》谓旧皆入儒家类）

《公孙龙子》《尹文子》（《四库提要》谓旧皆入名家类）

《墨子》（《四库提要》谓旧入墨家类）

《韩非子》（《四库提要》谓旧入法家类）

《孙子》（《四库提要》谓旧入兵家类》）

《鬼谷子》（《四库提要》谓旧入纵横家类）

《江淮异人传》（《四库提要》谓旧入小说家类）

《穆天子传》（《四库提要》谓旧入起居注类）

《山海经》（《四库提要》谓旧入地理类）

编辑《四库提要》诸君，又谓上列各书之分类，"虽配隶或有未妥，门目或有改易，然总无以为道家言者，今一概收载，殊为牵强"。且将《道藏》与《佛藏》相提并论，谓"二氏之书往往假借附会，以自尊其教，不足深诘。"伊等不知当日编辑《道藏》之人，具有特别眼光。一面既欲抵御外教之侵略，不能不利用本国整个的文化以相对抗，一面又高瞻远瞩秦汉以前诸子百家之学术，皆起源于道家，故将各家著作择其要者，录取数种于《道藏》中，亦无不合之处。

时贤震于《文献通考》为九通之一，凤负盛名。《通考》既诮道家杂而多端，而《四库提要》一书，又是治目录学者之金科玉律，其言更可与《通考》互相印证。于是道家学术益遭世人厌弃，每每数典而忘其祖，甚至据释氏之理论以攻击道家，尤觉荒谬。其无识亦与今日欲持全盘欧化以改造中国者相同。本篇非宗教论文，故亦未遑置辩。

《汉书·艺文志》谓："道家者流，盖出于史官，历记成败存亡祸福古今之道，然后知秉要执本，清虚以自守，卑弱以自持，此人君南面之术也。"据此则知道家学术，即是治国平天下之学术，含义甚广，不可执一端而概其全体。《尚书》《春秋》所记载，固不外乎成败存亡祸福古今之道，即全部《易经》所记载，又何尝不是此道，何尝不是人君南面之术？

古代艺文皆掌于史官，民间颇难得见。当日老子实任斯职，孔子若非得老子许可，恐未必能全窥六艺之文。昔道祖老子，许传《易经》，今《道藏》全书，反不许收《易经》一类著作，亦可怪矣。果《易经》与道家无关，魏伯阳何以作《周易参同契》，陈希夷何以传先天八卦图乎？

医道与仙道，关系至为密切。凡学仙者，皆当知医。故将医书收入《道藏》，自是分内应有之事。况《千金方》作者孙思邈，及《肘后方》作者葛洪，皆道门中之铮铮者，更不容漠视。《素问》《灵枢》为医家之祖，黄帝为道家之祖，素灵二书，纵非黄帝自作，亦是黄帝遗传之学术。《道藏》中关于黄帝一派之书，本嫌其过少，收几部医家典籍，又有何妨。

术数之学，不外乎阴阳。阴阳家为九流之一，其源亦出于道家。所以阴阳家有《黄帝泰素》二十篇，又有《南公》三十一篇，《项羽本纪》载楚南公之语曰："楚虽三户，亡秦必楚"。注谓南公者道士，识废兴之数。试观后世太乙奇门六壬诸书，皆托始于黄帝。而种种图谶碑记预言，非诸葛亮，即刘伯温。盖常人心目中，久存一"惟有道之士方精于此"之感想。可见阴阳术数，乃道家之副业，亦犹农家种植五谷而外，必兼理蚕桑耳。就令将所有术数书籍，一概收入《道藏》，亦不为过。

淮南王刘安从八公学道故事，人皆知之。《淮南鸿烈》书中，形容道之玄妙处，亦可谓淋漓尽致。讲道家之文章，除老庄而外，当无胜过淮南子者。杂家之学，不过本道家真义而推阐之耳。岂可谓杂家驳而不纯。遂摈于道家门墙之外乎？又如《鹖冠子》，在汉志原列入道家，其书虽涉及刑名，而大旨本于黄老。韩昌黎颇喜读之。作者不详姓氏，相传为楚人，居深山，以鹖羽为冠，故名。盖亦道家之流也。《意林》，唐马总编，书中钞集老庄管列诸家言，多与今本不同。可视为道籍中之参考书。以上三种，收入《道藏》，未见有何龃龉处。

《华阳隐居集》，陶弘景作。《击壤集》，邵康节作。《宗玄集》，吴筠作。弘景本道家知名之士，不必论。邵子之学，出于陈希夷，与程朱之笃守儒教门庭者迥异。希夷先生，既经世人公认是道家，则康节先生著作，亦未尝不可列入《道藏》。吴筠文章，多半趋重仙道方面。对于道家，不为无功。况吴本人在唐天宝时，自请隶道士籍，则《宗玄集》之收入《道藏》，亦固其所。

尹文子虽为名家，其学亦本黄老。故其书以大道二字名篇，虽亦泛论治理，而重在正名核实。庄子称其"不累于俗，不饰于物，不苟于人，不忮于众，以禁攻寝兵为外，以情欲寡浅为内"，颇有合于老氏之旨。是盖自道以至名，自名以至法者。

公孙龙之徒，虽为庄子所不满，然其立论，颇近于道家之玄谈。昔贤谓公孙龙伤明王之不兴，疾名器之乖实，乃假指物以混非祇以诡辩为能事者。《汉志》云："道家出于史官"，"名家出于礼官"而掌礼乃史之专职，礼官史官，二而一者也。是名家与道家，亦同出一源。《道藏》之有名家，殆如释藏之有因明乎？

老子三宝："一曰慈、二曰俭、三曰不敢为天下先。"墨子皆得之。兼爱、非攻、慈旨也；节用、节葬，俭旨也；备城门、备高临、备梯、备水、备突、备穴等篇，皆极尽守卫之能事，自处于被动地位，而对于先发制人之战略，则绝口不谈，是真能笃实奉行不敢为天下先之古训者。庄子书中，除关尹老聃而外，独赞墨子，或亦因墨子之学近于道有故耳。墨家素为儒家所排斥，而墨子亦有非儒之篇，儒墨根本难以调和，只有请其加入《道藏》而已。

韩非子有解老喻老诸篇，对于老氏之说，可谓别有会心。太史公以老庄申韩合传，言申韩惨覈少恩，皆原于道德之意。又谓韩子言刑名法术，而归本于黄老。夫韩非之书，虽为人所诟病，然其学实由道家而出，精要处颇多，不可以耳为目，一概抹杀之。编集《道藏》者，已见及于此矣。

自古道家，无不知兵者。所谓有文事必有武备也。若专尚清静无为，其何以靖内忧而攘外患乎？如黄帝、力牧、风后、封胡、伊尹、太公、管子、鹖冠子、文种、范蠡诸人，在兵家皆有著作。虽其书不传，然班氏《艺文志》、及刘氏《七略》皆载其书名。盖道家最善于沉机观变，不轻举，不妄动，老谋深算，施于战阵，常操必胜之权。故兵学遂为道家之特长，非此不足以定大业。《汉志道家》，亦有孙子之名。故《道藏》收《孙子》，未为创例。

《鬼谷子》，汉志不录。《隋志》入纵横家，其书有捭阖、反应、内揵、抵巇、飞箝、忤合、揣、摩、权、谋、决、符言、十二篇，又有本经《阴符》七篇。《战国策》云：苏秦发书陈箧，得太公阴符，简练以为揣摩，可知纵横之学出于太公。而太公当然是道家人物。鬼谷子既服膺太公之学，而自隐其姓名，不欲表现于当世。《史记》又言鬼谷子长于养性治身，是必有味于道家之精意者。苏秦张仪得其皮毛，已足以玩侯王于股掌，取卿相如探囊，而鬼谷子反敝屣功利，遁迹山林，恬淡自守。观其书中有云"盛神法五龙，养气法灵龟"，诸奥语，非深于道者孰能之乎？将其书列入《道藏》，可谓名实相副。

扬子《太玄经》，邵子《皇极经世》，皆《易》之支流。易经哲理，既与道家相通。此二书之收入《道藏》，自无问题。

《江淮异人录》，所纪多道流侠客术士之事。《山海经》语涉神怪。《穆天子传》迹遍遐荒。诸如此类，皆儒家所不敢言。道家思想，本是游乎方之外者，故不妨接受耳。

总而言之：道家学术，包罗万象，贯彻九流，本不限于"清静无为"消极之偏见，亦不限于"炼养""服食""符箓""经典""科教"狭隘之范围。《道藏》三洞十二部之分类，诚不免疏舛；但此或因受佛教之影响，出于不得已。

吾人今日谈及道教，必须远溯黄老，兼综百家，确认道教为中华民族精神之所寄托，切不可妄自菲薄，毁我珠玉，而夸人瓦砾。须知信仰道教，即所以保身；弘扬道教，即所以救国。勿抱消极态度以苟活，宜用积极手段以图存，庶几民族尚有复兴之望。武力侵略，不过裂人土地，毁人肉体，其害浅；文化宗教侵略，直可以夺人思想，却人灵魂，其害深。武力侵略我者，我尚能用武力对付之；文化宗教侵略我者，则我之武力无所施其技矣。若不利用本国固有之文化宗教以相抵抗，将见数千年传统之思想，一朝丧其根基，四百兆民族之中心，终至失其信仰，祸患岂可胜言哉！

《史记·老子传》问题考证

《老子传》原文：老子者，楚苦县（今河南省鹿邑县）、厉乡、曲仁里人也。名耳，字聃，姓李氏（此从古本《史记》；今本《史记》云：姓李氏，名耳，字伯阳，谥曰聃。），周守藏室之史也（管藏书室的官）。孔子适周，将问礼于老子。老子曰："子之所言者，其人与骨皆已朽矣，独其言在耳。且君子得其时则驾（驾，是乘马车而行），不得其时则蓬累而行（蓬，砂碛上转蓬也，累，转行貌。言人不得志，则生活如飘蓬，流转无定所）。吾闻之，良贾（贾，音古。良贾即会做生意的商人）深藏若虚，君子盛德，容貌若愚。去子之骄气与多欲、态色与淫志（态色即不自然的态度，淫志即过高的志愿），是皆无益于子之身。吾所以告子，若是而已"。孔子去，谓弟子曰："鸟吾知其能飞，鱼吾知其能游，兽吾知其能走。走者可以为罔（罔，即网），游者可以为纶（纶，即钓鱼的丝线），飞者可以为矰（矰，即射鸟之箭），至于龙，吾不知其乘风云而上天。吾今日见老子，其犹龙邪”（邪，即耶字）。

老子修道德，其学以自隐无名为务。居周久之（东周建都在洛邑，即今河南省洛阳县），见周之衰，迺（乃）遂去，至关（即函谷关，在河南省灵宝县西南），关令尹喜曰："子将隐矣，疆为我著书"（你自己虽不愿著书，请你勉强为我作一部书）。于是老子乃著书上下篇，言道德之意五千余言，而去，莫知其所终。

或曰：老莱子亦楚人也，著书十五篇，言道家之用，与孔子同时云。（《汉书·艺文志》有《老莱子》十六篇，列于道家。）

盖老子百有六十余岁，或言二百余岁，以其修道而养寿也。（关于老子年龄一事，我们不必怀疑，今世苏联人活到一百几十岁的还常有，他们都是普通劳动人民，不是专门修养家。老子精于修养之术，二百余岁并非不可能。）

自孔子死（孔子死于公元前479年）之后百二十九年（当作一百零五年），而史记周太史儋见秦献公曰："始秦与周合而离，离五百岁而复合，合七十岁而霸王者出焉"（周本纪作十七岁，秦本纪作七十七岁，此处又作七十岁，数目字必有错误）。或曰："儋即老子"。或曰："非也"。世莫知其然否。

老子，隐君子也。老子之子，名宗（第二代），宗为魏将，封于段干（魏国地名）；宗子注（第三代），注子宫（第四代），宫玄孙假（第八代）；假仕于汉孝文帝，而假之子（第九代）为胶西王卬（音昂）太傅（胶西，国名；太傅，官名），因家于齐焉。（汉朝的胶西国，即今山东胶县、高密县等地。老子后裔因为在此处做官；所以就住家于此。山东省本是古之齐国，故曰，家于齐。）

世之学老子者则绌儒学（绌，同黜，排斥之意），儒学亦绌老子，道不同不相为谋，岂谓是邪？李耳无为自化，清静自正。（老子传到此为止）

司马迁的《老子传》虽只有四百五十六个字，但后人对于本篇中所说的姓名、人名、地名、官名、时代、后嗣、著书等事项提出不少问题，辩论纷纷，莫衷一是；今先将几个重要问题作如下的考证，以求得合理的解决。

老子和老莱子是否一人？

《庄子·外物篇》有"老莱子之弟子出薪遇仲尼"一段，共一百八十三字。庄子书上，凡老子皆称老聃，而此处不称老聃，可知老莱子另是一人。

《战国策·齐策》引《道德经》第三十九章，《魏策》引《道德经》第八十一章，皆称"老子曰"；但《楚策》引老莱子语，不称"老子曰"，可知老莱子不是老子。

《汉书·艺文志》："老子邻氏经传四篇，注，姓李，名耳"；又："老莱子十六篇，注，楚人，与孔子同时"，分明不是一个人。

《史记·仲尼弟子列传》："孔子之所严事，于周则老子，于楚则老莱子"，可见司马迁早已认为是两个人。

《史记·老子本传》："老子著书上下篇，言道德之意，五千余言"；又言："老莱子亦楚人也，著书十五篇，言道家之用，与孔子同时云"。可见书非一种，人非一人，显然有区别。

老子和太史儋是否一人？

老子与孔子同时，比孔子年长，此说不容易推翻。据本传言："自孔子死后百二十九年，而周太史儋见秦献公。"考《史记·周本纪》烈王二年和《秦本纪》献公十一年，皆有周太史儋见秦献公之事，此时即公元前 374 年（其实在孔子死后 105 年，不是孔子死后 129 年），设若这个时候孔子尚在，当为 177 岁（孔子生于公元前 551 年）。老子是孔子的前辈，比孔子年龄高，如果太史儋就是与孔子同时的老聃，也许将近 200 岁左右。司马迁恐其说难以取信，只好先把老子年龄说得异乎寻常："盖老子百有六十余岁，或言二百余岁，以其修道而养寿也"。如果太史儋本是生在战国时代，不是春秋时代孔子所问礼的那个老聃，那本，老子传中何必要把太史儋牵涉进去？他们二人有什么关系？我想西汉时代总有些人认为"老聃、老莱子、太史儋"是三位一体，司马迁对于这件事未免怀疑，既不敢肯定，又不敢否定，所以于老子正传之后，再将老莱子附带说几句，让读者自己去分析：老聃和老莱子虽同是楚人，虽都和孔子同时，但一则"著书上下篇，言道德之意"，一则"著书十五篇，言道家之用"，可见同中有异，未必就是一人。其次又将太史儋的言行也叙说几句，让读者自己去判断：一则当面教训过孔子，一则在孔子死后百二十九年才出现"一则莫知其所终，一则亲身见秦献公；一则以自隐无名为务，一则跑到人主面前谈国家大事；一则教孔子深藏若虚、盛德若愚，一则谓秦国将出霸王、预言耸听。前后言行，这样的不伦不类。并且加以恍惚迷离之论调："或曰，儋即老子。或曰，非也"。看他连用两个"或曰"，就是他自己不肯负责的话。这件事非但史迁弄不清楚，虽与史迁同时的一班知识分子也弄不清楚，竟无法下一结论，只好以不了了之，所以说"世莫知其然否"。

老子与孔子是否同时？

《礼记·曾子问》一篇中有几处记载孔子问礼于老聃之事："吾闻诸老聃曰"这句话，孔子说了三次；又说："昔者吾从老聃助葬于巷党"。即此可以证明孔子当日曾经见过老子，老子年龄比较高，知识比较丰富，孔子有许多不懂的事情要去请教于他。

《庄子第十二·天地篇》有"夫子问于老聃"一段（约一百五十字）。

《庄子第十三·天道篇》有"孔子西藏书于周室……往见老聃"一段（约二百四十字）。

《庄子第十四·天运篇》有"孔子行年五十有一，而不闻道，乃南之沛见老聃"一段，"孔子见老聃而语仁义"一段，"孔子见老聃归，三日不谈"一段，"孔子谓老聃曰"一段。（以上四段共约一千二百余字）

《庄子第二十一·田子方篇》有"孔子见老聃"一段（约四百六十字）。

《庄子第二十二·知北游篇》有"孔子问于老聃……万物皆往资焉而不匮，此其道与"一段（约三百六十字）。

按：孔老相见之事，是庄子的"重言"（庄子曾经说过，他的书中，重言占十分之七），不是虚构，因为他想借重当世所尊崇的前辈和大家所共知的事实，以发扬他自己的学说，如果孔、老非同时的人，而凭空捏造"孔子见老聃"这件事，岂不成为笑话。我们可以相信孔、老见面，是实有其事；孔、老问答之语，却是庄子借题目做文章，未必靠得住。

《吕氏春秋卷一·孟春纪第四·贵公》："荆人有遗弓者而不肯索，曰，荆人遗之，荆人得之，又何索焉。孔子闻之曰，去其荆而可矣。老聃闻之曰，去其人而可矣。故老聃则至公矣"。据此可知老聃与孔子同时。

《吕氏春秋卷二·仲春纪第四·当染》："孔子学于老聃、孟苏夔、靖叔"。这也可以证明老聃是孔子的先生，二人同时。

《史记卷四十七·孔子世家》：记载孔子适周，问礼于老子，临别时，老子且有赠言。

《史记卷六十七·仲尼弟子列传》："孔子之所严事（严事，就是尊崇这些人为师），于周，则老子；于卫，蘧伯玉；于齐，晏平仲；于楚，老莱子；于郑，子产；于鲁，孟公绰"。

根据以上各书记载，肯定老子与孔子同时，无法可以否认。

道德经是否老聃所著？

《韩非子卷十·内储说下·六微第三十一》："权势不可以借人……其说在'老聃'之言失鱼也"。其后又加解说："势重者人主之渊也，臣者势重之鱼也。鱼失于渊而不可复得也，人主失其势重于臣而不可复收也，古之人难正言，故托之于鱼。赏罚者利器也，君操之以制臣，臣得之以壅主。故君先见所赏，则臣鬻之以为德；君先见所罚，则臣鬻之以为威。故曰，国之利器不可以示人"。以上是解说《道德经》第三十六章末二句，明明白白的把"老聃"二字提出来了。

《韩非子卷七·喻老第二十一》也同样引此二句："势重者人君之渊也。……故曰，鱼不可脱于渊。赏罚者邦之利器也。……故曰，邦之利器不可以示人"。解说与前大致相同。不管他解说的对不对，总可以证明《道德经》确是老聃所作。为什么不用"老聃曰"而用"故曰"？因本篇标题"喻老"二字已很明显，故不必再重复其辞了。

《韩非子卷十八·六反第四十六》："老聃有言曰，知足不辱，知止不殆"（这两句在《道德经》第四十四章）。以下都是韩非子批驳老子之说，显然与老子意旨不相符合，但也能够证实《道德经》是老聃所作。

《韩非子卷六·解老，卷七·喻老》这两篇完全是引《道德经》上的辞句，并且都加以"故曰"二字。两篇中共计约有一百个"故曰"，所谓"故曰"，就是指老子所说的话，因为两篇标题早已表示出来了，我们还能够怀疑吗？老子当然就是老聃，难道还有第二个老子吗？

《庄子第三十三·天下篇》："老聃曰，知其雄，守其雌，为天下谿；知其白，守其辱，为天下谷"（此六句在《道德经》第二十八章）。即此可以证明《道德经》是老聃的著作。

《庄子第二十二·知北游篇》："故曰，失道而后德，失德而后仁，失仁而后义，失义而后礼，礼者道之华而乱之首也"（此五句见《道德经》第三十八章）。所引末一句，较今本老子不同。考《韩非子·解老篇》所引前四句，多四个"失"字，亦和今本老子不同。我想《老子》、《庄子》、《韩非子》这三部书都是秦始皇焚书以前的作品，到现在已有两千多年，经过无数次的传钞和翻刻，彼此字句略有异同，才是各存真相，若一字不差，反而令人怀疑了。

《庄子第十·胠箧篇》："故曰，鱼不可脱于渊，国之利器不可以示人"（此二句见《道德经》第三十六章），下面接著自己解说一句："彼圣人者天下之利器也"，与《韩非子》所谓"赏罚者邦之利器也"，其意义完全两样。我们今日只求能够证明《道德经》是老聃所作已足，庄韩二解，谁对谁不对，可以不去管它。

《说苑·敬慎篇》："韩平子问于叔向曰，刚与柔孰坚？对曰，臣年八十矣，齿再堕而舌尚存。老聃有言曰，天下之至柔，驰骋乎天下之至坚（道德经第四十三章）。又曰，人之生也柔弱，其死也刚强；万物草木之生也柔脆，其死与枯槁（道德经第七十六章）。因此观之，柔弱者生之徒也，刚强者死之徒也"。叔向即羊舌肸，春秋时晋国人，与郑国子产同时。在那个时候，他也引证《道德经》上的成语，认为是老聃之言，可知老聃著书时还在叔向和子产以前，假使在他们以后，他就无从引证了。因此可以断定著《道德经》者确是春秋时代的老聃。《说苑》是西汉刘向所校。刘向是公元以前的人，在当时最称博学，他既采录了叔向引证老聃这几句话，可知他对于老聃著《道德经》这件事没有什么怀疑。

《老子》第五十章研究

【原文】　出生入死。生之徒十有三，死之徒十有三，人之生生而动，动皆之死地亦十有三。夫何故？以其生生之厚。盖闻：善摄生者，陆行不遇兕虎，入军不备甲兵。兕无所投其角，虎无所错其爪，兵无所容其刃。夫何故？以其无死地。

【校订】　（1）本章第四句《韩非子·解老》作"民之生生而动，动皆之死地"，唐傅奕校定《老子》古本亦同此，河上公、王弼两本和其它版本或碑刻都作"人之生，动之死地"，这两种不同的句法，前一种比后一种多四个字，意思较为明显，又与下文"生生之厚"句有联系，今从《韩非子》。但"民"和"人"在字义上是有区别的，"民"是统治者对于被统治者的称呼，"人"是泛指一切人类而言，本章说的是人类生死问题，与国家政治无关，今从诸本把"民"字改作"人"字似更为合理。

（2）"入军不备甲兵"这一句也是《韩非子》所引；诸本"不备"多作"不被"。

【释义】　（1）出生入死　旧法云："出谓自无而见于有，入谓自有而归于无；出为生，入为死"。这样解释最符合原文意旨；王弼注云："出生地，入死地"。添了两个"地"字进去，等于蛇足；河上公注，专就情欲一方面说，更谬。现代刊物中也常见"出生入死"这句话，那是描写人们遇到危险，多次由死里逃生的情况，与老子哲学思想无关，不可误会。

（2）生之徒　死之徒　这两个"徒"字，在《说文》上作"步行"解，但徐铉笺云：徒行有相从者，故引伸之为"党类"之称。本章河上公注云："生死之类，各十有三"。亦同此义。韩非把"徒"字当作"属"字解，意思也差不多。《老子》第七十六章："坚强者死之徒，柔弱者生之徒"。《庄子·人间世》："内直者与天为徒"、"外曲者与人为徒"、"成而上比者与古为徒"。《庄子·大宗师》："其一与天为徒，其不一与人为徒"。《庄子·知北游》："生也死之徒，死也生之始"。又："若死生为徒，吾又何患"。又如《孟子·滕文公》："能言距杨墨者，圣人之徒也"。以上这许多"徒"字大概都可以当作"徒党"或"属类"体会，如果作"道途"解，那是讲不通的。《老子》书中共有四个"徒"字，现在有些人都把它当作"道途"解，并且引《庄子·至乐篇》"食于道徒"那句话为证，但古书上"従"、"徒"两个字常常弄错，许多《庄子》版本都作"列子行，食于道，従见……"。又《列子·天瑞篇》亦作"子列子适卫，食欲道，従者见……"。《庄》、《列》原文究竟是"徒"还是"従"，尚不能确定，如何能够拿它作为证据；纵或"道徒"的"徒"字不错，也只有此处可作"途"字解。《老子》书中四个"徒"字难援以为例。

（3）十有三　等于"十又三"。古书中凡是一个"有"字夹在前后两个数字之间的，都作"又"字解，例如《书经·尧典》："三百有六旬有六日"，即三百又六旬又六日，也就是三百六十六日；"二十有八载"，即二十又八载，也就是二十八年。近代年老的书画家，在题款时常于自己名下写"年几十有几"，这还是古代文法。河上公注："十有三，谓九窍四关也。（四关即四肢）"

这是根据《韩非子》之说，除此而外，别无其它更为合理的解释。王弼注："十有三，犹云十分有三分"。这样解释，似乎很合理也很自然，并不牵强、穿凿、附会，容易使人相信，但有一个漏洞，无法弥缝，说见后面"质疑"第二条。

（4）生生　前一个"生"是动词，后一个"生"是名词。"生生"等于俗话所谓谋生活，这件事并无过失，而"生生之厚"，却是不应该的。《老子》第七十五章又说："人之轻死，以其生生之厚（或作"求生"之厚），是以轻死。夫唯无以生为者，是贤于贵生。"又第五十五章："益生曰祥"（"祥"字有两种相反的意义，一是吉祥，一是灾祥；此处作灾殃解）。《庄子·德充符》篇末段："言人之不以好恶内伤其身，常因自然而不益生也"。以上所谓"求生"，即是"生生"；所谓"贵生"、"益生"，即是"生生之厚"。

（5）摄生　"摄"字的本义，王弼无注，《韩非子》亦无解，仅河上公注云："摄，养也"，意思是"摄生"即是"养生"，这恐怕不对，古书上"摄"字，除此而外，未有作"养"字解的。如果摄生之义和养生相同，为什么老子不用人人能懂的"养"字，偏要用这个罕见而又费解的"摄"字（老子五千文，找不出第二个"摄"字）？其中必有深意，可惜后来各家注解都忽略过去。实际上"摄"字有四种作用：一，摄持自己身心，勿使妄动；二，收摄自己精力，勿使耗散；三，摄取外界物质，修补体内亏损；四，摄引天地生气，延长人的寿命。这四种作用完全无缺，才可以称得起一个善摄生者，本章意旨更着重在第一种作用。

（6）兕　今名犀牛。晋郭璞《尔雅》注："一角，青色，重千斤"。据《本草纲目》云，犀有牝牡之分，独角者是牝犀，古名为兕，其角不入药；双角者是牡犀，角为药中珍品。

（7）入军　此指敌国之军；或本国的叛军，或虽未明显的背叛，而平日不受本国政府节制之军。若临时因特别事故，进入这种军队中，总是有危险性的。

（8）不备（诸本作"不被"）"备"字用在此处，即有备无患之备，"不备"即自己相信"无死地"，不需要设备以防患；若作"不被"，在理论上很难讲得通。（按古义讲，"不被"也就是"不备"之义，因为"被"、"备"二字都可以作"具"字解。）

（9）甲兵　即全副武装的兵士；这是就我方而言。意谓，到彼方军队中去，或是赴宴会，或是订和约，或是做说客，自己不带卫士。

（10）兵　即兵器，如刀枪剑戟之类；这是就彼方而言。意谓，自己虽不带卫士，无人保护，也不至于受彼方兵刃之害，所以说，"兵无所容其刃"。

（11）死地　《孙子·九地》云："投之亡地然后存，陷之死地然后生"。按兵家之说，死地是有它一定的形势，但老子所谓死地，与此不同，虽说"入军"，并非双方交战，而且上文也说"人之生生而动，动皆之（往）死地"，更与战事无关。可见本章中"死地"二字仅是一个抽象的名词，意思是说，如果"生生之厚"，虽在安全地方也难保安全，等于自寻死地；若是"善摄生者"，虽到危险地方也没有危险，所以说"无死地"。

【演讲】　人类最大的问题就是"生"和"死"。什么是"生"？婴儿初出娘胎，由孩童到少壮，由少壮到衰老，由衰老到临终，这一段过程都叫作"生"。什么是"死"？人类在生的过程中，不幸得了绝症，无药可医；或碰到意外的危险，丧失了生命；或自己的天年已尽，身上生理机能自然停止的时候，这三种情况只要有一种发现，都叫做"死"。生就是生，为什么要说"出生"？因为本来没有这个人，后来无中生有，当某一时期从大人的肚子里钻"出"一个小人来，这种情况，就说他是"出生"。死就是死，为什么说"入死"？因为世上虽然有了这个人，但又不能永久的存在，将来必定要死，死后必定把尸骸埋"入"土中，年代长远，连枯骨也化为乌有，似乎是更深"入"地下丧了，这种情况，就说他是"入死"。

生人和死人同是一个肉体，凭什么现象认为他是活的或者不活呢？这就要看他的肉体能不能起普通人应有的作用。如果他目能视，耳能闻，鼻能呼吸，口能说话、能饮食，手脚能动，大小便能排泄，这当然是活人；假使他的九窍四肢不能全部起作用，只要其中一两处还能够有作用，也不好说他是死人。人的身体，上七窍，下二窍，再加四肢，共有十三件东西。人在世上，全靠这十三件东西发挥它的本能，才有生活意味，所以说"生之徒十有三"。到了死的时候，也是这十三件东西表示它们都不能够起作用了，所以说"死之徒十有三"。人们为了生活关系，身体外部能动的机关就不能不动，如眼要看，耳要听，口要说话，手要操劳，脚要行走，凡身体外部有一次动作，内部精力必有一次消耗，有千次万次动作，就有千次万次消耗，人生数十年中，逐渐地把先天（胎儿在母腹中自受孕至成形的一段时期为先天，出生以后即为后天。）所禀赋有限的一点生命力消耗尽了，即使动作并未过分，但也不免于自然的死亡，况且人们欲望是无穷的，要追求生活上比较更多的意味，很难保不超过本身禀赋的限度，因此就不能终其天年而促短了自己寿命，所以说"人之生生而动，动皆之（"之"等于"往"）死地，亦十有三。夫何故？以其生生之厚"（即贪图生活享受太过分）。

听说有很会护持自己生命的人（原文"善摄生者"），他在陆地上走，不至于碰到猛兽来伤害自己；他进入敌人军队中，不必要预备甲兵来保卫自己。尽管如此，犀牛也没有地方投掷它的尖角，老虎也没有地方施展它的利爪，敌人的兵器也没有地方容受它的锋刃。这是什么缘故呢？因为善于摄生的人，本身没有招灾惹祸的根由，灾祸就不会临到他自己身上；所以说他"无死地"（即是无自取死亡之道，不是说这个人决定不会遇到意外的危险）。

本章原文自"出生入死"至"善摄生者"，韩非虽有解说，但嫌太简略，人不易懂，故此篇特补充其说，务使一般人都能够了解；摄生的"摄"字，从古到今，无人注意，故在前"释义"项下把摄生的四种作用全部发扬出来。自"陆行不遇兕虎"至"无死地"，《韩非子》解说最详尽，请看下面"引证"第二条。

【引证】 （1）《庄子·太宗师》："古之真人，不知说（悦）生，不知恶（读去声）死，其出不忻（欣），其入不距（拒），翛然而往，翛然而来而已矣"（翛，音消；翛然，谓心无系着。"出"和"来"皆指"生"言，"入"和"往"皆指"死"言）。《庄子·知北游》："人生天地间，若白驹之过隙，忽然而已（谓时间疾速）。注然勃然（气聚而成形），莫不出焉；油然漻然（光阴如逝水），莫不入焉。已化而生，又化而死"。以上引庄子二段，证明"出生入死"之义。）

（2）《韩非子·解老》："人始于生，而卒于死，始之谓出，卒之谓入，故曰，出生入死。人之身三百六十节，四肢九窍其大具也，四肢与九窍十有三者，十有三者之动静，尽属于生焉，属之谓徒也，故曰'生之徒十有三'。至其死也，十有三具者皆远而属之于死，故曰：'死之徒十有三'。凡民之生生而生者固动，动尽（停止）则损也，而动不止，是损而不止也，损而不止则生尽（终），生尽之谓死，则十有三具者皆为死死地也（言九窍四肢都是将来死于死地之工具），故曰'民之生生而动，动皆之死地，亦十有三'，是以圣人爱精神而贵处静。此甚大于兕虎之害（言生生而动之害尤甚于兕虎）。夫兕虎有域，动静有时，避其域，省其时（省，是审察），则免其兕虎之害矣。民独之兕虎之有爪角也，而莫如万物之尽有爪角也，不免于万物之害。何以论之？时雨降集，旷野闲静，而以昏晨犯山川，则风露之爪角害之（此言得感冒病）；事上不忠，轻犯禁令，则刑法之爪角害之（此言犯法受刑）；处乡不节，憎爱无度，则争门之爪角害之（此言私人仇恨）；嗜欲无限，动静不节，则痤疽之爪角害之（此言患痈疽肿毒症）；好用私智，而弃道理，则网罗之爪角害之（此言到处都是危险，如入网罗）。兕虎有域，而万害有源，避其域，塞其源，则免于诸害矣。凡兵革者所以备害也，重生者虽入军无忿争之心，无忿争之心，则无所用救害之备，此非独谓野处之军也；圣人之游世也，无害人之心，无害人之心则必无人害，无人害则不备人，故曰'陆行不遇兕虎'。入山不恃备以救害，故曰'入军不备甲兵'。远诸害，故曰'兕无所投其角，虎无所措其爪，兵无所容其刃'。不设备而必无害，天地之理也，体天地之道，故曰'无死地'焉。动无死地，而谓之'善摄生'矣。

(3)《庄子·秋水》："知道者必达于理，达于理者必明于权，明于权者不以物害己；至德者，火不能热，水弗能溺，寒暑弗能害，禽兽弗能贼（"贼"同"害"）；非谓其薄之也（薄"字本义作"迫近"解，不是厚薄之薄），言察乎安危，宁于祸福，谨于去就，莫之能害也。"（以上引《庄子》一段，证明"无死地"之义。）

【质疑】　　(1) 本章王弼注："善摄生者，无以生为生（此根据《老子》第七十五章"夫唯无以生为者，是贤于贵生"之义），故无死地也。器之害者莫甚乎戈兵，兽之害者莫甚乎兕虎，而令兵戈无所容其锋刃，虎兕无所措其爪角，斯诚不以'欲'累其身者也，何死地之有乎！夫蚖蟺以渊为浅（蚖，即鼋；蟺，即鳝，俗名黄鳝），而凿穴其中；鹰鹯以山为卑，而增巢其上，矰缴不能及（缴，音灼。矰缴即射鸟之短箭），网罟不能到，可谓处于无死地矣，然而卒以'甘饵'乃入于无生之地，岂非生生之厚乎。"按此注分二段，上一段言善摄生者不以嗜欲累其身；故无死地；下一段言水族山禽因为贪求美好的食物而忘其身，遂入于死地。这样解释，也颇有理由，但与《庄子·达生篇》所谓"鲁有单豹（人名）者，岩居而水饮，不与民共利，不幸遇饿虎，饿虎杀而食之"。这件事有矛盾；像单豹隐居生活，如此淡泊，总不能再说他是"生生之厚"，为嗜欲而丧其生吧！王弼对此将何以自圆其说？

(2) 王弼注："十有三，犹云十分有三分"。这句话乍看很容易被它矇混，仔细想来就发现一个大漏洞。照他这样算法，就是全人类中正在生的有十分之三；正在死的有十分之三；虽天年未终，但以生生之厚而短命死的，亦有十分之三；把这三类人合起来算，总数即十分之九，剩下的十分之一到哪里去了呢？老子既未曾说明，王弼也没有交代，岂不是漏洞吗？后世注家有人为王弼作辩护，说其中十分之一就是老子所谓"善摄生者"，这句话经不起核实计算，如果善于摄生的人占人类总数十分之一，那末，像我国今日六亿五千万人口，其中的十分之一，就是六千五百万人，都应该称为修养专家了，这如何能讲得通？假使把摄生当作卫生讲，今日全国人民大搞卫生，其中十分之一懂得卫生方法并且能够实行的人，或许是有的；但老子所谓"摄生"，既不同于今日"卫生"之说，又更超出了古代"养生"术的范围，世间善于卫生的人未必都善于养生，善于养生的人未必都善于摄生，因此，"十分之一"就成了问题。一个"十分之一"既无着落，三个"十分之三"同时也连带的站不住脚；王弼注既不足信，后来注家根据王注的"十分有三分"而另标新义者，其说亦难以成立。

(3) 本章首句河上公注："出生，谓情欲出于五内，魂定魄静，故生也；入死，故情欲入于胸臆，精神劳惑，故死也"。我们不禁要问，情欲的根源究竟在身体里面还是在身体外面？如果情欲是从外面进来的，怎么能说出于五内（五内即五脏）？如果情欲是从里面发动的，怎么能说入于胸臆？大概注者意思认为情欲一定从外面来的，自己精神被外来情欲所搅乱，故不免劳惑；但情欲虽然可以进来，也可以出去，等它出去以后，自己魂魄就能够安静了。这种见解，好像人们犯了错误，不怪自己立足不稳，反说别人引诱之过，道理是否讲得通，也有疑问，总而言之，与"出生入死"的本义无关。至于王弼注所谓"出生地、入死地"，也未必符合《老子》本义，此处不再赘言。

(4) 本章第二、三句河上公注："其生也，目不妄视，耳不妄听，鼻不妄香臭（即用鼻子的嗅觉，辨别是香是臭，这有什么妄不妄，此说可笑），口不妄言味（即不妄说，不妄食），手不妄持，足不妄行，精不妄施。其死反是（谓九窍四肢动作皆妄，与以上所说相反）。"此注看起来很平常，读者不大注意，若一研究，其中也有许多疑问。这些问题联系到修养方面，关于人们的生死大事，不能不详细讨论。

第一问"妄"与"不妄"以什么为标准？你说他身体上动作是"妄"，他自己认为是"不妄"；没有一个确定的标准，如何能够解决问题。古代孔夫子教他的门人颜渊，也说过"非礼勿视，非礼勿听，非礼勿言，非礼勿动"。这是儒家最著名的"四勿"教条，往日读《论语》的人，常被"非礼"两个字弄糊涂了。今看此注的"妄"字，也同"非礼"一样的费解。如果懂得什么叫"非礼"，自然知道什么叫作"妄"；"妄"的反面即是"不妄"，也就无须解释了。可惜儒家和道家这些教条所用的字眼都是抽象的，没有具体说明，学者只好空谈，不能实践。

第二问，先后关系："生"和"不妄"哪个在先，哪个在后？人们是先要求"生"，而后身体上四肢九窍才"不妄"动呢？或是他本来就"不妄"动，而后才能保持他的"生"命呢？"死"和"妄"哪个在先，哪个在后？人们是预先知道自己不久要"死"，而后身体才任意"妄"动呢？或是他先有"妄"动，而后才至于"死"呢？

第三问　因果关系："生"和"不妄"哪个为因，哪个为果？若说"生"为因，"不妄"为果，这就要问，凡是"生"在世上的人，他们的九窍四肢都"不妄"动吗？若说"不妄"为因，"生"为果，又要问，凡是身体"不妄"动的人，他们都能够得到长生吗？"死"和"妄"哪个为因，哪个为果？若说"死"为因，"妄"为果，这就要问，凡是将要"死"的人，身体决定要"妄"动吗？若说"妄"为因，"死"为果，又要问，凡是身体"妄"动的人，他们都决定要速死吗？

孔夫子的学生颜渊，穷居陋巷，安贫乐道，切实奉行"四勿"教条，像这样人，一举一动当然是"不妄"的，但年龄不过三十二岁即短命而死。又，孔夫子的旧交原壤，自幼不守礼法，年长更加放肆，母丧时登在树上唱歌，当然算得一个"妄"人，但寿命很长，孔夫子骂他"老而不死是为贼"。由此看来，"妄"与"不妄"对于人们的"死、生"并无关系。河上公注非但不合《老子》原文意旨，而且理论也脱离实际。注文的毛病就在"不妄"两个字，假使他当初作注时把"能"字代替"不妄"，如"目能视、耳能听"云云，那就没有问题了。

(5) 关于"十有三"的注解，除了王弼、河上公两家而外，其他各家还有许多异说，他们所持的理由，都是站不住脚的，因为免使读者厌烦，此处不再赘述。

《南华内外篇》分章标旨

道家向来以"老、庄"并称，但庄子之道与老子不同。老子想用"道"来救世，五千文中有许多地方都是为当世的侯王说教，《老子》第二十七章更明显的说"圣人常善救人，故无弃人；常善救物，故无弃物"。到了庄子时代，他认为世已无法可救，只能独善其身，抱定宗旨不求有用于世，因此说，"弃世则无累"（《达生篇》），这完全和老子意思相反。再看《老子》五千文中没有"忘"字，而《庄子》书中"忘"字特别的多，似乎是他独得的秘诀，如所谓忘物、忘形、忘己、忘言、忘功利、忘机巧、忘仁义、忘礼乐、忘道术、忘天下等等（还有许多"忘"字从简未录），这些理论都脱离实际，非但别人家做不到，就连他本人也难得做到。在《庄子》书中有几处可以看出他未能一切皆忘：

《秋水》篇"庄子钓于濮水"章：他把神龟比喻自己，问楚大夫曰，此龟者宁其死为留骨而贵乎？宁其生而曳尾于涂中乎？"最后决定对楚大夫曰，"吾将曳尾于涂中。"观此言，知其尚未能忘生死。（此段和以下四段是否庄周所说，颇难断定，今只以《庄子》书中记载为根据。）

《秋水篇》"惠子相梁"章：庄子又把鹓雏比喻自己，鸱比喻惠子，腐鼠比喻梁国相位；他对惠子说，"鸱得腐鼠，鹓雏过之，仰而视之曰嘛，今子欲以子之梁国而嘛我邪！"这种口气就是表示以贱傲贵，看不起梁相的意思，知其心中尚未能忘贵贱。

《山木篇》"庄子衣大布"章：他对魏王说，"士有道德不能行，惫也；衣敝履穿，贫也，非惫也。此所谓非遭时也。……处势不便，未足以逞其能也。"观此言，知其尚未能忘贫困。

《外物篇》"庄周贷粟于盐河侯"章：他嫌对方约定的时间缓不济急，遂假托车辙中失水鲋鱼之言，以形容自己十分窘迫之状。观此一段所记载，知其尚未能忘饥乏。（汉刘向《说苑·善说篇》另有一段，与此大同小异。）

《列御寇篇》"曹商为宋王使秦"章：曹商自秦反宋，有车百乘，夸耀于庄子，庄子鄙笑他说，"秦王有病召医，破痈溃痤者得车一乘，舐痔者得车五乘，所治愈下，得车愈多，子岂治其痔邪！"据此言，知庄子心中尚未能忘卑污与高洁。

庄周的老朋友惠施在当时已经说，"子之言大而无用"，我们今日也认为惠施的批评是对的，可怪的是先秦古笈有用的书佚亡很多，这部无用的书反而流传二千二百余年，历代皆有人研究，未曾断过；其原因何在？姑且凭个人见解，分作几种说明如下：

第一种原因　我国历史，当魏晋六朝之间，社会极不安定。许多名门贵族，都悲感身世萍浮；而那班早慧少年，更冲开礼教束缚，遂相率造成挥尘谈玄的风气。《庄子》为三玄之一（三玄指老、庄、周易），其辞谬悠、荒唐、恣纵、曼衍、环玮而连犿、参差而诙诡（以上皆庄子文章的评语，见《庄子·天下篇》），正是他们借以清谈的好资料。

第二种原因　唐朝皇帝崇拜老君，宋朝皇帝信仰道教，庄子被视为老子的继承者，其书由此更抬高了声价，不仅当时道教中人必须熟读，即儒释两教也应该知己知彼，先要懂得它倒底说些什么，然后在理论上才能够和它相抗衡，所以《庄子》这部书名气就越弄越大。

第三种原因　旧社会所谓读书人，不习惯做生产事业，唐、宋、元、明、清几个朝代，都是以科举考试为他们进身之阶，其中得意者占极少数，失意者占大多数，遇到命途坎坷、百无聊赖的时候，只有在书本子上寻求安慰。《庄子》消极思想、厌世主义和一些伤时嫉俗之谈，不啻代他们自己发泄了心中的牢骚，正好引为同调。

第四种原因　封建社会，制度不良，每隔若干年，就要换朝代，有些忧患余生的知识分子，耻于降志辱身、被异姓统治者所利用，如明末清初，桐城方以智削发为僧，太原傅青主黄冠入道，他们平日于《庄子》皆有所得；同时的衡阳王船山，虽死守儒教门庭，不愿寄托佛老篱下，但也著过《庄子解》和《庄子通》。像这一类苦节砺行之士，都算是《庄子》的知音。

第五种原因　已往文章家常喜欢读《庄子》，并且称它为仙才，上乘者袭取其精神，中乘者摹仿其格调，再次者搬运其词藻，我们相信《庄子》给予古今文学界有很大帮助。世人所以爱好《庄子》，如果说是钻研哲理，不如说是欣赏奇文，假使没有那样变幻莫测的文章，光靠它的理论，未必能够使人如此倾倒。

以上所列五种原因，前四种都说明了庄子哲学是以"无用之为用"（《外物篇》庄子答惠子之语）而见重于世，这当然有它的历史背景。我们处于今日社会主义制度之下，那些原因早已不存在了，自应该抛弃玄虚，乐观现实，若再接受庄子的厌世思想，岂非无病而呻，所以我们研究

《庄子》，是以批判的精神对待历史遗产，不是盲目地相信他的哲学，读者请勿误会。

《庄子》一书被称为《南华经》，虽始于唐玄宗"开元、天宝"年间，但《隋书·经籍志》子部道家类已著录梁旷所撰《南华论》二十五卷（本三十卷缺），又《南华论音》三卷，可知"南华"之名在唐代以前早已有了；《旧唐书·经籍志》道家类也著录梁旷所撰《南华仙人庄子论》三十卷（即《隋志》的《南华论》），惟不知梁旷是哪个时代的人，仅知他和卢景裕同时注过《老子》；卢景裕是北魏人，殁于东魏兴和年间（公元539—542），正当南朝梁武帝时代，远在唐天宝以前二百几十年，大约梁旷的时代也相差不远。梁旷为什么称为南华仙人，当然不是凭空的捏造，总有它的来源，注《庄子》者亦有引证东晋王嘉的《拾遗记》云："庄周，字子休，号南华子"，如果其说可信，则"南华"之名在晋代已出现于世。（有人说，《拾遗记》是六朝时代人伪托，非王嘉所撰，但《晋书·王嘉传》也提到他曾著过《拾遗记》，但查今本《拾遗记》，未见"庄周号南华子"这一条，若不是佚文，那就是注家引证有错误。注家又说，庄周隐于曹州之南华山，故其书名《南华经》，这件事也值得怀疑，考《旧唐书·地理志》，曹州有"南华县"，即汉代之离狐县，累代不改，天宝元年改为"南华"；《新唐书·地理志》亦云："南华本离狐，天宝元年更名"，据此，显而易见的是南华县因庄子而得名，庄子封"南华真人"，其书名《南华真经》，也就是天宝元年的事，如果曹州确实有南华山，这个山名或许因庄子而起，县名既能改，难道山名不能改，未必是先有山名然后才有书名。

研究庄子哲学，应从《南华内篇》入门，读者要先把每一篇大旨和篇中各章的重点弄清楚，再读它的全篇，自可迎刃而解；"内七篇"都能够了解以后，其余"外篇"、"杂篇"也就不难理会了。关于"内七篇"的大旨，初学者在各家注解中，每苦于寻不着头绪，今特再作一次概括的说明：

第一篇《逍遥游》。全篇要领在"至人无己"一句（"无己"等于佛教所谓"无我相"）。既然"无己"，也就"无功"，既然"无功"也就"无名"，因此就能够达到"无所可用，安所困苦"（本篇结尾二句）这样逍遥自在的境界。本篇共分四章：从"北冥有鱼"至"圣人无名"为第一章，极言"逍遥游"海阔天空之气象。从"尧让天下于许由"至"尸祝不越樽俎而代之矣"为第二章，言"圣人无名"。从"肩吾问于连叔"至"窅然丧其天下焉"为第三章，言"神人无功"。从"惠子谓庄子曰"至"安所困苦哉"为第四章，言"至人无己"，不求有用，方能显出大用。

第二篇《齐物论》。此题有两种解释：一谓"齐物"即万物平等之义，"论"即论说，首言"丧我"（即忘我），终言"物化"（即物我同化），泯绝彼此，排遣是非，故曰"齐物"；一谓当时百家争鸣，"物论"至为不齐，只有"不傲倪于万物（傲倪即轻视之意），不遣是非，以与世俗处"（此三句见于《庄子·天下篇》"庄周闻其风而说之"一段中），则"物论"不齐而自齐。本篇旧分七章。(1)"南郭子綦隐几而坐"至"无适焉，因是已"为第一章，共有一千六百七十字之多，恐怕初学者弄不清楚，今于此一章中再割分六个段落，以便于入门。从篇首至"怒者其谁耶"为第一段，言天籁自吹自止，不知谁在主使，借以引起下文。"大知闲闲"至"吾独且奈何哉"为第二段，言人心变态百出，亦不知谁在主使，若有真宰又不得其形迹，终身疲役，而不知其所归。"夫言非吹也"至"故曰莫若以明"为第三段，言彼此是非各执，争论无穷，只有照之以本然之明，才能浑化其对立之迹。"以指喻指之非指"至"是之谓两行"为第四段，言可与不可，然与不然，分与成，成与毁，凡是对立面者，皆通为一。"古之人"至"此之谓以明"为第五段，言不用滑稽巧辩炫耀于人，只以庸常之道处世，就叫作"以明"。"今且有言于此"至"无适焉，因是已"为第六段，言既知万物与我为一，何必再与人辩论以求其一；"一"本来无名，既已称它为"一"，这就算是有名了；既已有名，必有所指的事物，有名之"一"和所指的事物相加，就成为二；再加上本来无名之"一"，就成为三；从此越变越多，其数不可胜计。这与最初求一的宗旨大相违反，倒不如默然而息。（按第四、五、六段皆是针对公孙龙和惠施等人而言，读者宜参看《庄子·天下篇》末段"惠施多方"以下各说，并看子书中的《公孙龙子》"白马、指物、通变、坚白、名实"五论，然后才知"齐物论"所批评者并非无的放矢。假使当时没有那班人的著作在先，庄子这篇文章也不至于凭空的撰出。《齐物论》中常引用他们的成语以发挥自己的观点，但惜《公孙龙子》今已大半残缺，而惠子之书又无传，本篇中有些字句是庄周所说或是诸辩者之说，颇不易分别。）（2）"夫道未始有封"至"此之谓葆光"为第二章，着重在"大道不称"、"大辩不言"二句。（3）"故昔者尧问于舜"至"德之进于日者乎"为第三章，此章不过六十三个字，完全是寓言，究竟与齐物的本旨有什么关系，各家看法不同，暂时难以肯定。（4）"啮缺问于王倪"至"而况利害之端乎"为第四章，言居处、食味、色欲，人与动物没有共同的标准，可见人类所谓利害、是非，彼此之间也无共同的标准。（5）"瞿鹊子问乎长梧子"至"故寓诸无竟"为第五章，共六百零八个字，大意是言达道者不悦生，不恶死，视一切如梦，本毋须置辩，只好因任自然之变化，彼此相忘于无言而已。（6）"罔两问景"至"恶识所以不然"为第六章，言影之行止坐起，乃随形体而动，其实形体亦不能自主，必另有主使此形体者，而真宰竟不可知。（7）"昔者庄周梦为胡蝶"至"此之谓化物"为第七章，言正当入梦时，只见自身是胡蝶，不知此外尚有庄周之身，忽然梦醒，又只见庄周而不见胡蝶。这种现象，是庄周梦为胡蝶呢？还是胡蝶梦为庄周呢？单就梦醒以后而论，庄周与胡蝶必有分别；若回忆梦中情况，庄周与胡蝶竟无所分别。推而论之，自己今日认为是梦醒了，等到将来大觉以后，方知今日仍未曾离开梦境，昔日梦为胡蝶，不过梦中之梦。在大自然境界里面，人与万物无非是"化"而已。

第三篇　《养生主》。此题也有两种解释：一谓"养生"的"主"要法则，即勿为善而近于好名，勿为恶而陷于刑网，只宜顺中道而行，"依乎天理"、"因其固然"，则可"保身、全生"；一谓"养"我"生"命之"主"，勿以有限之精神逐无穷之欲望，"安时而处顺，哀乐不能入"，则可以无损其天真，肉体虽亡，而精神不减，譬如薪有穷尽之时，而火则继续相传，没有穷尽。本篇共分四章："吾生也有涯"至"可以尽年"为第一章。"庖丁为文惠公解牛"至"吾闻庖丁之言，得养生焉"为第二章。"公文轩见右师"至"神虽王，不善也"为第三章。"老聃死"至"不知其尽也"为第四章。此四章中，只有"庖丁解牛"一章是讲实际养生工夫；"庖丁"比喻做养生工夫的人，"牛"比喻人的肉体，"刀"比喻人的神意，言神意在肉体中游行自如，毫无阻碍，其妙用就是"以无厚入有间"。

第四篇　《人间世》。此篇是教人如何处世之道，共分为四章："颜回见仲尼"至"而况散焉者乎"为第一章，言暴虐之君，难容直谏，必要先能虚己，然后才能化人。"叶公子高将使于齐"至"此其难者"为第二章，言出使敌国，成功不易，只有"知其无可奈何，而安之若命"，才可以免"阴阳"之患；只有勿传"两喜益美"、"两怒溢恶"之言，才可免"人道之患"。"颜阖将傅卫灵公太子"至"可不慎邪"为第三章，言乖戾之人，难受教导，必要先能正己，而后才能正人；外示亲附之形，而不同流合污；内寓和顺之意，而不自显其名。下又连用三种譬喻；勿螳臂当车；勿引虎发怒；勿使马受惊。以上三章皆说世间难以应付之事。以下还有四段，因其大旨相同，故并为一章，算是本篇第四章；此章四段皆言人生自处之道，但非应世之方。第一段，"匠石之齐"至"不亦远乎"；第二段，"南伯子綦"至"所以为大祥也"；第三段，"支离疏者"至"支离其德者乎"；第四段，"孔子适楚"至"莫知无用之用也"。这四段都是说以无用为大用，与《逍遥游》篇末意思完全一致。

第五篇　《德充符》。此篇言人可以忘形，而不可丧德，若德充于内，则信符于外，就能得到世人之爱敬，自不嫌其形貌之异常。此篇共分五章："鲁有兀者王骀"至"何肯以物为事乎"为第一章，要领在"游心乎德之和"及"以其知得其心，以其心得其常心"几句。"申徒嘉，兀者也"至"子无乃称"为第二章，要领在"知不可奈何，而安之若命"及"今子与我游于形骸之内，而子索我于形骸之外"几句。"鲁有兀者叔山无趾"至"天刑之，安可解"为第三章，要领在"犹有尊足者存"。"鲁哀公问于仲尼"至"德友而已矣"为第四章，要领在"才全而德不形"。"闉跂支离无脤"至"子以坚白鸣"为第五章，要领在"不以好恶内伤其身，常因自然而不益生"。

　　第六篇　《大宗师》。老子云，道"似万物之宗"；本篇许由称道为"吾师"，可知"大宗师"即"大道"之代名词。本篇共分八章："知天之所为"至"比于列星"为第一章，此章又分七段，首段提出"有真人而后有真知"，下文就接二连三地描写他自己理想上的"古之真人"，这等于《老子》第十五章"古之善为道者，微妙玄通，深不可识，夫唯不可识，故强为之容。"全章的意思相同。此章第二、三、四、五段皆写"古之真人"；从"死生命也"至"一化之所待乎"为第六段，是教人看破生死以修大道；从"夫道有情有信"至"骑箕尾而比于列星"为第七段，是依据老子学说而阐明"道"的全体大用，但自"狶韦氏得之"以下十三项，老子未曾说过，只能算是古代相传的神话。"南伯子葵问乎女偊"至"参寥闻之疑始"为第二章，言证道浅深之次序及闻道经历之过程。"子祀、子舆、子犁、子来"至"成然寐，蘧然觉"为第三章，言生老病死一切任其自然。"子桑户、孟子反、子琴张"至"人之君子，天之小人也"为第四章，言方外和方内，其道不同。"颜回问于仲尼"至"乃入于寥天一"为第五章，言人死是"化"，人生如"梦"，"哭"与"笑"皆无所谓。"意而子见许由"至"此所游已"为第六章，言仁义是非之见，为学道的障碍。"颜渊曰，回益矣"至"丘也请从而后也"为第七章，言忘仁义、忘礼乐，虽可以学道，尚未能证道，必须到了"坐忘"的境界，始与道相契合。"子舆与子桑友"至"然而至此极者命也夫"第八章，言一切在人事上无理由可说者，只有归之于命；此与《列子·力命篇》所谓"不知所以然而然，命也。……孰能知其故，皆命也。"同是一个见解。

　　第七篇《应帝王》。本篇言帝王应（读去声）世之道；又据郭象说："无心而任乎自化者应（读平声）为帝王也。"此解亦通。篇内共分七章："啮缺问于王倪"至"未始入于非人"为第一章，此章重点在前后两句"非人"，注家各执一说，有说"非人"就是"物"，有说"非人"就是"天"，有说"非人"就是"虚伪之人"，我们还要仔细研究，暂时不作肯定。"肩吾见狂接舆"至"而曾二虫之无知"为第二章，言经常法式和礼仪制度不足以治天下，必先治内而后才能治外，先正己而后才能正人。"天根游于殷阳"至"天下治矣"为第三章，言治天下要"顺物自然，而无容私"。"阳子居见老聃"至"游于无有者也"为第四章，言"明王"之治，"功化"皆出于无心。"郑有神巫曰季咸"至"纷而封戎，一以是终"为第五章，此章引证故事以发挥上章"立于不测"之玄旨。"无为名尸"至"故能胜物而不伤"为第六章，言圣人虚心"无为"，以申明前章"游于无有"之妙用。"南海之帝为儵"至"七日而浑沌死"为第七章，总结全篇，读者可与《道德经》第四十九章"圣人在天下，歙歙焉，为天下浑其心，百姓皆注其耳目，圣人皆孩之。"数语相对照，则见老子所说的是正面，庄子所说的是反面，都是要浑沌不要聪明，他们两人宗旨是一样的。

　　以上"内七篇"大旨，皆已概括的说明。以下再谈《南华经·外篇》。

　　"外篇"从第八至第二十二，共有十五篇，它与"内篇"有显然不同之处，就在每篇的标题。"内七篇"各具专题，每一题都限定三个字，看了它的题目，就晓得本篇重点所在，似乎是先拟出一个题目，而后按照这个题目来做文章。"外篇"则不然，它是先有了文章而缺少题目，不得而已，遂用篇首二字或三字为题，如"骈拇、马蹄、天地、天道、刻意、缮性、秋水、达生、田子方、知北游"等十篇；也有在本篇首句中摘取两字为题者，如"胠箧、在宥、天运、至乐、山木"等五篇，所以这些题目不足以揭示一篇的大旨，自无解释之必要。

今只谈《南华·外篇》十五篇的大旨：

第八篇　《骈拇》。言"仁义非道德之正"。

第九篇　《马蹄》。言"毁道德以为仁义，是圣人之过"。

第十篇　《胠箧》。言"圣人生而大盗起"、"圣人不死，大盗不止。"

以上三篇皆不分章，另是一种格局，如果肯定"内七篇"是庄周自己手笔，就可以看出这三篇决非他本人的作品，虽然文章做得很好，疑是老庄学派中能手所为。

第十一篇　《在宥》。此篇共分六章，首章言，"君子不得已而临莅天下，莫若无为"；以后四章皆申明此义，只有末章不同。"崔瞿问于老聃"至"天下大治"为第二章，重点在"故曰绝圣弃智"（此句是引证老子之语）。"黄帝立为天子"至"而我独存乎"为第三章，此章虽是讲修身之道，而治国之道亦莫能外，所以《大学》上说"壹是皆以修身为本"；其中广成子告黄帝一段话，历代研究长生之术者，都认为这是最上乘的方法，但作者引此一段话，却是别有用意，宗旨并不在长生。"云将东游"至"起辞而行"为第四章，重点在"徒处无为而物自化"。"世俗之人"至"睹无者天地之友"为第五章，此章内分两段，上段着重在"不物故能物物，物物者非物"，下段着重在"大同而无己，无己恶乎得有有"。"贱而不可不任"至篇末"不可不察也"为第六章，前五章都是讲"无为"，惟独这一章是讲"有为"，作者恐人不懂他立言之意，自己又加以解释云，"无为者天道，有为者人道；主者天道，臣者人道"。意思是说二者各有所宜，此与"天道篇"首章大旨相同，但不知是否契合庄子的本意。

第十二篇　《天地》。此篇仍继承前篇发挥"无为"之旨，共分十五章。首章言，"玄古之君天下，无为也，天德而已矣"。第二章又言，"无为为之之谓天，无为言之之谓德"。以后各章所谓"王德、玄德、象罔、浑沌、混冥"等等，大旨皆同首章。（因章数太多，故不能一一说明。）

第十三篇　《天道》。此篇还是讲"无为而无不为"的道理，可与"在宥"篇末章意旨合参。本篇共分六章：首章前半段就出现了十三个"无为"字样，言"上必无为而用天下，下必有为而为天下用"；后半段言"五末"须精神之运，"九变"有先后之序。以下五章皆从正面、反面或侧面申明首章"虚静、无为"之旨。

第十四篇　《天运》。此篇大旨即老子所谓"道法自然"。共分八章：第一章，言帝王治世要顺天；第二章，言"至仁无亲"；第三章，言"天乐无声"；以下各章皆借孔子作寓言，第四章，言孔子不能"应时而变"；第五章，言孔子"不闻道"；第六章，言孔子未能忘"仁义"；第七章，言孔子见老聃如"见龙"；第八章，言"六经皆先王之陈迹"、"不与化为人，安能化人"，意思是说治世要顺自然之化，读死书是无用的。

第十五篇　《刻意》。此篇言"真人养神之道"。起首列举五种人的行为不同：（1）高亢异俗之人，（2）修学教诲之人。（3）致功立名之人，（4）避世闲旷之人，（5）导引养形之人，最后又抬出纯粹全德之圣人来压倒一切。篇中有"故曰"六段，都是为"养神"而说法。篇末归结到"能体纯素，谓之真人"，可见此篇所谓圣人，与真人名异而实同。

第十六篇　《缮性》。此篇言"隐士存身之道"。篇中有五段，皆古今对比，如："古之治道者"、"古之人在混芒中"、"古之隐士者"、"古之存身者"、"古之得志者"，这些都是理想上的古人，因为作者不满意当时的"俗学、俗思"，遂虚拟古人，聊以寄慨而已，理想与事实未必相符合。

第十七篇 《秋水》。此篇共分七章，首章假借"河伯"与"北海若"互相问答之语，以发挥作者自己的观点，读者可与"齐物论"篇合参。此一章中又分七段，到了末段，才把宗旨标出，就是"无以人灭天，无以故灭命，无以得殉名，谨守而勿失，是谓反其真"；以下六章皆申明这个宗旨："夔怜蚿"章，言天机自动；"孔子游"章，言穷通有命；"公孙龙"、"庄子钓"、"惠子相"三章，言殉名之患；"游于濠梁"章，虽明言"鱼之乐"，其实暗喻人"反其真"之乐。

第十八篇 《至乐》。此篇共分六章：首章言"富、贵、寿、善"四者皆不足乐，至乐要在"无为"；"庄子妻死"章，言生是"形变"，死不必哀；"支离叔"章，言生是"假借"，死不必恶；"庄子之楚"章，言生是"累"，死是"乐"；"颜渊之齐"章，言物性"好恶"不同，推之世间所谓苦乐并无一定；"列子行食"章，言"万物出入于机"，推之死生忧欢皆无所谓。

第十九篇 《达生》。此篇宗旨在"形全精复，与天为一，……形精不亏，是谓能移。精而又精，反以相天"。这几句话，意思很深奥，读者可与《周易说卦》"穷理尽性以至于命"、《黄帝阴符》"宇宙在乎手，万化生乎身"、《中庸》"可以赞天地之化育"、《周易系辞》"范围天地之化而不过，曲成万物而不遗"等语合参，虽然各书的字句未能一致，但彼此之间的意思颇为接近。本篇首章，言备物不足以养形，养形不足以存生；"列子问关尹"章，言守气全神之道；"仲尼适楚"章，言"用志不分，乃凝于神"；"颜渊问仲尼"章，言"外重者内拙"，也就是说，于外物有所"矜"，则内心失其"巧"；"田开之"章，言"善养生者若牧羊，视其后者而鞭之"，意思是说，在养生法上，"形"和"神"要平均的发展，不要偏重于一方面；"桓公田于泽"章，言人有心病是自伤，鬼不能伤人；"纪省子"章，言以"斗鸡"比喻养生，德全则胜；"东野稷"章，言以"御马"比喻养生，力竭则败；"孔子观于吕梁"章，言以"蹈水"比喻养生，"从水之道，而不为私"则安；"梓庆削木为锯"章，言以"为锯"比喻养生，"齐以静心"、"以天合天"则神；末章言，理论太高，恐人闻之而惊惑。

第二十篇 《山木》。此篇共分九章，皆言远害全身之道。首章，言"有用"、"无用"和"材与不材之间"都难以免患，最好是"道德之乡"；"市南宜僚"章，言"去累、除忧、虚己游世"；"北宫奢"章，言"一之间无敢设"、"复归于朴"；"孔子围于陈蔡"章，言"削迹捐势，不为功名，无责于人，人亦无责"；"孔子问子桑虖"章，言"君子之交淡若水，小人之交甘若醴，君子淡以亲，小人甘以绝"；"庄子衣大布"章，言士不遭时，难逞其能，衣敝履穿，是贫非惫；"孔子穷于陈蔡"章，言"无受天损、无受人益、无始非卒、人与天一"；"庄子游乎雕陵"章，言螳螂"见得而忘其形"，异鹊"见利而忘其真"，庄周"守形而忘其身"，皆是自召其害；"阳子之宋"章，言"恶者贵而美者贱"，其故在己不在人。

第二十一篇 《田子方》。共分十一章。"首章"着重在"虚缘而葆真"一句，已将全篇的宗旨揭出，意思是说，人要空去外缘以保全自己的天真。以下各章皆申明此义："温伯雪子"章，着重在"若夫人者，目击而道存矣"，言一见其人，即知他是有道之士，不必多说话；"颜渊问于仲尼"章，着重在"虽忘乎故吾，吾有不忘者存"；"孔子见老聃"章，着重在"吾游心于物之初"、"行小变而不失其大常"、"喜怒哀乐不入于胸次"三句；"庄子见鲁哀公"章，着重在"君子有其道者未必为其服，为其服者未必知其道"；"百里奚"章，着重在"爵禄不入于心"、"死生不入于心"；"宋元君"章，着重在"是真画者也"；"列御寇"章，着重在"尔于中也殆矣夫"；"肩吾问于孙叔敖"章，着重在"死生亦大矣，而无变乎己"；"楚王与凡君坐"章，着重在"凡之亡也，不足以丧吾存"。

第二十二篇 《知北游》。此篇全是讲自然之"道"，一篇中就用了四十四个"道"字。"首章"引《道德经》"知者不言，言者不知"、"圣人行不言之教"及"为道日损……无为而无不为"

等语，以下各章皆发挥首章未尽之意："天地有大美"章，着重在"六合为巨，未离其内；秋毫为小，待之成体"；"舜问乎丞"章，着重在"汝身非汝有，汝何得有夫道"；"孔子问于老聃"章，着重在"至则不论，论则不至，辩不若默，闻不若塞"；"东郭子问于庄子"章，着重在道"无所不在"；"婀荷甘"章，着重在"论道而非道"；"泰清问乎无穷"章，着重在"弗知乃知，知乃不知"；"光曜"章，着重在"予能有无矣，而未能无无也"；"大马"章，着重在"物孰不资焉"；"冉求"章，着重在"无古无今，无始无终"及"物物者非物"数句；"颜渊"章，着重在"至言去言，至为去为"。

　　以上《南华经·外篇》的大旨皆已揭出，但各篇中有些地方不像庄周自己所作，如"骈拇、马蹄、胠箧、刻意、缮性"各篇，更容易看得出来：（1）这五篇内容，非"寓言"，非"重言"，亦非"卮言"，与庄周作书的体例不合；（2）是非利害之间，分析得很清楚，辨别得很彻底，与庄周"不遣是非以与世俗处"的本意相违；（3）批判世俗流弊，都从正面落笔，使读者一目了然，并无"谬悠、荒唐、无端崖之辞"杂入其间；（4）通篇格局齐整、结构谨严，为后来文章家论说之祖，不似其它各篇"恣纵"、"诡诡"难以捉摸；（5）而且这五篇中，前三篇措辞愤激，指责圣人，归咎圣人；后二篇语气温和，赞美圣人，惋惜圣人，前后不像一个人的手笔。除这五篇而外，其余十篇也有多少可疑之处，暂置不论。

道 教 起 源

一、殷周时代的鬼神崇拜

　　在公元前一千几百年，汉民族古帝王"成汤"开国，建都于亳（今河南省商丘县），传了二十代以后，"盘庚"又迁都于殷（今河南省偃师县），所以史书上有"商、殷"两个国号。商殷时代的统治阶级最喜崇拜鬼神，以求消灾降福。他们自己无法和鬼神直接交通，必须凭借巫、祝之力。巫能以歌舞降神，祝能以言辞悦神。巫的专业就是发挥灵感作用，把鬼神意旨传达于人；祝的专业就是奉行祈祷仪式，把人的愿望申诉于鬼神，因此巫、祝两项都是在祭祀时所不可缺少的主要职务。后世神庙中司香火者叫作庙祝，还是古代留下的一个名称。

　　周朝继商殷而统治天下，自王公大臣以至百姓，皆信仰多神。《周礼》上说："大宗伯之职，掌建邦之天神、人鬼、地祇之礼"。天子当每年冬至日就要于南郊之圜丘祭昊天上帝，当每年夏至日就要于北郊之方泽祭地祇（北京正阳门外有天坛，是圆形；安定门外有地坛，是方形。天坛即古之圜丘，地坛即古之方泽，二坛皆明朝嘉靖九年开始建筑，清朝复加维修，现为首都著名的古迹）。此外，属于天神一类的，还有青、赤、黄、白、黑五帝和日、月、星、斗、宿、风、云、雷、雨诸神；属于地祇一类的，还有社稷、山川、五岳、四渎、城隍、土地诸神，也应该享受祭祀。属于人鬼一类的，主要是各姓的祖先，其次即为本民族的圣哲贤才和忠孝义烈之士。祖先祠堂归各姓子孙奉祀，其他一切大小庙宇皆由政府或地方公会派专人照管香火，并拨给经费开支。料当时建立许多祠庙，未必都迷信人死真有鬼、鬼皆有灵，也不过象今日建立纪念碑的意思罢了。

以上所说，皆历代封建社会的情况，唐宋以来至于明清，国家祀典和民间风俗，也都大致相同。这些天神、地祇、人鬼三类，就是中国道教所以成为多神教的来源。后世道教做法事，如建醮坛、设斋供，即等于古人祭祀之礼；唱赞词、诵宝诰，即含有言辞悦神之意；上表章、读疏文，也不外申诉和祈祷作用，因此可知汉代以后的道教还是古代巫祝遗风而再加以宗教化。道教所供奉的神，大多数早已列入国家祀典，并且得到社会上一般的信仰，因为这些神都具有历史性和民族性。假使当初没有这样悠久的历史根据和这样广泛的群众基础，凭空的就创造出多神教的道教来，那是不可能的事。（道教止崇拜最尊贵的天神，其余诸神，不过随世俗心理供奉香火而已，并不视为重要。）

二、战国秦汉时代的方士

战国时，当齐威王、宣王朝代（公元前378—前324年），有邹衍这班人，著书讲论五行之德递为终始的气运，到秦始皇即位时，齐国人把此书奏呈，始皇就采用了书上所说的办法。那时燕国另有一些人如宋毋忌、正伯侨、充尚、羡门子高等，创立"方仙道"。据说此道能令人肉体解脱，与鬼神同其变化。邹衍当日以阴阳主运之说显名于诸侯，燕齐海上的方士们虽流传邹衍之书，而不能通晓其说，许多人都成为怪诞迂僻谄佞的投机分子。

齐威王、宣王及燕昭王（公元前311—前279）等，皆曾经使人往渤海中寻觅蓬莱、方丈、瀛洲三个神山，传闻此山距离尘世不远，但苦于船未到岸，就被风吹跑了。间或有到者，即可遇着仙人，并获得长生不死之药。山上的飞禽走兽尽是白色，宫室楼阁皆为金银所构造，远望，景物如在云中，近视，三山反似居水下，等到船将要靠拢，风又把船牵引而去，竟莫能到。当时各国君王对此还恋恋不舍，总想设法满足他们自己的心愿。

秦始皇一统天下（公元前221）之后，将至海上，听许多方士散播这些神话，始皇恐怕错过好机会，就迫不及待的亲自赶到海上来。于是派遣专使带了童男童女往海外求仙采药，去的人回来都说，船到海中，为风所阻，不能登山，只能望见山而已。此后十余年间，始皇仍常出游巡，登琅琊、碣石、会稽诸山，并考验方士们所言是否可信，至死不忘海中三神山之奇药。

汉武帝时（公元前140—前87），方士李少君对武帝说："如果祭祀灶神，就能召来灵异之物，灵物若到，丹砂就可变为黄金，用这个黄金制造装饮食的器具，人吃了这些饮食就能够延长寿命，可以看见海中蓬莱山上的神仙，见到神仙后，再行封禅典礼（祭祀天地），就可以不死，古代轩辕黄帝就是这样成仙的。我已往在海上遇见神仙安期生，他给我枣子吃，枣子象瓜那么大。安期生常常通行于蓬莱山中，凡人与他情投意合者，就能见到他，不相合者，他就隐藏不见。"于是汉武帝开始亲自祀奉灶神（即炉火之神），又差遣方士到海中求蓬莱安期生，同时又从事把丹砂和诸药物变化为黄金之术。后来李少君得病死了，武帝还认为他是化去，不是真死。（以上根据《史记·封禅书》、《孝武本纪》、《前汉书·郊祀志》，字句略有改变，文义完全相同。）

当时方士得汉武帝宠幸者不止一人，还有齐人少翁，拜为文成将军；有栾大，拜为五利将军；有公孙卿，拜为郎（郎是汉朝的官名）。他们自己都说，知道秘方，能求神仙。日久其方不见效验，又想用欺骗手段，暂时蒙混过关，那些事情被皇帝所发觉，少翁、栾大皆先后伏诛，但公孙卿和其他方士们仍在继续求仙。武帝听公孙卿说，"仙人好楼居"，遂于长安作"蜚廉桂观"，于甘泉作"益延寿观"，又于甘泉宫作"通天台"高五十丈，以招致神仙；更于建章宫旁立"神明台"亦高五十丈，上列九室，常置九天道士百人；其余劳民伤财的建筑物尚多，不可胜数。自元光二年遣方士求神仙，到征和四年才悉罢诸方士，中间经过四十五年之久，此时汉武帝已六十八岁，尝对群臣自叹曰："乡时（即昔时）愚惑，为方士所欺，天下岂有仙人，尽妖妄耳，节食服药，差可少病而已"。后年余遂卒。我们看武帝最后这几句话，还算是聪明的，可惜他觉悟太迟了。

三、两汉时对黄老的概念不同

西汉初期，天下经过大乱之后，朝廷用黄老清静之术以治天下，人民稍能安居乐业，所以文景两代（文帝在位二十三年，景帝在位十六年；公元前179—前141）比较已往几十年可称太平。当时所谓黄老之术是专就国家政治而言，尚未与神仙发生关系。汉武帝即位二十八年，汾阴巫人于土中得宝鼎献于帝，方士等遂捏造妄语，谓黄帝当年亦得宝鼎，广事封禅，常与神会；又言："黄帝为五城十二楼以候神人"；又言："黄帝且战且学仙，百余岁然后得与神通，结果是骑龙上天。武帝听了这些话，很为羡慕。从此以后，讲神仙之说者皆托名于黄帝，而老子仍属道家。淮南王刘安（武帝之叔父）虽喜神仙，但他所著《淮南子内篇》中亦未曾把道家和神仙混为一谈。《前汉书·艺文志》列举各家书目，在道家有黄帝又有老子，在神仙家只有黄帝而无老子，可见西汉时的老子还是他本来面貌。到东汉时，老子身分才起了变化。《后汉书·楚王英传》："英晚节更喜黄老，学为浮屠（佛陀），斋戒祭祀"；明帝永平八年（公元65）给他诏书，有"楚王诵黄老之微言，尚浮屠之仁祠，洁斋三月，与神为誓"等语，此时所谓黄老与西汉初期的黄老性质不大相同，前者专属于政治哲学，后者已近于宗教信仰，前后相距不过百余年。再过八十余年，到了东汉桓帝时代（公元147—167），老子地位更被抬高了。《后汉书·桓帝纪》：延熹八年（公元165），两番派人"之（往）苦县祠（祠是祭祀之义）老子"；次年又"祠黄老于濯龙宫"；纪论又引前史云：桓帝"设华盖以祠浮图（佛陀）老子"。《后汉书·祭祀志》："桓帝即位十八年，好神仙事，延熹八年初，使中常侍（中常侍即宦官）之（往）陈国苦县祠老子，九年，亲祠老子于濯龙（宫），设华盖之坐（华盖，天子宝座上所用以盖复头顶的装饰；据说创始于轩辕黄帝），用郊天乐（天子祭天所用的音乐）"。此时的老子，在人们心理上既与黄帝之神仙无所分别，又与佛陀之教主同其庄严，简直是一位最尊贵的天神了。

四、东汉张道陵始创道教

张道陵创立道教，已接近桓帝时代，他奉老子为教祖，也是客观的形势所造成，不是单凭自己主观的愿望就能办到。根据当时社会情况，除老子而外，实在找不出第二位有这样资格能够和儒教的孔子、释教的佛陀相抗衡。

或问：战国时代，孔、墨都号称显学，两家弟子满天下，老子并没有许多弟子，而且墨子的书中宗教色彩也比老子为浓厚，张道陵何故独看重老子而舍去墨子？这个问题可分作几层研究。（一）西汉初期偏重黄老，汉武帝才兼事儒术，到了东汉，朝廷又信仰佛教，墨子之教始终无人注意。（二）老子是孔子的先生，这件事世所公认，墨子身分在当初至多与孔子平等，并未能驾于孔子之上，自从受了儒家的排斥（孟子、荀子皆批驳墨子），墨子名气更低落了。（三）墨子主张节用、节葬、非乐，富贵人是一概反对的；至于"日夜不休，以自苦为极"，这样就是有劳而无逸，非但违背富贵人的心理，虽贫穷人亦不欢迎。（四）墨子崇拜鬼神，老子不信鬼神，张道陵偏看重了不信鬼神的老子，而舍去了崇拜鬼神的墨子，有些人很难明白这个理由，现在特为指出：宗教是随着时代进化的，崇拜鬼神，还是上古时代的宗教，儒教只重人事，不重鬼神，佛教更藐视鬼神。张道陵创教，本意要和儒佛二教相抗衡，如何肯自贬其声价，所以"天师道"首先要降伏鬼神，并从而役使鬼神，设若奉墨子为教祖，即等于自己取消了自己，岂非绝大的矛盾。老子虽不信鬼神，但同时又承认鬼神之存在，并不是极端的无神论者，这样正合于张道陵所要求，因此他就说，他的道法是老君（即老子）所传授。

结　语

前面所讲的道教起源，如商周时代的巫祝祭祀鬼神，战国秦汉时代的方士求仙采药，虽不能算正式道教，但后来道教却是由这些因素沿变而来，故特依次详加论述，以见我国道教萌芽在历史上逐渐发展的过程。自东汉张道陵于汉安元年（公元142）得受"正一法文"和"正一盟威秘箓"，遂在各处名山遍设"二十四治"，订立规条，广收徒众，从此道教中第一个教派就开始形成。张角的"太平道"尚在以后几十年才出现：三国两晋时代，道经道派陆续增多，皆比较更晚。张道陵一生事迹是编写道教史者必不可少的资料，留待将来再作具体研究。今日所讲到此为止。

（此稿是陈撄宁会长在国务院宗教事务局讲学稿，后经第二次整理和补充。）

太平经的前因与后果

前　言

《太平经》是《正统道藏》太平部中第一部经，也可以说是三洞四辅诸道经中最古的一部（周秦诸子不算在内），原书共一百七十卷，残缺甚多，现在所存者不满六十卷（《太平经钞》在外），而且字句脱误，篇幅错乱，读之尚未终卷，即感觉苦闷。五十年前一般的读书人并不知有《太平经》这个书名；清朝乾隆、嘉庆年间的学者们虽喜欢考订古籍，也未曾注意到此。唯一的原因，就是除了《道藏》而外，《太平经》别无单行本，而《道藏》又保存在国内少数的几个大道观中，不肯轻易供人阅览，所以这部书就埋没无闻。自从公元1925年涵芬楼影印《道藏》出版后，《太平经》才渐渐地受到研究家的重视。

用现代人的心理和眼光来看一千八百年以前的古道经，无论如何努力，总嫌格格不入。公元1912年至1914年，我借住上海白云观，看原版《道藏》（此时涵芬楼影印本《道藏》尚未出世），对于残留的数十卷《太平经》不感兴趣，仅粗枝大叶的浏览一遍，没有多费时间；1940至1942年，第二次在上海看影印版《道藏》，又碰着《太平经》，勉强耐心翻阅过两遍，仍是索然无味，只好把它放弃；1959年住在北京中国道教协会，第三次看《太平经》，这次下了一个决心，不惜时间，不怕困难，从头到尾细看，同时并参考有关书籍，才识认了《太平经》在历史上和道教上的重要性。

今将管见所得，先写出几条大纲，然后再依次作补充的说明。

大　纲

第一　《太平经》是个简称，是于吉的《太平青领书》和张道陵的《太平洞极经》两种的混合物，作于东汉时代，比较其他道经最先出世，若要研究道教经典来源，此书应该首屈一指。

第二　东汉的《太平经》又脱胎于西汉的《天官历包元太平经》，此书当初只有十二卷，因为秘密相传，日久年深，漫无稽考，传经者各自运用手腕，逐渐地使它篇幅扩大，数量增多，遂成为后来的一百七十卷之巨著。

第三　西汉的《天官历包元太平经》，又是根据秦汉之交燕齐一带海上方士所传授的资料而编写出来的，他们的老祖师就是战国时代以谈天说地、名重诸侯的齐国稷下人驺衍。

第四　有了《太平经》，就产生了黄巾张角的"太平道"。东汉灵帝末年，张角等发动数十万人起义（其中大部分是穷苦的农民），虽不幸失败，但间接的为他人造成了机会。此后群雄并起，共逐汉鹿，曹操更以受降黄巾为终身事业发轫之始，魏、蜀、吴三国遂由此开基。

第五　有了《太平经》，就产生了天师张道陵的"五斗米道"。他的孙子张鲁用"五斗米道"治理汉中，闭关自守，独霸一方，不参预他方的混战，别处受战祸的难民都以汉中为避难所。张道陵的曾孙张盛，于西晋时迁居龙虎山，一姓传统六十三代，历史经过一千八百年，可谓宗教界中特殊的现象。

第六　"太平道"和"五斗米道"在本质上并无多大区别，但因地理上和人事上的关系，彼此结果遂大不相同。于吉往来都市，招摇过分，致遭孙策之忌，枉作牺牲，死得没有价值；张道陵隐居深山，避免众害，专心研究古代的修炼方法，并为后世道教建立一个深远的基础。张角所发动的群众，都在平原；无险可守，容易被人击破；张鲁所占据的地盘，形势巩固，易守难攻，暂时足以自保。张角以行道为手段，以革命为目的，推翻了封建统治的局面，结果曹氏篡汉，天下三分；张鲁以政治为手段，以行道为目的，只谋地方一时期的安全，最后见机投降，专务道业。

大纲的说明

汉朝有三种《太平经》

道经创造的时代，大概都在魏晋以降，而三种《太平经》则出现于汉朝：

（1）《天官历包元太平经》十二卷，传经者为西汉成帝时人甘忠可（根据《前汉书第七十五卷·李寻传》。成帝年代当公元前32—前7）；

（2）《太平洞极经》一百四十四卷，传经者为东汉顺帝时人张道陵（根据《道教义枢第二卷·七部义》。顺帝年代当公元126—144）；

（3）《太平青领书》一百七十卷，传经者为与张道陵同时的人于吉（根据《后汉书第六十卷·襄楷传》）。

以上第一种《天官历包元太平经》，在当时算是禁书，世难得见，东晋《抱朴子内篇·遐览》篇中只列《包元经》一卷，或是原书的残余；第二种《太平洞极经》，在六朝梁陈间，孟安排作《道教义枢》时，尚未说它亡佚，到北宋真宗天禧年间，张君房作《云笈七签》时，才说"今此经流亡，殆将欲尽"，后来就更无影踪了；第三种《太平青领书》，即是今《道藏》中残缺不全的《太平经》，此书所言，不外乎天地、阴阳、五行、干支、历数、气运、灾异、鬼神、仙真、男女、邪正、善恶、贫富、贵贱、寿夭，以及国家的治乱兴衰，人事的吉凶祸福，并无后世道经中那些佛道混杂的名词和荒诞无稽的论调，还保持了初期道教的朴素面目，也反映了当时社会一般的情况和人民渴望太平的心理。

两种《太平经》之异同

张道陵的《太平洞极经》、于吉的《太平青领书》，都说是老君所授，而且都在东汉顺帝时代出现，这两种书的名称和卷数虽不一致，内容大概是相同的。今考《道教义枢·七部义》和《云笈七签》第六卷，有同样的记述如下：

（1）"太平者，此经以三一为宗"。此言《太平经》的宗旨，修身以精、炁、神三者浑而为一，治国以天、地、人三者合而为一，故曰，三一为宗。

（2）"然其卷数或有不同"。此言《太平经》的卷数或多或少，不是一律。

（3）"甲乙十部，合一百七十卷，今世所行"。此言于吉的《太平经》，全书分为甲乙丙丁戊己庚辛壬癸十部，每部有十七卷，十部共为一百七十卷，是当时所通行的。

（4）"按《正一经》云，有《太平洞极之经》一百四十四卷"。此言张道陵的《太平经》比较于吉的《太平经》少二十六卷。

（5）"甲乙十部，是周赧王时老君于蜀授琅琊干吉（"于吉"在道书上多作"干吉"），至汉顺帝时，宫崇诣阙，上其师干吉所得神书百七十卷，号《太平经》"。此言于吉的《太平经》是老君所授。这是道书上惯用的神话，而且周赧王至汉顺帝，其间相距四百多年，更不足信，我们只能以宫崇诣阙上书的时代为凭（宫崇上书事见《后汉书·襄楷传》末段）。

（6）"《洞极经》者，汉安元年，太上亲授天师，流传兹日"。此言张道陵的《太平洞极经》也是老君所授。其实没有这么一回事，都是人的手笔制造出来的。（汉安元年是东汉顺帝年号，即公元142年。）

（7）"此之二经，并是盛明治道、证果、修因、禁忌、众术也"。此言于吉的书和张道陵的书内容性质相同。

两种《太平经》之混合

根据以上所引《道教义枢》和《云笈七签》之说，并参考《后汉书·襄楷传》，可知《太平洞极经》和《太平青领书》都出现于汉顺帝时代，为什么到了北宋时就一存一亡？我想这两种书的名称虽然不同，卷数虽有多有少，实际上无甚区别，既有卷数多的一种行世，那个卷数少的一种就渐渐地归于自然淘汰了。

明《正统道藏》中残留的《太平经》提到"洞极"之说者，已有二十几处，可以证明这两种书名异而实同，今择要列举如下：

（1）"其为道乃拘校天地开辟以来天文、地文、人文、神文，皆撰简得其善者以为《洞极之经》"。（《太平经》第四一卷·第五十五章）

（2）"今天师言，乃都合古今河洛神书善文之属及贤明口中诀事，以为《洞极之经》，乃后开辟以来灾悉可除也"。（《太平经》第八十八卷，第一百二十九章）

（3）"使众贤明共集次之，编以为《洞极之经》，因以大觉贤者，乃以下付归民间"。（卷数章数同上）

（4）"卷投一善方，始善养性之术于书卷下，使众贤诵读，此当为《洞极之经》竟者"。（卷数章数同上。第一个"善"字与"良"字同义，所谓善方即良方；第二个"善"字与"缮"字同，即缮写之义。）

（5）"令其群贤共定案之，……去其邪辞，以为《洞极之经》"。（《太平经》第九十一卷·第一百三十二章）

（6）"愿问天地何故一时使天下人共集辞策及古今神圣之文以为《洞极经》乎？"（卷数章数同上）

（7）"故今天遣吾下，为上德道君更考文教，吾都合之，从神文圣贤辞，下及庶人奴婢夷狄，以类相从，合其辞语善者以为《洞极之经》，名为皇天洞极政事之文也"。（卷数章数同上）

（8）"故施《洞极之经》，名曰太平，能行者得其福"。（《太平经》第一百一十二卷·第一百八十八章）

（9）"故教人拘校古今文，集善者以为《洞极之经》。……故教训人君贤者而敕戒之，欲令勤行致太平也"。（见《太平经钞·辛部》）

（10）"故念吾为真人作道，其大也则洞至无表，其小也则洞达无里，尊则极其上，卑则极其下，……然吾乃为太平之君作经。（洞极二字之义，此处说得很明白。见《太平经》第九十八卷·第一百五十七章）

（11）"右天怨地咎，国之害征，立《洞极经》文"。（《太平经》第九十一卷·第一百三十二章）

（12）"大集聚政事，考本天地之根，以除天怨地咎、国之害，立《洞极经》"。（见《太平经钞》已部）

除以上所引各条而外，《太平经》中含有"洞极"二字的文句尚不少，几十卷残经中已是如此，推测当日一百七十卷完整无缺的《太平经》演讲"洞极"之说者必定更多，因此可知于吉的《太平青领书》和张道陵的《太平洞极经》这两种书是分不开的，若非一书二名，就是于吉的书已把张道陵的书吞并在内而加以融化了。

再者，张道陵一派，自称"天师"，这个尊号当有来源，今观现在残留的《太平经》中，"天师"和"真人"互相问答之辞，随处可见，足以断定此经和张道陵有密切关系。

甘忠可创造《太平经》

《前汉书第七十五卷·李寻传》："成帝时，齐人甘忠可诈造《天宫历包元太平经》十二卷，……以教重平夏贺良、容丘丁广世、东郡郭昌等，刘向奏忠可假鬼神罔上惑众，下狱治服，未断，病死。贺良坐挟忠可书，以不敬论。后贺良等复私以相教"。哀帝建平二年（公元前五年）贺良等以左道乱政罪皆伏诛，我想其人虽死，其书未必能够完全消灭，由西汉成帝到东汉顺帝，中间经过一百几十年，十二卷的《太平经》逐渐发展为一百七十卷，也是可能的。

还有关于传经人和受经人的乡里一事也值得研究：

（1）造十二卷《太平经》的甘忠可是齐人，西汉齐郡即今山东省临淄县一带，东边与寿光县接壤。

（2）得一百七十卷神书的于吉是北海人，东汉北海国即今山东省寿光县东北一带近渤海处，西边与临淄县接壤。(神书即《太平经》,又名《太平青领书》。)

(3)于吉得神书的地点是曲阳,即今江苏省邳县,西北面与山东省连界,汉时属东海郡。

(4)诣阙上神书的宫崇是琅琊人,汉之琅琊即今山东省东南边界近黄海处,海滨有琅琊山,秦始皇曾在此山留住三个月之久。

(5)甘忠可的信徒,如夏贺良是重平人,丁广世是容丘人,郭昌是东郡人;考前汉书地理志,重平县属渤海郡,容丘县属东海郡,东郡属兖州,这些地方都在燕、齐境内。

根据以上诸人乡里关系,我认为于吉的神书是脱胎于甘忠可的太平经,而甘忠可的书又是燕、齐海上方士们所流传的旧说从新改编,他们的老祖师就是战国时代齐国稷下人驺衍。(驺衍亦作邹衍,稷下在今山东省临淄县城外)

驺衍五德论之继承

(1)汉司马迁谓驺衍"深观阴阳消息,而作怪迂之变,终始大圣之篇,十余万言,……称引天地剖判以来,五德转移,治各有宜,而符应若兹"。(节录《史记卷七十四·孟轲传》)

(2)《史记·封禅书》、《前汉书·郊祀志》同言:"齐威、宣之时,驺子之徒论著终始五德之运(注云:今其书有五德终始,五德各以所胜为行,秦谓周为火德,灭火者水,故自谓水德);又言:"驺衍以阴阳主运,显于诸侯(注云:今其书有主运,五行相次转用事,随方面为服),而燕齐海上之方士传其术,不能通"。

(3)西汉甘忠可遂继承驺衍五德终始之说造《太平经》,"以言汉家逢天地之大终,当更受命于天"。后来夏贺良等复继承忠可之说,对哀帝言:"汉历中衰,当更受命,成帝不应天命,故绝嗣。今陛下久疾,变异屡数,天所以遣告人也。急宜改元易号,乃得延年益寿、皇子生、灾异息矣"。(引号内语句见《前汉书·李寻传》)

(4)东汉襄楷又继承甘、夏之说,当桓帝延熹九年(公元166),诣阙上疏,言琅琊宫崇所献于吉神书"专以奉天地、顺五行为本,亦有兴国广嗣之术,而顺帝不行,故国胤不兴,孝冲、孝质,频世短祚"。(见《后汉书·襄楷传》)

总观以上诸说,差不多是一个系统。驺衍当日既然著书十余万言(《汉书·艺文志》有"邹子"四十九篇、"邹子终始"五十六篇),游说齐、梁、赵、燕各国,名震王公(《史记·孟轲传》云:王公大人初见其术,惧然顾化),必有不少的传人,甘忠可生长在驺衍故乡,更容易觅取驺衍遗留的书籍而加以改造,因此《天宫历包元太平经》遂出现于世。甘忠可、夏贺良等死后,《太平经》一书必定被其他信徒们宝为秘传,私相授受,为了配合时代的需要,书中不能不陆续地添入许多新资料,质虽未变,而量已大增;后来东汉的于吉又生长在甘忠可的故乡(驺衍、甘忠可,同是山东临淄县人,于吉是山东寿光县人,二县东西连界),必是得着历年以来逐渐增广的太平经而更加扩充之,因此遂有一百七十卷之巨著。

驺衍遗说之影响

西汉甘忠可、东汉于吉的书都是战国时代驺衍的一脉相传,除以上所列举各项事证而外,在今日残留的《太平经》中尚有蛛丝马迹可寻。《史记·孟轲传》略述驺衍之说云:"中国者于天下乃八十一分居其一分耳。中国名曰赤县神州(后来我国常自称为神州,本于此)。赤县神州内自有九州,禹之序九州是也,不得为州数。中国外如赤县神州者九,乃所谓九州也,于是有裨海环之（裨海即小海）。人民禽兽莫能相通者、如一区中者，乃为一州。如此者九，乃有大瀛海环其外，天地之际焉"。（《史记》这一段文章很不易懂，今特详细的加以解释：驺衍说，中国虽大，但和天下相比就觉得甚小，不过八十一分之一而已。中国叫作赤县神州。中国境内原有九州，即当初大禹王所划分的，虽有州的名称，但不具备州的条件，不能算是九州。中国境外尚有八个州，也和赤县神州一样，连中国算，就是九个，这才称得起九州。九州之外有小海环绕。凡是叫作州的，必有界限，人类和兽类彼此两方都不能交通，好似各在一区之中，若具备这样条件，才可以称为一州，九州皆是如此。若就大处说，九个州也自成一个大区，因有裨海在九州外面环绕，更不能和别处相通。象这样有裨海环绕的大区也有九个，每一个大区内皆有九州，九九共有八十一州。八十一州之外再有大瀛海环绕，大瀛海之外已经是天和地相连接之处，其大无外，不可测量了。）

以上仅是驺衍一家之说，在别种古书上都未曾见过；他所说天下有九个九州，共为八十一州，中国是八十一州中的一个州，也与现实状况不相符合。今观《太平经》中却有类似驺衍的论调，如第九十三卷"国不可胜数诀"篇中云："中部有八十一域，次其外复一周，天下有万国，乃远出到洞虚无表"。此处所谓"八十一域"，等于驺衍说的"八十一州"；此处所谓"次其外复一周"，等于驺衍说的"有大瀛海环其外"；此处所谓"洞虚无表"，等于驺衍说的"天地之际"。再者，司马迁批判驺衍之书，谓"其语宏大不经，……然要其归，必止乎仁义节俭君臣上下六亲之施。"今观现在残留的《太平经》，其中有些辞句虽不免依托神人之言，然究其宗旨，仍注重伦常道德，倡导君明、臣忠、父慈、母爱、子孝、妻顺、兄良、弟恭、人人乐善，以求天祐而致太平。统观前后诸说，可见《太平经》是受了驺衍遗书的影响。

黄巾张角与《太平经》的关系

《后汉书卷六十·襄楷传》末段云："初顺帝时，琅琊宫崇诣阙，上其师于吉于曲阳泉水上所得神书百七十卷（原注：神书即今道家《太平经》也，其经以甲乙丙丁戊己庚辛壬癸为部，每部一十七卷），号《太平青领书》，其言以阴阳五行为家，而多巫觋杂语（觋音锡），有司奏崇所上妖妄不经，乃收藏之，后张角颇有其书焉。"据此，可知张角的太平道根源所在。

《后汉书卷一百一·皇甫嵩传》言：张角的徒众"皆着黄巾为标帜；……角称天公将军，角弟宝称地公将军，宝弟梁称人公将军"；这种标帜和称号都是和太平经有关系的。襄楷早已说过："宫崇所献于吉神书，专以奉天地、顺五行为本"，按五行衰旺顺序，火衰，土必代旺，汉朝是以火德王，汉运既衰，代汉而兴者必是土德，土色黄，故着黄巾，以表示顺五行之意。

太平经中又言："天以道治，地以德治，人以和治。天地人三相得，乃成道德。天主生，地主养，人主成。上士法天，其道乎；中士法地，其德乎；下士法人，其仁乎；非此三统道德仁，非为太平之君矣"。此外言天地人三种关系者，在经文中触目皆是，未能悉举。张角弟兄三人以天公、地公、人公为称号，必是由《太平经》而来的。

黄 巾 起 义

《后汉书卷八·灵帝纪》："中平元年春二月，巨鹿人（汉有巨鹿郡，在今河北省界内）张角，自称黄天，其部师有三十万（按此句当作"其部帅有三十六方"。原文"师、万"二字错误），皆着黄巾，同日反叛"。（此事在公元 184 年）

《后汉书卷一百一·皇甫嵩传》："初巨鹿人张角自称大贤良师，奉事'黄老道'，……遣弟子八人，使于四方，以善道教天下，十余年间，众徒数十万，连结郡国，自青、徐、幽、冀、荆、扬、兖、豫八州之人莫不毕应（东汉全国十二州，仅有益、凉、并、交四州未受波及），遂置三十六方，大方万余人，小方六七千，各立渠帅。……诸方一时俱起，……州郡失据，长吏多逃亡，旬日之间，天下响应，京师震动"。看史家记述黄巾起义，声势如此浩大，应该有所成就，但因缺少革命的经验，结果不免失败，而东汉王朝也从此一蹶不振，终至灭亡，张角等最初高举义旗，代表广大农民群众，打倒封建恶势力的愿望，后来总算是实现了。

曹操与黄巾的关系

后汉中平元年（公元184）曹操虽然带兵打过黄巾，但以附隶在皇甫嵩军队之下，不起主要作用，事后只博得一个东郡太守官阶。初平三年（公元192）青州黄巾百万，攻入兖州，曹操以少数兵力，出奇设伏，屡次制胜，受黄巾降卒三十余万、男女百余万口，收其精锐者，号为青州兵（此时张角弟兄三人已经死了八年，这些黄巾虽号称张角的同党，其实还是一般的饥饿流离的民众）。曹操本苦兵少，一旦得到这许多降卒，军容突然大盛，因此遂由东郡太守跃升为兖州牧（兖州即今山东省西北部连河北省西南部在内。东汉时兖州有国三、郡五、城八十、人口四百万左右。东郡是兖州五郡中之一郡，东郡太守等于清朝的知府，兖州牧等于清朝的督抚）。

后汉建安元年（公元196），曹操又进讨汝南、颍川黄巾，收降其众各数十万人，朝廷遂拜操为镇东将军，封侯爵；此后步步高升，为司空、为丞相、为魏公、为魏王；假使当时没有黄巾，曹操就不能取得这样地位以发展他的雄才大略，因此可以说，他一生的事业是黄巾所造成的。曹操对于当时的人民是有功或有罪，或功罪各半，这些问题与《太平经》无直接关系，本篇暂不讨论。

建安二十五年（公元220）曹操殁，曹丕遂自称天子，继之刘备称帝于蜀（公元221），孙权称帝于吴（公元222），汉朝天下遂分裂为三国。（魏国共46年，蜀国共43年，吴国共59年，后来三国皆统一于西晋。此章详情见《后汉书·灵帝纪、献帝纪》、《三国魏志·武帝操传、文帝丕传》、《蜀志·刘备传》、《吴志·孙权传》。）

有了《太平经》，而后才有张角的"太平道"；有了"太平道"，而后才有黄巾起义，黄巾自身虽无所成就，但反面的助长了曹操的威势；有了曹操之扫荡群雄，挟天子以令诸侯，而后才有曹丕之颠复汉室、取帝位而代之；此事距张角等最初起义时不过三十六年，可见这部《太平经》在历史上的重要关系。

张鲁在汉中大行五斗米道

《三国魏志卷八·张鲁传》：张鲁，字公祺，沛国人（沛国即今江苏省徐州北面的沛县），祖父陵（即张道陵），顺帝时（公元126—144）客于蜀，学道鹤鸣山中（山在今成都西面大邑县），从受道者，出五斗米（因此当时称为"五斗米道"）。陵传子衡，衡传于鲁（张鲁是张陵之孙）。鲁据汉中（即清朝陕西省汉中府所辖区域），自号师君，其来学者，皆教以诚信不欺，有病自首其过（等于后世宗教家所谓忏悔之意），大都与黄巾相似（原注引《典略》云：东方有张角，汉中有张修，角为太平道，修为五斗米道，修法略与角同。裴松之云，张修应是张衡之误。愚按，张衡是张道陵之子，即张鲁之父，虽奉行五斗米道，但同时另有一人叫作张修，也是五斗米道；

《后汉书·灵帝纪》："中平元年秋七月，巴郡妖巫张修反，冠郡县"。原注："张修号为五斗米师"。据此可见张修和张衡本是二人，非误）。犯法者先加三原（先经过三次宽免其罪），然后行刑。不置长吏，皆以祭酒为治（在本道中有资格者名曰祭酒，用他们管理行政事务）。诸祭酒皆作义舍于路（义舍是给行路人休息的小屋），悬置米肉，以给行旅，食者量腹取足（义舍内有米有肉，让人尽量吃饱，不收费用），民夷便乐之（百姓和夷人都感觉这件事很便利，大家都很欢乐，那时所谓夷人，即今日的少数民族）。雄据巴汉，垂三十年（巴是巴中郡，即今四川省北面的南江、广元、昭化、剑阁、通江、巴中、苍溪、阆中、南部等县；汉是汉中郡，即今陕西省南面的佛坪、留坝、凤、洋、沔、略阳、城固、褒城、南郑、西乡、宁羌、镇巴等县。垂三十年，即将近三十年，从公元188至215，实际只有二十八年）。韩遂、马超之乱，关西民奔鲁者数万家（事在汉献帝建安十六年，即公元211年。关西谓函谷关之西，即河南、陕西二省交界处，该处难民逃奔到张鲁所管辖的区域来避难，大家都认为汉中是安全地方）。以上节录《张鲁传》并《后汉书·刘焉传》，所以字句微有异同。详情见二传原文及裴松之、李贤二注中。

《后汉书·献帝纪》："建安二十年（公元215）秋七月，曹操破汉中，张鲁降"。又《张鲁传》并《刘焉传》皆言，张鲁降后，曹操待以客礼，拜为镇南将军，封阆中侯，邑万户；鲁五子皆封列侯（万户侯是侯爵中之最大者，其次几千户或几百户不等，每户应纳的租税皆归封侯者所有，但土地和人民仍属于国家）。

五斗米道传为道教正一派

考南宋人所编纂的《历世真仙体道通鉴》，得知张鲁五个儿子的名字；他的第三子名盛，字元宗，"历官奉车都尉、散骑侍郎，封都亭侯，尝喟然叹曰'吾先世教法，常以长子传授，而诸兄皆不娶，可使至此遂无传乎！'西晋永嘉中（公元307—312），夜望大江之东有瑞气彻天，谓其妻曰，'是可以成吾丹矣'。乃弃官南游，至鄱阳郡（即今江西省鄱阳县一带地方），望之曰，'近矣'。即山行五日，至一处，山岭秀丽，登而喜曰，'吾得之矣。'山顶有真人丹穴井灶存焉，乃昔日炼丹修养之地，遂就其井灶左右结庐。居一年，妻卢氏来寻之，遂与同居此山，得一子。居九年，丹成，一日尸解而去。人呼其山为龙虎，子孙多居山之东北。"（龙虎山在今江西省贵溪县西南，两山相对，形势一如龙昂，一如虎踞，有古时丹井丹灶及飞升台遗址；又有上清宫、天师府。）按望气和成丹尸解诸说，疑是作者有意附会，恐不足信，但因原文是如此，不便删改，故照录之。

龙虎山为道教正一派发祥之地，自张道陵第四代孙张盛迁来此山后，世世安居，曾未移动，今已传至六十三代。我国人的家世谱系常嫌中断，无法稽考，若求一姓家谱相续不断者，除山东省曲阜县孔夫子后裔而外，就要数到张天师了。

五斗米道和《太平经》的关系

张道陵是东汉沛国人，这个地方即今江苏省沛县；再往东南，即是邳县，汉时名为曲阳，于吉的神书得于此处。沛、邳二县相距很近，因此，张道陵的《太平洞极经》和于吉的《太平青领书》可能是一个来源，所以他们的道法也大概相同。关于洞极之说，在今日残留的太平经中有不少的资料，本篇已择要列举如前，此外还有一件事更能够证明"五斗米道"和《太平经》的关系：

《后汉书·刘焉传》和《三国志·张鲁传》二注中都说，张鲁的政治"依月令春夏禁杀；又禁酒，流移寄在其地者不敢不奉"。今按春夏二季，生气当令，禁止屠宰，是体天地好生之德，尚不难理解，但饮酒非杀生可比，何故也要禁止？就因为他是一个笃实奉行《太平经》的教义者，所以把饮酒、造酒都当作罪恶。

《太平经》第六十九卷有云："人君好纵酒者皆不能太平，其治反乱，其官职多战斗而致盗贼，……故当断酒"。

《要修科仪戒律钞卷十四·饮酒缘》（此书在《道藏》洞玄部戒律类）引《太平经》云："真人问曰，'凡人饮酒洽醉，狂咏便作，或即斗死，或相贼伤，或缘此奸淫，或缘兹高堕，被酒之害，不可胜记。念四海之内有几何市，一日之间消五谷亿万斗斛，复缘此致害，连及县官，或使子孙呼嗟，上感动皇天，祸乱阴阳，使四时五行之气乖反。如何故作狂药以相饮食，可断之否？'神人曰，'善哉！但使有德之君教敕言，从今以往，敢有无故饮酒一斗者（汉时一斗约等于今日的二升），笞二十（笞音痴，等于清朝刑罚打二十下小竹板子）；二斗，杖六十（饮酒二斗者，以大木棍打六十下）；三斗，杖九十；一斛，杖三百。以此为数，广令天下，使贤人君子知法畏辱，必不敢为，其中愚人有犯即罚，作酒之家亦同饮者'（造酒者与饮酒者同罪）"。

观以《太平经》经文，可知张鲁禁酒是有所根据，不是单凭自己意思创立教条。前已证明于吉的《太平青领书》和张道陵的《太平洞极经》是分不开的，现从禁酒这件事上着想，更能够断定两种书是一个来源，所以《张鲁传》中说，鲁的道法与黄巾相似，而《典略》所记载"五斗米道"与"太平道"种种作用，彼此也没有多大差别。（《典略》原文见《后汉书·刘焉传》注和《三国志·张鲁传》注中所引）

张鲁避免太平道的名称

张鲁的道既然和张角一样，都是由《太平经》产生出来的，为什么张鲁不用"太平道"这个名称，而叫作"五斗米道"？原因就在于他的志愿和张角不同。张角领导数十万黄巾起义，要想推翻汉朝的统治；而张鲁只希望在当时全国混乱之中维持局部的安全。张鲁占据汉中一块地盘，实际上已不受朝廷节制，但表面上仍算是国家官员之一（《后汉书·刘焉传》云："朝廷不能讨，遂就拜鲁为镇夷中郎将，领汉宁太守，通其贡献"。《三国志·张鲁传》亦同此说），所以他要避免与黄巾同样的名称，虽然他也奉《太平经》为圣典，却不肯自己承认是"太平道"，人家无法称呼，只好撇开教义不管，按照事实代他取个名子，直叫作"五斗米道"；或见其独霸一方，就呼为"米贼"；或见其道中有鬼卒、鬼吏之名，就称为"鬼道"（米贼、鬼道，皆见张鲁本传），这些都是不体面的称呼；后世所谓天师道、正一派、龙虎宗几种名称，比较用得合适，而且好听得多了。

五斗米道不是剥削

有人说，"五斗米道"取费太多，非一般人所能负担，未免近于剥削。我说，今日如果要论断这件事，应先了解当时当地社会实际情况：

（1）汉朝升斗之量最小，不能和今日的量制同等相看。清朝名医徐灵胎所作《医学源流论》中有一篇《论古今方剂大小》，他说，"余亲见汉时六升铜量，容今之一升二合"，按这个比例折算，可知汉时的量制等于今日的量制的五分之一，那时一升等于今日二合，一斗等于今日二升，五斗只有今日一斗，不为过多。

（2）当时汉中居民超出十万户以上，土地肥沃，物产丰富，百姓不忧贫乏，五斗米还能负担得起。

（3）出五斗米也是听各人自愿，以此为受道者入门的表信，或作为祭酒们祈祷的酬劳，并非强迫行事；若真要剥削敛财，以张鲁当日的威权，尽有其它各项抽捐加税的方法可行，不需要玩弄这种花样。

（4）张鲁治理汉中，特别注重《太平经》所谓生、养、施三德政中的一个"施"字，使诸祭酒皆作义舍于路旁，以便行旅，又把些米肉放在义舍中，任过客自由饱食，不取膳费，象这样博施济众，当然是靠平日五斗米的储蓄而来，否则从何处得到许多粮食？（以上二、三、四项皆详见《刘焉传》和《张鲁传》并两传的小注中）

（5）我们把剥削罪名加在张鲁身上，虽不合实际情况，若说他在那里制造迷信，他就无可推托了。但要晓得一千七百年以前的社会，迷信是很难破除的，当时稍有一点作为的人，都想利用他人的迷信来做自己所认为应该做的事业；即如黄巾起义，也是张角利用太平道，才能够发动数十万群众，倡导革命先声；张鲁亦复如此，只是两人目的不同而已。

孙策杀于吉

张鲁同时的人勇于破除迷信者，即孙权之兄孙策。《三国志·孙策传》注引《江表传》言孙策杀于吉一段故事，今照原文录之如下：

"时有道士琅邪于吉，先寓居东方，往来吴、会（即今江苏省吴县和浙江省会稽县），立精舍，烧香，读道书，制作符水以治病，吴、会人多事之（两地人民多奉于吉为师）。策尝于郡城门楼上集会诸将宾客，吉乃盛服（于吉身上穿着华美的服装），杖小函，漆画之，名为仙人铧（铧即铁锹，上装长木柄，可以掘地，后世游方道士常有携带此物作挖掘药草之用，名为方便铲。于吉那时又在长木柄的另一头挂了个漆画的小匣子，大概是他的药箱），趋度门下，诸将宾客三分之二下楼迎拜之，掌宾者（招待员）禁呵不能止，策即令收之（孙策令人捉拿于吉），诸事之者悉使妇女入见策母，请救之。母谓策曰，'于先生亦助军作福，医护将士，不可杀之'。策曰，'此子妖妄，能幻惑众心，远使诸将不复相顾君臣之礼，尽委策下楼拜之，不可不除也'（孙策廿三岁已封侯爵，所以他自视为君，而视诸将士为臣。于吉由楼下经过，诸将士撇开孙策不管，跑到下面去迎拜于吉，因此孙策怀恨，一定要杀他）。诸将复连名通白事，陈乞之（诸将士连名上呈文，请求赦免于吉）。策曰，'此子已在鬼箓，勿复费纸笔也'。即催斩之，悬首于市。诸事之者尚不谓其死，而云尸解焉，复祭祀求福（一班信徒们还不认为于吉是真死，说他灵魂借此脱离肉体成仙，大家又祭祀他，求他降福给各人）。

孙策手下这些将官，迷信的程度太深，原不足怪，而孙策本人虽自命为破除迷信（孙策训将士，有"焚香、读邪俗道书，此甚无益，诸君未悟。"一段话），我看他也不彻底。他自从赌气杀了于吉之后，心中总未免怀有鬼胎，时常见到于吉显灵，因此神经错乱，竟不得善终，本以破除迷信称雄，结局仍然死于迷信（《孙策传》注引《搜神记》云：策既杀于吉，每独坐，仿佛见吉在左右，意深恶之，颇有失常，后治创方差，而引镜自照，见吉在镜中，顾而弗见，如是再三，因扑镜大叫，创皆崩裂，须臾而死）。

于吉真假的问题

有人说，"孙策所杀的于吉是冒名，不是真于吉，因为他在东汉顺帝时代已为人师，再从那时算至建安五年，多则七十余年，少则五十六七年，如果于吉尚存，当有一百多岁，恐怕没有这样长的寿命。"我认为此说理由颇欠充分，世间活到百岁以外的人非罕见，不能仅从年龄上辨别真假。于吉确实年龄究竟几何，后人虽无法推测，但晋朝虞喜作《志林》时，早已论及此事。他说："顺帝时琅琊宫崇诣阙上师于吉所得神书于曲阳泉水上，白素朱界，号太平青领道，凡百余卷。顺帝至建安中五六十岁，于吉是时已近百年，年在耄悼，礼不加刑（耄是老，悼是幼，古礼刑罚不加于老幼），……吉罪不及死，而暴加酷刑，是乃谬诛，非所以为美也"。今按于吉得神书这件事，大家都以《后汉书·襄楷传》为根据，《后汉书》是六朝刘宋时人范晔所撰，于吉死在东汉建安五年（公元 200），《后汉书》成于刘宋文帝元嘉年间，已在于吉死时不过一百多年，他作《志林》时，范晔的《后汉书》尚未出世，《志林》所言必另有根据，比较更为可信。当时文献充足，考证便利，设若于吉真假有问题，虞喜是晋朝一个博学家，自能辨别清楚，不应该胸无主见，人云亦云（虞喜《志林》见《三国志·孙策传》注所引）。

我们生在虞喜之后一千六百余年，时代既不象晋朝和三国那样接近，考证的资料也没有当时那样丰富；各种道书上虽也提到干吉（即于吉），但惜所说并非一致，而且神话太多，不足以供考证，今日想要为于吉作辨护，事实上很感觉困难。《太平经》固然是由于吉传出，但于吉之死与《太平经》毫无关系，后人何必定要用李代桃僵之说来翻一千七百年前的旧案。孙策是三国时枭雄之一，少年狂妄，目中无人，他只晓得顺我者生，逆我者死，不懂什么叫作仁慈和法律，虞喜偏拿古礼去责备他，谓于吉罪不至死，年老不宜加刑，这些都是隔靴搔痒之谈。

道儒两家对于吉的批判

宋末元初赵道一所编《历世真仙体道通鉴》中的《干吉传》（"于吉"在道书上多作"干吉"），原文有一千余字，首言干吉得《太平经》时乃"汉成帝河平二年甲午"（公元前 27）。末言"孙策平江东，进袭会稽，见士民皆呼吉为干郎，事之如神。策招吉为客在军中，将士多疾病，请吉噀水辄差（喷水到病人身上，病即愈）。策欲迎献帝，讨曹公（时为汉献帝建安五年，即公元 200），使吉占风色（占卜天气如何），每有神验，将士咸崇仰吉，（中有百余字，大意与《搜神记》相同，故不重录。）……策遂杀之"。编者在本传后附以评语，今录如下："《道德经》曰，'夫佳兵者不祥之器，物或恶之，故有道者不处'。干吉乃致身军旅之中，而为孙策所杀，虽曰兵解也，然使干吉退藏于密，积行累功，又安知不证飞升之品乎？后之学仙者当以处佳兵为深戒。"

同时马端临作《文献通考》，在神仙书目《太平经》项下有按语云："按顺帝至孙策据江东时，垂七十年，而于吉在顺帝时已宫崇之师，则必非稚齿（稚齿即幼年），度其死时当过百岁，必有长生久视之术，然亦不能晦迹山林以全其天年，而乃招集徒众，制作符水，袭黄巾、米贼之为，以取诛戮，则亦不足称也"。

观以上所引"仙鉴"和"通考"两种批判，一是用道家的眼光来看于吉，说他违反老子佳兵不处之戒，致为孙策所杀，虽曰尸解，未证飞升；一是按儒家的立场斥责于吉，说他不能晦迹山林，而乃招集徒众，自取诛戮，虽能长生，亦不足观。这两人意思都是怪于吉行为失检，而不怪孙策滥杀无辜，持论实非公允。关于年龄问题，在《仙鉴》上没有提到，我们仅从西汉河平二年（公元前27年于吉得老君授《太平经》）算至东汉建安五年（公元200年于吉被害），已有二百二十七年了，他自己年龄最少应该有二百六七十岁，《仙鉴》作者赵道一，未尝因为年岁过高就说他是假的；《通考》作者马端临，测度于吉死时当在百岁以外，是从东汉顺帝时代算起，只认为他有长生久视之术，也不怀疑有第二人冒名，但说他"制造符水，袭黄巾、米贼之为，以取诛戮，"好像死罪是不可避免的，这显然是谬论，比较晋朝虞喜的见解差得远了。

张角张鲁于吉三人情况不同

就《太平经》的系统上说，于吉和二张虽共属一个道门，但就他们所经过的事迹上看来，即知张角和张鲁彼此所处的时局、所走的路线绝不相同，而于吉也不能和二张相提并论。

张角正当汉灵帝年代（公元168—189），朝廷昏乱，阉竖掌握大权（阉竖即宦官，普通叫作太监）；党狱钩牵，忠良尽遭法网（凡是反对宦官的人皆有罪，因一人之罪，牵连到父子、兄弟、亲族、朋友、门生、属吏，皆不能幸免，这样办法，当时称为"钩党"，因此被害者无数，详情见《后汉书·党锢传》及《宦者传》)；更加苛捐杂税，层层盘剥；灾荒饥馑，民不聊生；张角乘此机会，领导黄巾起义，手段在发动群众，目的在颠复汉室，志愿在顺天应人（《易经》上说：革命是"顺乎天而应乎人"。黄巾的标语是："苍天已死，黄天当立；"后来兖州黄巾又给曹操书曰："汉行已尽，黄家当立，天之大运，非君才力所能存"；中平元年，黄巾起义，吕疆言于灵帝曰："党锢久积，人情多怨，若久不赦宥，轻与张角合谋，为变滋大，悔之无救")。这次掀起全国革命高潮以后，张角等虽遭不幸，而黄巾反日见增多，其故有四：一、黄巾化整为零，散布各处；二、黄巾溃败后与其他革命集团合并，仍以黄巾为号；三、有些集团本无革命思想，他们也冒名黄巾以壮声势；四、他股在当时原有许多自立名号，在外人弄不清楚，一概叫作黄巾。因此，《党锢传》中就说："其后黄巾遂盛，朝野崩离"。

张鲁在汉献帝时所碰到的局面就两样了。汉运将要告终，枭雄同时并起，宦官已被歼灭，天子等于囚徒，战祸经年累月，民间十室九空，几人称帝称王，国内一团混乱（曹操自夸曰："设使国家无有孤，不知当几人称帝、几人称王"。此语见《三国魏志·曹操传》裴注所引《魏武故事》)。张鲁于此时占据汉中，手段在以教为政（如《张鲁传》中所说："其来学者，皆教以诚信不欺，有病自首其过；犯法者，先加三原，然后行刑；不置长吏，皆以祭酒为治"。这些办法，都是用宗教上的感化主义，代替政治上的措施），目的在保境安民，志愿在继承遗教（即张鲁的祖父张道陵所遗传的"五斗米教"），只求于万方多难之中维持一片干净土，暂时不受糜烂之灾，于愿已足，别无其他奢望；有四点可以证明：一、拒绝群下尊称汉宁王号；二、不欲坚守关隘抵抗曹兵；三、封藏宝货仓库留给国家；四、始终接受朝廷官爵名义（张鲁于公元188年攻取汉中，原是奉了益州牧刘焉的意旨行事，刘焉死后，其子刘璋，阇弱无能，张鲁不愿承奉，璋遂杀鲁母及鲁弟，鲁因此叛璋独立，时在公元200年左右，后人就说张鲁于此年占据汉中，其实他在十年之前早已掌握汉中政权了，至公元215年方归顺汉朝，首尾共计廿八年，名义上仍是一个汉宁太守，并未自立别种称号）。

于吉平日的行为和他遭难的经过，史无明文，只有《孙策传》裴注所引《江表传》提及此事，本篇已节录于前，但裴注又引《搜神记》一段文章，比较《江表传》所说，颇不一致；裴注《三国志》完成于南朝宋文帝元嘉六年（公元429），距离于吉之死不过二百二十九年（于吉死在公元200年），当时裴松之自己就说："《江表传》、《搜神记》，于吉事不同，未详孰是"。今日距离裴松之作注的时代又过了一千五百三十年，更难偏信一家之说，只好再将《搜神记》原文录之如下，以充实参考资料。

《搜神记》曰："策欲渡江袭许（"许"即许昌，是汉献帝都城），与吉俱行，时大旱，所在熇厉（熇音郝，熇厉即酷热），策催诸将士使速引船，或身自早出督切（孙策有时亲自早晨出去切实督察），见将吏多在吉许（这个"许"字作"处"字解，言将士和属吏多在于吉之处），策因此激怒言：'我为不如于吉耶？而先趋务之，'（意谓，我比不上于吉吗？你们偏要先去奉承他）。便使收吉至（"收"字作拘拿解），呵问之曰：'天旱不雨，道涂艰涩，不时得过（道路不能即时顺利通行。此指水路而言），故自早出，而卿不同忧戚（责骂于吉说，你不和我们一同心焦），安坐船中，作鬼物态（装模作样），败吾部伍（破坏我军营纪律），今当相除（不容许你存在）。'令人缚置地上暴之（叫人把于吉捆绑起来放在地上，让烈日去晒他），使请雨，若能感天日中雨者，当原赦，不尔，行诛（日中即午时，若午时有雨，就可放他，若无雨，就要杀他）。俄而云气上蒸，肤寸而合（云气零碎集合），比至日中，大雨总至，溪涧盈溢，将士喜悦，以为吉必见原（大家认为于吉可以免罪），并往庆慰（往于吉处庆贺及慰问）；策遂杀之（孙策言而无信，仍把于吉杀了），将士哀惜，共藏其尸，天夜，忽更兴云复之（夜间有云盖复尸体之上），明日往视，不知所在（不见其尸何在）"。

看上段记载于吉当时经过的情况，虽与前文所引《江表传》不同，惟因孙策手下一班将士十分信仰于吉，遂招惹孙策的愤嫉，必欲杀之以泄愤，这些情况在两种记载上差不多是相同的。今日就事论事，孙策固然是擅用威权，滥杀无辜，而于吉当时偏要和孙策部下诸将士们混在一起，究竟他心中抱着什么目的？想要做些什么事情？我们无法推测，因为他表面披上了神秘的外衣，不象张角、张鲁等行迹光明、容易使人理解，所以不能把他和二张作比较的论断。但是于吉和《太平经》也有直接的关系，而且死非其罪，史家又无明文详叙其事，故不嫌烦琐，将《孙策传》裴注所引两种不同的记载先后并录于此，以备观览，原文字句有简古之处，酌加语体解释，希望后来的读者得到一些便利。

道教知识类编

编辑大意

《道教知识类编初集》主要是为本会设立的道教徒进修班编写的一本教材。培养道教徒知识分子，这在道教历史上还是创举。因此有关道教专业课的各种教材都要临时编写，没有现成材料可以利用。本稿是根据道教徒进修班第二学年教学计划编写的，给学员讲解道教基本知识，以便他们在这个基础上循序渐进地学习其他高深的科目。

本稿的编写，也是为道教徒提供他们应当懂得的道教常识。现有的名山、宫观大都分布在风景秀丽的地区，保存着不少历史文物。因而前去游览和访问的国内、国外各界人士，他们希望了解道教的一般情况。对于答复来访者的询问，本稿也可以给各地道友一些帮助。

本稿的编写，采用名词、术语释义的方式，分为道教名人、教理教义、道经道书、道派、道教神名、仙名、道术、道称、官观和名山等十大类，叙述道教知识。如果这部稿子想做得完全，估计道教专门名词、术语当有几千条，字数可能超出一百万，不是目前所能办到的。但是我们抱有这种愿望，因此把现在已经写成的稿件作为初集，将来时间允许，二集、三集也许能够继续下去。

编写本稿，又是为道教研究积累一些资料。本会研究工作开始不久，对于道教史料和学术方面的许多问题尚待继续研究。这部稿子在资料的搜集上以及观点的说明上都不够完备，倘有缺点和错误，希望读者随时指正。

一、名人事略

【茅盈】 西汉，咸阳（陕西省咸阳县）人。高祖茅蒙，字初成，在东周末，拜鬼谷先生为师，隐居华山，修炼成道；曾祖茅偃，仕于秦昭王之世，有功业于当时；祖父茅嘉，仕于秦庄襄王朝，秦始皇即位，嘉屡立战功，殁后，始皇命以相国之礼葬于长安龙首山；父茅祚，志在农亩，不愿出仕（按此时已到西汉前期）。祚有子三人，长子茅盈，字叔申；次子茅固，字季伟；少子茅衷，字思和。茅盈生于汉景帝中元五年（公元前145），自幼好道，十八岁弃家入恒山（即今山西省浑源县北岳），在山中采药为食，并读老子《道德经》及周易传；二十四岁遇师，学服气法；再过二十年，又遇上仙授以妙道；四十九岁离师返家（按此时为汉武帝天汉四年，即公元前97），父母尚存。

至汉宣帝时，二弟皆官居要职，茅固为"执金吾"（官名），茅衷为西河太守。汉元帝初元五年（公元前44）四月三日，茅盈在家中宴会宾客六百余人，次日即与亲族告别往句曲山（山在今江苏省句容县境，自茅氏弟兄于此成道后，遂改名茅山），临行时对人言："真仙贵在隐迹，不宜炫耀，吾所以不默遁者，盖欲以此道劝诱二弟之追慕醒迷也"。事后，二弟闻之，各辞官回乡里（按，茅盈于四十九岁出山回家，到此时已经过了五十三年，入茅山时当为102岁。二弟年龄当亦不小）。茅固、茅衷在家学习茅盈之遗书，久而无所得，遂决计入山寻兄，面求密诀。汉元帝永光二年三月六日渡江，见兄于东山。茅盈对二弟言："年老不能学升霄大术，汝等将来只可作地仙"。茅固、茅衷乃住山依法修炼，竟获成就。

本地居民，感三茅居之德，有诗歌为证，其词曰："茅山连金陵　江湖据下流　三神乘白鹄　各治一山头　甘雨灌旱稻　陆田亦复柔　妻子咸保室　使我无百忧　白鹄翔青云　何时复来游"。除此而外，茅蒙当日在华山成道时，民间也有一首歌谣，《史记·秦始皇本纪》："三十一年十二月更名腊曰嘉平"，《集解》引《太元真人茅盈内纪》曰："始皇三十一年九月庚子，盈曾祖父蒙（按本传作'高祖父蒙'，相差一代）乃于华山之中，乘云驾龙，白日升天（这是古代传说的神话，由来已久，故照录之）。先是其邑谣歌曰：'审仙得者茅初成　驾龙上升入泰清　时下玄州戏赤城　续世而往在我盈　帝若学之腊嘉平'始皇闻谣歌而问其故，父老具对，'此仙人之谣歌，劝帝求长生之术'。于是始皇欣然乃有寻仙之志，因改腊曰嘉平"。

按：茅氏弟兄三人与道教茅山派大有关系，他们的历史尚在张道陵以前，不能不详为叙述。晋葛洪《神仙传》卷九虽有"茅君"一篇记载，仅478字，人无名号，事无年代，不足以资考证，今只以《太元真人东岳上卿司命真君传》为根据，此传共有3,260字左右，文章格调似是晋代人手笔。刘宋人裴骃《史记集解》所引《茅盈内纪》一段，也见于此传中，不知是一是二，孰先孰后，但可决定《内纪》出世必在《集解》以前，至晚也是东晋人的作品。

【张道陵】 （34—156年）道教的创教者。原名张陵。东汉沛国丰（今江苏省丰县）人。

他通达五经，曾入太学，明帝时（公元58—75年）做过巴郡江州令，后弃官隐于江西龙虎山修道，顺帝（公元126年—144年）时和弟子前往四川鹤鸣山（一作鹄鸣山），永和六年（公元141年）作道书二十四篇，自称"太清玄元"，并用符水咒法为人治病，奉其道者，须出五斗米，因此在当时称为五斗米道。传说他晚年炼丹成功，服了半剂，便升仙而去，道教徒尊张道陵为"天师"，其后子孙承袭他的道法，居龙虎山，世称"张天师"。

（补充一）道陵字辅汉，为留侯子房（张良）八世孙，于东汉光武帝建武十年（公元34）正月十五日生于吴地天目山。七岁读《道德经》二篇，十许遍而达其旨，于天文地理河洛图纬之书皆极其妙，通习坟典（凡是古书都可称为坟典），所览无遗。从学者千余人，天目山南三十里、西北八十里皆有讲诵之堂（东天目山在浙省临安县境，西天目山在浙省于潜县境）。后举"贤良方正直言极谏科"（此是汉朝选举人才的科目之名），中之（即合格之意，清朝叫作中举）。东汉明帝永平二年（公元59）拜巴郡江州令（江州在今四川省巴县），时年二十六岁。久之退隐北邙山（在今河南省洛阳县境），朝廷征为博士，不起；和帝即位，征为太傅，封冀县侯，三诏不就，时为永元四年（公元92），遂自河洛入蜀。（以上根据南宋末赵道一所编《历世真仙体道通鉴》卷十八《张天师》，这一篇记载共有7,800字左右，今只摘录其中与人事有关者一百几十字，神话及与上文重复者皆不录。）

（补充二）陵与弟子入蜀，住鹄鸣山，得正一盟威之道，能治病，百姓奉之为师；弟子户至数万，即立祭酒（古代社会上一般年高有德、为众所尊敬者，都叫作祭酒，这不是道教中专用的名词），分领其户，有如官长；并立条制（规条制度），使诸弟子随事轮出米绢器物纸笔樵薪等；领人修复道路，不修复者，皆使疾病。陵又欲以廉耻治人，不喜施刑罚，使有疾病者皆疏记生身以来所犯之罪，乃手书投水中，与神明共盟约，不得复犯法，当以身死为约；从此以后，所违犯者皆改为善矣。（以上根据晋葛洪《神仙传》卷四《张道陵》。原传共1,300字左右，神话及与前两段重复者皆不录。）

（补充三）张道陵精思西山，太上亲降，汉安元年（公元142）五月一日授以"三天正法"，命为天师，又授"正一科术要道法文"。其年七月七日又授"正一盟威妙经"重为三天法师正一真人（见《云笈七签》卷六）。又，太上以汉安二年（公元143）正月七日中时，下二十四治：上八治，中八治，下八治，以付天师张道陵奉行布化（见《云笈七签》卷二十八）。按"二十四治"就是在各处分设二十四个行道布化的机构，所以后世又叫作二十四化。那些地点都在山中，不在城市，大多数是在蜀汉境内。

张道陵住世一百二十三岁，于东汉桓帝永寿二年仙去（公元156）。道法子孙相传，至今已有六十三代。（按，张天师的年龄，各种道书及四川省志、徐州府志所记载皆同，大概不会错误。惟原本有"乘驾龙车，白日升天"之说，荒诞无稽，故改用"仙去"二字。）

【魏伯阳】 （生卒年不详）东汉炼丹术家。会稽上虞（今浙江上虞县）人。传说他曾和弟子三人入山炼丹，丹成，为了考验弟子，自己首先服丹而死，另一弟子服丹也死，其余二人不敢服丹，即便出山。二人去后，他和已死的那个弟子便起而仙去。他著有《参同契》三卷，假借周易爻象以论作丹之意，为后世学道者所宗（说见葛洪《神仙传》）。

《神仙传》原文是"伯阳作参同契五行相类凡三卷。"今考《参同契》书中只有"三相类"之说，彭晓注本又有"五位相得而各有合"一种表解，但皆非魏伯阳所作的书名。

（补充一）真人魏伯阳不知师授谁氏，得古文龙虎经，尽获妙旨，乃约周易撰参同契三篇，演丹经之玄奥，密示青州徐从事，徐乃隐名而注之。至后汉教桓帝时，公复传授与同郡淳于叔通，遂行于世。（说见五代时彭晓所作《周易参同契通真义序》。）

（补充二）浙省上虞县西南二里有金罍山，上有道观，即魏伯阳故宅，西晋太康年间，得金罍于井（罍音雷，装酒的器具），遂名为罍观。《上虞县志》：金罍山高数丈，魏真人选胜修炼，著《参同契》于此；旁有丹井，井窦上九下一。又云：县南十里许，有百楼山，迭嶂重峦，山半平广数十亩，魏公亦曾卜居。

【于吉】　后汉琅邪（今山东临沂北）人，一作干吉，或作干室。相传他在曲阳泉水上得神书，衍成一百七十卷，名《太平青领书》（一称《太平经》）。汉顺帝时（公元126—144年），他的弟子琅邪人宫崇，曾进献此书于朝廷，不合统治者的心理，遂禁止流通。后来张角获得此书，奉行其道。

一说，三国时，于吉往来江东吴地，烧香读道书，用符水为人治病，时人多崇奉他，孙策忌而杀之，事在东汉建安五年（公元200）。

（补充一）于吉遭难时的情况，在《三国志·孙策传》裴注所引《江表传》、《志林》、《搜神记》各书中说得很详细，"道协会刊"第一期71至75页已经转载，可供参考，故不重述。

（补充二）凡与道教有关的各书，如《太平经复文序》、《神仙传》、《洞仙传》、《犹龙传》、《历世真仙体道通鉴》和别种道书，都把"于吉"写成"干吉"，而得《太平经》这件事，则大概相同。《洞仙传》是隋唐以前的作品，也说"干吉"被孙策所杀，《体道通鉴·干吉传》亦同此说，但以"兵解"二字聊为掩饰。

（考证）琅邪这个地名尚有问题。考《前汉书·地理志》，琅邪郡包括五十一个县，其中有一个县也叫琅邪；《后汉书·郡国志》，琅邪国包括十三个城，其中有一个城也叫琅邪。琅邪若是指一县或一城而言，就是今山东省诸城县东南一带近海处，该地因海边有琅邪台而得名；若是指一郡而言，范围就广了，但琅邪郡虽统辖五十一县，其首县名东武，仍在今山东省诸城县境；若是指一国言，其都城名开阳，在今山东省临沂县境。琅邪一作琅琊。

【左慈】　（生卒年不详）东汉末方士。字元放，庐江（今安徽省潜山县）人。曹操招致方士，左慈与甘始、郤俭皆至魏国，并为军吏（事见《三国志·魏志·华陀传注》引文帝《典论》及东阿王《辩道论》）。某日，曹操宴会宾客，想吃吴松江鲈鱼，左慈便以铜盘贮水，用竹竿于盘中钓出一鲜鲈鱼；操嫌鱼少不足以供客食，更钓，又得一条，座客皆大惊异（事见《后汉书·左慈传》）。他常以幻术戏弄曹操，操屡欲杀之，皆不得逞。继而，他又往荆州谒刘表，复到江东见孙策，二人都恶其幻术惑众，但无法加害。最后入霍山炼九转丹，遂乃仙去。（以上节录葛洪《神仙传》）葛洪的从祖葛玄，由左慈处得受"太清、九鼎、金液"三种丹经（见《抱朴子内篇》卷四）。左慈亦善于辟谷，曹操欲试其术，令断谷食将一月，而颜色不衰（《见抱朴子内篇》卷二所引陈思王《释疑论》）。（附注：陈思王即曹丕之弟曹植，字子建，为三国时代的大文学家，初封东阿王，后改封陈王，殁后谥曰思，故世人又称他为陈思王。）

【葛玄】　字孝先，三国时句容（今江苏省句容县）人。生于东汉桓帝延熹七年（公元164），幼而好学，十三岁博通古今，十五六岁名振江左（指扬子江下游地方）。性喜老庄之道，不愿仕进，遇左元放（左慈）授以九丹金液仙经及炼炁保形之术，入天台山修炼（山在浙东天台县境）。年十八九于仙道已有所得，遂周旋于括苍（群山总名，在浙东仙居、缙云一带）、南岳（即衡山，在湖南省衡山县境）、罗浮（在广东雀博罗、增城二县境）诸山，寻求炼丹之地，后由玉笥（山在江西省峡山县境）至阁皂（山在江西省清江县境），认为此处最佳，即于此建立灵宝法坛。当时吴主孙权及太子孙登皆仰慕其名，待以客礼，从之问道，故尝往来吴国都会。嘉禾二年（孙权的年号，公元233）正月辞太子出京，往阁皂东峰建卧云庵，筑坛立灶，谢绝人事，专炼九转金丹，三年丹成。

他已往数十年，凡住过二十二处名山修炼，皆未见功效，惟于阎皂方得成就，因此感慨而作流珠歌云："流珠流珠，役我形躯，奔驰四海，历览群书，披寻不悟，情思若愚，焚遍金石，烧竭汞珠，赀财荡尽，拊膝长吁。吾年六十，功效踌躇，赖师指授，元气虚无，窈冥中起，恍惚中居，真阴真阳，一吸一呼；先存金鼎，次认玉炉，离火激海，坎水升虚，玉液灌溉，洞房流酥。天机真露，万类难如。真人度人，要大丈夫。天长地久，同看仙都。念兹在兹，语吾记吾。"吴赤乌七年（公元244）八月十五日午时仙去，世寿八十一岁。道教中尊称为"太极左仙公"，北宋徽宗崇宁三年（公元1104）封为"冲应真人"，南宋理宗淳祐六年（公元1246）加封为"冲应孚佑真君"。弟子中有张泰、孔龙、郑思远、释道微等，晋抱朴子葛洪是其侄孙。（原传共计7,700余字，所有一切神话及道教经忏符箓等事，又五言诗三首，皆一概不录。）

【许逊】　晋代道士。字敬之，汝南（今河南汝南县）人，家住南昌。他二十岁时学道于吴猛，后举孝廉，拜为旌阳县（今湖北枝江县北）令。后弃官东归，周游江湖，以道术为民除害。传说东晋宁康二年（公元374年）在南昌西山，举家四十二口拔宅飞升。宋代封为"神功妙济真君"。世称许真君或许旌阳。

（补充）生于三国时吴大帝赤乌二年（公元239）。少时从人打猎，射中一母鹿，鹿胎坠地，母鹿犹舐其子，不久而死，许怆然感悟，即折弃弓矢，永不打猎。因立志向学，博通经史，尤嗜道术。闻豫章（南昌）吴猛得丁义神方，乃往师之，尽传其秘。后访名山栖真之所，得逍遥山金氏宅，遂徙居之（原注：今逍遥福地玉隆万寿宫是也）。日以修炼为事，不求显达。尝买一铁灯檠（即灯架），发现黑漆剥落处露出真金，次日即次还原售主，乡里皆仰慕其高风。朝廷屡加礼命，不得已于西晋太康元年（公元280）任蜀郡（郡字宜删去）旌阳县令，时年四十二岁。就职后，去贪鄙，除烦细（即废除烦扰百姓的琐碎规条），脱囚累（即开脱无罪受累之囚犯），吏民悦服，咸愿自新。凡听讼必先教以忠孝慈仁勤俭之道，具载文件，言之甚详。又恐路远者难以家喻户晓，因择平素有德望之耆老使其劝化，故争讼之风日销，竟至于无讼。邻县流民慕其治绩，咸来依附，境内户口日见增多。后知晋室将乱，乃辞官东归，启程时，送其蔽野（言送行的人太多，郊野都布满了），有随至其家愿为服役而不返者。乃于宅东隙地结茭以居（茭是干草，谓结草为屋以住人），状如营垒，多将自己原姓改姓许，故号许家营。其在蜀者感恩怀德，则立生祠画像，奉之如神明，遗爱深入人心如此。及东晋乱离，江左频遭灾祸，惟许所居周围百余里甚平安。至孝武宁康二年（公元374）八月一日上升，世寿一百三十六岁。（原传共6,300字，今只摘录人间事实，所有神话如镇蛟斩蛇、行符咒水、拔宅飞升等类，一概不录）。

（考证）《晋书·地理志》蜀郡辖六个县，其中无旌阳县；南蜀辖十一个县，旌阳县亦在其内。但晋时南郡属于荆州，即今湖北省境，不是四川省，《历世真仙体道通鉴·许真君传》为什么称"蜀郡旌阳县"，而他书又称"蜀旌阳县"？因为在三国时，南郡划归刘备所管，算是蜀国境界之内，一般文人习惯，喜用旧地名，所以仍旧称"蜀旌阳县"，转了几手以后，又加上一个"郡"字，遂称"蜀郡旌阳县"。另有一说，"旌阳县属汉州，后诏改为德阳县，以表真君之德及民也"。按《后汉书·郡国志》，广汉郡原有德阳，故《晋书·地理志》广汉郡亦有德阳，可见晋代的德阳县名是沿用汉代的旧名，不是新改的。旌阳改为德阳之说，见于《许真君传》"弃官东归"句下小注中，不知何据？

【葛洪】　东晋道教理论家、医学家。字稚川，自号抱朴子。丹阳句容人，葛玄的侄孙。少好神仙导养之法，从葛玄的弟子郑隐受炼丹术，又博览群书，精通医学。司马睿为丞相，用为掾，后任谘议、参军等职。因以往有军功，赐爵关内侯。咸和初（公元326年），被召为散骑常侍兼大著作的官职，他固辞不就，一心想去炼丹，闻交趾出产丹砂，求为勾漏（今广西北流县）

令。携子侄经过广州，为广州刺吏邓岳款留他住罗浮山，从事著书和炼丹生活，后来就在山尸解。

（补充）《晋书卷七十二·葛洪传》："洪少好学，家贫，躬自伐薪以贸纸笔（即亲自砍柴卖给人家以换取纸笔等物），夜辄写书诵习（夜间常常抄书诵读和温习），性寡欲，无所爱玩，为人木讷（木是朴实，讷是不会花言巧语），不好荣利。后师事南海太守鲍玄（即鲍靓，字太玄），玄以女妻洪（道书上称为鲍姑）。洪博闻深洽（谓葛洪所学极博，又能深入理解），江左绝伦（江东一带地方无人能够及他），著述篇章，富于班马（他写作的书籍文章比汉朝的班固、司马迁还要丰富）"。据《晋书·葛洪传》及《抱朴子·自序》将他的著述名目和卷数列举如下：抱朴子内篇二十卷，抱朴子外篇五十卷，神仙传、隐逸传、良吏传、集异传各十卷，移檄章表三十卷，碑诔诗赋一百卷，金匮药方一百卷，抄经史百家言三百一十卷，肘后备急方四卷，以上共计六百五十四卷；此外尚有抱朴子养生论，大丹问答，葛洪枕中记，稚川真人较证术，抱朴子神仙金汋经，葛稚川金木万灵论，各篇皆见于道藏中。本传又言，葛洪在罗浮山与广州刺史邓岳书云，"当远行寻师，克期便发"，岳得信，急赶到山中，而洪已坐化，遂不及见。时年八十一岁。（按，葛洪生殁年月无考，是否八十一岁，也有问题。）

【寇谦之】　（365—448 年）南北朝时代北魏著名道士。字辅真，上谷平昌人。南雍州刺使寇赞胞弟。早年好道，学张鲁之术，经年没有见效。后来他从仙人成公兴入嵩山修道七年，到神瑞二年（公元 415 年）十月，托言太上老君从天下降，授他"天师"之位，并赐以《云中音诵新科之诫》二十卷，令他依此改革"三张"伪法，又传授他导引、服气的口诀。泰常八年（423 年）又有老子的玄孙李谱文传授他录图真经和劾召鬼神等法，并嘱他辅佐北方的太平真君云云。

始光元年（424 年），他献道法于北魏太武帝，得宰相崔浩之助，太武帝诏请他入朝，在魏都平城（今山西省大同县）东，建立天师道场，称为新天师道。魏太武帝到坛前受符箓，自称为"太平真君"，并改元为"太平真君元年"。从此北魏各朝皇帝即位，照例都要往道坛行受符箓的仪式，而道教在北魏也一直受到崇奉和利用。太平真君九年（公元 448）五月，寇谦之羽化，年八十四。（详见《魏书·释老志》）

（考证）宋贾善翔《寇天师传》和赵道一《历世真仙体道通鉴·冠谦之传》皆说谦之是"上谷平昌人"。今考《前汉书·地理志》上谷郡只有昌平县，但无平昌县；《后汉书·郡国志》上谷郡无昌平县，亦无平昌县；《魏书·地形志》上谷郡亦无平昌县，另有两个平昌郡，九个平昌县，皆与上谷郡无关。以上二传所谓"上谷平昌人"，地名恐有错误。关于"冠谦之"记载，最早的要算《魏书·释老志》，仅言他是南雍州刺史"寇赞"之弟，但未言是何处人。查《魏书卷四十二·寇赞传》，只说寇赞"上谷人"，再查《北史卷二十七·冠赞传》，亦同此说，皆无"平昌"二字。考西汉上谷郡所辖十五县，其中有"昌平、居庸、军都、涿鹿"四县，皆在今北京市的西北部，疑所谓上谷"平昌"者，即上谷郡"昌平"县之误。若不言县只言郡，西汉上谷郡治在"沮阳"，就是今日北京市区以外西面的"怀来"县境界。

以上郡县古今地名考证，对于寇谦之虽无关重要，但在历史研究工作中，我们是应该这样做的。

【陆修静】　（406—477 年）南朝刘宋著名道士。字元德，吴兴东迁（今浙江省吴兴县东）人。元嘉末（公元 453 年），在京都卖药，文帝命左仆射徐湛宣诏他，他固辞而去，后南游庐山，在瀑布岩结庐幽栖。泰始三年（公元 467 年），宋明帝令江州刺史请他入京问道，并于北郊天印山建造一座崇虚馆款待他。此时他广集道经，加以整理甄别，鉴定其中经诫、方药、符箓等一千二百二十八卷，分为三洞，奠定了《道藏》的初步基础。撰《三洞经书目录》，为最古的一部道藏目录。又编著道教斋戒仪范等书一百余卷，道教仪式因此完成。他在京羽化，由弟子奉葬于庐山。刘宋王朝下诏以他的庐山故居为简寂观，谥简寂先生。宋徽宗宣和间，封为丹元真人。

（考证）按《云笈七签》及《历世真仙体道通鉴》皆言陆修静殁于刘宋元徽五年（公元477），寿七十二岁。据此推算，应该生于东晋义熙二年（公元406）。但自唐宋以来相传庐山故事，谓释慧远送客，照例不过虎溪，有一日送陶渊明、陆修静出来，在路上谈得很契合，竟把旧例忘记了，不知不觉的走过这条溪，三人相与大笑。因此后代画家遂有虎溪三笑图，描摹一僧一道一俗忘形之交的风趣。这个故事如果是真，也很有意味，可惜是后人捏造的。今考慧远殁于东晋义熙十二年（公元416），寿八十三，而陆修静此时刚十一岁，断不能与老和尚做朋友。

【陶弘景】　　（456—536年）南朝齐、梁时的道教学者、医学家、药物学家。字通明，自号华阳隐居，又称贞白先生，丹阳秣陵人。生于南北朝时期宋孝建三年（公元456年），殁于梁武帝大同二年（公元536），享年八十一岁。他的一生，经历了南朝的宋、齐、梁三个朝代。

他曾从陆修静的弟子孙游岳学道家符图经法。二十岁以前，任南齐诸王侍读。仕齐拜左卫殿中将军，后来历游名山，寻访真逸，于阴阳、五行、风角、星算、山川、方物、医术、本草等无不通晓。后隐居句容句曲山（即茅山），从事丹道，并勤于著述。梁武帝时，礼聘不出，但朝廷大事多向他谘请，时人称为"山中宰相"。

他的思想脱胎于老庄哲学和葛洪的神仙道教，并杂有五行家和佛教观点。对历算、地理、医学等都作过一定的研究。曾整理《神农本草经》，增加新药和当时的化学药物，写成《本草经集注》（现存敦煌残本），后世编纂本草书籍者，都据为蓝本。此外，他造有浑天象，著有《真诰》、《真灵位业图》、《登真隐诀》、《药总诀》等书，共计二百余卷。

（考证）陶弘景一生经历过三个武帝。从一岁至九岁，是南朝刘宋孝武帝时代，到二十四岁（公元479）宋亡。二十五岁后，仕于南齐；三十七岁时，脱朝服挂于神虎门（一作神武门），辞官归隐，是南齐武帝永明十年壬申岁（公元492）。他往各处名山洞府寻师访友，搜集道书，皆三十七岁以前之事。梁武帝即位，是天监元年（公元502），此时陶弘景已四十七岁，他入山已有十年了；在梁朝又经过三十五年，始终没有做官，于梁武帝大同二年（公元536）三月十二日去世。他殁后十三年，梁武帝才被侯景困死于台城。研究陶弘景历史，若不把这三个武帝分析清楚，恐难免错误。当时所以称为"山中宰相"者，因他以山林隐士的身分，受朝廷特别知遇，向来少有，使人人羡慕不置，故送他一个清高而又名贵的头衔，并非真在山中做梁朝的宰相。

（补充）弘景一生虽历宋、齐、梁三朝，只在齐朝任过闲散官职，如"振武将军""左卫殿中将军""奉朝请"等名目，都是虚衔，实际做的是诸王"侍读"，即是教王子读书兼管一切文墨事件，他做得厌倦了，故决意辞官，入山修道。在廿九、三十、三十一岁这三年中早已拜孙游岳为师，算是陆修静再传弟子。陆的著作虽多，全副精力专用在阐扬道教，而陶则博览兼通，无所不备，如萧纶所撰碑文说："淮南鸿宝之诀（淮南王刘安有鸿宝宛秘书，言神仙事），陇西地动之仪（汉张衡发明地动仪器，能测知陇西地震），太乙遁甲之书（太乙九宫和奇门遁甲），九章历象之术（天文算术），幼安银钩之敏（晋索靖，字幼安，善书法，笔画如银钩），允南风角之妙（风角即候八方之风以占吉凶，允南不知何人），太仓素问之方（汉淳于意，为太仓令，精医术），中散琴操之法（晋嵇康，为中散大夫，善弹琴），咸悉搜求，莫不精诣；羿射、荀棋、苏卜、管筮，一见便晓，皆不用心；张华之博物（晋张华撰博物志），马钧之巧思《三国时马钧有巧思，曾发明翻车，后世叫作水车》，刘向之知微（知微即知机。刘向预知王氏代汉，弘景亦预知梁武帝太清三年之事），葛洪之养性（弘景仙学是葛洪一派），兼此数贤，一人而已"。这些话都符合事实，并不夸张。

《梁书卷五十六·侯景传》："先是丹阳陶弘景隐于华阳山，博学多识，尝为诗曰：'夷甫（晋，王衍）任散诞，平叔（魏，何晏）坐谈空，不意昭阳殿，化作单于宫。'大同（535—545）末，人士竞谈玄理，不习武事，至是侯景果居昭阳殿"。《南史卷七十六·陶弘景传》："弘景妙解术数，逆知梁祚复没，预制诗云（诗同上），秘在箧里，化后（即羽化），门人方稍出之。"《南史》又云："帝使造年历，至己巳岁而加朱点，实太清三年也（梁武帝死于是年）"。

《南史》云："父为妾所害，弘景终身不娶。"《华阳陶隐居内传》亦云："先生既冠，而不肯婚。盖一生不迩于声色也"。关于年龄一事，萧纶所撰碑文言，"春秋八十有一"是对的；《南史》、《梁书》及《历世真仙体道通鉴》皆云，"卒时年八十五"，这个数字显然错误。

《正统道藏》"腾"字号有《真灵位业图》，"临"字号有《养性延命录》，大家都认为是陶弘景所作，但他的侄子陶翊撰《华阳隐居先生本起录》中并无这两种书名，我们不敢相信是弘景自己的手笔。

【孙思邈】　　（？—682年）唐代道教学者，医学家。华原（今陕西省耀县东南）人。通老庄百家之说，擅长阴阳推步，尤精于医学。他长期居于终南山和太白山，曾和高僧道宣友善。隋文帝、唐太宗、高宗都曾请他出去做官，他一概固辞不就，而愿山居著述，并为群众治病。后人尊称他为药王。宋徽宗崇宁二年（公元1103年）追封他为妙应真人。著作有《千金要方》、《千金翼方》、《摄生论》、《福寿论》、《保生铭》、《存神炼气铭》、《摄养枕中方》等书行世。

（补充）节录《旧唐书卷一百九十七·方技·孙思邈传》："七岁就学，日诵千余言，洛州总管（官名）独孤信（人名）见而叹曰，'此圣童也，但恨其器大难为用也'。周宣帝时（在位仅一年，公元578），思邈以王室多故，隐居太白山（在陕西省郿县，最高处4113公尺），隋文帝辅政（隋文帝即杨坚，当时为北周宰相，后篡位称帝），乃征为国子博士（官名，其职务等于今日大学教授），称疾不起，（托辞有病，不就职）。尝谓所亲曰，'过五十年当有圣人出（此是预言，暗指唐太宗），吾且助之以济人'。及太宗即位（贞观元年公元627），召诣京师，嗟其容色甚少，谓曰，'故知有道者诚可尊重'。将授以爵位，固辞不受。显庆四年（公元659）高宗召见，拜谏议大夫（官名），又固辞不受。上元元年（公元674）辞疾请归（自言有病要回山），特赐良马及鄱阳公主邑司以居焉（高宗不许他久住山里，故把旧日的公主府第赐给他住）。……思邈自云'开皇辛酉岁生'，至今年九十三矣（按，隋开皇二十年是庚申，即公元600年；次年改仁寿元年，才是辛酉，即公元601年。原文所谓年九十三，不知算到何年为止？尽量的算到他临终那一年永淳元年，即公元682年，也不过八十二岁，这显然是错误的）。询之乡里，咸云数百岁人（这也不合实际，未免虚夸），话周齐间事，历历如眼见，以此参之，不啻百岁人矣（这句话太觉笼统）。……太子詹事（官名）卢齐卿，童幼时请问人伦之事（问自己将来的前途如何），思邈曰，'汝后五十年，位登方伯（州长），吾孙当为属吏（我的孙子应在你手下做一个小官），可自保也（你须要自己保重）。'后齐卿为徐州刺史，思邈孙溥，果为徐州萧县丞（丞是官名，位在县令之次）。思邈初谓齐卿之时，溥犹未生（思邈当初对齐卿说那番话的时候，溥尚未出世），而预知其事，凡诸异迹，多此类也。永淳元年（公元682）卒"。《新唐书卷一百九十六·隐逸》，也有《孙思邈传》，内容比旧传大致相同，但较为简略。

（考证），孙思邈卒于唐高宗永淳元年，《新唐书》和《旧唐书》所记载是一致的，《历世真仙体道通鉴》卷二十九《孙思邈传》言，"永徽三年（公元652）二月十五日解化，年百有余岁"，比永淳早三十年，与正史记载不合，今只以新、旧唐书为凭。惟思邈生于何年，各书皆未言及，关于他的确实年龄尚有问题。《旧唐书》虽记载"思邈自云，开皇辛酉岁生"，奈事实上有矛盾；开皇是隋文帝年号，辛酉是开皇二十年的后一年（公元601），如果真是这年生的，算到唐太宗即位时（贞观元年，公元627），只有二十七岁，为什么《新唐书》中他"年已老而听视聪瞭，帝叹曰：'有道者'，欲官之，不受"？《旧唐书》也说，太宗"嗟其容色，甚少"假使是二十七岁的人，容色甚少，何足为奇。况且他在隋朝以前早已隐居太白山了；隋文帝当初在北周辅政，尚未称帝时，就要请他出来做官了，"开皇辛酉岁生"这句话如何讲得通呢？

经过种种考证，现在敢断定他说的那句话是半真半假，"辛酉"是真的，"开皇"是假的。所谓"辛酉"是西魏文帝大统七年之辛酉，即公元541年；何以知道？因为独孤信曾赞美他是圣童。考独孤信在公元557年被宇文护所逼死，思邈与独孤信相见，必是557年以前之事，从公元541年他出生时算起，到二人相见时，他不过十几岁，所以独孤信称他为童；再从541年算到北周宣帝时（公元578），他已有三十八岁，正是宜于在山中过隐士生活的年龄，若是青少年，未必会隐居山中；隋文帝杨坚在北周辅政时，想请他出山做博士，也适合时宜，若年纪太轻，恐不足以名震权贵；他于北周宣帝时对人说，"过五十年当有圣人出"，从周宣帝（公元578）算到唐太宗即位（公元627），正是五十年；此时他的年龄已有八十七岁（从541至627），所以《旧唐书》云"嗟其容色甚少"，《新唐书》云"年已老而听视聪瞭"。以上凡史家所记载的事实都能够讲得通，故可断定他是生于公元541年辛酉岁。从541年算到永淳元年（682），可知孙思邈真年龄为一百四十二岁。

编者按：孙思邈固然是道教名人，也是古今医学界中杰出之士，他的著作大部分收在《正统道藏》内，《千金方》是唐代医书第一流著作，并且流传到海外，今日研究中医者仍视为要典。关于他的年龄一事，向来就没有弄清楚，九十余岁，百余岁，一百数十岁，数百岁，史书及道书所言极不一致，可谓遗憾；幸而《旧唐书》尚有"思邈自云，开皇辛酉岁生"这句话，才能算出他的确实年龄。《新唐书》因这句话与他已往事迹不符，就把它删除了，不知他所说的话是半假半真，这个"辛酉"不对，再往上推六十年换一个"辛酉"就对了。为什么他要说开皇年间生？因为唐高宗不许他回山，定要留他住在都城里，大众若知他年龄甚高，慕名来访者必多，苦于应接不暇，故少说几十年，以免惊世骇俗；为什么指明"辛酉"？因为他要使后来人有线索可寻，假使他当日不说"辛酉"，只说开皇某年生，我们到今天还算不出他究竟是多少岁数。现在可以确定，不是这个"辛酉"，必是上一个"辛酉"。至于他殁的年岁，南唐沈汾《续仙传》和宋末元初赵道一《历世真仙体道通鉴》皆说是唐高宗永徽三年（公元654），又与新、旧《唐书》相矛盾。《旧唐书》上说，"显庆四年（公元659），高宗召见，拜谏议大夫，又固辞不受；上元元年（公元674）辞疾请归，特赐良马及鄱阳公主邑司以居焉。"《新唐书》亦同此说。这都是永徽三年以后的事，如果他已经死了，这些话便无着落，所以我们只承认永淳元年，而不相信永徽三年。

【司马承祯】 （647—753年）唐代著名道士。河内温（今河南省温县）人，字子微，号白云子，从嵩山道士潘师正受传符箓和辟谷导引服饵的方术，住居天台山。武后、睿宗、玄宗迭次召见他，玄宗并从他亲受法箓，请他居王屋山阳台观。又命他以三种字体书写老子经刊正文句。殁后谥号为"贞一先生"。所著有《天隐子》、《服气精义论》、《坐忘论》、《道体论》等，皆见于道藏中。

（补充）南唐沈汾《续仙传·司马承祯传》："卢藏用早隐终南山，后登朝，居要官，见承祯将还天台，藏用指终南山曰，'此中大有佳处，何必天台'。承祯徐对曰，'以仆所观，乃仕途之捷径耳'。藏用有惭色"。（今查《唐书·司马承祯传》中无二人对话，惟《卢藏用传》中有之。因此后世文章家遂借"终南捷径"这句话以讽刺人们利用机会而取得进身之阶者）。其余事迹散见各家传记中，不能备录。

（考证）《新唐书》、《旧唐书》、《续仙传》、《历世真仙体道通鉴》这四种书皆言"年八十九"，但并无生卒年月，惟《衡岳志》和《茅山志》言"开元二十三年卒"（公元735）。按八十九岁推算，当生于唐太宗贞观二十一年（公元647）。

【杜光庭】　　（850—933）唐代道士。括苍人，一说缙云人，字宾圣，号东瀛子。他原习经史，工于词章，唐懿宗设万言科，他投考未中，入天台山为道士，僖宗时，召他充麟德殿文章应制。后随僖宗避难至蜀，遂久留成都不返。王建据蜀时，赐号为广成先生，进户部侍郎。终老青城山。所著有《常清静经注》、《道德真经广圣义》、《道门科范大全集》、《洞天福地记》、《广成集》等。

（补充）光庭尝谓"道法科教，自汉天师及陆修静撰集以来，岁月绵邈（时间久远），几将废坠，"遂考真伪，条例始末（此二句意谓，辨别真假，定出条例，首尾依次说明）；郑畋荐其文于朝，僖宗召见，赐以紫服象简，为道门领袖，当时推为扶宗立教，海内一人。中和初（公元881），从僖宗入蜀（因黄巢攻破长安之故），遂在青城山白云溪结茅而居。唐昭宗大顺二年（公元891）西川节度使（地方官最有权威者，等于清朝的总督）王建据成都，后十二年（公元903）封蜀王，再后四年（公元907）朱全忠篡位，唐亡梁兴，王建遂在蜀称帝，聘光庭为皇子师，并谓之曰，"昔汉有四皓（即商山四皓，是汉高祖时代四个年老的隐士），不如吾一先生足矣"。光庭不乐居宫中，乃荐许寂、徐简夫自代。王建治蜀初，用张格为相，大小事每令咨禀（一切政务，王建每令张格请教于杜光庭），蜀相徐光溥，志学之年（十五岁时）亦曾执弟子礼，盖光庭非止善辞藻（辞藻即诗赋文章和道教青词等类），实有经济之才。王建死，其子王衍袭位，尊光庭为传真天师兼崇真馆大学士。

（考证）光庭生于唐宣宗大中四年（公元850），二十四岁以试科举不中，遂入天台山为道士（山在今浙江省天台县境，距离他的家乡不远），其师应夷节乃陶弘景第七代弟子，光庭算是第八代。他随唐僖宗入蜀时，年已三十二岁；王建霸蜀，是唐昭宗大顺二年，他已四十二岁；王建称帝时，他已五十八岁；后唐起兵灭蜀，王衍投降，前蜀告终，孟知祥为西川节度使时（公元925），他已七十六岁；孟知祥霸蜀时（公元933），他已作十四岁，遂于本年十一月羽化；次年（公元934）孟知祥称帝，是为后蜀，杜光庭已不在世间了。总的说来，他前半生与唐朝有关系，后半生与"前蜀"关系最深，"后蜀"可谓与他无缘。

《正统道藏》内有杜光庭的作品十五种：道德真经广圣义五十卷，《常清静经注》一卷，录异记四卷，《神仙感遇记》五卷，《道教灵验记》十五卷，《天坛王屋山圣迹记》，《洞天福地岳渎名山记》一卷，《墉城集仙录》六卷，《广成集》十七卷，《道门科范大全集》八十七卷，此外关于"道仪"等类的书尚有五种，连上十种共计一百九十卷左右。

二、教理教义

第一部分：教理概论

老子《道德经》是道教的圣典

凡是一种宗教，必有一种信仰，有信仰，必有所以信仰之理由，用语言文字来说明这个理由，使人们能够了解而容易入门者，这就是宗教家所谓"教理"；某一宗教根据本教中经典著作，扼要的并概括的提出几个字或几句话作为信徒们平日思想和行动的准则，而且对于全部"教理"都可以契合，不显然发生抵触者，这就是宗教家所谓"教义"。

道教最高的信仰就是"道"，第一部讲"道"的书即老子《道德经》，后来道家和道教中许多名人著作都根据老子这部书而加以充分的发挥，或给予象征的演化。假使当初没有《道德经》，后人也就不可能无原由的凭空创造出一个道教。这个教我们若仅从表面形式上看，诚不免"迂诞谲怪"（《隋书·经籍志》对道教的批评）、"杂而多端"（《文献通考》关于道教的按语）；如果脱去它的外衣，观察它的本质，尽管派别分歧，茫无系统，其间仍然有它自己独立的精神一贯到底，二千五百年来未尝断绝，由此可见老子哲学思想之伟大。（老子时代虽不可考，惟自古以来都承认老子与孔子同时，而且年龄比孔子较长；孔子时代，大家知道很清楚，就是生于公元前551年，殁于公元前479年；从孔子生年算到现在，已有2514年，所以老子到现在也有二千五百多年。至于道教中传说"老君住母胎八十一年，于商朝武丁九年降生"，到现在已有三千几百年了，这些话无人相信，我们不能把它作为根据。）

道家和道教是分不开的

先秦、西汉的"道家"和东汉以后的"道教"，两者面貌不同，如何能够结合？就是因为他们有一个共同的信仰。信仰什么？就是老子之道。东汉张道陵创教以前，只有"道家"而无"道教"，但"道教"的思想萌芽早已潜伏在"道家"诸子之内，后来才逐渐得到发展。自从"道教"产生以后，"道家"之书除了仅有几种古籍而外，并无新的著作流传，我们就盲目的认为它的继承永远断绝了吗？其实不然。

历三国、两晋、南北朝、隋、唐、五代、宋、元、明、清，整个的"道教"完全被"道家"哲学精神所笼罩，其中知识分子包括在朝、在野、方内、方外一切信仰的人士，凡关于治国修身之道，他们都崇拜老子；关于隐逸全身之道，他们都效法庄子（庄子在道家的资格等于儒家的孟子，儒家则孔孟并称，道家则老庄并称）；关于神仙变化的传说，他们都根据《列子》的幻想而扩大之，更加捉影绘声、措摹尽致（列子书中穆王、汤问二篇，汉刘向已说它迂诞恢诡，非君子之言"，但刘向也不能不承认列子是道家）。在这样情况之下，偏重于理论性的"道家"和偏重于宗教性的"道教"，彼此打成一片，实际上已分不开了。

历代以来道教界尽管受尽了儒家的排斥和外界的讥笑，而道教自己半入世、半出世的作风，竟立于不败之地，其原因何在？就是它的教理教义深入人心，遍及社会各阶层，适合群众所需要之故。我们今日研究道教，对于这个重大的社会问题必须认识清楚，否则，就不能批判的接受。诋毁者固然是隔靴搔痒，赞美者亦未必恰如其分。已往学者们总是弄不明白，"道家"哲学思想为什么混杂于"道教"的宗教信仰中？"道家"的老子为什么变成"道教"的天尊？他们常常著书立说，企图把"道家"与"道教"分开，使太上老君坐不稳三清宝座，但惜徒费纸笔，那些文章并无丝毫效果，因为他们既不懂社会群众心理，又不察道教历史根源，只算得一个书生的见解而已。

太平经继承老子遗教

东汉出世的《太平经》为道教中第一部经典，托名老君（即老子的尊称）所传授，这虽是道教惯用的一句门面话，但其书受《老子》影响很深，我们无法可以否认的。今略举几条例证如下：1.《老子·第四十二章》说，"道生一，一生二，二生三"；《太平经钞·戊部》就说，"元气恍惚自然，共凝成一，名为天也；分而生阴成地，名为二也；因为上天下地，阴阳相合施生人，名为三也"。2.《老子·第四十章》说，"反者道之动"；《太平经·第五十八篇》就说，"反其华还就实，反其伪还就真，末穷者宜反本，行极者当还归，天之道也。……极上者当反下，极外者当反内，阳极反阴，阴极反阳"。3.《老子·第七十七章》说，"天之道损有余而补不足，人之道则不然，损不足以奉有余"；《太平经·第一百三篇》就说，"财物乃天地中和所有，以共养人也，此家但遇得其聚处，本非独给一人，其有不足者，悉当从其取也。愚人无知，以为终古独当有之，不肯周穷救急，使万家乏绝"。4.《老子》专讲道德，"道"字和"德"字在五千文中，共计有一百二十字之多；《太平经》原有一百七十卷，现在的残本只有五十七卷，而其中"道"字和"德"字已多得不可数计，假使原书完整无缺，"道德"二字在全部书中必定比残本中所有者还要多出两三倍，所以我们认为这部《太平经》就是《老子道德经》的继承者。5.文章是有时代性的，《道德经》是对东周时代列国诸侯王说法，《太平经》是对东汉时代一般老百姓布教；《道德经》文章很古雅，理论很高深，《太平经》则避免那些高深的哲理，专揭露当时社会的病态，文章也就通俗化了。两部书的格调虽然大大不同，它们想救世的宗旨都是一致的，《太平经》托名为老君所传授，并非毫无理由。

魏伯阳是老子的信徒

　　道教中第一部讲炼丹的书是东汉魏伯阳的《周易参同契》，后人称它为"万古丹经王"，其中有许多字句都是借用《老子》的成语，例如："引内养性，黄老'自然'；无平不陂，道之'自然'；施化之道，天地'自然'；阴阳相饮食，交感道'自然'；以类辅'自然'，物成易陶冶；'自然'之所为兮，非有邪伪道"。以上有六个'自然'，都是根据《老子》"道法自然"这一句最高的教义而来。又如："以无制有，器用者空"，此即《老子》所谓"有之以为利，无之以为用"。又如："反者道之验，弱者德之柄"，即是从《老子》"反者道之动，弱者道之用"变换出来的。其他如："含德之厚，归根返元。抱一毋舍，可以长存。上德无为，不以察求；下德为之，其用不休。知白守黑，神明自来。先天地生，巍巍尊高。"这些字句都是发源于《老子》，凡是读过《老子道德经》者自能够看出，不必一一说明。我们不敢肯定魏伯阳的炼丹法（指内丹而言）即是老子的修养法，但说他是老子的信徒，总不会错误吧。

葛玄葛洪都属于老子系统

　　三国时代的葛玄（即抱朴子葛洪的叔祖父）传出一卷《常清静经》，标题为"太上老君说"，虽不免近乎神话，但经中也是发挥老子的"清静"两个字教义；又如经中云："大道无名，长养万物，吾不知其名，强名曰道。"以及"上德不德，下德执德。"这些话都以《老子道德经》为根据的。（《清静经》后来被列人玄门早课之一，出家道士每天都要念诵。）

　　东晋葛洪撰《抱朴子内篇》，专讲神仙之术，不大信仰老、庄，他在《释滞》篇中说，"五千文虽出于老子，然皆泛论较略，其中不肯首尾全举其事，但诵此经而不得要道，直为徒劳；至于文子、庄子、关令尹喜之徒，虽祖述黄老，但永无至言"。再看他在《畅玄》、《道意》两篇开端，对于道的理解，完全由《淮南子·原道训》而来，《淮南》又是西汉以前道家学说之总汇，东汉高诱作《淮南叙》，谓"此书旨近《老子》，为大明道之言"，葛洪虽想独树一帜，分路扬镳，但是他论道谈玄，既未能越出《淮南》的范围，也就不能脱离老子的系统，所以他只好自己承认《抱朴子内篇》属于道家了。

老子与太上老君

两晋以来，道教中人奉"老子"为教主，遂尊称为"太上老君"。考刘向《列仙传》及葛洪《神仙传》中的"老子传"，皆未有这个尊号，惟《抱朴子》中已把"老子"和"老君"混而为一。如《抱朴子·杂应篇》："老君真形见，则起再拜，老君真形者，思之：姓李，名聃，字伯阳，……"。又如《抱朴子·地真篇》："老君曰，惚兮恍兮，其中有象；恍兮惚兮，其中有物"这四句，本是《老子》原文，此处改作"老君曰"，可见葛洪撰《抱朴子》时，"老君"尊号在道教中早已普遍流行，否则，他不会把这个尊号在书写上。《抱朴子》中虽有"老君"二字，但如"太上老君"四字连在一处的名称，尚未曾见到，或者又是后来增加的。

南北朝时，北魏嵩山道士寇谦之，自言遇见"太上老君"下降，赐他《云中音诵新科之诫》二十卷，并授以天师之位，教他除去三张伪法，清整道教；后又遇老君玄孙李谱文，赐他《录图真经》六十余卷，教他辅佐北方太平真君。当时北魏太武帝对于寇谦之甚为信仰，新天师道遂大行于世（详情见于《魏书第一百十四卷释老志》）。今按，寇谦之的道和张道陵的道虽有所不同，但新旧两派天师道都奉"老子"为教主，可见他们仍属一个系统。"太上老君"尊号见于正史者，也从此时开始。

"太上"二字是至高无上之义，也就是说没有比这个更高上的了。老子自己在《道德经》中早已说过："太上，下知有之；其次，亲之誉之"。《左传》也说"太上有立德，其次有立功"；《礼记》又说"太上贵德，其次务施报"。所谓立德，贵德，正合于老子无为而治的教义，故曰"太上"；所谓立功、施报，也并非不好，但已博得人民的爱戴和歌颂，比较"自然"之道只能算是第二义，故曰"其次"。现就教理教义而论，道教中人把"太上"这个尊号奉给老君，我们认为是很恰当的。

老子书盛行于隋唐时代

《隋书·经籍志》云：道士讲经，"以《老子》为本，次讲《庄子》及灵宝升玄之属。""其受道之法，初受五千文箓，次受三洞箓。"又云："今之受道者，经四十九年始得授人。推其大旨，盖亦归于'仁爱清静'；积而修习，渐致长生"。按，所谓"五千文箓"当然与《老子》有关系。"仁爱清静"这四个字也是出于《老子》书中，如《道德经》第八章"与善仁"；第三十八章"上仁为之而无以为，……故失德而后仁，失仁而后义"；第十章"爱民治国；能无为乎"；第十三章"爱以身为天下"；第十五章"孰能浊以静之而徐清"；第四十五章"清静为天下正"。即此可见，道教的真实信仰，还是注重在老子《道德经》，其余一切不过宗教仪式而已。所以我们今日谈及教理教义，仍以老子学说为中心思想。

《老子》一书，唐朝最为盛行，非但道教中人必须诵习，就是教外的一般读书人也要研究，否则即不能应科举考试。唐中宗令贡举人都习《老子》；唐玄宗开元二十一年，诏贡举加试《老子》策（全国各地方文学有资格之人被选拔来京应试者，叫作贡举人；策是应试文各种体制中之一种；就《老子》书上义理出题目考试他们，他们做的文章叫作《老子》策）。又令士庶家藏

《老子》一本（凡是读书人家都应该有一本《老子》）；开元二十五年，置崇玄学于玄元皇帝庙（在老子庙中讲老子之学）；开元二十九年，求明《道德经》及《庄、列、文子》者；天宝十四年，颁《御注老子》并《义疏》于天下。以上皆正史所记载，可见唐朝皇帝信仰老子之教到如何程度。以下看几位道教名人之言。

道教名人信仰老子之教

唐睿宗问道于司马承祯；对曰："'为道日损，损之又损，以至于无为'（此是《道德经》第四十八章原文）。夫心目所知见，每损之尚不能已，况攻乎异端而增智虑哉。"帝曰："治身则尔，治国若何？"对曰："国犹身也，故'游心于淡，合气于漠，顺物自然，而无容私焉。则天下治矣'"（此是《庄子》第七篇中原文，承祯借用之）。后来南宋人赵道一为司马承祯作传，附以评语曰："此诚得太上之深旨。道德经云：'我无为而民自化，我好静而民自正，我无事而民自富，我无欲而民自朴'，即此义也"。

唐明皇问道于吴筠；对曰："深于道者无如老子《五千文》，其余徒费纸札耳"。复问神仙治炼法（此指长生变化及金石外丹之事），对曰："此野人事，积岁月求之，非人主所宜留意"（这是山林闲散之人做的事，还要经多年辛苦勤求，不是皇帝所应当研究的）。唐宣宗问长生术于罗浮山人轩辕集，集只以"彻声色，去滋味"等语相告。这种话似乎平淡无奇，但也是根据《道德经》"五色令人目盲，五音令人耳聋，五味令人口爽（'爽'字作'伤'字解）"这三句教义而来，很合于养生之道，可惜皇帝听不懂。

宋太宗问陈希夷曰："若昔尧舜之为天下，今可至否"？陈对曰，"土阶三尺，茅茨不剪，其迹似不可及，然能以'清静'为治，即今之尧舜也"。这几句话的意思是说，社会是向前发展的，在数千载之下，若要回复到数千载之上那种简陋的生活状况，教皇帝住泥土地、茅草屋，当然是不可能。惟治国之道，在精神不在形式，尽管外界繁华日新月异，只要人主心中不为它所迷，仍能够保持内部思想的纯洁，这就是老子"清静为天下正"的教义，虽然是宋代的皇帝，也可以比美于古代的尧舜了。

公元1221年邱长春西往雪山见成吉思汗时，首先劝他"若要统一天下，必在乎不嗜杀人"，这句话也是根据老子教义而来，《道德经》第三十一章早已说过："夫乐杀人者，则不可以得志于天下矣。"邱长春的意思和老子的意思完全相同。

悟真篇巧妙的运用道德经

第一部炼内丹的著作《参同契》引用《老子道德经》中的字句，前面已经说过；还有与《参同契》齐名的北宋张紫阳所撰《悟真篇》（专门修炼家常以"参同、悟真"并称），其中引用《道德经》的成语更多；今将《悟真篇·七言绝句》和《道德经》有关的各首诗列举如下：

第十首："虚心实腹义俱深，只为虚心要识心，不若炼铅先实腹，且教守取满堂金。"（《道德经》第三章："是以圣人之治，虚其心，实其腹"；又第九章："金玉满堂，莫之能守"。）

第十二篇："道自虚无生一气，便从一气产阴阳，阴阳再合成三体，三体重生万物昌。"（《道德经》第四十二章："道生一，一生二，二生三，三生万物；万物负阴而抱阳，冲气以为和"。）

第二十三首："用将须分左右军，饶他为主我为宾，劝君临阵休轻敌，恐丧吾家无价珍。"（《道德经》第三十一章："偏将军居左，上将军居右"；又第六十九章："用兵有言，吾不敢为主而为客，……祸莫大于轻敌，轻敌几丧吾宝。"）

第三十九首："要得谷神长不死，须凭玄牝立根基，真精既返黄金室，一颗明珠永不离。

第四十首："玄牝之门世罕知，休将口鼻枉施为，饶君吐纳经千载，怎得金乌搦兔儿。"（《道德经》第六章："谷神不死，是谓玄牝；玄牝之门，是谓天地根"。）

第四十一首："异名同出少人知，两者玄玄是要机，保命全形明损益，紫金丹药最神奇。"（《道德经》第一章："此两者同出而异名，同谓之玄，玄之又玄，众妙之门。"）

第四十四首："恍惚之中寻有象，杳冥之内觅真精，有无从此自相入，未见如何想得成。"（《道德经》第二十一章："惚兮恍兮，其中有象，窈兮冥兮，其中有精"；又第四十三章："无有入无间"。）

第五十一首："万物芸芸各返根，返根复命即常存，知常返本人难会，妄作招凶往往闻。"（《道德经》第十六章："夫物芸芸，各复归其根；归根曰静，是谓复命；复命曰常，知常曰明；不知常，妄作凶。"）

历代以来凡是讲修炼工夫的书籍引用老子之说者，多至不可胜数，今只将其中最有权威的著作《参同契》和《悟真篇》两种举出，即足以代表一切。由此可见道教中专门修炼法也是受老子学说所支配。

张三丰用老子哲学讲玄关

元末明初张三丰，是大家久已闻名的，他有一篇《道要秘诀歌》，完全把《老子》第一章最高深的哲学理论运用到实际修炼工夫上面，比较《参同》、《悟真》容易明白，今特转录于此。

道要秘诀歌：道要歌，效用多，不知道要必遭魔。看玄关，调真息，知斯二要修行毕。以元神，入气海，神气交融默默时，便得一玄真主宰。将元气，归黄庭，气神团结昏昏际，又得一玄最圆明。一玄妙，一玄窍，有欲观窍无观妙。两者玄玄众妙门，异名同出谁知道。看玄关，无他诀，先从窍内调真息。气静神恬合自然，无极自然生太极。古仙翁，常半语，天机不肯完全吐。或言有定在中央，或言无定自领取。到如今，我尽言，此在有定无定间。有定曰窍无曰妙。老君所说玄又玄。指分明，度有情，留与吾徒作赏音。闻而不修为下士，超凡入圣亦由人。初学者，实难行，离了散乱即昏沉。松不得兮紧不得，贵在绵绵与勿勤（可参看《老子》第六章）。用工夫，牢把握，须将神气分清浊。清是先天浊后天，后天窝里先天出。扫开阴浊现清阳，闭塞三宝居灵谷。这灵谷，即窍儿，窍中调息要深思。一息去，一息来，心息相依更相偎。幽幽细，无人觉，神气冲和八脉开。照此行持得妙窍，玄关何必费疑猜。（此歌根据口口相传的字句写下来的，比较已往木刻本《三丰玄要篇》上所载大不相同，因为这种工夫与老子哲学有关，故把它在此处公开发表，以证明老子之道无往而不适宜。）

继承和发扬道教优良传统

老子是我国古代第一流的哲学家，他的哲学理论先从整体"宇宙观"出发，然后将"自然"之道、"治国"之道、"修身"之道三者都归纳于一个共同的自然规律中，在理论上并没有三种看法。后之学者如果能够懂得他所说的道理，就可以"达则兼善天下，穷则独善其身"（此二句借用《孟子》成语），在人生短短的数十年间，不至于感觉前路茫茫、进退失据，寿夭莫测，我命由天，这就是"道家"处世的哲学精神和"道教"超世的修炼方术结合一起，互相为用的优越性，也就是我们所谓"道教优良传统"。

以上所引孟子两句话见于《孟子·尽心篇》第九章，这本是儒家的教义，今借用来讲道教，也未尝不可。所谓"达则兼善天下"，指的是身在朝廷，凡有措施，泽惠遂能普及于百姓；例如西汉初期曹参为齐相时，实行黄老清静无为之术，齐国大治，后为汉惠帝丞相，仍复如此，影响到窦太后（文帝之后，景帝之母）也好黄帝老子之言，汉景帝也不能不读老子之书，因此酿成文景两朝四十年太平气象；唐初名臣魏征，早年曾做过道士，又撰过《老子义》五卷，当然算是道教中人，他为官时，直言敢谏，前后上疏二百余封，纠正了当时政治上及唐太宗行为上许多错误，所以"贞观"政治在唐朝二百几十年中比较最好。所谓"穷则独善其身"，不是说生活困难，是说没有际遇，不能大行其道，只好隐居山林，将治国之道变为修身之道；例如孙思邈真人，由北周末至唐初，隐居太白山，数十年不出，专门研究医学，完成了唐代第一部伟大的医学著作《千金方》和《千金翼方》，永远流传于后世，本人活了一百四十岁左右；陈希夷先生，由五代至宋初，隐居华山，研究易卦象数之学及修养工夫，享寿一百一十八岁，他的学术皆有继承之人。我国历史上诸如此类者甚多，此处仅举数例以见大概。

《道德经》上有许多话都是"吾道一以贯之"，（借用《论语·里仁篇》孔子一句成语），不管它是讲"自然"之道或是讲"治国"之道，后人也可以把它当作"修身"之道去体会，并且可以在自己身中用工夫实际试验，如魏伯阳的《参同契》、张平叔的《悟真篇》、张三丰的《道要秘诀歌》，都是这样去理解《老子》。宋元以降至于清代流传的许多道书，每喜欢把老子哲学与修养方术联系起来，讲得头头是道，教外的研究家就不同意那种说法，以为尽属牵强附会，失却《老子》本义。我们今日准备钻研道教中全部学术，自不宜先有成见，而且这类书籍也确实不少，在道教中早已算得一个学派，他们的书上理论和身上工夫是分不开的，后人未曾做过这样工夫，对于那些书恐难轻下批判。《老子》本义究竟如何，古今迄无定论，我们从道教优良传统上着想，还是保存这一派的学说，留待世间爱好"长生久视之道"者自己去探讨和证验（《老子》第五十九章："是谓深根固蒂长生久视之道"。）。

第二部分：教义分释

【道】　《道德经》中所说的"道"是道教的理论基础。《云笈七签》以《道德部》为第一部，《道教义枢》也以《道德义》作为开宗明义第一义。道教为什么要以"道"名教呢？就是因为他们对于老子之道，一要研究，二要信仰，三要继承，四要发扬，所以《道典论》中说，道士者，要"以道为事"。

"道"字通常是当"道理"讲，但老子所说的"道"并不同于一般的道理，他自己说："为学日益；为道日损，损之又损，以至于无为，无为而无不为矣。"又说："反者道之动，弱者道之用。"相反地，他说："保此道者不欲盈。"又说："物壮则老，是谓不道。"概括地来说，他的"道"是以"清静为宗、虚无为体、柔弱为用"的一种"道"。

他所谓"道"就是他的宇宙观，他认为"道"是天地"万物的本源"，又是"宇宙的原动力"，也是"大自然的规律"。《道德经》第二十五章说："有物混成，先天地生，寂兮寥兮，独立而不改，周行而不殆，可以为天下母，吾不知其名，字之曰道"，《淮南子·原道训》引申了老子的这一意思说："夫道者，复天载地，廓四方，柝八极，高不可际，深不可测，包裹天地，禀受无形。"将"道"说成为天地万物的本源；《清静经》根据了老子以上的话，解释"道"字说："大道无形，生育天地；大道无情，运行日月；大道无名，长养万物。"唐吴筠在《玄纲论》中也说："道者，何也？虚无之系，造化之根，神明之本……万象以之生，五行以之成。"即将"道"说成了宇宙的原动力；老子又说："道生一，一生二、二生三，三生万物。"《玄纲论》从而解释说："生生成成，今古不移谓之道。"将"道"又说成为大自然的规律。

"道"是老子的宇宙观，又是他的方法论，他将"道"运用在许多不同方面；他的社会思想主张"无为而治；"他的人生观是"清虚以自守，卑弱以自持"（见《汉书·艺文志·诸子略》）；他的修养方法是要"深根固蒂，长生久视"，他认为以"道"为准则，通过一定的修炼，人就可以返本还原，和大自然之"道"同一体性，而处于永恒不变的境地。这也就是老子所说的"谷神不死"。后来的仙学就是在他这一思想基础上成长起来的。

道教的根本信仰就是老子的"道"；他们说修道，所修的也就是这个"道"，所以在后来道教中，"道"字还当做"导"字或"通"字讲：河上公在《道德经》注中说，"道"就是"导执令忘，引凡入圣"的意思；《自然经》中则说，"道"是"导末归本"的意思，他们皆训"道"为"导"。《消魔经》中说，"道"能"通生万法，变通无壅。"又训"道"为"通"，不论训"导"训"通"，他们的目的则是为了要"令忘""入圣""归本""生法"；更彻底说，也就是希望取得同老子一样的和"道"同一体性的后果。

"道"在道教中既是他们的理论基础，也是他们的根本信仰，他们将大自然现象的"道"予以人格化，变成了"老君"，在葛仙翁（葛玄）《五千文经序》中说："老君体自然而然，生乎太无之先，起乎无因，经历天地，始终不可称载，穷乎无穷，极乎无极也，与大道而轮化，为天地而立根，布气于十方，抱道德之至纯"。"老君"后来又变成道教中的三清尊神"元始天尊、灵宝天尊、道德天尊"，成为他们信仰中的最高尊神，所以道教中有"太上老君一炁化三清"之说。

【道德】　道教中以"道"、"德"并称，以"道"和"德"作为一个事物的两个不同面，两者是整体和局部、一般和特殊的关系。《道教义枢·道德义》中说："道德一体，而具二义，一而不二，二而不一。"所以在道经中"德"字有时作"道的本体"讲，有时作"道的特性"讲，有时作为"道的总体表现"讲。《道德经》中所说的"上德"、"玄德"、"常德"、"道尊而德贵"的"德"，都指的是这个"德"。老子在解释"上德"时说："上德不德，是以有德……上德无为，而无以为。"解释"玄德"说："长之畜之，成之熟之，养之复之；生而不有，为而不恃，长而不宰。"解释"常德"说："常德不忒，复归于无极……常德乃足，复归于朴。"又说："道生之，德畜之。"即或以"道"、"德"并称，或以"德"解释成为"道"的某一方面。所以《自然经》说："德"就是"得于道果"的意思；《太平经》中说：能够"成济众生，令成极道"的就是"德"；唐玄宗在《道德经》御注序中说："道之在我"就是"德"。

道教中以"道"和"德"作为他们信仰、行动的总准则，他们要修道，还要积德，所以"道"和"德"同为道教的教理、教义中的基本原则。老子哲学中其他的理论观点，如"清静"、"无为"、"抱一"、"知足"等，也都是从"道"、"德"的基本原则中引深和发挥出来的。

"德"字一般常被解释为"优点"或"特点"，如中国儒家即以"孝、悌、忠、信、礼、义、廉、耻"等都归于"德"字的概念中。在道教中，有时也采用这样的解释，如《道德经》说："下德不失德"；此处所谓"德"字即指的是社会上做人的优点；又如《抱朴子》说："非积善阴德，不足以感神明"；"乐人之吉，愍人之苦，赒人之急，救人之穷，手不伤生，口不劝祸，不自贵，不自誉，不嫉妒，不佞谄，如此乃为有德，受福于天"，以及后世道书中无数的"积功累德"之说，这些都是老子所谓"下德不失德"，只就人类社会相互间的关系而言，并非指道教中最高的教义。若问最高的教义如何？那就是老子所谓"上德不德"，"上德无为而无不为"。人们如果能达到这样境界，"道"和"德"也就没有什么分别了。

【无为而无不为】　在《道德经》中曾有两处提到这句话，第三十七章说："道常无为而无不为。"第四十八章又说："为学日益，为道日损，损之又损，以至于无为，无为而无不为矣。"两处的意思是都肯定了"无为而无不为"就是"道"；所以，它既是"道"的本性，也是"道"的现象，同时又是"道"的作用。

在道教中，他们首先以"无为而无不为"作为他们社会政治思想中的一个最高准则，《庄子·天地篇》中说："古之畜天下者，无欲而天下足，无为而万物化。"他在《应帝王篇》中又说："游心于淡，合气于漠，顺物自然而无容私焉，而天下治矣。"是完全同意老子的政治思想的。《列子·黄帝篇》中说，华胥之国是顺自然而治的，他所说的"自然"事实也就等于"无为而无不为"。西汉初年，汉文帝和景帝（公元前179—141）曾以这种思想和主张来治理天下，实行清静无为与民休息的政治，使战国以来严重的经济破坏情况获得好转，成为我国历史上著名的"文景之治"。后来《太平经》中，更以"无为而无不为"作为致太平的根本，它说："上古所以无为而治，得道意，得天心者。"又说："垂拱无为，弃不祥也。"它还将"无为而无不为"直接说成了"道"，它说："王者行道，天地喜悦；失道，天地为灾异。"又说："夫王者静思道德，行道安身，求长生自养。"很明显地，它所说的"道"就是老子的"道"，实在也就是"无为而无不为"。

同时道教中还以"无为而无不为"作他们处世哲学中的主要原则，《淮南子·原道训》中说："所谓无为者，不先物为也；所谓无不为者，因物之所为。"《文子·上仁篇》中说："夫道退故能先，守柔弱故能矜，自身卑下故能高人，自损弊故坚实，自亏缺故盛全，处浊辱故新鲜，见不足故能贤，道无为而无不为也。"

在道教个人修养方面，"无为而无不为"这句格言更适合于他们清静工夫的标准。老子自己在解释"道常无为而无不为"时说："侯王若能守之，万物将自化，化而欲作，吾将镇之以无名之朴。无名之朴，夫亦将无欲，无欲以静，天下将自定。"他的意思是说，清静工夫做到"无为而无不为"的境界时，即有万象将萌的动机；为了遏止这一动机，则应慎之以"无名之朴"。"无名之朴"是什么？就是"无欲"，"无欲"即是"清静"。这里所说的"天下"，是指人身中的小天地。后来道教中的《清静经》就是进一步发挥了老子的这一原理。所以就道教修养方法上说，"无为而无不为"，也是他们取得"长生久视之道"的一种手段。

【清静】　老子说："清静为天下正。"在《道德经》中，"清静"和"无为"是两个颇相类似的概念；同时，它和"寡欲"也有着一定的联系，它们都是"道"的部分表现。在后来道教中常以它和"无为"或和"寡欲"作为一个联用的术语，如道书中常说"清静无为"，或说"清心寡欲"。

在《道德经》中，它和"浊"也是相对的名词，并且还有着相生相化的关系，老子经说过："浑兮其若浊，孰能浊以静之徐清。"这两句话指的是道家清静工夫，他是说，静功做到混然一气的境界时，更继续静下去，即会生出光明。老子并认为这都是"道"的表现。《清静经》中则更说得直截了当，它说："夫道有清有浊，有动有静。"指出"清"和"浊"是"道"的一种表现的两个不同面。

所以，在老子的宇宙观中，"清静"是大自然最早的形态；在他的社会政治思想中，"清静"则是他理想领导人物的政治风格；在修养方面，"清静"则又指修养过程中的一种境界。在这最后的一方面，后来道教中是做了更多的发挥，他们的重要经典之一，即上面所说《清静经》就是这样撰著出来的。

在《清静经》中说："大道无形，生育天地；大道无情，运行日月；大道无名，长养万物。"此处所说的"无形"、"无情"和"无名"是都说明了"道"的"清静"的现象。经中认为修养工夫主要就是效法"道"的"清静",不但要"清静",而且要"常清静",要"真常应物,真常得性,常应常静"。"常应常静"就是"清静"的最高境界,也就是做到了"道"的"无为而无不为"。"常清静"在经中又叫"真清静",就是要"心无其心"、"形无其形"、"物无其物",能够"唯见于空,并且观空亦空",最后才达到"湛然常寂"。

【抱一】 老子说:"载营魄抱一,能无离乎?""抱一"是道教中最基本的修养工夫,简单地说,就是在静坐的时候要做到"神气混然"的境界,所以"一"就是"混然一气"的意思。

"一"字一般解释很多,但在道教中最主要的解释是以"一"为"形变之始",也就是所谓"元气",他们似乎是把"一"当作物质来解释的。《庄子·天地篇》中说:"泰初有'无',无'有'、'无'名,'一'之所起。"这和老子所说"道生一"的意思是一样的,老子说"道生一";庄子则说,从"无"中生出了"一"。至于"一"究竟是什么?庄子又说:"有一而未形,物得以生谓之德。"是说"一而未形"就是万物的根源,它的"生生"作用便是"德"。他又说:"留动而生物,物成生理谓之形。"认为由"一"的存在和变化产生了"物",从"物"所生成的生理而有了"形"。总的来说,他以"一"为万物的根源,是"形"之所始。《列子·天瑞篇》中说:"太易者未见气也;太初者气之始也;太始者形之始也;太素者质之始也。"下文又说:"一者,形变之始。"他的说法和庄子是一致的,认为"一"是形变之始,也就是大自然演化过程中的一个阶段;但他却更具体地指出了"一"就是"气"。

后来道教中对于"一"的解释主要即是根据庄子和列子的说法,但进一步地肯定了"一"是"气"。《云笈七签》卷五十六,引《元气论》说:"一者,真正至元纯阳一气,与大道同心,与自然同性"。卷六十一,又引《五厨经气法》说:"一气和太和,得一道皆泰,和乃无一和。"在"一气和太和"注中说:"一气者,妙本冲用,所谓元气也。冲用在天为阳和,在地为阴和,交合为泰和也,则人之受生皆资一气之和以为泰和,"在"得一道皆泰"注中说:"得一者,言内存一气以养精神,外全形生以为车宅,则一气冲用与身中泰和和也。"他们将"一"说成"纯阳一气",将"一气"说成"元气"。至于老子所说的"抱一",就是这里所说的"内存一气以养精神……"三句话的意思,所以"抱一"的主要教义是指道家修养法的基本工夫。

此外,"一"字在道教中也有时解释为"道",也有时解释为"无为",但都不能算是他们主要的解释。同时"一"字在《道德经》中不仅指修养工夫;也是老子政治思想中的一个重要概念,如他说:"侯王得一以为天下贞","圣人抱一为天下式",这两个"一"字不能作"元气"解。

"抱一"在《庄子》和《太平经》中则说成"守一",他们的意思是大致相同的,不过《庄子》之言简而精,《太平经》之言则繁而杂。

【抱朴】 《老子》第十九章说:"见素抱朴,少私寡欲。""朴"就是"朴素"的意思,《说文》说:"朴,木素也"。在《道德经》中"朴"字也有时作为"敦厚"来解释,《老子》第十五章说:"敦兮其若朴"。

"朴"字的意义在《道德经》中有时也可当作"道"字解,如第三十二章云:"朴、虽小,天下不敢臣;侯王若能守之,万物将自宾"。又有时说成"归朴",如第二十八章云:"常德乃足,复归于朴"。《庄子》和《列子》中则说成"复朴",庄子说:"明白人素,无为复朴"。列子则说:"避琢复朴,块然独以其形立"(《庄子》第七篇中也同样有这两句)。它们的含义是差不多的,"朴"字都是指朴素之道而言。

"朴"字在《道德经》中有时用在修养方面,说的是做静功时所要求达到的一种境界,如第三十七章云:"化而欲作,……吾将镇之以无名之朴",这一章经文似乎是讲治国之道,若把它作修身之道讲，更切合于实际。他又将"朴"字作为政治领导方面最理想的标准，如第五十七章说："我无欲而民自朴"，政治的作用都是上行下效，在上者如果能做到无欲的地步，民间风俗也就变为淳厚了，上无欲，下亦无欲，无欲即是朴。老子这个教训是针对着封建时代一班侯王们而言的，因为他们都犯了多欲的毛病。

老庄这种归真返朴的思想，后来则发展成为道教的人生观。东汉魏伯阳在他的《参同契·自序》中说自己是"邻国鄙夫，幽谷朽生，挟怀朴素，不乐权荣"；晋代嵇康也在他的《幽愤诗》中说："托好老庄，贱物贵身，志在守朴，养素全真"。嵇康好道，他作了一篇《养生论》很有名，此诗又说"守朴、全真"，但惜他能说不能行，后来被仇人所诬害，司马昭把他杀了，可见理论要结合实际，空谈是无用的。魏伯阳自序末段有云，"委时去害，依托丘山"，他自己真能实行做到，所以他的结局比较嵇康竟有霄壤之别。

【寡欲】　老子说："见素抱朴，少私寡欲。"同时他还说过一些"无欲""不欲"等和"寡欲"相类似的名词。

在老子的修养方法中，对于"人欲"的节制，是认为非常重要的，《道德经》第四十六章说："罪莫大于可欲，祸莫大于不知足，咎莫大于欲得。"他这一认识，是从他的"道"中体会出来的《道德经》第三十四章说："大道氾兮，其可左右，万物恃之以生而不辞；功成不名有；衣养万物而不为主。故常无欲，可名于小矣；万物归焉而不为主，可名于大矣，是以圣人终不为大，故能成其大。"他说，"道"的伟大是说不完的，从大的方面来说，是万物归焉而不辞；从小的方面来说，就是"无欲"，但圣人务小不务大，而结果却能成其大。他认为"道"的本来面目就是"无欲"；"无欲"的后果则是成就了"道"的伟大，所以主张"寡欲"。

后来道教中对于老子的"寡欲"精神，主要是表现在他们的戒律中，较早的有"道民三戒"、"录生五戒"、"祭酒八戒"、"想尔九戒"，"老君二十七戒"；后来又有"初真十戒"、"中极三百戒"和"天仙十戒"，一共有三百二十戒，虽说"戒重于因，律重于果"，但它们是都尽量的发挥了老子"寡欲"的精神。

同时在道教经典中，对"寡欲"也做了不少理论方面的解释，《云笈七签》卷八十七《太清神仙众经要略》中说："夫民之生性，莫非气烦，气烦则嗜欲生焉。原夫嗜欲之本势，不逾于口实五味，体充衣暖，男女偶适之间而已矣。"又说："夫嗜欲之茂，好利而恶害，喜荣而忿辱……故其向荣也靡知足；其喜，故其触辱也莫知己。"说明了"欲"的根源和它的弊害。在卷九十《七部要语》中说："喜怒乱气，嗜欲伤性……如水性欲清，泥沙污之；人性欲平，嗜欲害之，与性相害，不可两立。"更进一步说出了"欲"对于"气"和"性"的关系，也就是它在修养方面的弊害。

【柔弱】　老子说："弱者道之用"，认为"柔弱"就是"道"的作用。他在谈修养方法的时候说："专气致柔，能如婴儿乎？"在谈论物理的时候说："天下柔弱莫过于水，而攻坚强者莫之能胜，其无以易之！"在谈到人的生理现象时说："人之生也柔弱，死也坚强。"此外，他还说过："柔胜刚，弱胜强。"又说："天下之至柔，驰骋天下之至坚。"相反地，他则说："物壮则老""强梁者不得其死""勇于敢则杀"，是明确地指出了"柔弱"的功用和"刚强"的弊害。

在后来道教中，"柔弱"主要是用于他们的气功修养方面，《云笈七签》卷九十一《七部名数要记·十三虚无》条说："呼吸中和，滑泽细微谓之柔；缓形从体，以奉百事谓之弱。"卷五十九引《墨子闭气行气法》说："凡欲行气，先安其身，而和其气，无与气争。若不安和，且止；和乃为之，常守勿倦也。"是非常细致地说明了"柔弱"和"气"的关系。在《七部名数要记·九守》第九篇中又说："圣人持养其神，和弱其气，平夷其形而与道沉浮；如此，则万物之化无不偶也，百事之变无不应也。"是更进一步地强调了"和弱其气"，也就是"柔弱"在修养方面的作用。

在道教戒律中，也以"柔弱"作为他们的主要条例，他们一要奉行"柔弱"：在《道教五戒十善》中以"忍性容非"为第四善；《老君二十七戒》中以"行无为，行柔弱，行守雌勿先动"为最上三行；《老君崇百药》中以"体弱性柔"为一药，相反地，他们以"刚强"为戒；《化胡经十二戒》中说，"戒之勿刚强，当可自屈折，强者必先摧，刚者必先屈"；《老君说百病》中认为"以力胜人"、"语欲胜人"都是百病之一，这又是他们在立身处世方面发挥了老子的"柔弱"思想。

【不争】　是老子处世哲学中的一个重要准则，它是从"道"的某一特征而体会出来的。老子说："圣人之道，为而不争。"什么叫"为而不争"呢？就是一切作为都要顺乎自然；他的"不敢进寸而退尺"便是这个意思。同时这也是他论证自然现象而获得的认识，他说："天之道，不争而善胜。"又说："上善若水，水善利万物而不争。"

至于他为什么要提倡"不争"呢？这在上面已经说过"不争而善胜"；此外，他说："夫唯不争，故无尤矣。"又说："夫唯不争。故天下莫能与之争"。由此可见他是以"不争"为手段，以"善胜""无尤"和"莫能与之争"为目的；要达到这样目的，就必须用这种手段，如《道德经》第六十八章说得更明显："善为士者不武（士即小军官），善战者不怒，善胜敌者不与，善用人者为之下，是谓不争之德。"这都是高人一着的作用。

在一部《道德经》中，"不争"的精神随处都有表现，如"知足"、"知止"、"不有"、"不恃"、"不自见"、"不自是"、"不自伐"、"不自矜"，这些都是从不争的思想所引申出来的；甚至于把"不敢为天下先"列入三宝之一，在文字上虽然换了一个说法，在精神上并未改变"不争"的原则。

他这种"不争"思想，又成为后来道教人生观中的重要特征，它和"抱朴""寡欲"有着互相关联的意义。在道教戒律中，它也是一项最基本的条科，如《道教十善》中即规定着"四念容非忍性"、"五念谏诤触恶"也都是"不争"精神的体现和发挥。

【精气神】　历代以来道书中讲修养方法，总不能离开"精、气、神"，并且认为这三件事有一连串的作用，如所谓"虚化神，神化气，气化精，是顺则生人；炼精化气，炼气化神，炼神还虚，是逆则成仙。"凡是内丹家言，在他们的口诀上或许有繁简巧拙之不同，而在理论上并无多少差别。我们看《老子》书中虽亦有"精、气、神"这三个字，但每一个字是独立的，不与其它两个字发生关系，如第二十一章"窈兮冥兮，其中有精，其精甚真，其中有信。"此章只讲"精"字，未曾提到"神、气"二字；第十章"专气致柔，能如婴儿乎。"第四十二章"万物负阴而抱阳，冲气以为和。"这两章只讲"气"字，未曾提到"精神"二字；第六章"谷神不死，是谓玄牝。"第三十九章"神得一以灵。"这两章只讲"神"字，未曾提到"精、气"二字。《老子》书中有些地方确与修养工夫有关，那是无可否认，但古代修养法讲的都是原则，并不像后人那样具体的说明，如果把唐宋以来炼内丹之说解释《老子》，恐未必能够名实相符。

再看《庄子》，书上对于"精气神"如何说法。《庄子·达生篇》："夫形全精复，与天为一。……形精不亏，是谓能移，精而又精，反以相天。"此则单讲"精"；又云，"至人潜行不窒，蹈火不热，行乎万物之上而不慄，是纯气之守也。"此则单讲"气"；《庄子·刻意篇》："纯粹而不杂，静一而不变，淡而无为，动而以天行，此养神之道也。"此则单讲"神"。除此而外，精气神三个字分开散见于各篇中的尚不少，但未看出其间相互的关系，更未发现它们一连串的作用。虽然其中有许多至理名言足为后世修养家所应该取法，苦于他的文章不容易使人领会，他的理论又不适合于晚近道书上制定的那一套公式，因此常被人们忽略过去，甚为可惜。

老庄书中虽有精气神三种名词，但未指出三者的产生孰先孰后。惟《太平经圣君秘旨》有云："夫人生本混沌之气，气生精，精生神，神生明"；又云："气转为精，精转为神，神转为明。"照这个排列次序看来，是先有气，后有精，再后才有神，不管他说的对与不对，总算有了一个先后次序。还有这三者相互的关系，在《圣君秘旨》中也曾说过，如云："神者受之于天，精者受之于地，气者受之于中和，相与共为一。故神者乘气而行，精者居其中，三者相助为理。"又云："欲寿者当守气而合神，精不去其形，念此三合以为一。"这也就说明了三者之间互相依存的关系。后来梁朝道士孟安排所撰《道教义枢·法身义》即根据此说，认为"气、精、神"是三义一源。《无上玉皇心印妙经》又进一步的加以发挥，如云："上药三品，神与气精，恍恍惚惚，杳杳冥冥，存无守有，顷刻而成，回风混合，百日功灵。……出玄入牝，若亡若存，绵绵不绝，固蒂深根。人各有精，精合其神，神合其气，气合其真。……神依形生，精依气盈，……三品一理，妙不可听。……"所言上乘修养工夫，比较《圣君秘旨》更为透彻。

再者，精气神有先后天之分，上乘修养工夫所讲的都是先天，先天，不是后天，各家道书中常说："元精非交感之精，元气非呼吸之气，元神非思虑之神。"这也是道教的重要教义之一，为世间学道的人士所当研究的。

三、道　　派

【方仙道】　原先是我国古代的一个学术流派，它指的是战国时期信奉"神仙家"和"阴阳家"学说的燕齐方士们。"方仙道"是中国早期道教的前身，它的发展和变化产生了中国道教。

"方仙"两个字，在这里我们有必要分别述说一下：

"方"是"方术"；同时也是"方士"的意思。"方术"本来指"一家之学"而言，《庄子·天下篇》说："天下之治方术者多矣。"即是此义。后来，秦始皇相信神仙，《史记·秦始皇本记》说，当他知道卢生逃走了以后，曾大怒说："吾……悉召文学、方术士甚众，欲以兴太平，方士欲以练求奇药。"从此像练求奇药一类的事件便叫做"方术"；练求奇药的人便叫做"方士"。因此，《后汉书·方术列传》中的人物便是一些讲求道术，擅长方技的人们了。他们即都是"方仙道"的流裔。

"仙"是说"神仙思想"，在古代的各家学派中，"神仙思想"是自成流派的，《汉书·艺文志》中有"神仙家"，它说"神仙者，所以保性命之真而游求于其外者也，聊以荡意平心，同死生之域，而无怵惕于胸中。但从"方仙道"来说，他们除了"神仙家"的学说而外，还应当包括"阴阳家"的学说在里面。关于"阴阳家"，《汉书·艺文志》说："阴阳者，顺时而发，推刑德，随斗击，假鬼神而为助者。"

我国最早见于史籍的方士是苌弘，他是周灵王时候（公元前571—前545年）的人，《史记·封禅书》说："苌弘以方事周灵王，诸侯莫朝周，周力少；苌弘乃明鬼神事，设射狸首。狸首者，诸侯之不来者，依物怪欲以致诸侯。诸侯不从，而晋人执杀苌弘。"苌弘，卫人，周大夫。他不但是"方士"，同时也是"阴阳家"，《汉书·艺文志》"阴阳家"二十一家，中有《苌弘》十五篇。

"方仙道"兴起于战国时期燕齐沿海一带地方，据《史记·封禅书》说，是由于当时的方士们看到驺衍以"阴阳主运，五德终始"学说受到诸侯们尊敬，显赫于一时；他们也就竞传驺衍之术，所谓"形解销化，依于鬼神之事"，逐渐形成了"方仙道"。驺衍是齐国稷下人，他是阴阳家，但也是方士，《汉书·楚元王传》中说他曾传《重道延命方》。

《方仙道》的代表人物，据《史记·封禅书》说，是宋毋忌、正伯侨、充尚和羡门子高，他们都是燕人。由于齐威宣王和燕昭王相信海上神仙（蓬莱、方丈、瀛州）中有仙人和不死之药，大征方士到海中去求仙，"方仙道"从此兴盛起来。

秦始皇和汉武帝都是最相信神仙的人，其时也是"方仙道"最流行的时候。在秦始皇时候，像徐福、卢生、韩终、侯生、石生都是有名的方士，他们和早期方士们一样，以海上神仙和不死之药作为号召；他们所要寻求的神仙是谁？其中卢生提出了是寻求羡门和高誓。在秦始皇这一次求仙活动中，最脍炙人口的是徐福故事。《史记·秦始皇本纪》中说"二十八年（公元前219年）……齐人徐市（福）等上书，言海中有三神仙，名曰：蓬莱、方丈、瀛洲，仙人居之；请得斋戒与童男女求之。于是遣徐市发童男女数千人入海求仙人。"在《史记·淮南王衡山王列传》中还说秦皇帝对他"资之五谷种种百工而行。徐福得平原广泽，止王，不来。"又《始皇本纪》中说他曾"请善射与俱"。徐福求仙的结果，则是诈取了五谷种籽、技术人材，并配备了不少的武装设备做了海外移民活动，去而不返了。同时方士卢生也向秦始皇建议说："方中人主宜微行"，皇帝的行踪是不应当让人知道的；因而始皇便大兴土木，修缮了我国历史上以豪华著称的阿房宫（同上书）。这两件事情，都是曾使秦国大耗财帑，竭丧元气，博得更多民怨，而为后来亡国的重要原因之一。

汉武帝时候著名方士有李少君、少翁、栾大、公孙卿等，他们所传的"方"，大抵以求仙、采药、辟鬼、望气、炼丹、祠灶为号召，其中尤以封禅祠祀为重要方术。他们所不同于早期方士的，除了方术增多，范围也更广泛而外；更重要的，是提出黄帝来作为方仙的旗帜。当时最受武帝信任的方士是栾大，曾被封为五利将军、乐通侯，还把公主嫁给了他。此时被遣入海求仙的方士多达数千人；他们所献的奇方也竟以万计。

武帝以后，西汉皇帝像宣帝、成帝、哀帝和王莽也多数相信方士。方士的流裔一直到东汉末年还很活跃，像于吉、张道陵、左慈、葛玄他们都是方士，同时也是早期道教中的重要人物。

至于"方"的内容，《汉书·郊祀志》谷永上成帝言祭祀方术书中说："……盛称奇怪鬼神，广崇祭祀之方，求报无福之祠，及言世有仙人，服食不终之药，遥兴轻举，登遐倒景，览观玄圃，浮游蓬莱，耕耘五德，朝种暮获，与山石无极，黄冶变化，坚冰淖溺，化色五仓之术者，皆奸人惑众，挟左道，怀诈伪以欺罔世主。"武帝叔父淮南王刘安也是相信方士的人，曾招致宾客方士数千人整理了当时方士的传方，集体撰著了专言神仙黄白之术的《淮南中篇》（又名《淮南枕中鸿宝苑秘书》）八卷，计二十余万字。但这部书在当时已经是禁书了，只有成帝时候的刘向因为他父亲刘德与治淮南王狱，曾看到这部书，并将它献给宣帝；不料，结果却闯了大祸，几乎杀身。在《隋书·经籍志》中有《淮南万毕经》及《淮南变化术》各一卷，《唐书·艺文志》中有《淮南万毕术》一卷，相传即为其书；但今并不传，清人孙冯翼和叶德辉曾都有辑本，这便是秦汉以来方士们传方的唯一遗留。

【黄老道】　是方仙思想和黄老之学的结合。黄老之学是中国道教的理论基础，它发展成为了黄老道；黄老道也就是中国早期道教的开始。

"黄老之学"是秦汉以来学术上的一个主要流派。"黄"指"黄帝"，它所代表的是古代"神仙家"和"阴阳家"思想。《汉书·艺文志》神仙十家中，黄帝著述即占去四家，共六十一卷之多；阴阳家二十一家中有《黄帝泰素》二十篇，又阴阳家十六家中有《黄帝》十六篇，此外还有风后、力牧、鬼容区等人作品，他们都是黄帝的臣子。

"老"指"老子"，老子所代表的是"道家"思想。道家和神仙家与阴阳家的思想是本有共同之处的。《老子》说："深根固柢，是谓长生久视之道。"《庄子》中更谈到不少神仙事例和道家修养方法，这都是古代神仙家思想在道家学说中的具体反映；《史记·太史公自序》说："道家因阴阳之大顺，采儒墨之善，撮名法之要。"老子自己在《道德经》中也说："万物负阴而抱阳。"是道家学说中根本即包含了阴阳家的思想在里面。因此，黄帝和老子学说后来便自然结合起来形成所谓黄老之学。

我国最早研究黄老之学的人，《史记·乐毅传》末太史公说，是河上丈人。河上丈人出处不详，但我们可以推出，他和环渊、庄周都是直接继承老子的人。他和齐国的一些稷下先生们差不多同时，也许还要略早一点。关于黄老之学的流传脉络，太史公说："乐臣公学黄帝、老子，其本师号曰河上丈人，不知其所出。河上丈人教安期生，安期生教毛翕公，毛翕公教乐瑕公，乐瑕公教乐臣公，乐臣公教盖公，盖公教于齐高密胶西，为曹相国师。"

后来由于窦太后（汉景帝之母）和景帝的提倡；又因为曹参以清静无为学说在政治上得到了成功，黄老之学，于是大兴。它和当时的儒家学说此起彼仆，数百年来，互不相下。汉初窦太后好黄老，黜儒学；武帝以后又尊儒术而抑黄老，《后汉书·仲长统传》中说："贵清静者，以席上为腐谈；束名实者，以柱下为诞辞。"即是说明这两个学派的斗争情况。当时以研究黄老之学而著名的人物有：陈平、田叔、黄生、邓章、郑当时、司马谈等人。此时，方士们也喜欢研究黄老，如司马季主、严君平等都是以方士身份而研究黄老之学的人。《汉书·王贡两龚鲍传》说："（严）君平卜筮于成都市……裁日阅数人，得百钱足自养，则闭肆下帘而授老子，……依老子、庄周之旨著书十万余言。"他们不但研究黄老，并且还以老庄之书授徒，这是方士们和黄老之学结合的开始。

东汉初，佛教在中国流传渐广，《后汉书·楚王英传》说："楚王英诵黄老之微言，尚浮屠之仁祠"；又交通宾客、方士，作"金龟玉鹤，刻文字以为符端"。方士们又进一步利用黄老，使它和浮屠在当时社会中等同并列起来。

东汉末期，延熹中（公元158—166年）桓帝事"黄老道"，开始祭祀老子。《后汉书·襄楷传》说他还在宫中立黄老、浮屠祠。《后汉书·王涣传》又说桓帝为了相信黄老道的缘故，"悉毁诸房"。黄老道的名称始见于此时，黄老之学也在此时正式发展成为黄老道。《隶释》卷三有延熹八年的《边韶老子铭》，其中说：当时信道的人附会了老子"天地所以能长且久者，以不自生也"和"谷神不死，是谓玄牝"的话，说老子"离合于混沌之气，与三光为终始，观天作谶，降升斗星；随日九变，与时消息。规矩三光，四灵在傍；存想丹田，太一紫房。道成身化，蝉蜕度世，自羲农以来，世为圣者作师。"（注）他们将老子进一步神化起来。《御览》第一也引后汉王阜《老子圣母碑》说："老子者道也，乃生于无形之先，起于太初之前，行于太素之元。浮游六虚，出入幽冥。观混合之未别，窥清浊之未分。"更将老子说成了"道"的化身。当时的黄老道是已经将老子作为他们的教祖了。《襄楷传》襄楷上桓帝书中说："或言老子入夷而化胡。"更说明他们尊奉老子的目的，就是为了想抵制佛教。

此时的黄老道，没有什么组织，也没有什么更多地宗教色彩，只是在崇奉黄老的前提下公认老子是他们理想的教祖；老庄之书便是他们的经典。他们就是这样地在当时社会中自然形成了一个和佛教抗衡对垒的信仰集团，东汉末年所兴起的"太平道"和"五斗米道"都是它的流派。这种情况从东汉桓帝时起，一直到南北朝期间止，许多人并不是"天师道"徒，但却应当说是相信道教的人。《南史·顾欢传》中说，顾欢"好黄老"；《魏书·释老志》中说："太宗践位，遵太祖之业，亦好黄老。"他们所信奉的即是黄老道，所以我们说，黄老道是中国早期道教的开始。梁刘勰在《灭惑论》中分道教为三品，以道家的清静之学为上品；他所说的道家，事实也就是黄老道。

（注）铭中"斗"字、"世"字原缺；此处根据《混元圣纪》补入。

【太平道】 是"黄老道"的支流，也是中国早期道教组织形态的一种。

"太平道"创始于汉灵帝时钜鹿人张角。《后汉书·皇甫嵩传》说："初钜鹿张角自称大贤良师，奉事'黄老道'，畜养弟子，跪拜首过；符水咒说以疗病，病者颇愈，百姓信向之。角因遣弟子八人使于四方，以善道教化天下，转相诳惑，十余年间，众徒数十万，连结郡国，自青、徐、幽、冀、荆、杨、兖、豫八州之人无不毕应。"《三国志·张鲁传》注引《典略》说："张角为太平道。太平道：师持九节杖为符祝，教病人叩头思过，因以符水饮之，病或自愈者，则云此人信道；其或不愈，则云不信道。"《后汉书·襄楷传》说："初，顺帝时，琅琊宫崇诣阙，上其师于吉于曲阳泉水上所得神书百七十卷，皆缥白素朱介，青首朱目，号《太平青领书》，其言以阴阳五行为家而多巫觋杂语。有司奏崇所上妖妄不经，乃收藏之。后张角颇有其书焉。"

根据以上三处资料，我们可以看出，"太平道"的开始，缘起于事奉"黄老道"；它的主要经典则是《太平青领书》；它的发展情况，是以善道教化，符水治病为基础。十数年间，徒众数十万，遍布八州。

《太平青领书》一般都认为就是现在《道藏》中的《太平经》。它脱胎于西汉时齐人甘忠可的《天官历包元太平经》，是战国时代阴阳家驺衍学说的继承，秦汉之际燕齐方士们就把它作为传授的资料。《汉书·李寻传》说，甘忠可诈造《天官历包元太平经》十二卷，传授夏贺良、丁广世、郭昌等人，但由于刘向反对，说他"假鬼神罔上惑众"，忠可以此死于狱中。哀帝时，由于李寻赞助，此书一度大行；后来夏贺良等也终以左道乱政罪名伏诛，李寻亦获重罪。此书遂成为禁书，秘密地流传在民间，日久年深，由于传经者递相增补，篇幅日繁，到了宫崇手中时，已变成一部一百七十卷的巨著了。

关于《太平青领书》的内容，《襄楷传》中说得很简单，仅说"专以奉天地，顺五行为本，亦有兴国广嗣之术。"又说："而多巫觋杂语"。这与今日《道藏》中残留的《太平经》内容也差不多，并不带有革命意味。惟《前汉书·李寻传》引证了甘忠可《天官历包元太平经》，言汉家逢天地之大终，当更受命于天，天帝使赤精子下教我此道。"这句话不见于今日残本《太平经》中，但张角等黄巾起义时所宣传的"苍天已死，黄天当立"那种谶记式的标语，未必没有来源，也许受了甘忠可预言的影响。

自从黄巾军失败以后，太平道在中原的庞大声势也同时受了打击而一厥不振。再过十余年，最初传授《太平青领书》的人于吉又出现于吴（江苏吴县）、会（浙江会稽县）等地方，仍旧以符水治病，吸引了许多徒众，并且博得孙策手下诸将士的信仰，因此触动孙策之怒，惨遭杀害。太平道后来遂无复兴的机会。

【五斗米道】 它和"太平道"同为"黄老道"的继续，但由于后来不断壮大与发展，使它不仅成为早期道教的组织形态之一，更是中国道教的开端。

"五斗米道"创始于汉顺帝时（公元126—144）沛国人张陵。《三国志·张鲁传》和《后汉书·刘焉传》中说：顺帝时，张陵在四川鹤（鹄）鸣山中学道，"造作符书，以惑百姓，从受道者，出五斗米"，故世称"五斗米道"。张陵死后，他的儿子张衡、孙子张鲁继承他的事业。两传注并引《典略》说：熹平中（公元173—177），张衡（据《三国志·张鲁传》裴松之注说 原文张衡误作"张修"）在汉中传道，受道的人叫做祭酒和奸令，祭酒主为人讲习《老子五千文》；奸令又叫鬼卒，主为人治病，治病不用医药，是"加施静室，使病人处其中思过"；并利用符水请祷，"书病人姓字，说服罪之意，作三通；其一上之天，着山上；其一埋之地；其一沉之水，谓之三官手书。"病家要出五斗米为谢；因此，当时的人便称他们为"五斗米师"。张衡弟子很多，汉中人多

"信行衡业"；请他们治病的人也更多，都"竞供事之"。张衡死了以后，张鲁继行衡业，并多加增饰。在《刘焉传》和《典略》中说：张鲁以鬼道教民（此句根据《张鲁传》），自称师君。其弟子初入道的叫鬼卒；入道日久便叫祭酒。祭酒各有部众，部众多的，又叫理头。在他掌握汉中之后，"不置长吏，以祭酒为理"；又"皆校以诚信，不听欺妄"。并"起义舍于路，悬置米肉以给行旅，食者量腹取足；过多，则鬼能病之"；"犯法者，先加三原，然后行刑。""又依月令，春夏禁杀，又禁酒"；有病但令首过而已"。他这些措施所博得的结果，是"民夷信服"。

关于"五斗米道"的最早根源，早期资料中没有记载，但我们可以相信而且是应当提出的有三点：

一、《张鲁传》中说张陵曾"造作道书"，但没有具体说出书名；《魏书·释老志》则说：张陵曾"传天官章本千有二百，……其书多有禁秘，非其徒也，不得辄观。至于化金销玉，行符敕水，奇方妙术，万等千条，上云羽化飞天，次称消灾灭祸。"说他不但造作道书，并且还有许多方术。同时他是"沛国丰人"，即现在的江苏徐州丰县地方，其地接近燕齐，所以他和海上方士们应当有着一定渊源的，我们相信他是燕齐方士的流裔。

二、由于张衡曾以《老子五千文》作为他们所奉行的主要经典；近代在敦煌又发现了六朝人所写张陵撰著的"老子想尔注"，并且还是张衡传本。这在当时情形来看，张氏父子应当是"黄老道"的事奉者。

三、根据六朝人孟安排《道教义枢·七部义》说：张陵曾传《太平洞极经》。现在道藏本《太平经》中还有二十九处引到《洞极经》的话。虽然《洞极经》的真伪（是张陵自传或后人伪托）和它与《太平青领书》的关系，是于吉根据了甘忠可的《包元太平经》和张陵所传的《洞级经》合成为《太平青领书》，或后人将《洞极经》窜入于吉书中？现在还有待考证，但两者可以肯定是有关系的。同时张衡和张鲁的一些措施中，如教人有病思过、置义舍、禁酒等，都和《太平经》经义相符；《典略》也说"衡法略同张角"。因此我们认为"五斗米道"和"太平道"两者当同出一源。

"五斗米道"的壮大和发展，是在张鲁时期，这是由于他在军事上、政治上的成功。《后汉书·刘焉传》说，益州牧刘焉"任鲁以为督义司马"，张鲁因此掌握了兵权，又有刘焉的后援，于是他先杀了汉中太守苏固，既得汉中，复杀了别部司马张修而并其部众；刘焉死后，更袭取了巴郡，遂雄据巴汉之地，一直到建安二十年（公元215年）投降曹操为止，前后二十八年。这一时期他在所据地盘范围之内，曾大行"五斗米道"。他降曹以后，曹操对他也很好，"拜镇南将军，封阆中侯，邑万户，将还中国，待以客礼，封鲁五子皆为列侯。"所以"五斗米道"并不因张鲁失势而中辍，并且随着张鲁的东迁，更广泛流传在江东一带地方；到两晋时期，它发展成为"天师道"，盛行于当时的士大夫阶层中。

"五斗米道"所持行的经典，根据正文记载，我们可以承认的只有《老子五千文》，并相信《太平经》和它也有一定的渊源。

【天师道】　是"五斗米道"的继续，在两晋时期，它传播到江东一带地方。东晋末年，开始有了"天师道"的名称。当时士大夫中，像王、谢之家的贵族大地主多是世奉天师道的人们。

在张鲁之后，继行"五斗米道"的人是犍为陈瑞。晋人常琚《华阳国志》说："瑞初以鬼道惑民，其道始用酒一斗，鱼一头；不奉他神，贵鲜洁。其死丧产乳者，不百日，不得至道治。其为师者曰祭酒。父母妻子之丧，不得抚殡入吊，及问乳病者。"他的徒众很多，有一千多人，连巴郡太守唐定都是他的信徒。后来他的组织渐大，宗教仪式也更隆重起来，"作朱衣、素带、朱帻、进贤冠"，自称"天师"。当时益州刺史王濬见他发展得太快，势力庞大，便借口"不孝"的罪名将他杀掉，"诛瑞及祭酒袁旌等，焚其传舍"。

陈瑞被杀是西晋武帝咸宁三年（公元 277 年），即孙皓天纪元年的事，犍为一带地方还属于吴地；其时是张鲁降曹后六十二年。此后，"五斗米道"即传入三吴之地。

杜子恭是当时"五斗米道"中最著名的传道师，《宋书·自序》说："钱塘人杜子恭，有道术，东土豪家及亲邑贵望并事之为弟子"，一直到他死后，他还很受当时人们的尊敬，《南齐书·孔稚珪传》说：稚珪的父亲孔灵产"东出过钱塘北郭，辄于舟中遥拜杜子恭墓"。

杜家是世传"五斗米道"的人，《南齐书·高逸传》说：他的后代杜运，运子道鞠，道鞠子京产，京产子栖，世传"五斗米道"并有时望。

杜子恭事迹，历史记载不多，只有《晋书·孙恩传》说："子恭有秘方，尝就人借瓜刀，其主求之，子恭曰，即相还耳。既而刀主行至嘉兴，有鱼跃入船中，破鱼，得瓜刀。其为神效往往如此。"若问他的师承是谁？据《洞仙传》说，他是张陵再传，是陈文子的弟子，并承镇南（即张鲁）授法，典阳平治，谥曰"明师"。但这一段记载，若从时间上来考证，似乎不甚可信。

他的弟子，在历史中曾见记载的有沈警和孙泰。沈警见《沈约传》，是沈约的高祖。孙泰是孙秀族人，《孙恩传》说："恩叔父泰，字敬远，师事钱塘杜子恭……子恭死，泰传其术，……诳诱百姓，愚者敬之如神，皆竭财产、进子女，以求福庆。"当时权贵中，像会稽王司马道子（晋孝武帝弟）、广州刺史王怀之，太子少傅王雅先都很相信他的道，连世子元显也"数诣泰，求其秘术"；黄门郎孔道、翻阳太守桓放之、骠骑询议周勰都是他的弟子。后来，他"以为晋祚将终，乃扇动百姓，私集徒众，三吴士庶多从之"，阴谋叛逆，由于会稽内史谢輶的检举，他乃被会稽王道子所杀。他死后，弟子也是他侄子孙恩继承了他的事业；孙恩死后，他另一弟子卢循，也是孙恩的妹夫又继承了孙恩，他们这一次以宗教形态而组成的起义活动一直到东晋安帝义熙七年（公元 411 年）才为刘裕所扑灭。

此外，两晋时期著名的豪族王、谢之家也都和"五斗米道"有一定渊源，《晋书·王凝之传》说："王氏世奉五斗米道，"在孙恩发兵进攻会稽的时候，凝之正在做会稽内史，直到兵临城下，他还要入"靖室请祷"，说什么"已请大道鬼兵相助"，以是终于被孙恩所杀。此外，一时名士像殷仲堪和郗愔，他们都是王家亲戚，《世说新语》说：仲堪曾娶王临之女；《晋书·郗鉴传》说：王羲之是郗愔姊夫，他们也都是事奉"五斗米道"的人。

至于谢家和"五斗米道"的关系，钟荣《诗品》说："初钱塘杜明师夜梦东南有人来入其馆。是夕，灵运生于会稽；其家以子孙难得，送谢灵运于杜治养之，十五方还。"说明谢家也是相信"五斗米道"的。但这里所说杜明师，我们认为应当是杜运，而不是杜子恭。以上是两晋"五斗米道"在当时士大夫阶层中流播的情况。

"天师道"的名称，在正史中最早见于《晋书·郗超传、何充传、殷仲堪传》，从此"天师道"也就替代了"五斗米道"的名称。它从东晋末期（约在公元 380 年左右），到北魏寇谦之改革天师道时止（约在公元 440 年），六十年间一直不断在活跃地流传着，《隋书·经籍志》则说："三吴及滨海之际信之逾甚。"

"天师道"的经典，历史上没有明确记载，但《郗愔传》说：愔"与姊夫王羲之、高士许询并有迈世之风，俱栖心绝谷，修黄老之术。"又《魏书·释老志》说：崔浩信道，"仰祷斗极，以延父命，求以身代，叩头流血，步余不息。性不好老庄之书，每读不过十行辄弃之。"从这些话来看，似乎当时"天师道"中所奉行的经典，主要还是老庄之书，所以两晋以来的玄学风气也就因之而风行一时了。

北魏太平真君年间（公元 440—450 年）寇谦之新天师道在北方大行，《魏书·释老志》说他

"清整道教，除去三张伪法"，又"显扬新法，宣布天下"，并提出了《云中音诵新科之诫》新的道教经典；继寇谦之后，南朝陆修静在宋明帝时（约公元 465 年前后）也对南朝道教做了进一步的整理工作，《广弘明集》卷四说：陆修静是"祖述三张，弘衍二葛、郄、张之士。"道教中的集大成者。他还编订了《三洞经书目录》，清理了魏晋以来道教中的新出经典。从此，由"五斗米道"发展而成长起来的"天师道"也就有了新的转变。

【道教经箓派】　　是"五斗米道"进一步的发展，是中国道教以经箓授受的开始，其流派为唐代道教大宗。

道教中以经箓相授，始于东晋哀帝时杨羲（公元 330—387 年）、许谧（公元 305—376 年），《云笈七笺·经教相承部》唐李渤《真系》说："今道门以经箓授受，所自来远矣。其昭彰尤著，使搢绅先生不惑者，自晋兴宁乙丑岁（公元 365 年）众真降授于杨君（羲），杨君授许君（翙，公元 341—370，许谧第三子），许君授子玄文，玄文付经于马朗。景和乙巳岁（公元 465 年），……陆君（修静）南下，立崇虚馆，真经尽归于馆；……陆授孙君（游岳），孙君授陶君（弘景），陶授王君（远知），王君又从宗道先生（臧矜）得诸胜诀云，经法秘典，大备于王矣。王授潘君（师正），潘君授司马君（承祯），司马君授李君（含光），李君至于杨君，十三世矣。"

杨羲籍典不明，《真诰·真胄世谱》附《杨羲传》和《真系·晋茅山真人杨君传》都说他似是吴人，来居句容。他是晋简文帝在东府为相王时府中的舍人，是许谧所推荐。许家原是事奉天师道的，《真胄世谱》说：许谧之兄许迈是祭酒李东的弟子；李东，曲阿人，曾"受天师吉阳治"，为"左领神祭酒"。同时他又是孙秀的孙女婿，和世奉天师道的王羲之更有莫逆之交，为一同探研要道的朋友。他们的经箓出于扶乩，向来是天师道中用以降神的工具，所以"道教经箓派"完全是天师道的进一步发展。

许谧是当时乩坛供养者；杨羲是乩手，又是记录，即传达众神意旨的人，《真诰·叙录》说："凡三君手书，今见在世者，经传大小十余篇多（许）掾（许谧第三子）写；真授四十卷多杨书。"这些经箓主要出于杨羲手笔，关于他传写经箓的情况，《叙录》也说得很清楚，"杨书中有草行多儦黯者，皆是受旨时书，既忽遽贵略；后更追忆前语，随复增损之也。有谨正好书者，是更复重起，以示长史耳。"《叙录》又说："二许应修经业，既未得接真，无由见经，故南真先以授杨，然后使传。传则成师。"所以前面《真系》说："杨君授许君。"

这一事件的开始，实在是在兴宁二年（公元 364 年），《叙录·真经始末》说：是年"紫虚元君上真司命南岳魏夫人下降，授弟子琅琊王司徒公府舍人杨某，使作隶字写出，以传护军长史句容许某（谧）并第三息上计掾某某（翙）"。次一年，他们就搞得热闹了，《世谱·杨传》说："兴宁三年乙丑岁，众真降授。"这里所说的众真，《真系·杨传》说，是："上相青童君、太虚真人赤君、上宰西城王君、太元茅真人、清灵裴真人、桐柏王真人、紫阳周真人、中茅君、小茅君、范中候、荀中候、紫元夫人、南岳夫人、右英夫人、紫微夫人、九华安妃、昭灵夫人、中候夫人。"

他们的乩坛设立在京都（就是建业，现在的南京）和句容雷平山中（即许谧的家宅和他的别墅中）。

他们所传授的经箓，《叙录》中说，有《上清经、黄庭经、七元星图、灵宝五符、西岳公禁山符　中黄制虎豹符》等。其中主要是《上清经》，《云笈七签》卷四《上清经述》中说：《上清经》共有三十一卷，是南岳夫人魏华存（即以上所说魏夫人）降乩时所遗留下来的，里面包括了"太上宝文、八素隐书、大洞真经、灵书紫文、紫度炎光、石精玉马、神虎真文、高仙羽玄"等经，这些都是西城王君传授给魏夫人的；此外还有王君别授的《黄庭经》和正一真人张君别授的《治精制鬼法》，也都应当包括在《上清经》中，所以《上清经》实际不止三十一卷。这一部分经典就是后来陆修静《三洞经书目录》中所说的洞真部经典。其中《黄庭经》因为曾有王羲之写《黄庭》换鹅的故事和它曾见于晋唐小楷中，所以更是一部有名的道教经典；现在道藏中还有《黄庭内景、中景、外景》等经。

此外杨羲还向许氏父子传授了"三天正法"，这大概就是《茅山志》中所说的《太上三天正法经》，现在道藏正乙部中也有《太上正一咒鬼经、太上正一法文经、太上三五正一盟威录、太上正一延生保命录》等经，这些经典一般都说是张陵所传，其实也都是出于杨、许等伪托。

以经箓相传，造构道书的，在当时来说，也不止杨、许等一二人，就是在许谧家中，即还有晋陵人华侨，也是许家乩坛中负责传达诸真意旨的一人；此外，葛洪的从孙葛巢甫也曾造构《灵宝经》，《真诰·叙录》说它并曾"风教大行"。

关于这一批经箓的流传和推广，是由于南朝初期的王灵期，《叙录》中说："复有王灵期者……诣许丞（许翙之子，名黄民，字玄文）求受上经……乃窃加损益，盛其藻丽。……并增重眄信，崇贵其道，凡五十余篇。趋竞之徒，闻其丰博，互来宗禀。"当时流传的区域，据《叙录》说："京师及江东数郡，略无人不有，但江外尚未多耳。"

这个道派一直延续到南北朝时宋明帝太始年间，经过陆修静对于当时道教的整理工作后，它和天师道、葛洪金丹派都汇归一流；在隋唐之际，从王远知起，一直到晚唐五代时期的间丘方远和杜光庭止，脉络分明，成为唐代道教的大宗。

【道教正乙派】 是张陵后裔住在江西信州的一个支派；它从北宋时起，经历代封建王朝的扶植培养成为了一个和全真道势力均衡，南北相望的道教大宗。

东汉末年，张陵祖孙父子创建了五斗米道，他们的流裔在魏晋时期分布于江东一带，发展成为了天师道；南北朝时候，天师道又经过了寇谦之和陆修静的整理改革，它和当时的其它道派们都混归一流，但张氏子孙中继承祖业的还不乏其人，《太平广记》中说："梁武初未知道，因陶贞白（弘景）诣张天师道裕，乃为立玄坛三百所。"张道裕的名字，不见于《汉天师世家》，但他确为张陵后代；他是张陵以后历史上最早的张姓天师。《通考》（六）说："天宝六载以后，汉天师子孙嗣真教，册赠天师为太师。"这说明了张氏世业一直到唐代还不曾衰歇；他们并且也自称天师。同时这也是封建王朝扶植天师世系的开始。但此处所指天师是谁？他居住的地方在那里？《通考》上没有明载。

道教正一派的根源，应起始于北宋时期的信州张正随。真宗在大中祥符九年（公元1016年）赐他为贞静先生。《历代通鉴辑览》卷七十三说："初汉张鲁自汉中徙居信州龙虎山，世以鬼道惑众，正随其后也。至是，召赴阙，赐号。王钦若为奏立授箓院及上清观，蠲其田租。自是凡嗣世者皆赐号。"（注一）《元史·释老志》说："正一天师者，始自汉张道陵，其后四代日盛，来居信之龙虎山。"（注二）。天圣八年（公元1030年）又赐信州龙虎山道士张乾曜号澄素先生（《宋史·真宗本纪》）。徽宗政和七年五月诏以张虚白为通元冲妙先生（《宋史·徽宗本纪》）（注三）。这就是龙虎山天师世系的开始。但因为唐代尊奉李老君，宋代尊奉赵玄朗；他们对天师世系的扶植，不过只做了一般性地封赠而已。宋代对天师比较重视一些，也仅限于"嗣世者皆赐号"。此时天师的任务，主要就是传授道箓和替人捉鬼拿妖，所以《通鉴辑览》说，这还是五斗米道自汉以来所留传下来的鬼道的本等。他们在宋代虽然世有封号，但并没有组成什么道派，只是在道教符录方面自成系统，为有名的"三山"（龙虎、阁皂、茅山）符箓"之一。

在元代，由于偶然的机会，龙虎山天师得到了当时封建统治阶级的非常宠信。至元十二年（公元1275年）四月，世祖"遣兵部郎中王世英、刑部郎中肖郁持诏召嗣汉四十代天师张宗演赴阙。"（《元史·世祖本纪》）。宗演在《汉天师世家》中作三十六代。世祖为什么要忽然诏召张宗演呢?《元史·释老志》中说:"世祖已平江南,遣使召之。至,则命廷臣效劳,待以客礼。乃见,语之曰:'昔岁已未(元宪宗九年,公元 1259 年,时世祖尚未即位)朕次鄂渚,尝令王一卿往访卿父;卿父使报朕曰,后二十年,天下当混一。神仙之言,验于今矣?'因命坐赐宴,别赐玉蓉芙冠,组金无缝服,命主江南道教,仍赐银印。"清熊赐履《学统》卷五十,更说得奇突:"元世祖未得位时,常遣所信王先生者渡江为间,不得达,留宿淮西者久之。欲归,惧诛;念北人好鬼,可以计脱也,从农家录得张氏妖书一册以献,因谬言:'臣过江至龙虎山,见嗣汉天师张,有神术,能前知,为乡人尊敬信颂,共称天师,语臣曰,殿下入正宸极而宋亡,宋亡而天下可一也。因以书授臣为信。'世祖喜,心识之。后平宋,以为信,召宗演自龙虎山至京,问之曰:'卿曩与王先生言,今验矣!卿何道知之乎?'宗演贻愕,曾不知所出,不能对。世祖曰:'往吾所遣王先生,广颡巨目长身,言与卿见于龙虎山,卿忘之耶?宗演乃诡辞对曰:'是年,臣先臣嗣教,臣不知,今传绪乃在臣。'世祖曰:'是而父耶?宜而之不知也。'"这实在不能不说是一出非常的喜剧。龙虎山天师从此获得了掌握江南道教的大权,这是后来道教正一派所以能够壮大的根源。大德八年(公元 1304 年)成宗授张与材(三十八代天师,宗演次子)为"正一教主,主领三山符录"(《元史·成宗本纪》)。"正一"的头衔此时正式加到了龙虎山天师的头上,这是道教正一派以"正一"命名的开始。当时的天师虽然已经负担起管领江南道教的任务,在道派方面,则仍和全真、太乙、真大、茅山等一样,同为许多道派中的一个流派而已。

　　明代为了"检束天下道士"(《明会典》),建立道箓司,制定"凡道士有二等,曰全真,曰正一"。从此正一和全真即成为中国道教中的两个最大宗派了。明清以来,龙虎山天师照例是世有封赠的。

　　道教正一派从来没有什么组织,也不习诵什么经典,《通鉴辑览》说他们"世以鬼道惑众",《明史·方伎传》则说:"张氏自正常(四十二代天师)以来,无他神异,专恃符箓,祈雨驱鬼,间有小验。"也许这就是历代封建统治阶级扶植培养他们的主要原因吧?

　　(注一)《宋会要》:"大中祥符八年,召信州道士张乾曜于京师上清宫置坛传录度人。"乾曜是张正随的儿子。《汉天师世家》中说正随是二十四代,乾曜则为二十五代。《汉天师世家》是第五十代天师明张国祥所修张氏牒谱;但牒中所记,多和正史出入很大,不足根据。

　　(注二)傅勤家《中国道教史》考证:张盛是张鲁之弟张卫的后代;并非张鲁子。

　　(注三)明王圻《续文献通考》:虚白,南阳人。《汉天师世家》则以虚白为二十六代天师,乃乾曜之子。

　　【全真道教】　　是南宋时期北方新起的一个道教最大宗派。后来北宋张伯端所传留的道教被称为道教南宗;全真之学即称为北宗。

　　"全真道"创始于金人王喆(公元 1112 ~ 1170 年)。王喆,陕西咸阳大魏村人,本名中孚,字允卿,生于北宋政和二年。在他十四岁的时候,北宋亡国,咸阳一带地方,初属张邦昌(公元 1127),后来又入刘豫之手(公元 1130—1137),最后沦陷于金人。他自幼读书,通经史,曾入京兆府学。在刘豫统治时期,以"秦民未附,岁又饥馑"(金完颜琦《全真教祖碑》),他家中遭遇到一次劫掠,财产荡然;元李道谦《甘水仙源录》卷一,说他此时还"献赋春官,迄意西黜",于是他即从此"脱落功名,日酣于酒"(金麻九醉《邓州重阳观记》)。后来盗案破获,他家产恢复,天眷初(公元 1138),再以"财雄乡里"(金刘祖谦《终南山重阳祖师仙迹记》)。此时他更名德威,字世雄,又应武举试,结果也失败了(注),《教祖碑》说:"天遣文武之进,两无成焉"。他因此心意灰颓,益发沉缅于酒。他所著《教化集》中有《悟真歌》云:"豪气冲天恣意情,朝朝日日长波醉。压幼欺人度岁时,诬兄咒嫂慢天地。不修家业不修身,只惩望他空富贵。

浮云之财随手过，妻男怨恨天来大。产业卖得三分钱，二分吃著一酒课。他每衣饮全不知，余还酒钱说灾祸。"说明他此时的苦闷是很深痛的。此外，近人陈教友在《长春道流源流》中根据元人商挺《题甘河遇仙宫诗》："子房志亡秦，曾进桥下履。……重阳起全真，高视仍阔步。矫矫英雄姿，乘时或割据。妄迹复知非，收心活死墓。"认为他"且曾纠众与金兵抗"，不过"金时碑记，有所忌讳，不敢显言"罢了。

正隆四年（公元 1159），他四十八岁，在甘河镇遇到两个形貌全同的人，授以要道口诀，他从此入道，并改名为喆，字知明，号重阳子。此时他自己有《遇仙诗》诗说："四旬八上得遭逢，口诀传来便有功。一粒丹砂色愈好，玉华山上现殷红。"次年，在醴泉再遇异人，乃抛妻别子，去南时村穴居，榜其室云"活死人墓"。后又迁居刘蒋村，与和玉蟾、李灵阳等各筑茅庵，结伴同修。大定四年（1164）于甘河再遇一先生饮以仙醪。七年，他忽然焚去所居茅庵，出外云游。在山东宁海等地先后收了马钰、谭处端、邱处机、刘处玄、王处一、郝大通、孙不二等七个弟子；这在后来道教中称为北派七真。他在马钰家中时，曾筑"全真庵"自住，这是他后来以"全真"名教的开始。八年，在文登建三教七宝会；九年，又先后在查山建三教金莲会，福山建三教三光会，蓬莱建三教玉华会，掖县建三教平等会，公开向群众传教。

他的教是综合了释、道两教的理论，并益以中国儒家的学说。《四库提要》中说："金大定中，王喆聚徒宁海州，立三教平等会，以《孝经》、《心经》、《老子》教人讽诵，而自名其教曰全真。"《教祖碑》说："先生劝人诵《道德、清静经、般苦心经、孝经》，云可修证。"《仙迹记》说他："凡接人初机，必先使读《孝经》、《道德经》，又教以孝谨纯一；及其立说，多引六经为证据。其在文登、宁海、莱州，常率其徒演法建会者五，皆所以明正心诚意、少私寡欲之理，不主一相，不拘一教也。"他自己诗中，在谈《修行》时说："心中端正莫生邪，三教搜来做一家。义理显时何有异，妙玄通后更无加。"《孙公问三教诗》中说："儒门释户道相通，三教从来一祖风。悟彻便令知出入，晓明应许觉宽弘。"说明了他主张三教合一的理由。至于他为什么要兼修'释'和'道'，他诗中也说过，《答战公问先释后道》诗说："释道从来是一家，两般形貌理无差。识心见性全真觉，知汞通铅结善芽。"《问禅道何者》诗说："祥中见道总无能，道理通禅绝爱憎。祥道两全为上士，禅祥一得自真僧。"这些都是后来道教北宗主张性命双修的根据。但也有人认为全真主旨根本还是出于老庄，元，元和子《长春观碑》说："全真之教……大抵绝贪去欲，返朴还淳，屈己从人，懋功崇德，则为游藩之渐；若乃游心于淡，合气于漠，不以是好恶内伤其生，可以探其堂奥矣。"陈教友在《长春道教源流》中认为，王喆所以主张三教合一，也是老子治学方法的余绪，他说："道家采儒墨之要，史迁固言之矣，重阳以此为学，即以此为教。"他们都认为全真之学基本上还是宗老庄的。

至于全真两个字的意思是什么？他自己的诗中已经解释过，"明心见性"就是全真。他在题"全真庵"的长歌中说："气血转流浑不漏，精神交结永无津；慧灯内照通三耀，福注长生出六尘"。是更具体地解释了全真两个字。元徒单公履在《冲和真人潘公碑》中则将全真说成是"道"，他说："浑沦圆周，无所玷缺，在山满山，在河满河，道之全也；极六合之内外，尽万物之洪纤，虽神变无方，而莫非实理，道之真也。"将全真说成为道的两个不同方面。至于元虞集在《非非子幽室志》中说："志之所存，求返其真，谓之全真"。则未免解释得过于抽象了一些。

他生于宋徽宗政和二年壬辰岁十二月二十二日，殁于金大定十年庚寅岁正月四日，寿龄实数五十七岁多十三日，虚数算五十九岁。遗著有《重阳全真集》十三卷、《重阳教化集》三卷、《重阳分梨十化集》二卷、《重阳金关玉镮诀》一卷、《重阳授丹阳二十四诀》一卷，（以上五种见《道藏》太平部）、《重阳立教十五论》一卷（见《道藏》正一部），但各书中不免有后人窜改或伪托之处，恐不能完全相信。

他死后，由弟子马钰继承教业。马钰先在山东传教，后来又返关中，在大定二十一年，全真教遭到当地官府的猜疑，经京兆府将他牒发还乡，这是全真教受到封建统治阶级的第一次打击。他在不得已的情况之下，便将关中教事托付给邱处机，自己携带了十三个弟子重返山东行教。他此时曾有诗说："玉枢金枷誓不担，无心短帽与轻衫。修真劝善遭官难，除此前来已诘三。"又说："腹内丹经免得担，麻衣纸袄胜褴衫。我今拂袖返宁海，道伴云游十有三。"两诗颇能说明他当时心中的悲愤和仓促登途的凄凉情况。二十三年他在山东莱阳羽化。他死后，他的六个师弟续在各地传教。后来由于金世宗对他们的信任，大定二十七年征王处一"至燕京，居之天长观。……明年……还山，复来征"。（元姚燧《王宗师道行碑铭》）二十八年，不但曾征王处一，同时也诏征了邱处机，让他主持"万春节醮事"，并和他在"寿安宫长松岛讲论至道"（《教祖碑》）。以是全真之教大兴。金，元好问《紫微观记》说：当时相信全真的人很多，"南际淮，北至朔漠，西向秦，东向海，山林城市，庐舍相望，什百为偶，甲乙授受，牢不可破。"又元人高鸣《清虚宫重显子返真碑铭》也说："十庐之邑，必有香火一席之奉。"以是在章宗明昌二年（公元 1191 年），封建统治阶级害怕他们造反，"惧其有张角斗米之变"（《紫微观记》），即以"惑众乱民"的罪名"禁罢全真"（《金史·章宗纪》）。但不久以后，章宗在承安、泰和间（公元 1196—1208 年）又"屡诏玉阳（王处一）、长生（刘处玄）至阙下，赐居修真观，以待召问。"（《仙迹记》）刘玉阳更"赐紫，号体玄大师。"（《王宗师道行碑》）以是全真教在民间的势力更"势如风火，愈扑愈炽"（姚燧《重修玉清万寿宫碑》）。

王嚞弟子中最为老寿的是邱处机。金末元初时，他还在山东传教，元陈时可《长春真人本行碑》说："师既居海上，达官贵人敬奉者日益多。"又说："贞祐甲戌（公元 1214 年）之秋，山东乱……时登及宁海未服，公请师抚谕，所至皆投戈拜命，二州遂定。"他在当时声望动人，于此可见。

在公元 1219 年，他应元太祖成吉思汗邀请，"经数十国，为地万有余里，历时四载"（《元史·释老传》）在大雪山和成吉思汗会见。成吉思汗问以"长生久视之道，……深契其言"（《元史·邱处机传》）；尊称他为神仙，"爵大宗师，掌管天下道教"（元陶宗仪《辍耕录》）。他由大雪山回来之后，即住在当时燕京的太极宫（原为金代有名的"十方大天长观"）。此时他因为看到蒙古兵"践踏中原，河南北尤甚，民罹俘戮，无所逃命"（《邱处机传》）他便让他的弟子们"持牒招求于战伐之余，由是为人奴者得复为良，与濒死而得更生者，毋虑二三万人"（同上）。全真道以是益发兴盛起来。《甘水仙源录》引元好问《怀州清真观记》说：此时"黄冠之人，十分天下之二，声焰隆盛，鼓动海岳。"元宋子真《通真观碑》则说：此时天下之人对全真之学是"翕然宗之，由一以化百，由百以化千，由千以化万，虽十族之乡，百家之间，莫不有玄学以相师授，而况通都大邑者哉！"处机死后，他的嗣教弟子在元代世居长春观（即"太极宫"改称）并代袭道教大宗师称号，从此北方的全真便和南方的正一同为中国道教中的两个最大宗派了。

道教全真派又称"道教北宗"。一般的传说，它和宋代张紫阳的金丹派都源出钟、吕，仅所在地区及修炼方法有所不同，因此就称张紫阳一派为南宗，王重阳一派为北宗。他们认为王嚞在甘河和醴泉所遇到的异人就是吕洞宾和刘海蟾，《金莲正宗记》、《仙源像传》、《七真年谱》皆主此说。但有些学者则不同意这个说法，如元宋子真《通真观碑》说："重阳祖师王公以师心自得之学，阐化于关右。"元徐琰《郝宗师道行碑》说："金季重阳真君不阶师友，一悟绝人，殆若天成。"都不说他学有师承。近人陈教友在《长春道教源流》道一、道六两卷中，考证更为详细，肯定王嚞学、承钟吕之说完全出于附会，他指出南北分宗的根源，是在元宪宗八年（公元 1258

年）释道之争，道教受到挫折以后，当时全真掌教大宗师张志敬为了维持全真道教的地位和信誉起见，即托言王嚞之学系出于纯阳和海蟾，并请求封建统治阶级对他们予以封赠；因此在至元六年（公元1269年）元世祖便下诏赠教主东华紫府少阳帝君，钟离正阳开悟传道真君，吕真人纯阳演正警化真君，刘真人海蟾明悟弘道真君，王真人重阳全真开化真君，令掌教张志敬执行。因此即构成了王重阳师授于吕洞宾刘海蟾的传说，南北两宗遂亦由此而分。

（注）《仙迹记》说王嚞在天眷间"又隶名武选"，所说与《教祖碑》不同。

【真大道教】　本名"大道教"。创始于金初沧州乐陵人刘德仁（公元1122—1180年），道号无忧子。他生于北宋宣和四年（公元1122年），从小死了父亲，六岁时遭遇到靖康之变，随家徙居盐山太平乡。他幼时，"不喜与儿辈嬉，见蝼蚁避而不履。"（元严实《重修隆阳宫碑》）"及长，读书通大义。"（《宋学士文集》五五《书刘真人事》）

皇统二年（公元1142年），即他二十一岁的时候，托言老子授书，创建了"大道教"。据说：是在"金皇统二年冬十一月，迟明既望，似梦非梦，有老人须眉皓白，乘青犊车至，授玄妙道诀而别，不知所之。"（同上）；又一说："一日晨起，有老叟乘犊车相过，撋《道德经》要言授之，曰：善识之，可以修身，可以化人，乃授笔一支而去。"两个说法大致相同，不过一个说明是梦，一个则肯定为事实。

他的教旨有九项："一曰视物犹己，勿萌戕害凶嗔之心；二曰忠于君，孝于亲，诚于人，辞无绮语，口无恶声；三曰除邪淫，守清净；四曰远势力，安贫贱，力耕而食，量入为用；五曰毋事博弈，毋习盗窃；六曰毋饮酒茹荤，衣食取足，毋为骄盈；七曰虚心而弱志，和光而同尘；八曰毋恃强梁，谦尊而光；九曰知足不辱，知止不殆。"（同上）主要都是根据了《道德经》中的意思。他教导弟子"去恶复善"（《道园学古录》五十《崇应广化真人岳公碑》），要求"守本分，不务化缘，日用衣食，自力耕桑赡足之。"（元赵琳清《大道延祥观碑》），"以耕耘蚕织为业，四体不贪安逸。"（《隆阳宫碑》）。在道家炼养方面，他也主张老子的"见素抱朴，少思寡欲，虚心实腹，守气养神。"（元杜成宽《改建先天宫记》）；对于"飞升化炼之术、长生久视之事，则曰，吾不得知。"（《延神观碑》）；他平常也不拜奉神鬼，"唯以一瓣香朝夕恳礼天地。"（同上）

他传教的同时，也替人治病，"乡人疾病者，远近来请治，……效如影响焉。"（《隆阳宫碑》），但不用符药针艾，全凭"默祷虚空以至获愈。"（《延神观碑》）。并替人驱狐役鬼；他驱役神鬼，不假符箓，《先天宫记》中说他"以无相驱役鬼神。"又善于劾召之术，"赵氏为狐所祟，真人劾之，里中茔兆自焚，狐数百鸣啸赴火死，人尤神之。"（《书刘真人事》）。因此，相信他的人很多，"受其教戒者，风靡水流，散于郡县。"（《岳公碑》）。金大定十五年（公元1175年）诏居京城天长观，赐号东岳真人，大道教从此流传更广，"传其道者遍中国"。（《书刘真人事》）

关于他的教，《元史·释老志》说，是"以苦节危行为要，而不妄取于人，不苟侈于己"。吴澄《草庐集》二十六《天宝宫碑》说是"志在利人"。《岳公碑》则说他是宋室遗民，"豪杰奇伟之士"，"草木衣食，佯狂独往"，所以便创造了大道教。他的教中没有什么宗教仪式，他母亲死了，不过"丧祭一遵世教。"（《书刘真人事》）。他死于大定二十年（公元1180年），享年五十九岁，前后行教三十八年。

他死后垂四十余年，其教赓续不绝，在金正大六年（公元1229年），大道教曾一度被禁止；其时正是金末元初，兵戈俶扰的时候，大道教也就只得以隐晦自存，其详不可得而闻了。他第五传至郦希诚，元宪宗时诏居燕城天宝宫，赐大道教名为"真大道"。六传至孙德福，在至元五年（公元1269年）曾奉诏统辖诸路"真大道"，此时他们和全真、正一、太一等同为当时道教中的主要支派。第八传至岳德文，其教更盛，"西出关陇至于蜀，东望齐鲁至海滨，南极江淮之表"

（《岳公碑》），触处都是奉其教戒的人；仅江南一带，即有奉教弟子"三千余人，庵观四百"（同上），其教至元末不衰。

【太一教】　创始于金天眷中（公元 1138—1140 年）道士萧抱珍。抱珍卫人（卫在今河南卫辉一带地方），以传授"太一三元法录"著名。元王鹗《重修太一广福万寿宫碑》说："初，真人既得道，即以仙圣所授秘箓济人，祈禳诃禁，罔不立验；天眷初，其法大行。"他的教因此也就叫做"太一教"；"太一"两个字是说"元气浑沦，太极未判，至理纯一"的意思。他开始传教是在家中，后来因"所居湫溢，不可以竭香火斋洁之虔"，于是便在"州东三清院故址，葺茅而居"。此时相信他的人很多，"远迩向风，受录为门徒者岁无虑千数"（元王恽《秋涧集》六一《韩君碣铭》）。金皇统八年（公元 1148 年），金熙宗因他名声很大，即使李琼将他驿召赴阙，悼后对他尤加礼敬，敕所居观额以"太一万寿"四字。他卒于金大定六年（公元 1166 年），前后行教垂三十年。元宪宗二年（公元 1252 年）元世祖忽必烈尚居潜邸，曾敕封他为"一悟真人"。

他死后，由弟子韩道熙仍袭萧姓，在万寿观嗣教。大定九年（公元 1169 年），金世宗敕在观内建立"万寿"额碑。因此，太一教"声墩大振，门徒增盛（《秋涧集》四七《二祖行状》），达数万人之多；其流布区域，"东渐于海"（同上）。至于太一教为什么传播得这样快？是由于他们教中传道的任务并不仅限于嗣教者一人，其他弟子也多负此责，如萧抱珍弟子中的侯澄即曾得到抱珍"便宜行化"的许可（王若虚《滹南遗老集》四二《侯公墓碣》），在赵州和真定两地建立太一堂，"奉持香火，以符药济人"；后来这两个太一堂改称为太清观和延祥观。所以太一道就这样很快地流传开来，得和"全真"、"真大"同为当时北方道教中的主要流派。

抱珍四传至萧辅道（抱珍再从孙），世祖曾以"安车来聘"（《秋涧集》三八《清跸殿记》），并赐号中和仁靖真人。

五传李居寿，《元史·释老志》说："至元十一年（公元 1274 年），建太一宫于两京，命居寿居之，领祠事，且禋祀六丁，以继太保刘秉忠之术（注）。十三年，赐太一掌教宗师印。"他的名字曾五见《元史·世祖本纪》，其宠遇之厚，可想而知。

六传李全祐，七传蔡天祐，在元代道教中都是极有声望的人。其教至泰定间（公元 1324—1327 年）不衰。

（注）陈垣《南宋初河北新道教考》卷四《太一篇》："刘秉忠至元十一年卒。《危太朴（素）文集》八《送郭真人还玉笥山序》言：'是时，常山刘文正王，以沉机大略，最为亲幸，且通秘术，用兵之际，役使鬼神，多著奇效。乃作祠宇于宛平之西山，开平之南山，以祠太一六丁之神，俱号灵应万寿宫。'灵应万寿宫，即《释老传》所谓太一宫。宛平、开平，即《释老传》所谓两京。"

〔附记〕　本类"真大道""太一教"资料根据陈垣《南宋初河北新道教考》。

四、道经道书

【道藏】　是我国道经、道书的一部大总集，其中包括了明代以前道教中的绝大部分经典。它是在历代帝王的支持下由道士们自己汇集和编纂起来的。

道藏的内容，主要是由道家书、方书、道经和有关的传记四大部分组成的。其中最早出现的是道家书，它就是诸子书中的道家部分，《汉书·艺文志》中有"道，三十七家"，大概为先秦人著作。这些书是道教理论的来源，而《老》、《庄》更为最重要的根据。其次是方书，包括面很广，其中有古代神仙家、阴阳家和房中家的书，但晋葛洪《抱朴子·遐览篇》所收集的方书中也包括了许多道经在里面；同时，一般的方伎书、像医、卜、星、相之类，也应当说是方书。再其次是道经，最早的有汉代人著作，如于吉所传的《太平经》；《三国志·张鲁传》中说，张陵自己也曾造作道书，但多数道经则为魏、晋、南北朝人所作。现在我们所能看到的最古道经仅有《太平经》残本。又其次是和道教有关的一些传记书，其中最古的大概要算《山海经》、《穆天子传》、《列仙传》之类的书了。此外，在道藏中还有些儒家书、杂家书和集部等书。儒书中最重要的是和《易经》有关的一些著述；集部所出较晚，大抵为历代修纂道藏时编入的。

　　道书目录最早见于载笈的，当推《抱朴子·遐览篇》，其中列举"经"类137种，共434卷；"记"类29种，共51卷；"法"类5种，共15卷；"文"类4种，共10卷；"录"类3种，共4卷；"集"类2种，共2卷；"杂"类（如养生书、升天仪、微言、九宫、囊中要、大禁、夺筭律、立亡术、道要、道意、大览、肘后等）12种，共150卷；"图"类13种，共13卷；"符"类共620卷；统计以上九类，共有1299卷（这个数字比较确实，以往诸家所引《遐览篇》，都不免有错误）。继葛洪之后，刘宋陆修静有《三洞经书目录》，梁孟法师有《玉纬七部经目》，陶弘景有《陶隐居经目》，阮孝绪有《仙道录》（七录外篇之二），北周时有《玄都经目》，《隋书·经籍志》中有《道书总目》，初唐时道士尹文操也有《玉纬经目》。其中最主要的则为陆修静的《三洞经书目录》和北周的《玄都经目》。陆目共收集道经、道书一千二百二十八卷，其中实有的是一千九十卷，这些书大致说来，就是《抱朴子·遐览篇》所提到的一些方书，以及东晋以来杨羲、许谧、葛巢甫等人所传出的经笈符箓。这一批书由陆修静整理并编出目录之后，刘宋皇帝将它存放在华林园中，一直流传到唐初，它还大致完整，这就是《开元道藏》收集和编纂的主要根据。《开元道藏》本身也有目录，它的名字叫《三洞琼纲》，是在唐玄宗主持下，由道士张仙庭负责编纂的，其中所收集道经、道书为三千七百四十四卷。

　　继《开元道藏》之后，宋代曾五次兴修道藏，第一次是在太宗时期，它是由徐铉和王禹偁负责领导修纂的，他们根据唐藏并搜求了更多的民间道经、道书共七千多卷，去其重复，仅得三千七百三十七卷，这是宋初的第一部道藏。第二、三次重修都在真宗时期，并且都是由王钦若负责编修的。在大中祥符年间，先由王钦若等人根据宋初道藏增补了六百二十二卷，共为四千三百五十九卷，并撰成篇目上进，赐名《宝文统箓》。后来在天禧年间又修补了一次，增为四千五百六十五卷，以千字文为函目，始于'天'字，终于'宫'字，共得四百二十五字，故称为《天宫宝藏》。第四次是在徽宗政和年间编出了《万寿道藏》，一般又称它为《政和道藏》。第五次是在南宋淳熙间，名叫《琼章宝藏》。但其中最有名的还是《政和道藏》，我国道藏也从此时才有了正式刊本，它的卷数是五千四百多卷。金章宗根据宋藏，又编纂成《大金玄都宝藏》，计六千几百卷。元初全真教道士宋德方等募缘再修道藏，也名为《玄都宝藏》，其时道藏卷数已发展为七千几百卷了，后被焚毁，故卷数不全。明代在永乐年间曾修纂一次，但没有成功；正统年间又继续修纂，编成了《正统道藏》，计五千三百零五卷，并刊行多部，分颁国内各大名山道观中珍藏。现在北京白云观中还有当时的赐经碑存在。万历年间又刊布了《续道藏》，计一百八十卷，以上明代的正、续两部道藏，共计五千四百八十五卷，它也就是我国现在所保存的明版道藏。民国十四年左右，上海涵芬楼又将明道藏影印了一次，除将原版缩小外，并将梵夹本改为线装本，因此，道藏在外面始有流传。

　　现传道藏的分类是三洞、四辅、十二类。

　　三洞即"洞真"、"洞玄"、"洞神"，它是根据陆修静的《三洞经书目录》承袭下来的。"洞"字作"通"字解，即通真、通玄、通神之义。这些道经不是一个来源，当初各有它自己的传授系统，所以分为三洞，后来道经愈出愈多，系统早已混乱，道藏目录仍用三洞名称，那就毫无意味了。

四辅是"太清"、"太平"、"太玄"和"正一"。这在唐藏中是没有的，宋初修纂第一次道藏时还只有六部，宋晁公武《读书志》中说："道藏书六部：一曰大洞真部，二曰灵宝洞玄部，三曰太上洞神部，四曰太真部，五曰太清部，六曰正一部。"《通志》七十二，说："太玄经以讳故，崇文改为太真"，所以此处的太真部就是太玄部。后来王钦若等修纂《宝文统箓》时，才根据了《玉纬七部经目》的分类法加上了现在道藏中所谓的四辅；这也就是在《晁志》所说的六部外，又加上了太平部。王钦若等为此还曾编撰了《三洞四辅经目》。四辅中的经典，主要是收集了当时民间流传的一些道经、道书，在原有三洞之外又做了一些补充。

十二类是：本文、神符、玉诀、灵图、谱录、戒律、威仪、方法、众术、记传、赞颂、表奏。十二类在宋代以前原称十二部，后来因为这个"部"字和三洞四辅共称七部的"部"字相同，七部指的是各书的系统，十二部指的是各书的性质，两种名称不宜混淆，所以就把"十二部"改称"十二类"。《道教义枢》和《云笈七签》中关于十二类的解释很多，阅者不容易明瞭，今再作简单的说明如下：

第一　本文类　先出现道经，而后才创立道教，经是教的本源，所有三洞经文都归此类。

第二　神符类　"神"是神妙莫测，"符"是信如符契，所有三洞符箓都归此类。

第三　玉诀类　"玉"是宝贵之物，"诀"是解决疑问，古人写道经，常用金书，因此各道经的注解都叫作玉诀，取金玉两相配合之义。

第四　灵图类　"灵"即灵异，"图"即画图，道经道书中凡是以图为名者，都归此类。

第五　谱录类　"谱"是谱系，"录"是记录，凡高真上圣的功德名位和应化事迹，皆归此类。

第六　戒律类　"戒"是劝善止恶的告诫，"律"是应当遵守的条文，凡与戒律有关的经书及功过格等，皆归此类。

第七　威仪类　"威"是气象庄严，"仪"是斋醮仪式，《道藏》中这一类书很多，大约有六百卷左右。

第八　方法类　本意指设坛祭炼及身内修持各种方法，后来与"众术类"混杂不分。

第九　众术类　本意指外丹炉火、五行变化和一切术数，后来又与"方法类"各书相混杂。

第十　记传类　如十洲记、冥通记、列仙传、神仙传、各种碑铭、各种山志等。

第十一　赞颂类　"赞"是赞美，"颂"是歌颂，如步虚词，赞颂灵章、诸真宝诰等。

第十二　表奏类　"表"是表白愿望，"奏"是上奏天庭，凡祈祷时所用的表文，以及宋明两代文章中所谓青词、近代道教中所谓疏头，皆属此类。

唐代以前道教经书，因为有宗派系统，所以分成七部，自宋代而后，三洞四辅久已混乱，并非原有的面貌，明代重修《道藏》，仍沿用七部旧规。至于十二类的划分，虽不能说它不对，但各类中所收之书，未必都合于定例，常常发现其中有许多错误；三洞项下各分十二类，已嫌重复，而四辅项下又不分类，更嫌芜杂不清。凡是做研究工作者，如果想检查某一种书，就得把全部《道藏目录》都要翻遍，非但浪费时间，还恐怕难免遗漏。本会陈撄宁会长有鉴于此，曾根据《道藏》全书的内容、性质作了初步分析，将它分为十四大类，即：道家类、道通类、道功类、道术类、道济类、道余类、道总类、道史类、道集类、道教类、道经类、道戒类、道法类、道仪类等，并拟编写一部新的"道藏分类目录提要"，以供给后来学者们研究上的便利；但因这项工作繁重，不能草率从事，现在尚无暇进行。（原版道藏共4735册，缩印本道藏共1120册，包括1476种书。）

此外，道藏还有两种节本：首先是宋代的《云笈七签》，它是北宋张君房等人根据《天宫宝藏》而编纂的，全书为一百二十二卷，完全是北宋道藏的雏形，其中所节录的经典原本，有些到后来已失传了，所以它的存古之功不可埋没。张君房自序中说：他是"摄云笈七部之英，略宝蕴诸子之奥"。再者，清朝嘉庆年间（公元1796—1820），蒋元庭又根据《正统道藏》选择其中一部分，编成了《道藏辑要》，包括道书二百七十九种，共二百一十九册，分装二十八函；清光绪末期，因原版《道藏辑要》市上已经罕见，成都二仙庵道院又将它翻刻了一次，并有所增加，这也算是《道藏》的节本，其中还有一些在明版《道藏》以外的晚出的道书，可惜选择不精，有用之书嫌少，无用之书嫌多。四十年前，上海某书局还出版了《道藏精华录》，内容包括道书一百种，那些书也是由明版《道藏》和《道藏辑要》中选择出来的，其实所选者并非全是精华，而道书精华亦不止于此，该书本属营业性质，也就毋须苛求了。

【道德真经】 即《老子》周老聃著。老聃之名，最早见于《庄子》书中，其它如《礼记》、《韩非子》、《吕氏春秋》、《说苑》各书中也多提到老聃。关于他的历史，向来无确实记载，司马迁的《老子传》已难使人相信，汉刘向的《列仙传》、晋葛洪的《神仙传》上面都有老子的事迹，更不足为凭（《史记·老子传》已转录于《道协会刊·创刊号》；《列仙传》见缩印本《道藏》第138册；《神仙传》不见于《道藏》，收在其它丛书中）

老聃的学说，据《汉书·艺文志》说，是"出于史官"，是从历史上的"成败、存亡、祸福"中吸取了经验教训而得出的哲学理论。《史记·太史公自序》则说它是各家学说的总和。他说道家之学，"其为术也，因阴阳之大顺，采儒墨之善，撮名法之要"，是集诸家之大成。但这样说法似乎不够完备，它还观察并研究了宇宙间的自然现象，从自然规律中求得了更多的论证。如他谈长生，就是从"天长地久"的道理而推想出来的。他在《道德经》中说："天地所以能长且久者，以其不自生，故能长生。是以圣人后其身而身先，外其身而身存"。他说的"不争"，则是研究了水的特性而获得的结论。如他说："水善利万物而不争"。又说："江海之所以能为百谷王者，以其善下之"。他谈"柔弱"，则是根据了"万物草木之生也柔弱，其死也枯槁"。因而发现了"坚强者死之徒，柔弱者生之徒"的道理。所以说，老聃的哲学是观察了多方面的自然现象和社会现象，而得出他自己的结论。

《道德经》全部内容，主要是发挥作者对于"道"和"德"两个名词的涵义；又可以说，这两个名词也就代表了老子的哲学思想。

他所说的"道"既阐明了他的宇宙观，也包括了他的人生哲学和修养方法的原理。至于"道"究竟是什么？研究老聃哲学的，各人所见不同，自古至今没有定论；我们的领会则是："道"就是"空"，就是太空的"空"，但在《道德经》中未曾看见一个"空"字，因为他把"无"字代替了"空"字，这在本经中是有根据的。如第十一章说："三十辐，共一毂，当其无，有车之用；埏埴以为器，当其无，有器之用；凿户牖以为室，当其无，有室之用"。这一联串的"无"字，意思都当"空"字讲，并非绝对的无，这"道"是无形无象的存在于太空中，它和太空是分不开的。"道"是宇宙的本源，万物化生是出于它的运动和变化，所以本经和二十五章说："有物混成，先天地生，寂兮寥兮，独立而不改，周行而不殆，可以为天下母，吾不知其名，字之曰道"。第二十一章又说："道之为物，惟恍惟惚，惚兮恍兮，其中有象；恍兮惚兮，其中有物；窈兮冥兮，其中有精；其精甚真，其中有信"。这里很清楚地说明了"道"的一切。至于什么叫做"德"？"德"也就是"道"，不过"道"是它的总体，"德"是由"道"中分化出来的个体。万物的化生都是得了"道"的微末一部分，它们所得的一部分就叫做"德"。如《道德经》第五十五章说："含德之厚"，第五十九章又说："是谓重积德"，所说的就是这个"德"。老子对于"道"

和"德"的解说，就是他的宇宙观；将它运用在社会生活方面，就是他的社会政治思想。将它运用于身体内部，以控制人的生理过程（生、老、病、死），得出了他的修养法。以上说明老聃哲学的全貌，也就是一部《道德经》的真诠所在。

《道德经》在先秦诸子中被列为道家书。西汉初年，黄老之学大兴，研究老聃学说的人从此多起来了，《道德经》在黄老学派中被视为主要的经典；东汉桓帝时，黄老之学衍变成为黄老道，他们此时神化了老聃，说老聃就是老君化身，《道德经》于是更渲染上了一层宗教色彩。道教中经典，最初他们自己创造出来的就是《太平经》，这部书比较汉魏以后继续出现于世的许多道经完全两样，大概也受了《老子》的影响不少。

东汉张陵父子创立五斗米道，开始以《老子五千文》教导他的弟子，《道德经》从此成为道教中必读之书；到了唐代，唐玄宗又设立崇玄馆，令馆内诸生讲习道经，并以《道德经》为众经之首，于是这部经就更普遍地受到道教徒们的尊奉和信仰了；从张道陵创教时算起，一千八百年来公认为它是教中第一部经典。

《道德经》注本很多，其中时代较早而为人所知的，则有汉《河上公章句》、汉严遵《道德指归》和魏王弼《老子注》。这三种注本皆曾流行于唐代，但我国历来学者大抵都否定河上公本和严遵本。唐刘知几说，《老子》无河上公注，欲废之而立王弼注；唐陆德明《经典释文·老子道德经音义》也只取王弼注，但以河上公作为参考；惟司马贞则主张二注并用，谓其各有所长。这三个人在当时都号称博雅，但他们的见解并不一致。严遵的《道德指归》虽收入《道藏》中，原书已残缺一半，可置之不论；河上公《老子》注，文字既不似汉代人手笔，理解亦瑕瑜互见，似是南北朝时道流所依托；王弼注本亦未能使人满意。现传《道德经》注本中，最早的应当说是近代在敦煌所发现的《老子想尔注二》残卷，它是南北朝人所写的系师（张鲁）传本，据近人饶宗颐考证，注是张陵所著；在罗振玉《道德经考异》中也有南北朝人写本一种，只可惜如今皆非全璧了。此外，比较完整的《道德经》古本，还有唐人碑刻，像玄宗开元二十六年的经幢，中宗景隆二年和昭宗景福二年的碑刻等，这些都要算是难得的古本了。此外，像傅奕校定本、李荣注本等现在还都存在于道藏中。这些古本大抵是篇章不分，或是只分篇而不分章的。

后来研究《道德经》的人，因为《道德经》的理论可以运用在许多方面，仁智之见，有所不同，取舍之间，也就各有所异了。清谈家将它看成玄言；纵横家将它看成权谋；大用之，则为国家施政方针；小用之，则为个人处世哲学；更有把它当作兵书看的，如宋人所撰《道德真经论兵要义述》之类。在道教中虽有一些人想发挥老子的修养法，而对于本书的认识不足，所说未免支离，如白玉蟾的《道德宝章》、李清庵的《道德会元》，每喜用禅门的话头附会《老子》，当然文不对题；又如明陆西星的《老子玄览》、清李西月的《东来正义》都是用《参同契、悟真篇》金丹之说而隐约其辞的来解释《老子》，也是费力不讨好的一件事；惟清代黄元吉所撰《道德经讲义》，全部用修养法作注，虽亦不免有牵强附会之处，但比较尚属可观（此书原名《道德经注释》，是清光绪十年即公元 1884 年的作品，到了公元 1920 年第二次翻印时，才有人把它改名《道德经讲义》，原作者是黄裳，字元吉，清代江西省丰城县人）。

古今有关于《老子》的撰述，现存于世者，重要的约有九十种左右（连《道藏》所收五十种在内），如果专门从事研究工作，像这些书都应该注意，此处不能一一介绍。

【南华真经】　即《庄子》，战国时蒙人庄周著。（公元前 369—前 286 年，据马叙伦《庄子年表》。"蒙"是地名，属春秋时宋国，故址在今河南省商丘县。）

据《汉书·艺文志》记载，原书共五十二篇，但后来流传下来的只有三十三篇，即内篇七，外篇十五，杂篇十一；其它十九篇均早已亡佚。又我国学者中有人认为，其中只有内七篇是庄周原著，外、杂二十六篇则是老庄学派后学们的述作。明代的李贽和王夫之都主张此说，近人罗根泽对此也做过详细考证，他们的说法，已大致为我国学术界所公认。

《史记·庄子传》说，他是楚国蒙人，曾为蒙漆园吏，和梁惠王、齐宣王同时。"楚威王闻庄周贤，使使厚币迎之，许以为相。庄周笑谓楚使者曰：'金千，重利；卿相，尊位也。子独不见郊祭之牺牛乎？养食之数岁，衣以文绣，以入太庙，当是之时，虽欲为孤豚，岂可得乎？子亟去，无污我！我宁游戏污渎之中自快，无为有国者所羁。终身不仕，以快吾志焉'"！此外还有他在生活方面及与当时学者们讲论学术的一些故事，则散见于《南华经》和其它子书中。

庄周的学说，基本上是继承了老聃的思想，《庄子传》说他："其学无所不闚，然其要本归于老子之言"。又说他作书目的也是为了要"明老子之术"。这话是可以相信的。我们看庄子书中关于"道"的概念和老子所谓"道"，大体也差不多，如《庄子·大宗师篇》中说："天道，有情有信，无为无形，可传而不右受，可得而不可见，自本自根，未有天地，自古以固存"。这和《老子》第二十一章所说的："道之为物，唯恍唯惚。……窈兮冥兮，其中有精。其精甚真，其中有信。自古及今，其名不去"。并没有什么两样。但庄子只强调了老子消极的一面，对其积极的一面，他似乎避而不谈。而且他对于政治，更是抱消极的态度，"宁游戏于污渎之中自快，无为有国者所羁"；又在《南华经·秋水篇》中以神龟自喻，宁生而曳尾于涂中，而不愿死而留骨于庙堂之上。这种思想与老子《道德经》"贵以身为天下，则可以托天下；爱以身为天下，则可以寄天下"的意旨不相符合，庄子所言者是"穷则独善其身"，而老子所言者是"达则兼善天下"，因两人的生活环境不同，故其志趣遂大有差别。

他不同于老聃的另一个特点，就是他发挥了老聃的"长生久视"，成为他自己的神仙思想。如《逍遥游篇》中说："藐姑射之山，有神人居焉，肌肤若冰雪，淖约若处子，不食五谷，吸风饮露，乘云气，御飞龙，而游乎四海之外；其神凝，使物不疵疠而年谷熟"。这是我国文献中对于神仙的最早的描写。此外，他多处谈到道家的修养功夫，如《大宗师篇》中说："古之真人，其寝不梦，其觉无忧，其食不甘，其息深深。真人之息以踵"。后来道教在修养法方面，接受了庄周的思想。

《南华经》的外、杂诸篇，大抵是老庄学派后学们的作品，据现代哲学研究家的分析，认为：其中一部分是庄子后学所作，一部分是老子后学所作，一部分是杨朱学派的后学所作，一部分是宋钘、尹文学派的后学所作。杨朱和宋钘、尹文也都是老聃弟子，他们对于老聃学说的发挥，虽各有偏颇不同，但总来说，不失为是一个学术体系下的产物。

《南华经》的编定成书，虽然是在西汉初期，但当时研究黄老之学的人们则只重"老"而不重"庄"，一直到了汉成帝时，从严遵起，才开始以老庄并论。《汉书·王贡两龚鲍传》说他"依老子、严周（庄周）之旨，著书十万余言"。继严遵之学的是扬雄和班嗣，扬雄是他的弟子，班嗣则是扬雄的朋友，《冯汉书·叙传》说："嗣虽修儒学、然贵老、严（庄）之术"。这就是庄周学说流传的开始。魏晋时期，玄谈之风大盛，当时名士以《老》、《庄》、《易》为三玄。魏正始（公元240—248）年间的何晏、王弼更是喜欢庄子学说的人，《晋书·王弼传》说："魏正始中，何晏、王弼等祖述老、庄"。庄周的学说，从此大行；到了两晋时期，又有了进一步发展，此时著名的道教家葛洪所撰《抱朴子·内篇》第一篇就是《畅玄》。他所说的"玄"，其实就是老、庄所说的"道"，不过他更接近庄子一些，而且更具体地将"仙"和"道"联系到一起。他说，第一等通玄道的人，可以"乘流光，策飞景，凌六虚，贯涵溶。出乎无上。入乎无下，……逍遥恍惚之中，倘佯彷佛之表，咽九华于云端，咀六气于丹霞，徘徊茫昧，翱翔希微"。次一第的"则能肥遁勿用，颐光山林……动息知止，无往不足……，吟啸苍崖之间，怡颜丰柯之下，养浩然之气于蓬筚之中，与浑成等其自然，与造化均其符契，泰尔有余欢于无为之场，忻然齐贵贱于不争之地，含醇守权，无欲无忧"。这是不折不扣的接受了庄子的思想。他所说第一等得玄道的，实际上就是庄周所描写的"藐姑射山之神人"；第二等通玄道的，则完全是《南华经》中所谓"真人"的印象。从这里可以看出两晋道教和玄学的关系，也可以说明庄周思想给予当时道教的影响。后来的道教家也非常重视庄子的，如唐代的名道士成玄英、孙思邈、李含光，宋代的陈景元、褚伯秀，他们都曾注过《南华经》，这些注本现在都还存于《道藏》中。在唐代的崇元馆中，它和《老子》、《列子》、《文子》都是生徒们的必修课本，都是准以明经例考试的道教经典之一；它和《文子》、《列子》、《庚桑子》还曾敕称为四子真经（《旧唐书·玄宗本纪》）。所以《南华真经》在道教中的地位，一直被视为仅亚于《道德真经》的一部经典。到了清朝，道教全真派中每逢戊日，定要讲习《道德》、《南华》、《文始》、《谭子》、《黄庭》等经（王常月《初真戒·入戒要规》）。

《南华经》注本，最早为晋司马彪本，它是二十一卷，五十二篇。据唐陆德明《经典释文·序录》说，内篇七，外篇二十八，杂篇十四，解说三。它的篇数和《汉志》所说"庄子五十二篇"数字相符，所以它是《南华经》的最早注本，也是最完整的注本，可惜其书早已散佚。它现有辑本两种：为孙冯翼辑，在《问经堂丛书》中；一为茅泮林辑，在《古逸丛书》中。现存《南华经》最早的注本是晋郭象本，它的篇数为三十三篇，即前面所说现有《南华经》的实在篇数。据《世说新语》说，向秀尝为《庄子》解义，惟《秋水》、《至乐》二篇未竟而卒。郭象见秀义不传，便将它窃为已注了。此外，历代注《南华经》的人也很多，但都以郭本为宗，所以在这里也就不必多说了。至于所佚亡的十九篇，除解说三篇外，还有十六篇，其中有篇目可考的九篇，据关锋考证，说是阏奕、意修、危言、游凫、子胥（《释文·序录》）、惠施（《北齐书·杜弼传》）、畏垒虚（《史记·老庄列传》）、马捶（《南史·文学传》）、淮南王庄子要略（清人俞正燮《癸巳类稿》）等篇。近人马叙伦的《庄子佚文》中还辑有阏奕、游凫、子胥等篇佚文。

【阴符经】　又称《黄帝阴符经》。经文很短，共有四百余字；但据一般说，从"观天之道"起，至"我以时物文理哲"为止，是它的原文，仅三百余字，所以《悟真篇》云："阴符宝字逾三百"。自"我以时物文理哲"以下一百余字，说是后人增补，但这一段文字，是宋代以来即已经有了的，如朱熹在注《阴符经》时，即非常赞赏其中的"自然之道静，故天地万生和；天地之道浸，故阴阳胜"几句话，他说："四句说得极妙"。又说："浸字下得最好"。也有人说：这一段最早见于柳公权书《阴符》（《宣和书谱》有唐柳公权书《阴符经》），如《黄帝阴符经注解》引高氏《纬略》说："蔡端明云：柳书《阴符经》之最精者，善藏笔锋"。那么，应当更早了。至于它究竟是多少字？因为各家传本不同，我们也不能肯定。

《阴符经》字数虽然不多，但一般传本总将它分为三篇或三章。大概是从"观天之道"至"知之修炼，谓之圣人"为上篇，又叫《演道章》，或称《神仙抱一演道章》；从"天生天杀"至"小人得之轻命"为中篇，又叫《演法章》，或称《富国安民演法章》；从"瞽者善听"至"昭昭者进乎象矣"为下篇，又叫《演术章》，或称《强兵战胜演术章》。但某些传本，也有不分篇章的；有的虽分篇章，却不用篇目，即篇目的名称，也常有不同。

它的内容，各家看法并不一致，悬殊很大，有的认为它是谈道家修养方法的书，但其中又有谈"道"和谈"丹"之分；有的认为它是纵横家的书，所谈都是权谋术数；也有人认为它是兵家的书。比较来说，以第一种看法为多，因为在《阴符经》上篇中是很清楚的说出"知之修炼是谓圣人"。可见它的宗旨所在，是说道家的修养方法，主要是"观天之道，执天之行"，并认为能够做到这一点就可以"宇宙在乎手，万化生乎身"，也就是掌握了长生久视的自主之权。宋代的学者，像周敦颐、程颐、程颢、朱熹他们都很喜欢《阴符经》，对这一部书十分推重；但当时也有一些学者则不同意他们的看法，如黄震说："经以符言，既异矣；符以阴言，尤异矣"。又说它"言用兵而不能明其所以用兵，言修炼而不能明其所以修炼，言鬼神而不能明其所以鬼神，盖异端之士掇拾异说而本无所定见者，此其所以为阴符欤！"是完全否定了这一部书。

《阴符经》的作者和他的出现时代，各家说法不同，唐李筌《阴符经疏·自序》说：这一部书是他在嵩山虎口岩中所得到的寇谦之藏书，经文是黄帝所撰，经义是骊山老母所传。宋人黄庭坚首先否定了这种说法，他在《山谷题跋》卷四中说："《阴符经》出于唐李筌。读其文知非黄帝书也。"朱熹在《阴符经考异》中也说："《阴符经》恐是李筌所为，……只因他说起，便行于世"。但近代学者也有人认为经疏是李筌所作，经文则不一定出于李筌之手，因为有些较早于李筌的人，如吴筠在他的《形神可固论》中，欧阳询在《艺文类聚》中都曾经引过《阴符经》的经文；同时他们还相信初唐的书法家褚遂良也确曾写过《阴符经》。

李筌的身世，历史记载不多，只有《神仙感遇传》中说：他号达观子，居少室山，好神仙之道，常历名山博采方术。开元中为江陵节度副使，有将略，尝作《太白阴经》及《中台志》。后入名山访道，不知其所。但据他自己的《进太白阴经表》及《太白阴经自序》中说：他在肃宗乾元二年（公元 759 年）曾做过"正议大夫持节幽州军州事、幽州刺史、并本州防御史"等官，在代宗永泰四年（公元 765 年）还做过"河东节度使都虞侯"。此外，他著作见于记载的还很多，除了上述三种而外，还有《孙子注》，见道藏太玄部《孙子》十家注中；《青囊括》一卷，《六壬大玉帐歌》十卷，并见《崇文总目》中；《阃外春秋》残卷，见《鸣沙石室佚书丛编》中。

在我国道教中，对于《阴符经》也非常重视的，常将它和《道德》、《南华》视为同等地位的道教经典。宋元名道士中，如王道渊、侯善渊、蹇昌辰、黄居真、任照一等皆曾注过《阴符经》，其书均见今道藏中。据《金莲正宗记》说：王重阳在甘河镇再遇异人所传授给他的秘典，也就是《阴符经》。他的弟子刘处玄也曾经注过《阴符》。但他们大抵都不甚喜欢李筌注，如《云笈七签》中只收张果注，而不收李注。

补充 关于《阴符经》的注解及杂著，在宋郑樵《通志》上所载书目共有三十九种之多，明《正统道藏》所收的成书也不下二十种，后之学者纵然把这些注解都阅遍了，恐怕仍旧不能明白《阴符经》是怎么一回事。《战国策》言：苏秦得"太公阴符之谋，伏而读之"；而《史记·苏秦传》则言："得周书阴符，伏而读之"。《隋书·经籍志》有《太公阴符钤录》一卷、《周书阴符九卷》，皆入兵家一类中，此或是苏秦当日所读之书，但其书今已失传。至于《道藏》中现存之《阴符经》，很容易看出它是专门修炼家言，与兵家无涉，凡以兵家的权谋术数作注者皆文不对题，其间亦有不谈兵而泛论国家政治及人事得失者，都与《阴符经》的宗旨相去甚远。宋儒朱熹虽不识《阴符经》作用，但也有几句好评；而黄震的见解又不及朱子，对于此书的名称尚未弄清楚，就盲目的加以诋毁，更难令人心服。

《阴符经》原文有三百余字的，也有四百余字的，何种版本为可靠？今日已无从断定。所幸其中要紧的话在各种版本上都一致保存，大体尚无妨碍。惟注解总嫌芜杂，阅之徒乱人意。有些地方，经文并不难懂，如果看了注解以后，再和经文两相对照，就觉得满纸都是荆棘。不知它在那里说什么话？即如经文"君子得之固躬，小人得之轻命"，本意是说正派人得到这个法子，能够使自己身体坚固；邪派人得到这个法子，反而轻易促短自己的寿命；有些版本把"固躬"改作"固穷"，或许因为《论语》有"君子固穷"之说，遂妄改之，但不思与上文"其盗机也，天下莫能见，莫能知"三句怎样可以连在一起？"盗机"的作用和"固穷"的品格究竟有什么相干？又如经文"天人合发"一句，本是修炼家的专门术语，注家不得其解，把它改作"天人合德"，一字之差，竟至点金成铁。而且"天人合发"的"发"字是根据上文"天发杀机、人发杀机"两句而来，若把"发"字改为"德"字，试问有何根据？又如"天发杀机，龙蛇起陆"，原文只有两句，后来各种版本把两句改成四句，而改法又不相同：（1）"天发杀机，移星易宿；地发杀机，龙蛇起陆"。（2）"天发杀机，龙蛇起陆，地发杀机，星辰陨伏"。（3）"天发杀机，星辰陨伏；地发杀机，龙蛇起陆"。现在看他们所添改的四句都不及原来的两句好，反而觉得累赘。原文是"天"与"人"相对待，不需要把"地"排列进去；他们把"天、人"三才并列，遂失却原文的意旨。原文"龙蛇起陆"是隐语，不是真有这件事，而他们当真的认为龙蛇在地下潜藏不住，都跑到地面上来了，因此就凭自己的理想，加入"地发杀机"一句；又因"天发杀机"没有下文，变成孤立的句子，于是再用"星辰陨伏"或"移星易宿"以补足原文语气，读者更莫名其妙。又如经文"其盗机也，天下莫能见，莫能知"，而李筌的注本上则多了两个"不"字，作"天下莫不能见，莫不能知"，这是显然的错误，但李筌并未加以校正，而且将错就错的曲为之说，原来是很容易懂的话，竟弄得非常难懂，所以后人读《阴符经》，最好不要看注解。

《阴符经》在唐以前尚未出现于世，据李筌自序云，"得之于嵩山虎口岩石室中"，后人遂疑是李筌自作而自注之，但观其注文与经文常多背谬，如果是他作伪，当不至于自相矛盾如此；而且经文格调有些像《鬼谷子》，又有些像《周易系辞》，唐朝人不会做这种文章。先秦古籍完整者少，经过后人搜集缀述者很多，《阴符经》究竟出于谁的手笔虽不可知，但原作者最晚也是战国末期的人。因为战国时代有这样风气，凡道家、术数家、方技家等撰著，每喜加上一个"黄帝"称号，意思说，书中记载都是自古相传的名言和经验，希望读者不要轻视，并非教人确信这部书真是黄帝所作。《汉书·艺文志》所列各家书目，其中有二十一种书托名于黄帝，今只存《黄帝内经》一种，其余各种都已亡佚。官家收藏之书，年代久远，尚且不容易保存，何况私人的抄本。《黄帝阴符》若非藏在嵩山石室中偶尔被李筌所发现，当早就和《太公阴符》、《周书阴符》同归泯灭了。

【太平经】　是东汉于吉所传《太平青领书》的简称。它是东汉方士们的著作，是最早的一部道经。据范晔《后汉书·襄楷传》说："桓帝延熹九年（公元166年），襄楷上疏曰：'臣前上琅邪宫崇受于吉神书，不合明听。'复上书曰：'前者宫崇所献神书，专以奉天地、顺五行为本，亦有兴国广嗣之术，其文易晓，参同经典。而顺帝不行，故国胤不兴'。"《襄楷传》又说："初，顺帝时，琅邪宫崇诣阙，上其师干吉于曲阳泉水上所得神书百七十卷，皆缥白素、朱介、青首、朱目，号《太平青领书》。其言以阴阳五行为家，而多巫觋杂语。有司奏崇所上妖妄不经，及收藏之。后张角颇有其书焉"。同书唐章怀太子李贤注说："神书即今道家《太平经》也。其经以甲乙丙丁戊己庚辛壬癸为部，每部一十七卷也。"

此书最早见著录者，晋葛洪《抱朴子·遐览篇》所载道教书目，其中有《太平经》五十卷，又有《甲乙经》一百七十卷。在西晋时期，《太平青领书》已经叫做《太平经》了；它为什么又有《甲乙经》之名呢？《太平经》是它的本名，《甲乙经》则因它分为甲乙丙丁等十部而得名。至于五十卷和一百七十卷的卷数所以不同，料想当时就有两种传本。

现在道藏中的《太平经》就是《太平青领书》所流传下来的残本和五代时闾丘方远《太平经钞》的合编。但这里所说的《太平青领书》是否全为于吉所传的原本呢？当然其中不免有后人改写增窜的地方，可是大体上还保存着东汉晚期著作的本来面目。现传《太平经钞》中的第一章，即有人认为是后人窜入的；又如《太平御览》（据涵芬楼影宋本及清人鲍廷博刊本）卷六百六十六所引《太平经》中的神仙方士传记竟涉及到魏晋南北朝人，更显然地看出其中有混乱之处。

《太平经钞》即是《太平青领书》的节本，不过因为《太平青领书》流传日久，散失不全，在后来编纂道藏的时候，便将两者合而为一了。据宋贾善翔《犹龙传》卷四说：今于正经外，

"又有《太平（经）钞》十卷，不著撰人名氏"。宋邓牧《洞霄图志》卷五则说："先是《太平青领书》自汉于真人传授，卷帙浩繁，复文隐秘，先生（指间丘方远）钞为二十卷，文约旨博，学者便之"。但前者说十卷，后者则说成二十卷，疑卷数有缺。

据本会陈撄宁会长考证，现传《太平经》中还包括了部分的《太平洞极经》在里面，全书中曾有二十几处引到《洞极经》的话。

《太平青领书》的作者是谁？陈撄宁会长说：这一部书是脱胎于西汉的《天官历包元太平经》，《天宫历包元太平经》又是根据秦汉之际燕齐一带海上方士所传授的资料而编写出来的，此书当初只有十二卷，因为秘密相传，日久年深，传经者各自运用手笔，逐渐地使它篇幅扩大，数量增多，遂成为后来一百七十卷的巨著。所以我们在这里也就不妨说它是东汉方士们的著述。

《太平青领书》的卷数，传说不同，但较多的说法，则为一百七十卷，其书分甲乙丙丁戊己庚辛壬癸十部，每部为十七卷。现在道藏中的《太平经》共为六十七卷；但其中还包括了《太平经钞》十卷，所以实存的《太平青领书》残本只有五十七卷。

《太平经》的基本内容，前面《襄楷传》襄楷疏中说，是"专以奉天地，顺五行为本，亦有兴国广嗣之术"。范晔说，是"以阴阳五行为家，而多巫觋杂语"。《神仙传》说，是"专论阴阳、否泰、灾眚之事，有天道，有地道，有人道，云治国者用之，可以长生，此其旨也"。他们的分析，大致是对的，不过这一部书内容庞杂，思想观点常有一些自相矛盾的说法。总的说来，它是我国古代道家和阴阳家的余绪，而更多地煊染了当时的巫觋方士、图书谶纬的色彩，因此就驳杂不纯了。

《太平经》中关于"道"和"道、德"的思想，继承了老子的说法。如在《太平经钞·乙部》中说："夫道何等也？万物之元首，不得名者"。又说："道无所不化"。《太平经钞·乙部》又有几处说："君宜守道，臣宜守德，道之与德，若衣之表里"。"夫君贵道德，下刑罚；小人反，下道德，上刑罚"。"夫王者静思道德，行道安身，求长生自养"。这些都是道家的传统观念，《太平经》并没有打破这个圈子。所以有些近代学者们说，这一部书是上承老子遗教。除了"道德"而外，《太平经》更着重于老子所常说的"自然"和老子还未曾说过的"元气"，如《太平经钞·乙部》中说："元气自然，共为天地之性也。"又说："故元气乐即生大昌，自然乐则物强"。它认为"元气"和"自然"是天地的根本；万物的昌强，都要以它为转移。所以又说："元气行道，以生万物"。"故元气守道，乃行其气，乃生天地"。将"元气"和"道"说成并行不悖的两种事物；此处所谓"道"似乎专指自然变化 规律而言。它所说的"元气"，实际上不过是老子"道"的意思，也并非奇特。同时它又将"神"和"道"两者联系起来，如在《太平经钞·乙部》中说："与道合同，录身正神"。又说："阴者为道，阴者为刑。阳者为善，阳神助之；阴者为恶，阴神助之"。在《太平经》中不少地方表现出宗教唯心论和有神论。

《太平经》的社会思想认为天人一体，人的一切能够影响天道；人治不和，天必降以灾祸，小至损伤疾病，大至灭国亡家，都与此有关。如《太平经钞·乙部》中说："天人一体，可不慎哉！"又说："太阴、太阳、中和三气共为理，更相感动，人为枢机，故当深知"。又说："作道治正，当如天行；不与人相应，皆为逆天道"。

此外，《太平经》中还提到不少的道家修养方法，其中主要的就是"守一"。"守一"的名词最早见于《庄子》；不过《太平经》中的"守一"是更浓厚地泻染了神道设教的色彩，如《太平经圣君秘旨》中说："守一既久……群神将集，故能形化为神"。又说："守一之法，凡害不害，……百神千鬼，不得相尤"。

《太平经》的流传，可以分为两个阶段：1. 在黄巾张角的太平道兴起以前，这部书一向是秘密相传的。在历史上可考的传经人有甘忠可、夏贺良、帛和、于吉、宫崇等人，其中最主要的当然还是于吉，我们在前面已经谈到他受经和演经的记载。《三国志·孙策传》注引《江表传》说："时有道士琅邪于吉……往来吴会，立精舍，烧香，读道书，制作符水以治病，吴会人多事之。"这里所说的道书疑即是《太平经》。自黄巾失败以后，《太平经》虽成了禁书，但我们相信它一直还流传在民间，因为《抱朴子·遐览篇》中曾有过著录。2.《太平经》的再度出现，是在南北朝时期，《道学传》卷十五说："梁初，昆仑山渚平沙中有三古漆筒，内有黄素写干君（即于吉）所出《太平经》三部。……（桓）闿因就村人求分一部，还都供养，先呈陶（弘景）君。陶君云：此真干君古本"。又，《太平经复文序》中也说："南朝丧乱，《太平》不复行；暨梁，陶先生弟子桓法闿……于溪谷间得《太平》本文。"从此《太平经》再传于世。

历代以研究《太平经》而著名的，前后有二人：第一个是南北朝陈宣帝时候的名道士周智响，《太平经复文序》中说："周智响善于《太平经》义，常自讲习，时号太平法师"。第二个则是晚唐时期的闾丘方远，这在前面已经谈到，此处不再多述。这部书一直流传到宋元时代，还是完整不缺的，《宋史·艺文志》和元马端临《文献通考》中都曾有著录，而且还都是完整的一百七十卷。它的开始残缺，大概是在明代，虽然白云霁《道藏目录详注》著录仍为一百七十卷，但《正统道藏》中的《太平经》第一至第十卷则已非《太平经》原文，而为《太平经钞》了，此书的残缺，应始于此时。清代贺龙骧刊印《钦定道藏全书总目》时，《太平经》仍存一百一十九卷。他在《国朝坊刻道书目录》中还著录了道藏以外的坊刻本《太平经》一百余卷。可惜今已不见。只有《正统道藏》中的五十七卷本，是现存《太平经》的唯一传本。

此外，在道藏中还有《太平经圣君秘旨》，它和《太平经钞》一样，也是《太平经》的节本，内容著重于《太平经》中修养法资料的收集。据《太平经合校·前言》中说，疑还是闾丘方远所选辑。此外，如《云笈七签》、《要修科仪戒律钞》、《道典论》并其他各道书中也有一些《太平经》的佚文，值得参考。

【黄庭经】　为我国早期道经之一，现传《黄庭经》二种；一为《太上黄庭内景玉经》，一为《太上黄庭外景玉经》。另有《太上黄庭中景经》一种，疑为后人著作，仅见《道藏》中；一般提到《黄庭》，大抵都不包括《中景》在内。

《内、外景经》中，首先出世的是《外景》，所谓《黄庭经》实在就是它的本名。后来因为又出现了《内景》，《外景》的名字即从此替代了《黄庭》本名，所以《黄庭经》也就成为两者的总称，又是它们的简称。

《外景经》在晋葛洪《抱朴子·遐览篇》中曾有著录；《抱朴子》成书于元帝建武中（公元317~318年），《外景》此时已有传本。宋欧阳修在《删正黄庭经序》中说："世传《黄庭经》者，魏晋间道士养生之书也。"所指的便是这一部书。又世传此书系由晋代魏夫人（名华存）所留传下来的。《外景经》的出世时间，大约在西晋初年。其书到了西晋末年已非常流行，如宋欧阳修即曾亲眼见到永和十三年（公元357年）的《黄庭》石本。晋代著名的书法家王羲之也曾经写过《外景》。

这一部书的作者，在经文中说："老子闲居作七言，解说身形及诸神。"是托言老聃所著。但《外景》传人之一的王褒，在唐释道世《法苑珠林》卷六十九中，说他曾撰《洞玄经》，我们疑此经系出王褒之手，但此人并不是西汉末年的词赋家王褒，而是一个和撰作《化胡经》王浮一样的魏晋间道士。

《内景经》据务成子注叙说，它一名《太上琴心文》，一名《大帝金书》，一名《东华玉篇》。《云笈七签》说，其书也是魏夫人所传，但《上清经》是授自王褒；《内景》则授自旸谷神王。

其作者，经文托言为王宸君。但根据经中提到了《洞玄经》，又提到了《大洞经》，两者都是南北朝时期所流行的道教经典。又经内所得到的一些神名，如玉宸君、玉清虚无老、紫清上皇大道君都是南北朝以前不曾有过的神名。又如第三十六章说："《黄庭内经经玉书》畅，授者曰师受者盟，云锦凤罗金钮缠，以代割发肌肤全，携手登山歃液丹，金书玉景乃可宣。"更是陆修静以后才出现的道教中的繁文缛仪。同时这一部书在《旧唐书》中还没有著录，所以它的出世时间最早也在南北朝以后，而极有可能是出于晚唐五代的道流之手。我们所见到《内景经》最早的本子就是《云笈七签》中梁邱子和务成子的注本。

《中景经》在宋郑樵《通志》中曾有著录，今道藏中有李千乘注本。其书作者无考，注经人李千乘的时代、身世亦不详，惟李书在《宋史·艺文志》有著录，其人似为南宋以来道流。

《黄庭经》的内容，是一部专谈养生方法的道教经典。它的理论和我国古代的医学家说有关。

《黄庭》两个字的本义："黄"在五色中是代表中央的颜色，所以"黄"字在这里是隐喻"中央"的意思；"庭"为阶前空地，它表示身中部位，也隐喻着"中空"的意思。"景"字一般作"景象"解；"黄庭外景"四个字联系在一起，就是说修养功夫的"中空景象"。换句话讲，也就是静功做到玄关出现时的一切景象。若要附会其说，则老子《道德经》中所谓"窍妙"、"谷神"、"玄牝"等名词，亦可作为"黄庭"同样的解释。《外景经》中说："扶养性命守虚无，恬淡无为何思虑"，"恬淡无为守德园"，"清静无为神留止"。老子的清静无为就是《黄庭经》中神气合一的基本法则。

同时，它还更具体地提出了所谓"内观"，或称为"内视"的修养方法。经中说："窥视天地存童子"，"坐于庐下观小童"，这里所说的天地，是指自己的身体；"童子"也就是说内观的时候要恬淡无欲像童子一样。"内观"在经中又常说成"存神"，它们的意思是差不多的。如《内景经》中说："泥丸九真皆有房……但思一部寿无穷。"即指的是存神方法。

此外，经中还提出了一些有关修持的重要问题：如说："仙工道士非有神，积精累气以成真，人皆食谷兴五味，独食太和除阳气"，"嘘吸庐间以自偿，保守完坚身受庆，方寸之中谨盖藏，精神还归老复壮"，是说明呼吸服气和养生的关系。如说："口为玉池太和官，嗽咽灵液灾不乾，体生光华气香兰，却灭百邪玉炼颜"，"取津玄膺入明堂，下溉喉咙神明通"，是说嗽津的功效。如说："长生至慎房中急，何为死作令神泣，忽之祸乡三灵灭。但当吸气炼子精，……专闭御景乃长宁，保我泥丸三奇灵"，"急守精室勿妄泄，闭而宝之可长活"，是说养生必须断欲，这也是魏晋以来方士所主张的"还精补脑"的理想。关于养生方术中在身体上应当重视的某些部位和它们彼此间的关系，经中也都一一提及，如所说泥丸、关元、丹田、命门，都是身体中不可忽视的部分；又如它也说明了心和舌、肝和目等类生理上的相互关系。总的来说，这部书是有一定内容的，但术语连篇，措词晦涩，常使读者不易理解，所以历来传授《黄庭》的人都采取了持诵的方法。

《黄庭经》传本很多，在历代名人法帖中，王羲之以后，有六朝人写本的《黄庭》；唐代书法家褚遂良，宋代书法家米芾、黄庭坚等也都曾经写过它。所以这一部道经，不但是在道教中，即在文人学士的阶层也里是非常流行的，如唐李白诗中有："山阴道士如相见，应写黄庭换白鹅。"宋陆游诗有："白头始悟颐生妙，尽在《黄庭》两卷中。"

《黄庭经》现存的最早注本，也是最通行的注本就是前面已经提到的梁邱子、务成子注本。清人董德宁在他的《黄庭经发微》凡例中说：《黄庭》注本，"世之所行者，皆梁邱子所注；即偶有别本，亦是从梁注所出。"这是确切地说明了梁本的流传情况。

梁邱子和务成子的时代身世均无考，据近人考证认为他们是南宋以前的道流；但这话说得太笼统一些，我们因为此书曾见于《云笈七签》，并且在郑樵《通志》中有过著录，疑心他们是五代时人。

《黄庭经》的卷数，从来没有定说，较早的记载作一卷或二卷不等，《唐书·艺文志》中《老子黄庭经》作一卷；前述陆游诗则作二卷。一般《内景》不分卷，但里面却分作三十六章。《外景》三卷，不分章；但也有些本子不分卷而分做二十四章。历代名道士及著名道教家注《黄庭》的也很多，如金代的刘处玄，明代的陆西星，清代的李涵虚等皆曾注过《黄庭》。后来的道教全真派中更以它作为讲习功课之一。

【清静经】　全称为《太上老君说常清静妙经》，后来道教中则简称为《清静经》，又称为《常清静经》。道教全真派曾以它作为日常持诵的功课经之一；他们在领受初真戒时也必须要善持此经，所以它在后来道教中被视为一部非常重要的经典。

《清静经》在宋郑樵《通志》中曾著录董朝奇等六家注本，经名作《太上混元上德皇帝说常静净经》，其书今均不传。今道藏中有白文本及各家注本共七种，经文三百九十一字，经后有仙人葛翁，左玄真人、正一真人三篇赞语。

《清静经》的作者，据经文起句为"老君曰"，系托称老君所著。葛玄赞说：此经是东华帝君所授，皆口口相传，不记文字，他才书而录之，因以传世。所以后来道教中都相信它是晋葛玄所传。但宋代学者黄震在论《阴符经》文中说："后世有伪为道书者曰《清净经》。"已肯定它不属早期道经；近代学者更认为它是唐、五代以来道流所作。现传《清静经》注本，最早的是五代杜光庭注本；此外，道藏中还有无名氏注本，注中列举持诵此经的实验，其故事多出唐代。同时我们所看到的最早刊本，有宋太平兴国五年的石刻本，以上关于《清静经》出世时代的论断，大致是可相信的。但在《云笈七签》卷十七有《老君清净心经》，其书并见道藏太清部，经文约六百余字，它的内容和现在流传的《清静经》基本相同，两者的关系如何？孰先孰后，是谁因袭了谁，这一点也值得考证和研究。金元以来的名道士都很重视《清静经》，如金代的侯善渊，元代的王玠、李道纯等都曾注过此经，因此，它即更普遍地流传开来。

《清静经》的内容，以发挥"清静"两字为主，简明地叙述了道家修养方法的基本原理，它认为修养方法主要是清静，静到极处，就是"心无其心"，"形无其形"，"物无其物"，"唯见于空"。甚至"观空亦空。……无无亦无"的时候，则四大都无，性光常照而入于"常静常应"的境地了，如此，也就是入道。它的说法，主要是根据老子清静无为的理论；但它只片面地谈到了修养性，过份强调"心"的作用，而忽略了道家传统的修命一面。总的来说，此经言简意赅，确能指出"清静"中自己受用处，并无其他荒诞无稽的神话，在道经中尚不失为纯正的作品。

《清静经》的传本，在道教哗诵时所使用的大都为白文本；注本中所最通行的是水精子增注的混然子纂图本。

混然子就是王玠，元长洲人，亦云善化人，字介玉，一字道渊，是当时的名道士，著述很多。他所纂经图，明白易晓，条理畅达，融会贯通，很能说明经中微奥，其书存《道藏中》，但水精子增注本已于王图略有改异，然大致还不失王本旧范。

水精子，时代身世未详。据我们推想，大概是明、清间人，如经注中所引"观音古佛"的称号，则是明中叶以后才出现的称号。

【高上玉皇本行集经】　一般简称为《皇经》，它是现在道教中主要的一部经，每逢较大的道教节日，他们一定要吟诵此经。

《玉皇经》最早见于道藏，它出世时间不详，作者亦无考。经卷前有托名天枢上相张良的序，后面还有他的奏陈表文。据近代学者考证，有人认为是隋唐道流所作。

"玉皇"这一个名称最早见于六朝人所撰道经中,《云笈七签》引《大洞经》说:"玉清文始东王金晖仙公号曰玉皇二道君。"《真灵位业图》中在"上皇道君"之次也有《玉皇道君》的名位。《真灵位业图》相传为梁陶弘景所撰。当时玉皇的地位并不是独一无二的最高尊神。后来唐人诗中也常常出现这个名称,韩愈《李花诗》说:"夜饮张彻投卢同,乘云共至玉皇家。"柳宗元《界围岩水帘诗》说:"忽如朝玉皇,天冕垂前旒。"更为脍炙人口的是元稹的诗:"我是玉皇香案吏,滴居犹得住蓬莱。"从以上诗中口气来看,此时玉皇的地位升了格已经成为宇宙间的第一尊神。但正式提出玉皇尊号的,还是在宋代,《宋史·礼志》说:"在真宗祥符五年(公元 1012 年)上玉皇大帝尊号为"太上开天执符御历含真体道玉皇大天帝";徽宗政和六年(公元 1116 年)再上玉帝尊号为"太上开天执符御历含真体道昊天玉皇上帝"。俗传"玉皇大帝"的名称系开始于此时。道教中普遍地供奉玉皇,则时代更后,而是在明朝初年,从那时起各地道观中才更多的构建了玉皇阁和玉皇殿。在道教派系中首先唪诵《玉皇经》的,一般传说始于全真派。根据以上资料来看,《玉皇经》是有极大可能性为明代人的著作,最早当也不会早于宋代。

这一部道经,因为它是经忏中的唪诵经典,所以没有什么思想内容可言。全书分为三卷五章,即"清微天宫神通品第一"、"太上大光明园满大神咒品第二","洞玄灵宝玉皇功德品第三"、"天真护持品第四"、"洞玄灵宝报应神验品第五"等五个章节。其主要内容就是述说玉皇的来历和正告读经的信男善女们要重视这一部经典,最后更提出了一些持诵灵验的事例;这些事例是假托唐代故事。从这里我们也可以看出,本经作者的撰作目标,就是希望大家将它看成隋唐以前的道经;这更显然地证明它是述作于隋唐之后了。经中还说:"味之者可以神治太和,诵之者可以心离诸漏,神功妙范,诚修真至命之密言也。"同时在它的第二章中还有不少的符和咒,所以它即自然地发展成为后来道教中最主要的一部唪诵经典了。

本经体例大致模仿释典,在隋代佛中有一部《佛本行集经》,这大概就是"玉皇经"所以叫作"本行集经"的来由。

《玉皇经》的最早传本,就是《道藏》本,也就是前面所说天枢上相的张良校正本;但一般唪诵时的经卷本,则全为白文。此外还有一些乩注本,它们大概都是明代以后人们的伪托之作。

孙不二女功内丹次第诗注

孙不二仙姑事略

孙仙姑名不二,号清静散人,宁海县忠翊幼女。(宁海属今山东登州府,非浙江省之宁海。)金太祖天辅二年生,禀性聪慧柔淑,父以配马宜甫,生三子,宜甫即北七真中所称马丹阳真人是也。丹阳既师事王重阳,故仙姑亦因重阳祖师之种种方便劝化,遂远离三子,屏绝万缘,诣金莲堂祈度,密受道要。数年后,师挽丹阳西游,居昆仑烟霞洞,姑独留于家,勤修不倦。金世宗大定十五年,往洛阳,依风仙姑,居其下洞,后六年道成。时当大定二十二年十二月十九日,忽沐浴更衣,问弟子天气卓午,援笔书颂云:'三千功满超三界,跳出阴阳包裹外;隐显纵横得自由,醉魂不复归宁海。'书毕,趺坐而化,香风瑞气,竟日不散。元至元己巳,赐号清静渊真顺德真人，道派名清静派。

（以上采自《续文献通考》及《登州府志》，并他种记录，若欲知其详，须阅《道藏》中关于北七真一派之记传专籍年谱诸书。）

孙不二女功内丹次第诗　十四首

第一　收心（男女同）

吾身未有日，一气已先存；似玉磨逾润，如金炼岂昏？
扫空生灭海，固守总持门，半黍虚灵处，融融火候温。

第二　养气（男女同）

本是无为始，何期落后天；一声才出口，三寸已司权。
况被尘劳耗，那堪疾病缠；子肥能益母，休道不回旋。

第三　行功（末二句女子独用）

敛息凝神处，东方生气来；万缘都不著，一气复归台。
阴象宜前降，阳光许后裁；山头并海底，雨过一声雷。

第四　斩龙（女子独用）

静极能生动，阴阳相与模；风中擒玉虎，月里捉金乌。
著眼絪缊候，留心顺逆途；鹊桥重过处，丹炁复归炉。

第五　养丹（首二句女子独用）

缚虎归真穴，牵龙渐益丹；性须澄似水，心欲静如山。
调息收金鼎，安神守玉关；日能增黍米，鹤发复朱颜。

第六　胎息（男女同）

要得丹成速，先将幻境除；心心守灵药，息息返乾初；
炁复通三岛，视忘合太虚；若来与若去，无处不真如。

第七　符火　（五六两句，女子独用）

胎息绵绵处，须分动静机；阳光当益进，阴魄要防飞。
潭里珠含景，山头月吐辉；六时休少纵，灌溉药苗肥。

第八　接药（男女同）

一半玄机悟，丹头如露凝；虽云能固命，安得炼成形；
鼻观纯阳接，神铅透体灵；哺含须慎重，完满即飞腾。

第九　炼神（男女同）

生前舌利子，一旦入吾怀；慎似持盈器，柔如抚幼孩；
地门须固闭，天关要先开；洗濯黄芽净，山头震地雷。

第十　服食（男女同）

大冶成山泽，中含造化情；朝迎日乌气，夜吸月蟾精；
时候丹能采，年华体自轻；元神来往处，万窍发光明。

第十一　辟壳（男女同）

既得餐灵气，清冷肺俯奇，忘神无相著，合机有空离；
朝食寻山芋，昏肌采泽芝；若将烟火混，体不履瑶池。

第十二　面壁（男女同）

万事皆云毕，凝然坐小龛；轻身乘紫气，静性濯清潭；

炁混阴阳一，神间天地三；功完朝玉阙，长啸出烟岚。

第十三　出神（男女同）

身外复有身，非关幻术成；圆通此灵气，活泼一元神；

皓月凝金液，青莲炼玉真；烹来乌兔髓，珠皎不愁贫。

第十四　冲举（男女同）

佳期方出谷，咫尺上神霄；玉女骖青凤，金童献绛桃，

花前弹锦琵，月下弄琼箫；一旦仙凡隔，冷然度海潮。

孙不二女功内丹次第诗注

按女丹诀传世者，现止数种，较之男丹经，未及百分之一，已憾其少，且大半是男子手笔，虽谈言微中，终非亲历之境，欲求女真自作者，除曹文逸之《灵源大道歌》而外，其惟此诗乎。原诗行世既久，无人作注。余往岁与某女士谈道之余，随时解释，邮寄赠之，距今已阅廿稔。旧稿零乱，杂于故纸堆中，难以卒读，爰为检出，重校一过，幸无大谬，遂录存之，固不敢自信尽得孙仙姑之玄义，但为后之读此诗者，辟一门径而已。注中容有未臻圆满处，因欲启诱初机，故卑之毋高论耳。

收心第一

吾身未有日，一气已先存。

吾人未有此身，先有此气。谭子《化书》云：虚化神，神化气，气化血，血化形，形化婴，婴化童，童化少，少化壮，壮化老，老化死。此言顺则成人，若达道之士，能逆而行之，使血化气，气化神，神化虚，则成仙矣。

一气者，即先天阴阳未判之气，至于分阴分阳，两仪既立，则不得名为一气。儒家云：其为物不二，则其生物不测。亦指先天一气而言。老氏之得一，既得此一气也。此中有实在工夫，非空谈可以了事。

似玉磨逾润，如金炼岂昏。

丹家常有玉池金鼎，玉兔金乌，玉液金液，种种名目。大凡言阴、言神、言文火者，则以玉拟之；言阳、言气、言武火者，则以金拟之。意谓玉有温和之德，金有坚刚之象也，然亦偶有例外。

扫空生灭海，固守总持门。

生灭海，即吾人之念头，刹那之间，杂念无端而至，忽起忽灭，莫能定止。念起为生，念灭为死，一日之内，万死万生，轮回即在目前，何须待证于身后。然欲扫空此念，谈何容易，惟有用法使念头归一耳，其法如何，即固守总持门也。

总持门者，老子名为玄牝之门，即后世道家所谓玄关一窍。张紫阳云："此窍非凡窍，乾坤共合成，名为神气穴，内有坎离精。"质而言之，不过一阴一阳一神一气而已，能使阴阳相合，神气相搏，则玄关之体已立。

虽说初下手要除妄念，然决不是专在念头上做工夫，若一切不依，一切不想，其弊必至毫无效果，令人失望灰心，是宜熟思而明辨也。（紫阳此诗，另有一解，不在本篇范围之内。）

半黍虚灵处，融融火候温。

半黍者，言凝神入气穴时，神在气中，气包神外，退藏于密，其用至微至细，故以半黍谕之。虚者，不滞于迹象；灵者，不坠于昏沉。杂念不可起，念起则火燥；真意不可散，意散则火寒。必如老子所云："绵绵若存，用之不勤。"方合乎中道。融融者，调和适宜，温者，不寒不燥也。此诗二句，言守玄关时之真实下手工夫，维妙维肖，然诀不是执著人身某一处部位而死守之，切勿误会。若初学者死守一处，不知变通，将来必得怪病。

养 心 第 二

本是无为始，何期落后天。

顺乎自然而无为者，先天之道，由于人力而有为者，后天之功。吾人当未生之初，本是浑元一气，无名无形，不觉而陷入于胎中，于是有身，既已有身，而大患随之矣。

一声才出口，三寸已司权。

婴儿在胎，仅有胎息，鼻不呼吸，及至初出胎时，大哭一声，而外界之空气乘隙自鼻而入，于是后天呼吸遂操吾人生命之权。

其始也，吸入之气长，呼出之气短，而身体日壮。其继也，呼吸长短平均，身体之发育，及此而止。到中年以后，呼出之气渐长，吸入之气渐短，而身体日衰。临终时，仅有呼出之机，而无吸入之机，鼻息一停，命根遂断。三寸者，指呼吸而言。

况被尘劳耗，那堪疾病缠？

上言人身生死之常理，此言人之自贼其身也。色、耳、香、味、触、法、是名六尘。劳心劳力、皆谓之劳。吾人自然之寿命，本为甚短、从不加以戕贼，在今世亦甚少能过百岁者。况尘劳与疾病，皆足以伤竭人之元气，使不得尽其天年，故多有寿命未终而中途夭折者。

（或问：六尘之说，乃释氏语，何故引以注丹经？答曰：非我之咎，原诗已喜用佛家名词，如生灭、如真如、如舍利子等，皆非道家所本有者，不引佛典，何能作注？）

子肥能益母，休道不回旋。

子者后天气，母者先天气，后天气丹道喻之为水，先天气丹道喻之为金，按五行之说，金能生水，是先天变为后天也。丹道重在逆转造化，使水反生金，是由后天返还先天也。

昔人谓为九转还丹，九乃阳数之极，又为金之成数，故曰九还，非限定转九次也。先天难于捉摸，必从后天工夫下手，方可返到先天。后天气培养充足，则先天气自然发生，故曰子肥能益母。回旋者，即返还逆转之谓。

行 功 第 三

敛息凝神处，东方生气来。

敛息者，呼吸之气，蛰藏而不动也。凝神者，虚灵之神，凝定而不散也。东方者，日出之位。生气者，对于死气而言。古之修炼家行吐纳之功者。大概于寅卯二时，面对东方，招摄空中生气入于吾身，借其势力，而驱出身内停蓄之死气。上乘丹法，虽不限定时间与方所，然总宜在山林清静之区，日暖风和之候，则身中效验随做随来，如立竿见影。果能常常凝神敛息，酝酿薰蒸，不久即可由造化窟中，采取先天一气，孔子云："先天而天弗违。天且弗违，而况人乎？况于鬼神乎？

此段作用，乃真实工夫，非空谈，亦非理想，惟证方知。若问息如何敛？神如何凝？处在何处？来从何来？即非片语能明，且笔墨亦难宣达，须经多次辩论，多次实验，又要学者夙具慧根，苦心孤诣，方可入门。若一一写在纸上，反令活法变成死法，世人性情不同，体质各异，学此死法，适足致疾，非徒无益，而又害之，将何取耶？

万缘都不著，一气复归台。

昔人云：修道者须谢绝万缘，坚持一念，使此心寂寂如死，而后可以不死，使此气绵绵不停，而后可以长停。台者何？灵台也，灵台者，性也。一气者，命也。命来归性，即是还丹。

张紫阳真人云："修炼至此，泥丸风生，绛宫月明，丹田火炽，谷海波澄，夹脊如车轮，四肢如山石，毛窍如浴之方起，骨脉如睡之正酣，精神如夫妇之欢合。魂魄如子母之留恋。"此乃真境界，非譬喻也。以上所云，可谓形容极致。

阴象宜前降，阳光许后栽。

阳火，阴符之运用，虽出于自然，但人工亦有默化潜移之力，不可不知。自尾闾升上泥丸，乃在背脊一路，名为进阳火。自泥丸降下气海，乃在胸前一路，名为退阴符。以升为进，以降为退。

又凡后升之时，身中自觉热气蒸腾，及至前降之时，则热气已渐归冷静。此以热气盛为进阳火，热气平为退阴符。二解虽义有不同，理则一贯。此中有许多奥妙，应当研究。

山头并海底，雨过一声雷。

吕纯阳真人《步蟾宫词》云："地雷震动山头雨。"《百字碑》云："阴阳生反覆，普化一声雷。"邵康节先生诗云："忽然夜半一声雷，万户千门次第开。"钟离真人云："达人采得先天气，一夜雷声不誓停。"彭鹤林先生云："九华天上人知得、一夜风雷撼万山。"丹经言雷者甚多，不可殚述，其源皆出《周易》地雷复一卦，其实则喻先天一气积蓄既久，势力雄厚，应机发动之现象耳。其气之来也，周身关窍齐开，耳闻风声，脑后震动，眼中闪光，鼻中抽掣，种种景象，宜预知之，方免临时惊慌失措。

然女工修炼，欲求到此地步，必在月经断绝之后。而孙诗所云，乃在斩龙之前，恐难得此效。大约此处所谓雷者，不过言行功之时，血海中有气上冲于两乳耳。此气发生，丹家名曰活子时，山头喻两乳及膻中部位，海底喻子宫血海部位，雨喻阴气，雷喻阳气。

斩 龙 第 四

静极能生动，阴阳相与模。

龙者，女子之月经也。斩龙者，用法炼断月经，使永远不复再行也。若问月经何以名为龙？则自唐朝以后，至于今日，凡丹书所写，及口诀所传，皆同此说，当有一种意义存于其间，暂可不必详解。

若问女子修道，何故要先断月经？此则神仙家独得之传授，无上之玄机，非世界各种宗教各种哲学各种生理卫生学所能比拟。女子修炼与男子不同者，即在于此，女子成功较男子更速者，亦在于此，若离开此道，别寻门路，决无成仙之希望。倘今生不能修成仙体，束手待毙，强调死后如何证果，如何解脱，此乃自欺欺人之谈，切不可信。

或者谓既是月经为修道之累，必须炼断，则老年妇人月经天然断绝者，岂不省却许多工夫，其成就当比少年者更易。不知若彼童女月经未行者，果生有夙慧，悟彻玄功，成就自然更易，一到老年，月经干枯，生机缺乏，与童女有霄壤之殊，何能一概而论。

法要无中生有，使老年天癸已绝者，复有通行之象，然后再以有还无，按照少年女子修炼成规，渐渐依次而斩之，斯为更难，岂云更易。所以古德劝人"添油宜及早，接命莫教迟。"

静极则动，动极则静，阳极则阴，阴极则阳，乃理气自然之循环，无足怪者。《道德经》第十五章云："孰能浊以静之徐清，孰能安以久动之徐生。"上句言人能静，则身中浊气，渐化为清气，下句言静之既久，则身中又渐生动机矣。

《道德经》第十六章云："致虚极，守静笃，万物并作，吾以观其复。"上二句言静极，下二句言生动，复即复卦之复。阴象静，阳象动，五阴之下，一阳来复，亦言静极生动也。模者模范，所以成物，相与模者，盖言阴阳互根，彼此互相成就，而不可离之意。

风中擒玉虎，月里捉金乌。

风者，人之呼吸也。如丹经云："后天呼吸起微风。"又云："吹嘘藉巽风。"皆是此意。道书常以虎配西方金，龙配东方木，凡言铅言金言虎，都属一物，不过比喻人身中静极而动之先天阳炁而已。

月有二义，若言性功者，则当一念不生时，谓之月，谓其清净无瑕，孤明独照也。若言命功，则当先天阳气发动时，亦谓之月，譬如晦朔弦望，轮转不忒也。

金乌，即日之代名词，日即离，离即火，火即汞，汞即神也。当采取先天气之时，须借后天气以为枢纽，故曰风中擒玉虎，玉字表其温和之状。石杏林真人曰："万籁风初起，千山月乍圆。"正是此景。

丹道有风必有火，气动神必应，故吕纯阳真人云："铅亦生，汞亦生，生汞生铅一处烹。"铅与月，喻阳气，汞与金乌，喻阴神，阳气发生，阴神必同时而应，故曰月里捉金乌。

著眼絪缊候，留心顺逆途。

《易》曰："天地絪缊，万物化醇。"盖絪缊者，天气下交于地，地气上交于天，温和酝酿，欲雨未雨，将雷未雷，所谓"万里阴沉春气合"者是也，若雷雨既施，则非絪缊矣。

人身絪缊之候，亦同此理，但究竟是如何现象，则因有杂言之隐，不便写在纸上。聪明女子，若得真传，则可及时下功，否则恐当面错过，虽说有自造机会之可能，总不若天然机会之巧妙。此时如顺其机而行人道，则可受胎生子；逆其机而行仙道，则可采药还丹。然顺逆之意，尚不止此，生机外发为顺，生机内敛为逆；生气下行，变为月经为顺，生气上行，不使化经为逆。故道书云："男子修成不漏精，女子修成不漏经。"

鹊桥重过处，丹气复归炉。

《入药镜》云："上鹊桥，下鹊桥，天应星，地应潮。"后世丹经言鹊桥者，皆本于此。凡炼丹之运用，必先由下鹊桥转上背脊，撞通玉枕，直达泥丸，再由上鹊桥转下胸前十二重楼，还归元海。上鹊桥在印堂山根之里，下鹊桥在尾闾会阴之间，丹气转到上鹊桥上升时，自觉两眉之间有圆光闪灼，故曰天应星。丹气由下鹊桥上升时，自觉血海之中，有热气蒸腾，故曰地应潮。此言鹊桥重过者，兼上下言之也。归炉者，归到黄庭而止，黄庭一名坤炉。（按上下鹊桥，另有别解，此处不具论。）

养丹第五

缚虎归真穴，牵龙渐益丹。

虎即气，龙即神，真穴大约在两乳之间。缚虎归真穴。即上阳子陈致虚所云："女子修仙，必先积气于乳房也。"气有先天后天之分，炼后天气，即用调息凝神之法，采先天气，则俟身中有生气发动时下手。

牵龙者，不过凝神以合于气而已。神气合一，魂魄相拘，则丹结矣。张虚靖天师云："元神一出便收来，神返身中气自回；如此朝朝并暮暮，自然赤子结灵胎。"此即牵龙渐益丹之意，此处所谓龙与斩龙之龙字不同。

性须澂似水，心欲静如山。

张三丰真人云："凝神调息，调息凝神。"八个字须一片做去，分层次而不断乃可。凝神者，收已清之心而入其内也。心未清时，眼勿乱闭，先要自劝自勉，劝得回来，清凉恬淡，始行收入气穴，乃曰凝神。然后如坐高山而视众山众水，如燃天灯而照九幽九昧，所谓凝神于虚者此也。调息不难，心神一静，随息自然，我只守其自然而已。

调息收金鼎，安神守玉关。

张三丰真人云："大凡打坐，须要将神抱住气，意系住息，在丹田中，宛转悠扬，聚而不散，则内藏之气，与外来之气，交结于丹田，日充月盛，达乎四肢，流乎百脉，撞开夹脊双关，而上游于泥丸，旋复降下绛宫，而下入于丹田，神气相守，息息相依，河车之路通矣，功夫至此，筑基之效已得一半。"又云："调息须以后天呼吸，寻真人呼吸处，然调后天呼吸，须任他自调，方能调得起先天呼吸，我惟致虚守静而已，真息一动，玄关即不远矣，照此进功，筑基可翘足而至。"

广成子云："抱神以静，形将自正，无劳汝形，无摇汝精，乃可以长生。目无所见，耳无所闻，心无所知，汝神将守形，形乃长生。慎汝内，闭汝外，多知为败，我守其一，以处其和，故我修身千二百岁而形未尝衰。"

按调息之法，三丰最详，安神之论，广成最精，故引以为注。本诗上句言武火，故曰金鼎。下句言文火，故曰玉关。

日能增黍米，鹤发复朱颜。

《金丹四百字》云："混沌包虚空，虚空括三界；及寻其根源，一粒如黍大。"又云："一粒复一粒，从微而至著。"此即日能增黍米之意。质而言之，不过渐采渐炼，渐凝渐结而已，非有黍米之象可寻也。

《参同契》云："金砂入五内，雾散若风雨，薰蒸达四肢，颜色悦泽好，发白皆变黑，齿落生旧所，老翁复丁壮，耆妪成姹女，改形免世厄，号之曰真人。"即此诗末句之意。

或谓头有白发，面似婴儿，是为鹤发复朱颜。此言误矣，修炼家若行先天工夫，虽白发亦必变成黑发。苟发白不变，仅面容红润，此乃后天之功，或行采补之术耳，神仙不如是也。世俗所谓仙人鹤发童颜，乃门外语。

胎 息 第 六

要得丹成速，先将幻境除。

幻境，即世间一切困人之环境。窘迫万状，牵缠不休，至死末由自拔，待到来生，仍复如此，或尚不及今生。故修道者，必须设法断绝尘缘，然后方收速效。世有学道数十年，毫无进步者，皆未脱俗累之故。

今按前解虽是，然非幻境本义，因对初学说法，故浅言之耳。其实所谓幻境者，乃身中阴魔乘机窃发之种种景象，或动人爱恋，或使人恐怖，或起嗔恨，或感悲伤，或令人误认为神通，或引人错走入邪路，甚至神识昏迷，自残肢体，偶有见闻，妄称遇圣，凡此等类、皆是幻境，必宜扫除，不经法眼，终难辨别，所以学者要从师也。世有学道数十年，毫无魔障者，皆未曾实行之故。心心守灵药，息息返乾初。

灵药即是妙有，妙有即是真息，心心守灵药者，心依于息也。乾初即是真空，真空即是道心，息息返乾初者，息依于心也。

初学修炼，虽能心息相依，然为时不久，又复分离，至于胎息时，则心心息息长相依也。乾初者，指乾卦未画之初，非谓乾之初爻。《明道篇》云："观乾未画是何形，一画才成万象生。"然则乾初者，岂非太极阴阳未判之象乎？

朵复通三岛，神忘合太虚。

三岛者，比喻人身上中下三丹田。老子曰："归根曰朵，静曰复命。"既朵复之义。人身本自太虚中来，一落色相，则有障碍，而不能与太虚相合，惟有道者，能忘一切色相，色相既除，则与太虚相合矣。

《天隐子》者，道家之流也，其言曰："人之修真，不能顿悟，必须渐而行之。一曰斋戒，澡身虚心。二曰安处，深居静室。三曰存想，收心复性。四曰坐忘，遗形忘我。五曰神解，万法通神。"全篇约千余言，未能毕录，此其纲领也。又司马子微《坐忘论》亦可读，此等工夫甚难，非朝夕可至，然有志者事竟成，惟视人之毅力如何耳。

若来与若去，无处不真如。

真如者，佛家之名词。佛典云："如来藏含有二义；一为生灭门，一为真如门。心无生灭，即真如矣。若背真如，即生灭矣。"又云："真谓真实非虚妄。如谓如常无变易。"

符火第七

胎息绵绵处，须分动静机。

阴符阳火，气机动静，前数段工夫已有之，不必定在胎息后也。但未到结丹地步，其气之动，常有上冲乳头之时。（男子则下冲于生殖器）既结丹，则两乳已紧缩如童女，身内虽有动机，不能再向外发，只内动而已。动亦有时，或数日一动，或一日数动，视其用功之勤惰以为衡。凡未动之先，及既动之后，皆静也。

阳光当益进，阴魄要防飞。

动者属阳，静者属阴，阳气发动时，则元神亦随之而动，气到人身某处，神亦同到某处。阳气发动曰进，而暗中以神助之，愈进愈旺。故曰益进。

阳极则阴生，动极必归静，人之魂属阳，主上升，魄属阴，主下降。当升之时不可降，当降之时不可升。阴魄要防飞者，意谓气若有静定之态，则神必助之静定，以防其飞躁不宁。

潭里珠含景，山头月吐辉。

潭在下，喻血海子宫之部位。山在上，喻膻中两乳之部位。珠之光隐而敛，月之光耀而明，曰潭里，曰含景、言其静而深藏之象。曰山头，曰吐辉、言其动而显出之机。

六时休少纵，灌溉药苗肥。

六时者，非谓昼之六时，亦非夜之六时，乃人身虚拟默运之六时。古人又有名为六候者，切不可拘泥天时，免致活法变成死法。若问人身六时何似？仍不外乎神气动静阴阳升降之消气而已。

休少纵者，即谓念不可起，意不可散，一线到底，勿使中间断续不贯，俟此一段工夫行毕，方可自由动作。

接 药 第 八

一半玄机悟，丹头如露凝。

　　神仙全部工夫，到此已是一半，因内丹已结也。露乃地面之水因热化气，腾散于空中，至夜遇冷，遂附著于最易散热之物体，而凝结成露。丹道亦同此理，可以神悟，难以言传。

虽云能固命，安得炼成形。

　　既已结丹，则一身精气神皆完全坚固，决定可以长生；但未能羽化耳。此时可称为人仙，仙有五等：有鬼仙、有人仙、有地仙、有神仙、有天仙。

　　鬼仙者，不离乎鬼也，能通灵而久存，与常鬼不同。人仙者，不离乎人也，饮食衣服，虽与人无殊，而能免老病死之厄。地仙者，不离乎地也，寒暑不侵，饥渴无害，虽或未能出神，而能免衣食住之累。神仙者，能有神通变化，进退自如，脱弃躯壳，飘然独立，散则成气，聚则成形。天仙者，由神仙之资格，再求向上之工夫，超出吾人所居之世界以外，别有世界，殆不可以凡情测也。

鼻观纯阳接，神铅透体灵。

　　此二句乃言超凡人圣之实功，不由此道，不能出阳神。当今之世，除一二修炼专家而外，非但无人能行此功，即能悟此理者，亦罕遇之。余若自出心裁，勉为注释，恐人不能解，反嗤为妄，故引自古相传之真空炼形丹法，以释其玄奥之义。

　　真空炼形法云：夫人未生之先，一呼一吸，气通于母；既生之后，一呼一吸，气通于天。天人一气，联属流通，相吞相吐，如扯锯焉。天与之，我能取之，得其气，气盛而生也。天与之，天复取之，失其气，气绝而死也。故圣人观天之道，执天之行，每于义驭未升旸谷之时，凝神静坐，虚以待之，内舍意念，外舍万缘，顿忘天地，粉碎形骸。（道家常有粉碎虚空，粉碎形骸等语，不过忘物忘形之意耳，不可拘泥粉碎二字。）自然太虚中有一点如露如电之阳，勃勃然入于玄门，透长谷而上泥丸，化为甘霖而降于五内。我即鼓动巽风以应之，使其驱逐三关九窍之邪，扫荡五藏六腑之垢，焚身炼质、煅淬销霾、抽尽秽浊之躯，变换纯阳之体，累积长久，化形而仙。

　　《破迷正道歌》曰："果然百日防危险，血化为膏体似银，果然百日无亏失，玉膏流润生光明。"《翠虚篇》曰："透体金光骨髓香，金筋玉骨尽纯阳，炼教赤血流为白，阴气消磨身自康。"邱长春曰："但能息息长相顾，换尽形骸玉液流。"张紫阳："天人一气本来同，为有形骸碍不通；炼到形神冥合处，方知色相即真空。"

　　炼形之法，总有六门：其一曰玉液炼形，其二曰金液炼形，其三曰太阴炼形，其四曰太阳炼形，其五曰内观炼形。若此者，总非虚无大道，终不能与太虚同体，惟此一诀，乃曰真空炼形，虽曰有作，其实无为，虽曰炼形，其实炼神，是修外而兼修内也。依法炼之百日，则七魄亡形，三尸绝迹，六贼潜藏，十魔远遁。炼之千日，则四大一身，俨如水晶塔子，表里玲珑，内外洞彻，心华灿然，灵光显现。故《生神经》曰："身神并一，则为真身，身与神合，形随道通，隐则形固于神，显则神合于气，所以蹈水火而无害，对日月而无影，存亡在已，出入无间，或留形住世，或脱质升仙。"

　　按真空炼形一段工夫，所包甚广，不仅为此首诗作注脚，虽以后炼神、服食、辟谷、面壁、出神等法，亦不出此理用之外，不过依功程之浅深而分阶级耳。

哺含须慎重，完满即飞腾。

哺含即温养之意。完满者、气已足，药已灵也。飞腾者，似指大药冲关之象。若有言飞升腾空，则尚未到时。

炼神第九

生前舍利子，一旦入吾怀。

舍利子，乃佛家之名词。此处比喻元神。生前者，即未有此身之前，吾人元神历劫不变、变者识神也。用真空炼形之功，将识神渐渐炼去，则元神渐渐显出，譬如磨镜，尘垢既销，光明斯现，乃知一切神通，皆吾人本性中所固有者，非从外来。

此诗云一旦入吾怀，似指气之一方面而言，然此时气与神已不可分离，言神而气在其中，言气而神在其中。吕祖《敲爻歌》云："铅池迸出金光现，汞水流珠入帝京。"曰铅池、曰金光、言气也，曰汞火、曰流珠、言神也。帝京即中丹田，又名绛宫神室，乃心之部位，心为一身君主故曰帝京。此诗所谓入吾怀者，亦同此意。

慎似持盈器，柔如抚幼孩。

老子云："持而盈之，不如其已。"又云："保此道者不欲盈。"又云："大盈若冲，其用不穷。"即此可知此联上句之义。

老子云："专气致柔，能如婴儿乎？"又云："我独泊兮其未兆，如婴儿之未孩。"又云："人之生也柔弱，其死也坚强。"即此可知此联下句之义。

地门须固闭，天阙要先开。

凡言地者，皆在人身之下部。凡言天者，皆在人身之上部。修炼家最忌精气下泄，故凡下窍皆要收敛紧密，一身精气，渐聚渐满，既不能下泄必上冲于脑部。斯时耳闻风声，目睹光掣，脑后震动，脐下潮涌，异景甚多。

龙门派第十七代，广西洪教燧君，传有金丹歌一首，尚未行世，曾记其中有句云："万马奔腾攻两耳，流星闪电灼双眉；若还到此休声惧，牢把心神莫动移。"即言闭地门开天阙时之现象。

洗濯黄芽净，山头震地雷。

吕祖度张仙姑有步蟾宫词云："地雷震动山头雨，要洗濯黄芽出土。"黄芽者，大还丹之别名也。此处言山头，大约是指上泥丸宫。前诗第三首亦云："山头并海底，雨过一声雷。"据字面观之，似无差别，以实际论，则效验大异。

洗濯之作用，不外乎静定，凡丹道小静之后，必有小动，大静之后，必有大动。其静定之力愈深，则震动之效愈大，充其震动之量，直可冲开顶门而出，然非大静之后不克至此。

今按静定之力，吾人能自作主，可以由暂而久，由浅而深。若夫震动之效，乃是顺其自然，非人力可以勉强造作，似乎不能由人做主。但小静必小动，·大静必大动，其反应百不爽一。常人所以无此效验者，因未能静定故。修炼家所以不能得大效验者，因其虽知静定，而静定之力犹嫌薄弱故。释门学禅者，亦能静定数日，而终久无此效验者，因其徒知打坐不知炼气故。

附注：舍利子在此处为内丹之代名词，然非佛家所谓舍利之本意。究竟舍利子与金丹，是同是异？修佛与修仙，其结果有何分别？皆吾人所急欲知者，而各家经书咸未论及，虽《楞严经》有十种仙之说，是乃佛家一面之辞。除佛经外，凡中国古今一切书籍记载，皆未见有十种仙之名目，似未可据为定论。吾国人性习，素尚调和，非但儒道同源，本无冲突，即对于外来之佛教，亦复不存歧视，彼此融通，较他教教义之惟我独尊者，其容量之广狭，实大不同。而清华老人之论舍利，尤为公矣，意谓佛家以见性为宗，精气非其所贵。万物有生有灭，而性无生灭，涅槃之后，本性圆明，超出三界，永免轮回，遗骸火化之后，所余精气，结为舍利，譬如珠之出，蚌与灵性别矣，而能光华照耀者，由其精气聚于是也。人身精气神，原不可分，佛家独要明心见性，洗发智慧，将神光单提出来，遗下精气，交结成形，弃而不管。然因诸漏已尽，禅定功深，故其身中之精气，亦非凡物，所以舍利子能变化隐显，光色各别，由此推之，佛家所谓不生不灭者，神也，即性也。其舍利子者，精气也，即命也。彼灭度后，神已超于象外，而精气尚留滞于寰中也。若道家则性命双修，将精气神混合为一，周天火候，炼成身外之身，神在是，精在是，气在是，分之无可分也。故其羽化而后，不论是肉体化炁，或是尸解出神，皆无舍利之留存，倘偶有坐化而遗下舍利者，其平日工夫，必是偏重于佛教方面，详于性而略于命也。性命双修之士，将此身精气神团结得晶莹活泼，骨肉俱化，毛窍都融，血似银膏，体如流火，畅贯于四肢百节之间，照耀于清静虚无之域，故能升沉莫测，隐显无端，释道之不同如此。佛家重炼性，一灵独耀，回脱根尘，此之谓性长生。仙家重炼炁，遍体纯阳，金光透露，此之谓炁长生。究竟到了无上根源，性就是炁，炁就是性，同者其实，异者其名耳。

服 食 第 十

大冶成山泽，中含造化情。

大冶本意为熔铸五金，今以之喻造化之伟功，乾坤为炉鼎，阴阳为水火，万象从兹而铸成，是万物共有一太极也。山与泽乃万物中之一物，而山泽中又有造化，是一物各得一太极也。山泽通气，震兑相交，而造化之情见矣。

修仙者，贵在收积虚空中清灵之气于身中，然后将吾人之神与此气配合而炼养之，为时既久，则神气打成一片，而大丹始成。

后半部工夫所以宜居山者，因山中清灵之气较城市为优耳。但入山亦须稍择地势，或结茅，或住洞，要在背阴面阳遮风聚气之所，山后有来脉，左右有屏障，中有结穴，前有明堂，此乃乾坤生气蕴蓄之乡。日月升沉，造化轮转，道人打坐于其间，得此无限清灵之气，以培养元神，有不脱胎换骨者乎？

朝迎日乌气，夜吸月蟾精。

蚌受月华而结珠胎，土得日精而产金玉，人知采取日月精华，则可以结就仙丹，变化凡体。至其所以采取之法，到此地步，自能领悟，不必执著迹象，致碍圆通。若《易筋经》所言日精月华法，乃武术炼养之上乘，非仙家之玄妙也。

时候丹能采，年华体自轻。

采天地之灵气以结丹，须识阴阳盛衰之候，夺造化之玄机而换体，必经三年九载之功。

元神来往处，万窍发光明。

此言周身毛窍皆有光明发现，丹经云："一朝功满人不知，四面皆成夜光阙。"亦同此意，其所以有光者，或者因身中电力充足之故。世上雷锭能自发光，经过长久时期，而本体不减毫厘。彼无知之物质，且灵异若此，又何疑乎仙体。

辟谷第十一

既得餐灵气，清冷肺腑奇。

此实行断绝烟火食也。所以能如此者，因灵气充满于吾身，自然不思食，非枵腹忍饥之谓也。

忘神无相著，合极有空离。

忘神者，此时虽有智慧而不用，若卖弄聪明，则易生魔降。无相著者，谓无色相之可著也。合极者，合乎太极也。合乎太极者，即神气合一，阴阳相纽也。如是则不落顽空，故曰有空离，谓遇空即远离也。第三句言不著于色，第四句言不著于空，色空两忘，浑然大定。

朝食寻山芋，昏饥采泽芝。

芋为普通食品，人皆知之，芝形如菌，上有盖下有柄，其质坚硬而光滑。《本草》载有青赤黄白黑紫六种，服之皆能轻身、延年。若仙经所标灵芝名目，多至数十百种，不可毕陈，然非常人所能得也。

若将烟火混，体不履瑶池。

仙体贵乎清灵，若不绝烟火食，则凡浊之气混入体中，安有超脱之望。瑶池者，女仙所居之地，《集仙传》云："西王母宫阙，左带瑶池，右环翠水。"

面壁第十二

万事皆云毕，凝然坐小龛。

面壁之说，始于达摩。当梁武帝时，达摩止于嵩山少林寺，终日面壁而坐，九年如一日。故后世道家之修静功者，皆曰面壁，今之佛家反无此说，徒知念阿弥陀佛而已。

辟谷一关，既已经过，不但烟火食可以断绝，即芝芋之类亦可不食矣。古仙修炼到此程度时，大半择深山石洞而居之，令人用巨石将洞口封没，以免野兽之侵害，及人事之烦扰，且不须守护者。但此法在今日，未必相宜。

普通办法，即于山林清静之处，结茅屋数椽，以备同道栖止，然后用木做一小龛，其中仅容一人坐位，垫子宜软厚，前开一门，余三面须透空气而不进风，最好用竹丝编帘遮蔽如轿上所用者。人坐其中，不计日月，真至阳神出谷，始庆功成，惟昼夜须有人守护，谨防意外之危险。中间若不愿久坐，暂时出来亦可，此时身内已气满不思食，神全不思睡。其外状则鼻无呼吸，脉不跳动，遍体温暖，眼有神光。其身体内部之作用，自与凡夫不同，不可以常人之生理学强加判断。此等现象，今世尚不乏其人，余昔者固亲见之矣。然皆未知其有何等神通，是或丹经所谓慧而不用者乎？

今按自本首第三句以后，直至第十四首末句止，概属不可思议之境界，故未作注。当日某女士尚疑余故守秘密，致书相诘，奈余自访道至今已三十年矣，实未曾目视阳神是何形状？如何出法？即当日师傅，亦不及此，仅云时至自知。故对于出神以后种种作用，因无实验，不敢妄谈，且学者果能行面壁之功，何患不知出神之事，请稍安毋躁，以待他年亲证可乎？

出神第十三

身外复有身，非关幻术成。

今按此首若完全不注，未免令读者意有缺憾，若每句作注，又苦于不能落笔，只得将前贤语录摘抄数条，以见出神之时，是何景象，出神之后，尚有工夫，欲知其详，请博览丹经，真参实悟非此编所能限也。

《青华老人语录》曰："阳神脱胎之先兆，有光自脐轮外注，有香自鼻口中出。既脱之后，则金光四射，毛窍晶融，如日之初升于海，如珠之初出于渊，香气氤氲满室，一声霹雳，金火交流而阳神已出于泥丸矣。出神以后，全看平日工夫。若阳神纯是先天灵气结成，则遇境不染，见物不还，收纵在我，去来自如，一进泥丸，此身便如火热，金光复从毛窍间出，香气亦复氤氲，顷刻反到黄庭，虽有如无，不知不觉，此真境也。若平日心地未能虚明，所结之胎，决非圣胎，所出之神，原带几分驳杂，一见可惧则怖生，一见可欲则爱生，殆将流连忘返，堕入魔道，此身既死，不知者以为得仙坐化，谁知阳神一出而不复者，殆不堪问矣。"

问曰："倘心地未纯，而胎神已出，为之奈何？"师曰"必不得已，尚有炼虚一著。胎神虽出，要紧紧收住，留他做完了炼虚一段工夫，再放出去，则真光法界，任意逍遥，大而化之矣。炼虚全要胸怀浩荡，无我无人，何天何地，觉清空一气，混混沌沌中，是我非我，是虚非虚，造化运旋，分之无可分，合之无可合，是曰炼虚。盖以阳神之虚，合太虚之虚，而融洽无间，所谓形神俱妙，与道合真，此乃出胎以后之功，分身以前之事也。"

问："阳神阴神之别如何？"师曰："阴未尽而出神太早，谓之阴神。其出之时，或眼中见白光如河，则神从眼出，或耳中闻钟声箫管之音，则神从耳出。由其阳气未壮，不能撞破天关，故旁趋别径，从其便也。既出之后，亦自逍遥快乐，穿街度巷，临水登山，但能成形，不能分形，但能游走人间，不能飞腾变化。若盛夏太阳当空，则阴神畏而避之，是以虽带仙风，未离鬼趣。"

问："阴神可以炼为阳神乎？"师曰："可，学仙之士，不甘以小乘自居，只得于阴神既出后，再行修炼，将那阴神原形粉碎，倾下金鼎玉炉，重新起火，火候足时，自然阴尽阳纯，真人显象。"

问："阴神如何能使原形粉碎？"师曰："忘其身，虚其心，空洞之中，一物不生，则可以换凡胎为灵胎，变俗子为真人，而事毕矣。"

问："身外有身之后，还做甚么工夫？"师曰："善哉问也！此其道有二：下士委身而去，其事速；上士浑身而去，其事迟。当阳神透顶之后，在太虚中逍遥自乐，顷刻飞腾万里，高踏云霞，俯观山海，千变万化，从心所欲，回视幻躯，如一块粪土，不如弃之，是以蜕骨于荒岩，遗形而远蹈，此委身而去者之所为也。若有志之士，不求速效，自愿做迟钝工夫，阳神可出而勿出，幻躯可弃而勿弃，保守元灵，千烧万炼，忘其神如太虚，而以纯火烹之，与之俱化，形骸骨肉，尽变微尘，此浑身而去者之所为也。并列于此，听人自择，有志者不当取法乎上哉？"

《冲虚子语录》，或问："阳神之出，非必执定要身外有身，已承明命，但若果无形相可见，何以谓之出神？"答曰："本性灵光，非有非无，亦无亦有，隐显形相，安可拘一。昔刘海蟾真人以白气出，西山王祖师以花树出，马丹阳真人以雷震出，孙不二元君以香风瑞气出，此数者虽有相可见，而非人身也。又南岳蓝养素先生以拍掌大笑而出，邱长春真人自言，出神时三次撞透天门，直下看森罗万象，见山河大地如同指掌，此二者皆无相可见，而亦非身也。何必拘拘于身外有身而后为出哉！"

问："何故有此不同？"答曰："当可以出定之时，偶有此念动而属出机，未有不随念而显化者。故念不在化身，则不必见有身，念若在化身，则不必不见有身。予之此言，但只为我钟吕王邱李曹诸祖真人门下得道成仙者而说，是谓家里人说家常话，非为旁门凡夫恶少言也。彼虽闻之，亦无所用，后世凡出我长春邱祖门下的派受道者，必须记知，庶免当机惊疑也。"

冲举第十四

佳期方出谷，咫尺上神霄。

　　冲举者，即世俗所谓白日飞升是也。《参同契》曰："勤而行之，夙夜不休，伏食三载，轻举远游，跨火不焦，入水不濡，能存能亡，长乐无忧，功满上升，膺箓受图。"从古即有是说，但在今时，既未尝见闻，理论上苦无证据，若以历代神仙传记为凭，自然如数家珍，听者或乐而忘倦，顾又疑其伪造事实，提倡迷信，必须求得一平素而不信仙道之人，在伊口中或笔下得一反证，而后方能无疑。试观唐韩退之先生所作《谢自然诗》云：

果州南充县，寒女谢自然，童騃无所识，但闻有神仙。

轻生学其术，乃在金泉山，繁花荣慕绝，父母慈爱捐。

一朝坐空室，云雾生其间，如聆笙竽音，来自冥冥天。

檐楹暂明灭，五色光属联，观者徒倾骇，踯躅讵敢前。

须臾自轻举，飘若风中烟，茫茫八纮大，影响无由缘。

里胥上其事，郡守惊且叹，驱车领官吏，回俗争相先。

入门无所见，冠履同蜕蝉，皆云神仙事，灼灼信可得。

　　（后半从略，果州，在今四川顺庆府）。此诗通篇三百三十字，前半叙事，后半议论，凡恶劣名词，几全数加于其身，如寒如童騃、魑魅、恍惚、日晦、风萧、神奸、魍魉、幽明、人鬼、木石、怪变、狐狸、妖患、孤魂、深冤、异物、感伤等字句，极尽诋毁之能事。可知韩先生绝不信世有神仙，虽然韩先生末后之主张亦不过曰，人生有常理，男女各有伦，寒衣及饥食，在纺织耕耘，下以保子孙，上以奉君亲，苟异于此道，皆为弃其身云云。呜呼！此等见解，何异于井底之蛙，禅之中虱，安足以餍吾人之望乎？

　　夫神仙所以可贵者，在其成就超过庸俗万倍，能脱离尘世一切苦难，解除凡夫一切束缚耳，非徒震于神仙之名也。名之曰神仙可，名之曰妖魔鬼怪亦可，所争者事实之真伪而已。谢自然上升事，在当时有目共见，虽韩先生之倔强，亦不能不予承认。奈其素以儒教自居，辟佛辟老，道貌俨然，一朝改节，其何能堪！睹兹灵迹，被以恶名，亦无足怪。吾人读《墉城集仙录》一书，纪谢自然女真生平神奇事迹，至为详悉，惟不敢遽信为真实。今读此诗所云："须臾自轻举，飘若风中烟，入门无所见，冠履同蜕蝉。"诸语，然后知冲举之说信不诬也。后之学者，可不勉哉？

附：孙仙姑七言绝句七首

（一）不乘白鹤爱乘鸾，二十幢幡左右盘。偶入书坛寻一笑，降真香烧碧阑干。

（二）小春天气暖风赊，日照江南处士家，催得腊梅先迸蕊，素心人对素心花。

（三）资生资始总阴阳，无极能开太极光，心镜勤磨明似月，大千一粟任昂藏。

（四）神气须如夜气清，从来至乐在无声，幻中真处真中幻，且向银盆弄化生。

（五）蓬岛还须结伴游，一身难以碧岩头，若将枯寂为修炼，弱水盈盈少便舟。

（六）养神惜气似持盈，喜坠阳兮怒损阴，雨目内明驯虎尾，朦朦双耳听黄庭。

（七）荆棘须教划尽芽，性中自有妙莲花，一朝忽现光明象，识得渠时便是他。

《灵源大道歌》白话注解

灵源大道歌

我为诸君说端的。命蒂从来在真息。照体长生空不空。灵鉴涵天容万物。太极布妙人得一，得一善持谨勿失。宫室虚闲神自居，灵府煎熬枯血液。一悲一喜一思虑，一纵一劳形蠹弊，朝伤暮损迷不知，丧乱精神无所据。细细消磨渐渐衰，耗竭元气神乃去。只道行禅坐亦禅，圣可如斯凡不然。萌芽脆嫩须含蓄，根识昏迷易亦迁。蹉跎不解去荆棘，未闻美稼出荒田，九年功满火候足，应物无心神化速。无心心即是真心。动静两忘为离欲。神是性兮气是命，神不外驰气自定。本来两物更谁亲，失却将何为本柄。混合为一复忘一，可与元化同出没。透金贯石不为难，坐脱立亡犹倏忽。此道易知不易行，行忘所行道乃毕。莫将闭息为真务，数息按图俱未是。比来放下外尘劳，内有萦心两何异。但看婴儿处胎时，岂解有心潜算计。专气致柔神久留，往来真息自悠悠。绵绵迤逦归元命，不汲灵泉常自流。三万六千为大功，阴阳节候在其中。蒸融关脉变筋骨，处处光明无不通。三彭走出阴尸宅，万国来朝赤帝宫。借问真人何处来，从前元只在灵台。昔年云雾深遮蔽，今日相逢道眼开。此非一朝与一夕，是我本真不是术。岁寒坚确如金石，战退阴魔加慧力。皆由虚淡复精专。便是华胥清静国。初将何事立根基，到无为处无不为。念中境象须除拨，梦里精神牢执持。不动不静为大要，不方不圆为至道。元和内炼即成真，呼吸外求终未了。元气不住神不安，蠹木无根枝叶干。休论涕唾与精血，达本穷源总一般。此物何曾有定位，随时变化因心意。在体感热即为汗，在眼感悲即为泪。在肾感念即为精，在鼻感风即为涕。纵横流转润一身，到头不出于神水。神水难言识者稀，资生一切由真气。但知恬淡无思虑，斋戒宁心节言语。一味醍醐甘露浆，饥渴消除见真素。他时功满自逍遥，初日炼烹实勤苦。勤苦之中又不勤，闲闲只要养元神。奈何心使闲不得，到此纵擒全在人。我今苦中苦更苦，木食草衣孤又静。心知大道不能行，名迹与身为大病。比如闲处用功夫，争似泰然坐大定。形神虽曰两难全，了命未能先了性。不去奔名与逐利，绝了人情总无事。决烈在人何住滞，在我更教谁制御。掀天声价又如何，倚马文章非足贵。荣华衣食总无心，积玉堆金复何济。工巧文章与词赋，多能碍却修行路。恰如薄雾与轻烟，闲傍落花随柳絮。缥缈幽闲天地间，到了不能成雨露。名与身兮竟孰亲，半生岁月大因循。比来修炼赖神气，神气不安空苦辛。可怜一个好基址，金殿玉堂无主人。劝得主人长久住，置在虚闲无用处。无中妙有执持难，解养婴儿须藉母。缄藏俊辩黜聪明，收卷精神作愚鲁。坚心一志任前程，大道于人终不负。

《灵源大道歌》白话注解

宋朝徽宗皇帝宣和年间，有一位曹女士，在当时颇有女才子之名。徽宗皇帝生性好道，又欢喜会做诗文的人。曹女士道学既可以配称第一流，而且诗文确也做得不坏，所以宋徽宗很看得起她，召她到京城居住。（宋徽宗时首都在汴梁，即是现在的河南省开封县）特别优待。又敕封他为文逸真人。这篇《灵源大道歌》，就是这位曹文逸真人，在那个时候，做给一般学道人看的。流传到现在，差不多经过八百二十年。（从宣和初年算起）《孙不二女丹工夫次第诗》，比较此歌后出几十年。其余各种女丹经，更在孙不二之后。大概都是明清两朝的作品。《黄庭经》虽由晋朝魏夫人传出，然不能算是魏夫人自己的著作。谢自然，何仙姑等，虽在唐朝成道，也没有著作流传。（乩坛上沙盘中扶出来的诗文、不能算本人著作）。我们可以说，历代女真，自己肉体在世间，亲笔所写正式丹经，当以此篇为最古了。全篇共计一百二十八句。所讲的道理，所论的功夫，不限定女子方面，男子亦可通用。现在特把本文依次序分开，每句每字，用白话注解如后。

我为诸君说端的　命蒂从来在真息（第一句　第二句）

我，曹文逸自称。诸君指当时并后世修仙学道的人。端的，即是真正而又的确。命蒂，即是吾人生命最关紧要的地方。凡花叶瓜果，和枝茎相连处，都叫作蒂。此处一断，花叶就立刻枯槁，瓜果就不能生长。真息与凡息不同。凡息粗，真息细。凡息浅，真息深。凡息快，真息慢。真息是凡息的根源，凡息是真息的发泄。真息可以化为凡息，凡息也可以化为真息。譬如山中石头缝里流出的泉水，就是真息。江河中风翻浪涌的长流水，就是凡息。

照体长生空不空　灵鉴涵天容万物（第三句　第四句）

照体，是回光返照自己性体。长生，即是性体永久存在。空，是说性体本空。但因为这个性体无所不包，真空与妙有同时显露，所以又说不空。鉴，是镜子。灵鉴，就是指性体而言。涵天容万物，就是把天地万物都包含容纳在这个灵鉴之中。第二句，说的是命。第三第四句说的是性。

太极布妙人得一　得一善持谨勿失（第五句　第六句）

《易经》上说："易有太极，是生两仪。"《道德经》上说："此两者同出而异名。同谓之玄。玄之又玄。众妙之门。"这就是太极布妙的意思。一就是道。得一就是得道。老子说：道生一。周子就说：无极而太极。老子说：一生二。孔子就说：太极生两仪。因此我们可以明白，道就是无极，一就是太极，二就是两仪，两仪就是阴阳，阴阳就是性命，性命就是神气。道不可说，一不可见。凡可以说可以见的，不是二，便是三。譬如上下、左右、前后、大小、长短、厚薄、多少、轻重、冷热、刚柔、吉凶、利害、善恶、是非、虚实、有无、性命、神气、阴阳、这些相对的都是二。在这些二的当中那个就是三。有了三以后，就能演变而成千成万。所以老子说："三生万物。"万物既然是从道中生出来的，我们人类号称万物之灵，自然也是从道中生出来的。离开道就没有世界，也就没有人类。人得一，是说每个人都得着大道全体中极小一部分。但可惜微末得很。倘若我们把这点微末东西再弄失掉，恐怕第二世连人也做不成。渐渐要变成下劣的动物。所以作者劝大众们，幸而生成一个人身，就应该时时刻刻，小心谨慎，护持此道，切勿令他丧失。

宫室虚闲神自居　灵府煎熬枯血液（第七名　第八句）

宫室虚闲，比喻人身没有恶习和各种不良的嗜好，以及心中没有妄想和杂念。果能如此，我们的元神自然安安稳稳住在里面，不至于流离失所，飘荡忘归。然而世上人们，心中常常被七情六欲搅扰，没有片刻清凉。情欲一动，阴火跟着就动。阴火一动，周身气血津液都要受伤。弄得面黄肌瘦，形容枯焦。这个病根，就在于人人心中看不破，放不下。所以说灵府煎熬枯血液。人的意识与思想发源之处，叫作灵府。

一悲一喜一思虑　一纵一劳形蠹弊（第九句　第十句）

凡人当失意的时候，就要悲哀。当得意的时候就要欢喜。遇到困难，不能解决，就要思虑。未得患得，既得患失，更不免时时用尽心思，我们平时所经过的境界，十分之九都是失意，很少有得意的时候。几十年有限光阴，就在忧患中消磨干净。身心放松是纵。身心紧张是劳。一时放松，一时紧张，就是一纵一劳。我们的肉体受不住这许多刺激，自然要变成衰朽不可救药了。形蠹弊，是说身体里面腐坏，等于木头被虫蛀一样。

朝伤暮损迷不知　丧乱精神无所据（第十一句　第十二句）

早也吃亏。晚也吃亏。自己糊糊涂涂不晓得厉害。精神耗丧而昏乱。若问他们，在世做人怎样可以做得好，出世修道怎样可以修得成。他们丝毫没有把握。

细细消磨渐渐衰　耗竭元气神乃去（第十三句　第十四句）

因为是细细消磨，所以吾人身体有亏损，尚不至于感受剧烈之痛苦。因为是渐渐衰老，所以人生数十年中，每容易忽略过去。不知不觉的头发白了，面皮皱了。不知不觉的血液枯了，筋骨硬了。元气，就是元始中和之气。又名为先天炁。实在讲起来，就是生天生地生人生物的一种生气。宇宙间生气，本是无穷。但每个人身体上由娘肚子里带来的那点生气，可怜太少。从小到老，几十年中，身体里面所储蓄的生气，消耗已尽。我们的灵魂就要和我们的肉体告别了。形神分离，人岂能不死。

只道行禅作亦禅　圣可如斯凡不然（第十五句　第十六句）

禅字可以作定字解。一船唱高调的人，都晓得说：行也在定，坐也在定，甚至于睡卧也在定，不必要做什么工夫。倘若早早晚晚，刻苦用功，反嫌他过于执着，缺乏活泼天机。或者笑他是磨砖作镜。然而这种话只能对程度很高的人说，不能对普通人说。圣人可以这样做。凡夫万万办不到。

萌芽脆嫩须含蓄　根室昏迷易变迁（第十七句　第十八句）

草木最初从土里长出的小体，叫作萌芽。因为他的体质脆弱而娇嫩，经不起损伤。须要培养有法，保护得宜，他日方有成材的希望。这就是比喻人身中一点生气，根基不牢，最容易丧失。须要设法把他含蓄在身内，不让他常常向外面发泄。然后吾人寿命方可延长。眼耳鼻舌身意，叫作六根。六根所起的作用，就是六识。根与识被尘境所扰乱，陷入昏迷状态。容易由善变恶，由正变邪。若不彻底下一番苦功，恐怕没有什么好结果。

蹉跎不解去荆棘　未闻美稼出荒田（第十九句　第二十句）

荒田之中，多生荆棘。倘若懒惰懈怠，游手好闲，不把田中荆棘斩除干净，好的稻谷决不会生长出来。这两句话，比喻人心中妄想，以及恶劣的习惯，若不去尽，工夫很难有进步，好的效验不易于发现。

九年功满火候足　应物无心神化速（第二十一句　第二十二句）

九是阳数中的极数。九年，表示纯阳之意。不是必定要九个年头。功满，是说工夫圆满。火候足，是说用功到了这个时候，可以告一段落。应物，就是在世间做利物济人的事业。无心，就是随缘去做，不是有心要做功德。神化速，就是用自己全神来行教化，功效自然很快。孟子书上说："所过者化。所存者神。"与此处意思相同。

无心心即是真心　动静两忘为离欲（第二十三句　第二十四句）

无心心，就是无念头的心体。普通人心中没有一分钟不起念头。他们认为这个念头是心的本体，其实错了。诸君要晓得，那个无念的心方是真心，有念的心却是假心。人能认识真心，自然一动一静全是天机，可以做到忘物忘形的境界，这个就叫做离欲。

神是性兮气是命　神不外驰气自定（第二十五句　第二十六句）

古丹经常说："是性命。非神气。"是对工夫深程度高的人说法。此处说，"神是性、气是命。"是对普通人说法。各有用意，并非矛盾。因为普通人只认得他们自己肉体。除了肉体以外，从来不注意到神气上去。如果教他们认得神气两个字的作用，比较普通人，已算是大有进步。性命二字的真相，只好留待日后他们自己去参悟了。修炼家初等工夫，离不掉神气。须要把自己的神收在肉体里面，然后气方能定得下。

本来两物更谁亲　失去将何为本柄（第二十七句　第二十八句）

二物，就是神与气。这两样东西，本来最亲密不过。神离开气，神无所养。气离开神，气无所驭。没有气来养神，神就要逃亡。没有神来驭气，气就要耗散。失掉一项，即等于失掉两项。请问还有什么东西作我们身体的根本。作我们自己的把柄呢。

混合为一复忘一　可与元化同出没（第二十九句　第三十句）

混合为一，就是做心息相依神气合一的工夫。复忘一，就是工夫做到神气合一之后，不要死死的执著舍不得放松。须要把这个合一的景象忘记方好。既能合一。复能忘一。那时身中气候，自然与元始造化机关同出同没。出是显露。没是隐藏。化机应该显露时就显露。化机应该隐藏时就隐藏。自己丝毫不作主张。

透金贯石不为难　坐脱立亡犹倏忽（第三十一句　第三十二句）

寻常人精神被肉体限制住了，不能直接的达到身外物质上去。修炼成功的人，精神可以离开肉体，而能支配肉体以外的别种物质。所以说透金贯石不为难。倏忽，是顷刻之间。坐脱立亡，是坐着或是立着的时候，我们的神倘若要离开肉体，顷刻就可以离开，不至于被肉体所拘束。

此道易知不易行　行忘所行道乃毕（第三十三句　第三十四句）

这个道理，虽容易明白，却不易于实行。纵能勉强去行持，也难以毕业。必须由勉强而进于自然。由自然而造于浑然，由浑然而至于释然，才是行忘所行道乃毕。

莫将闭息为真务　数息按图俱未是（第三十五句　第三十六句）

息是鼻中呼吸。闭息，是把呼吸暂时闭住。数息，是数自己的呼吸。从一二三四，数到几十几百。按图，是按照图样做工夫，或用全副精神死守身中中某一窍，或动手动脚做各种姿式。这些法子：都不是大道。因为闭息病在勉强，数息未免劳心，按图又嫌执着。对于自然大道相差太远。

比来放下外尘劳　内有萦心两何异（第三十七句　第三十八句）

比来，等于近来。曹真人意思说：修道的人们，在近来这个时候，既然能把身外的一切尘劳都放下了。为什么身内的尘劳却放不下，仍旧有许多东西挂在心头。请问身内百事萦心，比较身外一切尘劳，有何分别呢。

但看婴儿处胎时　岂解有心潜算计（第三十九句　第四十句）

诸君请看婴儿尚未出胎在娘肚子里那十个月的时候，婴儿心中可曾经在暗地里算计什么。诸君既要学道，何不先学婴儿。

专气致柔神久留　往来真息自悠悠（第四十一句　第四十二句）

老子道德经第十章说："专气致柔能如婴儿乎。"专气，就是专心一志在气上面做工夫。致柔，就是工夫柔和到了极处，没有丝毫刚强急迫的样子。果能如此，神就可以久留于身中，而不向外驰。神不外驰气自定。气定之后，真息自有发动之时。悠悠二字，是形容真息的样子，深长而久远，和缓而幽闲。

绵绵迤逦归元命　不汲灵泉常自流（第四十三句　第四十四句）

绵绵，微细不绝之意。迤逦，旁行连延之意。元命即人身生命根源。这句是形容真息在身内行动的状态。虽说四肢百骸无处不到，然自有他的归根复命之处。灵泉，在后文又叫作神水。地面上泉水总是往下流，不会往上流。人要用水，非拿器物汲取不可。人身上的灵泉，却无须汲取，自然会在身中周身循环。真息所到之处，即是灵泉所到之处。因为津能化气，气能化津，充满一身，所以有如此妙用。

三万六千为大功　阴阳节候在其中（第四十五句　第四十六句）

今历法一昼夜共九十六刻。古历法一昼夜共百刻。张紫阳《金丹四百字》序上说："夫一年十有二月，一月三十日，一日百刻，一月总计三千刻，十月总计三万刻。行住坐卧，绵绵若存。胎气既凝，婴儿显相。玄珠成象，太乙含真。三万刻之中，可以夺天上三万年之数，何也。一刻之工夫，自有一年之节候。所以三万刻能夺三万年之数也，故一年十二月，总有三万六千之数。虽愚昧小人，行之立跻圣地。奈何百姓日用而不知。"此段文章，说得很明白，可以作此处注解。曹文逸是宋徽宗宣和年间人，在民国纪元前约七百九十年。张紫阳是宋神宗熙宁年间人，在民国纪元前约八百四十年。两人前后距离不过五十年。所以他们的论调颇有几分相近。

蒸融关脉变筋骨　处处光明无不通（第四十七句　第四十八句）

此二句是说工夫的效验。蒸是蒸发。融是融化。关是关节。脉是血脉。变是变换。先蒸发而后方能融化。常常融化，不要让他坚硬，而后方能慢慢地变换。这个工夫，就叫做金丹换骨。处处光明，即是《孙不二女丹经》中所说，"元神来往处，万窍发光明"的意思。无不通，即是周身全部通畅，没有一处闭塞。

三彭走出阴尸宅　万国来朝赤帝宫（第四十九句　第五十句）

三彭，即是三尸。道书常说，上尸名彭倨，在人头中，令人愚痴没有智慧。中尸名彭质，在人胸中，令人烦恼不能清静。下尸名彭矫，在人腹中，令人贪饮食男女之欲。或名三尸神。又名三尸虫。《太清中黄真经》上有两句，"可惜玄宫十二楼，那知反作三虫宅"。这个意思，就是说吾人浩净美好的身体被许多三尸虫盘据在里面，弄得秽恶不堪，是很可惜的。道家斩三尸法子，有用符咒的，有守庚申的，有服丹药的，都不算彻底解决。此处用内炼工夫，运元和之气，充满脏腑，蒸融关脉，变换筋骨，逼令三尸无处藏身，非抛弃他们的老窠子逃走不可。坏东西一去，好东西就来了。万国来朝，比喻五脏六腑四肢百骸的精气神，都聚会在绛宫一处。绛宫属于心的部位，心属火，其色赤，医家称为君主之宫，所以叫作赤帝宫。

借问真人何处来　从前元只在灵台（第五十一句　第五十二句）

真人，即是真我。吾人肉体有生有死，不能算是真我，只可以叫作假我。除掉有形质的肉体，尚剩下那个无形质的念头。是否可以叫作真我。然而也不是真我。因为那个念头，也是忽起忽灭，不能由自己做主的。再除掉忽起忽灭的念头，另外寻出一个无生无死万劫长存的实体，这个方是真我，又名为真人。这个真人，从前未曾见过面，此刻第一次认识他。究竟他由何处而来呢。其实他从前就住在我们灵台之中，未尝瞬息离开，并非由外面进来的。

昔年云雾深遮蔽　今日相逢道眼开（第五十三句　第五十四句）

因为历年以来，被云雾遮蔽，把真人的面目隐藏。虽说他从前就住在灵台之中，我们却认识不出。今日工夫做到相当的程度，道眼遂开。道眼既开，如拨云雾而见青天，真人因此露面。云雾二字，比喻我们的七情六欲妄想杂念。

此非一朝与一夕，是我本真不是术（第五十五句　第五十六句）

这个工夫，不是一朝一夕做得成。须要经过若干岁月。并且不是用什么取巧的法术，讨什么意外的便宜，仅此寻得吾人本来真面目而已。

岁寒坚确如金石　战退阴魔加慧力（第五十七句　第五十八句）

《论语》上有一句话："岁寒然后知松柏之后凋也。"岁寒，是每年天气最寒冷的时候。凋，是树木落叶子。松柏后凋，是说别种树木到这个时候，都已枯槁零落。独有松柏仍旧青翠不凋比喻修道的人有坚忍的力量，可以耐得困苦，受得磨折，而不至于改变初心。确字，同坚字一样解释。松柏不凋已经称得起坚确。金石比松柏更要坚确。所以此处拿金石比喻修道人的志气。有金石般的志气，自然能够战退阴魔。阴魔既已去尽，慧力即同时增加。慧是智慧，力是毅力。只有智慧而无毅力，虽可以见道，而不能成道。只有毅力，而无智慧，又恐怕认不清大道，误入旁门。必须智慧与毅力二者俱足，方免遗憾。

皆由虚淡复精专　便是华胥清静国（第五十九句　第六十句）

心中没有妄想和欲念就是虚。不染一切嗜好并恶习，就是淡。仔细研究，彻底明白，就是精。信受奉行，始终如一，就是专。《列子》书上说："黄帝昼寝，而梦游于华胥氏之国。其国无师长。其民无嗜欲。不知亲己，不知疏物，故无爱憎。不知背逆，不知向顺，故无利害。"其实是一种寓言，等于今人所谓乌托邦之类。人们心中果能十分清静，也同到了华胥国一样。

初将何事立根基　到无为处无不为（第六十一句　第六十二句）

世间无论做什么事，起初总要立一个根基，以后方能有所成就。修道是大事业，更要把根基立稳，方能步步前进。等到工夫纯熟，程度高演，自然显得头头是道。表面上很像无所作为。实际上已是精全气全神全，没有丝毫缺陷。老子《道德经》第三章说："为无为则无不治矣。"又第三十七章说："道常无为而无不为。"此篇"到无为处无不为"句，也是根据老子的意思。

念中境象须除拨　梦里精神劳执持（第六十三句　第六十四句）

这两句，就是立根基的办法。吾人当静坐的时候，须要把心中杂念打扫干净。等到坐功纯熟之后，杂念可以完全消灭。然后在睡梦之中，也不忘记修道之事，也同平常静坐的时候一样，自己很有主宰。

不动不静为大要，不方不圆为至道。（第六十五句　第六十六句）

工夫偏于动，嫌太浮躁。工夫偏于静，嫌太枯寂。性情偏于方，嫌太板滞。性情偏于圆，嫌太巧滑。能不落于两边，而得其中和，才是大道。

元和内炼即成真，呼吸外求终末了。（第六十七句　第六十八句）

吾人果能在身内运用元始中和之气，流行不息，就可以成道，倘若在外面呼吸上永久执着，不肯放松，到底未有了脱之日。

元气不住神不安，蠹木无根枝叶干（第六十九句　第七十句）

元气，即是上文所说元始中和之气。不住，即是不能长住于身内，而向外面发泄。发泄太多，身体里面的元气，渐渐亏损。元神因为没有元气来培养，遂不能在身中安居，而要逃亡，譬如树木被蠹虫所蚀，根本受伤，枝叶自然就干枯。人身中元气，被七情六欲饥饱寒暑劳心苦力所伤。身体自然也不能长久。

休论涕唾与精血，达本穷源总一般。（第七十一句　第七十二句）

鼻中生出的流质叫作涕。口中生出的流质叫作唾。心中生出的流质叫作血。外肾生出的流质叫作精。虽有四种名称不同，但是这些东西本源却是一样。达本，是看透他们的根本。穷源，是追究他们的来源。

此物何曾有定位　随时变化因心意（第七十三句　第七十四句）

人身上各种流质，不是分疆划界固定在一处而不许移动的。都是临时因外界的感触，和内心的激刺，而后生的。

在体感热即为汗，在眼感悲即为泪（第七十五句　第七十六句）

皮肤里面的流质，外感于天气温度太高，就变化为汗，从毛孔中出来。眼睛里面的流质，内感于情意过分悲哀，就变化为泪，从泪腺中出来。

在肾感念即为精，在鼻感风即为涕（第七十七句　第七十八句）

外肾里面的流质，内感于心中淫欲之念，就变化为精，从尿管中出来。鼻粘膜里面的流质，外感于空气寒冷之风，就变化为涕，从鼻孔中出来。

纵横流转润一身，到头不出于神水（第七十九句　第八十句）

纵，指人身上下。横，指人身前后左右。流转，是说在身体里面周流循环。润一身，是说身中无一处不走到，无一处不滋润。所以能有这种变化和这种功效，总不离乎神水的作用。

神水难言识者稀　资生一切由真气（第八十一句　第八十二句）

神水这件宝物，他本身的道理太玄妙，颇难以言语形容。而且世间有学问的人虽多，识得神水的人却很少。须知汗泪涕唾精血等等，都是神水所生，神水又是真气所生。人身若没有真气，神水就不免要干枯。神水既然干枯，于是乎有眼不能视，有耳不能听，有鼻不能嗅，有舌不能尝，有生殖器不能生育，有四肢百节不能活动。到了这个地步，去死也不远了。

按，学者读丹经最感困难的，就是同样的一个名词，无论在什么方法上都可以混用。即如神水二字，在此处是如此解释。若在别种丹经上，虽有同样的名词，却不能作同样的解释。请看张紫阳《悟真篇后序》云："金丹之要，在乎神水华池。"又张紫阳《金丹四百字·序》云："以铅见汞，名曰华池。以汞入铅，名曰神水。"这是人元丹法的神水。又张紫阳《金药秘诀·序》云："金水者乃得金气之玄水：又号神水。炼丹之诀，但能引神水入华池，万事毕矣。"许真君《石函记》中《圣石指玄篇》云："铅砂抟成如土块。六一固济相护爱。用火锻炼一昼夜。火灭烟消土化灰。腾铅倒装入灰池。火发铅熔化神水。"这是天元丹法的神水，又《明镜匣》云："若人识真汞。黄金内神火。若人识真铅。白金内神水。"白紫清《地元真诀》云："华池神水。神水真金。闪灼先天。发泄干金。"这是地元丹法的神水。又灵阳子《洞天秘典》云："阴阳铅汞为神水。神水施为不离铅。谁识丹炉神水，乃为月魄金浆。"伍冲虚《修仙歌》中自注云：'暗进者，暗进神水，暗进神火，属烹炼之工。明进者，明进神水，明进神火，属超脱之工。"朱痴伯《金火灯》云："生铅但有壬水癸水。既成白金其中方有神水。"这是黄白术的神水。以上所列各种丹经中神水名词，比较《灵源大道歌》中神水，确有霄壤之别。又朗然子诗云："夹脊河车透顶门。真修捷径此为尊。华池神水频吞咽。紫府元君直上奔。常使气冲关节透。自然精满谷神存。一朝得到长生路。须感当初指教人。"此诗所用神水名词，专指口中津液而言，乃狭义的神水。《灵源大道歌》中神水，包括人身一切粗细流质而言，乃广义的神水。义意虽同，而不完全相同。倘若学者止知其一，不知其二，依先入为主，看见名词相同，就说方法是一样，那真是误人而又自误。天元丹法，重在服食，不重点化。地元丹法，既能点化，又可以进一步炼成服食，而上接天元。黄白术，仅能到点化程度而止，不能再往前进。人元丹法，要用同类阴阳。虽有铅银砂汞等名词，其实与五金八石毫无关系。这是四种丹法不同之处。至于《灵源大道歌》的宗旨，乃是修道，不是炼丹，也不是参禅止观。其中作用，学者应当辨别清楚，不可稍涉含糊。世上流传的各种丹经道书，都病在笼统，理路不清，阅之往往令人厌倦。我深悉其中弊病，所以专重分析想把科学精神用在仙学上面，以接引后来的同志。因为这个缘故，凡是拙作论调，每不肯附和前人之说，亦自有苦衷，读者能谅解为幸。

再按，《扬善半月刊》，第四十一期第六页，所载《玉华宫侍书仙子降坛诗》，末二句云："为惜前缘开后觉。早留真液渡衰残。"真液二字，正合《灵源大道歌》神水二字的本意。留得住真液，才可以济渡衰残。即是留得住神水，才可以维持生命。这种理论，已成为铁案如山，不能摇动。既然当年曹文逸真人不惜苦口婆心。把第一等修炼的方法宣布流传诸君总算有缘，虽然在八百年以后出世，^{从宋徽宗宣和时代算到今日}但是能读她这篇歌诀，也就如闻其声，如见其人了。因此奉劝诸君，务必努力奉行，不可虚度岁月。否则，转世投胎，未必再有今日的机会。

但知恬淡无思虑　斋戒宁心节言语（第八十三句　第八十四句）

"但知"二字的意思，就是只晓得照以下所说的方法做去，其它一切都不去管。恬，是心中安静。淡，是把世间虚荣看得很淡。思，是思想。虚，是忧虚斋戒，是古人在将要祭祀天地鬼神之前一种预备的行为。如沐浴，更衣，不饮酒，不茹荤，不作乐之类。宁心，是心不妄想。节言语，是口不乱说。

一味醍醐甘露浆　饥渴消除见真素（第八十五句　第八十六句）

牛奶第一转叫作酪。第二转叫做生酥。第三转叫作熟酥。第四转叫作醍醐。醍醐可以算得牛奶中精华所结成的。芭蕉有一种，名叫甘露蕉。花苞中有露水，味甚甘，就是甘露浆。可以算得芭蕉中精华所结成的。一味，是说没有第二样。因为上面所做的工夫，纯洁而安静。所以身中发生的效验，也是甜美而清凉。饥则思食，渴则思饮，都是表示吾人身体里面有所欠缺，需要补足，方好维持。假使身体内部无所欠缺，自然就不饥渴，能入大定。自然就能看见本来面目。凡丝类没有染颜色的叫做素。吾人真面目，本是白净无疵，一尘不染，所以叫作真素。

他时功满自逍遥　初日炼烹实勤苦（第八十七句　第八十八句）

到了将来工夫圆满之后，自然逍遥快乐。但在当初下功的时候，实未免勤劳而辛苦。用武火时叫作炼。用文火时叫作烹。如何是武火，打起精神，扫除杂念，端身正坐，心息相依。如何是文火，全体放松，含光内守，绵绵似有，默默如无。

勤苦之中又不勤，闲闲自要养元神（第八十九句　第九十句）

虽说下手做工夫要耐得勤苦，然又不是劳心劳力动手动脚的事。所以老子《道德经》上有一句口诀，教人"用之不勤。"既说要勤，又说要不勤，岂非自相矛盾吗。须知所说"不勤"的意思，就是不劳动，不执着。不揠苗助长。所说"勤"的意思，就是不虚度，不懈怠，不一暴十寒。闲闲，就是表示不勤。能闲闲，方能保得住元气，能保元气，方能养得住元神。

奈何心使闲不得　到此纵擒全在人（第九十一句　第九十二句）

奈何世上的人心，总是要休息而不可得。虽说因为环境所困，不能完全放下。然而有一半也是历劫以来的习惯，难以改变。做工夫的人，常常被这个念头所累。到了此种地步，或任他放纵，或设法擒拿，全在各人自己做主。

我昔苦中苦更苦　木食草衣孤又静（第九十三句　第九十四句）

曹真人言她自己当日做工夫时期，很受过许多困苦。吃的穿的，都是别人家不要的东西。所处的境遇，既孤寂而又冷静。

心知大道不能行　名迹与身为大病（第九十五句　第九十六句）

心中分明认得大道得好，无奈不能实行。所以不能实行的缘故，因为受三种之累。一种虚名，二种事迹，三种身体。虚名之累，就是能者多劳。事迹之累，就是权利义务。身体之累，就是衣食住行。

比如闲处用功夫　争似泰然坐大定（第九十七句　第九十八句）

修道的人，就怕不得闲。幸而得闲，又被许多有作为的旁门小法所累。比如我们身心，已经得到了清闲境界。与其再要用各种旁门小法工夫，倒不如一切放下，专坐大定的工夫为妙。"争"字与"怎"相同，"争似"犹言"怎若。"

按张紫阳真人《悟真篇》七言律诗第二首云：大药不求争得遇。第十三首云：争如火里好栽莲。七言绝句第一首云：争得金丹不解生。第八首云：争似真铅合圣机。第四十首云：争得金乌搦兔儿。第六十四首云：教人争得见行藏。凡所有的"争"字，都作"怎"字解。宋朝人文章上面所习用的字眼，和现在人所用的两样。为诸君读道书便利计，特附注于此。

形神虽曰两难全　了命未能先了性（第九十九句　第一百句）

大道之要，在全神而又全形。全神，普通叫作性功。全形，普通叫作命功。修道的人，能得形神两全最上。如其不能，先做性功以全神。等到有机会时，再做命功以全形，亦无不可。下文所说：就是了性全神的办法。

不去奔名与逐利　绝了人情总无事（第一百零一句　第一百零二句）

不去同人家争名夺利。谢绝人情上的往来应酬。就能够达到清闲无事的境界。

决烈在人何住滞　在我更教谁制御（第一百零三句　第一百零四句）

不食名利，与谢绝应酬，这两件事，看起来很不容易做到。但是事在人为。倘若真肯下决烈的心，未必一定就有什么障碍。在我自己本身，更是要做就做，教谁来干涉我呢。住滞，即障碍之意。制御，即干涉之意。

掀天声价又如何　倚马文章未足贵（第一百零五句　第一百零六句）

掀天，形容其人声价之高。倚马，形容文章下笔之快。但是对于修道上都无用处。

荣华衣食总无心　积玉堆金复何济（第一百零七句　第一百零八句）

上句说一心向道，不注意于荣华衣食。下句说：有钱的人，若不肯修道，等到老病死的时候，虽有钱又何济于事呢。

工巧文章与词赋　多能碍却修行路（第一百零九句　第一百一十句）

此言成功一个文学家，也无大用，反而为修行的障碍。

恰如薄雾与轻烟　闲傍落花随柳絮（第一百十一句　第一百十二句）

此言文人不能成大事业。就像那些薄雾轻烟，和落花飞絮为伴，总觉得飘荡无根，虚而不实。

缥渺幽闲天地间　到了不能成雨露（第一百十三句　第一百十四句）

上句说：薄雾轻烟的形状。下句说：薄雾轻烟，比较雨露不同，雨露有益于人世，烟雾无益于人世，而烟雾终久是烟雾，不能变成雨露。飘渺，形容其飘荡无根。幽闲，形容其虚而不实。

名与身兮竟孰亲　半生岁月大因循（第一百十五句　第一百十六句）

世上没有一个人不喜欢名誉。更没有一个人不爱惜身体，名誉和身体比较起来，那一样同我最亲切呢。自然是身体最亲切了。可惜世上人半生岁月，就此因循过去。因循二字的意思，就是遵守旧章。我们抱定人类始祖，所遗传的饮食男女习惯，永远不肯改变。服从造化小儿所支配的生老病死定律，绝对不敢违抗。这些，都叫作因循。

比来修炼赖神气　神气不安空苦辛（第一百十七句　第一百十八句）

比来，就是近来，大概指中年以后而言。因为凡人到了这个时候，身体已渐渐衰朽，全靠在神气上面用工夫，才能有少许补救。神气若不能安居在身内，所做的工夫都是白吃辛苦。

可怜一个好基址　金殿玉堂无主人（第一百十九句　第一百二十句）

好基址，金殿玉堂，皆指人的身体而言。主人，指人的元神而言。身体譬如一所房屋。元神譬如这房屋的主人。倘若时时刻刻让他在外面游荡，不肯回到腔子里。就像一所好房屋，无人居住，无人打扫，无人修理，渐渐的这个房子要变坏了。

劝得主人长久住　置在虚闲无用处（第一百廿一句　第一百廿二句）

我们应该用种种方法，把房屋的主人劝回来，长久住在家中，不要野心勃勃，常想跑到外面去。并且要把他放在空虚闲静的地方，使他心无所用。然后他的旧习惯始能慢慢的改变。

无中妙有执持难　解养婴儿须藉母（第一百廿三句　第一百廿四句）

我们的元神，当其寂然不动的时候，不可以说他是有。当其感而遂通的时候，又不可以说他是无。只好说是无中妙有。凡世间道理，不可拿言语形容，不可用心思推测的，都叫作妙。妙有也是这种道理。既不偏于无，亦不偏于有，因此就难于执持。所谓难于执持，就是说把握不牢，捉摸不定。照这样看来，工夫究竟如何下手呢。但诸君要懂得，世人养育婴儿，全靠母亲力量。我们元神譬喻婴儿。试问元神之母是什么。老子《道德经》第一章云："无名天地之始。有名万物之母。"第二十章云："我独异于人。而贵求食于母。"第二十五章云："有物混成。先天地生。寂兮寥兮。独立而不改。周行而不殆。可以为天下母。吾不知其名。字之曰道。因此我们可以断定母就是道。若要养育元神，必须凭借道力。道是什么。道就是阴阳。阴阳就是性命。性命就是神气。初下手工夫，就是以神驭气，以气养神。神气合一，就是修道。

缄藏俊辩黜聪明　收卷精神作愚鲁（第一百廿五句　第一百廿六句）

精神发于耳目，叫作聪明。发于言论文章，叫作俊辩。缄，是封闭。藏，收藏。黜，是废弃。收卷，等于收捲。这两句大意，是劝人把自己精神收藏在身体里面，不要发泄在身体外面，要学老子《道德经》上所说："大辩若讷，大巧若拙"的样子。是为修道初步下手的办法。

坚心一志任前程　大道于人终不负（第一百廿七句　第一百廿八句）

心要坚定。志要专一。任我们向前途走去。终可以达到目的。那时才晓得大道不负于人。所怕的就是人们自己不肯走这条大道，偏喜欢走邪路旁门。非但今生落一场空。并且来生尚要招得种种恶报。何苦乃尔。

《黄庭经》讲义

弁　言

《黄庭经》，不著撰人名氏及时代，惟陶隐居《真诰》云："《上清真经》，晋哀帝兴宁二年，南岳魏夫人授其弟子，使作隶字写出。数传而后，为某某窃之，因济浙江，遇风沦漂，惟《黄庭》一篇得存。"然考魏夫人为晋之任城人，司徒魏舒之女，名华存，字贤安，幼而好道，摄心夷静，年二十四，适太保掾刘文，字幼彦，生二子，长曰璞，次曰瑕。其后幼彦物故，夫人携二子渡江，璞为温太真司马，至安成太守。瑕为陶太尉从事，至中郎将。夫人在世八十三年，晋成帝咸和九年化去。以时代推之，兴宁二年，较此尚后三十年，则魏夫人辞世久矣，《真诰》所谓授其弟子者，或是夫人生时诸弟子得其口授，后始笔录。否则早有隶字写本秘藏，至兴宁二年，方传于世耳。

《黄庭》旧有内景外景二篇，《真诰》所指，殆内景篇也。晋王右军有《黄庭经》楷书，历代传刻，以为珍宝，即外景篇也。当右军时代，内景尚未行世，自无所谓外景之名，故右军所写，只称《黄庭》，后人据《真诰》之言，遂滋疑义。盖未知此经原有先后之分，内外之别也。

两篇文字，不必出于一手，而精理贯通，体用相备，真知个中消息者，当不复存歧视。故吕纯阳真人题《宿州天庆观诗》云："肘传丹篆千年术，口诵黄庭两卷经；鹤观古坛槐影里，悄无人迹户常扃。"又陆放翁《道室杂兴诗》云："身是秋风一断蓬，何曾住处限西东；棋枰窗下时闻雹，丹灶崖间夜吐虹；采药不辞千里去，钓鱼曾破十年功；白头始悟颐生妙，尽在黄庭两卷中。"又《书怀诗》云："早佩黄庭两卷经，不应灵府杂膻腥；凭君为买金鸦嘴，归去秋山剧获苓。"所称"两卷经"者，非即"内景"与"外景"乎？东坡居士尝书《黄庭内景》，复仿其文体，而为之赞，备极推崇。世儒狃于晋帖，漫谓内景非真，其识解讵出苏陆二公上耶？

又从来著丹经者，多言男子之事，女丹诀自有别传，而《黄庭经》则历代女真以之得道者，如鲁妙典、崔少玄、薛玄同之流，具见载籍，颇不乏人。是尤属丹家之要旨，为玄门之总持矣。

第是经文义曼衍，多立名词，设譬语，虽无奥颐隐密之谈，然学者读之，罕能知味。余承同志之勖，就两篇义蕴，沉潜探索，择其精要，分类诠释，务使辞皆能解，理尽可通，庶几玄圃丹台，资为先路云尔。

第一章　黄　庭

欲读《黄庭经》，必先知"黄庭"二字作何解说。黄乃土色，土位中央，庭乃阶前空地，名为"黄庭"，即表中空之义。吾人一身，自脐以上，为上半段，如植物之干，生机向上；自脐以下，为下半段，如植物之根，生机向下。其生理之总机关，具足上下之原动力者，植物则在根干分界处，人身则在脐。婴儿处胎，鼻无呼吸，以脐带代行呼吸之功用。及出胎后，脐之功用立止，而鼻窍开矣。神仙口诀，重在胎息。胎息者何？息息归根之谓。根者何？脐内空处是也。脐内空处，即"黄庭"也。

引证《黄庭经》本文

上有魂灵下关元，左为少阳右太阴，后有密户前生门，出日入月呼吸存。（内景经第二章）上有黄庭下关元，前有幽阙后命门。（外景经第一章）黄庭真人衣朱衣，关门牡籥阖两扉。幽阙夹之高巍巍，丹田之中精气微。（外景经第二章）

解　释

魂灵即心神，关元在脐下三寸，左阳右阴，言其理耳。若必求藏府经络部位以实之，恐近于穿凿。密户，在身后腰部，生门即脐。

涵虚子云：合上下前后左右，暗藏一个"中"字。此"中"，乃"虚无窍"也。外日月一往一来，内日月一颠一倒，绵绵呼吸，均在此虚无窍中。今按呼为出，吸为入，出为辟，入为阖，辟为阳，阖为阴，阳为日，阴为月，故曰："出日入月呼吸存。"黄庭之下，即是关元。关元之上，即为黄庭，故曰："上有黄庭下关元。"《内景经》云"上有魂灵下关元"，则谓黄庭之上有心神，黄庭之下有关元耳。辞虽异而义同。

幽阙即生门，生门即脐，针灸家名为神阙，又名气舍。命门即密户，在背脊骨第十四椎下，即第二腰椎骨之部。修炼家以心神注守黄庭，名曰"黄庭真人"。心色本赤，故曰"衣朱衣。"神入气中，气包神外，如牝牡之相衔，故曰："牡籥。"阖两扉者，喻阴阳相纽。高巍巍者，即《参同契》所云：先天地生，巍巍尊高之意。丹田者，乃结丹之所，如播种子于田中，自然生苗结实，成熟可期，故名曰"田"。"精气微"之"微"字，最宜领会。必如易教之洁净精微，老氏之微妙玄通，方尽其用。盖丹道虽不外乎积精累气而成，然徒知执著精气之粗迹，将何以臻神化哉？（附注：后世丹书所言黄庭之部位，与本经微有不同。）

第二章　泥　丸

泥丸即上丹田，在头顶中，针灸家名百会穴，乃脑也，为修炼家最重要之关键。当行功时，运周天火候，必后升前降，升到泥丸终，降自泥丸始，所谓还精补脑是也。

夫脑髓之体极精，脑髓之用至灵。其成也，乃间接由元气化生，其亏也，非物质直接所能补足。人当中年以后，每患脑力薄弱，常欲求助于药，然药无补脑之效。惟有仙家妙术，借阴阳升降之机，化生灵质，日积月累，方可使脑髓渐充，回复原状，或更觉超胜，于是性有所寄，命有所归，虽不仙，不远矣。

引证《黄庭经》本文

至道不烦诀存真，泥丸百节皆有神。一部之神宗泥丸，泥丸九真皆有房，方圆一寸处其中。但思一部寿无穷，非各别位居脑中。（内景经第七章）琼室之中八素集，泥丸夫人当中立。（内景经第二十一章）保我泥丸三奇灵，恬淡闭观内自明。（内景经第二十一章）问谁家子在我身，此人何去入泥丸。（内景经第十九章）

解　释

道法以简要为贵，口诀虽多，重在存真。存即存想，真即真人，言存想吾身真人之所在也。真人，即神。虽周身百节皆有神，惟泥丸之神为诸神之宗。泥丸一部，有四方四隅，并中央共九位，皆神之所寄，而当中方圆一寸处，乃百神总会。修炼家不必他求，但存思一部之神，已可享无穷之寿。因此一部之神，非散居别处，而总居脑中。脑为人身主宰，得其主宰，则易为功也。

琼室即脑室，八素即四方四隅之神，泥丸夫人，即脑室中央之神。名为夫人者，谓脑属阴性，宜静不宜动，静则安，动则伤。本于老子守雌之义也。三奇，即三元。三元，即元精元气元神。恬淡，谓节嗜欲，少谋虑。闭观，谓闭目返观。此言保养脑中精气神之法，惟在返观内照也。谁家子，乃内丹之喻名，内丹既结于下由，是不可不迁，迁将何去，即上入泥丸。盖反观内照，乃静以养性之功，丹成上迁，乃动以凝命之术。作用虽异，道理则同。

第三章　魂　魄

自来言魂魄者，理论至赜，不可华陈，挈其大纲，约有十说：

（一）以阴阳论魂魄者：陈氏礼记注曰：魂者阳之灵而气之英，魄者阴之灵而体之精。高诱《淮南子注》曰："魂者阳之神，魄者阴之神。"

（二）以五行论魂魄者：朱子全书曰："魂属木，魄属金。"所以说三魂七魄，是金木之数也。

（三）以五藏论魂魄者：《内经》云：心藏神，肝藏魂，肾藏精，肺藏魄。又曰：随神往来者谓之魂，并精出入者谓之魄。此言魂与神为一家，魄与精为一家。正合丹道东三南二，木火为侣，西四北一，金水同宫之说。

（四）以鬼神论魂魄者：《礼祭义》曰：气也者，神之盛也；魄也者，鬼之盛也。气即魂意，魂与气，古人常合为一谈。如延陵季子骨肉归于土，魂气无不知之语可见。

（五）以动静论魂魄者：《性理大全》引宋儒说云：动者，魂也；静者，魄也。动静二字，括尽魂魄。凡能运用作为，皆魂使之尔，魄则不能也。

（六）以升降论魂魄者：《朱子全书》曰：人将死时，热气上出，所谓魂升也；下体渐冷，所谓魄降也。

（七）以志气论魂魄者：《朱子全书》引《苏氏易解》曰：众人气胜志而为魄，志胜气而为魂。

（八）以思量与记忆论魂魄者：宋儒黄勉斋曰：人只有个魂与魄，人记事自然记得底是魄，如会恁地搜索思量底便是魂。魂主经营，魄主受纳。

（九）以知觉与形体论魂魄者：《礼祭义》陈氏注曰：人之知觉属魂，形体属魄。如口鼻呼吸是气，那灵处便属魂；视听是体，那聪明处便属魄。

（十）以生成之先后论魂魄者：《春秋左氏传》云：人生始化曰魄，既生魄，阳曰魂。后儒为之解曰：始化是胎中略成形时，人初间才受得气，便结成个胚胎模样是魄。既成魄，便渐渐会动，属阳曰魂。

以上诸说，各有不同，合而观之，或可于中取得一较为明确之印象。至其相互之关系，则犹有说焉。《内经》曰：魂魄毕具，乃成为人。薛生白注曰：气形盛则魂魄盛，气形衰则魂魄衰。魂是魄之光焰，魄是魂之根柢。魄阴主藏受，故魄能记忆在内。魂阳主连用，故魂能动作发挥。二物本不相离，精聚则魄聚，气聚则魂聚。是为人物之体，至于精竭魄降，则气散魂游，而无所知矣。

又朱子曰：无魂，则魄不能以自存，今人多思虑役役，魂都与魄相离。老氏便只要相守得相合。老子云：载营魄，是以魂守魄。盖魂热而魄冷，魂动而魄静。能以魂守魄，则魄以所守而宜静，魄以魂而有生意。魂之热而生凉，魄之冷而生暖；惟二者不相离，故其阳不燥，其阴不滞，而得其和矣。不然，则魂愈动而魄愈静，魂愈热而魄愈冷。二者相离，则不得其和而死矣。

水，一也，火，二也。以魄载魂，以二守一，则水火固济而不相离，所以永年也。愚按朱说颇有合于丹家魂魄相拘之旨，徒知炼魂，不知炼魄，死焉鬼仙；徒知炼魄，不知炼魂，则尸居余气耳。

引证《黄庭经》本文

百谷之实土地精，五味外美邪魔腥，臭乱神明胎气零，那徒返老得还婴？三魂忽忽魄糜倾，何不食气太和清，故能不死入黄宁。（内景经第三十章）玄元上一魂魄炼，一之为物最罕见。须得至真乃顾盼，至忌死气诸秽贱。（内景经第二十七章）魂欲上天魄入渊，还魂返魄道自然。（外景经第十五章）垂绝念神死复生，摄魂还魄永无倾。（内景经第十一章）和制魂魄津夜平（内景经第十一章）高拱无为魂魄安。（内景经第二十三章）

解　　释

人赖百谷以养身，调五味以悦口，而大患即由此而生。荤腥臭气足以秽乱吾人之神明，致使胎中所受之先天元气凋零殆尽。如何能得返老还童之效？魂飘魄丧，后悔何及？若能渐绝俗食，专心食气，保养太和，则可长生。然修炼之道，至为玄妙，阴阳不可偏胜，魂魄必宜合炼。魂魄合炼者，即是由后天之阴阳，复归于先天之一气。但此一气，最不易得，有真有伪。真者，纯是清灵生气可用，伪者，中含秽质死气，乃大忌也。

道家所以贵乎魂魄相拘者，因魂之性每恋魄，魄之性每恋魂，不忍分离。不幸以人事之逼迫，使魂不能不升，魄不能不降，魂魄分离，则人死矣。返还之道，亦是顺其魂魄自然相恋之性而已。

夫人当生命垂绝之时，苟一念至诚，存想吾人身中元神，尚可多延残喘，况知魂魄相拘之道者，岂有倾危之患乎？夫摄魂还魄，虽有作用，惟贵在和平，而不可偏激。偏则不和，激则不平。苟魂魄能和，则气可化津，津亦可化气。周身津气，润泽流通，自无不平之患矣。修炼之术，先有为而后无为。和平之极，归于静定，魂魄自然安宁矣。

第四章　呼　吸

前三节虽略具理论，尚未言明学者致功之方。丹诀数十家，深浅各别。而其下手之诀，皆不外呼吸作用。气存则人生，气竭则人死，呼吸所关，顾不重欤？普通之人，徒知以口食谷，不知以鼻食气，虽终日呼吸不断，然此等呼吸，大都出多入少。粗而短，不能细而长；急而浅，不能缓而深。乃修炼家之大忌也。

仙道贵在以神驭气，使神入气中，气包神外，打成一片，结成一团，纽成一条，凝成一点，则呼吸归根，不至于散漫乱动，而渐有轨辙可循。如是者久之，即可成胎息。

何谓胎息？即呼吸之息，氤氲布满于身中，一开一阖，遍身毛窍，与之相应，而鼻中反不觉气之出入，直到呼吸全止，开阖俱停，则入定出神之期，不远矣。今《黄庭经》所论之呼吸，乃胎息以前之初步，学者习之既久，可以却病延年。若仙道全部工夫，尚未论及。

引证《黄庭经》本文

仙人道士非有神，积精累气以成真。人皆食谷与五味，独食太和阴阳气。（外景经第十八章）嘘吸庐间以自偿，保守完坚身受庆；方寸之中谨盖藏，精神还归老复壮。（外景经第四章）肺部之宫似华盖，下有童子坐玉阙。七元之子主调气，外应中岳鼻齐位。素锦衣裳黄云带，喘息呼吸体不快。急存白元和六气，神仙久衣无灾害，用之不已形不坏。（内景经第九章）呼吸虚无入丹田，玉池清水灌灵根。（外景经第一章）

解　释

修仙学道之人，非有别种神奇手段，不过积精累气而已。常人皆食五谷与五味，道人独食阴阳之气。《黄帝内经》云："食谷者，智慧而夭；食气者，神明而寿。"亦此意也。

夫人在世俗，无论如何安闲，总不免有劳心劳力之事。一有所劳，其精神即不免损失，是必用方法以补偿其损失。其法如何？即呼吸也。但呼吸往来，必有定所。其扼要乃在庐间。庐间亦名规中，即黄庭也。如能常用调呼吸之功，而又能保守身内精神，不使外漏，则身有余庆矣。日积月累，回环于方寸之中，以立命根。借身内之元气，以招摄虚空之精神，则自有生以来，历年损失之精神，皆可还归于我身，何患老乎？

人身藏腑，肺部最高，形如华盖。肺属金，其色白，故曰玉阙。肺之下有心，心属火，其数七，故曰"七元之子"。肺藏气，心藏神，道家贵在以神驭气，故曰："七元之子主调气"，肺开窍于鼻，人面分五岳，鼻为中岳，故曰："外应中岳鼻齐位"。素者，纯洁之义，黄者，中和之义。心要纯洁，气要中和，故曰："素锦衣裳黄云带。"身体偶有小恙，则呼吸不能调匀而喘息，此时急宜存神以调和病气。六气者，风寒暑湿燥火之气。偶有偏胜，则足以致病。苟能和之，则病愈矣。道书凡一身头面脏腑骨节，皆有神名。白元者，肺神也。存白元者，即是凝神以合于气也。

道家工夫，视不用目，听不用耳。久视者，非谓眼向外看，乃神向内视，内视又名返观。人能常用返观内照之功，自然灾害不侵。用此工夫，永久不已，则形可常存矣。但调呼吸之最要口诀，即不可滞于有象，又不可浮泛无根。能合虚无，则不著相，能入丹田，则非无根。不色不空，勿忘勿助，是真口诀。学者当呼吸调和之候，口中必有甘凉之津液发生，顺而吞之，以意直送下降，复得神火炼之，使津化为气，润泽周身，而后归纳于下田，以培植命蒂，故曰："玉池清水灌灵根。"

第五章　漱　津

人口中之津液，譬如山中之泉水。水性本就下，而泉水能至山顶者，何也？地下水气循土脉透石隙而上蒸也。水气何以上蒸？则以地中含蓄之势力使然。吾人静坐工夫已久，口中自然发生一种甘津，清凉爽淡，异乎常时。此亦因身中团聚之热力，蒸动下焦之水气，循经络之路而上升，至口中遂化为津。此津由炼气而生，与常津不同。吞入腹中，大有补益。果能勤加修炼，勿稍间断。则第一次吞入腹中之津，又为势力蒸动，化气上升，仍至口中。复还为津，此为第二次所化，比第一次更觉甘美。其补力亦更大。如是循环不休，直至百千万次，功同乳转醍醐，而古人所谓"玉液还丹"，不外是矣。

引证《黄庭经》本文

口为玉池太和官，漱咽灵液灾不干。体生光华气香兰，却灭百邪玉炼颜。（内景经第三章）舌下玄膺生死岸，出清入玄二气焕。（内景经第六章）存漱五芽不饥渴。（内景经第二十二章）闭口屈舌食胎津。（内景经第二十七章）取津玄膺入明堂，下溉喉咙神明通。（内景经第三十三章）三十六咽玉池里。（内景经第三十四章）玉池清水上生肥，灵根坚固老不衰。（外景经第二章）

解　释

常人口中储满浊气，皆由不知升降吐纳之法，以致上下失其轻重之机，故下焦之清气不能升，而上焦之浊气不能降。兹谓口为玉池，言其清洁；官为太和，言其调适。果能时刻用功。吐浊纳清，降浊升清，往复循环，酿造灵液，则百病不侵。而饥肤光泽，气如兰香，颜如玉润矣。

舌下有生津之窍，名曰："玄膺"。所关于人者至要。试观病人，若舌卷、齿槁、津涸、液干者，必死，可知其故也。且津液从气化，气有出入，其上出于口鼻无不清，其下入于丹田无不深。玄即深意，存者存神。漱者漱津。五芽者，东西南北中五方之生气，虽曰存漱，实兼吐纳工夫。《道藏》另有食五芽气之法，烦琐无当，今不具论。

又凡呵浊时，必开口，吞津时，必闭口。屈舌者，舌抵上腭。胎津者，言自生丹田中胎息薰蒸所化生之津液，上溢于口，取而咽之，下喉咙，过明堂，复化为气。气足则神灵，故曰："神明通"也。三十六咽之教乃旧习，今可不拘。灵根，乃人身脐下之命根也。常人此根不固，易为情欲疾病所摇动。日衰一日，而人死矣。修炼家运用升降吐纳之功，使口中津液源源而来，汩汩而吞，如草木得肥料之培养，而根自固矣。

第六章　存　神

神者，乃最不可思议之物，变幻无方，出入无时，谁得而拘之？所谓"存神"者，岂非徒托空言乎？然苟知其法，亦不难为。存神之义，即神自存耳，非依他力而后存也。存神与存想不同，存想者，如《大洞经》存想百神之衣裳、冠带、形容、动作。又如《龙虎九仙经》，存想黄云撞顶。《中黄经》，存想五方五色之气，出于身中等法皆是。

若夫存神，则无所想。不过将神光凝聚于一点，不使散漏之谓也。存神，不限于身中一处，亦不限在身内，有时亦存神于身外。丹道步步皆以存神为用。《黄庭经》所云，尚未尽其量，惟示学者以梗概而已。

引证《黄庭经》本文

六府五脏神体轻，皆在心内运天经，昼夜存之可长生。（内景经第八章）心部之宫莲含花，调血理命身不枯。外应口舌吐五华，临绝呼之亦登苏，久久行之飞太霞。（内景经第十章）肾部之宫玄关圆，主诸六府九液源，百病千灾当急存，两部水主对生门，使人长生升九天。（内景经第十二章）窍研恬淡道之园，内室密眄尽睹真，真人在己莫问邻，何须远索求因缘。（内景经第二十三章）三光焕照入子室，能存玄冥万事毕，一身精神不可失。（内景经第二十五章）

解　　释

人身脏腑所以能有功用者，皆神为之宰也。心与神共为一物，其静谓之心，其动谓之神。五脏六腑，自具天然运动之能力，而无丝毫差忒，故曰："心内运天经。"常人藏府之运动，昼夜不休，终有疲劳之日，亏损之时。

修道者，先守静以制动，复存神以安心，再虚心以炼神，互相为用，则藏府气血之循环，可以缓和而得养，免致外强中干，急促失调浮躁不宁之弊，自可长生。吾人腔内，肺脏之下有心脏。其形如未开之莲花，其功用主调血。血调则命理，而身体光润，无枯槁之容。口中有舌，为心之苗，心动则气泄于舌。若人老病垂危，魂欲离体，一意存神于心，不惊不恐，不乱不摇，则必能延命于俄顷。况当少壮之时，习此定心存神之法，久久行之，有不飞腾霞路者乎？

肾属水，故为六府九窍津液之源，肾气衰则百病丛生。修炼家常以心火下交肾水，使火不上炎，水不下漏，水火既济而结丹。肾有二枚，故曰两部，肾为水之生，故曰"水主。"对生门者，前对脐也。人能常以不动之神，藏于脐肾两者之间，以立命基，则长生不难致矣。

玄门功法，虽云奇妙。若尽力研究，仍归于恬谈无为之域，大道本如是也。内视密眄，自见其真，方知真人近在身中，何必他求远索哉？

三光在天为日月星，在人乃耳目口。《参同契》云："耳目口三宝，闭塞勿发通。"又云："三光陆沉，温养子珠。"盖谓耳不外听，目不外视，口不开言，则此五窍之神光，闭而不用，潜入混沌之渊，返照黄庭之室。玄冥属水，象坎；神光属火，象离。存神于玄冥，则坎离交合，水火既济，自然一身之精神凝结不散矣。

第七章　致　　虚

前言呼吸嗽津存神诸作用，法良意美，效验计日可期。然恐学者不察，执著太过，非徒无益，且有损害，故继之以致虚。致虚者，非枯坐顽空也，乃动中之静也，非一切不依也，乃心依于息，息依于心，浑然而定，寂然而照也。

医家用参术补气，而俱其滞，必佐阵皮以疏之；用地黄补血，而嫌其腻，必佐当归以行之。修炼家以风火之力。煅出饮食之精华，盖培养吾身之亏损，必顺乎自然之理，合乎虚无之妙，以调和其太过，而制限其百余，方可归于纯和之域，是犹医家陈皮当归之作用也。否则，执著成法，不知变通，刻意猛进，反使阴阳有偏胜之虞，乃悍然谓世无神仙，书皆诬罔，岂其真邪？

引证《黄庭经》本文

物有自然事不烦，垂拱无为体自安。体虚无物身自闲，寂寞旷然口不言。（外景经第十一章）眉号华盖覆明珠，九幽日月洞虚无。（内景经第六章）呼吸虚无入丹田，（外景经第一章）虚口恬淡自致神，（内景经第二十九章）正室之中神所居，洗心自治无敢污，历观五脏视节度，六府修持洁如素，虚无自然道之故。（外景经第十章）作道优游身独居，扶养性命守虚无，恬淡无为何思虚，羽翼已成正扶疏，长生久视乃飞去。（外景经第十二章）。

解　　释

天下事物，皆有自然之理。顺自然之理而行，则事不烦；若逆之，则生荆棘矣。身无为而身自安，心无物而心自闲，寂寞者静，旷然者虚。《参同契》云："内以养己，安静虚无。"又云："象时顺节令，闭口不而谈。"又云："兑合不以谈，希言顺鸿濛。正是口不言之意。

眉如华盖，下覆明珠。明珠者，目也。目之光最易外耀，如日月然。日月沦于九幽者，即二目神光下藏于气海之中，于是呼吸亦随之而入丹田。呼吸者，气也。气既归根，神亦恬淡，皆不离乎虚无作用，然亦非枯坐顽空也。李涵虚曰：正室者，中央神室，不偏不倚，洗心退藏，自动修治，无敢垢污。由是而内观五藏，历历如烛照，一身节度，皆可审视。由是内观六府，一一修治，洁然如素，并无浊秽，虚无自然之道，本如是也。

修道之士，或在人间，或入山林，须优游自适，守吾身而独居，先修玉炼以明性，后修金炼以立命，其秘要只是内守虚无耳。仙家以炼气为炼羽翼，神定气足，则羽翼已成。扶疏者，神气条茂也。从此内全性命，外固形躯，隐显人间，长生久视，厌居尘寰，乃脱壳飞去。

第八章　断　　欲

仙家初步工夫，贵在返老还童。若身中精气亏损，肌体不充，必渐用功修炼培补，使其固复原状。培补之道路有三：（一）饮食滋养从口入。（二）空气呼吸从鼻入。（三）元气阖辟从毛孔入。三者荟萃积蓄蕴酿于一身，渐采渐炼，渐炼渐结，内实骨髓，外华肌肤，灵府神清，丹田气满，至此方证长生之果，远离老病之乡。然欲得如是功效者，非断绝房事不可。若古今养生家所言节欲者，非神仙家本旨。徒曰节制，于事无济，必使断绝，方获全功。且不仅禁男女之合，又用法闭精窍之门，待其永无漏泄而后已。

或曰：然则何以解于彭祖之说乎？曰：彭祖所行，本非仙道。不过以房中术延其年耳。似未可相提并论。夫淫机之动，乃身中一种潜蓄之力，为欲念所感，及外景所摄，不得不随机发现，然吾人潜蓄之力有限，丰于此必俭于彼。假令人之生活与禽兽等。除饮食男女，别无所事，则任其纵欲而已。奈人事万变，学业多端，咸赖身中潜蓄之力以肆应。倘此力消耗于淫欲者多，则能运用于他处者必少，无论何事，难以成就，岂独修炼为然哉！

或又问《悟真篇》云："休妻漫遣阴阳隔。"此语对于断欲之义，是否冲突？曰：吾所谓断欲者，指世俗男女媾精之事而言。为普通说法，为初学立基，必不可无此一戒。若悟真所传，乃金液大还丹之妙道。神仙眷属，迥出尘凡，非常情所能测也。

引证《黄庭经》本文

长生至慎房中急，何为死作令神泣，忽之祸乡三灵灭，但当吸气炼子精，寸田尺宅可治生。若当海决百渎倾，叶落树枯失青青。气亡液漏非己行，专闭御景乃长宁，保我泥丸三奇灵。（内景经第二十一章）急中精室勿妄泄，闭而宝之可长活。（内景经第二十二经）长生要妙房中接。（外景经第七章，此句含有深意）

解　释

欲修长生之术，最宜戒慎者，房中之事也。奈何世人冒死而作，致令精枯气竭，神无所依，能勿泣乎？精气神乃人身三灵物，彼此有连带之关系。试以灯油为喻，人身所藏之精，譬如盏中所贮之油，油量充足则火焰炽盛，火焰炽盛则光亮倍明，反之，则油干火息而光灭矣。火譬如人之气，光譬如人之神，精满则气旺，气旺则神全。今因贪欲之故，使精枯竭，精枯则气散，气散则神亡，而祸不旋踵矣。

然人苟能痛改前非，断绝淫欲，加以吸气炼精之术，则事尚可为。虽曰"寸田尺宅"，其细已甚。能保守之，而扩充之，尽力图谋，未尝不可立百世之基业。若夫房中之事，气亡液漏，其趋势如海决渎倾，其现象如树枯叶落，大非吾辈所宜行也。必使专闭交接之路，乃可长享康宁之福。泥丸得养，则脑髓盈，精气常凝，则神魂定。故修炼家所最急者，在于闭精勿泄。如是则生命可长存矣。

按永久闭精勿泄，虽是修仙者第一要义，然在已破体之人，实行此事，每感受极端之困难。服药无效，运动无效，独身禁欲无效，正心诚意无效，参禅打坐无效，信仰各种宗教无效。甚至于六字气，八段锦、易筋经、开三关、转河车、小周天、大周天、种种工夫用尽，仍属无效。有时遗精或反而加剧。若听其自然，不加遏止，一月泄漏数次，或数月泄漏一次，固无妨于身体之健康，所惜者，修仙之志愿，付诸流水矣。

当知此事，要量体裁衣，因人说法，不可执一以概其余。传道者，须有超群之学识，受道者，须有天赋之聪明，然后循循善诱，由浅而深，历尽旁门，终归正路。不废夫妻，偏少儿孙之累，不离交合，能夺造化之权。道书所谓"男子茎中无聚精，妇人脐中不结婴。"又谓："男子修成不漏精，女子修成不漏经。"的确具此功效。世有豪杰，不甘为造物阴阳所播弄者，尝有味于斯言乎！

辩《楞严经》十种仙

附告：《楞严》十种仙说，自唐至今，约一千二百三十年。历代以来，仙学中人读《楞严》而灰心变志者，当不可胜计。凡夫俗子更因此轻视仙道，而偏赞佛法之无边。其对于仙佛二门略有所得者，亦仅认仙道为学佛的一种方便之过渡，最后仍当以归佛为究竟。如《性命圭旨》等书，即其代表之作。目下全国居士界，嗜仙学者颇不乏人，屡被浅识的佛教徒所诃斥，每藉《楞严经》为泰山压顶之神威，而居士辈遂噤若寒蝉，不敢抗辩矣。

余纳闷已久，亟欲一吐为快。因作此篇，聊伸己见。既脱稿后，删之又删，改之又改，理论虽不妨驳诘，辞气则倾向和平。盖已预留仙佛两家将来妥协之余地，故未忍出全力以相搏，免致佛教学理上基础之动摇。世倘有得"他心通"或"宿命通"之大善知识乎？畏前因而泯后果，必能深谅于愚衷。

楞严正脉云：夫仙道起于众生厌惧无常，想身常住，妄设多途，无非志于长生不死。不知此身乃真心中颠倒错认。（略）今因怖死而又妄修长生，是错之又错。展转支离，迷不知返，可胜惜哉！

圆顿按：世上人都是醉生梦死，很少有志于长生不死之人。吾国四万万同胞，心中真正希望达到长生之地步者，全国至多不满一千人。就算他们是妄想，何故普通人连这点妄想也没有？难道除却一千人而外，其余三万九千九百九十九万九千人，都成了正觉吗？都把妄想消除净尽吗？老实说一句，这般无志气无魄力可怜的群众，他们认为有生必有死，是天经地义，非人力所能反抗，老早就服服帖帖，心甘情愿，听宇宙定律所支配。问到他们的结局，若不是追随释迦牟尼同入大涅盘，便是被阿弥陀佛把他们全数接引到西方极乐世界，用不着大和尚为他们担忧。

再按：释迦牟尼当年出家修行之动机，何常不是因为厌惧无常而起？出东门在路上遇着一个老朽，出西门在路上遇着一个病夫，出南门在路上遇着一个死尸，然后才发心入山，勤修苦行。可惜他老人家鸿运欠佳，不投生于中国，而投生于印度。所遇到的两位导师，学问不见得怎样高明，故对于免除老病死三苦实修实证的工夫，尚未能十分彻底。他老人家一出拿手好戏，摇旗呐喊，鸣锣击鼓，整整唱了四十九年，就是一个"觉"字。我并非说人生不应该有"觉"，所引为遗憾的，就是除了一"觉"以外，没有丝毫免除老病死的方法。参禅吧？修观吧？诵经吧？持咒吧？都不能达到这个目的。徒然一觉，又有什么用处呢？现在的人们，更来得干脆，索性连"觉"也不要了。一声阿弥陀佛，就立刻把你送上西天。楞严正脉云：西竺上古外道宗，摩醯首罗天为主。及佛出世，号一切智人，随机权立，尚列人乘，岂无仙道？亦闻观音为仙乘教主也。

圆顿按：摩醯首罗天，即所谓大自在天，乃印度民族所崇拜之神，与中国人不相干涉。佛虽然号一切智人，亦只能了解印度事情，而不能了解中国事情。佛教人乘，比较儒教，欠缺实多。而且佛并不知道有仙道，观其结局，生老病死四件事，亦无异于常人，岂不与当年出家修行之初心相违悖吗？若说这些现象都是示现，而非真实，请问世间事那一件不是示现，只许佛教示现无生，不许仙教示现长生？吾人说到长生，就要受佛教徒种种批评。守尸鬼、未出三界、终堕轮回，这些恶语，未免太不公平。

观音在这个世界，无历史可考。民间传说是妙庄王第三女，名曰妙善。在汝州龙树县白雀寺为尼，死而复活。又到惠州澄心县香山隐身修炼等语，尽属无稽。非但我们不信，连佛教自己人也不信此说。观音只可以为一般念佛善女人的教主，不可以为仙乘教主。因仙乘教主要有历史可考，又要有仙学著作流传，我们方能承认，不是随便就能做的。

楞严正脉云：愿此方大乘机纯，小乘犹不传习，岂务杂乘？故藏教未闻其至也。

圆顿按：吾国人性习，喜空言而畏实践，故特别欢迎大乘而厌恶小乘。因为小乘佛教虽不敢说决定能免除老病死诸苦，却也要做一番工夫。懒惰的人们，只晓得高调，而不肯下苦功。所以到今日样样事都落了后尘。试观魏晋之间，何晏、王弼、王衍诸公，放弃世务，专谈玄理，寝成风气，遂以清谈误国。此即大乘佛教之前驱。

宋儒虽极力排佛，但说到心性二字，总与佛教纠缠不清，甚至堕入佛教大乘经义圈套中而不自觉。明排之，适以暗助之。而大乘佛教遂俨然把握着吾国人心性界无上之权威。所最不可解者，秦汉以前，佛教未入中国，唐虞三代之政治淳良，民情敦厚，远非后世所能及；而且版图一统，无河山破碎之羞。自佛教东来以后，将如此大乘高深之哲理，薰陶全国亿兆之人心，更应该功迈唐虞，德超三代，何故国步日益艰难，民俗日益浇薄，民生日益惟悴，民气日益衰颓？而有五胡十六国之乱华，有南北朝之分裂，有后五代之割据，有辽金辱国之耻，有元清灭汉之痛，有列强侵略之虞？所谓此方大乘机纯者，亦不过如此而已。

楞严正脉云：此方仙道与儒同源，而老庄皆儒之太上清净者也。学仙者附会及之。

圆顿按：吾国仙道，始于黄帝，乃是一种独立的专门学术，对于儒教无甚关系，而比较老庄之道，亦有不同。后来仙学书籍，固不免有附会老庄之处，但只采取老庄一部份修养方法，而非全部接受他们的教义。老子大患有身绝学无忧之旨，庄子谬悠曼衍荒唐淑诡之辞，（见庄子天下篇）对于后世制造佛经的工作，其助力实非浅鲜。本是舶来，偏称土产。于是释迦文佛遂成为老子之化身。本是国货，冒列洋装，于是起信楞严遂高踞丛林之讲座。（大成起信论、楞严经，二书，在今日佛学研究家多数人眼光中，认为二书都是中国人自己制造的。）

楞严经本文云：阿难，复有从人不依正觉修三摩地，别修妄念，存想固形，游于山林人不及处，有十种仙。

正脉云：从人者，但从人身修，即人身证，非局前十类之人，正觉即本觉真心，三摩地即首楞正定，不如是正觉正修，而邪悟五蕴身中有性命可修养之使长生不死，所谓存想固形，十类修法不同，而存想固形乃总妄念也。

圆顿按：世上人们，不想靠自己力量，实修实证，而妄念西方有个极乐世界，妄念死后阿弥陀佛来接引我去，妄念往生净土求免轮回，把自己死后杳无凭据之妄念认作实事，把别人生前实修实证之功行当作妄念，何其颠倒是非乃尔！楞严经本文云：阿难，彼诸众生，坚固服饵而不休息，食道圆成，名地行仙。

正脉云：此言饵者，盖炮炼和合为丸作饵之意，于此服食而得功效。故曰食道圆成。地行仙者，但百体康壮，寿年延永，而未得轻飞，止于地上行者也。

圆顿按：果如正脉所言，有此功效，亦不过像世上人吃几料膏丹丸散大补药，使身体强健，多活几年而已。充乎其量，不过到百岁左右，名之为仙，未免过分。此种人只能安居于城市山林，不能如后文所言休止深山或大海岛，绝于人境，亦不能有千万岁之寿命，做楞严经的人，是门外汉，遂致理想与事实不合。

楞严经本文云：坚固草木而不休息，药道圆成，名飞行仙。

正脉云：草木如紫芝，黄精、菖蒲、松柏之类，久服身轻，行步如飞。

圆顿按：这一类是吃生药而不吃烟火食的人，几百岁寿命，不成问题。若如后文寿千万岁之说，却非事实。

楞严经本文云：坚固金石而不休息，化道圆成，名游行仙。

正脉云：坚固金石，如烹煎铅汞，炼养丹砂，号九转大还者是也。化道游行者，化销凡骨而成轻妙之身。瞬息万里，周行不殆者也。

圆顿按：这一种可以算是真正地仙，今世很少得见。而佛教净土宗死后生西者，则多至不可胜数。

楞严经本文云：坚固动止而不休息，气精圆成，名空行仙。

正脉云：坚固动止者，如抚摩搬弄，运气调身，动静以时，起居必慎者也。气精圆成者，所谓炼精还气，炼气还神，炼神还虚也。空行者，方是羽化飞升，虚空游行也。

圆顿按：果如正脉所云，亦不过按摩导引搬运之类，仅能达到卫生却病之程度，谈不到炼精还气炼气还神。若根据此等方法，希望羽化飞升虚空游行，何异于痴人说梦！此等工夫果能成仙，空中早有仙满之患，可见楞严经作者对于仙道完全不懂。

楞严经本文云：坚固津液而不休息，润德圆成，名天行仙。

正脉云：此是吐故纳新，如环师所谓鼓天池咽玉液是也。能令水升火降而结内丹，故曰润德圆成。此复超空行而至天上，故号天行仙也。

圆顿按：经文仅有津液二字，注文又添出吐故纳新四字，未免蛇足。须知吐故纳新是指呼吸而言，不是指津液而言。而且徒恃鼓天池咽玉液，没有别种工夫帮助，亦不能结内丹，更不能超空行而至天上。作者把这件事看得太容易，的确是个外行。

又按：正脉在此处已经承认仙能上天，故云"超空行而至天上"，而在后文又说："天趣与仙趣迥然不同，世上仙天不分，而学仙者滥附于天，且谓诸天皆彼祖仙。今路辩之：仙以人身而恋长生，最怕舍身受身，诸天皆舍前身而受天身，岂其类哉！又仙处海山，如蓬莱昆仑，皆非天上。四王忉利尚无卜居，况上界乎？况色界乎？是知天趣最为界内尊胜之流，迥非仙与鬼神之类也。"据此一段议论，仙又不能上天矣，前后见解，自相矛盾，可笑之至！

楞严经本文云：坚固精色而不休息，吸粹圆成，名通行仙。

正脉云：朝闭目以向东方而采日精饮之，夜采月华，乃至服五星等，是谓精色，而言通行者，亦以精神流贯而与造化交通也。

楞严经本文云：坚固咒禁而不休息，术法圆成，名道行仙。

正脉云：此专持咒自成仙道，内教持准提等亦许成仙道是也。兼以咒枣书符以愈疮病，禁毒驱魅以利群生等，有济世道心，故名道行仙也。

圆顿按：持咒之功效，只能愈病或禁毒驱魅。然亦是偶中，难保必验。对于自己肉体亦不起变化，老病死三个字，仍不能避免。持咒若能成仙，则仙人满街走矣。诸君若不信余言，何妨牺牲几年光阴，自己试一试看。

楞严经本文云：坚固思念而不休息，思忆圆成，名照行仙。

正脉云：环师所谓澄凝精思，久而照应，或存想顶门而出神，或系心脐轮而炼丹。皆思忆圆成也。（略）予又见仙书，初系心脐下，透尾闾，升夹脊，乃至达泥洹。方以冲顶出神，皆思忆所谓也。

圆顿按：徒恃精思存想等工夫，在仙道中亦不能有大成的希望。至于冲顶出神，就像一粒种子放在土中，经过相当的时期，自然会破土而出芽，自然会开花而结果，并不是由思忆上得来的。又像女人十月怀胎，自然就会生出小儿，也用不着什么思忆。若徒恃思忆工夫，将自己的神搬弄出来，那个神没有同物质在一处锻炼过，是个无影无形的东西。仙家名之为阴神，毫无用处，亦不能冲顶而出。

楞严经本文云：坚固交遘而不休息，感应圆成，名精行仙。

正脉云：环师谓内以坎男离女匹配夫妻是也。所谓婴儿姹女，即坎离交遘，而取坎填离以结仙胎之谓也。（略）道教末流顺人之欲，故人易从。内教本来夺人之欲，故人难奉。今夫财色长寿，人之大欲也。道者以铅汞泥水二种金丹投其财色之欲，又以精气内丹顺其恋生之心，谁不乐从，至于内教檀度梵行逆其财色之心而又令观身如毒蛇，弃身如涕唾，苟不达其深故，谁不难之。

圆顿按：正脉所言道教顺人之欲，故人易从；佛教夺人之欲，故人难奉，其言与事实不符。即以现代而论，全国僧尼约有七八十万人，全国佛教居士约有三四百万人，何能算少？若问真正炼丹的同志全国中有几个人？说出来诸君不要失笑，炼外丹点金术的，全国寻不出二十个人；炼内丹长生术的，全国寻不出一千人。比较佛教徒人数，相差太远，所谓夺人之欲故人难奉之佛教，信仰者如此之多，所谓顺人之欲故人易从之金丹，信仰者如此之少，是什么缘故？莫非这几百万人都是离欲阿罗汉吗？否则如何肯信仰夺人欲之佛教，而不肯信仰顺人欲之金丹呢？或者西方极乐世界之可欲，更甚于神仙世界吗？

楞严经本文云：坚固变化而不休息，觉悟圆成，名绝行仙。

正脉云：此悟通化理，能大幻化，如刘根左慈之类，甚至移山倒水，妙绝一世者，故称绝行仙也。此中觉悟如庄子观化，谭子达化之悟，非正觉中真悟。

圆顿按：刘根左慈之变化，是工夫到了那种程度，自然就会运用那种神通，并不是凭空觉悟出来的。学仙的人们，只讲工夫，不讲觉悟，决不会单由觉悟上就能得到神通变化。因为神通变化是与物质有密切关系，而觉悟则离开物质境界太远。就让你觉悟到极顶，而身外之物质仍旧一丝一毫不能改变，移山倒水，谈何容易。据余所知，只有大地震的威力可以移山，只有月球的吸力可以倒海，古今修炼成功的仙人，未必有这样大的法力。纵然有之，亦等于魔术或催眠术一类的障眼法而已，非真能使"器世间"改变其位置。

觉悟两个字，已是捕风捉影之谈，水月镜花之比。何毕于其中尚有正觉、非正觉，真悟、非真悟。这许多糊涂印像，仙家只讲工夫，不讲觉悟。作者把佛家帽子戴在仙家头上，可谓冤哉枉也！

楞严经本文云：阿难，是等皆于人中炼心，不修正觉，别得生理，寿千万岁，休止深山，或大海岛，绝于人境，斯亦轮回妄想流转，不修三昧，报尽还来，散入诸趣。

圆顿按：此段乃《楞严经》十种仙之结论。学佛的人往往根据此等见解而轻视仙道，学仙的人亦常有听讲楞严或阅诵楞严而受其愚弄，遂至自己不敢相信自己，是与吾辈所提倡之学说大有妨害，故不能不辨：

第一辨：炼心与修正觉二者，其中界限，颇难划清。如何是心？如何是觉？如何叫做炼？如何叫做修？心与觉其不同处何在？炼与修其不同处又何在？如何可以断定十种仙只会炼心而不会修正觉？或者只肯定炼心这条路？而不肯走正觉这条路，是不是一修正觉就把仙人的资格丧失了。一方面修正觉，同时一方面做仙人，又有什么冲突？这些问题，表面上看来很容易回答，实际上并不怎样容易。

第二辨：寿千万岁之说，意义亦不明显。究竟是千岁呢？是万岁呢？还是一千个万岁呢？这三种寿命之长短相差太远，须要分析清楚，不可含糊其辞。

第三辨：十种仙中如第一种坚固服饵，是吃熟药的。第二种坚固草木，是吃生药的。第四种在动止上施功，第五种在津液上运用。第六种坚固精色，第九种坚固交遘，他们都是有肉体留存于世，并且都是在肉体上做工夫。那些工夫的效力，仅能延长寿命，未必就能得到什么神通。假使能够活到千万岁，总不能躲过世间人的耳目。他们决不会隐身术障眼法一类的把戏，何以世间人丝毫没有闻见？现今环球交通，极其便利。倘若深山海岛之间，有这许多拖着死尸走路的仙人，老早就被那班探险家拍出照片，传播全球了。何以除却生番、人猿、猩猩、狒狒，这些人不像人兽不像兽的动物而外，有一个半个千万岁仙人出现呢？

第四辨：佛经中常喜用"轮回"二字，概括六道众生，如天上、人间、脩罗、畜生、饿鬼、地狱、名为六道，又叫作六凡。以为这些众生都不免轮回之苦，都是凡夫境界。只有声闻、缘觉、菩萨、佛，这四种圣界，方能永远脱离轮回。彼等制造佛经的诸位沙门不认识"有世界即有轮回、无轮回即无世界"这个根本原理，遂以私意安排，把六凡界放在轮回之中，把四圣界放在轮回之外。俨如秦楚交兵，诸侯皆作壁上观的态度。又若苏俄闹共产，欧洲各国闭关自守的政策。又若中国各省起革命，租界居民置身事外的心理。请问结果能幸免否？亦不过暂时苟安而已。终久是要波及的。无论他们入涅盘也罢，生净土也罢，都不能迷信这个轮回公例。

第五辨：假使成仙是妄想，我们也可以说成佛是妄想。假使休止深山海岛是妄想流转，我们也可以说往生西方净土是妄想流转。大家都是一样的妄想，请免开尊口罢！

第六辨："三昧"之义，即是禅定。不修三昧，即是不做禅定的工夫，而做别种工夫，遂招惹佛教徒的批评。其实此等批评也是一偏之见，就等于拿外国法律来裁判中国人民，那是永远行不通的。

第七辨："报尽还来散入诸趣"二句，只可以说六道众生，不可以说十种仙，彼十种仙所用十种不同样的方法，是否就能够成仙？这是专门仙学上的问题，暂置不论。今姑且依《楞严经》之说，一概承认他们都有仙人资格。但这种资格是由工夫上得来的，不是由福报上得来的，比较佛书所说生前修十善业，死后投生天界，报得天福者，大大不同。譬如甲乙二人，各有财产万圆，甲之财产自父母遗传，不劳而获。乙之财产得自本人储蓄，积少成多，经过数年之后，甲必定贫穷，而乙必定巨富。因为不劳而获者，由于前生修善之福报；积少成多者，由于今生勤俭之工夫。福报有尽时，何况加之以挥霍，故贫穷立待。工夫无止境，何况用之于勤俭，故巨富可期。所以五戒十善，死后生天，报尽则堕，即甲之类也。坚固不息，仙道圆成，永不退转。即乙之类也。须知仙道门中只讲工夫，不讲福报，讲福报者，是门外汉。"报"之一字，尚不欲闻；"报尽"之说，更无著落矣。生天与成仙，本是截然两事，未容混作一谈。

楞严正脉云：上之十种，乃修门各别。此种炼心，乃操行总同。如持戒积德、救济累功，而言不修正觉者，以不达本心真常万行自体。又不了死因生妄生死二非，顾乃怖死留生。长生为号，岂觉言长仅以胜短，说生终以待灭。讵识无生之至理，本常之妙体哉？故云不修正觉也。别得生理者，谓于正觉外别得延生妄理，寿千万岁者，妄修功满，妄理相应也。

圆顿按："炼心"二字之义，若果如正脉云所谓持戒积德救济累功，是不仅图一己之长生，而且兼能利人济物，岂不甚善？何必故意鄙视长生，而别唱无生之高调？寿千万岁之说，亦不过一种希望而已，未必真能办到。就让他们真能达到这个地步，也不能算是犯罪的行为。宇宙之大，何所不容。短命众生，数量已非微尘所能计算，仅此区区十种仙人号称长寿，然比较无量众生，已如沧海之一粟，听其隐藏在深山海岛中自生自灭可矣，而必欲一网打尽，使这班长寿仙人都变成短命而后快。天下最不近情理之事，尚存甚于此者乎？

交光大师既不达万化从心我命由我，又不了生因灭起生灭互根，顾乃怖生趋灭，短命为荣，岂觉言短已不敌长，说灭终以待生，讵识长生之至理，神仙之妙体哉！

楞严正脉云：问：世无不贪生为乐，恶死为苦，今罗汉菩萨动经累劫方成。纵一生得归净土者，亦不免于现死。忽闻仙道现世寿千万岁，志见不定者多兴苟就之心，何以示之？

圆顿按：世上人都是醉生梦死，并无真正贪生恶死之人。若果贪生，决不肯纵戕生之嗜欲。若果恶死，决不敢启自杀之战争。然而人类事实所表现者，每每与此相反。他们无所谓志见，更无所谓苟就，只认定生老病死是人之常理，做一日和尚撞一日钟，几时死，几时算了。不管什么罗汉菩萨净土仙道，他们眼光中看来并没有分别像，这样人在世上占绝对的多数。

楞严正脉云：答：妙哉问也，谁不为斯言所误哉！盖彼言现世长生者，亦约多生功满，至末后一生，方见其现得也。若推彼前身，其苦修不得而死者不知其几世也，岂人人初修而即现得哉？若但观其果之现成，而不推其因之久积，则佛惟六年成道，而佛会闻法者，立谈之间，证果入位，不可胜数，岂独神仙现世可成哉？

圆顿按：仙道之方法，就是今生现得。学仙者立志愿，亦希望今生现得。以现得之希望，行现得之方法，总不能说他们是错误。至于前身究竟修过几世，似无讨论之必要。今生能否一定成功，亦看各人努力与否以为断。徒有希望而不实行，或虽实行而不努力，亦属无济。譬如我们有一处目的地，相距百里之遥，走得快，一日可到。走得慢，二三日或四五日可到。修仙原不限定一世成功，所怕的就是南辕北辙。仙佛两家之争论，盖为彼此目的之背驰，非因成功时间之快慢。

楞严正脉云：问：初修可知必不现得？

楞严正脉云：答：初修者，前生已成短寿定业因种，或数世仙业未圆，则无生成仙骨，故不现得。必宿世仙道染心，生生苦积功力，乃成长寿定因业种，方得生有仙骨，自然现求现得矣。是知未后成仙，必不易形方得长生。纵令尸解，亦是隐形而去，非真死也。吴兴谓其命终转生，非是！

圆顿按：交大师能见到此，其学识亦自不凡。普通佛教徒常将死后生天之说解释仙道，故有命终转生之笑话。果真是命终转生者，与凡夫何异，尚配称为仙人乎？虽然，交大师亦只能识得长寿定业生成仙骨之仙，而不晓得尚有金丹换骨转移定业之仙，皆竟不能脱离佛教之窠臼。学仙者若果为定业所拘，仙亦不足贵矣。

楞严正脉云：休止下，明其不杂人居，亦非天上，宛然自为同分耳。斯亦下，方是正判轮回。是知神仙千万岁满，但是后死，非真不死。譬如松柏，但是后凋。非真不凋。第以过人之寿，人不见其死而已矣。

圆顿按：人生寿命，有长有短，平均计算，不满五十岁。在一千年中，可容纳五十岁的二十倍。在一万年中，可容纳五十岁的二百倍。如此看来，仙人的一世，足抵凡人的二十世或二百世。我们自然愿意做仙人不愿意做凡人。无论将来后死与否，但求在这个一千年或一万年中，免却许多投胎转世的麻烦。生老病死的痛苦，于愿已足。世有不厌麻烦不畏痛苦的人，尽管随着大造化轮转去。我们决不来强迫你们定要走仙道这条路，彼此各行其志可矣。

楞严正脉云：妄想流转者，以身中本无性命主宰，而迷执为有，生死俱如寿幻，而妄生爱憎。非妄想而何？

圆顿按：妄想流转者，以西方本无极乐世界，而迷执为有。净秽二土俱如梦幻，而妄生爱憎，非妄想而何？

楞严正脉云：不修三昧者，不习住楞严定也，报尽受轮者，以仙劣于天。天尚不出轮回，况于仙乎？

圆顿按：修行法门，千差万别，岂但仙佛两家法门不同。就以佛教本身而论，亦复分裂十宗，各执一说。自己教内尚且不能统一，如何能统一教外之思想？不习住楞严定，未必就犯了什么罪过。请问全国佛教徒有几个住楞严定的，不去警告自己，偏要警告别人，可谓多管闲事。论及仙劣于天，不过一句空谈，并无实在证据。吾等亦可说佛劣于仙，闹到结果，不过彼此互相轻视而已。总而言之，仙有仙的世界，佛有佛的世界。有世界即有轮回，无轮回即无世界。若要免除轮回，必先毁灭世界。世界如果毁灭，仙佛众生，同归于尽，则轮回不出而自出矣。请问佛教徒愿意照办否？哈哈！

楞严正脉云：夫初修不能现得，得之不出轮回，何如念佛求生西方，一生即得，金身浩劫，永出轮回，而无缘不信者，痛哉痛哉！

圆顿按：以前费了九牛二虎之力，做出五百七十余字的大文章，和仙道争论不休。我起初认为交大师当真有什么高见，谁知仍旧是老僧常谈，到此处方才露出马脚，简直像一般市侩拉生意的口吻。其意若曰：你们仙道门中的货色，初买不能现得，得之又不耐用。何如我佛门西方老店，价廉物美，一求即得，坚固耐用，永不变坏。但是你们无福消受。可痛呀！可痛呀。像这种论调，我们学仙的人要同他辨论，可谓浪费笔墨，只有请基督教徒对付他们，堪称半斤八两。今试模仿基督教口吻如下：夫念佛不能得救，得救不能生天，何如信主耶稣，祷告上帝，求生天国！一生即得，永享快乐，不堕地狱，而愚迷不信，痛哉痛哉！

楞严正脉云：问；修仙者妄谓"释教修性不修命，万劫阴灵难入圣。"惑此言者甚多，请此附辩，以觉深迷。

圆顿按："只修性，不修命，此是修行第一病，只修祖性不修丹，万劫阴灵难入圣。"这几句是吕纯阳真人敲爻歌中之语。此歌是否吕祖所作，我们也不能判断。但得这几句话却未曾说错。说者本非妄，听者亦不惑，斥为妄讥为惑者，彼等自己已不免妄且惑矣！

楞严正脉云：答：彼所说性命，二俱非真。盖指身中神魂为性，身中气结命根为命，故说单修性者，但是阴魂鬼仙，无长生身形；兼修命者，方得轻妙长生之身，而夸形神俱妙。

圆顿按：机端唯物派的科学家只承认我们一个肉体，至于人类的意识作用，不过肉体中一部份物质在那里冲动，并无所谓灵魂。等肉体毁坏，物质分解，不能团结时，人类的意识也就随之消灭。谈到肉体以外还有性命，他们笑你是说梦话。我们仙学家想争这口气，必定要下一番苦功，实实在在做到'形神俱妙'的地步，方能令科学家折服。须知仙学家的劲敌是科学家，而宗教的敌人也是科学家，但是将来世界上足以同科学家对抗的，独许仙学家有这个希望。

楞严正脉云：安知佛所说性，是人人本有真如性海，乃无量天地无量万物之本体。证此性者，岂惟但能现无量妙身，兼能现无量天地万物。其所现者，岂惟但能令住百千万岁，虽尘沙浩劫亦可令住。且欲收即收，一尘不立，欲现即现，万法全彰，得大自在，得大受用，方谓真如佛性。斯言信不及者，请细阅前文显性处，自然悟彼无知而妄谤矣。

圆顿按：仙家所谓"只修性，不修命，万劫阴灵难入圣"是指做工夫的流弊而言，意欲调和于性命二者之间。不欲有所偏执，反惹起此处一大段噜嗦。要晓得这是做工夫，不是做文章，何必卖弄笔尖儿，把一个"性"字讲得天花乱坠。我似乎看到老子、庄子、淮南子书上讲"道"字之全体妙用处，其广大精微，胜过此段文章百倍。吕纯阳是唐朝进士，未必没有读过老庄淮南等书。倘若他要做起文章来，恐怕比交大师更加玄妙。交大师除了把"道"字改作"性"字而外，尚有何新发明呢？佛教徒既可以改"道"为"性"，仙学家自然不妨改"性"为"命"。彼等安知仙所说"命"，是人人本有"生长命蒂"，乃无量天地无量万物之本体。修此"命"者，岂但能现无量妙身，兼能现无量天地万物。……方谓"长生仙命"，斯言信不及者，请细阅仙经论"命"处，自然悟彼浅识之徒无知而妄谤矣。

　　神仙一派，极端自由，早已跳出佛教六道轮回之外。《楞严经正脉》所谓"不杂人居，亦非天上，"却是实情。若将神仙判同人道，一则生活状况不同，二则寿命长短不同，三则明明说是"绝于人境"，如何能再以普通人类的眼光看待？若将神仙判归天道，亦有困难之点。因佛教中所谓天道者，都是死后投生，命终转世。而神仙家永远不肯命终，绝对不说死后，并且不一定希望上天。虽偶有白日飞升或阳神冲举之现象，似乎可以承认他们是上登天界，然而飞升乃肉体腾空，冲举是阳神脱壳。虽同为升天，又不合佛教天道中转世投生之原则。可见仙家所向往之天决非佛教天道所能统摄，弄得这班中国的印度思想家进退失据。既不能将仙道判同人道，又不能将仙道判归天道。设若于六道之外，别立仙道，则六道变成七道，显然有破坏自己教义之嫌。若将仙道纳入四圣道内，则不免认凡作圣。佛教徒又不甘心，他们素来以'圣'自命，而以'凡'视人。如何肯与人平等？况仙佛两家，宗旨相反，很难觅得调和之机会。到此地步，伎俩已穷，无可奈何。只有将仙道痛骂一顿，稍泄气愤而已。所以历代佛教徒批评仙道，总是隔靴搔痒并无学理可言。盖在印度民族脑筋中根本就没有中华民族的神仙思想。释迦当年创教，只有六道轮回，而无七道轮回之说。于是中国神仙遂享有治外法权，而不受佛教法律之裁判矣。这个缺点，只能怪彼自己的教义组织颇欠完密，致中国一般漏网的神仙，逍遥法外，不能怪我辈仙学家手段太滑，野性难驯也。余观历代谤仙之书，当推《楞严经》为巨擘。因其不动声色，淡淡而叙，款款而谈。能使学者于无形中改变其思想，而不觉察经文理论之错误。加之法师们到处演讲，全国从风，而仙家资格因此坠地。修出世法者，遂鄙弃仙道，视为畏途，不敢涉足，除却保持宗教迷信。聊以安慰自心而外，毫无他策。追原祸始，楞严十种仙之流毒最深。则知余今日之辨实非得已，贤哲君子，尚其鉴诸！

最上一乘性命双修二十四首丹诀串述

圆顿子选辑

第　　一

光明寂照遍河沙，凡圣原来共一家，一念不生全体现，六根才动被云遮。

第　　二

真心浩浩妙无极，仙佛圣贤从里出，世人执着小形骸，一颗玄珠迷不识。

第　　三

两仪肇分于太极，乾以直专坤辟翕，惟赖中间玄牝门，其动愈出静愈入。

第　　四

天地之间犹橐籥，橐籥须知鼓者谁，动静根宗由此得，君看放手有风无。

第　　五

性之根兮命之蒂，同出异名分两类，合归一处结成丹，还为元始先天气。

第　　六

先天至理奥难穷，铅产西方汞产东，水火二途分上下，玄关一窍在当中。

第　　七

一窍虚空玄牝门，调停节候要常温，仙人鼎内无他药，杂矿销成百炼金。

第　　八

天机秘密难倾吐，颜色如愚曾子鲁，问渠何处用工夫，只在不闻与不睹。

第　　九

闻于不闻好温存，见于不见休惊怕，尤贵勿忘勿助间，优而游之使自化。

第　　十

杳冥才觉露端倪，恍惚未曾分彼此，中间主宰这些儿，便是世界真种子。

十　　一

恍惚之中寻有象，杳冥之内觅真精，有无从此交相入，未见如何想得成。

十　　二

天心复处是无心，心到无时无处寻，若谓无心便无事，水中何故却生金。

十　　三

忽然夜半一声雷，万户千门次第开，若识无中含有象，许君亲见伏羲来。

十　四

西南路上月华明，大药还从此处生，记得古人诗一句，曲江之上鹊桥横。

十　五

塞兑垂帘默默窥，满空白雪乱参差，殷勤收拾无令失，伫看孤轮月上时。

十　六

妙运三田观上下，团成一气合西东，凭君遥指昆仑顶，夹脊分明有路通。

十　七

子时气到尾闾关，逆转河车透甑山，要在八门牢闭锁，火符进退任循环。

十　八

只求一味水中金，镇摄虚无造化窟，促将百脉尽归根，念住息停丹乃结。

十　九

怪事教人笑几回，男儿今日也怀胎，自家精血自交媾，身里夫妻真妙哉。

二　十

从此仙苗渐现形，随时灌溉守黄庭，养胎八九功将熟，忽觉凡躯已有灵。

二　一

饥餐渴饮困来眠，大道希言顺自然，十月圣胎超脱出，奔雷震裂上丹田。

二　二

空不顽兮色不碍，世界能坏他不坏，有为事毕又无为，无为也有工夫在。

二　三

法身刚大包天地，真性圆明贯古今，若未顶门开具眼，休夸散影与分神。

二　四

打破虚空消亿劫，既登彼岸舍舟楫，阅尽丹经万万篇，末后一句无人说。

右二十四段诗歌，出于各家之手笔，余将其集合一处，先后排列，颇具深心，学者果能全部贯通，即身就可成仙作佛，不必待到他生后世矣。若是妄语，甘坠拔舌地狱。

或问：既登彼岸舍舟楫，末后一句，究竟如何，是不能说乎，抑不肯说乎。答曰：古人不肯说耳。或问：何故不肯说。答曰：恐根器浅薄之人闻而惊骇，遂致失其信仰心耳，或曰：先生之学，素以彻底见称，今日何妨相告，余曰：君勿惊骇，或对曰：决不惊骇，余曰：有几分信仰，或对曰：有十二分信仰，余曰：可矣，既登彼岸舍舟楫，再入轮回做众生，问者默然含笑而退。

定 志 歌

江西南昌隐君子方内散人旧作
江西古新淦通邃道人黄邃之手抄

君不见皮囊幻质非坚固，少壮才经便迟暮。著鞭猛醒再回头，此身务向今生度。劝世人，先定志，志坚天下无难事。圣贤仙佛总犹人，同此一般口与鼻，有为者，亦若是，吾何畏彼须牢记。世界都因想结成，（说本《楞严》）天堂地狱由人做。大丈夫，毋自弃，应识人生本如寄。富贵到头一局棋，妻儿临了一场戏。既如梦，又如醉，醉梦醒时毫没趣。百岁光阴不久长，石火电光看即逝。识得破，何沾滞，一切放下休回顾。利锁名缰速打开，爱河欲海急逃避。早发心，虔立誓，快快脱却轮回累。修成仙佛永长生，一失人生为异类。要精专，休旁鹜，心心归一事万济。劝君莫踏两边船，劝君莫走多歧路。完性命，固神气，莫待年衰形蛊弊。一口真气不回来，便是他生与后世。带不来，提不去，老病死苦几多累。随缘任运莫贪求，淡饭粗衣听位置。我今作此《定志歌》，慧剑常教斩邪魅。但愿大众早思量，但愿大众早算计，识神一死智转生，（佛门有转识成智之说）眼孔大开脚点地。（脚跟点地见释典）他时苦尽甘忽来，神敛鬼敬天心契。或生极乐或生天，或成仙佛或灵异。逍遥快乐永无边，那时方遂男儿志！

原注：大修行人，先须看淡世情，自立真志。刻刻以"生死"二字放在心头，方于大事有济。如沾皮带骨，一心想学道，一心又想成家。此则吕祖所笑为贪痴汉者也。故将《定志》列于首章。

圆顿按：作者乃待鹤山人郑陶斋之师，余未曾得见，仅由老道友黄邃之君口中闻其名。据云此君，对于三教之理，南北道派，皆能触会贯通，不固执门户，惟善是从。余今观此十咏，诚为名实相副。但惜此君宗旨，亦主张三教一贯，与余今日所持之理论不同。余主张仙学完全独立，不必牵涉到儒释道三教范围之内。为方便计，亦只能仙与道一贯。再扩而充之，则道与儒本属同源，其间亦自有沟通之路径；但万万不可与佛教相混合。佛教徒之意思，原要装造清一色的局面，最怕与别人家合作。正一全真两派的道士，亦各有他们的信仰，对于佛教界限甚清。然而宋元以来的士大夫，偏喜谓三教一贯。此种习气，至今流传更广。岂但三教，还要五教一贯，愈贯愈不通。真可谓弄巧反成拙！

歌中云："修成仙佛永长生"；这句话讲不通。"长生"二字，是仙家专利品。佛教书中向无此说，并且佛教徒皆极端反对长生之说，如何可以混为一谈。歌中又云："或生极乐或生天"，这句话有两个毛病。第一个毛病，是宗旨拿不定。到底是生西方好呢？还是生天好呢？第二个毛病，将仙家"白日升天"误作佛教死后生天之义。古人所谓"白日升天"，乃众目共睹，千真万确，与死后生天，死后生西方之说，绝不相同。假如现在有一位"白日飞升"的活神仙，大可以哄动全球之人类，可惜修道者如牛毛，证道者如麟角。至于死后生西方的人，则多得不可胜数。每一个月中，总有几千几万人生西方，其价值就可想而知了。

三教一贯、三教合参、三教调和、三教互摄、这些论调，我也会说几句。若果说出，想未必有人能够反对，不过我的良心上认为此种论调不适用于现代之时机。所以特地把神仙学术，从三教圈套中，单提出来，另成一派。对于儒道释，脱离关系，不受他们的拘束，然后方有进步之可言。否则永远被他们埋在坟墓中，见不到天日。

阅者须知：儒教中人也可以学仙，道教中人也可以学仙，佛教耶教回教中人，皆可以学仙，甚至一教不信的人更可以学仙。因为仙之本身，产生于学术之实验，不像宗教要依赖信仰。譬如一个人触了电，身体立刻就有感觉，不管你信不信。若宗教的性质，就与此不同了。你若信他，或许有点效验。若不信他，他就毫无功能。此乃仙术与宗教特异之处，不可不知！

积 德 歌

江西南昌隐君子方内散人旧作
江西古新淦通邃道人黄邃之手抄

道德从来非两事，修行不外口身意。一身作孽口招尤，总是未能明心地。意根不净惹尘埃，痴爱贪嗔件件来。假使随时勤检点，自然方便两门开。德在心，不在口，满口夸张真个丑。心精力果乃有恒，钓誉沽名讵长久？德在口，不在钱，口中功德种无边。若但富家翁有德，贫贱中何出大贤？不在口，又在钱，有心无力也徒然。仗义疏财随护法，结天缘复结人缘。又在钱，又在口。劝善无疲钱自有。果能倡者兼出言，立德立功归不朽。我讲修德别不同，非徒阳善重阴功。求报求名为下乘，避嫌避怨非豪雄。窃笑时人偶好善，表著矜张器量浅。及见报应稍来迟，忘形劝说天无眼。眉不舒，心不展，怨恨口中生，可叹知德鲜。岂知上德不自德，那管浮生遇通塞？凭他空乏苦劳肌，总总不懈修持力。报迟报早自有时，何事心中太急迫？而况天公本至公，虽无急性却记得。不报此，或报彼，不报自身或报子。不报自己与儿孙，或在他生后世里。个里天机敢忘谈，变动不居难逆亿。仁不忧，智不惑，君子全须自培植。小善小恶莫疏虞，细行不矜大德累。事事合天心，般般尽自职。处处顺物情，时时解人急。子臣弟友完性分，仁义礼智非外饰。或利物，或济人，或救灾，或恤贫，休分遐迩与疏亲。力足不妨为己任，心坚也可暗通神。暗通神，有朕兆，逢人劝化任人笑。不辞艰险不辞劳，人心感应天心照。天心一照显神奇，大事忽成人莫料。人莫料，方徵报，心德尤为第一要。德乃道之妙，心是身之窍，变化气质筑仙基，打破痴迷参佛教。修德人，贵化导。教忠教恕又教孝，诱掖奖劝法圣仁，逢恶须隐善须道。过则归己功归人，勿生忌刻勿长傲。我渐德行素浅薄，善固不足恶伯作。不读人间非圣书，卅年偶得其中乐。吟此浅歌将世警，语重心长意义永。字字都从阅历来，但愿修德为纲领。德到深纯道即成，乘鸾跨鹤升仙境。

原注：道非德不成，德非道不至。德有内功，有外功，有阴功，皆不可少。何谓内功？变化气质，磨炼心性，克己复礼，践形惟肖是也。何谓外功？邀集善友，恤患救灾，不避毁谤，不辞劳苦，印刷善书，及夫修桥、补路、造船、育婴、施药、掩坟、一切有益人世之事皆是。人生在世，做得一场算一场，各尽其心力而为之，庶不至宝山空回。《中庸》曰：苟无至德，至道不凝。《悟真篇》云：大药修之有易难，也知由我亦由天，若非积行修阴德，动有群魔作障缘。歌中以道始，以道终，即是此意。故列于悔过章后为第三。

了 命 歌

江西南昌隐君子方内散人旧作
江西古新淦通邃道人黄邃之手抄

命理至难又至易，玄机秘密由师示。（命要师傅）派从黄老溯渊源，诀隐丹经多譬喻。传与贤者天无私，（《参同契》云："天道无适莫兮，常传与贤者。"）自古迄今统常继。《道德》《黄庭》非等闲，神仙尤重《参同契》。（朱晦翁诗云：神仙不作《参同契》，火候工夫那得知？）《阴符》、《药镜》、简而赅，谁知蕴括无穷意？《指玄》、《悟真》《玄要》篇，篇中字字藏精义。口诀从不载陈篇，究竟印证无遗弃。无遗弃，妙而玄，层层节节要师传。盲修瞎炼身何益？妄作招凶命莫延。心要虚，财勿悭，广修阴德感苍天。苦访坚参终不懈，山穷水尽自逢缘。缘一到，尽敷宣，万典千经一贯穿。得诀归来勤下手，功成果满始轻肩。

派有二，元分三。冒谴先谈北与南。南宗栽接北清净，至道惟从两派参。北派祖，启重阳，真修苦行躲无常。后贤著述《天仙理》，（《天仙正理》）风火《慧命》皆津梁。（《风火经》、《慧命经》）刘真更作十二种，（《道书十二种》）依法修行度世航。果遇明师亲指点，三年五载入仙乡。大小周天兼卯酉，玉金二液细商量。调采炼封知止火，还丹温养寿无疆。最简捷，至精详，当知大道有康庄。丹财容易无毁谤，只要心坚志气强。

若是年衰铅汞少，急须妙法讲阴阳。讲阴阳，密而显，功夫虔叩明师阐。《道书五种》与《金丹》（即《金丹真传》），都为此家添妙典。倘非念念合清虚，还防步步逢危险。先天炁本重虚无，体隔神交绝沾染。后来采战诸邪宗，徒增罪障遭魔谴。鼎炉琴剑有真传，护侣黄婆要良善。数事缺一不成功，布置艰难法易简。多少伪法世流传，似是而非害不浅。纵然延得几岁年，带水拖泥成就鲜。

既炼丹，休迷味，贵从理上穷精粹。第一关在净心田，心田干净道可冀。丝毫念起丧天真，地狱门中随逐去。心若死，念若纯，立竿见影作真人。救老扶衰如反掌，超生脱死出风尘。定宾主，辨浮沉，两弦金水寓传新。日月交光愈显耀，汞铅配合要调匀。紫阳得自海蟾祖，此是南宗授受因。

陆长庚，李长乙，东扬西蜀两派立。（陆潜虚开东派，李涵虚开西派）录根凤慧遇纯阳，（陆李二人，俱吕祖降授）祖集仙诗全录辑。（陆校刊《吕祖全集》，李校刊《三丰全集》）仍是阴阳二品丹，（派虽分别东西，仍是南宗的旨）方圆史著传奇书。（陆著《方壶外史》，李著《图峤内史》，二家著述宏富，于丹经中，可称独树一帜）。

列纲领，详门户，不过略引迷途路。一切妙理与歧途，契论经歌业大备。只须熟读更精研，何俟庸流语重赘。执北辟南欠贯通，宗南辟北亦胶固。我非臆说逞浮夸，三十余载工夫费。敢捏虚词诳世人，万劫沉沦迷异类。倘逢烈士与贤才，为君再讲句中句。

原注：命理玄微，各种丹经，莫不漏逗，毋庸重赘。纵使言之凿凿，终不免抄袭之嫌。歌中不言为何了命，但将各家了命学问，一一指明，使人不迷向往。中间点缀数句精义，仍不偏枯。至南北二宗，每每是此非彼。昧者未得师传，又视为一家言。执著己见，至老不悟。皆偏也。特作此以补前贤所未及。辞虽浅近，明达君子。或有取焉。

圆顿按：'性由自悟，命假师传'这两句话，恐怕已成为铁案，不能摇动了。设若'命功'也同'性理'一样，凡是有智慧之人，皆能自悟。则此篇劈头二句，即已说错，以后更属蛇足矣。况且作者的智慧，未必逊人，何故不能自悟，偏要讲究师传？须知悟者是空理，传者是实事。二者相遇，往往要起冲突。到了结果，仍是空理迁就事实，事实决不肯迁就空理。譬如'无人相''无我相''无众生相''无寿者相'这是我们悟到的空理：饿要吃，冷要著，困要眠，病要药，这是我们遗传的事实。前面的空理，我们已经彻悟了，后面的事实，为什么我们仍旧不能脱离这个定律？因此可见事实胜过空理，徒恃开悟，决不足以打破人生之定律。虽极说生老病死是苦，而毕竟无法可以免除生老病死。呜呼，惟仙道高矣远矣。

辨 命 歌

江西南昌隐君子方内散人旧作
江西古新淦通邃道人黄邃之手抄

伏羲实为传道祖，卦图初泄先天旨。大哉孔子复宣敷，尽性至命首穷理。毋劳毋摇乃长生，广成授受黄帝语。（黄帝访广成子予崆峒山而问道，广成子曰：毋劳尔形，毋摇尔精，毋使尔思虑营营，乃可以长生。）访道崆峒事不虚，载诸史鉴谁疑毁。峨嵋重去访天皇，《阴符经》著传于世。爰有奇器万象生，（见《阴符经》）盗机逆用胜灵素。（《灵枢》、《素问》、亦黄帝所著。然彼重治病，此则重修炼成仙。）后人误认作兵书，不值大方家一噱。毋滑而魂中夜存，《远游篇》里曾泄露。（屈子《远游篇》：'毋滑而魂兮，于中夜存。虚以待之兮，无为之先。'此段已泄道妙。）

休云儒释不言命，性了即了徒黏滞。尼山救世重伦常，故尔罕言同仁利。三绝韦编本共闻，雅言却在诗书礼。一见老子赞犹龙，莫穷神妙极心许。微言隐易寓中庸，至宋失传已久矣。濂洛关闽俱大儒，最佩纯公及邵子。（周濂溪、学者私谥曰纯。）纯公绘出太极图，图说精微谁彻底。无极之真即是性，妙合而凝惟二五。（周子《太极图说》：'无极之真，二五之精，妙合而凝'。）二五以内有命功，形全精复同天体。（精字本二五来《庄子》：'形全精复，与天为一'。）又考邵子《冬至吟》：一阳来复参真谛。（邵子《冬至吟》：'一阳初动处，万物未生时。'）天根月窟往来频，阖辟变通悉明著，（邵子《天根月窟吟》有：'天根月窟闲来往，三十六宫都是春'之句。又

《易·系辞》：'阖户谓之坤，辟户谓之乾。一阖一辟谓之变，往来不穷谓之通。'）

　　文公妙悟在晚年，顿化支离为简易。（陆子诗，有"易简工夫终久大，支离事业竟浮沉"。朱子阅之失色，晚年与象山书，自言无复旧日支离之病。）西山老友媲同参（释道二家同志友，曰同参）箧中但放《参同契》。（朱子晚年喜读《参同契》与蔡季通日夕考订，竟夕不寐。曰："眼中见得了了，但无下手处。"又云："今始识头绪，未得其作料孔穴。"明年季通卒，又得策数之法，恨不得与之辨正。越二年，朱子亦逝世矣。）自恃聪明不访师，安知作料在何处？特著一篇《调息箴》，戏言千有二百岁。（千二百岁，乃《调息箴》末句，）又日盘桓向武夷，时与白仙为一气。（白玉蟾，道号紫清，隐于武夷山，朱子与之友善。）将欲脱屣从仙游，但恐逆天非实际。（朱子感兴诗："刀圭一入口，白日生羽翰；我欲往从之，脱屣谅非难。但恐逆天理，偷生讵能安？"）逆天岂可作神仙，一生精力沉章句。文公自是圣贤人，到底未明仙佛意。既知儒道本同源，况复年华已迟暮？紫清终不及一言，知在圣门为大器。（以上四句，乃推测白仙为何不引文公入道之意。）非敢放肆诋名贤，要识殊涂无二致。

　　今为阿弟重重宣，再将《周易》详详示。大道本不外阴阳，上下二经观首尾。乾坤离坎与咸恒，都寓水火与男女。乾坤颠倒翻名泰，水火交融成既济。正位凝命非凝性，（鼎之大象曰："木上有火，鼎，君子以正位凝命"。何以不言凝性？）立鼎安炉风火驭，（驭字本《列子》驭风，及道家以神驭气而来。）各正两字载乾元，顺理一言说卦识。（乾卦："各正性命"，说卦："将以顺性命之理"，皆是性命并讲。可知专讲性字，不足以称大道。）水流湿兮火就燥，云从龙兮风从虎。同声相应气相求，施功各从其类起。（《参同契》："同类易施工，非种难为巧"）三家相见别无他，二气感应以相与。（咸卦象辞）奈何学者会不通，徒执近思为祖武。（执守《近思录》者，理障必牢不可破。）

　　图顿按：今时人只知"阿弥陀，不知《近思录》，理障虽可免，佛障却难除。

　　《中庸》谈道首造端，鸢鱼飞跃妙无比。及其至也圣莫知，我何人哉敢悬拟！高明博厚配地天，变化施行法云雨。（《易》，乾道变化，又曰："云行雨施，天下平也"）。《中庸》《大易》要师传，不在语言文字里。向读孟子善信章，（见《孟子·尽心章》下）工夫逐节有次第。已将终始示分明，岂是一蹴所能至？善信充实此三言，筑基功用俨全具。有欲观窍精甚真，（切可欲句）有情下种信为贵。（切有诸己句。《道德经》：常有欲以观其徼。又云：其精甚真，其中有信。《庄子》，夫道有情有信。《指玄篇》：此中真有信，信至君必惊。）气化漏尽已先通，百日功灵乾体固。（充实似道家炼气化精一层）光辉大化逐渐臻，炼气化神又其次。日月双明了大还，比诸光大究无异。（大还丹时，有日月合璧之象，比诸光辉句恰合。）大周气化有六通，圣胎温养各因地。（《六祖坛经》："有情来下种，因地果还生。"各因地者，言各有各家境界之意，古人谓因地制宜是也。十月大周天内，温养道胎时，血化白膏，不食不寐，有六通景象。比诸大而化之句，又恰合。以下则炼神还虚事矣。）化而至予不可知，脱胎了当天仙位。还虚粉碎又虚空，作用不同功岂式？莫嗤穿凿圣人言，一经道破有真味。（《孟子》原文："可欲之谓善，有诸己之谓信，充实之为美，充实而有光辉之为大，大而化之之为圣，圣而不可知之之谓神。"）

　　佛门广大信无边，百千妙法无不备。劝人熟读华楞严，（《华严经》、《楞严经》）中藏事理殊精细。莫执佛号与话头，便道其余无剩义。教外别传玄又玄，慧根浅薄难概施。也修舍利转法轮，也言慧命说服食，也如马阴变藏相，也征龙女献珠瑞，也道六景忽震动，也证六通有由自。形成出胎三界超，实与道家同三昧。

　　玄机秘密要精研，非是等闲人可度。拈花微笑果何为？睹星悟道是何事？初祖达摩本早成，还须面壁少林寺。（是了命以后，还虚一著）。一苇渡江只履归，谁解西来又西去。花开五叶尽双修，五六祖身今尚在。（五祖肉身今存黄梅，六祖肉身尚存曹溪。）信道金刚不坏身，七祖而今孰敢继，（吕纯阳真人诗云：为师开说西来意，七祖如今未有人。）

可叹儒释两后昆，禅障理障少精粹。别有会心处处通，借问各条是不是？阿兄未肯事闲气，一片痴情怜叔季。愿弟平心静气参，莫把天机当游戏。若犹思粗不见精，各遵所闻行各志。种豆得豆种瓜得瓜，惜取光阴勿犹豫。光阴迅速不复回，石火电光看忽逝。了命一歌本说完，笑余辨命枉重赘。时维九月隐申江，菊开满地黄金布。（申江二句，暗切金水，本地风光，无意偶得，几欲拈花微笑。）

余寄"了命歌"与诸弟参玩，有谓专就门道说，不若诸歌能融会三教者。有谓儒释不言命，性了命即了，了命乃道门一家言者，聚讼纷纷，复拈笔作此歌，以醒悟之。一时兴会所至，不觉意义层出，歌语现成，惟玄机秘密，一泄无遗，未免干冒天谴。且恐拘儒见之，仍斥为穿凿之谈，而性灵流露，不能自己，遂有所不计也。

壬寅九月方内散人自识于上海之寄庐。

圆顿按：性与命，本来是一物，不可分作两橛。就其"灵机"而言，便谓之"性"。就其"生机"而言，则谓之"命"。所谓一体二用也。吾人之身体，譬如一盏灯，灯中之"油"就是"命"，灯中之"光"，即是"性"。假使有"灯"而无"油"，此灯必不能发"光"，可知离"命"即不足以见"性"。若徒知保存灯中之"油"，而不善于发挥其"光明"以应用，仍旧常常处于黑暗境界，则亦何贵于有此灯乎？由是可知"性命"二者，乃互相为用，而不可分离也。

虽然，人究竟名为人，不可叫做"性"，亦不可叫做"命"。灯究竟名为"灯"，不可叫做"油"，亦不可叫作"光"。其理固相等耳。或问：初学之人，性与命孰重？答曰：命为重。譬如暗室之中，本有一盏灯，灯中油量充足，奈室中之人，不得其法，不能令此灯发光，虽有灯，而依然不免黑暗之苦。忽来一人，教伊点灯之法，一举手间，顿觉满室生辉，从此踏进光明之路。设若室中本来无灯，或虽有灯而无油，或虽有油而油量不足，纵能了解用灯之法，亦不能大放光明。由是可知，性无命，则不立，离命，即不足以见性。有命而性自在其中矣。故曰"命为重"也。

又按：儒释道仙，四家宗旨不同。此公偏要融和为一，竭力未必讨好，何苦乃尔！儒家见解，认为人生是经常的，所以宗旨在维持现状，而不准矜奇标异。因此人生永无进化之可言。释家见解，认为人生是幻妄的，所以宗旨在专求正觉。（这是佛教的本旨，其余都是枝叶）。而抹煞现实的人生。因此学理与事实，常相冲突，难以协调。道家见解，认为人生是自然的，所以宗旨在极端放任，而标榜清静无为，以致末流陷于萎靡不振，颓废自甘。仙家见解，认为人生是缺憾的，所以宗旨在改革现状，推翻定律，打破环境，战胜自然。以致思想与行为，往往惊世而骇俗。非但儒道释三家不能融和，即道家与仙家，表面上似乎同隶一种旗帜之下，然二者宗旨，亦难以强同。

夫士各有志，原不必人人共趋一路。但宗旨不能不决定，言论不能不彻底，门径不能不辨别，旗帜不能不鲜明。否则仙佛圣贤，混作一堆，老庄钟吕，粘成一片，令后之学者，何所适从乎？余本不反对儒释道三教之宗旨，但不愿听神仙学术埋没于彼三教之内，失其独立之资格，终至受彼等教义之束缚，而不能自由发展，以故处处将其界限划分明白，俾我中华特产卓绝千古的神仙学术，不至遭陋儒之毁谤，凡僧之藐视，羽流之滥冒，方士之作伪，乩坛之乱真。自汉明帝以来，一千八百七十余年，佛教徒所给与仙学界恶嘲谩骂之丑声名，于兹刷尽。自金世宗以来，七百七十余年，北七真所给与仙学界三教同源之假面具，一旦揭开，岂不快哉！岂不壮哉！

还　虚　歌

方内散人

（原名《炼虚歌》，乃《中和集》李清庵旧作，今借用稍改。）

为仙为佛与为儒，三教单传一个虚；亘古亘今超越者，悉由虚里做工夫。
学仙虚静为丹旨，学佛还虚彻首尾；问余圣学又何如？虚中无我明天理。
虚室生白妙无穷，乾坤虚运气圆融；阴阳造化虚推荡，人若潜虚尽变通。
还丹妙在虚无谷，下手致虚守静笃；虚极又虚元气凝，静中又静阳来复。
虚心实腹道之基，不昧虚灵采药时；虚己应机真日用，太虚同体丈夫儿。
炼心虚寂无为作，进火以虚为橐吁；抽添加减总由虚，粉碎虚空成大觉。
究竟道冲而用之，解纷锉锐要兼持；和光混俗忘人我，象帝之先只自知。
无昼以前焉有卦，乾乾非上坤非下；中间一点至清虚，八面玲珑无缝罅。
四边周密易浑沦，道是中虚玄牝门；若向不虚虚内照，自然阖辟应乾坤。
阖辟多时禁出入，悠悠九载面墙壁；还如父母未生前，虚明寂定忘天日。
虚中迸出一轮来，霹雳一声天谷开；圆陀陀地同天体，净倮倮形脱圣胎。
圣胎一出神无匹，步虚从此归无极；至矣无臭复无声，浑然不知还不识。
虚至无虚绝是非，无无天地悉皆归；返虚真入寥天一，此是三家上上机。
原注：还虚一节，彻始彻终，各丹经但言大略，从无专著歌咏，发挥透彻，而淋漓尽致者。盖古人以为末后一著，不欲详言故也。尝拟作歌，以补此义，搁笔踌躇者再。忽承友人致送李清庵《中和集》，其内恰有《炼虚歌》一篇，细心玩味，觉贯通三教，得未曾有。字字精妙，实获我心！足见前贤嘉惠后学，无微不至。是歌尽可借用，不烦再作矣。

访 道 歌

江西南昌隐君子方内散人旧作

江西古新淦通邃道人黄邃之手抄

大道流传在世间，统绪不绝于尘寰；欲了生死炼金丹，期与高真共往还。

高真已去入仙班，使我不见日愁颜；丹经留与后人看，微言奥旨涩且艰。

不因师指事知难，出世因缘岂等闲？敢辞涉水与登山，水尽山穷自有缘。

师不遇兮心不安，旁门伪法起狂澜；谬种流传贪复奸，依依修炼如磨砖。

贤者毋为其所瞒，经歌契论熟参观；先知门户路方宽，天机隐密求宗全；任教露宿并风餐，凭他衣破及鞋穿，莫要半途心已寒。

昔有仙人白玉蟾，云游足迹遍山川；历久乃感陈泥丸，泥丸犹作三年延。

又有三丰好参玄，访道直到终南巅；六七十岁忘其年，忽遇火龙亲口传。

古今多少学神仙，求师指点心意虔；彼苍默鉴操其权，时至垂慈解倒悬。

我求师授殊堪怜，竭诚致敬叩苍天；逢师又苦力如绵，不觉二毛侵鬓边。

览镜生悲祈祷坚，穷年到处访明贤；天赐侣护一气联，百般磨折寻真铅。

得诀归来试炼研，立竿见影道非偏；方知真伪判天渊，三元两派有真诠。

后人诵我访师篇，一字一泪苦难宣；但恐修真志不坚，或者悭吝惜金钱。

若是法财侣地全，此中实有度人船；劝人先着祖生鞭，早把俗情齐弃捐。快求大道悟重玄，好与洪崖共拍肩。

原注：或谓既有穷理一歌，则访道篇似可不作。况诸歌俱就三教并讲，而此乃专就玄门说，似不包括。余曰不然！儒自周邵两贤，释自六祖而后，命理久已失传。穷理是穷三教公共之理，访道是访教外别传，前人谓得诀归来好看书者是也。故列于穷理之前，玩余辨命一歌，当自会意。

圆顿按：本首末云：快求大道悟重玄，原稿作快求大道快参禅。余观通篇意旨，皆言仙道，此处忽架入参禅二字，颇觉不称，故以"悟重玄"三字易之。又起首第三句欲"了"生死，原稿作欲"逃"生死。然生死大事，只许"了"，不许"逃"。"了"是彻底解决，乃神圣之事业；"逃"是掩耳盗铃，乃幼稚之行为。宇宙全体，本为生死二字所构成，请问逃到什么地方去？所以一字之差，亦甚有关系，不能不亟为改正。

论白虎首经

《悟真篇》西江月词第三首云："白虎首经至宝，华池神水真金。"知几子《悟真集注》谓："首经即五千四十八日之期，此期初至，先升白气，降为神水，水中有真金之气，故曰神水真金。"其意盖指二七天癸为白虎首经，但《悟真三注》其说与知几子不同，今考陆子野注云："男子二八真经通，女子二七而天癸降，当其初降之时，是首经耶？不是首经耶？"观此数语，乃疑惑之辞，而非决定之论。下文又云："神水即首经也。《老子》曰：'上善若水，善利万物。'真人以首经神水为喻，言其利生之功，非其他丸散外药可比。"此一段盖谓神水即是首经，而神水与首经又皆是喻言，并未指明何物。

再考薛道光注云："首者初也，首经即白虎初弦之气，却非采战闺丹之术。真一之炁，在天曰真一之水，在虎曰初弦之气。若炼在华池，名曰神水。此乃真经之至宝，皆不离真一之精。流历诸处，故有种种之异名。以其能成就造化。经曰'上善若水'。盖真一之水，生于天地之先，故曰上善。其利源甚为深远，却不比寻常后天地滓质之物。"请观此段中连用四个"真一"字样，学者应当特别注意。

至于二七天癸，虽可名为首经，试问与"真一"二字何涉？再考上阳子注云："白虎为难制之物，倘用之不得其道，岂无伤人之理？首经为难得之物，倘求之不失其时，必有天仙之分。只此白虎首经，强名先天一炁。仙师太忒漏尽，薛陆注之太详。世之愚人，若指为采战之说，或谓闺丹之术者，则祸及于身。学者若知三日月出庚之旨，方许求华池神水之丹。"据此一段而细察之，虽有"求之不失其时"及"三日月出庚"之说，安知不是指每月而言，若竟断定为二七天癸初降之时，亦未必然。

统观道光、子野、上阳三注，皆未言白虎首经即是二七天癸，惟三注皆以首经与神水相提并论，可知首经与神水，乃一物二名。果能明了神水是何物，则首经问题亦可以解决矣。《悟真篇后序》云："修命之要在乎金丹，金丹之要在乎神水华池。"此意人多不能了解。

再者石杏林《还源篇后序》云："先师《悟真篇》所谓金丹之要，在乎神水华池者，即铅汞也。人能知铅之出处，则知汞之所产。即知铅与汞，则知神水华池，既知神水华池，则可以炼金丹。金丹之功，成于片时，不可执九载三年之日程，不可泥年月日时而运用。钟离所谓四大一身皆属阴也。如是则不可就身中而求，特寻身中一点阳精可也。然此阳精在乎一窍，常人不可得而猜度也。只此一窍，则是玄牝之门，正所谓神水华池也。"

按石杏林仙师乃南宗第二祖，亲受紫阳之传，其言当比后来各家杂说为可信。所谓"神水华池"，不过如此。对于二七天癸，毫无关系。学者可以醒悟矣。更参考紫阳仙师《金丹四百字自序》云："以铅见汞，名曰华池；以汞入铅，名曰神水。"此意与杏林仙师所谓"神水华池者即铅汞也"一句，正相符合。因此可知铅汞相交，即是华池神水，华池神水即是白虎首经。而白虎首经，决不是二七初降之天癸，则可以断言者。

学道诸君，若不将此种紧要关头先弄清楚，仍迷信非五千四八之期不足为金丹大药之用，则前途荆棘多矣。此尚指自己有力能设备完全依法试做者而言，其无力照办者，终身在望梅止渴之中，永无实行之日，尤为可怜。

　　余根据四十年之阅历，耳闻目见，各省学道诸君，用五千四八采大药者，结果总归失败。北京二人，南京一人，苏州一人，上海一人，成都一人，武昌一人，前后共计七人，没有一人达到目的。其间困难多端，未暇细说。而方法之不善，确为失败之主困。同道中人。谈及此事，每归咎于筑基炼己工夫未曾做好，而急求速效，轻举妄动，故不免失败。

　　愚谓此种弊病固亦有之，但非彻底之论。盖彼等最大的错处有二：一则误会先天大药出产于鼎器身中，其来源已经认识不清。二则误会兑卦最初一次首经为无上至宝。下次来者即不堪作大药之用，其理由亦欠充分。语云："前车覆辙，后车之鉴。"余愿世间学道诸君，勿再执迷不悟，奉五千四八为神圣规条，以致自误误人，则仙学庶几有正轨可循，而不至于镜里看花，结果终无所得也！

读知几子《悟真篇集注》随笔

　　《集注》卷首第五页《张真人传道源流篇》末云："此非有巨室外护，则易生谤毁，可直往通邑大都，依有德有力者图之。"愚谓访"外护"一事，在古人行之，甚为便利。但在今之学道者，若依样画胡芦，恐未必相宜。其理由如下：

　　第一种理由：江湖方士，一知半解，动辄冒古人访外护之美名，而别有作用。历年以来，已将名誉弄坏，虽有真传实学之士，人亦不敢相信，视为与彼江湖朋友无异。盖普通学道者流，阅历太浅，没有认辨之能力，遂致如此，亦不足怪也。

　　第二种理由：今人心地，不及古人忠厚，而计算却比古人精明。古人做外护，等于做功德；今人做外护，等于做买卖。古人做外护的意思，乃自问有余力时，即发愿帮助他人修道。倘能因此造就一位神仙出来，即算自己做了一件大功德事，不必希望什么报酬，今人做外护，要现钱买现货。假使世间有已经修炼成功之人，让他们亲眼看见，他们必定争先抢着要做外护。其实此种见识，未免愚笨。盖修炼所以需要外护者，正因其尚未成功耳。若已经成功，何必再求外护？十年前×××君并其他数人，被江湖方士号为周神仙者所愚弄，其事亦甚可笑，大有哑子吃黄莲之滋味。×××君之为人，未尝不精明，但是此等事比较世间事不同，人愈精明，吃亏愈大。

　　第三种理由：外埠某君来函说，已得人元之诀多年，奈访不着外护，所以不能下手。现在年龄已老，恐又要虚度云云。此事亦甚可悯。虽然，如果真有人做彼外护，余敢料其结果双方皆不免失望。盖其法夹杂旁门，而非南宗正传心印，如何能成仙了道？幸而无人做彼外护，自己尚可藏拙，否则人又以江湖方士目之矣。某君固非江湖，而其所得口诀之无效，则与江湖诀相等。此种人各省皆有，若某君者，不过其中之一而已。

　　基于上三种理由，所以我不赞成"访外护之事"。

　　或问访"外护"既不许，在家中修炼，其势又绝对不可能。然则如何办法方足以应用？

　　答曰：此事要看自己环境之优劣，及年龄之大小，于各种丹法中选择一种而用之。总以有严密之组织为第一著，改良之训练为第二著，绵长之道统为第三著。从此而东方绝学，永留天壤之间。将来总有几人由此道而成仙，切忌过分宣传及扩大范围，庶免后患。因为仙学性质，与各种宗教不同。宗教是要普渡，所以注重宣传，只求人人信仰，来者不拒；仙学难以普渡，不是人人所能行的。

世间做××工夫者，无论靠"外护"之力，或靠自己之力，都不过费去一笔钱财，弄得几只××，关起大门，在家中就做起来，各种条件，都不完备，草率从事，如何能有成功的希望？反而惹出许多烦恼。所以传授口诀与人，须要仔细审察其人家庭、环境、学识、年龄、性情、身体、看何种法门适宜，则传授何种法门。勿固执一法以教人，则流弊可免。

康熙年间，知几子自刻《参同契集注》《悟真篇集注》，全部无一错字，此二书已归杭州马一浮君收藏。兵燹之后，不知遗失否？广东翻版悟真集注，舛误迭见，远不及原版之精美。然今者虽翻版亦不易得矣。再者道光年间刻本三注悟真，字大而清晰，今坊间通行有光纸小字石印本最坏，阅之令人生厌。

卷首第十五页，论养己筑基一段有云："所未详者，玩三丰真人《节要篇》，及孙汝忠《金丹真传》，自可得其分晓也"。今按《三丰全集》中，止有《玄要篇》是自作。若世间抄本三丰《节要篇》，既未收入全集，又别无刻本。是否三丰手笔，颇有疑问。济一子所刊布之《金丹节要》，此较抄本《节要篇》又不相同。想是经过江湖传道者之删改，遂致愈传愈劣，失其真相耳。至于《金丹真传》亦不合《悟真篇》本旨。知几子学问虽博，奈其徒富于记诵，而未曾实验，竟使泾渭不分。今世学道者，无不以《金丹真传》代替《悟真篇》，余前在《扬善半月刊》上已指其谬，今再补述于此：

卷首第十六页后半页第三行，引李晦卿之说，与事实不合。凡李晦卿所作之书，无论讲黄白术或阴阳法，皆是杜撰捏造，自欺欺人。知几子对于丹道，虽阅书甚多，惜未得南派嫡传，竟为旁门所误。做《道言五种》之陶存存子，有时亦被李晦卿朦混过去。

卷首二十一页后半页第二行，所谓"玉京洞"，在天台县赤城山上，今已为尼僧居之，非复仙家气象矣。

卷首二十二页前半页所云："金液之术，不可乱传人，必逢积德善人，方可指授，否则难逃天谴"。此语诚然，学者宜知警惕。故凡以最上乘口诀传人，必须访察其人之前辈，是否积德，其自己是否真为善人？此乃第一要注意。

卷首廿七页，所谓"开关须三七，炼剑用百天，筑基在期岁，还丹只片时，温养经十月，抱元历九年"。此说不可拘泥。要看学者年龄之大小，身体之强弱，性情之躁静而异。大概年老身弱性躁者，每需要甚多之岁月。年壮身强性静者，则日数比较可以减少。更要得其真传口诀，方能希望成功。若世间江湖朋友所传授者，不免夹杂旁门；方外人所传授者，又不能适合于家人之环境。徒抱定几句呆板的口诀教人，每每窒碍难行，须知这件事是活泼圆通的。于学者本身之环境有绝大关系，世间常有抱道而终，永无实行之机会者，皆因拘泥双修之说，不识清净阴阳一贯之玄妙，以为非用鼎器则必无所成，而其人之环境，又不容许走这条路线，于是乎蹉跎岁月，今生又虚度矣。吾愿世间同志诸君，力矫此弊，务必做到头头是道，路路皆通而后可。

卷首第二十九页后半页，知几子略历一段，原刻本无之。盖原版乃知几子所自刻者，故少此一段耳。

知几子即鄞县仇兆鳌先生，乃清朝康熙年间进士。仇先生不愿将自己真姓名宣布，亦学魏伯阳仙师之用隐语。读者每读于不得其解，今说明如后。（隐语见卷首二十九页前半页第一行小字）

"十治数、阳老先"：此二句暗藏一个"仇"字。昔周武王有乱臣十人，（注家谓"乱"字当作"治"字解。）十人皆开国有勋，前九人是男，一末一人是女，十治数，乃暗藏"人"字，阳老先，乃暗藏"九"字。盖指九个阳性年老者在先，一个阴性年壮者居末也。

"千年实，摘树边"：此二句暗藏一个"兆"字，"千年实"，指桃子而言。树边，即桃字本身之木字边旁。"摘树边"者，谓桃已摘离树边，等于桃子本身边旁，即变成"兆"字矣。

"龙伯国人把钩竿"：此句暗藏一个"鳌"字。列子书上说："龙伯之国，有大人，一钓而连六鳌"。

"海石之上注斯篇"："海石之上"四字，暗藏"沧柱"二字，即仇先先生之大号也。"沧海"及"柱石"二语，乃文辞中所习见者。海字之上，暗藏沧字，石字之上，暗藏柱字。

七律诗第一首末句"无常买得不来无"：下一个"无"字，当作"否"字解，及问语口气。意谓世人虽有多金，可能买通无常叫他不来否？

七律第二首："昨日街头犹走马，今朝棺内已眠尸"二句：最能惊醒世人痴梦。知几子改为"昨日庭前方宴乐，今朝室内已悲伤"，殊觉意味平淡，不足以动人。且世间可以伤悲之事甚多，不限定专为死人而伤悲，如何能代替"棺内眠尸"之意乎？

七律第三首："遂使夫妻镇合欢"一句：凡各家注解，都非《悟真篇》本意。学者必先能解释《参同契》"老翁复丁壮，耆妪成姹女"二句之义，然后方能解释《悟真篇》此句之义。但各家注《参同契》者，仅能解释"老翁复丁壮"一句，而对于下句"耆妪成姹女"，则弃而不论。是则止许男人成仙，而女人决无成仙之望矣，岂得谓事理之平？知几子《参同契补注》中，虽说"女功先守乳房，斩除赤龙而求大乐"，然未曾言明大药产生于何处，以及如何求法？又引李晦卿之说，谓"男子作丹，先铅而后汞；女子作丹，先汞而后铅。"复自加以说明，谓"李注所云铅汞，即指朔后晦前之金水"，此说不通之极。考古今各种丹经，凡是言铅者，皆指金水一方面而言；凡是言汞者，皆指木火一方面而言。从未有以水为汞者。今既谓铅是朔后之金，汞是晦前之水，试问木火一方面，又将用何种名称？

七律第六首末句云："何须寻草学烧茅"，所谓寻草者，寻药草也。所谓茅者，盖指江苏省句容县之茅山。宋朝以前，茅山素以奇怪法术著名，故点金术中，有一派做手，叫做茅法，烧茅者，谓依茅山所传之法烧炼外丹也。若认为茅草之茅，则大误也。

律诗第十二首陈注云："顺则为凡父凡母，逆则为灵父圣母"：可知灵父圣母与凡父凡母，其不同处就在一个"逆"字别无奇怪之现象。凡父凡母是二人，灵父圣母亦是二人，决不至于拉第三人加入合作。若果如此办法，是谓侮辱大道。

又律诗第十五首陈注云："真铅乃灵父圣母之气。何谓灵？常应常静之谓灵，逆施造化之谓灵。何谓圣？太极初分之谓圣，虎不伤人之谓圣"：可知所谓灵父者，因其有"常应常静"之能力，与"逆施造化"之手段也。请问丹房中第三人有此种能力与手段否？世间做工夫多年之老修炼家，尚且难以到此地步，而谓初出茅庐之童男子有此种资格乎？若不然者，如何能配称灵父乎？

又七绝诗第一首子野注云："我为乾鼎，彼为坤鼎"：可知所谓乾鼎者，即指修炼家本身而言，非另有一童男子也。又陈注云："鼎、器者何？乾男坤女，灵父圣母也。"可知乾男即是灵父，坤女即是圣母。凡父母是那两个人，灵父圣母仍旧是那两个人。他们两个人，当初作凡父凡母顺行人道的时候，未曾听说要请第三人帮忙。为什么到了做灵父圣母逆行仙道的时候，就要请第三人相帮。天下最滑稽之事，没有过于此者。近世江湖传道者流，除彼我两方面而外，又复画蛇添足。丹房中弄出一个童男子，算是乾鼎，真可谓以大道为儿戏矣。或问：丹经中言三人之处甚多，如所谓"须用同心三个人""三人同志谨防危""三人一志互相扶""同志三人互相守"等语，皆说炼丹要用三人。今言不要三人，岂不与古说相左乎？

答曰：古说要用三人者，指同心同志的道友而言，不是指十几岁乳臭未干之童男子而言。请问如此无知无识的小童儿，他懂得炼丹是怎么一回事。他配称为同心同志之人乎？如何可以指鹿为马，自欺欺人，误尽天下后世之学仙者？

读《化声自叙》的感想（论动植物生理变化）

前月蒙武昌佛学院张化声先生寄赠我《化声叙》一小册，拜读一过，言言中肯。皆是今时一般佛教大居士所不敢言，不能言，不屑言，不愿言者。而张先生居然大胆的痛快言之，科学的条理言之，谦虚的公平言之，忠实的恳切言之。虽化声本人，及化声本书，皆未得见。即此自叙一篇，已足知其大概矣。张先生现在所持宗旨，与仆等宗旨相同，有互相切磋之必要。兹特将化声叙原文逐条披露于本刊，并附以"按语"，还以质之张先生，并与当代贤豪共商榷焉。（编者按：与仙道无关者已删除。）

原文一：酒后茶余，呼卢排闷，花前月下，拥妓消愁。极心理之放诞，亦极人间之乐事。同人既以此自遣，化声何妨即以此自杀。

圆顿按：花酒二字，神仙家另有别解。读《吕纯阳敲爻歌》云："色是药，酒是禄，酒色之中无拘束。只因花酒悟长生，饮酒戴花神鬼哭"。又云："酒是良朋花是伴，花街柳巷觅真人。"又云："仙花仙酒是仙乡。"又云："时人不达花中理，一诀天机值万金"。张三丰《无根树》云："无根树，花正清，花酒神仙古到今。烟花寨，酒肉林，不断荤腥不犯淫。犯淫丧失长生宝，酒肉穿肠道在心。打开门，说与君。无酒无花道不成"。张紫阳《悟真篇》云："须将死户为生户，莫执生门号死门；若会杀机明反覆，始知害里却生恩"。又云："若能转此生杀机，反掌之间灾变福。"安知昔日化声所认为自杀之途，不是今日化声求长生所必由之路耶？

原文二：牵牛入屠场，道逢青草，咀嚼若有余味，旁观者代为流泪。虽然，吾人之灵魂，每至万分无聊宛转待毙之时，倏有一盏心灯，大放光明，接引之入于别一境界，以组成新生命。

圆顿按：古今来仙佛种子以所能相续不断者，赖有此一转变。

原文三："任他聪慧过颜闵，不遇明师莫强猜。"道家之言，千百门中，吐露一二门。千百段中，发表一二段。或节目易其程序，或字句变其先后，或泛论乌兔龙虎等法象，或广演乾坤坎离等卦爻。扑朔迷离，莫测端倪。博如朱熹，渴好《参同》，不得其解，遑论余子？虽然，一得口诀，便开锁钥：满库宝藏，任人取携。万卷丹经，悉我注脚。畅快生平，莫此为甚！速死不成，得闻长生，仙师之恩，刻骨难忘。

圆顿按：朱文公集宋儒理学之大成，曾著《周易本义》并《启蒙》二书，对于《易经》，甚有心德。独不能解释魏伯阳之《参同契》，然又酷嗜此书，穷年累月，钻研不已，费尽心力，仅成《参同契考异》一卷。今世所存《参同契》善本，除五代时彭晓注而外，当以考异本为最古。故朱子之功亦不可没。后人有诗曰："神仙不作《参同契》，火候工夫那得知？千载晦翁拈一语，可怜无及魏君时"。此诗深惜朱子不能亲受伯阳之传，故难通秘旨。然当时正大有人在，奈朱子无缘，未与相值。

考宋神宗熙宁乙卯岁，张平叔作《悟真篇》，阐明金丹大道，为继《参同契》而后第一部伟著。前于朱子时不过数十年，再传至翁葆光，宋孝宗乾道癸已岁作《悟真篇注》，正与宋朱子同时。平叔张真人虽于宋神宗元丰五年化去，而徽宗政和间，复出现于世，尚书黄冕仲曾亲见之。高宗绍光戊午岁，刘顺理又见之，而朱子固未之闻也。

又石杏林、薛道光二人，皆与朱子同时，亦不能遇合。或者因为儒家面目，理学门庭，足以拒人于千里之外乎！此等问题，暂且搁置。

现在有一个问题，须当研究。《参同契》书中所有卦象，原出于《易经》，故名为《周易参同契》。朱子既有本领解释《易经》，何故对于《参同契》不敢作注？盖《易经》所表现者，不外乎象数理。凡是聪慧之人，又肯用功多读书者，总可以就自己所悟入之途径，发挥几句奥义，搬弄几句玄言，说得对，固然是好，说得不对，不无甚关系。

若彼《参同契》者，乃千古丹经之王，重实事不重空论。注得不错，自可利己利人；注若差谬，不仅误人，而且误己。朱子当日既未遇明师得传口诀，当然不懂《参同契》是什么作用，岂可"望文生义"强为解释？此正是朱子诚笃不欺之美德，为吾辈所应该效法者。设如后世浅识之徒，强不知以为知，武断前贤，文饰己陋，瞎猜乱注，七扯八拉，弄得一部书中非驴非马，欺人适以自欺，未免有愧于朱子矣。

佛家心性之理，可以自悟；仙家修炼之术，决不能自悟。纵然得遇明师传授口诀，尚要刻苦试验，方可有几分希望；纵然本人有志刻苦，尚要外缘具足，方可许你试验；纵然外缘具足，尚要自己道力坚定，方可不被外缘所诱惑；纵然道力坚定，尚要学识精深，方可不致弄巧成拙。世上若有专讲自悟之人，请他一心皈依佛门，好去参禅打坐，念佛往生，不必踏进神仙的门槛。因为这种人没有资格学神仙。

原文四：尘垢秕糠，犹将陶铸尧舜，漆园老吏，断不欺人。神仙学所有成绩之最低限度，已足解决此问题而无余。（按本叙之上段原有"人类生存，必赖资生之具，有资必有求，有求必有争"。此段已略去，此处所谓"已足解决此问题"即指略去之争食一段而言）其道维何？即"辟谷"是。

圆顿按："辟谷"之法虽佳，但非人人能用。故只可为上智说法，中材以下，难知难行。若信"辟谷"足以解决普通人类争食之问题，仍是一种理想。惟少数修仙学道之士，隐居深山穷谷，食物运输，深感不便，储蓄干粮，常忧匮乏。辟谷之方，正为此辈而设。

原文五：心色连持，刹那无住，新陈代谢，奚须火食？固体之物，牙齿咀嚼，研成细末，唾液酸化，由喉入胃，胃有酸汁，脾体蠕动，合成乳糜，是谓液化。或由渗透，或由挥发，穿肠胃壁，和合肺气，分布全体。过低热度，凝成精血，以是变化，资养生命。

试观谷食，必须饮水。鼻孔呼吸，一息不停。可知资生，非谷一物。取其精华，酸化成液，由液而气，经过三态，已非故物。其余沉淀，成为老废，大便排出，液中杂质，则出小便。生理学中，尽可研寻。

圆顿按：以上二段，首言食物资生之变化，继言食物有固体液体气体三种之不同。凡是读过普通生理学者，皆能了解。

惟首段原文有"心色连持，刹那无住"二句，乃佛典中专门术语。化声先生研究佛学有年，此等话头，自然摇笔即来。吾恐一般修道的人，及专习科学的人，对于此二句，难免要发生疑问。今特浅而言之，此二句就是说精神与物质，在相续不断的运用中，无一刻停止。所以下面就接上新陈代谢等句，以证明其说有因。

原文六：然则三种物质，辟去一种，或辟两种，吾人生命，能否保存？此一问题，极有价值。

圆顿按：所谓三种物质，就是指固体、液体、气体、三种而言。所谓辟去一种，就是说不吃米饭面包肉食蔬菜果实等类，这些东西，都可以算是固体。所谓辟去两种，就是说既不吃固体，又不吃液体，（液体如乳汁汤水之类）只要有空气呼吸，就能维持吾人之生命。因为空气到处都有，用不着花钱去买。

原文七：彼植物者，自其根须并与根瘤，吸收溶液，由纤维质生长层中，提升枝干。叶中毛孔，吸取炭酸，由叶绿素化学作用，叶养纳炭。以是因缘，植物食料，仅气与液，已废固体。

其在动物，例如蜩蝉，吸风饮露，天然高洁。节足一类，吸食血液。蜜蜂蝴蝶仅饮花汁。寄生蛔虫，消耗养液。凡此等类，其于器官亦有变更。因为所食无固体物，不须咀嚼，故其口舌牙齿，或针状形，中通以管，以便吸收，或由皮肤通过溶液。

原始动物阿米巴类，手足头目，一切皆无，仅有圆形，表似水母，中有一核，屈伸凸凹，以营活动。此核非他，即气体是。

总观上述，自植而动辟去固食，仅液与气，以营生活。然而原始动物，实无死理。松柏梓楠，苍翠千年，昆虫变态，死里求生。寄生分裂，生殖无穷。何以吾人而不如物？

圆顿按：以上四段，首言植物营养，不需固体，继言动物营养，亦不需固体。何以人类一定要吃固体的食物？愚意认为习惯使然，实无理由可讲。假使人类专食液体，不食固体，亦未尝不可生存。有许多病人，不能消化固体的食物，日只饮少许流质，他们也能生活。可知辟去固体的食物，对于营养上毫无问题。

原文八：爬虫一类，冬入土穴，深固闭藏，不食外物。至次年春，惊蛰节内，始行出现。动物学家，名曰冬眠。

俄国边地，有墨斯哥，其地人民，秋冬两季，长眠不起，无须饮食。英国所出医药杂志，称此现象为"陆益加"。

普通人类，日则三餐，犹嫌未饱。夜无一饭，并不饮水，清晨睡足，披衣而起，满口津液，腹无饥态。虽无爬虫及俄民之时间耐久，然而现象与其原理，则为同一。此则辟去固体与液，纯食气体，亦足营生。

圆顿按：以上三段，首言爬虫冬眠不食，次言俄民长眠不食，再言普通人类夜眠亦不食，在化声先生之意，以为如此便可将固体与液体二种食物一概辟去，纯用两个鼻孔吸受空气，即足以维持吾人之生命。

虽然原文所举三例，都是睡眠以后，方能不饮食。譬如火车轮船停止行驶，当然用不着大批燃料，等到一朝要开行时，就要增加充量的煤炭。吾人肉体正在睡眠时，五官四肢皆停止活动，完全入于休息状态，譬如火车轮船靠了码头一样，所以此时无须饮食。等到一朝睡醒，要起身作事，要劳心劳力，有劳便有损，非极丰富之滋养料，便不能填补人身上所消耗之物质。仅恃空气，恐不足以应用。质之化声先生以为如何？

原文九：万物之灵，信非虚称。非唯心理高瞻远瞩，即其生态，亦能表现有情全体。例如普通食备三种：其在婴孩，三年哺乳，早辟固体。胎儿时期，若固若液，均非其食。仅营气机，以促发育。盖其脐带连接胎盘，盘上绒毛，细丛如发，入母子宫，亦如树根插入地中。母一呼吸，由此绒毛传达胎盘，通过脐带，以育胎儿。口舌与鼻并无工作，改变生理，适应环境，实生物学家之"金科玉律"。何况回覆本来胎儿大道？世人对于此点绝无研寻，偶闻人言，即笃迷信。寸光鼠目，可笑可怜！

圆顿按：胎儿在母腹中，即是全体浸在胞浆水内，耳目口鼻四肢发肤，都为水所包围。水之外，即是胞衣。胞衣之外，即是子宫。子宫有一层内膜，与胞衣紧贴相连，胞衣上有脐带，接联胎儿肚脐，故胎儿周身之血运循环，全恃脐带之功用，以便与母身息息相通。因此胎儿腹部虽不呼吸，而赤血紫血之变换往来，新陈代谢，无异与伊之母亲共用一个生命。可知胎儿身内所需要之养气，乃由母血中间接的传送而来，非由空气中直接呼吸而得，及至出胎以后，大哭一声，空气自鼻孔而入，肺部遂有呼吸之动作。于是脐带可以剪断，不必再作功用矣。讲究修仙、学道、辟谷、服气之工夫者，请于此段理论，特别注意。

原文十：神仙之术，无他巧妙，开关展窍，斯为第一。及其方法，则在调息。短者使长，粗者使细，若存若亡，分布全身。《庄子》云："缘督以为经。"吾人脉络，任督总持。两脉若通，百脉随行。又云："众人之息以喉，真人之息以踵。"人身各部，唯足后跟，位最低下，息能至此，全身毛孔，开通无余。成体呼吸，更加脐穴，恢复祖气，磅礴太空。如母子宫，食息养育，我似胎儿。回视"段食"，犹如粪土。谁谓辟谷，无可能性？若第二步，体同虚空。第三步者，此虚空体，一举打破，鸟雏脱壳，醢鸡出瓮。至此方知壳与瓮外尚有天地。

圆顿按：开关展窍之法，有旁门，有正道。正道中又有勉强与自然之别。化声先生所言调息法，即自然法中之一种。此法有利无弊，人人可行。"缘督以为经"句，见于《庄子》第三篇《养生主》篇中，下文包丁解牛一段寓言，即是申明此义。虽其本旨亦在养生，然是否有合于神仙家黄河逆流之诀，尚未敢断定。

"真人之息以踵"句，见于《庄子》第六篇《大宗师》篇中。踵即足后跟也。或疑人身呼吸之空气祇可以到肺部。若到下丹田，已觉不易，到两腿可谓"绝无"。若再要到两足踵，岂非梦话。庄子惯作寓言，如何能认为实事？虽然庄子明明说真人之息与众人之息不同。若是众人，其息固仍以喉而不以踵也。再者庄子所谓真人之息，是指内呼吸而言，不是两鼻孔的呼吸。若用鼻孔呼吸，依旧是个凡夫，不足称为真人。

又按："段食"二字，是佛家名词，道家向无此语。普通解释食字的意思，皆指养生之物质从口而入者，方名为食。道家扩而充之，遂指空气自鼻而入者，亦名为食。佛家所谓食者，范围更广，一曰段食，即人类每日所必须之食料也，二曰触食，谓触对于六识顺情之境而资益身心者，三曰思食，谓于顺境而生希望，意思资润，诸根增长者，四曰识食，谓地狱众生及无色界诸天，皆无"段食""触食""思食"等三种，仅以识持体，故名识食。

以上四种，因其皆能持有情身命全不坏断，故名为食。如此理论，是否精确不移，今亦无暇置辩。然其对于食字之本旨，可谓愈说愈远。"地狱"及"无色天"有与没有？尚是一个问题。食与不食，我们更无从证明。

今姑就人类所居之世界加以研究，凡是动植物之长养，必须摄取其本身以外的物质，加入本身之内而组合之。虽有固体液体气体之不同，其为物质则一也。若废去各种物质，专恃外界之感触，或自己之思想，而谓即此遂足以维持其本身之生命，恐无事。此只有禁绝感触，停止思想，专心在食气上做工夫，方能神明而永寿也。

原文十一：道家由生理入手，一段一层，皆有印证。如人饮水，冷暖自知。如此妙法，愿尽形寿，稽首受持。虽然，口口相传，不依文字，老庄《参同》而外，理论太少。加以《道藏》全豹，方内难窥。坊间丹经，不及一年，读书无余。文词结习，真理要求，以是因缘，得窥佛学。

圆顿按：道家虽是由生理入手，但是要用方法改变常人之生理，所以他的目的是超人的，而非平凡的，他的学术是实验的，而非空谈的。此处所谓道家，即是神仙家，与普通之道家有别。

神仙家口诀不肯轻传，又不肯在书上发表。就是因为他是超人的，凡人听了，定要惊骇。又因为他是实验的，你只要依他的法子去做，就可以得到同样的效果。用不着许多理论，尚有其余种种原因，已见拙著《口诀钩玄录》中，兹不赘说。

老庄是道家，《参同契》是神仙家，本截然两事。即专就老庄学说而论，庄子之见解，亦大异于老子。试观《庄子·天下篇》，可以知其概矣。盖老子所讲的是教相，庄子所扬的是宗风。于是同一道家，而有老子之道与庄子之道，譬如同一禅法，而有如来禅与祖师禅也。

老庄的道理虽极其玄妙，老庄的文字虽极其古奥。假使学者，费十余年光阴，专研究这两部书。第一步校其版本之异同，第二步考其训诂之定例，第三步析其名言之类别，第四步会其义理之旨归。如此研究下去，必有豁然贯通这一日。今世学者，对于老庄及周秦诸子，皆未能刻苦用功，动辄拾他人之余唾，评判佛道之优劣，非但不知道，并不知佛，可笑可叹。

《参同契》称为万古丹经之王，历代修炼家对于此书，极其重视。而《参同契》之难解，实百倍于老庄。东汉的文章，流传到现在，约有一千八百年左右，本不易明了，况且满纸都是隐语？就让你费尽心力，把他的文章解释清楚，仍旧丝毫摸不著头脑。因为他所讲的是实事，不是空理。所用的又是许多代名词，其学术直接黄帝之传，更旁通于周易阴阳之说，亦有合于老氏玄牝之机，而与庄子之"齐生死""一彭殇"者，其宗旨极端相反。学者不可不知。

坊间丹经，嫌其太少；而《道藏》全部，复嫌其太杂。太少不足以供研究，太杂亦不便于学人。俭而鲜通，博而寡要，盖两失之也。

唐宋以来，学道的人大半兼学佛。因为他们都是虚怀若谷，并且希望得一个真实的比较，化声先生亦不能例外。

学佛的人则多数不肯兼学道，因为他们看不懂道书，同时在佛门中得著一知半解，遂自满自足，又沾染些宗教的习气，故不敢研究教外的学术。

原文十二：杨仁山先生刻经金陵，曹镜初先生桴应星沙，长江流域，请经甚易。民国建元，三湘维新；谭畏公特开省议，化声承乏会员，此行得经论百余种，阅三四年。月霞法师？讲《华严》于哈同花园，化声与二三同志，买轮东下，至则法会已经解散。遂由有正书局运回经典又百余种。法海无边，鼷鼠得以满腹。

圆顿按：杨仁山居士，当初本是学仙者，因无人传授，虽将坊间所有之道书丹经阅过不少，仍未得其解，后来遂改而学佛。于是赞叹佛门之广大，极力提倡净土宗，并将《阴符》《道德》《冲虚》《南华》等书一概拿佛家的义理去融会贯通，当然不免有牵强处。但大部分尚能折中于至当。其见识比较寻常佛教徒，高低实有霄壤之别。

杨老先生曾对我谈一个故事，他说：北魏昙鸾，初本学佛，后因有病，欲藉长生之术，延其寿命；以便于研究佛学之精蕴，遂从梁之陶弘景处得仙经十卷，拟往名山，依法修炼，行至洛下，遇天竺三藏菩提留支，昙鸾因问佛经中长生不死之法，可有胜过此仙经者？菩提留支曰：是何言耶？佛教中那有长生法？纵得长生，终轮回于三有耳。即以《观无量寿经》与昙鸾曰："此是大仙方！"鸾拜而受之，遂焚仙经，专修净业。

我当时对杨老先生言。昙鸾这个人，有四大错误：第一错处：把仙道看得太低，他心中认为神仙家只晓得长生，凡长生以外的道理，仍旧要在佛法中探讨。他所以要学长生者，就是恐怕自己的寿命太短促，一朝大限临头，不能满足他学佛法之志愿，故要兼学长生，他对于神仙家并无真确之见地。其实佛家所具的理论，中国《易经》并《老》《庄》书上早就说过，惟名词不同而已。昙鸾何尝领会到此？

第二错处：不应该问及菩提留支。因为长生不死之法，是中国神仙家所发明的，印度佛教徒如何能懂得？假使佛教中果有长生之法，释迦牟尼何以只能活到八十岁左右？他们的始祖尚且不懂得这个法子，何况后来的一般佛教徒？其程度去释迦牟尼盖远之又远，岂非是"问道于盲"么？

第三错处：弃实求虚，心无主宰。长生是实，有目共睹；往生是虚，拿不出凭据。昙鸾忽而要学长生，忽而又学往生；忽而要受仙经，忽而又焚仙经。在迷信家看来，必定说他勇于改过，从善如流，一遇菩提留支，便尔大彻大悟。在我看来，可以说他本人毫无定力，完全随他人之意思为转移，所谓近朱者赤，近墨者黑是也。

今试问当日昙鸾既称有病，不能继续研究佛经，料想其病，必非轻微。是否须延医服药？若一方面延医服药？求病之速愈，一方面又鄙视长生，岂非自相矛盾乎？若谓当日身体虽有病，并未医治，乃是听其自然，那么就应该老早就往生西方去了，如何尚能延长到六十七岁乎？若谓世间有一种病，本非死症，尽可带病延年，用不着医治，则是手边原有却病之方，免死之术，只因菩提留支一语，遂弃之如遗，而对此衰朽多病之躯，偏又舍不得抛弃，既不屑从事长生之术，为什么尚要带病延年？其将何以自解乎？

若谓昙鸾所以不学长生，因为怕堕入轮回，昙鸾所以带病延年，因为要精修净业，我们姑且不论长生是否必定堕入轮回，以及净业是否必定免除轮回？这些都是空谈，无从取证。就算是净业成熟，即可以免除轮回，设若不幸，莲胎尚未结于西方，肉体早已埋于秽土，岂非又堕入轮回乎？

若谓临终一念，即可往生，不必费许多岁月，则昙鸾初见菩提留支之日，信愿真切，当无以复加，何不立刻往生极乐，尚要迟至六十七岁方能脱离此肉体乎？

若谓肉体生死，本有定数，不能自由作主，只要灵魂能毅往生净土，即算达到目的，不必计较肉体寿命之长短，则是把肉体与灵魂分作两截，心之外有物，物之外有心，理论亦欠圆满。

第四错处：擅焚仙经，行为乖谬，甚于秦始皇。当日始皇虽说是尽收天下书而焚之，然对于医药种植之书，尚要保留。因为这二种书关系吾人之生命甚重。昙鸾从陶弘景学长生术，所得十卷仙经，姑不论其依法修炼真能长生与否，起码的效验，也可以达到却病延年之地步。此书之价值，至少也与秦始皇所保留的医药书相等，或者竟驾于其上。昙鸾自己不看，何不送把别人看。

现在普通的善书，封面常有"自己不看，转送他人"字样，仙经纵不好，比较善书还高一级。若说所得的仙经方法难免误人，故尔焚之，请问昙鸾得书到手，尚未依法试验，如何能判其方法之优劣？若说凡是延长寿命的书籍，都是不好，毋须分别优劣，则世间所有的医药书籍，以及药店中所售的草药，农家所种的五谷，都与延长寿命有关，昙鸾何不悉举而焚之乎？

杨老先生听我滔滔一顿辩论，默不作声。半晌方曰：仙佛各有独到处，是非本不易说。学者亦各有因缘，难以勉强，只好各行其志而已。余曰："先生此言甚善。"遂兴辞告别。

今日思之，杨老先生之度量，确与其他佛教徒不同。虽然受着我许多噜嗦，仍是平心静气。若换个别人，恐怕就要"怒发冲冠""面红耳赤"了。杨老先生的宗旨，虽与我极端相反，但是对于他人格上，亦有相当的敬仰。

原文十三：由家庭教育而科学，由科学而神仙，由神仙而佛学，似乎舍此取彼，有甚么历史进化观？然而化声生平治学，最不同情于入主出奴门户见深之辈，忽儒忽佛，忽科学，忽神仙，似乎东扯西拉，调和三教之流。然而化声自问，其前后思想，实有一贯之处。诸君之闲，请谈一二。

"朝闻道，夕死可矣"，孔子何尝不了达生死？"夫子之文章可得而闻也，夫子之言性与天道，不可得而闻也。"性与天道，讳莫如深，仅以诗书六艺之文，传之其人，乃教育家为学生之程度支配，无可如何，然而已足应用，佛道两家，每以为儒门淡薄，姑置不论。最讨厌是卖洋货的，尝欲打倒"孔家店"，要中国人尽吃面包，而抛弃白米饭，要中国人尽著木屐，而抛弃大布鞋。未卜是何心理？

圆顿按：孔子不但能了达生死，孔子并且能预知死期，观"泰山其颓"之歌，可以想见孔圣人悲悯之怀，溢于言表。唉！有什么用处呢？度世有心，回天无术，天命既已告终，虽大圣人亦无法挽回。于是七十三岁的孔老夫子，遂与世长辞了。

不论古今什么大宗教家，大哲学家，大豪杰，大圣贤，到了结果，也是同愚夫愚妇一样，埋在土里拉倒。总没有法子能彀对付他们的肉体，就让你心性工夫，登峰造极，亦不过预知死期，坐脱立亡之类，总没有法子能彀打破生灭之定律，总没有法子能彀使肉体长存。于是乎把肉体与精神分作两橛，遂高唱肉体虽毁精神不灭之论调。肉体是虚幻的，精神是真实的；肉体是秽浊的，精神是洁净的；肉体是罪恶的，精神是善良的。这些理论：若认为一时之权巧方便，聊以解嘲则可！若认为宇宙间之真理，就是如此，则未免为古人所误。

儒门淡薄之语，是张方平对王安石说的。王安石云："孔子去世百余年而有孟子，其后绝而无人。"张方平："岂无人耶？亦有过于孔孟者矣。儒门淡薄，收拾不住，皆归于释氏矣。"

若以我个人历程而论，初以儒门狭隘，收拾不住，则入于老庄；复以老庄玄虚，收拾不住，则入于释氏；更以释氏夸诞，收拾不住，遂入于神仙。吾将以此为归宿矣！

又按：张方平所谓胜过孔孟之人，盖指马祖道一，汾阳无业，雪峰义存岩头全豁，丹霞天然，云门文偃诸禅师与言。这几位古德，在佛教禅宗一宗自有相当的声望；但不足以代表中国全部的佛教。如何能与代表全民族的孔孟相比拟？何况硬要说他们过于孔孟，未免言大而夸？当时王安石张商英辈，皆为斯言所折服，可谓浅识。

原文十四：飞机不坐，而乘肩舆；电话不用，强作手势。化声无似，何至乃尔！高深科学，虽不能望其项背，即其研究神仙术所应用之物理学，化学，动物学、植物学、生理学、发生学、生态学、胎生学、解剖学等等，试问是否普通科学？对于讨论佛学，尤有两条定律：一以科学证明佛学，二以佛学净化科学。

圆顿按：将科学与佛学沟通，固是一种美谈；但于科学本身，未必有何等利益。因为每个科学都有其独立的资格，决不倚赖佛学而增高其声价。至于佛学虽可用科学证明，亦只限于极少数的部分，而佛学中大部分，仍旧不能与科学发生关系。譬如佛经中最喜讲前世与来世之事，又喜言天堂与地狱之现象，又喜言四方极乐世界之庄严。这类的话，在佛书上赛过家常便饭，毫不希奇。若要拿科学去证明，使大众共见，真可谓难之又难。

神仙之术，首贵长生。惟讲现实，极与科学相接近。有科学思想科学知识之人，学仙最易入门。若普通之宗教家，以及哲学家，皆不足以学神仙。因为宗教家不离迷信，哲学家专务空谈，对于肉体之生老病死各问题，无法可以解决，亦只好弃而不管，就算是他们高明的手段。

原文十五：佛道两家之教主，无非应化神圣，凡外何能测其高深？即其门庭设施之粗迹，化声亦不愿多谈。就一时所认识的而言，仙学简而要，佛学博而精。仙学以生理变化心理，佛学以心理改革生理；仙学以色身冥通法界，佛学以法界融化色心；仙学在打破虚空，佛学在显现真如；仙学在白日飞升，佛学在超出三界；仙学应用真一之炁，是唯生的；佛学建立阿赖耶识，是唯心的。

圆顿按：化声先生此论甚公平，毫无偏袒。可谓一语破的，片言扼要。当代一般宗教家哲学家能认识到此者，诚不易多得。但余对于化声先生之论，尚有补充，今条举于后：

一、仙学简而要：乃化声先生已经入门之语。若彼门外汉涉猎道书者，亦正如《文献通考》上所说："道家之术，杂而多端"何尝认为简要乎？

二、仙学以生理变化心理：浅而言之，如吃麻醉药者，则知觉全无；吃安眠药者，则昏迷不醒。此西药之效也。吃黄连龙胆草，则怒气立平，吃人参枸杞子，则精神愉快。此中药之效也。肉体感受痛苦，则意志不宁；四大时刻调和，则心神安定。斯皆生理变化心理之实据。

三、仙学以色身冥通法界：依真理而论，法界与色身，本无分别，法界即在色身之中，色身亦不出法界之外。既不可以大小论，又不可以精粗论。勉强设一譬喻，就如拿木桶装一桶水，放在大海里，桶中之水，与海中之水，其水之性质，虽是相同，而水之能力，则彼此大异。海水有无量无边之作用，而桶水则丝毫不起作用。何以故？为桶所限耳。将桶打破，则桶中之水即等于海中之水矣。桶水譬如色身，海水譬如法界。木桶譬如障碍物，但不可误会色身是障碍，而起厌恶色身之见解。须知打破障碍之后，色身即是法界，离色身而觅法界，即与真理不合。

四、仙学在打破虚空：打破虚空，或又曰粉碎虚空，皆是后来道书中的词句。古代仙经，不见有此。因为古仙大半是从外丹入手，完全是物质方面事，对于虚空，不起交涉，对于肉体，亦无所作为。后代修炼家，畏外丹之繁难，喜内炼之简易，改由肉体之精气神下手，遂有"炼精化气""炼气化神""炼神还虚"之说。后又以为不足，再加上"炼虚合道"一层，于是乎丹道与虚空遂发生关系。莹蟾子《炼虚歌》云："为仙为佛与为儒，三教单传一个虚；亘古亘今超越者，悉由虚里做工夫。学仙虚静为丹旨，学佛潜虚禅已矣。扣予学圣事如何？虚中无我明天理。道体虚空妙莫穷，乾坤虚运气圆融。阴阳造化虚推荡，人若潜虚尽变通"。和阳子《虚中歌》云："我身自向虚中来，我身应向虚中去；来来去去在虚中，可于虚中种业树。"以上皆主张以虚空为归宿者。其他赞美虚空之论调甚多，未及详述。至于人名用虚字者，如张虚靖、陈虚白、伍冲虚、陆潜虚、李涵虚之类，数不胜数。同时复觉执著虚空，亦非玄妙，遂用"打破虚空""粉碎虚空"之说，以调剂之。既不著相，亦不著空，伊等自以为理论圆融。据我个人的参证，这些都是虚伪空谈，毫无实际。盈天地间，充满了物质，何尝有一处是虚空的？不过因为人类的眼睛看不见许多微细的物质，假名之为虚空耳。冰一变为水，水再变为气，气再散则为虚空。虽名为虚空，而实非虚空。因为冰水之质体仍在也，若认为真是虚空无物，岂非大错？

五、仙学在白日飞升：白日飞升这个术语，由来已久。不必说知识阶级普遍传闻，就是那些村夫野老市侩流氓，虽学问全无，而对于白日飞升之说，总能领会其意，决不至于误解。当然不是从书本上得来的知识，必是古代神仙有此等事实表现，众目共睹，方能流传于民间如是久远耳。《魏书·释老志》，已经有"白日升天"及"长生住世"之说。可知古代神仙家是以此二者为目的。若不达到此种目的，则不足以言成就。后世一般学道人士，畏难苟安，不求深造。上等的成就，不过坐脱立亡；中等的成就，不过预言死期；下等的成就，不过无疾而终。能出阳神者，就算是"凤毛鳞角"，"白日飞升"四个字，简直可以不必谈了。

或问：阳神出现与白日飞升，究竟有什么分别？答曰：古人所谓"白日飞升"者，就是连自己的肉体跳出这个地球之外。"神形俱妙"，后人所谓出阳神者，因为没有法子摆布这个肉体，只好把自己肉体当作房屋看待，把自己灵魂当作房屋中的主人翁看待。灵魂暂时住在肉体之中，用工夫修炼，一朝瓜熟蒂落，则灵魂可以独立自由行动，与肉体脱离关系。灵魂轻清，飘然飞出此地球之外；肉体重浊，块然抛弃于山谷之间。此即出阳神之说，在仙道中也算是大成。但可惜神虽妙而形不妙，比较古仙，则有愧色矣。

六、仙学应用真一之炁是唯生的：遍虚空界，都是物质。物质精微，到了极处，本不可用言语形容，我们随便替他取个名字，皆无不可。横竖只有这件东西，把世界人类所造的千千万万抽象的名词；加到这一件东西上面，他都不会拒绝。"真一之炁"，不过是千万名词中间之一个名词，是假造的，不是固定的。所以老子说："有物混成，先天地生。吾不知其名，强名之曰道。""道"尚且是强名，其余的名字，就可想而知。说对都对，说不对都不对。所以我们今日修仙学道，要从方法上研究，从事实上认识，不要被那些玄言弄糊涂了。

历代以来，学佛的人们，都被名词所误。尤其唯识宗，花头经格外来得多。以毕生数十年最短之光明，钻在这许多名词中间，永无出头的日子。到了结果，佛仍旧是佛。我仍旧是我。倒不如，老老实实念几句阿弥陀，尚有往生极乐的希望。

可是话又说回来了，我们若要做工夫，是名词越少越好。我们若要做文章，是名词越多越好。果能"若网在纲，有条不紊"，名词虽多，亦无妨碍。

"是唯生的"这四个字批评，甚为切当。设若世上有人不赞成仙家唯生的宗旨，我敢说这个人必定是唯死的。盖生之反面就是死，不能生，唯有死耳。

原文十六：佛学全系，本有五乘。称量而谈，常在菩萨。焦芽败种尚骂声闻，何况卑劣乃在人天？所以五戒十善，四禅四定，具体而微，似宜以人乘摄受儒术，天乘摄受道家。科学居人天之间，以超人而享天福，门户打破，广收机缘，世界有情，同登彼岸。

圆顿按：此条我不敢赞同，今且略释名词，然后再发议论。

五乘之义，各种佛书上所判，颇有异同。今据天台宗说：一人乘，二天乘，三声闻缘觉乘，四菩萨乘，五佛乘。

焦芽败种，乃大乘菩萨骂二乘之语，谓其如焦芽败种，不能发无上道心也。人天卑劣：即轻视人天之意。乃佛教中一种夸大之习惯，实不足为训。做人的道理，尚未曾明白，做人的品格，尚未曾具足，他们就要看不起"人"。升天的路径，尚未曾认识，升天的力量，丝毫都没有，他们就要看不起"天"，幼稚得可笑又可怜，无论做人或学道学佛，皆须有实在的力量，不是徒唱高调就算完事。

一般看不起"人"看不起"天"的朋友，遇到天灾人祸交迫而来，他们想逃避，又逃避不了，想抵抗，又抵抗不住，性命交关之时候，急得无可奈何，大家就念阿弥陀佛，束手待毙、幸而全中国像这一类的人，或不满百分之一。若个个都如此样，请问世界上尚有中华民族生存之余地么？

五戒是不杀、不盗、不邪淫、不妄语、不饮酒。十善是不杀、不盗、不邪淫、不妄语、不两舌、不恶口、不绮语、不贪欲、不瞋恚、不邪见。

四禅四定：谓用四禅定工夫，即可生于色界四禅天也。初禅三天，二禅三天，三禅三天，四禅九天。是为色界十八天。

佛家教义，谓人类若能守十善戒，再能修四禅定。则死后必生于四禅天。

老子是道家代表，研究道家学说，先要看老子《道德经》，《道德经》说到天字甚多。试列举如后：

一、无名天地之始。

二、天地不仁，以万物为刍狗。

三、天地之间，其犹橐籥乎。

四、玄牝之门，是谓天地根。

五、天长地久，天地所以能长久者，以其不自生，故能长生。

六、飘风不终朝，骤雨不终日，孰为此者？天地。天地尚不能久，而况于人乎！

七、有物混成，先天地生。

八、天地相合，以降甘露。

九、天得一以清，地得一以宁。

十、道大、天大、地大、王亦大。

十一、人法地，地法天，天法道，道法自然。

十二、不窥牖，见天道。

十三、王乃天，天乃道。

十四、治人事天，莫若啬。

十五、是谓用人之力，是谓配天，古之极。

十六、天之所恶，孰知其故？

十七、天之道，不争而善胜，不言而善应，不召而自来，繟然而善谋。天网恢恢，疏而不失。

十八、天之道，损有余而补不足；人之道，则不然，损不足以奉有余。

十九、天道无亲，常与善人。

二十、天之道，利而不害；圣人之道，为而不争。

以上所列举者，约二十条。其中天与地并言者，约有九条。皆是指自然界的现象，乃吾人肉体所可见者。天是虚空，而地是实体；天无范围，而地有界限。除地球及日月星而外，皆名为天。其他各条，皆指循环之定律，善恶之感应，盈亏之公理而言。儒家所谓天人相与之际也。盖道家与儒家，同是以人为本位。言天者必兼言人，离人而谈天，贤者不为也。

佛家所谓天者，如欲界六天，色界十八天，有方所，有国土，有人民，有宫殿，有饮食，有衣服，虽名为天，仍是像我们所居的地球一样。实在是地，而不是天。自从前代梵文翻译家、将华文天字用到佛书上去。于是儒道两家之天，与释家之天，遂纠缠不清。佛教徒原来看不起印度的天，因此连带着看不起中国的天。他们不知中国人思想所造成的中国天，与印度人思想所造成的印度天，名词虽然一样，义理却迥不相同。

化声先生研究老庄之学有年，当然能认识这个不同之点。如何可以把道家摄到佛教天乘中去，恐怕是言不由衷吧？若当真如此，岂非令老子悲啼弥勒笑么？至于把儒术摄入佛教人乘的话，只要他们孔教徒甘心愿意，我也犯不着多管闲事了。

原文十七：近来学术，光怪陆离，大放异彩，实足自豪。科学条兴，横绝宇宙，儒术精深，远过汉宋。尤其佛化，突飞猛进，方兴未艾。唯有道家，噤若寒蝉，黄老有灵，同声一哭。

某书馆者，编一文库，古今中外，搜罗殆遍，于道家言，有两三部。以其量论，二三十页。若论其质，牛头马嘴，真个不对。此类鸿宝，请抄书手，一二十人，略加指示，一月之内，可成百册。奈何嗜痂，成此癖性，牛溲马勃，鼻息岛国，梨枣何辜，受此奇辱。毁我黄钟，夸人瓦缶，国际文化，体面何存，中华道术，自有师承；内圣外王，实无多谈。化声再来，或者在此；然须条件，且待五年。（中华民国廿三年甲戌仲夏武昌佛学院世界图书馆化声自述。）

圆顿按：儒道两家，同出一源，本无异议；佛教虽是外来的，但已经被中国人改造过了，比较印度原始佛教，大有分别，未尝不可以说是中国自己发明的，仅仅借重"释加牟尼"一块招牌而已。三教各有所长，谁也不能把谁打倒，久已成为鼎足之势。

道家宗旨，向来是抱定"利而不害，为而不争"，决没有打倒别教的意思。我敢说别教要想把道教打倒，亦是徒劳而无功。所忧者，道教中人材太少，难以维持，慢慢的烟销火灭，不打而自倒。若没有整个的学术，作为骨干，没有超拔的天材，继承绝学，仅仅靠几处乩坛，在那里制造迷信，几处道观，在那里拜忏念经，又何济于事？现在全国中真心实力替道教摇旗呐喊的，就只有我一个人。化声先生，你想可怜不可怜。

某书馆本是营业性质，只求出版物能觳卖钱，就算达到目的。书之好坏，何必过问？况且国人素有崇拜洋货之劣习，岂敢批评他的错误？日本是个佛教国，做道教的书，当然做不好，这也难怪，独惜吾国人之盲从耳。我劝化声先生不必待到五年之后，现在就可以动笔，否则那班似是而非的道教书籍，越弄越多，道教名誉将"一败涂地"，更不可收拾矣。

读洪太庵先生五大健康修炼法

历年以来，许多学仙之士，或通函，或面询，最不容易解决者，有一个问题。即是初学入门应当看何书是也。余常被此问题所困，竟无法可以回答。盖丹经道籍虽多，而接引初学之书实在难得。今既有洪君此作，庶几足以供给一般之需要矣。

本书第一篇长筋术，据作者所举之功效如下：固肾，节欲，抗寒，安眠，通鼻，健足，舒筋，愈风寒头痛，治睡梦遗精，治糖尿脚气，预防中风，永免气血不调所生诸病。固有充分之理由。而余最赞成者，则以此术能预防男子走丹，（医家名为梦遗）并女子回龙。（或名为漏经，即是用工夫将月经炼断之后，或数月，或年余，又复行经。因其去而复来，故曰回龙。）兼能治女子白带症。盖长筋术运动，全身最得力之部分，在腰椎、命门、卵巢、子宫、督脉、带脉、及男女生殖器等处故耳。学者果能将此术与静坐法相辅而行，必有不可思议之神效。

长筋术虽起源于"十二段锦"中之低头扳足一式，然普通国术炼工夫，亦有此种动作。其应用甚广。盖不仅为修养而设。当年上海某君以此术教人，目的仍注重在武功。某君对于国术颇有研究，而仙道则未得门径。一方面想长寿，一方面讲采战，造以自促其生也。近来有人炼易筋经工夫，欲从事于炉鼎者，恐不免又蹈某君之覆辙，结果可以预料。

长筋术动作方法：原书分列十条。但依愚见而论，宜再补充几条。其动作更为周密，其功效更为显著。质之洪先生高见以为何如？

第五条后补一条：两手握拳，曲肘，两肘尖角尽量向后方伸出，两拳从两耳旁直上头顶，将拳放开，手掌朝天，然后接行第六条俯首曲腰式。

第六条后补一条：正在俯首曲腰，伸手摸指之动作时。下部肛门海底前阴等部肌肉，要同时紧缩，如忍大小便之状。

第七条后补一条：一度动作已毕，周身筋肉，须全部放松，休息几秒钟。不可一度刚刚做完，马上就接二连三的，前俯后仰的，做个不休。学此术者，当知宜慢不宜快。宜每度之动作，皆合乎规范。不宜贪度数之多，而草草了事。

其他如原理，方法，姿势、图样、效果、禁忌等等，俱见原书，兹不赘述。

再者，凡人做长筋术工夫，若觉腰脊等处，有痠痛者，此乃暗疾，伏藏之处。切勿畏怯停功。宜稍为忍耐，照常做去，日久其病若失。

（长筋术，治梦遗滑精，有奇效。实验证明者。中和子，上海曹昌祺。）

口诀钩玄录（读者须知）

第一章　学说之根据

　　本集内容，概依清朝光绪时代江西丰城黄元吉先生所撰《道德经讲义》并《乐育堂语录》二书为根据，不搀杂别家学说，以免混淆。此二书虽曾经好道之士捐赀刊印，惜流传不广，甚难购置。至于坊通行之道书，名目虽多，然言理者不言诀，言诀者不言理。学者观之，或感觉空泛无入手处。或执著死法而不知变化，以致皓首无成。故黄先生昔日教人，理与诀并重。学者先明其理，而后知其诀乃无上妙诀，与旁门小术不同。既知其诀，更能悟其理乃一贯真理，与空谈泛论不同，余所以亟为介绍于今世好道之士。

第二章　书名之意义

　　此书原拟名黄元吉先生学说钩玄录，因嫌其太长，故省去五字。又因学说二字不足以包括此书之优点，且易于今人误会为虚浮之言论，非实行之方法，所以改名为口诀。要使人明白此书中有历代圣哲口口相传之秘诀。学者果能按其所说，见诸实行，则了道成真，自信当有几分把握。从此以后，不必累月经年，搜神语怪，乃知正道本属平淡无奇；不必千山万水，访友寻师，乃知真诀即在人生日用。岂非一大幸事乎？

　　昔贤读书治学，都有一种研究的功夫。唐《韩昌黎先生文集》有云：记事者必提其要，纂言者必钩其玄。今按提要就是挈其纲领，钩玄就是取其精华。余细察黄元吉先生所传讲义语录二书，皆当时黄先生口授，而门弟子笔录。其初意本不要著书传世，故其书无次序先后，无纲领条目，东鳞西爪，不易贯串。而且文笔亦不整齐，烦冗琐屑处甚多。虽有最上乘修炼口诀包含在内，但初学观之，亦难领会。今为学者便利计，故提要钩玄之法不能不用。况本书全部精华，就在玄关一窍。二书论玄窍之文字，皆散见于各处，而不成系统。今为之聚其类别，比其条文，删其繁芜，醒其眉目，当较原书为易于入门矣。学者果能将玄窍之理论，一一贯通，玄窍之工夫，般般实验，何患不能籍天地于壶中，运阴阳于掌上？功成证果，可与三清元始并驾齐肩，岂区区玉液金液长生尸解之说所能尽其量哉？此钩玄录所由作也。

第三章　应具之常识

第一节　道家与道教之异同

　　提及儒释道三教，凡是中国读书人都能领会。在昔明清之际，曾有倡为三教一家之说者。盖以道的本体而论，三教原无分别。若依事实而论，则不可混为一谈。中国自轩辕黄帝而后，经过许多朝代，直到周朝李老子，皆属于道家一派。其学说是有系统的。用于外，可以治国齐家；用于内，可以修身养性。古时读书人，皆能运用此学说以处世。在位则帝王将相不以为荣，在野则陋巷布衣不以为辱，所谓达则兼善天下，穷则独善其身，无往而不自在，无时而不安乐。这个就叫做道学。汉时的张良，三国时的孔明，亦是此道中人物。

至于寇谦之之科诫符箓，张天师之正一派五雷法，邱长春之全真派经忏斋醮祈祷等类，这些都叫做道教。虽各派之中，也有修养的方法，但其宗旨与作用，比较古代的道家，完全不同。学者须要认识清楚，不可张冠李戴。

第二节　道家与儒家之异同

儒家学说，出于孔子。孔子以前，止有道家而无儒家。孔子当时曾受教于老聃，又自称述而不作，信而好古，可知儒家亦发源于道家。至于儒道二家学说异同，前人议论，甚为详尽，今日不必赘言。读者须知：儒家缺点，就是把人事看得太重，毕世讲究做人的方法，没有了期。设若一旦我们感觉人生若梦，人寿短促，人之能力薄弱，人之范围窄狭，生不愿意做人，死不愿意做鬼。既不欲为肉体所拘，又不甘偕肉体同归于尽。是必求超人之学术，然后才能达到我们之目的。此等超人学术求之儒家，颇不易得，当年孔子赞《易》，亦深悉此中玄妙。但是他对于门弟子不肯显言，除颜曾而外，得传者甚少。因此后来儒家仅知世间法，而不知出世法。止有山林隐逸之士，如陈希夷邵康节辈，尚私相授受耳，黄元吉先生所传之道，就是此一派。

第三节　道家与佛家之异同

道家是中国古来所独有的，佛教是汉朝由印度传到中国来的。在历史上根本就不相同。魏晋六期时代，士大夫崇尚清谈，翻释佛书者，不觉将老庄一部份之玄义，混融于佛教经典之内。故佛说与道家言偶有可以相通处，唐时佛学家，当以八卦之理，解释佛教《华严经》，因此可知道通于佛。

近代学者，又以内典之理，解释《庄子·齐物论》，因此可知佛即是道。愚见认为佛家与道家，在理论源头上，本无不同；其所以不同者，乃在下手修炼的方法。道家工夫，初下手时，与肉体有密切之关系；佛家工夫，专讲明心见性，不注意肉体上之变化，遂令人无从捉摸。

印度本有小乘坐禅法，亦颇注意身内之景象，并不限定日期，证某种果位，获某种神通。无奈中国佛教徒专喜空谈，不肯拼苦用功实行修炼，故大乘之说最为投机，而小乘工夫无人过问矣。

第四节　道家与神仙家之异同

出家人光头无发者，名为和尚，头上蓄发挽髻者，名为道士。凡有眼者，皆能分别。若一问及彼等修行方法其不同之处何在？非但普通人不能回答，即彼和尚道士自己，亦莫明其妙。吾尝见和尚庵中供吕祖像，道士观中供如来像，又尝见某老僧精神矍铄，问其坐功，乃邱祖小周天口诀。某老道化缘，口中声声念的乃是无量佛。出家人尚且如此，何怪一般在家人认识不清？遇见吃斋诵经拜偶像者，不管他是佛是道，是出家，是居俗，总而言之，送他一个修行人的雅号。至于修些什么，行些什么，现在的效验如何？将来的成就如何？都不愿去研究。

当今之世，论及佛道之异同，已属多事。若再提起学道与学仙之分别，更觉曲高和寡，知音者稀。虽然吾人求学，当以真理为依归，不可随世俗相浮沉。况且此等学问，本是对上智之人说法，不是拿来普渡一般庸愚之士？因为此事非普通人所能胜任，试观历史传记，每一个时代，数百年间，修行人何止千万？结果仅有少数人成就，可以想见此事之困苦艰难，谈何容易。读者诸君若有大志者，不妨先下一番研究工夫。把这条路认识清楚，然后再讲实行的方法，幸勿河汉斯言。

古时道家与神仙家，本截然两事。在《汉书》中，道家列为九流之一，神仙列为方技之一。何谓九流？曰道家、曰儒家、曰阴阳家、曰法家、曰名家、曰墨家、曰纵横家、曰杂家、曰农家，共为九家。后世俗语，有谓九流三教者。三教人人皆知，九流则知者甚少，其实即发源于此。何谓方技？曰医经、曰经方、曰房中、曰神仙，共分四种。考其类别之意，九流大都关于治术，方技则偏重于养生。治术是对人的，养生是为己的。其宗旨自不同也。

老子为道家之祖。凡讲道无有过于老子者。一部《道德经》中，有讲天道的，有讲人道的，有讲王道的，皆是杂记古圣哲之精义微言，并非专指某事某物而作此说。至其最上一层，乃是讲道之本体。其言曰：“有物混成，先天地生。寂兮寥兮，独立而不改，周行而不殆，可以为天下母。吾不知其名，字之曰道。”其意盖谓道是宇宙万物之根源，无名无形，绝对不二，圆满普遍，万古常存。所谓修道者，就是修这个道，读者须要认识清楚。

今再论仙字的解释。仙字又可以写作僊，《字书》谓人年老而不死者曰仙。仙者迁也，谓迁入山中也。古代传记，凡记载神仙历史者，其末后一句，大半是入山不知所终，决不似普通人老死于牖下。至于学道者则不然，《论语》曰：“朝闻道，夕死可矣。”《中庸》曰：“道也者，不可须臾离也，可离非道也。”又曰：“君子之道，造端乎夫妇。及其至也，察乎天地。”《易经》曰：“一阴一阳之谓道。”据此可知学道不必定要长生不死，止求能闻道悟道证道，虽死无妨，不必一定要入山苦炼。虽伦常日用之间，何处非道之所在，所患者人不能参透阴阳之消息耳。故凡种种奇怪骇俗之事，皆学仙者所必有，而为学道者所厌闻。其不同如此。

再者：学道与学仙，前人意见，常有冲突处。唐白居易诗云：“皇皇道祖五千言，不言药，不言仙，不言白日升青天。”此盖据老子之说以谤仙也。又抱朴子云：“五千言虽出老子，然皆泛论较略耳。其中了不肯首尾全举其事。至于文子庄子关令尹喜之徒，虽祖述黄老，但永无至言。或复以存活为徭役，以殂殁为休息，其去神仙已千亿里矣，岂足耽玩哉？”此又据神仙之说，以谤道也。

历代以来，如此类者，数不胜数，皆是己而非人，党同而伐异，其实皆搔不著痒处，亦犹之乎佛教中性宗与相宗对立，净土与参禅互诋，徒费唇舌而已。至于后世之性相融通，禅净双修等法门。若可以调和于二者之间矣。然不免骑墙之诮。道之与仙，亦犹是也。

人生斯世，资质本至不齐，境遇又不一律。能学佛者，未必能学道，能学道者，未必能学仙。此言其人之才力有胜任与不胜任之分。凡好学佛者，未必好道；好道者，未必好仙。此言其人之性情有相近与不相近之别，既不能舍己以从人，又何能强人以就我？只要大体无差，不妨各行其是，毋庸彼此互相攻击，徒见其器量之小耳。

第四章　口诀之来源

上古时代，没有纸笔墨砚。若想做几部书，流传于世，供大家阅看，是一件最困难的事。故凡有玄微的理论，切实的工夫，以及普通处世的格言，都是师以口讲，弟以耳听。犹恐语句太多，不能记忆，遂将其中最关紧要者，摘出几句，编成简括有韵的文章，便于使人背诵不忘，临时即可应用。其例如后：

《曲礼》曰："坐如尸，立如齐，礼从宜，事从俗，将上堂，身必扬。将入户，视必下。游毋倨，立毋跛，坐毋箕，寝毋伏，傲不可长，欲不可纵，志不可满，乐不可极。"以上皆言做人的道理。

《书经》曰："人心惟危，道心惟微；惟精惟一，允执厥中。"此十六个字，将修养的道理，已包括尽了。

《易经·系辞》曰："天地絪缊，万物化醇；男女媾精，万物化生。"后世丹经所言阴阳的道理，不能外此。

《老子道德经》曰："惚兮恍兮，其中有象；恍兮惚兮，其中有物。杳兮冥兮，其中有精。其精甚真，其中有信。"此即后世丹经所谓先天一炁之说。

《庄子·在宥篇》引广成子教黄帝之言曰："至道之精，窈窈冥冥；至道之极，昏昏默默。无视无听，抱神以静，形将自正，必静必清。无劳汝形，无摇汝精，乃可以长生。目无所见，耳无所闻，心无所知，汝神将守形，形乃长生。慎汝内，闭汝外，多知为败。我为汝遂于大明之上矣，至彼至阳之原也。为汝入于窈冥之门矣，至彼至阴之原也。天地有官，阴阳有藏，慎守汝身，物将自壮。我守其一，以处其和。故我修身千二百岁矣，吾形未尝衰。"

圆顿按：这段文章，把长生不死的道理，和盘托出，玄妙无伦。凡后世丹经所言，炼己筑基，周天火候之说，无不在此。黄帝为道家之祖，而广成子又是黄帝之师，其言如此显露，如此切实。奈何后世学道者，不于此寻一个出路，反去东摸西撞，七扯八拉，直所谓盲人骑瞎马，愈来愈错，越弄越糟。

《列子·天瑞篇》，引《黄帝书》曰："谷神不死，是谓玄牝；玄牝之门，是谓天地之根。绵绵若存，用之不勤。"这六句古语，本在《道德经》内，读者必认为老子自己做的。今观《列子》所引，明明说是黄帝之书，可见此语乃自黄帝以来历代相传的口诀，不是老子自造的。传到于今，已经过四千六百余年矣。

以上数条，略见一斑。诸如此类，皆可名为口诀。秦汉以前的古书，常有此种口诀，隐藏在里面。后人往往忽略过去，钩玄录非考古之文章，亦不必详征博引，仅使学者心知其意而已。

第一节　传口诀之慎重

道书丹经，所习用的口诀二字，其初盖出于《参同契》书中。其言曰："三五与一，天地至精，可以口诀，难以书传。"据此可知魏伯阳真人之意，就是不愿把口诀写在书上，所以满纸都是引证。读《参同契》者，莫想在书中寻出一个法子来。他自己已经说过。其言曰："窃为贤者谈，曷敢轻为书。若遂结舌喑，绝道获罪诛；写情著竹帛，又恐泄天符。犹豫增叹息，俯仰缀斯愚。陶冶有法度，安能悉陈敷？"照他的意思看起来，若完全写出，则恐泄天符；若闭口不谈，又恐绝道脉。弄得他说也不好，不说也不好，真是进退两难。到了结果，下两句断语；就是"天道无适莫兮，常传于贤者。"呜呼！魏祖之用心，亦良苦矣。

《参同契》既如此隐秘，试再求之于《黄庭经》。看其如何？《黄庭经》之言曰："授者曰师受者盟，云锦凤罗金纽缠；以代割发肌肤全，携手登山歃液丹，金书玉景乃可宣。"据此可知黄庭一派传授，亦极端慎重，口诀亦不易得闻。

《参同》《黄庭》，皆如此其隐秘矣。试再求了于《抱朴子》，一则曰："不得名师口诀，不可轻作。"(《黄白篇》第十六)再则曰："此法乃真人口口相传，本不书也。"(《释滞篇》第八)三则曰："至要之言，又多不书，登坛歃血，乃传口诀。苟非其人，虽裂地连城，金璧满堂，不妄以示之。"(《明本篇》第十一)诸如此类，不可胜数。考《抱朴子·内篇》，本专讲神仙之术者，其重视口诀也，较之《参同》《黄庭》，若出一辙。

以上三种古籍，如《参同契》，如《黄庭经》，如《抱朴子》，皆仙道门中最有价值之书。其作书时代，距今已在一千五百年以上。后来所出各种内外丹法，以及符咒禁术等类，大半是由此三部书脱化而出，纵偶有轶出范围之外者，其宗旨仍复相同。所以历代以来，凡传授丹经法术，莫不以口诀为重。盖千载如一日也。

第二节　口诀不肯轻传之理由

余昔年访道，执定一个见解，就是虚怀若谷。不管所遇之人，是正道、是旁门、是邪术、是大乘、是小乘，总以得到口诀为最后之目的。故凡关于口诀一层，耳中所闻者，实在多得无以复加。虽不能说白费光阴，徒劳心力，然在我所得的口诀中，百分之五十，都是怪诞鄙陋，不能作用的。又有百分之二十，虽然能用，而无大效验。其可以称为真正口诀者，仅百分之三十而已。

仅此百分之三十，尚有上中下三等之不同，难以一概而论。现在我对于口诀二字，著实有点厌闻。但因多年阅历，刻苦研求，遂发明口诀不肯轻传之理由如后：

一、造化弄人，要人有生有死，有死有生。而修道者，偏要长生不死，或永死不生，以与造化相反抗。设若你没有超群的毅力，绝顶的聪明，深宏的德量，结果定归失败，到了失败以后，不咎自己资格欠缺，却怪为师者妄语。口诀不灵，是多收一个徒弟，就多一层烦恼。因此非遇载道之器，不肯轻传。此为第一种理由。

二、凡事若得来容易，在自己心目中，看得就不十分贵重。一旦实行，必以游戏之态度处之。世上人情，大都如此。修道是一种最高尚之事业，若视同游戏，请问能有好结果否？因此传道者，常故意使学道者受过相当之困难，以观察其人是否有诚恳之心志，所以不肯轻传。此为第二种理由。

三、道是宇宙万物所共有的，法是人类智慧所发明的，术是依法证道或护法行道之种种手段。道只有一，法则有上中下三等之差别，术更有古今邪正巧拙利害之不同。道可以公开宣讲，与千万人听闻；著书立说，与全世界相见。法当按三等之阶级，选择上中下三等根器而授之，不可以一法教多人，免致扞格不通。术更须择时择地择人择社会环境，而酌量其可传与不可传。有几种秘术，虽能速获神效，而未免惊世骇俗，易招毁谤。若一显扬，必生反动，对于实行上大有障碍。宁可秘而藏之，免致门外汉乱加批评。因此不肯轻传。此为第三种理由。

四、为传道之师者，亦有三等资格。第一等是已经完全修炼成功的人，或是古代圣真之化身。第二等是一半修炼成功的人，其肉体上之生理，与凡夫绝不相同。这两等人，传道即传道而已，没有什么交换条件，亦无须要凡人去帮助他。第三等的是已经千辛万苦，得受口诀，但因环境不佳，经济困难，未能实行用功修炼，只得根于人类互助之原则，寻觅一个有财力可以帮助自己修道的人，而后传之；但其人虽有财力可以助我，而品德欠优，不足为载道之器者，照例亦不许传授。此为第四种理由。

附告：读者至此，不要误会，以为作书者心中想人帮助，故意造出许多谣言。老实说一句，我现在的程度，虽然不敢与第二等资格并肩；但可以凭我个人的力量，赶上前去，尚不十分困难，毋须要人帮助。我现在所做的事，都是为人，不是为己。若欲独善其身，自然有我分内应该进行之事，何必在此舞文弄墨，惹许多麻烦？读者须要把市侩的习气除脱，然后看我的书，方没有障碍。

五、为师者当日学得口诀时，必定要发一种誓词。如"不许妄传匪人，若妄传者，必遭灾祸。"等语，此乃最平常之誓词。尚有比这个更历害的。如"生受人天之诛，死受地狱之苦。"等语。既然发过这许多誓，自己总不免志忐于心。因此为师者，日后传人，都是战战兢兢，恐怕自己偶不小心，犯了誓语，所以不肯轻传。此为第五种理由。

六、为师者自己当日得传口诀，很不容易。或经过许多岁月，或历过许多艰辛，或受过许多磨折，最后方能得诀归来。从此他就认定了自己生平所经历之过程，就是普通一般初学人的榜样。设若你所经历者，不合于他自己当日之过程，他以为太便宜于你，非普通学人之本分。因此不肯轻传。此为第六种理由。

七、地元丹诀，黄白点金术，自古至今，皆守秘密，不肯公开。但每一个朝代，总有几人承受此法。

从前生活程度，比较现代是很低。他们修道的人，本不想发财，只要一个月炼出几两银子，就可过生活，不是隐于山林，就是混于城市。彼既无求于人，人亦不能识他。像这一类的口诀，也是不易得闻。设若公开宣布，大家都会炼，银子生产过剩，必要扰乱全国金融，又恐匪人得之藉此作威作福所以不肯轻传。此为第七种理由。

八、剑术，也是极端秘密之一。上等的名为剑仙，次等的叫做剑客。他们的戒律，不许管国家大事。现在常听人说，彼等为何不替国家出力？这都是门外话，决不可拿看小说的眼光去猜想。究竟他们费二十年光阴，牺牲一切，专炼此术，作什么用处呢？

因为中国自古以来，就有这一派，乃地仙门中之旁支。他们修炼，是要跑到悬涯绝壑，采取灵药，服食辟谷，吐纳呼吸，嚼受日精月华。各种工夫与金丹法门隐居城市修炼者不同，假使在深山中，遇到毒蛇猛兽，肉体无力抵抗之时，就用剑气去降伏。待到二三百年以后，道成尸解。肉体既不要保存，剑术遂归于无用。

他们若有不甘于小成者，半途上再求进一步的工夫，参透造化阴阳之消息，拿出旋乾转坤之手段，将后天金气，变而为先天金气。于是又走向金丹大道正路上来了。这种人性情甚为固执而冷僻。若是你的资格不合于他的条件，无论如何，他决不肯相传。此为第八种理由。

前几年在四川重庆一带，传授剑术的那位先生，难免带点江湖上的习气。他收了许多徒弟，弄了不少金钱，在他自己，甚为得计；可惜剑仙名誉，被他丧尽。西北几省，也有人在制造剑仙的神话，完全与真实剑仙事迹不同。吾恐又是一种欺诈手段，好道诸君，切切不可入其圈套。

九、符咒祭炼，遣神役鬼，降妖捉怪，搬运变化，三跻五遁，障眼定身，拘蛇捕狐，种种奇怪法术，十分之九都是假的。然而真假是对待的名词。有假必有真，其真者若误传匪人，则国家社会皆受其影响。传者受者同遭灾害。如昔日白莲教之类皆是。所以不肯轻传。此为第九种理由。

十、祝由医病，符水救急，运气按摩，针灸点穴，这都是他们一生衣食之资。你若没有相当的报酬，决不能得到他们的口诀。其中也有专以救济为怀，不靠此谋生者，虽不吝于传人；但学者亦不许营业。若私自收人家报酬，又违背他们的戒律，连累师父，所以不肯轻传。此为第十种理由。

十一、内家外家两派武术入门的架子，以及普通的拳脚，虽可以公开传人，稍为深一点的，就要正式拜师父，才肯指示其中奥妙，不能随便乱说。尚有家传绝艺，只传儿子不传徒弟者，亦常有之。一者恐怕徒弟学会了要打师父，二者徒弟不能担负养活师父一家的重大责任。若拜方外人做师父，就没有第二个问题。你若是运气好，非但师父不要你养活，并且师父还可供给你的用度。然第一个问题仍不能免，总要稍为留点秘密本领，防备徒弟倒戈。所以中国武术，愈传愈劣，一代不如一代。此为第十一种理由。

十二、佛教耶教，是世界性，道学仙术，是种族性。凡含有世界性的宗教，无论你们是什么种族，总普遍欢迎你们加入他们的教团。你不信，劝你信；你既信，拉你进。

至于道学仙术，恰好立在反对的地位。设若你不是中华民族黄帝子孙，你就莫想得他丝毫真诀。我当日学道时，曾经照例发过誓语，永不公开。就是怕让外国人得著，去拼命死炼。假使他们一旦炼成功，真似虎之添翼。我们中华民族，更要望尘莫及了。不如保留这点老祖宗的遗传，尚有几分希望。将来或可以拿肉体炼出的神通，打倒科学战争的利器，降伏一般嗜杀的魔王。因此不肯轻传。此为第十二种理由。

或问佛教重慈悲，耶教讲博爱，就算老氏之教，与佛耶二教不同。然观《道德经》所云：清净无为，退让不争，柔弱者生之徒，强梁者不得其死等语，皆是老子的本旨。外国人果真信仰道教，决不至于恃强凌弱，以侵略为能事。此条所言不敢公开之理由，未免过虑。答曰："请观东方之佛教国，慈悲何在？欧洲各国，大半信仰耶稣教，博爱又何在？这些都是空谈。在实际上行为，极端相反。况且我等今日所研究者，乃中华民族自古相传之仙术，不是宗教，不是道德，更不是专讲心性的工夫。圣贤君子学此术，固不失为圣贤君子，强盗小人学此术，仍旧是一个强盗小人，甚至于增加其作恶之能力。历代仙师所以严守秘密，不肯轻传，确是理由充足，非过虑也。

十三、神仙家的思想理论与方术，综合而观，可以称为超人哲学。虽其中法门，种种不同，程度有深浅之殊，成功有迟速之异。然其本旨，总在乎改变现实之人生，不在乎创立迷信之宗教。后世一般宗教家，常感觉自己教义之空疏，不足资以号召，每每利用神仙之学说，混合于其教义内，以装饰自己之门庭。

试看各处秘密小教，以及某会某坛某社某院等等，遍布全国。你若加入彼等团体之内，即可以窥见一鳞半爪，若隐若现，似乎真有神仙降世，暗作主持。及考察彼等全部之理论，对于古代神仙家之学说，大都隔膜而不能贯通，并且将圣贤仙佛菩萨鬼神，夹杂一处，七扯八拉，于是乎神仙本来面目遂无人认识。

幸而彼等未窥堂奥，仅仅涉及皮毛，故关于神仙家根本学说，尚不至被彼等摇动。假使使今日毫无疑虑，将天元神丹，地元黄白，并《参同》《悟真》之秘诀，完全公开，让彼等得知，其合意者，则作为彼等资以号召之材料，其不合意者，则假借仙佛名义，胡乱批评，贻误后学，是未见公开之利，而先受公开之害。因此不肯轻传。此为第十三种理由。

十四、上条所言，乃过去与现在之流弊，尚有将来之隐患，亦不可不防。盖旧式教徒，志在保守，故对于非彼教所有者，概目为外道。神仙亦在彼等排斥之列，虽嫌其气量狭隘，不能容人，亦喜其界限分明，各存真相。所患者就是新式教徒，志在侵略，每欲将他教之特长，以及神仙家之秘术，尽收摄于己教范围之内，以造成他们的新教义。显宗能容纳者，即入于显宗，显宗不能容纳者，概归于密宗。其手段譬如商家之盘店，把我们店面的招牌取下，又把我们店中存货搬到他们店中，改换他们的招牌，出售于市，并且大登广告，说是他们本厂制造的。假使此计一朝实行，中华民族自古相传之道术，就要被他们销减干净。吾辈忝为黄帝子孙，不能不努力保存先代之遗泽。因此不肯轻传。此为第十四种理由。